POWRÓT CZARNEJ KOMPANII

Cykl
CZARNA KOMPANIA
obejmuje:

KRONIKI CZARNEJ KOMPANII
Czarna Kompania
Cień w ukryciu
Biała Róża

KSIĘGI POŁUDNIA
Srebrny grot
Gry cienia
Sny o stali

POWRÓT CZARNEJ KOMPANII
Ponure lata
A imię jej Ciemność

ZAGŁADA CZARNEJ KOMPANII
Woda śpi
Żołnierze żyją

GLEN COOK

POWRÓT CZARNEJ KOMPANII

Ponure lata

A imię jej Ciemność

Przełożył
Jan Karłowski

DOM WYDAWNICZY REBIS

Tytuł oryginału
The Return of The Black Company

Przekład
Ponure lata – Jan Karłowski
A imię jej Ciemność – Jan Karłowski

Redaktor serii
Tomasz Nowak

Projekt i opracowanie graficzne okładki
Jacek Pietrzyński

Ilustracja na okładce
Raymond Swanland

Przy projektowaniu tła wykorzystano zdjęcie
© iStockphoto.com/billnoll

Wydanie I w tej edycji (dodruk)
Poszczególne tomy ukazały się nakładem Domu Wydawniczego REBIS:
Ponure lata (1997), *A imię jej Ciemność* (1998)
Poznań 2012

ISBN 978-83-7510-560-5

Dom Wydawniczy REBIS Sp. z o.o.
ul. Żmigrodzka 41/49, 60-171 Poznań
tel. 61-867-47-08, 61-867-81-40; fax 61-867-37-74
e-mail: rebis@rebis.com.pl
www.rebis.com.pl

Skład ZAPIS
Gdańsk, tel. 58-347-64-44

PONURE LATA

Dla Trish i Kim – bezcennych przyjaciół od ponad dziesięciu lat

Nieustanne podmuchy wiatru omiatają równinę. Szum niesie się poprzez szare połacie rozciągające się od horyzontu po horyzont. Wiatr zawodzi wokół potrzaskanych czarnych kolumn niczym chór duchów. Przychodzi z oddali, targając liście i unosząc tumany kurzu. Wichrzy włosy zmumifikowanego nieboszczyka, który spoczywa spokojnie od pokoleń. Psotny poryw rzuca liść w usta trupa otwarte w niemym krzyku, po czym porywa go dalej. Wiatr niesie ze sobą tchnienie zimy.

Błyskawica przeskoczyła z jednej hebanowoczarnej kolumny na drugą niczym dziecko grające w berka i przez jedną chwilę widmowa równina nabrała barwy.

Kolumny mogłyby wydawać się pozostałościami zburzonego miasta. Tak jednak nie jest. Jest ich zbyt wiele, a rozmieszczenie – nazbyt przypadkowe. Żadna z nich także nie upadła, chociaż wygłodzony wiatr nadgryzł większość głęboko.

1

Szczątki...

...jedynie poczerniałe szczątki, rozsypujące się w moich dłoniach.

Zbrązowiałe narożniki kart, na których widnieje parę słów spisanych niewprawną dłonią. Ich kontekst pozostanie już na zawsze nieznany.

To wszystko, co pozostało z dwóch tomów Kronik. Tysiące godzin pracy. Cztery lata historii. Przepadły na zawsze.

A może nie?

Nie chcę wracać. Nie chcę przeżywać tego koszmaru na nowo. Nie chcę na nowo odczuwać tego bólu. Zbyt wiele go, aby wytrzymać tu i teraz. Z drugiej strony nie ma szans, aby przejść na nowo to całe okropieństwo. Umysł i serce, bezpieczne na drugim brzegu, po prostu odmawiają ogarnięcia potworności tej wyprawy.

Poza tym nie ma na to czasu. Toczy się wojna.

Zawsze toczy się jakaś wojna.

Wujek Dodż chce czegoś. Równie dobrze mogę przerwać w tym miejscu. Łzy sprawiają, że atrament spływa ze stronic.

Chce, żebym wypił jakiś dziwny napój.

Szczątki...

Wszędzie wokół szczątki mojej pracy, mego życia, mej miłości i mojego bólu – rozproszone w tym ponurym czasie…

A w ciemności widać tylko skorupy czasu.

2

Hej tam! Witajcie w mieście śmierci. Nie zwracajcie uwagi na tych gapiów. Duchy nie widują wielu obcych, a przynajmniej niewielu przyjaznych obcych. Macie rację. Naprawdę wyglądają na głodnych. Tak to bywa podczas oblężenia.

Staraj się nie wyglądać za bardzo jak pieczone jagnię.

Myślisz, że to żart? Trzymaj się z daleka od Nar.

Witajcie w Dedżagore – tak Taglianie nazywają to przeklęte miejsce. Maleńcy, smagli mieszkańcy Ziem Cienia, których ograbiła Czarna Kompania, nazywają je Burzogard. Ludzie, którzy tu mieszkają, zawsze nazywali to miejsce Dżajkur – nawet w czasach, kiedy było to przestępstwem. Nikt nie wie, jaką nazwę nadali mu Niueng Bao, i nikogo to nie obchodzi. Nic nie mówią i nie są tematem tych rozważań.

Oto jeden z nich. Taki wychudzony gałgan z twarzą jak trupia czaszka. Każdy ma tutaj brązowy odcień skóry, ale ich jest inny. Szarawy, prawie trupi. Nie pomylisz Niueng Bao z nikim innym.

Ich oczy są jak wypolerowany węgiel, którego ogień nigdy nie obdarzy cię ciepłem.

Ten hałas?

Brzmi, jakby Mogaba, Nar i pierwszy legion znowu musieli wyplenić Ludzi z Ziem Cienia. Każdej nocy kilku dostaje się do środka. Są jak polne myszy. Nie można pozbyć się ich nigdy całkowicie.

Ukrywają się, od kiedy Kompania zajęła miasto, i codziennie paru się znajduje.

Jak podoba ci się ten zapach? Zanim Ludzie z Ziem Cienia zaczęli grzebać ciała, było znacznie gorzej. Być może łopata była dla nich narzędziem zbyt skomplikowanym.

Te długie hałdy wychodzące z miasta jak słoneczne promienie kryją ciała upchane jak drewno na opał. Czasami nie zagrzebują tego truchła wystarczająco głęboko i gazy rozsadzają usypiska. Wówczas masz nadzieję, że wiatr powieje akurat w ich stronę.

Widzisz te ciągle niezapełnione rowy, które kopią? To przejaw pozytywnego myślenia. Mnóstwo truchła zjedzie z pochylni.

Najgorsze są słonie. Wieki mijają, zanim zgniją. Raz próbowali je grzebać, ale tylko zirytowali myszołowy. Tak więc tam, gdzie tylko mogą, wloką truchła na hałdy i starają się zagrzebać je w nich.

Kto to? Ten paskudny mały facet w jeszcze paskudniejszym kapeluszu? To Jednooki. Musisz na niego uważać.

Dlaczego Jednooki? Z powodu klapki na oku. Dobre, co?

Ten drugi karzeł to Goblin. Na niego także powinieneś uważać. Nie? No cóż, lepiej schodź im z drogi. Cały czas, zwłaszcza kiedy się kłócą, a już szczególnie kiedy piją. Jako czarodzieje prochu nie wymyślą, ale i tak mają do pokazania więcej, niż mógłbyś znieść.

Mimo że tacy niepozorni, to oni właśnie są główną przyczyną, dla której Ludzie z Ziem Cienia musieli się stąd wynieść, pozostawiając oddziałom Taglian i Czarnej Kompanii tarzanie się w luksusach tego miasta.

A teraz uważajcie. Goblin to ten biały. W porządku, masz rację, od dawna zalega ze swą coroczną kąpielą. Goblin to ten, który wygląda jak ropucha. Jednooki to ten w kapeluszu i z klapką na oku.

Ci faceci w tunikach, które były białe dawno, dawno temu, to tagliańscy żołnierze. Codziennie każdy z nich zadaje sobie pytanie, co za cholernie głupi kaprys kazał im zaciągnąć się do legionów.

Wieśniacy odziani w kolorowe płachty i sprawiający wrażenie nieszczęśliwych to miejscowi. Dżajkuri.

To zabawne. Kiedy Kompania wraz z legionami runęła z północy i zaskoczyła Cień Burzy, przyjęli nowo przybyłych jak oswobodzicieli. Usłali ulice płatkami róż i swoimi ukochanymi córkami.

A teraz jedyną przyczyną, dla której nie pakują swoim wyzwolicielom noża w plecy, jest to, że alternatywa jest jeszcze gorsza. Teraz jest w nich wystarczająco dużo życia, aby mogli głodować i być wykorzystywani.

Kręcący Cień nie słynie z uprzejmości i całowania dziatek w czółko.

Te dzieciaki tutaj? Te niemal szczęśliwe i tłuste łobuziaki? Niueng Bao. Wszystkie to Niueng Bao.

Po przybyciu Władców Cienia Dżajkuri prawie przestali płodzić dzieci. Większość z tych niewielu, jakie się urodziły, nie przeżyła ciężkich czasów, a garstka, która jeszcze dycha, chroniona jest niczym najcenniejszy skarb. Nie ujrzysz ich, jak biegają nago po ulicach, piszcząc i kompletnie nie zwracając uwagi na obcych.

Kim są Niueng Bao? Nigdy o nich nie słyszałeś?

To dobre pytanie. Tyle że trudno na nie odpowiedzieć.

Niueng Bao rozmawiają z obcymi tylko przez swojego Mówcę, ale powiadają, że są religijnymi pielgrzymami, którzy odbywając swój hadż – raz w życiu wędrówkę do kraju przodków – zostali zatrzymani przez zaistniałą sytuację. Tagliańscy żołnierze twierdzą, że pochodzą oni z bagiennej delty wielkiej rzeki na zachód od Taglios. Stanowią prymitywną mniejszość znienawidzoną przez większość wyznawców Gunni, Vedna i Szadar.

Cała ludność Niueng Bao odbywa pielgrzymkę. I wszyscy oni wpadli w to całe gówno w Dedżagore.

Teraz muszą popracować nad synchronizacją w czasie lub też udoskonalić umiejętności łagodzenia gniewu swoich bogów.

Czarna Kompania dobiła targu z Niueng Bao. Przez pół godziny Goblin trajkotał z ich Mówcą i dogadali się. Niueng Bao nie będą zwracali uwagi na obecność Czarnej Kompanii i Taglian, za których Kompania odpowiada, a w zamian za to ich obecność także będzie ignorowana.

Udaje się. W większości wypadków.

Nie chciałbyś ich zdenerwować. Nikomu nie pozwalają z siebie żartować.

Oni nigdy nie zaczynają. Są tylko, jak twierdzą Taglianie, tacy cholernie uparci, kiedy każe się im coś zrobić.

Wygląda na to, że ktoś zatrudnił tu tok myślenia Jednookiego.

Po prostu kopnij te kruki. Są coraz bardziej bezczelne! Wydaje im się, że są u siebie... Hej! Łap go! Nie są najlepsze w smaku, ale zawsze to lepsze niż nic.

Cholera. Zmiatamy stąd. Zaczyna się. Kierujcie się w stronę cytadeli. Stamtąd jest najlepszy widok.

3

Tamci faceci? Są z Kompanii. Nigdy byś nie zgadł, co? Ci biali na dole? Ten z kołtunem na łbie to Wielki Ceber. Zrobił się z niego niezły sierżant. Jest na to wystarczająco szalony. Koło niego stoją Otto i Wypieracz. Są w Kompanii dłużej niż ktokolwiek inny, z wyjątkiem Goblina i Jednookiego. Ci dwaj są ze Starą Gwardią od wieków. Jednooki ma już pewnie ze dwieście lat.

Ta banda to także Kompania. Migają się od roboty. Ten stary suchotnik to Charkot. Nie za dobry w czymkolwiek. Nikt nie wie, jak przetrwał tę wielką bijatykę. Mówią, że rozwalał łby niczym najlepsi pośród nas.

Dwaj czarni to Maniak i Dziwak. Nie pytajcie, dlaczego tak się nazywają. Są w porządku. Wyglądają jak dwie wypolerowane, hebanowe figurki, prawda?

Myślicie, że te imiona pojawiły się ot tak, z kapelusza? Ciężko sobie na nie zapracowali, ale po prawdzie wychodzą one najczęściej z kapelusza Jednookiego. Tak, zapewne mają jakieś prawdziwe imiona, ale tak długo używają przydomków, że sami mieliby kłopoty, żeby je sobie przypomnieć.

Przede wszystkim zapamiętajcie Goblina i Jednookiego i nie wchodźcie im w drogę. Nie umieją się oprzeć pokusie.

A oto Ulica Lśniąca Niczym Krople Rosy. Nikt nie wie, skąd ta nazwa. Można sobie język połamać, co? Powinniście usłyszeć, jak to brzmi w Dżajkuri. Nikt tego nie wymówi. Tędy właśnie nadeszła Kompania, aby przechwycić Wieżę. Może powinni przemianować ją raczej na Ulicę Spływającą Krwią.

Tak, Kompania zaatakowała tutaj w samym środku nocy, mordując wszystko, co się ruszało; wpadli tu, zanim ktokolwiek zorientował się, co się dzieje. Z pomocą Zmiennokształtnego wdarli się do wieży niczym huragan i tam pomogli mu wykończyć Ludzi z Ziem Cienia, zanim wykończyli jego samego.

Mieli do niego żal jeszcze z dawnych czasów, kiedy to Zmienny, pomagając Duszołap zdusić rebelię w mieście, zamordował brata Jednookiego, Tam-Tama. Kompania była wtedy na służbie Syndyka Berylu. Z tamtych dni pozostali tylko Konował, Jednooki i Goblin oraz Otto i Wypieracz. Do diaska, nie ma już Konowała. Nierób i wielbiciel historii został pogrzebany w jednym z tych kopców i użyźnia równinę. Mogaba jest teraz Starym. Przynajmniej uważa się za kogoś w tym rodzaju.

Ci, którzy ją stworzyli, przychodzą i odchodzą, ale Kompania jest wieczna. Każdy z braci, duży czy mały, jest tylko drobnym kąskiem, którego nie pochwyciła jeszcze zachłanna paszcza czasu.

Te wielkie czarne potwory pilnujące bramy to Nar. Są z Czarną Kompanią od wieków. Straszliwe bestie, co? Mogaba z całym stadem swoich kolesiów dołączył do Kompanii w Gea-Xle. Stara Gwardia nie przepadała za nimi.

Gdybyś zmielił tę całą hałastrę i wycisnął ich jak cytrynę, wydusiłbyś z nich może ledwie kilka kropel poczucia humoru.

Było ich o wiele więcej niż teraz, ale nie przestają mordować się nawzajem. Są kompletnie szurnięci. Cała banda. Dla nich Kompania to świętość. Tyle że ich Kompania nie jest Czarną Kompanią Starej Gwardii. Z każdą chwilą staje się to widoczne coraz bardziej.

Wszyscy Nar mają ponad metr osiemdziesiąt wzrostu. Wszyscy biegają jak wiatr i skaczą jak gazele. Na poszukiwania Khatovaru Mogaba wybrał tylko najbardziej krzepkich i walecznych. Każdy Nar jest szybki niczym kot i silny jak goryl. Wszyscy posługują się swoją bronią, jakby się z nią urodzili.

A reszta? Ci, którzy sami siebie nazywają Starą Gwardią? Tak, to prawda. Kompania to coś więcej niż zwykłe zajęcie. Gdyby sprzedawała miecze każdemu, kto zapłaci, nie byłoby jej w tej części świata. Jest mnóstwo takiej roboty na Północy. Na świecie nigdy nie brakuje bogaczy, którzy mają ochotę obić swoich podwładnych czy sąsiadów.

Dla tych, którzy do niej należą, Kompania jest rodziną. Jest domem. Kompania to państwo wyrzutków, samotnych i zbuntowanych przeciwko całemu światu.

Teraz próbuje dopełnić cykl swojego żywota. Poszukuje miejsca swoich narodzin, legendarnego Khatovaru. Wygląda jednak na to, że cały świat sprzysiągł się, aby Khatovar pozostał nieosiągalny niczym wieczna dziewica ukryta za zasłoną mroku.

Kompania jest domem, to jasne, ale jedynie Konował połknął ten przeklęty haczyk i łuski nie spadły mu z oczu nigdy. Dla niego Czarna Kompania była tajemnym kultem, chociaż nigdy nie zaszedł tak daleko jak Mogaba i nie uczynił jej świętym powołaniem.

Patrz, gdzie leziesz! Ciągle jeszcze nie uprzątnęli bałaganu po ostatnim ataku. Czuć to zresztą. Dżajkuri już nie pomagają. Może to brak obywatelskiej dumy.

Niueng Bao? Są tutaj. Nie wchodzą w drogę. Wydaje im się, że mogą pozostać neutralni. Jeszcze się nauczą. Ludzie z Ziem Cienia przekonają ich, że na tym świecie nikt nie może być neutralny. Możesz jedynie wybrać sobie kłopoty, w które chcesz się wpakować.

Brak kondycji? Przywykniesz. Parę tygodni latania w tę i nazad, tępienia wycieczek Ludzi z Ziem Cienia i biegania na łupieżcze wypady z Mogabą uczyni cię ostrym jak miecz Niueng Bao.

Myślałeś, że oblężenie polega na leżeniu, byczeniu się i czekaniu, aż ten gość stamtąd wyjdzie?

Człowieku, ten drugi gość to szaleniec z pianą na ustach.

I nie tylko szaleniec. Jest czarownikiem. To poważny gracz, chociaż nie pokazał jeszcze wiele. Zanim Stary wypadł z gry po wielkim mordobiciu, które uwięziło tu nas wszystkich, poważnie uszczknął Kręcącego. Od tamtej pory stary demon nie może przyjść do siebie. Biedaczek.

To jest to. Szczyt wieży. Widać stąd całe to cuchnące miasteczko rozłożone na jednej z piaszczystych połaci, które Pani tak zawsze lubiła.

O, tak. Pogłoski o tym dotarły także tutaj. Zaczęli je szerzyć jeńcy wzięci spośród żołnierzy Ziem Cienia. Może tam, na Północy, to była Kina, albo co innego, ale nie mogła to być Pani. Ona zginęła w tym właśnie miejscu. Widziało to pięćdziesięciu ludzi. Połowa z nich dała się zabić, próbując ją ratować.

Co ty wygadujesz? Nie można być tego pewnym? Ilu naocznych świadków potrzebujesz? Ona nie żyje. Stary nie żyje. Nie żyją wszyscy, którzy nie dostali się do środka, zanim Mogaba zamknął bramy.

Cały ten motłoch nie żyje. Wszyscy z wyjątkiem tych tutaj. A i oni wpadli między szaleńców. Pytanie tylko, kto jest bardziej szalony – Mogaba czy Kręcący?

Widzisz to wszystko? To jest to. Dedżagore znosi oblężenie Władców Cienia. Niezbyt imponujące, co? Lecz każdy kawałek tej wypalonej powierzchni to pamiątka zawziętych negocjacji z Ludźmi z Ziem Cienia. Dom po domu.

W Dedżagore łatwo wybuchają pożary.

Lecz czyż piekło nie powinno być gorące?

4

Kim jestem, w razie gdyby moja pisanina przetrwała, choć marne są tego szanse? Jestem Murgen, chorąży Czarnej Kompanii, ale teraz, zamiast sztandaru, noszę jedynie wstyd, ponieważ utraciłem go w czasie bitwy. Przechowuję też nieoficjalnie Kroniki, bo Konował nie żyje, Jednooki ich nie chce, a nikt inny nie umie pisać ani czytać. Konował wyszkolił mnie na swego zastępcę, więc robiłbym to nawet bez oficjalnego nakazu.

Będę twoim przewodnikiem przez tych parę miesięcy, tygodni, dni, czy ile tam zajmie Ludziom z Ziem Cienia przeforsowanie nieuchronnego końca naszego ciężkiego położenia.

Nikt nie opuści tych murów. Ich jest za dużo, a nas za mało. Jedyną naszą przewagę stanowi to, iż nasz dowódca jest równie szalony jak ich. Dzięki temu jesteśmy nieprzewidywalni, aczkolwiek nie daje to wielkiej nadziei.

Mogaba się nie podda, dopóki będzie zdolny trzymać się czegoś jedną ręką, a drugą rzucać kamieniami.

Spodziewam się, że mroczny wicher porwie moje zapiski i żadne oko nigdy ich nie ujrzy. Lub też posłużą Kręcącemu za podpałkę do stosu pod ostatnim zamordowanym po zdobyciu Dedżagore.

Tak czy inaczej, bracie, zaczynamy. Oto Księga Murgena, ostatnia z Kronik Czarnej Kompanii.

Długa opowieść zmierza ku końcowi.

Zagubiony i przerażony umrę w świecie tak obcym, że nie pojmuję z niego nawet jednej dziesiątej, choćbym starał się z całej duszy. Jest taki stary.

Wszędzie odczuwa się ciężar czasu. Dwa tysiące lat tradycji podpiera niewiarygodne absurdy uważane za zupełnie naturalne. Kilkanaście ras, kultur i religii tworzy mieszankę, która powinna wybuchnąć, lecz istnieje już tak długo, że wszelkie konflikty są jedynie drobnymi zmarszczkami na prastarym ciele, zbyt umęczonym, aby zwracać na nie uwagę.

Jedynym wielkim księstwem jest Taglios. Są ich jeszcze dziesiątki, w większości na Ziemiach Cienia, a wszystkie podobne do siebie.

Większość ludności stanowią Gunni, Szadar i Vedna. Nazwy te definiują jednocześnie religię, rasę i kulturę. Najwięcej jest Gunni. Ich świątynie, z oszałamiająco szerokim panteonem, są tak liczne, że gdziekolwiek spojrzysz, trafiasz na jakąś wzrokiem.

Z wyglądu Gunni są mali i ciemni, ale nie tak czarni jak Nar. Ich mężczyźni noszą szaty na podobieństwo togi, zależnie od pogody. Jasne kolory określają kastę, wyznanie i zawód. Kobiety także ubierają się jaskrawo, ale ich ubrania składają się z kilku warstw materii, którą się owijają. Niezamężne zasłaniają twarze, jednakże małżeństwa zawierane są bardzo wcześnie. Biżuteria, którą noszą, stanowi ich posag. Przed wyjściem z domu rysują na czole znak określający kastę, wyznanie i zawód zarówno swego męża, jak i ojca. Nigdy nie uda mi się rozszyfrować tych hieroglifów.

Szadarowie są jaśniejsi. Wyglądają jak bardzo opaleni biali z Północy. Są wysocy i zazwyczaj mierzą ponad metr osiemdziesiąt. Nie golą ani nie wyskubują swoich bród, w przeciwieństwie do Gunni. Niektóre sekty nigdy nie obcinają włosów. Kąpiel nie jest zabroniona, ale grzeszą nią bardzo rzadko. Wszyscy Szadarowie ubierają się na szaro i noszą turbany określające ich pozycję. Jedzą mięso, a Gunni nie. Nigdy nie widziałem ich kobiet. Może znajdują swoje dzieci w kapuście?

Vedna są najmniej liczni spośród tagliańskich grup etnicznych. Mają taką samą karnację jak Szadarowie, ale są mniejsi i nie tak mocno zbudowani. Rysy ich twarzy są surowe. Nie podzielają ascetycznych wartości Szadarów. Ich religia zabrania niemal wszystkiego, ale dość często łamią uświęcone zasady. Lubią kolorowe ubiory, choć nie tak jaskrawe jak Gunni. Noszą pantalony i prawdziwe buty. Nawet najubożsi okrywają swoje ciała i noszą coś na głowach. Niskie kasty Gunni ubierają się tylko w przepaski na biodra. Zamężne kobiety Vedna chodzą wyłącznie w czerni. Zobaczyć można tylko ich oczy. Panien nie widuje się w ogóle.

Jedynie Vedna wierzą w życie po śmierci, i to tylko mężczyźni, z wyjątkiem paru kobiet – wojujących świętych i córek proroków, które mają wystarczająco dużo odwagi, żeby być ludźmi honoru.

Rzadko widywani Niueng Bao zazwyczaj ubierają się w luźne koszule z długim rękawem oraz workowate spodnie, na ogół czarne. Zarówno kobiety, jak i mężczyźni. Dzieci biegają nago.

Każde miasto w okolicy przedstawia sobą cudny chaos. Ktoś zawsze obchodzi tu jakieś święto.

5

Z wieży cytadeli widać jak na dłoni, że Dedżagore jest mechanizmem doskonałym. Naturalnie, większość obwarowań miejskich powstała z uwagi na prawdopodobieństwo, że sąsiednie krainy mogą znaleźć się przez pewien czas pod panowaniem jakichś bandziorów. Natomiast swoi władcy miasta nie staną się nigdy gorsi od dobrotliwych despotów, a ich największą ambicją będzie wzniecenie chwały rodzinnego miasta.

Aż do pojawienia się Władców Cienia, niecałe pokolenie temu, wojna była w tych stronach pojęciem zupełnie obcym. Od czasu odejścia Czarnej Kompanii przez całe wieki nie widziano tu armii ani żołnierzy.

I do tego nieprawdopodobnego raju z najdalszych krańców ziemi przybyli Władcy Cienia, panowie ciemności, i przyprowadzili ze sobą wszystkie potwory z dawnego koszmaru. Wkrótce nadciągnęły niezliczone armie, które napadły na niespodziewające się niczego królestwa niczym ogromne, żądne krwi bestie, i nawet bogowie nie mogli mierzyć się z nimi. Ciemność zalała kraj. Miasta rozpadły się w pył, a Władcy Cienia postanowili odbudować tylko kilka wybranych. Ludność nowo utworzonych Ziem Cienia miała do wyboru posłuszeństwo lub śmierć.

Dżajkur przemianowano na Burzogard, siedzibę Cienia Burzy, tej, która posiadła moc przywoływania wichrów i burz zawodzących w ciemnościach. Tej, która w innym miejscu i czasie nosiła miano Władczyni Burz.

Najpierw Władczyni Cienia wzniosła na gruzach zdobytego Dżajkuru kopiec wysoki na dwanaście metrów. Było to w samym sercu równiny wygładzonej dłońmi niewolników i jeńców wojennych. Ziemia na kopiec pochodziła ze wzgórz, które otaczały równinę pierścieniem. Kiedy ukończono sypanie kopca i wyłożono jego zewnętrzne zbocza kilkoma warstwami kamienia przywiezionego z daleka, Cień Burzy wybudowała na jego szczycie swoje nowe miasto i otoczyła je murami wysokimi na kolejne dwanaście metrów. Nie pominęła także najnowszych teorii dotyczących wież, z których rażono ogniem flankowym, oraz barbakanów chroniących wyniosłe bramy.

Zdaje się, że wszystkimi Władcami Cienia kieruje obsesyjna potrzeba bezpieczeństwa we własnym domu.

Niemniej jednak w swoich planach nigdy nie wzięła w rachubę możliwości, że będzie musiała stawić opór zaciekłemu atakowi Czarnej Kompanii.

Wielka szkoda, że nie jesteśmy choć w połowie tak niegodziwi. Dedżagore ma cztery bramy, a każda stoi na jednym z głównych wierzchołków róży wiatrów. Każda znajduje się na końcu kamiennej drogi biegnącej prosto ze wzgórz. Jedynie na trasie z południa nie ma teraz żadnego ruchu.

Mogaba opieczętował trzy bramy, zostawiając jedynie bramę wypadową strzeżoną dzień i noc przez Nar. Jest zdecydowany walczyć, i to tak bardzo, że żaden z naszych obdartych Taglian nie ucieka i nie przyłącza się do niego.

Żaden z nas – Stara Gwardia Czarnej Kompanii, Nar, Dżajkuri, Taglianie, Niueng Bao – ani nikt, kto miał nieszczęście dostać się tutaj, nie ujdzie stąd z życiem. Przynajmniej do chwili, kiedy Kręcący i jego banda nie znudzą się i nie poszukają sobie kogoś innego do obicia. Dobra. Powiedzmy, że dasz radę dziesięciu czy dwudziestu, ale założę się o własny tyłek, że na dole natkniesz się na dwudziestego pierwszego.

Masz większe szanse niż my na wydostanie się stąd.

Ufortyfikowane obozowisko Ludzi z Ziem Cienia znajduje się na południe od miasta. Jest tak blisko, że moglibyśmy dosięgnąć go naszą ciężką artylerią. W dniu wielkiej bitwy próbowaliśmy ich stamtąd wykurzyć. Widać jeszcze wypalone deski w niektórych miejscach. Od tamtej pory jeszcze kilkakrotnie robiliśmy na nich wypady, ale nie mamy już tylu ludzi, żeby ryzykować.

Nie wydaje się jednak, żebyśmy przestraszyli Kręcącego.

Jak większość wojskowych nie pozwala, by rzeczywistość stanęła na drodze ku dokonaniu tego, co zechce.

Każdej nocy przynajmniej pięć razy budzi ich artyleria, waląc gdzie popadnie o różnych porach. To szarpie im nerwy i sprawia, że zmęczeni, nie są tak efektywni, kiedy atakują. Kłopot w tym, że taki wysiłek męczy i doprowadza do szału także nas. Poza tym mamy też inne zajęcia.

Kręcący to zagadka. Nie po raz pierwszy Kompania ma do czynienia z kimś takim. Jednak w przeszłości spotykaliśmy zabijaki wagi ciężkiej, które w takiej sytuacji zgniotłyby Dedżagore, skacząc po nim jak po mrowisku, i nie czekały, aż pojawi się prawdziwe wyzwanie. Nam tutaj wystarczają raptem Goblin i Jednooki, należący do kategorii zdecydowanie lżejszej. Potrafią przemykać po okolicy szybko i zdradliwie na tyle, aby sparować każdy słaby cios Kręcącego.

Jego słabość jest zadziwiająca.

To denerwujące, kiedy wróg nie robi wszystkiego, co twoim zdaniem może. Poza tym łagodność Kręcącego nie stawia go w gronie szczególnych twardzieli.

Jednooki stawia wszystko w jak najzłośliwszym świetle. Mówi, że Kręcący działa tak niedbale, bo powstrzymuje go i celowo osłabia Długi Cień. Czyli stare jak świat polityczne gierki, z Kompanią pośrodku.

Zanim tu przyszliśmy, Władcy Cienia znajdowali największą przyjemność w walkach pomiędzy sobą.

Zwykle Goblin rzadko się zgadza w czymkolwiek z Jednookim. Teraz także twierdzi, że Kręcący usypia naszą czujność, a sam leczy się z ran, które okazały się poważniejsze, niż podejrzewaliśmy.

Sądzę, że obaj mają rację.

Nad obozem Ziem Cienia krążą kruki. Bez przerwy. Przylatują i odlatują, ale zawsze jest ich co najmniej trzynaście. Inne prześladują nas dzień i noc. Gdziekolwiek i kiedykolwiek pójdę, kruk jest nade mną. Nie ma ich tylko we wnętrzach. Nie pozwalamy im tu wlatywać. Te, które próbują, kończą w czyimś garnku.

Konował nienawidził kruków. Teraz to rozumiem, ale bardziej nie znoszę nietoperzy.

Nie widujemy ich już tak często. Kruki żywią się nimi (przynajmniej te, które ośmielają się polować w nocy). Resztę zjadamy my. Stanowią nasze główne danie. Niestety, kilka uciekło, a to niedobrze.

Szpiegują dla Władców Cienia. Są uszami i oczami nikczemności tam, gdzie nasi wrogowie nie zawsze mogą wykorzystać żyjący mrok.

Pozostało już tylko dwóch Władców. Kręcący ma nadto kłopoty.

Nie są już w stanie sięgać daleko ani kontrolować sytuacji tak, jak czynili to niegdyś, kiedy mogli posyłać cienie w samo serce terytoriów Taglian.

Znikają ze sceny.

Niczym sen.

Ale sny zbyt łatwo zamieniają się w koszmary.

6

Kiedy spoglądasz w dół z cytadeli, zastanawiasz się, jak Dżajkuri dają sobie radę z tym całym bałaganem wewnątrz murów? Prawdą jest, że nie radzą sobie i nigdy sobie nie radzili.

Kiedyś na wzgórzach otaczających równinę rozsiane były gospodarstwa, sady i winnice. Po nadejściu cienia, kiedy całe rodziny wieśniaków porzucały ziemię, zaczęły stopniowo znikać. Potem pojawił się przeciwnik cienia, czyli Czarna Kompania. Przyszła, jak zawsze głodna, po długim marszu na południe, prosto po zwycięstwie przy brodzie Ghodża. A potem nadeszły armie Ziem Cienia i pobiły nas.

Teraz wzgórza noszą jedynie wspomnienie dawnych sadów i winnic. Nawet sępy nie zostawiają po sobie kości tak czystych, jak ogołocone zostały te ziemie.

Najmądrzejsi wieśniacy uciekli na samym początku. Ich dzieci na nowo zaludnią tę ziemię.

Ci głupsi przybiegli później do nas, kryjąc się w złudnie bezpiecznych murach Dedżagore. Kiedy Mogaba wpada w naprawdę paskudny humor, wypędza parę setek za bramy. Są tylko gębami do napełnienia, a żywność trzeba oszczędzać dla tych, którzy zginą, broniąc murów miasta.

Miejscowi, którzy zalegają z dostawami lub też okazują słabość z powodu ran czy choroby, są wyrzucani za bramy tuż za wieśniakami.

Kręcący nie bierze nikogo, z wyjątkiem chętnych do pomocy przy pracach ziemnych i kopaniu rowów dla zmarłych. Praca tych pierwszych polega na harówce pod gradem pocisków miotanych przez dawnych kumpli w mieście, a drugich na przygotowaniu miejsca, gdzie cię ułożą, jak tylko przestaniesz być użyteczny.

Trudny wybór.

Mogaba nie może pojąć, dlaczego nikt dotąd nie okrzyknął go militarnym geniuszem.

Nie wtrąca się tylko do Niueng Bao. Wprawdzie nie wnoszą wiele do obrony Dedżagore, ale i nie naruszają zapasów. Podczas gdy cała reszta zaciska pasa, ich dzieci robią się coraz grubsze.

Nie widuje się teraz wiele psów czy kotów. Konie zdołały przetrwać, bo garstkę tych, które zostały, chroni wojsko. Kiedy skończy się dla nich pasza, będziemy jedli do syta.

Małe stworzenia, takie jak szczury czy gołębie, stają się rzadkością. Czasami słychać wściekły wrzask protestu schwytanego podstępem kruka.

Niueng Bao mają się dobrze.

Oni jedni zachowują niewzruszone oblicza.

Mogaba nie czepia się ich głównie dlatego, że kiedy ktokolwiek próbuje ich niepokoić, cała banda zbiega się na pomoc, a walkę uważają za swój święty obowiązek.

Kiedy tylko mogą, nie wchodzą nikomu w drogę, ale pacyfistami nie są. Ludzie z Ziem Cienia już dwa razy pożałowali prób wypędzenia ich z części miasta należącej do nich.

W obu wypadkach Niueng Bao urządzili potworną rzeź.

Pomiędzy Dżajkuri chodzą plotki, że zjadają swoich wrogów.

Prawdą jest, że znajdowano ludzkie kości świadczące o tych gastronomicznych praktykach. Dżajkuri w większości wyznają religię Gunni, a Gunni są wegetarianami.

Nie wierzę, że Niueng Bao za to odpowiadają, ale Ki Dam nie zaprzecza nawet najcięższym zarzutom przeciwko jego ludziom.

Prawdopodobnie potwierdziłby każdą plotkę, która sprawi, że Niueng Bao będą uważani za bardziej niebezpiecznych. Może takie gadanie pomaga wzmóc strach przed nimi.

Ci, którzy przeżyją, chwycą za broń.

Szkoda, że nie mówią. Założę się, że potrafiliby opowiedzieć historie mrożące krew w żyłach.

Ach! Dedżagore! Te dni niezmąconego spokoju, kiedy to człowiek pętał się bez celu z leniwym uśmiechem na ustach.

Jak dawno temu to było?

7

Śmiertelnie zmęczony, tak samo zresztą jak każdej nocy od dawna, podjąłem swoją wartę na murach. Zapału i energii miałem w sobie tyle co kot napłakał. Siedząc na blankach, przeklinałem serdecznie wszystkich przodków tych uprzykrzonych Ludzi z Ziem Cienia. Obawiam się, że nie byłem zbyt twórczy, ale nadrabiałem to zjadliwością. Byli gdzieś w pobliżu, bo słyszałem szuranie i szepty i widziałem poruszające się tu i tam pochodnie. Wszystko to zapowiadało kolejną bezsenną noc. Czy nie mogliby, jak normalni ludzie, załatwiać swoich spraw w bardziej przystępnych godzinach?

Nie wydawali się bardziej entuzjastyczni niż ja. Zdołałem pochwycić jakąś dosadną uwagę na temat moich dziadków, jak gdyby całe to zamieszanie było moją winą. Przypuszczam, że jedyną ich motywację do działania stanowiła świadomość, że nigdy nie wrócą do domu, jeśli znów nie zdobędą Burzogardu.

Może nikt, obojętnie – z tej czy z tamtej strony – nie wydostanie się stąd żywy.

Rozległo się krakanie kruka natrząsającego się z nas wszystkich. Nie zwracały uwagi na ciskane w nie kamienie.

Za murami była mgła, a niezdecydowana mżawka przychodziła i odchodziła. Błyskawice przetaczały się przez wzgórza na południe. Cały dzień było parno i gorąco, pod wieczór zaś rozszalała się burza. Na ulicach stała woda. Inżynierowie Ziem Cienia nie uważali systemu kanalizacji za problem szczególnie istotny, poza tym były z tego wymierne korzyści.

To nie będzie dobra noc na forsowanie wysokich murów. Nie będzie też łatwo ich bronić.

A jednak było mi prawie żal tych dupków w dole.

Świece i Rudi, jęcząc, skończyli długi obchód ulic. Każdy niósł ciężką, skórzaną torbę.

– Jestem już za stary na to cholerstwo – narzekał Świece.

– Jeśli nam się uda, wszyscy się zestarzejemy.

Obaj oparli się o blanki i odpoczywali chwilę. Potem zrzucili swoje pakunki w ciemność. Ktoś w dole zaklął w dialekcie Ziem Cienia.

– Dobrze wam tak, dupki – odburknął Rudi. – Idźcie do domu i dajcie człowiekowi pospać.

Cała Stara Gwardia miała swój wkład w zbieranie tego ładunku.

– Wiem – powiedział mi Świece. – Wiem. Ale co z tego, że żyjemy, skoro człowiek jest tak cholernie zmęczony, że nie ma siły się wysrać?

Jeśli czytałeś Kroniki, wiesz, że nasi bracia zawsze tak mówili. Od początku. Wzruszyłem ramionami. Nie potrafiłem zdobyć się na nic zachęcającego. Lepiej nie próbować niczego tłumaczyć, tylko robić swoje.

– Goblin chce czegoś od ciebie – mruknął Świece. – Ukryjemy cię tutaj.

– Tak, znam wasz bełkot. Pieprz się! – wrzasnął w dół Rudi w łamanym dialekcie Ziem Cienia.

Chrząknąłem. To była moja warta, ale gdybym chciał, mógłbym sobie pójść. Mogaba nawet nie próbował już udawać, że panuje nad Starą Gwardią. Zrobiliśmy swoje i nie ustępowaliśmy. Nie odpowiadaliśmy po prostu jego wyobrażeniom o tym, jaka powinna być Czarna Kompania.

Kiedy jednak dotrze tu Władca Cienia, zagramy w otwarte karty.

– Gdzie on jest?

– Na górze – zamigał palcami. Często posługiwaliśmy się językiem migowym, jeśli nie chcieliśmy być podsłuchani. Nietoperze i kruki nie umiały odczytać znaków. Sługusy Mogaby także nie.

– Zaraz wracam – znowu chrząknąłem.

– Dobra.

Wspinałem się po stromych, śliskich schodach, a w mięśniach czułem już ból od ciężaru, który przyjdzie mi dźwigać w drodze powrotnej.

Czego mógł chcieć Goblin? Prawdopodobnie nie potrafił podjąć jakiejś banalnej decyzji. Ten karzeł i jego jednooki przydupas obsesyjnie unikali wzięcia na siebie jakiejkolwiek odpowiedzialności.

Większość czasu kierowałem Starą Gwardią, ponieważ nikt inny nie chciał się tego podjąć.

Zajęliśmy pozycję w wysokich, ceglanych budynkach blisko murów, na południowy zachód od Bramy Północnej. Jest to jedyna ciągle czynna brama. Przez pierwszą godzinę oblężenia wykorzystywaliśmy naszą pozycję.

Mogaba spodziewał się ataku. Nie wierzył, że można wygrać wojnę zza kamiennych murów. Chciał zaskoczyć Ludzi z Ziem Cienia na murach, zmusić ich do wycofania się, a potem zaatakować na zewnątrz i wyciąć w pień. Od czasu do czasu dokonywał siejących spustoszenie wypadów i nękał uciążliwymi atakami, aby utrzymać ich w niepewności. Nie spodziewał się, że mogliby wtargnąć do miasta w większej liczbie, chociaż niemal każdy atak kończył się przedostaniem Ludzi z Ziem Cienia za mury, zanim zdążyliśmy zebrać siły do ich odepchnięcia.

Pewnego dnia sprawy nie potoczą się po myśli Mogaby. Pewnego dnia ludzie Kręcącego dopadną bramy. Pewnego dnia zobaczymy w tym mieście prawdziwą wojnę.

To nieuniknione.

Stara Gwardia jest gotowa, Mogaba. A ty?

Staniemy się niewidzialni, Wasza Wyniosłość. Wypróbowaliśmy już tę sztuczkę. Czytaliśmy Kroniki. Staniemy się morderczymi widmami.

Mamy nadzieję.

Problemem pozostają cienie. Co wiedzą? Ile będą w stanie się dowiedzieć?

Tych łotrów nie nazwano Władcami Cienia tylko dlatego, że lubią siedzieć po ciemku.

8

Z wyjątkiem trzech ukrytych drzwi wszystkie wejścia do kwater Czarnej Kompanii zostały zamurowane. Podobnie zresztą jak każde okno poniżej trzeciego piętra. Ulice i przejścia między budynkami są teraz labiryntem śmiertelnych pułapek. Do trzech używanych wejść można się dostać, jedynie wchodząc zewnętrzną klatką schodową, w całości wystawioną na deszcz pocisków. Tam, gdzie zdołaliśmy, zabezpieczyliśmy się przed pożarem.

Podczas oblężenia Czarna Kompania nie próżnuje. Nawet Jednooki. Jeśli uda mi się go znaleźć.

Każdy jest tak cholernie zajęty i tak cholernie zmęczony, że nie ma siły się zastanawiać nad naszą sytuacją.

Po wejściu ukrytymi drzwiami, znanymi jedynie braciom ze Starej Gwardii, krukom i nietoperzom, cieniom, szpiegom Niueng Bao i każdemu Nar, któremu się chciało iść za mną od północnego barbakanu, rzuciłem się w dół po niezliczonych schodach. Dotarłem do piwnicy, gdzie przy samotnej świeczce o nierównym płomieniu drzemał Wielki Ceber. Mimo że zachowywałem się cicho, uchylił powieki. Nie otworzył ust, żeby mnie zatrzymać. Za jego plecami stała oparta o ścianę zdezelowana szafa, której drzwi wisiały smętnie na powyginanych zawiasach. Uchyliłem je delikatnie i wśliznąłem się do środka.

Każdy obcy, który dotarłby do piwnicy, znalazłby w niej szafę wypełnioną rozpaczliwie uszczuplonymi zapasami żywności.

Szafa była wejściem do tunelu. Wszystkie nasze budynki połączone były tunelami. Mogaba i każdy zainteresowany mógłby się tego spodziewać. Jeśli zejdą w dół, łatwo przyjdzie im znaleźć to, czego szukają.

To powinno ich zadowolić.

Tunel wchodził do następnej piwnicy. W straszliwym rozgardiaszu i smrodzie spało tu kilku ludzi. Poruszałem się powoli, czekając, aż mnie rozpoznają.

Niejeden ciekawski, odwiedziwszy nasz podziemny świat, nigdy nie ujrzał już światła dziennego.

Teraz wszedłem do naprawdę tajnego pomieszczenia.

Nowy Burzogard wyrósł na ruinach starego Dżajkuru. Nie wysilano się specjalnie, aby zniszczyć stare miasto, i wiele z wcześniejszych budowli było w doskonałym stanie.

Tam, gdzie nikt nie powinien zaglądać, wykopaliśmy poplątany labirynt tuneli. Za każdym razem, kiedy worek ziemi docierał na mury, labirynt stawał się o kawałątek większy. Co prawda wciąż nie była to nasza przytulna kwatera. Trzeba było silnej woli, żeby zejść na dół w to wilgotne, ciemne miejsce, gdzie powietrze niemal stało w miejscu, a świece nigdy nie paliły się pełnym płomieniem. Poza tym istniało duże prawdopodobieństwo, że gdzieś w kącie czai się jakiś cień, szykujący dla ciebie przerażającą śmierć.

Co do mnie, nie miałem najmniejszej ochoty zostać pogrzebany żywcem.

Nie można było przyzwyczaić się do tego.

Wypieracz, Otto, Goblin, Jednooki i ja przeszliśmy już przez to na Równinie Strachu, gdzie przez jakieś pięć tysięcy lat mieszkaliśmy niczym borsuki w jamach.

– Klet, gdzie jest Goblin? – Klet jest jednym z trzech braci sprawujących funkcje inżynierów i zarządzających artylerią.

– Za rogiem. W następnej piwnicy.

Klet, Loft i Longin to geniusze. Wymyślili sposób na doprowadzenie na dół świeżego powietrza przez kominy istniejących budynków. Powietrze dociera do głębokich tuneli, przepływa powoli przez całość pomieszczeń i wraca na górę przez inny komin. Czysta mechanika, ale dla mnie wygląda to na czary. Przepływ powietrza nadającego się do oddychania, aczkolwiek powolny i nigdy całkowicie czysty, służy nam zupełnie nieźle.

Nie zmniejsza jednak wilgotności i smrodu.

Znalazłem Goblina. Trzymał Longinowi świecę, podczas gdy ten rozprowadzał mokrą zaprawę na świeżo oczyszczonym murze na wysokości oczu.

– Co się dzieje, Goblin?

– Cieknie tu jak cholera.

– Bogowie przenieśli tu jakąś rzekę. Dlaczego?

– Mamy na dole tysiące przecieków.

– Coś poważnego?

– Z czasem tak. Nie ma tu żadnego systemu odprowadzania. Jesteśmy tak nisko, jak tylko możliwe. Przynajmniej dopóki nie działa dwunasty tunel.

– To wygląda na problem dla inżyniera.

– I jest nim – odezwał się Longin, wygładzając zaprawę. – Klet to przewidział. Uszczelnialiśmy wszystko od początku. Kłopot w tym, że nie można ocenić skuteczności, dopóki nie zdarzy się naprawdę paskudny, deszczowy dzień. Mamy szczęście, że nie leje tak, jak w porze deszczowej. Po trzech dniach mielibyśmy tu powódź.

– To nadal wygląda na problem dla inżyniera. Zajmij się tym, dobrze?

Longin wzruszył ramionami.

– Popracujemy nad tym. To wszystko, co możemy zrobić, Konował.

Drobna aluzja, żeby każdy się zajął własnymi zmartwieniami.

– Dlatego chciałeś mnie widzieć? – To nie był powód nawet jak na Goblina.

– Nie. Longo, niczego nie słyszysz. – Mówiąc to, człowiek o żabiej twarzy wykonał skomplikowany gest trzema palcami lewej dłoni. Pomiędzy nimi błyskały chwilami drobne iskry światła. Longin powrócił do pracy, jakby nagle ogłuchł.

– To takie ważne, że musiałeś go wyłączyć?

– On za dużo gada. Nie ze złej woli, ale nie umie powstrzymać się od powtarzania wszystkiego, co usłyszy.

– I za każdym razem dodaje coś od siebie. Wiem. No dobra, mów.

– Coś się stało z Władcą Cienia. Zmienił się. Upewniliśmy się co do tego z Jednookim zaledwie godzinę temu, ale uważamy, że to trwa już jakiś czas. Po prostu zasłaniał się przed naszym wzrokiem.

– Co takiego?

Goblin pochylił się bardziej, jakby Longin naprawdę mógł podsłuchiwać.

– On ma się zupełnie dobrze, Murgen. Prawie doszedł do siebie. Wstał na nogi, jeszcze zanim przywlókł się do nas. Jesteśmy też pewni, że ukrywa tę zmianę bardziej przed swoim kumplem Długim Cieniem niż przed nami. My go tak nie przerażamy.

Zesztywniałem, przypominając sobie nagle dziwne zachowanie na równinie.

– O, psiakrew!

– O co chodzi?

– Przyjdzie jeszcze dziś wieczór. Kiedy schodziłem, ustawiali się właśnie na pozycjach. Myślałem, że to normalne... Lepiej bądźmy w pełnym pogotowiu. – Odszedłem stamtąd tak szybko, jak mogłem, ogłaszając alarm wszystkim, których spotkałem.

9

Kręcący się nie śpieszył. Kompania zajęła pozycje na murze. Tagliańska hałastra, którą wiedliśmy z sobą, była gotowa jak zawsze. Wysłałem ostrzeżenie do Mogaby i Mówcy Ki Dama. Mogaba to nawiedzony świr, ale całkiem głupi nie jest. Twierdzi, że oddziela pracę od prywatnych sympatii. Jeśli Goblin mówi, że mamy poważne kłopoty, powinien posłuchać.

Wszędzie rozbrzmiał alarm. Spoza murów wzniosły się okrzyki gniewu i zaskoczenia.

Cywile zaczęli reagować. Przez ciemne ulice przebiegł strach, tym razem większy niż zazwyczaj. Starszyzna Dżajkuri wspomniała jak zawsze pierwsze nadejście Władców Cienia. Wówczas początkową falę nacierających wrogich sił stanowiło zabójcze migotanie ciemności.

– Jednooki, są tam jakieś cienie?

– Żadnych. Muszą przyjść z Uścisku Cienia. Ich władca musiałby przyjść z nimi.

– To dobrze. – Widziałem już, czego potrafią dokonać cienie. Dżajkuri mieli powód do strachu.

– Obiecałem ci jednak trochę czarów. Już są gotowe.

– Zawsze potrafisz mnie podnieść na duchu, mały. Uwielbiam to. – Obserwowałem mury poniżej naszego odcinka. Niewiele było widać, ale wydawało się, że atak nie zaskoczy nas nieprzygotowanych.

Oczywiście nie miało to znaczenia, jeśli Kręcący jest w dobrej formie.

– Murgen!

– Co?

– Za tobą.

Spojrzałem.

Ki Dam, Mówca Niueng Bao, w asyście syna i kilku wnuków, gestem ręki pytał, czy może wejść na mury obronne. Jedynie syn był uzbrojony. Był to przygarbiony człowiek o kamiennej twarzy, o którym powiadano, że jest mistrzem walki na miecze. Skinąłem głową.

– Witaj na pokładzie.

Mówca wyglądał na co najmniej tysiąc lat starszego od Jednookiego, ale był na tyle żwawy, że wspiął się na mury bez niczyjej pomocy. Nie miał wiele do dźwigania. Włosy okalały równomiernie jego głowę i twarz, lecz pozostało ich bardzo niewiele – cienkie białe pasemka. Bladą skórę pokrywały plamy wątrobowe. Był bielszy niż którykolwiek z nas, ludzi Północy.

Skłonił się lekko.

Odpowiedziałem uprzejmie, próbując dokładnie naśladować jego ukłon. Oznaczało to szacunek dla równego sobie, co powinno mi przysporzyć paru punktów, ponieważ, aczkolwiek młodszy wiekiem, byłem tu starszy rangą, a on znajdował się na terenie Kompanii. Ja zaś byłem jej dowódcą.

Jako człowiek inteligentny czyniłem wszelkie wysiłki, aby pozostać uprzejmym dla Mówcy. Nieustannie też przypominałem ludziom, aby odnosili się z szacunkiem i wyrozumiałością do Niueng Bao, nawet jeśli będą prowokowani. Zawsze zachęcam do bliższego przyjrzenia się zwykłym ludziom. Nie mamy wielu przyjaciół w tych dziwnych krainach.

Ki Dam stanął zwrócony twarzą w stronę ciemnej równiny. Zachowywał dumną postawę. Wielu Dżajkuri wierzyło, że jest czarodziejem. Goblin i Jednooki twierdzili, że można go nazwać czarownikiem w archaicznym znaczeniu tego słowa, czyli po prostu mądrym człowiekiem.

Staruszek wziął wdech, który wydawał się wzmacniać jeszcze otaczającą go aurę siły.

– Dziś będzie inaczej – odezwał się w uproszczonym tagliańskim bez akcentu.

– Ich mistrz ukrywał swoje siły.

Mówca spojrzał ostro na mnie, a potem na Goblina i Jednookiego.

– Ach tak.

– Właśnie tak. – Zawsze chciałem to zrobić, kiedy jakiś stary pierdziel robił tajemnicze miny. Nie mogłem się powstrzymać, kiedy nadeszła taka doskonała okazja.

Wytrzeszczyłem oczy na obstawę Mówcy. Mistrz miecza wyglądał na zbyt przysadzistego i krępego, żeby mógł sprostać głoszonej o nim opinii. Wnukowie wyglądali jak większość młodych Niueng Bao. Jak gdyby uśmiechając się czy okazując jakiekolwiek emocje, mieli utracić własne dusze. Wedle Goblina – jakby ktoś wetknął im kaktus w tyłek.

Wróciłem do roboty, a Ki Dam obserwował noc. Jego obstawa nie wchodziła mi w drogę.

Pojawił się Wielki Ceber.

– Wszystko gotowe, szefie.

Także od strony Ludzi z Ziem Cienia dochodziły dźwięki świadczące o ich gotowości. Rogi zaczęły się nawoływać niczym byki w rui.

– Już niedługo – mruknąłem. Chociaż znając ich, mogli to odłożyć na kolejnych dwadzieścia lat. Nie miałbym nic przeciwko. Nie śpieszyło mi się.

Goniec Taglian wypadł z uliczki, z trudem łapiąc oddech i chrypiąc, że Mogaba chce się ze mną widzieć.

– Idę. Będę za niecałe pięć minut – rzuciłem mu i badawczo przyjrzałem się ciemności. – Trzymaj pozycję, Ceber.

– Tego jeszcze tylko braknie na stanie. Kolejnego błazna.

– Spokojnie, zarżnę ich.

Ki Dam powiedział coś i mistrz miecza ukradkiem spojrzał w noc. Przez jedno uderzenie serca na wzgórzach zalśnił widmowy blask. Gwiazda? Odbicie gwiazdy? Nie. Noc była chłodna, mokra i zachmurzona.

– Może być więcej takich zdarzeń, niż to z pozoru wygląda, Kościany Wojowniku – powiedział Mówca.

– Może. – Kościany Wojowniku? – Ale w przeciwieństwie do Niueng Bao nie jesteśmy wojownikami. Jesteśmy żołnierzami.

– Jak sobie życzysz, Kamienny Żołnierzu – szybko zgodził się ze mną stary. – Wszystko może być inne, niż się wydaje. – Czyżby wpadł na to, drapiąc się na górę?

Chyba nie był zadowolony ze swoich myślowych spekulacji. Odwrócił się i pognał schodami w dół. Wnuki z trudem za nim nadążały.

– O co mu chodziło? – zapytał Ceber.

– Nie mam pojęcia. Zostałem wezwany przez Jego Świątobliwość Księcia Kompanii. – Wchodząc na schody, zerknąłem na Jednookiego. Mały czarownik wpatrywał się we wzgórza tam, gdzie przed chwilą spoglądał Ki Dam. Na jego twarzy malowało się zaskoczenie i zatroskanie zarazem.

Nie miałem czasu o nic pytać. Nie miałem też na to ochoty. Usłyszałem już dość złych wieści.

10

Mogaba mierzy metr dziewięćdziesiąt pięć. Nie ma na nim grama zbędnego tłuszczu. Same ścięgna i mięśnie poruszające się z nienagannym, kocim wdziękiem. Ciężko pracował na swoją kondycję, ale starał się nie rozwijać nadmiernie mięśni. Skórę ma bardzo ciemną, raczej w odcieniu głębokiego mahoniu niż hebanu. Promieniuje pewnością siebie i niewzruszoną siłą ducha.

Ma cięty dowcip, ale nigdy się nie uśmiecha. Kiedy okazuje poczucie humoru, to tylko dla uzyskania efektu i pod publiczkę. On sam tego nie czuje i prawdopodobnie nie rozumie. Nie znam bardziej zwariowanego człowieka. Interesuje go jedynie stworzenie i podtrzymanie legendy Mogaby – największego wojownika wszech czasów.

Jest niemal tak dobry, jak chciałby być, a mógłby być tak dobry, za jakiego się uważa. Nigdy nie widziałem człowieka, który dorównałby mu talentami.

Inni Nar są niemal tak samo dobrzy i niemal tak samo zarozumiali i aroganccy.

Opinia Mogaby o sobie samym jest jego wielką słabością, ale nie sądzę, żeby ktoś był w stanie mu to powiedzieć. W centrum jego rozważań był zawsze on sam i jego rosnąca sława.

Niestety, pobłażanie samemu sobie oraz samouwielbienie nie zawsze stanowią cechy zachęcające żołnierzy do wygrywania bitew.

Pomiędzy nami a Mogabą nie było wielkiego uczucia. Jego upór podzielił Kompanię na Starą Gwardię i odłam Nar. Wyobraża sobie Kompanię jako staroświecką świętą krucjatę. My zaś, Stara Gwardia, postrzegamy ją jako wielką, nieszczęśliwą rodzinę, usiłującą przetrwać w nieprzyjaznym świecie.

Ten spór byłby bardziej gorzki, gdyby nie obecność i przemożna chęć dorwania przede wszystkim większego wspólnego wroga – Kręcącego.

Wielu ludzi Mogaby było nie bardzo wstrząśniętych jego sposobem rozumowania.

Wszystko, co Konował opiewał od chwili, kiedy po raz pierwszy przytknął pióro do papieru, można by uznać za sprawę formy. Nie jest dobrze spierać się z przełożonymi, obojętnie jak bardzo by się mylili i jakkolwiek jednostronne byłoby ich przekonanie o własnej nadrzędności. Próbuję więc utrzymać właściwą formę.

Konował szybko wyniósł Mogabę na trzecią pozycję w Kompanii, zaraz po sobie i Pani, ze względu na jego wyjątkowe talenty. Ale to nie upoważniało Mogaby do automatycznego przejmowania dowództwa podczas ich nieobecności. Nowi Kapitanowie mieli być wybierani przez wszystkich. W sytuacji, jaka panuje w Dedżagore, żołnierze przeprowadzają głosowanie, czy, ich zdaniem, wybory są konieczne. Jeśli uważają, że stary Kapitan stał się zbyt szalony, chory, niekompetentny, czy też istnieje jakakolwiek inna przyczyna zastąpienia go kim innym, wtedy dochodzi do wyborów.

Nie przypominam sobie żadnego wypadku w Kronikach, kiedy zasłużony kandydat zostałby przez żołnierzy odrzucony, ale jeśli wybory miałyby nastąpić dzisiaj, pewnie ustanowiono by precedens. W tajnym głosowaniu nawet wielu Nar mogłoby nie okazać zaufania Mogabie.

Podczas oblężenia nie było wyborów. Zrobiłbym wszystko, żeby do nich nie dopuścić. Mogaba mógł być szalony i można się było z nim nie zgadzać w kwestiach religii, ale tylko on był w stanie zapanować nad tysiącami tchórzliwych tagliańskich legionistów i utrzymać Dżajkuri w ryzach. Jeśliby zachorował, zastąpiłby go Sindawe, po nim Ocziba, a potem ja, jeśli nie zdążyłbym się schować.

Po tak długim czasie oblężenia zarówno cywile, jak i żołnierze raczej bali się Mogaby, niż go szanowali. To właśnie mnie martwi. Kroniki wykazują nieustannie, że strach jest żyzną glebą, na której wyrasta zdrada.

11

Mogaba zwoływał narady w cytadeli. Jest tam teraz gabinet narad wojennych, ale kiedyś zabawiała się tu czarami Władczyni Cienia. Mogaba uwielbiał wyznaczać tam spotkania ze względu na odległość, jaką my – słudzy – musieliśmy pokonywać. Nie lubił opuszczać swojej części przedstawienia, nie liczyłem więc, że wszystko odbędzie się szybko.

Był dość uprzejmy, choć od razu rzucało się w oczy, że to wymuszona kurtuazja.

– Otrzymałem twoją wiadomość – powiedział. – Nie jest dla mnie całkowicie jasna.

– Celowo ją zagmatwałem. Nie chciałem, żeby goniec rozpowiedział o tym po drodze.

– A zatem nie należy spodziewać się dobrych wieści – mówił dialektem Miast Klejnotów, którego Kompania nauczyła się na służbie u Syndyka Berylu. Większość z nas używała go, kiedy nie chcieliśmy być zrozumiani przez miejscowych. Mogaba zaś posługiwał się nim, ponieważ ciągle nie znał na tyle tagliańskiego, żeby obejść się bez tłumacza. Nawet dialektem Miast Klejnotów mówił z kiepskim akcentem.

– Zdecydowanie nie – odparłem. Przyjaciel Mogaby, Sindawe, tłumaczył dla obecnych przy rozmowie tagliańskich oficerów. – Goblin i Jednooki powiedzieli mi, że Kręcący jest już zupełnie zdrów i dziś w nocy ma zamiar urządzić powitalne przedstawienie. Nie będzie to kolejny wypad, ale wielka wyprawa wojenna.

Kilka par oczu wpatrzyło się we mnie z nadzieją, że to jeden z paskudnych kawałów, które Goblin i Jednooki uznali za szczególnie zabawny. Spojrzenie Mogaby zlodowaciało. Chciał, żebym zaprzeczył wszystkiemu pod ciężarem tego spojrzenia.

Nie ma on pożytku z Goblina i Jednookiego. Stanowią kość niezgody pomiędzy nim a Starą Gwardią. Jest przekonany, że dla prawdziwych czarowników, choćby najmniejszych, nie ma miejsca pomiędzy prawdziwymi wojownikami, którzy powinni polegać na własnej sile, rozumie, harcie ducha i ewentualnie na męstwie swoich dowódców – jeśli są mężni.

Goblin i Jednooki byli czarodziejami, niechlujnymi, niezdyscyplinowanymi awanturnikami, a co gorsza absolutnie nie zgadzali się, iż Mogaba stanowi to najlepsze, co mogło się zdarzyć Czarnej Kompanii.

Mogaba nienawidził Kręcącego, wiedział bowiem, że Władca Cienia nigdy nie stanie z nim w szranki, aby pieśń o tej potyczce niosła się przez pokolenia.

Chciał mieć swoje miejsce w Kronikach. Pragnął z całej duszy, aby było ono znaczące. I będzie je miał, ale nie takie, jak chce.

– Masz jakieś propozycje, jak się uporać z tym zagrożeniem? – Mogaba nie okazał wzburzenia, chociaż zdrowy Kręcący oznaczał przyśpieszenie daty naszej egzekucji.

Chciałem zaproponować modły, ale Mogaba najwyraźniej nie był w nastroju do żartów.

– Obawiam się, że nie.

– Nie znajdziesz niczego w księgach?

Miał na myśli Kroniki. Konował nieźle się namęczył, żeby nakłonić Mogabę do ich przestudiowania. Konował był dobry w poszukiwaniu nowych rozwiązań, odwlekaniu decyzji i precedensach – głównie dlatego, że nigdy nie był do końca pewny swojej strategii i umiejętności dowodzenia. Mogabie natomiast nigdy nie brakowało takiej pewności. Zawsze znajdował sobie wymówkę, żeby tylko nie uczyć się historii Kompanii. Dopiero niedawno pomyślałem sobie, że prawdopodobnie nie potrafi ani czytać, ani pisać. W niektórych kręgach takie umiejętności uważano za niegodne mężczyzny. Może było tak pomiędzy Nar z Gea-Xle, a poza tym opieka nad Kronikami należała zawsze do świętych obowiązków braci z Czarnej Kompanii.

Nar mówili niewiele o swoich wierzeniach, chociaż wiedzieliśmy doskonale, że uważają nas za heretyków.

– Niewiele. Znaną taktyką jest odciągnięcie uwagi czarownika w kierunku innego celu, gdzie wyrządziłby mniejsze szkody. Trzyma się go tam, dopóki nie zmęczy się lub nie znajdzie się okazja, żeby podejść bliżej i poderżnąć mu gardło. To raczej nie będzie możliwe. Tym razem Kręcący zachowa więcej ostrożności. Może nawet nie wystawi nosa z obozowiska, jeśli go do tego nie zmusimy.

Mogaba skinął głową. Nie był zaskoczony.

– Sindawe?

Sindawe to jego najstarszy i najbliższy przyjaciel. Znają się od dzieciństwa. Teraz jest zastępcą Mogaby i dowódcą pierwszego legionu Taglian – najlepszego i najstarszego z tagliańskich oddziałów. Konował zlecił Mogabie wyszkolenie ich, kiedy tylko przybyliśmy do Taglios, a on stworzył z pierwszego ślepo posłuszne narzędzie mordu.

Sindawe może uchodzić za brata Mogaby. Czasami występuje w roli jego sumienia, a ten ceni sobie jego opinię bardziej, niż powinien.

– Moglibyśmy spróbować ich przegonić... Ha! Żartowałem.

Mogaba nie zrozumiał, a jeśli nawet, to nie okazał rozbawienia.

– Użyjemy artylerii, żeby go odciągnąć, gdziekolwiek jest. A jeśli dopadniemy go w polu, możemy mieć tylko nadzieję, że się nam poszczęści.

Tak właśnie zrobiliśmy podczas wielkiej bitwy, która zakończyła się uwięzieniem nas w tej pułapce. Zadziałało i nawet mieliśmy szczęście. Wpadliśmy po uszy, ale żyjemy. Nie przybliżyło nas to jednak do zlikwidowania Kręcącego.

– Musimy być w ciągłym ruchu – zdecydował Mogaba. – Nasza artyleria ma strzelać i uciekać. Jeśli Władca Cienia zaatakuje bezpośrednio, natychmiast się wycofamy. Dopóki jego uwaga skierowana będzie gdzie indziej, będziemy ostrzeliwać się ogniem flankowym. Nie staniemy z nim twarzą w twarz.

Mogaba spojrzał mi w oczy. Oczekiwał pomocy od Goblina i Jednookiego, ale duma nie pozwalała mu prosić o nią. W kółko powtarzał, że nie może znieść czarów i że nie ma dla nich miejsca w Czarnej Kompanii. Czary są niegodne mężczyzny i dobre tylko dla oszustów pozbawionych honoru. Powtarzał to wszędzie i za każdym razem, kiedy widział tych dwóch błaznów. Obiecywał im złote góry, aby tylko opuścili „jego" Kompanię.

Pomoc? To zabawne, jak elastyczny staje się człowiek, kiedy śmierć zagląda mu w oczy.

Do pewnego stopnia, oczywiście. Mogaba nigdy nie nazwałby rzeczy po imieniu.

Nie pojąłem jego aluzji. Nigdy tego nie robię i mam nadzieję, że doprowadza go to do szału.

– Zrobimy wszystko, co w naszej mocy. Jeśli nie podołamy, nasze nieporozumienia będą gówno warte.

Mogaba skrzywił się. Niezależnie od tego, jakim językiem się posługiwał, wojownik Nar nigdy nie używał wyrażeń dosadnych.

Dobrze, że rozmawialiśmy w dialekcie Berylu. Nasza dyskusja trwała tak długo, że tagliańscy oficerowie zaczęli powątpiewać w uprzejme tłumaczenie Sindawe. Osobom z zewnątrz staraliśmy się pokazywać zawsze naszą jednomyślność. Było to szczególnie ważne, żeby oszukać naszych zleceniodawców. Inaczej bowiem przemyśliwaliby, jak nas wykończyć, kiedy tylko uratujemy ich królewskie tyłki. To należało już do tradycji.

Licząc zaprzysiężonych braci przyjętych w szeregi, od kiedy zaczął się ten przeklęty koniec świata, Nar i Starą Gwardię, mieliśmy sześćdziesięciu dziewięciu ludzi. Dedżagore broniło dziesięć tysięcy kiepsko wyszkolonych tagliańskich legionistów, trochę byłych niewolników Ziem Cienia, pełnych zapału, ale nieskutecznych, i trochę jeszcze mniej skutecznych Dżajkuri. Ubywało nas każdego dnia. Stare rany i nowe choroby przerzedzały szeregi niczym gwałtowny atak wroga. Konował próbował uczyć ludzi higieny, ale poza samą Kompanią nigdzie nie dawało to rezultatów.

Mogaba podarował mi niewielki łuk. W ten sposób okazywano tu szacunek. Nigdy w życiu nie podziękowałby mi wprost.

Sindawe i Ocziba pochylili się razem nad meldunkami, które właśnie nadeszły.

– Nie ma czasu na rozmowy – oznajmił Sindawe. – Szykują się do ataku. – Mówił po tagliańsku. W przeciwieństwie do Mogaby włożył wiele wysiłku, aby przekroczyć poziom kulawego stękania. Starał się także zrozumieć kulturę i sposób myślenia Taglian, jakkolwiek byłby on dziwaczny.

– Zatem ruszajmy na pozycje – powiedział Mogaba. – Nie chcemy przecież rozczarować Kręcącego.

Widać było jego niecierpliwość. Palił się do walki. Był nadmiernie rozgorączkowany. Analizował taktykę, jaką chciał zastosować pod kątem możliwości ograniczenia strat własnych.

Wyszedłem bez słowa, nie czekając na pozwolenie.

Mogaba wie, że nie uważam go za swego Kapitana. Rzadko o tym rozmawiamy. Nie uznam go bez oficjalnego głosowania. Jednak póki co on także nie chce wyborów. Podejrzewam, że boi się, iż jego popularność może się okazać nie aż taka, jaką powinien mieć Kapitan.

Nie będę naciskał. Stara Gwardia równie dobrze mogłaby wybrać mnie, a nie chciałem tej roboty. Nie miałem wystarczających kwalifikacji.

Znam swoje ograniczenia. Nie jestem przywódcą. Do diabła! Nie potrafię nawet dobrze prowadzić Kronik. Nie mam pojęcia, jak radził sobie z tym Konował, mając na głowie jeszcze milion innych obowiązków.

Biegłem całą drogę do swego odcinka na murach.

12

Poczułem uderzenie jakby niewielkiego i bezszelestnego podmuchu ciemności, która wynurzyła się z nocy i znikąd. Pochłonął mnie i nikt wokół tego nie zauważył. Porwał moją duszę i pociągnął ją za sobą. Wszedłem w ciemność. No, chłopcze, pomyślałem sobie. Władca Cienia powraca w w i e l k i m stylu, co?

Nigdy przedtem nie spotkałem się z czymś takim.

Ale dlaczego przyszedł po mnie? Było paru graczy znaczących mniej ode mnie.

13

Zostałem przywołany i nie mogłem się oprzeć temu wezwaniu. Walczyłem, ale szybko zdałem sobie sprawę, że tak naprawdę nie pragnę wygrać tej bitwy.

Czułem się zagubiony. Nie wiedziałem, co się dzieje. Byłem śpiący... A może to wszystko z braku snu?

Czyjś głos zawołał mnie po imieniu. Brzmiał jakby znajomo.

– Murgen! Wracaj do domu, Murgen! – Poczułem gwałtowny ruch, prawdopodobnie spowodowany podmuchem. – No, Murgen! Musisz z tym walczyć.

Co takiego?

– Wraca. Wraca!

Jęknąłem. Wiedziałem już, kim jestem, ale nie wiedziałem gdzie i dlaczego ani do kogo należy głos.

– Już wstaję! – próbowałem oznajmić. To muszą być jakieś ćwiczenia. – Już wstaję, do cholery!

Spróbowałem, ale mięśnie nie chciały mnie unieść.

Były sztywne.

Czyjeś ręce ciągnęły mnie za ramiona.

– Postawcie go. Niech chodzi – odezwał się inny głos.

– Musimy znaleźć sposób na rozpoznawanie tych ataków, zanim się zaczną – stwierdził poprzedni.

– Jestem otwarty na wszelkie sugestie.

– To ty jesteś lekarzem.

– Ale to nie jest choroba, Goblin. I to ty jesteś czarodziejem.

– Ale to też nie są czary, szefie.

– No więc, co to, do cholery, jest?

– W każdym razie nie przypomina to żadnych czarów. Nigdy nie widziałem czegoś takiego ani o tym nie słyszałem.

Postawili mnie na nogi. Kolana odmawiały posłuszeństwa, ale oni nie pozwolili mi upaść.

Otworzyłem jedno oko. Zobaczyłem Goblina i Starego. Ale przecież Stary nie żyje...

– Sądzę, że wróciłem – spróbowałem coś powiedzieć i tym razem mi się udało. Słowa brzmiały bełkotliwie, ale zrozumieli mnie.

– Mamy go – powiedział Goblin.

– Niech chodzi.

– On nie jest pijany, Konował. Wrócił. Jest przytomny. Może się tu przytrzymać. Możesz, Murgen?

– Tak, jestem tutaj. Nie odpłynę, póki jestem przytomny. – Gdzie było to „tutaj"? Rozejrzałem się. A, tu. Znowu.

– Co się stało? – zapytał Stary.

– Znowu wciągnęło mnie w przeszłość.

– Dedżagore?

– To zawsze jest Dedżagore. W dniu, w którym wróciłeś. W dniu, w którym spotkałem Sari.

Konował odchrząknął.

– Za każdym razem boli mniej. Ta wycieczka nie była zła, ale wiele umyka z powodu bólu. Nie załapałem nawet połowy tego koszmaru, który, jak wiem, tam się rozgrywał.

– Może tak jest dobrze. Może gdybyś wylał z siebie to wszystko, mógłbyś się z tego wyrwać.

– Nie jestem szalony, Konował. Nie robię tego sobie sam.

– Coraz trudniej sprowadzić go z powrotem. Tym razem nie poradziłby sobie bez nas – powiedział Goblin.

Teraz była moja kolej na chrząknięcie. Ciągle byłem w stanie oglądać i przeżywać na nowo najboleśniejszy okres mojego życia.

Goblin nie odgadł najgorszego. Jeszcze nie wróciłem. Wyciągnęli mnie na powierzchnię z najgłębszych czeluści mojego wczoraj, ale nie wróciłem do domu. To była także przeszłość, ale tym razem byłem świadomy swego przemieszczenia. Wiedziałem też, co za czort czai się w mojej przyszłości.

– Jak to było? – Goblin za każdym razem wpatrywał się we mnie tak, jakby jakiś nieświadomy tik na mojej twarzy mógł podpowiedzieć mu rozwiązanie tej zagadki i uleczyć mnie. Konował swoim zwyczajem oparł się o ścianę, zadowolony, że mówię.

– Tak jak zawsze. Tylko mniej bolesne. Chociaż tym razem na początku nie byłem naprawdę sobą. Było jakoś inaczej. Byłem jedynie głosem pozbawionym ciała. Jakby punktem widzenia wskazującym drogę przechodniowi bez twarzy.

– Także bez ciała? – zapytał Konował. To urozmaicenie wyraźnie go zainteresowało.

– Nie. Ktoś tam był. Cała postać bez twarzy.

Goblin i Konował wymienili zatroskane spojrzenia.

– Jakiej płci? – indagował mnie dalej Konował.

– Trudno powiedzieć, ale to nie był Bezgębny. Nie sądzę, żeby był to ktokolwiek z naszej przeszłości. Mógł się zrodzić tylko w mojej głowie. Może sam rozpadłem się na kawałki, żeby nie znosić tyle bólu naraz.

Goblin pokręcił głową. Nie wierzył.

– To nie byłeś ty, Murgen. Ktoś to robi. Musimy wiedzieć kto, ale przede wszystkim dlaczego i dlaczego właśnie tobie. Uchwyciłeś jakieś wskazówki? W jaki sposób to się zaczęło? Skup się na szczegółach. Najdrobniejszy może dać nam punkt zaczepienia.

– Kiedy się zaczęło, byłem zupełnie odłączony. Wchodziłem w to stopniowo. I znów, na powrót byłem Murgenem przeżywającym wszystko na nowo, próbującym uchwycić to w Kronikach, jednak całkowicie nieznającym przyszłości. Pamiętasz, jak pływałeś, kiedy byłeś dzieckiem? Kiedy ktoś wyskakiwał z wody za twoimi plecami i próbował cię przytopić? Wyskakiwał wysoko w górę, kładł ci ręce na czubku głowy i przygniatał cię całym ciężarem? Jeśli woda była głęboka, to zamiast iść prosto na dno, miotałeś się i powoli opadałeś? Właśnie tak się to odbyło. Tylko kiedy opadłem na dno, nie mogłem już wypłynąć na powierzchnię. Zapomniałem, że przecież robiłem to już przedtem nieskończenie wiele razy. Może gdybym mógł wówczas na powrót przypomnieć sobie przyszłość, potrafiłbym zmienić bieg rzeczy, albo przynajmniej zrobiłbym dodatkowe kopie moich ksiąg, tak żeby nie...

– Co takiego? – Konował się ożywił. Wspomnij tylko Kroniki, a już zyskujesz sobie jego niepodzielną uwagę. – Co to było?

Czyżby zdał sobie sprawę, że pamiętam przyszłość? Tym razem moje tomy Kronik pozostaną bezpieczne.

Poczułem przypływ strachu i bólu, a za nimi podążyła rozpacz. Pomimo skoków w przeszłość i powrotów tutaj nie mogłem niczego powstrzymać. Żadna moc ducha ani siła woli nie odmieni biegu tej rzeki i nie cofnie koszmaru.

Przez chwilę nie byłem w stanie mówić, tak wiele miałem do powiedzenia naraz.

– Przyszliście tutaj przez Gaj Zagłady, prawda? – zdołałem wybełkotać. Pamiętałem tę noc i przemierzałem ten kraj wystarczająco często, aby nieźle poznać teren. Krajobraz zmienia się nieznacznie za każdym razem, ale w końcu i tak czas staje się tą samą, nieubłaganą rzeką.

Przymykając oczy, mógłbym niemal ujrzeć odbicia innych wersji zakończenia dalszych rozmów.

– Gaj? – Konował był zaskoczony.

– Chcesz, żebym zaprowadził Kompanię do Gaju Zagłady, tak? Czas na jakieś święto Oszustów. Sądzisz, że tym razem może się tam pokazać sam Narajan Singh. Sądzisz, że to dobra okazja, żeby go złapać. Jego albo k o g o k o l w i e k, kto wie, gdzie ukryto twoje dziecko. Co gorsza, sądzisz, że trafi się okazja, aby zabić wielu z nich i jeszcze bardziej ich osłabić.

Konował był nieprzejednany w swoim postanowieniu zlikwidowania Oszustów. Bardziej nawet niż Pani, a z nich dwojga to ona została bardziej znieważona. Dawno temu pragnął, aby za jego życia zakończył się cykl historii Czarnej Kompanii. Chciał być Kapitanem, kiedy Kompania powróci do Khatovaru. Nadal o tym marzy, ale sen zamienił się w koszmar i odsunął te plany na bok. Koszmar domaga się spełnienia. Dopóki rozpina wokół swą pajęczą sieć strachu, bólu, okrucieństwa i zemsty, dopóty Khatovar pozostaje jedynie ucieczką, a nie celem przeznaczenia.

– Skąd mogłeś wiedzieć o Gaju? – Konował spoglądał na mnie niepewnie.

– Wróciłem z tą wiedzą. – To była prawda, ale co innego rozumieliśmy przez „powrót".

– Zabierzesz tam ludzi?

– Nie mógłbym inaczej.

Teraz i Goblin spojrzał na mnie dziwnie.

Zrobię to. Wiedziałem, jak potoczy się wszystko, ale nie mogłem im powiedzieć. W mojej głowie walczyły teraz ze sobą dwie myśli. Ta o zrobieniu tego, z pewnością nie była tą samą, która rozkołysana na refach pomniejszała żagle.

– Już dobrze – powiedziałem im. – Myślę, że jest sposób na te ataki. A przynajmniej żebym nie odchodził tak daleko w przeszłość. Ale nie mogę tego powstrzymać. – Chętnie podzieliłbym się nimi. Nie miałem ochoty ciągle się potykać o krawędź czasu i spadać w przeszłość, w te mroczne i aż nazbyt realne sny o Dedżagore. Nawet jeśli byłem ślepy na panujący tam koszmar i okrucieństwo.

Konował chciał coś powiedzieć.

– Za dziesięć minut będę na dole – przerwałem mu.

Nie mogłem powiedzieć im niczego wprost, ale może uda mi się dać coś do zrozumienia.

Wiedziałem jednak, że niczego to nie zmieni. Najgorszym koszmarem było czekanie i świadomość własnej bezsilności.

Zrobię, co w mojej mocy, kiedy będziemy w lesie. Może tym razem, choćby przypadkiem, coś potoczy się innym torem. Gdybym mógł przypomnieć sobie przyszłość na tyle, żeby uczynić właściwy ruch.

Ty, kimkolwiek jesteś i gdziekolwiek jesteś, nadal wciągasz mnie w odmęty bólu. Dlaczego to robisz? Czego chcesz? Kim jesteś? Czym jesteś?

Odpowiedź nie nadeszła. Jak zwykle.

14

Kąsał nas wściekły wiatr. Drżąc, otuliliśmy się kocami, zupełnie pozbawieni zapału, jak faceci, którzy nie wiedzą, co się z nimi stanie. Chyba nikt z nas nie miał ochoty przebywać w tym przeklętym lesie.

Coś wciąż mi umykało. Jakieś uczucie, gdzieś głęboko, mówiło mi, że nadszedł decydujący moment i trzeba natychmiast coś zrobić. Że kryje się za tym dużo więcej, niż mogę sobie wyobrazić.

Niewidoczne drzewa skrzypiały i trzeszczały. Wiatr wył i jęczał. Łatwo było puścić wodze fantazji i ujrzeć tysiące torturowanych i pomordowanych w tym miejscu. W zawodzeniu wichru można było niemal usłyszeć ich jęki i nigdy niewysłuchane błagania o litość. Można było spodziewać się widoku okaleczonych trupów, zmartwychwstałych po to, by żądać pomsty na żywych.

Udawałem bohatera, ale nie mogłem powstrzymać drżenia. Mocniej naciągnąłem na siebie koc. Nie pomogło.

– Co za zapach! – prychnął Jednooki, jakby cała sytuacja nie robiła na nim wrażenia. – Jeśli ten dureń, Goblin, nie przestanie pierdzieć, spuszczę mu portki i wetknę w tyłek kawał lodu.

– Pomysłowe.

– Nie bądź takim mądralą, Dzieciaku. Ja...

Mocny podmuch wiatru porwał ze sobą dalszy ciąg wypowiedzi Jednookiego.

To nie zimno wprawiało nas w drżenie, chociaż nikt nie przyznałby się do tego. Tak działało na nas to miejsce, czekające zadanie i wiszące nad nami ciężkie chmury, kradnące nawet skromne towarzystwo gwiazd.

Było paskudnie ciemno, a Dusiciele mogli się już zaprzyjaźnić z człowiekiem, który władał cieniami. Ćwierkały o tym ptaszki, a właściwie jedno wielkie, czarne ptaszysko.

– Za długo już siedzimy w mieście – burknąłem.

Jednooki nie odezwał się, Tai Dei zaś odpowiedział pomrukiem. Niemniej dla tego Niueng Bao była to niemal przemowa.

Wiatr przyniósł odgłos skradających się kroków.

– Niech cię szlag, Goblin! – warknął Jednooki. – Przestań się tłuc.

Chcesz, żeby cały cholerny świat się dowiedział, że tu jesteś? – Nie szkodzi, że nikt nie mógł usłyszeć Goblina już półtora metra dalej, nawet gdyby tańczył. Jednooki nie życzył sobie być ograniczany przez logikę myślenia.

Goblin przykucnął przede mną. Jego drobne, żółte zęby szczękały cicho.

– Wszystko gotowe – mruknął. – Jak tylko ty będziesz gotowy.

– A zatem do roboty. Zanim włączy mi się zdrowy rozsądek – jęknąłem, wstając. Trzasnęło mi w kolanach. Mięśnie miałem zesztywniałe. Zakląłem. Robiłem się za stary na takie głupstwa, choć w wieku trzydziestu czterech lat byłem wciąż raczej synem pułku. – Ruszamy – odezwałem się na tyle głośno, żeby wszyscy mnie usłyszeli. W ciemności nie dało się używać mowy znaków.

Staliśmy z wiatrem i Goblin znowu się popisał. Nie hałas był tu problemem.

Ludzie znikali po cichu, jeden po drugim. Ze zdumieniem odkryłem, że jestem sam ze swoją obstawą. Także ruszyliśmy naprzód. Tai Dei osłaniał tyły. Noc mu nie przeszkadzała. Może miał koci wzrok.

Miałem bardzo mieszane uczucia. Po raz pierwszy prowadziłem wypad. Nie miałem pewności, czy byłem poza Dedżagore wystarczająco długo, aby nim pokierować. Zalazłem cieniom za skórę i ciągle jeszcze byłem potwornie podejrzliwy w stosunku do wszystkich spoza Kompanii. Sam nie wiedziałem dlaczego. Jednak Konował nalegał. Przekradałem się zatem przez ciemny, paskudny las z soplami lodu zwisającymi wokół dupska i kierowałem pierwszą od wielu lat samodzielną akcją Kompanii. Po zastanowieniu stwierdziłem jednak, że przecież nie była to wyłącznie Kompania. Każdy z moich chłopców miał swoją obstawę.

Odsunąłem te rozważania na bok, ruszając po prostu naprzód. Do diabła! I tak było już za późno, żeby cokolwiek powstrzymać.

Przestałem martwić się o siebie, a zacząłem rozmyślać, jak też damy sobie radę po wypadzie? Jeśli spieprzymy sprawę, nie będzie można zrzucić winy na zdradę Taglian, ich warcholstwo czy nieudolność, którymi zazwyczaj tłumaczono się w takich wypadkach.

Dotarłem do grzbietu niskiego wzniesienia. Ręce mi skostniały, ale poza tym cały byłem mokry od potu. Przede mną zamigotało światło. To Oszuści, te szczęśliwe gnojki, palili ognisko, żeby się ogrzać. Przystanąłem, coby posłuchać. Nic.

Skąd Stary wiedział, że przywódcy band Dusicieli zbiorą się akurat na to święto? Czasami jego wiedza była wprost przerażająca. Może wmieszała się w to Pani, a może miał jakiś magiczny talent, o którym nikomu nie mówił?

– Niedługo się dowiemy, czy Goblin ma jeszcze talent – zauważyłem.

Tai Dei nie zmarnował swego cennego pomruku na odpowiedź. Cisza była wystarczającym komentarzem.

Miało tam być około trzydziestu–czterdziestu najważniejszych Oszustów. Ścigaliśmy ich bez wytchnienia, od kiedy Narajan porwał dziecko Pani i Konowała. Stary usunął ze słownika Kompanii pojęcie miłosierdzia. Przystawało to doskonale do filozofii Oszustów, chociaż założyłbym się o cokolwiek, że ci tam niedługo zmienią zdanie.

Goblin nie utracił swych zdolności. Straże spały. Mimo to nieuchronnie wszystko zmierzało w niewłaściwym kierunku.

Byłem piętnaście metrów od szałasu, przekradając się wzdłuż tej wyjątkowo wielkiej i okropnej konstrukcji, kiedy ktoś zaczął nagle tupać i podskakiwać, jakby goniły go wszystkie diabły piekieł. Uginał się pod ciężarem ogromnego tobołu, w którym coś się wierciło i popiskiwało.

– Narajan Singh! – rozpoznałem go natychmiast. – Stój!

Świetnie, Murgen. Zatrzymaj go siłą swojego głosu.

Reszta ludzi też go rozpoznała. Podniósł się wrzask. Nie mogliśmy uwierzyć własnemu szczęściu, chociaż uprzedzano mnie, że może nas czekać tu niezły kąsek. Singh był numerem jeden pomiędzy Oszustami, a Pani i Kapitan chętnie zabijaliby go latami na raty.

Tobołek musiał być ich córką.

Wywrzaskiwałem rozkazy, ale każdy robił, co uważał za stosowne. Większość pognała za Singhiem. Harmider zbudził pozostałych Oszustów. Najszybsi próbowali uciekać.

Na szczęście paru ludzi zostało na swoich miejscach.

– Ciepło ci teraz? – zapytał Goblin. Wciągnąłem gwałtownie powietrze, obserwując, jak Tai Dei wciska wąskie ostrze w oczodół otumanionego snem Dusiciela. Tai Dei nie podrzynał gardeł. Nie lubił bałaganu.

Było po wszystkim.

– Ilu mamy? Ilu uciekło? – Patrzyłem w kierunku, gdzie umknął Singh. Cisza nie obiecywała zbyt wiele. Ludzie darliby się z radości, gdyby go złapali.

Psiakrew! Gdybym mógł zawlec go do Taglios... Gdyby babcia miała wąsy.

– Nie zabijajcie wszystkich. Ktoś musi opowiadać nam bajki na dobranoc. Jednooki, jak, do ciężkiej cholery, Singh mógł wiedzieć, że tu jesteśmy?

Karzeł wzruszył ramionami.

– Nie wiem. Może jego bogini kazała mu zabrać stąd tyłek?

– Daruj sobie. Kina nie miała z tym nic wspólnego. – Nie byłem jednak taki pewny. Czasami trudno jest nie wierzyć.

Tai Dei uczynił znak dłonią.

– Zgadza się – powiedziałem. – To samo sobie pomyślałem.

Jednooki spojrzał zaskoczony.

– Co takiego? – zrzędził Goblin.

Oto moi czarodzieje. Zawsze ich musi być na wierchu.

– Czasami zastanawiam się, panowie, czy potrafilibyście znaleźć bez mapy własne kutasy. Szałas, staruszkowie. Szałas. Nie wydaje się wam, że to paskudnie wielka chatka jak na jednego kurdupla mordercę i dzieciaka wysokiego na tyle, by z trudem dziabnąć cię w kolano? Trochę za duża nawet jak dla żyjącego świętego córki bogini?

Jednooki zaprezentował paskudny grymas.

– Nikt więcej już stamtąd nie wyszedł? Dobra. Chcesz, żeby zaczęło się palić?

Zanim zdążyłem odpowiedzieć, Goblin zaskowyczał. Odwróciłem się błyskawicznie. Bezkształtna ciemność, widzialna jedynie dzięki światłu ogniska, wynurzała się z wejścia do szałasu. Potem padłem na ziemię powalony przez Tai Deia. Nad moją głową buchnęły płomienie i zatrzeszczały błyskawice. Zewsząd nadlatywały kule ognia.

Mordercza ciemność jakby straciła swoją moc, po czym się rozpadła.

To z jej powodu drżeliśmy przed atakiem. Ale tę rundę wygraliśmy.

– Zobaczmy, co złapaliśmy. – Usiadłem, zaciskając palce. – To powinno być interesujące.

Moi ludzie rozwalili szałas. Odkryli w nim pół tuzina pomarszczonych ludzików, brązowych jak orzeszki.

– Tkacze cienia. Razem z Dusicielami. Czyż to nie ciekawe? Dziadygi bełkotały, że chcą się poddać.

Natknęliśmy się już na ten gatunek. Nie odznaczali się wielkim bohaterstwem.

– Ci z Ziem Cienia są dobrzy w tym swoim „poddajemy się" – warknął żołnierz zwany Wróżbą. – Każdy ćwiczy chyba bez przerwy właściwe tagliańskie zwroty.

– Z wyjątkiem Długiego Cienia – przypomniałem mu. – Dziękuję – zwróciłem się do Tai Deia.

Wzruszył ramionami. Był to gest nieznany Niueng Bao. Czasami jednak docierało do niego coś ze świata.

– Sahra pragnęłaby tego.

A to był cały Niueng Bao. Raczej zwali wszystko na zachcianki swojej siostry, niż wspomni o obowiązku, powinnościach czy choćby przyjaźni.

– Co mamy zrobić z tymi facetami? – zapytał Wróżba. – Są nam do czegoś potrzebni?

– Oszczędźcie dwóch. Najstarszego i jeszcze jakiegoś. Goblin, nie powiedziałeś jeszcze, ilu uciekło.

– Trzech. Wliczając w to Singha, bez dziecka. Ale złapiemy przynajmniej jednego, zakładając, że schował się gdzieś w tych krzakach.

– Zbierz ich. Odprowadzę ich do Starego.

– Daj im trochę władzy, a zmienią się w hetmanów – zaskrzeczał sarkastycznie Jednooki. – Pamiętam tego dzieciaka, kiedy latał jeszcze na bosaka po kozich bobkach i nie wiedział, do czego służą buty. – W jego oczach nie zauważyłem rozbawienia. Śledził każdy mój ruch niczym jastrząb. A raczej jak kruk, chociaż tej nocy nie krążyły wokół nas. Jakikolwiek eksperyment przeprowadzili Goblin i Jednooki na tym terenie, odniósł on całkowity sukces.

– Wyluzuj, Murgen – zaproponował Goblin. – Zajmiemy się wszystkim. Może byście ruszyli swoje leniwe dupska i przynieśli drzewa na ognisko? – Zaczął krążyć wokół schwytanych Oszustów w kierunku przeciwnym niż Jednooki.

Mieli rację. Przez to napięcie przejmowałem się za bardzo. Byłem teraz o tysiąc lat starszy. Przetrwanie w Dedżagore nie było łatwe. Ale reszta z nas także przez to przeszła. Widzieli rzeź niewinnych ludzi, jaką urządził Mogaba. Przeżyli zarazy i epidemie. Widzieli akty kanibalizmu i ofiary składane z ludzi, zdrajców, donosicieli oraz całą resztę innych potworności. I nie pozwolili, aby zawładnęły nimi koszmary.

Muszę to okiełznać. Muszę odnaleźć jakiś emocjonalny dystans i właściwą perspektywę. Lecz wewnątrz mnie działo się coś niezrozumiałego, nad czym nie potrafiłem zapanować. Czasami czułem, że jest kilku Murgenów, którzy siedząc za moimi plecami, obserwują każdy mój ruch. Wszystko się mieszało. Może nie było dla mnie nadziei na odzyskanie psychicznej równowagi.

Goblin wrócił dumny jak paw. Wraz z Jednookim prowadził jakiegoś mężczyznę – sama skóra i kości. Niewielu Oszustów miało się dobrze w tych czasach. Nie mieli nigdzie przyjaciół. Tępiono ich jak szkodniki.

– Mamy prawdziwego czerwonorękiego, Murgen. – Goblin zaprezentował swój ropuszy uśmiech. – Autentyczny czarny z czerwoną dłonią. Co ty na to?

Zrobiło mi się cieplej na sercu. Więzień był naprawdę Dusicielem wysokiej rangi. Czerwona dłoń oznaczała, że jest tu od czasów, kiedy Narajan Singh oszukał Panią, mówiąc jej, że stanowi obiekt kultu Dusicieli, podczas gdy oni czcili naprawdę jej nienarodzone dziecko, które miało być córką ich bogini Kiny.

Pani jednak także użyła podstępu i naznaczyła wszystkich Dusicieli czerwoną dłonią, tak żeby później nie mogli się niczego wyprzeć. Na próżno próbowali usunąć zabarwienie. Pomogłaby jedynie amputacja, ale jednoręki Dusiciel nie zdołałby posłużyć się rumlem – szarfą, która była narzędziem świętego fachu Dusicieli.

– Stary będzie zadowolony. – Czerwonoręki będzie przecież wiedział, co kryje się za parawanem jego wyznania.

Podszedłem bliżej ognia. Tai Dei pomógł rozlokować zbędnych tkaczy cienia i przykucnął przy mnie. Jak bardzo odmieniło go Dedżagore? Mam wrażenie, że nawet jako mały berbeć był zimny, milczący i bezlitosny.

Zauważyłem, że Goblin nadal mnie obserwuje z kąta, udając, że robi coś innego. Czego oni z Jednookim tak wypatrywali?

Karzeł wyciągnął przed siebie ręce.

– Dobry ogień.

15

Paranoja weszła nam widać w krew. Staliśmy się nowymi Niueng Bao. Nikomu nie ufaliśmy. Nikomu spoza Czarnej Kompanii nie mówiliśmy, co robimy, dopóki nie byliśmy pewni reakcji. Zależało nam zwłaszcza na ukryciu wszystkiego w głębokim mroku przed Prabrindrahem Drahem i jego siostrą Radiszą Drah.

Absolutnie nie można było im zaufać, chyba że w grę wchodziły ich własne interesy.

Przemyciłem swoich więźniów do miasta i ukryłem w magazynie nad rzeką – miejscu o bardzo charakterystycznym zapachu. Przyjaźni Kompanii Szadarowie łowili tam ryby. Moi ludzie rozeszli się po swoich rodzinach albo poszli na piwo. Byłem zadowolony. Jednym szybkim pchnięciem przerzedziliśmy dowództwo Oszustów. O mały włos nie dopadliśmy tego czarta, Narajana Singha. Byłem na odległość splunięcia od dziecka Konowała. Z czystym sumieniem mogłem mu donieść, że nic jej nie jest.

Tai Dei rzucił więźniów na kolana i zmarszczył nos.

– Masz rację – zgodziłem się z nim. – Ale to miejsce nie cuchnie nawet w połowie tak strasznie jak twoje bagno. – Taglios rościło sobie prawo do delty rzeki, lecz Niueng Bao nie zgadzali się na to.

Tai Dei chrząknął. Dowcip był zrozumiały dla niego tak samo jak dla tych, którzy stali obok.

Nie przypomina ich jednak z widzenia. Jest trzydzieści centymetrów niższy ode mnie. Przewyższam go także wagą o ponad trzydzieści pięć kilo. No i jestem dużo ładniejszy. Ma byle jak ostrzyżone, czarne włosy, które sterczą na wszystkie strony jak niechlujna strzecha. Chudy, z zapadniętymi policzkami, milczący i zgryźliwy Tai Dei jest bardzo nieapetyczny. W każdym razie robi, co do niego należy.

Właściciel rybiarni, Szadar, przyprowadził do nas Kapitana. Konował robił się coraz starszy. Będziemy musieli zacząć zwracać się do niego „Szefie" albo jakoś tak. Nie można przecież nazywać Kapitana „Starym", kiedy jest naprawdę stary.

Ubrał się w strój szadarskiej konnicy. Turban, broda i proste, szare ubranie. Spojrzał chłodno na Tai Deia. Sam nigdy nie miał obstawy Niueng Bao. Nie chciał o tym słyszeć, mimo że musiał się maskować, ilekroć chciał wyjść sam na ulicę. Goryle nie należą do tradycji. Konował jest uparty, jeżeli w grę wchodzi tradycja Kompanii.

Do diabła, wszyscy oficerowie Władcy Cienia zatrudniali goryli. Niektórzy nawet kilku. Nie przeżyliby bez nich.

Tai Dei spokojnie odwzajemnił spojrzenie Konowała. Obecność wielkiego dyktatora nie robiła na nim wrażenia. Pewnie powiedziałby: Ja jestem jeden i on jest jeden. Czyli jest po równo.

– Opowiadaj. – Konował przejrzał moje łupy.

Opowiedziałem więc wszystko.

– Zgubiłem jednak Narajana – kończyłem relację. – Byłem blisko, ale ten gnojek ma chyba anioła stróża. W żaden sposób nie powinien wyrwać się z zaklęcia Goblina. Ścigaliśmy go przez dwa dni, ale nawet Goblin i Jednooki nie zdołali trafić na jego ślad.

– Ktoś mu pomógł. Może anioł stróż, a może jego nowy kumpel Władca Cienia.

– Jak trafili z powrotem do lasu? Skąd wiedziałeś, że tam będą?

Już myślałem, że powie, iż usłyszał to od wielkiego czarnego ptaka.

Kruki są już mniej liczne, ale wciąż wszędzie mu towarzyszą. Mówi do nich, a one przemawiają także czasami do niego.

– Musieli kiedyś przyjść, Murgen. Są niewolnikami swojej religii.

Ale dlaczego akurat na to właśnie Święto Świateł? Skąd wiedziałeś?

Nie naciskałem. Nie naciska się Konowała. Na starość robi się tajemniczy i dziwaczeje. W swoich Kronikach nie zawsze mówi całą prawdę o sprawach osobistych. Zwłaszcza o swoim wieku.

Kopnął tkacza cienia.

– Jeden z pupilków Długiego Cienia. Mały szpieg. Nie myślałem, że ma ich tyle, aby mógł sobie pozwolić na ich utratę.

– Raczej się nie spodziewał, że na nich wpadniemy.

Konował spróbował się uśmiechnąć, ale wyszedł mu paskudny, sarkastyczny grymas.

– Czeka go zatem wiele niespodzianek. – Kopnął więźnia. – Nie ukrywajmy ich. Zabierzmy ich do pałacu. O co chodzi?

Na plecach poczułem lodowaty podmuch, jakbym znowu się znalazł w Gaju Zagłady. Nie wiem dlaczego, ale miałem złe przeczucia.

– Nie wiem. Ty jesteś szefem. Chcesz coś specjalnego do Kronik?

– Ty jesteś teraz kronikarzem, Murgen. Napisz, co musisz napisać. Zawsze mogę coś sprostować.

Nie sądzę. Wysyłałem wszystko, ale nie wierzę, że było czytane.

– Co z tym wypadem? – zapytał.

– Było tam zimno jak cholera.

– I ten chodzący wór wielbłądziego gówna, Narajan Singh, znowu się nam wymknął. I to właśnie napiszesz. On i jemu podobni będą się nam plątać po życiorysie, dopóki go nie usmażymy. Mam nadzieję. Widziałeś ją? Nic jej nie jest?

– Tak naprawdę widziałem tylko tobół, który dźwigał Singh. Myślę, że to była ona.

– To musiała być ona. On nigdy nie spuszcza z niej wzroku. – Udawał twardziela. – Zaprowadź ich do pałacu. – Znowu poczułem uderzenie chłodu. – Dam znać strażom, że nadchodzicie.

Tai Dei spojrzał na mnie, a ja na niego. To może być trudne. Ludzie na ulicach rozpoznają więźniów. Może mają tu przyjaciół. Z pewnością mają tu także tysiące wrogów. Mogliby nie przeżyć tej wycieczki. Oni albo my.

– Pozdrów ode mnie żonę. Mam nadzieję, że podoba się jej nowa siedziba – odezwał się Stary.

– Jasne. – Zadrżałem. Tai Dei spojrzał na mnie spode łba.

Konował wyjął zwój papieru.

– To przyszło od Pani, kiedy wyszliście. Do Kronik.

– Ktoś musiał umrzeć.

– Przytnij i opraw – wyszczerzył zęby. – Ale nie dodawaj jej zbyt wielu cnót. Nie znoszę, kiedy rzuca we mnie moimi argumentami.

– Pierwsze słyszę.

– Jednooki sądzi, że wie, gdzie zostawił papiery. Dowiedział się, kiedy usłyszał, że będzie musiał prowadzić Kroniki.

– A to już słyszałem.

Konował ponownie wyszczerzył zęby i odszedł.

16

Pięciuset ludzi i pięć słoni roiło się wokół niedokończonej barykady. Najbliższa przyjazna placówka leżała o dzień forsownego marszu na północ. Łopaty wgryzały się w ziemię, dudniły młoty. Słonie zrzucały deski z wozów i pomagały ustawić je pionowo. Jedynie woły stały leniwie w swoich jarzmach.

Ta bezimienna jeszcze placówka istniała zaledwie jeden dzień i była najnowszym punktem w wytrwałym marszu Taglian w głąb Ziem Cienia. Ukończono jedynie wieżę. Widać stąd było dokładnie cały południowy horyzont. W powietrzu wyczuwało się napięcie, ciężar roztaczany jakby przez odór zadawnionej śmierci; jakieś dziwne wrażenie.

Pośród żołnierzy byli samymi weteranami. Nie mieli zamiaru się załamywać. Każdy wykształcił w sobie umiejętność oczekiwania na zwycięstwo.

Wartownik spoglądał niewzruszenie.

– Kapitanie!

Mężczyzna wyróżniający się kolorem ubrania opuścił szpadel i spojrzał w górę. Jego prawdziwe imię brzmiało Kato Dalia. Czarna Kompania zwała go Wielkim Cebrem. W swoim rodzinnym mieście był poszukiwany za drobne kradzieże, a tutaj stał się doradcą i dowódcą batalionu tagliańskiej straży granicznej. Był twardy. Zyskał uznanie za wykonywanie swoich zadań bez strat w ludziach.

Posapując, Ceber wgramolił się na platformę obserwacyjną.

– Co tam masz?

Strażnik wskazał palcem, a kapitan przymrużył oczy.

– Pomóż mi, synu. Moje oczy nie są już takie jak dawniej. – Widział jedynie niskie, przygarbione grzbiety Wzgórz Logra, nad którymi wisiały porozrzucane chmury.

– Proszę spojrzeć.

Ceber ufał swoim żołnierzom. Wybierał ich starannie. Spojrzał zatem.

Jedna, niewielka chmura wisiała jakby niżej od innych, ciągnąc za sobą ukośny cień. Mała szelma zmierzała w kierunku przeciwnym do reszty rodzinki.

– Zmierza prosto na nas?
– Na to wygląda, sir.

Ceber polegał na swojej intuicji. Służyła mu dobrze podczas tej wojny bez większych bitew. A intuicja mówiła mu, że ta chmura jest niebezpieczna.

Zszedł z platformy i rozesłał gońców, aby wszyscy byli przygotowani na atak. Ludzie ze spółki budowlanej, mimo iż nie byli żołnierzami zaciężnymi, nie chcieli się wycofać. Czasami reputacja Cebra obracała się przeciwko niemu. Jego pogranicznicy bogacili się, kursując przez granicę. Inni chcieli tego samego.

Ceber poszedł na kompromis. Wysłał jeden pluton na północ wraz ze zwierzętami, zbyt cennymi, aby ryzykować ich utratę, a reszta robotników została. Poprzewracali oni swe wozy, wypełniając luki w palisadzie.

Chmura zbliżała się nieprzerwanie. We wnętrzu cienia, jaki rzucała, oraz w warkoczu padającego deszczu nie można było zobaczyć niczego. Przed nią podążał chłód. Tagliańscy żołnierze drżeli i podskakiwali w miejscu, żeby się rozgrzać.

Dwieście metrów za rowem dwóch ludzi trzęsło się w przykrytych, niewidocznych z zewnątrz dołach, oświetlonych specjalnymi świecami. Jeden trzymał wartę.

Nadchodziły ciemność i deszcz. Kilka metrów dalej ulewa przechodziła w mżawkę. Pojawili się ludzie. Wyglądali staro i żałośnie. Byli obdarci, bladzi, apatyczni i pozbawieni nadziei. Kulili się z zimna. Wyglądali, jakby całe życie spędzili w deszczu. Bez zapału nieśli swoją zardzewiałą broń. Równie dobrze mogli być armią żywych trupów.

Cały rząd przeszedł doły. Za nimi podążali konni, posuwający się niczym zombi. Potem nadeszła piechota, a za nią słonie.

Mężczyźni w dołach dostrzegli słonie i użyli kusz, aby wystrzelić zatrute ładunki. Słonie nie miały opancerzonych brzuchów, a trucizna powodowała dotkliwy ból. Rozwścieczone bestie rozbiły szyk. Ludzie z Ziem Cienia nie mieli pojęcia, jaka jest przyczyna tego szału.

Małe cienie odnalazły doły i próbowały wśliznąć się do środka, ale spłoszyło je światło świec. Zostawiły po sobie jeszcze większy chłód i odór śmierci.

Cienie znalazły dół, gdzie deszcz znalazł drogę do świecy. Pozostawiły za sobą wrzask i wykrzywione oblicze śmierci; grób jakby zawczasu wykopany na tę okazję.

Pani natknęła się na grupę robotników z Północy i przesłuchała ich uważnie, obserwując odległą chmurę.

– To może być to, czego szukamy – powiedziała do swoich towarzyszy. – Na konie! – Zmusiła swego ogiera do galopu. Wyhodowany w zaczarowanych stajniach, za czasów, kiedy była cesarzową Północy, czarny olbrzym szybko wyprzedził resztę jeźdźców.

Galopując, Pani przyglądała się chmurze. Trzy inne zauważono blisko pozycji, gdzie uderzono na kompanie pograniczników. Przybyła właśnie po to, aby się temu przyjrzeć.

Niewiele czasu potrzebowała, aby się domyślić, jak dokonano ataku. Na długo przedtem, zanim Ludzie z Ziem Cienia wycofali się z tego terenu, rozciągnięto tu linie mrocznych mocy. Napastnicy byli nimi sterowani. Z ich pomocą mogliby walczyć nawet bez udziału własnej woli.

Mogła je teraz z łatwością pogmatwać, ale zdecydowała się nie robić tego. Niech nastąpi atak. To będzie kosztowało o wiele więcej Ludzi z Ziem Cienia niż Taglios.

Długi Cień musi zdawać sobie z tego sprawę. Dlaczego więc zadał sobie trud przenosin?

Wpadła do obozowiska strażników, spinając konia i przewracając wóz. Kiedy zdumiony Ceber wyszedł jej na spotkanie, zsiadła z konia. Wyglądał jak skazaniec, któremu w ostatniej chwili odroczono wyrok.

– Myślę, że to Wyjec – powiedział.

– Dlaczego? – Ściągnęła z siodła swoje rzeczy i zaczęła się przebierać. – Co chciał przez to osiągnąć?

– Myślę, że nie chodzi o to, co robili, ale komu to służyło, Poruczniku. – Mimo iż kierowała armiami, w Kompanii nadal tytułowano ją Panią i Porucznikiem.

– Komu? Tak! Oczywiście. – Każdy ze straconych oddziałów prowadzony był przez ludzi z Kompanii. Zginęło siedmiu braci. – Ustrzelili nas. – Wiara w niezwyciężoność Kompanii stanowi podstawę morale tagliańskich żołnierzy i polityków. – Sprytne. To musi być pomysł Wyjca. Uwielbia wyprowadzać cię w pole.

Ceber pomógł jej założyć zbroję. Była zdobiona finezyjnymi ornamentami, czarna, lśniąca i zbyt piękna, aby używać jej w walce. Ale jej zadaniem była walka z czarami, nie z żołnierzami. Cała bowiem pokryta była warstwami ochronnych zaklęć.

Kiedy założyła szyszak, zaczął padać deszcz. Wzdłuż rowków wygrawerowanych na zbroi prześlizgnęły się smugi ognia. Ruszyła za Cebrem do wartowni.

Rozpętała się ulewa. Odgłosy bitwy rozbrzmiewały coraz głośniej i bliżej. Pani nie zwracała na to uwagi, koncentrując wszystkie zmysły na poszukiwaniach czarownika znanego jako Wyjec. Pradawny, wredny stwór nie ujawniał się, ale był gdzieś tutaj. Mogła go niemal wyczuć.

Czy to możliwe, aby się nauczył powstrzymywać swój wrzask?

– Dopadnę cię, mały gnojku. A tymczasem...

Zeszła na dół. Pomiędzy kroplami deszczu uformowała się gęsta mgła, nabierając pastelowych barw, coraz głębszych i ciemniejszych. Wkrótce burza lśniła, jakby jakiś szalony malarz rozchlapał wszędzie plamy kolorów.

Wewnątrz burzy rozbrzmiewały krzyki.

Wszystko stanęło w miejscu. Wołania zagubionych żołnierzy wznosiły się w górę i nikły. Linie mocy rozciągnięte przez Władcę Cienia skręcały się i przekształcały w narzędzia niosące śmierć.

Pani podjęła na nowo poszukiwania Wyjca. Znalazła go, gdy przekradał się na południe; leciał nisko i ostrożnie, umykając przed pastelową śmiercią, która zaczęła wyżerać sobie drogę ku niemu wzdłuż linii mocy. Cisnęła w niego naprędce przygotowanym morderczym zaklęciem. Chybiło. Był za daleko. Zrezygnował z ukradkowej ucieczki i rwał teraz z całych sił. Pani klęła jak szewc.

Deszcz zamierał powoli. Jeden po drugim pojawiali się Taglianie, którzy przeżyli. Z początku przerażeni rzezią, szybko zaczęli mamrotać o grobach, które trzeba było wykopać. Odnaleziono paru ocalałych Ludzi z Ziem Cienia.

– Powiedz im, żeby spojrzeli na to z jaśniejszej strony – poleciła Pani Cebrowi. – Za schwytane zwierzęta czeka ich sowita zapłata. – Zwierzęta z Ziem Cienia, z wyjątkiem słoni, nie ucierpiały za bardzo. Spojrzała mściwie na południe. – Następnym razem, przyjacielu.

17

Opadanie... znowu.

Próbuję uchwycić się czegoś. Jestem tak zmęczony. Kiedy jestem zmęczony, teraźniejszość staje się niepewnym gruntem.

Fragmenty zdarzeń.

Nawet nie fragmenty dnia dzisiejszego.

Przeszłość. Nie tak odległa.

Odmarza mi tyłek. Nie mogę schwytać tego łotra Narajana.

Pani zabawiająca się na Południu.

Zapach ryb.

Śpiący mężczyzna. Wrzeszczący Oszust. Martwy człowiek.

To tylko wspomnienia, ale lepsze niż dzisiejszy wieczór. Tutaj jest zbyt wiele bólu.

To moja apokalipsa.

Zapadam się.

Oczy zamykają mi się same. Wezwanie jest zbyt potężne.

Kolumny mogłyby wydać się komuś pozostałościami zrujnowanego miasta. Tak nie jest. Jest ich zbyt niewiele i są rozmieszczone nazbyt przypadkowo. Żadna z nich nie została obalona, choć wiele nadgryzły głęboko zębiska złaknionych wiatrów.

W świetle błyskawic, czy też o wschodzie i zachodzie słońca, kiedy światło przedziera się spoza krawędzi nieba, malutkie złote postaci błyszczą na ich powierzchniach.

To pewnego rodzaju nieśmiertelność.

Po zmroku wiatr zamiera. Po zmroku cisza włada dziedziną lśniącego kamienia.

18

Odpływanie...

Ogromny wir wciąga mnie w dół.

Czuję napierającą siłę. Czyżby obietnica końca bólu okazała się kłamstwem?

Nie mogę się oprzeć.

Wszystko to kłamstwa. Niekończące się kłamstwa.

Brązowe stronice, podarte stronice sztywne od krwi. Agonia. Trudno oprzeć się burzy.

19

A tu jesteś! Gdzie się podziewałeś? Witaj w domu. Chodź! Chodź! Właśnie zaczyna się wielka przygoda. Gracze są już na swoich miejscach. Maszyny pracują pełną parą. Zaklęcia zebrano i przygotowano w niezliczonych ilościach. Doprawdy, będzie to noc zagłady.

Spójrz tam! Spójrz. Pamiętasz ich? Goblina i Jednookiego, czarowników? Ale czy to naprawdę oni? Tutaj stoi jeszcze dwóch takich samych. Spójrz no. I tam. I tam. Jeden, dwóch, trzech Murgenów.

Nie. Zdecydowanie nie. Nie ucz ojca dzieci robić. Majstrowali przy tym, kiedy jeszcze prababcia twojej babci była tylko śmierdzącą, małą niespodzianką dla twoich prapraprapradziadków. Rzucają urok na całe to miasto. Gdybyś był żołnierzem Ziem Cienia, nie byłbyś w stanie odróżnić fikcji od prawdy, dopóki któryś z nich nie wsadziłby ci noża w plecy.

Popatrz tam! Kruk i Milczek. Nie żyją od lat. A tam stoi stary Kapitan. Nie żyje od czasów Jałowca. Nie, Ludzie z Ziem Cienia nie przestraszą się ich. Nie bezpośrednio. Południowcy nigdy przecież o nich nie słyszeli.

Co?

Masz rację. Całkowitą rację. Tutaj też nikt ich nie zna poza Ottonem i Wypieraczem. Ale to nie szkodzi. Nieważne, skoro ich widać, a prawie nikt nie wie, który jest iluzją, a który może być naprawdę niebezpieczny.

To pierwsza próba. Wielki eksperyment przygotowany specjalnie na noc wielkiego ataku Kręcącego.

Tak, tak. Naprawdę niedługo uderzy. Ale nie zostanie pobity. To tylko rozpoznanie sił, które ma wesprzeć plany tego ataku.

To będzie wielki pokaz.

O, nie. W Dedżagore jest więcej duchów. Mogaba nie chciałby tego. Nie ma pojęcia o wykorzystaniu iluzji jako broni. Nie ma pojęcia, jak naprawdę działa Kompania. Trzyma się swojej wizji rycerskich działań wojennych, wielkiej bitwy na śmierć i życie, honorowej i na ustalonych zasadach. Najchętniej rozstrzygnąłby ten bałagan osobiście, stając w szranki z jakimś mistrzem z Ziem Cienia, gdyby zechcieli takiego wyznaczyć.

O! Patrz! Ten jest ciekawy. Ten paskudny zwierzak to Pies Zabójca Ropuch. Był naprawdę diabelskim psem. I Kulawiec! O, tak. Bardzo sprytnie. Jeśli mężczyzna ukrywający się za maską Kręcącego jest kimś, kogo Kompania spotkała już wcześniej, te iluzje będą świetną próbą. Sam się zdradzi.

Nie, oczywiście, że Władca Cienia nie uzależni losu całego królestwa od wyniku walki pomiędzy dwoma mężczyznami. Ich mistrz mógłby przegrać.

Tak. Mogaba bywa naiwny. Jest też arogancki, okrutny i ogólnie niesympatyczny.

O! Posłuchaj tych trąbek! Kompania dopadła na dole bandę łobuzów. Chodźmy na mury przyjrzeć się z bliska.

Nie. Nie są najmądrzejsi. Hm, można by rzec, że gdyby byli mądrzy, to przede wszystkim nie byłoby ich w wojsku, ale to nie w porządku. Niewielu z tych facetów miało możliwość wyboru. Jedynym prawdziwym powodem zaciągnięcia się był ich strach przed Władcą Cienia.

Jasne. To żaden argument. To nie czyni ich mniej śmiertelnymi. Do diabła, kamień może spaść z nieba i cię zabić.

Tak, ten jest naprawdę duży. Kręcący jest zdecydowany wysłać wszystkich. Może cienie nadejdą na pomoc z Przeoczenia.

Nietoperze! Ha. I kruki. Kto na kogo poluje? Schyl się! Prawie cię dziobnął. Są wszędzie. Nigdy przedtem nie było ich tak wiele.

Co to za hałas? O, Ceber drze się na jednego z Murgenów, żeby się schował, bo nie ma ochoty dźwigać żadnych ciał po jakichś przeklętych schodach.

Tu będzie pierwsza zapora. A jeśli ten zamęt w mieście cokolwiek oznacza, to Ludzie z Ziem Cienia obrywają tam, gdzie stacjonuje trzecia i czwarta kohorta pierwszego legionu. To dobre pułki. Wytrzymają walkę.

20

Niczym prawdziwa burza gradowa, co? Zaczynasz się zastanawiać, skąd oni biorą te cholerne strzały i oszczepy do swoich machin. Stój pod osłoną, a nic ci się nie stanie. Nie są za dobrzy w ostrzeliwaniu wysokich celów.

Jeśli przestaną strzelać przed atakiem, Dżajkuri wyjdą zebrać pociski i odniosą je żołnierzom. Ludzie z Ziem Cienia użyją ich jeszcze raz.

Nie, Dżajkuri nie przepadają za Mogabą. Nie przepadają też za Taglianami ani Czarną Kompanią. Chcieliby, żeby wszyscy się wynieśli. Mają jednak mroczne podejrzenia, co się stanie, jeśli Kręcący przechwyci to miasto. Próbują więc trochę pomóc, ale nie za wiele. Jeszcze nie.

Myślą, że jeśli trochę pomogą, Mogaba nie wykopie ich następnym razem, kiedy wpadnie w zły humor.

Niebo? Czarne jak serce kapłana, co? O, tak. Masz rację. Taka noc nie wróży nic dobrego. Nie, kiedy atakują bez światła pełni księżyca. Diabelska robota. Zazwyczaj oznacza to, że Władcy Cienia pragną ciemności, aby wysłać swoich pupilków na najlepsze pozycje. Albo chcą przerazić wszystkich. Żeby myśleli, że nadchodzą cienie.

Patrz, jak zmykają! Dżajkuri są dzisiaj skłonni do walki. Jeśli włączą się teraz, będą bardziej zaangażowani, niż oczekuje tego Mogaba czy Kręcący.

Ouu! Co to było?

Spójrz. Co to jest, do cholery? To różowe światło nad wzgórzami. Idą. Chcą mieć swój udział w rozbiciu Kompanii.

To nie tak? Może masz rację. Może chcą zatrzymać nas w miejscu, podczas gdy Kręcący zaatakuje jakiś słabszy punkt.

Popatrz na dół. Jak robactwo. I żadnego ognia osłonowego.

Masz rację. Przeniosą machiny, żeby wesprzeć główny atak.

Sprawdź to światło. Jest coraz jaśniejsze. Nie. Teraz odchodzi. I wydaje się, że nikt inny go nie zauważył. To trochę dziwne.

O, znowu. To musi być sygnał dla oficerów z Ziem Cienia. Rakieta jest głośniejsza, jeśli o to ci chodzi.

Nie, jej dźwięku też nie lubię. Atakują już ze wszystkich stron.

Ha! Patrz tam! Tam też. Co? Światło. Nie widzisz? Tam, za wzmocnieniami.

Tak. Rozumiem. Znowu masz rację. To coś innego. To coś w rodzaju zimnego światła księżyca w pełni zabarwionego z lekka na niebiesko. Taaak. To też jakaś forma mgły. Patrzy się przez nią podobnie jak przez jesienną mgiełkę. Tam. Teraz jest dość jasno, byś mógł stanąć do walki na murach.

Zgadza się. Walczą. To znaczy, że stanęli już na nogi, a Mogaba nie ma więcej rezerw.

Chyba możemy się skłonić i pocałować na do widzenia, przyjacielu.

21

Niech to szlag! To gówno zaraz poleci, a ja właśnie zdałem sobie sprawę, że zaczynając te zapiski, ominąłem sławną formułę Konowała, którą zawsze otwierał nowy tom Kronik. Szła tak:

W tamtych czasach Kompania była na służbie u Prabrindraha Draha w Taglios, księcia, którego terytoria były rozleglejsze od wielu ówczesnych cesarstw. Braliśmy udział w zajęciu i ochronie ostatnio zdobytego miasta – Dedżagore.

I mam nadzieję, że książątko i jego siostrzyczka Radisza dostają czkawki na nasze wspomnienie.

22

Nadeszła burza. Każdy człowiek broniący naszej sekcji na murach miał pełne ręce roboty, odsyłając pociski południowcom. Wyglądało na to, że iluzje także ciężko pracują. Zabawnie było patrzeć, jak się pętają dokoła bez szwanku.

– Goblin! Jednooki! – wrzasnąłem. – Gdzie, do cholery, jesteście, zakute łby? Co to za rozróba? – Zauważyłem, jak kilkanaście metrów dalej strzała przechodzi przez Murgena. – Co to za dziwne światło? – Cokolwiek to było, miałem przeczucie, że wszystko może pójść jeszcze gorzej, niż jest.

Moi ulubieńcy jednak nie odpowiedzieli.

– Rudi, rzuć no tam kulę, żeby nieco rozjaśnić sytuację. Zobaczmy, co tam się skrada. – Do niedawna oświetlenie punktowe zapewniali nam moi obecnie mniej niż ulubieni czarodzieje. – Ceber! Gdzie, do cholery, są Goblin i Jednooki? – Jeszcze dziesięć minut temu pode mną stało sześciu kłócących się ludzi. Teraz zniknęli, a Ludzie z Ziem Cienia siedzieli na dole cicho jak mysz pod miotłą.

Rudi wrzasnął na Lofta i Kleta. Jedna z ich machin wystrzeliła. Oślepiająca kula pomknęła przed siebie, aby zdradzić nam miejsce pobytu wrogów.

– Widziałem, jak szli do schodów – pisnął Błysk.

Dupowłaz.

– Czemu?

Z pewnością nie był to najlepszy czas na włóczenie się nie wiadomo gdzie.

– Eee... Chcieli pogadać z Pirmim i gośćmi z Brygady Konnej.

Pokręciłem głową. Uduszę ich własnymi rękami. W środku tej przeklętej bitwy...

Kula ognia pokazała, że żołnierze z Ziem Cienia wycofali się spod muru. Wyrzucanie pocisków było stratą czasu. Południowcy ustawiali machiny zdolne miotać całe pęki haków. Był to głupi sposób na atakowanie muru wysokiego na dwadzieścia pięć metrów, na którego szczycie znajdowali się zaprawieni w boju żołnierze, ale jeśli chcieli się w to bawić, mogliśmy im pomóc. Byłem pewny, że niezależnie od tego, ile rzucą lin, jesteśmy w stanie przeciąć je albo usunąć, zanim zdążą się wspiąć tak wysoko z płucami i ramionami pękającymi od wysiłku, próbując osłonić swoje zakute łby, podczas gdy inni, równie durni, będą taszczyć za nimi pół tony ekwipunku.

– Goblin! – Psiakrew! Chciałem wiedzieć, co oznacza to światło. Ludzie z Ziem Cienia wcale nie zrobili tam wyrwy w murze. Przypuścili atak po ziemnych rampach. Bez niespodzianki. Budowali je od samego początku. Była to podstawowa praca oblężnicza, stosowana od zarania dziejów, a zarazem jedyny sensowny powód, dla którego zapobiegliwy, nowoczesny książę buduje swą twierdzę na skalnych szczytach, na cyplu lub na wyspie. Oczywiście przez ostatnie kilka metrów oblegający przerzuca most, który może zrzucić z powrotem w razie zagrożenia niebezpiecznym kontruderzeniem.

Trzysta pięćdziesiąt metrów dalej roztrzaskała się kula ognia. Świeciła, dopóki południowcy nie zasypali jej piachem przeznaczonym do gaszenia naszych bomb zapalających.

– Jednooki! Zjem twoje pomarszczone jaja na śniadanie!

– Rzucaj kule, Klet – warknąłem. – Kto jest gońcem? Stopa? Znajdź Goblina i Jednookiego... Zresztą nieważne. Właśnie widzę jednego z tych popieprzonych karłów.

– Pan dzwonił, milordzie! – odezwał się Jednooki.

– Jesteś trzeźwy? Gotowy do pracy? – Zanim zdążyłem zapytać, zagapił się na to paskudne światło ponad miastem. – Co to jest? – zapytałem. – Światło wydawało się teraz bardziej upiorne.

– Dzieciaku – Jednooki uniósł dłoń – a może by tak wypróbować twój znakomity talent w tej godzinie zesłanej przez bogów?

– Co takiego?

– Cierpliwości, ciulu.

Mgła, kurz, czy cokolwiek to było, robiło się coraz gęstsze. Światło za to – coraz jaśniejsze. Oba te zjawiska nie wzmogły mojego poczucia bezpieczeństwa.

– Gadaj, stary. Nie czas teraz na twoje wygłupy.

– Ten tuman to nie żadna mgła, Murgen. Światło przez nią nie prześwieca. Ona je tworzy. – I światło, i mgła sunęły w kierunku miasta.

– Gówno prawda. Widać stąd, gdzie płonie światło w ich obozie.

– To coś innego. Dwie rzeczy nadchodzą równocześnie, Murgen.

– Trzy, mądralo. – Nadszedł Goblin, rozsiewając wokół siebie zapach piwa. Prawdopodobnie w tajnym browarze wszystko szło dobrze, spotkanie z konnicą było ustalone, tak więc Goblin i Jednooki wzięli sobie wolne, żeby wspomóc Czarną Kompanię w obronie Dedżagore.

Kiedy Mogaba odkryje, co zrobili z ziarnem przeznaczonym na paszę dla koni, niech strzegą ich bogowie. Nie miałem przygotowanej modlitwy o ochronę ich tyłków i ani mi się śniło takową składać.

– Co? – warknął Jednooki. – Murgen, ten człowiek to chodząca prowokacja.

– Patrz, zakuty łbie – odciął się Goblin. – Już się stało.

Jednooki wciągnął gwałtownie powietrze, najpierw zaskoczony, a potem przerażony. Jako ignorant w dziedzinie magii nie od razu zrozumiałem, o co chodzi.

Przez płonącą chmurę pyłu przemykały się cienie. Drobne istotki, pomiędzy którymi coś nieustannie śmigało tam i z powrotem. Pomyślałem równocześnie o tkackich czółenkach i pająkach. Cokolwiek to było, sieć czy pajęczyna, tworzyło się wewnątrz chmury płonącego pyłu.

Nazywali go Kręcący.

Lśniąca chmura stawała się coraz większa i jaśniejsza. Pajęczyna rosła wraz z nią.

– Cholera – mruknął Goblin. – I co z tym teraz zrobimy?

– Właśnie tego próbowałem się od was, błazny, dowiedzieć przez ostatnie pięć minut! – ryknąłem.

– Ha!

– Może byście poświęcili nam chwilę, jeśli już nic nie potraficie z tym zrobić! – wrzasnął Ceber. – Murgen, ci idioci rzucili tyle lin, że nie możemy... Szlag! – Kolejna wiązka haków spadła pomiędzy nas. Przez chwilę napięły się, co oznaczało, że jakiś kretyn próbuje się wspinać.

Tak bardzo ufałem, że południowcy nie mają szans zdobycia mojego muru.

Ludzie uwijali się z nożami, mieczami i toporami. Iluzje kręciły się w pobliżu, spoglądając groźnie. Usłyszałem czyjeś utyskiwanie, że w porę nie naostrzył noży.

– Gdybyś trzymał fiuta w spodniach, miałbyś więcej czasu – przypomniał mu Rudi.

Oczywiście, kobiety Dżajkuri robiły wszystko, żeby przeżyć.

Ciąłem liny, ale ciągle się odwracałem, żeby sprawdzić, co się dzieje ze światłem i pajęczyną powstającą w jego wnętrzu.

Goblin zaskowyczał, muśnięty przelatującą strzałą. Na policzku zostało mu niewielkie draśnięcie. Strzały traciły pęd, zanim do nas dotarły. Był po prostu wściekły, że los ośmielił się go tak potraktować.

Skakał jak w ukropie. Słowa mocy sączyły się z jego warg i nabierały pastelowych barw. Machał ramionami, a na jego ustach pojawiła się piana. Podskakiwał, piszcząc i trzepocząc rękami.

Wszystkie jego sobowtóry robiły to samo. Niezłe przedstawienie. Z wielkim prawdopodobieństwem cała ta gimnastyka i wrzaski były całkowicie niewspółmierne do efektów, jakie ostatecznie osiągały, ale nie miałem nic przeciwko jego skłonności do przedstawień, dopóki się sprawdzał. Konował miał rację. Przedstawienie było najważniejszym elementem gry.

Każda lina w promieniu trzystu metrów stanęła w płomieniach. Był to szczęśliwy traf, jeśli wziąć pod uwagę stosunki łączące nas z atakującymi, ale nie powód do dzikich wrzasków radości. Dotychczasowa obrona zaczęła się załamywać. Szczątki naszej artylerii zapłonęły i zgasły. Używali dużo lin. Niektórzy jako pasów, inni nosili sandały ze sznurka. Konopie były używane wszędzie. Niektórzy głupcy, na przykład Jednooki, nawet je palili.

– Niech cię szlag, Goblin! – ryknął Klet. – Posiekam ci tyłek na żarcie dla kotów! – Reszta z nas podciągnęła spodnie i zabawiała się rzucaniem kamieni wykopanych z naszych piwnic w złorzeczącą plątaninę rąk i nóg, kłębiącą się u podnóża muru.

Jednooki nie zwracał uwagi na to wszystko, jakkolwiek pozwolił sobie na głupawy uśmieszek z powodu ubocznych efektów zakłopotanego Goblina. Potem zaczął wpatrywać się w blask widoczny nad obozem wroga. I zaczął się jąkać.

– Daj spokój, durniu – warknąłem. – Grasz w to od wieków. Co to jest? – Nie, żebym chciał wiedzieć. Pajęczynę cienia utkaną wewnątrz światła zobaczyłby teraz nawet ślepiec.

– Może powinniśmy zejść do piwnic – zaproponował Jednooki. – Zapewniam cię, że ani ja, ani karzeł nic z tym nie zrobimy. Założę się, że nawet Długi Cień byłby niespokojny, gdyby to zobaczył. Ten gość włożył dużo pracy w przygotowanie tego czegoś. Wkrótce zrobi się tu naprawdę niemiło.

Goblin zgodził się z nim bez chwili namysłu.
– Jeśli opieczętujemy drzwi i użyjemy białych świec, przetrzymamy do rana.
– A zatem to jakiś rodzaj magii cienia?
– Owszem – zgodził się Goblin. – Nie proś, żebym się temu przyjrzał z bliska. Przyciągnę ich uwagę.
– Niech cię niebiosa bronią przed podejmowaniem takiego ryzyka. Czy któryś z was ma jakąś bardziej praktyczną propozycję?
– Bardziej praktyczną? – wybełkotał Jednooki.
– Toczymy tutaj bitwę.
– Możemy pójść na emeryturę – odezwał się Goblin – albo się poddać. Możemy też zaproponować wymianę stron.
– A może moglibyśmy ofiarować trochę ludzkiej krwi wiecznie spragnionym bogom Maniaka i Dziwaka.
– Wiesz, dlaczego tęsknię za Konowałem, Murgen?
– Jestem pewny, że mi to powiesz, czy chcę, czy nie.
– Jesteś cholernie prostolinijny. Brakuje mi jego poczucia humoru.
– Zaraz, zaraz. Poczucia humoru? Kpisz sobie? Jakiego poczucia humoru? Ten człowiek...
– Wiedział, że nikt z nas nie ujdzie z życiem z tego świata, Murgen. Nigdy nie traktował siebie tak śmiertelnie poważnie.
– Mówisz o facecie, który był Starym? O Konowale? Kronikarzu Kompanii i składaczu kości w wolnym czasie? Tym dowcipnisiu?
Podczas gdy my skakaliśmy sobie do oczu, reszta świata rozbiegła się w swoich sprawach. Znaczyło to, że nasza sytuacja staje się coraz gorsza. To ludzka słabość, stara jak świat. Kłócić się, kiedy płonący dom wali ci się na głowę.
– Panowie, idźcie i dyskutujcie, jeśli macie ochotę – przerwał nam Jednooki. – Chciałbym zaprosić chłopców na dół, poczęstować ich piwem i zagrać partyjkę albo dwie. – Zakrzywionym, czarnym paluchem stuknął w ziemię.
Błyszczący pył z potworną pajęczyną wewnątrz zaczął wspinać się nad miastem. Może urośnie na tyle, że pochłonie nas wszystkich?
Zapadła wszechogarniająca cisza.
W mieście i poza jego murami, przyjaciele i wrogowie, ludzie kilkunastu ras i wyznań, skupili się razem pod pajęczyną cienia.

Kręcący, rzecz jasna, był całkowicie zaangażowany w tworzenie swego śmiercionośnego dzieła.

Atak Ludzi z Ziem Cienia stracił impet, kiedy żołnierze Władcy Cienia postanowili przycupnąć i ułatwić szefowi pracę.

23

Pajęczyna ciemności wkrótce oplecie Dedżagore.

– Jednooki, Goblin, jakieś nowe pomysły?

– Może się pomodlimy? – zaproponował Goblin. – Zanim pozwolisz nam schować się do nory?

– Mógłbyś przespacerować się tam i sprawdzić, czy Mogaba nie zmienił zdania w kwestii wykorzystania przez nas swoich machin – zadumał się Jednooki. Załogi Taglian były nieskuteczne. – Może bylibyśmy w stanie odciągnąć Kręcącego.

– Naprawdę braliście pod uwagę cienie, kiedy zaklinaliście wejścia do podziemi? – Wiedziałem. Pomyśleli o tym. Zawsze o tym pamiętaliśmy. Ale musiałem się na nowo upewnić. Zawsze trzeba sprawdzać Goblina i Jednookiego.

Małe grupki powracały po długiej, niebezpiecznej wędrówce przez noc w poszukiwaniu lin, które przetrwały.

– Tak. Warto było. Jesteś gotowy, żeby zejść na dół i zacząć zdychać z głodu?

Złe znaki podążają za niepomyślnymi wróżbami. Sytuacja była naprawdę ponura, skoro Jednooki i Goblin nie tracili czasu na kłótnie.

Przez miasto i równinę poza nim przeszedł nagły szmer.

Olśniewający kryształ blasku wzniósł się z obozu Ludzi z Ziem Cienia. Obrócił się powoli. Jego centrum stanowiło serce ciemności. Z niego właśnie pulsowała czerń do wnętrza całej pajęczyny, którą splotło.

Kiedy różowawe światło pojawiło się ponownie, nikt nie patrzył na wzgórza. Nikt go nie zauważył, dopóki nie zapłonęło tak jaskrawo, że przyćmiło jasność nad obozem.

Różowe światło płonęło za dwiema dziwacznymi sylwetkami na

koniach. Ich ogromny cień przysłaniał nawet noc. Wokół nich krążyły cienie kruków, a dwa ogromne ptaki przysiadły na ramionach większej z postaci.

Przez chwilę każdy wstrzymywał oddech. Założę się, że nawet Kręcący. I byłem pewny, że tak samo jak ja nie ma pojęcia, co się dzieje.

Różowy blask przygasł, jednak jego promień wyciągnął się w stronę Dedżagore niczym wyprężony wąż sondujący ofiarę. Kiedy jeden jego koniec zbliżył się do nas, drugi opadł luźno. Śmignął tak szybko, że nie sposób było nadążyć za nim wzrokiem, i w ułamku sekundy wbił się ze świstem w jasny diament Kręcącego. Z czarodziejskiej machiny trysnął słoneczny blask i roztrzaskał go niczym nagły wybuch baryłek z płonącą oliwą.

W tej samej chwili pajęczyna ciemności nad naszymi głowami zaczęła się kurczyć i znikać w resztkach diamentu.

Powietrze zadrżało od gniewu Władcy Cienia.

– Goblin! Jednooki! Gadajcie, co tu się dzieje, do cholery?

Goblin nie był w stanie wydusić słowa.

– Nie mam najmniejszego, pieprzonego pojęcia, Dzieciaku – wybełkotał Jednooki. – Ale stoimy na drodze poważnie wkurzonego Władcy Cienia, który prawdopodobnie obwini ciebie i mnie za swoje wrzody.

Noc zadrżała. Było to odczucie bardziej psychiczne niż fizyczne. Jestem ślepy i głuchy na magię z wyjątkiem efektów widzialnych, lecz tym razem poczułem to także.

Jednooki miał rację.

Różowe światło zniknęło. Zniknęli też dziwaczni jeźdźcy. Kim byli? Czym?

Nie miałem okazji zapytać.

Z obozu Ziem Cienia wybiegli mali smagli ludzie z pochodniami. Nie wróżyło to nic dobrego ani mnie, ani moim kumplom, ani nikomu innemu w mieście.

– Biedny Kręcący – zakpiłem. – Tylko współczuć.

– Ee? – Tylko Błysk był na tyle blisko, żeby usłyszeć.

– Czy nie uważasz, że to potworne, kiedy jakiś wandal niszczy dzieło sztuki?

Błysk nie zrozumiał. Pokręcił głową, chwycił oszczep i cisnął go w dół w karzełka z pochodnią.

Chybił.

Wokół miejsc, gdzie Ludzie z Ziem Cienia zdołali postawić stopę na murach i na glinianych dojściach do ramp, podniosła się ogromna wrzawa. Rozgoryczony Władca Cienia rozkazał swoim chłopcom wrócić do roboty. I skończyć z tą cholerną szlachetnością.

– Hej, Brachu-rób! – wrzasnąłem na żołnierza. – Kto dzisiaj wchodzi do gry?

Oto twoja Czarna Kompania. Gramy w nocy, podczas której miasto upadnie. Myślę, że zwycięzcy przyjdzie umrzeć z uśmiechem na paskudnej gębie.

24

Goblin i Jednooki postanowili zostać przy mnie. Prawdziwi Goblin i Jednooki. Sprawdzałem to co chwila. Ich uwagę przykuwały wzgórza, a nie zamieszanie w mieście czy ich własne plany. Spoza grzbietów unosiły się dziwne światła.

Wysłana wcześniej grupa południowców powróciła galopem bez połowy ludzi. Uciekali, jakby gonił ich demon gorszy od własnego szefa. Mogli tak pędzić, ponieważ obsesją Cienia Burzy było wyrównanie terenu równiny, a z miasta padało światło.

Płonęły pożary. Niewiele, jak dotąd, ale płonęły.

– Wyjeżdżają – odezwał się Błysk.

Wychyliłem się przez mur i spojrzałem. Nikt nie próbował mnie strącić. Może myśleli, że jestem tylko jeszcze jednym duchem.

Z całą pewnością Ludzie z Ziem Cienia wychodzili, zostawiając nam wszystkie te cudowne bosaki bez lin, żebyśmy rzucili je na stos pod tytułem: „Może jeszcze się kiedyś przyda".

– Sądzę, że możemy już odłożyć miecze i wrócić do kart – powiedział Jednooki.

– Już po raz drugi wyskakujesz z tym idiotyzmem – zauważyłem, pomijając fakt, że Dedżagore zostało zaatakowane w innym miejscu. – Co za dureń będzie z tobą grał? Czy żyje jeszcze ktoś na tyle głupi? – Jednooki oszukiwał w kartach. I to oszukiwał źle. Za każdym razem wpadał. Nikt z nim nie zagra.

– Hej, Murgen, posłuchaj. Poprawiłem się. Naprawdę. Nigdy więcej nie zhańbię mego talentu...

Po co mam słuchać? Mówił to już kiedyś. Niezliczone razy. Pierwsze, co robiliśmy po zaprzysiężeniu rekruta do Kompanii, było ostrzeżenie go, żeby nie grał w karty z Jednookim.

Grupka Ludzi z Ziem Cienia, która wycofała się z mojego odcinka, skierowała się ku wzgórzom. Wszyscy mieli pochodnie. Wyglądało to, jakby prowadził ich sam Władca Cienia.

– Klet! Longin! Zdążycie ostrzelać ten tłum? – Bracia naprawiali swoją machinę najszybciej jak mogli. Dwie były już gotowe, ustawione i naładowane. Za mało jak na ostrzał.

– Po co to robić? – spytał Jednooki.

– A dlaczego nie? Może będziemy mieli szczęście. A poza tym aktualnie nie możemy bardziej wkurzyć Kręcącego. Już ślubował zabić każdego z nas.

Zadudniły balisty. Ich uderzenie nie dosięgło Władcy Cienia. Rozwścieczony, odpowiedział nam snopem energii, który roztopił kilkanaście metrów muru, daleko od moich ludzi.

Wrzawa w mieście stawała się coraz głośniejsza. Wydawała się przybliżać.

– Są w środku – powiedział Błysk.

– Całe mnóstwo – potwierdził Ceber. – Będzie trzeba zrobić niezłą czystkę. – Lubię przejawy pozytywnego myślenia.

Wzruszyłem ramionami. Mogaba lubił zostawiać czystki dla siebie, Nar i swoich Taglian.

Nie mam nic przeciwko. Mogaba może dostać tyle bólu, ile zdoła przełknąć.

Bardzo chciałem uciąć sobie drzemkę. Ten długi dzień wlókł się bez końca. No cóż. Wkrótce zasnę na zawsze.

Chwilę później dowiedziałem się, że nieduża grupka południowców morduje na ulicach każdego, kogo dopadnie.

– Szefie?

– Ospały? O co chodzi, chłopcze? – Ospały był tagliańskim Szadarem przyjętym do Kompanii tuż przedtem, zanim zdecydowałem chwycić za pióro. Zawsze wyglądał, jakby miał kłopoty z otwieraniem oczu. Wyglądał także na jakieś czternaście lat i możliwe, że tyle miał. Był zupełnie szalony. Najwidoczniej miał powody. Był też przystojny, a ładni chłopcy są w cenie pomiędzy tagliańskimi mężczyznami wszystkich trzech wyznań. Dusiciele wykorzystują swoich co atrakcyjniejszych synów do zwabiania ofiar.

Inny kraj, inne obyczaje. Można ich nie lubić, ale trzeba z nimi żyć. Ospały zdecydowanie wolał nasze zwyczaje.

– Szefie – odezwał się. – Nar nie próbują powstrzymać południowców. Od czasu, kiedy przedostali się przez mury i nie kierują się w stronę terenu Mogaby, w ogóle dali im spokój.

– To tak miało być? – zapytał Ceber.

– A teraz głupie pytanie – mruknął ktoś.

– Co sobie myślisz? – warknął Jednooki. – Miarka się przebrała. Jeśli ten nadęty, zarozumiały kutas pokaże tutaj swoją gębę...

– Oszczędź nam, Jednooki. – Trudno było w to uwierzyć, ale mogłem sobie wyobrazić Mogabę zdolnego do skierowania wroga w naszą stronę, aby rozwiązać problem pierwszeństwa wewnątrz Kompanii. Jego moralność pozwoliłaby mu odmalować to jako genialne rozwiązanie kilku problemów naraz. – Zamiast stać tutaj i sobaczyć, może pomyślelibyście trochę? Najlepszym sposobem, żeby załatwić Mogabę, jest wepchnąć mu jego plan w tyłek. Na sucho.

Gdy pozostali ćwiczyli się w trudnej sztuce myślenia, dokładniej wypytałem Ospałego. Niestety, trasę, którą południowcy wdarli się do miasta, znał tylko w ogólnych zarysach.

Nie można winić Ludzi z Ziem Cienia. Żołnierze zawsze wykorzystają szansę, jeśli opór słabnie.

Może udałoby się nam to wykorzystać, aby wciągnąć kilku w zabójcze pułapki.

Zachichotałem, wyobrażając sobie tę sytuację.

– Założę się, że Konował zorientowałby się miesiąc temu. Ze swoją paranoją na temat naszych przypuszczalnych przyjaciół i sprzymierzeńców.

Kruk w pobliżu zakrakał, zgadzając się ze mną.

Powinienem był rozważyć tę możliwość. Naprawdę powinienem. Mało prawdopodobne nie znaczy niemożliwe. Musiałem coś zaplanować.

– Wiesz, co to oznacza? – Jednooki był poważny jak nigdy dotąd. – Jeśli Dzieciak ma rację?

– Kompania jest w stanie wojny z samą sobą?

Karzeł machnął na to ręką, tak jakby się opędzał przed kolejnym drażliwym ukąszeniem rzeczywistości.

– Przypuśćmy, że Mogaba n a p r a w d ę daje im wolną rękę, żeby mogli nas wykończyć, żeby do nas dotrzeć, nadal muszą się przedrzeć przez pielgrzymów.

Nie musiałem wiele myśleć, żeby wiedzieć, co to oznacza.

– To dupek. Chce, żeby zabili Ludzi z Ziem Cienia w samoobronie. Zabiją dla niego jego wrogów.

– Może to większy chytrus, niż myśleliśmy? – burknął Ceber. – Z pewnością zmienił się bardzo od czasów Gea-Xle.

– To nie w porządku – mruknąłem, chociaż miecze będą walczyć po naszej stronie; czy tego chcą, czy nie. Tym, co najgorsze przytrafiło się Niueng Bao, oprócz paru potyczek z zagubionymi maruderami, było to, iż ich pielgrzymka utkwiła w samym środku cudzej wojny. Od pierwszego szczęknięcia stali z całych sił próbowali osiągnąć neutralność.

Kręcący miał w mieście swoich szpiegów. Wiedział, że Niueng Bao nie interesuje wchodzenie z nim w konflikt.

– Jak myślisz, co zrobią? – zapytał Goblin. – Mam na myśli Niueng Bao. – Jego głos brzmiał dziwnie. Ile piwa wypił?

– Skąd, do cholery, mam wiedzieć? Zależy, jak to widzą. Jeśli uważają, że Mogaba wciągnął ich w to celowo, przynależność do Kompanii może się okazać niebezpieczna. Mogaba mógłby uznać to za szansę postawienia nas między młotem a kowadłem. Najlepiej będzie zobaczyć się z Mówcą i opowiedzieć mu, co się dzieje. Ceber, weź dwudziestoosobowy patrol i idź poszukać południowców. Sprawdź, czy Ospały ma rację. Jednooki, idź z nim. Pilnuj go i kryj naszych. Błysk, będziesz trzymał wartę tutaj. Jeśli nie dasz rady, wyślij po mnie Ospałego.

Nikt się nie sprzeciwił. Kiedy wszystko idzie właściwym torem, ci faceci stają się mniej krnąbrni.

Zszedłem po schodach na ulicę.

25

Rozgrywałem tę grę tak, jak myślałem, że chcieliby tego Niueng Bao. Już od dzieciństwa podejrzewałem, że łatwiej jest żyć z ludźmi, szanując ich sposób myślenia i pragnienia, niezależnie od swej względnej widzialnej siły.

Nie znaczy to, że ludzie mogą ci wejść na głowę. Nie znaczy też, że bierzesz na siebie ich cierpienie. Musisz domagać się szacunku także dla siebie.

Uliczki Dedżagore są wąskie i cuchnące. Typowe dla warownych miast. Poszedłem do zaciemnionego skrzyżowania, gdzie w normalnych okolicznościach mogłem się spodziewać, że zostanę zauważony przez strażników Niueng Bao. Są ostrożni. Cały czas obserwują.

– Chciałbym się zobaczyć z Mówcą – oznajmiłem. – Krzywda toruje sobie drogę. Chcę powiedzieć mu to, co wiem.

Nikogo nie zobaczyłem i nie usłyszałem. Spodziewałem się tego. Ktoś, kto wdarłby się na mój teren, też niczego by nie zobaczył. Ale śmierć czaiłaby się w pobliżu.

Słyszałem jedynie odgłosy walki kilka budynków dalej.

Czekałem.

Nagle, kiedy moja uwaga w końcu zaczęła się rozpraszać, pojawił się syn Ki Dama. Czynił nie więcej hałasu niż ćma stąpająca na paluszkach. Był barczystym, niskim mężczyzną w nieokreślonym wieku. Nosił niezwykle długi miecz, ale schowany w pochwie przewieszonej przez plecy. Spojrzał na mnie twardo. Odwzajemniłem spojrzenie. Nic mnie to nie kosztowało. Chrząknął, dając mi znak, że mam iść za nim.

Nie uszliśmy nawet siedemdziesięciu metrów, kiedy wskazał mi drzwi.

– Uśmiechnij się – powiedziałem mu. Nie mogłem się powstrzymać. Zawsze kręcił się gdzieś i obserwował. Nigdy nie widziałem, żeby się uśmiechał. Popchnąłem drzwi do środka.

Kawałek dalej wisiała kotara. Przez szparę przeświecało blade światełko. Zrozumiałem, że wchodzę sam, więc zanim odchyliłem kotarę, starannie zamknąłem za sobą drzwi. Nie można było pozwolić, aby światło padło na ulicę.

Miejsce okazało się przyjemne na tyle, na ile było to możliwe w tym mieście.

Mówca siedział na macie, na brudnej podłodze, a obok stała świeca. Dostrzegłem około tuzina ludzi różnego wieku i płci. Czworo dzieci, czworo dorosłych, którzy mogliby być ich rodzicami, i starą kobietę, która patrzyła, jakby miała zarezerwowane dla mnie miejsce w piekle, mimo że nigdy przedtem mnie nie widziała. Nie zobaczyłem nikogo, kto pasowałby na jej męża. Może był nim ten facet przed domem? Była jeszcze jedna kobieta w wieku Ki Dama – delikatny kwiat, który czas skurczył do obciągniętych skórą kości, ale w jej oczach płonął żywy ogień inteligencji. Niczego byś przed nią nie ukrył.

Z rzeczy materialnych zobaczyłem jedynie ubrania tych ludzi, kilka podartych koców, dwa gliniane kubki i garnek używany pewnie do gotowania. I jeszcze więcej mieczy prawie tak długich i mocnych jak ten, który nosił syn Mówcy.

W ciemności poza światłem świecy coś jęknęło. Był to jęk kogoś w malignie.

– Usiądź – zaprosił Ki Dam. Obok świecy leżała zwinięta druga mata. W słabym świetle stary człowiek wydawał się bardziej kruchy niż wtedy, kiedy odwiedził nas na murze.

Usiadłem. Chociaż nie byłem do tego przyzwyczajony, a moje ścięgna nie były wystarczająco giętkie, spróbowałem usiąść po turecku.

Czekałem.

Ki Dam zachęci mnie do mówienia, kiedy przyjdzie na to czas.

Próbowałem skoncentrować się na starcu, nie zwracając uwagi na ludzi gapiących się na mnie, zapach zbyt wielu osób żyjących na zbyt małej przestrzeni, ich dziwnego jedzenia czy choćby odór choroby.

Jakaś kobieta przyniosła herbatę. Nie wiem, jak ją zrobiła. Nie dostrzegłem nigdzie żadnego ognia, ale nie to jednak zajmowało obecnie moje myśli, niezależnie od tego, jak byłem zaskoczony. Kobieta była piękna. Niewiarygodnie piękna. Nawet w tych brudnych łachmanach. Uniosłem gorącą herbatę do ust i oparzyłem je, aby wrócić do siebie po wstrząsie.

W tej samej chwili poczułem żal. Drogo zapłaci, jeśli południowcy przejmą miasto.

Nikły uśmiech przemknął przez twarz Ki Dama. Dostrzegłem

także rozbawienie na twarzy starej kobiety i rozpoznałem w niej podobne piękno, tyle że okrutnie zdradzone przez czas. Byli przyzwyczajeni do takich reakcji jak moja. Może wyprowadzenie jej z cienia było jakimś rodzajem testu.

– Jest doprawdy piękna – powiedział starzec tak cicho, że niemal niedosłyszalnie. – Jesteś mądry jak na swoje lata, Żołnierzu Ciemności – dodał głośniej.

Co to za chrzan z tym Żołnierzem Ciemności? Za każdym razem zwracał się do mnie nowym mianem.

Próbowałem skłonić się grzecznie.

– Dziękuję za komplement, Mówco. – Miałem nadzieję, że zda sobie sprawę, iż nie jestem obeznany w subtelnościach dobrych manier pomiędzy Niueng Bao.

– Wyczuwam w tobie wielki niepokój powstrzymywany jedynie siłą woli. – Spokojnie popijał herbatę, ale jego spojrzenie mówiło, że pogodzi się z pośpiechem, jeśli uznam to za naprawdę konieczne.

– Wielkie zło kroczy przez noc, Mówco. Nieoczekiwane potwory urwały się ze smyczy.

– Domyśliłem się tego, kiedy w swojej uprzejmości pozwoliłeś mi wejść na mury.

– Nowa bestia jest na wolności. Ta, której nigdy nie spodziewałem się ujrzeć. – Z perspektywy czasu zorientowałem się, że mówimy dwoma różnymi językami. – Nie wiem, jak się z nią zmierzyć. – Ze wszystkich sił starałem się o wyraźną wymowę tagliańską. Ludzie rozmawiający w obcym dla siebie języku poważnie kuszą demona omyłek.

– Nie rozumiem cię. – Wyglądał na zaintrygowanego.

Rzuciłem okiem dookoła. Czy wszyscy ci ludzie mieszkali tak przez cały czas? Byli upakowani ciaśniej niż my. Naturalnie, my mogliśmy nasze roszczenia do większej przestrzeni wesprzeć mieczami.

– Czy wiesz o Czarnej Kompanii? Znasz naszą niedawną przeszłość? – Nie czekając na odpowiedź, opowiedziałem mu wszystko w dużym skrócie.

Ki Dam należał do tych rzadko spotykanych osób, które potrafią słuchać całym sobą.

– Być może czas uczynił z was cienie Żołnierzy Ciemności – powiedział, kiedy skończyłem. – Odeszliście na tak długo i podróżowaliście tak daleko, że całkiem zbłądziliście z drogi. Także orszak wojownika Mogaby nie zbliżył się ani na jotę do prawdziwej ścieżki. – Nie potrafiłem dobrze ukryć swoich myśli. Ki Dam i jego kobieta znowu uznali, że jestem zabawny. – Ale ja nie jestem jednym z was, chorąży. Moja wiedza także odeszła daleko od prawdy. Może dzisiaj nie ma już realnej prawdy, ponieważ nie ma nikogo, kto by ją znał. – Nie miałem pojęcia, o czym, do diabła, mówi. – Wędrowałeś długo i daleko, chorąży, ale być może jeszcze powrócisz do domu. – Spochmurniał na moment. – Chociaż nie pragniesz tego. Gdzie jest twój sztandar, chorąży?

– Nie wiem. Zniknął w czasie wielkiej bitwy na równinie. Wbiłem drzewce w ziemię, kiedy postanowiłem włożyć zbroję Kapitana, żeby udawać, że nie padł w walce, i żeby oddział mógł się zebrać wokół niego...

Starzec uniósł dłoń.

– Myślę, że dziś w nocy może być bardzo blisko.

Nienawidziłem tych zagadek, które z takim upodobaniem płodzili starcy i czarownicy. Pewien jestem, że jedynym powodem, dla którego je wymyślali, było poczucie mocy. Pieprzyć zagubiony sztandar. Teraz nie był istotny. Nie dziś w nocy.

– Wódz Nar pragnie zostać Kapitanem Czarnej Kompanii – powiedziałem. – Nie pochwala sposobu myślenia tych z nas, którzy pochodzą z dalekiej Północy – przerwałem, ale stary się nie wtrącił. Czekał. – Mogaba jest wojownikiem bez skazy, ale jego słabą stroną jest chęć bycia przywódcą.

Ki Dam udowodnił, że nie jest jednak tak zupełnie nieodgadnionym i nieludzko cierpliwym staruszkiem, jak byłoby można spodziewać się w takiej sytuacji.

– Przyszedłeś mnie ostrzec, że postanowił zmniejszyć swoje problemy rękami południowców, chorąży?

– Hę?

– Jeden z moich wnuków podsłuchał naradę Mogaby z jego porucznikami: Oczibą, Sindawe, Randżalpirindi i Czal Ganda Ganem na temat dzisiejszej akcji. Ponieważ obecni byli tagliańscy konspiratorzy, Nar przestali kłócić się w swoim ojczystym języku, chociaż tagliański Mogaby jest bardzo ograniczony.

– Słucham?

– To, co nakazał ci donieść twój honor, aczkolwiek potwierdziłeś tylko moje podejrzenia, jest znacznie gorsze, niż się obawiasz. Pokonując silny sprzeciw swoich poruczników, Mogaba przeforsował na dziś wieczór plan, który pozwoli południowcom, którzy dotrą na blanki i nie będą nadmiernie powstrzymywani, przejść mury. Tagliańscy legioniści skierują ich atak od naszych kwater do waszych.

– Już wiesz? Tak twierdzisz? Miałeś świadka, zanim tu przyszedłem?

– Tai Dei.

Wstał młody człowiek. Był paskudnym, małym brzydalem. Na rękach trzymał dzieciaka.

– Nie mówi dobrze po tagliańsku, ale rozumie wystarczająco wiele. Podsłuchał cały spisek. Słyszał kłótnię tych, którzy uważali to za niegodne człowieka honoru. Widział, jak Mogaba nie potrafił opanować potem złości, nawet w trakcie wizyty człowieka, którego uważa się za narzędzie Władców Cienia.

To mną wstrząsnęło. Oznaczało bowiem, że pomiędzy Mogabą i Kręcącym panowało milczące porozumienie, mające obowiązywać, dopóki ja i moi ludzie nie zostaniemy starci.

– To potworna zdrada, Mówco.

Ki Dam skinął głową.

– To coś więcej, Kamienny Żołnierzu – powiedział. – Zarówno Randżalpirindi, jak i Ganda Gan są w zażyłych stosunkach z Prabrindrahem. Przemawiając w imieniu księcia, zapewnili Mogabę, że kiedy upadnie oblężenie, a twoja ekipa zostanie zlikwidowana, książę ogłosi swoje osobiste poparcie dla Mogaby jako Kapitana waszej Kompanii. W zamian za to Mogaba zrzeknie się roszczeń waszego poprzedniego Kapitana, który pragnął być namiestnikiem Taglios, i przestanie toczyć wojnę z Ziemiami Cienia.

– Niezła robota. – Tai Dei prawie się uśmiechnął.

– I zdrada uknuta przez brata Mogabę.

Mogłem zrozumieć, dlaczego Ocziba i Sindawe byli przeciwni. Ta zdrada przechodziła wszelkie granice.

Rzeczywiście od czasów Gea-Xle zaszły w Mogabie mroczne zmiany.

– A co ma przeciwko wam? – zapytałem.

– Nic. Z politycznego punktu widzenia powinniśmy mu być obojętni. Nigdy nie braliśmy udziału w sprawach Taglios. Także z innych względów nic dla niego nie znaczymy. Wyda nas chętnie, jak monetę znalezioną przypadkiem. Jeśli południowcy zaatakują was po starciu z jego siłami, a następnie uderzą na nas, pozbędzie się ogromnej liczby wrogów, a także nas – niechcianych pochłaniaczy zapasów.

– Niegdyś ogromnie podziwiałem tego człowieka, Mówco.

– Ludzie się zmieniają. On jest aktorem, ale jeden niegodziwy cel psuje całą jego grę.

– Tak, Mówco?

– We wszystkim, co czyni, to on jest celem i przyczyną. Mogaba dla własnych celów poświęci swojego najlepszego przyjaciela, chociaż prawdopodobnie żaden z bogów nie przekonałby owego przyjaciela, że to możliwe. Każdy kolejny podły rozkaz odsłania czarną skazę, która pożera jego duszę. Zmienił się tak, jak zmienia się owoc granatu, kiedy pleśń przenika jego skórkę. – A więc znowu wracamy do gadki staruszków, chorąży! – Chociaż wiem już o czarnym zagrożeniu czyhającym na mój lud, czuję się zaszczycony, że pomimo swoich innych, pilnych trosk uznałeś, iż warto nas ostrzec. Okazałeś nam wielkoduszność i przyjaźń. Nie zapominamy o tych, którzy wyciągają do nas rękę.

– Dziękuję. Miło mi to słyszeć. – Lepiej w to uwierz. – I jeśli Mogaba pozwoli was zaatakować...

– To już nasz kłopot, Kamienny Żołnierzu. Południowcy umierają już teraz, zaledwie parę metrów stąd. Kiedy stało się jasne, że znaleźliśmy się w potrzasku, nauczyliśmy się na pamięć każdego centymetra ziemi, na której być może przyjdzie nam walczyć. To nie są nasze bagna, ale główne zasady bitwy pozostają te same. Jesteśmy przygotowani na tę noc od wielu tygodni. Pozostało nam tylko sprawdzić, kto postanowił zostać naszym wrogiem.

– Co takiego? – Czasami bywam tępy.

– Powinieneś znowu dołączyć do tych, którzy pragną, abyś im przewodził. Możesz to uczynić, mając moje zapewnienie, że posiadasz przyjaźń Niueng Bao.

– To zaszczyt.

– Albo przekleństwo – zachichotał stary.

– Czy to znaczy, że twoi ludzie będą naprawdę rozmawiali z moimi?

– To mogłoby być zbyt wiele. – Znowu zachichotał. Jego żona

uśmiechnęła się także. Co za dowcipniś! Orgia śmiechu. – Tai Dei, idź z tym człowiekiem. Możesz mówić, jeśli będzie trzeba, ale tylko w moim imieniu. Kościany Wojowniku, to mój wnuk – zwrócił się do mnie. – Zrozumie cię. Wyślij go do mnie, jeśli będziesz chciał się skontaktować. Nie bądź lekkomyślny.

– Rozumiem. – Spróbowałem wstać, zakłopotany, że nie mogę rozplątać skrzyżowanych nóg. Jakieś dziecko się roześmiało. Ośmieliłem się zerknąć w bok, żeby sprawdzić reakcję piękności, która przyniosła herbatę. Byłem pewny, że nie oszukam Ki Dama. Na jej kolanach spało dziecko, a drugie drzemało na jej lewym ramieniu. Ona sama nie spała. Wyglądała na zmęczoną, przestraszoną, niepewną i zdecydowaną. Podobnie jak my wszyscy. Kiedy tylko z ciemności dobiegał jęk, krzywiła się i patrzyła w tamtą stronę. Ból był częścią jej samej.

Skłoniłem się przed wyjściem. Tai Dei powiódł mnie z powrotem ku znajomym obszarom.

26

Nie wiem – odparłem Goblinowi, kiedy zapytał o mój cień Niueng Bao. – Nie mówi za wiele. – Jak do tej pory nie zamieniliśmy ani słowa. – Cały jego słownik wydaje się składać z wymijających pomruków. Tak czy inaczej wizyta nie była konieczna. Niueng Bao wiedzą o nadchodzącym deszczu gówna więcej niż my. Staruszek przyznał, że to wszystko wina Mogaby, i jesteśmy poza podejrzeniami.

Goblin spróbował spojrzeć przez ramię, jakby chciał zobaczyć własne plecy.

– Tak – zgodziłem się. – Załóż pas cnoty. Co się dzieje? – Nie widziałem Cebra ani Błyska.

– Do tej pory niewiele. Kręcący i jego banda dopiero weszli na wzgórza.

Zdawało się, że buzują tam wszelkie możliwe emocje. Silne, różowe światło wydobyło znów z mroku nocy sylwetki jeźdźców.

– Prezentują się dokładnie jak stroje Pożeracza Żywotów i Stwórcy Wdów, które Pani zrobiła dla siebie i Konowała. Hej! Co jest? Wyglądasz, jakby duch ugryzł cię w tyłek? – odezwał się Goblin.

– Bo może ugryzł. Wyglądają dokładnie tak, jak powiedziałeś. Tylko że z tego, co pamiętam, zdjąłem z Konowała zbroję Stwórcy Wdów, kiedy trafiła go strzała. Sam ją włożyłem i udawałem Starego. Ale było już za późno.

– Więc?

– Więc w zeszłym tygodniu ktoś ukradł zbroję Konowała. Prosto z mojej kwatery, kiedy spałem. Byłem pewny, że ukryłem ją tak, iż nikt oprócz mnie nigdy jej nie znajdzie. Ale ktoś wszedł, przeszedł przeze mnie, wygrzebał ją i wyszedł z bagażem, a ja nic nie widziałem i nie słyszałem. Nikt inny też nie. – I to było właśnie takie przerażające.

– To dlatego przez ostatnie dni zadajesz wszystkim te dziwaczne pytania? – pisnął Goblin. Potrafił piszczeć jak nadepnięta mysz, kiedy był zdenerwowany.

– Tak.

– Dlaczego nic nie powiedziałeś?

– Ponieważ ktokolwiek zabrał zbroję, musiał użyć czarów, żeby koło mnie przejść. Myślałem, że to jeden z was, i chciałem dowiedzieć się który, żeby nakopać mu do dupy, zanim zdąży się zorientować.

Jednooki wdrapał się na schody, posapując. Nieźle jak na dwustulatka.

– Co jest? Skąd te ponure miny?

Goblin udzielił wyjaśnień.

– Powinieneś nam powiedzieć, Murgen – zrzędził mały czarodziej. – Moglibyśmy chwycić jeszcze ciepły trop.

Mało prawdopodobne. Jedynym śladem, jaki znalazłem, było małe, białe piórko i kupka czegoś, co wyglądało jak ptasie odchody.

– Teraz to już bez znaczenia. Wiem, gdzie jest zbroja. Tam. – Wskazałem na wzgórza okryte wczesnym, różowym świtem. – Co robiliście?

– Wytłukliśmy bandę cholernych południowców, oto, co robiliśmy. Mogaba musi im tam sprzedawać bilety. Te małe gnojki są napasione jak wszy. W każdym razie uciekliśmy, zanim wyczerpaliśmy nasze szczęście. Ci Niueng Bao są naprawdę zajadli. – Spojrzał z uznaniem na Tai Deia. – Wygląda na to, że próbują nakłonić Ludzi z Ziem Cienia, żeby nakopali Mogabie do tyłka. Należy się dupkowi. Pochłonie go własna zdrada. Co tam się dzieje, do diabła? – Miał na myśli wzgórza ociekające różowym światłem.

– Coś, czego nie szukamy – odpowiedział Goblin.

Za różem pojawiła się plama ciemności. Wewnątrz niej kłębiły się ludzkie postaci. Płonęły niczym spadające gwiazdy. Chwilę potem miastem zakołysało trzęsienie ziemi. Straciłem grunt pod nogami.

– W jednym miałeś rację, karle – zauważył Jednooki. – Jest w tej grze gracz, o którym nie mamy pojęcia.

Parę metrów dalej dwa kruki wpadły w histerię. Skoczyły w ciemność i trzepocząc skrzydłami, pomknęły, nie przestając się śmiać.

– Niespodzianka, niespodzianka – mruczałem. – Cóż to za dudnienie i łomoty na tych wzgórzach. Dalej, panowie! Powiedzcie mi, kto to. Nawet takie tępaki jak ja mogą się tego domyślić. No to powiedzcie, kto to?

– Popracujemy nad tym – obiecał mi Jednooki. – Może już byśmy zaczęli, gdybyś poszedł sobie i zostawił nas samych. Chodź, karle.

W czasie gdy Jednooki i jego żabiolicy kumpel zabrali się do pracy, ja skierowałem swoją uwagę na zamieszanie trwające wciąż wewnątrz Dedżagore.

Prawdopodobnie już tysiące żołnierzy Ziem Cienia przekroczyło mur. Płonęły pożary.

– Czy światło stanowi kłopot dla waszych ludzi? – zapytałem wnuka Ki Dama.

Wzruszył ramionami.

Facet nie był skłonny do plotek.

27

Obecnie nie było już nocy. Ognie paliły się wszędzie. W obozie Ziem Cienia płonęły te, które podłożyli oblegani artylerzyści Mogaby. Te w mieście podłożyli żołnierze Władcy Cienia. Pożoga szalała po wzgórzach, eksplodując wulkanami mocy o sile, której nie widziano od czasów, kiedy Kompania wystąpiła przeciwko mrocznym panom imperium Pani. Jak na środek nocy światła było o wiele za dużo.

– Jak daleko do świtu? Czy ktoś wie?

– Za daleko – burknął Ceber. – Naprawdę myślisz, że kogoś obchodzi teraz, która godzina?

Kiedy wyruszaliśmy wieczorem, czyli całe wieki temu, Jednooki, Goblin czy kto inny orzekł, że świt jest celem zbyt odległym, by mieć nadzieję na jego osiągnięcie. Od tamtej pory ogólny poziom optymizmu się nie podniósł.

Nadchodziły meldunki, ale wszystkie niepomyślne. Niezliczone oddziały południowców wdarły się do miasta. Miały rozkaz przedrzeć się do nas, zetrzeć nas z powierzchni ziemi, potem przejść wokół miasta i murów, aż powrócą do miejsca, z którego ruszyli. Niueng Bao jednak odmówili współpracy. Moi ludzie także. Tak więc najeźdźcy błąkali się po omacku, niszcząc, co popadło, dopóki ktoś ich nie zabił.

W starciu z Dżajkuri, którzy pomimo całej swej wiedzy o Władcach Cienia skryli się tchórzliwie w swoich domach, mając nadzieję, że nikt ich nie zauważy, południowcy odnieśli pełny sukces.

Nie można ich winić, że nie skierowali wszystkich swych sił na nas. Oni też chcieli przeżyć. I Mogaba nie powinien czuć się zaskoczony, kiedy paru łotrów, których spuścił ze smyczy, obróciło się przeciwko niemu.

Nasi ludzie utrzymali swoje pozycje. Sobowtóry i iluzje doprowadzały południowców do szaleństwa. Nigdy nie wiedzieli, które zagrożenie jest realne. Ale głównym powodem, dla którego utrzymaliśmy mur, był brak wyboru. Nie mieliśmy dokąd uciekać.

Kręcący nie był zbyt pomocny dla swoich. Tkwił pośród wzgórz, zdecydowany nie rozwiązywać niespodziewanej zagadki osobiście. Najwyraźniej już żałował dokonanego wyboru.

Raz jeszcze pojawiła się uciekająca gromada jeźdźców oświetlona różowym światłem. Władcy Cienia nie było chyba wśród nich.

– Goblin! Jednooki! Gdzie teraz jesteście, do cholery, wy małe gnojki? Czy coś się stało Kręcącemu?

Goblin zmaterializował się obok, a jego ciężki oddech czuć było piwem. A zatem on i Jednooki mieli gdzieś w pobliżu zachomikowane parę galonów.

– Władca Cienia żyje, Murgen – rozwiał moje nadzieje. – Ale może zgubił gacie. – Zachichotał.

– O, cholera – mruknąłem. – Ta mała ropucha poważnie dobrała się do piwa. Jeśli Jednooki także, reszta nocy może przedstawiać się naprawdę interesująco. Możliwe, że ci dwaj zapomną o wszystkim i podejmą walkę, którą toczyli od setek lat. Kiedy ostatni raz upili się i pokłócili, rozwalili w Taglios domy wzdłuż całej ulicy.

Wnuk Mówcy trzymał się przez cały czas w cieniu i obserwował niczym jeden z tych przeklętych kruków. Teraz było ich wokół nas tysiące.

Stary Charkot wyszedł z ulicy, ciężko dysząc. Musiał zrobić sobie przerwę, zanim wszedł na szczyt. Kaszlał, charczał i pluł krwią. Pochodził z tej samej części świata, co Jednooki. Niemniej poza pociągiem do piwa nie mieli ze sobą nic wspólnego. Charkot też był parę razy przy beczułce.

Wszedł na szczyt, kiedy obserwowałem miasto, żeby ocenić, jak kiepska jest nasza sytuacja. Jak do tej pory uchodziło nam na sucho.

Charkot charknął, sapnął i splunął.

U stóp wzgórza trysnęła nowa porcja różowego światła. Przy okazji ukazała dwa cienie na płaszczyźnie nieba. Bez wątpienia były to cienie Stwórcy Wdów i Pożeracza Żywotów, potworne alter ego Pani stworzone dla niej i Konowała, żeby Ludzie z Ziem Cienia powariowali ze strachu.

– To niemożliwe – powiedziałem moim poskromionym czarodziejom. Wrócił Jednooki. Jedną ręką podpierał Charkota, który najwidoczniej cierpiał na atak astmy połączony ze skutkami jego gruźlicy. Drugą ręką ściskał coś patykowatego owiniętego w łachmany. – To nie mogą być Konował i Pani – ciągnąłem – ponieważ na własne oczy widziałem, jak padali.

Garstka jeźdźców posuwała się w kierunku miasta. Plama ciemności pomiędzy nimi musiała być Kręcącym. Nie próżnował. Wokół niego kłębiły się różowe płomienie. Ledwo osłaniał się przed nimi.

Nagle południowcy wznowili atak, jakby zorientowali się, że ich szef będzie w paskudnym nastroju, kiedy wróci.

– Nie jestem pewny – zadumał się Goblin. Głos miał przerażająco trzeźwy. – Nie wyczuwam niczego w tym, który nosi zbroję Pożeracza Żywotów, aczkolwiek jest tam potężny ładunek mocy.

– Pani utraciła moc – przypomniałem mu.

– Tego drugiego czuć Konowałem.

Nie może być.

– Mogaba... – wydyszał w końcu Charkot.

Kilku ludzi splunęło na dźwięk tego imienia. Wszyscy mieli swoje zdanie na temat naszego nieustraszonego wodza. Słuchając ich, można było dojść do wniosku, że Nar był rozpalającym największe pożądanie człowiekiem w mieście.

Wijąca się, różowa nić dosięgła grupy Kręcącego. Władca Cienia zdołał ją odpędzić, ale uśmierciła połowę jego ludzi. Fragmenty ciał poleciały na wszystkie strony.

– Choleeera! – odezwał się ktoś, odzwierciedlając wiernie odczucia wszystkich zebranych.

– Mogaba... chce wiedzieć... – chrypiał Charkot – czy możemy wypuścić... kilkuset ludzi do... kontrataku na wroga, który... jest w mieście.

– Za jakich durniów ma nas ten gnojek? – narzekał Błysk.

– Czy ta wielbłądzia baba nie wie, że go mamy? – zapytał Goblin.

– Skąd miałby wiedzieć, że go podejrzewamy? Ma tak wygórowaną opinię o własnym intelekcie...

– Myślę, że to zabawne – zapiał Ceber. – Próbował nas wypieprzyć i sam skończył z tyłkiem w potrzasku. I lepiej, może jego jedyną szansą, aby wyrwać się z niego, jest dać wypieprzyć się nam.

– Co robi Jednooki? – zapytałem Goblina. Jednooki wyglądał, jakby modlił się z Loftem nad jedną z balist. Wokół ich stóp leżały porozrzucane strzępy. Machinę przeszywała makabryczna, czarna włócznia.

– Nie wiem.

Sprawdziłem najbliższą bramę. Mogli nas stamtąd zobaczyć Nar. Mogaba wiedział, że kłamałem, twierdząc, iż jesteśmy zbyt wykończeni, aby wysłać mu pomoc.

– Czy ktoś zna jakiś powód, dla którego powinniśmy pomóc Mogabie? – spytałem. Żeby utrzymać swój odcinek, oprócz Starej Gwardii miałem sześciuset Taglian, którzy przeżyli po rozbiciu Pani, oraz niepewną, ciągle zmieniającą się liczbę wyzwolonych niewolników, dawnych więźniów wojennych i ambitnych Dżajkuri.

Wszyscy zaprzeczyli. Nikt nie chciał pomóc Mogabie.

– A może użylibyśmy tego do ratowania własnych tyłków? – zapytałem, podchodząc do machiny. – Jeśli pozwolimy Mogabie je przejąć, możemy skończyć z całą resztą Ludzi z Ziem Cienia, których mamy przeciwko sobie. – Zerknąłem na bramę. – A tamci faceci widzą wszystko, co robimy.

Goblin też spojrzał. Potrząsnął głową, żeby zmniejszyć szum po piwie.

– Musimy o tym pomyśleć.

– Co robisz, Jednooki? – Stałem teraz za nim.

Jednooki wskazał dumnie na włócznię.

– Małe co nieco, które zmajstrowałem w wolnym czasie.

– Wygląda dosyć paskudnie.

Miło wiedzieć, że potrafi jeszcze zrobić coś użytecznego bez polecenia.

Zaczął z czarną, drewnianą żerdzią i pracował nad nią godzinami. Pokryta była nadzwyczaj obrzydliwymi, miniaturowymi scenkami i napisami w jakimś nieznanym alfabecie. Jej drzewce było tak samo czarne jak grot z ciemnej stali ze starannie nakreślonymi srebrnymi runami. Drewno także pokrywały runy, ale tak delikatne, że prawie niewidoczne.

– Bardzo ładne.

– Ładne? To cudo, ty ciemniaku. – Wskazał coś palcem.

Loft spojrzał w tamtym kierunku. Ja także.

Oddział Kręcącego, znacznie uszczuplony i otoczony przez chmarę różowych iskier oraz natrząsające się kruki, był coraz bliżej.

– A oto i mój przeklęty Władca Cienia. Gnojek! – wrzasnął Jednooki. Musiał wypić sporo tego piwa. – Tak bardzo chciał mieć leniwe popołudnie. Ale to nie jest leniwe popołudnie, prawda? Loft strzela. Ta pałeczka będzie w powietrzu za niecałe pięć sekund. To cały czas, jaki ma na zastanowienie się, co się dzieje i jak rozplątać zaklęcia, które go powstrzymują od odwrócenia włóczni. Spójrzcie tylko, ile ten dupek ma już do roboty. Loft, przyjacielu, przygotuj się, żeby zrobić na moim dziele nacięcie oznaczające wielkie zwycięstwo.

Jak każdy, kto miał odrobinę oleju w głowie, Loft zignorował Jednookiego. Przygotował swoją broń z artystyczną starannością.

– Większość zaklęć stworzona została po to, aby przeniknąć jego osobistą ochronę – paplał Jednooki. – Liczę na to, że nie będzie miał czasu przeciwdziałać. Ponieważ chciałem się skupić na przebiciu jednego miejsca w biernym...

Kazałem mu się zamknąć.

– Goblin. Jest jakaś szansa, że to zadziała? Karzeł to nie waga ciężka.

– Z taktycznego punktu widzenia tak. Jeśli naprawdę tak ciężko nad tym pracował. Ale powiedzmy sobie jasno – Jednooki stoi w porządku wielkości o stopień niżej od Kręcącego. W praktyce oznacza to, że wykonanie tej samej pracy zajmuje mu dziesięć razy więcej czasu.

– W porządku wielkości? – A więc to był problem Jednookiego.

– Najprawdopodobniej nawet więcej niż o dwa stopnie.

Pogubiłem się. I nie miałem czasu, żeby wydobyć z niego wyjaśnienia.

Loft był zadowolony, że z największą dokładnością namierzył cel.

– Już czas – powiedział.

28

Puszczaj – zaproponowałem.

Wystrzał balisty rozbrzmiał charakterystycznym głuchym hukiem. Wzdłuż muru panowała cisza. Czarne drzewce przecięło noc. Tuż za nim zapłonęła przypadkowa iskra. Jednooki zapowiedział pięć sekund lotu. Odpowiadało to prawdzie, ale trwało całe wieki.

Światła było wystarczająco dużo, żeby oświetlić Władcę Cienia. Wkrótce zniknie za jedną z wyniosłych wież. Podczas jazdy oglądał się za siebie, obserwując wzgórza. Tamci niesamowici jeźdźcy także byli teraz na równinie, prowokując wszystkich i nikogo, aby podjęto ich wyzwanie.

Zaparło mi dech.

Maska Stwórcy Wdów niosła Lancę. Nie było widać sztandaru, ale to była Lanca, na której noszono go od dnia, kiedy Czarna Kompania opuściła Khatovar. Każdy kronikarz śledził go wytrwale, chociaż już dawno zapomniano dlaczego.

Skupiłem wzrok na Kręcącym, żeby zobaczyć, jak nadlatuje skarb Jednookiego.

Później Goblin powiedział mi, że Władca wyczuł zagrożenie,

kiedy pocisk osiągnął już najwyższy pułap lotu. Cokolwiek potem zrobił, było właściwe. Albo miał po prostu szczęście, albo też wyższe moce zdecydowały, że nie umrze tej nocy.

Włócznia zmieniła kurs zaledwie o centymetry i zamiast uderzyć w Kręcącego, trafiła w bark jego wierzchowca. Przeszyła zwierzę, jakby składało się z powietrza, a nie z ciała. Rana zalśniła czerwienią, która migotała i rosła. Kręcący zawył z wściekłości, kiedy koń go zrzucił. Upadł jak kłoda i leżał tam skulony wystarczająco długo, żeby Jednooki zaczął popędzać Lofta, aby ten ostrzelał go regularnym ogniem. W końcu Kręcący wycofał się rakiem, żeby uciec przed kopytami ogiera.

Rozpoznałem zwierzę. Był to jeden z zaczarowanych potworów, które Pani przyprowadziła ze swego dawnego imperium na południe wraz z Kompanią. Zniknęły podczas bitwy.

Koń rżał i rżał przeraźliwie.

Zwyczajne zwierzę zdechłoby natychmiast.

Patrzyłem na dwóch jeźdźców. Jechali stępa w kierunku miasta, niosąc swoje wyzwanie. Teraz mogłem dostrzec, że oni także dosiadali ogierów Pani.

– Ale przecież widziałem ich martwych – szepnąłem do Goblina.

– Musimy sprawdzić oczy tego chłopaka – burknął Jednooki.

– Mówiłem ci już, że to nie Pani. Przyjrzyj się stąd uważnie. Widać różnice w zbroi.

Żołnierze także patrzyli na tę scenę. Wśród Taglian zapanowało poruszenie.

– I nie wiesz nic o tym drugim? O czym oni tam rozmawiają?

– Nie. To mógłby być Stary.

Błysk poszedł sprawdzić, skąd to ożywienie wśród Taglian.

Koń Kręcącego upadł, ale jeszcze kwiczał i kopał. Z jego rany uniosły się wstęgi zielonkawej pary i zaczęły rosnąć. Śmierć zwierzęcia nadchodziła powoli.

Czarodziej umierałby wolniej i w okropniejszych męczarniach, gdyby nadal miał wbitą włócznię Jednookiego.

– Są poruszeni, ponieważ zbroja jest dokładnie taka sama jak ta, którą nosiła jakaś bogini imieniem Kina w swym bitewnym wcieleniu – doniósł Błysk. – W ten sposób jest zawsze portretowana na malowidłach przedstawiających jej wojnę z demonami.

Nie miałem pojęcia, o czym mówi. Wynikało z tego, że Kina jest w tym kraju kimś w rodzaju bogini śmierci.

Byłem ciekaw, kiedy Władca Cienia znowu zapoluje na Jednookiego.

– Nie zrobi tego – zapewnił mnie Goblin. – W chwili, kiedy wystarczająco się skoncentruje, ci dwaj tam obetną mu nogi.

Kręcący wykuśtykał poza zasięg wzroku.

Jego zakłopotanie dodało żołnierzom bodźca do zdwojenia wysiłków. Ktoś zapłaci bólem za jego zniewagę. Zrozumiałe, że woleli, abyśmy to byli my.

Ktoś z nich prawdopodobnie również rozpoznał zbroję Pożeracza Żywotów. Poza murami słyszałem wiele głosów wykrzykujących imię Kiny.

– Tai Dei, czas na wiadomość dla twojego dziadka. Chcę przeprowadzić część swoich ludzi przez jego teren, żebym mógł pomóc wypędzić południowców z miasta.

Niueng Bao wyszedł z cienia na tyle, żeby mnie usłyszeć. Patrzył zmartwiony na jeźdźców. Potem mruknął coś, zszedł na ulicę i pobiegł w noc.

– Słuchajcie, ludzie. Wykiwamy naszego nieustraszonego, durnowatego przywódcę. Ceber...

29

Wszedłem w ciemną uliczkę, planując takie ustawienie zasadzki za plecami kompanii południowców, żeby Goblin mógł potraktować ich swoim hokus-pokus. Było tak, jakbym zszedł z krawędzi świata prosto w otchłań bez dna. Jakby jakaś olbrzymia, psychiczna packa na muchy strzepnęła mnie w próżnię. Goblin warknął coś w tej samej chwili, ale nie zrozumiałem go.

Miałem trochę czasu, żeby poczuć objawy morskiej choroby, oszołomienie i zastanowić się, kto zaczaił się na mnie z tym czarem i dlaczego obraca mnie, jakby wyżymał mokrą szmatę.

Czy Mogaba przeniósł swoją zdradę na inny poziom?

30

Coś mnie trzymało i ciągnęło tak zajadle, że nie byłem w stanie stawić oporu. Straciłem rozeznanie, kim i gdzie jestem. Wiedziałem jedynie, że śpię i nie chcę się obudzić.

– Murgen! – zawołał ktoś z daleka. Ucisk się nasilił. – Murgen, chłopcze! Wracaj do domu! Walcz z tym, Dzieciaku! Walcz! – Walczyłem, ale z tym głosem. Chciał, abym poszedł tam, gdzie bardzo nie chciałem iść. Czekał tam na mnie ból.

Szarpnięcie zaatakowało mnie ze zdwojoną siłą. Nie mogłem uciec.

– Działa! – krzyknął ktoś. – Mamy go!

Znałem ten głos...

To było jak przebudzenie ze śpiączki, tyle że dokładnie pamiętałem, gdzie byłem. Dedżagore. Każdy mały ból, każdy koszmar, każdy lęk. Ich ostre krawędzie nie raniły już tak bardzo. Więzy opadały. Byłem teraz tutaj.

Tutaj? W jakim czasie i miejscu? Spróbowałem otworzyć oczy. Moje powieki nie słuchały mnie. Spróbowałem się poruszyć. Moje mięśnie także odmówiły podjęcia wysiłku.

– Jest tutaj.

– Zaciągnij zasłony. – Usłyszałem przesuwający się ciężki materiał. – Czy będzie coraz gorzej? Myślę, że powinniśmy przygotować się na najgorsze. Kiedyś oddali się tak bardzo, że będziemy mieli sporo kłopotów, żeby sprowadzić go do domu.

O! Ten głos należał do Konowała. Starego. Tylko że Stary nie żyje, przecież widziałem, jak zginął... Czy widziałem? Czyżbym porzucił po prostu Stwórcę Wdów żywego, kiedy jego czas jakoby dobiegł końca?

– No cóż, nie posłuchał. Ale teraz może być już tylko lepiej. Kryzys minął. Chyba że zechce tam zostać.

Udało mi się otworzyć jedno oko.

Znajdowałem się w jakimś ciemnym miejscu. Nigdy wcześniej go nie widziałem, ale to musiał być pałac w Trogo Taglios. Dom. Nie widziałem, żeby gdziekolwiek indziej używano takiego kamienia. W tym zaś, że miałem kłopot z rozpoznaniem niektórych części pałacu, nie było nic zaskakującego. Wszyscy książęta Taglios dodawali kawałek podczas swego panowania. Przypuszczalnie jedynie stary królewski czarodziej Kopeć znał wszystkie drogi w budynku. A Kopcia już z nami nie było. Nie wiem, co działo się z nim później, ale kilka lat temu porozdzierało go, kiedy jakiś nadprzyrodzony stwór, z którym się spierał, spróbował go zjeść. Było nam to na rękę, ponieważ właśnie wtedy odkryliśmy, że Kopeć został skuszony przez Długiego Cienia i przeszedł na stronę wroga.

Nie mogłem się sobie nadziwić. Pomimo bólu głowy, niczym przy kacu gigancie, umysł miałem nadspodziewanie jasny.

– Otworzył oczy, szefie.

– Słyszysz mnie, Murgen?

Spróbowałem coś powiedzieć i udało mi się wybełkotać parę słów.

– Miałeś jeden ze swoich ataków. Od dwóch dni próbujemy sprowadzić cię z powrotem. – Konował był niezadowolony. Jakbym celowo narażał go na niewygodę. – W porządku. Rozumiesz, co to dyscyplina. Postawcie go i niech chodzi.

Pamiętam, że przerabialiśmy już tę część kilkakrotnie. Teraz byłem mniej niepewny. Szybciej uchwyciłem różnicę między przeszłością i teraźniejszością.

Postawili pode mną moje własne nogi, a Goblin wcisnął się pod moją prawą pachę. Konował otoczył mnie ramieniem ze strony lewej i podniósł.

– Pamiętam, co robić – powiedziałem.

Nie zrozumieli.

– Masz pojęcie, gdzie jesteś, Murgen? – zapytał Goblin. – Nie odlecisz nam znowu w przeszłość?

Skinąłem głową. W ten sposób mogłem się komunikować. Może mógłbym użyć języka migowego.

– Znowu Dedżagore? – zapytał Konował.

Nawiązałem tam mnóstwo znajomości, w tym wiele takich, których nie chciałem nawiązać.

– Jakaś noc. Znowu. Tylko później – spróbowałem powiedzieć.

– Połóżcie go. Nic mu już nie będzie – powiedział Konował. – Murgen, udało ci się trafić na jakiś ślad tym razem? Cokolwiek, co moglibyśmy połączyć, żeby wyrwać cię z tego cyklu? Potrzebuję cię tutaj. Przez cały czas.

– Ani jednej cholernej wskazówki – przerwałem, żeby złapać oddech. Tym razem szybciej wracałem do siebie. – Nie wiem nawet, kiedy mnie dopadło. Po prostu nagle byłem już tam. Jak złośliwy duch albo coś w tym rodzaju, bez żadnych myśli o jakiejkolwiek przyszłości. Potem, po chwili, byłem Murgenem bez świadomości i bez żadnych anomalii, jak teraz.

– Anomalii?

Odwróciłem się zaskoczony. Nie wiadomo skąd, zmaterializował się Jednooki. Widziałem, że kotara nadal się porusza. Przegradzała pokój na pół.

– Słucham?

– Co rozumiesz przez anomalie?

Po głębszym namyśle stwierdziłem, że nie wiem, co naprawdę miałem na myśli. Pokręciłem głową.

– Nie wiem. Uciekło mi. Jaki jest dzień?

Konował i czarodzieje wymienili między sobą znaczące spojrzenia.

– Pamiętasz Gaj Zagłady? – zapytał Konował.

– Jasne. Jeszcze się trzęsę. – Poczułem dotyk przejmującego chłodu. Potem przypomniałem sobie rzeczy najważniejsze. Nie miałem wspomnień dotyczących moich odwiedzin w tym pomieszczeniu, choć powinienem je mieć. Ciągle tkwiłem we własnej przeszłości i nie byłem w niej tak daleko, jak w Dedżagore. Tamto było lata temu.

Spróbowałem przypomnieć sobie przyszłość.

Pamiętałem zbyt wiele. Jęknąłem.

– Czy mamy go znowu podnieść? – zapytał Goblin.

– Już się zbieram. – Pokręciłem głową. – Pomyślmy. Ile czasu minęło od ostatniego ataku? Kiedy wróciliśmy z Gaju?

– Ty wróciłeś trzy dni temu – powiedział Konował. – Kazałem ci zaprowadzić twoich więźniów do pałacu. Próbowałeś. Po drodze zgubiłeś tkacza cienia w okolicznościach tak przedziwnych, że rozkazałem wszystkim ludziom Kompanii, by byli wyjątkowo czujni.

– Był stary. Po prostu umarł ze strachu – odezwał się Goblin. – Nie ma w tym nic tajemniczego.

Ból głowy nie mijał. Miałem niejasne wspomnienia tamtych wydarzeń, ale nie były tak wyraźne jak wspomnienia innych wypadków tuż przed poprzednim atakiem.

– Wiele nie pamiętam.

– Czerwonoręki Oszust dotarł tutaj bez szwanku i mieliśmy zacząć przesłuchiwać go tamtej nocy. Ale ty wróciłeś do swego pokoju, prawdopodobnie tylko przeszedłeś przez drzwi i upadłeś. Zgadzają się co do tego twoja teściowa, wuj, żona i szwagier. Prawdopodobnie jest to pierwszy, ostatni i jedyny taki przypadek w historii.

– Prawdopodobnie. Stara jest taka sama jak Jednooki. Nie zgadza się dla samej przyjemności niezgadzania się.

– Hej! Dzieciaku...

– Cicho! – rozkazał mu Konował. – A więc po prostu upadłeś i zesztywniałeś. Twoja żona wpadła w histerię. Szwagier przyleciał do mnie i wynieśliśmy cię stamtąd, żeby oszczędzić nerwów twojej rodzinie.

Oszczędzić nerwów? Ci ludzie nie znali takiego pojęcia. Poza tym Sari była jedyną osobą pośród nich, którą uważałem za swoją rodzinę.

– Otwórz usta, Murgen – polecił Goblin, odwrócił moją twarz do światła i zajrzał mi do gardła. – Żadnych zranień.

Wiedziałem, o czym myśleli. Epilepsja. Sam się nad tym zastanawiałem. Pytałem o to każdego, kto chciał słuchać. Jednak żaden z epileptyków, o których kiedykolwiek słyszałem, nie zapadał się w przeszłość poprzez atak. W przeszłość niebędącą nigdy przeszłością, którą już przeżyłem.

– Mówiłem ci, że to nie choroba – burknął Konował. – Kiedy znajdziesz właściwą odpowiedź, okaże się, że cały czas miałeś ją pod nosem, i będziesz czuł się jak ostatni głupiec, że nie dostrzegłeś jej wcześniej.

– Jeśli tylko można coś znaleźć, znajdziemy to – obiecał Jednooki, co kazało mi się zastanowić, jakie asy trzyma w rękawie. Wiedziałem, że się dowiem, bo wkrótce mi o tym powie, ale nie pamiętałem przyszłości aż tak wyraźnie.

Czasami bycie mną stawało się dość tajemnicze.

– Czy była tam znowu ta postać bez głowy? – zapytał Konował.

– Tak – odparłem, kiedy już się domyśliłem, o co mu chodzi. – Ale on nie miał twarzy, szefie, nie głowy. Głowę miał.

– Może to właśnie jest źródło całego problemu – zasugerował Jednooki. – Jeśli tylko przypomnisz sobie jakieś rysy twarzy, cokolwiek, powiedz o tym komuś. Albo zapisz to natychmiast.

– Nie chcę, żeby się to przytrafiło komuś innemu – powiedział

Konował. – Czy wyobrażasz sobie kierowanie kampanią, kiedy twoi ludzie mogą odłączyć się w każdej chwili, nawet na całe dnie?

Byłem pewny, że tak się nie stanie. Ale nie powiedziałem tego, bo zaczęliby mnie naciskać, a nie miałem najmniejszej ochoty na szturchańce i poganianie.

– Proszę, potrzebuję czegoś na ból głowy. Taki jak przy kacu.

– Czy zawsze podczas ataków miałeś taki ból głowy? – dopytywał się Konował. – Nigdy o tym nie wspomniałeś.

– Zawsze, ale nie tak wściekły. Tylko małe niedomaganie. Jak kac po czterech piwach, jeśli było to piwo warzone przez Łabędzia i Mafera. Czy to ważne?

Konował uśmiechnął się na tę reklamę drugiego najgorszego piwa na świecie.

– Ja i Goblin obserwowaliśmy cię na zmianę prawie przez cały czas od powrotu z Gaju Zagłady. Wydawało się prawdopodobne, że tak się zdarzy. Nie chciałem, żebyśmy coś stracili.

To rodziło bardzo poważne pytanie. Skoro, od kiedy jestem w swoim czasie, raz po raz przypominam sobie przeszłość, dlaczego nigdy nie pamiętam podróży w przyszłość, które będę dopiero odbywać?

I w jaki sposób mogli obserwować mnie tak dokładnie? Nigdy ich nie zauważyłem, a próbowałem zachować czujność przez cały czas. Nigdy nie wiadomo, kiedy z ciemności wyskoczy Oszust, wymachując swą szarfą Dusiciela.

– No i co zauważyliście?

– Nic.

– Teraz to mój obowiązek – wdzięczył się Jednooki.

– A więc naprawdę jestem spokojny.

– Każdy jest teraz taki cholernie mądry – biadolił Jednooki. – Za moich czasów szanowało się starszych.

– To były czasy, kiedy młodzi nie mieli okazji dobrze poznać starych idiotów.

– Mam robotę – uciął Konował. – Jednooki, trzymaj się Murgena, kiedy tylko możesz. Mów bez przerwy o Dedżagore i o tym, co się z nim działo. Gdzieś musi być jakiś trop. Może jeszcze go nie rozpoznajemy? – Wyszedł, zanim mogłem coś powiedzieć.

Coś się wydarzyło pomiędzy Konowałem i Jednookim poza moimi plecami i w związku z moją osobą. Może wszyscy mieliśmy powody do myślenia. Tym razem nie pamiętałem wiele z miejsca, w którym byłem. Wszystko wydawało się nowe, pierwsze, chociaż jakieś przerażające, małe stworzenia gdzieś w mrocznych zakamarkach mojego umysłu ostrzegały, że będę przeżywał swoje wczoraj na nowo, a najgorsze dopiero nadejdzie.

– Myślę, że po prostu zabierzemy cię teraz do domu, Dzieciaku – orzekł Jednooki. – Twoja żona będzie miała lekarstwo na wszystkie twoje dolegliwości.

Może i tak. Była cudem. Nawet Jednooki, który wydawał się niezdolny do okazywania szacunku komukolwiek, traktował ją, rozmawiał z nią i o niej, jakby była poważaną damą.

Jest nią, oczywiście. Ale miło jest, kiedy inni to potwierdzają.

– Teraz dopiero powiedziałeś coś, co chciałem usłyszeć. Prowadź, bracie. – Nie znałem drogi.

Rzuciłem przez ramię spojrzenie na Kopcia i zakrytego Oszusta. Co jest, do cholery?

31

Moi teściowie nie wysilali się zbytnio, żeby polepszyć opinię o Niueng Bao. Największym wrzodem na tyłku jest zwłaszcza Matka Gota. Ta stara siekiera ledwo toleruje nawet mnie, a i to tylko dlatego, że w przeciwnym wypadku straciłaby córkę całkowicie. Jest też paskudnie nastawiona do Starego.

Mimo to ja i Sari liczyliśmy się dla Konowała na tyle, że mogliśmy nalegać na zamianę kwater, kiedy w zeszłym miesiącu jej ziomkowie pokazali się w mieście, wlokąc się ze swoich urokliwych bagien. Jednak nie uda się im wrócić z powrotem do tego raju, jeśli Matka Gota nie poskromi języka na ulicy.

Stary nie reaguje nigdy na jej nieustanne narzekania.

– Trzydzieści lat pomieszkuję z Goblinem i Jednookim. Jedna zrzędliwa baba, cierpiąca na podagrę i artretyzm, to nic. Zresztą powiedziałeś, że będzie tu tylko przez parę tygodni, prawda?

Prawda. Tak powiedziałem. Zastanawiałem się, jak te słowa mogłyby smakować z sosem sojowym. Albo z dużą ilością curry.

Teraz, kiedy Pani przebywa większość czasu na Południu, wylewając róg obfitości swego gniewu na Ziemie Cienia, Konował nie potrzebuje rozległego lokum. Przestrzeń, którą zajmowaliśmy wcześniej, była tylko odrobinę większa od celi zakonnika. Tutaj jest dość miejsca dla Starego, Pani, kiedy przyjeżdża, oraz dla kołyski podarowanej jej przez człowieka imieniem Taran, który zginął później, broniąc jej samej i jej dziecka przed Narajanem Singhiem. Taran zrobił tę kołyskę własnoręcznie. Najprawdopodobniej zginął, ponieważ pokochał niewłaściwą kobietę, podobnie jak niemal wszyscy, którzy spędzili zbyt dużo czasu u boku Pani.

Konował oddał mi swą kwaterę. W porządku, ale łączyło się to z pewnymi ograniczeniami. Nie mogłem zamienić jej w nowy dom Niueng Bao. Na stałe zamieszkali tu Sahra i Tai Dei. Matka Gota i Wujek Dodż byli mile widziani jako goście. I żadnych darmozjadów kuzynów czy siostrzeńców więcej!

Ludzie, którzy oskarżali Kapitana o wykorzystywanie swojej pozycji do uwicia sobie wygodnego gniazdka, powinni przyjrzeć się temu gniazdku bliżej. Wyzwoliciel, Pan Ojejku Jaki Wojskowy Ważniak dla wszystkich Taglian i wielu ich kolonii oraz miast, mieszkał tak jak wtedy, kiedy był tylko kronikarzem i lekarzem Kompanii.

Przeprowadził mnie także po to, aby zapewnić mi odpowiednią przestrzeń do pracy. Przywiązywał do tych Kronik wielką wagę.

Szczerze mówiąc, moje księgi nie wypadały tak dobrze. Nie zawsze potrafiłem spisać wszystko w najlepszy sposób. W swoim czasie, kiedy Konował był w szczytowej formie, był naprawdę dobry. W zestawieniu z jego, moja robota nie wytrzymywała porównań.

Kiedy postanowił być równocześnie Kapitanem i kronikarzem, jego praca na tym ucierpiała. A zapiski Pani były dla mnie zbyt sztywne, suche i czasami troszkę próżne. Nie były też do końca uczciwe. Nie troszczyła się o zgodność ze swoimi poprzednikami ani nawet ze swymi własnymi wcześniejszymi relacjami. Jeśli czytało się je uważnie i zauważało jakieś potknięcie, ani Konował, ani Pani nie przyznawali się do przekłamania. Na przykład Konował twierdził, że z Taglios do Uścisku Cienia jest tysiąc trzysta kilometrów, a Pani, że sześćset pięćdziesiąt. Oboje utrzymywali, że mają rację. Pani mówiła, że rozbieżności są wynikiem tego, iż dorastali w różnych miejscach i czasach, kiedy używało się innych jednostek miar i wag.

No a co z ludźmi? Ich także oceniano tu na różne sposoby. U Konowała Łabędź wiecznie na coś psioczył, Pani zaś widziała w nim energicznego, dobrodusznego gadułę. Różnicę mogło robić też to, iż oboje wiedzieli, że zainteresowanie Łabędzia Panią nie ma czysto braterskiego charakteru.

Popatrzmy, jak widzieli Kopcia. Ich poglądy na temat tego zdrajcy były tak różne, że nie pomyślałbyś, iż piszą o tym samym bydlaku. Tak samo z Mogabą i Brzeszczotem. Obaj byli zdrajcami o czarnych sercach. W Kronikach Konowała nic nie było na ten temat, ponieważ nie pisał już, kiedy Brzeszczot zdezerterował, ale bez przerwy okazywał, jak bardzo go nienawidzi. Było to wściekłe, irracjonalne uczucie. Tymczasem wyglądało na to, że jest bliski przebaczenia Mogabie. Pani widziała tych dwóch zupełnie na odwrót. Upiekłaby Mogabę w tym samym piecu co Narajana, a prawdopodobnie wybaczyłaby Brzeszczotowi.

Brzeszczot był przypadkiem podobnym do Tarana i Wierzby Łabędzia.

Przypuszczam, że nie trzeba zgadzać się we wszystkim, żeby zostać kochankami.

Inaczej też prowadzili zapiski. Konował pisał w Kronikach najczęściej na bieżąco, a później wracał do nich i uzupełniał wiadomościami z innych źródeł. Za drugim podejściem miał też tendencję do beletryzowania, tak więc jego Kroniki są nie zawsze wyłącznie prostym zapisem wydarzeń historycznych.

Pani zapisywała wszystko już po fakcie, z pamięci, kiedy odpoczywała, oczekując dziecka. Korzystała z materiału, który stanowiły przeważnie pogłoski z drugiej ręki. Teraz, gdy próbuję nadać pomieszanym materiałom coś na kształt jednolitej formy, zastępuję jednocześnie bardziej wątpliwe fragmenty tym, co uważam za ściślej odpowiadające prawdzie.

Konował to rozumie, ale Pani nie zawsze jest zadowolona z moich wysiłków.

Moja największa pisarska słabość to przydługie dygresje. Nie potrafię ująć tematu krótko. Pewien czas spędziłem w Bibliotece Królewskiej w Taglios z oficjalnymi historykami, którzy zapewniali mnie, że prawdziwym kluczem do historii są szczegóły. Na przykład cały jej bieg może radykalnie zmienić kierunek, ponieważ ktoś zarabia bździąga przypadkową strzałą podczas jakiejś pomniejszej zadymy.

Mój pokój do pisania ma cztery i pół na sześć i pół metra. Mam tu miejsce na swoje notatki, kopie starych Kronik i duży stół, gdzie mogę pracować nad kilkoma szkicami jednocześnie. Zostaje jeszcze kawałek podłogi dla Tai Deia i Wujka Dodża.

W czasie kiedy ja pisałem, studiowałem i wprowadzałem poprawki, on i Tai Dei klekotali drewnianymi mieczami ćwiczebnymi albo kwiczeli przeciągle, a także kopali się, mierząc się ze sobą nawzajem. Kiedy tylko któryś z nich wpadał w obszar, który zajmowałem ja i moja praca, zwyczajnie odrzucałem go z powrotem. Byli zdumiewająco dobrzy w tym, co robili – powinni być, skoro tyle ćwiczyli – ale myślę, że prędzej poranią się nawzajem, niż zrobią krzywdę komuś potężnie zbudowanemu, jak na przykład facetom ze Starej Gwardii.

Lubię tę robotę. Jest o niebo lepsza od pracy chorążego, chociaż tę wykonuję nadal także. Chorąży zawsze pierwszy trafia w tarapaty i zawsze ma jedną rękę zajętą trzymaniem ogromnego sztandaru, który nie powinien upaść.

Martwię się, że nie uchwycę tylu szczegółów, co Konował. I zazdroszczę mu tego charakterystycznego dlań, sardonicznego stylu. Twierdzi, iż był dobry wyłącznie dlatego, że miał czas. W tamtych czasach Czarna Kompania była tylko bandą obdartusów, którym zawsze jakoś się udawało, a poza tym działo się niewiele. Teraz jesteśmy bez przerwy po uszy w gównie. To mi się nie podoba. Kapitanowi też nie.

Nie umiem sobie wyobrazić faceta mniej zadowolonego z władzy, jaka spadła mu na głowę bez jego udziału. Utrzymuje ją i wykorzystuje jedynie dlatego, że nie wierzy, aby ktoś inny poprowadził Kompanię tam, gdzie według niego musi iść.

Udało mi się przetrwać parę godzin bez spadania w studnię przeszłości. Nie czułem się źle. Sari była w doskonałym nastroju, pomimo że matka robiła wszystko, żeby zepsuć jej ten dzień. Ja zatraciłem się w pracy, zadowolony z życia jak nigdy.

Ktoś stanął w drzwiach.

Sari wprowadziła Kapitana do pokoju. Wujek Dodż i Tai Dei ciągle klekotali drewnianymi mieczami. Konował obserwował ich przez chwilę.

– Nadzwyczajnie – stwierdził, ale nie brzmiało to przekonująco.

– To nie sztuka wojenna – odparłem – To szermierka dla samotników. Niueng Bao to wilki samotnicy.

W przeciwieństwie do Starego. Jego wiara, że braci za plecami trzeba mieć zawsze, urosła niemal do rangi religijnego przykazania. Technika szermiercza Niueng Bao polegała na krótkich, ale bardzo gwałtownych atakach i obronie przerywanej okresami bezruchu, w których walczący zastygali w przedziwnych pozach, przesuwając się niemal niedostrzegalnie, aby uprzedzić ruch przeciwnika.

Wujek Dodż jest b a r d z o dobry.

– Muszę przyznać, że mają dużo wdzięku, Murgen. Prawie jak tancerze.

Wżeniając się w rodzinę Sari, musiałem także nauczyć się tej techniki. Naprawdę nie miałem wyboru. Wujek Dodż bardzo nalegał. Nie jestem tym strasznie zainteresowany, ale zgodziłem się dla świętego spokoju. Poza tym to dobre ćwiczenie.

– To wszystko stylizacja, Kapitanie. Każdy krok i pchnięcie ma swoją nazwę. – Co uważam akurat za wadę. Każdy wojownik trzymający się kurczowo tak wyznaczonych ram musi stać się łatwym łupem dla jakiegokolwiek innowatora.

Z drugiej jednak strony naprawdę widziałem, jak Wujek Dodż rozprawia się z prawdziwymi wrogami w Dedżagore.

Zmieniłem język.

– Czy pozwolisz mojemu Kapitanowi poznać się ze Spopielającą Różdżką? – Długo mierzyli się wzrokiem.

Spopielająca Różdżka to miecz Wujka Dodża. Nazywa go swoją duszą. Traktuje go lepiej, niżby traktował jakąkolwiek kobietę.

Wujek Dodż oderwał się od Tai Deia, skłonił się lekko i wyszedł. Po chwili był już z powrotem z ogromnym mieczem, długim na metr. Wyciągnął go ostrożnie i zaprezentował Konowałowi, kładąc na lewym przedramieniu, gdzie stal nie stykała się z wilgotną lub też tłustą skórą. Pokłonił się przy tym lekko.

Chciał, abyśmy wierzyli, że nie zna tagliańskiego. Próżny trud. Wiedziałem, że posługuje się nim płynnie.

Konował znał trochę obyczaje Niueng Bao. Przyjął Spopielającą Różdżkę z właściwą uwagą i uprzejmością, jakby spotkał go największy zaszczyt.

Wujkowi sprawiło to przyjemność.

Konował nieporadnie chwycił rękojeść oburącz. Celowo, jak przypuszczam. Dodż natychmiast zademonstrował właściwy chwyt, tak jak czynił to podczas każdego naszego treningu. Staruszek jest żwawy. Ma dziesięć lat więcej od Konowała, ale porusza się sprawniej niż ja. I ma niesłychaną cierpliwość.

– Świetna równowaga – powiedział Kapitan po tagliańsku. Nie byłbym zaskoczony, gdyby się okazało, że nauczył się Niueng Bao. Miał smykałkę do języków. – Ale stal powinna być lepsza. – Ostrze było wąskie i cienkie.

– On mówi, że miecz ma czterysta lat i przetnie zbroję. Zapewniam cię, że z równą łatwością przecina człowieka. Nie raz widziałem, jak go używał.

– Podczas oblężenia? – Konował przyglądał się ostrzu tuż przy rękojeści.

– Tak.

– Znak Diń Luk Dok.

Oczy Wujka Dodża zwęziły się nagle, a zwykły, powściągliwy wyraz twarzy zastąpiło zaskoczenie. Szybko odebrał swoją kochankę. Najwidoczniej zaniepokoił go fakt, że Konował może wiedzieć coś o kuźniach Niueng Bao. Możliwe, że Kapitan nie jest tak głupi, jak by można się było spodziewać tego po cudzoziemcu.

Wujek Dodż wyrwał jeden ze swoich marnych włosów i przeciągnął go po krawędzi ostrza Spopielającej Różdżki z łatwym do przewidzenia rezultatem.

– Można by zaciąć się i nawet tego nie zauważyć – stwierdził Konował.

– Zdarza się – powiedziałem. – Chcesz czegoś?

Sari przyniosła herbatę. Stary przyjął ją, chociaż nie lubił herbaty. Z rozbawieniem obserwował, jak na nią patrzę. Kiedy tylko Sahra pojawia się w pokoju, mam kłopoty ze skupieniem się na czymkolwiek innym. Za każdym razem jest piękniejsza. Nie mogę uwierzyć własnemu szczęściu. Cały czas boję się, że się obudzę.

Zadrżałem.

– Masz tu prawdziwy skarb, Murgen. – Mówił mi to już przedtem. Konował akceptował Sari. Niepokoiła go tylko jej rodzina. – Musiałeś się żenić od razu ze wszystkimi? – przeszedł na forsbergański. Nikt z pozostałych nie znał tego języka.

– Powinieneś tam być. – Tylko tyle można powiedzieć o Dedżagore. Niueng Bao i Starą Gwardię połączył jeden koszmar.

Pojawiła się Matka Gota. Całe sto czterdzieści siedem centymetrów żółci. Spojrzała na Kapitana.

– Aha! Wielki człowiek we własnej osobie! – Jej tagliański jest obrzydliwy, ale nie przyjmuje tego do wiadomości. Ci, którzy jej nie rozumieją, robią to celowo, żeby ją obrazić.

Okrążyła Konowała na swoich łukowatych girach. Prawie tak szeroka jak wysoka, choć wcale nie gruba, wstrętna, kołysząca się jak kaczka, wyglądała jak miniaturowy troll. I nawet jej własny lud nazywał ją Trollem za jej plecami. Miała osobowość. Kamień wyprowadziłaby z równowagi.

Tai Dei i Sahra urodzili się bardzo późno. Modliłem się, aby moja żona nigdy nie stała się podobna do swej matki. Z wyglądu ani z charakteru. Chociaż dobrze by było, gdyby stała się podobna do babki.

Zimno tutaj.

– Coś się tak uwziął na chłopa mojej Sahry, co? Panie Wielki i Przepotężny Wyzwolicielu. – Odchrząknęła i splunęła na bok, a wszyscy pojęli znaczenie tego gestu. Terkotała coraz szybciej i szybciej. A im szybciej plotła, tym szybciej chodziła. – Myślisz, że on być niewolnik? Wojownik, nie? I nie mieć czasu, żeby zrobić mnie babcia, bo jego ciągle nie być i robić dla cię? – Znowu odchrząknęła i splunęła.

W porządku, była już babcią. Ale nie za moją sprawą, a wszystkie jej wcześniejsze wnuki nie żyły. Nie przypominałem jej o tym. Nie było potrzeby przyciągać jej uwagę.

Godzinę wcześniej wściekała się na mnie, ponieważ jestem nic dobrego, zakuta pała i leń bez jaj, tracący czas na czytanie i pisanie. Dorosły mężczyzna nie tak spędza czas.

Matka Gota nigdy nie była zadowolona.

Konował mówił, że to dlatego, iż nieustannie cierpi.

Udawał, że nie rozumie jej łamanego tagliańskiego.

– Tak, pogoda jest doprawdy prześliczna jak na tę porę roku. Specjaliści od rolnictwa powiedzieli mi, że będziemy mieli dwa zbiory w tym roku. Czy myślisz, że moglibyście podwoić swoje zbiory ryżu?

Znowu splunięcie i przejście na wściekły Niueng Bao, szczodrze okraszony wymyślnymi epitetami. Nie wszystkie pochodziły z jej ojczystego języka. Bardziej niż czegokolwiek na świecie Matka Gota nie cierpiała, kiedy z niej żartowano lub ignorowano ją.

Ktoś walił w drzwi. Sari była zajęta czymś, co pozwalało jej nie zbliżać się za bardzo do matki, więc poszedłem ja. W korytarzu stał Jednooki i potwornie cuchnął.

– Sie masz, Dzieciaku? Masz. – Wsunął mi do ręki śmierdzący, poszarpany i brudny zwój papierów. – Jest Stary?

– Co z ciebie za czarodziej, jeśli tego nie wiesz?

– Leniwy.

Zrobiłem mu przejście w drzwiach.

– Co to za świństwo? – Uniosłem papiery.

– Papiery, które zostawiłeś u mnie. Moje notatki i Kroniki. – Podszedł spokojnie do Kapitana.

Patrzyłem na stertę w swoich dłoniach. Niektóre strony pokryła pleśń. Niektóre ociekały wodą. Cały Jednooki. Cztery lata spóźnienia. Miałem nadzieję, że ten mały szczur nie zabawi długo. Będzie rozsiewał wszy i pchły. Brał kąpiel, tylko jeśli się upił i przypadkiem wpadł do kanału. A to świństwo... Spalę to któregoś dnia.

Jednooki szeptał coś z Kapitanem. Matka Gota próbowała podsłuchiwać. Przeszli na język, którego nie znała. Syknęła wściekle i zabrała się do pracy.

Czarodziej przestał mówić i spojrzał na nią. To było ich pierwsze spotkanie, z bliska i osobiście.

Uśmiechnął się.

Nie bał się jej. Miał dwieście lat. Widział już takie ohydy, zanim Matka Gota się urodziła. Pokazał jej kciuk i przysunął się do mnie, szczerząc zęby jak dziecko, które właśnie dostało niespodziewany prezent.

– Zechcesz mnie oficjalnie przedstawić, Dzieciaku? – zapytał w tagliańskim. – Uwielbiam ją! Jest wspaniała! Nadzwyczajna! Daj nam buzi, kochaneczko.

Może dlatego, że Matka Gota była w całym Taglios jedyną kobietą niższą od niego?

Po raz pierwszy widziałem, jak mojej teściowej zabrakło słów.

Tai Dei i Wujek Dodż też osłupieli.

Jednooki łaził za Matką Gotą po pokoju. W końcu uciekła.

– Nadzwyczajna! – skrzeczał. – Absolutnie cudowna! Kobieta moich snów. Jesteś gotów, Kapitanie?

Naćpał się czegoś?

– Tak. – Konował oderwał się od ledwie napoczętej herbaty. – Murgen, chcę, żebyś poszedł z nami. Czas nauczyć cię nowych sztuczek.

Zacząłem kręcić głową. Nie wiem dlaczego. Sari otuliła mnie ramionami. Przyszła do mnie, gdyż przebywając tam, gdzie ja, mogła uniknąć swojej matki. Wyczuła moją niechęć i ścisnęła mnie za ramię. Zapatrzyła się na mnie swoimi wspaniałymi, migdałowymi oczami i spytała, czym się martwię.

– Nie wiem. – Domyślałem się, że idziemy przesłuchiwać czerwonorękiego Oszusta. Nie lubiłem takiej pracy.

– Czy mogę ci towarzyszyć, mężu mojej siostrzenicy? – zaskoczył mnie pytaniem Wujek Dodż.

– Dlaczego? – wybełkotałem.

– Chciałbym zaspokoić swoją ciekawość i zobaczyć, co robią twoi ludzie – mówił powoli, jak do idioty. Myślał, że naprawdę ucierpiałem w czasie porodu. Nie byłem przecież Niueng Bao.

Przynajmniej nie nazwał mnie Kościanym Wojownikiem ani Kamiennym Żołnierzem.

Nigdy się nie dowiedziałem, co to oznacza.

Przetłumaczyłem Staremu. Nie mrugnął nawet okiem.

– Jasne, Murgen. Czemu nie? Ale może chodźmy już, zanim umrzemy tu ze starości.

Co, do cholery? To był ten facet, który uważał, że z Niueng Bao nie ma żadnego pożytku?

Spojrzałem na masę papierów, którą przyniósł mi Jednooki. Śmierdziały pleśnią. Później spróbuję coś z tym zrobić. Jeśli się da. Znając Jednookiego, podejrzewałem, że mogą być napisane w języku, którego już nie pamiętał.

32

Kroniki Jednookiego były tak okropne, jak się spodziewałem. Woda, pleśń, robactwo i karygodne niedbalstwo czyniły większość z tych wspomnień bezpowrotnie straconymi. Ocalał ostatni pamiętnik, jednak bez jednej ze środkowych stron, która gdzieś zaginęła. Posłuży to za przykład tego, co Jednooki uważa za wystarczający zapis kronikarski.

Pomylił pisownię większości nazw miejscowych. Tam, gdzie mogłem, poprawiłem je, posługując się mapami i domyślając się, gdzie był.

Pod koniec trzeciego roku naszego pobytu w Taglios Kapitan postanowił wysłać pułk Kuszawar do Prebelbed, gdzie Prabrindrah Drah walczył z grupką pomniejszych książąt z Ziem Cienia. Mnie i kilku towarzyszom z Kompanii kazano iść z nimi, aby wzmocnić nowy pułk. W tamtych stronach przebywał zdrajca Brzeszczot.

Pułk posuwał się przez Randżi i Ghodża, Dżajkur i Łęk, a potem Bakur, Dandżil oraz inne ostatnio zdobyte miasta, aż po dwóch miesiącach dogoniliśmy księcia w Preipurbed. Tutaj połowa pułku zawróciła na północ, aby eskortować jeńców wojennych i łupy. Reszta poszła na zachód do Aszaran, gdzie zaskoczył nas Brzeszczot. Musieliśmy zabarykadować bramy i wyrzucić za mury mnóstwo tubylców, ponieważ mogli się okazać szpiegami. Korzystając z moich uzdolnień, byliśmy w stanie się utrzymać, nawet pomimo tego, że oddziały żółtodziobów były przerażone.

W Aszaran znaleźliśmy ogromne zapasy wina i skracaliśmy sobie nim długie godziny oblężenia.

Po kilku tygodniach ludzie Brzeszczota zaczęli dezerterować z powodu zimna i głodu, w związku z czym ich dowódca postanowił się wycofać.

To była bardzo mroźna zima. Ucierpieliśmy mocno i często trzeba było wymuszać groźbami od tubylców jedzenie i opał. Książę utrzymywał nas w ciągłym ruchu, przeważnie z daleka od poważnych walk, ponieważ żołnierzom brakowało doświadczenia.

W Meldermaj upiłem się z trzema facetami i przegapiliśmy moment wymarszu pułku. Aby ich dogonić, musieliśmy przejść sto pięćdziesiąt kilometrów, licząc wyłącznie na siebie. Raz, po nocy spędzonej w majątku miejscowego wielmoży, zabraliśmy jego cztery konie. Zabraliśmy też jego winiak. Poskarżył się księciu i musieliśmy oddać konie.

Tydzień spędziliśmy w Forngoł, a potem książę wysłał nas na południe do Wysokiego Nanioła, gdzie mieliśmy dołączyć do Czwartej Konnej i spróbować skierować bandziorów Brzeszczota do kanionu Perzyna. Jednakże kiedy tam dotarliśmy, znaleźliśmy tylko jedną starą kobietę i gnijącą kapustę, którą wieśniacy zakopali w ziemi, zanim uciekli.

Potem powędrowaliśmy do Syluru, zahaczając o Baliczer, i tam, w lesie, odkryliśmy tawernę, prawie taką jak te na Północy. Kiedy leżeliśmy pijani, czarownik wroga nasłał na nas trujące ropuchy.

Następnego dnia musieliśmy iść kilkanaście kilometrów przez bagna, topniejący śnieg i lodowate błota na niższe tereny, gdzie ciepła woda tryskająca z ziemi nie pozwalała niczemu zamarznąć. Po kilkudziesięciu kilometrach dotarliśmy do fortecy Trasil, gdzie pułk utworzony z dawnych Ludzi z Ziem Cienia oblegał swoich ziomków Trasilów. Przebywali tu już długo, trudno więc było znaleźć w pobliżu jakieś zapasy, mimo że oferowaliśmy wysoką zapłatę.

Przez trzy dni pracowałem w tamtejszym szpitalu. Z powodu zimna leczono tam wiele przypadków odmrożeń. Mróz zabił więcej żołnierzy niż wróg.

Z Trasil pomaszerowaliśmy do Melopil z przyboczną strażą księcia i obiegliśmy fortecę tutejszego króla, która położona była na wyspie pośrodku jeziora. Jezioro skuł mróz. Było bardzo zimno i lód był gruby. Cały czas, pomimo deszczu pocisków wroga odbijających się od niego, próbowaliśmy posuwać się naprzód...

...Garnizon w środku masakrował z wielkim zapałem Ludzi z Ziem Cienia, podobnie jak i naszych żołnierzy, ostrzeliwując wszystkich z machin ustawionych na murach, dopóki nie zamknięto bram. Potem z Uścisku Cienia wyruszył Wyjec na swoim latającym dywanie i rozsypał wokół magię niczym błyskawice w czasie burzy. Musieliśmy uciekać. Wielu zostało schwytanych przez wroga.

Po dwóch tygodniach nadeszły rozkazy, aby wspomóc oblężenie

Rani Ortal. Po drodze znowu znaleźliśmy wino i skończyło się to katastrofą, ponieważ, kiedy spaliśmy, tubylcy ukradli nam ekwipaż.

Po obu stronach gromadzono siły. Zacząłem obawiać się większej bitwy. Mogłaby przyciągnąć Wyjca do Rani Ortal.

Po otoczeniu miasta wróg kilkakrotnie atakował nasze przedmurza i okopy, ponosząc w rezultacie ciężkie straty. Po dwóch tygodniach, kiedy zaczęła budzić się wiosna, przeprowadziliśmy w nocy niespodziewane natarcie, które przysunęło nasze prace oblężnicze wprost do murów. Żołnierze byli tak wściekli i tak przerażeni koniecznością walki w nocy, że zabijali wszystkich. Kiedy weszli na mury, zrzucali na dół każdego. Także kobiety i dzieci.

Potem z Uścisku Cienia nadszedł Wyjec, a wraz z nim mała armia cieni. Musieliśmy porzucić wszystko, co zdobyliśmy.

Wyjec i cienie odeszli o wschodzie słońca, a sam Prabrindrah wystąpił naprzód, aby powiedzieć wrogowi, że zaatakujemy wieczorem i tym razem nie okażemy litości. Jednak ten atak nigdy nie doszedł do skutku, ponieważ król wroga postanowił złączyć swój los z Taglios. Bramy miasta zostały otwarte i żołnierze przejęli je we władanie na jedną noc. Nikt jednak nie mógł mieć przy sobie żadnej broni, poza sztyletem.

Gleba w tej części kraju jest bardzo marna. Nie hoduje się tu szlachetnych roślin. Jedzą przeważnie kapustę i korzonki, a powszechnie uprawianym zbożem jest żyto.

Podczas pobytu w garnizonie w Trutelłor zaprzyjaźniłem się z synem właściciela ziemskiego. Miał około jedenastu lat i był inteligentny, ale nie miał pojęcia ani o religii, ani o pisaniu i czytaniu. Jego ojciec powiedział mi, że Władcy Cienia zakazali wszelkich praktyk religijnych i nauczania w całym królestwie. Wyznaczyli też nagrody za księgi, zwłaszcza stare, które palono zaraz po znalezieniu. Palono również kapłanów służących swojej wierze i za nich także wyznaczono nagrody. Te zarządzenia musiały znaleźć uznanie u Brzeszczota.

Po miesiącu przyszły rozkazy, że pułk ma wracać do Dżajkuru, gdzie Pani zbiera armię na letnią kampanię na wschodzie. Opuściłem tam jednostkę i powędrowałem na północ do Taglios, gdzie z wielką radością powitali mnie starzy towarzysze z Czarnej Kompanii.

Ten zapis kampanii wydaje się najbardziej staranny i szczegółowy ze wszystkich notatek Jednookiego. Pozostałe fragmenty przedstawiają relacje o wiele mniej spójne.

33

Schwytany czerwonoręki Oszust oczekiwał nas w pokoju zabezpieczonym przed czarnoksięskim szpiegostwem. Jednooki zaklinał się, że utkał zaklęcia tak dobrze, iż nawet Pani w swojej najlepszej formie nie mogłaby przez nie przeniknąć.

– Nie martwi mnie teraz, co mogłaby zrobić Pani – burknął Konował. – Martwi mnie Władca Cienia. Martwi mnie Duszołap. Ukrywa się dobrze, ale jest tutaj i bardzo chce o wszystkim wiedzieć. Martwi mnie też Wyjec. Ma wielką ochotę dopaść Kompanię.

– Spokojnie – zapewniał Jednooki. – Sam Dominator by się tu nie dostał.

– Mogę się założyć, że dokładnie to samo myślał Kopeć o swoim bezpiecznym pomieszczeniu.

Zadrżałem. Jednooki także. Nie widziałem na własne oczy, jak potwór, który dostał się do kryjówki Kopcia przez maleńki otwór w tarczy ochronnej, rozdarł go na strzępy, ale słyszałem o tym.

– A co się właściwie stało z Kopciem? – spytałem. Potwór go nie zabił.

Konował uniósł palec do ust.

– W prawo za rogiem.

Myślałem, że wracamy do pomieszczenia, w którym Goblin, Jednooki i Stary obudzili mnie po ostatnim ataku. Byłem pewny, że trzymają tam, za zasłoną czerwonorękiego Dusiciela. Przybyliśmy jednak w zupełnie inne miejsce.

A Oszust nie był sam.

Pod ścianą stała oparta Radisza, siostra panującego księcia Prabrindraha Draha, i patrzyła na więźnia tak, jakby uważała, że Wyzwoliciel postępuje z łotrami zbyt łagodnie. Nieduża, śniada i pomarszczona, jak większość tagliańskich kobiet po trzydziestce, była twarda i aż nazbyt bystra. Mówili, że straciła zimną krew tylko raz. Było to w tę noc, kiedy Pani wybiła całą starszyznę kapłanów wszystkich wyznań w Taglios, kończąc tym samym z religijnym oporem przeciwko jej roli głównego gracza w wojennym trudzie, jaki podjęło miasto.

Po tamtej demonstracji intryg było już o wiele mniej. Nasi sprzymierzeńcy i pracodawcy wydawali się zgodnie pozostawić nas na zgubię.

Zdaniem większości tagliańskich wielmożów i kapłanów Radisza wykonuje decyzje brata. Jest to bardzo bliskie prawdy. Książę jest silniejszy, niż to się powszechnie uważa, ale woli trzymać się z dala od żołnierki.

Za plecami Radiszy stał stół, a na nim leżał mężczyzna.

– Kopeć? – zapytałem.

Czarodziej nadal żył. I wciąż był w śpiączce. Nie poruszał się.

Za nim wisiała kotara identyczna z tą, którą ujrzałem po przebudzeniu. A zatem to był ten sam pokój, tyle że doszliśmy do niego z przeciwnej strony.

Dziwne.

– Kopeć – zgodził się Konował i zdałem sobie sprawę, że dopuszczono mnie do dużej tajemnicy.

– Ale...

– Czy powiedział coś ciekawego? – Konował zapytał Radiszę, ucinając moje pytanie. Musiała sama się zabawiać z więźniem, a Kapitan z jakiegoś powodu nie chciał, aby poświęcała zbyt wiele uwagi Kopciowi.

– Nie. Ale powie.

Dusiciel skrzywił się drwiąco. Dzielny człowiek, ale głupi. On najlepiej wiedział, co tortury potrafią uczynić z człowiekiem.

Znowu poczułem chłód wzdłuż kręgosłupa.

– Wiem. Do roboty, Jednooki. Murgen przetrzymał nas już wystarczająco.

Kroniki. Opóźniał to tylko po to, żebym mógł umieścić to w Kronikach.

Niepotrzebnie się kłopotał. Nie byłem wielkim entuzjastą tortur. Jednooki zaczął mruczeć. Klepnął więźnia w policzek.

– Musisz mi pomóc, kochanieńki. Będę miły, jeśli mi pozwolisz. Co wy, Dusiciele, mieliście do roboty w Taglios? – Jednooki spojrzał na Kapitana. – Kiedy wraca Goblin, szefie?

– Zajmij się tym, co robisz.

Jednooki zrobił coś. Dusiciel szarpnął spazmatycznie więzy. Jego krzyk był tylko bezgłośnym piskiem.

– Ale znalazłem mu wspaniałą kobietę, szefie – pochwalił się Jednooki. – Czyż nie, Dzieciaku? – Łypnął pożądliwie, pochylony nad Oszustem. Ten okaz ciemnoskórego mężczyzny stał się teraz tylko brudnym łachmanem.

A więc dlatego Jednooki był tak zachwycony Matką Gotą? Chciał ją wykorzystać jako kawał dla Goblina. Chyba powinienem być zły, choćby ze względu na Sahrę, ale nie mogłem wykrzesać z siebie oburzenia.

Ta kobieta prosiła się o wykorzystanie.

– Rozumiesz, jaka jest twoja sytuacja, kochaneczku? – zawodził Jednooki. – Byłeś z Narajanem Singhiem, kiedy cię złapaliśmy. Masz czerwoną dłoń. To wszystko mówi mi, że jesteś jednym z tych szczególnych Oszustów, których Kapitan n a p r a w d ę chce dostać. – Wskazał na Konowała. Użył słowa „dżamadar", zamiast Kapitan, co miało dla Oszustów silny wydźwięk religijny.

Omamili Panią, ale naznaczyła na stałe ich zwierzchników czerwoną dłonią. Obecnie to wyróżniało ich z tłumu.

Jednooki wciągnął ślinę pomiędzy resztkami swoich zębów. Ktoś, kto go nie znał, mógłby powiedzieć, że się zastanawia.

– Ale ja jestem klawy facet – powiedział – i nienawidzę patrzeć, jak ludzie cierpią. Dam ci więc jeszcze jedną szansę, żebyś nie skończył jak ten karaluch tutaj. – Wskazał paluchem na Kopcia. Pomiędzy palcami jego drugiej dłoni trzasnął ogień. Dusiciel wydał z siebie okrzyk z rodzaju tych, które wyrywają ci nerwy, przysypując jednocześnie ich końcówki solą. – To może trwać wiecznie albo skończyć się szybko. Wszystko zależy od ciebie. Opowiedz mi, co Oszuści mieli zrobić w Taglios? – Pochylił się niżej i wyszeptał: – Mogę załatwić ci nawet wolność.

Więzień patrzył przez chwilę. Pot zalewał mu oczy i piekł. Próbował go strząsnąć.

– Założę się, że ona uzna, iż Goblin jest czarujący niczym pluskwa – powiedział Jednooki. – Co o tym myślisz, Dzieciaku?

– Myślę, że lepiej kończ z tym – warknął Konował. Niechętnie brał udział w torturach i nie miał cierpliwości do gierek, które Goblin i Jednooki uprawiali między sobą.

– Weź się w garść, szefie. Ten facet nigdzie nie pójdzie.

– Ale jego przyjaciele coś knują.

Zerknąłem na Wujka Dodża, żeby zobaczyć, co myśli o tej kłótni. Jego oblicze pozostawało niewzruszone. Może przestał już rozumieć po tagliańsku.

– Nie podoba ci się, jak wykonuję swoją robotę, to mnie zwolnij i rób to sam – zaszczekał Jednooki i szturchnął więźnia. Oszust zastygł w oczekiwaniu na ból. – Ty, co dzieje się w Taglios? Gdzie są Narajan i Córka Nocy? Pomóż mi.

Ja też zastygłem. Poczułem ogromny chłód. Co to było?

Więzień wciągnął powietrze. Całe jego ciało pokryło się potem. Nie miał szans. Jeśli wie coś i powie nam, a będzie musiał, jego ludzie nie okażą mu później litości.

– Nie wyjdziesz stąd – zapewnił Konował, odczytując jego myśli.

Moja sympatia leżała całkowicie po stronie Starego. Nawet jeśli kiedyś odzyska córkę, to i tak nie znajdzie tego, czego szukał. Była Oszustem od dnia swoich narodzin i narodziła się, by zostać Córką Nocy, która sprowadzi Kinę w Roku Czaszek. Do diabła, poświęcili ją Kinie, kiedy była jeszcze w łonie matki. Będzie tym, kim chcieli, żeby była. I będzie to ciemność, która złamie serca jej rodzicom.

– Porozmawiaj ze mną, kochaneczku. Powiedz mi, co chcę wiedzieć. – Jednooki próbował rozegrać to w cztery oczy. Tylko on i klient. Dał Dusicielowi chwilę do namysłu. Reszta z nas obserwowała wszystko beznamiętnie, może z odrobiną współczucia. To był człowiek z czarnym rumlem. U Dusicieli oznaczało to, że jest winny ponad trzydziestu morderstw popełnionych bez skrupułów – chyba że zadusił człowieka z czarnym rumlem i w ten sposób uzyskał wyższą pozycję drogą bardziej bezpośrednią.

Najwyższym Oszustem jest Kina. Od czasu do czasu lubi zdradzić swych wyznawców.

Tego argumentu Jednooki nie zamierzał jednak przedkładać naszemu pieszczoszkowi.

Dusiciel wrzasnął ponownie i spróbował coś wybełkotać.

– Musisz mówić głośniej – pouczył go Jednooki.

– Nie mogę ci nic powiedzieć. Nie wiem, gdzie są.

Uwierzyłem mu. Narajan Singh pozostawał przy życiu nie dlatego, że ogłaszał całemu światu plany swoich podróży.

– Szkoda. A więc powiedz nam tylko, dlaczego po tak długim czasie znów mamy Oszustów w Taglios?

Byłem ciekaw, dlaczego do tego wraca. Dusiciele nie ośmielali się działać w mieście przez lata.

Jednooki i Stary musieli coś wiedzieć. Ale skąd?

Więzień krzyknął.

– Zawsze łapiemy takich, co nic nie wiedzą – zauważyła Radisza.

– Nieważne – odezwał się Konował. – Wiem dobrze, gdzie jest Singh. Albo przynajmniej gdzie będzie, kiedy przestanie uciekać. Tak długo, jak nie zdaje sobie z tego sprawy, wiem, że zastanę go tam zawsze.

Wujkowi Dodżowi drgnęła powieka. Musiał być podekscytowany.

Radisza gapiła się, marszczyła brwi i wytrzeszczała oczy. Lubiła wierzyć, że tylko jej mózgownica pracuje w tym pałacu. My, typki z Czarnej Kompanii, byliśmy wyłącznie wynajętymi mięśniakami. Gdy się zamyśliła, można było niemal usłyszeć zgrzyty i jęki. Skąd Konował mógł wiedzieć coś takiego?

– Gdzie on jest?

– Akurat teraz popędza własny tyłek, próbując dołączyć do Mogaby. A jako że nie możemy go powstrzymać, przemieszcza się bowiem tak samo szybko jak jakakolwiek wiadomość, którą moglibyśmy go ścigać, zapomnijmy o nim.

Rozważałem, czy nie zaproponować kruków. Konował rozmawiał z krukami, a one latają szybciej, niż biega jakikolwiek Oszust... Nie płacono mi za myślenie i nie byłem tu po to, żeby gadać.

– Zapomnijmy? – Radisza była zaskoczona.

– Tylko na tę chwilę. Dowiedzmy się, po co przybyli tu jego kumple.

Jednooki podjął pracę na nowo. Spojrzałem na Wujka Dodża. Nie przypuszczałem, że tak długo wytrzyma w spokoju. Zauważył moje spojrzenie.

– Czy mogę zadać pytanie temu człowiekowi? – zwrócił się do mnie w Niueng Bao.

– Dlaczego?

– Sprawdzę jego wiarygodność.

– Nie mówisz na tyle dobrze w tagliańskim – dociąłem mu trochę.

– A zatem tłumacz.

– Nie mam nic przeciwko temu, Murgen – powiedział Konował. Może dla zabawy, a może żeby dokuczyć Wujkowi Dodżowi. – Niczemu nie zaszkodzi. – Jego uwaga wyraźnie oznaczała znajomość dialektu Niueng Bao. Musiała w tym być wiadomość dla Dodża, i to znacząca. Zwłaszcza biorąc pod uwagę jego wcześniejsze uwagi na temat pochodzenia Spopielającej Różdżki.

Co, u licha? Byłem nieswój i coraz bardziej ogłupiały. Czy po ostatnim ataku wróciłem naprawdę do własnego świata?

Wujek Dodż zadawał Oszustowi szybkie, uprzejme pytania w swoim raczej znośnym tagliańskim. Pytania, na które zazwyczaj człowiek odpowiada bez namysłu. Dowiedzieliśmy się, że mężczyzna ma rodzinę, ale jego żona umarła przy porodzie. Potem zdał sobie sprawę, że jest manipulowany, i zaczął się pilnować.

Wujek Dodż przytupywał wokół niego niczym wesoły troll, gawędząc i wyciskając z więźnia wiadomości o jego przeszłości, ale ani na chwilę nie zbliżał się do przyczyn nagłego zainteresowania Dusicieli Taglios. Zauważyłem, że Konował większą uwagę zwraca na Dodża niż na więźnia. Kapitan przebywał naturalnie w samym oku cyklonu zwanego paranoją.

Pochylił się ku mnie.

– Zostań, kiedy wszyscy wyjdą – wyszeptał. Nie powiedział mi dlaczego. Poszedł powiedzieć coś Jednookiemu w języku, którego nie rozumiałem nawet ja.

Tak długo był w Kompanii, że mówił co najmniej dwudziestoma językami. Jednooki prawdopodobnie znał jeszcze więcej, ale mógł nimi rozmawiać tylko z Goblinem. Czarodziej skinął głową i nie przerywał sobie.

Wkrótce zaczął spychać Radiszę i Wujka Dodża w kierunku drzwi. Robił to tak delikatnie i łagodnie, że się nie przeciwstawiali. Wujek Dodż był tu gościem, a Radisza miała pilniejsze sprawy gdzie indziej, Jednooki zachowywał się natomiast tak subtelnie, że nabrali przekonania, iż jest to ich własny pomysł. W każdym razie wyszli.

Konował poszedł z nimi i zaraz wrócił.

– Widziałem już wszystko – powiedziałem mu. – Nie ma co się zastanawiać. Wynoszę się od tej bandy tchórzy i ruszam założyć uprawę rzepy. – Był to żart tylko w połowie. Kiedy Kompania się zatrzymuje, ludzie zaczynają snuć plany. Taka jest chyba ludzka natura.

Rzepa nie jest tutaj znana, ale widziałem ogromne połacie ziemi doskonałe pod jej uprawę, a także pietruszki i buraków cukrowych. A Otto i Wypieracz są już niedaleko, wkrótce więc dostanę nasiona. Może przywiozą nawet jakieś ziemniaki.

Konował wyszczerzył zęby w uśmiechu.

– Ten chytrus nie chce powiedzieć nam nic użytecznego – zwrócił się do Jednookiego.

– Wiesz, co to jest, szefie? Mógłbym się założyć, że próbuje się zblokować. Ma coś, czego usiłuje trzymać się o niewielką chwilę dłużej. Za każdym razem, gdy sprawiam mu ból, to właśnie chodzi mu po głowie. Zakłada, że wytrzyma jeszcze ten jeden, jedyny raz. A potem jeszcze jeden, kolejny.

– Dajmy mu poczuć pragnienie przez jakiś czas. – Konował przesunął krzesło z Oszustem pod ścianę i zarzucił na niego kawałek podartego płótna, jakby ten był bezużytecznym meblem. – Posłuchaj, Murgen. Czas nam się kurczy. Coś się niedługo wydarzy. Potrzebuję cię w pierwszym szeregu, zdrowego czy nie.

– To nie brzmi dobrze.

Nie miał nastroju do żartów.

– Odkryliśmy parę ciekawych rzeczy, jeśli chodzi o Kopcia – nagle przeszedł na dialekt Miast Klejnotów, nieznany poza Kompanią, dopóki w pobliżu nie czaił się Mogaba. – Zwlekaliśmy z powodu twoich ataków i tego, co mogły oznaczać, ale musimy ruszać naprzód. Pojawiło się parę nowych sztuczek, których ty, stary wyga, musisz się nauczyć.

– Próbujesz mnie przestraszyć?

– Nie. To ważne. Uważaj. Nie mam czasu na dalszą pracę z Kopciem. Jednooki też nie. Zbrojenia pochłaniają cały jego czas. A nikomu innemu poza tobą nie ufam na tyle, by skorzystać z jego pomocy.

– He? Nie bardzo nadążam.

– Uważaj. To znaczy miej oczy i uszy otwarte, ale usta zamknięte. Możemy nie mieć więcej czasu. Radisza może postanowić, że wraca, żeby podręczyć Oszusta raz jeszcze. Lubi takie rzeczy – i zwrócił się do Jednookiego: – Przypomnij mi, żeby sprawdzić, czy nie możemy załatwić przydziału dla Kordka Mafera tu na stałe. Jego obecność wybija ją z poczucia pewności siebie.

– Ma wkrótce wrócić do miasta, jeśli już nie wrócił.

– Oto mój szef wywiadu. – Konował wskazał na Jednookiego, potrząsając głową. – Ślepy na jedno oko, drugim nic nie widzi.

Zerknąłem na łotra przykrytego szmatą. Zaczął chrapać. Dobry żołnierz chwyta każdą okazję, żeby odpocząć.

34

Mijały godziny. Konował wyszedł gdzieś i wrócił. Teraz on klepnął mnie w plecy.

– Widzisz, jakie to proste, Murgen? Widziałeś kiedyś, żeby taki numer był tak prosty?

– To naprawdę nic trudnego – zgodziłem się z nim. – Łatwizna, jak z płatka. – Albo jak wpadanie w przepaść bez dna, co miałem już przećwiczone, aczkolwiek nie dobrowolnie.

Nic nigdy nie jest tak proste, jak mówią. Wiedziałem, że i tym razem też nie będzie wyjątków od tej zasady, więc kiedy spróbowałem sam, byłem zdumiony, że jest inaczej.

– Przynajmniej wiem teraz, dlaczego byłeś taki cholernie tajemniczy. Wiedziałeś coś, czego wiedzieć nie powinieneś.

Konował się roześmiał.

– No, dalej. – Pochwalenie się tym zdumiewającym odkryciem wprawiło go w doskonały nastrój. – Spróbuj.

Posłałem mu spojrzenie, które postanowił odczytać jako brak zrozumienia, o co mu chodzi. To nic szczególnego. Łatwizna, jak z płatka. Może i tak. Tyle że Jednooki nie jest zbyt dobrym nauczycielem.

– Zrób to, co pokazał ci Jednooki. Zdecyduj, co chcesz zobaczyć. Powiedz o tym Kopciowi, ale cholernie ostrożnie. Musisz być precyzyjny. Precyzja to wszystko. Niejasność jest śmiertelnie niebezpieczna.

– Z tego co słyszałem, Kapitanie, tak właśnie działa magia. Wieloznaczność załatwi cię za każdym razem.

– Tak myślisz? Może masz rację. – Musiałem poruszyć jakiś drażliwy temat. Nagle się zamyślił. – Naprzód.

Nie miałem większej ochoty.

– To wszystko za bardzo przypomina mi to, co dzieje się ze mną, kiedy wpadam do Dedżagore. Czy Kopeć nie mógłby zrobić tego za mnie?

– Nie ma mowy. – Konował pokręcił głową. – To nie to samo. Musisz iść ty. Nalegam. Tracisz czas. Poszukaj czegoś, co zawsze chciałeś wiedzieć do Kronik. Będziemy cię tu osłaniać.

– A może poszukałbym Ottona i Wypieracza?

– Wiem, gdzie są. Minęli właśnie Pierwszą Kataraktę. Będą tu za kilka dni. Spróbuj czegoś innego. – Wypieracz i Otto spędzili trzy ostatnie lata, podróżując na Północ z delegacją Taglian i listami Pani do tych, których zostawiła za sobą. Ich zadaniem było dowiedzieć się wszystkiego, co się da, o Długim Cieniu. Jeden z martwych Władców, ona, Cień Burzy, okazała się uchodźcą z dawnego imperium Pani. Wcześniej uznawano ją za poległą. Tymczasem objawiła się dwójka innych, potężnych i nieprzyjemnych czarowników, którzy jakoby też zginęli, a zamiast tego zaczęli robić problemy: Wyjec i siostra Pani, Duszołap. Był jeszcze Zmiennokształtny, ale zajęliśmy się nim.

To, że Otto i Wypieracz zdołali przeżyć tak niewiarygodną podróż, zakrawało dla mnie na cud. Ale oni byli szczęściarzami.

– Spodziewam się, że wrócą z całą kolekcją blizn, o których będą mogli opowiadać.

Konował skinął głową. Wyglądał teraz trochę ponuro. Zaniepokoiłem się. Czas na moje ćwiczenia.

Do mojej wyobraźni wdarła się niewyjaśniona tragedia przeszłości. Groteskowy, potworny i bezsensowny mord w wiosce zwanej Więź, który w moich wspomnieniach nigdy nie łączył się z nikim i z niczym. Byłem pewny, że jest to w jakiś sposób ważne, i nawet dziś zbijał mnie z tropu fakt, że nikt nie zapobiegł rzezi i nie rozwiązał tej zagadki.

Chwyciłem dłoń Kopcia, oczyściłem umysł i szeptem podałem dokładne instrukcje. Wyszedłem z ciała tak nagle, że niemal wpadłem w panikę. Przez chwilę myślałem, że przypominam sobie, jak robiłem to już wcześniej. Tyle że nie pamiętałem, co się wydarzy.

Stary miał rację. To nie było to samo co moje niechciane zagłębianie się w przeszłość. W tym koszmarze byłem świadomy i kontrolowałem wszystko. Byłem pozbawionym ciała wzrokiem mknącym w kierunku Więzi, ale moje zadanie było dla mnie jasne. Kiedy przepływałem nad Dedżagore, traciłem tożsamość i kontrolę, dopóki nie połączyłem się z przeszłością. Potem zapominałem o przyszłości.

Więź jest małą wioską na południowym brzegu Głównej, naprzeciwko brodu Vedna-Bota. Przez wieki Główna była umowną granicą terytorium Taglian. Ludy mieszkające na południe od rzeki mieli ten sam język i religię co Taglianie, ale przez nich samych uważani byli tylko za odległych pobratymców.

Nierolnicza część gospodarki Więzi obracała się wokół niewielkiej stacji wymiany koni przez wojskowych kurierów pocztowych. Kierował nim maleńki garnizon szadarskiej kawalerii, obserwujący ruch na brodzie. Więź była placówką, o jakiej marzył każdy żołnierz. Pracy było mało, oficerów żadnych. Poziom wody opadał tylko na trzy miesiące w roku i dopiero wówczas korzystano z brodu, ale garnizon był opłacany przez cały rok.

Dusza Kopcia wśliznęła się w przeszłość aż do tak dawnej tragedii. Pozostałem z nim, dźwigając jarzmo strachu, wbrew wszystkim zapewnieniom Konowała.

Tej nocy, kiedy napadnięto na Więź, było bardzo ciemno. Koszmar wyłonił się spośród nocy. W tego rodzaju złych snach człowiek jest częściej łupem niż drapieżcą. Potwór przeszedł przez sioło i skierował się w stronę wojskowej stajni. Obserwowałem to z miejsca, z którego nie mogłem nikogo ostrzec.

Tylko jeden żołnierz trzymał wartę. Drzemał. Ani on, ani jego koń nie wyczuli niebezpieczeństwa.

Zasuwa w drzwiach stajni się podniosła. Nie mogło tego uczynić żadne zwierzę. Żołnierz obudził się akurat w momencie, kiedy ciemny kształt z purpurowymi ślepiami rzucał się na niego.

Potwór pożywił się i poczłapał w noc. Znowu zabił. Krzyki obudziły garnizon. Żołnierze chwycili za broń. Bestia, niczym przerośnięta czarna pantera, skoczyła do rzeki i przepłynęła na północny brzeg.

Dowiedziałem się czegoś nowego. Morderca potrafił zmieniać kształt. Był pomocnikiem Zmiennokształtnego, którego unicestwiliśmy w noc, gdy przejęliśmy Dedżagore. Uciekł uwięziony w kształcie zwierzęcia.

Dlaczego tylko ten jeden incydent wydarzył się przez te całe cztery lata?

Chciałem pójść za panterą, żeby zobaczyć, kim się stanie, ale nie mogłem namówić Kopcia do tego w żaden sposób. Czarownik pogrążony w śpiączce nie miał woli ani ego, które mógłbym wyczuć, widać jednak, że jego też dotyczyły jakieś bariery i ograniczenia.

Zabawne jest też to, że nie odczuwałem żadnych realnych emocji, dopóki nie powróciłem do rzeczywistości pałacu. Wtedy dopiero uderzyły we mnie ciężką falą, pozostawiając bez tchu.

– Czy cokolwiek z tego, co tam widziałem, jest prawdą? – zapytałem.

– Nie mamy na to żadnych świadków. – Konował zachowywał rezerwę. Podejrzliwy ten nasz Kapitan, jak zawsze. – Źle wyglądasz. Widziałeś coś okropnego?

– I to bardzo. – Jednooki odszedł. Dusiciel cuchnął potwornie. Zmarszczyłem nos. – Mogę wykorzystać Kopcia, żeby zajrzeć wszędzie?

– Prawie. W niektóre miejsca nie może pójść albo nie zechce. I nie może powrócić do czasów przed swoim zapadnięciem w śpiączkę. Dokądkolwiek pójdziesz, możesz teraz uzupełnić Kroniki relacjami naocznego świadka. Ale zawsze pamiętaj, żeby wskazać mu wyraźny kierunek.

– O! – Zaczynały do mnie docierać ukryte wskazówki. – To warte więcej nie legion weteranów! – Teraz wiedziałem, jak udało nam się później uniknąć paru naprawdę przerażających uderzeń. Jeśli zdołasz podsłuchać wroga, nic nie pójdzie po jego myśli.

– To warte o wiele więcej. I dlatego trzymaj język za zębami, nawet przy twoich najdroższych.

– Czy Radisza wie?

– Nie. Ty, ja i Jednooki. Może też Goblin, jeśli Jednooki musiał się z kimś podzielić wiadomościami. I to wszystko. Jednooki dowiedział się o tym przez przypadek, kiedy próbował wyciągnąć Kopcia ze śpiączki. Kopeć był w Przeoczeniu. Widział jego wnętrze i naprawdę spotkał się z Długim Cieniem. Chcieliśmy mu zadać kilka pytań, ale postanowiliśmy, że mogą poczekać. Nie mów nikomu. Rozumiesz?

– A więc znowu stajesz się podejrzliwy w stosunku do moich teściów.

– Poderżnąłbym ci gardło.

– Przyjąłem, szefie. Nie będę się tym przechwalał, popijając z kumplami Oszustami. Cholera. To mogłoby wygrać dla nas tę wojnę.

– Nic złego się nie stanie, dopóki jest to tajemnicą. Mam coś do obgadania z Radiszą. Ćwicz z nim. Nie martw się, że go przemęczysz. Nie możesz tego zrobić. – Ścisnął moje ramię i opuścił pokój dużymi krokami, które zdawały się znamionować tak zdecydowanie, jak i nieuchronność. Znowu musi stanąć przed problemem budżetu. W zależności od tego, czy jest się Wyzwolicielem, czy Radiszą, żołnierzom zawsze czegoś brakuje albo też chcą zbyt wiele.

A więc byłem tylko ja, na wpół martwy czarodziej i jeden cuchnący Dusiciel pod płóciennym łachmanem. Zastanawiałem się, czy nie wykorzystać Kopcia do wykrycia, co kumple Śmierdziela mieli do roboty w Taglios, ale pomyślałem, że Kapitan nie przesłuchiwałby go, gdyby Kopeć był w stanie udzielić stosownych odpowiedzi. Może nie tylko trzeba być dokładnym w udzielaniu instrukcji, ale mieć też pewne pojęcie o tym, czego się szuka. Nie znajdziesz czubka własnego nosa, jeśli nie zgadniesz, jaki kierunek wskazać, aby tam dotrzeć.

Wniosek? Stary Kopeć był cudem, ale miał poważne ograniczenia. Większość z nich istniała też w naszych głowach. Mogliśmy czerpać ogromne zyski lub też stać się ofiarą własnej wyobraźni.

A zatem, co powinienem zobaczyć?

Byłem podminowany. Wyruszałem po przygodę. A więc co, do diabła? Dlaczego nie pójść prosto do celu? Może by tak rzucić okiem na samego Władcę Cienia, Długiego Cienia, chłopca numer jeden na liście skurczybyków sporządzonej przez Czarną Kompanię?

35

Długi Cień mógł wyskoczyć wprost z moich fantazji. Był śmiertelnie niebezpiecznym świrem. Wysoki, chudy, wydany na pastwę napadów szału, poddany oddziaływaniu pochopnie rzucanych zaklęć drżał niczym w malarii. Nosił coś w rodzaju luźnej czarnej sukni, długiej do ziemi, która ukrywała jego trupią chudość. Jadł rzadko, a i wtedy ledwo co skubał. Mógł uchodzić za ofiarę głodu.

Srebrne, złote i lśniącoczarne nici wplecione lub też wyhaftowane na jego szacie chroniły go dziesiątkami zaklęć obronnych. Na pierwszy rzut oka wydawał się o wiele większym szaleńcem niż Konował.

Miał jednak swoje powody. Cały świat pełen był ludzi, którzy chcieli usmażyć jego chudy tyłek na wolnym ogniu, a najbliższymi mu przyjaciółmi byli Mogaba i Brzeszczot.

Wyjec nie był przyjacielem. Był sprzymierzeńcem.

Jedną z obsesji Długiego Cienia była Czarna Kompania. Jednak nie powinniśmy go martwić jako wrogowie. Nie byliśmy zabójcami świata.

Jego twarz, którą chował pod maską, kiedy nie był sam, przypominała trupią czaszkę. Woskowoblade rysy zastygły w bezustannym strachu. Trudno było odgadnąć jego rasę. Miał szare, wodniste oczy z różowymi plamkami na brzegach, ale nie sądzę, żeby był albinosem. Wykorzystałem zdolności Kopcia i przemknąłem przez czas, aby szybko się dowiedzieć czegoś interesującego. Ani razu nie przyłapałem Długiego Cienia na zmianie obyczajów. Nigdy się nie kąpał. Nigdy nie zmieniał ubrania. Cały czas nosił rękawiczki.

Ostatni z czterech Władców Cienia, obecnie jedyny Władca Cienia, był niekwestionowanym tyranem miasta Uścisk Cienia i półbogiem pośród swej twierdzy Przeoczenie. Jego najmniejszy kaprys mógł spowodować paniczny strach i już dziesięć tysięcy ludzi rzucało się, aby go ugłaskać. A mimo to był więźniem żyjącym bez nadziei na uwolnienie.

Przeoczenie jest najdalej wysuniętym na południe dziełem człowieka. Próbowałem przedrzeć się obok fortecy. Gdzieś we mgle poza warownią leżał Khatovar, w którego kierunku maszerowaliśmy od lat. Gdybym tylko mógł raz tam zerknąć, byłoby cudownie.

Kopeć odmówił pójścia dalej na południe.

Kiedy jeszcze był zdrowy, miał fioła na punkcie Khatovaru. Z jego powodu porzucił Radiszę i Prabrindraha wiele lat temu. Lęk przed Khatovarem musiał pogłębiać sam siebie, przenikając do cna jego ciało i duszę.

Forteca Długiego Cienia była przeogromna. Przeoczenie przewyższało wszystkie ludzkie budowle, jakie kiedykolwiek widziałem, nie wyłączając monstrualnej wieży Pani w Uroku. Budowane już ponad dwa lata, stało się głównym zajęciem w Uścisku Cienia – mieście, które przed nadejściem Władców zwano Kiaulune. W miejscowym dialekcie Kiaulune znaczy Brama Cienia.

Budowniczowie pracowali dzień i noc. Nie wiedzieli, co to odpoczynek. Długi Cień postanowił ukończyć fortecę za wszelką cenę, zanim zaskoczą go wrogowie. Wierzył, że jeśli wygra ten wyścig, stanie się panem całego świata. W gotowym Przeoczeniu nie powinna go dosięgnąć żadna moc nieba, piekła ani ziemi. Nawet ciemność, która każdej nocy napełnia go panicznym lękiem.

Zewnętrzne mury Przeoczenia wznosiły się na trzydzieści albo i więcej metrów w górę. Gdzie znajdziesz tak wysoką drabinę?

Mosiężne, srebrne i złote litery lśniły na stalowych płytach, które pokrywały surowy kamień muru. Całe bataliony robotników zajmowały się wyłącznie polerowaniem runów i pilnowaniem, aby lśniły.

Nie potrafiłem ich odczytać, ale wiedziałem, że kryją w sobie potężne zaklęcia ochronne. Czary Długiego Cienia pokrywały każdą część Przeoczenia, warstwa po warstwie. Gdyby miał wystarczająco dużo czasu, każda zewnętrzna powierzchnia twierdzy zostałaby ukryta pod i za nieprzeniknioną plątaniną zaklęć.

Po zachodzie słońca forteca tonęła w powodzi światła. Na szczycie każdej wieży znajdowała się jasna, kryształowa komnata, dzięki czemu całość wyglądała niczym las latarń. W kryształowych kopułach Długi Cień, nie nękany swoimi lękami, prowadził obserwacje. Światło docierające wszędzie nie pozostawiało miejsca na kryjówki dla cieni.

Niczego na świecie nie obawiał się tak bardzo. Nawet Czarna Kompania była dla niego tylko uciążliwie brzęczącym komarem.

Nawet niedokończone Przeoczenie zniechęciło mnie całkowicie. Co z nas za pyszałkowaci szaleńcy, żeby wytyczyć sobie szlak, który musi przechodzić przez tego olbrzyma?

Wrogowie Długiego Cienia nie zniechęcali się jednak tak łatwo jak ja. Dla niektórych z nich żadna ziemska forteca ani nawet sam czas nie znaczyły wiele. Prędzej czy później pożrą go w chwili nieuwagi.

Zdecydował się grać o najwyższą stawkę w grze, w której ryzyko było tak wielkie, jak potężne mogło być zwycięstwo. Za późno, żeby się wycofać. Będzie zwycięzcą albo zwyciężonym.

Długi Cień mieszkał w kryształowej komnacie na szczycie najwyższej, środkowej wieży Przeoczenia. Lękając się nocy, sypiał rzadko. Całe godziny spędzał, wpatrując się w równinę lśniącego kamienia na południu.

Skrzekliwy krzyk rozdarł powietrze nad ponurym miastem. Ludzie z Uścisku Cienia nie zwrócili nań uwagi. Jeśli pomyśleli o dziwnym sprzymierzeńcu ich władcy, to prawdopodobnie z nadzieją, że los dopadnie i ograbi Długiego Cienia z jego potężnej broni. Mieszkańcy Kiaulune byli ludźmi złamanymi, pozbawionymi ducha i nadziei, bardziej nawet niż Dżajkuri podczas najgłębszego kryzysu w trakcie oblężenia Dedżagore.

Prawie wszyscy byli zbyt młodzi, aby pamiętać czasy, kiedy nie było tu Władcy Cienia sprawującego większą władzę nad ich życiem niż ich utraceni bogowie.

Jednak nawet Długi Cień nie mógł wykorzenić pogłosek. Nawet w sercu jego imperium byli ludzie, którzy musieli podróżować, a wędrowcy zawsze przynosili ze sobą opowieści. Niektóre z nich były nawet prawdziwe. Mieszkańcy Uścisku Cienia wiedzieli, że z Północy nadchodzi zguba.

W centrum tych wszystkich plotek znajdowało się imię Czarnej Kompanii. Nikt nie był szczęśliwy z tego powodu. Długi Cień był wcielonym diabłem, ale wielu ludzi bało się, że jego upadek przyniesie lata o wiele bardziej ponure.

Każdy mężczyzna, kobieta i dziecko, lud Uścisku Cienia, byli wtajemniczeni w jedyny prawdziwy sekret wszechświata: za obliczem cienia, w które możesz spojrzeć, czai się zawsze cień jeszcze mroczniejszy.

Długi Cień głosił i rozdzielał tyle bólu i strachu, ponieważ sam był ofiarą tysiąca trwóg.

To było wstrętne. Tak wstrętne, że chciałem wrócić dokądś, gdzie ktoś przytuliłby mnie i powiedział, że ciemność nie zawsze jest miejscem, w którym czai się strach. Pragnąłem mojej Sari, światełka, które rozjaśniało noc rządzącą światem.

– Kopeć, zabierz mnie do domu.

36

Konował ostrzegał mnie. „Bądź precyzyjny", mówił. Ostrzegał mnie kilka razy.

Coś wciągnęło mnie w otoczenie pełne krwi i pożarów. Pożółkłe papiery, czerniejące i zwijające się powolnym ruchem. Krew zalewała miejsce, gdzie leżałem we własnych wymiocinach. Odgłos biegnących stóp był jak powolne dudnienie nóg olbrzymów.

Słyszałem niekończący się krzyk.

Konował ostrzegał mnie. Byłem bezmyślny. Nie powiedział mi jedynie, albo też nie rozumiał tego, że pojęcie „dom" może być w czyimś umyśle określone przez emocjonalny ból.

Darcie. Strzępy. Kopeć zabrał mnie do Taglios tylko na chwilę, ale była ona chyba u końca czasów. Odwróciłem się i uciekłem stamtąd z taką gwałtownością, że rzuciło mnie, budzące nienawiść strzępy i zdezorientowanego Kopcia wprost w piekielne otchłanie.

Nie miał woli ani tożsamości, nie potrafił więc się śmiać i nie śmiał się, kiedy spływałem w dół do jeziora bólu.

Piekło ma swoje imię. Brzmi ono: Dedżagore. Ale Dedżagore jest tylko miniaturą piekła.

Uciekłem z większego piekła. Jeszcze raz. Bez tożsamości i bez woli.

Wieje wiatr, ale nic nie porusza się w miejscu lśniącego kamienia. Noc zapada, wiatr cichnie. Równina poddaje się swemu żarowi, gdy budzą się cienie. Światło księżyca mości się ponad ciszą kamienia.

Równina rozciąga się na wschód i na zachód, na północ i na południe, bez wyraźnego kresu, który można by dostrzec z jej powierzchni. Jednak jakkolwiek jej krańce pozostają nieokreślone, ma ona wyraźny środek. Stanowi go majestatyczna konstrukcja zbudowana z tego samego kamienia, co kolumny i równina.

We wnętrzu tej fortecy również nic się nie porusza, chociaż czasami migoczą tu promienie światła, sączące się spoza bram snu. Cienie snują się po kątach. Ale gdzieś w dole, w sercu tego miejsca, w najlżejszym drgnieniu serca ciemności, istnieje pewnego rodzaju życie.

37

Nie ma woli. Nie ma tożsamości.

Nie ma już Kopcia.

Teraz jest tylko ból. Kopeć odpłynął daleko. Teraz pozostaje tylko w niewoli wspomnień.

Teraz jest u siebie, w domu bólu.

38

Tu jesteś!

A więc znowu tu jesteśmy. Tęskniliśmy za tobą.

...twór bez twarzy, choć wydaje się uśmiechać, jakby zadowolony z siebie.

To była noc pełna przygód, prawda? A zabawa trwa dalej. Spójrz. Tam. Czarna Kompania i jej pomocnicy zaczęli wyraźnie uprzykrzać życie Ludziom z Ziem Cienia. Są tak śmiali, że zadomowili się w murach Dedżagore.

Spójrz, jak wykorzystują sobowtóry i iluzje żołnierzy, aby wciągnąć południowców w śmiertelne pułapki i sprawić, by ujawnili swe słabe punkty.

Och! Wracaj na mury. To nieduża rzecz, ale może się stać materiałem na epos.

Walka przesunęła się na wschodni kraniec miasta. Nie ma tu teraz prawie nikogo. Kilku strażników umocnień, to wszystko. I paru zapalonych Ludzi z Ziem Cienia, szperających w ciemności, ale bez większych efektów. W przeciwnym razie czy przeoczyliby małą, pajęczą postać zsuwającą się w dół po zewnętrznej stronie muru?

Dlaczego, na boga, dwustuletni czarodziej czwartej kategorii chciałby się spuszczać po linie akurat tam, gdzie bardzo nieprzyjaźnie nastawione, smagłe ludziki mogłyby rozłupać mu głowę?

Zraniony ogier tajemniczej, magicznej maści przestał przeraźliwie rżeć. Nareszcie. Jest martwy. Z jego śmiertelnej rany, która nadal żarzy się na brzegach, unosi się coś jakby zielona mgiełka.

Tam? Tak. Spójrz na nich. Dwa prawdziwe demony, co? Odziane w różową mgłę. Nie wygląda na to, aby przybywali pożreć miasto, chociaż może?

A to co? Tamci z Ziem Cienia rozbiegli się jak lisy po kurniku. W ich krzykach rozbrzmiewa niekłamany strach. Coś porusza się szybko między nimi. Patrz. Powaliło mężczyznę, prawda?

Teraz jest tak mało światła, że ognisko bitwy znalazło się gdzie indziej. Ten stary jest czarny jak sama noc. Czy oczy śmiertelnika dojrzą go, jak przemyka pomiędzy martwymi? Dokąd się kieruje? Do martwego konia Kręcącego?

Któż by się tego spodziewał? To czyn szaleńca.

Pełznący mrok porusza się także w tamtym kierunku. Patrz, jak jej czerwone ślepia lśnią, kiedy nad miastem wybuchają pożary. Patrz na tego głupca, który biegnie w jej stronę, zamiast uciekać. To odwaga. Głupota ma czasem fatalne skutki.

Mały czarny człowiek zniknął z oczu, ponieważ przestał się poruszać. A, tu jest. Usłyszał coś. Biegnie truchtem w kierunku martwego ogiera. Chce odzyskać swoją włócznię. Może ma to jakiś szaleńczy sens. Szarpie z całych sił.

Znowu się zatrzymał. Szeroko otwartym okiem penetruje noc i chwyta prawie zapomniany fetor. W tej samej chwili morderczy mrok uderza w niego.

Triumfalny ryk pantery nadal toczy się przez całą równinę. Mrok zaczyna się poruszać coraz szybciej.

Mały, czarny człowiek chwyta swoją włócznię i biegnie na mury. Czy podoła? Czy stare, krótkie nogi uniosą go aż tak daleko, aby umknął pędzącej w jego stronę śmierci?

Stwór jest ogromny. Wypełnia go radość.

Mały człowiek dociera do liny, ale od bezpieczeństwa dzieli go jeszcze dwadzieścia pięć metrów. Jest stary i brak mu tchu. Obraca się. Jego wyczucie czasu jest doskonałe. Grot włóczni wysuwa się w chwili, kiedy potwór skacze na niego. Bestia obraca się w powietrzu, unikając śmiertelnego ciosu, ale pysk ma rozdarty aż do lewego ucha. Wyje. Z rany żarzącej się na czerwono bucha zielona mgiełka. Bestia przestaje interesować się starym człowiekiem, który zaczyna długą wspinaczkę na mury. Dziwacznie wyrzeźbiona włócznia wisi teraz na jego plecach, przytrzymywana przez zwyczajny bawełniany sznur.

Nikt go nie zauważa. Nikt nie zwraca uwagi. Walki przeniosły się gdzie indziej.

39

Południowcy wyglądają, jakby po prostu zamknęli oczy i schowali głowy w piasek, prawda?

O co chodzi? Skąd ta niechęć? Chodź, zobacz. To zabawne.

Padają wszędzie, gdzie spojrzysz. Czasami biegną, a czasami tylko przekradają się chyłkiem pomiędzy cieniami, zanim pochłonie ich śmierć.

Spójrz tam. Kręcący, król wrogów we własnej osobie, okaleczony, wpatrzony tylko w dwie różowo zarysowane postaci nadchodzące spoza wzgórz, aby go pożreć.

A Mogaba? Spójrz na mistrza taktyki. Spójrz na największego wojownika żywiącego się każdą słabością wroga. Nie ma szans dorównać opętaniu, które zbudziło się w nim tego popołudnia. Widzisz to? Żaden południowiec, choćby najwaleczniejszy, nie śmie podejść do niego. Nawet ich wielcy herosi są jak niedoświadczone dzieci, gdy występuje im naprzeciw.

Jest potężniejszy niż życie, ten Mogaba.

Jest największą ozdobą swojej wyimaginowanej sagi.

Coś się wymknęło południowcom.

Pragnęli podbojów. Wiedzieli, że muszą podbijać, gdyż ich pana, Kręcącego Cienia, nie zadowoli nic pomniejszego, a jeśli chodzi o błędy, wykazuje szczególny brak zrozumienia. Jego stronnicy powinni utrwalić swą pozycję w mieście. Łagodny upór przyniesie im powodzenie.

Lecz i oni uciekają.

Coś ich pochwyciło i przekonało, że jeśli pozostaną w Dedżagore, nie ma możliwości, aby przetrwały choćby ich dusze.

40

Dobrze się czujesz, Murgen?

Pokręciłem głową. Czułem się jak dziecko, które wiruje jak bąk przez dwadzieścia minut, aby celowo doprowadzić się do zawrotów głowy, zanim weźmie udział w jakichś głupich zawodach.

Znajdowałem się w przejściu pomiędzy domami. Przy mnie był karzeł Goblin i patrzył na mnie nadzwyczaj uważnie.

– Nic mi nie jest – zapewniłem go. – Potem opadłem na kolana i wyciągnąłem ręce, aby uchwycić się ścian przejścia. – Czuję się świetnie.

– Jasne, że tak. Świece, miej oko na tego cherlaka. Jeśli spróbuje wziąć wszystko na siebie, ogłuchnij. Jego serduszko stało się zbyt miękkie.

Próbowałem nie mieszać do tego swego ego. Może i b y ł e m zbyt miękki, zbyt łatwowierny. Świat z całą pewnością nie jest miły dla faceta, który próbuje być delikatny i myśleć o wszystkich.

Kołowrót w mojej głowie zwolnił. Nie musiałem się już przytrzymywać.

Za nami wybuchła bójka. Ktoś klął w nosowym języku, pełnym spółgłosek.

– Ten dupek jest szybki – warknął ktoś inny.

– Hej, hej, hej! – wrzasnąłem. – Puśćcie tego człowieka! Niech wejdzie na górę.

Świece nie stuknął mnie w głowę ani się nie sprzeciwił. Niski, barczysty Niueng Bao, który pokazał mi kryjówkę Ki Dama, wspinał się w moją stronę. Palcami prawej dłoni pocierał prawy policzek. Wydawał się niezwykle zaskoczony, że ktoś ośmielił się podnieść rękę na niego. Jego ego ucierpiało jeszcze bardziej, kiedy przemówił w Niueng Bao i usłyszał moją odpowiedź.

– Przykro mi, stary. Żadnych takich. Gadaj ze mną w tagliańskim albo Grogor. – W Grogor, który był ojczystym językiem mojej babki, zanim dziadek uprowadził ją z jej ludu, spytałem: – Co się dzieje? – Znałem w Grogor może ze dwadzieścia słów, ale i tak było to o dwadzieścia więcej, niż znał ktokolwiek w promieniu jedenastu tysięcy kilometrów.

– Mówca przysłał mnie, aby cię poprowadzić w miejsce, gdzie najeźdźca jest najsłabszy. Obserwowaliśmy go i wiemy, gdzie to jest.

– Dziękuję. Doceniamy to. Prowadź – poleciłem i przeszedłem na inny język. – Zadziwiające, jak ci faceci nagle potrafią gadać w żargonie, jeśli czegoś chcą.

Świece mruknął coś pod nosem.

Goblin, który wymknął się naprzód, aby się rozejrzeć, powrócił, żeby wskazać mi ten sam kierunek, o którym mówił Niueng Bao. Przysadzisty człowieczek wydawał się nieco zaskoczony, że własnymi rękami potrafimy sięgnąć swoich tyłków. Może nawet trochę niezadowolony.

– Masz jakieś imię, mały grubasie? – zapytałem. – Jeśli nie, zapewniam cię, że ci faceci szybko przykleją ci jakieś, które na pewno nie będzie ci się podobać.

– Lepiej go posłuchaj – zachichotał Goblin.

– Jestem Dodż. Wszyscy Niueng Bao nazywają mnie Wujek Dodż.

– Dobra, Wujku. Idziesz z nami czy przyszedłeś tylko kierować ruchem? – Goblin już szeptał polecenia facetom skradającym się za nami. Nie miałem wątpliwości, że podczas swego zwiadu zostawił południowcom parę delikatnych zaklęć mylących i usypiających.

Trzeba było omówić całą sprawę pokrótce. Wpadamy w ich najsłabszy punkt, zabijamy wszystko, co się rusza, rozbijamy ich szyk na pół, wyrzynamy wszystkich, którym nie uda się uciec, i wracamy, zanim Mogaba poczuje się zbyt pewny siebie.

– Będę wam towarzyszył, chociaż wykracza to bardzo poza instrukcje Mówcy. Wy, Kamienni Wojownicy, ciągle nas zaskakujecie. Chciałbym zobaczyć was przy pracy.

Nigdy nie uważałem zabijania ludzi za swój zawód, ale nie chciało mi się teraz dyskutować na ten temat.

– Doskonale mówisz po tagliańsku, Wujku.

– Ale jestem zapominalski, Kamienny Żołnierzu – uśmiechnął się. – Jutro mogę już nie pamiętać ani słowa. – Chyba że Mówca pobudzi jego pamięć.

Wujek Dodż nie poprzestał na przyglądaniu się, jak sieczemy i kłujemy południowców. Zamienił się w istny cyklon, szalejący wokół z błyskającym mieczem w dłoni. Był szybki jak błyskawica, ale poruszał się z wdziękiem tancerza. Za każdym jego poruszeniem padał kolejny z Ziem Cienia.

– Niech to szlag – mruknąłem do Goblina chwilę później. – Przypomnij mi, żebym nie wdawał się w kłótnię z tym typkiem.

– Przypomnę ci, żebyś przyniósł kuszę i strzelił mu w plecy z dziewięciu metrów. Oto, co zrobię. Ale najpierw ogłuszę go i ogłupię, żeby trochę wyrównać szanse.

– Jeśli któregoś dnia Jednooki zaoferuje ci czopek z kaktusa, ja będę tym, który odciągnie twoją uwagę. Nie zdziw się.

– A jeśli już mowa o karle, powiedz mi, kto ewidentnie uprawia ostatnio samowolki?

Rozesłałem rozmaitym jednostkom wieści sugerujące, że zrobiliśmy swoje, aby wspomóc oddziały Mogaby. Wszyscy powinniśmy wrócić do naszej części miasta, opatrzyć rany, zdrzemnąć się i tak dalej.

– Wujku Dodż – zwróciłem się do starszego Niueng Bao. – Powiadom, proszę, Mówcę, że Czarna Kompania wyraża swą wdzięczność i przyjaźń. Powiedz mu, że może się na to powołać, kiedy zechce. Zrobimy, co w naszej mocy.

Niski grubasek ukłonił się tak nisko, że musiało to coś oznaczać. Odkłoniłem się niemal tak samo głęboko. Musiało to być właściwe posunięcie, ponieważ uśmiechnął się lekko, skinął głową i pobiegł z powrotem.

– Biegnie jak kaczka – zauważył Świece.

– Cieszę się, że ta kaczka jest po naszej stronie.

– Powiedz to jeszcze raz.

– Cieszę się, że ta kaczka.... Akhh! – Świece chwycił mnie za gardło.

– Niech ktoś pomoże mi zatkać mu gębę!

To był tylko początek dzikiej nocy, podczas której wybuchły i zeszły wszelkie napięcia. Nie miałem okazji osobiście brać w tym udziału, ale słyszałem, że była to świetna noc dla dziwek Dżajkuri.

41

Gdzie byłeś, do cholery? – warknąłem na Jednookiego. – Dla Kompanii zaczął się właśnie okres najpaskudniejszych walk, ale to przecież tylko d n i, więc mogło cię zwyczajnie nie być przez cały ten pieprzony czas. – Nie, żeby jego obecność stanowiła jakąś różnicę.

Jednooki wyszczerzył zęby w uśmiechu. Moje niezadowolenie nie obchodziło go ani trochę. Przeżył już i pokonał uporem całą gromadę takich smarkaczy jak ja.

– Cholera, Dzieciaku. Musiałem odzyskać moją pałeczkę na Władcę Cienia, nie? Poświęciłem jej dużo pracy... O co chodzi?

– Co takiego? – Przez chwilę widziałem małą, czarną wesz przemykającą przez zielony krajobraz. Patrzyłem z wysokości nieosiągalnej nigdzie w Dedżagore, nawet na szczycie cytadeli, gdzie nie zapraszano już Starej Gwardii. – Nieważne, karle. Mam ochotę skopać ci tyłek, ale na nic by się to teraz zdało. Zatem byłeś tam. Co się stało ze Stwórcą Wdów i Pożeraczem Żywotów? – W czasie, gdy załatwiałem chwilę spokoju naszemu przywódcy, tych dwoje zniknęło bez śladu.

Ciekaw byłem, jak Mogaba spisałby to wszystko, gdyby przyszło mu prowadzić Kroniki.

– Jednooki?

– Czego? – Teraz w jego głosie brzmiało rozdrażnienie.

– Zechcesz mi odpowiedzieć? Co się stało ze Stwórcą Wdów i Pożeraczem Żywotów?

– Wiesz co, Dzieciaku? Nie mam najbledszego pojęcia. I nie obchodzi mnie to. Mam w głowie tylko jedną myśl. Chciałem odzyskać moją włócznię, tak żebym mógł użyć jej ponownie, kiedy ten frajer nie będzie patrzył. Potem musiałem się martwić, jak wymknąć się bandzie obdartusów z Ziem Cienia, którzy chcieli mnie dopaść. Uciekli gdzieś. W porządku?

Żaden z nas nie potrafił tego zgłębić. Zniknęli bowiem w chwili, kiedy pewność Ludzi z Ziem Cienia została zachwiana, Kręcący podkulił ogon i łatwo było rozbić jego chłopców w pył.

– Jeśli to byli Stary i Pani – mruknąłem – nie cofnęliby się, dopóki by ich nie wykończyli. Prawda?

Spojrzałem na kruka albinosa, która przycupnął jakieś dwadzieścia metrów od nas. Przechylił głowę i gapił się na mnie ze złośliwą inteligencją.

Tego wieczoru było wiele kruków.

Pozostałe zadania zostały wykonane. Byłem tylko jednym z pionków schwytanych w sieć intryg. Ale jeśli będziemy ostrożni, Kompania nie będzie musiała się wycofać.

Mogaba, Nar oraz ich tagliańskie wojsko mieli ręce pełne roboty przez wiele dni. Może Władca Cienia postanowił, że nadszedł czas, aby Mogaba zapłacił za niepowodzenie i tym samym wypełnił swoją część skrytego targu, jakiego dobili?

Co było jeszcze jednym przykładem, jak ludzie dostają w tyłek, kiedy zadzierają z Czarną Kompanią.

Można dostać nerwowych wypieków, jeśli się pomyśli, że wszyscy naokoło wydają się życzyć ci śmierci.

Moi ludzie cieszyli się z tego, w jakiej sytuacji znalazł się Mogaba. A on nie mógł rzucać się o ich podejście. Daliśmy mu dokładnie to, o co prosił. Uratowaliśmy mu tyłek i umocniliśmy jego pozycję. Miał tylko wygnać paru Ludzi z Ziem Cienia z miasta.

Niemal codziennie musiałem go widywać na spotkaniach załogi. Bez końca pokazywaliśmy się żołnierzom, udając braci, maszerujących ramię w ramię przeciwko złemu wrogowi.

Chyba nikt, z wyjątkiem Mogaby, nie dał się na to nabrać.

Nigdy nie traktowałem tego jako sprawy osobistej. Przyjąłem postawę kronikarza przeszłości, opisując Mogabę nie jako jednego z nas.

My jesteśmy Czarną Kompanią. Nie mamy przyjaciół. Wszyscy inni to wrogowie, a w najlepszym wypadku ludzie, którym nie można zaufać. Stosunki ze światem nie wymagają nienawiści czy jakichkolwiek innych emocji. Wymagają czujności.

Może nasza odmowa wniesienia sprzeciwu, a nawet przyjęcia do wiadomości zdrady Mogaby, była kroplą, która przebrała miarę. A może ostatecznym ciosem okazała się świadomość, że nawet jego rodacy Nar uwierzyli, iż prawdziwy Kapitan może wciąż żyć. Cokolwiek to było, najwspanialszy i najdoskonalszy wojownik przekroczył granice, za których nie ma powrotu. A my nie odkryliśmy tej prawdy, dopóki nie przyszło nam złożyć ofiary z bólu.

Dziesięć dni zajął Dedżagore powrót do normalności, jeśli normalnością był nasz stan przed wielkim atakiem. Obie strony ucierpiały straszliwie. Sądziłem, że Kręcący będzie wylizywał rany i pozwoli nam zgłodnieć.

42

Mam coś dla ciebie, Dzieciaku.

Zaczynałem się budzić.

– Co...? – Co się stało? Nie odpływałem w ten sposób.

Jednooki miał szeroki uśmiech na ustach, ale zniknął on, kiedy przyjrzał mi się bliżej. Rzucił się naprzód, chwycił mój podbródek i pokręcił moją głową w prawo i w lewo.

– Miałeś jeden ze swoich ataków?

– Ataków?

– Wiesz, o czym mówię.

Niezupełnie. To oni nazywali tak to, kiedy czasami robiło mi się tak jakoś dziwnie.

– Miałeś coś w rodzaju psychicznego migotania. Może udało mi się przechwycić cię w porę.

On i Goblin gadali bez przerwy o eksperymentach mających na celu odkrycie, co się dzieje, ale czas, żeby coś zrobić, nie był nigdy odpowiedni.

– Co masz?

– Oddziały zaplecza włamały się rano do katakumb.

– Longo mi mówił.

– Wszyscy biegają podekscytowani.

– Wyobrażam sobie. Znalazłeś coś cennego?

Jednooki spojrzał wymownie. Jak na ropuchę o tak czarnym sercu potrafił zademonstrować urażoną świętoszkowatość niezwykle przekonująco.

– Znaleźliśmy jakieś książki. Cały stos. Wszystkie zapieczętowane i w dobrym stanie. Wygląda na to, że tkwiły tam od przybycia Władców Cienia.

– To oni zaczęli palić księgi i kapłanów. Znaleźliście też jakichś ukrytych tam kapłanów?

– Raczej nie. Słuchaj, muszę wracać. – Zanim ktoś capnie mu skarb sprzed nosa, jak sądzę. – Dwóch ludzi przytaszczy ci tu te księgi.

– Bogowie nie pozwolą, abyś sam coś nosił.

– Masz poważne braki w wychowaniu, Dzieciaku. Jestem starym człowiekiem.

Jednooki zniknął. Zawsze tak robi, kiedy nie ma nic na swoją obronę.

Miasto rzadko bywa zamknięte tak szczelnie, żeby nie przedostawały się doń żadne wieści z zewnątrz. Czasami wydaje się to bardzo tajemnicze, ale wiadomości jakoś docierają. Plotki w Dedżagore rzadko roznoszą wieści, jakie chciałby usłyszeć Mogaba.

Studiowałem odnalezione księgi, tak zaintrygowany, że zapomniałem o swoich obowiązkach. Zapisano je w Dżajkuri, ale ich pismo jest niemal identyczne z tagliańskim.

– Wszystko w porządku? Nie masz już zawrotów głowy? – Właśnie wszedł Goblin.

– Nie. Przejmujecie się mną za bardzo.

– Nieprawda. Słuchaj, krążą nowe plotki. Prawdopodobnie jakieś posiłki zmierzają w naszą stronę. Dowodzi Brzeszczot.

– Brzeszczot? Nie jest... Nigdy nie kierował niczym więcej jak marną kompanią. Zanim tu przyszliśmy, toczył wojny podjazdowe z amatorami.

– Nie tworzę plotek, tylko o nich donoszę. On radził sobie naprawdę dobrze.

– Tak samo jak Łabędź i Kordek Mafer. Ale to przypadek, szczęście i głupota Ludzi z Ziem Cienia zdziałały więcej niż tych trzech. Dlaczego, na boga, on kieruje armią?

– Prawdopodobnie zastępuje Panią. Nie ma już wątpliwości, że przeżyła. Jest też wściekła. I zbiera nową armię.

– Założę się, że Mogaba skacze z radości. Biega w kółko i wrzeszczy: Jesteśmy uratowani! Jesteśmy uratowani!

– Można by tak powiedzieć.

Przez kolejnych kilka dni słyszeliśmy tysiące najdzikszych historii. Jeśli choć dziesiąta ich część jest prawdą, to w świecie zachodzą naprawdę niesłychane zmiany.

– Słyszałeś ostatnią nowinę? – zapytał mnie Goblin, kiedy oderwałem się na chwilę od ksiąg, aby spojrzeć zza murów na świat zewnętrzny. – Pani nie jest już Panią. Jest wcieleniem jakiejś bogini o imieniu Kina. Najwyraźniej prawdziwej cholernicy.

– Mogłaby nią być. Tai Dei, znasz Kinę, prawda? Opowiedz nam o niej. – Tai Deiowi nie wolno było wchodzić do naszych podziemi, ale pojawiał się zawsze, kiedy tylko wychodziłem na powietrze.

Zapomniał wszystkie trzy słowa w tagliańskim, do których się przyznawał. Imię bogini wymiotło jego umysł do czysta.

– Oto, co się dzieje, jeśli wspomnisz tym ludziom o Kinie – powiedziałem. – Nawet naszych więźniów nie mogę zmusić do mówienia o niej. Można by pomyśleć, że należy do Czarnej Kompanii.

– Musi być naprawdę urocza – wyraził swą opinię Ceber.

– O, tak. Jest, jest. Jedyna w swoim rodzaju. – Miałem na myśli spadającą gwiazdę. Liczyliśmy je. Tak samo jak ogniska wroga. Południowcy rozsypali się w małych obozowiskach po całej równinie. Chyba bali się, że moglibyśmy prześliznąć się i uciec.

– No to wiesz coś o niej? – zapytał Goblin.

– Tyle, co z tych ksiąg, które znaleźliście. – Ludzie byli rozgoryczeni. Jedynym wykopanym przez nich skarbem okazały się księgi i jakieś zapieczętowane pojemniki z ziarnem. Gunni było największą religią w Dżajkurze, a Gunni nie chowali swoich zmarłych. Palili ich. Mniejszość Vedny grzebała umrzyków, ale bez kosztowności. Tam, dokąd udawali się ich zmarli, nie trzeba było bagażu. W raju jest wszystko. W piekle także. – Jedna z nich jest zbiorem mitów Gunni we wszystkich wersjach. Facet, który je zebrał, był uczonym duchownym. Jego księga miała nie dotrzeć tam, gdzie mogłaby wprowadzić zamęt w umysłach prostych ludzi.

– Ja mam w głowie zamęt, a nie jestem prostym człowiekiem – zauważył Ceber.

– No więc, co to za sensacja, Murgen? Dlaczego nie chcą nam powiedzieć nic o tej suce? Och! Widziałeś tamtą? Wybuchła.

– W porządku – zgodziłem się. – Religia Gunni jest najbardziej rozpowszechniona na tym terenie.

– Myślę, że wiemy o tym, Murgen – odezwał się Goblin.

– Ja tylko przechodzę do rzeczy. Większość ludzi tam w dole wierzy w Kinę. Wierzą, nawet jeśli nie są Gunni. Oto cała historia. Gunni mają Panów Światła i Panów Ciemności. Panują oni od początku świata.

– Brzmi typowo.

– Jest typowe. Tylko system wartości różni się od tego, który znamy z domu. Równowaga pomiędzy światłem i ciemnością jest tutaj bardziej dynamiczna i nie jest tak emocjonalna jak nasza walka dobra ze złem. Co więcej, Kina jest swego rodzaju samozwańczą instytucją rozkładu i zepsucia, która atakuje zarówno światło, jak i ciemność. Została stworzona przez Panów Światła, aby pomóc pokonać hordy naprawdę paskudnych demonów, którym nie potrafili podołać w inny sposób. Pomogła im, zjadając demony. Utyła, naturalnie. I najwidoczniej zachciało się jej deseru, ponieważ próbowała potem pożreć wszystkich pozostałych.

– Była silniejsza od bogów, którzy ją stworzyli?

– Ludzie, ja tego nie układałem. Nie zadawajcie mi takich pytań. Goblin, ty byłeś wszędzie. Widziałeś kiedyś religię, której nie rozniósłby na strzępy każdy niedowiarek mający dość rozumu, żeby zawiązać sobie sznurówki?

Goblin wzruszył ramionami.

– Jesteś tak samo cyniczny jak Konował.

– Tak? Tym lepiej dla mnie. Tak czy inaczej, było jeszcze wiele typowych, mętnych mitologicznych bzdur o matkach, ojcach i rozpustnikach, obrzydliwcach i kazirodztwach pomiędzy innymi bogami, w czasie gdy Kina rosła w siłę. Była naprawdę wredna. To tylko jedna z jej cech. Kłamstwo. Ale potem jej główny stwórca, czy też ojciec, wyprowadził ją w pole i rzucił na nią zaklęcie usypiające. Nadal gdzieś chrapie, ale może dosięgnąć świata przez swoje sny.

– Ma swoich wyznawców. Wszystkie bóstwa Gunni, duże, małe, dobre, złe, obojętne – wszystkie mają swoje świątynie i kapłanów. Nie dowiedziałem się wiele o wyznawcach Kiny. Nazywani są Oszustami. Żołnierze nie chcą mówić o nich. Odmawiają stanowczo, jakby wypowiedzenie imienia Kiny mogło ją zbudzić, co, jak sądzę, jest świętą misją jej wyznawców.

– To dla mnie zbyt dziwaczne – zrzędził Ceber.

– To wyjaśnia – stwierdził Goblin – dlaczego tak srają ze strachu, kiedy tylko Pani się gdzieś pojawi. Jeśli naprawdę myślą, że przemieniła się w ich boginię.

– Sądzę, że powinniśmy dowiedzieć się o Kinie wszystkiego, co się da.

– Pierwszorzędny plan, Murgen. A jak? Kiedy nikt nie chce gadać?

Tak. Nawet najśmielsi Taglianie bali się puścić parę z ust, gdy ich przyciskałem. Było jasne, że boją się nie tylko bogini. Bali się także mnie.

Jednooki przyniósł pocieszające nowiny.

– To gadanie o posiłkach to prawda, szefie. Kręcący przemyka się z wojskami przez wzgórza każdej nocy, jakby myślał, że nie zobaczymy ich po ciemku.

– Czy mógłby porzucić oblężenie?

– Całe wojsko kieruje się na północ, a północ to nie ich dom.

Nie miałem wyboru. Jednooki nie przyszedłby z tym, gdyby nie był pewny.

Oczywiście, jeśli Jednooki mający pewność, nie oznaczał wcale Jednookiego, który ma rację. Był przecież Jednookim.

Podziękowałem mu i wysłałem go do pomniejszych zadań. Potem odnalazłem Goblina i spytałem go, co o tym myśli. Mały czarodziej wydawał się zaskoczony tym, że przejmuję się jego opinią.

– Jednooki się jąka czy co?

– Nie. Ale to wciąż Jednooki!

Goblin nie mógł powstrzymać szerokiego, żabiego uśmiechu. Takie postawienie sprawy pojmował doskonale.

Nikt nie przekazał wieści Mogabie. Pomyślałem, że będzie prościej dla wszystkich, jeśli nie będzie wiedział. Ale on także słyszał plotki.

Dedżagore było miastem z nocnego koszmaru, pełnym odłamów luźno tylko związanych oporem przeciwko oblegającym. Siły Mogaby były największe. Dżajkuri najliczniejsze. My, Stara Gwardia i nasi pomocnicy, byliśmy najmniej liczni i najsłabsi. Byliśmy za to mocni naszą prawością.

Byli jeszcze Niueng Bao. Pozostawali wielką niewiadomą.

43

Rodzina Ki Dama zajmowała jedną i tę samą ponurą, brudną, zadymioną i cuchnącą norę, dopóki nie wygnał ich potop. Dodatkowe korzyści ze sprawowania władzy nie pociągały Mówcy. Miał się gdzie schronić przed deszczem. To wystarczało.

Może to więcej, niż posiadał na swoich bagnach.

Dzielił mieszkanie z potomstwem, które przestawało się kłócić, tylko kiedy w pobliżu znalazł się obcy. A i wtedy dzieciarnia hamowała się tylko na chwilę.

Następnego popołudnia Ki Dam wezwał mnie, żeby roztrząsać sprawy banalne. Patrzyliśmy na siebie znad filiżanek herbaty podawanej przez jego piękną wnuczkę, a tymczasem dzieciarnia przestawała szybko bać się mnie i zaczynała na nowo rozrabiać. Wymienialiśmy się informacjami o wrogach i przyjaciołach. Typek majaczący w mroku jęczał i zawodził.

Nie podobało mi się to. On umierał, ale zajmowało mu to bardzo dużo czasu. Za każdym razem, kiedy krzyczał, piękna dziewczyna podchodziła do niego. Serce ściskało mi się ze współczucia. Była taka mizerna.

Podczas drugiej wizyty powiedziałem coś, żeby okazać swoje współczucie. Jedno z tych zdań, które rzuca się bez większego namysłu. Żona Ki Dama, która jak wiedziałem, miała na imię Hong Trej, spojrzała przerażona znad filiżanki. Powiedziała coś cicho do męża.

Starzec skinął głową.

– Dzięki za twoją troskę, Kamienny Żołnierzu, ale jest niewłaściwie ulokowana. Dan zaprosił demona do swej duszy. Teraz za to płaci.

Z mroku dobiegł nas wybuch gwałtownej, płynnej mowy Niueng Bao. Przysadzista stara kobieta wkroczyła w krąg światła kaczym chodem. Miała krzywe nogi, była brzydka jak ropucha i była w paskudnym nastroju. Szczeknęła coś na mnie. To była Ki Gota. Córka Mówcy i matka mojego cienia, Tai Deia. Cieszyła się złą sławą wśród własnych ludzi. Nie miałem pojęcia, o czym gada, ale byłem pewny, że życzyła mi właśnie wszystkich chorób świata.

Ki Dam powiedział coś łagodnym tonem. Nie dotarło do niej.

Hong Trej powtórzyła jego słowa jeszcze łagodniejszym szeptem. Natychmiast zapadła cisza. Ki Gota usunęła się w mrok.

– Przez całe życie doświadczamy sukcesów i porażek – wyjaśnił Mówca. – Moim wielkim bólem jest moja córka Gota. Toczy ją rak agonii, którego nie może pokonać. Uparła się, żeby dzielić to z nami wszystkimi. – Ledwie widoczny uśmieszek musnął jego wargi. To był żart z siebie samego. Chciał dać mi do zrozumienia, że posługuje się przenośnią. – Jej największą porażką i źródłem cierpienia nas wszystkich jest jej pochopny wybór Sam Dan Kiu na męża dla swojej córki. – Wskazał na piękny kwiat, który spłonął rumieńcem, klękając, aby na nowo napełnić nasze filiżanki.

Nie było wątpliwości, że wszyscy ci ludzie doskonale znali tagliański.

– To wielki błąd – dodał Ki Dam – którego Gota nie może się wyprzeć. Nagromadzenie wszystkich słabości, które jest jak piętno. Młodo owdowiała. Zaaranżowała to małżeństwo, mając nadzieję, że na starość nacieszy się bogactwem Samów. – Mówca znowu uśmiechnął się lekko, wyczuwając prawdopodobnie moje niedowierzanie. Bogactwo i Niueng Bao wykluczają się wzajemnie. – Dan był sprytny – ciągnął. – Ukrył fakt, że został wydziedziczony z powodu swego okrucieństwa, podłości i zdrady. Gota pośpieszyła się za bardzo przy badaniu ponurych plotek. A po ślubie podłość Dana stawała się coraz większa. Ale dość o nas. Zaprosiłem cię tutaj, ponieważ chciałem przyjrzeć się przywódcy Kamiennych Wojowników.

– Dlaczego nas tak nazywasz? – musiałem zapytać. – Czy to coś znaczy?

Ki Dam wymienił spojrzenia z żoną. Westchnąłem.

– Rozumiem. Ta cała bezsensowna gadanina o Czarnej Kompanii. Myślicie, że jesteśmy takimi ludźmi, za jakich uważano naszych poprzedników czterysta lat temu. Tylko że oni prawdopodobnie nie byli tacy. Ustny przekaz zawsze wyolbrzymia fakty do absurdu. Posłuchaj, Mówco. Czarna Kompania jest gromadą wyrzutków. Naprawdę. Jesteśmy starymi najemnikami uwięzionymi przez zbieg okoliczności, którego nie rozumiemy i nie pochwalamy. Przechodzimy tędy po prostu. Szliśmy tą drogą, ponieważ nasz Kapitan ma fioła na punkcie historii Kompanii. Większość z nas nie byłaby w stanie myśleć o niczym innym, a co dopiero chcieć czego wiecej. – Opowiedziałem mu o Milczku, Pupilce i innych, którzy dołączyli do nas w poczuciu wspólnoty, a nie dla ryzykownej, długiej podróży na południe. – Przysięgam ci, że cokolwiek wszystkich przeraża, a chciałbym wiedzieć, co to jest, wymagałoby wkładu systematycznej pracy o wiele większego, niż jestem skłonny poświęcić czemukolwiek.

Stary człowiek spojrzał na mnie, a potem na żonę. Nie powiedziała nic i nie wykonała żadnego gestu, ale coś pomiędzy nimi zaszło. Ki Dam skinął głową.

Pojawił się Wujek Dodż.

– Być może źle was osądziliśmy – stwierdził Mówca. – Nawet ja pozwalam się czasem kierować przesądom. Następnym razem, kiedy będziemy rozmawiać, będę już wiedział.

Wujek Dodż wykonał nieznaczny gest. Czas, żebym wyszedł.

44

Goblin przyłapał mnie, jak się borykałem z księgami Dżajkuri.

– Murgen!

– Co? – Przestraszyłem się.

– Najwyższy czas.

– Co? O czym ty gadasz?

– Stoję tu i obserwuję cię od dziesięciu minut. Ani razu nie odwróciłeś strony. Nie mrugnąłeś. Miałem nawet wątpliwości, czy oddychasz.

Zacząłem się tłumaczyć.

– Daj spokój. Musiałem powtarzać cztery razy i palnąć cię w tył głowy, żebyś zwrócił na mnie uwagę.

– Zamyśliłem się. – Tyle że nie mogłem przypomnieć sobie ani jednej myśli.

– Tak. Dobra. Mogaba chce, żebyś przywlókł swój kościsty tyłek do cytadeli.

– Mnóstwo południowców wymknęło się, aby spotkać te posiłki – oznajmiłem Mogabie. – Z początku myślałem, że próbują nas zmylić. Cofną się i uderzą, kiedy spróbujemy podejść. Ale Goblin i Jednooki zarzekają się, że oni nadal wychodzą. To nie może być zatem armia posiłkowa. Skąd mieliby przyjść ci żołnierze? Kto by ich poprowadził? – Czy Mogaba uwierzy, że nie dotarły do mnie co ciekawsze plotki? Słyszał ich więcej niż ja. A większość z nich mówi, że Konował przeżył.

Co zrobi, jeśli się okaże, że Stary żyje?

Byłem pewny, że Mogaba wiele nad tym rozmyśla.

Podziękowano mi i bez komentarzy kazano wrócić do swoich ludzi. Nie dowiedziałem się, w jakim celu po mnie posłał.

Mogaba zrobił właśnie to, czego się obawiałem. Wypuścił nowy zwiad, próbując odnaleźć może nowe słabe punkty. Zatrudnił jedynie swoich najbardziej zaufanych ludzi. A ja byłem zadowolony, że siedzę na szczycie muru i patrzę. Zastanawiałem się, dlaczego Mogaba był tak pewny, że uciekniemy, jeśli wydostaniemy się na zewnątrz.

Zamierzałem nie zwracać na niego uwagi. W naszym codziennym życiu odgrywał rolę o wiele większą, niż starałem się to okazywać. Był wrzodem na tyłku. Być może moja antypatia uniemożliwiła mi racjonalny opis tego człowieka, więc wspominam o nim tylko wtedy, kiedy już naprawdę muszę.

W tamtych dniach spośród Nar tylko Sindawe starał się być uprzejmy.

Tak czy inaczej, Mogaba myślał, że będzie miał okazję pokaleczyć Władcę Cienia, ale tamci połapali się już w jego sposobie myślenia. Nie pozwolił jednak, aby brak sukcesu go zniechęcił. Taki już był. Nie zniechęcał się nigdy. Żadne niepowodzenie nie zachwiało jego przekonaniem, że jest niezwyciężony. Jeśli jego plany spaliły na panewce, po prostu planował raz jeszcze.

Żołnierze Mogaby zaczęli dezerterować, nie uciekając z miasta. Przychodzili się ukryć pomiędzy naszymi Taglianami. Skarżyli się, że szafuje życiem swoich ludzi.

Mogaba odpowiedział na to, przyznając swoim najbardziej oddanym ludziom specjalne racje i dodatkowe wizyty u prostytutek.

To my znaleźliśmy szczelnie zamknięte pojemniki z ziarnem pozostałe po pierwszym oblężeniu Władców Cienia. Kwestia rozdzielenia wywołała ogólną dyskusję. Jednooki upierał się, że Mogaba nie zadowoli się podziałem. Będzie chciał dowiedzieć się wszystkiego o naszym znalezisku. Będzie chciał wszystko zobaczyć. Czy chcemy, aby się pętał po naszych podziemiach?

Nie.

No więc co zrobił ten mały gnojek? Przekonał nas i zaczął sprzedawać świeżo upieczony chleb po cenie dwudziestokrotnie wyższej niż przed oblężeniem.

Pewnego leniwie płynącego popołudnia znalazłem ciche miejsce dla siebie i Jednookiego na szczycie muru. Nadeszły nowe plotki o bitwie na północy, ale nie to było tematem naszej rozmowy.

– Dlaczego to nie mieliśmy podzielić się z Mogabą znalezionymi zapasami? – zapytałem go.

– Hm? – Tego się nie spodziewał.

– Byłeś nadzwyczaj przekonujący. Całe to gadanie, żeby nie pozwolić mu wejść do naszej kryjówki.

– No i co? – Uśmiechnął się szeroko, dumny z siebie.

– Nadal przy tym obstajesz?

– Jasne.

– To co, do kurwy nędzy, wyprawiasz, sprzedając chleb jego ludziom, kiedy nie powinniśmy mieć ani ziarenka na mąkę?

Zmarszczył brwi. Nie dostrzegał związku.

– Zysk?

– Naprawdę wyobrażasz sobie, że Mogaba jest tak głupi, iż nie zauważy tego chleba? Naprawdę myślisz, że o to nie zapyta?

– Stałeś się zbyt sztywny, Dzieciaku.

– Rusz łbem, to też będziesz sztywny. Jeśli przez ciebie zginę, będę cię straszył przez całą wieczność.

– Pewnie tak. Czasami myślę, że już jesteś na wpół duchem.

– Co to niby miało znaczyć?

– Ten twój urok. Kiedy działa, to tak jakby ktoś inny patrzył spoza twych oczu. Jakby jakaś inna dusza wirowała wokół ciebie.

– Nigdy tego nie zauważyłem. – Czy mógłbym zauważyć?

– Gdybyśmy mieli dobrego nekromantę albo medium, moglibyśmy się dowiedzieć ciekawych rzeczy. Nie urodziłeś się czasem jako bliźniak? – Świdrował mnie wzrokiem.

Chłód przeszył mój kręgosłup. Włoski na karku się podniosły. Czasami naprawdę czułem się dziwacznie. Ale on tylko próbował zmienić temat.

Dołączył do nas nieproszony Goblin.

– Murgen, coś się dzieje z Ludźmi z Ziem Cienia.

Kruk nieopodal wydał z siebie coś w rodzaju śmiechu.

– Czyżby szykowali się do kolejnego wielkiego ataku? Myślałem, że Mogaba rozpirzył ich główną rampę.

– Nie mogłem podejść bliżej, żeby uchwycić szczegóły. Mogaba jest tam, gdzie ludzie go widzą. Ale ja myślę, że była bitwa. Myślę też, że lizusy Kręcącego dostały baty. Chyba że możemy tam mieć przyjaciół gotowych spaść nam na głowy.

– Uspokój się. Nie zaczynaj się już pakować.

– To cały karzeł – prychnął Jednooki. – Dzieli skórę na niedźwiedziu, który hasa jeszcze po lesie.

– Pamiętasz, o czym właśnie dyskutowaliśmy? – zrzędziłem. – Głupie posunięcia? I ty śmiesz najeżdżać na Goblina!

Jasne, że śmiał. To była jego misja dziejowa.

– Co się dzieje? – dopytywał się Goblin.

Pojawił się Wujek Dodż. Jego obecność zakończyła dyskusję. Ten gość był bardziej tajemniczy niż cień, poruszał się tak szybko i cicho.

– Mówca kazał wam powiedzieć, że południowcy niosący narzędzia zamiast broni zbierają się na południu miasta.

– A tam co się dzieje? – Z naszej grzędy widzieliśmy niewiele, ale wyglądało, jakby duża brygada robotników zaczęła gromadzić się także na północy. – Widzicie tam jakichś więźniów albo niewolników...? Co? Co to jest?

T o było odbiciem słońca od metalu na wzgórzach. Błyski powtarzały się. Ludzie ruszali w tamtą stronę, nie zachowując odpowiedniej ostrożności.

Ludzie Kręcącego nie musieli się przekradać.

– Roześlij wiadomość – rozkazałem Goblinowi. – Pełna gotowość o zachodzie słońca.

Wujek Dodż przyglądał się wzgórzom.

– Masz dobry wzrok, Kamienny Wojowniku.

– Wiesz co, Grubasku? Cholernie lubię, jak woła się na mnie Murgen.

Przysadzisty mężczyzna uśmiechnął się blado.

– Jak sobie życzysz, Murgen. Przyszedłem na rozkaz Mówcy.

Mówi, że nadchodzą ciężkie czasy. Mówi, żebyście przygotowali swoje serca i umysły.

– Ciężkie czasy?

Jednooki roześmiał się.

– Przyjęcie skończone, Dzieciaku. Teraz zapłacimy za słodkie lenistwo i obżeranie się, kiedy hurysy tańczyły wokół nas.

– Miej to na uwadze, kiedy następnym razem skuszą cię łatwe zyski.

– Hm?

– Nie można jeść pieniędzy, Jednooki.

– Ponurak.

– To cały ja. Każ Charkotowi wdrapać się na cytadelę i powiedz Sindawe, że południowcy coś zamierzają. – Sindawe był w porządku. Mogłem porozmawiać z nim bez kłótni i pokusy chwycenia go za gardło. A to uchroni mnie przed informowaniem Mogaby.

Co by się stało, gdyby Władca Cienia po prostu wstał i poszedł sobie, zostawiając nas własnemu losowi?

To byłoby sprytne z jego strony.

45

Charkot ledwie wdrapał się na górę. Potem spluwał i charczał przez pięć minut, zanim znowu mógł coś powiedzieć. Ten starzec nie miał żadnego interesu, żeby uprawiać żołnierkę w tym wieku. Powinien odpoczywać i wychowywać wnuki. Lecz podobnie jak reszta z nas, nie miał nic poza Kompanią. Umrze tak, jak my wszyscy.

To smutne. Może nawet patetyczne.

Charkot stanowił anomalię. Zazwyczaj życie najemnika jest gwałtowne i krótkie, pełne strachu, bólu i nędzy, przerywanej od czasu do czasu przemijającymi chwilami radości. Tym, co utrzymuje cię przy zdrowych zmysłach, jest niewzruszone oparcie w twych braciach. W tej kompanii. W mniejszych grupach... Ale one nie są Czarną Kompanią.

Obaj z Konowałem włożyliśmy wiele wysiłku w podtrzymanie

tego braterstwa. W rzeczywistości był to tylko wskrzeszony na nowo zwyczaj czytania Kronik przez Konowała, żeby ludzie pamiętali, iż są częścią czegoś trwalszego niż królestwo.

– Weź sobie lepiej parę godzin wolnego – zasugerowałem Charkotowi.

Pokręcił głową. Zrobi, co w jego mocy, dopóki będzie w stanie robić cokolwiek.

– Porucznik Nar, Sindawe, przesyła pozdrowienia. Mówi... żebyśmy byli... bardziej czujni dziś w nocy.

– Wspomniał dlaczego?

– Dał do zrozumienia... że Mogaba może próbować... czegoś poważnego po... zapadnięciu zmroku.

Mogaba zawsze próbował dokonać czegoś wielkiego. Kręcący powinien pozwolić mu na to. O jeden wypad za dużo, w nieodpowiednim czasie, i Mogaba poczuje na własnej skórze, dlaczego Kręcącego nazywają Władcą Cienia.

Charkot powiedział coś w swoim ojczystym języku. Tylko Jednooki go zrozumiał. Brzmiało to jak pytanie. Czarodziej wymamrotał w odpowiedzi kilka dźwięcznych sylab. Pomyślałem, że stary chce wiedzieć, czy może mówić przy Niueng Bao. Jednooki zachęcił go.

– Sindawe powiedział, że plotki o wielkiej bitwie są prawdopodobnie prawdziwe – oznajmił.

– Mamy u niego dług – odparłem. – To tak, jakby powiedział nam, że nie stoi już na sto procent za Mogabą.

Tai Dei i Wujek Dodż chłonęli naszą rozmowę niczym gąbki Niueng Bao.

Napięcie rosło z godziny na godzinę. Bez żadnej wyraźnej przyczyny poczuliśmy, że ta noc będzie decydująca. Ludzie obawiali się przeważnie jakiegoś nowego świństwa ze strony Mogaby. Nie spodziewaliśmy się kłopotów ze strony Władcy Cienia. Nieprędko.

Cały czas obserwowałem wzgórza.

– Jest! – parsknął Jednooki. Czekał razem ze mną. Rozbłysło różowawe światło. Wokół niesamowitego jeźdźca trzaskały błyskawice.

– Wróciła – odezwał się ktoś. – A gdzie ten drugi?

Nie widziałem Stwórcy Wdów.

Równinę ogarnął paniczny lęk. Zjawa dopadła porozrzucanych

obozów południowców niezauważona. Sierżanci wykrzykiwali rozkazy. Gońcy biegali w kółko. Żołnierze potykali się jeden o drugiego.

– Tam jest! – wrzasnął Ceber.

– Tam jest kto?

– Stwórca Wdów. – Wskazał palcem. – Stary.

Jego sylwetka majaczyła na wzgórzach, spowita aurą wielkości. Goblin chwycił mnie za ramię. Nie wiem, skąd się wziął.

– Patrz tam. – Wskazał na główne obozowisko Ziem Cienia. Nie widzieliśmy samego obozu, tylko blade, różowe światło, o barwie zgangrenowanej tkanki, które unosiło się nad przypuszczalnym miejscem ich pobytu. Stopniowo stawało się coraz mocniejsze.

– Kręcący chce zagrać – zauważyłem.

– Tak. Wysłał coś dużego.

– Co dużego? Czy mamy pochylić głowy?

– Czekaj i patrz.

Poczekałem. I zobaczyłem. Obrzydliwa kula zielonego ognia pomknęła w stronę wzgórz i uderzyła tam, gdzie pierwszy raz ukazał się Pożeracz Żywotów. Trysnęła ziemia. Zapłonęły kamienie. Nadaremnie. Był już daleko.

– Chybił.

– Co za oko!

– Pożeracz Żywotów nie gra fair. Nie stał spokojnie.

– Głupio dobrał sobie sprzęt – warknął Jednooki. – Nie można się spodziewać, że ktoś będzie łaził sobie w kółko i czekał na ciebie.

– Może to najlepsze, na co go stać? Ostatnio nie był najzdrowszy.

Odsunąłem się na bok. Za chwilę Goblin i Jednooki zaczną skakać sobie do oczu.

Zamieszanie na równinie pogłębiało się. Południowcy miotali się, hałasując bardziej niż potrzeba. Z ich pogaduszek zrozumiałem, że zaskoczono ich w chwili wielkich przygotowań i zamęt pozbawił ich praktycznie możliwości obrony. Usłyszałem też imię Kiny wymawiane przyciszonymi głosami.

Pożeracz Żywotów, który przypominał boginię zepsucia, zniknął. Może stracił zainteresowanie. Nie pojawił się ponownie. Kręcący atakował wzgórza wszystkimi czarami, jakie był w stanie zgromadzić, jednak poza nowymi pożarami krzaków nie zdziałał nic więcej.

Lis grasował w kurniku. Południowcy rozpierzchli się, przerażeni strachem innych. Kiedy zbliżali się, moi ludzie przejmowali pałeczkę.

– Narzekają, że przemokły im stopy – powiedział Goblin.

Ja też to słyszałem. To nie miało sensu.

– Psiakrew!

Nie wiem, kto to powiedział, ale zgadzałem się z nim całym sercem. Dokładnie nad głównym obozowiskiem Ziem Cienia wybuchły dziesiątki lśniących, białych kul ognia. Całkowicie rozproszyły ciemności. Wydawały się przynosić więcej korzyści wrogom Władcy Cienia niż samemu łotrowi.

Za nimi podążył ogromny ryk.

Wujek Dodż zniknął. W jednej chwili stał przy mnie, a w następnej był już cieniem biegnącym ulicą w dole.

– Tym razem jestem pewny, że to Pani – oznajmił Jednooki.

– Skąd? – Jego ton wzmógł moją czujność.

– Ale ten drugi to nie Kapitan.

Stwórca Wdów był widoczny krótką chwilę.

– Powiedz, że to nieprawda – wymamrotałem.

– Co?

– Że mamy dwie pary, a każda z nich jest prawdziwa tylko w połowie.

Kruk obok nas zachichotał.

– Co za czary mogły to sprawić? – zapytałem. – Rozszczepić ich na dwoje?

– Żałuję, że nie mogę powiedzieć ci tego, co chcesz usłyszeć, Dzieciaku. Mam paskudne przeczucie, że nawet nie chcielibyśmy wiedzieć, co się tutaj dzieje.

46

Jednooki został prorokiem. Niemniej strasznie chciałem wiedzieć, jak to się stało, i usłyszałem całą historię dzięki Niueng Bao.

Światło w mieście przygasło. Hałaśliwy tłum zmalał. Jego część odpłynęła w kierunku wzgórz, reszta wycofała się na teren miasta należący do Mogaby.

Szmer maleńkich zaklęć zmarszczył powierzchnię równiny i cała jej połać zalśniła srebrem.

– To było niesamowite. Jednooki, a gdybyśmy tak zbudowali wieżę strażniczą na szczycie jednej z tych wież flankujących? W ten sposób bylibyśmy wystarczająco wysoko, żeby widzieć, co porabiają Mogaba i Kręcący.

– Masz Niueng Bao do tego, aby szpiegowali ich dla ciebie na miejscu.

– A jeśli założymy, że ty nie musiałbyś nic robić?

– To już brzmi lepiej, ale nadal uważam, że jeśli dobrze to rozegrasz, Niueng Bao mogą stać się twoimi oczami. Nie musisz popadać zaraz w paranoję tak jak Konował. Przyjrzyj się po prostu temu, co ci przyniosą, aby zobaczyć, czyim celom mogłoby to służyć. Rozważ również, co mógłbyś w ten sposób przeoczyć.

– Czasami jestem równie leniwy jak ty – westchnąłem. – Tyle że moje lenistwo należy do umysłowych, a to pachnie mnóstwem myślenia. Raczej sam przyjrzę się wszystkiemu. Tak czy inaczej.

– Zupełnie jak Stary – gderał. – Musisz czytać im Kroniki przez cały czas. Bez przerwy muszą czytać Kroniki. A może byś tak przeczytał coś poza tekstami Konowała? Z ulgą odetchnąłbym odrobinę od jego cnót.

Z powrotem znaleźliśmy się na placu, gdzie kwitł nielegalny handel chlebem. Podszedł do nas Goblin.

– Dzieją się tu całkiem ciekawe rzeczy.

– Tak? Niby co?

– Przez chwilę stałem sobie tam pod ścianą. Mogaba nie zatroszczył się, żeby mnie przyłapać na podglądaniu. Osobiście prowadził tę obławę.

– Powiedz to po ludzku – warknął Jednooki. – Ględzisz tak, że... Ouup! – Ogromny żuk wylądował nagle w jego ustach. Głupawy uśmieszek Goblina dawał do zrozumienia, że miał on coś wspólnego z błędnie obliczonym lotem owada.

– Dodż powie ci więcej niż ja. Niektórzy z tych facetów przyszli tu za gangiem Mogaby.

– Po co?

– Myślę, że Mogaba próbował wykurzyć Kręcącego, ale zamiast tego natknął się na Panią.

– Nabierasz mnie.

– Kiedy wystrzelono flary? Była tutaj. Ona i jakichś piętnastu facetów. Musieli być tuż za bramą obozu, podkradając się niemal do hałastry Mogaby. Przynajmniej tyle słyszałem. Nie widziałem tego na własne oczy.

– Więc gdzie jest Wujek Dodż?

– Prawdopodobnie omawia to z Mówcą.

Prawdopodobnie.

– Tak? Słuchaj, mamy tu grupę dezerterów z pierwszego. Sprawdź, czy któryś nie zakradł się z powrotem, żeby dowiedzieć się czegoś więcej.

– Właśnie idzie tu jakiś grubasek.

Rozmawialiśmy tuż pod nosem Tai Deia, zupełnie jakby był głuchy albo jakby nie obchodziło nas ani na jotę, co usłyszy.

Dodż przyprowadził dwóch następnych Niueng Bao. Otaczali innego chłopaka. Był to mały, gruby Taglianin. Wyglądał bardziej na więźnia niż ich towarzysza, chociaż nie było widać żadnej broni.

Zaskoczyło mnie, że Wujek zdołał wdrapać się na mury bez zadyszki. Może użył jakiegoś paskudnego zaklęcia, które odebrało dech Charkotowi?

Zabrzmiało to jak coś z mitycznej księgi Gunni.

– Co tam masz, Wujku? – Wytrzeszczyłem oczy na przysadzistego Taglianina. Pozostał obojętny na moje spojrzenie.

– Obcego. Mówca wysłał Bana i Bina, aby obserwowali czarnych ludzi, którzy chcieli napaść na samego Władcę Cienia, ale oni dołączyli do innych z zewnątrz, próbujących osiągnąć podobny cel. Kiedy wybuchły flary, ten opuścił swoich i dołączył do uciekających na mury. Ich grupa mogła zostać zdradzona celowo, mógł więc oddzielić się od nich w zamieszaniu.

Dalej przyglądałem się obcemu. Był to Gunni zbudowany o wiele potężniej niż ktokolwiek w naszych stronach. Może pracował nad tym. Wyglądał na potwornie butnego.

– Co w nim takiego szczególnego? – zapytałem. Wujek Dodż także wydawał się nim bardzo zainteresowany.

– Nosi znak Khadi.

Zastanowiłem się chwilę. A, tak. W księgach z katakumb Khadi było lokalnym lub kolejnym imieniem Kiny. Było ich kilka.

– Być może. Wskaż mi go, bo sam nic nie widzę.

Oczy Dodża zwęziły się. Wziął głęboki oddech. Był wściekły.

– Nawet teraz odmawiasz ujawnienia się, Żołnierzu Ciemności?

– Nawet teraz nie mam pieprzonego pojęcia, o czym bredzisz, i jestem zmęczony wysłuchiwaniem tych bzdur. – Miałem jednak coraz większe podejrzenia. – Zamiast bełkotać, robić zamieszanie i tajemniczo mamrotać, może byś powiedział tak dla odmiany coś zrozumiałego? Przyjmij do wiadomości, że jestem tym, za kogo się podaję, i oświeć mnie. Kim jest ten facet? Za kogo mnie bierzesz? No dalej, Wujku Dodż, mów.

– To niewolnik Khadi. – Wujek spojrzeniem dał mi do zrozumienia, żebym nie ważył się nie pojąć, o czym mówi. Nie zamierzał być bardziej precyzyjny.

Nie mówiło mi to nic, ale nie jestem człowiekiem przesądnym. Czyżby wierzył, że jego słowa sprawią, iż ta zgaga się obudzi?

– Kina musi być paskudną suką – zwróciłem się do Jednookiego. – Przez nią Wujek Dodż przemoczył sobie nogi. Ty, masz jakieś imię?

– Jestem Sindu. Należę do załogi kobiety wojownika, którą nazywacie Panią. Zostałem wysłany, aby obserwować, co się tutaj dzieje. – Cały czas patrzył mi prosto w oczy. Wzrok miał zimniejszy od jaszczurki.

– To brzmi dość sensownie. – Jeśli bardzo chce się uwierzyć. – Pani? Ta Pani, która była zastępcą dowódcy w Czarnej Kompanii?

– Ta. Uśmiech bogini spoczął na niej.

– A zatem jest łącznikiem? – zapytałem Dodża. – Pomiędzy nami i Panią?

– Może tak twierdzić, ale szpieguje dla *toog*. Nie powie prawdy, jeśli może skłamać.

– Wujku, stary kompanie. Ty, ja i ten człowiek powinniśmy usiąść i spróbować porozmawiać przez chwilę tym samym językiem. Co ty na to?

Wujek Dodż odchrząknął. Mogło to oznaczać cokolwiek.

– *Toog* nie powie prawdy, kiedy kłamstwo może mu się przysłużyć.

Sindu był rozbawiony.

Poza skrywająca całkowicie jego emocje zrobiła na mnie wrażenie.

– Goblin, znajdź mu miejsce do spania – powiedziałem i przeszedłem na inny język. – I nie pozwól, żeby zniknął ci z oczu.

– Mam już dość roboty.

– To zleć to komuś, dobrze? Ten gość nie podoba mi się i sądzę, że jutro rano będzie podobał mi się jeszcze mniej. Śmierdzi kłopotem.

– I to dużym – zgodził się Jednooki.

– Dlaczego więc nie spuścimy jego włochatego tyłka z muru? – Goblin potrafił być nad wyraz pragmatyczny.

– Ponieważ chcę dowiedzieć się o nim czegoś więcej. Myślę, że jesteśmy na progu odkrycia tajemnicy, która wisi nad nami, od kiedy się tu pojawiliśmy. Pozwólcie mu chodzić, gdzie chce. Będziemy udawali głupich i śledzili każdy jego oddech. – Byłem pewny, że mogę liczyć na pomoc Mówcy w tym względzie.

Moi dwaj czarodzieje patrzyli spode łba i sarkali. Trudno ich za to winić. To oni zawsze ponosili odpowiedzialność.

47

Chrapałem bohatersko głęboko w naszym mrowisku. Uderzyłem w kimę, licząc, że uda mi się trochę odespać. Jutro nikt nie będzie miał ochoty wstawać dla jakichś głupot.

Zaszyłem się tak głęboko i na uboczu, że niespełna pięciu ludzi wiedziało, gdzie mnie znaleźć. Moim jedynym celem było się wyspać. Jeśli nadejdzie koniec świata, będą go świętować beze mnie.

Ktoś mną potrząsał.

Nie chciałem w to uwierzyć. To musiał być zły sen.

– Murgen, wstawaj. Musisz to zobaczyć.

Nie musiałem.

– Murgen!

Uchyliłem jedną powiekę.

– Próbuję trochę tu pospać, Ceber. Zjeżdżaj.

– Nie ma czasu. Musisz to zobaczyć.

– Co muszę zobaczyć?

– Zobaczysz. Idziemy.

Nie było rady. Będzie nękał mnie, dopóki nie stracę cierpliwości i wówczas zranię jego uczucia. Niemniej jednak długa wspinaczka ku wschodowi słońca nie zachęcała do wstania.

– Dobra już, dobra.

Wstałem i otrząsnąłem się ze snu.

Nie musieli wyciągać mnie na zewnątrz, ale pojąłem, że ulegli odruchowi. Zmieniło się wszystko. Diametralnie.

Wpatrywałem się w równinę z otwartymi ustami. Jaką równinę? Dedżagore otaczało teraz płytkie jezioro, a na jego powierzchni, niczym maleńkie wysepki, odznaczały się szczyty pogrzebowych kopców. Na każdym zebrała się gromadka zrozpaczonych zwierzaków.

– Jak tu jest głęboko? – zapytałem. – Czy da radę ustrzelić niektóre z tych stworzeń?

W takich warunkach żaden południowiec nie zwróci uwagi na mały wypad.

– Teraz jest dokładnie półtora metra – stwierdził Goblin. – Posłałem na dół ludzi do mierzenia.

– Czy ciągle się podnosi? Skąd idzie? Gdzie jest Kręcący?

Goblin wskazał ręką.

– Nie wiem nic o Kręcącym, tylko tyle, że mamy wodę. I wciąż się podnosi.

Mam dobry wzrok. Dostrzegłem, jak gotująca się i pieniąca kipiel spada ze wzgórz.

– Tamtędy biegł stary akwedukt, prawda? – Dwa większe kanały nawadniały farmy na wzgórzach i zasilały w wodę akwedukty Dedżagore, zanim zaczęły się walki. Kompania odcięła je, kiedy południowcy schronili się za murami. Teraz miasto żyło dzięki deszczówce i zawartości ogromnych, głębokich i bardzo zatęchłych cystern. Nie wiedzieliśmy, że woda znów płynie.

– Dokładnie. Klet i jego bracia sądzą, że skierowali cały bieg rzeki do kanału. To samo dzieje się na południu od miasta.

Dedżagore osadzone jest na równinie poniżej poziomu krain leżących poza wzgórzami. Niewielkie rzeczki biegną z ich grzbietów na zachód i południowy wschód.

– Zakładam, że chłopcy badają techniczne strony tego zjawiska? – zapytałem.

– Oni i trzy tuziny Taglian posiadających umiejętności, które mogą wykorzystać.

– Czy są już jakieś wnioski?

– Na przykład?

– Na przykład, jak wysoko dotarła woda? Czy zatoniemy? – Jeśli był to plan Kręcącego, to wskazywał, że w sposobie jego myślenia zaszły ogromne zmiany. Przedtem chciał pozostawić Dedżagore nietknięte. To tutaj wyglądało na bardziej praktyczne i ostateczne rozwiązanie jego kłopotów. Pociągało za sobą jednak więcej zniszczeń w jego posiadłości, która rzecz jasna była cenniejsza od każdej liczby ludzkich istnień.

– Próbują się właśnie zorientować.

– Przypuszczam, że Kręcący wycofał się po odejściu Pani?

– Nie – odpowiedział Jednooki. – Czekali, żeby popływać. Nie mają u siebie wiele plaż.

– Ten gość nie jest tak głupi, jak myśleliśmy – zadumałem się nad jego słowami.

– Słucham?

– Cała równina jest pod wodą i nawet jeśli nas nie zatopił, to zamknął tutaj tak sprytnie, że nie musi już nas pilnować. Może pędzić za Panią. Nie możemy jej pomóc i ona nam także nie. Dla niego to lepsze niż posiłki z Ziem Cienia. Żołnierzom Długiego nie mógłby zaufać, gdyby miał ich za plecami.

Zjawił się Tai Dei. Pojawiał się zawsze natychmiast po moim wyjściu, co świadczyło o tym, jak byliśmy pilnowani.

Tai Dei był niewypałem. Nie przenosił wielu wiadomości. Nie rozumiał żadnego języka wystarczająco, aby być dobrym szpiegiem dla Mówcy. Ale zawsze, zawsze był o krok za twoimi plecami.

Musiała być jakaś przyczyna. Mówca nie zrobiłby niczego bez zastanowienia. Po prostu nie pojmowałem jego spojrzenia na świat.

Im dłużej przyglądałem się powodzi, tym więcej miałem pytań, które wymagały natychmiastowej odpowiedzi. Najważniejsze z nich: Jak wysoko podniesie się poziom wody? Ile czasu to zajmie? Tempo powinno znacznie osłabnąć, gdyż z każdym metrem wzrostu potrzeba coraz większej masy wody, a to za sprawą tego, że cześć przelewa się przez wzgórza, większy obszar szybciej paruje, a zalewana dalej ziemia pochłania jej więcej.

– Zbierzcie wszystkich wykształconych ludzi w mieście i zaprowadźcie ich do braci.

Myślałem o budowaniu łodzi, podwyższaniu wież i zabezpieczaniu magazynów. Myślałem o naszych ogromnych, wspaniałych podziemiach i o tym, że tysiące godzin ludzkiej pracy pójdzie na marne. Zastanawiałem się, jak powinniśmy przygotować się psychicznie na rzeczy o wiele gorsze, jeśli chcemy przeżyć. Pomyślałem o moim Ki Damie i jego przestrogach, że nadchodzą ciężkie czasy.

Tai Dei podszedł do mnie, kiedy nikogo nie było w pobliżu.

– Dziadek chce z tobą porozmawiać. Jak najszybciej. – Maniery miał nienaganne. Ani razu nie nazwał mnie Kamiennym Żołnierzem.

Stary musiał czegoś bardzo chcieć.

– Jak sobie życzysz. – Zauważyłem na murach przybysza Sindu, tuż przy Bramie Zachodniej. Czułem niemal, jak mi się przygląda.

– Jednooki.

– Czego?

– Nie musisz warczeć. Jeśli chcesz szczekać, zobaczę, czy Władca Cienia nie mógłby zamienić cię w psa.

Jednooki zdębiał.

– Hę?

– Macie oko na naszego gościa?

– Teraz kolej Maniaka i Dziwaka. Dotychczas nie robił wiele. Wałęsał się po mieście, rozmawiał z ludźmi, próbował zaczepiać Taglian i Mogabę. Nasi nie mają z nim wiele roboty. Kompania al-Kul pogoniła go swymi mieczami.

– Czy ktokolwiek o nim rozmawia?

Jednooki potrząsnął głową.

– Wciąż te same stare pierdy, a może nawet gorsze. Lepiej powiedz wprost, że jego obecność tutaj nie była twoim pomysłem.

Przysłuchujący się Tai Dei wymruczał coś, co zabrzmiało jak zaklęcie. Zaraz po tym uczynił gest, który miał odwracać złe oko.

– Hej – odezwał się Jednooki. – Coś jednak jest w stanie ich zaniepokoić.

– Mam zamiar posłuchać, co ma do powiedzenia ich szef. Ty

dowodzisz, ale tylko dlatego, że pozostali są jeszcze mniej godni zaufania niż ty.

– Cholerne dzięki, Dzieciaku. Potrafisz sprawić, że facet czuje się ważny.

– Postaraj się, żeby coś zostało, kiedy wrócę.

48

Zawrót głowy chwycił mnie na tej samej ulicy, co przedtem. Kiedy to było, wczoraj? Pamiętam pochłaniającą mnie ciemność. Teraz była to bardziej zdradziecka, otulająca mnie czerń, łagodniejsza od gromu, który dopadł mnie wcześniej.

Miałem mętlik w głowie, ale potrafiłem przypomnieć sobie kilka drobnych wydarzeń już po tym, jak zapadła wielka ciemność. Były to jedynie krótkie chwile, kiedy wyskakiwałem ze swej głowy i wracałem, gdy tylko ktoś się odezwał.

Ten atak był silniejszy. Dłonie Tai Deia zacisnęły się na moim lewym ramieniu. Mówił coś, ale jego słowa były dźwiękami pozbawionymi znaczenia. Światło przygasło. Kolana ugięły się pode mną, a potem nie czułem już nic.

To miejsce było jaśniejsze od dnia, choć przecież był dzień. Olbrzymie lustra zbierały słoneczne światło i rzucały je na wysoką, posępną postać w czerni. Ponury mężczyzna stał na parapecie wysoko ponad ciemniejącą krainą, a wokół hulał wiatr.

Powietrze rozdarł krzyk. Z wysoka, z oddali opadał ku wieży ciemny prostokąt.

Wychudzona postać nałożyła na twarz stylizowaną maskę. Oddychała szybciej, jakby potrzebowała więcej powietrza, aby stawić czoło przybyszom.

Kolejny krzyk rozdarł powietrze.

– Któregoś dnia...! – wyszeptał chudzielec.

Postrzępiony latający dywan był już niedaleko. Zamaskowany

człowiek pozostał w bezruchu, wypatrując gniewnie najdrobniejszego śladu cienia. Wiatr targał jego szaty.

Latający dywan niósł trzy osoby. Jedną z nich był mężczyzna, również w masce; drobny, skulony w ciemnościach, owinięty w cuchnące łachmany przesiąknięte pleśnią. Trząsł się bez przerwy, nie mogąc powstrzymać krzyku, który od czasu do czasu wydobywał mu się z gardła. To Wyjec, jeden z najstarszych i najbardziej nikczemnych czarodziejów na świecie. To on stworzył dywan. Posępny człowiek w masce nienawidził go.

Nienawidził wszystkich. Niewiele miał też miłości dla siebie. Panował nad swoją nienawiścią jedynie dzięki straszliwym ćwiczeniom siły woli, a i to na krótko. Jego wola była potężna. Przynajmniej dopóty, dopóki nie czuł się zagrożony.

Obdartus zagulgotał, tłumiąc okrzyk.

Wyjcowi towarzyszył niski, chudy i niewiarygodnie brudny mężczyzna w podartej przepasce na biodrach i turbanie lepkim od brudu. Był przerażony. Nazywał się Narajan Singh i był żyjącym świętym kultu Oszustów. Przetrwał jedynie dzięki wstawiennictwu Wyjca.

Długi Cień poważał Singha tyle co krowie łajno, niemniej jednak mógł on stanowić przydatne narzędzie. Zasięg jego kultu był ogromny.

Opinia Singha o jego nowym sprzymierzeńcu nie była wiele lepsza.

Za plecami starca siedziało dziecko. Prześliczna mała dziewczynka, jeszcze brudniejsza niż dżamadar. Miała ogromne, brązowe oczy. Oczy jak okna piekieł. Oczy znające całe zło starych czasów i znajdujące w nim rozkosz.

Te oczy niepokoiły nawet Długiego Cienia.

Były wirami ciemności, które wciągały i paraliżowały...

Nagły, ostry ból w lewym kolanie sprawił, że moje ciało przeszył palący prąd agonii. Jęknąłem i potrząsnąłem głową. Odór ulicy przebił się do mojej świadomości. Przez chwilę nic nie widziałem, ale w końcu moje oczy przyzwyczaiły się do jaskrawego, słonecznego światła. Czyjeś dłonie pochwyciły moje lewe ramię, ciągnąc i próbując mnie podnieść. Spojrzałem w górę i przerażony napotkałem wejrzenie wychudłej twarzy.

Czułem jeszcze strach, chociaż straszliwa wizja zniknęła. Próbowałem skoncentrować się, ale ból w kolanie i gadanina Tai Deia nie pozwoliły na to.

– Nic mi nie jest – powiedziałem. – Po prostu uderzyłem się w kolano. – Spróbowałem wstać, ale po jednym kroku kolano zawiodło. – Dam sobie radę, do cholery! – wrzasnąłem i odepchnąłem jego ręce.

Wizja zniknęła i pozostało jedynie blade wspomnienie tego, co się wydarzyło.

Czy tak samo było z poprzednimi omdleniami? Czy wizje odpływały tak daleko, że nie byłem w stanie ich sobie przypomnieć? Czy miały jakiś związek z teraźniejszością? Niewyraźnie przypomniałem sobie mnóstwo znajomych twarzy.

Muszę pomówić o tym z Goblinem i Jednookim. Powinni wiedzieć, co z tym zrobić. Uczyli się trochę wyjaśniania snów.

Kiedy stanęliśmy przed obliczem Mówcy, Tai Dei zaczął trajkotać coś szybko. Ki Dam przyglądał mi się badawczo, a wyraz jego twarzy zmieniał się niesamowicie, kiedy słuchał paplaniny Tai Deia.

W pierwszej chwili wydawało mi się, że starzec jest sam, ale kiedy jego wnuk gadał, a stary robił się coraz bardziej napięty, z mroku wychynęli inni Niueng Bao i zaczęli mi się przyglądać. Pierwsze pojawiły się Hong Trej i Ki Gota. Stara kobieta siedziała obok męża.

– Mam nadzieję, że nie masz nic przeciwko. Ona potrafi czasem rozchylić zasłonę czasu.

Gota nie odezwała się. Podejrzewałem, że nie było to zjawisko normalne.

Potem pojawiła się piękna kobieta i natychmiast skierowała się w stronę stolika do herbaty. Herbata jest niezwykle ważna dla Niueng Bao. Ciekawe, czy ta kobieta wypełniała jeszcze inne posługi w rodzinie.

Gość w mroku nie jęczał tym razem. Czyżby nas opuścił?

– Jeszcze nie – odezwał się Mówca, odczytując moje spojrzenie. – Ale nastąpi to wkrótce. Dźwigamy ciężar małżeńskich ślubów, nawet jeśli on zdradził. – Znowu wyczuł moje pytanie. – Staniemy przed Sędziami Czasu bez plamy na naszej karmie.

Studiowałem pilnie pisma Dżajkuri i tylko dlatego miałem pojęcie, o czym mówi.

– Jesteście dobrymi ludźmi.

– Niektórzy mogliby się z tobą nie zgodzić – stwierdził Ki Dam. – Staramy się być ludźmi honoru ze wszystkich sił.

– Rozumiem. – Robimy to samo w Czarnej Kompanii.

– Doskonale.

– Przyszedłem, ponieważ Tai Dei powiedział, że chcesz ze mną rozmawiać.

– Tak było.

Czekałem cały czas, umykając spojrzeniem w stronę kobiety przygotowującej herbatę.

– Chorąży.

– Nie – powiedziałem nieświadom, że mówię głośno. Po prostu przez chwilę zapomniałem o rzeczywistości. Przy takiej kobiecie trudno winić mnie za to. – Dziękuję, Mówco, że nie nazwałeś mnie jednym z tych niesympatycznych mian, których zwykłeś używać.

Nie mogłem powstrzymać przelotnego uśmiechu, który powiedział mu, że wiem, iż czegoś pragnie na tyle gorąco, żeby utrzymywać mnie w przyjaznym nastroju.

Skinął głową, potwierdzając moje przeczucia.

Cholera. Sam zamieniam się w starca. Może będziemy tu siedzieć, szczerząc zęby, pochrząkując i kiwając głowami, a potem zaplanujemy całą przyszłość świata.

– Dziękuję – powiedziałem, kiedy kobieta podała mi herbatę.

Zaskoczyło ją to. Na jedną, krótką chwilę spojrzała mi w oczy. Drgnąłem przestraszony. Jej oczy były zielone. Nie uśmiechnęła się i nie odwzajemniła mojej uprzejmości w żaden inny sposób.

– Niezwykłe – odezwałem się. – Zielone oczy. – Opanowałem się jednak i czekałem, aż Mówca wysączy swoją herbatę i zacznie krążyć wokół interesującego go tematu.

– Zielone oczy są rzadkie i bardzo podziwiane przez Niueng Bao. – Pociągnął rytualny łyk. – Hong Trej może czasami podnieść zasłonę czasu, ale jej wizje nie zawsze są prawdziwe i nie zawsze wyraźne. Mogą też ukazywać coś, co nie ma jeszcze nadejść. Nie potrafi rozpoznać w nich ludzi, tak więc trudno określić, kiedy wizje się spełnią.

– Hm? – mruknęła kobieta siedząca ze spuszczonymi oczami, obracając powoli na lewym nadgarstku obszerną bransoletę z jadeitu. Jej oczy były także zielone.

– Przepowiedziała powódź. Sądziliśmy, że to dowodzi fałszywości wizji, ponieważ nikt z nas nie potrafił wyobrazić sobie takiej ilości wody w Dżajkurze.

– Jednak teraz znaleźliśmy się pośrodku jeziora. Mamy najszerszą fosę na świecie i Władcy Cienia nie będą nas już niepokoić.

Przez dłuższą chwilę nie mógł pojąć, że żartuję.

– Och – zachichotał w końcu. Hong Trej podniosła wzrok i uśmiechnęła się. Ona pierwsza zrozumiała dowcip. – Rozumiem. Niemniej ona służy Władcom, a nie nam. Każda próba wydostania się stąd wymaga tratw lub łodzi, a te łatwo zauważyć. Poza tym nie uniosą dość ludzi, aby się przebić.

Staruszek był także generałem.

– Zgadza się. – Kręcący znalazł genialne rozwiązanie dla swoich braków kadrowych. Teraz mógł się zmierzyć z Panią, pewny, że nie wskoczymy mu na plecy.

– Oto dlaczego chciałem się naradzić. W swojej wizji Hong Trej ujrzała wodę wznoszącą się na trzy metry ponad mury obronne.

– To byłoby wyraźnie ponad dwadzieścia metrów wody. – Spojrzałem na starą kobietę. Wydawała się obserwować mnie bacznie w sposób, który nie świadczył bynajmniej o ciekawości. – To bzdura.

– Jest jeszcze jeden problem.

– Jaki?

– Próbowaliśmy obliczyć, ile budowli pozostanie ponad linią wody.

– Och, rozumiem. – Dedżagore, jak wszystkie miasta otoczone murami, lubowało się w wysokich budowlach, ale niewiele ich przewyższało mur. Poza tym większość z tych, które ocalały, nawet te częściowo spalone, były zajęte przez kogoś. Jeśli miasto zaleje powódź, nie będzie zbyt wiele miejsc nadających się do zamieszkania.

Szczęśliwie dla Starej Gwardii nasza kwatera obfitowała w wiele wysokich domów.

– W rzeczy samej, na tym terenie mamy dość budynków, aby przyjąć paru naszych pielgrzymów, ale gdzie indziej Dżajkuri może być ciężko, kiedy czarni ludzie i ich żołnierze zorientują się, jak wiele miejsca im potrzeba.

– Nie ma co do tego wątpliwości. – Zastanawiałem się przez chwilę. Do diabła. Ludzie mogą koczować na murach. Upchanie ich tam nie będzie dużym problemem dla żołnierzy. Cokolwiek jednak zrobimy, życie zamieni się w piekło, jeśli woda podniesie się tak wysoko. – Kłopotliwa sytuacja, prawda?

– Prawdopodobnie bardziej, niż się spodziewasz.

– To znaczy?

– Jeśli natychmiast nie podejmiemy przygotowań, przepadnie większość z tego, co mogłoby okazać się użyteczne. Ale jeśli powiesz o tym Mogabie, to najprawdopodobniej silniejsi ograbią słabszych i zostawią ich na pastwę losu. Nie możemy teraz wystawiać ludzi na próbę z powodu potencjalnego ataku.

– Rozumiem. – Zobaczyłem w wyobraźni, jak tłum grabi sklepy i zagarnia dla siebie wyższe piętra budynków. Uświadomiłem też sobie, że wyciągnięty z trudnego położenia Kręcący pozwoli również Mogabie wykorzystać wewnętrzne zamieszki po swojej myśli.

– Masz jakiś pomysł?

– Chciałbym skorzystać z możliwości czasowego zawieszenia broni. Dopóki Dżajkur nie zostanie uwolniony.

– Czy to także widziała Hong Trej?

– Nie.

Byłem zaskoczony opadającym mnie uczuciem czarnej rozpaczy.

– Nie widziała nic takiego.

Rozpogodziłem się. Ociupinkę.

– Niechętnie podejmuję takie zobowiązanie – wyznał Ki Dam. – To pomysł Sahry, nie mój. – Wskazał na piękną herbaciarkę. – Ale z niewyjaśnionych przyczyn ona ma do ciebie zaufanie i co więcej, jej argumenty brzmią rozsądnie.

Hong Trej wyglądała na zamroczoną. Patrzyła na mnie tak, że było widać, iż widzi więcej, niż pragnie wyznać.

Zadrżałem.

– Jeśli przyjmiemy postawę charakterystyczną dla Niueng Bao – ciągnął starzec – i będziemy polegać jedynie na sobie, nie ma dla nas nadziei. Dla was też, jeśli Mogaba stwierdzi, że nie potrzebuje już waszej broni.

Wpatrywałem się w dziewczynę, chociaż świadczyło to o braku dobrych manier. Zaczerwieniła się. Siła przyciągania była tak wielka i gwałtowna, że aż się zachłysnąłem. Czułem, jakbym znał ją już w poprzednich wcieleniach.

Co to...? To nie zdarzało mi się nigdy. Już nie, w każdym razie. Nie mam już szesnastu lat... Do diabła, nawet wtedy tak się nie czułem.

Moja dusza próbowała powiedzieć mi, że znam tę kobietę tak,

jak żaden mężczyzna nie znał nigdy żadnej, a przecież dopiero co usłyszałem jej imię.

Było w niej coś jeszcze. Coś więcej niż śliczny sen na jawie. Znałem już kogoś tak jak ją. Kiedyś...

I wtedy przyszła ciemność.

Była tak nagła i absolutna, że nie miałem czasu, by zdecydować, czy uciekać, czy też zostać wciągniętym.

49

Ciemność pozbawiona snów trwała długo. Czas bez jaźni. Ani zimny, ani ciepły. Bez uczucia szczęścia, strachu czy bólu. W miejscu, które nieumęczona dusza chciałaby opuścić. Jakaś igła nakłuła jednak maleńką dziurkę w tej powłoce. Drobinka światła odnalazła drogę i osiadła na wyimaginowanym oku.

Poruszenie.

Pęd w kierunku punktu, który się powiększa i staje się korytarzem do świata czasu, materii i bólu.

Wiedziałem, kim jestem. Potykałem się pod miażdżącym ciężarem chmary wspomnień wypływających jednocześnie na powierzchnię mojej świadomości.

Przemawiał do mnie Głos, ale nie pojmowałem jego słów. Unosiłem się niczym babie lato przez złotawe jaskinie, a po obu stronach drogi siedzieli starcy, zaklęci w czasie, nieśmiertelni, ale niezdolni poruszyć choćby powieką. Szaleńcy pokryci delikatną siateczką lodu, jakby tysiące zimowych pająków rozwinęło nad nimi niteczki zamarzniętej wody. Ponad nimi zwisał z sufitu jaskini zaczarowany las lodowych sopli.

Ponieważ były we mnie wspomnienia wspomnień wewnątrz wspomnień, przypomniałem sobie czytane niegdyś słowa, jakby coś, o czym nie sądziłem, że zostało już napisane.

– Chodź!

Moc tego wezwania była jak uderzenie pioruna.

Nadeszła ciemność. Potoczyłem się w dal, gdzie nie było już nawet mego j a. Lecz nim umknąłem z jaskini, wyczułem jakąś zaskakującą obecność, którą pobudziłem do czuwania, próbującą skierować na mnie całą swą uwagę.

W jakiś sposób trafiłem do miejsca, gdzie żaden śmiertelny podróżnik nie jest mile widziany, i spokojnie stamtąd wyszedłem.

Wspomnienie umknęło. Ale ból towarzyszył mi dalej w tej podróży.

50

Znowu zobaczyłem światło w ciemności. Ponownie stawałem się sobą, lecz jeszcze bez imienia. Cofnąłem się od światła. Nie było ono miejscem przyjemnym. Ból czekałby tam już, a jednak coś w głębi mnie zwracało się do tego światła niczym tonący, który walczy o życiodajne powietrze.

Stałem się świadomy swego ciała. Poczułem swoje mięśnie, napięte tak, że niektóre ogarnął skurcz. W gardle miałem bolesną suchość. Próbowałem się odezwać.

– Mówco – wycharczałem.

Ktoś poruszył się, ale nie odpowiedział.

Osunąłem się na krześle.

Niueng Bao nie mieli mebli w swoich domach, przypominających zwierzęce nory. Czyżby przynieśli mnie do moich ludzi?

Zmusiłem się do otwarcia oczu.

Co, do cholery? Co to za miejsce? Lochy? Sala tortur? Czy schwytał mnie Mogaba? Był tu jeszcze chudy, mały Taglianin, przywiązany do krzesła podobnie jak ja, i inny mężczyzna, przypięty pasami do stołu.

To był Kopeć, królewski czarodziej Taglian!

Uniosłem się. Zabolało. Bardzo. Więzień na krześle przyglądał mi się ostrożnie.

– Gdzie jestem? – zapytałem.

Jego ostrożność wzmogła się jeszcze. Zacisnął wargi i milczał. Rozejrzałem się wokół. Znajdowałem się w zakurzonej, niemal pustej komnacie, ale pochodzenie kamieni rozwiało moje wątpliwości.

Byłem w Taglios, w pałacu królewskim. Na całym świecie takiego kamienia nie ma nigdzie indziej.

Jak to się stało?

Czy widzieliście kiedyś farbę ściekającą po murze? To właśnie stało się z rzeczywistością. Kapała, sączyła się, tworzyła smugi tuż przed moimi oczami. Facet na krześle wrzasnął i zadrżał. Nie mam pojęcia, co o tym myślał. Ale rzeczywistość odpłynęła i znalazłem się w jakimś szarym miejscu, zagubiony i przepełniony wspomnieniami rzeczy, których nigdy nie widziałem ani nie doświadczyłem. Potem chaos zaczął się porządkować, szarość odeszła i po krótkiej chwili znalazłem się w pokoju gdzieś w pałacu w Trogo Taglios. Kopeć leżał na stole, oddychając powoli i płytko jak zawsze. Na krześle siedział Oszust. Ponieważ pocił się bardzo, nabrał zwyczaju patrzenia spod przymkniętych powiek. Co ma zamiar zrobić?

Jego oczy lśniły szaleństwem. Co zobaczył, przyglądając mi się?

Wstałem, zdając sobie sprawę, że po każdym działaniu uroku muszę jakiś czas wracać siebie. Ale nie było nikogo, kto mógłby mnie podprowadzić. Czyż wyciąganie mnie z głębin ciemności nie należało do zadań Konowała lub Jednookiego?

Drobinki wspomnień wirowały w głębi mojej świadomości. Trzymałem się ich desperacko. Coś w jaskini. Pieśń mroku. Przebudzenie dawno temu, w przeszłości, ale mimo to tylko chwilę za wcześnie tym razem.

Byłem słaby. To było wykańczające. Pragnienie rozdzierało mi wnętrzności.

Mógłbym coś z tym zrobić. Dzban i metalowy kubek stały na stole, za głową Kopcia. Pod kubkiem znalazłem strzępek papieru oddarty z większego kawałka. Widniała na nim wiadomość, zapisana wąskim pismem Konowała.

Nie mam teraz czasu cackać się z tobą, Murgen. Jeśli się obudzisz, napij się tej wody. Jedzenie jest w pudełku. Jednooki albo ja wrócimy jak najszybciej.

Świstek mógł pochodzić ze specjalnej dostawy. Stary nie cierpiał marnować ani kawałka czystego papieru. Jest tak cholernie drogi.

Zajrzałem do blaszanego pudełka po drugiej stronie głowy Kopcia. Było pełne ciężkich, prząśnych ciastek, jakie moja teściowa piekła mimo wszelkich prób zniechęcenia jej do tej działalności. Rzeczywiście, nikt inny nie mógł ich upiec. Jeśli przeżyję, Konował ma u mnie niezłego kopniaka.

PS Sprawdź więzy Dusiciela. Już raz prawie się uwolnił.

A więc tym się zajmował, kiedy się przebudziłem. Chciał jakoś się wykręcić, żeby móc zabić mnie i mojego kumpla Kopcia, a potem nawiać.

Napiłem się z dzbana. Oszust spojrzał na mnie z niemal wyczuwalnym utęsknieniem.

– Chcesz łyka? – zapytałem. – Powiedz mi tylko, co tu się dzieje.

Nie był jeszcze gotowy, aby sprzedać swą duszę za łyk wody.

Wkrótce potem rzuciłem się łapczywie na zakalce Matki Goty i poczułem, że wracają mi siły.

– A teraz ciasno cię zwiążę – oznajmiłem swojemu towarzyszowi. – Nie chcemy przecież, żebyś się tu gdzieś włóczył i zrobił sobie krzywdę.

Wpatrywał się we mnie w ciszy, kiedy poprawiałem mu więzy. Nie musiał nic mówić. I tak wiedziałem, o czym myśli.

– Oto ryzyko, jakie podejmujesz, kiedy zaciągasz się do złych ludzi.

Nie sprzeciwił się, ale i nie zgodził ze mną. Zmieszałem się. To ja byłem złym facetem, ponieważ nie walczyłem z całych sił, aby sprowadzić Kinę z powrotem. Poklepałem go po głowie.

– Może masz rację, bracie. Ale mam nadzieję, że nie.

Chwyciłem ubranie i zarzuciłem je na niego. Potem napiłem się jeszcze wody i zjadłem część jednego krążka, a kiedy poczułem się lepiej, postanowiłem wrócić do mojego apartamentu. Było to odczucie cholernie subiektywne, lecz minęły wieki, od kiedy widziałem moją żonę po raz ostatni. W rzeczywistości nie minęło więcej niż kilka godzin.

I zgubiłem się.

51

No jasne, że się zgubiłem. To było nieuniknione. Przyszły ja wewnątrz mnie nie przypominał sobie niczego, ale doskonale pamiętał, że mam się zgubić, a potem odnaleźć drogę do miejsca, gdzie nawet nie próbowałem dotrzeć. Zrozumiałem to w chwilę potem, kiedy zdałem sobie sprawę, że nie mam pojęcia, jak dostać się do jakiejkolwiek znanej mi części pałacu. Zatrzymałem się, aby ocenić sytuację.

Miałem teraz tyle aktualnych wspomnień innych Murgenów z innych czasów, że gotów byłem uwierzyć każdemu, aczkolwiek nadchodziły niepowiązane z żadną konkretną sytuacją, która mogłaby mnie wspomóc.

To o zagubieniu niosło ze sobą woń podniecenia niespodziewanymi odkryciami oraz potężne przebłyski bólu. Echo mówiło mi, że nie pragnąłem już odnaleźć mej drogi.

Próbując uparcie wydostać się na zewnątrz, dotarłem do mrocznego holu, w którym czuć było zapach starej magii. Kilka metrów dalej na pojedynczym zawiasie niepewnie wisiały roztrzaskane drzwi.

Rozwiązanie czekało za nimi.

Ruszyłem bez strachu.

Jedno spojrzenie powiedziało mi, że odkryłem tajną bibliotekę Kopcia. Miejsce, gdzie zebrano jedyne ocalałe kopie pierwszych kilkunastu Kronik i zamaskowano je tak, że nikt z Czarnej Kompanii nie miał szansy ich odnaleźć.

Tak bardzo chciałem je przeczytać, ale nie po to tu przyszedłem. Nie miałem czasu, aby oddzielić ziarno od plew spośród setek książek. Musiałem wracać do rodziny.

Starałem się ze wszystkich sił, ale nie potrafiłem tam dojść. Czując zawrót głowy, próbowałem wracać po swoich śladach. Wyglądało na to, że będę musiał czekać razem z Kopciem, aż pojawi się Jednooki lub Stary. Z łatwością wyprowadziliby mnie stąd i być może dowiedziałbym się, dlaczego nie chcę iść. Nie uświadamiałem sobie tego wystarczająco jasno.

Udało mi się powrócić do Kopcia bez błądzenia. Zacząłem już podejrzewać, że w tej części pałacu rozpostarto sieć zaklęć tak, że żaden przybłęda nie potrafi poruszać się w tym labiryncie bez błogosławieństwa Jednookiego. Być może wszystkie ścieżki wiodły w to samo miejsce. Lub też wszystkie prowadziły gdzieś w nieznane, jeśli nie zmusiło się Kopcia do mówienia.

Nie zdziwiłoby mnie to, choć nie miałem pojęcia, czy Jednooki ma wystarczające umiejętności i moc, żeby osiągnąć coś takiego. Nie byłbym też zaskoczony, gdyby się okazało, że zapomniał o zaklęciu rzuconym przez siebie i nie zabezpieczył się przed moim wtargnięciem.

Kiedy wróciłem, Oszust wiercił się na krześle. Moje kroki były tak ciche, że nie od razu wyczuł moją obecność. Zamarł bez ruchu, kiedy mnie usłyszał. Nie można odmówić mu determinacji.

Usiadłem na pustym krześle. Czekałem, ale nikt nie przyszedł. Wydawało mi się, że trwa to godziny, choć prawdopodobnie minęło tylko kilka długich minut. Wstałem i zacząłem łazić w kółko, tam i z powrotem. Trochę podręczyłem Dusiciela, lecz poczułem się jeszcze gorzej. Przykryłem go i znowu usiadłem.

Wpatrzyłem się w Kopcia. Myślałem o Czarnej Kompanii i jej męczarniach. Pamiętałem, czego potrafi dokonać królewski czarodziej.

Czemu nie? Po prostu dla zabicia czasu? Ale dokąd pójść? Na co patrzeć i kiedy?

A może by tak znowu wielki wróg?

Tym razem poszło łatwo. Wystarczyło zamknąć oczy i pogrążyć się w rozmyślaniach.

Poszedłem nie bez pewnej niechęci. Zbyt wiele czasu spędziłem poza normalnym wymiarem wbrew swojej woli. Czy do tego chaosu miałem dodawać włóczenie się tam z własnego wyboru?

Zerwany nagle jak podczas ćwiczeń, znalazłem się, unosząc przy murach twierdzy, w Przeoczeniu. Szalony czarnoksiężnik, Długi Cień, stał na szczycie jednej ze swych wysokich wież, pośród odbitego światła, niecałe trzy metry ode mnie. Poczułem przypływ lekkiej paniki. Patrzył prosto na mnie.

Prosto przeze mnie.

Tuż za nim, naśladując jego pozę, stał ten żałosny Narajan Singh z dzieckiem Konowała, śmiertelnym wcieleniem Kiny, Córką Nocy, Przepowiedzianą, która pojawi się w Roku Czaszek, a na jego końcu nastąpi przebudzenie ich bogini. Singh nigdy nie spuszczał małej z oczu.

Był niebezpiecznym narzędziem, ale Długi Cień potrzebował każdego sprzymierzeńca.

Zdaje się, że całkiem wielu chciało się wpisać na listę przeciwko Czarnej Kompanii.

Postać wynurzająca się z włazu wyglądała na czarną jedynie w powodzi mocnego światła otaczającego szalonego czarodzieja. Był to wysoki mężczyzna o hebanowej skórze, gibki niczym pantera. Nie poczułem gniewu, ponieważ wszystkie emocje bledną w królestwie Kopcia. To był Mogaba, najbardziej niebezpieczny spośród dowódców Ziem Cienia.

Podejrzewałem, że Długi Cień bardziej ceni sobie Mogabę za to, że może mu ufać, niż za jego umiejętności. Mogaba nie miał dokąd uciekać. Kompania pilnowała każdej drogi.

Nie mogłem pojąć, dlaczego Konował nie czuł do niego nienawiści. Do diabła, usprawiedliwiał go, a nawet mu współczuł. Bardziej brał sobie do serca wojnę z Brzeszczotem.

– Wyjec przyniósł nowiny. System obronny już nie istnieje – odezwał się Mogaba.

– Widziałem – mruknął Długi Cień. – Moje małe cienie nadal są użyteczne. Przypominam sobie, że przewidziałem, iż szybko to zrozumieją. Czy wiesz może, w jaki sposób Senjak była w stanie odzyskać swoje moce, skoro, zgodnie z wszelkimi zasadami, powinna być na łasce każdego, kto zna jej prawdziwe imię?

Miałem wrażenie, że naprawdę chciałby wiedzieć, w jaki sposób Wyjec zdołał pozostać przy życiu, kiedy Pani odzyskała wszystkie swoje moce, a jej stara, ohydna wiedza pozostała nienaruszona. Długi Cień oglądał świat przez pryzmat paranoi.

Sam się zastanawiałem nad potęgą Pani. Konował przypuszczał, że ma to coś wspólnego z przekroczeniem równika. Nie brzmiało to prawdopodobnie. Goblin i Jednooki nie próbowali nawet zgadywać, a sama Pani odmawiała wyjaśnień na ten temat. Nie miałem pojęcia, co sądziła o tym, i nikt jej nie naciskał. Nie należało tego robić, jeśli miało się ochotę pozostać w przyjaznych stosunkach z kimś takim jak Pani. Jeśli kogoś nie lubiła, stawała się naprawdę nieprzyjemna.

– Nie mam pojęcia – oznajmił Mogaba. – Nie pojmuję tego. – Było wiele rzeczy, których Mogaba nie pojmował, włączając w to wszystkie tutejsze języki. Komunikował się z Długim Cieniem swym wciąż marnym tagliańskim, aczkolwiek zrobił pewne postępy. – Może zmieniła imię.

Czy oni mogą to robić?

Zdałem sobie sprawę, że uwaga Mogaby była próbą żartu. Długi Cień jednak obracał w myślach ten pomysł, jakby naprawdę w jakiś sposób było to możliwe.

Po chwili spojrzał na Singha.

– Oszuście, dlaczego znalazłeś się tutaj? W jakie machinacje wplątał cię teraz Wyjec?

– Czarna Kompania zaskoczyła ich w świętym gaju i zabiła wszystkich z wyjątkiem jego i dziewczyny – odpowiedział za Narajana Mogaba. – Twoi tkacze cienia ledwo mieli czas, aby wezwać Wyjca, zanim zginęli. Znalazł tych dwoje kilka kilometrów stąd i zabrał ich tuż przed nosem pościgu.

A więc to tak. To musiało być tuż po naszym napadzie. A to niespodzianka. Byłem przekonany, że Narajan dostał ostrzeżenie od Władcy Cienia, a jednak nie. Jak więc roztoczył czar usypiający?

Wzmianka o tkaczach cienia wzburzyła czarnoksiężnika. Już myślałem, że zaraz wpadnie w jeden ze swoich ataków szału. Ci mali, dziwni ludzie stanowili bogactwo, którego nie ośmielał się trwonić. Wyszkolenie ich zabrało mu całe życie. A my, przez te wszystkie lata, zajęliśmy się sporą ich gromadką.

Długi Cień wziął głęboki oddech i opanował swoje szaleństwo.

– To mój błąd. Nie powinienem był ich tam posyłać. Czy wiesz, jak nasi wrogowie zdołali pojawić się tam w czasie tak dla nich sprzyjającym? – Nikt jakoś nie miał ochoty powiedzieć mu, że cały czas krążyliśmy mu nad głową, wypatrując okazji. – Nie jest dobrze – zauważył Długi Cień. – Każdego dnia zdobywają nowe wsparcie, a nasze z każdym dniem maleje. – Spojrzał na Singha. – Co dostajemy od tych Oszustów?

– Wciąż szpiegują – odpowiedział Mogaba. – Niezadługo dokonają wyznaczonych zabójstw. Wróg wydaje się niczego nie podejrzewać. Jeśli te mordy się powiodą, ich skutki będą warte więcej niż wszystko inne poza decydującym starciem na polu bitwy. – Spojrzeniem dawał do zrozumienia, że oczekuje poparcia, ale Narajan milczał jak zaklęty. – Niestety – stwierdził po chwili – wiadomości, których dostarczają Oszuści, stają się z każdym raportem coraz bardziej niepewne. Wróg odniósł znaczące sukcesy w swych wysiłkach zmierzających do zlikwidowania kultu. – Wciąż nikt się nie odzywał. – Pani i Konował stali się bardzo bezwzględni dla szpiegów – ciągnął dalej Mogaba. – Wskazuje to, jak przypuszczam, na możliwość poważniejszych posunięć z ich strony.

– Jest zima – rzekł Długi Cień – i moi wrogowie się nie spieszą. Cieszy ich, że mogą mnie pomału rozdziobywać. Ten tak zwany Wyzwoliciel nigdy się nie nasyci, nie stwierdzi, że ma dość ludzi i broni.

Tu miał rację. Konował zawsze będzie chciał więcej.

Wyjec podszedł do nich, wydając swój zwyczajowy wrzask.

– Ich kompanie budowlane ukończyły brukowaną drogę łączącą Taglios i Burzogard – wychrypiał. – Podobna droga od Burzogardu do Światłocienia jest prawie na ukończeniu.

Światłocień leży blisko centrum najbardziej zaludnionego i kwitnącego gospodarczo regionu Ziem Cienia. Swego czasu najwyższą władzę sprawował tam Kręcący. Nominalnie miasto i sąsiednie okolice wciąż winne były posłuszeństwo Długiemu Cieniowi. Mimo to nikt nie przeszkadzał naszym żołnierzom w budowaniu drogi na tym terenie.

Ciekawe dlaczego? Strategiczny plan Konowała tego nie wymagał. Nie miał zamiaru oblegać Światłocienia. To oznaczałoby zbyt wielu ludzi tkwiących w tym samym miejscu przez zbyt długi czas.

– Zewsząd na nas naciskają – utyskiwał Mogaba. – Nie ma dnia, żebyśmy nie słyszeli o przejęciu jakiegoś miasta czy wioski. W wielu punktach miejscowi w ogóle nie stawiają oporu. Szaleństwem byłoby wierzyć, że Konował i Pani będą mieli wzgląd na porę roku.

Długi Cień zwrócił swoją straszliwą maskę w stronę Mogaby, który aż się cofnął na ten widok.

– Czy zrobiłeś coś, aby utrudnić im podtrzymanie głównej kampanii, generale?

Armia musi wyżywić się z ziemi, jeśli ośmiela się tak bardzo oddalić od domu. Nie można nieść ze sobą żywności i paszy, żeby starczyło na nie wiadomo jak długo.

– Niewiele. – Mogaba nie okazał najmniejszej skruchy. – Mam swoje rozkazy i moi wrogowie o nich wiedzą.

– Jakie? – Teraz Długi Cień był rozdrażniony.

– Oczekują, że będę siedział cicho. – Mogaba wskazał na Singha, który niechętnie skinął głową. – Zgodnie z ich taktyką mam bronić jednego, ustalonego punktu. Ponieważ twoje rozkazy nie pozwalają mi na to, wróg rozproszył swoje siły i atakuje ze wszystkich stron. Sam Brzeszczot nie przytrze im rogów. Miasta nie stawiają oporu, ponieważ ludzie wiedzą, że pomoc nie nadejdzie. Mógłbym zapobiec temu szybko i skutecznie, gdyby nasza taktyka radykalnie się zmieniła.

Nie sądzę, pomyślałem z zadowoleniem. Przecież mamy Kopcia.

– Nie! – Długi Cień odwrócił trzęsące się ciało na południe i spojrzał na równinę lśniącego kamienia. – Kwestie militarne będziemy omawiać jedynie w swoim gronie, generale.

Wyjec wydał z siebie okropny wrzask, pobrzmiewający złośliwą kpiną. Singh niemal zanurkował przez właz. Jego pogarda dla Władcy Cienia była oczywista dla wszystkich z wyjątkiem samego Długiego Cienia. Chociaż jest bardzo prawdopodobne, że jedynie nie zwracał na nią uwagi. Dusiciel był dla Władcy użyteczny niewiele bardziej od termita. Jego zdaniem wszyscy byliśmy jedynie uprzykrzonymi owadami.

Dziewczynka odeszła ostatnia. Zimno przyglądała się Długiemu Cieniowi. Jej oczy były stare i złowieszcze jak sam czas. Była przerażającym małym stworzeniem.

Ciekaw jestem, co by pomyślał Stary, gdyby ją zobaczył. Jeśli w ogóle miałby odwagę na nią spojrzeć.

– Myślą, że nie wiem, co robię – stwierdził Długi Cień.

– Moi żołnierze marnują się tam – odparł Mogaba. – Tracą tylko zapał.

– Może masz rację, ale żeby zaatakować gdziekolwiek, musiałbyś utracić ochronę, jaką jestem w stanie ci zapewnić. Bez moich zaginionych towarzyszy nie mogę dotrzeć tak daleko jak kiedyś. Czy zaryzykujesz natknięcie się na ich czary bez mojego wsparcia? – Mogaba chrząknął i spojrzał na lśniącą równinę. – Uważasz, że jestem tchórzem, obawiając się tego, generale?

– Wliczam niebezpieczeństwo. Doceniam wartość twojej ochrony, ale tak czy inaczej mógłbym dokonać więcej. Brzeszczot, mogąc działać w ograniczonym zakresie, osiągnął wielkie rzeczy. Bez wątpienia pokazał wielokrotnie, jak ci Taglianie się załamią, jeśli tylko uderzysz w ich słabe miejsca.

– Wierzysz Brzeszczotowi?

– Całkowicie. Tak samo jak ja nie ma dokąd uciec. Ale do końca nie ufam nikomu, a naszym sprzymierzeńcom najmniej. Ani Wyjec, ani Oszust nie dołączyli do nas dla umiłowania naszej sprawy.

– Istotnie. – Długi Cień rozluźnił się nieco, najwyraźniej rozbawiony. – Muszę ci coś wyjaśnić, generale. – Zaskoczenie Mogaby powiedziało mi, że jest to wydarzenie nadzwyczajne. – Nie stoję tu bez ruchu z powodu równiny. Mogę opuszczać Przeoczenie na jakiś czas i zrobię to, jeśli będę musiał. Straż u Bramy Cienia jest silna, godna zaufania i całkowicie mi oddana. Ale jeśli odważę się zrobić krok dalej, będę musiał zrobić to potajemnie. – Mogaba znowu odchrząknął. – Powód, dla którego tu pozostaję, to mniej pewni uczestnicy tej gry. – Mogaba zmarszczył brwi. Dla mnie również brzmiało to jak bełkot. – Wyjec wywodzi się z grupy Dziesięciu Schwytanych.

– Wiem o tym.

– Władczyni Burz także ukończyła tę szkołę niewolników z dyplomem. Kolejną absolwentką jest siostra Senjak. Nazywają ją Duszołap.

– Myślę, że już się spotkaliśmy.

– Tak. Zawstydziła cię w Burzogardzie.

Tak naprawdę była to Pani, nieprawdaż?

Mogaba skinął głową. Byłem zaskoczony. Widocznie nauczył się z czasem hamować swój wybuchowy charakter.

– Parę lat temu okoliczności zmyliły Wyjca i mnie. Pojmaliśmy Duszołap przekonani, że więzimy jej siostrę. Przybrała wtedy postać Senjak, tak więc pomyłka była raczej jej błędem. Uciekła podczas zamieszania, które powstało później. Nie traktowaliśmy jej surowo, a mimo to okazywała niczym nieuzasadnioną złą wolę. Oszukała nas już wcześniej i czeka teraz na okazję by wyrządzić nam większe szkody.

– Sądzisz, że jeśli opuścisz Przeoczenie, mogłaby się wprosić do środka i zapomnieć zostawić otwarte drzwi?

– Właśnie.

Ha! Wyobraźcie sobie kradzież tej niewiarygodnej fortecy.

– Tak więc, czy mi się to podoba czy nie, wszystko rozstrzygnie się na równinie Czarandapresz – westchnął Mogaba.

– Owszem. Wygrasz?

– Tak. – Mogaba nigdy nie tracił wiary w siebie. – Tak długo, jak

Konował pozostaje człowiekiem, jakiego znałem, naznaczony jest rysą łagodności.

– A więc?

– Ukrywa się za wieloma maskami. Łagodność może być jedną z nich.

– Nie lekceważ go zatem.

– Wystawiamy na próbę jego siłę, a nie słabość. Pozwalamy mu myśleć, planować i manewrować, nie musi więc być subtelny. Jego siły rosną wszędzie. Wzdłuż granicy ludzie boją się bardziej Czarnej Kompanii niż ciebie. Tak z czystej złośliwości, nie istnieje nic ważniejszego ponad wojnę, jaką wydał ludziom w rodzaju Singha. Konował, którego pamiętam, wziąłby więźniów. Odpuściłby Dusicielom zdecydowanym porzucić swoją religię.

Akurat, pomyślałem sarkastycznie. Potem jednak zastanowiłem się, czy Mogaba może nie ma racji. Konował p r z e b a c z a ł. Dawno temu.

– Może Senjak chce ukarać kogoś dla przykładu.

– Możliwe. Jest twarda. Ale jej wpływ nie wyjaśnia, dlaczego Konował spędza całe życie, próbując dostać Brzeszczota.

Co? To było coś nowego.

– Brzeszczot zdezerterował.

– Ja też. I to ja byłem Kompanią. Brzeszczot był tylko poszukiwaczem przygód, nie bratem. Mnie tak nie ścigał, a z nim toczy prywatną wojnę.

Poróżnienie się z Brzeszczotem i jego późniejsza ucieczka i zdrada sprawiły zawód wielu ludziom, a zwłaszcza jego kumplom, Kordkowi i Wierzbie. Moje imię było na początku tej listy. Po kątach szeptano, że Konował odkrył coś poważnego pomiędzy Brzeszczotem a Panią. Jakkolwiek by było, zaczął mieć na jego punkcie taką samą obsesję jak na punkcie Singha.

Pani nie wtrącała się do tej zemsty, ale również nie śpieszyła z pomocą.

– Co cię martwi?

– Niepokoi mnie Konował. Stał się na swój sposób niebezpiecznie nieprzewidywalny, a równocześnie wyrasta na arcykapłana legendy o Czarnej Kompanii, która nie uznaje żadnych bogów przed jego bezcennymi Kronikami.

To nie była prawda. Konował wykazywał coraz mniejsze zainteresowanie, ale pozwalał Mogabie na przesadę. Chciał coś uzyskać.

– Obawiam się, że mógł się tak zmienić – ciągnął Mogaba – że zaatakuje w zupełnie nowy sposób, a my zorientujemy się, gdy będzie już za późno.

– Jeżeli przyjdzie. Czeka na niego tylko klęska.

– Przyjdzie. Ale czy ostateczny wynik jest tak pewny?

Miałem wrażenie, że obu nurtowały znacznie poważniejsze wątpliwości. Zwłaszcza co do siebie nawzajem.

– Wykręcasz się od jasnych odpowiedzi. Przestań. Boisz się go?

– Przeraża mnie. Bardziej niż Pani. Ona nie kryje swojej wrogości. Przychodzi prosto do ciebie z całą swoją siłą. Konował zamydli ci oczy, a potem wbije nóż w plecy. On też przyjdzie ze wszystkim, co ma, ale jak tego użyje? Nie należy do ludzi honoru.

Mogaba nie miał naprawdę na myśli, że Konował postępuje niehonorowo. Nie był jedynie dżentelmenem w takim sensie, jak to pojmował Mogaba, który sam siebie nie mógł uważać już za rycerza.

– Jest szalony – podjął po chwili. – Nie wierzę, że zdaje sobie sprawę z tego, co robi. Musiał stanąć twarzą w twarz z wydarzeniami, o których nie ma mowy w jego Kronikach.

Znowu błąd, koleś. Po czterystu latach można już znaleźć w Kronikach wszystko. Trzeba tylko wiedzieć, gdzie szukać.

– Ma swoje ograniczenia, generale.

– Oczywiście. Taglianie to warcholstwo skłócone między sobą.

– I to może być jego zgubą. Z politycznego punktu widzenia nie ma wyboru, jak tylko próbować szczęścia na Czarandapresz. Tam go zmiażdżymy.

– A jeśli ja zrobię to wcześniej? Powinniśmy się zastanowić nad perspektywą życia bez tej zarazy zwanej Czarną Kompanią.

– O?

– Wygranie jednej bitwy nie wystarczy. Jeśli przeżyje choć jeden z nich i utrzyma Lancę Cierpienia, wokół nas wyrosną nowe armie. Pani to już udowodniła.

– A zatem znowu będziesz miał przyjemność ich zniszczyć.

Mogaba chciał dyskutować, ale zdecydował, że nie ma co strzępić języka na próżno.

– Kiedy Przeoczenie zostanie ukończone, możesz wpakować się

w taką awanturę, jaka ci się żywnie podoba. Za moim przyzwoleniem i pełnym poparciem.

– Awanturę?

– Rozumiem cię lepiej, niż przypuszczasz. Byłeś największym wojownikiem w Gea-Xle, ale nie miałeś jak udowodnić tego przed samym sobą. W Czarnej Kompanii przysłaniał cię cień twego Kapitana i Senjak. Teraz musisz dowodzić, aby wykazać swoje kompetencje i talent. Dotychczas wszystkie twoje wysiłki spotykały się z sabotażem lub przekupstwem. Przyszedłeś do mnie, ponieważ Czarna Kompania nie dostarczyła ci sposobności, jakiej potrzebujesz.

Mogaba skinął głową, ale nie wyglądał na zadowolonego z siebie. To mnie zaskoczyło. Myślałem, że jest zbyt zarozumiały, aby przeżywać rozterki moralne.

– Idź. Podbijaj świat, generale. Pomogę ci z radością. Jednak najpierw musisz zniszczyć Czarną Kompanię i powstrzymać Taglian, ponieważ jeśli przegram, nie będziesz miał nic. Czy Dusiciel będzie naprawdę pomocny?

– Mógłby być. Mówi dużo o pomocy swej bogini, ale nie liczyłbym na to. Nigdy nie widziałem, aby bogowie mieszali się w sprawy śmiertelników.

To ciekawe. Bóg Mogaby był boginią Narajana. W każdym razie mniej więcej. Czyżby stracił wiarę? Może Dedżagore odcisnęło swoje piętno także na nim?

– Wykończ ich. Nie pozwól, by został choć jeden, który później obróci się przeciwko nam.

Zawsze wyobrażałem sobie Władcę Cienia jako ogromne, cuchnące wcielenie jakiegoś demona, barwnego szaleńca, najgorszego ze Schwytanych na Północy. Tymczasem prawdziwy Długi Cień okazał się jedynie starcem o kiepskim poczuciu humoru, obdarzonym zbyt wielką władzą.

– Jeśli stanie się to w Roku Czaszek, chcę, żeby to był n a s z rok. Nie ich.

– Zrozumiałem. Co myślisz o dziecku?

Długi Cień chrząknął zakłopotany.

– Upiorna, prawda? Jakby miała z tysiąc lat. Miniatura matki, tylko jeszcze gorsza. Silniejsza. I w jej wnętrzu panuje ciemność o wiele głębsza.

Może miał rację. Na moje oko dziecko wyglądało zdecydowanie diabelsko i niesamowicie.

– Być może będziemy musieli odesłać ją czym prędzej w objęcia jej bogini – zadumał się Władca Cienia.

Mogaba wzruszył ramionami i skierował się do wyjścia.

– Czy chcesz widzieć jeszcze kogoś?

– Wyjca. Zaczekaj!

– O co chodzi?

– Gdzie jest Lanca Cierpienia?

– Przypuszczam, że razem z Konowałem albo z chorążym. To nadal ten wąż Murgen, jak sądzę.

Ja też cię kocham, Mogaba.

– Musimy ją zdobyć. Czyżby było to zadanie dla Oszustów? Na dłuższą metę nawet zniszczenie Czarnej Kompanii może się okazać niewystarczające. I jeszcze coś dla Oszustów. Niech się dowiedzą, po co Senjak bambus.

– Bambus?

Czy to było echo?

– Od miesięcy plądruje terytoria Taglian, a jej żołnierze wszędzie zbierają bambus.

– To ciekawe. Dowiem się.

Przez chwilę podążałem za Mogabą.

– Bambus. Muszę spełniać zachcianki szaleńca – mruknął, kiedy tylko opuścił umocnienia.

Próbowałem podróżować na południe od Przeoczenia. Kopeć przeszedł jedynie krótką drogę, zanim utknął. No cóż.

Dowiem się szybciej, niżbym chciał. Po Przeoczeniu i Długim Cieniu równina była następna na liście przeszkód stojących nam na drodze do Khatovaru.

52

Wróciłem do pomieszczenia, gdzie przebywali Kopeć oraz nasz mały, cuchnący Dusiciel. Byłem głodny i spragniony, ale równocześnie tak podniecony, że cały się trząsłem. Nie odkryłem niczego, co miałoby szczególnie doniosłe znaczenie, lecz, bogowie! Jakież tkwiły w tym możliwości!

Napiłem się z dzbana i odchrząknąłem, unosząc róg szmaty okrywającej więźnia.

– Jesteś tam? Chcesz pić? Chcesz mi powiedzieć...? – Spał. – No to śpij.

I co teraz? Pomoc nie nadeszła. Wgryzłem się w jedno z ciastek Matki Goty. Złagodziło uczucie głodu, a tego potrzebowałem w tej chwili najbardziej.

Co teraz? Próbować się stąd wydostać, zanim ktoś mnie wybawi? Zobaczyć się z Panią? Szukać Goblina? Zapolować na Brzeszczota? A może dowiedzieć się, gdzie się ukrywała Duszołap? Musi gdzieś tu być, chociaż ostatnio nikt się na nią nie natknął. Kruki były wszędzie tam, gdzie znajdował się choć jeden człowiek z Czarnej Kompanii.

Duszołap jest cierpliwa. To jej najbardziej paskudna cecha.

To był mój czas.

Postanowiłem poszukać Duszołap. W tej chwili była największą tajemnicą.

Kopeć podskoczył, ale zaraz zaczął udawać obojętność. Jego duszyczka, czy co tam miał w środku, ożywiała się coraz bardziej, w miarę jak moja niecierpliwość rosła.

– W porządku! Tak czy owak zawsze sprawiała więcej kłopotów, niżbym sobie tego życzył. Znajdźmy teraz jej śmieszną siostrzyczkę.

Pani nie przerażała Kopcia w najmniejszym stopniu.

Odnalazłem ją w cytadeli w Dedżagore. Stała w komnacie narad razem z czterema mężczyznami i pochylała się nad mapą. Linia granic zaznaczona na mapie leżała daleko na południe od Dedżagore. Wcześniejsze granice oznaczone były datami.

Potrzebowała nowej mapy. Ta była zbyt zużyta. Wygrała zbyt wiele potyczek.

Pani jest piękna, nawet jeśli wraca prosto z pola bitwy. Wygląda zbyt młodo dla Konowała, chociaż jest o wiele starsza od Jednookiego. Jednooki nigdy nie władał czarem młodości.

Pani towarzyszyło dwóch ludzi z Kompanii – obaj to Nar z Gea-Xle pragnący pokazać całemu światu, że Mogaba i jego zdrajcy byli odmieńcami i nikt taki już się nie pojawi. Nie kupiłem tego. Pani i Stary także nie. Byliśmy przekonani, że Mogaba zostawił kogoś na czatach.

„Szukaj kogoś, kto oskarża innego o zdradę. To będzie zdrajca", powiedział mi kiedyś Konował.

Trzecim mężczyzną był Prabrindrah Drah, panujący książę Taglios. Zmieniał się tak często, że trudno było go scharakteryzować. Przez ostatnie cztery lata studiował sztuki wojenne. Teraz dowodził całą dywizją, prawym skrzydłem armii. Pani i Stary zadali sobie wiele trudu, aby uwikłać go w swoją machinę wojenną, tak że miał osobiste powody, aby tu pozostać.

Ostatnim obecnym był zaś nieprawdopodobny Wierzba Łabędź. Kiedy skoncentrowałem się na nim, Kopeć był poruszony, co dowodziło, że częściowo jest przytomny. On i Łabędź kochali się jak pies z kotem.

Teraz Wierzba jest szefem Straży Królewskiej przydzielonej do Dedżagore.

Jasne włosy Łabędzia są dłuższe niż ciemne loki Pani, sięgające do ramion. Czasami splata je w warkocz, ale teraz są związane w koński ogon. Włosy Pani także, choć zazwyczaj pozwala im opadać swobodnie. Kiedy tylko może, czesze je i myje.

Łabędź, jako żołnierz z przypadku, nie chce zostać bohaterem. Jego straż nie należy do armii i spełnia głównie funkcje żandarmerii. Winni są posłuszeństwo bezpośrednio księciu i jego siostrze.

– Wyjec przestał atakować wysunięte placówki – odezwała się Pani.

– Mówiłaś, że nie jest głupi – przypomniał Łabędź.

– Podeszłam za blisko, kiedy go zgubiłam. To go przeraziło.

– Nasze wypady muszą sprawiać im kłopoty – zauważył jeden z Nar.

– To mnie sprawiają kłopoty, Ajsi. Pozwoliłam im na to. – Panią wstrząsnął dreszcz.

– Są skuteczni.

– Bez wątpienia.

– Czy Wyzwoliciel pochwala to? – zapytał książę.

Pani odsłoniła w uśmiechu białe zęby, niemal zbyt doskonałe. Szybko opanowała władanie czarami upiększającymi.

– Nie pochwala, ale nie będzie się wtrącał. Tutaj jestem tylko ja i polegam na własnym doświadczeniu.

– Czy Długi Cień spuści Mogabę ze smyczy? – ponownie zapytał książę.

Na twarzach Nar pojawiło się napięcie. Mogaba przyniósł im ogromny wstyd, pozwalając pysze i próżności odwieść się od starożytnych ideałów plemienia. Nie wspominając o tym, że w walce będzie niezwykle pioruńsko upierdliwy.

– Wzięliście tam, na południu, jakichś więźniów? – indagował ich Łabędź.

– Tak. Tym, co wiedzą, można podetrzeć sobie tyłek. Nikt normalny nie siedzi tam przy ognisku, dzieląc się tajemnicami z wojskiem.

Łabędź spojrzał na Panią. Jej spojrzenie było skierowane gdzie indziej. Widział niebieskooką kobietę wysoką na prawie metr siedemdziesiąt. Pięćdziesiąt idealnie ukształtowanych kilogramów. Jak na tę część świata była dość wysoka. Wyglądała na nie więcej niż dwadzieścia lat.

Stara czarna magia.

Pani była opanowana, twarda, nieugięta i bardziej zabójcza niż cios miecza, ale ci faceci najwyraźniej nie mogli nic na to poradzić. Zaczęło się od Starego i parada idzie dalej. Ta gorączka dużo kosztowała Brzeszczota.

Pomijając to, co może przydarzyć się jemu, jestem przekonany, że Pani jest wyłącznie kobietą Kapitana. Cokolwiek się wydarzyło, Konował wziął to sobie do serca. Przemienił się z człowieka dobrego w nastawionego wrogo i sam stał się tak zimny jak Pani. W każdym razie jest od jakiegoś czasu istnym wcieleniem boga wojny, tak groźnym, że kiedy warknie, trzęsą się nawet Radisza i książę.

Pani głośno się zastanawiała, jaki cel mają osiągnąć wypady Wyjca. Łabędź wypaplał odpowiedź Cebra.

– Chce dopaść facetów z Czarnej Kompanii. To jasne.

– Isi? – zapytała Pani. – Czy jest coś jeszcze?

– Mogaba nie zmierzyłby się z gorszymi od siebie. Być może

Długi Cień chce ich sprzątnąć, żeby móc lepiej manipulować obsesją Mogaby. Albo też próbuje doprowadzić do ostatecznej bitwy przez ciągłe nękanie go – odpowiedział Nar.

Książę pokiwał głową. Teraz on obserwował Panią z błyskiem w oku.

Czy stał za tym jakiś demoniczny urok zła?

– Może chce wyciągnąć do przodu Konowała.

Ile już razy w ciągu wieków Pani stała tak jak teraz, szykując się do bitwy?

– Musimy koniecznie przenieść dowództwo bliżej akcji. Opóźnienia w komunikacji są niedopuszczalne. Łabędź, podaj mi tamtą mapę.

Łabędź wydobył ją z szafki pełnej tajemnych przyborów. Jego ostrożność wskazywała, że uważa je za podejrzane i nie chce mieć z nimi nic wspólnego.

Mapa przedstawiała dalekie Południe. Rozległa, pusta przestrzeń po lewej stronie nosiła miano Szindai Kius. Jest to pustynia. Poniżej dolnego jej krańca dodatkowa pusta przestrzeń oznaczona została jako Ocean.

Idąc na wschód od Szindai Kius i skręcając ku północy, trafia się na góry powszechnie zwane Danda Presz. W miarę jak zataczają okrąg, stają się coraz bardziej strome i nieprzebyte, wyznaczając ostatecznie wschodnie granice terytorium Taglian. Nazwa tego pasma ma wiele lokalnych odmian. Na wschód od Szindai Kius można je przejść jedynie przez wysoko usytuowaną Czarandapresz.

Po drugiej stronie Danda Presz tkwi Długi Cień oraz leżą Uścisk Cienia i Przeoczenie. Armia Mogaby stanowiła korek blokujący drogę na południe. Od wieków, kiedy oficerowie nie słuchali, popularnym tematem rozmów było, jakie dostaniemy baty, jeśli wpadniemy na Mogabę.

Na zewnątrz wybuchł głośny harmider i Łabędź doskoczył do okna.

– Kurier – oznajmił. Z zewnątrz nie dobiegał żaden dźwięk i kiedy zerknąłem przez okno, zobaczyłem jedynie szarość. Dziwne.

Pani odepchnęła Łabędzia na bok.

– To nie mogą być dobre nowiny. Sprowadź go, zanim powie za dużo.

Łabędź powrócił po krótkiej chwili.

– Nie jest aż tak źle. Wygląda na to, że ogromny tłum fanatyków Szadar i Vedny ścigał Brzeszczota i miał nieszczęście go dopaść.

Co? To żadna nowina. Wiedziałem o tym. Władca Cienia o tym wiedział... Jasne. Pani nie miała Kopcia ani wrzeszczącego świra na latającym dywanie. Wiedziałem o tym od niedawna. Może tylko wydawało mi się, że upłynęło tyle czasu, bo dowiedziałem się wszystkiego tak bardzo daleko stąd.

– Co ty pleciesz? – zażądała wyjaśnień Pani.

– Brzeszczot starł ponad pięć tysięcy świątobliwych głupków, którzy podążali za nim, aby go ukarać za religijne wybryki.

Brzeszczot był szczególnie cięty na świątynie i kapłanów. Niszczył i mordował, kiedy tylko miał okazję. Jego religijna postawa miała wiele wspólnego z ucieczką. Uczynił sobie śmiertelnych wrogów z kapłanów Taglian na długo przedtem, zanim pokłócił się ze Starym. Dewoci uważali jego upadek za łaskę niebios.

Byłem przekonany, że kapłani skrycie twierdzili, iż wszystkie nasze porażki są darem aniołów.

– Pięć tysięcy?

– Może więcej. Może być koło siedmiu.

– I włóczą się samopas? Jak do tego doszło? – Ani rodzina rządząca, ani my nie lubiliśmy ogromnych grup uzbrojonych ludzi bez dozoru, zdecydowanych naprawić wyrządzone im krzywdy. – Wynocha! Wszyscy wynocha stąd. Wróćcie za dwie godziny.

Gdy tylko Pani została sama, sięgnęła po przybory z szafki, mrucząc pod nosem coś o szaleństwie Konowała.

Nauczyłem się, że będąc poza sobą wraz z Kopciem, trzeba być cholernie skupionym. Czas może biec do tyłu, jeśli otworzysz się na introspekcję. Fragmenty wszystkich wydarzeń przychodziły do mnie bez żadnego racjonalnego porządku i niemal się pogubiłem, próbując złożyć w całość kawałki tej układanki.

Kiedy raz, będąc poza sobą, utraciłem koncentrację, świadomość i idące w ślad za nim przerażenie oraz osłabienie przeniosły mnie w to samo miejsce, które obserwowałem, tyle że w teraźniejszości.

Mijały godziny.

Pani wciąż gderała na Starego.

– Co się z nim dzieje? Jak mógł d a ć w i a r ę tym przeklętym plotkom? – Była wściekła. W szklanej kuli zdołała wyczarować obraz dalekiego pola bitwy zaraz po walce. Widok rzezi rozwścieczył ją jeszcze bardziej. – Przeklęty głupiec! – Była to największa klęska tagliańskiej armii od czasu Dedżagore.

Z tajnego zakamarka szafki wydobyła kawałek czarnej materii. Pomimo wnikliwego przeczytania jej Kronik byłem zaskoczony. Była to jedwabna szarfa mistrza Dusiciela. Zaczęła się bawić morderczym szalikiem.

Może to pomagało jej się odprężyć.

Była zła, ponieważ pozostawiono ją na uboczu. Zazwyczaj towarzyszyła Kapitanowi.

Dał ci wskazówkę, kobieto, pomyślałem sobie. Z czasem odsunie od siebie wszystkich.

Szarfa Pani zalśniła. Była dobra. Ciekaw byłem, czy wciąż ma to jakiś związek z Kiną.

Czy tego obawiał się Konował?

Nie bez powodu nazywano ich Oszustami.

Uspokoiła się i wezwała swych doradców.

– Niektórzy przeżyli bitwę – oznajmiła, kiedy się zebrali. – Są tam jeszcze i grzebią umarłych. Złapcie mi paru.

53

Konował nigdy nie przychodził do tajnej komnaty. Nie zaglądał tu także Jednooki ani nawet Radisza, żeby torturować więźniów. Nikt mnie nie obudził.

Oddaliłem się stamtąd niemal bez wysiłku, prawdopodobnie przywołany przez własne ciało. Nie było mnie długi czas. Dłuższy niż subiektywny czas tu spędzony. Zasięg mej retrospekcji musiał być większy, niż mi się wydawało.

Burczało mi w brzuchu, chociaż ciasteczka Matki Goty zniknęły.

Dusiciel znowu zrzucił z siebie szmatę. Przyglądał mi się szeroko otwartymi oczami. Miałem wrażenie, że był bliski zrobienia czegoś, co wprawiłoby mnie w smutek.

Odkryłem, że zdołał uwolnić jedną rękę.

– Paskudny chłopiec. – Wziąłem tęgi łyk wody i znowu go związałem. Potem zastanowiłem się, czy znowu podjąć ryzyko błądzenia w labiryncie i przynieść trochę trującego żarcia Matki Goty, czy też zostać i jeszcze raz spojrzeć na szeroki świat oczami Kopcia, oczekując pomocy.

– Wody.

– Przykro mi, koleś. Raczej nie. Chyba że zechcesz powiedzieć mi, co knują twoi kumple. – Znowu zaburczało mi w brzuchu.

Dusiciel nie odpowiedział. Nie puści farby. Ktoś powinien przyjść go nakarmić.

Było późno. Może Matka Gota śpi i Sari zajmie się moim posiłkiem. Ona nie gotuje, jakby chciała się na kimś zemścić.

Znalazłem się przy drzwiach, próbując zdecydować się na coś. Czy istniał jakiś sposób, żeby oznaczyć trasę mego przejścia i podążyć za śladami stóp odciśniętymi w tym kurzu? Ale przecież nie było światła. Ta część pałacu nie była normalnie wykorzystywana. Nikt nie przyniósł tu świec ani pochodni. Jedynym dostępnym źródłem światła była lampa w komnacie za moimi plecami. Chyba żebym poczekał do świtu, kiedy promienie słońca wkradną się przez szczeliny i maleńkie okienka.

Spojrzałem za siebie na lampę. Paliła się już długi czas. Nikt nie przyszedł, aby dolać oliwy. Powinienem pomyśleć o jej uzupełnieniu, zanim zabrałem się do czegokolwiek.

Z oddali dobiegł mnie metaliczny dźwięk. Obiegł setki zakamarków i potoczył się długimi korytarzami. Pomimo żaru i wilgotności Taglios przeszył mnie chłód.

– Wody.

– Stul pysk.

Znalazłem puszkę oliwy do lampy i pracowałem, nasłuchując. Metaliczny dźwięk już się nie powtórzył.

Nie przykryłem już Dusiciela. Kiedy na niego spojrzałem, jego trupia twarz rozciągnęła się w uśmiechu. Był to uśmiech Śmierci.

Uciekłem stamtąd co sił w nogach, rozlewając za sobą oliwę.

Natychmiast znowu się zgubiłem.

54

Zgubienie drogi w pałacu nie było powodem do paniki, toteż nie panikowałem. Muszę jednak przyznać, że poczułem się okropnie sfrustrowany.

Pomyślałbyś pewnie, że w mojej sytuacji zdrowy rozsądek nie miał wielkiego zastosowania. Ja też tak pomyślałem.

Z doświadczenia wiadomo, że nie należy wchodzić do korytarza bardziej zawalonego kurzem niż ten, w którym stoisz. Poza tym skrótów trzeba unikać jak ognia. Nigdy nie prowadziły tam, dokąd chciałem iść. A najważniejsze było nie poddawać się emocjom ani frustracji.

Pałac jest jedynym miejscem na świecie, gdzie przechodząc przez drzwi, możesz znaleźć się nagle na zupełnie innym piętrze. Odkryłem to po przykrych doświadczeniach. Nie był to bynajmniej żaden rodzaj jakiejś elfickiej magii, tylko wynik całych wieków dobudowywania kolejnych fragmentów na bardzo niepewnym podłożu.

Mój niepokój osiągnął stadium, w którym postanowiłem pójść na łatwiznę i zejść na sam dół. Tam odnajdę jedne z tysiąca ukrytych drzwi pałacu, które można otworzyć jedynie od wewnątrz, i wyjdę na ulicę. Wtedy będę już wiedział, gdzie jestem, i pójdę naokoło do wejścia, którego używałem zawsze. No i będę w domu.

W środku nocy jest tu naprawdę ciemno. Odkryłem to, kiedy potknąłem się, schodząc ze schodów, i upuściłem lampę.

Rozbiła się, oczywiście, i przez chwilę na dole było światła aż nadto, ale ogień wkrótce się wypalił.

No cóż. Byłem pewny, że gdzieś tam znajdują się drzwi wychodzące na ulicę poniżej. Schody skręcały w dół ku murowi zewnętrznemu. Wychyliłem się zatem przez okno, aby się upewnić, zanim wyjdę.

Schodzenie po wiekowych spiralnych stopniach nie jest łatwe, kiedy nie ma barierek i nic nie widać. W końcu jednak dotarłem na sam dół, nie łamiąc sobie niczego, chociaż poślizgnąłem się parę razy i musiałem przetrzymać jeden długi zawrót głowy wywołany przejściem przez kłęby dymu z płonącej oliwy.

Wreszcie schody się skończyły. Rozejrzałem się, szukając drzwi. Zmarszczyłem brwi. Co ja tu robię? Dobrą chwilę zabrało mi dojście do siebie i udzielenie sobie odpowiedzi na to pytanie.

Znalazłem drzwi, a na nich staroświecką drewnianą zasuwę. Tego się nie spodziewałem.

Naparłem na nią i pchnąłem. Drzwi otworzyły się płynnym ruchem.

To nie była odpowiedź na twoje kłopoty, Murgen.

Wewnątrz tej fortecy nie porusza się nic, chociaż czasami migocą mgiełki światła, sączące się spoza bram snu. Cienie snują się po kątach. Ale gdzieś w dole, w sercu tego miejsca, w najlżejszym drgnieniu serca ciemności, istnieje pewnego rodzaju życie.

Pośrodku komnaty tak ogromnej, że jedynie słońce mogłoby oświetlić ją całą, stoi na podwyższeniu masywny, drewniany tron. Na tronie tym spoczywa ciało otulone gęstym cieniem, przyszpilone srebrnymi nożami, które przeszywają jego stopy i dłonie. Od czasu do czasu ciało wzdycha leciutko we śnie, pobudzane pełnymi goryczy snami, przepływającymi przed jego niewidzącymi oczami.

To pewnego rodzaju przetrwanie.

W nocy, kiedy wiatr nie prześlizguje się już przez nieszklone okna, nie harcuje po bezludnych korytarzach ani nie szepcze do milionów tutejszych, pełzających cieni, fortecę wypełnia cisza kamienia.

55

Nie ma woli.

Nie ma tożsamości.

U siebie, w domu bólu.

56

Tutaj jesteś! Gdzieś się podziewał? Witaj z powrotem w...

W domu boleści?

57

Dom bólu.

Przyszedłem tutaj, ale nie pamiętam samej drogi ani powitania.

Stałem na czworakach na zniszczonym trotuarze, a stopy i dłonie paliły mnie jak ogniem. Uniosłem rękę. Była rozcięta. Krew sączyła się z niezliczonych otarć. W głowie miałem pustkę. Uniosłem drugą dłoń i zacząłem zbierać kawałki drogowego klinkieru.

Pięćdziesiąt metrów dalej bok budynku rozjarzył się brudną zielenią. Pulsował. Krąg muru wystrzelił na zewnątrz i z ciemności wyskoczyły cienie. Gramolili się przez otwór z obnażoną bronią. Ze środka dobiegały krzyki i szczęk metalu.

Wstałem i powlokłem się w tamtą stronę odrobinę zainteresowany, ale nie wiedziałem, dlaczego nie mogłem zebrać myśli.

– Hej! – Z otworu patrzył na mnie cień. Nie wrzasnąłem, a więc to musiał być cień.

– To ty, Murgen?

Szedłem dalej, a w głowie miałem kołowrót. Zatoczyłem się w prawo i uderzyłem w ścianę budynku. Wtedy już wiedziałem, gdzie jestem. Niczym pijak posuwałem się naprzód, opierając się jedną ręką o mur.

– Tutaj jest! – Cień wskazał na mnie.

– Świece?

– Tak. Nic ci nie jest? Co oni ci zrobili?

Wszędzie czułem drobne ukłucia bólu. Jakby dźgano mnie nożem, cięto i przypalano.

– Kto? Ktoś coś robił? Oni? Gdzie ja jestem? Kiedy?

– Co ty gadasz?

Ze ściany budynku wynurzył się mężczyzna. Z twarzy owiniętej szalikiem widoczne były jedynie oczy. Przyglądał mi się przez chwilę, po czym wskoczył z powrotem do środka. Ktoś wewnątrz krzyknął.

Na ulicę wyskoczyli ludzie. Niektórzy nieśli zakrwawioną broń. Wszyscy mieli zasłonięte twarze. Dwóch chwyciło mnie za ramiona i pociągnęło za sobą.

Przemykaliśmy przez ciemne ulice nocnego miasta i nikt nie odpowiadał na moje zdyszane pytania. Przez chwilę nie miałem więc pojęcia, gdzie jestem. Potem przecięliśmy otwartą przestrzeń, gdzie uchwyciłem widok cytadeli Dedżagore.

Oto była odpowiedź na najbardziej palące pytania.

Pojawiły się jednak nowe. Dlaczego byliśmy poza terytorium Kompanii? Jak się tu dostałem? Dlaczego nic nie pamiętam? Przypomniałem sobie pogawędkę z Ki Damem i ukradkowe, pożądliwe spojrzenia rzucane na jego wnuczkę...

Towarzyszący mi ludzie zdjęli okrycia i maski. To była Kompania oraz Wujek Dodż i paru chochlików Niueng Bao. Rzuciliśmy się w aleję prowadzącą do terytorium Niueng Bao.

– Zwolnijcie – wysapałem. – Co tu się dzieje?

– Ktoś cię porwał – wyjaśnił mi Świece. – Z początku myśleliśmy, że to Mogaba.

– Co takiego?

– Kręcący pognał całą armią za Panią. Mogliśmy odejść, gdybyśmy chcieli. Myśleliśmy, że postanowił wziąć zakładnika.

Nie mogłem uwierzyć, że Kręcący zniknął.

– Wujku Dodż, ostatnią rzeczą, jaką pamiętam, było popijanie herbatki z Mówcą.

– Zacząłeś się dziwnie zachowywać, Kamienny Żołnierzu.

Warknąłem. Nie przeprosił.

– Mówca pomyślał pewnie, że piłeś już przed swoim przybyciem. Polecił Tai Deiowi zabrać cię do domu. Był obrażony. Okazałeś się tak ciężki, że Tai Dei nie był w stanie się obronić, kiedy was zaatakowano. Był nieźle poturbowany, ale zdołał dotrzeć do domu z wiadomością. Twoi przyjaciele zaczęli szukać cię natychmiast, jak tylko się dowiedzieli, co zaszło. – Ton jego głosu sugerował, iż dziwi się, dlaczego w ogóle zadawali sobie tyle trudu. – Wydają się zręczniejsi, niż to okazują. Namierzyli cię szybko. Nie było cię w cytadeli, czyli tam, gdzie zamknąłby cię Mogaba.

– Jak udało mi się przejść przez całe miasto? – Skrzywiłem się z bólu. W dodatku głowa bolała mnie jak przy kacu. Musieli mnie czymś naszpikować.

Nikt nie znał na to odpowiedzi.

– Czy to ciągle ta sama noc, Wujku?

– Tak. Ale wiele godzin później.

– I to naprawdę nie Mogaba mnie porwał?

– Nie. Nie było tam Nar. W dodatku wkrótce po tym, jak cię porwano, ktoś napadł również na Mogabę. Może zamierzali go zamordować.

– Dżajkuri? – Może miejscowi postanowili rozwiązać swój zasadniczy problem.

– Przypuszczalnie. – Nie był przekonany. Może powinien wziąć jeńców.

– Gdzie jest Jednooki? – Tylko on mógł wyrąbać taką dziurę w murze.

– Zaciera nasze ślady – odpowiedział Świece.

– To dobrze. – Doszedłem już niemal do siebie. Oznaczało to, moim zdaniem, że mam namieszane tak samo jak zawsze. Ktokolwiek mnie porwał, wykonał zgrabną robotę, prześlizgując się niezauważony przez terytorium Niueng Bao.

Wujek Dodż podzielał moje przekonanie.

– Nie mamy pojęcia, jak te łotry zdołały się na ciebie zaczaić ani jak ci drudzy podeszli tak blisko Mogaby. Tamci czterej przypłacili to życiem.

– Zabił ich?

– Ponoć była to bohaterska walka. Czterech na jednego.

– Osłoda dla Mogaby. Nawet on zasługuje na trochę szczęścia w życiu. – Doszliśmy do domów, w których ukryte zostały kwatery Kompanii. Zaprosiłem wszystkich do środka. Chłopcy rozpalili ogień. Kiedy pojawił się Jednooki, zaproponowałem, żeby znalazł trochę piwa. Słyszałem, że jest jeszcze jakieś, a chętnie byśmy się napili.

Jednooki wytoczył się w noc, zrzędząc. Niedługo potem razem z Goblinem przytaszczyli beczułkę.

– Moje zdrowie – rozkazałem. Jednooki jęknął. Rozebrałem się i wskoczyłem na stół. Ogień odganiał trochę chłód.

– Jak wyglądam, Jednooki?

– Jak facet po torturach – powiedział tonem człowieka odpowiadającego na głupie pytania. – Nie wiesz, jak się znalazłeś na ulicy?

– Przypuszczam, że usłyszeli, jak nadchodzicie, i porzucili mnie, żeby odwrócić waszą uwagę.

– Nie udało im się. Odwróć się na bok.

Za otwartymi drzwiami zobaczyłem znajomą twarz.

– Wejdź i napij się z nami.

Sindu wszedł i przyjął podany mu kufel, ale najwyraźniej czuł się bardzo nieswojo.

Zauważyłem, że Wujek Dodż przygląda mu się bardzo uważnie.

58

Noc pełna przygód trwała nadal. Wciąż byłem zdezorientowany, obolały i wyczerpany, ale owiązałem się liną, żeby zsunąć się po zewnętrznej stronie muru.

– Jesteś pewny, że Nar nie zobaczą nas z bramy wieży?

– Do diabła, Dzieciaku, możesz już iść? Marudzisz bardziej niż teściowa.

Jednooki mógł coś wiedzieć na ten temat. Miał ich kilkanaście.

Zacząłem schodzić. Dlaczego pozwoliłem Goblinowi i Jednookiemu wrobić się w to?

Dwóch tagliańskich żołnierzy czekało, aż dotrę do prymitywnej tratwy, i pomogło mi wejść na pokład.

– Jak tu głęboko? – zapytałem.

– Dwa metry piętnaście – odpowiedział wyższy z nich. – Możemy odpychać się żerdzią.

Lina poruszyła się. Przytrzymałem ją. Chwilę potem na tratwę wskoczył Sindu. Byłem jedynym, który pośpieszył mu z pomocą. Taglianie nie przyjmowali do wiadomości nawet jego istnienia. Szarpnąłem linę trzykrotnie. Był to znak dla tych na górze, że ruszamy.

– Zacznijcie pchać.

Tagliańskich ochotników wybrano głównie dlatego, że byli wypoczęci. Byli zadowoleni, że opuszczają miasto, i przygnębieni, bo zmuszano ich do odejścia.

Uważali tę wyprawę za eksperyment. Jeśli uda się nam prześliznąć przez linie południowców i wrócić do Dedżagore jutro albo pojutrze w nocy, wkrótce całe flotylle uciekinierów spróbują szczęścia.

Jeżeli wrócimy. Jeżeli nie pochwycą nas ludzie Kręcącego. Jeżeli odnajdziemy Panią, co było częścią misji, ale o tym żołnierze nie wiedzieli...

Jednooki i Goblin wymusili na mnie poszukiwanie Pani. Nie myśl o nich źle, Dzieciaku. Nie są źli. Sindu był tutaj, ponieważ Ki Dam uważał, że dobrze będzie odesłać go z Dedżagore. Samego Sindu nikt nie pytał o zdanie. Taglianie zaś mieli strzec mnie i zabezpieczać tyły. Wujek Dodż też chciał iść, ale nie zdołał przekonać Mówcy.

Przepłynęliśmy bez przeszkód. Kiedy wyszliśmy na brzeg, wyjąłem maleńką zieloną skrzynkę z drewna i uwolniłem zamkniętą w nim ćmę. Miała wrócić z powrotem do Goblina, co będzie oznaczało, że dotarliśmy bezpiecznie.

Miałem jeszcze kilka takich skrzyneczek, każdą w innym kolorze. Każda zawierała ćmę, która miała zostać uwolniona w określonych okolicznościach.

Kiedy ruszyliśmy na zwiad, Sindu zgłosił się do prowadzenia na ochotnika.

– Mam w tym doświadczenie – oznajmił i uwierzyłem mu bez zastrzeżeń. Poruszał się bardzo powoli, ostrożnie i bezszelestnie.

Ja też sobie radziłem, choć nie tak znakomicie. Obydwaj Taglianie mogli mieć równie dobrze krowie dzwonki uwieszone na szyjach.

Nie uszliśmy daleko, kiedy Sindu syknął ostrzegawczo. Zamarliśmy bez ruchu, a na naszej drodze o dwadzieścia metrów w górę zbocza pojawili się gderający Ludzie z Ziem Cienia. Uchwyciłem tylko tyle, że zdecydowanie wolą ciepły koc od nocnych patroli po wzgórzach. To ci dopiero niespodzianka. A myślałbyś, że w innych armiach jest inaczej niż w twojej.

Godzinę później natknęliśmy się na następny patrol. On także przeszedł, nie odkrywając naszej obecności.

Przekroczyliśmy już grań, kiedy ze wschodu zaczął nadciągać świt – niebezpiecznie było iść dalej.

– Musimy znaleźć jakąś kryjówkę – powiedział Sindu.

Zwykła procedura na terytorium nieprzyjaciela. Nie stanowiło to problemu. W wąwozach gęsto porośniętych krzakami można było zniknąć bez trudu, jeśli oczywiście pamiętało się o ściągnięciu pomarańczowej koszuli nocnej.

Zniknęliśmy. W sekundę po dotknięciu głową ziemi zacząłem chrapać i nie poszedłem już w ogóle nigdzie.

Obudził mnie zapach dymu. Usiadłem. Niemal w tej samej chwili podniósł się Sindu. Jakiś kruk obserwował mnie z tak bliska, że musiałem zrobić zeza, aby zobaczyć go wyraźnie. Taglianin, który miał trzymać wartę, spał. A mieli być wypoczęci. Nie odezwałem się. Sindu też nie.

W chwilę później moje obawy się potwierdziły.

Ktoś krzyknął w południowym dialekcie. Odpowiedział mu inny głos. Kruki wybuchnęły śmiechem.

– Wiedzą, że tu jesteśmy? – wyszeptał Sindu. Chyba miał kłopoty z uwierzeniem w to.

Położyłem palec na ustach, nakazując milczenie. Nasłuchiwałem. Uchwyciłem kilka słów.

– Wiedzą, że ktoś tu jest, ale nie wiedzą kto. Są niezadowoleni, bo nie mogą nas po prostu zabić. Władca Cienia chce jeńców.

– Nie próbują nas zmylić?

– Nie wiedzą, czy ktokolwiek z nas rozumie coś z ich mowy. – Siedzący naprzeciw mnie kruk albinos zakrakał i zerwał się do lotu poza naszym zasięgiem. Jakieś dwadzieścia kolejnych poleciało za nim.

– Jeśli nie możemy ich ominąć, musimy się poddać. Nie wolno nam walczyć. – Sindu był w tej chwili bardzo nieszczęśliwym młodym człowiekiem.

Zgodziłem się z nim. Też czułem się młody i nieszczęśliwy. Tagliańscy żołnierze również.

Nie omijaliśmy zatem niczego i nikogo. Kruki uznały nasze starania za zabawne.

59

Czas nie miał znaczenia. Obóz Władcy Cienia leżał gdzieś na północ od Dedżagore. Całą czwórką trafiliśmy pomiędzy więźniów schwytanych najwcześniej, ale wkrótce dołączyli do nas inni. Mnóstwo ludzi Mogaby chciało się wydostać za mury.

Będzie mu łatwiej wykarmić pozostałych.

Wyglądało na to, że Jednooki i Goblin trzymali naszą część miasta w ryzach. Wśród jeńców nie spotkałem nikogo znajomego.

Nie wysłałem już żadnej ćmy, wiedzieli więc, że zamiast Pani znalazłem kłopoty.

Nawet nasi strażnicy nie mieli pojęcia, co Kręcący zamierza z nami zrobić. Prawdopodobnie lepiej było nie wiedzieć.

Spędziłem niezliczone dni w całkowitej nędzy. Prosięta w chlewie żyły lepiej niż my. Przybywało coraz więcej jeńców. Jedzenie nie nadawało się do spożycia. Po kilku posiłkach wszyscy dostali biegunki. Nie było tu żadnej kanalizacji ani nawet prymitywnej latryny. Nie pozwolili nam jej wykopać. Może nie chcieli, żebyśmy przyzwyczaili się do luksusu.

W rzeczywistości nasze życie nie było wiele lepsze od życia Ludzi z Ziem Cienia. Nie mieli już nic i nie mogli oczekiwać niczego. Pomimo sławy Władcy Cienia dezerterowali w straszliwym tempie. Nienawidzili Kręcącego za to, że doprowadził ich do takiego stanu, a swój gniew wyładowywali na nas.

Nie wiem, jak długo tam byliśmy. Straciłem rachubę. Byłem śmiertelnie zajęty umieraniem na dyzenterię. Pewnego dnia dostrzegłem jedynie nieobecność kruków. Tak byłem przyzwyczajony do ich widoku, że zauważyłem tylko, kiedy zniknęły.

Przypływałem i odpływałem. Ataki dawały mi się we znaki. Były teraz częstsze i pozostawiały po sobie emocjonalne spustoszenie. Biegunka natomiast rujnowała mnie fizycznie.

Gdybym tylko mógł zasnąć na chwilę...

Obudził mnie Sindu. Drgnąłem pod jego dotykiem. Był nadspodziewanie zimny, jakby gadzi. Byłem jedynym człowiekiem w obozie, którego znał, chciał więc być moim kumplem, a ja chciałem się obejść bez przyjaciela. Podał mi kubek wody. Był to całkiem ładny, blaszany kubek. Gdzie go dostał?

– Pij – powiedział. – To czysta woda.

Wszędzie wokół nas leżeli jeńcy, rzucając się konwulsyjnie we śnie pełnym koszmarów. Ktoś krzyknął.

– Coś się wydarzy – ciągnął Sindu.

– Co?

– Czuję tchnienie bogini.

Ja także przez chwilę poczułem coś poza odorem wymiocin, niemytych ciał, trupów i kału.

– Ach – wyszeptał Sindu. – To już się dzieje.

Spojrzałem w kierunku wskazanym przez niego.

Coś się działo wewnątrz wielkiego namiotu należącego do Władcy Cienia. Błyskały tam i zapalały się światła o dziwnej barwie.

– Może przygotowuje coś specjalnego dla kogoś? – Może dostrzegł Panią.

Sindu parsknął. Wydawało się, że kwitnie w tych warunkach.

Minęło sporo czasu, ale nikt nie zwrócił uwagi na dziwne zjawisko. Zaczynałem być podejrzliwy. Miałem przy sobie lek Goblina przeciwko czarowi usypiającemu, jaki ktoś mógłby rzucić na mnie. Och...? Dowlokłem się do obozowego ogrodzenia. Kiedy nikt nie walnął mnie w plecy drzewcem włóczni, nabrałem pewności. Obóz był w mocy czaru.

Woda Sindu dodała mi sił i w moich szarych komórkach zawrzało. Dotarło do mnie, że skoro nikt nie ma zamiaru mnie zatrzymywać, to nadszedł wreszcie czas, żeby podziękować Kręcącemu za gościnę. Zacząłem przeciskać się pomiędzy prętami ogrodzenia.

Mój żołądek zaburczał na znak protestu, ale zignorowałem go. Sindu chwycił mnie za ramię. Uścisk miał żelazny.

– Zaczekaj – powiedział.

Zaczekałem więc. Co, do cholery? To było jedno z moich ulubionych ramion. Nie chciałem pozbawiać się jego towarzystwa.

Na wschodzie pojawił się księżyc, niczym stare, zgniecione, pomarańczowe jajo. Sindu trzymał mnie nadal, wpatrując się w wielki namiot.

Z wysoka, ponad naszymi głowami, spłynął jakiś wrzask.

– Psiakrew – wymamrotałem. – Tylko nie on.

Sindu zaklął również. Był tak zaskoczony, że puścił mnie i spojrzał w górę.

– To Wyjec – oświeciłem go. – A to oznacza naprawdę złe wieści. Kręcący mógłby pobierać od niego lekcje okrucieństwa dla zaawansowanych.

Bok namiotu Kręcącego otworzył się i wypadła z niego grupa ludzi niosąca coś, co musiało być kiedyś częściami ludzkich ciał. Niektórych z nich rozpoznałem. Ludzi, rzecz jasna. Któż mógł nie rozpoznać Łabędzia z rozwianym, złotym warkoczem? Albo Pani, która niosła kilka głów, trzymając je za rzadkie włosy? I Brzeszczota ledwie parę kroków za nią, którego hebanowa skóra lśniła w świetle księżyca? Pozostałych nie znałem.

Czar snu, położony raczej niedbale, pękł i południowcy skoczyli na równe nogi, pytając, co się dzieje. Kiedy odnaleziono broń i kolczugi, szczęknął metal.

Jeden z towarzyszy Pani, ogromny Szadar, zaczął wrzeszczeć coś o pokłonie przed prawdziwą Córką Nocy.

Sindu zachichotał. Wyglądało na to, że nie widzi w tym nic niepokojącego. Mógłby znieść wszystko.

Już mnie nie trzymał, ale ja nie miałem ani siły, ani ochoty wybierać się dokądkolwiek.

60

Udało się im. Pani i jej przeklętej bandzie. Zuchwalstwo popłaca. Wśliznęli się do obozu, zamordowali Kręcącego, a kiedy zostali złapani, przekonali południowców, że to było przeznaczenie i że nie powinni się sprzeciwiać. Nie mogłem być świadkiem nawrócenia tłumów. Moje kiszki przezwyciężyły pragnienie oglądania tego zjawiska. Większość czasu spędziłem zajęty własnymi kłopotami.

W pewnym momencie nasi dawni strażnicy postanowili zaprowadzić nas do Pani, aby zaskarbić sobie jej względy.

Kiedy wyprowadzili nas z obozu, rozpoznał nas Brzeszczot.

On sam wyglądał jak urodzony Nar. Podobnie jak oni był wysoki, czarny i muskularny, bez grama zbędnego tłuszczu. Mówił niewiele, ale umysł miał bystry. Jego przeszłość okryta jest cieniem. Uciekł razem z Łabędziem i Kordkiem Maferem, który uratował go z paszczy krokodyli tysiące kilometrów na północ od Taglios. Wszyscy wiedzieli, że nienawidzi kapłanów, a Brzeszczot nie robił nic, aby to ukryć. Nie znosił wszystkich razem i każdego z osobna, bez względu na wiarę, jaką wyznawali. Kiedyś myślałem, że jest ateistą, który nienawidzi samej idei boga i religii, ale po dalszych rozważaniach zdecydowałem, że nie znosił jedynie handlarzy religią. To zaś wskazywałoby na gwałtowne wydarzenia w przeszłości.

Teraz to już nieważne. Brzeszczot odebrał mnie i Sindu strażnikom.

– Cuchniesz, Murgen.

– Zawołaj kobiety. Niech przygotują mi kąpiel. – Nie pamiętałem już swojej ostatniej kąpieli. W Dedżagore nie marnowaliśmy wody na tak przyziemne rozrywki.

Teraz marzyliśmy tylko o kąpieli, nawet gdyby woda była brudna.

Brzeszczot przyniósł nam świeże ubrania, zrabowane jakimś południowym oficerom, zadbał o kąpiel i sprowadził lekarzy polowych, których Konował próbował wyszkolić dla tagliańskich oddziałów. O powstrzymaniu biegunki mieli jeszcze mniejsze pojęcie niż ja.

Kiedy zobaczyła mnie Pani, nastał już dzień. Dowiedziała się, że jeńcy są uciekinierami z miasta. Była wściekła.

– Dlaczego uciekłeś, Murgen?

– Nie uciekłem. Postanowiliśmy, że ktoś powinien cię odnaleźć. Przegrałem wybory... Ech. – Była w ponurym nastroju, najwidoczniej chora. Nie przejmuj się, Murgen. – Jednooki i Goblin uznali, że jestem jedynym godnym zaufania facetem, który ma szansę tego dokonać. Oni nie mogli odejść.

– Dlaczego uważaliście, że trzeba kogoś wysłać?

– Mogaba obwołał się bogiem. Z tą całą wodą wokół i południowcami na tyłach nie musiał męczyć się z nikim, kto się z nim nie zgadzał.

– Czarny człowiek wierzy, że służy bogini, Pani. Ale to żałosne herezje. Stali się gorsi niż niewierzący – powiedział Sindu.

Nadstawiłem uszu. Może dowiem się czegoś o bandzie Sindu. Miałem z nimi na pieńku. Nie znalazłem jeszcze żadnego dowodu, że to nie oni mnie porwali i napadli na Mogabę.

Wciąż jednak nie miałem pojęcia, dlaczego mieliby to robić.

Sindu rozmawiał z Panią. Jej pytania brzmiały odrobinę doktrynalnie, a jego odpowiedzi nie miały sensu.

Raz Pani przerwała przesłuchanie, żeby zwymiotować. Mały, chudy głupek o imieniu Narajan, który kręcił się w pobliżu, wyglądał na nadzwyczajnie zadowolonego. Zauważyłem, że Sindu okazywał mu ogromny szacunek.

Ja nie byłem zadowolony. Wiedziałem trochę na temat ich religii i to dawało mi pewność, że nie mam najmniejszej ochoty, aby mieli wpływ na moich dowódców.

Przesłuchanie zostało zakończone. Kumple Brzeszczota zabrali mnie ze sobą. Chciałem zostać z Łabędziem i Kordkiem, co oznaczało, że przez chwilę mogę porozmawiać z kimś w normalnym języku, ale szybko poczułem się niepotrzebny.

– Co robimy? – zapytałem Łabędzia.

– Nie wiem. Kordek i ja po prostu łazimy za Jej Wysokością i udajemy, że jej nie pilnujemy. Ze względu na Prabrindraha Draha i Radiszę.

– Udajecie?

– Trudno być szpiegiem, jeśli wszyscy wiedzą, że nim jesteś, nie? Tak czy inaczej, to zmartwienie Kordka. To on robi słodkie oczy do Kobiety.

– To znaczy, że nie są to tylko złośliwe plotki?

– Trudno uwierzyć, co? Ona ma odwagę... Hej! Kordek! Gdzie są karty? Przysłali nam frajera, który myśli, że potrafi grać.

– Myśli? Łabędź, jeśli zaczniesz ze mną grać, przekonasz się, że to ja wymyśliłem tę grę.

Mafera trudno było opisać. Średniego wzrostu, z rudymi włosami. Wyróżniał się jedynie tym, że był biały w kraju, gdzie jasną skórę miały jedynie dziewczęta z haremów, ukrywane przed słońcem od urodzenia.

– Wierzba znowu się przechwala? – zapytał.

– Może i tak. Zjadłem zęby na tej grze. Do licha! Wiesz, że jeśli nie staniesz się wprawnym graczem, wykopią cię z Czarnej Kompanii?

Mafer wzruszył ramionami.

– Weź więc i naprostuj mu ten jego zakuty łeb. Dobra. Rozdajcie. Zobaczę, czy wielki generał Brzeszczot zechce się dosiąść.

– Wówczas nie będzie mógł się gapić na Panią – prychnął Łabędź.

Czyżbym dosłyszał jakieś kwasy? Uśmieszek Kordka potwierdził moje podejrzenia.

– Co tu się dzieje? – zapytałem. – Każdy cholerny głupek, który jest w stanie podejść do niej o własnych siłach choćby na pięć minut, zaczyna latać z wywieszonym jęzorem i obijać się o sprzęty. Byłem przy niej przez pięć lat. Widzę, że ma wszystko na właściwym miejscu, ale nie podnieciłbym się, nawet gdyby nie była Panią i kobietą Starego. – Nie była to zupełnie prawda, ale oni szli tu niemal na noże.

– Skończyłeś? – Łabędź nie patrzył mi w oczy.

Skończyłem. Jak zawsze. Jednooki nauczył mnie tego.

– Naprawdę cię nie bierze? – zapytał. – Człowieku, ona tylko przejdzie obok, a mi się kręci w głowie. No i jest teraz wdową, więc...

– Nie sądzę.

– Co?

– Nie jest wdową. Konował jeszcze żyje.

– Cholera. Takie już moje szczęście. Chcesz wykiwać Mafera, pozwolić mu myśleć, że wygrywa, a potem go wykończyć? – Pokręciłem głową. Chciał wiedzieć, skąd przyszło mi do głowy, że Konował żyje. Wykręcałem się od jasnej odpowiedzi, dopóki nie wrócił Mafer.

– Brzeszczot jest zbyt zajęty szukaniem kąta, w którym mógłby parać się magią. Znowu mnie wykiwałeś, Wierzba? Nie? Chrzanisz. Pozbieraj karty i przetasuj je.

– Czyż to nie historia mego życia? – gderałem. – Patrzcie. – Miałem dwa asy, parę dwójek i trójkę. Nigdy nie wygram. – I oczywiście nic do pomocy.

– Nie przejmuj się – parsknął Łabędź. – I tak nie masz nic innego do roboty.

– W sumie racja. A czemu wy, chłopcy, nie odwiedzicie Dedżagore? Postawię wam kufel piwa roboty Jednookiego.

– Aha! Konkurencja, co? – Łabędź i Mafer zaczęli produkować piwo, kiedy tylko przybyli do Taglios. Teraz już przestali. Między innymi dlatego, że kapłani wszystkich miejscowych religii potępiali picie alkoholu.

– Wątpię. Jedyną zaletą piwa, jakie tam warzą, jest to, że można się nim upić.

– To była także jedyna zaleta tych szczurzych szczyn, które my robiliśmy – powiedział Mafer. – Mój drogi tatuś piwowar przewracał się w grobie za każdym razem, kiedy otwieraliśmy beczkę.

– Nigdy nie składowaliśmy piwa – zaprzeczył Łabędź. – Jak tylko dojrzało, zgarnialiśmy pianę i wlewaliśmy Taglianom do gardeł. I nie wierz w te brednie o jego tatusiu. Stary Mafer był taksatorem, i to tak głupim, że nie chciał brać łapówek.

– Zamknij się i rozdawaj. – Kordek wyrwał mu karty. – Warzył swoje własne piwo. A stary Łabędzia był pomocnikiem murarza.

– Ale przystojnym, Kordek. I miał powodzenie u kobiet. Urodę odziedziczyłem po nim.

– Wdałeś się w matkę. I jeśli nie zrobisz czegoś z tymi włosami, wylądujesz w czyimś haremie.

Nie znałem ich od tej strony, ale też nigdy nie spędzałem z nimi czasu na nieróbstwie. Nie należeli do Kompanii. Trzymałem gębę na kłódkę i skupiłem się na kartach, pozwalając im gadać, kim to oni byli, zanim pył nieznanych dróg osiadł im na butach i zaczęli wędrować po całym świecie.

– A ty, Murgen? – zapytał Łabędź, kiedy zauważył, że wygrywam więcej, niż powinienem. – Skąd pochodzisz?

Opowiedziałem im więc o dorastaniu na farmie. W moim życiu nie działo się nic ciekawego, dopóki nie zdecydowałem, że gospodarzenie nie należy do moich ulubionych zajęć. Zaciągnąłem się do jednej z armii Pani, odkryłem, że nie podoba mi się to, co tam się działo, zdezerterowałem i zaciągnąłem się do Czarnej Kompanii, która była jedynym miejscem chroniącym mnie przed żandarmerią.

– Nigdy nie żałowałeś, że uciekłeś z domu? – zapytał Mafer.

– Każdego cholernego dnia, Kordek. Każdego przeklętego dnia. Sadzenie i zbieranie ziemniaków było nudne, ale żaden kartofel nigdy nie próbował wbić mi noża w plecy. Rzadko byłem głodny i rzadko marzłem, a właściciel ziemski był w porządku. Zanim wziął, co mu się należało, upewniał się, czy jego wieśniacy mają dość dla siebie. Nie żył wiele lepiej od nas. A jedyną magią, jaką widywaliśmy, były przedstawienia wędrownych kuglarzy na targu w miasteczku.

– No to dlaczego nie wracasz?

– Nie mogę.

– Jeśli jesteś ostrożny, nie wyglądasz na bogatego i nie próbujesz nikogo wkurzać, możesz wszędzie podróżować bezpiecznie. Nam się udało.

– Nie mogę wrócić do domu, bo go już nie ma. Armia rebeliantów przeszła tamtędy parę lat po moim odejściu. – Później przeszła tamtędy jeszcze Kompania, maszerując z jednego paskudnego miejsca do następnego. Cały kraj obrócono w perzynę w imię wolności od tyranii Pani.

61

Pani przysłała po mnie po sześciu dniach. Wykaraskałem się już z biegunki i jadłem na tyle dobrze, że przybyło mi znowu trochę kilogramów, które straciłem w obozie. Ciągle jednak wyglądałem jak uciekinier z piekła. I, doprawdy, byłem nim.

Pani nie wyglądała dobrze. Zmęczona, blada, z trudem trzymała się na nogach. Najwidoczniej jeszcze zmagała się z chorobą, która wtedy spowodowała wymioty. Nie traciła czasu na wstępy.

– Odsyłam cię do Dedżagore, Murgen. Otrzymaliśmy niepokojące raporty na temat Mogaby.

Kiwnąłem głową. Ja też coś słyszałem. Każdej nocy coraz więcej tratw przepływało jezioro. Dezerterzy i uciekinierzy byli niezmiennie zdumieni, dowiadując się, że Kręcący nie żyje, a Pani przejęła kontrolę nad jego armią. Chociaż i ona topniała z powodu dezercji.

Pani była twarda. Domyślałem się, że chce, aby problem Mogaby rozwiązał się sam. Nieważne, ile by to kosztowało Taglios i Czarną Kompanię.

– Dlaczego? – To nie było mądre posunięcie. Wszyscy Taglianie, którzy znaleźli się tutaj, zostawili w domach jakichś krewnych. Wielu z nich było ludźmi zamożnymi, na wysokich stanowiskach, którzy zgłosili się do obrony Taglios na ochotnika.

– Po prostu chcę, żebyś wrócił i był sobą. Ale zapisuj wszystko. Wykorzystaj swój talent. Zbierz Kompanię i bądź przygotowany na wszystko.

Chrząknąłem. Nie to chciałem usłyszeć. Zwłaszcza że oblężenie mogło się lada chwila skończyć.

Pani wyczuła moją rezerwę. Uśmiechnęła się blado i wykonała błyskawiczny ruch ręką.

– Śpij, Murgen.

Natychmiast upadłem.

Ciągle ta sama, stara wiedźma.

Moje myśli są niejasne. Taglianie, którzy pomogli mi opuścić Dedżagore, przypominali upiory. Nie mówili nic i zachowywali się jak ślepcy.

– Padnij! – warknąłem. – Patrol nadchodzi. – Wykonali polecenie jak ludzie kompletnie zamroczeni narkotykami.

Patroli w ciągu dnia było niewiele. Łatwo było je ominąć. Zresztą nie do nich należało zatrzymywanie ludzi. Nad brzeg jeziora dotarliśmy bez przeszkód.

– Wypocznijcie – rozkazałem. – Zaczekamy, aż się ściemni. – Nie byłem pewny, dlaczego przeszliśmy wzgórza za dnia. Nie przypominałem sobie początku marszu. – Czy zachowywałem się jak świr? – zapytałem.

Wyższy Taglianin pokręcił głową powoli i niepewnie. Był bardziej zmieszany ode mnie.

– Czuję się, jakbym niedawno wynurzył się z mgły – powiedziałem. – Pamiętam, że mnie pojmano. Pamiętam też, że trzymali nas w obskurnym obozie. Wiem, że była walka, ale nie pamiętam, jak się wydostaliśmy.

– Ja też nie, sir – odezwał się niższy żołnierz. – Mam mocne przeczucie, że powinniśmy wrócić szybko do swoich towarzyszy, ale nie wiem dlaczego.

– A ty?

Wyższy skinął głową i zmarszczył brwi. Usiłował przypomnieć sobie coś z ogromnym wysiłkiem.

– Może Kręcący zrobił coś z nami i pozwolił odejść? – rozmyślałem głośno. – Warto to przemyśleć. Zwłaszcza gdy poczujecie, że coś przynagla was to jakichś naprawdę zaskakujących działań.

Po zmroku ruszyliśmy wzdłuż brzegu, a kiedy znaleźliśmy łódź, wskoczyliśmy do środka i skierowaliśmy się w stronę Dedżagore. Natychmiast też odkryliśmy, że posługując się żerdziami, nigdzie nie dopłyniemy. Woda była zbyt głęboka. Przepłynięcie jeziora przy użyciu żerdzi i połamanych desek w roli prymitywnych wioseł zajęło nam pół nocy. A potem, naturalnie, i tak wszystko poszło w diabły.

Na warcie stał Jednooki i zabijał czas, pieszcząc beczułkę piwa. Usłyszał plusk wody oraz ludzi wołających o pomoc i doszedł do wniosku, że atakują go hordy demonów. Zaczął więc miotać na oślep kule ognia, tak że każdy łucznik w pobliżu mógł nas ustrzelić.

Jednooki rozpoznał mnie dopiero, gdy trzy lub cztery strzały świsnęły mi koło ucha. Wrzasnął, żeby przerwać ogień, ale było już za późno. Nar przy Bramie Północnej już nas dostrzegli.

Byliśmy na tyle daleko, że nie mogli rozpoznać twarzy, ale możliwość kontaktowania się Starej Gwardii z kimś z zewnątrz mogła wzbudzić zainteresowanie Mogaby.

– Hej, Dzieciaku, dobrze znów cię widzieć – powiedział Jednooki, kiedy wgramoliłem się na mury. – Myśleliśmy, że nie żyjesz. Za parę dni mieliśmy zamiar urządzić pogrzeb. W wolnej chwili, oczywiście. Zwlekałem z tym, bo gdybyśmy oficjalnie uznali cię za martwego, musiałbym przejąć Kroniki. – Wielkodusznie poczęstował mnie piwem ze swego kubka niemytego od dwóch tygodni. Uprzejmie podziękowałem za ten zaszczyt. – Dobrze się czujesz, Dzieciaku?

– Nie wiem. Może ty mi powiesz. – Opowiedziałem mu, co zapamiętałem.

– Dopadł cię następny urok?

– Gdyby dorwał mnie, dopadłby też gości, którzy byli ze mną.

– Ciekawe. Wpadnij z tym jutro do mnie.

– Jutro?

– Za dziesięć minut schodzę z warty i mam zamiar się przespać. Ty też potrzebujesz snu.

Mój kumpel. Nie wiem, co bym zrobił, gdyby Jednooki nie zatroszczył się o mnie.

62

Obudził mnie Ceber.

– Murgen, przyszedł ktoś z ludzi Mogaby. Mówi, że Jego Wysokość chce cię widzieć.

– Czy na zewnątrz musi być tak jasno? – jęknąłem. Nie musiałem już dręczyć się schodzeniem na dół do mrowiska.

– Jest wściekły. Udawaliśmy, że jesteś tutaj, ale nie możesz z nim rozmawiać. Goblin i Jednooki pokazywali od czasu do czasu twój fałszywy obraz na murach, więc Nar mogli cię widzieć.

– A teraz, kiedy macie prawdziwego Murgena z powrotem, chcecie go rzucić wilkom na pożarcie.

– Eee... no... On nie chce nikogo innego. – Co oznaczało, że nie chce Goblina ani Jednookiego. Od tej dwójki pragnął trzymać się z daleka.

– Znajdź moich mikrych kumpli i powiedz, że ich potrzebuję. Natychmiast.

Czarodzieje, rzecz jasna, oddawali się błogiemu nieróbstwu.

– Położycie mnie na nosze i wniesiecie do cytadeli. Przyznamy, że kłamaliście na mój temat, ale tylko dlatego, że jestem beznadziejnie chory. A ostatniej nocy na tratwie braliśmy kąpiel. Myśleliście, że mądrze będzie wystrzelić parę ognistych kul, żeby nikt nie zobaczył mojego gołego tyłka.

Jednooki zaczął narzekać, ale przerwałem mu, warcząc.

– Nie spotkam się z Mogabą bez tej przykrywki. Nie ma już żadnych powodów, żeby być miłym.

– Nie będzie w dobrym nastroju – przepowiedział Goblin. – Były zamieszki. Poważnie zaczyna brakować żywności. Będzie oszczędzał każde ziarenko ryżu. Nawet jego wyborowi Taglianie zaczynają dezerterować.

– To jego koniec – powiedziałem. – Chciał panować i pokazać światu cuda, ale jego poddani nie wytrzymują rządów żelaznej ręki.

– A my niby jesteśmy braćmi filantropami? – mruknął Jednooki.

– Nigdy nie zabiliśmy nikogo, kto by się o to nie prosił. No, do roboty. I bądźcie gotowi na wszystko. Obaj.

Najpierw jednak weszliśmy na mury, abym mógł zobaczyć świat w świetle dnia i aby Nar przy Bramie Północnej mogli zobaczyć, jak bardzo jestem chory, bo na takiego właśnie starałem się wyglądać.

Poziom wody zatrzymał się dwa i pół metra poniżej wałów. Było to więcej, niż przewidywała Hong Trej.

– Jakieś przecieki?

– Mogaba jakoś uszczelnił bramy. Dżajkuri z wiadrami pracują na zmianę, jeśli coś się przesączy.

– Ładnie z jego strony. A co na dole?

– Są przecieki w katakumbach, ale niewielkie. Zbieramy wodę do wiader.

Chrząknąłem. Patrzyłem na jezioro Kręcącego. Zobaczyłem więcej ciał, niż mogłem zliczyć.

– A ci chyba nie nawiali z cmentarza, co?

– Mogaba wyrzucał ludzi za mury podczas rozruchów – wyjaśnił

Goblin. – Niektórzy mogli też trafić tu z przewróconych i rozbitych tratw.

Zmrużyłem oczy. Mogłem dojrzeć stąd konny patrol czekający na drugim brzegu wody. Światło dnia zaskoczyło właśnie tratwę pełną Dżajkuri. Ludzie na jej pokładzie wiosłowali rękami, usiłując oddalić się od patrolu.

Pojawił się Tai Dei, wiedzieliśmy więc, że jego ludzie obserwowali nas. Myślałem, że chce, abym złożył wizytę Mówcy, ale nie odezwał się.

– Zabierzcie mnie do jego wielebności – rozkazałem swoim tragarzom. – Cytadela wygląda jak wyjęta żywcem z opowieści o duchach – zauważyłem, kiedy się zbliżyliśmy.

I rzeczywiście tak wyglądała. Niebo za nią pokryte było chmurami całkowicie, a wokół roiło się od kruków. Dedżagore było dla nich rajem. Były tak tłuste, że nie mogły latać. Może i my przytyjemy, jedząc je?

Nar przy wejściu nie chciał wpuścić Jednookiego i Goblina do środka.

– A więc zabierzcie mnie do domu – rozkazałem.

– Czekajcie!

– Odpuść sobie, koleś. Nie muszę się babrać w gównie Mogaby. Porucznik żyje i Kapitan prawdopodobnie także, a Mogaba niech szuka łajna we własnym łbie, bo gdzie indziej go nie ma.

– Mogłeś pyskować przynajmniej tak długo, żebyśmy odpoczęli. – Jednooki zaczął szurać nogami bokiem tak, by móc odwrócić się i skierować schodami w dół.

Zanim dotarliśmy do ulicy, dogonił nas Ocziba. Był odlany z tej samej formy co wszyscy Nar. Twarz miał niewzruszoną.

– Przyjmij przeprosiny, chorąży. Czy zechcesz zastanowić się raz jeszcze?

– Nad czym? Nie mam szczególnej ochoty widzieć się z Mogabą. On żre czarodziejskie grzybki i żuje sobie zielsko, a ja od ponad tygodnia wysrywam sobie flaki. Nie mam zdrowia na zabawę z żadnym szaleńcem o sadystycznych skłonnościach.

W ciemnych oczach Ocziby błysnął jakiś ognik. Może zgadzał się ze mną. Może i w jego wnętrzu toczyła się jakaś wojna. Walka pomiędzy wiernością największemu Nar z Gea-Xle w historii a lojalnością wobec własnego poczucia człowieczeństwa.

Nie miałem ochoty jej śledzić. Jakakolwiek, najdrobniejsza oznaka zainteresowania z zewnątrz popchnęłaby wahających się w stronę stwierdzenia: „Musi być tak, jak było zawsze".

I tu pojawiała się druga kwestia, ciche kwestionowanie kierunku obranego przez Mogabę. Jeśli ci ludzie w niego wątpią, sprawy tutaj stoją gorzej, niż myślałem.

– Jak sobie życzysz. Pozwólcie wejść niosącym nosze – rozkazał strażnikom.

Wszyscy wkoło nie omieszkali zauważyć, kim są moi noszowi. To było oczywiste.

Poczułem się w pełni usatysfakcjonowany.

63

Czy Mogaba był zadowolony, ujrzawszy Goblina i Jednookiego w tak dobrej kondycji? Lepiej założyć, że nie. Nie okazał jednak niezadowolenia. Odnotował coś tylko w swojej chorej mózgownicy. Postara się, żebym poczuł się jeszcze bardziej niezadowolony, niż to sobie zaplanował. Później.

– Czy możesz usiąść? – zapytał niemal z troską.

– Tak. Próbowałem już. Między innymi dlatego trwało to tak długo. Chciałem być pewny, że potrafię jasno rozumować.

– O?

– Przez ponad tydzień cierpiałem na straszliwą gorączkę i dyzenterię. Zeszłej nocy wynieśli mnie na zewnątrz i wrzucili do wody, abym ochłonął. Pomogło.

– Rozumiem. Podejdź do stołu, proszę.

Goblin i Jednooki pomogli mi usiąść na krześle, urządzając przy tym niezłe przedstawienie.

W komnacie narad było tylko sześciu ludzi. Mogaba, my, Ocziba i Sindawe. Przez okno za plecami Mogaby widziałem wodę i wzgórza. I kruki. Kłóciły się o miejsce na parapecie, ale żaden nie wleciał do środka. Albinos spojrzał na mnie żałośnie różowym okiem.

Przypuszczam, że wyglądaliśmy na zbyt głodnych.

Przez jedną krótką chwilę ujrzałem ten sam pokój w innym czasie. Panią i te same twarze przy tym samym stole. Mogaby nie było pomiędzy nimi. Okno za nimi otwierało się na szarość.

Jednooki uszczypnął mnie w ucho.

– Teraz nie czas na to, Dzieciaku.

Mogaba obserwował nas uważnie.

– Nie w pełni jednak odzyskałem siły – wyjaśniłem. Zastanawiałem się, co oznacza wizja. Musiała to być wizja, bo jak na twór wyobraźni była zbyt wyrazista.

Mogaba usadowił się na krześle naprzeciw mnie. Tym razem, porzucając swą zwykłą pewność siebie, udawał zaniepokojonego.

– Mamy przed sobą wiele bardzo poważnych problemów, Murgen. To sprawy zewnętrzne i niezależne od wszelkich urazów, jakie narosły pomiędzy nami.

Do licha! Chciał zrobić na mnie wrażenie swoim rozsądkiem?

– Dopadną nas – ciągnął – niezależnie od tego, czy Porucznik i Kapitan żyją. Musimy zmierzyć się z nimi, ponieważ nie mam nadziei na prędką odsiecz.

Nie sprzeczałem się.

– Byłoby dla nas lepiej, gdyby Pani nie wtrąciła się w nasze sprawy ostatnim razem – zakończył. – Zostaliśmy odizolowani i uwięzieni, ponieważ Władca Cienia był zmuszony znaleźć sposób na kierowanie dwoma frontami.

Przytaknąłem. Znaleźliśmy się w gorszej sytuacji. Z drugiej strony nie będzie już wyjących hord próbujących przedostać się przez mur każdej nocy. No i Mogaba nie będzie już ciskał ludźmi tam i z powrotem, nie dbając o ich życie, po to tylko, żeby sprowokować południowców do jakiegoś głupstwa.

Mogaba zerknął przez okno. Widać było przez nie dwa patrole Ziem Cienia wznoszące kurz na wzgórzach.

– Może wykończyć nas głodem – odezwał się znowu.

– To możliwe.

– Tak? – Mogaba skrzywił się, ale zapanował nad złością.

– Mam irracjonalną pewność, że nasi przyjaciele uwolnią nas stąd.

– Muszę przyznać, że ten rodzaj wiary wciąż jest mi obcy. Aczkolwiek doceniam znaczenie wzbudzania optymizmu wśród żołnierzy.

Czy miałem zaprzeczyć? Miał więcej racji, niż chciałem mu przyznać.

– A więc, Murgen, jak przeżyjemy przeciągające się oblężenie, kiedy większość zapasów żywności jest na wyczerpaniu? Jak odzyskamy sztandar, kiedy już wykaraskamy się z tych tarapatów?

– Nie znam odpowiedzi na twoje pytania, choć uważam, że sztandar jest teraz w przyjaznych rękach. – Dlaczego go to interesowało? Niemal za każdym razem, kiedy coś mówił, pytał o sztandar. Czyżby wierzył, że posiadanie go usankcjonuje jego pozycję?

– Jak to? – Był zaskoczony.

– Prawdziwy sztandar nosił Stwórca Wdów, który był tu za pierwszym razem.

– Jesteś pewien?

– Tak.

– A zatem podziel się swoją opinią na temat żywności.

– Moglibyśmy spróbować łowić ryby.

Dowcipy nie były dobrym pomysłem przy Mogabie. Doprowadzały go jedynie do wściekłości.

– To nie żart – warknął Goblin. – Woda spływa tutaj z normalnych rzek. Muszą być ryby.

Ten mały gnojek nie był taki głupi, jak czasami udawał.

Mogaba zmarszczył brwi.

– Czy mamy kogoś, kto się zna na łowieniu? – zapytał Sindawe.

– Wątpię. – Miał oczywiście na myśli tagliańskich żołnierzy. Nar są wojownikami od wielu pokoleń. Nie splamią się tak niebohaterskim zajęciem.

– Zapomniałem o czymś. Nie wspomniałem, że Niueng Bao pochodzą z krainy, gdzie rybołówstwo stanowi prawdopodobnie podstawę ich życia.

– To jest myśl – ucieszył się Mogaba. – No i są zawsze pieczone kruki. – Spojrzał ponownie na okno. – Ale większość Taglian i tak nie zje mięsa.

– To rzeczywiście niewiadoma – zgodziłem się.

– Nie poddam się. – Nic dodać, nic ująć. – Wy także nie macie żadnych zapasów?

– Mniej niż wy – skłamałem. Mieliśmy jeszcze trochę ryżu z katakumb, ale niewiele. Ograniczaliśmy się na wszystkie możliwe sposoby zgodnie ze wskazówkami zawartymi w Kronikach. Nie wyglądaliśmy jak ofiary głodu. Jeszcze nie.

Zauważyłem, że wyglądamy na gorzej odżywionych niż Nar.

– Pomysły na zredukowanie nieproduktywnych gąb do wyżywienia? – zapytał.

– Pozwoliłbym każdemu wykończonemu Taglianinowi i każdemu miejscowemu budować tratwy i odpłynąć, jeśli mają ochotę. Nie pozwoliłbym im jednak zabierać niczego ze sobą.

Znowu powściągnął gniew.

– Przez to ubyłoby nam cennego drewna. Ale jest to kolejny pomysł godny rozważenia.

Obserwowałem Sindawe i Oczibę. Czarne, nieruchome figurki. Wydawało się, że nawet nie oddychają. Nie wyrazili swojej opinii.

– Obawiałem się, że to spotkanie niczego nie przyniesie. Nawet nie zacytowałeś Kronik. – Mogaba spojrzał na mnie.

– Kroniki to nie czary. Na temat oblężeń podają jedynie racjonalne wskazówki. Bądź wytrwały. Oszczędzaj jedzenie. Nie karm nieprzydatnych do pracy. Zapobiegaj rozprzestrzenianiu się plag. Nie wystawiaj na próbę cierpliwości wroga, jeśli nie ma nadziei, że go przeżyjesz. Jeśli poddanie się jest nieuniknione, poddaj się, dopóki wróg chce jeszcze pertraktować.

– Tego nie zaproponują nam nigdy.

Zastanawiałem się nad tym, aczkolwiek Władca Cienia nie miał skłonności do wielkoduszności przypisywanej bogom.

– Dziękuję ci, Murgen. Zbadamy nasze możliwości i będziemy informować cię o naszych zamiarach na bieżąco.

Goblin i Jednooki pomogli mi podnieść się z krzesła i usadowili mnie na noszach. Mogaba nie powiedział nic więcej, a i ja nie miałem już nic, co chciałbym oznajmić jemu. Pozostali Nar stali tylko jak kukły i patrzyli, jak wychodzimy.

– Jaki miał w tym cel? – zapytałem, kiedy już byliśmy sami. – Spodziewałem się wrzasków i gróźb.

– Chciał zająć czymś twój umysł – stwierdził Goblin.

– Żeby spokojnie zadecydować, czy ma cię zabić – pogodnie dodał Jednooki.

– Dodaliście mi otuchy.

– On już postanowił, Murgen. Nie chciałbyś tego usłyszeć. Musimy być bardzo ostrożni.

64

Nie musicie mnie tak wlec aż do Wujka Dodża.

Goblin i Jednooki byli u stóp schodów prowadzących na mury. Dodż stał na szczycie i spoglądał w dół.

– Nie mam zamiaru nosić twego tyłka nigdy i nigdzie więcej – oznajmił Jednooki. – Chyba że tylko dla kamuflażu.

Wujek Dodż zaczął schodzić na dół.

Spojrzałem na mur. Spływały po nim maleńkie strużki wilgoci, ale tylko dlatego, że kamień był chłodniejszy od powietrza, a nie ze względu na przecieki wody.

Władcy Cienia byli znakomitymi budowniczymi.

– Kamienny Żołnierzu, dobrze się czujesz?

– Nieźle jak na faceta z biegunką. Jestem gotów zatańczyć na twoim grobie, grubasku. Masz coś do mnie?

– Mówca chce cię widzieć. Twoja wyprawa się nie powiodła? – Wskazał głową poza mury.

– Jeśli dwa tygodnie w gościnie Władcy Cienia nazywasz sukcesem, to nie spędziłem ich najlepiej, Wujku. Udało mi się jedynie zachorować, stracić na wadze, a potem na tyle odzyskać przytomność, żeby uciec, kiedy jacyś Taglianie napadli na obóz Kręcącego. Wszystko w porządku, dojdę. – Tylko nie pozwól mi wpaść w jakąś króliczą norę.

Mogłem dojść do domu Mówcy swobodnie o własnych siłach, ale po co rezygnować ze słabości, która przynosi korzyści?

U Mówcy nic się nie zmieniło. Brakowało tylko jednego zapachu. Zauważyłem to natychmiast, gdy wszedłem do środka. Chociaż nie potrafiłbym określić brakującej woni.

Mówca był gotów. Hong Trej na swoim miejscu. Piękna dziewczyna parzyła herbatę.

– Tai Dei poinformował nas o wszystkim. – Ki Dam uśmiechnął się. Wyczytał ciekawość z mojego spojrzenia i rozdętych nozdrzy. – Dan udał się na swój osąd. Zakończył się ponury okres tego domu.

Nie mogłem się opanować. Spojrzałem na młodą kobietę i odkryłem, że ona też na mnie patrzy. Natychmiast uciekła spojrzeniem, ale nie dość szybko, żebym nie poczuł się winny, kiedy znowu odwróciłem się do Mówcy.

Nic się nie ukryło przed wzrokiem starego człowieka. Nie ekscytował się czymś, co najlepiej zignorować. Był mądry. Był Ki Damem.

Okazałem szacunek, który ułagodził starego.

– Nadeszły ciężkie czasy, chorąży, a jutro będzie jeszcze straszliwsze. – Opisał mi przebieg mojej rozmowy z Mogabą na tyle szczegółowo, by przekonać mnie, że ktoś nas obserwował.

– Dlaczego mi to mówisz?

– Aby pokazać ci, że śledzimy czarnych ludzi. Po twoim odejściu rozmawiali wyłącznie w swoim ojczystym języku, a potem wysłali posłańców do trybunów kohort i pozostałych starszych Taglian. Zbiorą się w porze kolacji.

– Brzmi imponująco.

Stary człowiek skłonił się lekko.

– Chciałbym, abyś sam coś zobaczył. Znasz tych ludzi lepiej niż ja. Możesz potwierdzić, czy moje podejrzenia są trafne.

– Chcesz, abym szpiegował na tym spotkaniu?

– Coś w tym rodzaju. – Stary nie opowiedział mi wówczas wszystkiego. Chciał, abym podszedł do tego na zimno. – Dodż cię poprowadzi.

65

I Dodż poprowadził mnie przez cele połączone takim samym labiryntem przejść jak nasze, ale tunele nie były wykopane tak starannie. Ludzie, którzy wykonywali tę pracę, chcieli jedynie prześliznąć się przez nie. Nie mieli zamiaru się tu ukrywać. Musieli to być Dżajkuri kolaborujący z administracją Cienia Burzy i działający dla niej. W razie czego chciała mieć zabezpieczone wyjście.

– Zdumiewacie mnie – zwróciłem się do Wujka Dodża. – Nigdy bym nie pomyślał, że ludziom z bagien może przyjść do głowy korzystanie z podziemi. Nie przypuszczam, żeby w delcie rzeki było zbyt wiele tuneli.

– Niewiele. – Uśmiechnął się.

Przypuszczałem, że znaleźli drogę ucieczki ślepym trafem. Możliwe, że naprowadziły ich na to podejrzenia co do sposobu myślenia Cienia Burzy.

Wejście do cytadeli nie stanowiło już potem problemu, chociaż przez jakiś czas trzeba było się czołgać. Architekci nie przejęli się zbytnio dostojeństwem władczyni. Nie było mi łatwo. Nie wróciłem jeszcze do formy.

Wyszliśmy na niewielki otwarty plac pod drabiną, która wznosiła się w nieskończoność, co udało mi się ujrzeć w świetle drgającego płomienia świecy. Odniosłem wrażenie, że świeca jest luksusem postawionym tu tylko dla mnie, gdyż Niueng Bao chodzili tędy w zupełnych ciemnościach.

Nie zniósłbym tego. Nienawidziłem zamkniętych pomieszczeń z całego serca, pomimo że sam w takich mieszkałem. Zamknięte pomieszczenia, ciemności, powracające ataki i wizje zdecydowanie mnie nie kusiły.

Ostatnio jestem bardziej stanowczy, zauważyłem.

Położyłem dłoń i stopę na drabinie.

Wujek chwycił mnie za nadgarstek i pokręcił głową.

– Co? Czy to nie jest droga do komnaty rady? – Mój szept zaszeleścił niczym stado uciekających myszy.

– Nie to Mówca miał na myśli. – Dodż szeptał, niemal nie oddychając. – Chodź.

Tym razem nie trzeba było pełzać. Przemykaliśmy bocznymi przejściami, zbyt wąskimi dla mojego przewodnika. Od ocierania o mury rozboli go pewnie brzuch.

Przekonałem się, że cytadela Władczyni Burz skrywa o wiele więcej, niż udało mi się zobaczyć podczas krótkich wizyt, które odbyłem tu podczas paru ostatnich miesięcy. W dole pod nią, poniżej otaczających ją placów, znajdowały się niezliczone magazyny i więzienne cele, zbrojownie i pomieszczenia dla żołnierzy, zbiorniki na wodę i kuźnie.

– Mają tu zapasy na lata – wyszeptałem, mając na myśli Nar i ich faworytów zamkniętych w cytadeli. Władczyni Burz odłożyła ogromne zapasy na czarną godzinę.

A więc Mogaba kłamał, próbując się tylko dowiedzieć, w jakim stanie jest Stara Gwardia.

Czy to właśnie chciał pokazać mi staruszek?

Czy dlatego Niueng Bao tak dobrze się powodziło, podczas gdy każdy inny stawał się coraz chudszy? Czyżby buszowali po tych magazynach niczym myszy, biorąc to tu, to tam po trochu, tak że ich grabież nie została zauważona?

– Szybciej – rzucił Wujek Dodż.

Niebawem usłyszałem odległe zawodzenie.

– Możemy nie przybyć na czas, Wojowniku. Pośpiesz się.

Nie wykończyłem go tylko dlatego, że rakieta obudziłaby czujność śpiewających.

Wiedziałem, że to Nar, zanim jeszcze cokolwiek ujrzałem. Słuchałem już kiedyś tych rytmów, podobnych melodii, choć nigdy wcześniej nie słyszałem tych konkretnych słów. Ponadto przedtem w ich pieśniach przy pracy czy uroczystościach zawsze rozbrzmiewała radość. Ten psalm był zimny i ponury.

Wujek zostawił świecę i pociągnął mnie za łokieć. Dalej brnęliśmy bocznymi przejściami, aż nagle znaleźliśmy się w zwykłej wąskiej uliczce, już nie tak ciasnej jak tajemne przesmyki za murem. Nic nie zasłaniało wejścia do ukrytej drogi. Zwykły, ocieniony kąt nie przyciągał niczyjej uwagi.

Wnętrze oświetlały świeczniki rozstawione w dużych odległościach. Pomimo swego bogactwa ludzie władzy byli oszczędni.

Wujek Dodż położył palec na ustach. Byliśmy blisko niebezpiecznych ludzi, którzy mogli odkryć nas w jednej chwili. Opadł na kolana i poprowadził mnie prosto do dużej komnaty, gdzie zebrała się większość Nar. Nie było tu oświetlenia. Dodż stanął za kolumną, a ja przycupnąłem jak najniżej za zakurzonym stołem stojącym w przejściu. Żałowałem, że nie jestem tak śniady jak Nar. Moje czoło lśniło pewnie jak księżyc w pełni.

Tutaj życie czyni cię twardym. Widziałeś już tak wiele, że kiedy spotyka cię znowu coś strasznego, nie wrzeszczysz i nie biegasz w kółko za własnym ogonem. Większość z nas jednak nadal nie może znieść widoku potworności.

A to było potworne.

Stał tam ołtarz. Mogaba i Ocziba odprawiali jakąś ceremonię. Nad ołtarzem stała niewielka figurka z ciemnego kamienia. Przedstawiała tańczącą kobietę o czterech ramionach. Stałem zbyt daleko, aby dostrzec szczegóły, ale byłem niemal pewny, że ma wampirze kły i sześć piersi. Na szyi nosiła chyba naszyjnik z czaszek niemowląt. Nar mogli nadać jej inne imię, ale to była Kina. Pisma Dżajkuri nie opisywały jednak czci oddawanej jej przez Nar.

Oszuści nie chcieli rozlewu krwi. Dlatego nazywano ich Dusicielami.

Nar natomiast nie tylko przelewali krew w imieniu swej bogini, ale też ją pili. Wyglądało na to, że robią to już w tym miejscu od jakiegoś czasu. Ciała pozbawione krwi wisiały obok. Ich ostatnie ofiary, nieszczęsnych Dżajkuri, powieszono z tamtymi wkrótce po moim przyjściu.

Nar byli praktyczni w swoich wierzeniach. Po ponurej ceremonii zaczęli oprawiać jedno z ciał.

Zbiegłem na dół i wyczołgałem się stamtąd. Gówno mnie obchodziło, co pomyśli sobie Wujek Dodż.

Widziałem wiele, odkąd przystałem do Kompanii. Tortury i okrucieństwa przekraczające ludzkie pojęcie i zezwierzęcenie, które nie mieściło mi się w głowie, ale nigdy nie widziałem społecznie usankcjonowanego ludożerstwa.

Nie zwymiotowałem ani nie wybuchnąłem wściekłością. To byłoby głupie. Po prostu odsunąłem wszystko od siebie, dopóki nie byłem w stanie mówić, nie martwiąc się, że ktoś może nas podsłuchać.

– Dość już widziałem. Chodźmy stąd.

Wujek odpowiedział bladym uśmiechem i uniósł brew.

– Muszę opowiedzieć o tym innym. Muszę to opisać. Możemy nie przeżyć tego oblężenia, a im się uda. Zatem wieść o tym, kim są, także musi przetrwać. – Przyglądał mi się uważnie. Czyżby zastanawiał się, czy reszta spośród nas tak samo rozkoszuje się pieczystym z człowieka?

Prawdopodobnie tak.

Tego rodzaju wydarzenia mogłyby tłumaczyć niechętne powitanie nas w tych stronach.

Mogaba tego nie przeczyta. Gdyby nie dowiedział się, że mroczne tajemnice Nar wyszły na jaw, mógłbym zostawić zapis w Kronikach, aby ocaliła je Pani albo Stary.

– Wszyscy są na dole – powiedział Wujek. – Wrócimy więc krótszą drogą. – Znaczyło to, że będziemy się przechadzać zaułkami, jakbyśmy tu mieszkali.

– Co to za hałas? – zapytałem.

Ruchem ręki nakazał mi ciszę. Podkradliśmy się naprzód.

Trafiliśmy na grupę tagliańskich żołnierzy zamurowujących bramę wypadową, którą moglibyśmy stąd wyjść. Dlaczego to robili? Wrót nie można było otworzyć z zewnątrz. Ciągle jeszcze chroniło je zaklęcie Władczyni Burz.

Wujek pociągnął mnie do tyłu i ruszył w przeciwnym kierunku. Najwyraźniej nieźle znał cytadelę. Nietrudno było mi wyobrazić sobie, jak wałęsa się tu całymi dniami dla samego cholernego wałęsania. Wyglądał na takiego.

66

Wyglądasz, jakby ktoś zeżarł ci ulubionego szczeniaczka – stwierdził Goblin. Podobne dowcipy słyszało się teraz bez przerwy. Nie było już psów. Zostały tylko dwa źródła mięsa i oba eksploatowali Nar. My ograniczaliśmy się do głupich kruków.

Opowiedziałem Goblinowi i Jednookiemu, co widziałem. Wujek Dodż stał za moimi plecami i gderał pod nosem, bo przed wizytą u Mówcy chciałem zobaczyć się ze swymi ludźmi. Byłem prawie w połowie opowieści, kiedy przerwał mi Jednooki.

– Musisz to opowiedzieć całej Kompanii, Dzieciaku. – Był poważny jak nigdy dotąd.

I jak nigdy dotąd Goblin zgodził się z nim bez marudzenia i jęczenia, jak ciężkie jest życie.

– Musisz przekazać tylko tyle, ile mają wiedzieć. Będzie dużo gadania, a nie chcesz przecież, żeby narosły plotki.

– No to zbierz wszystkich. Zaczekam i przejrzę tamte księgi Dżajkuri. Może znajdę jeszcze coś, co będę musiał im powiedzieć.

– Pozwolicie, że się dołączę? – zapytał Wujek Dodż.

– Nie. Idź i powiedz staruszkowi, że przyjdę, jak tylko będę mógł. To sprawa rodzinna.

– Jak sobie życzysz. – Powiedział coś do Tai Deia i oddalił się dumnym krokiem.

Czytanie przerwał mi Ceber.

– Zebrałem ich, Murgen. Wszyscy z wyjątkiem Kleta. Poszedł na dziwki i nawet jego bracia nie wiedzą, gdzie go szukać.

– W porządku.

– Coś nie tak? Wyglądasz dziwnie.

– Tiaaa…

– Czy może być jeszcze gorzej, niż jest?

– Za chwilę dowiesz się wszystkiego.

Po upływie pięciu minut stanąłem przed sześćdziesięcioma ludźmi i snułem swoją opowieść, dziwiąc się, że tak słaba i nieliczna grupka może budzić taki strach. Co więcej, zdumiałem się, że jest nas tak wielu, skoro niewiele ponad dwa lata temu ledwie siedmioro robiło za całą Czarną Kompanię.

– Może zaczekalibyście, aż skończę? – Wiadomości wywołały ponure poruszenie. – Słuchajcie. Oto, co wam powiem. Oni składają ofiary z ludzi i jedzą ich ciała. Ale to jeszcze nie wszystko. Od kiedy dołączyli do nas w Gea-Xle, przebąkiwali coś, a nawet mówili wprost, że mają nas, ludzi z Północy, za heretyków. A to znaczy, że ich zdaniem cała Kompania robiła kiedyś to samo, co oni.

Wszyscy zaczęli naraz gadać i wrzeszczeć.

Walnąłem murarskim młotem w kawał drewna.

– Zamknąć się, idioci! To *nie jest* droga, którą Kompania podążała kiedykolwiek. Nar nigdy nie mieli żadnych Kronik. Gdyby tak było, wiedzieliby. Ale oni nie umieją nawet czytać.

Nie mogłem być całkowicie pewny, że składanie ofiar z ludzi nigdy nie należało do rytuałów Kompanii. Straciliśmy kilka wczesnych tomów Kronik i podejrzewałem, że nasi dawni współbracia służyli mrocznym i wiecznie głodnym bogom z takim zapałem i okrucieństwem, że nawet ustny przekaz wystarczał, żeby utrzymać tubylców w strachu.

Większość z tych facetów miała w nosie te podejrzenia. Byli wściekli, bo Nar utrudniali im życie.

– To jeszcze jedna kość niezgody pomiędzy nami – stwierdziłem. – Chcę, abyście zdali sobie sprawę, że może będziemy musieli walczyć z nimi, zanim się stąd wydostaniemy. Od dziś przywracam pewną tradycję, którą zaniedbaliśmy, od kiedy Konował został Kapitanem. Będziemy regularnie czytać Kroniki, abyście wiedzieli, gdzie wasze miejsce. Zaczniemy od Księgi Łańcucha. Tę jej część spisał prawdopodobnie kronikarz Agrip, kiedy Kompania była na służbie boga bólu z Cho'n Deloru.

Nasi współbracia przetrwali wtedy długie i uciążliwe oblężenie, chociaż było ich wtedy więcej. Dodatkowo postanowiłem także czytać księgi, które Konował spisał na Równinie Strachu, kiedy Kompania przez długi czas pomieszkiwała w podziemnych kryjówkach.

Odesłałem wszystkich na kolację.

– Jednooki, nie chcę więcej słyszeć żadnych jęków, kiedy zapowiadam czytanie. Zrozumiano? Ci faceci nie żyli jeszcze w tamtych czasach.

– Mnie też jeszcze nie było za czasów Cho'n Deloru.

– A więc też musisz o tym usłyszeć.

– Dzieciaku, słuchałem tego przez dwieście lat. Każdy cholerny kronikarz babrze się z lubością w opowieściach o koszmarze z Cho'n Deloru. Chciałbym dostać w swoje ręce gości, którzy napisali Księgę Łańcucha. Wiesz, że Łańcuch nie był nawet kronikarzem? Był...

– Goblin, złap Ottona i Wypieracza. Chcę pogawędzić z najstarszymi ze Starej Gwardii.

Zebraliśmy się w piątkę i przypomnieliśmy sobie wszystkie stare sztuczki.

– Zobaczę, co myśli o tym Mówca – stwierdziłem, kiedy ustaliliśmy plan.

67

Ki Dam wysłuchał mnie z cierpliwością dorosłego, który pragnie oświecić dziecko przychodzące z pomysłem genialnym, ale niewykonalnym.

– Zdajesz sobie sprawę, że to może wzniecić walki? – zapytał.

– Jasne, ale to nieuniknione. Dodż twierdzi, że Mogaba postanowił tak podczas naszego spotkania. Goblin i Jednooki zgadzają się co do tego. – Tak samo jak Otto i Wypieracz. Żaden z nas nie zastanawiał się nad tym długo. – Jest nas więcej niż Nar. – Tylko że ich Taglianie byli liczniejsi od naszych i nie sposób było przewidzieć, jak się zachowają.

Stary człowiek odwrócił się do Hong Trej. Pytające spojrzenie uwydatniło zmarszczki w kącikach jego oczu.

Ki Sahra uklękła przy mnie, aby podać herbatę. Było to wydarzenie przerastające wszystkie inne do tej pory. Jej wzrok napotkał moje zdumione spojrzenie. Chyba się nie zaśliniłem.

Hong Trej obserwowała nas bez ruchu. Była spokojniejsza niż ja. Spojrzała na swego męża i skinęła głową.

– Będzie walka. Już wkrótce. Dżajkuri powstaną – oznajmił starzec.

Nie to chciałem usłyszeć.

– Czy będą niepokoić twoich albo moich ludzi? – zapytałem. Nie powinienem z tym wyskakiwać. Przeprosiłem natychmiast.

Ki Sahra dolała mi herbaty, zanim jeszcze obsłużyła dziadków.

Ki Gota zachowywała się jak demon, któremu związano paskudny jęzor. Warknęła szorstko na córkę.

Stary spojrzał na nią i wyrzekł jakieś jedno, ostre słowo. Hong Trej wyartykułowała całe zdanie, z którego wyłowiłem jedynie ostry świst. Wyglądało na to, że nie umie mówić inaczej.

Ki Gota skuliła się. W rodzinie Ki panowała określona hierarchia i jasno wytyczone granice.

Spojrzałem na piękną kobietę. Ponownie napotkała mój wzrok i spłonęła rumieńcem.

Co tu się dzieje? Czyżby próbowali mną manipulować?

To nic nie da. Żadna kobieta, nawet ona, tu nie pomoże. Ki Dam wiedział o mnie wystarczająco wiele, żeby się tego domyślić.

Jeśli chciał się mną posłużyć, powinien raczej powiedzieć mi wprost, dlaczego, do ciężkiej cholery, wszyscy sikają w gacie na samą wzmiankę o Kompanii.

On i stara wymienili pośpieszne szepty.

– Wspomożemy cię w tym przedsięwzięciu, chorąży – odezwał się nagle. – Tymczasem Hong uważa, że walka pomiędzy Dżajkuri a żołnierzami czarnych ludzi wisi na włosku. Będzie zażarta, ale może nie dotknie reszty z nas. To odciągnie ich uwagę. Muszę jednak nalegać, aby Dodż miał możliwość odłączenia się, jeśli zaistnieje ryzyko, że uwaga nieprzyjaciela skieruje się na naszych ludzi.

– Doskonale. Oczywiście. Umowa stoi. Chociaż i tak spróbowałbym, nawet bez was.

Ki Dam pozwolił sobie na delikatny uśmiech, zarówno z powodu mojego entuzjazmu, jak i perspektywy utrudnienia życia Mogabie. Po zmroku, zakładając, że zaczną się zamieszki, okradniemy go z zapasów żywności.

68

Zaczęło się jak w dobrze zaplanowanym przedstawieniu, w którym ludzie Mogaby rozpaczliwie próbowali zadowolić publiczność. Rozruchy – to jest to. Wujek Dodż i ja utworzyliśmy oddziały zaplecza, które miały przejąć inicjatywę. Weszliśmy do magazynów bez problemów. Dziesięciu ludzi ze Starej Gwardii i dziesięciu Niueng Bao. Zaczęliśmy wyciągać worki ryżu, mąki, cukru i fasoli. Zamieszki od samego początku były bardzo poważne. Pochłonęły całą południową część Dedżagore. Mogaba wysłał wszystkich ludzi, aby stłumili rebelię. A każdy mężczyzna i chłopiec Dżajkuri chciał dopaść Nar, nawet jeśli mieliby poświęcić cały pierwszy legion.

Moi ludzie trwali w pogotowiu, obsadzeni na solidnych stanowiskach na długo przed zapadnięciem nocy. Podobnie jak Niueng Bao, którzy nie mieli obecnie innych problemów. Zaczailiśmy się na jedną z band. Deszcz pocisków ze wszystkich stron przemówił im delikatnie do rozumu.

Ludzie Mogaby mieli więcej kłopotów. Nie byli przygotowani. Co gorsza, aktualnie zostali podzieleni na odosobnione grupy pracy i patrole.

Na krótką metę wszyscy żartowali nawet, mądrzyli się i zastanawiali, jakie będą pierwsze słowa Mogaby po walce, kiedy odkryje, że jego piwnice zostały splądrowane.

Wracając po raz drugi, natknąłem się na Cebra.

– Fasola – powiedziałem, rzucając mu ogromny wór. – Zmiana diety dobrze nam zrobi.

– Tym razem to prawdziwe piekło, Murgen. Mogaba dwa razy prosił o wsparcie. Powiedzieliśmy mu, że nie możemy cię znaleźć.

– I trzymajcie tak dalej. Dopóki się nie okaże, że musimy mu pomóc, bo będzie gorzej.

– To mało prawdopodobne. Ma większość broni. Jego ludzie zrzucili z murów setki, nie patrząc, czy to rebelianci, czy nie. Mężczyzn, kobiety, dzieci.

– To sposób Mogaby. A co z pożarami? – Było ich kilka. Kiedy tylko wybuchają rozruchy, zawsze ktoś coś podpala.

– Dopalają się same.

– A zatem wszystko zgodnie z planem. Ale miej oko na wszystko.

Wróciłem do swoich łupów, szczęśliwy jak prosię w kałuży. To mógł być koniec Mogaby. Zniknie jak wrzód z tyłka.

Chwilę później w magazynie dopadł mnie Wujek Dodż.

– Niektórzy tagliańscy żołnierze porzucili swoje pozycje, aby wzmocnić bezpieczeństwo twierdzy. Musimy skończyć, bo nas złapią.

– Dobra. Jeśli nas nie złapią, Mogaba oskarży tubylców znających te przejścia. – Ten wypad pozbawił nas możliwości wyśledzenia miejsca spotkań sztabu.

Ale było warto.

Czy jutro, kiedy Mogaba zacznie szukać swoich zapasów, będę myślał tak samo? Kiedy będę miał pełny brzuch?

– Jest mały kłopot, chorąży – powiedział Wujek Dodż chwilę później. Każdy z nas uginał się pod ciężarem ostatnich worków ryżu. Zamykaliśmy bandycki pochód.

– O co chodzi?

– Wieści o naszym sukcesie na pewno się rozejdą.

– Dlaczego? Wie o tym tylko kilku ludzi. W ich interesie leży trzymać gęby na kłódkę.

– Ktoś rozgadał o tym, co ci pokazałem.

– O czym?

– O ponurej ceremonii. Ktoś rozgadał. Plotki wznieciły dzisiejsze zamieszki.

– Nie wierzę. Były za bardzo skoordynowane.

– Oczywiście część była zorganizowana, ale to powstanie rozprzestrzeniło się o wiele bardziej i wymknęło spod kontroli.

– Skąd możesz to wiedzieć? – Spędził ze mną cały wieczór. Nie miał okazji obserwować zamieszek.

Wujek Dodż wyskoczył z ciemności, zanim zdążył mi odpowiedzieć. Cofał się jak szalony, nie zważając na ciasnotę miejsca. Jeśli zgasi świecę, zaduszę go. Jak tylko go znajdę.

– Co się dzieje?

– Czarni ludzie próbują wyważyć bramę od północy i zalać miasto.

– Co takiego? – W porządku, były rozruchy. Ale nawet Mogaba nie posunąłby się tak daleko. A może?

Wytężyliśmy wszystkie siły, dźwigając worki z ryżem. Założę się, że wyglądaliśmy jak idioci.

69

Otto, Wypieracz, Jednooki, Goblin, Maniak, Dziwak, Ceber i Świece. Idziecie ze mną. Pomoże nam kompania al-Kul. Charkot poszedł ich szukać. Pójdziemy wzdłuż murów. Jeśli Nar wejdą nam w drogę, stratujemy ich. Jeśli zaczną walkę, zabijemy ich. Zrozumiano?

Nawet Goblin i Jednooki nie próbowali dyskutować. Znajdowaliśmy się na liście ludzi, których Mogaba zamierzał utopić.

Przybyli Taglianie. Byli wyznawcami Vedny i najlepszymi, którzy związali się z Kompanią. Godni zaufania i nastawieni niemal przyjacielsko. Z sześciuset, którzy przyszli na południe z Taglios całe miesiące temu, zostało około sześćdziesięciu.

Wyjaśniłem, co się dzieje, czego chcę i jak mają nam pomóc. Dopadną wszystkich, którzy spróbują otworzyć bramy, zaraz po tym jak Goblin i Jednooki zmiękczą ich nieco.

– Nie rańcie nikogo, chyba że zmuszą was do tego.

– A to dlaczego? – domagał się wyjaśnień Świece. – Oni spróbują zranić nas.

– To Mogaba spróbuje. Ci faceci wypełniają jedynie rozkazy. Założę się, że kiedy tam dotrzemy, nie znajdziemy ani jednego Nar. I założę się, że kiedy otworzą bramy, zrobią taką samą krzywdę sobie jak wszystkim innym. Mogaba już ich nie potrzebuje.

– Lepiej weźmy się do roboty – zrzędził Goblin. – Albo wracajmy i napijmy się piwa.

Odesłałem ich.

Być może moje ataki obudziły we mnie dar prorokowania. Nie było Nar przy Bramie Północnej. Walka była szybka i bez historii, prawie jakby nie było jej wcale. Pracujący tam Taglianie uciekli. Do licha! Mogaba dowie się, kto udaremnił jego najnowsze świństwo.

– To koniec udawania, że jesteśmy kumplami – oznajmiłem Jednookiemu.

– Aha. Pokaż mi, jak się wśliznąć do cytadeli. Rzucę na niego zaklęcie snu, a potem posiekam na kawałki w tej potwornej świątyni.

Niezły pomysł.

Nie mieliśmy jednak okazji wprowadzić go w życie.

Ktoś mnie wołał. Spojrzałem na dół, w mrok. Był to Wujek Dodż. Nie włączyłem w to żadnych Niueng Bao. Nie widziałem potrzeby, żeby także ich skłócić z Mogabą.

– O co chodzi?

– To była dywersja! – krzyknął. – Prawdziwa powódź zacznie się o...

– Psiakrew! No tak. – Mogaba znał mnie na tyle, żeby przewidzieć mój ruch. – Chodźcie! – warknąłem. – Wszyscy! – Wypadłem na ulicę. – Gdzie? – zapytałem Wujka Dodża.

– Przy bramie na wschodzie.

Czy Mogaba przewidział również, że przemierzę miasto, aby zepsuć mu zabawę, i wpakuję się w powstanie Dżajkuri?

Mógł to zrobić. Miał pewnie nadzieję, że moja załoga wpadnie w pułapkę, zostanie napadnięta albo zabita. Nie sposób było przewidzieć, co mógł pomyśleć. Był szalony.

Goblin i Jednooki przeprowadzili nas obok zgrupowań Dżajkuri i Taglian. Dwa razy starliśmy się z Dżajkuri. Nasza liczebność i czary okazały się skuteczne. Światła pożarów rzucały wszędzie przerażające, roztańczone cienie.

Doskonały moment dla Władcy Cienia, aby wypuścić na scenę swoje straszydła.

Natknęliśmy się na barykady wzniesione dla ochrony przed żołnierzami próbującymi otworzyć wrota. Tym razem zmierzyliśmy się także z Nar. Wokół rozbrzmiewały krzyki. Niektórzy z Taglian wyznających kult Gunni próbowali uciekać, kiedy nasi Vedna przekonali ich, że Mogaba chce wszystkich zatopić. Nar wykończyli kilku niedoszłych dezerterów.

– Przeszkodzisz im, jeśli zechcą otworzyć bramę – rozkazałem Goblinowi. – Reszta niech próbuje ich odpędzić. Celujcie najpierw w Nar.

W chwilę później strzała utkwiła w oku Nar imieniem Endibo. Inny Nar przeszył włócznią Maniaka – niesłychanie przystojnego młodzika, który dołączył do Kompanii kilka lat temu, kiedy przemierzaliśmy sawanny na północ od Gea-Xle. To Jednooki przyczepił mu takie niepochlebne przezwisko. Nosił je z dumą i nie chciał reagować na żadne inne.

Po raz pierwszy w dziejach, odkąd sięgam pamięcią, brat z Kompanii ciął mieczem brata w walce podjętej z własnej woli.

Dziwak, którego Maniak był rodzonym bratem, zarżnął Nar odpowiedzialnego za śmierć krewniaka. Nigdy nie poznałem imienia tego człowieka, nie mogę więc go tutaj wspomnieć.

Większość pierwszego legionu Taglian wycofała się. Wielu żołnierzy al-Kul także nie chciało walczyć, mimo że pozostali Taglianie należeli do Gunni. Szybko i cicho, prawdziwa bitewka rozgrywała się tam, gdzie przyjaciele zarzynali domniemanych przyjaciół.

Zerknąłem za siebie i zauważyłem, że obserwują nas uzbrojeni Dżajkuri. Wujek Dodż ruszył na nich samotnie w nieco dziwnej, ale najwyraźniej pełnej gotowości postawie, z długim mieczem uniesionym pionowo.

– Niech to szlag! – pisnął Goblin. – Psiakrew! Zobacz!

– Co?

– Spóźniliśmy się. Nadchodzi.

Coś zaczęło skrzypieć i jęczeć, jakby poluzowały się wszystkie zawiasy świata. Kamienie blokujące bramę wybrzuszyły się do wewnątrz.

Walczący nagle znieruchomieli i popatrzyli na wrota.

Przez wybrzuszenie trysnął nagle gwałtowny strumień wody.

Wszyscy rzucili się do tyłu. Nar, Czarna Kompania, Gunni i Vedna, Dżajkuri i jedyny Niueng Bao pryskali na boki i rozdzielali się, kierując w różne strony, gdzie mogliby poczuć się bezpiecznie, byle dalej od bramy.

Kamienie wydały z siebie ostatni, potężny jęk i woda, rycząc triumfalnie, wdarła się do środka.

70

Woda przedarła się przez bramę, ale nie doszła jeszcze do miejsca, gdzie stałem. Byłem więc w dobrym nastroju. Mijając cytadelę, ujrzałem Nar próbujących tak wymanewrować, żeby wejść do środka bez Taglian. Zachichotałem pod nosem. Mogaba chciał się pozbyć bezużytecznych ludzi, kiedy odkrył wodę w piwnicach.

Teraz zrozumiałem, dlaczego żołnierze zamurowywali wrota. Powódź nie była bezpośrednim powodem tego posunięcia. Mogaba musiał rozmyślać nad tym od chwili, kiedy Kręcący wykorzystał wodę do odcięcia Dedżagore.

– Płyń i wpadnij do nas kiedyś – rzuciłem Wujkowi, kiedy się rozdzielaliśmy.

Piętnaście minut później zwątpiłem w wodoodporność naszych kwater. Od początku ich budowy przedsięwzięliśmy środki zaradcze, ale tego nie przewidzieliśmy. Braliśmy pod uwagę nieprzyjaciela posługującego się dymem i ogniem.

– Longo, przeszukaliście całe katakumby? Są wszędzie domknięte?

Dziwne, że Władczyni Burz nie trafiła na nie, budując cytadelę. Może słuchała rad mądrych miejscowych.

– Nic nie widziałem. Dali dobre tynki, kiedy je robili, bo są pod poziomem równiny, ale jeśli na zewnątrz jest ponad dwadzieścia metrów wody, a na ulicach następne dziewięć, to prędzej czy później puszczą. Najlepsze co możemy zrobić, to zawalczyć tam, gdzie pojawi się taka potrzeba

– Może je zacementować?

– Moglibyśmy spróbować, ale nie martwiłbym się tym, dopóki nie grozi nam zalanie. Zamknęliśmy je i zatkaliśmy szczeliny. Woda nie ma gdzie przeciekać.

Wzruszyłem ramionami.

– Czy wszystko, co mogłoby ulec zniszczeniu, jest już na górze?

Zaczęli przygotowywać się na najgorsze, kiedy woda zalała równinę. Nie byliśmy zbytnio obładowani przedmiotami.

– Wszystko w porządku. Możemy wytrzymać jeszcze długo. Chociaż może będziemy chcieli umocnić trochę nasze fortyfikacje.

– Róbcie, co się da. – Longo i jego bracia zawsze robili trochę więcej, niż się dało.

71

Kiedy woda sięgała ledwie do kostek, a miasto dopiero wpadało w panikę, Mogaba ruszył do kontrataku. Wykorzystał wszystkich swoich Taglian, zachęcając ich do jak największych okrucieństw. Nastąpiła potworna rzeź.

Mógłbym nie odkryć nigdy prawdy o ataku na Niueng Bao. Mówiło się, że trybun Taglian, Pal Subir, mylnie zrozumiał rozkazy. Inni, tacy jak ja, wierzyli, że odpowiedzialność ponosi Mogaba. Prawdopodobnie podejrzewał, że to Niueng Bao zrabowali jego zapasy.

Wiem, że został poinformowany o grabieży. Odkrył ją, kiedy wysłał do piwnic żołnierzy, żeby sprawdzili, czy woda nie wdarła się do środka. Przepytując paru więźniów Dżajkuri, dowiedział się, że żaden miejscowy nie był zamieszany w wyniesienie tony żywności. Także ktoś z mojego wypadu mógł coś chlapnąć.

Tak czy inaczej, kohorta Pala Subira, uzupełniona posiłkami do pełnego stanu, zaatakowała Niueng Bao. Trybun nie mógł być tego świadkiem. Padł wcześnie. Co prawda wielu Taglian zginęło podczas ataku, posiłki jednak ciągle nadchodziły i pewnie dlatego Mogaba zorganizował masakrę.

Z początku nic o tym nie wiedziałem. Nie rozmieściłem żadnych czujek poza zajmowanym przez nas terenem. Nie miałem jak się upewnić, że moi ludzie będą bezpieczni na takich pozycjach. A ze strony, z której graniczyliśmy z Niueng Bao, nie było powodu wątpić w to, że zostaniemy ostrzeżeni wystarczająco wcześnie.

Tai Dei był jak zawsze w pobliżu. Wszedłem na szczyt wieży flankującej, aby popatrzeć na wzgórza otulone nocą, i zadumałem się. Czy pomoc kiedykolwiek nadejdzie? Ostatnio nie docierały z zewnątrz żadne wieści.

Mnóstwo ludzi chciało opuścić miasto. Teraz także słyszałem jakichś, którzy pragnęli spróbować swych sił u boku Władcy Cienia. Niestały naród. Odrobina głodu i napięcia, a zupełnie zapominali o wolności.

– Co to jest? – Tai Dei zdumiał mnie niepomiernie, zadając całe pytanie. Popatrzyłem, gdzie wskazywał.

– Wygląda jak pożar.

– To obok domu mojego dziadka. Muszę iść.

– Pójdę z tobą – zaproponowałem bardziej zaciekawiony niż podejrzliwy.

Próbował się sprzeciwiać, ale w końcu wzruszył ramionami.

– Tylko bez żadnych ataków. Nie mogę się tobą zająć.

A więc Niueng Bao wiedzieli o moich odjazdach i najwyraźniej podejrzewali epilepsję. Interesujące.

Tai Dei dowiedział się z pewnością, po prostu dużo przebywając w pobliżu i trzymając buzię na kłódkę. Moi ludzie już prawie nie zwracali na niego uwagi.

Woda nigdzie nie sięgała mi wyżej niż do kolan. Ale pętała nogi, kiedy próbowałem biec, a Tai Dei się śpieszył. Był pewny, że dzieje się coś złego. I miał rację.

Biegliśmy ulicą, na której wcześniej upadłem i pogrążyłem się w otchłani. Przez ułamek chwili pomyślałem, że uciekłem z Dedżagore w kolejny koszmar.

Tagliańscy żołnierze wywlekali kobiety, dzieci i starców Niueng Bao z domów i rzucali ich kumplom na ulicach. Tamci cięli i uderzali z twarzami wykrzywionymi przerażeniem, ale już nie panowali nad sobą. Dawno minął moment, w którym mogli się jeszcze zatrzymać. Odbłyski pożarów czyniły cały obraz jeszcze bardziej demonicznym i surrealistycznym.

Widziałem już takie sceny. Moich własnych braci, tam, na Południu, postępujących w ten sam sposób. Zapach krwi zawładnął nimi, zabijał rozum i uśmiercał duszę, tak iż nie pozostawało już nic ludzkiego.

Tai Dei wydał z siebie okrzyk udręki i rzucił się w stronę domu, który zajmowała rodzina Ki, wywijając mieczem ponad głową. Nie było tu widać żadnych śladów najścia. Pobiegłem za nim z ostrzem gotowym do cięcia, nie wiedząc właściwie, dlaczego to robię. Pomyślałem jednak przelotnie o kobiecie imieniem Sahra. Prawdopodobnie działałem bez namysłu, jak większość tamtych Taglian.

Zastąpili nam drogę. Tai Dei zaprezentował coś w rodzaju tanecznego podskoku i dwóch żołnierzy upadło, a z ich gardeł trysnęła krew. Uderzyłem mieczem innego, pozostawiając go z kolekcją siniaków i nauczką, jak kończy się pojedynek z facetem o trzydzieści centymetrów wyższym i dwadzieścia pięć kilo cięższym.

Potem Taglianie byli już wszędzie, ale przeważnie nie zwracali na nas uwagi. Nie miałem kłopotów z obroną. Byli mniejsi, słabsi i mieli krótsze ręce. To, co zdołałem zdobyć brutalną siłą, Tai Dei osiągał taktyką. Prawie nikt nie zainteresował się nami, dopóki nie dotarliśmy do drzwi Mówcy.

A więc źle odgadłem. W środku było pięciu lub sześciu Taglian. Nie mieli zamiaru wyjść. Nie na własnych nogach.

Tai Dei warknął coś w języku Niueng Bao. Odpowiedział mu jakiś głos. Wziąłem ogromny zamach na ostatniego, szczególnie głupiego Taglianina, i końcem klingi zostawiłem ślad na jego szyszaku. Potem zatrzasnąłem i zaryglowałem drzwi. Rozejrzałem się wokół za czymś, co mogłoby je zabarykadować. Niestety, rodzina Ki była tak biedna, że najlepsze ich meble stanowiły wystrzępione, trzcinowe maty.

Zapłonęła lampa. Potem jeszcze jedna i jeszcze jedna. Po raz pierwszy zobaczyłem całe pomieszczenie, które zajmowali Ki. Ujrzałem zmaltretowane ciała kilku napastników. Skupili się na wykorzystaniu pięknej kobiety, a potem wykończyli wszystkich pozostałych.

Ki Gota wciąż kaleczyła ich ciała.

Nie wszystkie jednak należały do Taglian. Stanowili najwidoczniej jedynie maleńki odsetek napastników.

Sahra przyciskała dzieci do piersi, ale żadne z nich nie poczuje już strachu. Oczy Sahry były puste.

Tai Dei wydał z siebie dźwięk przypominający kwilenie kociaka. Rzucił się do kobiety. Leżała twarzą w dół na dwóch maleństwach, które próbowała osłonić własnym ciałem. Jej wysiłki nie poszły na marne. Młodsze dziecko, niespełna roczne, płakało.

Wyglądało na to, że żaden z Taglian nie ma ochoty podejść do drzwi. Opadłem na kolana w miejscu, gdzie tak często siedziałem, rozmawiając z Mówcą. On i Hong Trej zauważyli nadejście śmierci i przyjęli ją z godnością. Stary człowiek zaległ wygodnie głową i ramionami na podołku Hong Trej, a reszta jego ciała spoczywała w pozycji prawie takiej samej, jaką zajmował podczas siedzenia. Jego żona osunęła się na niego.

Hałas na zewnątrz się nasilił.

– Tai Dei! – ryknąłem. – Zbieraj dupę, człowieku.

Co takiego? Stara kobieta oddychała jeszcze, wydając z siebie zgrzytliwy dźwięk. Uniosłem ją delikatnie.

Żyła i pozostawała przytomna. Jej spojrzenie było puste. Nie wydawała się zaskoczona moim widokiem. Uśmiechnęła się.

– Nie trać na mnie czasu – zdołała wyszeptać, mimo że krew zalewała jej usta. – Zabierz Sahrę i dzieci.

Uderzenie mieczem przeszyło jej prawą pierś i przeszło przez płuco. W jej wieku to, że jeszcze żyła, zakrawało na cud.

– Bądź dla niej dobry, chorąży – wyszeptała i uśmiechnęła się raz jeszcze.

– Będę – przyrzekłem, nie rozumiejąc, o czym mówi.

Hong Trej zdołała mrugnąć i skrzywić się z bólu. Pochyliła się ponownie nad Ki Damem.

Tumult na zewnątrz wzmógł się ponownie.

– Tai Dei! – Przeskoczyłem nad ciałami, powstrzymując odgłos kroków dochodzący zza jego pleców. – Jeśli nie zbierzesz się do kupy i nie ruszysz tyłka, nikomu nie pomożemy. – Dostrzegłem kilkoro przerażonych dzieci. Jedno z nich zapaliło lampy. Poza Sahrą i jej matką nikt z dorosłych chyba nie przeżył. – Sahra! – warknąłem. – Wstawaj! – Uderzyłem ją. – Złap te dzieciaki. – Były zbyt przerażone, żeby mi zaufać, nawet gdyby mnie znały. Wciąż byłem obcym.

Trochę wrzasku było tym, czego Tai Dei i jego siostra właśnie potrzebowali. Ich wszechświat nagle odzyskał strukturę i kierunek, chociaż nie widzieli w nim sensu. Trzeba było tylko, żeby ktoś nadał im tempo.

Znaleźliśmy jeszcze jedno żyjące dziecko, ale żadnych dorosłych.

– Tai Dei! Utrzymasz te dzieciaki razem, kiedy wybiegniemy na ulicę? – Skoro dotarliśmy aż dotąd, Taglianie nie powinni stanowić problemu. Pojedynczy człowiek mógł odpierać tam całą ich hordę do czasu, aż nadejdzie pomoc.

– Są zbyt przestraszone i paskudnie pobite. – Potrząsnął głową. Tego się obawiałem.

– No to je poniesiemy. Możesz zająć się swoją matką? Będzie potrzebowała pomocy. Sahra, weź dziecko. Ja poniosę dziewczynkę. Właź na plecy. Muszę mieć wolne ręce. Powiedz jej, żeby trzymała się mocno, ale nie łapała mnie za twarz. Jeśli nie potrafi, niech lepiej dowiem się o tym teraz. Zwiążemy jej nadgarstki.

Sahra skinęła głową. Minął jej już atak histerii. Uklękła obok Hong Trej, przytuliła na chwilę starą kobietę, po czym zdjęła z jej ramienia jadeitową bransoletę. Z głębokim westchnieniem i widoczną niechęcią wsunęła klejnot na lewy przegub. Potem odwróciła się do Ki Goty i zaczęła ją uspokajać.

Tai Dei przemawiał do dzieci, tłumacząc moje polecenia. Nagle zdałem sobie sprawę, że Sahra nie odezwała się nigdy, nawet szeptem.

Dziewczynka, którą miałem nieść, liczyła sobie jakieś sześć lat. I nie chciała iść.

– No to ją przywiąż, do cholery! – warknąłem. Zaczynałem się trząść. Nie wiedziałem, jak długo jeszcze uda mi się utrzymać pełną świadomość. – Czas ucieka.

Tylko jedno dziecko nie było ranne.

Chlapnęła woda i ktoś na zewnątrz wrzasnął. Czyjeś ciało naparło na drzwi, które zatrzeszczały i puściły nieco. Sahra uderzyła dziewczynkę, aby ją uspokoić, i posadziła mi ją na plecach.

– Jak twoja matka? – zapytałem.

Zresztą nieważne. Kobieta troll była już z nami. Na lewym ramieniu trzymała dwulatka nieokreślonej płci, a w prawej dłoni mocno ściskała odłamane ostrze włóczni. Była gotowa na przyjęcie Taglian.

W rzeczy samej przygotowania zajęły mniej czasu niż ich zapowiedź.

Sahra niosła dziecko. Tai Dei przywiązał sobie do pleców rannego chłopca i chwycił miecz. Podeszliśmy do drzwi. Zerknąłem przez szczelinę pomiędzy potrzaskanymi deskami. Obok domu zataczał się jakiś żołnierz.

– Kto pierwszy? – zapytałem. – Ty czy ja? Jeden jako szpica, drugi – ariergarda.

– Ja. Od dziś zawsze ja.

– Co?

– Cofnij się! – parsknął. Zauważył pędzący kształt w tej samej chwili, co ja. Przesunął się na prawo, a ja na lewo od drzwi. Drzwi otworzyły się z trzaskiem. Skoczyliśmy na intruza, rozpoznając go w ostatniej chwili.

– Wujek Dodż?

Miał szczęście. Ciężar niesionych przez nas dzieci spowolnił nas na tyle, że zdążyliśmy dostrzec, kto wpadł do środka.

– Idziemy – powiedziałem do Tai Deia. Nie było nad czym się zastanawiać.

Tai Dei natychmiast natknął się na dwóch Taglian. Wyskoczyłem i odepchnąłem jednego z nich. Ki Gota posuwała się za nami chwiejnym krokiem. Wbiła koniec włóczni w gardło najbliższego z napastników. Potem poprawiła dziecko na ramieniu i ruszyła na drugiego przeciwnika.

Obok nas prześliznął się biały kruk, chichocząc jak stado małp.

Taglianin, któremu udało się przeżyć, nie był głupcem. Natychmiast skierował się w stronę najbliższej bandy swoich współplemieńców.

– Już! Już! – warczałem na Tai Deia. – Gota, Sahra, idźcie za Tai Deiem. Wujku! Gdzie jesteś? Bo zostawimy tu twój tyłek!

Wujek Dodż wyszedł na zewnątrz, kiedy młody Taglianin właśnie wskazywał nas swoim kompanom.

– Zabierz dzieci, chorąży. Spopielająca Różdżka będzie twoją tarczą.

Wykonał zadziwiający popis, chociaż udało mi się dostrzec jedynie kilka szaleńczych ruchów. Ten zabawny, mały grubasek natarł na całą watahę Taglian i w ciągu paru sekund zabił sześciu z nich. Reszta uciekła.

Rzuciliśmy się w uliczkę i chwilę później byliśmy bezpieczni. Jednooki zajmował się rannymi dziećmi, choć nie był tym zachwycony. A ja, wraz z niektórymi ze Starej Gwardii oraz z Goblinem przeprowadziłem ograniczony kontratak.

72

Tej nocy ostatecznie spłonęły wszelkie mosty. Nie było już więcej pozornej przyjaźni z Mogabą. Nie mam najmniejszych wątpliwości, że przyszedłby po nas, gdyby „omyłkowy" atak na Niueng Bao się powiódł.

Walki trwały, dopóki woda nie stała się zbyt głęboka.

Pomimo perswazji Jednookiego i pozostałych, że ochrona Niueng Bao nie jest naszą sprawą, ocaliłem jedną trzecią pielgrzymów, czyli około sześciuset ludzi. Bilans Mogaby był bardziej gorzki. Następnego ranka pozostali Taglianie odkryli, że muszą się opowiedzieć za lub przeciw Mogabie.

Ci, którzy byli z nami od początku, zostali. Tak samo ci, którzy zdezerterowali, aby do nas dołączyć. Coraz więcej przechodziło na naszą stronę, ale nawet nie jedna dziesiąta tego, czego się spodziewałem. Prawdę mówiąc, byłem rozczarowany. Lecz Mogaba umiał przemawiać do wojska, kiedy zechciał.

– Znowu to stare przekleństwo – stwierdził Jednooki. – Nawet teraz bardziej boją się przeszłości niż teraźniejszości.

A woda nadal się podnosiła.

Zaprowadziłem Niueng Bao na dół do naszych kryjówek. Wujek Dodż był zdumiony.

– Nigdy byśmy nie przypuszczali.

– To dobrze. A zatem nasi wrogowie także nie. Ich inteligencja nie dorównuje waszej. – Zabrałem na dół także Starą Gwardię. Rozlokowaliśmy ludzi tak wygodnie, jak tylko się dało. Dla sześćdziesięciu mężczyzn piwnice były dość przestronne. Ale dodatkowych sześciuset Niueng Bao powodowało już tłok.

Musieliśmy nauczyć się także rozpoznawać się nawzajem. Moi ludzie byli nastawieni na to, by atakować natychmiast każdą nieznaną twarz napotkaną pod ziemią.

Po zapadnięciu zmroku wyszedłem z powrotem na zewnątrz. Tai Dei i Wujek Dodż poszli za mną. Zebrałem tagliańskich oficerów, którzy przyłączyli się do Starej Gwardii.

– Sądzę, że wykonaliśmy tu wszystko, co tylko się dało. Czas zacząć ewakuować każdego, kto zechce się wydostać z tej katowni. – Nie wiedzieć czemu, byłem przekonany, że uniknięcie lub też przechytrzenie wartowników Ziem Cienia strzegących brzegu będzie kosztować nas niewiele wysiłku. – Wyślę jednego ze swoich czarowników, aby was osłaniał.

Nie kupli tego. Jeden z ich przywódców zastanawiał się głośno, czy przypadkiem nie chcę ich oddać w niewolę, aby tym łatwiej wyżywić własnych ludzi.

Tego nie przewidziałem. Nie zastanawiałem się nad trudnościami. Zapomniałem, że wielu z tych ludzi dołączyło do nas, ponieważ wierzyli, że to najlepsze, co mogą zrobić, aby przeżyć.

– Nie ma sprawy. Jeśli chcecie zostać i umrzeć razem z nami, będzie nam miło mieć was przy sobie. Chciałem jedynie zwolnić was z żołnierskiej przysięgi, żebyście mieli jakąś szansę.

Po zapadnięciu nocy pozwoliliśmy mężczyznom Niueng Bao wrócić do domu, żeby mogli poszukać jakichś ocalonych sprzętów i zapasów oraz tych, którzy przeżyli. Nie odnaleźli wiele. Żołnierze Mogaby przeszukali już wszystko, a podnosząca się woda przykryła resztę.

Ludzie Mogaby zaczęli atakować z umiaków i tratw, jeden po drugim, budynki zajmowane przez Dżajkuri i zagarniać zapasy wyrwane podnoszącej się wodzie.

Swoje zaopatrzenie Mogaba zatopił.

73

Wepchnąłem wszystkich braci do środka, kiedy byłem pewny, że nikt tego nie zauważy. Zamknęliśmy rygle i zasuwy i zostawiliśmy Dedżagore jego losowi. Zabraliśmy pozostałych przy życiu Niueng Bao. Pozostawiając kilku ludzi trzymających wartę w punktach dostępnych jedynie od środka, powlekliśmy się w najgłębsze i najlepiej ukryte partie piwnic, aż za pułapki wybuchowe, tajemne drzwi i sieć zaklęć mylących rozrzuconą przez Goblina i Jednookiego. Drogę naszego przejścia znaczyły tylko sporadycznie rozsiane delikatnie migoczące sylwetki sobowtórów.

Podjąłem się dzielić moją kwaterę z ośmioma gośćmi.

– Przejdźmy się – zaproponowałem Wujkowi po paru godzinach. Z całą tą bandą Niueng Bao powietrze stało się ciężkie i nieświeże. Świece porozstawiane były tak rzadko, że można było się zgubić, idąc od jednej do drugiej.

Wujek Dodż był bliski szaleństwa ze strachu.

– Ja też tego nie cierpię – pocieszyłem go. – Siłą powstrzymuję się, żeby nie wrzeszczeć. Ale damy radę. Od lat tak żyjemy.

– Nikt nie da rady żyć w ten sposób. Nie długo.

– Ale Kompania potrafiła. To było straszne miejsce. Nazywano je Równiną Strachu i nie bez powodu. Roiło się tam od dziwacznych stworzeń, a każde mogło zabić cię w mgnieniu oka. Bez przerwy ścigały nas armie prowadzone przez czarowników gorszych od Kręcącego. Ale przyzwyczailiśmy się i przeżyliśmy. Nawet tutaj, w tych tunelach, znajdziesz ludzi, którzy przeżyli i mogą ci coś opowiedzieć. – Było za ciemno, żeby mu czytać, ale i w świetle dnia byłoby to trudne. – Oszaleję, jeśli zostaniecie u mnie wszyscy – wyznałem mu. – Potrzebuję miejsca, a teraz nie idzie się obrócić, żeby kogoś nie nadepnąć.

– Rozumiem, ale nie wiem, co mógłbym zrobić.

– Mamy puste pokoje. Tai Dei i dziecko mogą zająć jeden. Ty też. Sahra może mieszkać z matką.

– Jesteś otwarty i szczery. – Uśmiechnął się. – Ale nie przywiązujesz wagi do sposobu myślenia Niueng Bao. Wiele wydarzyło się tej nocy. Pomogłeś Tai Deiowi uratować tę rodzinę.

– Po trochu – prychnąłem lekceważąco.

– Uratowałeś wszystkich, których dało się uratować.

– Dobry chłopiec ze mnie.

– Nie miałeś żadnych zobowiązań ani długów honorowych. – Użył słów „honor" i „zobowiązania", zamiast pojęć Niueng Bao o podobnym, ale nie identycznym znaczeniu, które zawierały odcień dobrowolnego udziału w boskich machinacjach.

– Zrobiłem to, co wydawało mi się słuszne.

– W rzeczy samej. Bez przymusu i zobowiązań. A teraz jesteś w kłopotliwym położeniu.

– Czyżbym coś przegapił?

– Ponieważ nie jesteś Niueng Bao. Tai Dei nie może cię teraz opuścić. Jest najstarszym mężczyzną i winny ci jest sześć istnień ludzkich. Jego dziecko go nie opuści. Sahra cię nie opuści, ponieważ pozostaje pod opieką brata, dopóki nie wyjdzie za mąż. A jak widzisz, dopiero co przeszła koszmar. W tym mieście, odbywając pielgrzymkę, której nigdy nie pragnęła odbyć, straciła wszystko, co miało dla niej znaczenie. Z wyjątkiem matki.

– Można by powiedzieć, że bogowie sprzysięgli się przeciwko niej – zauważyłem. Miałem nadzieję, że nie zabrzmiało to przemądrzale.

– Można. Jedynym wynagrodzeniem za tę straszną noc jesteś dla niej ty. Przylgnie do ciebie tak, jak zrozpaczony pływak przywiera do skały w pędzącym potoku.

Ostrożnie. Gdzieś w środku poczułem pragnienie, aby to przylgnięcie nie było tak metaforyczne.

– A Ki Gota i pozostałe dzieciaki?

– Dzieci mogą zostać adoptowane przez rodziny ich matek. Ki Gota z pewnością może się przeprowadzić – mamrotał pod nosem Dodż, co było u niego nietypowe. Wyglądało, jakby chciał przenieść ją o tysiące kilometrów stąd. – Chociaż nie będzie zadowolona.

– Nie mów mi, że także jesteś oczarowany Ki Gotą.

– Nikt nie jest oczarowany tą wściekłą jaszczurką.

– A kiedyś myślałem, że jesteście małżeństwem.

Zatrzymał się jak skamieniały.

– Chyba oszalałeś!

– Pomyliłem się?

– Hong Trej, stara czarownico, czegoś ty mi niemiła?

– Co?

– Rozmawiam ze sobą, chorąży. Wchodzę w debatę, której nie mogę przegrać. Ta kobieta, Hong Trej, kuzynka mojej matki, była czarownicą. Czasami spoglądała w przyszłość i jeśli widziała coś, co jej nie zadowalało, chciała to zmieniać. Miała dziwne pomysły, jak to robić.

– Mam nadzieję, że wiesz, co mówisz.

– Niezupełnie. Czarownica bawiła się naszym przeznaczeniem, ale nigdy nic nie wyjaśniała. Może była ślepa na własny los.

Pozwoliłem sobie na zmianę tematu.

– Co zrobią teraz twoi ludzie?

– Przeżyjemy. Jak twoi Żołnierze Ciemności. Oto, co zrobimy.

– Jeśli naprawdę myślisz, że jesteś mi coś winny za przywleczenie was tutaj, powiedz mi, co to znaczy. Żołnierze Ciemności. Kamienni Żołnierze. Kościani Wojownicy. Co to znaczy?

– Można by niemal przyjąć twój sprzeciw.

– Spójrz na to inaczej. Jeśli naprawdę wiem, o czym mówisz, niczego nie tracisz, mówiąc mi to, co już wiem.

Nie byłem pewny w tym nikłym świetle, ale Wujek Dodż chyba się uśmiechnął.

– Mądrala – powiedział.

I nie wyjaśnił mi niczego.

74

Wujek Dodż uwolnił mnie od większości gości. W końcu dzieliłem swą kwaterę już tylko z Tai Deiem, jego synem To Tanem i Sahrą. Kobieta zajmowała się dzieckiem i borykała z kleceniem posiłków, mimo że kuchnia Kompanii mogła obsłużyć wszystkich w piwnicach. Potrzebowała nieustannego zajęcia. Tai Dei chodził za mną niemal wszędzie. Oboje z Sahrą byli apatyczni, jakby pogrążeni w letargu, i mało rozmowni. Wydawało się, że uszła z nich połowa życia.

Zaczynałem się martwić. Należeli do ludzi twardych, przywykłych do okrutnych doświadczeń. Powinni okazywać jakieś oznaki powrotu do równowagi.

Zebrałem nasze mózgi: Kleta, Lofta, Longina, Goblina i Jednookiego oraz Ottona i Wypieracza.

– Mam parę pytań.

– Czy on musi tutaj być? – Goblin miał na myśli Tai Deia.

– Jest w porządku. Nie zwracaj na niego uwagi.

– Jakich pytań? – wyrwał się Jednooki.

– Jak do tej pory nie było w Kompanii poważniejszych kłopotów ze zdrowiem. Ale na zewnątrz ponuje cholera i tyfus, nie wspominając już o staromodnej biegunce. Nic nam nie jest?

Goblin mruknął coś i głośno puścił gazy.

– Barbarzyńca – prychnął Jednooki. – Nic nam nie jest, bo przestrzegamy przepisów Konowała niczym świętych przykazań. Ale długo tak nie wytrzymamy. Opał prawie się skończył. No i ci wszyscy Niueng Bao. Nie przejmują się gotowaniem wody i utrzymywaniem czystości. Srają tam, gdzie mieszkają. Na razie z nimi wytrzymujemy, ale długo to nie potrwa.

– Słyszę, że od paru dni się chmurzy. Zbieramy deszczówkę?

– Wielu z nas – odezwał się Loft. – Ale to nie wystarczy dla nas i dla nich. Nie da rady napełnić cystern na zapas.

– Tego się obawiałem. Chodzi mi o opał. Wiecie, jak przyrządzić ryż i fasolę, żeby strawić je bez gotowania?

Nikt nie wiedział.

– Może moczenie jej długi czas w wodzie coś by pomogło – zaproponował Longin. – Moja matka tak robiła.

– A niech to. Naprawdę chcę się z tym uporać. Ale jak?

Goblin pozwolił sobie na mały, tajemniczy uśmieszek, jakby miał jakiś konkretny pomysł. Wymienili spojrzenia z Jednookim.

– Macie coś?

– Jeszcze nie – powiedział Goblin. – Nadal prowadzimy eksperyment.

– No to do roboty.

– Po spotkaniu. Potrzebujemy twojej pomocy.

– Wspaniale. Dobra. Czy ktoś może mi powiedzieć, co reszta miasta myśli o naszym zniknięciu?

Wypieracz zakaszlał i odchrząknął. Zazwyczaj nie mówił wiele, wszyscy więc nadstawili uszu.

– Miałżem wartę na posterunkach. Czasem słyszy się to i tamto. Nie sądzę, żeby my zrobili naszą reputację lepszą. Nie sądzę też, że my kogokolwiek zmylili. Nie mówią o nas dużo, ale nikt nie wierzy, że my po prostu wyparowali. Myślą, że w jakiś sposób wykopali my jamę, napełnili ją winem, kobietami i żarciem i że my to wszystko utkali tam dla siebie i że nie wyleziemy, dopóki reszta ich nie będzie prawie martwa.

– Ludzie! Próbowałem dostać wino, kobiety i urządzić bankiet, ale wszystko, co mogę wam zaproponować, to tylko ta dziura.

– Woda opada – odezwał się z ciemności Otto.

– Co?
– To prawda, Murgen. Obniżyła się już o półtora metra.
– Czy zatopienie miasta mogłoby robić aż tak dużą różnicę? Nie? Dlaczego więc?
Goblin i Jednooki wymienili znaczące spojrzenia.
– O co chodzi?
– Po eksperymencie.
– Dobra. Reszta wie, z czym mam problem. Idźcie sprawdzić, czy możemy coś z tym zrobić.

75

Mówcie – rozkazałem karłowatym czarodziejom.
– Uważamy, że zrobiono ci coś, kiedy tam byłeś – powiedział Goblin, wskazując brodą na brzeg.
– Co? Bez żartów! Ja...
– Nie żartujemy. Nie było cię długi czas. Zmieniłeś się. Jak wiele ataków ci się przydarzyło, od kiedy wróciłeś?
Zastanowiłem się.
– Tylko jeden. Chyba. Kiedy zostałem porwany. Nic z tego nie pamiętam. Jestem pewny, że czymś mnie naszpikowali. Piłem herbatę z Mówcą, a potem ocknąłem się na ulicy, gdzie mnie znaleźliście. Nie mam pojęcia, jak się tam znalazłem. Przypominam sobie niejasno zapach dymu i przechodzenie przez drzwi, które zaprowadziły mnie do jakiegoś nieznanego miejsca. Przypominam sobie też mgliście jakieś rozpamiętywanie pobytu w domu bólu.
– Torturowali cię.
– Tak. – Wciąż miałem blizny i siniaki. Nie miałem pojęcia, co chcieli wiedzieć. Podejrzewam, że za moim uprowadzeniem kryli się kumple Sindu, tak samo jak za napadem na Mogabę.
Jeśli tak było, ich żywot przybierze z całą pewnością nieprzyjemny obrót, kiedy Czarna Kompania ich odnajdzie,
– Obserwowaliśmy cię – powiedział Goblin. – Czasami zachowy-

wałeś się bardzo dziwnie. Chcemy cię uśpić i sprawdzić, czy zdołamy dotrzeć do tej części ciebie, która była tam, kiedy to się wydarzyło.

– Nie pozwolę wam.

– Nie musisz. Po prostu nie masz innego wyjścia.

– Jesteście pewni?

– Jesteśmy pewni.

Ale w ich głosach nie było pewności.

Obudziłem się na własnym sienniku. Byłem spocony. Ktoś wycierał mi rozpaloną twarz zimną, mokrą szmatką. Otworzyłem oczy. W świetle maleńkiej świecy Sahra wyglądała piękniej niż kiedykolwiek. Wyglądała lepiej, niż mógłbym sobie wyobrazić. Nie przestawała wycierać mi twarzy.

I znowu poczułem ból głowy podobny do kaca. Co oni mi zrobili? Zanim przyszedł ból, powinienem przedtem zaznać przynajmniej trochę przyjemności.

To Tan zaczął marudzić. Sypiał w koszu, owinięty w śmierdzące łachmany, pod moim stołem do pisania. Sięgnąłem i wziąłem go za rękę. Przestał ryczeć, zadowolony z dotyku ludzkiej dłoni. Nie płakał już wiele za matką.

Drugą ręką ująłem dłoń Sahry. Odsunęła ją delikatnie. Nigdy nic nie mówiła. Nigdy nie słyszałem jej mówiącej. Nawet do własnych dzieci.

Rozejrzałem się wokół. Tai Dei wyszedł. Zdało mi się, że nie będzie lepszej okazji, aby uwolnić się od swego cienia. Ale Tai Dei czaił się gdzieś tam w mroku.

Chciałem usiąść. Sahra przytrzymała mnie dwoma palcami. Byłem zbyt słaby, żeby się ruszyć. A głowa wydawała mi się dwukrotnie większa.

Podała mi drewniany, rzeźbiony kubek pełny czegoś tak cuchnącego, że łzy napłynęły mi do oczu. Bagienne lekarstwo Niueng Bao. Wypiłem. Smakowało jeszcze gorzej, niż pachniało.

Nieustannie ocierała mi twarz. Drżałem i trzęsłem się. Ból odpłynął. Zaczynałem się odprężać. Wracał optymizm i energia. Lekarstwo działało. Może dlatego tak cuchnęło i smakowało, żeby ludzie nie pili go bez przerwy.

Przez długi czas patrzyliśmy na siebie bez słowa, dochodząc do porozumienia, którego nasze świadome umysły nie potrafiły jeszcze w pełni rozpoznać. Hong Trej przemknęła przez moje myśli z uśmiechem przyzwolenia.

Tym razem, kiedy usiadłem, zdobyłem się na uśmiech. Bez jakichkolwiek podtekstów.

– Mam robotę do wykonania.

Sahra pokręciła głową. Schyliła się pod stół i wyciągnęła To Tana z jego koszyka. Rozpaczliwie potrzebował kąpieli i przewinięcia. Sahra pociągnęła mnie za palec.

– Nie robiłem tego od dwudziestu lat. – To znaczy, kiedy byłem dzieckiem i miałem małych braci, siostry i kuzynów do przewijania. – Przestań się wiercić, gówniarzu. Od dzisiaj masz znać mores. – To Tan spojrzał na mnie wielkimi, poważnymi oczami. Nie rozumiał, co mówię, ale uchwycił ton głosu.

Umyliśmy go i przebrali w łachmany, których wstydziłby się nawet żebrak.

– Pójdę kogoś zabić i przyniosę mu coś lepszego do ubrania.

Powstrzymała mnie, kładąc delikatnie dłoń na moim ramieniu.

– To był żart, skarbie. Będziesz bywać ze mną tu i tam, to usłyszysz jeszcze niejeden mroczny dowcip. Nie mówiłem tego dosłownie. Teraz będę pracował.

Powlokłem się do korytarza na miękkich nogach. Sahra poszła za mną, taszcząc To Tana siedzącego okrakiem na jej lewym biodrze. Po chwili natknęliśmy się na Cebra, który chwiejnie podążał w stronę swego siennika.

– Widziałeś Goblina i Jednookiego? – zapytałem.

– Poszli na górę ze swoimi magicznymi śmieciami. Do wielkiej strażnicy.

– Dzięki.

– Mówił ci Longo, że woda nachodzi do katakumb? – zawołał, zanim uszliśmy półtora metra.

Westchnąłem i potrząsnąłem głową, nasłuchując cichego burczenia w żołądku i zastanawiając się, czy ktoś znalazł sposób na ugotowanie czegoś do żarcia. Przebiłem się przez labirynt drabin, które doprowadziły mnie na górę do Goblina i Jednookiego.

Może światło dnia zrobi mi dobrze. Jeśli starczy mi sił, żeby zajść tak daleko. Nie widziałem słońca od dawna.

76

Nie zobaczę słońca jeszcze przez jakiś czas.

Sahra podała To Tana przez klapę w podłodze. Znowu spał. Przypuszczam, że będąc dzieckiem umierającym z głodu, sypia się dużo.

Był dzień, ale lało. Wypieracz siedział wyprostowany na krześle, oplatając ramionami oparcie i ponuro wpatrując się w deszcz.

– Jak długo już tak pada? – zapytałem.

– Dzień albo trzy.

– Mamy z tego jakąś świeżą wodę?

– Pewno tyle, ile się da, póki my w ukryciu.

– Co robią ci dwaj? – Goblin i Jednooki siedzieli po turecku na podłodze, na środku pokoju, jak najdalej od deszczu wpadającego do środka. Nie patrzyli na nas.

– Czarodziejskie sztuczki. Nie przeszkadzaj im. Odgryzą ci nogi.

– A ktoś straci parę uszu, jeśli nie przestanie gadać – mruknął Jednooki.

Wypieracz i ja oddaliśmy salut jednym palcem, wysupłany z naszych kurczących się zapasów wojskowego ceremoniału. Jednooki nie docenił tego gestu.

Okna strażnicy wychodziły na wszystkie strony świata. Podszedłem do największego.

Deszcz nie żłobił wprawdzie wąwozów, jak bywało u nas w domu, ale i tak był ulewny. Czułem niejasno grozę bijącą od otaczających nas wzgórz. Bliżej, bardzo blisko, widziałem powierzchnię wody. Jej stan obniżył się, pomimo deszczu. Jej szary kolor przyprawiał o mdłości.

W oddali ujrzałem tratwę Dżajkuri, tak załadowaną ludźmi, że ledwie unosiła się na powierzchni. Prowadząc ją do brzegu, ludzie wiosłowali ostrożnie za pomocą krótkich desek.

Obszedłem również pozostałe okna, obserwując miasto. Z zadowoleniem stwierdziłem, że nasi Taglianie tkwią na swoich posterunkach, tak jak ich uczono.

– Wystarczy ich liczebność – zgodził się Wypieracz. – Zostawiają ich w spokoju.

– Mogaba?

– Wszyscy. Walka trwa.

Ulice i drogi zamieniły się w kanały. Wszędzie widziałem ciała unoszone przez wodę. Odór był przytłaczający. Jednak poziom wody był niższy, niż się spodziewałem. Ze wschodniego okna widziałem cytadelę. Na jej szczycie, nie zważając na pogodę, stali Nar. Chodzili wzdłuż blanków, obserwując naszą część miasta.

Wypieracz zauważył, że na nich patrzę.

– Martwią się o nas. Myślą, że mogliby my pójść kiedy i zrobić z nimi porządek.

– I pewnie tak zrobimy.

– Są przesądni, gdy chodzi o gości takich jak Goblin czy Jednooki.

– Co potwierdza, jak niebezpieczna może być ignorancja, choćby niewielka.

– Słyszałem – burknął Jednooki.

Mogłem się założyć, że on i Goblin prowadzą jakąś nieczystą gierkę. Zdecydowanie wolałem, kiedy wyczarowywali wielkie błyskawice, które skakały, paląc i roztrzaskując wszystko wokół. Zniszczenie byłem w stanie pojąć.

Sahra wydawała się zmęczona targaniem To Tana, więc wziąłem go od niej. Uśmiechnęła się z wdzięcznością. Oświetliłem strażnicę. Jednooki i Goblin przerwali, żeby wymienić spojrzenia między sobą i Wypieraczem.

– Co robicie? – zapytałem

– Okazało się, że mieliśmy rację.

– Tak? To chyba po raz pierwszy. W czym niby mieliście rację?

– W tym, że ktoś dobrał się do twojej głowy.

Zadrżałem od nagłego chłodu. To nie była miła wiadomość.

– Kto? I jak?

– Nie jesteśmy w stanie stwierdzić jak. To mogło się zdarzyć na kilka sposobów. O wiele bardziej interesuje nas, kto i po co.

– Gadajcie.

– K t o jest Panią, a p o c o wiąże się z wiedzą o tym, że ona jest po drugiej stronie.

– Słucham?

– Trochę trudno tu rozmawiać, zwłaszcza że pętają się tu jacyś turyści i ich dziewczyny. Ale wygląda na to, że to Pani i Taglianie rządzą po drugiej stronie wody. Ich obóz znajduje się za wzgórzami, powyżej drogi północnej. Południowcy, których widzimy na patrolach, to siły wsparcia, które składają meldunki Pani.

– Wytłumacz to jeszcze raz.

Goblin powtórzył.

– Pracujcie dalej – powiedziałem. – Ja siądę tu w kącie i pomyślę chwilę.

77

Kiedy wróciliśmy, Wujek Dodż i Tai Dei byli już z powrotem i patrzyli na Sahrę i na mnie spode łba, ale żaden nie powiedział ani słowa. Hong Trej ciągle miała wpływ na rodzinę Ki. Tai Dei wziął swego syna na ręce. Mały rozpromienił się natychmiast.

– Moi ludzie to nie grzyby – odezwał się Wujek Dodż. – Nie wytrzymają tu długo. Wy, Żołnierze Kamienia, byliście hojni aż do przesady i nie szukaliście zwady, ale i tak będą konflikty. Zranione zwierzę obróci się w końcu nawet przeciwko najbardziej kochającemu panu.

– Wyjdziemy stąd szybciej, niż planowałem. – Nie byłem w dobrym nastroju. Miałem ochotę przełożyć Panią przez kolano i złoić jej skórę. – Już wydałem rozkazy.

– Wyglądasz na zdenerwowanego.

– Jestem zdenerwowany. – Pani wykorzystała mnie w politycznej grze z Mogabą, ani przez chwilę nie biorąc pod uwagę dobra Kompanii. Nie należała już do Kompanii, tak samo jak on.

W drzwiach pojawił się Longo.

– Słyszałeś o zalaniu katakumb, Murgen?

– Ceber mi powiedział. Ile czasu to zajmie?

– Cztery do pięciu dni. Może więcej. Chyba że przeciek się powiększy.

– Odejdziemy stąd. Twoi bracia i Jednooki są w wielkiej strażnicy. Idź, dowiedz się, co się dzieje.

Longo wzruszył ramionami i poszedł, narzekając, że musi się wspinać.

– Kto przemawia teraz za Niueng Bao? – zapytałem.

– Jeszcze nie dokonaliśmy wyboru – odpowiedział Wujek Dodż.

– Możecie to zrobić? Szybko? Przyjdzie tu Lanore Bonhardż – tagliański generał, który dowodzi teraz wyzwolonymi niewolnikami oraz sprzyjającymi nam Taglianami i Dżajkuri. Potrzebujemy jakiegoś Niueng Bao, aby omówił z nami plany ewakuacji. – Chciał coś powiedzieć, ale ciągnąłem dalej: – Wygląda na to, że Władca Cienia nie stanowi już problemu, tyle że nikt nie pofatygował się, żeby n a m o tym powiedzieć. Nasi tak zwani przyjaciele użyli nas do politycznych rozgrywek. Mogliśmy opuścić to miejsce w każdej chwili. Nie wiem od jak dawna.

Całą winę za naszą niewiedzę składałem na Goblina i Jednookiego. Czarodzieja można obwinić zawsze, a ludzie ci uwierzą.

Sahra usiłowała upichcić jakiś posiłek z tego, co mieliśmy. Dotknąłem jej ręki, kiedy przechodziła. Uśmiechnęła się.

– Ostatni raz musimy to robić – powiedziałem jej.

Miałem taką nadzieję.

Myliłem się.

Wszystko wymaga czasu.

Lanore Bonhardż schodził za mną do piwnic. Był zdumiony i przerażony równocześnie. Należał do wysokiej kasty Gunni. Na górze było źle, ale nędza, którą ujrzał na dole, przekraczała granice jego wyobraźni. Rozmawialiśmy. Wujek Dodż przemawiał w imieniu Niueng Bao. Dobiliśmy targu. Porozumienie zostało zawarte i szybko ułożono plan. Zaczęły się przygotowania.

78

Czarna Kompania przekradała się naprzód w ciemnościach nocy i strugach deszczu, przekraczając rozklekotany mostek i wchodząc na schody prowadzące na mury, gdzie czekali Taglianie z kompanii al-Kula. Poprzedzani przez Goblina przemknęliśmy wzdłuż ściany i przechwyciliśmy Bramę Północną oraz barbakan należące do

Nar i ich Taglian. Ułatwiło nam to senne zaklęcie Goblina. W naszej gromadzie nikt nie został ranny.

Zanim ostatnie ciało wpadło z pluskiem do wody za murami, Goblin, ja i trzon Kompanii skierowaliśmy się z powrotem, aby przechwycić Bramę Zachodnią i jej barbakan.

Mając bramy w swoich rękach, mogliśmy działać niezauważeni przez ludzi Mogaby.

Loft i jego bracia musieli pracować w środkowej z trzech wież pomiędzy bramami. Mur zbudowany był z kamienia wypełnionego gruzem, wieże jednak nie były tak mocne. Ich ściany posiadały otwory pozwalające kusznikom zasypać mur gradem pocisków. Chłopcy mieli przebić dziurę w podłodze, jak najbliżej obecnego poziomu wody.

Niueng Bao wynieśli na powierzchnię to, co zostało z naszych zapasów. Kobiety użyły resztek tagliańskiego opału, żeby ugotować strawę dla wszystkich. Chciałem, aby wszyscy nabrali sił. Wielu z nas wyglądało jak szkielety.

Kiedy następnego ranka wzeszło słońce, Nar na szczycie cytadeli zobaczyli to samo co poprzedniego dnia. Padało tylko trochę mniej. Nie otrzymali żadnych sygnałów z północnego ani zachodniego barbakanu, ale nie wydawali się tym zaniepokojeni.

– Nie ma dziś wielu kruków – zauważył Goblin, kiedy światło dnia zaczęło przygasać.

– Może zjedliśmy już wszystkie.

Z nastaniem nocy wszyscy wrócili do pracy. Uderzenia młotów, kucie i odgłos kamieni wpadających do wody słychać było w całym mieście, ale nikt nie mógł dojrzeć, co robimy, a kiedy wstało słońce, po naszej pracy nie było śladu. Zniknęło jedynie kilka opustoszałych budynków.

Jezioro opadało powoli dalej. Deszcz padał bezustannie.

Na zewnątrz przy murach pływały tratwy zbudowane przez cieślów. Wszystko, co utrzymywało się na wodzie, zostało wykorzystane do ich budowy. Nawet puste beczki po piwie.

Po południu udało się nam zdobyć użyteczny budulec, kiedy Mogaba wysłał trzy tratwy do Bramy Północnej, aby dowiedzieć się, dlaczego nie odpowiadano na jego sygnały.

Nie dało się ukryć zasadzki przed obserwatorami z cytadeli. Mogaba nie marnował już więcej ani ludzi, ani budulca.

Loft i jego bracia postanowili, że najlepsza będzie tratwa długa i wąska, żeby wielu ludzi mogło wiosłować, pokonując opór wody wobec mniejszego przodu. Pracując w metrowym zanurzeniu, trzech braci i kilku zdolnych Taglian budowało jedną tratwę za drugą, a każda mogła pomieścić dziesięciu albo i więcej dorosłych ludzi. Wykorzystując wszystko, co udało się im znaleźć, skonstruowali ich czterdzieści jeden. Przypuszczali, że cała flotylla uniesie siedmiuset ludzi, z czego ponad pięciuset można wysadzić na brzeg, a reszta przyprowadzi tratwy z powrotem i ponownie zdąży załadować je jeszcze przed świtem.

Tak więc około tysiąca dwustu ludzi mogło uciec w ciągu nocy. Dość, aby stanowili w miarę mocny przyczółek, bo przecież nie mogliśmy być pewni, co czeka nas na brzegu.

Był pewien problem. Liczba ludzi, których musieliśmy wyprawić po kryjomu, była większa, niż się spodziewałem. Miałem czterdziestu ze Starej Gwardii, ponad sześciuset Niueng Bao i mnóstwo Taglian, wyzwolonych niewolników oraz ochotników Dżajkuri.

Lanore Bonhardż chciał przeprawić ponad tysiąc mężczyzn, kobiet i dzieci. Nie sposób było załadować wszystkich w jedną noc.

– Zrobisz tak – odezwał się Jednooki. – Pierwszej nocy weź tylko jeden kurs. Wybierz ich losowo. W ten sposób nie będą włazić jeden na drugiego i nikt nie wpadnie w panikę. Przeprowadź losowanie tak, żeby z każdej grupy popłynęło dość dużo ludzi. Wtedy nikt nie będzie psioczył. Wypchnij pięciuset z kawałkiem z poleceniem, aby przygotowali obóz. Przyprowadź tratwy z powrotem w całości. Wówczas zamkniemy wszystko w dwóch turach jutrzejszej nocy.

– Ten facet jest geniuszem – powiedziałem. – Ty i Goblin będziecie musieli iść. Na wszelki wypadek.

– To nie powinno być konieczne.

– Niby dlaczego?

– Nie ma już takiego niebezpieczeństwa.

– A więc nie ma potrzeby drążyć tematu. Możemy najpierw wysłać Niueng Bao oraz kobiety i dzieci.

– I wszystko będzie wspaniale.

– Kobiety, dzieci i starcy? To zadziała. Założę się. Dołącz starców i dzieci Taglian. Ale wyłącz z tego Dżajkuri albo całe to cholerne miasto ustawi się w kolejce do nas. Policzmy, ile tego wszystkiego jest, a potem wyciągniemy losy, jak obsadzić resztę miejsc.

Wyszło na to, że wraz z pierwszą grupą możemy wysłać trzydziestu Taglian, pięciu ludzi z Czarnej Kompanii i piętnastu wojowników Niueng Bao. W efekcie desant będzie dysponować pięćdziesięcioma mieczami.

Wujek Dodż zrzędził na ten plan, ponieważ przez jedną noc nie będzie w stanie utrzymać swojego plemienia w całości.

– Sprytnie, Żołnierzu Ciemności. – A więc znowu do tego wracamy? – Trzymasz nas jako zakładników.

– Idź, jeśli chcesz. Jest was więcej niż nas. Weźcie tratwy.

Popatrzył spode łba.

– To jedna noc, Wujku, i pojedzie z nimi piętnastu wojowników. Ty też możesz wyciągnąć los.

Jednooki i Goblin nie chcieli płynąć.

– Nie płynę dzisiaj – oznajmił mi Jednooki.

– Ani ja – uparł się Goblin.

Widywałem już to chytre spojrzenie w ich oczach, kiedy przy kartach kantowali, rozdając z dołu talii.

– Czemu nie?

Wyglądali jak uosobienie szczerości.

– Tam nie jest bezpiecznie – powiedział Jednooki, kiedy Goblin przestał mnie wreszcie przekonywać o ich altruistycznym pragnieniu uchronienia świata przed szaleństwem Mogaby. – Ta suka spod Jałowca, Liza Dela Bomarsz, czeka tam na nas.

– Kto? – Nic mi to nie mówiło.

– Liza Bomarsz. Z Jałowca. Mała, paskudna suka. Uciekła z Maronem Zalewaczem. Zmienny wziął ją na swoją asystentkę, kiedy Kompania wyruszyła w drogę. Była tam, kiedy dopadliśmy Zmiennego. Stary pozwolił jej odejść. No i jest tam. Czyha na zdobycz i na okazję, żeby wyrównać rachunki. Próbowała już dwa razy.

– I dopiero teraz mi o tym mówicie? – Zdrowa dawka sceptycyzmu przydaje się zawsze, kiedy Jednokooki podpala się nadmiernie jakąś kwestią.

– Do tej pory nie było z nią problemu.

Po co się kłócić? Prawda była oczywista. Ci dwaj zrabowali zapasy i nie chcieli zostawić ich bez dozoru. Nie chcieli też, aby ktoś inny został z nimi sam na sam.

– A więc spróbujecie szczęścia z pozostałymi.

Bonhardż, Wujek Dodż, Goblin i Jednooki utkwili we mnie groźne spojrzenia.

– Nie powinienem losować – stwierdziłem.

– Może i nie – zachichotał Jednooki. – Ale to ty powiedziałeś, że wszyscy mamy próbować szczęścia.

Nie ciągnąłem jeszcze losu. Kłopot w tym, że wynik był przesądzony. W słoiku pozostał tylko jeden kamyk. Pięć czarnych kamieni przeznaczonych było dla Kompanii, a wyciągnięto tylko cztery.

Ruszę na ląd w pierwszej turze.

Dlaczego moi dowcipni kumple wyglądali na takich zadowolonych z siebie?

– Weź swój kamyk i pakuj tyłek – powiedział Goblin.

Chyba nie ustawiliby losowania, co? Nie. Nie ci dwaj. Byli wszak uosobieniem uczciwości.

– Ktoś chce kupić? – wyciągnąłem przewidziany czarny kamyk.

– Wypchaj się, Dzieciaku – powiedział Jednooki. – Poradzimy sobie bez ciebie. Znowu. Zresztą co może się stać przez jeden dzień?

– Pod waszym dowództwem? – Moje odejście, zanim ostatni brat z Czarnej Kompanii wyjdzie z miasta, nie wydawało mi się właściwe.

– Po prostu zbierz łachy i idź – warknął znowu Goblin. – Za godzinę będzie ciemno.

Ciągle siąpiła mżawka. Ciemność zapadnie wcześnie, chociaż nie na tyle, żeby zdążyć przepłynąć jezioro i wrócić dwukrotnie, tak aby tratwy pozostały niezauważone. Niech to szlag.

Sahra taszczyła odzież oraz dwa i pół kilograma ryżu i fasoli. Ja dźwigałem tobół zawierający namiot Niueng Bao, koce, przeróżne klamoty potrzebne na polu oraz To Tana uczepionego mego boku. Nigdy nie widziałem dzieciaka, który by był tak mało kłopotliwy jak on.

Tai Dei nie wyciągnął czarnego kamyka.

Zamierzałem cieszyć się jego nieobecnością.

Wyleźliśmy z mrowiska, zeszliśmy po schodach, przekroczyliśmy mur, weszliśmy na górę, przeszliśmy wzdłuż umocnień i zstąpiliśmy do wnętrza środkowej wieży. Wystarczyło mi tej gimnastyki.

Poza mną i Czerwonym Rudim obsadę mojej tratwy stanowili wyłącznie Niueng Bao. Wszyscy oni czekali cierpliwie na swoją kolej. Ludzie z wieży, skazani na wątłe oświetlenie, także pracowali wytrwale. Morale pozostawało wysokie.

– Ostrożnie – powiedział Klet, kiedy postawiłem stopę na pokładzie. Zaczął podawać mi dzieci. – Wybrałem ci dobrą tratwę, szefie, ale przewróci się, jeśli nie będziesz pilnował równowagi. Proszę miłą panią. – Pomógł Sahrze wejść na pokład. Przyjęła jego uprzejmość z olśniewającym uśmiechem.

– Dzięki, Klet. Zobaczymy się jutro wieczorem.

– Nie ma sprawy. Postaraj się o mięso i tancerki.

– Znajdę je.

– Uklęknij. Środek ciężkości musi być nisko, żeby to cholerstwo się nie wywróciło.

Rozejrzałem się wokół. Byliśmy gotowi do odpłynięcia.

Na pokładzie znajdowało się sześciu mężczyzn Niueng Bao. Wiosłowali. Pięciu przyprowadzi tratwę z powrotem. Pozostali – Rudi, ja i kaleki Niueng Bao około pięćdziesiątki – byli jedynymi dorosłymi płci męskiej na pokładzie. Było tam jeszcze piętnaścioro czy szesnaścioro dzieci i prawie tyle samo kobiet. Było nas za dużo, ale Niueng Bao nie ważyli wiele. Chciałem pomóc przy wiosłach, lecz ich mężczyźni nagle stracili zdolność pojmowania tagliańskiego.

– Jeśli chcą być ważni i zadzierać nosa, to niech się pocą za nas – prychnął Rudi.

– Dobra, ale nie wrzeszcz tak. Mamy być cicho jak mysz pod miotłą.

Okazało się, że Niueng Bao są zdolnymi wioślarzami, co nie powinno nas dziwić, zważywszy na ich pochodzenie.

Plusk wioseł był cichy jak spadające liście. Posuwaliśmy się błyskawicznie. Tratwy przed nami miały tagliańskich wioślarzy, którzy nie dość, że byli wolni, to jeszcze robili wiele hałasu. Moi z cichym szeptem skręcili w prawo i zaczęli mijać Taglian.

Po prawdzie cała operacja nie za bardzo zakrawała na cichą i ukrytą. Pluskały wiosła, ludzie wpadali na siebie, pomrukiwali i popychali, a czasem zderzali się z innymi tratwami. Lecz takie odgłosy dochodziły znad wody każdej nocy, a dzisiaj jeszcze mżawka dodatkowo tłumiła hałasy. No i, rzecz jasna, zmierzaliśmy prostym kursem jak najdalej od miasta. Latarnia w otwartej wieży słała nam snop światła umożliwiający nawigację.

Może jednak moi wioślarze nie obserwowali światła zbyt uważnie. Odpłynęliśmy za daleko i straciliśmy je całkiem z oczu.

Ktoś syknął.

Wiosła przestały się zanurzać. Ucichło nawet kwilenie maluchów, kiedy poczuły na ustach matczyną pierś lub dłoń.

Nic nie słyszałem.

Czekaliśmy.

Sahra delikatnie położyła dłoń na moim ramieniu na znak zaufania.

Potem usłyszałem niewprawne wiosłowanie. Ktoś był dalej niż my... Tyle że jego tratwa kierowała się w przeciwną stronę.

Na to było za wcześnie.

Dźwięk był coraz głośniejszy.

Tratwa zrównała się z nami. Była tak blisko, że pomimo ciemności i deszczu można z niej było nas dojrzeć.

Jakiś głos powiedział cicho parę słów. Słychać w nich było zdenerwowanie. To był język Gea-Xle. Znałem w nim może jakieś dwadzieścia słów, ale nie rozpoznałem żadnego z nich.

Nie musiałem ich jednać rozumieć. Wiedziałem, czyj to głos.

To był Mogaba.

Nie zauważono, aby wychodził w ciągu dnia. Z północnego i zachodniego barbakanu można było obserwować prawie całą powierzchnię jeziora.

Znaczyło to, że uciekł co najmniej poprzedniej nocy. A to z kolei wyjaśniałoby, dlaczego nikt nie odpowiedział na przechwycenie umocnień przez nas.

Co Mogaba mógł mieć tutaj do załatwienia?

Nar powiosłowali w ciemność. Podjęliśmy przerwaną podróż. Z rozmyślań wyrwało mnie szarpnięcie, kiedy tratwa osiadła na dnie.

Sahra i ja podnieśliśmy To Tana oraz nasze pakunki i wyszliśmy na brzeg. Malec spał, jakby ramiona jego ciotki były królewskim łożem.

Po chwili okazało się, że moi towarzysze, chociaż zupełnie nie znali tagliańskiego, oczekiwali, iż tu także przejmę dowodzenie. Bez wątpienia był to pomysł Wujka Dodża, ale tylko dopóki on sam się nie pojawi.

– Rudi, dopilnuj rozłożenia obozu – poleciłem.

Wpłynęliśmy z powrotem w główny trzon flotylli i dobiliśmy do brzegu, gdzie pozostali smakowali już cud życia poza murami Dedżagore.

Jakkolwiek włóczenie się po nocy w trakcie ulewy nie wydało mi się znaczącą odmianą.

– No dalej, ludzie. Nie możemy tak tutaj sterczeć. Zacznijcie rozbijać obóz. – Mieliśmy namioty, które Niueng Bao nieśli podczas swojej pielgrzymki. Mieliśmy też koce zwinięte wewnątrz tychże namiotów, tak że pozostały suche. – Niech ktoś nazbiera chrustu i rozpali ogień. – Łatwiej powiedzieć, niż zrobić przy tej pogodzie. – Brachu-rób, rusz się. Weź ludzi i postawcie ogrodzenie. Ty, Dżoro! Tak się nazywacie, sierżancie? – zwróciłem się do jednego z tagliańskich żołnierzy. – Wyślij patrol. Dalej! Dalej! Nie wiem, czy nie ma tu jakichś ludzi, którzy chcieliby nas zabić. – Kiedy jesteś zmarznięty, mokry i zmęczony, zaczyna być ci to obojętne.

Byłem tak wykończony, że ledwie trzymałem się na nogach, ale postanowiłem dawać przykład. Sahra poszła w moje ślady i pomagała mi. Podczas gdy ja pokrzykiwałem na ludzi, ona zmieniała mnie przy dziecku. Oczyma wyobraźni ujrzałem jednego z większych tyranów w dziejach, na przykład Krombaka Strasznego, jak rozkazuje swoim hordom, trzymając na ręku zasikanego smarka.

To Tan był dobrym dzieckiem, ale bez przerwy wymagał przewijania.

Wkrótce każdy uwijał się jak w ukropie. Postawiono namioty. Nacięto gałęzi na ognisko. Zabłysnął mały ogień i sypnął iskrami, aż rozpalił się na tyle, że można było zagotować wodę na ryż. Zebraliśmy deszczówkę do dzbanów opróżnionych z wina. Było nam już bez różnicy, czy zmokniemy jeszcze bardziej.

Wysłaliśmy nawet niewielki ładunek drewna na opał tratwą, która wracała do miasta. Nasi przyjaciele będą mogli także coś ugotować.

79

Przez długi czas zaznaliśmy tyle nędzy, że ta noc była tylko jeszcze jedną smutną harówką. Mieliśmy jako takie schronienie, kiepskie żarcie i odrobinę ciepła dla wszystkich. Potem wróciło światło, a deszcz zmienił się w kapuśniaczek. Sahra, To Tan i ja wpełzliśmy do namiotu i opatuliliśmy się kocami. Przez chwilę byłem niemal szczęśliwy.

To Tan był nadzwyczajny. Większość czasu był równie cichy jak Sahra, chociaż potrafił dać się we znaki marudzeniem, jeśli chciał. Zadowolony, zasnął natychmiast. Po raz pierwszy od tygodnia miał pełny brzuszek.

Ja także.

Zaznałem czterech godzin idealnie doskonałego snu, gdy zaczął się koszmar.

Najpierw przybrał kształt Ki Goty. Nie widziałem matki Sahry, od kiedy Wujek Dodż pochlebstwami nakłonił ją do opuszczenia mojej kwatery. Nie brakowało mi jej.

Ponieważ spałem, nie byłem świadkiem jej wdarcia się do namiotu. Kiedy się obudziłem, parskała już i wyła w mieszaninie mowy Niueng Bao i bardzo kiepskiego tagliańskiego. Sahra siedziała z otwartymi ustami i łzami w oczach.

To Tan zaczął płakać.

Ki Gota nie była nieczuła na łzy dziecka. Za paskudnym charakterem kryła się dusza babuni. Daleko za nim. Powiedziała coś do dzieciaka. Łagodnie!

Do namiotu wpadł Rudi.

– Chcesz, żebym wrzucił ją z powrotem do jeziora, Murgen?

– Co?

– Przed chwilą wypełzła z wody. Twierdzi, że ktoś próbował ją zamordować. Prawdopodobnie zepchnęli ją z tratwy, na której płynęła. Myślę sobie, że pewnie się o to prosiła.

– Pewnie tak. – Sahra spojrzała na mnie zaskoczona. Pomimo łez w oczach. – Ale muszę być miły. To prawie rodzina.

– No, człowieku… – Rudi wyszedł, potrząsając głową.

Sahra zaczęła gestykulować do matki. W jej ruchach widać było rozdrażnienie. To Tan patrzył na babcię, ssąc kciuk. Poczułem znany zapach.

– Idź do babuni – szepnąłem. – Pokaż, jak ślicznie chodzisz. – Nie zrozumiał mnie, ale ona tak. Wyciągnęła ramiona.

Mogę się założyć, że To Tan był jedyną osobą na świecie, która lubiła Ki Gotę. Podreptał do niej chwiejnym kroczkiem, a babcia natychmiast zapomniała, że jest mokra, zmarznięta i nieznośna.

Sahra spojrzała na mnie twardo. Wzruszyłem ramionami, wyszczerzyłem zęby i zrobiłem głupią minę.

– Znowu trzeba go przewinąć.

Rudi znalazł mnie, kiedy patrzyłem na miasto. Nad naszą częścią unosił się znowu dym.

– Brachu-rób właśnie przyskrzynił patrol, Murgen.

– Cholera. Jeśli się nie zameldują...?

– Mówi, że wiedzą, iż tu jesteśmy. Tylko węszyli wokół. Jest z nimi ten podejrzany typek Łabędź.

– A więc Jednooki miał jednak rację. Ktoś został ranny?

– Jeszcze nie.

– Dobrze. Dobrze. Przyglądali się obozowi? – Niueng Bao na wszelki wypadek zamaskowali obozowisko. Mogli wiedzieć, gdzie jest obóz, ale nie znali jego wielkości.

– Myślę, że dostrzegli jedynie dym. Brachu-rób mówi, że byli zaskoczeni wpierdzielem, jaki zaliczyli.

– On jest teraz z nimi?

– Tak.

– To niedobrze. Mogli go nie rozpoznać. – Wzruszyłem ramionami. – Na niektóre rzeczy nic nie poradzisz. Zajmę się nimi. Zaczekaj. – Wpadłem na Sahrę i jej matkę. – Cisza! – szczeknąłem, zanim stara zdążyła otworzyć usta. – Mamy kłopoty. Kto mówi za Niueng Bao? – Nie wiedziałem, kogo innego mogę o to zapytać. Ci dziwni ludzie robili, co im kazałem, jeśli to miało korzystny wpływ na naszą sytuację, ale się nie odzywali.

Stara położyła dziecko i wstała. Zmrużyła oczy. Miała słaby wzrok.

– Tam Dak! – wyszczekała.

Pojawił się kruchy starowinka. Oprócz ciężaru lat dźwigał na barkach dodatkowo ogromną wiązkę drewna na opał. Ki Gota przyzwała go władczym gestem. Stary pognał w naszą stronę krokiem nad wyraz szybkim.

Wyszedłem mu na spotkanie.

– Witaj, ojcze. Jestem tym, który kontaktował się z Mówcą – powiedziałem głośno i powoli.

– Nie jestem głuchy, chłopcze – odpowiedział w tagliańskim, lepszym niż mój. – I wiem, kim jesteś.

– Dobrze. A zatem przejdę do rzeczy. Żołnierze, którzy tu stacjonują, odkryli naszą obecność. Nie wiemy, jakie może być ich nastawienie do twego ludu. Jeśli są w kiepskim nastroju, nie pomogę wiele. Twoi wojownicy robili zwiady. Jesteście w stanie zniknąć?

Patrzył na mnie przez kilka sekund. Spojrzałem za siebie. Sahra podeszła i stanęła przy mnie. To Tan chichotał za naszymi plecami, bawiąc się z babcią. Starzec przeniósł spojrzenie na Sahrę. Przez chwilę wydawał się spoglądać w przeszłość. Zadrżał. Wyraz twarzy pozostał nieodgadniony.

– Tak.

– To dobrze. Zróbcie to, kiedy ja będę z nimi. – Wskazałem kciukiem na wzgórza. – Prześlę wiadomość przez Dodża. Znajdzie was.

Tam Dak wciąż spoglądał chłodno. Nie wrogo, ale bez zrozumienia. Nie zachowywałem się tak, jak powinien przykładny obcokrajowiec.

– Powodzenia. – Zwróciłem się teraz do Rudiego. – Oto plan. Niueng Bao muszą czmychać. Ja pójdę z Łabędziem. Kiedy dotrzemy do jego obozu, ponaprzykrzam się im trochę. Gdy dopilnujesz już, żeby wszyscy Niueng Bao wyruszyli, oporządzisz ten bajzel tak, aby wyglądał, jakbyśmy przygotowywali się na gości dziś w nocy. – Stary słyszał każde słowo. – Jak tylko wszyscy stąd odejdą, pamiętaj, ci ludzie nigdy nie istnieli – ciągnąłem.

– Ale...

– Zrób to. I niech zabiorą większość jedzenia. My możemy objadać bandę Pani. – Miałem taką nadzieję.

Rudi spojrzał na Sahrę. Wszyscy wydawali się myśleć, że to ona jest przyczyną. Wzruszył ramionami.

– Ty tu rządzisz. Chyba nie muszę wszystkiego rozumieć. Jak masz zamiar to jej wyjaśnić?

– Nie muszę. – Ruszyłem w stronę miejsca, gdzie zatrzymano patrol Łabędzia.

Sahra przystanęła, żeby chwycić To Tana, i ruszyła za mną.

– Zostań tutaj – rozkazałem jej. Popatrzyła na mnie tępo, porażona nagłą głuchotą. Zrobiłem parę kroków i ona także. – Musisz zostać z twoimi ludźmi.

Nikły uśmiech wykrzywił jej usta. Pokręciła głową.

Hong Trej nie była jedyną wiedźmą w rodzinie.

– Ki Gota...

Bęc!

– Ty, Żołnierzu Ciemności! Popsułeś ją, a teraz nie jest wystarczająco dobra? Moja matka była okrutną wiedźmą, ale... – Zaczęła szwargotać niezrozumiale, lecz ani o ton ciszej. Spojrzałem na Tam Daka. Stał niewzruszony, ale założę się o moje miejsce w niebie, że miał ochotę parsknąć śmiechem.

– Pieprzyć to, Rudi! Zorientuj się, które rzeczy należą do Sahry, i dopilnuj, żeby zostały w naszym namiocie. Dalej, kobieto.

80

O cholera – mruknął Łabędź, kiedy ujrzał mnie wreszcie. – Nie dziwi mnie, że wróciłeś.

– Łapy przy sobie, przystojniaku. Ej, Niueng Bao! Kiedy stąd wyjdziesz, idź spotkać się z Tam Dakiem. To ważne. Taglianie, pogadajcie z Rudim z Kompanii – zwróciłem się do Łabędzia. – Tam. Mamy tam kilku snajperów. Tak na wszelki wypadek.

Zatrzymał się, gapiąc się na Sahrę.

– Przepraszam. Znalazłeś prawdziwe cacko, co? – Był na tyle uprzejmy, że uczynił tę uwagę w forsberskim.

– Tak. Znalazłem. Co tu się dzieje? Ocknąłem się tamtego dnia, kiedy moi czarodzieje przeprowadzili na mnie eksperyment, i odkryłem, że ktoś wpakował się do mojej głowy i namieszał mi we wspomnieniach. Okazuje się, że jestem znów tam, z powrotem w kuchni demonów, poluję na szczury i walczę z kanibalami, a tymczasem moi tak zwani przyjaciele obijają się i nawet nie mówią mi, że Władca Cienia nie żyje.

Łabędź spojrzał na mnie tępo.

– Ale... Wiedziałeś o tym, Murgen. Byłeś tam, kiedy zabiliśmy tego gnojka. Byłeś tam jeszcze przez tydzień.

– Zabiliście go?

Zaczęło świtać.

– Nie chciałeś wracać z powrotem? Powiedziała ci...

– Nie. Nie chciałem. Kiedy znalazłem się na tamtej drodze, pomyślałem, że uciekam przed Kręcącym. Naprawdę sądziłem, że nie dotarłem do was. Tak myślę. – Kiedy próbowałem to zrozumieć, wszystko stawało się coraz bardziej poplątane.

Ktoś krzyknął coś w języku Niueng Bao. Moi wojacy nie słuchali rozkazów.

– Czy może pan tu przyjść, panie Murgen? – zawołał ktoś inny po tagliańsku.

– Nie wiem, co się dzieje – powiedziałem do Łabędzia. – Trzymaj się mocno swego. Ci faceci są bardzo drażliwi.

– Nie mam innego celu w życiu.

– Mówię poważnie. To naprawdę szaleńcy. Zrozumiałbyś, gdybyś spędził tu ostatnich kilka miesięcy. – Wdrapałem się na strome zbocze, gdzie jakiś Taglianin klęczał w poplątanych krzakach razem z piętnastoletnim Niueng Bao.

Chłopiec wskazał ręką, chcąc pierwszy przekazać złe wieści.

Nad Dedżagore unosił się świeży dym. Z północnego barbakanu, jak mi się wydawało. Wyglądało na to, że toczy się tam walka.

Liliowy błysk powiedział mi, że są w to zamieszani Goblin i Jednooki.

Mogaba musiał podjąć próbę odzyskania barbakanu.

Zauważyłem także błyski przy Bramie Zachodniej.

– Przeklęty Mogaba. Dzięki, chłopcy. Niestety, nie możemy nic dla was zrobić. – Miałem nadzieję, że Goblin i Jednooki wykroją Mogabie nową dziurę w dupie. – Wracajcie do obozu, dobrze? Jest dużo pracy.

Pani nie było. Dowodził Brzeszczot i po prostu się lenił, zbierając uciekinierów z miasta i pilnując, żeby nie donosili o Kręcącym z powrotem tym, co tam zostali. Sam się przyznał do tego.

– Ona tego właśnie chce. – Zdawał się nie zwracać uwagi na Sahrę, w przeciwieństwie do pozostałych mężczyzn w obozie.

– Ma szczęście, że jej tu nie ma – huczałem niezadowolony. – Przełożyłbym ją przez kolano.

Ponieważ nie było nic innego do roboty, obijałem się razem z nim, Łabędziem i Kordkiem, dopóki nie zaczęło się ściemniać. Ktoś znalazł To Tanowi szczeniaczka do zabawy.

– Lepiej wracajmy do naszych – powiedziałem, kiedy zrobiło się późno. – Będą się niepokoić.

– Nie można, koleś – oznajmił Mafer.

– Powiedziała, że nie ma wyjątków – dorzucił Brzeszczot.

Powietrze się ochłodziło. Obdarzyłem ich spojrzeniem Niueng Bao. Łabędź i Mafer odwrócili wzrok. Brzeszczot skrzywił się tylko.

Sahra wydawała się spokojna. Przypuszczam, że po Dedżagore trudno było jej wyobrazić sobie coś jeszcze gorszego. Uśmiechała się nawet.

– Domyślam się, że więzienie jest tam, gdzie zawsze. – Doskonale pamiętałem tę część mojej ostatniej wizyty.

– Ulokujemy cię o wiele wygodniej – obiecał Brzeszczot.

– Pokażę ci, gdzie będziesz spał – zaofiarował się Mafer.

Kiedy Łabędź uznał, że jesteśmy dość daleko, żeby podsłuchiwać, zwrócił się do Brzeszczota.

– Przyjrzałeś się jej? To naprawdę niepokojąca kobieta.

Zerknąłem na Sahrę. Zakładam, że ona też to usłyszała, ale zachowała niewzruszone oblicze.

Jeśli Brzeszczot coś odpowiedział, uczynił to znacznie ciszej.

Dalej przypatrywałam się Sahrze wnikliwie i rozmyślałem, cóż takiego dostrzegł Łabędź.

81

Namiot był zupełnie przyzwoity. Musiał należeć do jakiegoś średniego stopniem oficera Ziem Cienia. Nie byliśmy byle jakimi gośćmi. Dostaliśmy także człowieka, który miał zadbać o naszą wygodę i kolację. Wyglądało na to, że wojsko Brzeszczota radziło sobie nieźle z grabieniem żywności. Od dawna nie jadłem tak dobrze.

– Do pełnego szczęścia brakuje mi tylko... kąpieli – oznajmiłem naszemu człowiekowi, którego imienia nigdy nie udało mi się zapamiętać. Sahra obdarzyła go uśmiechem, który stopiłby stalowy pancerz. Pomysł spodobał się jej bardzo. – Jestem tak brudny, że moje pchły dostały wszy.

Musieli chyba czuć się bardzo winni, bo godzinę później ukazało się kilku żołnierzy uginających się pod ciężarem złupionego gdzieś kamiennego końskiego żłobu. Razem z nimi przyszli ludzie niosący wiadra gorącej wody.

– Pewnie umarliśmy i zmartwychwstaliśmy jako książęta – rzekłem z uśmiechem do Sahry.

Nasz namiot był wystarczająco obszerny, żeby pomieścić wannę z wodą, a i tak zostało jeszcze dużo miejsca.

– I co ty na to? – zapytał Łabędź.

– Gdyby nie to, że moi przyjaciele walczą tam i umierają, poprosiłbym o dożywocie.

– Spokojnie, Murgen. Wszystko się wyjaśni.

– Wiem, Łabędź. Wiem. Ale niektórzy z nas nie będą tym zachwyceni.

– No cóż. Dobranoc.

To była dobra noc. Poczynając od kąpieli, Sahra określiła jasno charakter naszej znajomości. Okazała się taka, jak niektórzy podejrzewali lub się tego obawiali. Zdumiała mnie jej zdolność do porozumiewania się bez słów. Byłem zachwycony, że w samym środku tego nieustającego piekła tak piękny kwiat zakwitł i przeciwstawił się nocy.

Od miesięcy nie spałem tak długo i dobrze. Może jakaś cząstka mnie pozwoliła sobie na rozluźnienie.

Obudziła mnie woda na twarzy.

– Co jest? – Uchyliłem powieki i podskoczyłem natychmiast. Sahra także usiadła. – To Tan? Co ty wyprawiasz, dziecko? – Mały, przechylony przez krawędź wanny, rozchlapywał wodę. Spojrzał na mnie, uśmiechnął się i powiedział coś w dziecinnej mowie Niueng Bao, co zabrzmiało jak „tata".

– Co się dzieje?

Sahra wzruszyła ramionami. To Tan znowu powiedział: „Tata" i wyszedł z namiotu.

Coś działo się na zewnątrz. Chwyciłem ubranie, wbiłem się w nie i wytknąłem głowę z namiotu.

– Psiakrew! Skąd się tu wzięliście? – Przed namiotem siedzieli Tai Dei i Wujek Dodż. Na kolanach trzymali miecze. Dzięki bogu nieobnażone. Grupki Taglian przechadzały się obok, żeby im się przyjrzeć. Domyśliłem się, że przybyli niedawno i nie poprosili o pozwolenie wejścia do obozu i zajęcia tych pozycji.

Pojawili się Łabędź i Mafer.

– Tylko jedna grupa wydostała się ostatniej nocy – relacjonował Wujek. – Czarni ludzie zaatakowali. Jest wielu rannych. Zniszczono wiele tratw. Ale ich żołnierze nie chcieli walczyć i wielu pragnęło dołączyć do Bonhardża.

– Kim są ci faceci, do cholery? – dopytywał się Łabędź. – Jak tu weszli?

– Reszta rodziny. Sądzę, że się zakradli. Są w tym dobrzy. W sposób oczywisty twoje obwarowania się nie sprawdzają.

Brzeszczot wrzasnął coś z daleka.

– Pierdoły – burknął Łabędź. – Czego znowu? – Potruchtał do Brzeszczota.

Mafer rzucił okiem na Tai Deia i Dodża, wzruszył ramionami i pobiegł za Łabędziem. Wujek powiedział coś do Sahry. Skinęła głową. Pewnie chciał wiedzieć, czy nic jej nie jest.

To Tan wdrapał się ojcu na kolana.

– Zrobiłeś dobrze – powiedział Dodż. – Zrobiłeś więcej, niż musiałeś, chorąży. Nasi ludzie są bezpieczni daleko stąd, a ci tutaj nic o nich nie wiedzą.

– Tak? Świetnie. A co z moimi ludźmi?

– Nie wyszli. Czarownicy chcą dokończyć swą zemstę na Mogabie. Może wrócą dziś w nocy.

82

Jednak nie pojawili się tej nocy. Nie pojawili się także następnej, jakkolwiek zamiast Kompanii przysłali mnóstwo Taglian i Dżajkuri.

Dwa dni później Mafer powiedział mi w końcu, o co chodziło, kiedy Brzeszczot przerwał naszą dyskusję o Wujku Dodżu i Tai Deiu.

– Murgen, za godzinę lub dwie będzie tu Konował. Mógłbyś podsunąć mu jakieś dobre słowo.

– Co?

To wcale nie była godzina i to nie był ten sam Stary. Konował podróżował z Prabrindrahem Drahem we własnej osobie. Wyglądał, jakby jego życie biegło pod górkę. Ruszyłem w jego kierunku, zatrzymując się co chwila, niepewny, kim jesteśmy dla siebie po tak długim czasie.

– To ja. Jestem prawdziwy – odezwał się, zeskakując z konia.

– Ale przecież widziałem twoją śmierć.

– Nie. Widziałeś, jak dostałem. Kiedy nawiewałeś, jeszcze oddychałem.

– Doprawdy? Byłeś w takim stanie, że nie było sposobu...

– A raczej nie powinno być. To długa historia. Możemy przewałkować ten temat kiedyś przy kilku piwach. – Skinął ręką. Jakiś żołnierz nadbiegł kłusem. Konował chwycił włócznię, długą niemal jak pika, i podsunął mi ją. – Masz. Zostawiłeś to, kiedy pognałeś udawać Stwórcę Wdów.

Nie mogłem w to uwierzyć. Nie od razu. To było drzewce sztandaru.

– Nie weźmiesz go?

– Naprawdę! Byłem prawie pewny, że przepadło. – Pomimo tego, co powiedziałem Mogabie. – Nie masz pojęcia, jak czułem się winny. Chociaż wydawało mi się, że widziałem je pewnego razu... To naprawdę ty? – Przyjrzałem mu się uważniej. Pamiętając iluzje wyczarowane przez Goblina i Jednookiego, nie byłem jeszcze w stanie uwierzyć własnym oczom.

– To ja. Naprawdę. Żywy i w dobrym nastroju, żeby skopać czyjś tyłek. Ale nie to mi teraz w głowie. Gdzie jest Pani?

Biedaczek. Brzeszczot przekazał mu złe wieści. Jego ukochana odeszła ponad tydzień temu, kierując się na północ. Minęli się po drodze.

Łabędź i Mafer przejęci byli obecnością księcia, przypuszczalnie ich szefa.

Po co właściwie przyjechał?

Zauważyłem, że ciężkie spojrzenie Konowała spoczęło na Sindu, który dowodził po odejściu Pani.

– Murgen, przestań się gzić z tym cholerstwem – warknął Stary. – Muszę ją dogonić. Jest niedaleko. Czy ktoś zabierze tę przeklętą kobyłę? – Jeden z żołnierzy chwycił wodze wierzchowca. – Zejdźmy z tego słońca.

– Chcę usłyszeć twoją historię – powiedziałem. – Póki świeża.

– Zamierzasz umieścić ją w Kronikach? Nie przestałeś ich prowadzić?

– Próbowałem. Tyle że musiałem zostawić je w mieście. – Mnie też się to nie podobało. Jednooki zaklinał się, że będzie ich pilnował, lecz czy je przywiezie?

– Już czekam z niecierpliwością, żeby przeczytać Księgę Murgena. Jeżeli będzie coś warta, masz zajęcie na resztę życia.

Łabędź wspomniał coś o tym, że Pani zamierza napisać własną księgę, jeśli znajdzie trochę czasu. Konował cisnął kamieniem w kruka. Widziałem je po raz pierwszy od nocnego spotkania z albinosem. Może sam je sprowadził. W skrócie opowiedziałem, co się działo w Dedżagore.

– Domyślam się, że nikomu nie było do śmiechu. Wygląda na to, że główny problem stanowi Mogaba. Lepiej się nim zająć. Ilu tam jest jeszcze ludzi?

– Moim zdaniem on i Nar mają tysiąc do półtora tysiąca ludzi. Nie wiem, ilu ja mam. Każdej nocy ktoś się pojawia, ale straciłem rachubę, od kiedy tutaj zostałem mianowany więźniem. Goblin, Jednooki i większość Kompanii są tam nadal. – Miałem nadzieję, że Wujek Dodż oraz Tai Dei skorzystają z tego chaosu i wyruszą w drogę razem z Sahrą i To Tanem.

– Dlaczego zostali?

– Nie chcą stamtąd odejść. Mówią, że będą czekać, aż Pani odzyska na powrót wszystkie swoje siły. Mówią, że na zewnątrz coś na nich czyha.

– Odzyska siły?

– Tak właśnie się dzieje – potwierdził Brzeszczot.

– Hm. No to czego oni się boją, Murgen?

– Uczennicy Zmiennokształtnego. Tej suki z Jałowca. Raz już prawie dopadła Jednookiego... – Dlaczego teraz wierzyłem temu małemu szczurowi, a nie chciałem uwierzyć, kiedy mi o tym opowiadał?

Przez sekundę ujrzałem Jednookiego przedzierającego się przez noc. Kły śmierci były coraz bliżej. Wizja była tak wyraźna jak niedawne wspomnienie.

– Pamiętam ją. Godna uwagi. Maron Zalewacz powinien był zająć się nią, kiedy miał okazję.

– Najwidoczniej chce wyrównać z nami rachunki, idąc w ślady Zmiennego. Może być także uwięziona w kształcie forwalaki. To zresztą nie robi nikomu różnicy, jak sądzę. Ale jeśli miałbyś ochotę spytać o moje zdanie, to uważam, że ona jest tylko wymówką. Chcą zostać tam, gdzie są, bo inaczej musieliby pewnie pozostawić coś za sobą.

– Na przykład co?

– To Goblin i Jednooki. – Wzruszyłem ramionami. – Mieli całe miesiące na złodziejstwo i kombinacje.

– Opowiedz mi o Mogabie.

Teraz zaczęła się ponura opowieść.

Zanim dobiegła końca, nawet paskudny Sindu potępiał Nar.

– Skończę z tym. Chcesz zanieść wiadomość Mogabie?

Spojrzałem przez ramię, żeby zobaczyć faceta, do którego mówił. Ale nikogo tam nie było.

– Kpisz sobie? Nie, dopóki nie dostanę takiego rozkazu. A i wówczas nawet może nie. Mogaba chce mojej głowy. Nie wspominając o sercu i wątrobie na śniadanie. Jest teraz tak szalony, że rzuciłby się na mnie, nawet gdybyś stał tuż za mną.

– Znajdę kogoś innego.

– Świetny pomysł.

– Ja pójdę – zaofiarował się Łabędź i wdał się w kłótnię z Maferem. Najwidoczniej Wierzba chciał coś sobie udowodnić, a Kordek nie chciał uwierzyć w to, że istnieje taka potrzeba, aby się w to mieszał.

83

Moja pozycja w obozie radykalnie się zmieniła. Nagle nie byłem już więźniem i nie zabraniano mi robić niczego, co służyłoby wspólnemu dobru.

Jedynym problemem było zimno w namiocie. Wszystko, co zostało mi po Sahrze i Niueng Bao, to jadeitowy amulet, który wzięła od Hong Trej, zanim wyniosła dziecko z miejsca rzezi.

– Gotowy? – dopytywał się Konował, kiedy spotkał mnie przed namiotem mozolącego się nad sztandarem.

Pokazałem mu, co zrobiłem.

– Może być?

– Świetny. Jesteś gotów.

– Jak nigdy. – Dotknąłem jadeitowego amuletu.

– Jest aż tak ładna?

– Bardzo.

– Chcę usłyszeć wszystko o jej ludzie.

– Może kiedyś.

Przeszliśmy przez wzgórza i zeszliśmy na brzeg. Sporych rozmiarów łódź była już na jeziorze. Żołnierze Brzeszczota przenieśli ją lądem po nieudanej próbie przeprowadzenia kanałem z najbliższej rzeki do jeziora. Zajęliśmy z Konowałem pozycje na wyższym pagórku. Rozpostarłem sztandar. Zobaczą go w mieście, nawet jeśli nie rozpoznają mnie ani Starego.

Mogaba chciał wiedzieć, gdzie jest sztandar? Proszę bardzo, niech sam zobaczy.

W czasie, gdy łódź przecięła jezioro i powróciła, zastanawialiśmy się z Konowałem, dlaczego Mogaba i Pani tak bardzo chcą dowodzić.

– Wygląda na to, że Łabędź jest skuteczny. Widzisz, co się dzieje?

– Chyba ktoś czarny wsiada do łodzi.

Tym kimś okazał się Sindawe.

– Ten facet był zawsze wobec nas w porządku. Na tyle, na ile mógł, mając Mogabę za szefa – powiedziałem do Starego. – Ocziba, Isi i jeszcze paru też nie byli źli. Ale nie odmówiliby wykonania rozkazu.

Sindawe wysiadł na brzeg. Konował pozdrowił go. Odpowiedział niepewnie i spojrzał na mnie, czekając na wskazówki. Wzruszyłem ramionami. Był sam. Nie miałem pojęcia, do czego to wszystko zmierza.

Nar upewnił się, że stoi twarzą w twarz z prawdziwym Kapitanem.

– Zejdźmy z widoku i porozmawiajmy – zaproponował, kiedy zadowoliło go to, co ujrzał.

Stary uczynił niewielki gest, który dał mi do zrozumienia, że powinienem zostawić ich zupełnie samych. Obeszli pagórek i usiedli na skale. Długo rozmawiali przyciszonymi głosami. W końcu Sindawe podniósł się i poszedł z powrotem do łodzi. Wyglądał jak człowiek przygnieciony niewiarygodnie wielkim ciężarem.

– Co się dzieje? – zapytałem Konowała. – Wygląda, jakby przywaliło go ze dwadzieścia lat trosk, a on ledwo się spod nich wyrwał.

– Okrutne czasy, Murgen. Poczucie, że jest się moralnie zmuszonym do zdrady kogoś, kto od dzieciństwa był twoim najlepszym przyjacielem...

– Co?

Nie chciał powiedzieć już nic więcej.

– Pójdziemy tam. Zamierzam się spotkać z Mogabą nos w nos.

Pomyślałem o tysiącu argumentów przemawiających przeciw, ale dałem sobie spokój. Nie posłuchałby.

– Beze mnie. – Zadrżałem. Poczułem na plecach chłód, który pojawia się ponoć, kiedy ktoś przejdzie po miejscu, w którym wykopią ci grób.

Konował spojrzał na mnie twardo. Energicznie wbiłem drzewce sztandaru w ziemię, co znaczyło: „Zostaję tutaj". Chrząknął, odwrócił się i zszedł do łodzi. Ta kreatura Sindu wypełzł nie wiadomo skąd i dołączył do nas. Byłem ciekawy, ile zdołał podsłuchać z rozmowy Sindawe z Konowałem. Prawdopodobnie ani słowa. Stary posługiwał się dialektem Miast Klejnotów.

Kiedy łódź znalazła się na wodzie, usiadłem koło sztandaru, przywarłem do drzewca i próbowałem zrozumieć, co uniemożliwia mi powrót do miasta.

84

Przez jakiś czas nie miałem ataków. Już nie miałem się na baczności. Ten zaczął się zdradziecko. Po prostu straciłem ostrość widzenia i odpłynąłem w leniwy sen na jawie. Patrzyłem na Dedżagore, ale tak naprawdę nie widziałem już miasta. Myślałem o kobiecie, która wkroczyła w moje życie, i o tej niegdysiejszej, która już z niego odeszła. Tęskniłem za Sahrą i poważnym To Tanem.

Biały kruk usiadł na poprzecznym drzewcu sztandaru i zakrakał na mnie. Zignorowałem go.

Stałem na skraju lśniącego łanu pszenicy. Na środku pola, trzydzieści metrów ode mnie, wyrastał poskręcany i połamany, czarny pień drzewa. W oddali lśniły zaczarowane wieże Przeoczenia. O dzień drogi stąd. Rozpoznałem je, nie rozumiejąc, w jaki sposób.

Nagle kruki wzbiły się i zaczęły krążyć wokół, a potem poleciały w tamtym kierunku, tworząc nietypowe dla nich stado. Albinos kołował, trzymając się za nimi.

Pień rozbłysł i zgasł.

Stała tam kobieta. Była bardzo podobna do Pani, ale jeszcze piękniejsza. Wydawała się patrzeć na wskroś przeze mnie. Albo na mnie i do mego wnętrza. Uśmiechała się złośliwie, figlarnie, uwodzicielsko, a może obłąkańczo. Biały kruk przysiadł na chwilę na jej ramieniu.

– Jesteś niemożliwy.

Jej uśmiech rozsypał się kaskadą śmiechu.

Jeżeli nie byłem zupełnie, nieuchronnie szalony, mogła to być tylko jedna osoba. Umarła na długo przedtem, zanim przyłączyłem się do Kompanii.

Duszołap.

Konował był przy jej upadku.

Duszołap.

To by wiele wyjaśniało. To rozjaśniało mrok wielu tajemnic. Ale jak to możliwe?

Ogromna, czarna bestia, podobna trochę do hebanowego tygrysa, przeszła obok mnie i przysiadła obok kobiety. W jej zachowaniu nie było nic służalczego.

Bałem się. Jeśli Duszołap żyła i zamierzała się wmieszać w koniec tego świata, mogła stać się dla niego największym zagrożeniem. Była potężniejsza niż Długi Cień, Wyjec czy nawet Pani. Ale jeśli pozostała taka jak w dawnych czasach, wolała używać swoich talentów nieznacznie, dla czystej złośliwości lub zabawy.

Mrugnęła do mnie. Potem okręciła się wokół i zniknęła, zostawiając za sobą śmiech tnący powietrze. Jej radość udzieliła się białemu krukowi.

Forwalaka znudził się przedstawieniem i odszedł.

Zemdlałem.

85

Kruk zakrakał nad moją głową.

Czyjaś dłoń niezbyt łagodnie potrząsnęła mnie za ramię

– Nic panu nie jest? Wszystko w porządku?

– Co? – Siedziałem na kamiennym stopniu, trzymając się kurczowo masywnych, drewnianych drzwi. Kruk albinos przechadzał się tam i z powrotem po ich górnej krawędzi. Człowiek, który trzymał mnie za ramię, próbował przegonić ptaka, używając do tego wolnej ręki i soczystych przekleństw. Był ogromny i owłosiony.

Był środek nocy. Światło pochodziło z latarni, którą ustawił na kocich łbach bruku. Dawało wrażenie oczu lśniących nisko nad ulicą. Przez chwilę myślałem, że widzę przemykające obok ogromne stworzenie podobne do kota.

Mężczyzna był Szadarem z patrolu. Wyzwoliciel zatrudnił ich, aby przemierzali ulice po zmroku, utrzymywali porządek i mieli oko na podejrzanych przybyszów.

Z ciemności dobiegł czyjś śmiech. Gość nie sprawił się dobrze. To ja miałem tu być dobrym facetem. A ona była podejrzanym przybyszem.

Byłem w Taglios!

Poczułem zapach dymu. Latarnia?

Nie. Zapach dochodził z klatki schodowej za moimi plecami.

Przypomniałem sobie upuszczenie lampy. Przypomniałem sobie miejsce i czas.

– Nic mi nie jest. Zwykły zawrót głowy.

Znowu śmiech z drugiej strony ulicy.

Szadar zerknął w tył, ale poza tym wydawał się niewzruszony. Nie chciał uwierzyć w moją historię. Chciał wiedzieć natychmiast, co jest nie tak, tu i teraz. Nie lubił obcych. A my z Północy byliśmy wszyscy pijakami i szaleńcami. Lecz, niestety, mieliśmy także dobre układy z pałacem.

Wstałem. Musiałem iść. Mój umysł się przejaśniał. Docierała do mnie prawda. Rozpaczliwie pragnąłem odszukać stare, znajome wejście do pałacu. Musiałem szybko znaleźć się w swoim pokoju.

Musiało być po północy. Księżyc rzucił nagle światło na ulicę. Widziałem kobietę przyglądającą mi się z przeciwnej jej strony. Chciałem powiedzieć coś do Szadara, ale z oddali dobiegł nas ostry dźwięk gwizdka. Wskazał kierunek, w którym potwór miał zmierzać. Inny patrolujący potrzebował wsparcia.

– Uważaj na siebie, cudzoziemcze – powiedział Szadar i pobiegł w tamtą stronę.

Ja też pobiegłem, nie zatrzymując się przy zamkniętych drzwiach.

Dotarłem do wejścia, którego zawsze używałem. Coś było nie tak. Straże Mafera powinny pełnić tu służbę.

Poza nożem nie miałem żadnej broni. Wyciągnąłem go, wyobrażając sobie, że jestem groźnym komandosem. Ludzie Mafera nigdy nie zostawiliby niechronionych drzwi. Nie można było ich przekupić.

Znalazłem wartowników w stróżówce. Zostali uduszeni.

Nie ma już potrzeby przesłuchiwać więźnia. Ale kto był celem? Stary? Prawie na pewno. Radisza? Być może. Nikt inny nie był tak ważny.

Zwalczyłem napad paniki i zdołałem się powstrzymać od gnania na oślep przed siebie. Tak czy inaczej, byli tu Tai Dei i Wujek Dodż.

Zdarłem koszulę z jednego z martwych strażników i owinąłem sobie szyję. To powinno stanowić jakąś ochronę przeciwko rumlowi Dusicieli. Potem skoczyłem na górę niczym górska kozica, która wyszła z wprawy. Dotarłem na swoje piętro tak osłabiony, że musiałem oprzeć się o ścianę i opanować mdłości. Nogi miałem jak z waty.

Alarm rozbrzmiał dookoła. Zaczęło się, kiedy tam stałem. Odzyskałem oddech, wyszedłem na korytarz i potknąłem się o martwego mężczyznę.

Był brudny i potwornie wychudzony. Ostrze miecza pozostawiło cięcie od lewego barku do prawego biodra. Jego prawa dłoń leżała trzy metry dalej, wciąż ściskając czarny rumel. Wszędzie była krew. Jeszcze sączyła się z ciała.

Patrzyłem na szal. Martwy człowiek mordował wiele razy. Teraz Kina zdradziła go.

Taka zdrada jest jedną z najmilszych cech bogini.

Tak czysto i głęboko mogła ciąć jedynie Spopielająca Różdżka.

Kolejny trup leżał przy drzwiach mojego pokoju. Trzeci spoczywał w samych drzwiach, nie pozwalając się im zamknąć.

Krew była świeża. Jeszcze sączyła się z ciał. Much było na razie niewiele.

Mimo że nie chciałem tego robić, wszedłem do swojej kwatery, gotów zatopić zęby we wszystkim, co się poruszy.

Poczułem jakiś zapach.

Odwróciłem się i zamachnąłem nożem, kiedy ktoś drobny, śniady i brudny skoczył na mnie, uderzył i odrzucił do tyłu. Czarny rumel okręcił się wokół mojej szyi, ale koszula przeszkodziła Dusicielowi w wykonaniu zadania.

Zatoczyłem się na stół. W tyle głowy pojawił się ostry ból.

– Tylko znowu nie to! – krzyknąłem bezgłośnie.

Zapadła ciemność.

Zbudziła mnie boleść. Moje ramię płonęło.

Upadając na stół, przewróciłem lampę. Moje papiery i Kroniki płonęły. Ja także. Zerwałem się, wrzeszcząc i uderzając po ramieniu, a kiedy zdusiłem ogień, zacząłem miotać się dokoła, próbując ocalić papiery. Niczego nie widziałem i o niczym innym nie myślałem. Moje życie uchodziło z dymem. A za tym dymem skrywał się tylko dom bólu, tylko ponure lata.

Daleko po drugiej stronie długiego, strasznego tunelu ujrzałem Wujka Dodża klęczącego u boku Tai Deia. Pomiędzy nami leżało trzech martwych ludzi. Podłoga zalana była ich krwią. Dwóch zmarłych miało charakterystyczne, precyzyjne cięcia Spopielającej Różdżki. Trzeci padł od ciosu zadanego w poprzek korpusu. Rana miała nierówne brzegi. Widać mordercę opanowała niepohamowana wściekłość.

Wujek trzymał głowę Tai Deia na piersi. Lewe ramię leżącego zwisało, jakby złamane, a prawe utrzymywało To Tana na jego kolanach. Głowa chłopca przekrzywiona była pod dziwacznym kątem. Twarz Tai Deia była blada, a jego myśli błądziły po innym świecie.

Wujek Dodż wstał, podszedł do mnie, spojrzał mi w oczy i potrząsnął głową. Potem przystąpił bliżej i otoczył mnie swymi mocarnymi ramionami.

– Było ich zbyt wielu. Wszystko stało się za szybko.

Upadłem.

To była teraźniejszość. To było dzisiaj. To było nowe pandemonium, w którym nie chciałem brać udziału.

...szczątki...

...jedynie poczerniałe szczątki, rozsypujące się w moich dłoniach. Zbrązowiałe narożniki kart, na których widnieje parę słów spisanych niewprawną dłonią. Ich kontekst pozostanie już na zawsze nieznany.

To wszystko, co pozostało z dwóch tomów Kronik. Tysiące godzin pracy. Cztery lata historii. Przepadły na zawsze.

Wujek Dodż chce czegoś. Ma zamiar napoić mnie jakąś leczniczą miksturą Niueng Bao.

Szczątki...

...wszędzie wokół szczątki mojej pracy, mojego życia, mej miłości i mojego bólu, rozproszone w tym ponurym czasie…

A w ciemności widać tylko skorupy czasu.

Hej tam! Witajcie w mieście umarłych...

86

Mój pokój zapełnił się strażnikami.

Co się dzieje? Nie byłem niczego pewny. Kolejny atak?

Dym. Krew. Teraźniejszość. Trudny czas dyszący bólem, niczym smok ogniem.

Uświadomiłem sobie obecność Kapitana. Nadszedł z tylnej części naszego lokum, potrząsając głową. Przyjrzał się uważnie Wujkowi Dodżowi.

Na to wpadł Kordek Mafer, spoglądając jak człowiek, który zetknął się właśnie z najgorszym koszmarem w swoim długim i nieszczęśliwym życiu. Podszedł prosto do Kapitana.

– ...wszędzie martwi ludzie – usłyszałem tylko.

Nie uchwyciłem odpowiedzi Konowała.

– ...był za tobą?

Konował wzruszył ramionami.

– Wychodziłeś ostatni...

Wbiegł Strażnik i szepnął coś do Mafera.

– Słuchajcie! – warknął Kordek. – Tu są jeszcze żywi. Bądźcie ostrożni. – On i Stary podeszli trochę bliżej. – Zgubili się w labiryntach. Potrzebujemy Jednookiego, żeby odnaleźć wszystkich.

– To zamieszanie nigdy się nie skończy, prawda? – Konował był naprawdę zmęczony.

– Oni tylko zaczęli właśnie płacić – odezwał się Dodż. Jego tagliański był doskonały, zważywszy na to, że jeszcze wczoraj nie mógł powiedzieć ani słowa.

Za nami pojawiła się Matka Gota, zgarbiona i człapiąca powolutku. Typowa kobieta Niueng Bao, radząca sobie z katastrofą parzeniem herbaty. To był prawdopodobnie najgorszy dzień w jej życiu.

Kapitan posłał Wujkowi kolejne badawcze spojrzenie i ukląkł przy mnie.

– Co tu się stało, Murgen?

– Nie jestem pewny. Wlazłem w sam środek. Dźgnąłem faceta nożem. Tamtego. Upadłem na stół. Potknąłem się i spadłem przez dziurę w czasie. Chyba. Ocknąłem się w ogniu. – Wokół mnie ciągle walały się zwęglone stronice. Ramię bolało jak diabli. – Wszędzie były trupy. Straciłem przytomność. Następne, co pamiętam, to ta chwila.

Konował uchwycił spojrzenie Mafera. Machnął prawą dłonią, wskazując Wujka Dodża.

Kordek poprosił Dodża, żeby opowiedział swoją historię. Mówił doskonale w języku Niueng Bao.

Doprawdy była to noc niespodzianek.

– Ci Oszuści byli dobrze wyszkoleni. Weszli bezszelestnie. Obudziłem się na chwilę przedtem, zanim dwóch skoczyło na mnie. – Wyjaśnił, jak uniknął śmierci, łamiąc karki i kręgosłupy. Opis był kliniczny, aż nadto szczegółowy.

Mówił o sobie i Tai Deiu surowo. Miał sobie za złe, że pokusił się o ściganie Oszustów, kiedy uciekali. Ich ucieczka świadczyła o dywersji. Tai Dei, który został na miejscu, został skrytykowany za chwilę wahania, która kosztowała go złamane ramię.

– Tanio się wykpił – zauważył Konował.

Wujek Dodż skinął głową, nie zauważając sarkazmu Kapitana. Musiał się zmierzyć z okrutną ceną za to, że pozwolił się oszukać.

W moim pokoju znajdowało się teraz czternaście ciał, nie licząc zamordowanych Kronik. Dwunastu Oszustów. Jedno z nich to ciało mojej żony i mojego nowego siostrzeńca. Sześciu powaliła Spopielająca Różdżka, trzech zginęło z ręki Tai Deia. Matka Gota wypatroszyła dwóch, a ja, wchodząc, zarżnąłem jednego.

– Wojownik nie zarzyna kobiet i dzieci – powiedział Wujek Dodż, ściskając pocieszająco moje ramię. – To robota bestii. Kiedy bestia zabija ludzi, wszyscy mężczyźni muszą ją ścigać i zabić.

– Ładna gadka – odezwał się Konował. – Ale Oszuści nigdy nie twierdzili, że są wojownikami. – Przemowa Wujka Dodża nie zrobiła na nim wrażenia.

– To religia, staruszku. – Na Kordku też nie. – Ich Ścieżka. Są kapłanami śmierci. Płeć ani wiek ich ofiar nic dla nich nie znaczą. Ofiary idą prosto do raju i nigdy już się nie pojawią w kole życia, nieważne, jak zepsuta była ich karma.

Nastrój Wujka Dodża pogarszał się z każdą chwilą.

– Znam *tooga* – mruknął. – Nigdy więcej *tooga.* – Nikt nie odkrywał przed nim tajemnic.

Kordek uśmiechnął się złośliwie do mistrza miecza.

– Wy pewnie zdobyliście najwyższą lokatę na ich wymarzonej liście, zabijając tak wielu. Dla Oszusta to awans zabić kogoś, kto zabił tylu ludzi.

Słyszałem gadaninę Mafera, ale nie uchwyciłem w niej sensu.

– *Tooga* nie jest bardziej szalona od jakiejkolwiek innej tutejszej religii – wymamrotałem.

Wyglądało na to, że wszyscy poczuli się obrażeni.

I dobrze.

Mafer zaczął psioczyć na swoich Strażników. Zawiedli zaufanie, jakie w nich pokładano. Moje nieszczęście stało się teraz jednym z wielu. Inne nadal się rozgrywały.

– Przed tym nie można się obronić, Mafer – stwierdziłem beznamiętnie. – Ci goście nie byli komandosami. – Uderzyłem najbliższego trupa zwęglonymi papierami, które trzymałem w dłoni. – Przyszli tutaj, spodziewając się wejść do raju przed północą. Prawdopodobnie nie mieli nawet przygotowanego planu ucieczki. Kapitanie, lepiej zajrzyj do Kopcia – powiedziałem już ciszej.

Konował zmarszczył brwi, ale zapytał tylko:

– Potrzebujesz czegoś? Chcesz, żeby ktoś tu został? – Wiedział, ile Sari dla mnie znaczyła.

– To moje miejsce, Kapitanie. Gdybym się poddał, mam przy sobie rodzinę. Jeśli zacznę mieć kiełbie we łbie, ostudzą mi głowę. Naprawdę chcesz pomóc? Opatrz ramię Tai Deiowi, a potem rób, co masz robić.

Konował skinął głową. Zrobił nieznaczny gest, który normalnie oznaczał: „Zmiataj!", ale teraz znaczył o wiele więcej.

– Narajan Singh obudzi się pewnego dnia i zda sobie sprawę, że nadszedł czas zapłaty. Dla niego nie ma już bezpiecznych miejsc.

Wstałem i posępnie powlokłem się do sypialni. Tai Dei jęknął za moimi plecami, kiedy Konował nastawiał mu ramię. Chwilę później już o nim zapomniał. Był zajęty wydawaniem rozkazów, a to oznaczało nasilenie działań wojennych.

Wujek Dodż poszedł za mną.

Rzeczywistość okazała się bardziej bolesna, niż przewidywałem. Próbowałem znaleźć ulgę w bezcelowym geście zdjęcia rumla z szyi mojej żony. Stałem tam ze zwisającym z dłoni szalem i patrzyłem. Ten Dusiciel musiał być prawdziwym mistrzem. Nie złamał jej karku, a na szyi nie było siniaków. Wyglądała jak pogrążona we śnie. Ale kiedy jej dotknąłem, nie wyczuwałem pulsu.

– Wujku Dodż, czy mogę zostać sam?

– Oczywiście. Ale najpierw wypij to. Pozwoli ci odpocząć. – Podał mi jakiś płyn o paskudnym zapachu.

Czy czasem nie zrobiliśmy już tego?

Odszedł, a ja po raz ostatni położyłem się obok Sari. Tuliłem ją, kiedy lekarstwo zaczynało działać, przywołując sen. Przychodziły mi do głowy myśli normalne w takich wypadkach, karmione równie naturalnym uczuciem nienawiści. Myślałem o tym, co nie do pomyślenia. Być może dobrze, że stało się to, zanim Sahra się dowiedziała, co naprawdę oznacza należeć do Kompanii.

Sięgnąłem pamięcią wstecz do największego cudu, jakim było nasze małżeństwo. Nigdy nie powinno się zdarzyć, ale ani przez chwilę nie żałowaliśmy niczego. Małżeństwo stworzone przez coś tak ulotnego, jak niewypowiedziany kaprys starej kobiety nawiedzanej histerycznymi, niewiarygodnymi wizjami przyszłości.

Snułem zarazem rozsądne i szaleńcze rozmyślania, rozpoczynając proces idealizacji, nieunikniony po każdej przedwczesnej śmierci. Zasnąłem. Jednak nawet kimając, nie byłem w stanie uciec przed bólem. Śniłem sny pełne okrucieństwa, do których nie potrafiłem powrócić po przebudzeniu. Było to niemal tak, jakby sama Kina naśmiewała się ze mnie, wyjaśniając, że triumf to tylko kosztowna bujda.

Kiedy się obudziłem, Sari zniknęła, a głowa bolała mnie, jakbym miał klasycznego kaca. Ruszyłem przed siebie chwiejnym krokiem, aż natknąłem się na Matkę Gotę, zrzędzącą nad herbatą i gadającą do siebie w sposób, w jaki zawsze przemawiała do całego świata.

– Gdzie jest Sahra? – zapytałem. – Poproszę herbaty. Co się z nią stało?

Popatrzyła na mnie jak na szaleńca.

– Nie żyje.

Powstrzymałem się od uderzenia jej.

– Wiem. Jej ciało zniknęło.

– Zabrali ją do domu.

– Co? Kto to zrobił? – Zaczynała narastać we mnie złość. Kto to był? Jak śmieli...?

– Dodż. Tai Dei. Jej kuzyni i wujowie. Zabrali Sahrę i To Tana do domu. Ja zostałam, żeby cię pilnować.

– Była moją żoną. Ja...

– Była Niueng Bao, zanim została twoją żoną. I teraz znowu jest Niueng Bao. Jutro też będzie Niueng Bao. Fantazje Hong Trej tego nie zmienią.

Powstrzymałem się przed wybuchem, Gota miała rację. Z punktu widzenia Niueng Bao.

Poza tym niewiele teraz mogłem zrobić. Musiałbym mieć o wiele więcej energii niż tego ranka. Jedyne, czego chciałem, to usiąść i poużalać się nad sobą.

Wróciłem z herbatą do swego pokoju. Spocząłem na naszym łóżku i wziąłem do ręki jadeitowy amulet, który należał do Hong Trej. Tego ranka wydał mi się wręcz gorący. Miał w sobie więcej życia niż ja. Nie nosiłem go przez długi czas. Teraz wsunąłem go na przegub.

Wyładuję swoją złość na Wujku Dodżu, kiedy wróci.

Jeśli wróci.

87

Żaden z Dusicieli nie osiągnął taktycznego celu, ale mimo to ich atak był sukcesem z psychologicznego punktu widzenia. Przeraził miasto i wstrząsnął dowództwem. A do tego wywołał paniczny strach, zupełnie niewspółmierny do faktycznych szkód, jakie spowodował.

Konował pochwycił okazję i odwrócił ją na swoją korzyść.

Następnego ranka, kiedy większość z nas zmagała się jeszcze z emocjami, przemówił do tłumu Taglian w swym starym przebraniu Wyzwoliciela. Ogłosił nową, gwałtowną erę totalnej i niezmordowanej wojny przeciwko Władcy Cienia i *tooga,* aczkolwiek nie ujawnił wszystkich faktów o napadzie na pałac. Wieść od tym obiegła ulice – główne i boczne – i podsyciła nowy gniew. Przez całe lata wojna była czymś odległym, rozgrywającym się na dawnej Ziemi Cienia, tak że dla większości ludzi stała się mało odczuwalna. Napad Oszustów przywiódł ją z powrotem. Dawny zapał odrodził się na nowo.

Wyzwoliciel oznajmił tłumowi, że zakończyły się lata przygotowań. Czas wymierzyć sprawiedliwość niegodziwcom.

Natychmiastowy wymarsz oznaczał zimową kampanię. Zapytałem Starego, czy naprawdę zamierza to zrobić.

– Pioruńsko pewnie. Mniej więcej. Ci, co już tam siedzą, opieprzają się. Wiesz przecież. Śledziłeś ich przez Kopcia. Kto więc byłby na tyle szalony, żeby spróbować przekroczyć Danda Presz, kiedy wokół fruwa śnieg?

No właśnie, kto?

– To oznacza większe obciążenie dla żołnierzy.

– Jeśli taki stary pierdziel jak ja da radę, to oni też dadzą.

Zgadza się. Tyle że niektórzy z nas dają radę lepiej od innych. Niektórzy z nas mają obsesję.

Do licha. My, faceci z Czarnej Kompanii, mamy dość obsesji i nienawiści, by starczyło dla każdego.

Praca stała się dla mnie wszystkim. Minęły złe czasy. Nie zapadałem się już w okrucieństwa przeszłości, żeby uciec przed okrutnym dniem dzisiejszym. Nie sypiałem jednak najlepiej. Za ścianą snu nadal czaiła się odchłań. Zatopiłem się w Kronikach, odtwarzając wszystko, co pochłonął ogień. Umykałem, odbywając z Kopciem wędrówki w przeszłość, gdzie i kiedy tylko mogłem, żeby powstrzymać wspomnienia.

Arsenał Jednookiego zwiększył produkcję. Stary doprowadzał bogatych do szaleństwa, próbując wydobyć od nich pieniądze na opłacenie wszystkiego.

Wieść o tym, że coś się zmieniło rozniosła się po terytorium Taglian lotem błyskawicy.

Pani zaczęła gromadzić siły i ćwiczyć je do rozgrywki z mrokami, które nadały miano Władcom Cienia.

Dopiero po kilku tygodniach od tych wydarzeń uświadomiłem sobie, że Goblin zupełnie zniknął z widoku. Bałem się, że został zamordowany, ale Konował zdawał się tym nie przejmować.

Jednooki znajdował się w zrzędliwym nastroju. Strasznie pragnął zobaczyć swego kompana u boku mojej teściowej, ale nie potrafił wytropić tej małej ropuchy.

W nocy, kiedy wiatr nie porusza już ślepymi oknami, nie harcuje po wyludnionych korytarzach ani nie szepcze do milionów skradających się cieni, fortecę wypełnia cisza kamienia.

Zimne, okrutne sny wirują w umyśle postaci przykutej do tronu, tak pradawnej, że jej kawałki uległy już rozpadowi. Blask spoza niej migocze. Postać wzdycha, jej sylwetka zarysowuje się w świetle, wydycha chmurę snów, która jakoś odnajduje drogę poprzez kręte korytarze fortecy i wypływa na świat w poszukiwaniu podatnego umysłu. Nad samą równiną cienie wirują niby ławica ryb wyczuwająca, że obok przepływa wielki drapieżca.

Gwiazdy zerkają w dół z zimną ironią.
Zawsze znajdzie się jakiś sposób.

88

Dom bólu?

Drwiący śmiech.

Ona jest piękna. O, tak. Niemal tak piękna jak ja. Ale ona nie jest dla ciebie.

Kobieta opatuliła dziecko na noc. Każdy jej najdrobniejszy ruch znamionował wdzięk.

Ja... To byłem nagle jakby ja.

NIE! Nie dla ciebie!

Ona jest moja!

Nic nie jest twoje poza tym, co ci daję. A daję ci ból. Oto jest dom bólu.

Nie! Czymkolwiek jesteś...

ODEJDŹ!

89

Uch! – Otworzyłem oczy. Po obu stronach przykucnęli przy mnie Wujek Dodż i Tai Dei, spoglądając z troską. Pokręciłem głową, zaskoczony, że tak szybko widzę ich z powrotem.

Leżałem na podłodze w swojej pracowni, ale ubrany byłem jak do snu.

– Co ja tu robię?

– Chodziłeś we śnie – wyjaśnił Dodż. – I mówiłeś, co nas zaniepokoiło.

– Mówiłem? – Nigdy nie mówiłem przez sen. Ale i nie chodziłem. – Niech to licho! Czy miałem kolejny atak? – Tym razem pamiętałem co nieco. – Muszę to zapisać. Natychmiast. Zanim zapomnę. – Powlokłem się przez pokój. Po chwili już bazgrałem.

Kiedy skończyłem, zdałem sobie sprawę, że nie rozumiem niczego. Odrzuciłem pióro.

Pojawiła się Matka Gota. Niosła dzbanek z herbatą. Obsłużyła mnie, a potem Dodża i Tai Deia. Śmierć Sahry wstrząsnęła nią głęboko. Zapomniała nawet o swoim swarliwym usposobieniu. Poruszała się jak maszyna.

Tak jest od wielu dni.

– W czym problem? – zapytał Wujek.

– Tam niczego nie ma. Zapamiętałem wszystko doskonale, ale nie potrafię znaleźć klucza do rozwiązania.

– Musisz się zatem odprężyć. Przestań walczyć ze sobą. Tai Dei, przynieś ćwiczebne miecze.

Chciałem krzyczeć, że to nie jest odpowiednia chwila, ale taki był jego sposób na wszystkie stresy. Miecze. Rytualne ćwiczenia. Parada kroków. Wymaga to absolutnej koncentracji. I zawsze działa, niezależnie od tego, jak bardzo brak mi wiary.

Nawet Gota dołączyła do nas, chociaż była mniej biegła niż ja.

90

W tamtą noc, kiedy usiłowałem znaleźć wyjście z kryjówki Kopcia, zastanawiałem się, czy Jednooki nie rzucił tam zaklęć mylących drogi. Dowiedziałem się, że tak. Rozrzucił też pułapki w przypadkowych miejscach we wszystkich nieużywanych częściach pałacu, tak że nie uchowało się nawet to okropne miejsce. Podarował mi amulet zrobiony ze splecionych razem zaczarowanych wełnianych nitek w różnych kolorach, który miałem nosić na przegubie dłoni. Dzięki niemu miałem przejść przez zaklęcia zagubiony nie bardziej niż zazwyczaj.

– Bądź ostrożny – ostrzegł mnie. – Teraz, kiedy stale pracujesz nad

Kopciem, zmieniam zaklęcia codziennie. Nie chcę, żeby ktoś się tam napatoczył, kiedy jesteś poza ciałem. Zwłaszcza Radisza.

To miało sens. Wartość królewskiego czarodzieja była nieoceniona. Nigdy przedtem nie istniało tak cenne narzędzie szpiegowania. Nie mieliśmy prawa ryzykować odkrycia go.

Stary dał mi listę przeglądów, które chciał regularnie prowadzić. Była na niej także staranna obserwacja Brzeszczota. Nie wykorzystał jednak natychmiast wszystkich informacji. Przypuszczałem, że zwleka, aż Brzeszczot odzyska pewność siebie. Od czasu do czasu pozwalał mu także rozprawić się z naszymi religijnymi problemami.

Nie pytałem wprawdzie, ale jestem pewny, że ta taktyka została zastosowana z rozmysłem. Kapłani stanowili nasze główne wyzwanie polityczne. Wykorzystanie ich też miało dla mnie sens.

Ja również miałem swoją prywatną listę śledztw. Miały zaspokoić moją ciekawość i ustalić prawdziwą wersję zdarzeń, które musiałem zapisać w Kronikach. Spędzałem nad księgami około dziesięciu godzin dziennie. Nie sypiałem długo ani dobrze, ponieważ nie miałem ochoty bawić długo w domu bólu.

Wujek Dodż postanowił nie wracać na swoje bagna. Podobnie Matka Gota. Przeważnie schodzili mi z drogi. Ale byli tu, cały czas. Obserwowali. Mieli swoje oczekiwania.

To tutaj rozpoczęła się nowa faza wojny. Postanowili mieć w niej swój udział. Dla nich oznaczało to, że okrucieństwa Oszustów zostaną pomszczone okrucieństwami Niueng Bao.

Jednym z większych problemów szpiegostwa, jak odkryłem, jest zorientowanie się, gdzie szukać upragnionych informacji. Kiedy chcę się czegoś dowiedzieć na potrzeby Kronik, mam zazwyczaj pojęcie, kiedy i gdzie to się stało oraz kto był w to zamieszany. To zatem szansa na to, aby przejrzeć i sprawdzić ponownie swą pamięć, która okazuje się zdumiewająco niegodna zaufania.

Najwidoczniej nikt z nas nie pamięta niczego dokładnie. A rozbieżności są częstokroć proporcjonalne do wielkości ego i liczby pobożnych życzeń.

Jednooki ma, rzecz jasna, problemy ze swym ego. Może właśnie dlatego nie pozwala mi włóczyć się po swojej wytwórni broni. Chyba że ma to coś wspólnego z ochroną jego ksiąg rachunkowych przed dokładniejszym zbadaniem przez kogoś z zewnątrz. Pośledzę go, bo planuje niedługo zamknąć interes.

Dźwiga wiele na swoich barkach. Między innymi również funkcję ministra zbrojeń. Ma całą, obwarowaną część miasta, gdzie dogląda wytwarzania wszystkiego, od grotów strzał po ogromne machiny oblężnicze. Wiele z tego pakuje się i wysyła prosto do doków. Tam ładuje się broń na barki, które płyną w dół rzeki do delty, gdzie siecią prymitywnych kanałów przedostają się na wody rzeki Nagir. Dalej zmierzają jej nurtem i dopływami do zbrojowni w pobliżu granic. Nie miałem wątpliwości, że niektóre partie towaru nie docierały do miejsc przeznaczenia. Przypuszczam, że Jednooki czerpie z tego jakieś zyski. Mam nadzieję, że ma dość rozumu, żeby nie handlować z wrogiem. Konował przyłapie go na tym i Jednooki przekona się, że Brzeszczot został potraktowany jak psotne dziecko.

Mój pierwszy wypad do arsenału był króciutką wyprawą duchową. Królestwo Jednookiego, złożone niegdyś z niepodobnych do siebie i niepowiązanych konstrukcji, połączyło się teraz w obłąkańczy labirynt. Zamurowano wszystkie okna i większość drzwi. Kilku pozostałych wejść pilnowali ludzie starannie dobrani ze względu na wzrost, paskudny charakter i brak wyobraźni. Nie pozwalali nikomu wejść ani wyjść. Na ulicy przed bramą frachtową dzień i noc panował tłok. Kolumny wozów i fur ciągniętych przez umęczone woły poruszały się powoli do przodu, aby rozładowali je i załadowali umęczeni ludzie pilnie obserwowani przez pozbawionych wyobraźni strażników, którzy pienili się z wściekłości, jeśli woźnice i tragarze zamienili choćby słowo. Wokół roiło się od posłańców niosących długie żerdzie, z których zwisały skopki wypełnione gorącą strawą dla robotników. Strażnicy sprawdzali każdy skopek. Sprawdzali nawet siebie nawzajem.

Taglios prowadzi zróżnicowaną, kompleksową i wysoce wyspecjalizowaną gospodarkę. Skoro ktoś zarabiał na życie w ten czy inny sposób, inni nie wchodzili mu w paradę. Tuż obok pałacu znajduje się bazar przeznaczony całkowicie dla świadczących usługi i zaopatrujący w żywność głównie urzędników pałacowych. Jeden facet zajmuje się tu wyłącznie przycinaniem włosów w nosie. Tuż obok stoi starzec, który, pracując na powierzchni węższej niż metr dwadzieścia, naoliwionymi srebrnymi narzędziami rozłożonymi na maleńkim stoliku wyjmie ci woskowinę z uszu. Zajmuje się także powtarzaniem plotek. Interes znajduje się w rodzinie od pokoleń. Jest smutny, bo nie ma syna, który by po nim dziedziczył. Kiedy odejdzie, jego rodzina straci miejsce na jarmarku.

Wszystko to są symptomy ogromnego przeludnienia i rozpaczliwych prób przetrwania na dnie. Nie chciałbym być Taglianinem niskiej kasty.

Na szczęście nie musiałem mieć do czynienia ze zbirami Jednookiego. Najwidoczniej nie było tu zabezpieczeń przed szpiegostwem magicznym. Wskoczyłem do środka. Myślę, że Jednooki nie kłopotał się o to, ponieważ Długi Cień nie mógł już wysyłać swoich pupilków aż tak daleko. Ale co z Wyjcem? Mógł nas śledzić, kiedy tylko chciał.

Próba deptania Wyjcowi po piętach była jednym z moich codziennych obowiązków.

Robotnicy w arsenale robili to, co zwykle. Wytwarzali groty do strzał i ostrzyli je. Wyrabiali strzały i zaopatrywali je w bełty. Składali armaty. Usiłowali masowo produkować lekką jak piórko zbroję dla piechoty, która bez wątpienia nie będzie jej używać, ponieważ jest w niej gorąco, niewygodnie, a wleczenie jej za sobą to męczarnia.

Zaskoczyli mnie jedynie dmuchacze szkła.

W tym dziale pracowały dwa tuziny robotników, z czego większość zatrudniona była przy wyrabianiu małych, wąskich flaszek. Cały oddział czeladników podsycał ogień i ogrzewał krzemionkę, która stawała się surowym szkłem, a potem wynosił całe tace butelek, kiedy tylko wystygły. Kilka pak szło za granicę na długich wozach, ale większość wędrowała na front.

Co za licho?

W biurze Jednookiego wisiała duża łupkowa tablica, a na niej, w forsberskim, wypisano kredą zamierzone wyniki produkcji. Pięćdziesiąt tysięcy butelek. Trzy miliony strzał. Pół miliona oszczepów. Dziesięć tysięcy kawaleryjskich lanc. Dziesięć tysięcy szabli. Osiemset siodeł. Sto pięćdziesiąt tysięcy krótkich mieczy dla piechoty.

Niektóre z tych liczb były wręcz absurdalne i absolutnie nie do osiągnięcia w arsenale Jednookiego. Jednak produkcja odbywała się na całym terytorium Taglian – najczęściej w jednoosobowych kuźniach. Głównym zadaniem czarodzieja było nadawanie właściwego kierunku. Według mnie bardzo to przypominało udzielanie lisowi pozwolenia na nocleg w kurniku.

Lista zawierała także spis zwierząt, wozów i budulca na setki barek. Większość z tego była zrozumiała, ale pięć tysięcy latawców gotowych do montażu, trzy i pół na metr? Tysiąc metrów jedwabiu w motkach wysokich na metr osiemdziesiąt?

O nie, tego nie dostanie.

Poszedłem się przejść, aby zobaczyć, co jeszcze przygotowywano dla Mogaby i jego przyjaciół.

Ujrzałem obozy szkoleniowe, gdzie drużyny komandosów przygotowywano na wszelkie możliwe okazje i rodzaje terenu. Na południu Pani realizowała własne założenia, tworząc oddziały szkolone do działań zaczepnych na czarodziejskich polach bitew.

Wyłuskała każdego, kto posiadał choćby najmniejsze magiczne umiejętności, i wyszkoliła na tyle, żeby wykorzystać ich w planie, którego nie mogłem zgłębić, niezależnie od tego, z której strony próbowałem go ugryźć. Jak zauważył Długi Cień, odarła całe tagliańskie terytorium z bambusa. Cięto go na kilka standardowych długości i rozżarzonymi do czerwoności prętami wypalano wewnątrz kolanka. W ten sposób Pani uzyskiwała rury wypełnione małymi, gąbczastymi, kolorowymi kulkami stworzonymi przez jej brygadę pomocniczych czarowników.

Kolejna gra, żeby zbić z tropu Władcę Cienia? Połowa naszych działań była tylko dymem i lusterkami mającymi za zadanie zmylić przeciwnika i sprawić, żeby marnował swoje środki albo rozmieszczał je nie tam, gdzie trzeba. Ja byłem wszak bardziej zagubiony niż Długi Cień.

Pani sypiała mniej niż Kapitan. Konował zaś zasypiał rzadko na więcej niż pięć godzin dziennie. Gdyby tylko samo nastawienie mogło pokonać Mogabę i Władcę Cienia, bylibyśmy pewniakami do zwycięstwa.

Zarówno Pani, jak i Stary zatrzymywali dla siebie tak wiele, że nawet po tych wszystkich latach nie miałem pewności, jak rozumują. Bardzo się kochali, ale rzadko ujawniali się z tym. Pragnęli odnaleźć swoją córkę i zemścić się na Oszustach, ale nigdy publicznie nie mówili o dziecku. Konował zdecydowany jest poprowadzić Kompanię do mitycznego Khatovaru, aby odkryć jej korzenie, choć nigdy o tym nie mówi.

Z zewnątrz wygląda to, jakby tych dwoje żyło tylko dla wojny.

Popłynąłem znów do zakładu Jednookiego. Niechętnie opuszczałem Kopcia. Wiedziałem, że gdybym spóźnił się jeszcze trochę, powróciłbym do wyczerpanego, umierającego z głodu i okropnie odwodnionego ciała. Najmądrzejszym sposobem wykorzystywania czarodzieja były krótkie podróże przeplatane wieloma powrotami na drobną przekąskę i coś do picia. Lecz będąc poza ciałem, trudno było o tym pamiętać, zwłaszcza że w mym własnym wycinku rzeczywistości czekało na mnie mnóstwo bólu.

Tym razem odkryłem pomieszczenie, które wcześniej przeoczyłem. W środku, pomiędzy tuzinem ceramicznych wanien, poruszali się leniwie robotnicy Vedna. Niektórzy nosili wiadra, z których czerpali jakiś płyn do tychże wanien, wlewając jeden garnuszek raz na jakiś czas. Płyn pochodził z kadzi, w której mieszał jeden człowiek, jeśli akurat nie dodawał wody albo jakiegoś białego proszku.

Nie zauważyłem w tych wannach niczego szczególnego. Roztwór dodawano z jednego końca, a z drugiego płyn ściekał do szklanej rury umieszczonej wewnątrz ogromnego, glinianego dzbana. Napełnione dzbany niesiono ostrożnie i składowano na półkach. W przeciwieństwie do wina dzbany układano w pozycji stojącej. Co ciekawe, lampy w tym pomieszczeniu płonęły nadspodziewanie jasno.

Przyglądając się jednej z wanien, zauważyłem maleńkie bąbelki unoszące się z końca, gdzie robotnicy dolewali płyn. Po drugiej stronie, tuż pod powierzchnią, znajdował się tuzin krótkich prętów pokrytych srebrzystobiałą substancją. Na dnie wanny leżało kilka szklanych garnuszków bez uchwytów. Używając porcelanowych narzędzi, robotnik w rękawicach przesuwał je pod pręt i zeskrobywał z niego białą substancję do naczynia. Potem drewnianymi szczypcami wyjmował garnuszek z wanny i przenosił go z nadzwyczajną ostrożnością, ale i tak zdołał się potknąć.

Substancja zeskrobana z pręta wystawiona na działanie powietrza jaskrawo świeciła. Musiałem powrócić do ciała. Musiałem coś zjeść. Wkrótce będę musiał się spakować, ponieważ już naprawdę niedługo wszyscy będziemy zmierzać na Południe. Następna faza wojny nabiera rozpędu.

91

Po niezliczonych, irytujących opóźnieniach na ostatnim odcinku rzeki, który powinien być najłatwiejszą częścią podróży, Otto i Wypieracz wreszcie wrócili. Ukrywali się w tym samym frontowym magazynie Szadara, w którym trzymałem jeńców z Gaju Zagłady. Jednooki zabrał mnie z kwatery. On, ja i mój brązowy cień skierowaliśmy się w stronę rzeki.

Tam dopadł nas Stary. Kiedy chciał, potrafił się przyczepić naprawdę do wszystkiego.

– Dobrze się czujesz, Murgen?

– Jakoś sobie radzę.

– Spędza zbyt wiele czasu z Kopciem – odezwał się Jednooki.

– To nie brzmi dobrze. Zatroszczycie się o tych facetów? – Miał na myśli Ottona i Wypieracza, chociaż pozostali z ich wyprawy także tłoczyli się w tym magazynie i nie byli zbytnio zachwyceni oddzieleniem od rodzin.

Prawie trzy lata.

I jeden, i drugi niewiele się zmienili.

– Prawie postawiłem na was krzyżyk – powiedziałem do Wypieracza. Uścisnęliśmy sobie dłonie. – Już myślałem, że szczęście was opuściło.

– Prawie, Murgen. Wiele go zużyliśmy.

– No cóż – odezwał się Stary. – Czemu trwało to tak długo?

– Tak naprawdę to nie ma wiele do opowiadania. – Wypieracz patrzył dziwnie na Konowała, jakby upewniając się, że rozmawia z prawdziwym Starym. Konował był w swym przebraniu Szadara. – Pojechaliśmy, zrobiliśmy, co było do zrobienia, i wróciliśmy. – Jakby sześć i pół tysiąca kilometrów podróży było sprawą banalną. Nie chełpiliśmy się w Kompanii wielkimi dokonaniami. – Niedużo zwiedziliśmy.

Kiedy Wypieracz mówił, Otto obszedł drzwi i okna.

– Mamy się przejmować szpiegami?

– To jest Taglios – odpowiedział Konował. Tutaj wszyscy obserwowali wszystkich, aby zyskać przewagę.

– Domyślamy się zatem, że wszystko już przygotowaliście.

– Jest dużo do uporządkowania. Szpiedzy Ziem Cienia. Taaak, oni nie stanowią już problemu. Pani, Goblin i Jednooki zaopiekowali się nimi.

– Nadal mamy kapłanów – przypomniałem.

– No i ostatnio mieliśmy trochę kłopotów z Oszustami.

Coś w wyrazie mojej twarzy ostrzegło Wypieracza, żeby nie szedł tym śladem. Nie teraz.

– A zatem, jak idzie wojna?

– Powoli – odpowiedział mu Konował. – Możemy porozmawiać o tym później. Zrobiliście dla nas coś dobrego, tam, na Północy?

– Szczerze mówiąc, niewiele.

– Psiakrew!

– Zebraliśmy garść informacji do Kronik. Murgen, będziesz chciał pewnie nad tym popracować. Materiał o tym, co robią inni ludzie, żeby pomóc nam lepiej zrozumieć to, co my zrobiliśmy. Sądzę, że mógłbyś umieścić to pomiędzy partiami napisanymi przez Konowała. W ten sposób ci, którzy przyjdą po nas, zobaczą obie strony. Hm?

– Może ty powinieneś się tym zająć – zaproponowałem cierpko.

– Naucz mnie czytać i pisać. Na te inne gówna jestem za stary.

– Mógłbym to zrobić. – Spojrzałem na Konowała. – Jeśli nie będziesz mnie cenzurował.

Stary wyszczerzył zęby.

– A niechże strzegą mnie bogowie, Murgen – zachichotał Wypieracz. – Ja, nigdy. Hej! Dowiedziałem się wszystkiego, co się wydarzyło po naszym wyjeździe stamtąd. Nie uwierzyłbyś, jakie zamieszanie. Kulawiec powrócił raz jeszcze. Nie przejmuj się. Wszystko już się uspokoiło. Teraz w imperium panuje nuda.

– Jak tego słucham, to prawie chciałbym wrócić do domu.

– Naprawdę weszliście do Wieży? – spytał Konował.

– Spędziliśmy tam sześć miesięcy. Z początku głównie powtarzaliśmy w kółko to samo.

– I?

– I w końcu przekonaliśmy ich, że Pani odzyskuje swe moce. Stali się bardziej skłonni do współpracy. Wieśniacy w Wieży nie mają ochoty znowu jej spotkać.

– Rany! To złamie jej serce – powiedziałem.

– Tak. – Wypieracz uśmiechnął się szeroko. – Nie przyślą nam żadnej pomocy. Mówią, że nie zamierzają robić sobie nowych wrogów. Pewnie dlatego, że nie chcą, aby Pani zatęskniła za starymi dobrymi czasami i nie skierowała się z powrotem na Północ.

– Domyślaliśmy się tego. Chcą jedynie utrzymać Panią z daleka od siebie – powiedział Konował. – Co dostaliście?

– Otworzyli swoje biblioteki. Użyczyli nam tłumaczy. Wpuścili nawet do grobów, kiedy poprosiliśmy.

– Sami mogli być ciekawi, kto został tam pochowany.

– Jasne, u licha, że tak. Musieli zmienić bieliznę, gdy opowiedzieliśmy im o tych, którzy się tutaj objawili, jako wciąż żywi. Najbardziej byli przerażeni, kiedy powrócił Kulawiec i niemal nie złoił im skóry.

– Ten gość ma na nas większą chrapkę niż Duszołap – zauważyłem. Bez wątpienia trzeba dodać Kulawca do naszej listy wrogów. – Co z moimi nasionami rzepy?

– Tym razem upewnili się co do Kulawca. Całkowicie – powiedział Wypieracz. – Mam twoje nasiona. Rzepa, pasternak i nawet ziemniaki do sadzenia, jeśli nie zgniły.

– Upewnią się co do Kulawca. – Konował zauważył unik Ottona. Ten był niespokojny, skrępowany. – A więc pozwalali wam wtykać wszędzie nos i nawet wam w tym pomagali. Czego się dowiedzieliście? – Dochodziliśmy do sedna. Może dowiedzieli się czegoś, co moglibyśmy tutaj wykorzystać.

– Niewiele. Wydaje się nieprawdopodobne, żeby Długi Cień był kiedykolwiek jednym ze Schwytanych.

Byłem o tym przekonany. Miałem pewność, że do tej pory ujawniłby się przed Wyjcem, gdyby byli sprzymierzeńcami z przeszłości.

– Te ziemniaki. Wziąłeś te małe, które ja...

Wypieracz spojrzał na mnie groźnie.

– Szansa, że może to być Bezgębny, Księżycogryz, albo Glizda, jest minimalna, wszyscy bowiem wyznają tam przekonanie, że cała trójka już dawno gryzie ziemię. Jednak nie znaleźliśmy żadnych ciał na jego poparcie.

– A co, gdyby to był jeden z późniejszych Schwytanych? – zastanawiał się Konował.

– Przeżyło pięcioro. Podróż, Szept, Bańka, Pnącze i Uczony. Ale Pani odarła z mocy wszystkich. W obecności świadków.

– Tylko że Pani potrafiła odzyskać swoją moc – sprzeciwiłem się.

– Zgadza się. Z drugiej strony, wiemy dokładnie, którego dnia się pojawili Władcy Cienia. Znamy nawet godzinę. Wszyscy późniejsi Schwytani działali wciąż na Północy. Tak naprawdę większość z nich nie była jeszcze wtedy Schwytanymi.

Wymieniłem spojrzenie ze Starym. Zaczął chodzić tam i z powrotem.

– Kiedy Duszołap trzymała mnie jako więźnia, powiedziała mi, że jeden z Władców Cienia, który skonał w Dedżagore, nigdy nie był Schwytanym.

– Kręcący też nie – dodałem.

– Po prawdzie, wszyscy oni mogli powiedzieć nam jedynie, że nie mają pojęcia, czy Długi Cień był jednym ze starej zgrai – stwierdził Wypieracz. – Spisane dokumenty też tak utrzymują.

Konował krążył, ledwie unikając zderzenia z Ottonem, ale trzymając się z daleka od grupki nieszczęśliwych Taglian, czekających, aż spełni się ich najgorętsze pragnienie i będą mogli wrócić do domu. Czy rozpoznali go w przebraniu Szadara po tak długim czasie? Prawdopodobnie tak.

Byłem pewny, że myśli teraz, iż ta wojna nie jest zwykłą walką i że stawką jest coś więcej niż tylko przetrwanie.

– Wykończyliśmy tych trzech gnojków, ale Długi Cień jest najgorszy. Najbardziej szalony. Pracuje nad Przeoczeniem dzień i noc...

– Nadal?

– Nadal. Ten żałosny kretyn jest żywym dowodem na to, że wszystko zabiera więcej czasu i trwa dłużej, niż się to na początku wydaje. Nawet magia tego nie przezwycięży. Ale jest dużo bliżej kresu niż przed waszym wyjazdem. A jeśli uda mu się skończyć, zanim go dopadniemy, będziemy mogli pocałować się tylko w tyłek na do widzenia. To będzie koniec świata. On chce zasypać za sobą dziurę i wypuścić na zewnątrz wszystkie bestie otchłani. Potem wyjdzie i pozbiera resztki tego, co zostało.

– Słyszałem to już kiedyś – mruknąłem. Nigdy nie traktowałem tego całkowicie serio, niezależnie od tego, kto był zaangażowany w dane wydarzenie. Wyglądało jednak na to, że Konował wierzy, iż Długi Cień jest do tego zdolny. Może jego przygoda z Kopciem ukazała mu coś, czego ja do tej pory nie dostrzegłem.

Tak więc koniec świata był nieunikniony. Zarówno za sprawą Kiny i jej Oszustów, jak i Długiego Cienia. I znowu tylko Czarna Kompania mogła temu zapobiec.

No jasne.

Chciałem powiedzieć Konowałowi: Stary, jesteśmy tylko Czarną Kompanią. Jesteśmy bandą nieprzystosowanych do życia facetów, którzy umieją tylko wynajmować swoje miecze. Jasne, wdaliśmy się w z góry przegraną walkę z kilkoma dziwadłami, ale za sto lat nikogo to już nie będzie obchodzić. Uwikłaliśmy się w sprawę honoru, z powodu obietnic, jakie złożyliśmy, i przez sprawy takie jak Dusiciele, którzy porwali ci dziecko. Nie próbuj jednak wmawiać nikomu, że zbawiamy świat.

Bałem się, że Stary może paść ofiarą megalomanii, jak Długi Cień, Mogaba, Wyjec czy Kina – wszystkie demony naszych czasów. Jednym z obowiązków kronikarza jest przypominać Kapitanowi, że nie jest on półbogiem. Ale brak ćwiczeń sprawił, że wyszedłem z wprawy. Do cholery, nie potrafiłem nawet powstrzymać Wujka Dodża, kiedy już coś zaczął.

– Potrzebuję czegoś, co da mi przewagę, Wypieracz – powiedział Konował. – I to bardzo. Powiedz mi, że coś znalazłeś. Cokolwiek.

– Znalazłem nasiona rzepy dla Murgena.

– Niech to...

– Najlepszą radą, jaką dla nas mieli, było, żebyśmy spróbowali odnaleźć tych, którzy przeżyli z Kręgu Osiemnastu.

– Hm. To ciekawe.

Konował zatrzymał się. Spojrzał na mnie, jakbym był w stanie mu coś wyjaśnić. Widziałem, jak jego oczy stają się niewidzące. Wspominał bitwę pod Urokiem.

Krąg Osiemnastu poprowadził wtedy ogromną armię rebeliantów, aby pokonać Panią. Kulminacyjna bitwa pod Urokiem była najkrwawszą w historii.

Krąg nie zwyciężył.

– Zabiliśmy Twardzieja i Zgarniacza. Pani zamieniła Szept w Schwytaną. To daje troje – powiedział Konował.

– O wiele więcej po prostu zaginęło, kiedy sprawiliśmy im lanie – zauważyłem. Moje „my" wywołało uśmiechy Ottona, Wypieracza i Starego. Miałem wtedy może jakieś dwanaście lat i nawet nie słyszałem o Czarnej Kompanii.

– To, w mordę, też przerobiliśmy, szefie – odezwał się Wypieracz. – Poszliśmy szukać i w ogóle nie mogliśmy znaleźć żadnych weteranów rebelii, żeby ich przesłuchać. Nie mogliśmy nawet odszukać imion siedmiu z Osiemnastu. Ale w Wieży odnaleźli się ludzie, którzy byli wtedy młodszymi oficerami i twierdzili, że widzieli śmierć wszystkich Osiemnastu na własne oczy. Z wyjątkiem tej, którą zwano Błyskotką, późniejszych Schwytanych oraz jednego z tych, których imion nie dało się nam ustalić.

– Błyskotka. – Konował znowu zaczął chodzić. Zamyślił się. – Pamiętam Błyskotkę. Ale tylko imię. Byliśmy na Stopniu Łzy. Dowiedzieliśmy się, że została otoczona. Na wschodzie. Zajęci byliśmy Twardziejem. Nie wiem, czy nawet wspomniałem o tym w Kronikach.

Ha! Okazja, żeby się pochwalić.

– Wspomniałeś. Jednym zdaniem. Napisałeś, że Szept zajęła Rdzę, a Błyskotka została otoczona.

– Szept. Tak. Była Schwytaną tylko przez chwilę. – Był tam, aby pomóc w samym Schwytaniu. – To coś dla Pani. Będzie wiedziała, jeśli między tymi dwojgiem coś było.

– Błyskotka to kobieta – sprostował Wypieracz. – A Długi Cień?

Konował zmarszczył brwi.

– Nigdy nie latał całkiem nago, ale jestem całkowicie pewny, że Długi Cień to on. Przynajmniej cieleśnie – stwierdziłem. Stary przeszył mnie wzrokiem. Cholera! Taglianie jednak dąsali się w kącie. Nikt z nich nie dosłyszał mojej wpadki. Jednak Wypieracz także nie znajdował się na liście trzech. Poprawiłem się czym prędzej: – Tyle że Kopeć jest jedynym, który widział go fizycznie, a on nic nam nie powie.

– Jeszcze żyje? – zapytał Wypieracz.

– Ledwo – wyjaśnił Konował. – Utrzymujemy go przy życiu. Ludzie już kiedyś wychodzili ze śpiączki. To wszystko, Wypieracz? Tyle czasu i cała ta podróż. Tylko tyle masz dla mnie?

– Tak to czasami bywa, szefie. – Pytany wyszczerzył zęby. – A, byłbym zapomniał. Dali mi pudło pełne papierzysk i jakichś rzeczy, które mogły należeć do kogoś, kto może zmienił się w Długiego Cienia, jeśli kiedykolwiek był jednym z Osiemnastu. Wszystko jest popakowane i podpisane, w razie gdyby jakiś czarodziej zdecydował się tego użyć.

Twarz Konowała rozjaśniła się jak pochodnia.

– Ty draniu! – wrzasnął, uśmiechając się szeroko. – Otto, może byś wysłał tych ludzi do domu? Bonhardż i reszta, po co się tu, do cholery, pętacie? Twoi ludzie chcą cię widzieć – zwrócił się do mnie. – Chyba powinniśmy wysłać te rzeczy do Pani. Będzie wiedziała, co z tym zrobić.

Otto wygonił Taglian z magazynu. Wydawali się zbici z tropu hojnością Wyzwoliciela. Ja także.

– A może teraz wy powiecie, co tu się dzieje? – zaproponował Wypieracz.

– Całe mnóstwo – odparłem. – Ale nic wielkiego ani dramatycznego. Szarpiemy ich ze wszystkich stron.

– Mogaba naprawdę został wielkim ważniakiem w armii Długiego Cienia?

– Zdecydowanie tak. Jest też cholernym sukinsynem, tyle że Długi Cień trzyma go na smyczy. Przez to może bałaganić nam tylko pośrednio, pozwalając zazwyczaj odwalać brudną robotę Brzeszczotowi.

– Co? Brzeszczotowi? Temu Brzeszczotowi od Mafera i Łabędzia?

– O, tak. – Zerknąłem na Starego, którego twarz przybrała kamienny wyraz. – Tak. Kiedy odjechaliście, Brzeszczot nabrał nieprzyjemnych cech.

– Wracajmy do pałacu, Murgen – odezwał się Konował. – Mamy robotę.

92

Po drodze Konował nie mówił wiele, chociaż powarkiwał na ludzi, którzy ośmielali się gapić na Szadara i jego białego, demonicznego towarzysza. Nas, ludzi z Północy, jest tak niewielu, że nawet po tylu latach mało kto nas widział. Rzecz jasna nie robimy też wiele, żeby zmienić swoją paskudną reputację.

Niektórzy mądrale spośród kapłanów twierdzą, że przyjaźń dzisiejszej Czarnej Kompanii jest dla Taglios tak samo śmiertelnie niebezpieczna jak dawna wrogość.

Ich narzekania mogą być zasadne.

Doszliśmy do pałacu. Konował ciągle burczał coś pod nosem, głównie dlatego, że tak niewiele wyszło z wyprawy. Była jego oczkiem w głowie i oczekiwania, jakie z nią wiązał, podążały w ślad za nim.

– Jak długo twoi teściowie będą się tu kręcić? – zapytał.

Nie miałem zamiaru go uszczęśliwiać.

– Aż to się nie skończy. Chcą swego kawałka Narajana Singha. – Stary nie dowierzał Wujkowi Dodżowi.

– Wiedzą o Kopciu?

– Jasne, że nie! Psiakrew...!

– I niech się nie dowiedzą. Znalazłeś już swoją bibliotekę?

Wspomniałem mu kiedyś, że się na nią natknąłem.

– Jeszcze nie. – Po prawdzie czyniłem w tym kierunku wysiłki jedynie symboliczne. Miałem zbyt wiele na głowie.

Wiedział o tym.

– Postaraj się lepiej. Nie spędzaj tyle czasu z Kopciem. Poza tym myślę, że zanim pójdziemy na Południe, dobrze byłoby zajrzeć do tych starych Kronik.

– Jak to się stało, że sam nigdy nie szukałeś tej biblioteki? Miałeś na to całe lata.

– Słyszałem, że została zniszczona w tę noc, kiedy poturbowano Kopcia. Teraz wygląda na to, że chodziło o inne pomieszczenie. Radisza nie oszukałaby mnie w takiej sprawie. A może?

Przystanęliśmy na chwilę, podczas gdy pułk konnych Vedna przechodził inspekcję przed pałacem. Przybyli gdzieś z zachodu kraju i właśnie paradowali przed wyjściem w pole. Ich stroje i turbany były czyste i zbytkowne. Na lancach wisiały jaskrawe proporce. Włócznie lśniły, a wierzchowce były niezwykle piękne, nadzwyczajnie wyszkolone i doskonale utrzymane.

– Tacy pięknisie nie wygrywają wojen – zauważyłem. Czarna Kompania nie była piękna.

Konował chrząknął. Spojrzałem na niego i zaskoczony ujrzałem coś, co mogło być łzą w kąciku oka.

Wiedział, co czeka tych dzielnych, młodych ludzi.

Ostrożnie przeszliśmy za jeźdźcami.

Jednooki spotkał się z nami w korytarzu przed komnatą Konowała.

– Jakie wieści?

– Żadnych magicznych odpowiedzi. – Konował pokręcił głową.

– Nic nigdy nie przychodzi nam łatwo.

– Powinienem poszukać biblioteki, którą znalazłem tamtej nocy – wyjaśniłem mu. – Masz coś, żebym się nie zgubił?

Spojrzał na mnie, jakbym żądał nie wiadomo czego.

– Już ci dałem. – Wskazał na przędzę na moim przegubie.

– To były twoje zaklęcia. Ale zostało tam pewnie też coś od Kopcia.

Karzeł zastanowił się.

– To możliwe. Daj mi to. – Jego spojrzenie spoczęło na moim amulecie, kiedy zdjąłem przędzę. – Jadeit? – Przytrzymał na chwilę mój przegub.

– Tak sądzę. Należał do babki Sari, Hong Trej. Nigdy jej nie spotkałeś. Była żoną starego Mówcy.

– Nosisz to przez te wszystkie lata i nigdy go nie zauważyłem?

– Nie nosiłem nigdy, dopóki Sari... Do tamtej nocy. Sari zakładała czasami, kiedy chciała się wystroić.

– A tak. Przypominam sobie. – Zmarszczył brwi, jakby chciał coś sobie przypomnieć, a potem wzruszył ramionami, cofnął się w cień i przez chwilę mamrotał coś do włókien. – To powinno przeprowadzić cię przez czyjekolwiek zaklęcia mylące – oznajmił po powrocie. – Może z wyjątkiem twoich własnych.

– Co?

– Miałeś ostatnio jakieś ataki?

– Nie. A przynajmniej nic nie pamiętam – dodałem to wyjaśnienie, ponieważ już wcześniej miewałem ataki i niczego nie pamiętałem. Podobno.

– Masz jakieś nowe pomysły, kto jest ich przyczyną? Albo na kogo się natykasz, wracając do Dedżagore?

– Uciekałem przed bólem po stracie Sari.

Jednooki obdarzył mnie jednym ze swoich głębokich spojrzeń. Jednym z tych, którym wydobywał mnie z przeszłości. Najwidoczniej nie był przekonany.

– To znowu takie ważne? – zapytałem.

– Nigdy nie przestało być ważne, Murgen. Po prostu ostatnio nie było czasu się tym zajmować.

Teraz też go nie było.

– Musimy tylko – dodał karzeł – pozwolić ci zająć się samym sobą, żeby cię obserwować i odpowiednio zadziałać we właściwym momencie.

Jednooki całkowicie poważny? To ciekawe.

Konował przestał się nami interesować. Był znowu przy swoich mapach i wykresach.

– Chcę zobaczyć te księgi, zanim wyruszymy – powtórzył jednak z naciskiem.

Pojmuję aluzje. Czasami.

– Już idę, szefie.

93

Zatrzymałem się, żeby sprawdzić, czy Kopeć jeszcze oddycha. Nakarmiłem go. Karmienie go i mycie było teraz moim pretekstem do przebywania tutaj. Ktoś taki jak Radisza powinien zbadać kiedyś sieć zaklęć Jednookiego. Od kiedy zacząłem pracować ze starym czarodziejem, sieć znacznie się powiększyła. Potem spróbowałem przypomnieć sobie różne zakręty i kółka, które robiłem tej nocy, kiedy odnalazłem bibliotekę Kopcia. Moje wspomnienia były niejasne. Wszystko było tak dawno i tak wiele wydarzyło się od tamtego czasu.

Pewny byłem, że znajdowała się na tym samym poziomie. Nie wchodziłem ani nie schodziłem po żadnych schodach. I był to fragment pałacu najwidoczniej nieużywany od ostatniej wizyty Kopcia. Kurz i pajęczyny tworzyły gruby dywan.

Dotarcie do opustoszałej części nie zajęło mi dużo czasu. Było niemal tak, jakby najgłębsze wnętrze pałacu stało się ogromnym, zakurzonym labiryntem, który nie potrzebuje do ochrony żadnych zaklęć mylących.

W kilka minut po wyjściu od Kopcia, znalazłem martwe ciało. Najpierw poczułem je, oczywiście, i usłyszałem brzęczenie much. Dzięki temu wiedziałem, co się wydarzy, zanim cokolwiek ujrzałem. Tajemnicą było jedynie, kto jest zmarłym. W ograniczonym świetle mojej lampy ukazał się Dusiciel. Uciekł tutaj, aby umrzeć od poniesionych ran, schwytany w pułapkę ciemności i zaklęć.

Zadrżałem. Widok ten poruszył we mnie najgłębsze pokłady lęku, rozbudził główne źródło nocnych koszmarów, potworny strach przed ciasnymi, ciemnymi podziemiami.

Zastanawiałem się, czy jego niestała bogini znalazła upodobanie w tak żałosnym końcu swego wyznawcy.

Ostrożnie obszedłem trupa, odwracając wzrok i zaciskając nos. Po śmierci wciąż służył Kinie – jej psującemu się wcieleniu.

Wkrótce potem znalazłem świadectwo, że przynajmniej jeszcze jeden Dusiciel zaplątał się w labiryntach pałacu. Niemal w niego wdepnąłem. Ostrzegły mnie jedynie towarzyszące mu muchy, poderwane moim nadejściem.

Zatrzymałem się.

– Uchhhh!

Wyglądało to na całkiem świeże. Może wciąż jeszcze krążył tu jakiś szaleniec pragnący tańczyć dla swojej bogini.

Ruszyłem znacznie wolniej i ostrożniej, z ręką na gardle. Zacząłem wyobrażać sobie rozmaite hałasy. Wróciły do mnie wszystkie historie o duchach, które kiedykolwiek słyszałem. Co kilka kroków przystawałem i odwracałem się, wypatrując blasku oczu w świetle lampy. Dlaczego postanowiłem przyjść tutaj sam?

Zacząłem dostrzegać ślady niedawnych gości. Ukląkłem i odnalazłem coś, co wyglądało na moje wcześniejsze ślady odbite w kurzu. Ktoś przechodził tędy później, uzbrojony w całą baterię świec. Krople wosku upadły na wzniecony kurz. A potem jeszcze ktoś tu był. Prawdopodobnie pełzł, a nawet zjadał zastygłe krople wosku, które odnalazł.

Wsłuchałem się w ciszę. W głębinach pałacu nawet robaki były rzadkością. Tu mogły tylko zjadać siebie nawzajem.

Ostrożnie podążyłem dalej po śladach tych, którzy przyszli tu po mnie. Serce waliło mi, jakby miało wyskoczyć z piersi.

Zacząłem kichać. Po pierwszym kichnięciu po prostu nie mogłem przestać. Wytrzymałem chwilę, ale następne było tym potężniejsze.

Potem zacząłem słyszeć przeróżne dźwięki. I nie byłem w stanie uspokoić się na tyle, żeby przekonać samego siebie, iż to tylko moja wyobraźnia, albo żeby ustalić źródło hałasów, jeśli były prawdziwe.

Zniszczony dywan kurzu sugerował, że ktoś odwiedził to miejsce przede mną.

Ostrożnie, nie dotykając niczego, okrążyłem drzwi i wszedłem do komnaty.

– Cholera!

Wszystko było w strzępach. Na półkach lub w swoich schowkach pozostało jedynie parę ksiąg i zwojów. Niezniszczone pozycje, o ile mogłem odczytać ich tytuły, zawierały jedynie zwykłe spisy towarów, zapisy podatkowe lub wyrywkową historię miasta o małym znaczeniu. Zastanawiałem się, dlaczego Kopeć zatroszczył się o nie? Może w ten sposób chciał ukryć także dobre rzeczy? Może dlatego, że był zarówno marszałkiem ognia, jak i królewskim czarodziejem?

W każdym razie wszystkie wartościowe pozycje przepadły. I to nie tylko zaginione tak długo Kroniki, które mogły gdzieś tu leżeć, ale także pewien zbiór czegoś, co wyglądało mi na teksty magiczne, gdy je ostatnio przeglądałem.

– Szlag! Szlag! – Miałem ochotę niszczyć wszystko, łamać i rozbijać kamienie na łbach tych łotrów. Przedtem jednak znalazłem na ziemi pojedyncze pióro i już wiedziałem, co się stało.

Podniosłem je.

W drodze powrotnej naprawdę słyszałem dźwięki, które nie były wytworem mojej wyobraźni. Nie zatroszczyłem się, żeby sprawdzić ich pochodzenie. Jakiś człowiek próbował iść za światłem mojej lampy, ale nie mógł nadążyć.

94

Konował spojrzał zaskoczony, kiedy położyłem przed nim białe pióro.

– Księgi przepadły – powiedziałem. – Są tam też zagubieni Oszuści. Przynajmniej jeden martwy i przynajmniej jeden jeszcze żywy.

– Przepadły? – Strącił pióro z dokumentu, który studiował.

– Ktoś je zabrał.

Jego rozpacz można było rozpoznać tylko po drżeniu rąk.

– Jak?

– Po prostu weszli tam z ulicy i wynieśli je. – Ani przez chwilę nie brałem pod uwagę możliwości, że ktoś z pałacu mógł odwiedzić bibliotekę Kopcia.

Przez chwilę nic nie mówił.

– Doskonałe wyczucie czasu. – Znowu cisza. – Co to za pióro?

– Może wiadomość. A może tylko zgubione pióro. Znalazłem jedno takie, kiedy odkryłem, że z kryjówki w Dedżagore zniknęła zbroja Stwórcy Wdów.

– Białe pióro?

– Kruka albinosa. – Przebiegłem w myślach swój rejestr spotkań, tych prawdziwych i być może wyimaginowanych.

Jego dłoń zadrżała znowu.

– Tak naprawdę nigdy jej nie spotkałeś. A jednak rozpoznałeś ją? Była tam, kiedy Oszuści zaatakowali? I nigdy nic nie powiedziałeś?

– Zapomniałem o tym. To była najgorsza noc mego życia, Kapitanie. Tej nocy wszystko wokół mnie zawirowało...

Gestem nakazał mi milczenie. Myślał. Patrzyłem na niego. Oto był prawdziwy Konował, który był lekarzem i kronikarzem Kompanii, kiedy do nich dołączyłem.

– To musi być to – mruknął po chwili.

– Co?

– Głos, który spotykałeś, kiedy zostałeś wciągnięty z powrotem do Dedżagore. Pomyśl. Czy był zawsze ten sam?

– Nie rozumiem.

– Czy to nie mogli być różni ludzie mówiący cały czas?

Teraz chwyciłem.

– Chyba nie. Miewał różne cechy i styl.

– Suka. Podstępna suka. Zawsze gra inaczej. Nie mam zupełnej pewności, Murgen, ale uważam, że za twoim potykaniem się o krawędź czasu stoi Duszołap.

Nie była to dla mnie teoria całkiem oryginalna. Duszołap miała wysokie notowania na mojej liście podejrzanych. Tym, co nie pozwalało mi pójść dalej, był motyw. Nie mogłem zagadnąć nikogo: „Dlaczego Murgen?", wliczając w to Duszołap.

– Gdzie ona teraz jest? – zapytał Konował.

– Nie mam najmniejszego pojęcia.

– Możesz się dowiedzieć?
– Kopeć przeszkadza mi za każdym razem, kiedy próbuję ją wyśledzić.
– Spróbuj raz jeszcze.
– Ty tu rządzisz.
– Tak długo, jak służy to powszechnej wygodzie. Jesteś pewny, że twoi teściowie nie pójdą do domu?
– Pójdą tam gdzie ja.
– To powiedz im, że ruszamy pod koniec tygodnia.
– Czekam na to jak na zbawienie. – Wziąłem swoje białe pióro i wyszedłem z godnością na spotkanie z marszałkiem ognia.

95

Nie poszedłem tam od razu. Zatrzymałem się przy kwaterze i zabrałem termos z herbatą, galon wody, koszyk z pieczonym kurczakiem i rybą, ryż oraz specjalne, kamienne wypieki Matki Goty. Spodziewałem się długiego pobytu. Poza poszukiwaniami Duszołap, które i tak pewnie zakończą się niepowodzeniem, chciałem załatwić jeszcze parę innych spraw.

Kopeć wydawał się niezmieniony. Jak zawsze. Chciałbym wiedzieć, co będzie pamiętał, jeśli któregoś dnia, jak to się czasami zdarza, wybudzi się ze śpiączki. Słyszałem, że ludzie budzili się nawet po latach.
Zanim wyszedłem, napełniłem sobie brzuch wodą. Kiedy dotarłem do Kopcia, przyjąłem jeszcze więcej płynów. Zabrałem się do pracy.

Dryfowanie. Szybki przegląd wszystkich łotrów. Mogaba i Długi Cień, Wyjec i Narajan Singh z Córką Nocy. Można przyjąć, że wszyscy oni siedzą przy Przeoczeniu albo na Czarandapresz. Brzeszczot okrążał Szindai Kius z może dwunastoma setkami ludzi, próbując wyjść na tyły Prabrindraha Draha, ale książę miał ze sobą lekką kawalerię, co wystarczyło, aby go odstraszyć.
Miał facet słuszne podejście.

Zanim wypełniłem swoje zobowiązanie poszukiwania Duszołap, cofnąłem Kopcia w czasie, aby zobaczyć, jak daleko mogę sięgnąć i wyśledzić niektórych przeciwników. Chciałem zobaczyć, co wydarzyło się tamtej nocy, kiedy zostałem uwięziony i poddany torturom. Pragnąłem wydobyć na jaw szczegóły zdrady Mogaby.

Okazało się, że nie mogę cofnąć się tak daleko.

Przypomniałem sobie tamtą tratwę na jeziorze i Mogabę przeklinającego w ciemnościach. To musiało być to. Nie powinien tam być. Cóż za uczciwa misja mogła przywieść go na brzeg? Czy zmienił mocodawców, dalej zatrzymując Dedżagore dla dobrych facetów? Czyżby dobił już targu, zanim Konował stawił mu czoło? Czy spotkał się z Wyjcem tak daleko stąd, że Goblin i Jednooki nie mogli wyśledzić latającego dywanu czarownika?

Być może. To mogłoby wyjaśniać, dlaczego nawet Sindawe i Ocziba pragnęli go opuścić.

Gdyby Długi Cień zajął pozycję umożliwiającą mu wykorzystanie tej chwili, wszyscy bylibyśmy już martwi, a wojna trwałaby jeszcze długo.

Zimne szpony śmierci mogły być bliżej, niż podejrzewałem.

Gdybym miał choć świadectwo naocznego świadka...

Kopcia można oszukać. Można też nim kierować, mając odpowiednio silną wolę.

Od granic przeszłości pomknąłem w kierunku nocy mojej rozpaczy. Nie poprowadziłem go jednak w sam środek koszmaru. Zamiast tego zwolniłem i przesunąłem się w godziny wcześniejsze, kiedy Dusiciele dotarli najpierw do pałacu. W jak najlepszym stylu dwóch spośród nich, przebranych za święte nierządnice Baszry, udało się, aby wykonać obowiązkowe akty uciechy i zbliżyć się do Strażników.

To nie była jednak historia, którą chciałbym znowu oglądać. Pociągnąłem go dalej, do chwili, kiedy to na stopniach nad bramką do wycieczek w moich wspomnieniach pojawiła się przerwa. Obserwowałem, jak wyłaniam się z pałacu i opadam na kamień. Atak trwał ledwie chwilę, ale ja cały ten czas spędziłem pośród koszmarów poprzedniego roku.

Teraz zręczny ruch. Spojrzenie na kobietę ukrytą w mroku po drugiej stronie ulicy, za plecami włochatego Szadara. Długie, uważne spojrzenie pomimo rosnącego niepokoju Kopcia i wiercenia się jego ducha.

Nigdy nie poznałem czarodzieja, kiedy żył pełnią życia, ale wszystko wskazywało na to, że był potwornym tchórzem, opierającym się niezmiennie wszystkiemu, co mogło grozić najmniejszym ryzykiem dworskiemu magowi i marszałkowi ognia. Tchórzostwo musiało opanować najgłębsze pokłady jego jestestwa, bo kiedy obserwowałem Duszołap plądrującą jego bibliotekę, cały czas wił się jak robak na haczyku.

Ona nie miała problemów z zaklęciami mylącymi. Z Dusicielami także nie, chociaż natknęła się na ich bandę. Przez chwilę gapili się na nią z otwartymi ustami, po czym zdecydowali, że w ich najlepiej pojętym interesie jest ruszyć w innym kierunku.

W przeciwieństwie do tamtej sytuacji w łanach zbóż, teraz nie wydawała się świadoma mojej obserwacji. Czy to możliwe, że nie miała pojęcia o tajemnicy czarodzieja?

Czyż nie byłoby to piękne?

Obserwowałem ją przez długi czas, nawet po wyjściu z pałacu. Kopeć bez przerwy stawiał opór.

W końcu wróciłem, napiłem się i przekąsiłem co nieco, zanim zabrałem się do ciekawszego zajęcia: zaspokajając swą ciekawość, śledziłem Goblina. Chciałem przyjrzeć się ostatniemu starciu pomiędzy Konowałem a Brzeszczotem. Nie byłem w stanie znaleźć świadków, którzy widzieli ten wybuch na własne oczy.

96

Żeby odnaleźć ślady Goblina, wróciłem do chwili, kiedy widziałem tego karła ostatni raz na własne oczy, a potem podążyłem za nim przez czas.

Wkrótce po wyciągnięciu mnie z jednego z moich zanurzeń w przeszłość Goblin wyszedł ze swojej kwatery i z niedużą torbą powędrował nad rzekę, zaokrętował się na barkę kierowaną przez zaufanych Taglian, którzy zostali zawodowymi żołnierzami, i popłynął w dół rzeki. Właśnie w tej chwili – czyli mniej więcej dzisiaj – był w samym sercu delty, przenosząc ładunek barki na pełnomorski statek noszący zupełnie mi nieznane flagi i proporce. Na brzegu roiło się od dzieciaków Niueng Bao i leniwych dorosłych gapiów, jakby zajęcie obcych było największą rozrywką, jaka przydarzyła się im od lat. Znałem wprawdzie to plemię, ale wszyscy wydawali się obcy i nieodgadnieni. Bardziej niż w Dedżagore, gdzie nikt z nas nie był u siebie.

Z niejasnych dla mnie powodów nigdy nie odwiedziłem świata Sahry. Po prostu powitałem ją w swoim i rozkoszowałem się tym cudem.

Zachowanie Goblina nie było tak interesujące jak jego otoczenie, mogłem to teraz stwierdzić. Dlaczego więc nie zobaczyć, jak wygląda życie Niueng Bao? Wujek Dodż zawsze podkreślał, że delta to istny raj.

Może i tak, o ile należało się do gangu komarów. Zakląłem. Od pożarcia chroniło mnie tylko to, że byłem pozbawionym ciała punktem widzenia. Goblin był wystarczająco dobry, żeby zabezpieczyć siebie i swoją załogę potężnymi zaklęciami, wzmacnianymi jeszcze przez smród. Ale Niueng Bao zmuszeni byli radzić sobie z tymi krwiopijcami zdolnymi zabić małe dziecko. Przypomniałem sobie, że widziałem już wszelkie możliwe robactwo, przemierzając na południe rodzinną dżunglę Jednookiego, a tu wyglądało na to, że lud Sari doskonale sobie radzi bez obecności jej męża.

Przepłynąłem przez ten obszar, ciekaw, jak żyła, zanim się spotkaliśmy. Mała wioska, ryżowe poletka, bawoły domowe, łodzie rybaków. Tak samo jak wczoraj, zeszłego roku, zeszłego wieku. I tak samo, jak będzie jutro. Każdy, kogo widziałem, wyglądał jak ktoś, kogo mógłbym spotkać w Dedżagore albo wśród Niueng Bao służących teraz w Kompanii.

A to co?

Przemknąłem jak wypuszczona jaskółka. Ujrzałem w przelocie twarz, całe kilometry od rzeki, gdzie Jednooki i jego załoga wyciskali z siebie siódme poty. Moje serce zadrżało. Po raz pierwszy, będąc poza sobą, razem z Kopciem, doświadczyłem naprawdę silnego uczucia. Gdybym był we własnym ciele, pewnie roniłbym krokodyle łzy.

Wystrój delty stanowiły także krokodyle ludojady.

Rzuciłem się w tył i krążyłem, ścigając twarz tak podobną do Sahry, że mogłaby należeć do jej bliźniaczki. Gdzieś tam, koło tej starej świątyni.

Nie. Chyba nie. Zobaczyłeś to, co chciałeś zobaczyć, Murgen. To prawdopodobnie jakaś inna dziewczyna Niueng Bao, ledwie co kobieta, obdarzona tym niewiarygodnym pięknem, które jest im dane przez cztery czy pięć lat pomiędzy dzieciństwem a stromym upadkiem na dno rozpaczy.

Rzuciłem się raz jeszcze, rozpaczliwie pragnąc odnaleźć odbicie Sahry. I oczywiście niczego nie znalazłem. Ból stał się tak ogromny, że uciekłem stamtąd i poszedłem szukać miejsca i czasu, gdzie bogowie byli mi bardziej przychylni.

97

Musiałem cofnąć się w czasie, gramoląc się z zadowoloną miną w kierunku tego okresu mojego życia, kiedy byłem całkowicie szczęśliwy, a doskonałość była porządkiem wszechświata. Dotarłem do godziny, która była moją gwiazdą przewodnią, mą osią, moim ołtarzem. Do chwili, o której marzy każdy żyjący. Tej jednej minuty, kiedy wszystkie sny i fantazje mają moc spełnienia, a ty musisz tylko rozpoznać i pochwycić ją w ułamku sekundy, aby twoje życie stało się pełnią. Taka chwila nadeszła dla mnie prawie w rok po zakończeniu oblężenia w Dedżagore. I niemal ją zmarnowałem.

Potem, prawie przez cały czas, Niueng Bao byli częścią mojego życia. Konował ujawnił zamiary Mogaby i tym samym spowodował jego ucieczkę. Ci zaś, którzy przeżyli, dalej wlekli się na północ w kierunku Taglios, udając zwycięskich bohaterów, którzy uwolnili przyjacielskie miasto i oczyścili świat z bandy łotrów. Ledwie w trzy tygodnie potem obudziłem się któregoś dnia i odkryłem, że znajduję się pod kłopotliwą, lecz stałą ochroną Tai Deia. Nie był bardziej gadatliwy niż zwykle, ale w paru słowach stwierdził stanowczo, że ma u mnie dług i zostanie przy mnie na zawsze. Myślałem, że to przenośnia.

Chłopcze, jaki byłem wzruszony. Nie byłem w nastroju, żeby poderżnąć mu gardło, więc pozwoliłem pętać się wolno. Poza tym miał siostrę, którą pragnąłem widywać częściej niż jego, chociaż nigdy nie starczyło mi odwagi, żeby powiedzieć mu o tym.

A nawet gdyby...

Tak więc usadowiony z powrotem w pałacu, w moim maleńkim pokoju, z moimi papierami i książkami, z Tai Deiem sypiającym na trzcinowej macie przed moimi drzwiami, utrzymującym, że To Tan jest pod dobrą opieką swojej babci, wiodłem niepewny żywot, próbując sobie wyobrazić, co się stanie z nami wszystkimi, i doprowadzić do ładu pisaninę Pani. Nie myślałem całkowicie jasno, kiedy przybył do mnie nobliwy człowiek o imieniu Ban Do Trang, krewny jednego z pielgrzymów z Dedżagore. Miał dla mnie wiadomość. Była tak niejasna, że można by uznać ją za jedną z największych pokręconych przepowiedni wyroczni wszech czasów.

– Jedenaście wzgórz, ponad skrajem, on całuje ją – oznajmił mi braciszek Ban, okraszając wszystko szerokim uśmiechem, zupełnie nietypowym dla Niueng Bao. – Ale inni nie byli do wynajęcia.

Na co ja zaproponowałem taki odzew:

– Sześć błękitnych ptaszków na krzewie mięty wyćwierkuje niemrawe limeryki.

– Co? – Uśmiech zgasł.

– To mój wers, ćwoku. Powiedziałeś chłopakom na dole, że masz dla mnie niezwykle ważną wiadomość. Wbrew zdrowemu rozsądkowi pozwoliłem ci wejść na górę i zaraz po wejściu zaczynasz gadać bzdury. Tamal! – wrzasnąłem na przybocznego, który towarzyszył mi i kilku innym pracującym w sąsiednich pomieszczeniach.

– Wskaż temu błaznowi drogę do wyjścia.

Do Trang chciał się opierać, ale spojrzał na mego przybocznego i spuścił z tonu. Tai Dei przyjrzał się staruszkowi uważnie, nie wyglądało jednak na to, że poczytywałby sobie za zaszczyt osobiste wywleczenie jego enigmatycznego tyłka na ulicę.

Biedny Ban. To musiało być dla niego ważne. Poczuł się chyba dotknięty.

Tamal był ogromnym Szadarem podobnym do niedźwiedzia. Był kosmaty, o cuchnącym oddechu i pomrukiwał. Najchętniej okładałby Niueng Bao pięściami przez całą drogę na ulicę, a stamtąd na skraj miasta. Ban wyszedł bez sprzeciwu.

Niecały tydzień później otrzymałem podobną wiadomość. Była to odręcznie spisana notatka, wyglądająca, jakby nabazgrał ją sześciolatek. Przyniósł ją na górę jeden ze Strażników Mafera.

– Wychłoszczcie tego starego głupca i powiedzcie mu, żeby nie zawracał mi głowy – rozkazałem po jej przeczytaniu.

Strażnik posłał mi zabawne spojrzenie. Zerknął na Tai Deia i wyszeptał:

– Ani stary, ani też on, ale pewnie kto głupi, chorąży. Gdybym był tobą, rozważyłbym to.

Zrozumiałem. W końcu.

– A zatem sam natrę mu uszu. Tai Dei, spróbuj nie wpuszczać tu złych ludzi. Będę za parę minut.

Nie posłuchał oczywiście, ponieważ nie mógł strzec mnie na odległość, ale zaskoczyłem go na tyle, że wystartowałem z przewagą. Zszedłem na dół i chwyciłem Sahrę w ramiona, zanim mnie dogonił, a tym bardziej wyprzedził. Potem już nie mówił wiele. A moja sprytna pani przyniosła To Tana, aby odwrócić jego uwagę.

Tai Dei nie mówił wiele, ale nie oznaczało to, że był głupi. Wiedział, że obecnego rozdania kart nie wygra.

– Sprytnie – powiedziałem Sahrze. – Myślałem, że nie zobaczę cię już nigdy. Cześć, bąblu – odezwałem się do To Tana, który nie pamiętał mnie. – Sahra, kochanie, obiecałaś mi. Nigdy więcej szyfrów w stylu dziadzi Dama. Jestem tylko prostym żołnierzem.

Wprowadziłem Sahrę do środka i na górę do mojej nory w murze. Przez następne trzy lata rozkoszowałem się każdym rankiem, kiedy budziłem się u jej boku, i każdą minutą dnia, w której ją oglądałem. Stała się sensem mego życia, moją opoką, podporą, moją boginią i każdy z moich przeklętych braci zazdrościł mi do granic nienawiści, chociaż Sahra przemieniła ich wszystkich w oddanych przyjaciół. Mogłaby dawać Pani lekcje, jak zmiękczać serca twardych mężczyzn.

Dopiero kiedy przybyli z wizytą Wujek Dodż i Matka Gota, odkryłem, że Sahra uczyniła więcej, niż tylko sprzeciwiła się obyczajom Niueng Bao. Zignorowała kategoryczne zakazy starszych plemienia i przyszła sama, by zostać żoną Żołnierza Ciemności. Pewna siebie, mała czarownica.

Bezzębni starcy nie przykładali większej wagi do życzeń „wiedźmy" Ki Hong Trej.

Uważam, że realnie patrzyłem na to, kim i czym jestem, dlatego zdumiewa mnie, że Sahra myślała o mnie tyle samo, ile ja o niej.

98

Łyknąłem trochę wody, zjadłem i pomyślałem sobie, że po raz pierwszy opuściłem świat Kopcia bez problemów. Ból nie osłabiał mnie, kiedy poszedłem zobaczyć się z Sari.

Co tam robiłem?

Zanim pozwolę Konowałowi wciągnąć się w następną ucieszną fazę naszej wielkiej przygody, musiałem zbadać jeszcze jedną tajemnicę. Chciałem wiedzieć, co się wydarzyło pomiędzy nim a Brzeszczotem.

Kluczyliśmy z Kopciem tam i z powrotem przez jakiś czas. Zatrzymywaliśmy się na chwilę, halsowali pod wiatr czasu, podążaliśmy jakimś tropem i wypatrywaliśmy nieporozumień pomiędzy Brzeszczotem a moim szefem. Wiedziałem mniej więcej, kiedy nastąpił wybuch, szukałem więc faktów potwierdzających moją tezę.

W szybkiej podróży z Kopciem można przebywać długie okresy. Ustalenie, że stosunki między Panią a Brzeszczotem były ponad wszelką wątpliwość zawsze tylko poprawne, aczkolwiek z jego strony zabarwione marzeniami, nie trwało długo. Pani nigdy nie dostrzegła zaślepienia Brzeszczota – ani nikogo innego. Wydawała się zbytnio przyzwyczajona, żeby zwracać na to większą uwagę.

A więc co się stało?

Tropiłem jak wściekły pies usiłujący wykopać szczura z nory. Kopeć nie pomagał w najmniejszym stopniu. Do niektórych miejsc, czasów i zakamarków po prostu odmawiał wejścia. Próbowałem wyprowadzić go w pole na różne sposoby. Chciałem tylko sprawdzić, dlaczego nie może czy też nie chce iść tam gdzie ja. Bez większych rezultatów.

Może podążałem niewłaściwym tropem.

Kiedy patrzyło się z innego punktu widzenia w czasie, aktualne rozbijanie sobie łbów było co najmniej nieefektywne i mało rozsądne. Jedyną sensowną informacją było to, że Brzeszczot i Konował, zanim zaczęli szaleć, popijali jakieś mocne piwo domowego wyrobu.

Docinki zmieniły się we wściekłe aluzje, które u Starego przeszły w pogróżki. A piwo płynęło nieprzerwaną strugą.

Muszę stwierdzić, że Konował okazał się facetem zdecydowanie niemiłym. Albo głupim. Drążył temat na okrągło, a Brzeszczot ze wszystkich sił starał się nie dać w to wciągnąć.

To tylko rozwścieczyło Konowała. Sypnął pogróżkami, po których Brzeszczot mógł już tylko uciec.

Cofnąłem się, wstydząc się za mojego Kapitana. Nigdy nie pomyślałbym, że może wyjść na tak kompletnego dupka. Nie rozumiałem, dlaczego jest tak niepewny Pani. Żal mi było Brzeszczota i musiałem zmienić zdanie o jednym z moich bohaterów.

Kiedy rozmyślałem nad tym teraz, przypomniałem sobie nieprzyjemności, które od czasu do czasu spotykały Łabędzia, a które nie miały uzasadnienia. Konował pokłócił się nawet raz z Prabrindrahem.

Wyczułem w tym pewien wzorzec. Nie taki, jaki chciałbym dostrzec, ale zbyt czytelny, by go przegapić.

Konował miał obsesję na punkcie tej kobiety. Odsunąłby każdego, kto zwróciłby na nią zbyt wiele uwagi, niezależnie od skutków.

Cholera. Dlaczego? To nie była Sari.

Straciliśmy już Brzeszczota. Nie miałem wiele pożytku z Łabędzia, który był zbyt ładny i zbyt blond, ale za żadne skarby świata nie chciałbym, aby Kompania znalazła się w niełasce u księcia tylko dlatego, że jeden facet nie jest pewny swojej kobiety.

Łuski opadły mi z oczu i zostawiły po sobie rozczarowanie.

Musiałem omówić to z najstarszymi ze starych: Jednookim, Ottonem i Wypieraczem. Goblin był za daleko, a Pani i za daleko, i nieodpowiednia ze względu na osobiste zaangażowanie. Kapitan, który myśli jajami zamiast mózgiem, doprowadzi do śmierci zbyt wielu ludzi.

Sam nie czciłem żadnych bogów, aczkolwiek niektórzy pewnie istnieją na swój sposób. Muszę natomiast wierzyć, że wszyscy oni pękają czasami ze śmiechu, ponieważ jeden z nich był na tyle pomysłowy, że stworzył ludzką płciowość. Nawet chciwość i żądza władzy nie prowadzą do takiej głupoty, jak bycie mężczyzną i kobietą.

Ale z drugiej strony widzę wiele wspaniałości, które rodzi ten podział.

Sama powiedz, Ki Sahro.

Bogowie, Murgen, musisz uciekać od tego na wpół martwego starca. Jesteś wynajętym mieczem. Żołnierzem. Nie powinieneś bawić się w filozoficzne gierki. Nawet z samym sobą.

99

Przerwałem kontakt z Kopciem.

– Już czas, Jednooki. Ona odeszła.

Mały czarodziej pchnął maleńką swojską sówkę w pociemniały korytarz. Nietknięta przez zaklęcia mylące, skierowała się do tej części miasta, gdzie, jak powiadało jej wyobrażenie, znajdowało się jej gniazdo. Nie szukała nikogo szczególnego. To nie była jej misja. Za to wielu wypatrywało jej. Kiedy tylko przefrunęła obok dwudziestu pięciu weteranów Czarnej Kompanii i ich ochroniarzy Niueng Bao, wtargnęli oni do budynku, który należało zrównać z ziemią o całe pokolenie wcześniej, zanim Władcy Cienia wkroczyli do tego zakątka świata.

Znowu odnalazłem ślad Duszołap wracającej do tego budynku z wypadu do biblioteki Kopcia. Czuła się tam tak bezpieczna, że niemal lekceważyła środki ostrożności. Od lat przedostawała się tam bez przeszkód.

Kiedy odkryje, że nie ma takiej władzy, jak sobie wyobrażała, w rozgrywce przybędzie nam kolejny niezbyt uszczęśliwiony zawodnik.

Obserwowałem z zadowoleniem, jak żołnierze Czarnej Kompanii przejmują budynek tak sprawnie, że nawet Kapitan nie miałby powodów do narzekań. Obecnie potrafili wykonać swoją robotę nawet bez potykania się o Niueng Bao, którzy włazili pod nogi częściej niż stado kotów. Po prostu trzeba było traktować ich jak swój cień.

Prawie nikt bezpośrednio zamieszany w sprawę nie zauważył moich ludzi. Weszli do środka, rozbiegli się, przekopali wszystko, znaleźli, co chciałem, zabrali to i wrócili na długo przedtem, zanim Duszołap odkryła, że została wyprowadzona w pole.

Wypadem kierowali Otto i Wypieracz. Powierzając im dowództwo, mogłem przywrócić ich z powrotem do rodziny. A ponieważ byli dobrymi żołnierzami, zrozumieli moje zamiary i nie wymietli kryjówki Duszołap do czysta. Zabrali tylko jej ulubionego białego kruka. Wyrwali mu kilka piór i zostawili je na miejscu ksiąg, związane pasmem włosów wyrwanych z głowy młodej Duszołap dawno temu, które Otto i Wypieracz przywieźli na południe wraz ze swoim łupem.

To musi ją rozwścieczyć.

Może powinienem zaznajomić Konowała i Panią ze swoim planem? W ten sposób uczyniłbym wszystko w ich imieniu. Ale to stało się zbyt osobiste. Miałem coś do powiedzenia w imieniu Murgena. Nie było też czasu na konsultacje i narady.

Kopeć i ja dopadliśmy ludzi, kiedy dźwigali swój łup w stronę pałacu. Chciałem dać księgi Konowałowi, jak tylko dotrą. Będzie mógł zrobić z nimi, co zechce, co prawdopodobnie oznacza, że trafią z powrotem do mnie, aby zniknęły z oczu wszystkim łotrom i łotrzycom, a ja pewnie nie ukryję ich lepiej niż zbroi Stwórcy Wdów.

Zastanawiałem się, czy nie posunąłem się za daleko w swojej bucie. Duszołap będzie wiedziała, kto jej zaszkodził. Była młodsza może o rok od Pani, co dawało jej całe wieki przewagi nade mną, jeśli chodzi o paskudne sztuczki i charakter.

Lecz co miałem do stracenia? Jedyne, co kiedykolwiek kochałem, odeszło na zawsze. Mogłem pogrążyć się już całkowicie w żalu i rozpaczy. Duszołap nie może już uczynić niczego, co zraniłoby mnie bardziej niż utrata Sahry.

Naprawdę?

Czasami człowiek oszukuje sam siebie.

100

Na godzinę przed wschodem słońca i na cztery dni przed zimowym przesileniem, nie biorąc pod uwagę ani wygody zwykłego śmiertelnika, ani czarodzieja, boga ni bogini, ziemia przesunęła się i zadrżała. W Taglios naczynia pospadały z półek, śpiący zbudzili się w panice, psy zawyły, a na starych murach, których fundamenty kładziono bez specjalnego wysiłku czy też myśli o trzęsieniu ziemi, pojawiły się rysy. Starczyło tego na półgodzinną sensację.

W Dedżagore budynki osłabione wcześniejszą powodzią lub też ukrytymi defektami budowlanymi poddawały się pokusie ziemskiego przyciągania. Dalej na południe skutki były o wiele poważniejsze. Poza Danda Presz, gdzie góry schodziły w doliny ze srogim rykiem triumfu, trzęsienie pozostawiło po sobie wspomnienie koszmaru. Kiaulune zostało zniszczone. Ucierpiało nawet Przeoczenie, chociaż jego mury wytrzymały najgorsze. Długi Cień wpadł w panikę, dopóki nie stało się jasne, że konwulsje ziemi nie złamały jego bram i sideł cieni. Potem wpadł w szał, ponieważ zniszczenia i straty w ludziach w Uścisku Cienia opóźnią jego budowlane zapędy o całe miesiące.

101

Miałem niejasne uczucie, że ktoś zagląda mi przez ramię, chociaż nikt nie mógł tego uczynić, skoro byłem tylko punktem widzenia unoszącym się na wietrze. Nie było tutaj głosu, ale odczucie czyjejś obecności było takie samo jak podczas moich pierwszych skoków w koszmar Dedżagore z naigrawającym się ze mnie duchem, którym musiała być Duszołap.

Tej obecności towarzyszył jedynie zapach. Odór jakby...

Jakby smród martwego Dusiciela, którego znalazłem w głębiach pałacu. Jak fetor, który stał się tak bardzo nieodłączną częścią życia w Dedżagore, że zauważało się go tylko wtedy, kiedy zniknął. Był to zapach śmierci.

Pomimo że byłem poza swym ciałem, tkwiąc w odrętwieniu z Kopciem, odczułem cały ogrom bólu w delcie rzeki, wyobrażając sobie, że widzę żywą Sahrę pomiędzy Niueng Bao. Teraz doświadczałem całego ogromu strachu, choć mnie tam nie było.

Gdybym miał ciało, powiedziałbym, że zacząłem się powoli obracać. Odwróciłem się drugi, trzeci i czwarty raz, za każdym razem szybciej i bezładniej. I za każdym razem widziałem Południe. Zauważyłem coś ogromnego i ciemnego, potwornego, za każdym razem coraz wyraźniejszego, aż za ostatnim obrotem ujrzałem czarną kobietę wysoką aż pod niebo. Była naga. Miała cztery ramiona, sześć piersi i kły niczym wampir. To z jej ust wydobywał się ten odór. Jej oczy płonęły jak okna otchłani, ale patrzyły w moje, trzymając je na uwięzi. Przemówiła do mnie lekko znudzona i obiecująca. Była samym żarzącym się erotyzmem. Nie zaznałem czegoś takiego nawet z Sahrą.

Krzyknąłem.

Wyskoczyłem z wszechświata Kopcia.

Czarodziej chciał także krzyczeć. Sądzę, że niemal obudził się z przerażenia.

– Wystarczająco chłodno, Dzieciaku? – śmiał się Jednooki.

Ociekałem wodą. Bardzo zimną wodą.

– Co, do cholery?

– Znowu próbowałeś zostać tam na zawsze. Odmroziłem ci tyłek dla twojego dobra.

Zacząłem się trząść.

– O, psiakrew. Zimno. – Nie powiedziałem mu, co widziałem i dlaczego naprawdę się trzęsę. Tak czy inaczej, pewnie to moja wyobraźnia znów zadrwiła sobie ze mnie. – Ty gnojku, chcesz mnie doprowadzić do zawału czy co?

– Nie. Próbuję tylko cię chronić, żebyś się nie zgubił. Sam byś się nie odnalazł.

– Myślę, że już jestem zgubiony, staruszku.

Gwiazdy zerkają w dół z chłodną ironią.

Zawsze znajdzie się jakiś sposób.

Wiatr wyje i zawodzi, niosąc palące tchnienie poprzez lodowe kły. Nad równiną lśniącego kamienia warczą i poszczekują błyskawice. Wściekłość jest czerwoną, niemal żywą siłą, nabrzmiałą litością niczym zdychający z głodu wąż. Trochę cieni bryka pośród gwiazd na niebie. Wiele ich zostało wezwanych zewsząd.

Samo serce równiny poszarpane jest bliznami kataklizmu. Postrzępiona błyskawica wychodząca z jednej ze szczelin rozdarła jej oblicze. Ta rozpadlina nie jest w żadnym miejscu szeroka na tyle, aby nie mogło przekroczyć jej dziecko, ale zdaje się bezdenna. Wypływają z niej delikatne mgiełki. Niektóre, wyłaniając się, przybierają subtelną barwę.

Powierzchnię wspaniałej, szarej twierdzy nadgryzły pęknięcia. Wieża zwaliła się w poprzek szczeliny. Z fortecy dobiega głębokie, powolne, miarowe dudnienie, niczym bijące serce świata, zakłócające ciszę kamienia.

Drewniany tron osunął się na bok i przechylił odrobinę. Postać do niego przybita nie siedzi już jak dawniej. Jej twarz ściągnięta jest w grymasie agonii. Jej powieki drżą, jakby bliska była przebudzenia.

To pewnego rodzaju nieśmiertelność, ale jej cenę opłaca się srebrem bólu.

A wstrzymać można nawet czas.

A IMIĘ JEJ CIEMNOŚĆ

Wiatr wyje i zawodzi, niosąc palące tchnienie. Błyskawice warczą i poszczekują. Wściekłość jest żywą siłą unoszącą się nad równiną lśniącego kamienia. Nawet cienie są wystraszone.

Blizny kataklizmu zeszpeciły równinę, która wcześniej znała tylko epokę mrocznej doskonałości. Szczelina postrzępiona, znak błyskawicy przebiega przez jej oblicze. Ta rozpadlina nie jest w żadnym miejscu szeroka na tyle, aby nie mogło przekroczyć jej dziecko, ale zdaje się bezdenna. Wypływają z niej delikatne mgiełki. Niektóre przybierają subtelną barwę. Każdy kolor ściera się z tysiącami odcieni szarości i czerni.

W sercu równiny tkwi rozległa, szara twierdza, niezgłębiona, starsza niźli jakiekolwiek pisma. Jedna z pradawnych wież zwaliła się wpoprzek szczeliny. Z wnętrza fortecy dobiega głębokie, powolne, miarowe dudnienie, jakby uśpione serce świata, burzące prastarą ciszę.

Śmierć to wieczność. Wieczność to kamień. Kamień to cisza.

Kamień niezdolny jest przemówić, jednak kamień pamięta.

1

Stary podniósł wzrok. Potrząsnął piórem, wyraźnie zirytowany tym, że mu przerwano.

– Co jest, Murgen?

– Poszedłem na przechadzkę z duchem. Chodzi o to trzęsienie ziemi, którego echa czuliśmy niedawno.

– No i? Tylko nie próbuj mi wciskać jakiegoś bełkotliwego gówna, jakim mnie zazwyczaj raczy Jednooki. Nie mam na to czasu.

– Im dalej na południe, tym zniszczenia są większe.

Stary otworzył już usta, ale prawie natychmiast zamknął je z powrotem, najwyraźniej postanawiając wszystko przemyśleć, zanim cokolwiek powie.

Konował, Stary, Kapitan Czarnej Kompanii, a obecnie także z łaski bogów dyktator wojskowy Taglios oraz wszystkich jego terytoriów lennych, prowincji i protektoratów. Zupełnie nie wygląda na kogoś takiego. Dawno przekroczył pięćdziesiątkę, może nawet niedaleko mu już do sześćdziesiątych urodzin. Wzrost – co najmniej metr osiemdziesiąt. Podczas czterech lat spędzonych głównie w koszarach nabrał trochę ciała. Wątłe kępki porastają skronie jego wysokiego czoła. Ostatnio na jego brodzie pojawił się zarost. Posiwiały. Podobnie jak reszta włosów pokrywających jego głowę. Głęboko osadzone, lodowatobłękitne oczy nadają mu twardy, nieco przerażający wygląd, jakby był psychopatycznym mordercą.

On nie ma o tym pojęcia. Nikt mu nigdy nie powiedział. Czasami doprawdy wygląda, jakby to, że ludzie się go boją, sprawiało mu przykrość. Nie rozumie dlaczego. A to głównie chodzi o oczy. Potrafią być naprawdę przerażające.

Sam uważa się po prostu za jednego z chłopaków. Przeważnie. Gdyby się zorientował, jak oddziałuje na ludzi, wykorzystywałby tę wiedzę bezwzględnie. Jego wiara w wartość złudzeń tworzonych w umysłach innych graniczy omalże z religią.

Wstał.

– Przejdźmy się trochę, Murgen.

Gdy znajdujesz się w pałacu, a chcesz zatrzymać treść rozmowy dla siebie, najlepiej poruszać się bez przerwy. Pałac jest ogromny, niczym pszczeli ul, poprzecinany labiryntem korytarzy, skrywających niezliczone sekretne przejścia. Próbowałem rysować ich plany, ale do końca życia nie udałoby mi się nawet odnaleźć wszystkich – zresztą teraz już i tak na to za późno, każdy dzień bowiem może przynieść rozkaz wymarszu na południe.

Szło o to, że zawsze istniała możliwość, iż nasi przyjaciele będą słuchać wszystkiego, co powiemy.

Naszym wielkim sukcesem było już to, że udało się nam odwieść naszych wrogów poza najbliższe otoczenie.

Przy drzwiach dołączył do nas Tai Dei. Stary skrzywił się. Nie miał żadnych osobistych uprzedzeń względem mojego strażnika i zięcia, ale nie podobała mu się sytuacja, w której aż nazbyt wielu braci z Kompanii miało tego rodzaju towarzyszy, a żaden z nich nie podlegał jego bezpośrednim rozkazom. Ponadto nie ufał Niueng Bao. Nie zaufał im dotąd i nigdy nie zaufa, choć zapewne sam nie potrafiłby wytłumaczyć dlaczego.

Rozumiał oczywiście wszystko doskonale – nie było go tam, w samej kuźni gehenny, gdzie te więzi zostały wykute. Potrafił to uwzględnić. Sam bawił wówczas w innej otchłani. W owym czasie przecierpiał doprawdy dużo.

Nieznacznie skinąłem dłonią Tai Deiowi. Cofnął się o krok, uznając nasze prawo do prywatności raczej symbolicznie, niż rzeczywiście przyjmując je do wiadomości. W każdym razie i tak mógł usłyszeć każde nasze słowo.

A więc z pewnością będziemy rozmawiać w dialekcie Berylu, jednego z Miast Klejnotów, które leżą ponad dziewięć i pół tysiąca kilometrów poza skrajem jakiegokolwiek świata, jaki Tai Dei potrafiłby sobie choćby wyobrazić. Ciekawe więc, po co Konował w ogóle kłopotał się tą przechadzką, skoro mieliśmy rozmawiać w obcym języku. Żaden Taglianin i tak nie zrozumiałby ani słowa.

– Opowiedz mi – powiedział.

– Przechadzałem się z duchem. Udaliśmy się na południe. Sprawdziłem rutynowo to, co zawsze. Po prostu codzienny rytuał. – Teraz dopiero pojąłem, dlaczego chciał pospacerować. Duszołap. Duszołap mówiła dialektami Miast Klejnotów. Jeśli najpierw będzie musiała nas znaleźć, trudniej będzie jej podsłuchać, o czym mówimy.

– Przecież powiedziałem ci, żebyś zwolnił. Spędzasz z nim zbyt wiele czasu. To cię pochłonie. W ten sposób cholernie łatwo uwolnić się od bólu. Dlatego ja już z nim nie chadzam.

Mój ból ukryłem głęboko.

– Nie ma sprawy, szefie. – Nie uwierzył mi. Dobrze wiedział, ile znaczyła dla mnie Sahra, jak było mi jej brak. Jak bardzo bolało. – Jakoś sobie radzę. W każdym razie chciałbym, abyś wiedział, że im dalej na południe spoglądasz, tym większe zniszczenia wywołane tym trzęsieniem widzisz.

– Dlaczego miałoby mnie to obchodzić? Czy może mam już skakać z radości, bo chcesz mi powiedzieć, że dom Władcy Cienia zawalił mu się na głowę?

– Jak chcesz, to skacz, ale tym razem musisz znaleźć sobie inny powód. Wśród wad Długiego Cienia na pewno nie znajdziemy architektonicznej nieudolności.

– Jakoś przeczuwałem, że nie powiesz mi nic takiego, co naprawdę chciałbym usłyszeć. I tak oto twoje towarzystwo przestało być zabawne.

Częścią moich obowiązków jako kronikarza było przypominanie mym przełożonym, że nie są jeszcze równi bogom.

– Tym razem to nie był przypadek. Przeoczenie przeszło przez to nieomal bez szwanku. Ale Kiaulune zostało zniszczone. Zginęły tysiące. A wiadomo, że przy takiej katastrofie kolejne tysiące umrą od chorób, chłodu i głodu. – Środek zimy zbliżał się właśnie wielkimi krokami.

Kiaulune jest położonym najdalej na południe miastem zamieszkanym przez ludzi. Jego nazwę tłumaczy się jako Brama Cienia. Kiedy dwadzieścia lat temu Władca Cienia zwany Długim Cieniem, pojawił się jakby znikąd i obwołał władcą tych terenów, zmienił jego nazwę na Uścisk Cienia. Jedynie te ludy z Ziem Cienia, które pragnęły unikać jego niełaski, stosowały na co dzień nazwy narzucone im wraz z niewolą.

– To mają być dobre wieści?

– Dzięki temu spowolnieniu ulegnie bez wątpienia tempo budowy Przeoczenia. Długiemu Cieniowi to się nie spodoba, ale będzie musiał poświęcić czas, by pomóc swym poddanym. W przeciwnym razie rychło zabraknie mu ludzi, którzy będą dla niego pracowali.

Nasza mała procesja wolno podążała zatłoczonymi korytarzami. Tę część pałacu przeznaczono całkowicie na potrzeby wojenne. Obecnie ludzie zaczynali się już pakować. Wkrótce wyruszamy na południe, by zrealizować największą, a być może również ostateczną ofensywę przeciwko armiom Władców Cienia. Większość naszych sił była już w drodze, jednak ich przerzucanie stanowiło proces trudny i powolny. Przerzucenie potężnych mas ludzkich na znaczne odległości trwa wieki. Nasi oficerowie kładli fundamenty pod to przedsięwzięcie już od lat.

– Chcesz więc powiedzieć, że nie musimy się szczególnie śpieszyć? – spytał Konował.

– Obecnie nie ma takiej potrzeby. Trzęsienie go osłabiło.

– Przed trzęsieniem też nie było powodów do pośpiechu. Dotrzemy tam, zanim uda mu się skończyć ten przerośnięty zamek z piasku.

Racja. Rzucenie hasła do rozpoczęcia kampanii już teraz zostało spowodowane głównie tym, że Kapitan i jego kobieta tak bardzo łaknęli zemsty.

Do listy mścicieli dodajcie też imię Murgena. Moje pragnienie odwetu było najświeższej daty. Było też najbardziej krwiożercze. Moja żona stanowiła ostatnią ofiarę.

Długi Cień i Narajan Singh zapłacą za śmierć Sahry. Zwłaszcza Narajan Singh.

Hej, ty, żywy święty Dusicieli, twój towarzysz sprośnych nocnych igraszek też poluje na ciebie.

– Nawet jeśli poniósł poważne straty, nie powinno to zmieniać w niczym naszych planów.

Przyznałem mu rację.

– Fakt. Chociaż daje nam to większą swobodę manewru.

– Tym bardziej ma sens naskoczyć na nich, póki jeszcze nie doszli do siebie. Jak daleko sięgają zniszczenia? Czy chodzi tylko o Kiaulune?

– Poważnie spustoszone zostały wszystkie miasta położone na południe od Danda Presz. Im dalej, tym wygląda to gorzej. Po tamtejszych mieszkańcach trudno oczekiwać, by zostało im dość energii na odparcie inwazji.

– To wszystko stanowi dodatkowy powód do tego, by trzymać się planu. Zmiażdżymy ich, zanim się pozbierają.

Stary był zgorzkniały i żądny zemsty. Przypuszczam, że te cechy były u niego efektem wykonywanej pracy. No i tego całego zła, które mu wyrządzono.

– Jesteś gotów? – zapytał.

– Do wymarszu? Ja i wszyscy moi domownicy skończyliśmy już przygotowania. Powiedz tylko kiedy, a ruszamy w drogę. – Spomiędzy tych słów wyzierało moje zgorzknienie.

Starałem się ze wszystkich sił, aby pragnienie zemsty nie zapuściło korzeni zbyt głęboko. Nie mogłem pozwolić, żeby stało się obsesją.

Konował zacisnął usta, przez chwilę wyglądał naprawdę ponuro. Do moich domowników należał nie tylko Tai Dei, ale również matka Sari, Ki Gota oraz Wujek Dodż, który tak naprawdę nie jest niczyim wujkiem, niemniej pozostaje członkiem rodziny. Konował nie ufał również jemu. Ale w istocie nie dowierzał nikomu, kto nie należał do bractwa Kompanii od lat. Natychmiast dał mi tego dowód.

– Murgen, chciałbym, żebyś do listy ludzi, których regularnie sprawdzasz, dołączył również Radiszę. Założę się, że w tej samej chwili, kiedy tylko wyjedziemy za mury miasta, zacznie kombinować, jak wbić nam nóż w plecy.

Nie kłóciłem się. Było to bardzo prawdopodobne.

W całej swej historii, Czarna Kompania znosiła brak wdzięczności ze strony jej pracodawców. Zazwyczaj ci łajdacy mieli potem poważny powód, by żałować swej niegodziwości. Tym razem jednak naprawdę były szanse, że uda nam się zdławić ich wysiłki w zarodku, to znaczy zanim Radisza Drah wraz ze swym bratem, Prabrindrahem Drahem, zdołają dopuścić się poważniejszej zdrady wobec nas. Obecnie Radisza i książę musieli się powstrzymywać. Póki żyje Długi Cień, Kompania będzie w ich oczach zawsze mniejszym złem.

– Zaglądałeś już do tych ksiąg? – spytałem.

– Jakich ksiąg?

Potrafił być naprawdę irytujący.

– Ksiąg, dla których ryzykowałem moją drogocenną dupę – warknąłem – wyrywając je z rąk Duszołap tamtej nocy. Zaginionych Kronik, które zapewne mogą nam powiedzieć, dlaczego każdy przeklęty, durny władca i kapłan na tym krańcu świata dostaje zaparcia ze strachu na samą wzmiankę o Czarnej Kompanii.

– Ach. Chodzi ci o te księgi.

– No. Te... – Zrozumiałem, że celowo stara się mnie rozdrażnić.

– Nie miałem jeszcze czasu, Murgen. Niemniej zdążyłem się już przekonać, że będziemy potrzebowali tłumacza. Nie zostały napisane we współczesnym tagliańskim.

– Tego się właśnie obawiałem.

– Duchowego wędrowca zabieramy ze sobą na południe.

Zaskoczyła mnie ta nagła zmiana tematu. Ostatnimi czasy stał się takim paranoikiem, że praktycznie nigdy nie wspominał o Kopciu, czy to z imienia, czy w jakikolwiek inny sposób, nawet mówiąc w języku innym niż tagliański. Zawsze gdzieś mógł się czaić jakiś kruk.

– Przypuszczałem, że tak będzie – odparłem. – Stanowi narzędzie zbyt przydatne, by go tu zostawiać.

– Należy załatwić to tak, żeby nikt się nie dowiedział.

– Hm?

– Radisza już się zastanawia, cóż dostrzegliśmy w nim interesującego na tyle, iż dbamy o niego i utrzymujemy przy życiu. Ona sama sądzi, że nie ma żadnych szans, aby przyszedł do siebie. Jeżeli zacznie rozmyślać nad tym głębiej, w końcu może uda się jej dodać dwa do dwóch. – Wzruszył ramionami. – Pogadam z Jednookim. Wy dwaj możecie wywieźć go stąd po cichu, kiedy nikt nie będzie patrzył.

– Jeszcze jedna rzecz do zrobienia w moim przeobfitym wolnym czasie.

– Hej. Ciesz się tym, póki możesz. Już wkrótce zaśniemy na zawsze.

Konował nie należy do ludzi nadto religijnych.

2

Znowu ja muszę się wszystkim zajmować – jęczał Jednooki. – Jak trzeba coś zrobić, to posyła się po prostu Jednookiego. Już on się o wszystko zatroszczy.

– Tylko wówczas, kiedy nie uda się najpierw znaleźć Murgena – odwarknąłem.

– Jestem za stary na to gówno, Dzieciaku. Powinienem już przejść na emeryturę.

W tej kwestii mały, czarny człowieczek miał rację. Wedle zapisków w Kronikach liczył sobie już ponad dwieście lat, a wciąż żył, głównie dzięki swoim sprytnym czarom oraz szczęściu dalece przekraczającemu wszystko, na co mogłaby zasłużyć istota ludzka.

Znajdowaliśmy się właśnie w mrokach spiralnej klatki schodowej i targaliśmy ciało na noszach. Kopeć nie ważył wiele, ale obecność Jednookiego, tak czy siak, czyniła tę robotę upierdliwą.

– Jesteś już gotów się zmienić? – zapytałem. Niosłem wyższy koniec. Mam ponad metr osiemdziesiąt wzrostu. Jednooki miałby metr pięćdziesiąt, gdyby postawić go na grubej księdze. Ale to małe, uparte łajno nigdy nie przyzna, że nie ma racji.

Z jakiegoś powodu Jednooki wbił sobie do głowy, że będzie mu łatwiej nieść po schodach niższy koniec noszy.

– No. Tak myślę. Kiedy dojdziemy do następnego podestu.

Wyszczerzyłem zęby w ciemność. Wtedy zostanie nam do pokonania jeszcze tylko jedno piętro. Potem wymruczałem:

– Mam nadzieję, że cholerny Ospały zdąży na czas.

Chociaż nie miał więcej niż osiemnaście lat, Ospały był już weteranem Czarnej Kompanii, służył w niej bowiem już od czterech. Przetrwał razem z nami gehennę Dedżagore. Wciąż jeszcze ma zbyt duże skłonności do spóźniania się, a poza tym jest trochę nieodpowiedzialny, ale, do diabła, jest przecież jeszcze strasznie młody. Wiek czynił go najlepszym kandydatem do tego, by pojechać nocą wozem przez całe Taglios, nie zwracając przy tym niczyjej uwagi. Jako Taglianin Vedna mógł łatwo uchodzić za ucznia. Nikt nie będzie spodziewał się po nim, że wie, co robi. Terminatorzy wykonują to, co im się każe. Ich mistrzowie rzadko kiedy czują się zobowiązani do wyjaśnienia czegokolwiek.

Dzieciak nie miał zresztą pojęcia, co właściwie stanie się dzisiejszej nocy. Jeżeli przybędzie na czas, a i potem wszystko pójdzie zgodnie z planem, mogą upłynąć całe lata, zanim dowie się, w czym uczestniczył. Miał się ulotnić, zanim na wozie pojawi się jego tajemniczy ładunek.

Kiedy załadujemy już Kopcia, Jednooki zajmie się resztą. W krytycznej sytuacji zawsze może twierdzić, że ciało na wozie należy do Goblina. Żaden z ewentualnych obserwatorów nie będzie w stanie zapewne stwierdzić różnicy. Kopcia nie widziano przez ostatnie cztery lata, zresztą wcześniej również rzadko pokazywał się publicznie. A i Goblin od pewnego czasu przebywał gdzieś daleko, ponieważ Stary wysłał go z jakąś misją już wiele tygodni temu.

Gdyby ktokolwiek spostrzegł Jednookiego, od razu wiedziałby, z kim ma do czynienia. Jest najbardziej charakterystycznym członkiem Kompanii. Okropny, zniszczony, stary kapelusz zdradza go nawet w zupełnych ciemnościach. Aż jaśnieje swą ohydą.

Przesadzam tylko odrobinę.

Ludzie jednak uwierzą w wyjaśnienia Jednookiego, ponieważ wszyscy w Taglios wiedzą, że ten wstrętny, pokurczony karzeł zawsze prowadza się z żabiopyskim, małym białym czarodziejem o imieniu Goblin.

Cała sztuczka zasadzała się na tym, by niczyjej uwagi nie zwrócił kolor skóry Kopcia. Gdyby jednak stało się inaczej, Jednooki zawsze może zaczarować go i sprawić, aby rzeczywiście przypominał Goblina w stopniu wystarczającym, by zwieść dowolne tagliańskie oko.

Ostatecznie ktoś wreszcie odkryje, że Kopeć zniknął z pałacu. Prawdopodobnie stanie się to dość późno. Przez przypadek. Gdy temu komuś uda się jakoś przeniknąć przez sieć zaklęć mylących, otaczających pomieszczenie, w którym od lat spoczywał ukryty czarodziej. Tym „kimś" może być Radisza Drah. Ona oraz Wujek Dodż byli jedynymi ludźmi, nie licząc mnie, Konowała i Jednookiego, którzy wiedzieli, że Kopeć jeszcze żyje, choć w jakiś niewytłumaczalny sposób zagubił się w krainie śpiączki.

Większy pożytek był z niego zresztą teraz niźli wówczas, gdy był świadomy i piastował stanowisko tajnego nadwornego czarodzieja. Kopeć był tak skończonym tchórzem, jak to tylko możliwe w przypadku istoty ludzkiej.

Dotarliśmy na półpiętro. Przeklęty Jednooki omal nie wypuścił swojego uchwytu noszy. Śpieszyło mu się do zmiany.

– Powiedz mi, kiedy będziesz gotów – oznajmiłem.

– Nie musisz zgrywać przy mnie takiego spryciuli, Dzieciaku. – Wymruczał kilka słów w jakimś martwym języku, co było zupełnie niepotrzebne, tylko na pokaz. Mógł powiedzieć to samo po tagliańsku, z identycznym skutkiem, którym była kula migoczących gazów bagiennych, jaka pojawiła się nad jego wstrętnym kapeluszem.

– Czy ja coś mówię?

– Nie musisz nic mówić, Dzieciaku. Uśmiechasz się niczym jakiś gównożerny pies. – Ale dyszał rozpaczliwie, widać było, że dłużej nie da rady.

– Stary pierdziel jest cięższy, niżby na pierwszy rzut oka się zdawało, no nie?

Faktycznie, był. Może dlatego, że po czterech latach snu, mając za całe pożywienie zupę, sos od pieczeni oraz inne pomyje, jakie udawało mi się wlać mu łyżeczką do gardła, musiał składać się głównie ze smalcu.

Doglądanie go stanowiło zajęcie cholernie nieprzyjemne. Gdyby nie był tak przydatny, pozwoliłbym mu zdechnąć.

Kompania nie marnuje przyjaznych uczuć na tego faceta.

Cóż, może bardziej lubiłem go teraz, w stanie śpiączki, niż wówczas, gdy znajdował się w pełni władz umysłowych, chociaż nigdy nie mieliśmy do czynienia ze sobą osobiście. Słyszałem jednak tyle przerażających opowieści o jego tchórzostwie, że niewiele potrafię powiedzieć na jego obronę. Cóż, kiedy jeszcze był przytomny, sprawdzał się w miarę nieźle w roli marszałka ognia. Płomienie były wrogiem, którego Taglios znało znacznie bliżej niż odległych Władców Cienia.

Gdyby nie okazał się skończonym tchórzem i nie przeszedł na stronę Długiego Cienia, nie znalazłby się obecnie w tak opłakanym stanie.

Z powodów niezrozumiałych nawet dla Jednookiego pogrążony w śpiączce duch Kopcia stosunkowo luźno związany jest z jego ciałem. Ustanowienie połączenia z jego ka, jak nazywa się go w tych stronach, nie przedstawia szczególnych trudności. Ponadto posłusznie wypełnia polecenia. Mogę złączyć się z nim, oddzielić od własnego ciała i przemieszczać się wraz z nim niemalże wszędzie, zobaczyć prawie wszystko, co przyjdzie mi na myśl. Dlatego właśnie teraz mamy zeń tyle pożytku. I ten sam powód decyduje o tym, by wszystko, co go dotyczy, trzymać w ścisłej tajemnicy. Jeżeli zdołamy wygrać tę mroczną wojnę, zwycięstwo będzie w znacznej mierze efektem tego, że byliśmy w stanie nauczyć się „przechadzać z duchem".

– Już mogę iść – powiedział Jednooki.

– Szybko dochodzisz do siebie, stary pierniku.

– Kłap paszczą tak dalej, Dzieciaku, a nigdy nie będziesz miał szansy się przekonać, jak to jest być starym i zasługiwać na szacunek, którym jednak takie szczeniaki jak ty nie darzą cię w żaden sposób.

– Przestań jeździć po mnie tylko dlatego, że Goblin się tobą zmęczył.

– A właśnie, gdzie też się podziało to skarłowaciałe mysie guano?

Wiedziałem. Czy też powinienem wiedzieć. Przechadzam się z duchem. Jednooki wszakże wiedzieć nie musi, dlatego też nic mu nie powiedziałem.

– Bierz się do tych przeklętych noszy, ofiaro losu.

– Ty aż się prosisz, Dzieciaku, żeby zaznać uroków życia jako skunks.

Chwyciliśmy nosze. Kopeć wydał z siebie bulgoczący odgłos. Spieniona strużka śliny wypłynęła z kącika jego ust.

– Pośpiesz się. Muszę oczyścić mu usta, zanim się udławi.

Na szczęście Jednooki nic nie odpowiedział. Oszczędzał oddech. Gramoliliśmy się niezgrabnie po schodach. Kopeć zaczął wydawać takie dźwięki, jakby już się dusił. Kopniakiem otworzyłem drzwi i wyszedłem na zewnątrz, nie zastanowiwszy się nawet, co może nas czekać po drugiej stronie. Znaleźliśmy się na ulicy.

– Połóż go na ziemi – warknąłem. – Potem osłoń nas na chwilę, bym mógł się nim zająć.

Nie wiadomo, kto mógł nas obserwować. Tagliańskie noce skrywają niezliczone ciekawskie oczy. Każdy chciałby wiedzieć, czym zajmują się bracia z Czarnej Kompanii. Przyjęliśmy założenie, że niektóre z tych oczu należą do ludzi, o których, jak dotąd, nie mieliśmy zielonego pojęcia. Paranoja też jest sposobem na życie.

Ukląkłem przy noszach, uniosłem nieco jeden koniec i odwróciłem głowę Kopcia. Szyja wahnęła się zupełnie luźno, jakby pozbawiona kręgosłupa. Kopeć zagulgotał i rozkaszlał się.

– Cisza – powiedział Jednooki.

Rozejrzałem się dookoła. W naszym kierunku zmierzał wysoki strażnik Szadar, w dłoni trzymał latarnię. Jedno z usprawnień Starego – nocne, piesze patrole w znacznej mierze sparaliżowały szpiegowskie wysiłki wroga. Teraz jednak nasza pomysłowość mogła zwrócić się przeciwko nam.

Żołnierz w turbanie przeszedł tak blisko, że materia jego szarych spodni lekko musnęła moje ramię, ale nie wyczuł niczego. Jednooki nie jest mistrzem czarnoksiężników, jednak kiedy się skoncentruje, potrafi wykonać cholernie dobrą robotę. Kopeć zacharczał powtórnie.

Szadar zatrzymał się, spojrzał za siebie. Jego oczy rozszerzyły się. Pomiędzy turbanem a potężną brodą można było dostrzec niewiele więcej. Nie mam pojęcia, co zobaczył, jednak dotknął swego czoła, a potem machnął palcami, wykonując dłońmi dwa szybkie półkola, które skończyły się na sercu. Tak wyglądało zaklęcie przeciwko złemu urokowi, popularne wśród mieszkańców Taglios. Szybko ruszył dalej.

– Coś ty zrobił? – zapytałem.

– Nieważne – odrzekł Jednooki. – Ładujemy go. – Wóz czekał dokładnie w miejscu, gdzie Ospały miał go zostawić. – Na pewno doniesie. Za kilka minut będzie tu cała jego rodzina.

Strażnicy byli wyposażeni w gwizdki. Nasz człowiek przypomniał sobie o swoim i zaczął dmuchać w niego w momencie, gdy Jednooki unosił swój koniec noszy. W ciągu kilku chwil bliźniacze, przenikliwe tony odpowiedziały mu z oddali.

– Cholera, on cały czas będzie się tak ślinił? – spytał Jednooki.

– Położę go na boku, aby flegma mogła spokojnie spływać. Ale to ty jesteś tu facetem, który zna się na sprawach leczenia. Może lepiej zacznij pracować nad nim od razu.

– Spadaj i nie ucz ojca dzieci robić, Dzieciaku. Po prostu wsuń tego małego gnoja na wóz, a potem zabieraj dupę i znikaj za drzwiami.

– Cholera. Chyba zapomniałem je zablokować.

– Nazwałbym cię głupim gówniarzem, ale wkurza mnie stwierdzanie rzeczy oczywistych. Uff! – Udało mu się wtaszczyć swój koniec noszy na podenek wozu. Ospały, dobry chłopak, nie zapomniał zostawić opuszczonego tylnego przyczółka, dokładnie tak jak mu kazano. – Pamiętałem za ciebie.

– W końcu przecież wychodziłeś ostatni. – Cholera, będę naprawdę zadowolony, kiedy Goblin wróci i Jednooki będzie miał z kim się kłócić. Wsunąłem mój koniec noszy na wóz.

Jednooki już wdrapywał się na kozioł.

– Nie zapomnij podnieść przyczółka.

Położyłem Kopcia na boku, tak by ślina mogła swobodnie wypływać mu z ust, uniosłem tylni przyczółek i wsunąłem dębowe kołki w oka.

– Sprawdź, co z nim, gdy tylko uda ci się uwolnić od tamtych.

– Zamknij się i spadaj.

Obecnie gwizdki rozdźwięczały się już wszędzie wokół nas. Wyglądało, jakby wszyscy strażnicy znajdujący się akurat na służbie ruszyli w naszą stronę.

Ich ciekawość może ściągnąć na nas niepożądaną uwagę. Pobiegłem do ukrytych drzwi. Za moimi plecami stalowe obręcze kół turkotały już po kamieniach bruku.

Jednooki będzie miał szansę sprawdzić skuteczność przykrywkowej opowieści.

3

Od tylnego wejścia do miejsca, które nazywałem swoim domem, było dość daleko. Po drodze zatrzymałem się przy celi Konowała, gdyż powinien wiedzieć, co się zdarzyło, gdy wynieśliśmy Kopcia na zewnątrz.

– Oprócz tego Szadara nie widzieliście nikogo innego? – upewnił się.

– Nie. Ale to zamieszanie ściągnie na nas uwagę. Ludzie, którzy interesują się nami, zaczną węszyć dookoła, kiedy usłyszą, że we wszystko zaangażowany był Jednooki. Raczej nie będą mieli wątpliwości, że coś jest grane, nawet gdy nasz czarodziej sprzeda strażnikom swoją opowieść.

Konował odchrząknął. Zapatrzył się na dokumenty, od których studiowania go oderwałem. Widać było, że jest ze szczętem umęczony.

– Teraz i tak nie możemy nic z tym zrobić. Prześpij się trochę. Za dzień lub dwa my również ruszamy.

– Uch… – Nieszczególnie paliło mi się do drogi, zwłaszcza zimą. – Niezbyt mnie to cieszy.

– Hej. Ja jestem starszy i bardziej tłusty od ciebie.

– Ale ty masz do kogo jechać. Pani czeka.

Mruknął coś bez entuzjazmu. W sposób skłaniający do zastanowienia nad jego oddaniem tej kobiecie. Od czasu, kiedy zaczęły się kłopoty z Brzeszczotem... Nie mój interes.

– Dobrej nocy, Murgen.

– Tak. Tobie też, szefie. – Nie starał się mnie pocieszać, chyba nie zniósłbym tego.

Poszedłem w kierunku pomieszczenia, które zajmowałem, chociaż nie czekało tam na mnie nic prócz łóżka, na którym nie zaznam spoczynku. Odkąd Sari odeszła, miejsce to stało się jałowym pustkowiem serca.

Zamknąłem za sobą drzwi, rozejrzałem się dookoła, jakby w każdej chwili mogła wyskoczyć z któregoś kąta i ze śmiechem oznajmić mi, że wszystko było tylko kiepskim żartem. Ale ten żart nie dobiegł jeszcze końca. Matka Gota nadal jeszcze nie skończyła sprzątać bałaganu, jaki został po napaści Dusicieli. Niemniej, choć była wścibską zgagą, nie tknęła niczego tam, gdzie pracowałem i gdzie wciąż próbowałem uporządkować opalone resztki kilku Kronik.

Musiałem zagubić się chyba we własnych myślach. Nagle zrozumiałem, że nie jestem w pomieszczeniu sam. Dobyłem noża w mgnieniu oka.

Zupełnie niepotrzebnie. Troje ludzi, którzy stali, wpatrując się we mnie, było rodziną. To rodzina mojej żony – brat Sari, Tai Dei, z ręką na temblaku, Wujek Dodż i Matka Gota. Z tej trójki tylko stara odzywała się stosunkowo często. Ale jej słuchać z kolei nie miałem najmniejszej ochoty. Tych niekończących się utyskiwań babska, które potrafiło dostrzec złe strony we wszystkim.

– Co? – zapytałem.

Odpowiedział Wujek Dodż:

– Znowu odpłynąłeś? – W jego głosie pobrzmiewało zmartwienie. – Dokąd tym razem? Dedżagore?

– To było coś innego. Od jakiegoś czasu tamte rzeczy już się nie zdarzają. – Wszyscy troje patrzyli na mnie dalej w taki sposób, jakby coś przylepiło mi się do nosa. – Czego?

– Wyglądasz jakoś dziwnie. – To był znowu Wujek Dodż.

– Cholera. Masz przeklętą rację. Straciłem żonę, która znaczyła dla mnie więcej niż... – Zdławiłem w sobie gniew.

Odwróciłem się, zamierzając wyjść.

Nic z tego. Kopeć znajdował się w wozie jadącym na południe.

Oni nie przestawali na mnie patrzeć. Tak było zawsze, za każdym razem, gdy wracałem, nie pozwoliwszy wcześniej Tai Deiowi pójść ze sobą. Nie lubili spuszczać mnie z oka. Ta myśl i spojrzenia, jakie we mnie wbijali, sprawiły, że poczułem leciutki dreszcz – opanowało mnie uczucie, jakiego za każdym razem musiał zapewne doznawać Konował, kiedy spoglądał na Niueng Bao.

Śmierć Sari pozostawiła po sobie pustkę większą niźli ta, która znalazła się w moim sercu. Ona była duszą ożywiającą tę osobliwą gromadkę.

– Masz ochotę na spacer Drogą Miecza? – zapytał Wujek Dodż.

Droga Miecza, system sformalizowanych ćwiczeń towarzyszący jego stylowi walki przy użyciu długiego, oburęcznego ostrza, mogła stać się równie wygodnym środkiem uśmierzenia bólu jak przechadzki z duchem. Chociaż Wujek Dodż udzielał mi lekcji, praktycznie rzecz biorąc od chwili, gdy zostałem członkiem rodziny, wprawienie się w głęboki trans, jakiego wymagała Droga, wciąż nastręczało mi sporych trudności.

– Nie teraz. Nie dzisiejszej nocy. Jestem zmęczony. Bolą mnie wszystkie mięśnie. – Jeszcze jeden z nieskończonej liczby powodów, dla których będę opłakiwał Sari. Ten zielonooki anioł był mistrzynią masażu, a pod jej delikatnymi dłońmi znikało napięcie mięśni spowodowane całodniowym wysiłkiem.

Mówiliśmy w języku Niueng Bao, którym posługiwałem się już dosyć sprawnie. Jednak Matka Gota koniecznie musiała się wtrącić:

– Co ty robisz, uciekasz przed samym sobą? – Pytanie to zadała w swoim odrażającym tagliańskim. Nie docierało do niej, że bynajmniej nie mówi tym językiem niczym rodowita mieszkanka okolicznych terenów.

– Pracuję. – Nawet bez paranoi Starego i tak zachowałbym sprawę Kopcia wyłącznie dla siebie. Do diabła, dużo ryzykuję, wymieniając go choćby na tych stronicach, a przecież piszę je w języku, w którym tak daleko na południu naprawdę niewielu potrafiło mówić, a co dopiero czytać.

Duszołap czai się gdzieś w okolicy. Nasze zabezpieczenia mające sprawić, by nie natrafiła na Kopcia, były znacznie bardziej skomplikowane i staranniej dopracowane niźli te, które miały powstrzymać

Radiszę i Władców Cienia. Duszołap była w pałacu nie tak dawno. Skradła Kroniki, które Kopeć ukrył, zanim spotkało go nieszczęście. Jestem jednak raczej pewien, że nie znalazła samego Kopcia. Otaczająca go sieć zaklęć mylących jest ponoć tak subtelna na skraju, że nawet gracz równie potężny jak Duszołap nie zauważy, iż kieruje się w złą stronę, jeśli nie będzie naprawdę skoncentrowany na wykryciu magicznych pułapek.

– Rozmawiałem tylko z Kapitanem – oznajmiłem im. – Powiedział, że oddział z głównej kwatery wyrusza jutro, najpóźniej pojutrze. Wciąż jesteście zdecydowani jechać ze mną?

Wujek Dodż skinął głową. Jednkaże w jego głosie naprawdę trudno byłoby doszukać się jakichś emocji, gdy przypomniał mi:

– My również mamy dług do spłacenia.

Skromny dobytek, jaki posiadała ta trójka, był już spakowany i zrzucony na stos przy drzwiach mieszkania. Byli gotowi do wymarszu od wielu dni. W przeciwieństwie do nich, mnie czekało jeszcze sporo pracy. Okłamałem Konowała, mówiąc, że jestem gotów wyruszyć w każdej chwili.

– Chciałbym się teraz położyć. Nie budźcie mnie z powodu innego niż koniec świata.

4

Sen nie stanowi ucieczki przed bólem. Sen zamieszkują mary. We śnie wędruję do miejsc znacznie bardziej przerażających niż te, które odwiedzam na jawie.

W snach wciąż wracam do Dedżagore, do śmierci i chorób, morderstw, kanibalizmu i ciemności. W snach Sari nadal żyje, niezależnie od potworności miejsc, w których przebywa.

Tej nocy jednak sny nie przysporzyły mi cudu jej towarzystwa.

Pamiętam tylko jeden z nich. Z początku pojawił się jako cień, jako wszechogarniająca nienawiść pełna rozigranego okrucieństwa, jakbym tonął w duszy pająka zabawiającego się torturowaniem swych ofiar. Nienawistna obecność nie zwracała na mnie najmniejszej uwagi. Przepłynąłem przez nią na drugą stronę. A tam sen gwałtownie zaczął szarpać się na boki, skręcił się i nabrał życia, choć było to życie złożone wyłącznie z czerni, bieli i szarości.

Znalazłem się w miejscu, gdzie rządziły rozpacz i śmierć. Niebo było niczym ołów. Rozrzucone ciała gniły wokół mnie. Odór zgnilizny był tak silny, że odstraszał nawet padlinożerców. Zmarniałą roślinność pokrywało coś, co wyglądało niby gruba warstwa śliny koników polnych. W kompletnym bezruchu kłębiło się tylko odległe stado drwiących kruków.

Chociaż byłem zdjęty przemożnym strachem i odrazą, zdawałem sobie sprawę, że scena ta ma w sobie coś swojskiego. Próbowałem uczepić się tej myśli, ścigałem ją desperacko, chciałem zachować zdrowe zmysły, odkrywając, skąd mogę znać miejsce, w którym nigdy dotąd nie byłem. Chwiejąc się i potykając, szedłem przez równinę kości. Piramidy czaszek stanowiły moje kamienie milowe.

Stopa omsknęła mi się na czaszce dziecka, która potoczyła się na bok, grzechocząc wśród rozwleczonych resztek szkieletów. Upadłem. I spadałem długo. A potem znalazłem się w zupełnie innym miejscu.

„Tu jestem. Jestem tym snem. Jestem drogą ku życiu".

To była Sari.

Uśmiechnęła się do mnie, a potem zniknęła, jednak ja uczepiłem się tego jej uśmiechu, jakby stanowił jedyną rzecz zdolną zmusić mnie, bym trzymał głowę ponad wodami morza szaleństwa.

Znalazłem się w tym drugim miejscu. Był to obszar złotawych jaskiń, gdzie obok drogi siedzieli starcy, zaklęci w czasie, żywi, lecz niezdolni poruszyć choćby rzęsą. Ich obłęd przecinał powietrze niczym milion ścierających się brzytew. Niektórych pokrywały lśniące lodowe siateczki, jakby milion bezcielesnych jedwabników osnuł ich kokonami złożonymi z delikatnych niteczek zamarzniętej wody. Zaczarowany las sopli zwisał ze stropu jaskini.

Próbowałem brnąć dalej naprzód, obok owych starców; próbowałem wydostać się z tego miejsca. Biegłem, ale tak jak biega się w snach – rozpaczliwie powoli, zmierzając donikąd.

I wówczas przerażenie niemal mnie sparaliżowało, gdyż zrozumiałem, że znam niektóre z tych szalonych starych twarzy.

Biegłem z coraz większym wysiłkiem, zmagając się z gęstniejącym oporem zwierzęcego, złego śmiechu.

Ktoś mnie dotknął. Odepchnąłem jego rękę i sięgnąłem pod poduszkę po ukryty tam sztylet. Zdążyłem już go dobyć, kiedy potężny cios sprawił, że mój nadgarstek aż zdrętwiał. Głęboki głos warknął:

– Murgen!

Udało mi się skupić wzrok. Nade mną stał Wujek Dodż. Wydawał się smutny, zmartwiony. W nogach łóżka zobaczyłem Tai Deia, stamtąd mógłby mnie łatwo dosięgnąć, gdybym rzucił się na Dodża. Matka Gota stała w drzwiach wyraźnie wzburzona.

– Krzyczałeś w języku, którego żadne z nas nie zna. Kiedy przyszliśmy, zobaczyliśmy, jak walczysz z ciemnością – stwierdził Wujek.

– Przyśnił mi się koszmar.

– Wiem.

– Hę?

– To oczywiste.

– Sari tam była.

Na moment twarz Matki Goty skurczyła się w maskę gniewu. Wymruczała coś cicho i nazbyt szybko, bym mógł zrozumieć, ale udało mi się pochwycić imię Hong Trej i słowo „wiedźma". Babka Sahry, nieżyjąca już od dawna, stanowiła jedyny powód, dla którego jej rodzina zaakceptowała nasz związek. Hong Trej udzieliła mu swego błogosławieństwa.

Ki Dam, dziadek Sahry, również nieżyjący, twierdził, że jego żona posiada dar jasnowidzenia. Może i tak było. Widziałem już, jak jej przepowiednie sprawdzają się, podczas oblężenia Dedżagore. W większości były one pokręcone niczym wizje wyroczni, bardzo mgliste, jednakże...

Przy pewnej okazji usłyszałem, jak Sari określała ją również mianem wiedźmy.

– Co to za zapach? – zapytałem. Dreszcze przestały już mną trząść. Już teraz musiałbym mocno się wysilić, aby przypomnieć sobie szczegóły mego snu. – Mamy tu jakąś zdechłą mysz?

Wujek Dodż zmarszczył brwi.

– To była jedna z twoich podróży przez czas?

– Nie. To było raczej jak wycieczka do otchłani.

– Czy chciałbyś pospacerować Drogą Miecza? – Droga była religią Dodża, czasami wydawało się też, że stanowiła główny powód, dla którego żył.

– Nie teraz. Chciałbym poukładać sobie wszystko w głowie, dopóki pamiętam. To może się okazać ważne. Niektóre obrazy zdawały się znajome. – Opuściłem stopy na posadzkę, świadom, że wciąż obserwują mnie uważnie.

Odkąd Sari odeszła, coraz częściej bywałem przedmiotem takiej obserwacji.

Ale nie nadszedł jeszcze czas, by cokolwiek z tym robić.

Powędrowałem do stołu, usiadłem i zabrałem się do pracy. Wujek Dodż i Tai Dei wyciągnęli drewniane miecze do ćwiczeń i zaczęli rozgrzewać się po przeciwnej stronie pomieszczenia.

Zabierając się do sprzątania, Matka Gota nie przestała mówić do siebie. Dopóki była w takim nastroju, nawet zachęcałem ją do zajmowania się moim bałaganem. Czyniłem to poprzez rozmaite uwagi wypowiadane kącikiem ust na tyle często, aby nie przestawała kipieć ze złości.

5

Wielki, ciemny, poszarpany kształt opuszczał się powoli w dół, kołysząc się nieobliczalnie w lodowatym tchnieniu zimy. Skrzek bólu wzbił się ponad skargi wiatru. Po dwakroć złachmaniony dywan usiłował osiąść na szczycie wieży, gdzie oczekiwał go Władca Cienia. Dwukrotnie niespodziewany podmuch wiatru omal nie spowodował katastrofy. Włodarz dywanu zawył ponownie i opuścił się piętnaście metrów niżej, wybierając większe i bezpieczniejsze lądowisko na masywnych murach obronnych Przeoczenia.

Władca Cienia przeklinał pogodę. Dni tej zimy, wypełnione ponurą poświatą, były omalże równie paskudne jak noce. To tu, to tam, cienie lęgły się w zupełnie niespodziewanych zakątkach. Cała jego praca i geniusz nie były w stanie zatkać wszystkich szczelin, w których mogłyby się czaić. Za idealny uznałby świat, w którym mógłby wstrzymać bezpośrednio nad fortecą samo słońce. Stamtąd wypaliłoby do cna serce nocy i wytępiło wszelkie strachy czyhające wokół.

Długi Cień nie zszedł na dół, by powitać swego sprzymierzeńca, Wyjca. Niech ta żałosna, mała, zniekształcona pokraka przyjdzie do niego sama. Spotykając się z nim twarzą w twarz, potrafił udawać, iż są sobie równi, jednak nie była to prawda. Nadejdzie dzień, gdy pozbędzie się również Wyjca. Ale zanim to nastąpi, upłynie jeszcze dużo czasu. Najpierw trzeba uporać się z tymi drobnymi niedogodnościami, jakich przysparzała mu Czarna Kompania. Taglios trzeba wybatożyć ogniem i cieniem. Jego kapłani i książęta muszą zostać wymazani z oblicza świata. Senjak zostanie pojmana, wydrze się jej wszystkie mroczne sekrety, a potem zniszczy, ostatecznie i po wsze czasy. Jej szaloną, kapryśną siostrę, Duszołap, należy wytropić, zamordować, jej ciało zaś niech zostanie rzucone na pożarcie psom.

Długi Cień zachichotał. Większość z tych myśli wypowiedział na głos. Kiedy był sam, nie dbał o to, że ktoś może go podsłuchać.

Jego lista ludzi, których należało się pozbyć, rosła niemalże z dnia na dzień.

Oto było kolejnych dwoje.

Pierwsze dwie twarze, które ukazały się w otworze włazu, należały do Dusiciela, Narajana Singha, oraz do dziecka, które Oszuści zwali Córką Nocy. Długi Cień spojrzał tylko przelotnie w jej oczy. Odwrócił się zaraz, by obserwować zniszczenia rozciągające się na północ od Przeoczenia. Pojedyncze ognie płonęły jeszcze wśród ruin.

Dziecko miało zaledwie cztery lata, jednak jego oczy były jak okna wychodzące na samo jądro ciemności. Można by niemalże pomyśleć, że zza pustych źrenic patrzy potworna bogini Kina we własnej osobie. Była prawie tak przerażająca jak te żywe kosmyki ciemności, dzięki którym otrzymał miano Władcy Ciemności, gdyż potrafił nimi władać. Dzieckiem była tylko jej zewnętrzna powłoka cielesna. Kryjąca się wewnątrz istota była o całe wieki starsza i bardziej mroczna niźli brudny, wychudzony człowieczek, który mienił się jej strażnikiem.

Narajan Singh nie miał nic do powiedzenia. Stanął na krawędzi parapetu i drżał w przenikliwie zimnym wietrze. Dziecko przyłączyło się do niego. Mała również nie przemówiła, ale zrujnowane miasto nie interesowało jej w najmniejszy sposób. Jej uwaga skupiona była na nim.

Na mgnienie oka Długi Cień przestraszył się, że potrafi odczytać jego myśli.

Powlókł swą wysoką, kościstą postać do włazu, zatroskany, że Wyjec zostawia go tak długo samego z tymi dziwacznymi stworzeniami.

Zdumiał się więc, widząc generała Nar, Mogabę, obecnie głównego dowódcę swoich wojsk, wspinającego się po stopniach w ślad za małym czarodziejem. Obu pochłaniała rozmowa, prowadzona w jakimś nieznanym mu języku.

– No i?

Wyjec unosił się w powietrzu, jak miał to w zwyczaju, nawet gdy nie pilotował dywanu. Odwrócił się do pytającego.

– Identyczna historia stąd aż do równiny Czarandapresz. Na wschodzie i zachodzie jest podobnie. Trzęsienie nie oszczędziło nikogo. Jakkolwiek szkody stają się tym mniejsze, im dalej podążać na północ.

Długi Cień odwrócił się natychmiast, spojrzał na południe. Nawet w szybko zapadającym zimowym zmroku rozciągająca się tam równina zdawała się lśnić. Teraz wyglądała w jego oczach tak, jakby szydziła zeń, i na moment pożałował pragnienia, które skłoniło go do rzucenia jej wyzwania już wiele lat temu. Zdobył całą potęgę, o jakiej wówczas marzył – i odtąd nie zaznał ani chwili spokoju.

Miejsce położone za Bramą Cienia kusiło go samym swym istnieniem. Korzeń jego mocy był jednocześnie jego zatraceniem.

Nie dostrzegł na niej żadnych śladów zniszczeń wywołanych trzęsieniem. Brama, jak wierzył, winna być odporna na wszelkie kataklizmy. Tylko jedno narzędzie zdolne było otworzyć drogę od zewnątrz.

Odwrócił się i ujrzał uśmiech na twarzy dziecka. Jedyny ząb sterczał z otwartych ust niczym miniaturowy kieł wampira. Łączyła w sobie najbardziej przerażające cechy obu swych matek.

Wyjec gwizdnął przeraźliwie, ale nagle ściął ów gwizd w połowie.

– Zniszczenia nie pozostawiają nam innego wyboru, jak tylko odroczyć prace na rzecz imperium, póki ludność nie będzie w stanie znów podołać trudom związanym z nimi.

Długi Cień uniósł do twarzy kościstą dłoń, spowitą w rękawiczkę, by poprawić maskę, którą nosił zawsze, kiedy przebywał w towarzystwie.

– Co powiedziałeś? – Musiał chyba źle usłyszeć.

– Spójrz na miasto przed tobą, przyjacielu. To miejsce, które istnieje tylko po to, by rozbudować tę fortecę, uczynić ją wyższą i mocniejszą. Jednakowoż ci, którzy tu mieszkają, muszą jeść, aby mieć siły do pracy. Muszą chronić się gdzieś przed dokuczliwością pogody, w przeciwnym razie osłabną i pomrą. Muszą mieć przynajmniej odrobinę ciepła i wodę, która nie przyprawi ich o śmierć z powodu czerwonki.

– Nie będę pieścił się z nimi. Jedynym celem ich życia jest służyć mnie.

– Którego to celu nie będą w stanie zrealizować, jeśli pomrą – zauważył czarny generał. – Bogowie nie sprzyjają nam ostatnimi czasy. Trzęsienie ziemi zadało nam poważniejsze straty niż armie Taglios razem wzięte przez wszystkie lata tej wojny.

To była znaczna przesada, Długi Cień doskonale zdawał sobie z tego sprawę. Jego trzej towarzysze, tacy jak on, Władcy Cienia, zostali pokonani. Ich wielkie armie zakończyły swój żywot wraz ze śmiercią dowódców. Ale zrozumiał niewypowiedziane przesłanie. Sytuacja stawała się powoli poważna.

– Przyszedłeś tu tylko po to, aby mi to powiedzieć? – Pojawienie się w Przeoczeniu bez wezwania było objawem arogancji ze strony generała. Ale Długi Cień mu wybaczył. W swoim sercu miał ciepły kącik dla Mogaby, który w dużej mierze przypominał mu jego własne, młodsze wcielenie. Potrafił zdobyć się na pobłażliwość wobec generała Nar, i to wówczas, gdy zachowywał się w sposób, który nie przyszedłby nawet na myśl pozostałym jego dowódcom.

– Przyszedłem prosić, abyś jeszcze raz rozważył twe rozkazy nakazujące mi pozostawać dalej na miejscu na Czarandapresz. Po tym nieszczęściu swoboda ruchów potrzebna jest mi w stopniu znacznie większym niż dotąd, muszę zyskać na czasie.

Ten spór trwał już od dawna, bardzo dawna. Długi Cień był już nim zmęczony.

– Jeżeli nie potrafisz zastosować się do rozkazów, generale, i to bez kwestionowania każdego z nich, a nadto bez ciągłego nachodzenia mnie, będę musiał znaleźć kogoś, kto będzie bardziej nadawał się na to stanowisko. Przychodzi mi tu na myśl nasz przyjaciel Brzeszczot. Dokonał dla nas niesamowitych rzeczy.

Mogaba pochylił głowę i nic nie powiedział. Najlepiej ze wszystkich zgromadzonych w tym miejscu zdawał sobie sprawę, że sukcesy Brzeszczota były rezultatem właśnie tego, iż pozwolono mu na ten rodzaj swobody decyzji i manewru, o jakie on sam dopraszał się od ponad dwóch lat.

Wybuch Długiego Cienia nie był dlań żadnym zaskoczeniem.

Jednak Mogaba czuł się zobowiązany spróbować, przynajmniej tyle był winien swym żołnierzom.

Dusiciel Singh przybliżył się o krok w kierunku Władcy Cienia. Poprzedzała go fala nieprzyjemnej woni. Długi Cień aż szarpnął się w tył. Mały człowieczek zaś powiedział:

– Wyruszyli przeciw nam. Nie ma już żadnych wątpliwości.

Długi Cień nie uwierzył w tę informację, głównie dlatego, że nie chciał, by okazała się prawdziwa.

– Zima dopiero się zaczęła. – Ale kiedy spojrzał na Wyjca, pokurczony, mały czarodziej skinął tylko owiniętą w łachmany głową.

Potem zdławił w gardle wrzask podobny do pierwszego krzyku noworodka. A następnie stwierdził:

– To prawda. Wszędzie, gdzie tylko zdarzyło mi się być, widziałem maszerujące siły tagliańskie. Żaden z oddziałów nie był szczególnie liczny, znajdują się jednak wszędzie, maszerując po wszelkich drogach zdatnych do użytku. Musiały wyruszyć za sprawą próby zabicia ich najważniejszych ludzi przez Singha.

Nieudanej próby Singha, tego jednak Długi Cień nie oznajmił na głos. Jego własna siatka szpiegowska była obecnie znacząco osłabiona, jednak tyle zdołała mu jeszcze przekazać. Przymierze z Dusicielami było bardzo niepopularne, a przez to bardzo niepewne. Oszustów kochano na Ziemiach Cienia nie bardziej niźli na Terytoriach Taglios.

Mogaba przestępował z nogi na nogę, ale stłumił słowa, które już cisnęły mu się na usta. Długi Cień i tak doskonale wiedział, o co chodzi. Generał pragnął, aby pozwolono mu uderzyć na oddziały tagliańskie, zanim zaczną łączyć się w większe siły na równinie Czarandapresz.

– Wyjec. Znajdź Brzeszczota. Powiedz mu, by spróbował w miarę możliwości likwidować te rozproszone oddziały. Generale.

– Panie? – Mogaba musiał dokładać wszelkich starań, by ton jego głosu pozostał obojętny.

– Możesz wysłać część swojej konnicy na północ, by nękała wroga. Ale tylko część i tylko konnicę. Jeżeli dowiem się, że potraktowałeś moje słowa jako przyzwolenie na całkowitą swobodę, to oswobodzę cię naprawdę. Po drugiej stronie Bramy Cienia. – Minęło już wiele dni, odkąd wysłał kogoś przez bramę, czyniąc sobie widowisko z jego okrutnej śmierci. Po prostu nie starczało mu już czasu na zapewnianie sobie rozrywek. Zresztą, nie posiadając Lancy, nie był zdolny otworzyć drogi przez bramę. Drugi klucz zaś został skradziony dawno temu przez jednego z jego obecnie martwych towarzyszy. Nie dysponował zaś mocą nekromancji, dzięki której mógłby wezwać ich cienie i zmusić łajdaka, by wyznał, gdzie ową rzecz ukrył.

– Czy wyraziłem się dość jasno?

– Całkowicie. – Mogaba wyprostował się jeszcze o włos bardziej. Nie było to wprawdzie wielkie ustępstwo, ale było to już coś. Tereny na północ od Czarandapresz nie były szczególnie dogodne dla manewrów konnicy, będzie musiał zatem korzystać ze swych jeźdźców jako dragonów. Wszakże nadarzała się wreszcie sposobność do działania. – Dziękuję, panie.

Długi Cień spojrzał z ukosa na dziecko, które nie odzywało się właściwie prawie wcale. Zaskoczył go wyraz skończonej pogardy na jego twarzy, który zniknął jednak, gdy spojrzał na nią wprost, zniknął tak szybko, iż można było uznać go wyłącznie za twór rozkojarzonej wyobraźni.

Władca Cienia pozwolił swojemu spojrzeniu wędrować po przestrzeniach równiny lśniącego kamienia. Kiedyś napędzała go obsesyjna potrzeba dowiedzenia się wszystkiego na temat tego miejsca. Teraz już tylko nienawidził go, żałując, że w swoim czasie nie odwrócił się i nie odszedł, równocześnie jednak rozpaczliwie go potrzebował. Bez panowania nad nim byłby słaby, nie stanowiłby żadnego wyzwania dla takich jak Wyjec czy ta kobieta, Duszołap, której szaleństwo i wrogość były całkowicie nieprzewidywalne. Zdawała się całkowicie dzieckiem chaosu.

– Gdzie znajduje się ta, którą zwą Duszołap? – zapytał. – Czy nie pozostawiła żadnego znaku?

Wyjec, posiadający meldunek otrzymany od tkacza cienia skrinsa, którego krąg zawiadywał kolonią szpiegowskich nietoperzy, skłamał:

– Nic. Chociaż doszły mnie wieści, że coś dziwnego wydarzyło się w Taglios, kiedy bracia dżamadara Singha wniknęli do pałacu. To mogła być ona. – Z gardła mikrego czarownika wyrwał się krzyk dwakroć tak długi i przeszywający jak zazwyczaj.

Zaczął trząść się, dygotać i ślinić.

Nawet dziecko cofnęło się o krok.

Nikt nie zaproponował pomocy.

6

Minęły cztery dni, zanim Konował był gotów wreszcie do opuszczenia Taglios. Większość tego czasu spędził na kłótniach z Radiszą. Ich narady były poufne. Nie pozwolono mi w nich uczestniczyć. Te strzępy informacji, które później usłyszałem od Kordka Mafera, zdawały się potwierdzać moje podejrzenia, iż ostro brali się za łby. A nawet Kordek nie usłyszał choćby dziesiątej części tego, o czym tam mówiono.

Nie sądzę, by Kordek był zadowolony z roli, jaką wyznaczono mu w najbliższym otoczeniu siostry księcia. Radisza traktuje go coraz częściej tak, jak możni mężczyźni traktują swe kochanki. Oficjalnie jest komendantem Straży Królewskiej i w tej roli wykonał cholernie dobrą robotę. Im bardziej jednak stara się nadskakiwać Kobiecie, tym bardziej ona zdaje się traktować go jedynie jako zabawkę; kogoś, komu nie można zaufać w żadnej istotnej kwestii.

Gdyby ta sprawa mu nie doskwierała, nie wspomniałby mi o konfliktach.

– Ciągle te same stare porachunki? – zapytałem. – Wydatki? – Przez wszystkie lata Konował zmusił Radiszę do zakupienia milionów strzał, setek tysięcy włóczni i oszczepów, dziesiątków tysięcy lanc, siodeł i szabli. Zapełnił magazyny mieczami i tarczami. Udało mu się wydobyć od niej pieniądze na ruchomą artylerię i towarzyszące jej jaszcze. Zgromadził konie pociągowe, muły i zaprzęgi wołów liczone w tysiącach. Posiadał słonie bojowe i słonie robocze. Wystarczyłyby do tego, by pobudować nowe miasta. Tysiąc składanych latawców pudełkowych, tak wielkich, że mogły unieść w powietrze człowieka...

– Te same stare spory – przyznał Mafer. Szarpnął gniewnie lok splątanych, brązowych włosów. – On spodziewa się najwyraźniej, że wszystko pójdzie źle.

– Wszystko?

– Zimowa ofensywa. O to właśnie się kłócą. Zaczyna się zbieranie rezerw na wypadek, gdyby się nie powiodło.

– Hm. – To dokładnie przypominało stylem pomysły Starego. Nigdy nie dość przygotowań. Przypuszczalnie właśnie dlatego, w miarę jak słabł jego zapał do podjęcia kontrdziałań w odwecie za napaść Dusicieli, zdawał się mniej chętny do tego, by rzucić wszystko na jedną szalę.

Ale znając Konowała, kłótnie te mogły stanowić również część jakiejś podstępnej strategii. Może próbował napędzić Radiszy stracha, skłonić ją, by mniej chętnie wdawała się w rozmaite polityczne gierki, kiedy on będzie poza miastem?

– Prawie przeciągnął strunę.

– Co masz na myśli?

– Jest taki moment, od którego z Kobietą nie da się już spierać.

– Och.

Tyle wystarczy. Zrozumiałem. Gdyby Stary posunął się choćby odrobinę dalej, musiałby skorzystać ze swych uprawnień przywódcy wojskowego i umieścić księżną w areszcie. I w ten sposób wsadziłby kij w gniazdo żmij.

– Zrobiłby to bez wahania – oświadczyłem Maferowi, zakładając, że słówko o tym dotrze do Radiszy. – Ale na pewno nie za sprawą surowców potrzebnych na wojnę. Przynajmniej nie sądzę. Jednak jeśli Prabrindrah Drah i Radisza nie dotrzymają swych obietnic udzielenia pomocy Kompanii w powrocie do Khatovaru... Kapitan może stać się niemiły.

Główną obsesją Konowała od blisko już dziesięciu lat było poprowadzenie nas z powrotem do źródeł Kompanii znajdujących się w osławionym Khatovarze. Jeżeli nacisnęło się go odrobinę, za paradą masek, jakimi czarował świat, czasami można było wyczuć ukrytą omalże fanatyczną determinację.

Miałem nadzieję, że Kordek przekaże wiadomość swej kochance. A nadto spróbowałem pogrzebać trochę kijem w mrowisku na własną rękę. Był przygnębiony, mógł więc wyjawić mi co nieco z królewskich myśli na temat naszej wyprawy.

Nie był to przedmiot jakichś wielkich dyskusji pomiędzy księciem a jego siostrą, głównie dlatego, że Prabrindrah Drah nabrał upodobania do życia w rozjazdach i po prostu nie widywali się praktycznie w ogóle. Przechadzki z duchem również nie dostarczyły mi żadnych informacji w tej kwestii.

Jednakże to właśnie Kopeć sam sobą stanowił swego rodzaju świadectwo. To właśnie jego pełna rozpaczy determinacja, aby utrzymać

Kompanię jak najdalej od Khatovaru, doprowadziła go ostatecznie do zdrady na rzecz Władcy Cienia. Tym samym znalazł się w miejscu, gdzie był wystawiony na cios. Jak to zauważyła Pani w swoim wkładzie do Kronik, władcy Taglios, zarówno religijni, jak i świeccy, darzyli nas miłością nie większą niźli samych Władców Cienia. My zdawaliśmy się im chyba po prostu nieco łagodniejsi. Jeśli jednak zejdziemy ze sceny przed czasem, już niedługo będą opłakiwali nasze zniknięcie.

Długi Cień nie widzi żadnego pożytku z istnienia kapłanów. Tępi ich, gdzie tylko napotka. Mógł to być jeden z wielu powodów, dla których Brzeszczot przystał do jego sprawy. Stary przyjaciel Mafera cierpiał na najostrzejszy i najbardziej chroniczny przypadek nienawiści do kapłanów, z jakim dotąd w życiu się spotkałem.

– A co myślisz o Brzeszczocie? – spytałem. Pytanie to miało odwieść Mafera od rozmyślań nad sprawami, które mnie czekają.

– Wciąż nie pojmuję. To po prostu nie ma najmniejszego sensu. On przyłapał ich, jak to robili?

– Nie sądzę. – Ja wiedziałem. Przechadzałem się z duchem. Kopeć zabierał mnie niemalże w dowolne miejsce. Nawet w przeszłość, wstecz, prawie do chwili, kiedy demon rzucił się na niego i sprawił, iż skrył się pośród najgłębszych cieni swego umysłu. Jednakże nawet korzystając z Kopcia, aby poobserwować faktycznie gwałtowną konfrontację pomiędzy Brzeszczotem a Starym, wspartą obficie trunkami i mając na względzie nazbyt oczywiste zainteresowania tego pierwszego Panią, wciąż nie potrafiłem tego zrozumieć. – Niemniej powiem ci, że biorąc pod uwagę księcia, Brzeszczota i Wierzbę Łabędzia, a także prawie całą resztę facetów w mieście, śliniących się za każdym razem, gdy Pani przechodzi obok, nie wiem, czy winić go o to, że w końcu eksplodował.

– Ale przecież co najmniej tyle samo facetów patrzyło w identyczny sposób na twoją żonę. Była najprawdopodobniej najpiękniejszą kobietą, jaką każdy z nich widział w życiu. A nie eksplodowałeś.

– Jak rozumiem, Kordek, to miał być komplement? Dzięki. Zarówno w imieniu Sari, jak i moim. Chcesz, żebym był szczery? Sądzę, że tu poszło o coś więcej niż o Panią. Przypuszczam, że Stary uważa, iż Brzeszczot jest jakoś uprzedzony wobec nas.

– Hę?

– No. Musisz zdawać sobie sprawę z jego pochodzenia. – Kordek urodził się na moim krańcu świata. Wiedział, jak się rzeczy mają. – Całe lata spędził w towarzystwie Dziesięciu, Których Schwytano. Te potwory układały plany, które w pełni rozwijają się po upływie dekad.

– A niektóre wciąż się kręcą wokół. Dlaczego jednak właśnie Brzeszczot?

– Ponieważ niczego o nim nie wiemy. Wyjąwszy to, że wyciągnęliście go z jamy aligatorów, czy skądś tam.

– A o mnie i Wierzbie wiesz wszystko?

– Wiem. – Nie wyjaśniałem dalej, że moi bracia z Kompanii, Otto i Wypieracz, przebyli całą drogę z powrotem do imperium, a po drodze pogrzebali nieco w przeszłości dwóch dezerterów z imperialnej armii, Kordka Mafera i Wierzby Łabędzia.

Moje stwierdzenie nie dodało mu chyba otuchy.

Bardzo niedobrze.

Nigdy nie zaszkodzi, jeśli nasza paranoja zmartwi kogoś tak bardzo, że zacznie zachowywać się lepiej.

Rzuciłem okiem na Tai Deia. Był przy mnie zawsze, ale nigdy o tym nie zapomniałem. Mógł być moim strażnikiem i szwagrem, mógł zawdzięczać mi uratowanie życia części swej rodziny, mogłem lubić go nawet bardzo, to jednak w jego obecności nie mówiłem nigdy o niczym istotnym, używając tagliańskiego bądź języka Niueng Bao. Przynajmniej dopóki nie było innego wyjścia.

Może paranoja Starego przełaziła na mnie? A może brało się to stąd, że Tai Dei, Wujek Dodż i Matka Gota zdawali się czasami zupełnie obojętni wobec śmierci Sahry. Zachowywali się tak, jakby śmierć syna Tai Deia, To Tana, była sprawą dziesięć razy ważniejszą... Wybrali moje towarzystwo i podróż na południe, której esencją miała być zemsta, a potem jakby poświęcali tej kwestii niewiele uwagi. Dla mnie pamięć o Sari jest rzeczą świętą, kultywuję ją każdego dnia.

Jednak moje uporczywe rozmyślanie o niej nie jest niczym dobrym. Za każdym razem chcę biec od razu wprost do Kopcia. Ale teraz nie mam go tutaj na każde zawołanie. Jednooki zabrał go z miasta. I choć mało prawdopodobne, aby mały czarodziej spieszył się jakoś szczególnie, to jednak nasz duchowy wędrowiec odpływał właśnie wraz z nim. Coraz dalej.

7

Konował przysłał mi wiadomość, że chce się ze mną widzieć. Powędrowałem do jego klitki i już chciałem zapukać, kiedy usłyszałem dobiegające z wewnątrz głosy. Zamarłem, spojrzałem na Tai Deia. Nie był szczególnie potężnej postury ani nazbyt przystojny, a na dodatek był zawsze tak beznamiętny, że trudno było choćby zacząć zgadywać, co sobie myśli. Także w tej chwili zdawał się nie słyszeć niczego, czego nie powinien. Stał tylko bez ruchu, zaaferowany nagle łubkami, w które ujęto jego złamane ramię.

Wtem usłyszałem ochrypły wrzask, jakby kłócących się ostro kruków.

Załomotałem do drzwi.

Hałas natychmiast ucichł.

– Wejść.

Uczyniłem, jak mi kazano, akurat w porę, by ujrzeć wielkiego kruka, jak wylatuje, trzepocząc skrzydłami, przez maleńkie okno celi Konowała. Bliźniak tego pierwszego przycupnął na szczycie wieszaka, który wyglądał, jakby wyciągnięto go właśnie z rynsztoka. Konował nie dbał szczególnie o dostatek materialny.

– Chciałeś mnie widzieć?

– Tak. Kilka spraw. – Od początku mówił w forsberskim. Tai Dei nie mógł zrozumieć niczego, chociaż Kordek Mafer na pewno pojąłby co nieco, gdyby zdarzyło mu się podsłuchiwać. Podobnie zresztą jak kruki. – Wyruszamy przed wschodem słońca. Tak zdecydowałem. Kilku głównych kapłanów zaczyna myśleć sobie, że nie zrobię z nimi tego samego, co Pani, próbują więc powoli naciskać to tu, to tam, sprawdzają, skąd wieje wiatr. Doszedłem do wniosku, że stanie się lepiej, jeśli będziemy w drodze, zanim zdenerwują mnie na dobre.

To było do niego zupełnie niepodobne. Kiedy jednak pod koniec przemowy wykonał kilka znaków językiem głuchoniemych, zrozumiałem, że przemowa przeznaczona była dla innych uszu, nawet jeśli zasadniczo pokrywała się z prawdą.

Konował przesunął przez stół w moim kierunku skrawek papieru zwinięty w rulon.

– Zajmij się tym, zanim wyruszymy. Upewnij się, że nikt nie będzie w stanie połączyć tego z nami.

– Że co? – To zabrzmiało zupełnie niefajnie.

– Bądź gotów do wymarszu. Jeżeli naprawdę musisz targać ze sobą krewnych ze strony żony, niech się również przygotują. Poślę wam słówko.

– Twoje zwierzaczki doniosły ci o czymś, co powinienem wiedzieć? – Jakbym nie wiedział, że wcale nie są to jego zwierzaczki, tylko szpiedzy tudzież posłańcy od Duszołap.

– Ostatnio nie. Nie martw się tym. Będziesz pierwszym, który się dowie.

To był właśnie jeden z tych momentów, kiedy dopadały mnie ataki paranoi. Nie mogłem mieć pewności, jaki jest ostatnimi czasy stopień zażyłości w związkach pomiędzy Konowałem, Duszołap i tymi krukami. Musiałem brać to, co mówi, całkowicie na wiarę, choć równocześnie moja wiara wystawiana była właśnie na surowe próby z różnych stron.

– To wszystko?

– To wszystko. Upewnij się, czy masz wszystko, czego ci potrzeba. Już niedługo.

Rozwinąłem skrawek w blasku jednej z niewielu lamp rozświetlających korytarz pomiędzy lokum Konowała i moim. Nie poczyniłem najmniejszych wysiłków, aby powstrzymać Tai Deia przed obejrzeniem go. Nie umiał czytać. A ponadto nota napisana była w urzędowym języku Jałowca i zredagowana, jakby jej adresatem miał być bystry sześciolatek. Szczęśliwie dla mnie, ponieważ znałem ten język bardzo słabo, a cała moja wiedza na jego temat pochodziła z dokumentów datowanych na okres, kiedy to Kompania przebywała tam na długo przed moim zaciągnięciem.

W owych czasach Duszołap była martwa. Przypuszczam, że właśnie dlatego Konował wybrał ten język. Jedyny, którego jego zdaniem mogła nie znać.

Sama wiadomość była prosta. Nakazywała mi zabranie Kronik, które wydarłem z rąk Duszołap, a które ona z kolei skradła z miejsca, gdzie skrył je przed nami Kopeć, a następnie złożenie ich w pomieszczeniu, w którym ukrywaliśmy Kopcia.

Miałem ochotę cofnąć się i kłócić z nim. Chciałem, by pozwolił zabrać je ze sobą. Ale musiałem uznać słuszność jego rozumowania. Duszołap oraz wszyscy pozostali, którym zależało, byśmy nigdy nie dostali tych Kronik w ręce, przyjmą najpewniej założenie, że będziemy trzymać je przy sobie do czasu, aż uda nam się je odszyfrować. Zresztą w trakcie kampanii w terenie i tak nie będziemy mieli czasu, by troszczyć się o nie. A więc równie dobrze można je ukryć w miejscu, o którego istnieniu jak dotąd wiedziała tylko Radisza.

– Cholera – powiedziałem cicho po tagliańsku. Niezależnie od tego, jak wielu języków już się nauczyłem, to słowo przydawało się zawsze. Niemalże w każdej mowie miało takie samo zastosowanie.

Tai Dei nie zapytał, o co chodzi. Tai Dei nigdy nie pytał.

Za moimi plecami, w odległości nieco większej niż dzieląca mnie od następnej lampy, Konował wyszedł ze swej celi. Na jego ramieniu przycupnął czarny kruk. Oznaczało to, że wybiera się na spotkanie z jakimś tubylcem. Wierzył, że kruki onieśmielają Taglian.

Zwróciłem się do Tai Deia:

– To jest coś, co muszę załatwić zupełnie sam. Idź i powiedz Wujkowi Dodżowi i swojej matce, że wyruszamy jeszcze tej nocy. Tak postanowił Kapitan.

– Musisz mnie odprowadzić kawałek. Sam nie znajdę drogi w tym grobowcu. – Ton jego głosu wskazywał, że mówi to, co naprawdę myśli.

Niueng Bao potrafili dobrze skrywać swe uczucia, jednak nie widziałem najmniejszego powodu, dla którego ktoś, kto wychował się na tropikalnych bagnach, miałby czuć się wewnątrz potężnego kopca kamieni jak u siebie. Szczególnie zaś wówczas, gdy wszystkie jego wcześniejsze doświadczenia z pobytu w miastach i mieszkania w większych budynkach były skrajnie nieprzyjemne.

Pospieszyłem więc, by odprowadzić go na teren, który znał na tyle dobrze, aby dalej poradził sobie sam. Musiałem szybko dostać się do celi Konowała, zanim powrócą on i jego skrzydlaty przyjaciel. Tam właśnie bowiem przechowywaliśmy obecnie księgi. Nie chcieliśmy, by ktokolwiek wiedział, iż je posiadamy – nawet jeśli Duszołap nie mogła mieć co do tego większych wątpliwości, pod warunkiem rzecz jasna, iż odkryła, że zostały skradzione z miejsca, gdzie je ukryła.

Co za pokręcona gra.

Dotknąłem nadgarstka, by się upewnić, że wciąż mam na nim zasupłany sznurek, w istocie zaś amulet, który dał mi Jednooki, abym mógł unikać wpływu wszystkich zaklęć mylących i zwodzących otaczających komnatę, w której trzymaliśmy Kopcia.

Jednak zanim zabrałem księgi – pamiętając o tym, że Konował wypłoszył wszystkie kruki – zamknąłem okno i zaciągnąłem zasłonę, a potem zacząłem się zastanawiać, jak ukryć je najlepiej, kiedy już dostarczę je do miejsca, gdzie miały znaleźć się zgodnie z wolą Starego.

Zapewne nie minie dużo czasu od naszego wyjazdu, nim Radisza zacznie się zastanawiać, któż teraz troszczy się o czarodzieja. Gotów byłem się założyć, że będzie go szukać. Była na tyle uparta, by w końcu znaleźć jakoś drogę do jego pomieszczenia.

Mimo że ostatnimi czasy nie wykazywała szczególnego zainteresowania samym Kopciem, nigdy nie straciła nadziei, że uda się jakoś przywrócić go do normalnego stanu. Gdyby się okazało, że cieszymy się sporą pomyślnością w starciu z Władcą Cienia, ona zapragnie jego pomocy tym bardziej.

Cokolwiek byśmy zrobili, chyba wszystko pociągało za sobą nieprzyjemne konsekwencje.

8

Kiedy Stary zdecyduje się ruszać, rusza naprawdę. Świat wciąż jeszcze spowijały grobowe ciemności, gdy wyszedłem z pałacu i zastałem go, czekającego na mnie z dwoma potężnymi, czarnymi ogierami, które Kompania przyprowadziła ze sobą z Północy. Pochodziły ze specjalnej hodowli Pani jeszcze z czasów, gdy znajdowała się u szczytu potęgi. Kształtowane od źrebaka za pomocą magii, potrafiły biec bez końca bez śladu zmęczenia, szybciej niźli jakikolwiek inny ziemski rumak. I były równie sprytne jak przeciętnie głupi człowiek.

Konował wyszczerzył zęby, kiedy zobaczył rodzinę mojej żony. Taki obrót spraw wprowadził ich w całkowite zakłopotanie. W jaki sposób mieli za nami nadążyć?

Mnie też trochę to wkurzyło.

– Zajmę się tym – oznajmiłem w języku Niueng Bao. Podałem Tai Deiowi moje rzeczy, wspiąłem się na potwora, którego Konował przyprowadził dla mnie. Minęło dużo czasu, od kiedy jechałem ostatnio na którymś, ten jednak zdawał się mnie pamiętać. Szarpnął łbem i parsknął na powitanie. – Tobie też, duży chłopcze. – Zabrałem mój dobytek z rąk Tai Deia.

– Gdzie jest sztandar? – chciał wiedzieć Konował.

– Na wozie Jednookiego. Ospały włożył go tam, zanim...

– Straciłeś go z oczu? Nie wolno ci nawet na chwilę wypuszczać go z rąk.

– Myślałem, żeby może Ospały przejął tę robotę. – Jednym z przysługujących mi tytułów było miano chorążego. I bynajmniej nie ulubionym. Teraz, kiedy zostałem kronikarzem, powinienem przekazać ten zaszczyt komuś innemu. Konował zresztą sam o tym wspominał przy jakiejś okazji. – Teraz daj mi swoje rzeczy – zwróciłem się do Tai Deia, kiedy umieściłem już własne przed siodłem.

Jego oczy rozszerzyły się, gdy pojął, co zamierzam.

– Przez cały czas trzymajcie się kamiennej drogi – powiedziałem, kierując swe słowa do Matki Goty i Wujka Dodża – dopóki nie dogonicie armii. Jeżeli żołnierze będą chcieli was zatrzymać, pokażcie im ten papier. – Kolejny pomysł Wyzwoliciela. Coraz większa liczba ludzi zaangażowanych w wojenny wysiłek otrzymywała strzępy papieru, które stwierdzały, kim są i kto jest za nich odpowiedzialny. Ponieważ tylko nieliczni mieszkańcy Taglios byli piśmienni, wysiłek nie wydawał się wart zachodu.

Być może. Ale Stary miał zawsze swoje powody. Nawet gdyby chodziło tylko o wprowadzenie zamieszania.

Konował zrozumiał, do czego zmierzam, w tej samej chwili, kiedy wyciągnąłem dłoń, by pomóc wspiąć się Tai Deiowi na koński grzbiet. Już otwierał usta, żeby zrobić mi piekło, ale wszedłem mu w słowo:

– Nie martw się. Nie ma o co walczyć.

Twarz Tai Deia zawsze przypomina czaszkę obleczoną cienką warstwą smagłej skóry. Obecnie wyglądała tak, jakby jej właściciel usłyszał właśnie wyrok śmierci.

– Wszystko będzie dobrze – uspokoiłem go, zrozumiawszy, iż nie dosiadał konia jeszcze nigdy w życiu. Niueng Bao hodowali bawoły domowe i kilka słoni. Wykorzystując je głównie do orki, nie jeździli na ich grzbietach, chyba że w dzieciństwie, dla zabawy.

Nie miał na to ochoty. Naprawdę, najmniejszej. Spojrzał na Wujka Dodża, tamten jednak milczał. Nie było innego wyjścia.

Konował chyba zaczął wyglądać nagle na cholernie zadowolonego z siebie, albo coś w tym typie. Tai Dei wpatrywał się w niego przez chwilę, zadrżał cały i wreszcie wysunął ku mnie swą zdrową rękę. Wciągnąłem go na grzbiet. Był twardy i silny jak to tylko możliwe, ale ważył prawie tyle, co nic.

Koń obdarzył mnie spojrzeniem równie paskudnym jak to, którym wcześniej obrzucił mnie szef. Z faktu, że poniesienie nas obu nie sprawi tej bestii szczególnych kłopotów, nie wynikało, że zaraz musi mieć na to ochotę.

– Dajcie znak, gdy będziecie gotowi – rzekł Konował.

– Jedziemy.

Pomknął naprzód. Od razu narzucił dzikie tempo. Jechał, jakby czymś odurzony. Mruczał coś gniewnie i pokrzykiwał, bym nie zostawał z tyłu. Mamrotał coś nawet wówczas, gdy połączyliśmy się z konną eskortą na południe od miasta. Zwykłe wierzchowce nie miały szansy nadążyć za nami w tym tempie. Od czasu do czasu musiał więc czekać, by nas dogoniły. Zazwyczaj wysuwał się wtedy naprzód, otoczony chmarą kruków. Ptaki przybywały i odlatywały, a kiedy zdarzało nam się rozmawiać, zawsze wiedział, gdzie znajduje się Brzeszczot, a gdzie nasze oddziały, w którym miejscu wojska tagliańskie natrafiły na opór, a którędy przeszły bez najmniejszego trudu. Wiedział, że Mogaba posłał na północ konnicę, aby spowolnić nasze postępy.

To było co najmniej dziwne. Najzwyczajniej w świecie wiedział o rzeczach, o których niczego wiedzieć nie powinien. A Jednooki wciąż jeszcze był przed nami, jechał z prędkością, której nie uznałbym za możliwą, gdybyśmy nie starali się obecnie bezskutecznie go dogonić.

Wieczorem pierwszego dnia Konował przestał się wreszcie boczyć. Znowu stał się towarzyski jak dawniej. Stojąc twarzą do brodu Ghodża, zapytał:

– Pamiętasz, jak przyjechaliśmy tu pierwszy raz?

– Pamiętam deszcz, błoto, nieszczęście i setki ludzi z Ziem Cienia, próbujących nas zabić.

– To były czasy, Murgen.

– Tia, tak blisko sedna udręki, że wystarczy. I jest to stwierdzenie z punktu widzenia człowieka, który był jeszcze o nieba bliżej.

Wydał z siebie zduszony śmiech.

– Podziękuj mi zatem za tę piękną, nową drogę.

– Dziękuję ci za tę piękną, nową drogę. – Taglianie nazwali ją Drogą Skalistą bądź Drogą Kamienną. Za pierwszym razem, gdy nią podróżowaliśmy, stanowiła ledwie wijącą się błotnistą drożynę.

– Naprawdę sądzisz, że Ospały nadaje się do roboty chorążego?

– Rozmyślałem już o tym. Nie jestem jeszcze gotów, aby zrezygnować.

– I to jest ten sam Murgen, który skarżył się, że jego pierwszego wysyła się zawsze do każdej brudnej roboty?

– Powiedziałem, że przemyślałem sobie wszystko. Doszedłem do wniosku, że mam swoje powody. – Nasi pozostali towarzysze mówili mi, że bardzo dobrze daję sobie radę z utratą Sari. Sam byłem podobnego zdania.

Konował spojrzał za siebie na Tai Deia, który przywarł rozpaczliwie do łukowato wygiętego grzbietu srokatej klaczy, jaką zdobyliśmy dla niego przed około pięćdziesięcioma kilometrami. Radził sobie nieźle, zwłaszcza jak na faceta mogącego używać tylko jednej dłoni.

– Nie pozwól, by te powody, jakiekolwiek by były, przyćmiły ci zdrowy rozsądek. Kiedy wszystko zostanie już powiedziane i zrobione, my wciąż będziemy Czarną Kompanią. Od umierania mamy innych facetów.

– Panuję nad sobą. Należałem do bractwa Czarnej Kompanii na długo przedtem, zanim zostałem mężem Sari. Nauczyłem się, jak dawać sobie radę z uczuciami.

Nie wyglądał na przekonanego. Potrafiłem go zrozumieć. Nie troszczył się o mnie, ale o to, co zrobię w sytuacji krytycznej. Przetrwanie całej Kompanii może zależeć od tego, jak pojedynczy człowiek zachowa się w momencie, gdy uderzy fala gówna.

Kapitan spojrzał za siebie. Pomimo najwyższych wysiłków nasza eskorta zaczęła się rozciągać. Nie zwrócił na nich najmniejszej uwagi.

– Dowiedziałeś się czegoś na temat rodziny swej żony? – spytał.

– Znowu zaczynasz? – Nigdy w istocie nie przestał. A ja nie wiedziałem, co mu powiedzieć. – Co sobie pomyślisz, jak ci powiem, że miłość jest ślepa?

– Murgen, jeśli naprawdę w to wierzysz, jesteś skończonym głupcem. Być może powinieneś zawrócić i powtórnie przeczytać Księgę Konowała.

Posunął się za daleko.

– Co chcesz przez to powiedzieć?

– Ja również mam swoją Panią. Na szczęście wciąż jeszcze żyje. Łączy nas mnóstwo rzeczy. Spłodziliśmy razem dziecko. Oczywiście każdej parze głupców może to się zdarzyć przez przypadek, jednak zazwyczaj jest to oznaka poważnego związku. Ale to, co nas łączy jako mężczyznę i kobietę, ojca i matkę, nie oznacza, że ufam Pani choćby odrobinę w jakiejkolwiek sprawie, prócz tej jednej. A ona nie może zaufać mnie. To bierze się stąd, że jest właśnie taka, jaka jest. Z życia, jakie wiodła.

– Sari nigdy nie miała żadnych ambicji, szefie. Wyjąwszy może tylko to, bym naprawdę osiadł z nią gdzieś na roli, jak to zawsze obiecywałem, a nie skręcił sobie kark w chwale w jakiś heroiczny sposób, typowy dla wojska, na przykład spadając z konia i tonąc w trakcie przekraczania w bród strumienia podczas pory deszczowej.

– Sahra nigdy nie była moim zmartwieniem, Murgen. Mnie niepokoi ten Wujek, który nie zachowuje się jak żaden inny Niueng Bao, jakiego dotąd spotkałem.

– Hej, to jest tylko staruszek, który ma w głowie wyłącznie miecze. Jest kapłanem, a jego biblia to ostra stal. I żywi urazę. Wystarczy wycelować go w kierunku Władcy Cienia.

Konował potaknął ponuro.

– Czas pokaże. – Bycie ponurym wychodziło mu bardzo dobrze.

Przekroczyliśmy wielki, kamienny most, który Pani rozkazała wznieść przy brodzie Ghodża. Kruki obsiadły drzewa na południowym brzegu. Wrzeszczały, sprzeczały się, podrywały do lotu, najwyraźniej nasz widok bardzo je rozbawił.

– Te stwory martwią mnie bardziej – oznajmiłem.

Konował nie odpowiedział. Zarządził postój, aby dać wytchnąć zwierzętom. Tak wiele oddziałów przewędrowało już tędy przed nami na południe, że z pewnością nigdzie nie dałoby się znaleźć wypoczętych koni na zmianę. W rozgardiaszu pomiędzy salutowaniem a pospiesznym wystawianiem warty honorowej spojrzałem na południe.

– Ten stary błazen pędzi cholernie szybko. – Zdążyłem już się rozpytać i dowiedziałem się, że Jednooki ma wciąż dzień przewagi nad nami.

– Dogonimy go, zanim dotrze do Dedżagore. – Mówiąc to, Konował zmierzył mnie jednocześnie wzrokiem, jakby obawiał się, że nazwa miasta uderzy we mnie z całą mocą jakiegoś strasznego zaklęcia. Rozczarowałem go. Tai Dei, który mógł śledzić przebieg rozmowy, ponieważ mówiliśmy po tagliańsku, również nie okazał po sobie niczego, chociaż czasy oblężenia dały się jego ludowi we znaki równie mocno jak żołnierzom Kompanii. Niueng Bao rzadko zdradzali swe prawdziwe uczucia w obecności obcych.

Zwróciłem się do Tai Deia:

– Oddaj swego konia stajennym, a potem zobaczymy, czy nie da się znaleźć gdzieś czegoś przyzwoitego do jedzenia. – Życie w siodle nie obfituje w rozkosze podniebienia.

W fortecy przy Ghodża niewiele można było znaleźć delikatesów. Z tego samego powodu, z którego nie było tu nowych koni na zmianę. Ponieważ jednak należeliśmy do oddziału Wyzwoliciela, otrzymaliśmy świeżo ubitego koguta bojowego, który był tak mięsisty i soczysty, że mój żołądek omal się nie zbuntował, gdy wziąłem pierwsze kęsy do ust. Po jedzeniu mogliśmy schronić się przed zimnem we wnętrzu warowni i zażyć nieco snu. Właściwie powinienem trzymać się blisko Konowała, na wypadek gdyby jego rozmowy z lokalnymi dowódcami godne były odnotowania w Kronikach, jednak po krótkim, wewnętrznym sporze z samym sobą postanowiłem się wyspać. Jeżeli Stary usłyszy coś godnego zanotowania, na pewno sam mi o tym powie. W innym wypadku zawsze mogę wrócić tutaj później z Kopciem.

Śniłem, ale moja pamięć nie zachowała tych snów na tyle długo, bym mógł je potem spisać. Były dość nieprzyjemne, jednak nie aż tak przytłaczające bądź straszne, by Tai Dei musiał mnie budzić.

Przed wschodem słońca znajdowaliśmy się już w drodze.

Jednookiego dogoniliśmy, kiedy przejeżdżał przez wzgórza otaczające Dedżagore. Kiedy zobaczyłem jego wóz po raz pierwszy i zrozumiałem, że musi to być on, zadrżałem, ze wszelkich sił dławiąc w sobie pokusę, by pognać mego wierzchowca szybszym krokiem. Naprawdę pragnąłem dostać już Kopcia w swe ręce.

Może jednak moje problemy dręczyły mnie bardziej, niż gotów byłem sam się przed sobą przyznać? Jednak nie okazałem tego tak, by ktokolwiek mógł cokolwiek zauważyć.

Jednooki nie zwolnił ani odrobinę.

Zauważyłem znaczne zmiany, jakie zaszły w okolicy od czasu tych piekielnych dni, które spędziłem w Dedżagore – czy też Dżajkurze, jak je nazywali miejscowi, wreszcie Burzogardzie, którą to nazwę nosiło, będąc siedzibą obalonej Władczyni Cienia o imieniu Cień Burzy. Biedna wiedźma, okazała się całkowicie niezdolna chronić Ziemie Cienia przed burzą, jaką było nadejście Czarnej Kompanii.

Równina otaczająca miasto została całkowicie osuszona, zniknęły również szczątki i ciała, chociaż w powietrzu wciąż jeszcze mogłem wyczuć woń śmierci. Jeńcy z Ziem Cienia pracowali dalej na murach obronnych i w samym mieście. Powód tego stanu rzeczy był nader kontrowersyjny. Przy życiu nie pozostał prawie żaden Dżajkuri.

– Ciekawy pomysł, sadzenie roślin bezpośrednio w piasku – powiedziałem, widząc coś, co wyglądało jak pszenica ozima, kiełkująca przez zeszłoroczne ściernisko.

– Jeden z pomysłów Pani – odparł Konował. Wciąż obserwował mnie spod oka, jakby się spodziewał, że w każdej chwili mogę zacząć toczyć pianę z gęby. – Wszędzie, gdzie ustanowiono stały garnizon, jednym z obowiązków żołnierzy jest wytwarzanie żywności na własną rękę.

Gdy szło o logistykę działań wojennych, Pani wykazywała się znacznie większym doświadczeniem niż Konował. Zanim dotarliśmy do Taglios, nigdy nie walczył z siłami przerastającymi Kompanię swą liczebnością. Pani udało się stworzyć z ogromnego imperium maszynę produkującą wojnę przez całe dziesięciolecia.

Stary zwyczajnie więc zostawił jej większość tych kwestii. On sam wolał raczej trzymać się z boku, układać plany swych knowań i wykuwać narzędzia, których Pani mogła potem używać.

Pomysł z zasiewami nie był niczym nowym. Pani wprowadziła go w życie wokół większości swych stałych siedzib na Północy.

Trzeba trzymać się tego, co już wcześniej okazało się skuteczne.

Fakt, że nie kradnie się córek i ziarna zbóż, pomaga też w podtrzymywaniu spolegliwości sąsiadów.

– Jesteś pewien, że nic ci nie jest? – dopytywał się Konował.

Znajdowaliśmy się niemalże u podnóża rampy wiodącej do północnego barbakanu. Jednooki był teraz nie dalej niż trzydzieści metrów przed nami. Doskonale zdawał sobie sprawę z naszej obecności, a jednak nie zwolnił nawet na jotę. Przypuszczam, że nieświadomie zacząłem przyspieszać, stąd to pytanie.

– Panuję nad wszystkim, Kapitanie. Nie zdarza mi się już zapadać w przeszłość i rzadko kiedy budzę się z krzykiem. Wszystkie kłopoty ze snem ograniczają się do drobnych dreszczy i potów.

– Jeśli kiedykolwiek zacznie ci coś dolegać, chcę wiedzieć o tym od razu. Spodziewam się, że zostaniemy tu przez jakiś czas. Będziesz musiał jakoś to wytrzymać.

– Niczego nie spieprzę – obiecałem.

9

Nie zwlekałem długo po tym, jak Tai Dei i ja otrzymaliśmy kwatery w jednym z tych samych budynków, które zajmowaliśmy podczas oblężenia. Prace nad odbudową nie objęły jeszcze tej części miasta. Resztki starych śmieci wciąż walały się dookoła.

– Przynajmniej wywieźli wszystkie szkielety – zwróciłem się do Tai Deia.

Odchrząknął i rozejrzał się, jakby w każdej chwili spodziewał się zobaczyć duchy.

– Będziesz czuł się tutaj w miarę dobrze? – zapytałem. Niueng Bao wierzyli w duchy, zjawy i upiory przodków, które ścigają cię, jeżeli nie zadbałeś o właściwe pogrzebanie ich ciał. A wielu ich pielgrzymów wydało tutaj swe ostatnie tchnienie, nie doczekawszy się dobrodziejstwa stosownej ceremonii.

– Nie ma innego wyjścia. Kiedy przybędzie Wujek Dodż, wszystko musi być gotowe.

Jak na Tai Deia była to długa przemowa.

Wujek Dodż był swego rodzaju kapłanem. Najpewniej zechce skorzystać z okazji, by zakończyć to, na co nie miał czasu cztery lata temu.

– Rób swoje. Ja mam mnóstwo rzeczy do zrobienia. – Odległe miejsca do obejrzenia. Ból, od którego trzeba uciec, choćbym nawet nie przyznał się do tego wprost, nawet przed samym sobą.

Tai Dei zaczął już układać swój skromny dobytek z boku.

– Nie. Mam tu więcej sekretnych spraw Kompanii, które muszę załatwić.

Tai Dei odchrząknął, niemalże zadowolony, że tym razem będzie mógł zostać sam.

Było to zresztą możliwe zawsze, on jednak nie posłuchałby, nawet gdybym upierał się, że nic nie jest mi winien. Przecież gdyby nie ja, nie straciłby swej siostry i syna.

Kłótnia z Niueng Bao przypominała kłótnię z domowym bawołem. Nie było sposobu, by ich przekonać, poza tym już po krótkiej chwili tracili zainteresowanie twoimi argumentami i przestawali słuchać. Równie dobrze można było oszczędzić energii.

– Już zacząłem się zastanawiać, kiedy wreszcie cię ujrzę – stwierdził Jednooki, gdy w końcu udało mi się go odnaleźć. Przyprowadził wóz do naszej dawnej części miasta, ale nie pozbył się jeszcze swojego ładunku. Zaparkował w wąskiej alejce, gdzie – jak zakładałem – pojazd zniknie pośród zaklęć maskujących, jak tylko oporządzi swój zaprzęg.

– Wyprzęgnij zwierzęta, Dzieciaku, i zabierz je do jakiejś tymczasowej stajni, ja zajmę się doprowadzeniem rzeczy do porządku tutaj.

Kłócenie się z Jednookim ma mniej więcej tyleż sensu, co w przypadku Niueng Bao. Potrafi udawać całkowitą głuchotę. Tak też postąpił i tym razem. Zajął się swoją robotą, nie zwracając na mnie uwagi, zupełnie jakbym wcale nie stał tuż przy nim. Aby zwiększyć skuteczność działania, zająłem się końmi. Przypuszczam, że musiałem mruczeć coś na temat tego, iż żałuję, że Goblin jeszcze nie wrócił.

Ten mały czarodziej o wyglądzie ropuchy jest najlepszym przyjacielem i równocześnie najgorszym wrogiem Jednookiego. Było go tak trudno odnaleźć, że zacząłem już myśleć, iż mam kłopoty z wytłumaczeniem Kopciowi, czego właściwie chcę od niego. Potem spróbowałem wrócić do miejsca, w którym widziałem go ostatnio – w delcie rzeki, na samym skraju terytorium Niueng Bao. Mój plan polegał na tym, by podążać za nim przez czas aż dotąd, gdzie znajdował się obecnie. I wszystko szło znakomicie, do chwili aż łódź Goblina wpłynęła w chmurę mgły i nie pojawiła się już więcej z drugiej strony. Kopeć nie potrafił go odnaleźć.

Minęło trochę czasu, zanim zrozumiałem, że Kopeć mógł zostać tak zaprogramowany, aby unikać Goblina. Przypuszczalnie chodziło o to, by Jednooki nie dowiedział się o miejscu jego pobytu i nie postanowił się przypadkiem wtrącić. Mały gnojek gotów byłby narazić całą operację na klęskę, ponieważ gdyby zapragnął wyciąć jakiś wstrętny kawał swemu przyjacielowi, nie zastanawiałby się zapewne nawet przez chwilę.

Zacząłem trochę eksperymentować. Z pewnością Kopeć otrzymał jakieś szczególne polecenia. Stary nie przestał go odwiedzać.

Kiedy pojąłem już, o co chodzi, nie miałem szczególnych trudności z pokonaniem zabezpieczeń Konowała. Należało się wszak obawiać, że Jednookiemu również nie przysporzą one większych kłopotów.

Znalazłem Goblina na piaszczystej plaży daleko na południe, na niezaznaczonym na mapach wybrzeżu Szindai Kius, straszliwej pustyni, która zajmuje sporą połać lądu pomiędzy północnymi i południowymi regionami Ziem Cienia. Nieprzebyty łańcuch gór zwanych Danda Presz wydawał się tutaj znacznie niższy, zapewne tylko dlatego, że ich szczyty ginęły w oceanie.

Goblin wyglądał w morze. Jakiś statek stał na kotwicy przy brzegu. Łodzie śmigały po powierzchni. Czarodziej wyrzucał z siebie gwałtowną litanię skarg. Z wyrazu twarzy jego towarzyszy można było spokojnie wnosić, że już wielokrotnie to wszystko słyszeli.

Co Goblin robił, u licha, na tym martwym brzegu?

Cofnąłem się w czasie, by wejść w temat od początku.

Goblin rozdzierany był uczuciem nienawiści. Cóż więc zrobił Kapitan? Wysłał właśnie jego, aby sporządził mapy nieznanego wybrzeża. Czarodziej nienawidził bagien i mokradeł. A więc oczywiście pierwszy etap podróży powiódł go w dół rzeki przez deltę, która stanowiła jedno z największych bagien świata. Rozciągała się na przestrzeni ponad trzystu kilometrów, bez najdrobniejszego śladu jakiejkolwiek rzeczki, nie nadając się w sposób oczywisty do zamieszkania przez ludzi, skoro mogli przeżyć tu tylko Niueng Bao.

Podróży morskich Goblin nienawidził niemalże tak samo jak Jednooki. A zatem co gnało go to tego, aby przeciąć mokradła, cholera, aby prawie zbudować kanał, żeby tylko tego dokonać? Przeklęty ocean z falami wyższymi niż dowolne szanujące się drzewo. Goblin nie cierpiał też pustyni. A więc cóż odnalazł, kiedy dostał się ostatecznie z tą małą flotą poza kraniec bagnistego wybrzeża? Kraj tak jałowy, gdzie nawet skorpiony i pchły piaskowe nie były w stanie wyżyć. Można się upiec tu za dnia i zamarznąć nocą i nigdy nie uda ci się uwolnić od piasku. Wiatr nawiewa go w każdą szparę ubrania. Teraz również miał buty pełne piasku...

– Nie urodziłem się po to, by znosić coś takiego – skarżył się. – Nikt nie zasłużył sobie na taki los. A ja to już w ogóle. Czy kiedykolwiek zrobiłem Staremu coś złego? W porządku, może ja i Jednooki trochę popijaliśmy i czasami nieco się awanturowali, ale w końcu co z tego? Po prostu płonął w nas młodzieńczy duch, Ospały nie jest wcale od nas lepszy.

Naturalnie nawet przez moment nie pomyślał o tym, że kiedy upijali się z Jednookim, zawsze kończyło się to kłótnią, w efekcie której rozsiewali wokół byle jak utkane zaklęcia, rozpieprzając wszystko tak, jak Ospały nie zdołałby nigdy w życiu.

– Człowiek musi się czasami wyluzować, wiadomo, o co chodzi. Przecież nikomu nie stało się nigdy nic złego? – Tego nie można było już nazwać przesadą, było to zwyczajne kłamstwo. – Do licha, w świecie, w którym istniałby chociaż szczątek sprawiedliwości, dawno już znalazłbym się na emeryturze w miejscu, gdzie wino jest słodkie, a dziewczęta potrafią docenić mężczyznę z odrobiną doświadczenia. Oddałem Kompanii najlepsze stulecia swego życia.

Goblin nienawidził wyzwań, które przed nim stawały. To znaczy sytuacji, kiedy musiał zacząć myśleć i podejmować decyzje. To pociągało za sobą odpowiedzialność. Zależało mu na tym, by przepłynąć przez życie, robiąc tylko to, co konieczne, podczas gdy ktoś inny załatwiał kwestię myślenia i podejmował decyzje za niego.

Nie znosił również ciężkiej pracy, a na tej pustyni wszyscy musieli wypruwać sobie żyły, by pozostać przy życiu.

Kazałem Kopciowi, by poniósł mnie wyżej, tam gdzie orły – o ile któryś z nich potrafiłby tam przeżyć – aby zobaczyć, co tak poirytowało Goblina.

Naprawdę nie przesadzał z tą pustynią.

Szindai Kius składała się w pobliżu wybrzeża w całości ze złotawego piasku. Przybrzeżne grzywacze wydobywały go z głębin. Nieustanne huragany niosły go dalej, w głąb lądu; szorowały nim do gołej skały powierzchnię wzgórz, które wyrastały w kierunku wschodnim i zmieniały się w Danda Presz. Na samym wybrzeżu niewiele pagórków wznosiło się wyżej niż na jakiejś trzydzieści metrów ponad piaskiem. Żaden z nich nie wykazywał nawet śladu erozji będącej efektem działania wody. Nawet kropla deszczu nie spadła tutaj od tysięcy lat.

Zacząłem opuszczać się niżej. Goblin wraz z dwoma ludźmi szedł powoli w głąb lądu, uważnie badając powierzchnię. Przed nimi coś nagle eksplodowało spod piasku. Coś, czego wygląd z pozoru zdawał się zupełnie niemożliwy. Potwór, który nie mógł istnieć w tym świecie, demoniczna istota rozmiarów słonia, obdarzona jednak większą liczbą odnóży i bardziej owłosiona niż tarantula, na dodatek wyposażona w macki jak u ośmiornicy i ogon skorpiona. Kołysząc się, ruszył naprzód. Najwyraźniej spoczywał tu już od dłuższego i czasu czekał na odgłos kroków, które wywabią go z kryjówki pod powierzchnią.

Towarzysze Goblina rzucili się do ucieczki. Mały czarodziej zaklął, a potem powiedział:

– Następną rzeczą, której najbardziej nienawidzę, są stwory wyskakujące na mnie spod piasku. – I póki potwór wciąż jeszcze był trochę ogłupiały, uderzył weń jednym ze swych najlepszych magicznych tworów.

Między jego rozłożonymi dłońmi pojawiło się coś, co przypominało szeroką na metr, trzyramienną gwiazdę do rzucania, wykonaną z matowego szkła. I użył jej zgodnie z pozornym przeznaczeniem. Potwór zawył z wściekłości, gdy gwiazda odcięła mu parę macek i kilka odnóży z prawej strony. Próbował dosięgnąć Goblina, który zdecydował się zrezygnować z okazywania męstwa i zebrał dupę w troki.

Potwór kręcił się w kółko, zataczał ogromne kręgi i rył szerokie bruzdy w złotym piasku. Zupełnie stracił zainteresowanie ludźmi na plaży. Przez jakiś czas próbował połączyć odcięte kończyny, ale wszczep nie chciał się przyjąć. Na koniec zadrżał, jakby zrozumiał daremność przedsięwzięcia, i zaczął zagrzebywać się w piasku, używając do tego celu odnóży, które mu jeszcze pozostały.

– A kolejną rzeczą – narzekał Goblin – której szczerze nienawidzę, jest cały pomysł Cienistej Drogi.

Cienista Droga była sekretnym projektem, do którego mnie nie dopuszczono, ponieważ nie było potrzeby, bym coś o nim wiedział. Tylko raz czy dwa razy udało mi się podsłuchać samą nazwę.

– Zaczynam zastanawiać się nawet, jak bardzo jeszcze lubię Konowała. To gówno to czyste szaleństwo. Mam nadzieję, że ten sukinsyn spędzi swój pośmiertny żywot w miejscu takim jak to.

Nie musiałem dłużej pozostawać z Goblinem. Radził sobie nieźle. Jak w przypadku każdego dobrego żołnierza, jeżeli klął i narzekał, oznaczało to, że wszystko jest w jak najlepszym porządku.

Podążyłem z powrotem do Dedżagore.

Wróciłem do swego ciała, spoczywającego na wozie Jednookiego. Byłem spragniony i wygłodzony. Kopeć pachniał niezbyt pięknie.

– Jednooki! Muszę dostać coś do zjedzenia. Gdzie jest stołówka dla przerzucanych wojsk?

Mały, czarny człowieczek wsunął swój odrażający kapelusz do wnętrza wozu. Ledwo mogłem dostrzec pod nim jego równie paskudne oblicze. Na zewnątrz musiało się już ściemniać.

– Nasza znajduje się w cytadeli.

– Czy to nie wspaniale? Raczej jednak nie będę jadł mięsa. – Mogaba i jego towarzysze, którzy wówczas byli jeszcze po naszej stronie, podczas oblężenia kwaterowali w cytadeli, zjadając na kolację przypadkowych, nieszczęsnych obywateli Dżajkuru.

– Staraj się wmówić sobie, że jesz kurczaka. To nie jest takie złe – powiedział Jednooki i tego starczyło, by mój żołądek skręcił się w supeł. Zmarszczył nos. – Śmierdzi tutaj.

– Mówiłem ci. Lepiej, żebyś utrzymywał go w czystości.

Spróbował swego groźnego spojrzenia. Nie zadziałało.

– To ty musisz z nim żyć – powiedziałem tylko.

10

Sądziłem, że Konował będzie nas poganiał, by jak najszybciej spotkać się z Panią. Nie widzieli się już od jakiegoś czasu. Ale wydawało się, iż jest zadowolony, że może zażyć wypoczynku w Dedżagore. Coraz częściej obcował ze swymi czarnymi posłańcami.

Kruki wywoływały niepokój wśród tych członków Starej Gwardii, których obowiązki zatrzymały w Dedżagore. Świece i Charkot przyszli do mnie ze skargą. Co miałem im powiedzieć?

– On jest szefem. Sądzę, że może sobie lubić kruki, jeśli ma na to ochotę. – Uważnie przyjrzałem się Charkotowi, niezdolny wręcz uwierzyć, że jego choroba jeszcze go nie zabiła. Obecnie kaszlał niemal bez przerwy.

– Chodzi o to, co o nich myślą tubylcy – powiedział Świece. – Stanowią zły omen dla wszystkich prócz Dusicieli.

– Mam wrażenie, że mogą stanowić zły omen dla wszystkich, którzy będą się uskarżać na ich obecność. Charkot, masz tutaj stały przydział?

Staruszek w jakiś sposób wykaszlał odpowiedź twierdzącą.

– Dobrze. Nie wydaje mi się, abyś o tej porze roku powinien służyć w polu.

– Co dobrego przyjdzie komu z tego, że mnie tu zostawi? Po to, abym umierał w samotności?

– Jeszcze mnie przeżyjesz, uparty stary pierniku.

– Jestem teraz już częścią tego wszystkiego. To wy, ludzie, cały czas mówicie nam o naszej przeszłości i wreszcie mamy szansę znaleźć miejsce, gdzie to się zaczęło... Mam zamiar tam dotrzeć.

Kiwnąłem głową, przyjmując jego wyjaśnienia. Był w porządku.

Dzięki temu zastanowiłem się nad tym, jak różniliśmy się od pozostałych band najemników, które dotąd w życiu widziałem. Wśród naszych żołnierzy nie było prawie śladu znęcania się nad sobą czy brutalności. Zgodnie z tradycją, nie dostałbyś się w nasze szeregi, jeśli okazałbyś się gównem, któremu przyjemność sprawia zadawanie bólu ludziom wokół ciebie. A jeśli nawet tak by się stało, niewielkie były szanse, że długo przetrwasz.

Struktury historii i kultury naszego bractwa odciskały się na jego członkach od samego początku i właściwie bez przerwy, a gdy komuś udało się przeżyć dostatecznie długo, wsiąkały zazwyczaj weń głęboko.

Konował był oczywiście skrajnym zwolennikiem zasad rządzących życiem Kompanii. I udało mu się sprzedać je wszystkim pozostałym. Z wyjątkiem Mogaby. Jednak głównym problemem, jaki Mogaba miał z bractwem, było to, że to nie on nim dowodził.

To w zasadzie bez związku, poza tym, że pokazuje, iż nie jesteśmy jakąś bandą brutalnych odszczepieńców. Jesteśmy wrażliwą gromadą odszczepieńców, którzy próbują dbać o swych braci. Przez większość czasu.

Pojawił się Jednooki i sam zaprosił się do rozmowy, nie zwracając zupełnie uwagi na Charkota, mimo iż stary churchlot pochodził z jego rodzinnych stron.

– Hej, Dzieciaku, właśnie widziałem Trolla kulającego się Ulicą Lśniącą Niczym Krople Rosy. Pewien jesteś, że nie wiesz, gdzie jest Goblin? Postanowiłem, że zrobię z nich parę.

Trollem nazywali współplemieńcy Matkę Gotę, oczywiście za jej plecami. Wobec nich zachowywała się jeszcze nieprzyjemniej niż względem nas, obcych. My mieliśmy przynajmniej wymówkę. Nie urodziliśmy się jako Niueng Bao.

– Udało im się dotrzeć tutaj naprawdę szybko, zważywszy na to, jak ona chodzi – odrzekłem Jednookiemu. Moja teściowa chodziła tak, jakby cierpiała na chroniczną krzywicę, a na dodatek pozbawiona była stawów w kolanach, przetaczała się z boku na bok niczym statek kupiecki na wzburzonym morzu.

Mały, czarny człowieczek rzucił z ukosa spojrzenie na Tai Deia, który oczywiście znajdował się w pobliżu, jak zawsze, kiedy nie powiedziało mu się wyraźnie, by trzymał się z dala. Aktualnie okazywał jakieś oznaki prawdziwych emocji. Jednooki powinien uważać, żeby nie obrazić go na tyle, by tamten rzucił się natychmiast na niego...

Wyszeptałem:

– Nawet on czasami nazywa ją Trollem. Ale tobie zalecałbym ostrożność. – Głośniej zaś zapytałem: – A co z Wujkiem Dodżem?

– Jego nie widziałem.

– Tai Dei. Lepiej zrobisz, jak poszukasz swojej matki. – Wujek Dodż sam nas znajdzie. Wtedy, gdy mu to będzie odpowiadało.

Wszyscy patrzyliśmy za odchodzącym Niueng Bao. Kiedy oddalił się poza zasięg głosu, wymruczałem:

– Nie tęskniłem za nią nawet przez chwilę. – Miałem nadzieję, że Tai Dei znajdzie jakiś sposób, żeby przedłużyć moją radość.

Jednooki parsknął.

– Gdybyś chciał poznać moje zdanie, to ona stanowi doskonałą kobietę nie dla Goblina, lecz dla ciebie – oznajmiłem.

– Uważaj, co mówisz, Dzieciaku.

– Mówię, co myślę.

– Masz zupełnie chore poczucie humoru. A poza tym wkurzyłeś Starego.

– Hę? Jak?

– Z tego co mówił, od kilku dni zalegasz ze swoimi regularnymi raportami.

– Och... Aha. – Nie była to do końca prawda, ale jakoś tak się złożyło. – Zajmę się tym od razu.

– Masz wciąż swoją bransoletę?

– Ech... – Miałem ją. – No.

– Dobrze. Będzie ci potrzebna.

Świece i Charkot nie mieli pojęcia, o czym rozmawiamy. Ale Świece miał dla mnie dobrą radę na pożegnanie.

– Nie zapominaj o krukach – powiedział.

Ostatnimi czasy kruki zainteresowały się mną jakby bardziej. To mi się nie podobało, ale miało sens z punktu widzenia innego niż mój. Byłem bardzo blisko z Konowałem. Duszołap chciała więc mieć oko także i na mnie. Stosownie do starego powiedzenia: Przezorny zawsze ubezpieczony.

Musiałem uzupełnić wiedzę o tym, co się dzieje, zaniedbaną od dnia, gdy po raz ostatni miałem czas dla Kopcia. Powinienem sprawdzić, jak wygląda sytuacja na froncie, zamiast dowiadywać się, co robi Goblin. On Konowała nie interesował. Niezależnie od wszystkiego, poczynania tego małego gnojka stanowiły tajemnicę, której nikt nie miał prawa znać.

Sznurek na moim nadgarstku pozwolił mi dostać się do wozu Jednookiego, uniknąłem dezorientacji czy zmylenia, zaklęcia działały tak samo jak w labiryncie pałacu. Podążające za mną kruki zaczęły tracić jednak orientację, kiedy tylko znaleźliśmy się niecałe pół kilometra od celu. Zgubiłem je.

Zastanawiałem się, czy to rzeczywiście dobrze. Ich osobliwe zachowanie z pewnością obudzi ciekawość Duszołap... Oczywiście wtedy, gdy znajdzie chwilę wolnego czasu, żeby oderwać się od pozostałych knowań.

Zastanawiałem się, czy nastawienie Kopcia względem Duszołap zmieniło się po wyjeździe z pałacu? Może teraz uda mi się nakłonić go do śledzenia jej? Dopóki byliśmy w Taglios, jego dusza odmawiała współpracy z uporem, ilekroć starałem się dowiedzieć, co właśnie porabia szalona siostra Pani.

Wspiąłem się na wóz i rozmościłem wygodnie. Wyglądało na to, że Jednooki uprawiał przechadzki z duchem na własną rękę. Woda i jedzenie były pod ręką. Muszę jeść i pić, zanim uda mi się zdobyć odpowiednią porcję informacji. Te przechadzki szybko wysysały płyny i energię. Widzę zawartą w tym pułapkę. Świat, po którym wędruje Kopeć, jest tak bezproblemowy, że łatwo zapomnieć, iż trzeba zeń wrócić, by coś zjeść. Inaczej można skończyć podobnie jak Kopeć.

Napiłem się solidnie i zjadłem słodką bułkę, a potem zległem na śmierdzącym materacu, zamknąłem oczy i sięgnąłem, aby pochwycić duszę Kopcia. Miałem niejasne wrażenie, że jest czymś przejęty. Zazwyczaj bywa pozbawiony wszelkich namiętności. Nie potrafiłem znaleźć żadnego wytłumaczenia dla tej wyczuwalnej niepewności. Być może Jednooki nie dbał o jego potrzeby cielesne w sposób wystarczający. Lepiej sprawdzić. Ale dopiero wówczas, gdy zakończę swój obchód.

Poszliśmy. Już w chwilę później obserwowałem, jak tagliańskie zastępy wcinają się niczym pożar lasu w słabą obronę żołnierzy cienia. Południowcy wciąż jeszcze nie mogli dojść do siebie po trzęsieniu ziemi. W wielu miejscach ich porażka była tak błyskawiczna, że nie zdążyła nawet zmienić się w paniczną ucieczkę.

Niejasne meldunki zaczęły docierać do Mogaby stacjonującego na Czarandapresz. Odsyłał je do Długiego Cienia. Władca Cienia trwał nadal w przekonaniu, że nie stać nas na poważniejszą ofensywę zimową, a obecny atak stanowi jedynie sprytny manewr Konowała, mający na celu odwrócenie uwagi od tego, czym zajmuje się naprawdę.

Długi Cień otrzymywał swe raporty najwyraźniej bez pomocy

ze strony Wyjca. Wyglądało na to, że nieszczęsny, udręczony, mały czarodziej zrobił sobie wakacje. Nie potrafiłem go nigdzie znaleźć.

Narajan Singh i Córka Nocy skryli się w obozowisku wiernych Dusicieli w pobliżu głównych sił Mogaby na Czarandapresz. Nie mam pojęcia dlaczego, ale to dziecko zwróciło czymś moją uwagę. Zacząłem lawirować wstecz i naprzód w czasie, obserwując ją. W miarę obserwacji denerwowałem się coraz bardziej. Odkryłem coś, o czym Stary winien się bezzwłocznie dowiedzieć.

Jego córka potrafiła w jakiś sposób odgadywać odległe wydarzenia, chociaż nie z tak bliska jak Kopeć. Póki co nikt jeszcze, nawet Singh, nie słuchał, co miała do powiedzenia, ale zaczną, gdy Narajan zda sobie sprawę, iż wszystkie jej mgliste przepowiednie trafiają w sedno.

Za każdym razem najwyraźniej wpadała w trans. Chciałem zbadać całą sprawę nieco dokładniej, jednak Kopeć się zbuntował. I tym razem wcale nie miałem pewności, czy słusznie go obwiniam. Ten dzieciak roztaczał wokół siebie aurę, która człowiekiem wzdrygała. Przywodziła na myśl grobowce i inne rzeczy, które najlepiej niech zostaną głęboko pochowane. I to wszystko odczuwalne nawet w beznamiętnej przestrzeni, jaką chadzał Kopeć.

Pani znajdowała się daleko na południe od Dedżagore, wyciskała ostatnie poty z siebie i swych żołnierzy. Wyglądała na skrajnie wycieńczoną, jakkolwiek nie było widać po niej wieku, przy którym nawet wszystkie lata Jednookiego można uznać za szczenięce. Wierzba Łabędź, wraz ze Strażą Królewską, podążał z jej taborami, podobnie jak Prabrindrah Drah, który utrzymywał, iż konieczna jest koordynacja wspólnych wysiłków. Nie sądzę, aby otumanił tym kogokolwiek poza sobą samym. Pani powstrzymywała nerwy na wodzy wystarczająco, by znieść ściemy i maślane oczy u każdego.

Łabędź był zakłopotany. Książę zawiedziony. Podsłuchiwałem ich przy rozmaitych okazjach, kiedy to próbowali się domyśleć, co też tak bardzo martwi Panią. Nie doszli do żadnych wniosków, ona zaś nie dała im żadnej wskazówki. Była zadowolona, że może znowu zatrzymać swe wewnętrzne spustoszenia i ból dla siebie.

Przypuszczam, że po życiu tak długim jak jej, równie samotnym, a w czasach, gdy była żoną Dominatora, szarpanym udręką, otwarcie się przed istotami niższego rzędu czy bodaj prośba o pomoc skierowana do nich zdawały się przedsięwzięciem zupełnie bezcelowym, choć przecież w chwili obecnej ona sama była jedną z nas, robaków. W mniejszym lub większym stopniu.

Wbrew wszystkim opiniom wygłaszanym zarówno przez amatorów, jak i ekspertów, jej utracone moce stopniowo powracały. Nie była wprawdzie tą Panią, która zbudowała imperium na Północy, dość potężną, że mogła na smyczy trzymać dziesięcioro takich jak Wyjec, traktując ich niby psy strzegące i wykonujące jej mroczne rozkazy. Była jednak już na tyle silna, by myśl o niej nie dawała spokoju Wyjcowi i Długiemu Cieniowi, oraz, nie mam co do tego najmniejszych wątpliwości, jej siostrze Duszołap.

To był kolejny klin, który rzeczywistość wbiła między Konowała a Panią. Stary nie ufał temu wymiarowi jej osobowości, która kochała ciemność. Zbyt długo była z nią nadto zażyła. Bał się, że może ją utracić. Ja z kolei obawiam się, że odsunął ją od siebie, ponieważ nieszczególnie dobrze radzi sobie ze swymi lękami.

Co oczywiste, Pani stała się koszmarem dla wszystkich, którzy próbowali powstrzymać jej podążanie naprzód. Pochód ów, gdziekolwiek ktoś starał się mu przeciwstawić, stawał się okrutniejszy w skutkach niż trzęsienie ziemi.

Moich braci z Kompanii znajdowałem wszędzie w samym ogniu walki, prowadzili ten czy inny oddział. Strażnicy Niueng Bao mieli ręce pełne roboty. Chociaż po wielu latach, kiedy Konował i Pani ścigali ich bezlitośnie, ich siły zaś uległy znacznemu przerzedzeniu, Oszuści nie bez powodu nosili to właśnie miano. Ci, którzy pozostali przy życiu, byli najbardziej utalentowani ze wszystkich i teraz nie przepuszczali żadnej sposobności, aby uderzyć na Kompanię w imię swej bogini.

Pomimo iż Mogaba miał kilka tysięcy konnicy, która szła na północ, jak dotąd nie weszła ona jeszcze do walki. Z sił Ziem Cienia, na terenach zajętych przez Taglian, jedynie oddział Brzeszczota pozostawał nieuchwytny. On sam zaś po kilku błyskotliwych – a dla jego samego wysoce radujących – potyczkach z pułkami wystawionymi przez tagliańskich przywódców religijnych nie czynił szczególnych wysiłków, by utrzymać zajęte obszary. Cofał się nieprzerwanie w kierunku Czarandapresz, narzucając szybkie tempo na tyle tylko, żeby mieć pewność, iż nasze siły nie nastąpią mu na pięty.

Na całym obszarze jego działań jak grzyby po deszczu wykwitały oddziały religijnej partyzantki. Mimo konfliktów, w jakie popadał z nimi, Konował pozwolił kapłanom prowadzić własną wojnę w sposób zupełnie niezależny od reszty operacji militarnych. Brzeszczot nienawidził kapłanów i nigdy tego nie ukrywał. Współdziałanie z Władcą Cienia dało mu sposobność do nieskrępowanego wyrażania tej nienawiści. Kapłanom z kolei w równym stopniu zależało na tym, aby uciszyć go na zawsze.

Stary wydawał się całkowicie zadowolony z takiego obrotu sprawy. Kapłani, mocno przecież tkwiący w tradycji intryg i ingerencji w wydarzenia świeckie, wydatkowali swe skarby, czas oraz energię najbardziej oddanych wiernych na usunięcie kogoś, kogo szczerze nie znosił.

Brzeszczot, wycofując się, nie ustawał w wyszukiwaniu tych facetów, a później bezwzględnie wszystkich likwidował. Jak na generała pozbawionego jakiegokolwiek wcześniejszego formalnego wykształcenia wojskowego, robił naprawdę dobrą robotę. Wykorzystywał wszystkie słabe miejsca swych wrogów.

Siły obu stron rozsiane po całym Południu ściągały na równinę Czarandapresz. Nie minie dużo czasu i tam właśnie odbędzie się wielkie przedstawienie. Z pewnością nastąpi to jeszcze przed końcem zimy.

Wracałem do Dedżagore, a potem znowu wędrowałem z Kopciem. Czas upływał, niemalże nie pozostawiając po sobie śladu przeżytych dni. Stary znowu dał rozkaz do wymarszu. Ledwie cokolwiek zauważyłem. Byłem zbyt zajęty Kopciem. Konowałowi nie podobało się, że przez cały czas przebywam w wozie, jednak tak wiele działo się w tak rozmaitych miejscach, że musiał na to przystać, jeśli chciał uzyskać wszystkie informacje, jakich potrzebował. Niemniej jego stanowisko mogło szybko zmienić praktycznie cokolwiek.

Przez jakiś czas udawałem, że jestem chory, aby dostarczyć krukom oraz rodzinie mojej żony jakiegoś wytłumaczenia faktu, że cały czas spędzam na wozie. Kruki są głupie. Nie połapały się. Ale przypuszczam, że Wujek Dodż zrozumiał, iż chodzi tu o coś innego, i to jeszcze zanim wszyscy przejechaliśmy przez bramę na południu Dedżagore.

11

Nigdy nie byłem opojem ani ćpunem. W tej części świata niemal wszystkie religie patrzą krzywo na alkohol, w związku z czym niełatwo go tu dostać... niemniej Jednooki jakoś nie miał najmniejszych problemów ze znalezieniem tej drobiny, którą jednak gdzieniegdzie dawało się kupić. Jeżeli naprawdę nikt w okolicy nie miał niczego, wówczas zaczynał sam pędzić. Przez całe moje życie na widok nałogowców trząsłem się ze strachu. Kiedy widziałem faceta, którego ból zagnał poza kurtynę alkoholu czy jakiegoś narkotyku, miałem ochotę uciekać, bojąc się, że taka sama słabość może czaić się we mnie.

A jednak powoli zaczynałem ulegać pokusie wolności od ciągłej męki, jaką można było znaleźć w przestrzeni między światami. Kiedy wędrowałem z Kopciem, potworności Dedżagore i udręka, jaką pozostawiła po sobie śmierć Sari, zmieniały się w odległe, lekkie mrowienie bólu. Słaba część mojej istoty obiecywała, że nawet te odległe uszczypnięcia znikną, jeśli tylko będę dalej pracował z czarodziejem.

Byłem jednocześnie szczęśliwy i najbardziej żałosny, jak tylko można sobie wyobrazić. Rodzina mojej żony nie mogła pomóc mi w niczym. Wujek Dodż powtarzał tylko ciągle, że muszę być silny.

– Śmierć i rozpacz są czymś, co trapi nas przez całe życie. Cały ten świat jest jednym bólem i utratą, przelotne chwile szczęścia i cudowności rozświetlają go tylko na krótko. Musimy żyć dla tych chwil, które dopiero nadejdą, nie zaś opłakiwać minione.

– Musimy żyć dla zemsty – warczała Matka Gota. – Ty stary głupcze. – Kiedy spoglądała na mnie, w jej oczach widziałem pogardę. Nie miała najmniejszego zamiaru oszczędzać moich uczuć. – W ostatnich dniach swego życia moja matka była kobietą szaloną. Najlepiej byłoby, gdybyśmy pozbyli się tego słabeusza.

Będąc słabym i nie dbając więcej o sprawy tego świata, nie poczuwałem się do uprzejmości:

– Założę się, że tam, u was, na bagnach, każdej nocy wszyscy dziękują swej szczęśliwej gwieździe, która wiedzie cię daleko od domu.

Tai Dei mógłby być równie dobrze wykuty z litego kamienia, a przecież stawiałem go w sytuacji, w której jego zobowiązania emocjonalne musiały zderzać się ze sobą.

Wujek Dodż zachichotał. Położył dłoń na ramieniu Tai Deia.

– Pięknie zachowana postawa, młodzieńcze. Gota, muszę przypomnieć ci, że jesteśmy tu tylko tolerowani. Kamienny żołnierz pozwala nam być ze sobą jedynie przez pamięć Sahry. Jego dowódca gotów jest w każdej chwili nas wygonić.

Mimo iż dawałem sobie już zupełnie nieźle radę z pojmowaniem motywacji Niueng Bao, w owe dni zrozumiałem, że spora część tych umiejętności gdzieś się zapodziała. Najwyraźniej próbował jej powiedzieć, aby przestała wkurzać Konowała, ponieważ może ich wypędzić. I z pewnością potrafiłby to zrobić bez zmrużenia oka. Uważał ich za coś niewiele lepszego od markietanek i hałastry z taborów. A tamtych Konował nienawidził. Uważał, że są gorsi niż pijawki.

Jednak nie potrafiłem najzwyczajniej odpędzić podejrzenia, że Wujkowi Dodżowi chodzi o coś więcej niż zemstę na mordercach Sahry i syna Tai Deia, To Tana.

Nie jestem pewny, gdzie wówczas byliśmy. Przypuszczam, że około stu trzydziestu kilometrów na południe od Dedżagore, wjeżdżaliśmy bowiem właśnie na tereny, które znajdowały się w naszych rękach dopiero od niedawna i na których nasze pojawienie znoszono z takim samym stoicyzmem jak wcześniejsze trzęsienie ziemi. Niewiele tutaj uprzątnięto, od czasu jak werbownicy Władcy Cienia nakłonili tubylców do podjęcia próżnego wysiłku powstrzymania naszego pochodu. Dzielni głupcy. Teraz nie miał ich kto pogrzebać.

Tutaj właśnie dopadł mnie atak ostatecznej paranoi. Nie zdawałem sobie sprawy z tego, ponieważ akurat byłem na wozie, ale właśnie rozbijano obóz. Byłem nieobecny duchem, śledziłem manewry konnicy, Mogabę oraz podpatrywałem jego narady, podczas których zastanawiał się, jak może jeszcze bardziej nam uprzykrzyć życie na Czarandapresz. Serce me przepełniało szyderstwo. Nie miał najmniejszych szans, by nas czymkolwiek zaskoczyć. Z kolei na podstawie obserwacji poczynań Pani oraz wszystkich sił specjalnego przeznaczenia, jakie ona i Konował zgromadzili razem, wiedziałem, że z naszej strony czeka go niejedna przykra niespodzianka.

Ale Mogaba był bystry, spodziewał się czegoś takiego. Musiał dobrze poznać Konowała, zanim zdezerterował do Władcy Cienia.

I wtedy zwalił się na mnie atak paranoi. Zadowolenie z samego siebie wyparowało w jednej chwili. Gdybym przebywał we własnym ciele, zacząłbym zapewne się trząść i czuć, jakby znienacka wrzucono mnie do lodowatej rzeki. Nagle pojąłem, że nie jestem już sam.

Gdyby nie to, że w świecie Kopcia emocje są znacznie przytłumione, natychmiast uciekłbym zdjęty trwogą. A tak, wykonałem tylko rodzaj nagłego obrotu na płaszczyźnie astralnej.

Przez sekundę zdało mi się, że dostrzegam twarz. Nie patrzyła w moim kierunku.

Była to twarz pochodząca chyba ze wspólnego bagażu koszmarów ludzkości, wielka jak krowa, w kolorze gnijącej oberżyny. Jej uśmiech składał się właściwie z samych kłów. A uśmiechała się na widok wszystkiego, co ją otaczało.

Jej oczy były talerzami ognia, a równocześnie przypominały kałuże ciemności, w których zatonie każda dusza.

Wycofałem się, z początku bardzo ostrożnie, potem jednak z pełną prędkością ku bezpieczeństwu, jakie obiecywała rzeczywistość, kiedy potworne oblicze, jakby zaskoczone czymś znienacka, zaczęło się obracać.

Wydostałem się na świat realny zdjęty takim przerażeniem, iż nie pamiętałem nawet, czy jestem spragniony i głodny. Trząsłem się i bełkotałem jakieś zupełnie pozbawione sensu słowa. Wkrótce pojawił się Stary. Jednooki pobiegł po niego i przyprowadził, gdy zaczynałem już odzyskiwać panowanie nad sobą.

– Co się, u licha, stało, Murgen? To znowu był jakiś atak? Zamierzasz zacząć mi tu ponownie odjeżdżać? – Dotknął mnie i wyczuł drżenie przenikające mnie na wskroś. – Jednooki...

– Właśnie widziałem Kinę – wyskrzeczałem. – Nie wiem, czy ona widziała mnie.

Śmierć to wieczność. Wieczność to kamień. Kamień to cisza.

Kamień nie potrafi przemówić, ale kamień przecie pamięta.

Głęboko, w samym mrocznym sercu szarej twierdzy stoi masywny tron z drewna nadgryzionego zębem czasu. Osunął się on na bok i przechylił niebezpiecznie. Na tronie tym spoczywa ciało uwięzione w magicznym śnie, przyszpilone srebrnymi sztyletami, które przeszywają jego kończyny. Jego niegdyś pozbawiona wyrazu twarz ściągnięta jest w grymasie agonii.

Postać nabiera głęboki oddech. Cisza ustępuje potężnemu, powolnemu, miarowemu dudnieniu.

To pewnego rodzaju nieśmiertelność, ale jej cenę opłaca się diamentami bólu, skarbem odmierzanym całymi kuframi.

Nocą, kiedy wiatr zamiera, a wokół nie pełzają już małe cienie, forteca na powrót pogrąża się w ciszy.

Śmierć to wieczność. Wieczność to kamień. Kamień to cisza.

12

Na południe od Światłocienia, który nie stawiał żadnego oporu, teren porośnięty jałowcem wznosi się, staje się coraz bardziej kamienisty, a jego powierzchnia marszczy się niczym twarz mej teściowej. Tam, gdzie rzadko dochodzi słońce, zalegają łaty śniegu. Drzew tutaj niewiele i przeważnie należą do odmiany uparcie odmawiającej zrzucania przynajmniej części swych owoców na zimę. Owoce te są twarde i suche, w miarę jednak jak oddalaliśmy się od cywilizowanych obszarów oraz miejsc, gdzie można było dostać jakiekolwiek jadalne pożywienie, smakowały nam coraz bardziej. Trudy szlaku, którym zgodnie z naleganiem Kapitana mieliśmy podążać, przerosły znacznie wszystko, co przewidywaliśmy podczas przygotowań. A nie było tutaj żadnych spławnych dróg wodnych, którymi barki mogłyby dostarczać zapasy.

Bydło prowadziliśmy ze sobą. Zwierzęta mogły wyżyć jakoś, choć mizernie, na miejcowej roślinności. Ci z nas, którzy chcieli jeść mięso, żuli łykowatą wołowinę. Jednak mimo że dopiero co wyruszyliśmy, ja już nabrałem przekonania, że Konował dokonał złego wyboru, chcąc atakować właśnie teraz.

Żołnierze, będący wegetarianami, cierpieli okrutnie.

Wiatr zrywający się o poranku kąsał niemiłosiernie. Zdecydowanie nie była to pora roku sprzyjająca podróżnym. Jeżeli Mogaba zdolny będzie opierać się nam dłużej, czekają nas niezgorsze kłopoty.

Zmuszenie nas, byśmy go ścigali, mogło się okazać najlepszą z możliwych strategii z jego strony. Zatrzymanie nas na Czarandapresz, dopóki wszystkie nasze siły nie połączą się, dołączą do nich tabory, a potem zwodzenie i nękanie wojną podjazdową, póki nie wyczerpiemy resztek zapasów. Wtedy będzie mógł bez przeszkód dorżnąć wygłodniałych niedobitków podczas próby ucieczki.

Chociaż nigdy nie wspominał o tym zbyt obszernie, plan Konowała polegał po części na tym, by uzupełniać zapasy naszej armii dzięki zajmowaniu magazynów, które Mogaba przygotował dla siebie. W obecnej chwili Kapitan, choć mówił o tym ostrożnie, ufał w zwycięstwo, i to szybkie.

Postawił nas w sytuacji, z której po prostu nie było innego wyjścia.

Tereny otaczające Światłocień prosperowały nadal nieźle, pomimo trzęsienia ziemi, jednak znajdowały się o cztery dni marszu za nami. Nasi furażerzy już w trakcie podróży powrotnej zjadali połowę tego, co udało im się zdobyć.

Długi Cień pozostawał nieprzekonany, co do tego, że nasza ofensywa jest prawdziwa. Miał po prostu poważne problemy z wyobrażeniem sobie, jakimi drogami chadzają myśli w umysłach funkcjonujących inaczej niż jego własny. Mogabą również szarpały wątpliwości, chociaż i Oszuści, i jego własna agentura nieprzerwanie dokarmiali go informacjami o rozmaitych klęskach spadających na stronników Władcy Cienia. Jedynie kilka miast i miasteczek zniszczonych trzęsieniem podjęło poważniejsze niźli symboliczne próby oporu. Kapitan wybrał właściwy moment, nawet jeśli kierowały nim emocje.

Ciemny masyw górski, mieniący się błękitami i szarościami, rozciągał się na południowym horyzoncie. Czarandapresz znajdowała się w odległości zaledwie kilku dni. Kapitan dał rozkaz do spowolnienia marszu, odtąd więc armia poruszała się znacznie rozważniej, co dawało żołnierzom sposobność do polowań i zdobywania większych ilości pożywienia. Do naszego oddziału dołączały powoli pozostałe i tworzyły siłę rosnącą z każdym dniem. Konnica Mogaby nie miała jak dotąd ochoty na poważniejsze potyczki. Kiedy wycofujące się tabory wroga nie zdołały umknąć naszym jeźdźcom, wznosiły się przed nami od czasu do czasu ku niebu pióropusze dymu.

Oddział stanowiący osłonę sztabu trzymał się głównej drogi. Teraz już wszędzie przy niej można było zobaczyć sponiewierane ciała. Wszystkich możliwych ras, niewiele jednak należało do naszych ludzi.

Konował wygonił mnie wreszcie z wozu Jednookiego i stanowczo zabronił przebywania w środku, dopóki oddziały maszerują. A więc jechałem na czele kolumny, mając pod sobą grzbiet tego potężnego, czarnego ogiera, nad sobą zaś zawsze powiewający sztandar Kompanii. Kruki towarzyszyły nam nieprzerwanie. Spodziewałem się, że Duszołap, gdziekolwiek odbierała ich doniesienia, była nimi szczerze ubawiona. Sztandar, który dzierżyłem, zaadaptowaliśmy z wzorca, jaki sama przydzieliła nam już całe dekady temu, widniejące na nim godło – ziejąca ogniem czaszka – skopiowane zostało z jej pieczęci.

Wujek Dodż szedł obok mnie. Niósł Lancę i Spopielającą Różdżkę, swój święty miecz. Od czasu jak Tai Dei zaczął przebywać głównie w towarzystwie swej matki, wziął na siebie rolę strażnika. My pierwsi napotykaliśmy kolejne ciała.

– Tam jest jeszcze jeden, który wygląda na Oszusta – powiedziałem, wskazując na paskudnie zmasakrowane zwłoki, odziane, pomimo panującego chłodu, jedynie w poszarpaną przepaskę na biodra.

– Dobrze – oznajmił Wujek Dodż. Przetoczył trupa na plecy. Musiał dopaść go ktoś, kto pałał szczególną odrazą do jego kultu. Został straszliwie okaleczony, widać było, że większość obrażeń zadano mu, kiedy wciąż jeszcze żył.

Nie potrafiłem znaleźć w sobie choć odrobiny litości. Ludzie tacy jak on zamordowali moją Sari.

Nie napotykaliśmy na swej drodze niczego innego prócz oznak naszych niekwestionowanych zwycięstw. Ale one nie potrafiły natchnąć mnie jakoś otuchą w pomyślną przyszłość.

Drogi powoli się zbiegały. Nasze siły rosły coraz szybciej. Z każdą godziną znajdowaliśmy się bliżej Czarandapresz, Mogaby i jego czterech dywizji dobrze wyszkolonych, wrednych i – co najważniejsze – mających o co walczyć weteranów. Zbliżaliśmy się na spotkanie żołnierzy, którzy przez lata przygotowywali się do walki z nami. Żołnierzy, którzy nie byli nieudolną, pośpiesznie zmobilizowaną, w istocie obojętną wobec sprawy milicją lokalną, jaka dotąd stanowiła rdzeń stawiających nam opór sił. W obliczu wszystkich Taglian Stary prezentował absolutną wiarę w zwycięstwo, ale oni nie znali go dość dobrze, ja wiedziałem, że trapią go wątpliwości.

Mieliśmy po swojej stronie przewagę liczebną, jednak nasi ludzie nie byli wymusztrowani do tego stopnia, by działać niczym automaty.

Nasi ludzie nie obawiali się swoich oficerów bardziej niż śmierci. Nasi ludzie nie znali ceny, jaką płaci się za wzniecenie gniewu Władcy Cienia. A przynajmniej nie poznali jej w sposób tak bezpośredni jak obrońcy Czarandapresz. Nasi ludzie nie byli szkoleni i póty, póki nie poznali każdego głazu na obszarze, na którym przyjdzie im walczyć.

13

Wiatr dmuchnął mi w twarz dymem i zapachem śmierci. Jakiś żołnierz krzyknął. Spojrzałem za siebie. Nadjeżdżał Kapitan, mający na sobie odrażającą, czarną zbroję Stwórcy Wdów, którą wykonała dla niego Pani. Po raz tysięczny zastanawiałem się nad związkami łączącymi go z Duszołap.

– Chciałeś, żebym przyjechał?

– Jest coś, co powinieneś zobaczyć, jak mniemam. – Sam też jeszcze tego nie oglądałem, wiedziałem jednak, czego oczekiwać.

Machnął dłonią.

– Jedźmy.

Wjechaliśmy na niewielkie wzniesienie. Potem zatrzymaliśmy się i spojrzeliśmy na ciała sześciu niewysokich, smagłych ludzi, zbyt starych, by mogli być żołnierzami. Leżały w zagłębieniu, wydrążonym w kamienistym gruncie, wokół ogniska, nad którym wciąż jeszcze unosiła się cieniutka smużka dymu.

– Gdzie żołnierze, którzy ich zabili?

– Nie ma ich w pobliżu. Z takimi ludźmi nie można ryzykować.

Konował chrząknął niezadowolony, potrafił jednak zrozumieć sposób myślenia zwykłego wojaka. Zdjął ten swój paskudny hełm ze skrzydełkami. Kruki skorzystały ze sposobności, by przysiąść na jego ramionach. Wydawało się, że ich nie zauważa.

– Można by rzec, że zdołaliśmy ściągnąć na siebie czyjąś uwagę.

Już wcześniej zdarzało mi się spotykać tych małych, ciemnoskórych ludzi. Całe lata temu, na samym początku, gdy przybyliśmy na Południe, a ostatni raz w świętym dla Oszustów Gaju Zagłady, gdzie brałem udział w zasadzce, w którą wpadło wielu ich przywódców.

Grupka tych tkaczy cienia skrinsa na swoje nieszczęście znajdowała się tam na rozkaz Władcy Cienia.

Ci tutaj zajmowali się tym samym co tamci – wykorzystywali stada małych cieni do szpiegowania i przesyłania wiadomości. Konował wskazał coś dłonią. Spojrzałem. Niektórym z tych starców dosłownie wypruto kawałki ciała.

– Pani często powtarza, że trzeba uważać z tymi bambusowymi zabawkami – stwierdził.

Prawie dogoniliśmy już Panią. Trasa jej przemarszu prowadziła kilkanaście kilometrów po naszej lewej stronie. Jeżeli Konowałowi udało się ją choćby pocałować, musiała to być sprawka magii. Zanadto się śpieszył, ponieważ chciał zdobyć całkowitą kontrolę nad punktem zbornym swoich dwu dywizji.

Przez plecy przewiesił sobie bambusową tyczkę. Ja postąpiłem podobnie. W obecnej chwili identycznie wyposażeni byli wszyscy żołnierze sił głównych. Niektórzy nieśli pełne tobołki.

– Och?

– Dostanie ataku wściekłości, jeśli przejdzie im to w nawyk. – Konował był najwyraźniej rozbawiony.

– Nigdy nie była zbyt silna w dowodzeniu piechotą.

Przeciętny piechur nie oddałby dupy szczura za wygląd i zasady funkcjonowania broni. Jego obchodzi tylko to, by utrzymać się przy życiu i wykonać swoją robotę przy możliwie najmniejszym ryzyku. Te bambusowe cuda zostały zaprojektowane po to, by zwalczać zabójcze cienie? No i co z tego, kurwa? Jeżeli używanie ich pozwala łatwiej dobrać się do dupy tym paskudnym, małym czarodziejom, to zgadnijcie, co się może zdarzyć?

Łup! I po krzyku.

14

Na godzinę przed zapadnięciem zmroku zobaczyliśmy jezioro Tandżi. Nagły widok był tak zdumiewający, że stanąłem jak wryty.

Jezioro szerokie było na wiele kilometrów, a jego powierzchnia miała barwę zimnej szarości. Brzeg wyginał się po mojej prawej w kierunku, w którym wiodła droga. Po naszej lewej teren stawał się nierówny i dziki. Zbocza coraz wyższych wzgórz zbiegały prosto ku tafli wody. Z przeciwległego brzegu zdawały się wyrastać bezpośrednio stoki samych gór Danda Presz, całe szare w zapadającym zmierzchu, ciemniejsze u podstawy, jaśniejsze zaś na szczytach, gdzie pobłyskiwały czapy wiecznych śniegów. Jakiś swawolny bóg rozciągnął w poprzek krajobrazu cienkie pasmo chmur w połowie drogi do gór, tak że wyglądało, jakby szczyty wyrastały z magicznego dywanu.

Szarość, szarość, szarość. W tej chwili cały świat zdawał mi się pogrążony w szarzyźnie.

– Imponujące – powiedział Kapitan.

– Nie tak jak wówczas, gdy widzi się to oczyma Kopcia.

Spojrzał na mnie i zmarszczył brwi, chociaż w pobliżu nie było ani jednego kruka, który mógłby nas posłuchać.

– Spójrz tam.

W odległości kilkunastu kilometrów przed nami płonęła jakaś wioska. Kula błękitnego ognia wyprysnęła z szalejącej pożogi, pomknęła ponad powierzchnią wody, nieznacznie chybiając niewielkiej łodzi. Ludzie na jej pokładzie próbowali wiosłować mocniej, ale najwyraźniej niektórych zaczęły już chwytać kurcze i tylko przeszkadzali sobie wzajemnie. Rój świetlnych pocisków runął w ich kierunku – nie tylko błękitnych, lecz również zielonych, żółtych, różowych oraz w dziwnym, oszałamiającym odcieniu fioletu. Jeden z ludzi na łodzi podskoczył i zatoczył się, kiedy kolejna ognista kula trafiła go w gardło. Przeleciał przez burtę. Jego manewr niebezpiecznie zachwiał łodzią. Nabrała wody i dziób desperacko uniósł się na chwilę w górę.

Kula światła przewierciła się przez dno i zostawiła na brzegach rozjarzoną dziurę.

Jednak większość pocisków chybiła. Minąwszy łódź, leciały dalej nad wodą i zwalniały powoli. Na koniec zniosła je bryza i zniknęły w oddali.

Stado kruków w podnieceniu poderwało się w górę. Teraz krążyły nad naszymi głowami. Dwa największe przysiadły Konowałowi na ramionach. Pozostałe rozproszyły się parami.

Łódź zatonęła. Wcześniej zmierzała na wyspę niewiele większą niż kawałek skały sterczący ponad taflą wody. Szczyciła się roślinnością składającą się z kilkunastu poskręcanych sosen i odrobiny krzewów rosnących bez szczególnego entuzjazmu. Kruk, który zbliżył się do niej zanadto, nagle złożył skrzydła i runął w dół jak kamień. Uderzył w powierzchnię wody i unosił się na niej bez ruchu.

Konował spojrzał wściekłym wzrokiem.

– Murgen! Zejdź na dół po stoku i znajdź jakieś miejsce, gdzie nie ma wiatru. Gdzie będziemy mogli zaszyć się na noc. Rozmieść oddziały, ale tylko po tej stronie grzbietu. Tej nocy chcę mieć podwójne warty. I dwie baterie katapult wycelowane w tę wyspę.

Ornamenty na jego ramionach rozpaliły się. Nawet o nich nie wspominałem. Zaczynał się robić coraz straszniejszy – i tak czy owak nie odpowiadał na żadne pytania.

Jeden z kruków zaskrzeczał. Konował odchrząknął coś w odpowiedzi. Zsiadł z konia, porwał jakąś dodatkową bambusową tyczkę z rąk najbliższego żołnierza i ruszył w dół zbocza. Jego koń poszedł za nim śladem, który rysował końcem tyczki na ziemi.

Żołnierze, których powoli przybywało, poszli za jego przykładem. W miarę jak postępowali, od przodu formowali szyk bojowy. Nie potrafiłem zsunąć mojej tyczki z pleców, ponieważ wciąż jeszcze siedziałem na koniu, a nadto przeszkadzał mi sztandar. Ruszyłem za pieszymi. Wujek Dodż stanowił jednoosobową ariergardę.

Dwaj żołnierze milicji Cienia nagle wyprysnęli z ukrycia. Chwiejnie pognali ku brzegowi jeziora. Pogonił za nimi rój strzał.

Obecne rozkazy nie pozwalały brać jeńców. Ludzie Cienia zostali jednak ostrzeżeni. Przez cztery lata cieszyli się naszą łaską. Dość czasu, by dokonać wyboru.

Po tym wszystkim żołnierze zaczęli zbierać się przy swoich oddziałach, szukając schronienia i rozpalając ogniska, na których gotowano strawę. Ich szeregi stopniowo rosły. Nasz sztab zebrał się po zawietrznej stronie strzaskanego głazu, wszyscy narzekali i dygotali z zimna. Pesymiści zaczynali już rozważać widoki na to, że wkrótce spadnie śnieg.

Wbiłem drzewce sztandaru w ziemię. Potem razem z Wujkiem Dodżem zabraliśmy się do przygotowywania kolacji. W tej armii nie było służących. Służący zjadają pożywienie, które żołnierze mogą zachować dla siebie.

Na kolację miał być ryż i suszone owoce. Konował i ja będziemy mogli dodać do tego po kilka pasków suszonej wołowiny. Wujek Dodż zje swój ryż z jakimś rodzajem rybnej mączki. Wielu żołnierzy nie będzie jadło żadnego mięsa, z powodu jakichś religijnych zakazów.

– Być może uda się nam złowić ryby w tym jeziorze – zauważyłem.

Stary spojrzał na taflę wody.

– Faktycznie, wygląda na to, że mogą być tu pstrągi. – Ale nie wypowiedział się na temat ewentualnych możliwości ich schwytania.

Pojawiły się wozy artylerii. Każdy z nich miał leże szerokości metr dwadzieścia i był długi na trzy metry, wypakowany ciasno bambusowymi tulejami. Stanowiły one najnowszy produkt arsenałów Pani. Kapitan dokonał przeglądu ich pozycji. Zależało mu bardzo, by zostały ustawione w należyty sposób.

Pod tak zachmurzonym niebem nie minie dużo czasu, zanim zrobi się dostatecznie ciemno, by cienie mogły wyruszyć na polowanie.

Na wschodnim brzegu jeziora, gdzie prawe skrzydło dywizji Pani brnęło przez bardzo trudny teren, w powietrze wystrzelił pojedynczy grot światła, pomknął na południe, wytracił prędkość, a następnie zaczął powoli opadać. Wkrótce pomknęły za nim kule wszelkich kolorów.

W szeregach żołnierzy zapanowało nerwowe poruszenie.

Z najbliższego wozu dobiegł świszczący dźwięk. Kula zielonego ognia przemknęła ponad powierzchnią jeziora, jej blask odbijał się w wodzie. Wieczorna bryza zupełnie zamarła. Tafla jeziora robiła się z wolna całkowicie gładka.

Byłem zdenerwowany bardziej niż którykolwiek z żołnierzy. Widziałem już, na co stać tych małych, śmierdzących tkaczy cienia. Widziałem już ludzi wywrzaskujących z siebie swe żywoty, podczas gdy niewidzialne kły wgryzały się w ich ciała.

Żołnierze słyszeli dość opowieści na ten temat. Żaden z wartowników tej nocy zapewne nie zaśnie.

Zielona kula nie dosięgła wyspy. Westchnąłem. Być może mimo wszystko nie było żadnego niebezpieczeństwa.

Obsada wozów wypuszczała kolejne kule w regularnych odstępach czasu. Żadna nie doleciała do wyspy. Powoli odzyskiwałem pewność siebie. Żołnierze rozluźniali się ostrożnie. W końcu rozwinąłem moje koce i zaległem na ziemi, obserwując strumienie ognistych kul mknące po niebie.

Dobrze było wiedzieć, że atak cieni nie nastąpi niepostrzeżenie. Słuchałem, jak obsada wozów zakłada się, jaki kolor będzie miała następna kula. W tej kwestii nie istniał żaden ustalony wzorzec. Powoli zaczęli się tym nudzić. Wkrótce będą przeklinać, że obciążono ich tym obowiązkiem, gdy wszyscy inni mogą iść spać.

15

Miałem właśnie przedziwny sen dotyczący Kordka Mafera i Radiszy, kiedy ktoś szarpnął mnie za ramię. Jęknąłem i rozwarłem z trudem powieki. Wiedziałem, że nie muszę pełnić obowiązków wartownika. Miałem pomóc w gotowaniu. Przeklinając, nasunąłem koce na głowę i spróbowałem powrócić do pałacu, gdzie Mafer kłócił się z Radiszą na temat jej planów wykiwania Czarnej Kompanii po pokonaniu Władcy Cienia. Naprawdę czułem się tak, jakbym znajdował się tam rzeczywiście, nie zaś w zwykłym śnie.

– Obudź się. – Wujek Dodż szturchnął mnie powtórnie.

Spróbowałem zachować treść snu w pamięci. Chodziło w nim o coś jeszcze. Coś mglistego, lecz groźnego. Coś dotyczącego Radiszy, co zdenerwowało Mafera naprawdę potężnie.

Uznałem, że w trakcie snu udało mi się rozwikłać jakąś ważną kwestię.

– Obudź się, Kościany Wojowniku.

To poskutkowało. Nienawidziłem, gdy Niueng Bao nazywali mnie w ten sposób, nie wyjaśniwszy nigdy, co właściwie mieli na myśli.

– Czego? – warknąłem.

– Nadchodzą kłopoty.

Z ciemności wyłonił się Tai Dei.

– Jednooki powiedział mi, bym cię ostrzegł – przemówił.

– A ty co tutaj robisz?

Jego ramię nie zagoiło się jeszcze całkowicie.

Spojrzałem na Kapitana. Nie spał. Na jego ramieniu przycupnął ptak, dziób ruszał się tuż przy uchu. Objął spojrzeniem Tai Deia i Wujka Dodża, ale nie powiedział nic. Ciężko wygramolił się z legowiska, wziął kilka bambusowych tyczek i mozolnie pomaszerował do miejsca, skąd mógł obserwować jezioro. Powlokłem się za nim. Wujek Dodż dreptał tuż przy mnie. Zawsze dziwiło mnie, że człowiek tak niski i barczysty potrafi poruszać się równie cicho i zwinnie.

W ciemnościach zalegających nad wodą nie zobaczyłem nic nowego. Okazjonalne strzępy światła cięły nieprzerwanie smugami dywan nocy.

– Jak świetliki.

Nad nami świeciły miliony gwiazd. Faceci, którzy spodziewali się opadów śniegu, będą z pewnością srodze rozczarowani.

– Tss! – syknął Konował. Nasłuchiwał czegoś. Może słuchał tego przeklętego ptaka na swoim ramieniu?

Gdzie podział się ten drugi?

Z jednego z wozów wyleciała ze świstem szkarłatna kula, która podzieliła los pozostałych. Tym razem jednak, gdy zbliżyła się już do wyspy, zanurkowała nagle, skręciła na prawo i skropiła pomarszczoną wodę dziesiątkiem tysięcy rubinów. Po tafli jeziora rozlała się plamą krwi, która szybko wsiąkła.

Nigdzie w pobliżu na powierzchni wody nie było widać żadnych refleksów.

– Cienie.

Pół tuzina kul pomknęło w mrok. Ich blask wyciął z czerni nocy kształt rzeki ciemności pełznącej przez jezioro. Potem ogniste kule zaczęły fruwać wszędzie nad ruinami wioski, która płonęła wtedy, gdy tamta łódź szła na dno.

Ci gówniarze, którzy tam siedzieli, łatwo wpadali w panikę. Kapitan wydał rozkaz:

– Przeprowadźcie jeszcze jeden wóz. Tym w dole potrzebne będzie wsparcie. I zobaczcie, czy przypadkiem nie da się tu podprowadzić kilku kolejnych.

Jacyś indywidualiści już strzelali w kierunku wioski niezależnie od pożytku, jaki mógł z tego wyniknąć. Konował zwrócił się do obsady drugiego wozu:

– Odetnijcie tę wyspę. Wszystkim, co macie. Murgen, chcę, żeby wszyscy zostali obudzeni. Zaraz uderzy fala gówna.

Pobiegłem zadąć odpowiedni rytm na kilku rogach znanych ze swych przeraźliwych odgłosów.

Z obu wozów wystrzelono jednocześnie. Spusty szczękały, zamki skrzypiały, obracając się. Bambusowe tuleje wypluwały z siebie kolory wściekłymi seriami. Ile kul może pomieścić się na jednym wozie? Cała kupa tego gówna.

Tuleje kawalerii przenosiły piętnaście ładunków. Typowe tuleje piechoty oraz długie tuby będące również na jej wyposażeniu zawierały odpowiednio po trzydzieści i czterdzieści ładunków. Setki tulei pomieszczonych na każdym z wozów były jednak jeszcze dłuższe.

Świetliki oszalały. Każda kula śmigała w dół za którymś z cieni. Każda trafiała coraz bliżej brzegu.

– Kupa cieni – lakonicznie zaobserwował Konował. To było coś nowego, ale jednocześnie coś, czego obawialiśmy się od lat. Fale cieni, powódź cieni, zamiast pojedynczych, które czyhały po kątach w roli szpiegów i zabójców.

Wydawało się, że Stary jest zupełnie spokojny. Kolana pode mną nieomal się uginały. Pobiegłem, ale nie uciekałem, tylko pochwyciłem sztandar i wiązkę bambusów. Drzewce wbiłem w ziemię obok Starego, chwyciłem roboczy koniec tyczki, wycelowałem na południe, dłonią wymacałem rękojeść mechanizmu spustowego i zacząłem obracać. Za każdą ćwiercią obrotu wypluwała z siebie ognistą kulę.

– Łap się za jakiś bambus, bracie – zwróciłem się do Tai Deia. – Ty też, Wujku. To nie jest coś, co dałoby się powstrzymać za pomocą miecza.

Z przeciwległego zbocza również zaczęły nadlatywać kule, kreśląc łuki w powietrzu. Wystarczająco wiele z nich znajdowało się już w jednej chwili nad głowami, by z łatwością można było dojrzeć falę ciemności zmierzającą w naszym kierunku. Ogniste kule tonęły w jej mroku niczym jaskrawy grad, rozbłyskiwały się i topiły w nim. Oto szła fala powodzi rodem z naszych nocnych koszmarów, które śniliśmy już od tak dawna. Wszystkie moce piekła, które spuścił na nas Władca Cienia.

Ogniste kule pochłaniały cienie tysiącami. Ale potop niepowstrzymanie parł naprzód. W przeciwieństwie do śmiertelnych żołnierzy, te istoty nie potrafiły nic innego, jak tylko słuchać rozkazów. Zmuszał je do tego czar.

Ładunki w mojej tubie skończyły się. Porwałem następną. Wujek Dodż i Tai Dei zaczęli pojmować powagę sytuacji. Znaleźli swoje tuleje i zabrali się do roboty, chociaż Tai Dei posługiwał się tylko jedną ręką i nie mógł osiągnąć szczególnej szybkości.

Mroczna fala wypełzła już na brzeg jeziora i zaczęła wspinać się po zboczu. W miarę jak podchodziła coraz bliżej, mogłem już rozróżnić pojedyncze cienie.

Po raz pierwszy ujrzałem te istoty zaraz po tym, jak przybyliśmy do Taglios, w czasach, gdy było jeszcze czterech Władców Cienia i razem potrafili sięgnąć o wiele dalej, niż mógł teraz osamotniony Długi Cień. Tkacze cienia skrinsa przybyli wówczas na Północ, by nas zabić. Zawiedli. Ale korzystali wtedy z drobnych cieni, niewiele większych niż moja pięść. Zresztą nigdy dotąd nie widziałem większego od kota.

Przy niektórych, stanowiących część mrocznej powodzi, krowa zdałaby się malutka. Te potrafiły wchłonąć ognistą kulę bez widocznej dla siebie szkody. Widziałem, jak wiele z nich przeżyło wielokrotne trafienia.

– Może Pani nie jest tak bystra, jak sama o sobie myśli – wymamrotałem.

– Pomyśl, jak byśmy wyglądali bez tych jej bystrych wynalazków – odparował Konował.

Już bylibyśmy martwi.

– Tu mnie masz.

Bliżej. Coraz bliżej. Czarna ściana znajdowała się obecnie zaledwie o sto metrów od nas, cienie kłębiące się w niej były coraz mniej liczne, jednak wciąż parły niezmordowanie naprzód.

Artylerzyści na wozach nie potrafili już obniżyć celowników tak, by trafiać wprost w cienie, przenieśli więc ostrzał na wyspę.

Wujek Dodż krzyknął i wyciągnął Spopielającą Różdżkę. Nie miałem pojęcia, czego postanowił dokonać przeciwko temu monstrualnemu skrzepowi ciemności, który gnał prosto na nas, podczas gdy rój małych cieni krążył wokół niego niby przerażone potomstwo. Żaden miecz nie dysponował mocą przeciwko tej ciemności.

Spróbowałem wypalić dziurę w jądrze tej galarety mroku i w tym momencie znalazłem się na skraju paniki.

Śmierć szalała, otwierając swą nienażartą paszczę coraz bliżej i bliżej nas. Płonące kule wystrzeliwane z tyłów zaczęły padać wokół, a małe cienie zapadały już pomiędzy skały.

Rozległy się pierwsze wrzaski.

Kiedy uderzyły ogniste kule, czarna masa zapłonęła żywym ogniem. Zwolniła, zwolniła jeszcze odrobinę, ale nie przystanęła nawet na moment. Ryczała i wyła niczym dzik wściekle szukający swego przeciwnika. Mocniej zacisnąłem chwyt na swej broni, wykrzykiwałem jakieś pozbawione sensu słowa. Ten morderczy podmuch oddechu samego piekła próbował mnie dopaść, ale w tym momencie okazało się, że nie potrafi. Wyglądało to, jakby w ostatniej chwili ta istota natrafiła na jakąś niewidzialną i nieprzebytą barierę.

Ciemność promieniowała przejmującym, omszałym przerażeniem, jakie wzbudzała w głębi duszy. Tak właśnie w moich oczach wyglądają istoty, które wypełzają z grobu, pchane głodem, jakiego zaznać mogą jedynie ci, którzy nigdy nie umarli do końca; wonią duszy, którą pamiętałem ze zbyt wielu złych snów spędzonych na zasłanym szkieletami pustkowiu wśród starców zaplątanych w kokony osnowy lodu. Moje przerażenie rosło z każdą chwilą. Szarpałem za spust broni długo po tym, jak skończyły się ładunki, długo po tym, jak nie było już najmniejszego powodu do kręcenia dźwignią.

Cienie usiłowały mnie dopaść, dopóki ogień zaporowy ognistych kul nie pochłonął ostatniego szeptu ciemności.

Podniecenie szybko opadało. Teraz nasze kule kierowane ku wyspie odnajdywały kolejne cele.

Skalisty ząb brał obecnie cięgi również od dywizji Pani. Jej żołnierze zdali sobie sprawę z tego, co się święci. Natężenie ognia stało się tak wielkie, że mogłoby pochłonąć nieomal całą wyspę.

Potem Konował zarządził ograniczenie ognia do poziomu zalecanego przez zwykłą ostrożność.

– Nie ma sensu marnować naszych środków. Możemy spokojnie oczekiwać, że jeszcze nieraz przyjdzie nam walczyć z czymś takim. – Patrzył na mnie przez jakieś pół minuty. Potem zapytał: – Jak mogliśmy dać się tak zaskoczyć? – Tym razem użył języka Jałowca.

Wzruszyłem ramionami.

– Mnie nie pytaj. – Wybrałem forsberski, ponieważ tamtym nie mówiłem zbyt sprawnie. – Byłem zajęty dzierżeniem sztandaru. – Co miało znaczyć, że to na jego rozkaz, o którym wszak twierdził, iż miał dostateczne powody, by go wydać, praktycznie rzecz biorąc, byłem ostatnimi czasy odcięty od Kopcia. A więc musiał liczyć wyłącznie na to, że Jednooki ostrzeże go dostatecznie szybko.

– Cholera – powiedział, ale w jego głosie nie było słychać odpowiedniej ilości jadu. – Pieprzone gówno. Nie staraj się być zbyt bystry...

Po powierzchni jeziora przetoczył się przeraźliwy krzyk. Żołnierze Pani otworzyli wściekły ogień do czegoś, co uniosło się ponad wyspą i pomknęło na południe. Konował warknął:

– Wyjec!

– Teraz udało nam się go nieźle nastraszyć, szefie. Władca Cienia zaczyna wystawiać do gry mocnych chłopców.

Konował tylko leciutko wykrzywił usta. Ledwie dostrzegalnie. Jego poczucie humoru ostatnimi czasy poszło w cholerę. Może stracił je, kiedy był więźniem Duszołap. A może wówczas, gdy okazało się, że został ojcem, natomiast szanse na to, iż kiedykolwiek ujrzy własne dziecko, są doprawdy znikome.

Wyjec uciekł.

Na koniec wszyscy się pokładli, jednak tej nocy prawie nikt nie zmrużył już oka.

16

Nadszedł świt. Nasi polegli zostali pogrzebani już przez żołnierzy, którzy nie potrafili zasnąć. Nie musiałem patrzeć na żadną twarz wykrzywioną agonią.

Ale nie dotyczyło to umęczonego krajobrazu. Wyglądał, jakby przez cały rok w ziemię wokół jeziora biła nawałnica błyskawic. Jacyś odważni wojacy już myszkowali przy brzegu, zbierając martwe ryby.

Po istotach, które zaatakowały nas tej nocy, nie zostało ani śladu.

– Obecnie możesz zacząć spędzać odrobinę... odrobinę!... więcej czasu z Kopciem – zasugerował Stary, co oczywiście stanowiło coś więcej niż zwykłą sugestię, jakkolwiek zaproponował mi to z oporami. Przestał wierzyć, że Jednooki przysporzy mu czegokolwiek prócz zmartwień.

Rozejrzałem się dookoła. Rodziny mojej żony nie było widać nigdzie w okolicy.

– Jednooki zdążył nas ostrzec – zapewniłem Starego.

– Ale nie określiłbym tego mianem „na czas". Przygotowanie takiego ataku musiało zabrać Wyjcowi i Długiemu Cieniowi całe dni. Powinniśmy być nań przygotowani.

– Może jednak to, że nie byliśmy, zadziałało na naszą korzyść.

– Dlaczego? Jak?

– Gdybyśmy urządzili zasadzkę na tych, którzy urządzili zasadzkę na nas, zaczęliby się zastanawiać, skąd o niej wiedzieliśmy. Teraz natomiast, skoro wszystko odbyło się tak, jak się odbyło, siedzą tylko i przeklinają Panią, zastanawiając się, co dalej.

– Masz rację. Wciąż jednak wolałbym wcześniejsze ostrzeżenia. Tylko nie przyzwyczajaj się zanadto do wędrówek w towarzystwie ducha.

– A co ze sztandarem? Nie mam pojęcia, gdzie ostatnimi czasy przebywa Ospały, a żadnego zaprzysiężonego brata nie ma pod ręką. – Nikt, kto nie należał do Kompanii, nie miał prawa choćby dotknąć naszej najcenniejszej relikwii. Sztandar – a właściwie lanca, do której był przytroczony – stanowi jedyny artefakt, jaki posiada od samego początku. Kroniki, nawet te najstarsze, były kopiowane po wielekroć, a na dodatek tłumaczone na kolejne języki.

– Ja się tym zajmę. Ty się rozchorowałeś i musisz przez jakiś czas jechać na wozie – oznajmił Konował.

Nie mieliśmy kłopotów z wzajemnym zrozumieniem. Kiedy jeszcze weźmie do ręki sztandar, w swej pełnej zbroi Stwórcy Wdów stanie się postacią przerażającą. Już teraz wydawało się, że jest otoczony mroczną poświatą.

To wrażenie musiało być przede wszystkim wynikiem zaklęć, jakimi Pani pokrywała zbroję i jakie wbudowywała w nią, warstwa po warstwie, przez całe lata. Mimo że Stwórca Wdów był wynalazkiem zupełnie pozbawionym mocy, jego widok miał sugerować coś przekraczającego granice zwykłego świata. Miał pobudzać w duszy obserwatora najbardziej mroczne przesądy. Podobnie było w przypadku Pożeracza Żywotów, postaci, którą Pani stworzyła dla siebie. Ale tamten obrósł już własną legendą. Być może zresztą od samego początku był czymś więcej niż tylko sztuczką iluzjonisty.

Kiedy Pani wdziewała swoją zbroję, do złudzenia przypominała w niej jeden z awatarów bogini Kiny. Niektórzy z jej żołnierzy oraz liczniejsze jeszcze szeregi jej wrogów naprawdę wierzyli, że kiedy w ogniu bitwy przywdziewa kostium Pożeracza Żywotów, wciela się w nią sama mroczna bogini. Nie podobały mi się te pomysły i ich nie akceptowałem, Pani wszak nigdy sama nie zdementowała tych plotek.

Myśli takie wiodły mnie wprost do podejrzeń, którymi czasami zaprzątałem sobie myśli. Przynajmniej od chwili, gdy po raz pierwszy przeczytałem tom Kronik będący jej dziełem.

Czy to możliwe, aby stała się jednak po cichu narzędziem Matki Nocy? Choćby bez udziału własnej woli?

Wujek Dodż i Tai Dei podejrzliwie zmarszczyli czoła, kiedy oznajmiłem im, że znów jestem chory i zamierzam jakiś czas jechać na wozie Jednookiego. Byłem pewien, że Wujek Dodż wiedział, iż na wozie znajduje się Kopeć, i bez wątpienia bardzo chciał odkryć, dlaczego pogrążony w śpiączce czarodziej okazał się na tyle ważny, żeby targać go ze sobą na wojnę. Nie próbował jednak wydusić ze mnie jednoznacznych odpowiedzi. Nie zapominał o badawczym wzroku Konowała, który ciągle na nim spoczywał.

– Jak leci, Dzieciaku? – zapytał Jednooki, kiedy wspiąłem się na wóz. W jego głosie można było dosłyszeć wyraźne przygnębienie. Być może Stary porządnie zmył mu głowę. Który to już raz?

– Straciłeś trochę niezłej zabawy wczorajszej nocy.

– Nieszczególnie mnie to martwi. I powiem ci, że jestem, cholera, za stary na takie gówno. Jeżeli Konował naprawdę nie doprowadzi nas szybciutko do Khatovaru, mam zamiar zrezygnować i zająć się uprawą porów.

– Mam trochę niezłych nasion rzepy. I brukwi. Mógłbym znaleźć zajęcie dla rządcy...

– Pracować dla ciebie? Nonsens! W każdym razie wiem, gdzie mogę dostać tanio trochę ziemi. W górze rzeki, w Dodżar Prajn. Zabiorę ze sobą Goblina i zrobię z niego nadzorcę robotników.

Gadał głupoty i obaj doskonale zdawaliśmy sobie z tego sprawę. Zaproponowałem więc:

– Jeżeli chcesz prowadzić duże gospodarstwo, będzie ci potrzebna do pomocy dobra kobieta. Moja teściowa z radością wyszłaby powtórnie za mąż.

Kwaśnym tonem poinformował mnie:

– Wszystko ustaliłem już tak, żeby skojarzyć z nią Goblina. To miało być arcydzieło mojego życia. Ale on musiał gdzieś poleźć i teraz nie wiadomo gdzie się podziewa.

– Bogowie też mogą sobie, cholera, pożartować, no nie?

– Nie pierdol. Powinieneś zażywać więcej snu. Wyglądasz, jakbyś był na nogach przez całą noc. I stajesz się zbyt drażliwy.

Niczym demon wezwany mocą przywołania jego imienia matka Gota przeszła kołyszącym się krokiem wokół wozu Jednookiego. Ten aż pisnął zaskoczony. Na moment odebrało mi dech w piersiach. Ona miała znajdować się daleko z tyłu, gdzieś na drodze. Ale przecież Tai Dei również powinien wlec się gdzieś z taborami.

Stara tachała tak znaczną ilość broni, że wyglądała niczym karłowaty handlarz śmiercią. Spojrzała w górę. Jej zwyczajowy, ponury grymas zniknął. Uśmiechnęła się do Jednookiego, ukazując swe braki w uzębieniu.

Jednooki obdarzył mnie spojrzeniem pełnym beznadziejnego błagania.

– Nie znają się na żartach. Nawet na drobnych. Żadnego nie przepuszczą. Nie żyłuj go, Dzieciaku. Wyleczyłem go z kaszlu, ale teraz nie najlepiej przyjmuje swoją zupę. – Nie zwracając uwagi na kobietę Niueng Bao, rozmościł się na koźle i strzelił z bata.

Nie marnowałem czasu. Ułożyłem się wygodnie i wybrałem na przechadzkę z duchem.

Lubię słowo konsternacja. Można dosłyszeć w nim dokładnie to samo, co w oznaczanym przez nie zjawisku.

Kiedy przybyłem na miejsce, atmosferę panującą w sztabie Mogaby można było określić jedynie mianem wielkiej, gównianej konsternacji. Ani on, ani jego oficerowie nie potrafili wydobyć z Wyjca spójnych zeznań, sam Wyjec bowiem znajdował się w nieszczególnie dobrej kondycji, kiedy dotarł do Czarandapresz. On i jego dywan zostali jednak trafieni przez strzelców Pani.

A najważniejszy był fakt, że zarówno Wyjec, jak i Władca Cienia urządzili sobie to nocne świętowanie, nawet nie skonsultowawszy się z Mogabą. Nar był skrajnie wkurzony w sposób, jaki zwykle przytrafia się generałom, gdy gardzi się ich oceną sytuacji.

Siły Brzeszczota połączyły się z wojskami Mogaby. Konował mówił wcześniej o tym, że należy spróbować ich rozdzielić, jednak ostatecznie nic z tego nie wyszło. Nie było czasu na zaplanowanie operacji i zebranie dostatecznie silnej formacji.

Zazwyczaj szefowi udaje się rozróżnić pomiędzy tym, czego by się chciało, a tym, co możliwe jest do wykonania, niezależnie od tego, jakie byłyby jego prywatne odczucia.

Po przybyciu do Mogaby Brzeszczot objął stanowisko dowódcy dywizji lewej flanki, co oznaczało, że w boju stanie przeciwko Prabrindrahowi Drahowi. Interesujące, nieprawdaż, że wszyscy dowódcy dywizji głównej armii żołnierzy cienia, włączywszy w to samego głównodowodzącego generała, byli renegatami, którzy porzucili naszą sprawę.

Wszyscy oni byli żołnierzami bardzo kompetentnymi, wątpiłem jednak, by Długiego Cienia obchodziło to w jakimkolwiek stopniu. Dla niego liczyło się głównie to, że dzięki temu będą mieli silną motywację, zmuszającą ich do uniknięcia za wszelką cenę porażki i schwytania.

Przeniosłem się do Przeoczenia, aby być na miejscu, gdy Wyjec przybędzie z wiadomościami z frontu. To powinno być zabawne. Długi Cień stawał się dzikim, toczącym pianę z ust szaleńcem, kiedy sprawy nie szły po jego myśli.

Musiałem nieznacznie dostosować moją pozycję w czasie, aby obserwować, jak wrzeszczący czarownik przybywa na latającym dywanie, który właściwie składał się teraz cały z dziur, a w kupie trzymała go jedynie garstka nitek. To prawdziwy cud, że nie zapadł się pod nim.

Długi Cień wysłuchał raportu Wyjca. Był zły, ale nie pozwolił sobie na wybuch, by nie obrazić sprzymierzeńca. To było dziwne. Nie należał do tych, którzy szczególnie dbają o uczucia innych.

– Tym razem była o krok przed nami – zauważył Wyjec.

– Czy któraś z naszych rezerw przetrwała tę potyczkę?

P o t y c z k ę?

– Nie.

– Nadszedł więc czas, by wycofać skildirsza poza Danda Presz.

Odtąd będziemy używać ich wyłącznie do komunikacji i w zadaniach rekonesansowych. Co ze skrinsa? Został tam który jeszcze?

– Nie żywy. Przynajmniej nie żaden z tych, których przewoziłem.

– Znakomicie.

To było doprawdy osobliwe. Długi Cień pod wpływem złych wieści zawsze przemieniał się w krwiożerczego wariata.

– Rozporządzaj umiejętnie tymi, którzy wciąż żyją – wtrącił Wyjec. – Rozkaż im, aby zaczęli nauczać reguł swego rzemiosła każdego, kto tylko dysponuje odpowiednimi zdolnościami. Jeżeli twój potężny generał zawiedzie, a Kompania przedrze się przez Czarandapresz, tkacze cienia okażą się bezcenni.

Długi Cień odchrząknął, poprawił swoją maskę.

– Znasz tę kobietę. Senjak. Czy posiada moc zdolną zniszczyć nasze armie?

– W dawnych czasach bez wątpienia posiadała. Możliwe, że teraz również jest już dość silna. Chyba że udamy się na miejsce bitwy, by ją zająć, podczas gdy nasi żołnierze wyrżną jej wojska.

Wydało mi się interesujące, że uważają, iż to Pani dowodzi, niezależnie od tego, jaki obraz prezentowaliśmy oficjalnie. Było tak może dlatego, że Wyjec zbyt długo żył pod jej pantoflem, a po prawdzie – był jej niewolnikiem. Mógł nie potrafić uwierzyć, iż zgodzi się ona na rolę mniejszą niż tylko bezwzględnej władczyni. Ponadto najwyraźniej nie potrafili pojąć faktu, iż nasze lepiej umotywowane oddziały pobiły jego regularną armię bez żadnej czarnoksięskiej, mistycznej czy boskiej pomocy.

– Nadchodzą z całą swą siłą? – spytał Długi Cień.

– Tak. Mimo że tym razem zerwali z klasyczną praktyką. Wielu cywilów z taborów osłabło już podczas próby przeżycia w kraju spustoszonym wcześniej przez wojskowych furażerów.

Prawda. A nawet sami żołnierze nie dysponowali już stuprocentową sprawnością bojową. Niezależnie od tego, ile posadziliśmy plonów, ostatni etap naszej podróży wiódł przez krainę zupełnie spustoszoną.

– Ale ich siły są liczebniejsze?

– Siły bojowe tak, choć w niewielkim stopniu. Do tego tworzą je głównie żołnierze mniej zdyscyplinowani. Wszystkie świadectwa wskazują na to, że zdecydowała się na ten krok z powodów politycznych. Kler tagliański zdołał już podnieść się po ciosie, jaki zadała mu cztery lata temu. Znów zaczął sprawdzać jej siły. W ten sposób postanowiła po prostu zająć czymś ich uwagę. Szpiedzy Singha donoszą, że wszystkie znaczniejsze postaci Taglios oczekują, iż kampania zakończy się porażką.

– Odpocznij trochę. Przygotuj drugi dywan. Skoro już muszę udać się na miejsce, niech w pełni poniosę związane z tym ryzyko. Chcę przybyć tam, zanim Mogaba ulegnie pokusie, by zaangażować się w walkę przeciwko swoim wrogom.

Nawet obecnie, gdy katastrofa naturalna odwlekła budowę Przeoczenia na czas nieokreślony, Długi Cień zdecydowany był stosować przez ten czas taktykę wymijającą, miast przystąpić do ofensywy.

Nie jestem żadnym geniuszem militarnym, ale czytałem dostępne Kroniki, i to po kilka razy. Nigdzie nie znalazłem nawet wzmianki o kimś, kto wygrałby wojnę, siedząc na dupie.

W większym nawet stopniu, niż nienawidziłem go osobiście, czysto profesjonalnie potrafiłem pożałować Mogaby. Żal ten będzie trwał zapewne jakieś piętnaście sekund. Zanim poderżniemy mu gardło.

17

Podczas mojej wizyty w Przeoczeniu Kopeć najwyraźniej zachowywał się spokojnie i nie sprawiał kłopotów, postanowiłem więc opuścić świat astralny na czas potrzebny, by napełnić nasze żołądki pożywieniem i wodą. Cały się zabrudził. Jednooki nie miał najmniejszego zamiaru zatrzymywać wozu i czyścić go, więc zaszczyt ten spadł na mnie, podczas gdy wóz skrzypiał, kołysał i rzucał mną na wszystkie strony. Po wykonaniu miłosiernego obowiązku postanowiłem ulżyć również sobie, zanim podobny kłopot przytrafi mi się, gdy będę przebywał poza ciałem. Zdarzało się to już wcześniej.

Wyjrzałem z wozu i przekonałem się, że cała rodzina Ki kręci się dookoła na odległość rzutu kamieniem od wozu. Jednooki spojrzał na mnie ponuro. Nie podobało mu się, kiedy podchodzili za blisko. W szczególności nie cierpiał, gdy matka Gota próbowała wciągnąć go w rozmowę. Wyszczerzyłem do niego zęby i udałem się w krzaki.

Ktoś chyba wziął mnie za marudera wojsk cienia, ale moje szczęście wciąż działało i udało mi się wrócić do wozu w jednym kawałku.

– Chciałbym dostać w swoje łapy tego kutasa, któremu zdawało się, że to jest droga – narzekał Jednooki. – Przeklęty kozioł rozbija mi dupę na miazgę.

– W każdej chwili możesz się ożenić, pójść na emeryturę, zwolnić z Kompanii i zacząć uprawiać rzepę.

– Masz poważne problemy ze stosunkiem do starszych, Dzieciaku. Znalazłeś coś ciekawego?

– Jeszcze nie. Ale wracam tam znowu. Kiedy tylko przestaniesz paplać.

– Przeklęte dzieciaki. Próbujesz być dla nich miły... – Lewe, tylne koło wpadło w jakąś dziurę. Całym wozem zatrzęsło, a Jednookiemu zamknęło paszczę na tak długo, ile trzeba, by wiązką przekleństw porazić zaprzęg. Umościłem się wygodnie obok Kopcia.

Ponieważ pogrążony w nieświadomości czarodziej zdawał się dzisiaj szczególnie uległy, postanowiłem, że może nadszedł czas, by zbadać granice jego możliwości. Sprawdzić, czy wreszcie uda mi się zmusić go, by podszedł bliżej do miejsc, których zawzięcie w przeszłości unikał.

Zacząłem od terenów położonych na południe od Przeoczenia, sprawdziwszy tylko przelotnie, co nowego słychać u Wyjca i Długiego Cienia. Kiaulune borykające się z następstwami katastrofy nie miało żadnego powabu. Przeoczenie, samo w sobie wspaniałe, stanowiło wyłącznie maskę szaleństwa i rozpaczy. Poza nim leżały skaliste, szare stoki, strome niemalże na tyle, by określić je mianem urwiska. Droga biegnąca z Kiaulune omijała Przeoczenie i pięła się w górę stoku zasłanego głazami. Nie było na niej nigdy szczególnego ruchu, jednak wytyczona została wyraźnie. Tylko kilka upartych, twardych roślin zapuściło tutaj korzenie. Wyjąwszy jedno obsunięcie trochę wyżej na zboczu, najwyraźniej również żadne kamienie nie miały ochoty przebywać na jej powierzchni.

Spróbowałem skierować Kopcia w tę stronę. Nie udało mi się osiągnąć większego sukcesu niż za którymkolwiek z poprzednich razów, co oznacza, że zanim Kopeć odmówił pójścia dalej, przebyłem połowę dystansu dzielącego Przeoczenie od zwałowiska.

Któregoś dnia Czarna Kompania podąży w górę tej drogi. Nikt

inny nigdy jeszcze tędy nie przeszedł, ale my tego dokonamy. Była to bowiem droga wiodąca do Khatovaru. Była to droga, która zaprowadzi nas do miejsca naszego początku.

Z Kiaulune pognałem Kopcia na północ, trochę na oślep poszukując Duszołap, szalonej, złośliwej siostry Pani. Nigdzie nie udało mi się odnaleźć choćby śladów jej pobytu, pamiętałem jednak, że potrafi się znakomicie ukrywać, jeśli nie chce być widziana. Potem przyjrzałem się samemu Staremu, wykorzystując zdolność Kopcia do poruszania się tak w czasie, jak i w przestrzeni, chciałem wyśledzić wstecz te kruki, które podążały za armią i trzymały się wciąż koło niego.

Tylko na chwilę udało mi się oszukać wstrętnego tchórza. Na wystarczająco długą chwilę, by zdołać przenieść się w miejsce, z którego mogłem zobaczyć niezwyciężoną rywalkę Pani. Znajdowała się na pustkowiu, zupełnie sama, wyjąwszy jej zwierzątka. Posilała się, nigdy dotąd nie widziałem ani nie słyszałem, by Duszołap w ogóle jadała. Była wspaniała. Wspaniała tak, jak wspaniałe może być tylko zło. Przez chwilę czułem to samo poruszenie, jakiego doświadczyłem, kiedy po raz pierwszy zobaczyłem Sahrę.

Myśl o Sahrze zaskoczyła mnie. Pobyt poza ciałem oznaczał przecież wakacje od bólu...

W tej samej chwili, gdy spuściłem zeń swoją uwagę, tchórzliwa dusza Kopcia zrozumiała chyba, jak blisko Duszołap się znalazła. Zaczął mi się wyrywać, jakby budziła ona w nim najgorętszą odrazę. Nie opierałem się. Ja również chciałem znaleźć się jak najdalej.

Duszołap była kobietą szaloną, śmiałą poza granice rozsądku, zdolną porwać się niemalże na wszystko, co dostarczy jej choćby chwilowej zabawy. Ostatnimi czasy musiała mieć jej aż nadto.

Jeżeli ufać wizjom Kopcia, obecnie znajdowała się w odległości nie większej jak półtora kilometra, pośrodku całej zgromadzonej armii, niedostrzeżona. Tak blisko, że mogłaby uderzyć w każdego, w każdej chwili, gdyby przyszła jej na to ochota. A to się czasami zdarzało.

Stary powinien się dowiedzieć... Czy może już wiedział? Sam mógł dojść do tego wniosku, znając ograniczoną wytrzymałość kruków.

Postanowiłem zostawić te tereny i zabrałem Kopcia z powrotem do pałacu w Taglios. To najwyraźniej sprawiło mu przyjemność. Natychmiast przeniósł się do pomieszczenia, gdzie ukrywaliśmy go od dawna. Posadzkę w nim pokrył już kurz. Zagubione Kroniki wciąż znajdowały się w kryjówce, gdzie je schowałem.

W innej części Pałacu Radisza zajmowała się swą powszednią pracą polegającą na zarządzaniu imperium. W tej chwili towarzyszyli jej wpływowi kapłani, arystokraci oraz urzędnicy, udający cały czas, że zastępuje swego brata, Prabrindraha Draha, właściwie tylko chwilowo. Póki wszyscy jednomyślnie grali swe role, umówiwszy się, że nie dostrzegają przedłużającej się nieobecności księcia, machiny imperium nie ustawały w swej stosunkowo sprawnej działalności. Po prawdzie, chociaż nikt nie ogłosił tego nigdy publicznie, państwo działało znacznie skuteczniej bez obecności księcia, który zazwyczaj cenzurował poczynania i tępił ostrze woli swej siostry.

Znalazłem Kobietę i zacząłem krążyć wokół niej jak jakiś niewidzialny komar, do przodu i do tyłu w czasie, wtykałem mój długi dziób w każdą rozmowę – wyjąwszy te, które prowadziła z Kordkiem Maferem, kiedy nikogo nie było w pobliżu. Wyjąwszy przynajmniej większość z nich.

Usłyszałem dość dużo, by wiedzieć, że Mafer jest wykorzystywany. Ale wykorzystywano go w sposób, na który większość mężczyzn zgadza się z ochotą, przynajmniej przez jakiś czas.

Jej rozmowy z przełożonymi rozmaitych wyznań i religii były doprawdy interesujące, chociaż nigdy na tyle jasne, by zadowolić mnie w pełni. Radisza spędziła dzieciństwo i młodość we wrogim przeważnie środowisku pałacu, gdzie w najlepszych czasach tysiące intryg, wielkich i małych, rozgrywało się każdego dnia i nigdy nie brakowało chciwych uszu gotowych podchwycić wszystko, co się powie.

W każdym razie dowiedziałem się tyle, że nie miała najmniejszego zamiaru dotrzymać słowa danego Kapitanowi i Kompanii. Niespodzianka, niespodzianka. Ale nie zaczęła jeszcze wprowadzać w życie żadnego pomyślanego z rozmachem planu zdrady. Podobnie jak wszyscy pozostali, była przekonana, że zimowa kampania Konowała stanowiła albo wybieg taktyczny nieskierowany bynajmniej przeciwko Władcy Cienia, albo jeśli zostanie przeprowadzona rzeczywiście, oznaczać będzie pogrom tagliańskich armii. I trwała przy swoim, pomimo że zwyciężaliśmy już tyle razy w obliczu pewnej, zdawałoby się, porażki.

Zapewne będziemy mogli doprowadzić do tego, by pożałowała, że nie przyłożyła się bardziej ambitnie do tej próby wbicia nam noża w plecy.

Jakie jeszcze inne zaułki cudzych knowań należałoby przemierzyć? Goblin? Da sobie radę, nawet jeśli nie będę zaglądał mu przez ramię.

Z czystej ciekawości, a także dlatego, że nie byłem jeszcze gotów powrócić do świata, prześledziłem wstecz poczynania wszystkich członków rodziny mojej żony w ciągu ostatnich tygodni. Nie dowiedziałem się niczego, co w najmniejszym choćby stopniu usprawiedliwiałoby paranoję Starego. Ale to był lud ostrożny. Poza tym sami, tylko trzej jego przedstawiciele pozostawali osamotnieni pośród ludów, którym Niueng Bao nie mieli powodów ani ufać, ani ich kochać. Tai Dei i Wujek Dodż niewiele rozmawiali ze sobą na jakiekolwiek tematy, czyli zachowywali się w ten sam sposób jak wówczas, kiedy przebywali w moim towarzystwie. Matka Gota była inna niż oni. Ale też właściwie tylko utyskiwała na rozmaite niedogodności.

Jej opinia o mnie nie była raczej pochlebna. Trudno było jej wytrzymać choćby godzinę i nie przekląć swej matki za to, że chciała, bym został członkiem rodziny Ki.

Ale bywały wszak chwile, kiedy ja także niezbyt przyjaźnie myślałem o Hong Trej za to, że chciała, aby jej rodzina została również moją.

Co teraz powinienem sprawdzić? Nie byłem jeszcze gotów, by wracać.

Narajan Singh i Córka Nocy? Znajdowali się na Czarandapresz razem z Mogabą, próbując zebrać razem pod sztandarem Władcy Cienia parszywe resztki kultu Oszustów. Stamtąd nie mogli nam na razie szczególnie zaszkodzić.

A więc Pani. Potem wrócę z raportem do Kapitana. Nie śledziłem jej dotąd, jednak wszędzie, gdzie się znalazła, można było najpewniej znaleźć kogoś, kogo poczynania Kompania winna znać, jak choćby Prabrindraha Draha lub Wierzbę Łabędzia.

Księcia nie było w obozie Pani. Jakoś jednak zdołał przedłożyć obowiązek ponad tęskne życzenia. Przebywał obecnie w sztabie własnej dywizji i zajmował się swoją robotą.

Czarandapresz nie była już jakimś odległym miejscem na mapie.

Trzeba tylko obejść jezioro, pokonać kilka wzgórz i dolin i już jesteśmy. Stoimy i patrzymy ponad kamienną równiną na wylot jedynej możliwej do pokonania przełęczy wiodącej przez Danda Presz.

Łabędź, rzecz jasna, czatował blisko Pani. Wyglądał na zmartwionego, niezależnie od tego, czy zawracałem kilka dni wstecz, czy też obserwowałem go w czasie teraźniejszym. Panią trapiły kłopoty, których nie chciała dzielić z nikim innym. Wyglądała, jakby nie spała tej nocy w ogóle. Wiedziałem, że nawet w najlepszych czasach sypia bardzo mało. Zatem jeśli o nią chodzi, całkowita rezygnacja ze snu, tak jak obecnie, kiedy zbliżaliśmy się do najważniejszej konfrontacji od wielu lat – i która stanie się decydującym wydarzeniem w całej historii Kompanii – pozwalała przypuszczać, iż także nie pokłada najmniejszej wiary w przyszłość.

Wycieczka na wskroś prądu czasu podsunęła mi wszakże jedną czy dwie wskazówki. Faktycznie obywała się bez snu. A kiedy zdrzemnęła się na chwilę, nie wypoczywała dobrze. Wyglądało to tak, jakby męczyły ją sny równie paskudne jak te, które trapiły mnie.

Z jakiegoś powodu kruki nawet nie zbliżały się do niej. Niemniej zawsze można było znaleźć je gdzieś dookoła, gdzieś w oddali. Obserwowały.

Pani nie była ciekawym obiektem inwigilacji. Nie robiła nic prócz pracy. W przeciwieństwie do swej siostry, nie troszczyła się już również o to, by wyglądać przejmująco pięknie. A może, jak to czynią niektóre kobiety, przestała zupełnie dbać o siebie, ponieważ miała już swego mężczyznę?

Jeśli jednak wziąć pod uwagę opinię Wierzby Łabędzia, to z jej wyglądem wszystko było w jak najlepszym porządku. Nawet po czterech latach całkowitego braku powodzenia był wciąż szczęśliwy, gdy znajdował się w jej towarzystwie. Używał swego przydziału w charakterze dowódcy gwardii królewskiej, byle tylko przebywać w pobliżu frontu.

O czym więc mogłem donieść z tego miejsca? Że Pani potrzebuje odrobiny wypoczynku? Być może. Wyczerpanie może osłabić jej zdolność krytycznego osądu sytuacji w decydującym momencie.

Zacząłem powoli zbierać się do powrotu, dryfując ponad wodami jeziora Tandżi, które naprawdę robiło cholernie potężne wrażenie, nawet z punktu widzenia Kopcia.

Zadrżałem w przeszywającym podmuchu zimnego wiatru...

Przecież kiedy wędrowało się z Kopciem, nie było żadnego wiatru. Ani ciepła, ani zimna, żadnego bólu. Tylko byt i jego ogląd.

Oraz strach.

Ponieważ gdzieś tam, w gęstniejącej ciemności ponad południowym brzegiem jeziora majaczył mroczny duch, który przybrał postać o wielu ramionach i cyckach, z twarzą ozdobioną czarnymi wargami odsuniętymi w grymasie obnażającym uśmiech wampira.

Jednak można się tu śmiertelnie przerazić. Mnie się udało.

18

W porządku? – spytał Jednooki, kiedy przepełzłem do niego na przód wozu. Na świecie panowała już ciemność. Rozpuścił swój zaprzęg, aby zwierzęta pożywiły się skąpą roślinnością, rozpalił ognisko. Teraz na powrót siedział na koźle i polerował włócznię, która zdawała się wyrzeźbiona z hebanu i inkrustowana srebrem, którym przedstawiono setkę groteskowych postaci. – Rzucałeś się i krzyczałeś.

– Dzięki, że przyszedłeś sprawdzić, czy nic mi nie jest.

– Starucha powiedziała, że tak jest z tobą przez cały czas. Pomyślałem, że nie ma się czym martwić.

– Pewnie nie było. Po prostu przewróciłem się na twoje destylaty. – Nie była to prawda, ale miałem wrażenie, że gdzieś musi coś mieć. Nawet podczas oblężenia Dedżagore jemu i Goblinowi udało się jakoś wyprodukować coś, co pili jako piwo.

Kupił mój tekst, a przynajmniej zastanawiał się wystarczająco długo, by się zdradzić. Jeżeli ten jego wóz zatrzyma się w jednym miejscu na dłuższy czas, wówczas coś, co mogłoby zostać spożytkowane z większą korzyścią jako pożywienie dla wojska lub pasza dla koni, zmieni się w coś innego, śmierdzącego, ale za to płynnego i zawierającego określony procent alkoholu.

– Po co ci ta włócznia? – zapytałem. – Od jakiegoś czasu już jej nie widziałem. – Stworzył ją w szczególnym celu, jakim było zabijanie Władców Cienia.

– Rozmawiała z kilkoma braćmi, którzy są z dywizją Pani. Przyszli tutaj, gdy chrapałeś. Wielki Ceber i Rudi. Powiedzieli, że ostatnimi czasy kilka razy widzieli wielkiego, czarnego kota. Wykombinowałem sobie, że lepiej będzie, jeśli przygotuję, co mam najlepszego.

W jego głosie nie sposób było wyczuć zatroskania, jednak wiedziałem, że jest niespokojny. Ta włócznia stanowiła arcydzieło jego magicznej sztuki. Kotem była zaś prawdopodobnie zmiennokształtna o imieniu Liza Dela Bomarsz, która nie potrafiła wydostać się ze zwierzęcej postaci, ponieważ Jednooki zabił jej nauczyciela, zanim zdążył pokazać jej, jak to się robi. Próbowała dopaść go już wcześniej. Był pewny, że spróbuje znowu.

– Złap ją, jeśli potrafisz – poradziłem mu. – Mam przeczucie, że gdyby pozwolić Pani trochę nad nią popracować, moglibyśmy ją wykorzystać.

– Jasne. O tym pomyślę najpierw.

– Idę zobaczyć się ze Starym.

– Powiedz mu, że chcę wracać do domu. Tutaj jest, cholera, za zimno dla takiego staruszka jak ja.

Zachichotałem w taki sposób, jak się tego po mnie spodziewał. Zlazłem na ziemię mimo zesztywniałych mięśni i skierowałem się mniej więcej tam, gdzie jak przypuszczałem, mogłem napotkać Konowała. Zwracałem uwagę głównie na wielkość ognisk.

To dobrze, że Jednooki i ja nabraliśmy zwyczaju porozumiewania się w starych językach. Zanim uszedłem ze sześć metrów, z cieni wyszedł Tai Dei. Nic nie powiedział, ale był tu i strzegł moich pleców, czy miałem na to ochotę, czy nie.

19

Kampania trwała nadal. Wozy się psuły. Zwierzęta okulawiały. Ludzie kaleczyli się. Słonie narzekały na pogodę. Podobnie jak ja. Parę razy spadł śnieg, nie w postaci kożucha z wielkich, miękkich, mokrych płatków, lecz jako gnany wiatrem śrut, który kłuł skórę i nigdy nie pozostawiał po sobie nic prócz nielicznych, rzadkich spłachetków, kiedy już przestawał sypać.

Do jasnych stron całej sytuacji należało zaliczyć to, że konnica Mogaby nie zastąpiła nam drogi ani razu. Nie stanowiła problemu, dopóki nasi furażerzy i zwiadowcy nie wysuwali się zanadto naprzód. Przypuszczam, że Mogaba był bardziej zainteresowany wiedzą o tym, gdzie się znajdujemy, niż marnowaniem żołnierzy na próby powstrzymania nas, zanim dotrzemy do jego umocnień.

I wtedy, pewnego popołudnia, nikt nie wydał rutynowego rozkazu zatrzymania się i rozbicia obozu. Żołnierze dalej chwiejnie szli naprzód, zawzięcie przeklinali ukąszenia wiatru, a jednocześnie przypominali sobie nawzajem, że generałowie rzadko kiedy podejmują trafne decyzje i pochodzą z nieskalanego łoża. Gdyby to zależało od nich, nigdy nie chcieliby zostać generałami.

Poszedłem szukać Kapitana.

Znalazłem go z wielkimi krukami na ramionach. Kolejne krążyły nad jego głową, sprzeczając się. On sam uśmiechał się. Jedyny szczęśliwy głupiec w całej armii. Generał generałów.

– Hej, szefie! Mamy tak się wlec przez całą noc?

– Znajdujemy się w odległości mniej niż piętnastu kilometrów od Czaranky-cośtam. Myślę, że lepiej będzie tam rozbić obóz, kiedy Mogaba przybędzie o świcie.

Żył we własnym świecie, nie było co do tego żadnych wątpliwości. Musiał zostać generałem. Naprawdę uwierzył, że może igrać z rozumem Mogaby. Nie widział go w Dedżagore. Przynajmniej nie przyjrzał mu się wystarczająco.

Spróbowałem się pospierać.

– Będziemy tak wykończeni, że z łatwością zatańczy nam na głowach.

– Nie zrobi tego. Długi Cień przywiązał mu do ogona kulę i łańcuch.

– A więc skopie nam nasze dupy, a potem nakłamie coś swemu szefowi.

– To jest to, co ty byś zrobił?

– Hę... – Faktycznie, mógłbym.

– Długi Cień będzie tam, by go pilnować. Prześpij się trochę. Kiedy wstanie słońce, chciałbym, żebyś siedział na ramieniu Mogaby. – Wujek Dodż znajdował się w odległości zaledwie kilku kroków, słyszał wszystko. Mówiliśmy w forsberskim, ale wątpiłem, czy to wystarczy jako ostateczny środek ostrożności.

Te kruki nigdy nie oddalały się od niego.

Z naszej wymiany zdań wyniosłem przekonanie, że Konował ma plan. Czasami naprawdę trudno było mi w to uwierzyć.

– Jeszcze nie jestem zmęczony. – Chociaż byłem głodny i spragniony. Po dłuższym czasie spędzonym z Kopciem zawsze tak się czułem. Skorzystałem z miejsca przysługującego mi w kantynie oficerów sztabowych.

Posłańcy zaczęli przybywać i odjeżdżać. Konował narzekał.

– Sądzę, że to właśnie odpowiednia chwila, by mówić ludziom, co mają robić.

– To naprawdę ciekawa koncepcja. Po całych trzech latach.

– Czy naprawdę potrzebujemy kolejnego bystrego jak diabli kronikarza, Murgen? Idź i się prześpij.

Zaczął zwoływać wyższych oficerów na naradę. Mnie nie zaproszono.

Wróciłem do wozu Jednookiego, gdzie jeszcze trochę zjadłem, wypiłem odrobinę wody, a potem ruszyłem ponownie na włóczęgę po astralnym świecie.

Razem z głównym ogniomistrzem podsłuchiwaliśmy przez chwilę Konowała i jego dowódców, ale nie warto było tracić czasu na nich. Dowiedziałem się bardzo mało. Cały czas mówił Konował, odsyłając słuchaczy do szczegółowej mapy, na której pokazywał, jak chciałby rozlokować ich jednostki przed frontem Mogaby. Jedyną prawdziwą niespodzianką było to, że postanowił na koniec, iż dywizja Prabrindraha Draha będzie stała jednak w centrum, podczas gdy jego własne dwie dywizje rozmieszczone zostaną na prawej flance – wyjąwszy jeden zespół, który przeszedł specjalny trening i miał zająć miejsce na skraju lewej flanki, poza oddziałami Pani.

Ciekawe. Nasze prawe skrzydło będzie musiało zmierzyć się i walczyć akurat z dywizją żołnierzy cienia, których dowództwo przydzielono Brzeszczotowi.

Konował naprawdę chciał go dostać.

Pani zamrużyła oczy.

– Dlaczego zdecydowałeś się na taki szyk armii? Od lat już rozmawialiśmy o tym...

Konował raczył nawet uprzejmie jej odpowiedzieć:

– Ponieważ chcę, byście tak właśnie byli rozlokowani.

Pani miała prawdziwe kłopoty z utrzymaniem swych emocji na wodzy. W całym długim życiu nie musiała wkładać w to tyle wysiłku.

Konował wyczuł coś.

– Kiedy nie wyjaśniam wam czegoś, nikt inny nie dowie się również, co zaplanowałem. – Poczęstował jednego ze swoich kruków okruchem chleba.

To pomogło. Trochę. Ale Prabrindrah Drah i większość pozostałych nie mieli pojęcia, jaką rolę odgrywają kruki w planach Konowała.

Zostawiłem Kopcia na moment, ponownie napiłem się wody, przegryzłem coś i upewniłem się, że śpioch dostał swoją porcję zupy. On potrzebował niemal tyle samo wartości odżywczych co ja. Prawdopodobnie do pewnego stopnia żerował na mnie, kiedy wędrowaliśmy poza ciałem, niczym jakiś gatunek psychicznego pająka.

Zasnąłem. Męczyły mnie złe sny, z których, kiedy już się obudziłem, zapamiętałem jedynie strzępy. Występowała w nich Radisza. A także Duszołap. Przypuszczam, że starcy z jaskiń również, chociaż moja pamięć nie przechowała żadnego wspomnienia na ich temat. Gdzieś jakaś ponura forteca.

Zrezygnowałem z prób przypomnienia sobie i wyruszyłem w towarzystwie Kopcia przyjrzeć się postępowi naszych wojsk z perspektywy wroga.

Ogniste kule siały skroś nocy kolorowe perły. Pochodnie znaczyły odległe zbocza jasnymi cętkami, wśród nich świeciły wyspy i węże światła. Dowódcy żołnierzy cienia obserwowali to bez żadnych komentarzy, wyjąwszy sugestię Brzeszczota, że Kapitan stara się pozornie zwiększyć posiadaną siłę, każąc palić więcej pochodni.

To ich nie obchodziło. Spora część młodszych oficerów oczekiwała, że Długi Cień spuści ich ze smyczy, kiedy tylko nas zmiażdżą. Widzieli już siebie, jak wczesną wiosną maszerują na Północ, aby w pełni lata swobodnie plądrować i gwałcić.

Ale wśród nich kilku było weteranami armii, którym daliśmy się we znaki w przeszłości. Ci okazywali więcej szacunku. I zdradzali niemniej intensywne pragnienie porządnego dołożenia nam. Nie sądzili, że będzie to łatwe, wierzyli jednak, że uda się nas pokonać.

Sam Mogaba zdawał się bardziej pochłonięty swoimi planami kontrinwazji niż przygotowaniami do dalszego powstrzymywania nas na przełęczy.

Nie podobało mi się to, nie widziałem jednak niczego, co przekonałoby mnie, iż pokłada nadmierną wiarę we własne siły.

A jednak na widok tych wszystkich ognistych kul i pochodni nabierałem ducha.

Ta potężna masa ludzka znajdująca się w ruchu stanowiła efekt wykorzystania siły mobilizującej Czarnej Kompanii. I nie miałem najmniejszych kłopotów z przypomnieniem sobie, kiedy było nas tylko siedmiu, najbardziej nieprzyjemna gromadka bandziorów, jaka kiedykolwiek chodziła po tej ziemi. To było ledwie trochę dalej niż pięć lat temu. Triumf czy porażka, ta kampania zabrzmi w Kronikach potężnym uderzeniem dzwonu.

Wróciłem ponownie do swego ciała i zasnąłem na powrót. Kiedy obudziłem się, nasza straż przednia właśnie wchodziła na równinę Czarandapresz. We wszystkich miejscach położonych niżej i w wyżłobieniach terenu gromadziła się mgła.

20

Zatrzymaliśmy się wśród potwornego zamieszania. Wyjrzałem z wozu.

Pojedyncze pasma mgły zmieniły się we wszechogarniającą, szarą pokrywę, za którą zniknął świat. Ludzie z pochodniami śpieszyli tu i tam, ich ognie lśniły niczym błędne ogniki. Żaden nie zbliżył się do mnie. Wszystkie siły zeszły się razem i w obecnej chwili świat wydawał się bardzo zatłoczonym miejscem.

Pojawił się Konował.

– Wyglądasz na kompletnie wykończonego. – Musiałem mu to powiedzieć.

– Nogi wrastają mi w dupę. – Wspiął się na wóz, przyjrzał Kopciowi, umościł wygodnie i przymknął oczy.

– I co?

– Hm?

– Jesteś tutaj. Jak poszło? Co z twoimi przeklętymi zwierzaczkami? Obserwują nadal?

Przez chwilę myślałem, że udało mu się już zasnąć. Nie odpowiedział od razu.

– Ukrywam się. Przed ptakami także. Jednooki je przegnał. – Jakieś dwie minuty później dodał: – Nie podoba mi się to, Murgen.

– Co ci się nie podoba?

– Bycie Kapitanem. Żałuję, że nie poprzestałem na roli kronikarza i lekarza. Mniejsze napięcie.

– Świetnie dajesz sobie radę.

– Ja to widzę inaczej. Gdybym nie został Kapitanem, nie martwiłbym się tak o przyszłość.

– Do diabła. A ja sobie tutaj myślałem, że właśnie przeżywasz szczyt swej kariery, wyciskając ze wszystkich ostatnie poty.

– Wszystko, czego kiedykolwiek chciałem, to zaprowadzić nas z powrotem do domu. Ale oni mi nie pozwalają.

– Z pewnością nikt nigdy nie zamierzał uprzejmie otworzyć nam drzwi. W szczególności Radisza nie miała takiego zamiaru. Ostatnimi czasy dość intensywnie się zastanawia, co z nami zrobić.

– Tak właśnie powinno być. – Uśmiechnął się. – A ja nie zapomniałem o niej. – Przerwał na chwilę, po czym powiedział: – Jesteś na bieżąco z Kronikami. Jaka była najgorsza sytuacja, w której kiedykolwiek się znaleźliśmy?

– Wedle mego osądu to miało miejsce właśnie tutaj. Na samym początku naszego istnienia, czterysta lat temu. Ale można jedynie domyślać się tego na podstawie tych Kronik, które się zachowały.

– Historia może się powtórzyć. – W jego głosie nie dało się dosłyszeć emocji. Wcale. Nie był krwiożerczym człowiekiem.

Ja również nie jestem, mimo nienawiści, jaka opętała mnie ostatnimi czasy. Jednakowoż moje skrupuły nie obejmowały wszystkich. Pragnąłem zobaczyć na własne oczy, jak kilka tysięcy łajdaków cierpi za to, co zrobiono Sahrze.

– Czy znasz jakiś sposób potwierdzenia autentyczności Kronik, które odebrałeś Duszołap? – zapytał Konował.

– Co? – Cóż za potworne pytanie. Ale nigdy dotąd nie przyszło mi na myśl. – Powiadasz, że mogą nie być prawdziwe?

– Nie potrafię ich odczytać, ale jestem w stanie stwierdzić, iż to nie oryginały. To kopie.

– Czyli mogą nie opowiadać prawdziwej historii?

– Kopeć wierzył w każde słowo w tomach, które miał w ręku. Przekaz ustny dodatkowo potwierdzał jego poglądy, wedle których Kompania to największa potworność w dziejach, chociaż właściwie nie ma w niej nic szczególnego. Ale naprawdę zastanawiam się, dlaczego nie istnieją żadne współczesne przekazy ze strony niezależnych obserwatorów.

– Coś się stało. Nawet jeśli te księgi, które mamy obecnie, są tylko czystym fałszem. Co o tym myślisz?

Przez chwilę Konował zdawał się skrajnie zmęczony walką.

– Murgen, coś się tutaj dzieje, coś większego od ciebie, ode mnie, Pani, Taglian, Władców Cienia i całej reszty. Dzieją się naprawdę dziwne rzeczy i w żaden sposób nie potrafię ich ze sobą połączyć. Zacząłem zastanawiać się nad przyczynami tych twoich zapaści w przeszłość.

– Ja sądzę, że Duszołap musiała mieć z tym coś wspólnego.

– Równie dobrze może być, jak myślisz. Ona wtyka swój nos we wszystkie pozostałe sprawy. Ale nie przypuszczam, by można było obarczać ją całą odpowiedzialnością. Myślę, że my wszyscy... nawet Duszołap... jesteśmy przez kogoś manipulowani. A ostatnimi czasy zaczynam nawet podejrzewać, że nie dzieje się to od wczoraj, lecz trwa już przez całe wieki. Że gdybyśmy mieli dostęp do zagubionych Kronik i potrafili je odczytać, sami zobaczylibyśmy wszystkie wydarzenia w zupełnie innym świetle.

– Chcesz powiedzieć, że chodzi o to, o czym mówi Pani w swojej księdze? O Kinę? Z tego powodu, że ja sam widziałem ją kilka razy podczas moich wędrówek w świecie astralnym. Albo przynajmniej widziałem coś, co mogło być nią, jeżeli wziąć pod uwagę jej mit oraz to, co na jej temat mówi Pani.

– Kina. Tak. Albo coś, co pragnie, byśmy myśleli, że chodzi tutaj o Kinę.

– Czy nie sprowadza się to do tego samego, przynajmniej, jeśli chodzi o nas?

– Hm. Sądzę, że ona znowu śni te swoje sny.

Ja również uważałem podobnie.

– Mnie się też tak zdaje. Wygląda na strasznie wymizerowaną.

– Podczas naszej podróży tutaj dużo myślałem na ten temat. Kiedy tak jechaliśmy całymi dniami, nie miałem wiele do roboty, tylko myślałem. I doszedłem do wniosku, że wydarzenia zaczęły się toczyć trochę za szybko jak dla rzekomej Kiny. To jest istota, która przywykła do kształtowania długich, powolnych gier cieni, manipulacji, którym dekady zajmuje rozwinięcie się w pełnym kształcie. Może jeśli spojrzymy z naszego punktu widzenia, będzie tu chodzić o całe pokolenia. Jej ogromna intryga mogła zostać zawiązana, zanim jeszcze nasi bracia wyruszyli na Północ. Ale teraz my wracamy do domu i wszystko wali się jej na głowę, ponieważ wydarzenia zaczynają biec zbyt szybko jak dla niej. Im mocniej stara się teraz nimi kierować, tym bardziej niezgrabnie jej to w końcu wychodzi.

– Na przykład?

– Jak to, co zrobiła z Kopciem.

– Naprawdę doszedłem do wniosku, że to musiało być dzieło Duszołap. – Jakkolwiek w tym wypadku również nie było żadnych danych, by obwiniać właśnie ją.

– Przypuszczam, że ta możliwość również wchodzi w grę. A nawet to, że ścigały go obie i weszły sobie w drogę.

Przypomniałem sobie wszystko, czego dowiedziałem się o tym incydencie z księgi Pani. Ostatecznie postanowiłem jednak trwać przy teorii obarczającej Duszołap winą za te wydarzenia. Mitologia Oszustów nie wyposażała Kiny w tak wielką zdolność ingerowania w ziemskie sprawy. Celem istnienia całego kultu było rozpętanie epoki tak dramatycznych potworności, żeby bariery chroniące nasz świat przed wtargnięciem Kiny mogły zostać obalone od naszej strony.

Wyjaśniłem wszystko Konowałowi.

Tylko wzruszył ramionami.

– Posłuchaj tego. Jestem niemal absolutnie przekonany, że w bitwie pod Dedżagore nie miał ocalec nikt z Czarnej Kompanii. Z wyjątkiem Pani. Tylko ona miała przeżyć. A jej kolej miała przyjść, kiedy Dusiciele porwali nasze dziecko.

Zastanowiłem się nad tym, co powiedział.

– Gdyby ten facet, Taran, nie oddał za nią życia...

– Wtedy byłby już koniec wszystkiego. Kina miałaby swoją Córkę Nocy po tej stronie, a Rok Czaszek bez żadnej przeszkody miałby się właśnie rozpocząć.

Starałem się wyglądać na szczególnie zaciekawionego. Przyszło mi to bez trudu, ponieważ naprawdę byłem. Chciałem, by mówił dalej. Zanim skończy, może naprawdę uda mi się odrobinę lepiej zrozumieć, dlaczego postępował tak, jak postępował.

– Dżoker popsuł Kinie rozdanie – stwierdził.

– Dżoker? Masz na myśli Duszołap?

– Ona jest największa z nich. Ale jest jeszcze Wyjec, był Zmienny, a ponadto gdzieś tam biega wciąż uczennica Zmiennego. Wszyscy oni nie stanowią części planu.

To była hipoteza. Jej zasięg przekraczał jednak dalece wszystkie myśli, jakie przychodziły mi na myśl. Albo też tok jego rozumowania szedł raczej w zupełnie innym kierunku.

– Musisz uważać, Murgen. Nie próbuj wyzbyć się swoich uczuć. Nie pozwól, by wędrówki z duchem uwiodły cię bez reszty. Ta istota manipuluje nami poprzez nasze emocje.

– Dlaczego miałbym się martwić? Ja tylko zapisuję wydarzenia.

Jego odpowiedź była co najmniej tajemnicza.

– Zanim wszystko dobiegnie końca, chorąży może okazać się ważniejszy od samej Córki Nocy.

– Jak to?

Zmienił temat.

– Rozglądałeś się ostatnio za forwalaką? – Miał na myśli zmiennokształtną uczennicę, pochwyconą w postać zwierzęcia, o której wspomniał chwilę przedtem.

Spróbowałem sobie przypomnieć, w końcu powiedziałem:

– Szukałem jej parę razy, ale nie widziałem od czasu, kiedy wróciłem w przeszłość, by przeżywać powtórnie masakrę przy Vedna-Bota.

– Rozumiem. Nie ma się co śpieszyć, ale kiedy znajdziesz czas, spróbuj odkryć, gdzie ona teraz przebywa. To niemożliwe, byśmy mieli tyle szczęścia, żeby dała się zwyczajnie komuś zabić.

– Och, z pewnością tak się nie stało. Jednooki mówi, że jest gdzieś tutaj, na tym pustkowiu, i podąża za nami. Ostatniej nocy rozmawiałem z nim na jej temat. Jest przekonany, iż jedyny cel jej życia stanowi wyrównanie porachunków z nim za to, że zabił Zmiennego, zanim ten nauczył ją powracać do ludzkiej postaci.

Konował zachichotał.

– Tak. Biedny, stary dzieciak. Któregoś dnia odkryje wreszcie, że wcale nie stanowi pępka świata. Oby wszystkie niespodzianki, które nas czekają, były równie przyjemne. A wszystkie niespodzianki, jakie przygotował nam Mogaba, były naprawdę takie, że tylko boki zrywać. – Zachichotał ponownie, tym razem w sposób dość paskudny. Kiedy wspinałem się na powrót na wóz, dodał: – No, już prawie czas na rozpoczęcie przedstawienia.

Wojnę rozumiał raczej w kategoriach przedstawienia, teatru, nie zaś jako śmiertelną grę.

21

Znowu krążyłem nad głową Mogaby. Ja, Murgen, anioł wywiadu. Wyjec i Długi Cień przybyli wkrótce po świcie. Sądzili, że potrzebne będą połączone wysiłki ich obu, aby powstrzymać Panią przed ponownym spuszczeniem Mogaby gównianą rynną. Jej moce wydawały się wzbierać niczym powódź, w miarę jak posuwała się coraz dalej na południe.

Idea ta uderzyła mnie z siłą niemalże religijnego objawienia. Zrozumiałem strach, który drążył Kapitana. Podejrzewał, że Pani odzyskuje swe moce dzięki paktowi z Kiną.

Sam ją o to podejrzewałem, i wcześniej, i teraz.

Wnioskując ze sposobu, w jaki działają czary, przynajmniej na ile się na tym wyznawałem, utrata mocy, która dotknęła ją podczas bitwy w Krainie Kurhanów, powinna być nieodwracalna. Miało to coś wspólnego z jakąś niezgłębioną, tajemną mową prawdziwych imion. Mitologia Gunni zawierała liczne opowieści dotyczące bogów, demonów i diabłów, skonstruowane wokół tematu ukrywania swego prawdziwego imienia w skałach, drzewach czy ziarnach piasku na plaży, aby wrogowie niezdolni byli do ich odnalezienia i tym samym zdobycia władzy nad posiadaczem imienia. Cała ta sprawa nie miała moim zdaniem najmniejszego sensu, co nie przeszkadzało bynajmniej temu, aby była jak najprawdziwsza.

Prawdziwe imię Pani zostało wymienione podczas finalnego przedstawienia z udziałem jej męża. Przeżyła, ale zgodnie z mistycznymi regułami była obecnie zwykłą śmiertelniczką. Z identycznymi widokami na możliwość zostania zabitą. Dla byłych kolegów i koleżanek z jej minionej profesji była interesująca ze względu na to, iż stanowiła chodzący magazyn grzesznej wiedzy. Nie utraciła bowiem nic ze swej wiedzy, a jedynie zdolność stosowania jej w praktyce.

Byłem więc zaskoczony, że nie stała się dotąd obiektem bardziej radykalnego polowania, niż to miało miejsce w rzeczywistości.

Nie znajdowała się już dłużej we władzy swego imienia. Sama całkowicie bezbronna, przynajmniej na pozór, nie mogła wykorzystać przewagi płynącej ze znajomości prawdziwych imion pozostałych. W przeciwnym razie już dawno poradziłaby sobie z Wyjcem i swoją siostrą. A z pewnością nie przekaże tych imion Jednookiemu i Goblinowi. Wolałaby pewnie prędzej umrzeć.

Trzeba być dziwnym człowiekiem, by zostać czarodziejem lub czarownicą.

W każdym razie realizowała jakieś swoje plany, co do tego nie było najmniejszych wątpliwości. Jednooki czy Goblin nie byli niczym szczególnym, jednak w pewnych sytuacjach jest tak, jak z wrzuceniem kamienia do studni.

Z podsłuchanych rozmów wynikało jasno, że Długi Cień dałby sobie odciąć dwa, a nawet trzy palce, byle tylko położyć łapy na tym, co wiedziała Pani.

Śmieszne. Kiedykolwiek wysyłał po nią Wyjca, tamtemu wszystko dosłownie rozłaziło się w rękach. Można by pomyśleć, że Wyjec nie ma najmniejszej ochoty na to, by jego główny wspólnik stał się jeszcze potężniejszy.

Któregoś dnia będę musiał poprosić Panią o wyjaśnienie mi tej całej sprawy z prawdziwymi imionami tak jasno, by nawet taki głupek jak ja mógł wszystko pojąć. Może uda mi się nakłonić ją nawet do opowiedzenia trochę o całym tym interesie z czarami, aby ci, którzy czytają te Kroniki, mieli przynajmniej ogólne pojęcie, o co właściwie chodzi.

Wiedza na pewno nie powstrzyma nikogo z nas, kto znajdzie się na drodze rozpętanego czaru, przed zesraniem się w gacie, jednak miło byłoby mieć chociażby najbardziej mgliste rozeznanie, co kryje się za śmiercią, jaką niesie ten cały ogień.

Żołnierze z Ziem Cienia zajęli już swoje pozycje. Sennie żuli polowe racje i nie mieli wiele do roboty, jak to się żołnierzom najczęściej zdarza. Póki wszyscy czekaliśmy, zawisłem nad głowami tych, którzy posługiwali się językiem, jaki potrafiłem zrozumieć. Ci filozofowie wystawiali szczegółową ocenę intelektu i charakteru generałów, którzy uformowali swe oddziały i kazali im czekać w gotowości, podczas gdy nic zapewne się nie zdarzy. Nic. Przeklęci Talowie byli zbyt, cholera, zmęczeni, by coś przedsięwziąć. Całą cholerną noc przecież maszerowali.

Słowo „Tal" było rodzajem kalamburu. Stanowiło skrót od nazwy Taglianin, oznaczając jednocześnie gluta w dialekcie Sendżel, którym powszechnie posługiwano się na południe od Danda Presz.

Czułem się, jakbym sam wojował razem z tymi facetami. Mówili moim językiem.

Mogaba wzniósł dla siebie w bezpiecznej odległości od linii frontu potężną wieżę obserwacyjną. Wykonano ją z drewna. Pomyślałem, że już wkrótce przekona się, jak będzie mu w niej niewygodnie. Długi Cień i Wyjec stali teraz obok niego na jej szczycie. Panująca wśród nich atmosfera nie była szczególnie świąteczna, ale też daleka od przygnębienia. Nikt szczególnie się nami nie przejmował.

Zanosiło się na to, że Długi Cień będzie miał powody do radości. Ta bitwa stanowiła punkt kulminacyjny wszystkich jego dalekosiężnych planów. Kiedy dobiegnie końca, nic już nie stanie mu na drodze do zostania panem świata. Wyjąwszy może kilku sprzymierzeńców, którzy nie do końca podzielali jego wygórowane ambicje.

Zrobiło mi się nieswojo. Człowiek lubi, gdy bierze się go poważnie. Mogabie w jakiś sposób udało się przekonać tych facetów, od szczytów hierarchii wojskowej po prostego żołnierza, że są niezwyciężeni.

W wojaczce często stajesz się taki, jakim się sobie wyobrażasz. Zaufanie do samego siebie jest dźwignią zwycięstwa.

Wyjec nie zakrzyczał ani razu, odkąd mu się przypatrywałem, Długi Cień ani razu nie dostał napadu wściekłości.

Biorąc pod uwagę to, ile zamieszania robili wcześniej wokół Pani, aktualnie powinni przejmować się nieco bardziej.

22

Wschodzące słońce wypaliło mgłę – wszędzie, tylko nie wokół naszego obozu. Wiatr, a właściwie słabiutka bryza, wiał od strony skrzydła Pani. Płonęły w nim kopcące ogniska, które zakrywały widok obozu. Ludzie z Ziem Cienia mogli dostrzec jedynie tych, którzy podążali za wojskiem, zagnanych do podsycania ognia – oraz cztery drewniane wieże wznoszące się ponad dymem i mgłą. To były nasze główne wieże oblężnicze, złożone z przyciętych uprzednio elementów, które barkami dostarczono nam po rzece Nagir przy stosunkowo nieznacznym wysiłku i dużej liczbie dobrych, staromodnych przekleństw.

Nie potrafiłem zrozumieć, jaki pożytek mogły przynieść nam tutaj wieże oblężnicze. Przecież nie mieliśmy wdzierać się na żadne mury obronne.

Znając Konowała, projekt ten powzięto głównie dlatego, by Mogaba miał się nad czym zastanawiać.

Zanurkowałem z Kopciem w kopcie ognisk. Wrzała tam ożywiona działalność, ale nie miała nic wspólnego z tym, czego się spodziewałem. Żołnierze spali. Wokół kręcili się głównie cywile. Dokładali do ognia, budowali wieże, wygładzali grunt, tworzyli ścieżki wiodące ku liniom Mogaby, przeklinali chwilę, w której urodził się Konował. Na pewno nie poszli za armią, by potem wykonywać całą tę robotę.

Żołnierze, którzy zaganiali ich do wykonywania tej pracy, nie byli raczej szczególnie uprzejmi. Stary był na tyle bystry, by dobrać drużyny pracujące na zapleczu wedle religii, a potem przydzielał im dowódców, którzy nie podzielali przekonań swych podwładnych.

Niektóre ze szczegółów planu Konowała przesączały się już w szeregi, ale nie było sposobu, by ktokolwiek zdołał złożyć je razem do kupy. Stary nie pozwoliłby przecież, by wyłonił się z nich pełny obraz, a potem jakiś geniusz zdołał zinterpretować wszystkie fragmenty.

Teraz całe zadanie polegało na tym, by powstrzymać jedynego człowieka, który wiedział, co się tu szykuje, dopóki... Ech ty, Murgen. Gdzie twoja wiara w Czarną Kompanię?

Nigdy nie istniała, chyba że na pokaz.

Aha. Oto Wierzba Łabędź, wysoki, blond i piękny, jeszcze bardziej niż ja wysilał się, żeby zrozumieć. Dobra intuicja pomoże mu zarobić kilka punktów u Pani. Ale teraz w zmieszaniu mamrotał tylko coś do swych towarzyszy.

Panią znalazłem niedaleko absolutnie nieprzejętą tym, co działo się wokół. Skupiła się na swej pracy. Punkt dowodzenia przeniosła na pagórek, którego szczyt wystawał ponad kłęby dymu. Patrzyła w górę przełęczy, gotowa, na wypadek gdyby druga strona spróbowała coś przedsięwziąć.

Zabrałem Kopcia z powrotem do wozu Jednookiego. Czas na śniadanie.

– Cholera, najwyższy czas, Dzieciaku! – skarżył się Jednooki. – Musisz zacząć skracać swe podróże. Skończy się tym, że gdzieś się zgubisz.

Wszyscy powtarzali mi to bez przerwy. Ale skoro nic nie zapowiadało, by było to możliwe, nie zwracałem uwagi na ich obawy.

– Stało się coś interesującego? – zapytałem.

– Właśnie trwa wojna. Chodź. Zejdź mi z drogi. Potrzebuję starego pierdziela, żeby wykonać swoją robotę. Idź, poćwicz sobie trochę. Zjedz coś. Ugotuj mu jakiejś zupy, abyś mógł go nakarmić, kiedy już skończę.

– Ty go nakarmisz, kiedy już skończysz, oddechu nietoperza. To należy do twoich obowiązków.

– Ty masz naprawdę poważne problemy ze stosunkiem do starszych, Dzieciaku.

– Będziemy atakować albo coś?

– Nie. Przespacerowaliśmy osiemset cholernych kilometrów w samym środku pieprzonej zimy tylko dlatego, że powiadali, iż tutaj jest najlepsze paliwo do grilla.

– Wszyscy zachowują się jak naćpani.

– Możesz to przypisać temu, że rzeczywiście są naćpani. Nie wiem. To tylko moje zdanie. Mogę się mylić. Zejdź mi z drogi. Mam robotę do wykonania.

Kopciło straszliwie. A im bliżej przedniej linii frontu, tym gorzej. Byle metr czynił znaczącą różnicę. Po kilku pierwszych krokach w tym kierunku zdecydowałem, że moja ciekawość może zaczekać. Zostałem w pobliżu wozu. Zjadłem, potem znowu coś zjadłem, a potem jeszcze raz. Wypiłem większość wody z zapasów Jednookiego. Najwyraźniej służyła mu dobrze, wnioskując ze sposobu, w jaki zgwałciła mój żołądek.

Zacząłem myśleć o Sahrze. Wiedziałem, że teraz będę myślał o niej coraz częściej. Niebezpieczeństwo ma to do siebie, że skupiasz się na rzeczach, które są dla ciebie najważniejsze.

Prześladowała mnie również myśl o bliskości Narajana Singha. Żyjący święty Dusicieli znajdował się nie dalej niż półtora kilometra stąd i doglądał swego ogniska, podczas gdy Córka Nocy przyglądała się temu sennie, owinięta dokładnie w koce, które miały ochronić ją przed chłodem i wilgocią.

Drgnąłem. Cholera! Wizje sprowadzone chwilową zadumą były niemalże realne.

Niespokojnie czekałem, by móc znowu wrócić do Kopcia. Chciałem się przekonać, czy rzeczywiście Singh właśnie robi sobie śniadanie. Czułem dojmującą potrzebę uwolnienia się od myśli krążących wokół Sari.

Kiedy wreszcie blizny pokryją jątrzące się rany? Kiedy przestanie boleć tak bardzo, że trzeba przed bólem uciekać?

Wbiłem wzrok w ogień i próbowałem przegnać ponure myśli. To było niczym rozdrapywanie strupa pokrywającego ranę. Im bardziej starałem się myśleć o czymś innym, tym bardziej moje myśli lgnęły do Sari. Na koniec jednak taniec płomieni wypełnił wreszcie moją świadomość bez reszty i zdało mi się, że po jego drugiej stronie zobaczyłem moją żonę, rozczochraną, piękną i nieco bladą – zajmowała się najbardziej prozaiczną, codzienną sprawą, jaką jest gotowanie ryżu. Czułem się tak, jakbym zaglądał w przeszłość, na wskroś czasu, i oglądał obrazy z poprzedniego życia.

Z mego gardła wydarł się dźwięk, przypominający chyba jęk psa dławiącego się na smyczy, poderwałem się na równe nogi. Tylko nie to! Omalże nie runąłem znowu w przeszłość... a może nie?

Jednooki wygramolił się z wozu.

– Zrobione, Dzieciaku. Możesz go sobie wziąć, jeżeli to konieczne, ale naprawdę powinieneś zrobić sobie przerwę. I tak przez jakiś czas nic się nie zdarzy.

– Co my palimy w tych ogniskach? Siedziałem tu i miałem jakieś wizje czy co.

Jednooki nabrał w płuca kilka galonów powietrza, potem wstrzymywał oddech przez jakiś czas, aż wreszcie odetchnął i rozczarowany pokręcił głową.

– Coś sobie wyobrażasz.

– Nigdy mi się to nie zdarzało.

Nigdy mi się to nie zdarzało. To było warte zastanowienia. Rozejrzałem się dookoła, żeby sprawdzić, czy nikt nie słucha. Matka Gota znajdowała się przy rodzinnym ognisku, ale jej forsberski nie był na tyle dobry, żeby cokolwiek zrozumiała.

Sama wzięła na siebie obowiązek gotowania wszystkich posiłków dla całej rodziny. Co oznaczało, że nawet nie licząc wymagań energetycznych, jakie nakładały na mnie podróże z Kopciem, i tak z pewnością nie przytyję. Wciąż gromadziła swój osobisty arsenał. Postępowała w taki sposób, jakby najwyraźniej doskonale wiedziała, jak się nim posługiwać, owymi nieczęstymi czasy, kiedy chciało jej się trudzić ćwiczeniami z Tai Deiem i Wujkiem Dodżem. Do mnie odzywała się raczej rzadko. To nie ja byłem powodem, z którego się tutaj znalazła. Byłem tylko zawadą i źródłem kłopotów.

Już ona doskonale w i e d z i a ł a, że nic by się nie stało, gdyby miłość i Hong Trej nie weszły w drogę zdrowemu rozsądkowi oraz starodawnym obyczajom.

Byłem wręcz zadowolony, że trzymała się z dala ode mnie. Sam miałem problemy z trzymaniem swoich uczuć na wodzy. A wśród nich dominowało niewzruszone przekonanie, iż życie byłoby dla mnie znacznie przyjemniejsze, gdyby matka Sari nigdy nie zechciała zostać z nami. Może nawet Sahra żyłaby jeszcze. Chociaż tego ostatniego stwierdzenia nie potrafiłem nijak wyprowadzić z żadnej znanej mi logiki.

Niezależnie od tego, jak bardzo nęciła mnie perspektywa przebywania w towarzystwie Kopcia, postanowiłem jakoś przetrzymać ból. Muszę przecież się do niego przyzwyczaić. A więc dlaczego nie przespacerować się ponownie po obozie? W jakiś sposób mogę trzymać się z dala od najgęstszego dymu.

Niemalże od razu, gdy tylko ruszyłem w drogę, obok mnie zmaterializował się Tai Dei.

– Twój temblak zniknął – stwierdziłem. – Z powrotem wróciłeś do pracy. – Potaknął. – Jesteś pewien, że nie za wcześnie? Możesz je sobie znowu złamać, jeżeli nie pozwolisz, by zaleczyło się do końca.

Tai Dei wzruszył ramionami. Zmęczyło go już bycie kaleką. I o to właśnie chodziło. Biorąc pod uwagę, jaki był twardy, zapewne miał rację.

– Co się dzieje z Wujkiem Dodżem? – Nie widziałem starego od jakiegoś czasu. Skoro Tai Dei wrócił, Dodż mógł ulec pokusie, aby poszukać pomsty na własną rękę. Dla jego umysłu, bez reszty podążającego Drogą Miecza, mógł to być całkiem rozsądny pomysł.

Tai Dei wzruszył ramionami. Miał szczęście, że nie musiał gadaniem zarabiać na życie. Wtedy zapewne byłoby go jeszcze mniej niż teraz.

– Pomóż mi, bracie. Naprawdę będzie mi przykro, jeśli ten stary da się zabić. – Wujek Dodż nie był szczególnie stary. Mógł mieć z dziesięć lat więcej niż Konował i był znacznie żwawszy od niego.

– Na to sobie nie pozwoli.

– Miło mi to słyszeć. Problem polega na tym, że to się może przydarzyć każdemu. Jeśli już o tym mowa, przypomnij mu, żeby nie próbował zachowywać się szczególnie osobliwie w obecności ludzi, którzy nas nie znają. Kapitan nie był z nami w Dedżagore.

Nagle Tai Dei, zupełnie znienacka, stał się niemożliwie gadatliwy.

– On żyje we własnym piekle. – To oczywiście była prawda, ale nie spodziewałbym się po żadnym Niueng Bao takiej uwagi.

– Z pewnością. A ono go wykoślawia. Tak samo, jak nas wykoślawiło Dedżagore. On nie ufa już nikomu. W ten sposób żyje skrajnie samotnym życiem, ale nic nie może na to poradzić. A szczególnie nie ufa ludziom, których wierzenia, sprawy i motywacje są dla niego zupełnie nieprzeniknione.

– Wujek?

– Musisz przyznać, że Wujek Dodż jest dziwny nawet wedle norm Niueng Bao.

Tai Dei odchrząknął i przeżuwał tę kwestię w milczeniu.

– On sprawia, że Kapitan staje się bardzo nerwowy. – A Kapitan był bardzo potężnym człowiekiem.

– Rozumiem.

– Mam nadzieję. – Zazwyczaj nawet Dodż musiał wyduszać z Tai Deia pojedyncze słowa, czułem się więc nieomal zaszczycony. Miał ochotę rozmawiać dalej. Dowiedziałem się dużo na temat jego dzieciństwa, spędzonego z Sahrą, które było właściwie zupełnie pozbawione zdarzeń godnych uwagi. Wierzył, że na jego rodzinie ciąży klątwa. Ojciec umarł, kiedy on i Sahra byli jeszcze dziećmi. Jego żona, Mi, utonęła, kiedy ich syn, To Tan, miał zaledwie parę miesięcy, na wczesnym etapie pielgrzymki, która ostatecznie przywiodła Niueng Bao do Dedżagore akurat na czas, by przeżyli w nim oblężenie. Sahra wyszła za mąż za Sama Dan Kiu, który zafundował jej kilka lat piekła, zanim zmarł na gorączkę w pierwszych tygodniach oblężenia. Potem wszystkie dzieci Sahry zginęły pod mieczami ludzi Mogaby w Dedżagore, To Tan zaś w wyniku napaści Dusicieli, której efektem była także śmierć mojej żony i złamana ręka Tai Deia.

Nikt w jego rodzinie nie umarł nigdy ze starości. Najwyraźniej śmierć ich sobie upodobała; wymierali po kolei. Matka Gota najpewniej nie była w stanie mieć już dzieci. Tai Dei wprawdzie mógł jeszcze zostać ojcem, ale nie spodziewał się, by to nastąpiło. Ja pomyślałem, że zginie, mszcząc swoją siostrę i syna.

Kiedy tylko padło imię To Tana, Tai Dei stracił ochotę do rozmowy.

Nasza armia zajęła następujące pozycje: dywizja Pani na lewej flance, książęca w centrum, obie formacje Kapitana po prawej, ustawione jedna za drugą. Cała nasza jazda zgromadziła się w szczelinie, jaka tam powstała między dywizją frontową a odwodową.

Dlaczego tak? Rezerwowa dywizja powinna ubezpieczać środek. Zawsze tak było, od zarania dziejów.

I dlaczego Konował ustawił swoje specjalnie wytrenowane jednostki daleko poza dywizjami Pani?

Albo Stary sądził, że uda mu się wprawić Mogabę w szał, kiedy będzie próbował zrozumieć, co się dzieje, albo pozwolił, by własna nienawiść do Brzeszczota i paranoja kreśliły jego taktykę.

I dlaczego cywile z taborów, zgłaszający się na ochotnika lub zapędzani w inny sposób, zgromadzili się wszyscy razem na pierwszej linii frontu? Konował nienawidził tej zbieraniny. To, że nie przegnał jej już całe tygodnie temu, stanowiło istny cud dla wszystkich, którzy go znali.

Nigdzie nie mogłem znaleźć Wujka Dodża. Wciąż.

23

Poczułem, że się zaczęło, zanim jeszcze warknął bęben czy zawyła trąba. Pobiegłem do wozu, przeskakując we mgle skały i ogniska.

Kazałem Kopciowi zabrać się na szczyt wieży, skąd Mogaba obserwował przebieg wydarzeń. Natychmiast wyczułem panującą tam niepewność. Nar znał Konowała. Wiedział, że połowa tego, co zrobi Stary, będzie miała na celu wprowadzenie zamieszania w jego myśli. Ale która połowa? Sama wiedza na ten temat mogła zasiać ziarno zwątpienia w każdą z jego decyzji.

Wstrętem napawał mnie Mogaba-zdrajca, ale podziwiałem Mogabę-człowieka. Był wysoki, przystojny, inteligentny. Dokładnie jak ja. Tyle że on był ponadto doskonałym wojownikiem.

Nie zostawił przy sobie żadnego oddziału, towarzyszyli mu tylko kurierzy i dwaj wielcy zaszczańcy. A oni całkiem dobrze udawali parę braci śpiących. Ich strategia polegała na tym, by poczekać, aż Pani wykona ruch, aby jeden mógł ją dopaść, podczas gdy drugi spróbuje oślepić.

Z platformy Mogaby rozciągał się nieszczególnie dobry widok, chociaż przypuszczalnie lepszego nie dało się uzyskać. Część jego lewej flanki zakrywała spiętrzona masa głazów, a stromy załom skrywał przed jego wzrokiem część prawego skrzydła oraz kilka oddziałów tagliańskich.

Zabrałem Kopcia w górę, między kłębiące się kruki, abyśmy mogli wszystko lepiej zobaczyć. Dym rozwiewał się powoli. Ludzie szli bezładnie w górę zbocza, niezdolni do utrzymania porządnego szyku na skalistym gruncie.

Teraz zrozumiałem, dlaczego oddziały wyposażono w kulki nabite kolcami.

Są one niczym wielkie pluskiewki, podobne do tych, które dzieciaki w ramach znakomitego dowcipu lubią podkładać sobie nawzajem pod siedzenia, z tym że nasze mają zaostrzone końce, czasami pokryte trucizną. Kulka taka jest poręcznym narzędziem militarnym, w szczególności zaś gdy żołnierze, przeciwko którym stajesz, siedzą na końskich grzbietach. Rozrzucasz je, tam gdzie konie muszą ścieśnić się na wąskiej przestrzeni, i masz zagwarantowany dobry początek – albo nawet miejsce pod paskudną pułapkę.

Aha! Wreszcie wypatrzyłem brakującego członka rodziny.

Wujek Dodż odział się w swój najlepszy ubiór, swoje święte wdzianko szermiercze, jakby nie chciał sprawiać nam dodatkowego kłopotu z ubieraniem trupa, kiedy przyjdzie go grzebać. Do diabła. Powinienem zapytać Tai Deia o obyczaje pogrzebowe Niueng Bao. Wielu z nich umierało w mojej obecności, ale nigdy nie brałem udziału w tym, co następowało później.

Wciąż miałem do nich pretensje, że zajęli się Sahrą i To Tanem i nie dopuścili mnie do ceremonii.

Wujek Dodż szedł dumnym krokiem w górę zbocza, aż dotarł jakieś piętnaście metrów przed pierwsze szeregi żołnierzy Cienia. Wtedy przystanął i wykrzyczał wyzwanie mające sprowokować Narajana Singha do walki.

Zgadnijcie, kto nie wyszedł, by z nim walczyć? Nikt nawet nie raczył odpowiedzieć. Nikt nawet nie sprawił sobie tyle kłopotu, by przekazać wiadomości do obozu Oszustów.

Wujek Dodż wygłosił następnie szereg bardzo formalnych obraz, dyskredytujących Oszustów oraz ich sprzymierzeńców. Cały kłopot polegał jednak na tym, że były to rzeczywiście obelgi bardzo formalne, wywodzące się wprost ze stylizowanej szkoły wyzwania i odpowiedzi na nie. Nie miał najzwyczajniej pojęcia, w jaki sposób uczynić swoją prezentację zrozumiałą dla ludzi, którzy nie mówili językiem Niueng Bao.

Biedny Wujek. Czterdzieści lat intensywnych przygotowań zaowocowało wreszcie tym szczytowym momentem – a ci faceci widzieli tylko szalonego starca.

Dodż zaczął zdawać sobie powoli sprawę z tego, co się dzieje. Wtedy naprawdę się wściekł. Zaczął wykrzykiwać swe obelgi po tagliańsku. Kilku żołnierzy Cienia zrozumiało go. Jego wiadomość wkrótce dotarła do obozu Dusicieli. Nie została tam dobrze przyjęta.

W moich oczach całe przedstawienie zaczęło wyglądać nagle równie zabawnie jak reszta toczących się spraw.

Nic z tego nie było częścią planu Kapitana.

Wujek ciągle wykrzykiwał swe wyzwania.

Wyżej, w obozie Oszustów, kieszonkowy mesjasz Dusicieli przemówił do swych towarzyszy.

– Nie zareagujemy. Poczekamy. Ciemność to nasz czas. A ciemność zawsze nadchodzi. – Po krótkiej chwili zapytał: – Kim jest ten człowiek?

Odpowiedział mu barczysty facet, wyglądający tak, że każdy mógłby dostać gęsiej skórki na jego widok.

– On był w Dedżagore. Jeden z pielgrzymów Niueng Bao. – Człowiek, który się odezwał, miał na imię Sindu. Przybył do oblężonego miasta jako wysłannik Pani i szpieg Oszustów. Naprawdę wstrętny typ. Byłem pewien, że już dawno nie żyje.

Takie jak Sahra umierają, ale tacy jak Sindu czy Narajan żyją nadal. Głównie z tego powodu nie jestem człowiekiem religijnym. Chyba że Gunni mają rację i rzeczywiście istnieje koło żywotów, w którym każdy ostatecznie otrzyma to, na co zasłużył.

– Był jakimś kapłanem oraz ich Mówcą. Jedna z jego rodziny poślubiła na koniec chorążego Czarnej Kompanii – ciągnął Sindu.

– A więc wszystko staje się jasne. Bogini rozgrywa właśnie gambit jednej ze swych subtelnych gier śmierci. – Spojrzał na Córkę Nocy. Dzieciak siedział tak nieruchomo, że było to co najmniej przerażające. Jeszcze bardziej niż zazwyczaj. Żadna czteroletnia dziewczynka nie jest do tego zdolna.

Narajan Singh zdawał się w jakiś sposób zakłopotany. Jego bogini zabawiała się czasami w śmiertelne żarty, których kosztem obarczała swych najbardziej oddanych wyznawców. Nie miał najmniejszej ochoty stać się jedną z ofiar jej figlów.

– Ciemność to nasz czas – powtórzył. – Ciemność zawsze nadchodzi.

Ciemność zawsze nadchodzi. Brzmiało to niczym dewiza Kiny. Spojrzałem powtórnie na bachora Konowała i Pani. Naprawdę mnie niepokoił. Za każdym razem, gdy go widziałem, był coraz straszniejszy. Gdyby – przebywając poza ciałem – nie było to takie trudne, krzyczałbym, wzywając Panią i Starego.

W rzeczy samej, omalże mi się udało. Może zaczynałem nabywać zdolności odczuwania emocji w czasie pracy.

Odpłynąłem w inne miejsce i przekonałem się, że Mogaba zwraca uwagę na staromodne wyzwania Wujka w stopniu znacznie większym niż Singh. Ale on pamiętał Dodża jeszcze z dawnych, złych czasów.

– Chcę, żeby uciszono tego człowieka – oznajmił. – Żołnierze patrzą na niego, zamiast obserwować wroga.

Kiedy nie udało mu się wymusić na Oszustach żadnej reakcji, Wujek Dodż zaczął obrażać żołnierzy Cienia i ich panów. Jakiś oszczep pomknął ku niemu. Ruchem zbyt szybkim, by oko zdołało za nim nadążyć, wyciągnął Spopielającą Różdżkę i odbił pocisk.

– Tchórze! – zawołał. – Renegaci! Czy któryś z was, Nar, jest na tyle mężczyzną, by zmierzyć się ze mną? – Pogardliwie pokazał im plecy i ruszył w stronę naszych szeregów, zanim zdążyła zalać go nawała włóczni. Doskonałe posunięcie – w najmniejszym stopniu nie wyglądało na odwrót.

24

Iotworzyły się wrota wszystkich piekieł.

Rogi zawyły. Zawarczały bębny. Potykając się i chwiejąc niezgrabnie, biednie uzbrojony motłoch, na dodatek wyposażony w kiepściutkie morale, ruszył w górę zbocza – to sześćdziesiąt tysięcy głodnych i wymizerowanych cywilów z taborów atakowało sługusów Cienia. Nasi żołnierze gnali ich przed sobą na ostrzach mieczy.

Zupełnie zgłupiałem. Struchlałem właściwie. Kapitan przeżywał wprawdzie ostatnio ciężkie chwile, ale nigdy nie przypuszczałem, że może okazać się na tyle bezwzględny, by zgromadzić razem cywilów, a potem pognać ich naprzód w charakterze ludzkiej lawiny. Kiedy jednak zastanowiłem się nad tym, to faktycznie już od tygodni ostrzegał żołnierzy, by nie pozwalali iść za wojskiem nikomu, na kim im zależało. Ci, którzy w ogóle się nad tym zastanawiali, dochodzili raczej do wniosku, że oznacza to, iż Stary po prostu nie spodziewa się zwycięstwa.

Ci ludzie właściwie szli na rzeź. Ale z pewnością uda im się pokaleczyć szeregi Cienia do pewnego stopnia, a resztę trochę stłamsić, co będzie ostatecznie działać na naszą korzyść.

Żołnierze byli bezlitośni. Wprawili dekowników w prawdziwe szaleństwo przerażenia. Kiedy uderzyli wreszcie w centrum sił Mogaby oraz na jego prawą flankę, naprawdę udało im się przeniknąć poza przednie szeregi wojsk Cienia.

Dywizja Brzeszczota pozostała nietknięta.

Kiedy wszyscy skupili uwagę na naszym ataku, Konowałowe siły specjalnego przeznaczenia opuściły cień lewego skrzydła Pani i pośpiesznie weszły w obrzeżające przełęcz pustkowia. Oczywiście Mogaba rozstawił warty poukrywane tam wśród skał. Natychmiast wywiązała się walka.

Nasze słonie ruszyły naprzód, zaraz za oddziałami poganiającymi hołotę z taborów. Żołnierze Cienia byli zbyt zajęci, by zwracać na nie uwagę. Słonie używały wielkich, drewnianych kafarów, którymi wbijały w ziemię potężne, stalowe kolce.

Usłyszałem przenikliwy wrzask brązowych trąb Cienia. Z powodów, których nie potrafiłem się domyślić, dywizja Brzeszczota ruszyła nagle naprzód, skośnie w lewo, w dół zbocza, pod takim kątem, jakby miała zamiar obejść naszą prawą flankę. Podziwiałem sprawność, z jaką jego ludzie utrzymują szyk na tak nierównym gruncie.

Teraz wreszcie byłem świadkiem jednego ze słynnych napadów gniewu Długiego Cienia.

– Tym razem posunąłeś się za daleko! – grzmiał na Mogabę, kiedy tylko odzyskał panowanie nad sobą na tyle, by być w stanie wyartykułować spójne wypowiedzi. – Co, u diabła, sobie wyobrażasz, że wykonujesz takie posunięcia bez konsultacji ze mną? Wyjaśnij przynajmniej, do czego właściwie zmierzasz! – Wrzeszczał tak, tupał po powierzchni nierównej platformy, drapał maskę, aż pomyślałem, że może ukaże wreszcie światu swoją twarz, którą skrywał przed nim zawsze, z wyjątkiem chwil, gdy był sam.

– Nie mam pojęcia, co on robi. – Mogaba zignorował gniew Władcy Cienia. Przechylił się przez balustradę platformy i obserwował poczynania dywizji Brzeszczota. Zdawał się tak ogłupiały, jakim nie widziałem go jeszcze nigdy dotąd. – Cicho bądź.

Wyjec skomentował tę obrazę szeregiem wrzasków.

Długi Cień na powrót zatonął w nieartykułowanym bełkocie.

Zagrzmiały tagliańskie trąby. Jeźdźcy Szadar galopem wydostali się ze szczeliny dzielącej dwie dywizje Starego i ruszyli w przestrzeń, jaka otwarła się między dywizją Brzeszczota a resztą armii Cienia. Jej atak wywołał nieco mniejsze wrażenie niż pochód Brzeszczota. Kiedy już zaczęli gnać, nawet nie udawali, że starają się trzymać szyk.

Brzeszczot zignorował ich. Kontynuował swe natarcie.

Mogabę opanowało takie podniecenie, jak chyba jeszcze nigdy dotąd. Nie miał zielonego pojęcia, do czego Brzeszczot zmierza.

Długi Cień i Wyjec omal się nie pobili.

Co tu się, do cholery, dzieje?

Znienacka rozbrzmiewający warkot bębnów stanowił zapowiedź postępów wiodącej dywizji Konowała. Kierowała się prosto w przestrzeń opróżnioną przez siły Brzeszczota. Jazda płynęła naprzód i osłaniała zewnętrzną flankę maszerującego wojska. Potem rezerwowa dywizja dokonała zwrotu w prawo i ruszyła śladem Brzeszczota.

A ja gapiłem się jak idiota.

Wydarzenia rozwijały się, jakby wszystko zostało wcześniej niezwykle starannie przygotowane, jednak nikt nie miał pojęcia, co się właściwie dzieje. Wszystkich opanowało pomieszanie. Na bardziej odległych obszarach teatru działań, jak na przykład stanowisku dowodzenia Pani, nikt nie miał zielonego pojęcia, o co w tym wszystkim chodzi.

Tylko Kapitan wiedział zapewne mniej więcej, on jednak prawdopodobnie kierował działaniami dokonującymi się w trzech kierunkach naraz – próbował zdobyć kontrolę nad prawym skrzydłem armii Cienia, zachować kontrolę nad armią Brzeszczota i pozostawać w kontakcie z wydarzeniami. Był więc zapewne niezdolny do uchwycenia ogólnego obrazu przebiegu bitwy.

Nie mogłem pomóc mu w żaden sposób. Zanim wrócę do ciała, zwlekę się z wozu, znajdę go na froncie, odległym teraz o półtora kilometra od wozu Jednookiego, cała sytuacja zmieni się radykalnie.

Na naszym lewym skrzydle oraz w centrum żołnierze dalej gnali przed sobą cywilów z taborów. Cały ten pomysł powoli zmieniał się w przedstawienie grozy o rozmiarach, które pamiętane będą jeszcze przez następne pokolenia.

Przednia dywizja Konowała bezpośrednio uderzyła na żołnierzy Cienia i próbowała zająć pozycje opuszczone przez Brzeszczota. Rezerwy Mogaby ruszyły do walki. Walczyły, trzeba przyznać, bardzo dobrze. Odepchnęły Konowała. Ledwie. Odniosłem jednak wrażenie, że Stary nie był jeszcze ostatecznie gotów do wysiłku koniecznego do zdobycia tego stanowiska.

Jedna kompania Szadar, która znalazła się teraz wyżej niż wróg, podeszła do obozu Dusicieli na odległość lotu strzały. Przez kilka minut garstka łuczników prowadziła bezładny ostrzał, który nie spowodował żadnych widocznych szkód.

Tymczasem Wyjcowi udało się wreszcie przemówić do opętanego złością Długiego Cienia.

– Nie możemy pozwolić sobie na luksus marnowania czasu na wzajemne kłótnie! Kobieta może w każdej chwili uderzyć. Jeżeli nie będziemy uważać...

Jeszcze kilka mocnych docinków w tym samym stylu skłoniło w końcu Władcę Cienia, by zrozumiał, że pobłażanie własnym emocjom czyni go podatnym na magiczny atak. A jego przyboczny nie będzie wszak bronił go przez cały czas. Postępował doprawdy nieroztropnie, pozwalając sobie na te dzikie napady wściekłości i wrzasków.

Wciąż jeszcze się trzęsąc, niezdolny do wyraźnego artykułowania słów, Długi Cień skoncentrował swą uwagę na Pani.

Ona stała tylko na swoim stanowisku i czekała.

Teraz Mogaba próbował zwrócić na siebie uwagę Długiego Cienia. Władca Cienia jednak nie spuszczał wzroku z Pani. Mogaba nalegał. Wreszcie udało mu się skłonić tamtego, aby odwrócił się w jego stronę, tylko że wtedy wyglądało już na to, iż kryzys minął. Strach, jakim napawali ich nasi żołnierze, przestał już wystarczać, by biedni dekownicy szli dalej naprzód. Dywizja Kapitana wycofała się na swoje pozycje wyjściowe. Siły Brzeszczota zatrzymały się trzy kilometry na zachód poza polem bitwy. Otaczała je nasza kawaleria i dywizja odwodowa. Żołnierze Cienia służący w tej jednostce byli równie osłupiali jak cała reszta. Ale to byli dobrzy żołnierze. Wykonywali otrzymane rozkazy.

Mogaba zwrócił się do Długiego Cienia:

– Zostaliśmy oszukani, ale nie tak, jak się spodziewaliśmy. Konował zdziesiątkował nasze szeregi jednym bystrym posunięciem.

Obecnie utrzymanie tej pozycji jest już niemożliwe, chyba że zechcesz wydać inne rozkazy.

Długi Cień wychrząkał pytanie aż drżące od wściekłości.

Mogaba odpowiedział:

– Najlepiej byłoby teraz zaatakować, póki Taglianie są zdezorganizowani i rozproszeni, jeszcze zanim żołnierze zrozumieją, jak rozpaczliwa stała się nasza sytuacja.

Długi Cień jednak widział rozgrywające się wydarzenia w innym świetle.

– Kolejny raz zapominasz, że twoim zadaniem jest realizować moje życzenia, nie zaś je kwestionować. Dlaczego musisz być takim pesymistą? – Spojrzał na siły Brzeszczota, których jedynie część pozostawała widoczna z miejsca, gdzie stał. Najwyraźniej jego samego trapiły pesymistyczne myśli. – Odparłeś ich atak z łatwością.

Mogaba z wyraźnym trudem tłumił płonący w nim gniew. Żałowałem, że nikt, naprawdę nikt, nie miał pojęcia skąd pochodził Długi Cień. Czasami zdawał się równie naiwny, jak potężny.

Nar machnął dłonią gdzieś w stronę oddziałów Brzeszczota.

– Zostaliśmy otoczeni. Straciliśmy już cały legion, ponieważ ty tak chętnie zgodziłeś się przyjąć pod swoje sztandary kolejnego śmierdzącego zdrajcę.

Biedny, durny ja, nie miałem pojęcia, o czym mówi. Dla mnie to wcale nie było takie oczywiste.

Długi Cień też jeszcze nie potrafił dokonać tego kroku myślowego. Widział tylko zwycięstwo w otwartej walce między ścierającymi się siłami.

– Jak wielu udało nam się zabić? Zobacz! Ciała leżą pokotem na polu. Tworzą prawdziwe wzgórza. Policz ich, a otrzymasz tysiące. Te kruki będą pożywiać się nimi jeszcze przez wieki.

Ale człowiek pod maską nie mógł zaznać spokoju. Nie przestawał spoglądać w stronę sił Brzeszczota.

Mogaba odwarknął:

– Być może jeden na stu pośród tych poległych był żołnierzem. To wszystko cywile z taborów, złodzieje i kurwy, nienasycone żołądki, które pasożytują na każdej armii, jeśli im na to pozwolić. Byli bezużytecznymi, drugorzędnymi szumowinami. Konował wykorzystał ich, abyśmy mieli czym się zająć, a sam w tym czasie zniszczył czwartą część naszych sił i wszelką nadzieję na zwycięstwo. Jego weterani przewyższają nas w tej chwili liczebnie. A przede wszystkim są wypoczęci. – Wskazał dłonią na wzgórza rozciągające się po jego prawej stronie, gdzie specjalne siły Konowała stale postępowały naprzód i zdobywały teren krok za krokiem. – Wkrótce znajdą się na takiej samej wysokości jak my. Byli na to przygotowani od początku.

– A ty nie przygotowałeś się, by jej bronić?

– Przewidziałem wysiłek Konowała. Tylko głupiec nie zwróciłby uwagi na te wzgórza. Ale nie przewidziałem bomb zapalających, których użył.

Stanowiły one najlepszy produkt zbrojowni Jednookiego pracujących w Taglios, przetransportowano je tutaj kosztem ogromnego wysiłku zarówno finansowego, jak i ludzkiej pracy, ale teraz okazało się, że było warto. Trudno było utrzymać teren, mając przed sobą wojska wyposażone w takie bomby.

Kapitan i jego sztab szli w stronę dywizji Brzeszczota. Coś się działo. Pomknąłem również w tamtym kierunku.

Brzeszczot wyszedł zza muru swych żołnierzy, stanął twarzą w twarz z Kapitanem po przeciwległej stronie obszaru kamienistego gruntu liczącego jakieś sto metrów. Nasi ludzie zajęli pozycje poza zasięgiem strzału z łuku, rozluźnieni, lecz czujni, oczekiwali na rozwój wydarzeń. Byli tylko odrobinę mniej zdumieni niż wojska zdrajcy, które obecnie ustawione zostały raczej jak do przeglądu niż do walki.

Brzeszczot i Konował spotkali się w połowie drogi. Wymienili tylko kilka słów. O ty, głupi Murgenie, spodziewałeś się, że Stary wyrówna rachunek nienawiści z tym, którego od dawna energicznie ścigał. Zamiast tego otoczył Brzeszczota ramionami i zaczął się śmiać.

Jak na Kapitana ten śmiech trwał doprawdy długo. Można było posłyszeć w nim zdecydowanie szaleńcze tony.

Zaczęli skakać w górę i w dół, trzymając się wzajem za ramiona.

Potem Brzeszczot się odwrócił. Zawołał do swoich żołnierzy:

– Rzućcie broń i poddajcie się. W przeciwnym razie zostaniecie zabici.

Zostało to pomyślane tak niesamowicie, że dopiero teraz, gdy jego żołnierze zaczęli z wolna słuchać rozkazu, tak jak ich zresztą nauczono, zrozumiałem, na czym polegał cały przekręt.

Zdrada Brzeszczota była udawana. Trwający przez lata pościg Konowała za nim był od początku do końca reżyserowany – wyjąwszy to, że przy okazji używał go do tępienia niewygodnych fanatyków religijnych.

Nie ma nic lepszego od sytuacji, w której twoi wrogowie wykonują za ciebie brudną robotę.

Co więcej, efektem wysiłków Brzeszczota było to, iż Władca Cienia stał się w kręgach kościelnych jedną z postaci najbardziej znienawidzonych. Całe terytoria poddawały się nam, nie stawiwszy choćby mizernego oporu.

A teraz Brzeszczot poddał czwartą część najlepszych żołnierzy Władcy Cienia.

Nigdzie w Kronikach nie było strategii oszustwa tak przemyślnej jak ta. A Konował stworzył ją zupełnie samodzielnie. Długo jeszcze będzie zaśmiewał się w kułak, wiedząc, że Mogaba nawet sobie nie wyobrażał, iż coś takiego może przyjść mu do głowy. Nar uważał Starego za człowieka, który nie odetchnie porządnie, zanim pierwej nie poradzi się Kronik.

25

Pozostawiłem Kopcia własnemu losowi. W pobliżu wozu nie było nikogo prócz Matki Goty i Tai Deia. Przyłączyłem się do nich. Nie odezwali się do mnie ani słowem. Ja również jadłem w milczeniu, wypiłem przy okazji mnóstwo wody, a następnie wspiąłem się z powrotem na wóz i uciąłem sobie dłuższą drzemkę. Śniłem. Sny nie były szczególnie miłe. Występowała w nich Duszołap, z pozoru znakomicie się bawiła. Bawiła się, ponieważ zwodziła nas bez wątpienia, gdyż właśnie to dostarczało jej największej radości.

Obudziłem się i pojadłem znowu, ledwie świadom, że pochłaniam jedne z najgorszych produktów kuchni Matki Goty. Połykałem wodę, jakbym miał okazję napić się po raz pierwszy od wielu tygodni. Niejasno zdawałem sobie sprawę, że w oczach Tai Deia, ilekroć na mnie spojrzał, błyskał niepokój. Próbowałem wykoncypować, o co chodzi, ale nie potrafiłem się skupić.

Zrobiło się już dość późno. Obóz pogrążył się w ciszy. Żołnierze wciąż trwali na wysuniętych pozycjach. Nocne warty uważnie przeszukiwały teren, ostrzeżono bowiem wszystkich, iż w obozie nieprzyjaciela są też Dusiciele. Wartownicy trochę plotkowali, kiedy zatrzymywali się, by ogrzać ręce nad ogniskiem. Nieco dalej jacyś ocalali z ataku cywile zebrali swój żałosny dobytek i przycupnąwszy, czekali w milczeniu, aż zostaną zagnani do następnego ataku.

Na wzgórzach trwała zażarta walka. Mogaba zamierzał drogo sprzedawać każdy metr oddanej ziemi.

Nie wszystkim dekownikom pozwolono odejść na bok. Ogniska na flance Pani płonęły ponownie i zasnuwały nasz obóz dymem. Czyżby w umyśle Kapitana lęgło się nowe diabelstwo?

Jakiś czas później, kiedy się pokazał, spytałem go o to.

– Mam nadzieję, że tak sobie pomyślą – odrzekł. Nie przestawał się uśmiechać. – Chcę, żeby Mogaba już zawsze musiał nerwowo spoglądać przez ramię. Żeby podskakiwał na najlżejsze poruszenie wśród cieni, myślał, że w każdej chwili ziemia może rozstąpić się mu pod nogami. Co być może faktycznie kiedyś nastąpi. – Znów się zaśmiał.

Wszyscy starsi oficerowie zaczęli gromadzić się przy ogniskach płonących niczym świąteczne ognie Gunni. Politycznie neutralni kapłani wszystkich wyznań odbywali rytuały dziękczynne. Pojawiła się nawet Pani w towarzystwie swych oficerów i adoratorów. Wyglądała niczym półbogini, bardziej realna niż którekolwiek tagliańskie bóstwo z wyjątkiem groźnej Kiny. We współczesnej nam epoce jedynie Kina zdawała się interesować sprawami tego świata. Ale nią kierowały motywy osobiste.

Trudno powiedzieć, kto spośród zebranego tłumu był bardziej zdumiony. Brzeszczot rozmościł się obok Starego. Nie przestawał się uśmiechać. Nie potrafił przestać paplać ze swoim starym kumplem, Łabędziem. Biedny Kordek Mafer został w domu z Kobietą. On również mógłby się teraz znakomicie zabawić.

Nie widziałem Brzeszczota od lat. Wtedy był małomównym cynikiem. Zupełnie inaczej niż dzisiaj. A Jednooki, jak się okazało, nie miał jeszcze czasu, by puścić w ruch swą destylarnię.

Brzeszczot wrzasnął w stronę Konowała, Konował odwrzasnął mu coś.

– Nie zwracaj na nich uwagi. Jeszcze nie potrafi zejść ze sceny. – zwrócił się do mnie Łabędź.

– Przypuszczam, że dopóki trwał ten ich spisek, musieli żyć w wielkim napięciu.

Stary słyszał Łabędzia, ale nie zwrócił na niego większej uwagi.

– Jutro będziemy mieli dobrą, staromodną zabawę w samym centrum. Ostatnia rzecz, jakiej by Mogaba po mnie oczekiwał. Książę, ty pójdziesz pierwszy. Niech twoi ludzie pokażą nam, jacy są dobrzy.

Pociągnąłem potężny haust wody, miałem nadzieję, że Jednookiemu udało się jednak coś, choćby odrobinę, upędzić na dzisiejszą noc. Jednak gdyby nawet, zapewne nie można liczyć, by zmieniło się to w regułę. Żadna z tagliańskich religii nie tolerowała piwa, podobnie jak Pani czy książę, którym nie spodobałoby się zapewne, gdyby pijani żołnierze spieprzyli im całą robotę. Ale czego nie widzą, tego nie będą mogli potępić. A więc mogłem po prostu zaproponować Jednookiemu, by ruszał z produkcją.

– Naprawdę zamierzasz powiedzieć nam, co się dzieje? – zapytałem Konowała.

W jego oczach rozbłysły leniwe iskierki rozbawienia.

– Nie. – Pochylił się bliżej i wyszeptał: – Nie pozwól, by się ktoś dowiedział. Ale przestali wysyłać cienie na przeszpiegi. – Wskazał na ognistą kulę kierującą się w stronę przełęczy. Jak dotąd nie byliśmy jeszcze świadkami wielkiej magii Pani.

– Jak poszło?

– Oszczędzają je. – Uśmiechnął się znowu. Uśmiechem tym objął wszystkich skupionych dookoła. Wreszcie przemówił do całego zgromadzenia. – Sądzę, że wszyscy już wiecie, co macie dalej robić. Odpocznijmy trochę.

W jaki sposób niby wszyscy mieliby wiedzieć, co mają robić dalej? Te strzępy wiedzy, którymi podzielił się z innymi, były skrajnie niejasne.

Konował spojrzał na Panią. Wyglądała, jakby znalazła się na skraju załamania. Praca była męcząca, jednak jej wyczerpanie przekraczało wszystko, czego można by oczekiwać. Kawał twardego faceta z tego mojego Kapitana. Czasami jego uczucia były oczywiste i wyraźne. Krzywdził wtedy innych dla kobiety, którą kochał.

– Łabędziu, nie odchodź jeszcze. Chciałbym z tobą porozmawiać.

Mnie zaś grzecznie poproszono, bym zabrał ze sobą swoją niepożądaną dupę i poszedł się przespać.

26

Chciałem nawet zasnąć. Czułem się zmęczony, mimo iż trudno było powiedzieć, że napracowałem się w czysto fizycznym sensie tego słowa. Niemniej kiedy wróciłem do wozu Jednookiego i położyłem się, zacząłem wiercić się bezsennie i przewracać z boku na bok. Na zewnątrz Matka Gota wylewała z siebie niekończące się litanie skarg. Najwyraźniej na jej liście rankingowej kłopotów stanowiłem jedynie pomniejsze nazwisko. To Wujek Dodż był gwiazdą. Hong Trej była gwiazdą. Sahra też była gwiazdą, za to że zgodziła się zrobić, co zalecała jej Hong Trej. Albo za to, że przeciągnęła Hong Trej na swoją stronę. Wiedźmy, obydwie. Tai Dei nie odzywał się częściej, niż miał to w zwyczaju. Chciał może nawet wtrącić jakieś jedno czy drugie sprostowanie, ale matka nie dała mu szansy.

Znowu te same stare sprawy, te same, jeśli chodziło o Matkę Gotę. Przez większość czasu i tak nie słuchałem, co mówi. Zastanawiałem się, czysto hipotetycznie, czy można znieważyć ją do tego stopnia, aby zamilkła?

Jej gadanie skłaniało mnie nieodparcie do myślenia o kobiecie, którą kochałem.

Przewróciłem się na bok, powierciłem i zacząłem zmagać z bólem. Sądziłem, że z czasem powinien stawać się coraz mniej przemożny. I, rzecz jasna, martwiło mnie to. Czy to będzie w porządku? Czy w ten sposób nie zdradzam Sari?

Dopiero musiałem sobie przypomnieć, że przecież jestem dorosłym mężczyzną, przyzwyczajonym do twardego życia, toteż nie powinienem ulegać obsesji, niezależnie od tego, jak wielkim skarbem była Sari.

Umęczony tymi myślami przeniosłem się w ten stan, kiedy to jeszcze nie śpi się w pełni, ale również nie jest się zupełnie trzeźwym. Kiedy do pewnego stopnia można sterować swoimi snami i jednocześnie unosić się wśród nich.

Nagle znalazłem się z powrotem w przeszłości, przerzucony błyskawicznie i gwałtownie przez czas tchnieniem śmiechu i szyderczym głosem, który zapytał mnie, gdzie też się dotąd podziewałem. Po tylu dniach, które minęły spokojnie, nie oczekiwałem tego, ale też nie przestałem się strzec. Obecnie byłem już doświadczonym w tych sprawach zawodnikiem.

Aczkolwiek nie do końca zaskoczony, poczułem jednak lekką dezorientację. Wędrowałem z duchem wystarczająco często, by rozwinąć w sobie pewną elastyczność. Próbowałem zachowywać się w taki sam sposób, jak wcześniej postępowałem z duszą Kopcia.

Otaczająca mnie aura rozbawienia ustąpiła miejsca zaskoczeniu. Wykonałem coś w rodzaju transwymiarowego, szybkiego obrotu – i natychmiast pochwyciłem kątem oka obraz głównej podejrzanej, Duszołap, która klęczała wśród jakiegoś zestawu magicznych przedmiotów w pobliżu ogniska, gdzieś na porośniętym jałowcem podejściu do Czarandapresz. Teraz przyszła kolej na mnie, żeby okazać rozbawienie. Nawet jeśli nie panowałem nad sytuacją, wiedziałem przynajmniej, kto mną manipuluje.

I jak teraz wygrać następne posunięcie i dowiedzieć się dlaczego?

Otoczył mnie rechot kruków. Jak gdyby nie miało znaczenia, że rozpoznałem, któż to i czym się zajmuje.

Brzmiało to niczym Duszołap, przynajmniej jeśli wnioskować ze sposobu, w jaki Konował opisał ją w swoich Kronikach. Siła działająca na rzecz czystego chaosu, rzadko dająca komuś choćby cień wyjaśnienia, co ma się zdarzyć, póki owo coś właśnie się nie działo.

Próbowałem przypomnieć sobie, gdzie obecnie znajdują się te Kroniki. Kolejne spojrzenie na Duszołap mogłoby się okazać przydatne. A może nawet długa, serdeczna rozmowa ze Starym. On znał ją lepiej niż ktokolwiek z żyjących, włączywszy w to jej siostrę. Nie sądziłem, by Pani choćby zdawała sobie sprawę z tego, co dzieje się w umyśle jej siostry. Być może zresztą wcale jej na tym nie zależało.

Może widziałem rzeczy, których wcale nie było? Cóż mogłem wiedzieć o tym, co Pani naprawdę sobie myśli? W ciągu ostatnich trzech lat nie wymieniłem z nią w sumie nawet setki słów. A i przedtem rozmawialiśmy głównie o informacjach przeznaczonych do upamiętnienia w Kronikach.

Rechot kruków przeszedł niepostrzeżenie w śmiech Duszołap.

– W sumie naprawdę nie wiem, czy mam ochotę dzisiaj sobie poigrać.

Wielka niewidzialna dłoń pochwyciła mnie i cisnęła w wietrzną ciemność. Wirowałem niby włoski orzech podrzucony w powietrze, chociaż nie byłem niczym więcej jak tylko snem.

Próbowałem opanować ten ruch podobnie, jak postąpiłbym podczas wędrówki z duchem. I znowu udało mi się odzyskać do pewnego stopnia kontrolę. Uczucie wirowania zniknęło. Wtedy powróciła świadomość przestrzeni i czasu, a wraz z nią zdolność postrzegania.

Nie można jednak powiedzieć, bym w pełni odzyskał wzrok. Wszystko wydawało się rozmyte, wyraźnie widziałem tylko rzeczy znajdujące się bardzo blisko, przypomniało mi się, co Wypieracz mówił o zmianach w swoim wzroku, w miarę jak stawał się starszy. Ale nie było wątpliwości, iż znajduję się w dżungli. Czy miejsce wydawało mi się znajome? Dżungla to dżungla. Widziałem już kilka w swoim życiu i wszystkie są do siebie podobne, zwłaszcza jeżeli nie widzi się wyraźnie dalej niż na parę metrów. Insektów tyle, ile much w latrynie. A z dala dochodził do mnie przytłumiony wrzask tysięcy ptaków. Kilka przysiadło nawet w takiej odległości, że mogłem je zobaczyć. Zauważyłem, iż one również zdawały się mnie dostrzegać. To był właśnie powód ich wrzaskliwego podniecenia.

Szybko się odwróciłem. Dżungla, nie ma najmniejszych wątpliwości. Ale przesycona wilgocią. Wstrętna powierzchnia czarnego stawu znajdowała się dosłownie o centymetry od miejsca, gdzie spoczywałyby moje stopy, gdybym w ogóle miał jakieś stopy.

Małpy skakały po gałęziach nad moją głową zdenerwowane wrzawą, jaką czyniły ptaki, ale najwyraźniej niezdolne mnie zobaczyć. Przynajmniej nie z tej odległości. Jedna, kołysząc się, zbliżyła się na jakieś pół metra, przynajmniej z mojego punktu widzenia. Ta mnie zobaczyła. Była tak zaskoczona, że puściła gałąź, wrzasnęła przerażona i wpadła do czarnego stawu, gdzie zaczęła się miotać w panice.

Krokodyl omal jej nie dopadł. Omal. Udało jej się wydostać z wody ułamek sekundy wcześniej, zanim zatrzasnęły się szczęki. Nic nie zmusi cię do większego wysiłku niż szybko poruszające się wielkie zębiska.

Jednak próba ataku, jaką podjął krokodyl, zdradziła jego obecność łowcom krokodyli, którzy zmaterializowali się w chwilę później, niosąc najeżone kolcami włócznie.

Życie jest okrutne.

Ci łowcy krokodyli okazali się nadzwyczaj nerwowi. Zastanawiali się, dlaczego ptaki dostały szału. Zastanawiali się, dlaczego małpy zupełnie zdziczały, dlaczego jedna z nich wpadła do czarnego stawu. Zrozumienie ich nie stanowiło dla mnie najmniejszego problemu. Posługiwali się językiem Niueng Bao, jakby stanowił ich mowę ojczystą. Bo tak też było.

Znajdowałem się gdzieś w delcie.

Słabo, ledwie, ledwie, poza wrzawą, jaką czyniły ptaki, mogłem dosłyszeć rozbawienie kruków.

Straciłem poczucie kierunku.

Nie było tu Kopcia, który by mnie zabrał do domu.

To nie był tylko sen. Potrafiłem kontrolować swoje ruchy, ale nie miałem pojęcia, jak wykorzystać tę wiedzę... W górę. W górę, to zawsze pomagało w przypadku Kopcia. Im wyżej się znalazłeś, tym bardziej ziemia przypominała niewiarygodnie szczegółową mapę. Potem trzeba było tylko znaleźć znajome punkty orientacyjne. Ruszyłem w górę.

Znalazłem się w najbardziej paskudnej, najdzikszej części delty. Cały świat był tylko czarną wodą, chmarami owadów i gęsto stłoczonymi drzewami. Bardzo to przypominało moje wyobrażenie piekła.

Chcąc zobaczyć coś więcej, musiałem dostać się jeszcze wyżej, tam gdzie szybują sokoły. Jednocześnie psychiczne dreszcze aż wykręciły moje imaginacyjne ja; strach przeniknął mnie brutalnie i głęboko. Wraz ze mną wznosiła się natychmiastowa pewność, że nigdy nie znajdę żadnych punktów orientacyjnych.

Słońce stanowi punkt orientacyjny. Jeżeli ma się oczy, by je dostrzec.

Mój wzrok nie działał szczególnie sprawnie. Nie potrafiłem dojrzeć nawet ptaków, które uciekały przede mną.

A więc w żaden logiczny sposób nie jestem w stanie znaleźć punktów orientacyjnych. Cóż, tam jest trochę inny odcień zieleni.

Inny odcień zieleni okazał się pustym poletkiem ryżowym. Poruszając się zygzakami, w tę i tamtą stronę, odnalazłem wreszcie wioskę, a potem ścieżkę, która z niej wychodziła, i pomknąłem wzdłuż niej.

Poruszałem się tak szybko, jak tylko mogłem. A przecież i tak wiedziałem, że zabierze mi dużo czasu, zanim wrócę tam, skąd zacząłem.

Przeklęta Duszołap!

Usłyszałem szydercze głosy kruków.

Zobaczyłem wioskę, która zdawała mi się znajoma.

Ktoś mógłby powiedzieć, że wszystkie sioła Niueng Bao wyglądają identycznie. Fakt, w pewnej mierze jest to prawda, przynajmniej z tego, co dotąd widziałem. Jednak świątynie różniły się znacząco, ich wygląd zależał bowiem od statusu i bogactwa miejscowości. Tę świątynię widziałem już przedtem, całe tygodnie temu, kiedy poszukiwałem Goblina. Wówczas też zobaczyłem przy niej dziewczynę, która tak bardzo przypominała Sahrę, że łzy wciąż jeszcze płynęły mi z oczu, także wówczas, gdy już opuściłem świat zamieszkiwany przez Kopcia.

Zatrzymałem się tutaj, przez jakiś czas dryfowałem wokół i obserwowałem mieszkańców zajętych sprawami wczesnego poranka. Wszystko było tu typowe dla sioła Niueng Bao, przynajmniej zgadzało się z tym, co wcześniej mi opowiadano. Nawet pomimo tego, że był właśnie środek zimy, zawsze znalazła się jakaś praca do wykonania. Ludzie zabierali się więc do niej.

To była znakomicie prosperująca miejscowość. Zapewne również bardzo stara. Świątynia była duża i wyglądała, jakby stała tu od wieków. Kolumny po obu stronach drzwi stanowiła para potężnych dwugłowych słoni, a każdy z nich wysoki był jak trzech mężczyzn Niueng Bao. Wśród Gunni dwugłowe słonie stanowiły symbol boga szczęścia. Przypomniało mi się, jak Jednooki mówił, że szczęście przedstawia się w takiej postaci ze względu na to, iż jest potężne i dwulicowe.

Och. To musi być ta dziewczyna, którą widziałem wcześniej. Sobowtór Sahry. Wyszła właśnie ze świątyni, wyglądała na wyczerpaną i skrajnie smutną. Czy to może być ta sama kobieta? Ta, którą widziałem poprzednim razem, przypominała odrobinę młodszą wersję Sari. Ta teraz wyglądała na starszą, utyła pewnie z pięć kilo i przybyło jej kilka lat. Miała tę niewiarygodną twarz, ale zarówno jej biodra, jak i piersi były nieco większe niż u Sahry, poza tym była trochę flejowata, coś, co mojej żonie nie zdarzało się nigdy, nawet w najgorszych czasach. Ta kobieta była brudna, obdarta, pogrążona w rozpaczy.

Ale tak bardzo przypominała Sari, że chciałem zbliżyć się do niej i uwolnić ją od brzemienia bólu, jakakolwiek byłaby jego przyczyna.

Podpłynąłem bliżej, niemalże radując się własnym bólem, jaki płynął z użalania się nad sobą, zastanawiałem się jednocześnie, dlaczego ta kobieta ma na sobie biel, kiedy niemalże wszyscy Niueng Bao, z wyjątkiem kapłanów, odziewali się w szaty czarne. Wyjąwszy może szczególne okazje.

Mogę zapytać Tai Deia, kiedy już wrócę. Jeżeli kiedykolwiek uda mi się znaleźć drogę powrotną.

Znajdowałem się tak blisko tej kobiety, że omal mogłem wziąć ją w ramiona i pocałować, oczywiście gdybym tylko przebywał tu cieleśnie. Chciałem to zrobić, jej twarz bowiem bardzo przypominała oblicze Sari.

Czy Sari miała jakieś kuzynki? Wiedziałem, że miała wujków, ponieważ przynajmniej jeden z nich zginął podczas oblężenia Dedżagore. Mogła mieć również ciotki, które zostały w delcie. Grupa pielgrzymów stanowiła jedynie cząstkę zamieszkującej ją populacji.

Kobieta w bieli spojrzała dziwnym wzrokiem tam, gdzie powinna znajdować się moja twarz. Jej oczy rozszerzyły się. Z miejsca pobladła. Wydała z siebie skrzek, a potem zemdlała. Kilku starszych mężczyzn odzianych w barwne szaty wybiegło ze świątyni. Zaczęli krzątać się wokół niej i próbowali przenieść ją do wnętrza, jednocześnie paplając bez przerwy coś do siebie, lecz tak szybko, że nie mogłem nic zrozumieć. Odzyskała przytomność, gdy pomogli jej się podnieść.

– Sądzę, że widziałam ducha – odpowiedziała na natrętne pytania. – To pewnie od postu.

Od postu? W moich oczach wcale nie wyglądała, jakby ostatnimi czasy rezygnowała ze szczególnie wielu posiłków.

A więc wyczuła moją obecność, hę? Warte zapamiętania. Ale miałem przed sobą jeszcze długą walkę o powrót do ciała. Zagubiony tam nie przydam się nikomu na nic. Znalazłem drogę wychodzącą z miejscowości i ruszyłem nią w kierunku, który, jak wierzyłem, w końcu zawiedzie mnie do Taglios. Tam będzie już łatwo znaleźć drogę na południe.

27

Oszczędzony mi został jednak najcięższy scenariusz podróży. Niedługo po tym, jak natrafiłem na rzekę, cały mój wszechświat zaczął trząść się w posadach. Po trzecim z kolei nienaturalnym dreszczu, który mnie przeszył, zacząłem odczuwać ból. Dwukrotnie jeszcze zapadałem się w ciemność, przenikałem przez nią i odzyskiwałem świadomość w wozie Jednookiego. Ten mały gówniarz trzymał mnie za poły koszuli i klepał po twarzy, mruczał jednocześnie coś o obudzeniu mojej dupy.

Kiedy wreszcie otworzyłem oczy, przekonałem się, że siedzę obok ciała Kopcia. Spływałem potem. Całym moim ciałem wstrząsały drgawki.

Jednooki domagał się wyjaśnień:

– Co się, u licha, z tobą dzieje?

– Nie jestem pewien. Duszołap, jak sądzę. To było trochę tak, jak wtedy, gdy zapadałem się w przeszłość i cofałem do Dedżagore. Tylko że teraz pomknąłem niby ziarno cukrowego melona do jakiegoś miejsca położonego w delcie. Wiedziałem, co się dzieje, ale nie potrafiłem tego kontrolować. Na swój sposób przypominało to spacer z duchem. Ale nie widziałem zbyt dobrze... – Zdałem sobie sprawę, że bełkoczę, na dodatek po tagliańsku. Udało mi się jednak jakoś to opanować.

– Porozmawiamy o tym później. Mam robotę do wykonania.

Otworzyłem już usta, by zaprotestować.

– Jeżeli chcesz pogadać, idź i poszukaj Konowała. Albo zrób, co tam sobie chcesz. Tylko zejdź mi z drogi. Nie żartuję, kiedy mówię o tej robocie.

Zły wygramoliłem się z wozu. Na zewnątrz panował dzień, tak jak na bagnach. Wszędzie kłębił się dym. Z frontu dobiegały głośne hałasy, ale sytuacja na nim zdawała się stabilizować. Szanse na to, że Stary zechce poświęcić swój czas i posłuchać opowieści o mojej niemiłej przygodzie, były niewielkie. Nie mogła przecież w żaden sposób równać się z tym, co obecnie działo się wokół.

Poszedłem, by posiedzieć przy ognisku. Zgasło już. Tak naprawdę już nawet popioły były zimne.

Gdzie był Tai Dei oraz jego matka? Gdzie jest Wujek Dodż?

Na pewno nie ma ich tutaj.

Znalazłem wodę i napiłem się, zastanawiając się jednocześnie, jak długo potrwa, zanim zapasy wody zaczną się wyczerpywać, jak to się już zaczęło z jedzeniem. Zdrzemnąłem się. Ostatecznie Jednooki skończył wreszcie swoją pilną robotę. Przyszedł i usiadł obok mnie.

– Dobra, teraz możesz mi o wszystkim opowiedzieć.

Opowiedziałem mu.

– Tym razem mogłeś się dowiedzieć czegoś naprawdę ważnego, Dzieciaku.

– Na przykład czego?

– Powiem ci, ale najpierw muszę pogadać z Konowałem.

28

Byłem efrytem, który unosił się ponad ramieniem Mogaby. On i jego kapitanowie nie mogli się otrząsnąć z szoku.

Długi Cień ostrzegł ich właśnie, by przestali przeszkadzać poczynaniom jego wojennego imperium.

– Ktoś chyba napełnił błotem usta tego idioty – warknął jeden z Nar wiernych Mogabie. – Co za kretyn.

Zgodziłem się z nim.

Ale najwyraźniej kretyn z nadwerężonym słuchem. Nie zareagował na najbardziej bezpośrednią prowokację, jaką kiedykolwiek usłyszałem ze strony tych, którzy mu służyli.

Mogaba sam udawał, że niczego nie dosłyszał. Obserwował zbocza. Trwała tam bezustanna, wredna, bezlitosna walka. Nasze oddziały atakowały, zmieniając się od czasu do czasu. Ludzie Mogaby nie mieli takiej możliwości. Praktycznie rzecz biorąc, wyczerpał już swe odwody. Kiedy odsyłał dowódców do ich jednostek, w jego oczach nie było wiele nadziei. A jednak był z niego żołnierz nad żołnierze. Będzie walczył, dopóki nie padnie.

Zupełnie tak, jak próbował to robić w Dedżagore.

Złapie nas krótko za włosy na karku, nawet jeśli jego żołnierze mieliby zjadać ciała poległych towarzyszy, byle tylko nas przetrzymać.

Nasze wieże oblężnicze pełzły naprzód niczym wielkie, powolne statki. Nasze słonie i ci cywile z taborów, którzy jeszcze żyli, ciągnęli je, używając do tego celu lin przechodzących przez bloki przymocowane do stalowych kolców, które wcześniej wbijały słonie. Kiedy wieże zatrzymały się wreszcie, żołnierze rozstawili mantyle, aby wypełnić szczeliny między nimi. Chronieni przez mantyle inżynierowie zaczęli wznosić drewniany mur.

Pociski leciały w stronę wież rojami.

Mogaba nie miał żadnej machiny na tyle potężnej, by jej strzały przebiły osłony wieży. Musiał jednak coś zrobić.

Władca Cienia zabronił mu tej jednej jedynej rzeczy, która mogła okazać się skuteczna. Długi Cień był gorszy od każdego rozpieszczonego dzieciaka i uparty niczym głaz. Rzeczy po prostu miały zostać zrobione tak, jak on sobie umyślił, i koniec. Mogaba nie miał prawa ruszyć się choćby na krok do przodu.

Nar zbliżał się już do granic wytrzymałości, jednak nie był jeszcze gotów, by otwarcie przeciwstawić się Długiemu Cieniowi. Zdawał sobie doskonale sprawę, że pośród naszych szeregów, gdzieś tam, była Pani i tylko czekała, aby uprzykrzyć mu życie. Nastąpi to w ciągu kilku sekund po tym, jak Władca Cienia zbierze swoje zabawki i pójdzie do domu.

Nie mogąc atakować, Mogaba postanowił, że się wycofa, a do walki na froncie pozostawi siły możliwie najmniejsze. One z kolei również miały się następnie wycofać w bezpieczne miejsce, tak byśmy nie zauważyli całego manewru.

Ale ja obserwowałem.

Mogaba zwrócił się do Wyjca:

– Lepiej trzymaj swój dywan w pogotowiu. Robię to, co robię, ale mam związane obie ręce. To nie potrwa już długo.

Długi Cień odwrócił się w jego stronę. Jego spojrzenie mogło zabijać.

Postawa Wyjca również nie wróżyła dobrze. Nie podobało mu się, że ktoś nazwał go tchórzem w obecności świadków.

Po przeciwległej stronie przełęczy wybuchło nagłe zamieszanie. Przeskoczyłem do obozu Oszustów. A tam był już Wujek Dodż ze swą

Spopielającą Różdżką i urządzał prawdziwą rzeź wśród Dusicieli. Paskudna, stara Matka Gota ubezpieczała jego plecy, poruszając się przy tym niemal równie zwinnie jak on. Nieźle jak na starą dziewczynkę, która ćwiczyła jedynie wówczas, gdy nie mogła znaleźć żadnej wymówki.

W jaki sposób się tutaj dostali?

I wtedy runęło prawdziwe gówno.

Prabrindrah Drah przystąpił ostatecznie do ataku, który Stary kazał mu przeprowadzić. Tuzin bojowych słoni poprzedzał szpicą postępy wojsk księcia.

Oddziały żołnierzy Cienia pomknęły, by obsadzić swe przednie umocnienia. Strzały poleciały falami.

Mogaba okazał się lepszy od nas. Utrzymał swe linie obronne. Wymordował nasze słonie. Jego ludzie wykazali się znacznie lepszą dyscypliną. Odparli księcia i zadali mu straty równie bolesne, jak przewidywałem z początku, zanim jeszcze miałem okazję oglądać którąkolwiek ze sztuczek Kapitana.

Nar przeprowadził wściekły kontratak, który zmienił się ostatecznie w pogoń za niedobitkami wroga. Drewniane mury łączące nasze wieże oblężnicze utrzymały się jednak do chwili, gdy Długi Cień zrozumiał, co Mogaba robi, i kazał mu się wycofać.

Natychmiast, jakby wiedząc, co się dzieje, i to bez żadnego wsparcia ze strony moich doniesień, Konował przeprowadził atak na jego flankę. Dosłownie kilka minut później Pani zaatakowała po lewej stronie.

Walki na wzgórzach stawały się coraz zacieklejsze. Zgubiłem ślad moich energicznych krewnych. Narajan Singh i Córka Nocy uciekli z obozu Oszustów i schronili się pod wieżą obserwacyjną Mogaby.

Z naszej strony nie nastąpiły już żadne niespodzianki. Dywizje atakowały kolejno. Ludzie Mogaby dawali im odpór, ale podczas walki trafiali w burzę pocisków. Robotnicy posuwali wieże naprzód, centymetr po centymetrze. Długi Cień zachowywał się nadal irracjonalnie. Zaczynał zachowywać się już nie tylko jak kompletny przygłup, ale wręcz aktywnie pracował na rzecz swego samobójstwa. Przez cały czas kazał wiązać Mogabie ręce, a nogi pętał łańcuchem, jednak zalewał go równocześnie potokami wyrzutów, ponieważ wyglądało na to, że zaczyna przegrywać.

A wzgórza stały w ogniu.

Ta odsłona bitwy dobiegała już niemal końca.

29

Zwróciłem się do Konowała.

– Odkryłem, dlaczego Długi Cień nie zgadza się na danie swobody Mogabie, nawet wówczas, gdy widać wyraźnie, że tak byłoby najlepiej. On się boi, że z Mogaby może wyjść drugi Brzeszczot.

– Jest ślepym głupcem – oznajmił Brzeszczot. – Nie ma pojęcia o tym, jak należy rozumieć ludzi.

– Co? – zapytałem.

– Mogaba musi zniszczyć Konowała. Nie stać go na wymyślenie niczego więcej. Żyje opętany obrazem samego siebie, jaki stworzył na własny użytek.

Konował wydobył z siebie jakiś nieuprzejmy odgłos.

Brzeszczot ciągnął:

– Mogaba ma problemy z nawiązywaniem kontaktu z rzeczywistością. Ta konfrontacja stała się osią całego jego życia. Jeżeli nie ma zwycięstwa, nie ma też przyszłości.

Konował nie poczuł się szczególnie skomplementowany.

– Pojmuję to wszystko w bardzo podobny sposób. – Zwrócił się do mnie: – Długi Cień ma rację w jednej kwestii. Naprawdę cały świat ma ochotę dobrać mu się do dupy. Jakie morale panuje tam, u nich?

Zamrugałem. Czy spodziewał się, że mu powiem w obecności ludzi, którzy nie mieli pojęcia o istnieniu Kopcia?

– Niższe niż tyłek węża – powiedział Jednooki.

Spojrzałem na niego wściekłym wzrokiem.

– Zaczynają się załamywać?

– To nastąpi dopiero wówczas, gdy Mogaba ucieknie. Mogą go naprawdę nie znosić, ale mu wierzą.

Spojrzałem na Panią. Jej oczy były przymknięte. Wyglądała, jakby skorzystała z okazji, by się zdrzemnąć. Rzadko kiedy występowała na głównej scenie, grając pierwsze skrzypce, ale w istocie pracowała ciężej niż ktokolwiek inny. W każdej chwili musiała być w pełni czujna. Zastanawiałem się, czy Długi Cień i Wyjec mają pojęcie, jak bardzo musi być wyczerpana, i czy spróbowaliby wykorzystać sytuację. Zadrżałem.

Kapitan pokiwał głową najwyraźniej zatopiony w myślach.

– Wyruszamy o trzeciej nad ranem. Tymczasem niech wszyscy odpoczną. – Jego maska generała rozpływała się, kiedy patrzył na Panią. W takich chwilach uczucia wyraźnie odbijały się na jego twarzy.

Pogrążyłem się w zadumie i wspomniałem koszmary, które Pani opisała w swej księdze. Wszystkie tak przepełnione obsesją śmierci i zniszczenia, tak bardzo przypominające te, jakie dręczyły też mnie. Byłem pewien, że przeżywa je ponownie. Przez większość czasu starała się odepchnąć od siebie sen, próbowała unikać tego, co ze sobą niósł. Przed oczyma stanęła mi postać Kiny, tak jak opisała ją Pani, czarna i wysoka, naga, lśniąca, z czworgiem ramion i ośmioma cyckami, dalej – wampirze kły oraz wysmakowana biżuteria z dziecięcych czaszek i oderżniętych penisów. Dziewczynka nie do końca przypominająca starą, dobrą mamusię.

Zastanawiałem się, czy Pani śniła w którejkolwiek z tych chwil, kiedy przelotnie widziałem istotę, która mogła być Kiną.

Drgnąłem. Przez moment myślałem, że moje nozdrza pochwyciły delikatny powiew perfum Kiny, na które składał się odór gnijących ciał. Już wkrótce będzie go pełno dookoła. Tylko chłód zapobiegnie temu, by nie stało się naprawdę źle.

Wrzasnąłem. Tai Dei potrząsał mną za ramię. Skąd on się tu wziął? Wyglądał na zaniepokojonego. Konował również patrzył na mnie. Podobnie jak pozostali. Odpłynąłem w koszmar, nie zdając sobie nawet sprawy z tego, co się dzieje. Kapitan zapytał:

– Co się stało?

– Zły sen.

Pani odchodziła już w towarzystwie Łabędzia i Brzeszczota. Zatrzymała się i spojrzała na mnie. Jej nozdrza poruszały się niespokojnie, jakby ona również potrafiła wyczuć ten odór. Zmierzyła mnie twardym wzrokiem.

– Przepraszam? – Nie dosłyszałem kolejnego pytania, kiedy Pani i ja mierzyliśmy się spojrzeniami.

– Rodzina twojej żony, Murgen. Gdzie oni są?

– Nie mam pojęcia. Dzisiejszego ranka przedostali się jakoś do obozu Oszustów i wpadli tam w szał bojowy. – Mówiłem cicho, ponieważ nie miałem pewności, czy istnieje choć jeden język, którego nie znałaby Pani bądź jej poplecznicy. – Wujek Dodż zarżnął około pięćdziesięciu Oszustów, podczas gdy Matka Gota osłaniała mu plecy. To był widok. Naprawdę lepiej byłoby nie rozgniewać tej kobiety. – Przeszedłem na Niueng Bao. – Tai Dei, gdzie są Dodż i twoja matka?

Wzruszył ramionami. To mogło oznaczać, że albo nie wie, albo nie ma zamiaru powiedzieć.

– Również nie ma pojęcia. – A gdzie on sam podziewał się ostatnimi czasy? Niemal przez cały dzień nie było go w pobliżu.

Nawiązując do tego, co powiedziałem o Wujku Dodżu i Matce Gocie, Konował zauważył:

– Mówiłem ci miliony razy, żebyś nie przesadzał. Starzy ludzie nie mogą...

– Nie przesadzam. Wszędzie było pełno krwi i gówna. Miecz tego starszego chłopaka poruszał się tak szybko, że ledwie można było nadążyć za nim wzrokiem. Wszystko, czego chciały te dupki, to jak najszybciej zejść mu z drogi. Singh porwał dziecko i uciekł z nim. Ukrywa się teraz pod wieżą Mogaby. Nawet Córka Nocy była trochę wzburzona obrotem spraw.

– I co dalej stało się z twoimi krewnymi?

Uparty bękart.

– Zniknęli, tak jest w porządku? Nie szukałem ich. Może żołnierze ich dopadli. – Wątpiłem w to wszakże.

Stary potaknął. Spojrzał na Tai Deia.

– Jeszcze z nim pogadam. Wyśpij się trochę. Jutro czeka nas długi dzień.

Wychodziło na to, że powinienem być dobrze wypoczęty.

Tai Dei wyglądał, jakby naprawdę żałował, że nie zna kilku języków więcej.

30

Miałem rację. Wzgórza okazały się kluczem do przełęczy. Ale nie potrzeba było geniusza, żeby to pojąć, co?

Walki wznowione zostały od deszczu bomb zapalających. Po raz pierwszy cały nasz front odpalił z bambusowych tyczek w górę wzgórza. Pani dostała piany na ustach, przeklinała marnotrawstwo.

Kolejny raz Prabrindrah Drah miał zaszczyt zaatakować jako pierwszy. Trudno było uwierzyć, że żołnierze Mogaby nie zostali zmieceni wstępnym ogniem, jednak książę natrafił na zacięty opór. Żołnierze Cienia walczyli teraz zażarcie, ponieważ nie widzieli innego wyjścia. Ich wyszkolenie wzięło nad nimi górę, czyli stało się to, czego się po nich oczekuje w sytuacjach śmiertelnego zagrożenia. Książę szarżował nieustępliwie, ale nie doprowadziło go to do żadnych ostatecznych wyników.

Mogabie udało się stworzyć mały oddział rezerw, głównie chyba mocą wyobraźni. Posyłał go to tu, to tam, wykorzystywał umysł, ducha i wolę do sprawy własnego zbawienia. Jednak był skazany. Jego przekleństwem okazało się szaleństwo tego, który go zatrudniał.

Długi Cień był co najmniej równie nieustępliwy, jeśli od tego miał zależeć los jego dupy. Aż dotąd głównym celem egzystencji było utrzymanie przełęczy przed atakami Czarnej Kompanii. Świat się zawali, jeśli przejdziemy Danda Presz. Ale kiedy ogniste kule zaczęły mu świstać nad uchem, wypalając czarne blizny w powierzchni wieży, wpadł na nowy pomysł.

– Przygotuj swój dywan, generale – zwrócił się do Wyjca. – Wezwij Oszusta Singha, dziecko oraz pięciu swoich najbardziej wartościowych oficerów. – Znienacka wydał się całkowicie spokojny, bez reszty racjonalny, skończenie opanowany, na pozór właśnie ten rodzaj absolutnego władcy, którego pragnąłby mieć nad sobą każdy człowiek.

Wyjec gapił się na niego przez jakieś pół minuty, zanim wreszcie pokiwał głową. Niski czarownik nosił własną maskę, ale ona nie potrafiła skryć jego pogardy.

– Decyzja o wycofaniu się podjęta w tym momencie może się okazać przedwczesna – oznajmił Mogaba. Byłem niemal gotów przyznać, że ten człowiek był świętym. Diabelskim świętym, prawda, niemniej jednak świętym. Jego cierpliwość zdawała się bezgraniczna. Długi Cień był gorszy od rozpieszczonego dziecka. Znowu zacząłem się zastanawiać, jak mu się udało zdobyć tak ogromną władzę. – Sytuacja jest wciąż jeszcze do uratowania, jeśli tylko pozwolisz mi to zrobić.

– Postąpisz tak, jak ci powiedziano, generale.

– Raczej tak. Dokładnie tak, jak to czyniłem przez cztery lata. Co ostatecznie doprowadziło nas do sytuacji, w której się znajdujemy. Najlepsza armia tej epoki przywiedziona została na skraj rozpaczy przez człowieka, któremu wolno stosować jedynie strategię uwzględniającą egotyzm, strachy i fantazje pewnego czarodzieja, którego wiedza na temat spraw wojskowych nie obejmuje nawet takiej kwestii jak to, który koniec włóczni należy trzymać w dłoni. Przekonałem się, że moi wrogowie krok po kroku zadziwiająco dobrze poinformowani są o twoich wadach charakteru.

Mogaba zmierzył Wyjca zawistnym spojrzeniem. Paranoja i podejrzliwość nie były wyłączną własnością naszej strony. Ani też prywatne knowania.

Długi Cień aż się dławił z wściekłości.

Mogaba nie popuszczał.

– Nie wezwę moich kapitanów. Nie opuszczę tego stanowiska ani nie porzucę żołnierzy tylko dlatego, że ciebie opuściła odwaga. Jeżeli chcesz odejść, odejdź. Nam pozwól walczyć. Możemy zginąć w ogniu zesłanym na nas przez tę kobietę, Senjak, ale przynajmniej żaden z moich ludzi nie zostanie zaatakowany od tyłu.

Długi Cień zaczął się ślinić. Mógł wybuchnąć w każdej chwili.

– Znajdź w sobie resztkę honoru, człowieku. Trzymaj nerwy na wodzy i pozwól zawodowcom robić swoje. Spraw, by twoi żołnierze chcieli za ciebie walczyć. – Mogaba odwrócił się plecami do Władcy Cienia. – Posłaniec. – Wysłał go na położone wyżej wzgórza z wiadomością głoszącą, iż nie jest zadowolony z tego, jak się mają rzeczy.

Wysoki Szadar, wyposażony w nadzwyczajnie potężne ramiona, rzucał już bombami zapalającymi niebezpiecznie blisko wieży Mogaby. Znajdujący się poniżej Narajan oraz Córka Nocy przestraszyli się nie na żarty.

Przez jakiś czas sądziłem, że Mogaba ma zamiar upierać się przy swoim i doprowadzi podjętą próbę buntu do końca. Rozsyłał kurierów na wszystkie strony i umacniał ducha swych żołnierzy. A Długi

Cień, zamiast dać się ponieść nieartykułowanym wybuchom wściekłości, po paru minutach rzeczywiście uspokoił się trochę. Czekał jakiś czas, zatopiony we własnych myślach. Obawiałem się, że Mogaba zdołał jednak postawić na swoim i przekonał go, iż naprawdę nie ma lepszego miejsca, w którym można by zmierzyć się z nami, nie ma lepszych żołnierzy, którzy podołaliby temu zadaniu, nie ma lepszego dowódcy, który byłby zdolny nas pokonać. Niepokoiłem się, że wreszcie zadziałał jego dobrze rozbudowany instynkt samozachowawczy.

I wtedy ujrzałem, jak Władcę Cienia stopniowo ogarnia ciemność, gotów byłbym nawet przysiąc, że nie zrodziła się ona w jego duszy.

Długi Cień zakwiczał jak zarzynany wieprz. Zaczął tupać nogami i wykrzykiwać coś w języku, którego nikt nie rozumiał, a potem padł na kolana. Drżał na całym ciele, jakby zdjął go jakiś atak epileptyczny. Nie przypominało to w niczym jego zwykłych napadów gniewu. Jęczał i płakał, bez przerwy gadał coś, w sposób, który skłaniał mnie do zastanowienia, czy choćby sam rozumie to, co mówi. Wszyscy zgromadzeni na platformie wieży gapili się na niego w osłupieniu. Wyjec rozglądał się dookoła, jakby oczekiwał nadciągających skądś kłopotów, i to najgorszego autoramentu. Na przelotną chwilę spojrzałem na Panią, ale przekonałem się, że nie podjęła żadnych działań. Była tylko jeszcze bardziej czujna niż zazwyczaj, wyczuwała bowiem, że coś się dzieje, ale nie miała pojęcia, cóż to mogło być.

Długi Cień wstał powoli, jęcząc. Stanął przed Mogabą. Zaczął tupać i wrzeszczeć, jednocześnie wykonywał jakieś ruchy swymi kościstymi palcami, ukrytymi w rękawicach.

Znienacka Mogaba padł na ziemię, jakby otrzymał cios obuchem topora w głowę.

Długi Cień wrzasnął wściekle na posłańców oczekujących wieści do przekazania. Pchnął jednego z nich, by wezwał na górę Singha i dziecko, pozostałych posłał po wybranych oficerów. Kurierzy poszli wypełnić polecenia bez entuzjazmu, jakiego przecież nie można spodziewać się po ludziach, którzy właśnie usłyszeli, że zostaną tu porzuceni na śmierć jedynie po to, by ich szalony szef mógł spokojnie uciec.

Tylko jeden człowiek, ten, którego wysłał Narajan Singh, naprawdę wywiązał się ze swego zadania. Pozostali zdecydowali się rozpocząć raczej przedwczesny odwrót na południe. Nie widzieli żadnego powodu, dla którego mieliby zaakceptować zdradę wodzów.

Nasi chłopcy na wzgórzach zdołali wrzucić kilka bomb zapalających do wnętrza wieży obserwacyjnej. Gdzieś przemknął się snajper z bambusową tubą. Umiejętności celowniczych raczej nie można mu było pozazdrościć. Ale te małe, ogniste pociski nie latały torem równie przewidywalnym jak strzała.

Długi Cień kazał wnieść Mogabę na dywan Wyjca. Mały czarownik nie powiedział nic, chociaż w moim mniemaniu było oczywiste, że zgadzał się z Mogabą w kwestii, iż ten dzień nie należy jeszcze do bezpowrotnie straconych.

Do diabła, wydało mi się, że obawiali się Pani bardziej, niż naprawdę powinni. Przypuszczałem, iż jedna duża fala czarodziejskiego gówna byłaby w stanie ją załatwić. Ale może udało się jej ich oszukać. Może Wyjec zbyt dobrze pamiętał jeszcze dawne czasy, aby teraz zaryzykować otwarte starcie z nią. Nieważne. Nie mieli najmniejszej ochoty próbować sił w pojedynku.

Dywan, który Wyjec sprowadził na Czarandapresz, był znacznie większy od tego, który wcześniej doprowadził do ruiny. Mógł pomieścić tuzin ludzi wraz z całym ich wyposażeniem.

Długi Cień przestał się wściekać. Sam wydawał się zdumiony własnym zachowaniem.

– Co ja teraz zrobię? – wyszeptał.

Doskonale zdawał sobie sprawę, że wszystko spieprzył, ale należał do tego rodzaju facetów, którzy po tym jak już nagadają to, czego nie powinni, nie potrafią się wycofać i przyznać, że nie mieli racji. Świat pełen jest takich ludzi. Wszystkim nam powodziłoby się lepiej, gdyby ich ojcowie zadusili ich, gdy tylko zaczęli zdradzać pierwsze oznaki takiego zachowania. Ten głupiec wolał raczej poświęcić armię, niż przyznać się do błędu.

Kilkunastu ludzi stało na platformie, kiedy wdrapał się na nią Singh wraz dzieckiem. Byli to głównie posłańcy, którym nie zlecono przekazania żadnych wiadomości. Jedynie kilku oficerów. Kiedy Narajan i Córka Nocy zajęli swe miejsca na dywanie, nawet najgłupsi żołnierze zrozumieli, że wielcy chłopcy uciekają. Po tym jak Długi Cień wszedł również na dywan i zaczął znowu majaczyć, ci, których miano pozostawić na miejscu, zdecydowali, że ten pomysł wcale im się nie podoba. Postanowili przyłączyć się do uciekających w tej samej chwili, gdy Wyjec uniósł już dywan w powietrze. Pojazd zadrżał, przechylił się na jedną stronę, zahaczył o krawędź platformy i zaczął ześlizgiwać się bokiem w dół zbocza.

W jednej chwili w jego stronę pomknęły bomby zapalające. Żołnierze próbowali uniknąć deszczu nadlatującego ognia. Dywan zachwiał się jeszcze gwałtowniej. Ludzie pospadali z niego. Wybuchła bomba. Kiedy płomienie rozlały się w powietrzu, Wyjcowi udało się odzyskać kontrolę nad dywanem. Pomknął na południe, chwiejąc się niby pijana kometa.

Żołnierze na wzgórzach otworzyli ogień ze swoich urządzeń. Wyjec lawirował szaleńczo w powodzi lecącego nań gówna. Nie udało mu się uniknąć wszystkich trafień. Tylko rozpaczliwym czarom Długiego Cienia zawdzięczali, iż uniknęli pożarcia przez płomienie żywcem.

Co działo się z Panią? Obecnie mogła poszukać swej szansy. Łajdacy zajęci byli ratowaniem własnych tyłków. Gdyby udało się jej teraz ich trafić, byłoby po sprawie. A Narajan Singh i dzieciak stanowiliby dodatkową ozdobę naszego zwycięstwa.

Wówczas usłyszałem dźwięk przypominający odgłos tysięcy spierających się szeptów, milionów, setek milionów nabrzmiewających pędem cyklonu. Przeszedł obok mnie niewidzialny i pognał w górę przełęczy. Pełna przerażenia cisza zaległa w miejscu, kędy przeszedł. Poza światem astralnym efekt musiał być stokroć bardziej przerażający. Żołnierzom obu stron broń wypadła z rąk, spojrzeli w górę.

Wyjec wydał z siebie wrzask rozpaczy, który wzbił się ponad hałas towarzyszący bitwie. Obudziło to jełopów na wzgórzach, którzy naprawdę nie mieli nic lepszego do roboty, niż ciskać bombami zapalającymi w odlatującego czarodzieja. Ogień został podjęty, podwojono jego natężenie.

Wyjec skierował się ku ziemi. Pomoc, jaką uzyskał od swego towarzysza, okazała się niewystarczająca. Nie potrafił lecieć i walczyć równocześnie. Dywan ciężko uderzył o ziemię. Żołnierze zostali rozrzuceni po całym zboczu, wśród nich Mogaba. Większość podniosła się i rzuciła do ucieczki. Mogaba, gdy odzyskał przytomność, zaczął gramolić się chwiejnie w stronę swoich oddziałów, niepomny zupełnie na otaczający go chaos bitwy. Musiała go chronić chyba boska łaska, nie doznał bowiem żadnej krzywdy.

Pomimo iż w świecie ducha wszystko wydaje się zupełnie wyzute z emocji, poczułem przypływ uniesienia. Mieliśmy ich! Ta bitwa została wygrana. Tylko momenty dzieliły nas od zakończenia wojny! Szepczący czar Pani rozszarpał Wyjca i Władcę Cienia, gdy faceci na zboczach zatopili ich w powodzi ognia bomb zapalających.

Zasięg i głębia subtelności zasadzki przygotowanej przez Kapitana, konstruowanej latami, a wspartej w swym założeniu na ocenie charakteru Władcy Cienia, dopiero teraz wyłaniały się z cienia. Poczułem się przytłoczony, nie tylko dlatego, że wszystko zadziałało, jak przewidziano, ale ponieważ Stary przewidział wszystkie możliwe ewentualności. Jedynie on i jego bogowie wiedzieli, na co jeszcze był przygotowany. Tam, w dole, pozostały całe tony wciąż niewykorzystanych rozmaitych materiałów.

To był koniec. Droga została otwarta. Ruszyłem z powrotem w stronę wozu Jednookiego. Będziemy musieli działać szybko, aby mieć pewność, że Kompania utrzyma pozycje dające jej przewagę. Pierwsza rzecz, jaką należało zrobić, to zebrać razem całe jej bractwo.

Jak dużo czasu jeszcze upłynie, zanim nauczę się, że nie należy dzielić skóry na żywym niedźwiedziu?

Stary z pewnością nie chciał sprowokować odpowiedzi, jaką otrzymał. Z pewnością również nie było to zamiarem Pani, choć ona mogła obawiać się czegoś w tym rodzaju. Nie przypuszczam, by Konował miał w ogóle pojęcie, że coś podobnego może się wydarzyć.

Byłem już prawie przy wozie, kiedy przestrzeń astralną wypełnił odór, jakby ktoś właśnie rozkopał wszystkie groby na świecie. Dotąd nie zdarzyło mi się zaznać szczególnych wrażeń zapachowych w tym miejscu, ale w porównaniu z tym one wszystkie i tak były niczym.

Ogarnął mnie strach. Panika w każdej chwili mogła zdjąć trwogą całe moje ja. Musiałem wydostać się stąd jak najszybciej, póki strach nie sprawi, że przypomnienie sobie drogi ucieczki stanie się niemożliwe.

W głębi wąwozu Córka Nocy stała na szczycie głazu, nie zważając na ogniste kule przelatujące obok niej. Drobne ramionka uniosła do góry na powitanie nadciągającej ciemności, wzywała ją, a jej usta wykrzywiał zły uśmiech.

Coś się zbliżało. Coś, co zdarzyło mi się zobaczyć w krótkich mgnieniach kilka razy wcześniej.

31

Wytoczyłem się z wozu, zwisłem, trzymając się jedną dłonią kozła woźnicy, i kołysałem niczym małpa. Było już znacznie później, niż można sądzić. Na zewnątrz było nie tylko ciemno, ale najwyraźniej nadchodził już kolejny świt.

Nie. To nie był świt. Światłość ta nie była światłością słońca ani księżyca. Jej źródło znajdowało się na przełęczy. Czy to może bomby zapalające podpaliły jakiś magazyn, gdzie zgromadzili swe zapasy żołnierze Cienia?

Chciałem, aby tak było. Jednak wiedziałem lepiej. To nie był żaden ziemski ogień.

Pobiegłem w kierunku sztabu Pani, zbyt mocno jednak chwiałem się na nogach, by poruszać się odpowiednio szybko. Ciało miałem całkowicie odwodnione. Cokolwiek się działo, Pani będzie w to zaangażowana. A na dodatek miejsce obok niej mogło okazać się najbezpieczniejsze.

Nie musiałem biec daleko, jednak przedstawienie prawie się skończyło, zanim dotarłem do celu. Otoczona przez swoich przyjaciół wciąż próbowała dostać Wyjca, ostatecznie wszak zawiodła, choć nie ze swojej winy.

Do gry wszedł nowy gracz.

Z początku jego postać, konsystencja i barwa były dość niepewne. Potem jednak zderzył się z mocą Pani. Moc zabija moc, a towarzyszy temu światło. Światło ukazało mi coś, na czego oglądanie nie miałem najmniejszej ochoty.

Była czarna. Miała trzydzieści metrów wysokości. Cztery ramiona. Istota, która nawiedzała sny Pani i czasami straszyła w moich. To była ciemność roszcząca sobie prawa do córki Konowała.

Pani wypowiedziała walkę temu kolosowi na oczach setek tysięcy i czyniąc to, wprowadziła zamieszanie w umysłach wielu ludzi.

Oszuści musieli być uniesieni radością. Nastały dla nich ciężkie czasy, ale oto mieli konkretny dowód, że Rok Czaszek naprawdę może zostać zrealizowany. Że właściwie zbliża się wielkimi krokami. Że ich bogini stała się już na tyle silna, by sięgnąć na nasz świat i ochronić swą wybraną córkę oraz żyjącego świętego, Narajana Singha.

Jednak ten obraz Kiny niczym szczególnym nie różnił się od zwierzaczków Długiego Cienia. Nie był niewrażliwy na działanie kul ognistych z bambusowych tub Pani. Panika, jaką jej pojawienie się wywołało, sprawiła, że niemalże natychmiast wiele kul przeszyło powietrze. Wkrótce też Kina przypominała jakiegoś mitycznego potwora wymalowanego na tapecie zjedzonej przez mole.

Wszystko skończyło się, zanim zdążyłem odzyskać dech w piersiach. Kina stopiła się, zniknęła. Obraz bogini trwał na tyle długo, by jej dziecko oraz jego obrońcy zdążyli uciec. Dywan Wyjca, wciąż kołysząc się i tląc, zniknął nam z oczu. Setki milionów szeptów zaczęły cichnąć.

Pani upadła na ziemię. Podnieśli ją i położyli na noszach. Łabędź i Brzeszczot chwycili za ich końce. Otoczyli ich jej najbardziej lojalni żołnierze, ludzie, którzy byli z nią od wielu lat. Zwróciłem się do Łabędzia:

– Nie musicie martwić się o tych tam, w górze. Kierują się ku Przeoczeniu z ogonami podwiniętymi pod siebie. Mogaba stracił przytomność i prawdopodobnie jest ranny. Teraz nikt już nie dowodzi.

Łabędź rzucił mi pełne niedowierzania spojrzenie.

– Po co, u diabła, mówisz mi te rzeczy? Znajdź swojego przeklętego Kapitana i jemu powiedz.

– Dobry pomysł.

Poszedłem go poszukać.

32

Podczas drugiego ataku dywizja Prabrindraha Draha poniosła przerażające straty. Ludzie Mogaby nie chcieli zapomnieć za nic w świecie o pierwszym prawie przetrwania: nigdy nie pokazuj pleców. Naprawdę trudno jest zabić żołnierza, który do tego stopnia zrósł się ze swoim wyszkoleniem, że nie pozwala sobie na rezygnację z niego, mimo iż wszystkie instynkty i uczucia mówią mu, aby porzucił broń i uciekł bądź skulił się w kłębek, wrzeszcząc z niepowstrzymanego strachu.

Cała sprawa z ćwiczeniem żołnierzy, póki nie zaczną skarżyć się na głupotę całego tego przedsięwzięcia, polega na tym właśnie, aby byli zdolni do automatycznego wykonywania czynności, kiedy nadejdzie groza. Walka opiera się na strachu i jego organizacji w znacznie większym stopniu niż na zorganizowanym zabijaniu. Ci, którym uda się lepiej poradzić sobie z lękiem, okazują się gwiazdami dnia.

Stary poczynił tę obserwację już dawno temu, nie interweniował jednak w sytuację księcia, dopóki wreszcie członkowie jego własnego sztabu nie zaczęli mamrotać pod nosem. Zapytałem go, dlaczego się powstrzymywał.

– Chciałem dać mu szansę, by pokazał Taglios, z jakiej gliny go ulepiono. Sam też zresztą chciałem się o tym przekonać. Nie chcę, żeby w jego sprawie obudziły się jakieś wątpliwości, kiedy przyjdzie mu objąć dowództwo.

Na pozór brzmiało to ładnie, ale w moich uszach trąciło czymś podejrzanym. Kiedy w grę wchodził Konował, stawałem się bardzo podejrzliwy.

Później pozwolił, by dywizja Pani, wspierana przez Gwardię Wierzby Łabędzia, zluzowała oddziały księcia. Pani zdobywała teren błyskawicznie, chciała jak najwięcej załatwić, zanim Mogaba będzie w stanie objąć dowództwo drugiej strony. Była jednak tak wyczerpana, że czary, które udawało jej się wykonać, znaczyły niewiele więcej niż zwykłe manewry mylące.

Zastanawiałem się, dlaczego Konował nie wycofa jej z boju, aż nie dojdzie do siebie. Jednak teraz nie spędzałem tak wiele czasu jak dawniej na próbach rozplątania jego myśli. Mrocznych planów czy czego tam jeszcze. Tego człowieka nie znałem już wcale.

Wycofał dywizję Pani na krótko przed południem. Przesunął łuczników na flanki, rozproszył swoje dwie dywizje w natarciu, w porządku następowania po sobie, kiedy to pierwsza siła walczy aż do wyczerpania, a potem następna wchodzi na jej pozycje, aby szczęśliwie zaatakować zdziesiątkowanego przeciwnika. Ale zanim bębny zaczęły swą ponurą pieśń, wysłał naprzód parlamentariuszy. Poszedłem z nimi, niosłem sztandar. Ta cholerna rzecz powinna chyba przejść na dietę. Z każdym dniem wydawała się coraz cięższa.

Nie miałem na to ochoty. Znalazłem się tutaj tylko dlatego, że Konował stanowczo nalegał. Wolałbym dosiąść Kopcia, przebywać poza ciałem, przekonać się, jakie są dalsze plany Długiego Cienia, Wyjca, Duszołap i kogo tam jeszcze. Należało również skontrolować poczynania Radiszy. Zbyt długo już nie składałem jej wizyt.

Przez jakiś czas przynajmniej ona nie będzie wiedziała, co się stało.

Mogaba zaskoczył mnie, wyszedł nam na spotkanie. Kulał. Pokrywała go plątanina bandaży. Wyobraziłem sobie, że gdyby nie miał tak ciemnej skóry, zapewne ukazywałby światu całą kolekcję siniaków. Jedno z jego oczu było całkowicie zapuchnięte. Usta zaciśnięte w grymasie tłumionego bólu. Ale na zewnątrz nie zdradzał więcej uczuć niż hebanowa statua.

– Udało ci się bardzo zręcznie wykorzystać nasze słabości – oznajmił.

– Jesteś dupkiem i rzeźnikiem. Czy musimy marnować kolejne ludzkie żywoty? – odparł Konował głosem ostrożnym, ale i zmęczonym.

– Ta bitwa mogła się zakończyć, ale wojna wciąż jeszcze trwa. Jej ostateczny wynik może wcale nie zdecydował się tutaj.

Trudno było zarzucić temu wnioskowi fałsz. Jeżeli naprawdę szybko nie wyruszymy naprzód, będziemy mieli ogromne kłopoty z utrzymaniem tej armii w całości.

Uśmiech na twarzy Konowała znakomicie pasował charakterem do zbroi Stwórcy Wdów, którą ostatnimi czasy zdejmował jakby cokolwiek niechętnie.

– Powtarzałem ci już tyle razy, żebyś dokładnie przeczytał Kroniki. Tyle razy powtarzałem ci, że będziesz żałował, jeśli tego nie zrobisz.

Mogaba również się uśmiechnął, jakby i on coś wiedział.

– To nie są święte pisma.

– Co?

– Twoje drogocenne Kroniki. Nie są święte. To są jedynie opowieści w równej części sfabrykowane z legend i oczywistych kłamstw. –

Twardym wzrokiem spojrzał na mnie. – Jeśli zawierzysz przeszłości, będzie cię to drogo kosztowało, chorąży.

Tym razem Kapitan uśmiechnął się delikatniej. Bitwa prowadzona za pomocą uśmiechów?

Konował wykazał się sporą dozą oryginalności, ale Mogaba nie potrafił tego zrozumieć. Nie potrafił, ponieważ nie przeczytał ksiąg. Nie wyzna tego publicznie, jednak nie przeczytał tych ksiąg tylko dlatego, że nie potrafi czytać. Nie umie czytać. W Gea-Xle, skąd pochodzi, umiejętność czytania nie jest uznawana za godną wojownika.

Teraz nie było już wątpliwości, kto przejął inicjatywę na froncie psychologicznym.

– A więc będę musiał jeszcze trochę pozabijać was, zanim odważycie się spojrzeć prawdzie w oczy? – odezwał się Konował.

– Prawda jest zmienna, zależy od interpretacji. W tym wypadku jej ostateczna postać pozostaje nieokreślona. Może przyniosłeś ze sobą dobrą receptę na ukołysanie nas do snu. – Mogaba odwrócił się. Powiedział, co miał do powiedzenia. Pokuśtykał w górę zbocza. Z napięcia jego pleców można było wywnioskować choćby to, jak jego duma cierpi wyłącznie z tego powodu, że musiał okazać nam swój ból. Mruczał coś do siebie na temat tego, że Władcy Cienia nareszcie tu już nie ma i nikt nie będzie mu przeszkadzał.

– Hej, szefie, on nie ma już na plecach Długiego Cienia – zauważyłem.

– A więc nie będzie mógł go już dłużej zasłaniać. Uważaj!

Tai Dei podskoczył i ustawił tarczę nad moją głową, akurat na czas, by uratować mnie przed deszczem strzał.

– Aha! Pogoda robi się naprawdę nieprzyjemna.

Chłopcy w górze zbocza mieli naprawdę dużo śmiechu, gdy obserwowali nasz odwrót. Doprawdy, gdy wycofywaliśmy się we trzech i próbowali schronić pod jedną, zbyt małą tarczą, stanowiliśmy niezłe widowisko.

Ten zręczny gówniarz, Mogaba, zszedł do nas na dół tylko po to, by zdobyć kilka minut dla swych żołnierzy. Zaatakowali w momencie, gdy do nich dotarł. Ich nastroje nie były już takie jak przed bitwą, jednak dyscyplina pozostawała niewzruszona.

Strzały z flanek i wież oraz ogniste kule lecące właściwie zewsząd sprawiły, że ich wysiłek mógł wyglądać na zły pomysł. W każdym razie natarli na nas, jakby myśleli, iż ten atak stanowi ich ostatnią nadzieję. Sytuacja zaczęła wyglądać rozpaczliwie. Ale wtedy Pani zdecydowała, że już dostatecznie odpoczęła.

Czarandapresz nabrała całkiem żywych barw.

Po tym walka nie trwała już długo. Ale kiedy zapanowała cisza, nawet nasze oddziały rezerwowe były nazbyt zmęczone, by ścigać kogokolwiek. W uznaniu ich zasług Konował pozwolił ocalałym cywilom z taborów zatrzymać wszystkie łupy, jakie uda się im zebrać. Ci, którzy tego próbowali, w większości zostali pozabijani.

Plany Mogaby na najbliższą przyszłość stanowiły główny temat rozmowy wokół wielkiego ogniska. Wydawało się, jakby obecny był przy nim każdy oficer przewyższający szarżą porucznika i każdy miał własną teorię. Albo dwie. A żadna z nich nie była w najmniejszym stopniu przekonująca.

Kiedy wybrałem się na spacer z duchem, nie mogłem nigdzie znaleźć Mogaby, nawet gdy cofnąłem się dostatecznie w czasie. Niemniej uciekałem na najlżejszy choćby ślad przerażającego odoru śmierci, zanim zdążyłem się dobrze rozejrzeć dookoła.

Czy ona już zawsze tu teraz będzie, za każdym razem, gdy będę wędrował z duchem?

Konował nie potrafił dodać niczego nowego do próżnych spekulacji. Siedział tylko przy ogniu, wyglądał na zadowolonego z siebie i rozluźnionego bardziej, niż widziałem go od wielu lat.

Pani siedziała obok niego i również wyglądała bardzo dobrze. Jakby wreszcie udało się jej porządnie wyspać.

– Kiedy znajdziesz kilka wolnych minut, chciałbym z tobą porozmawiać – zwróciłem się do niej. – Prawie nic o tobie nie wiem, a coś chciałbym zapisać w Kronikach.

Westchnęła.

– Nie przypuszczam, bym mogła opowiedzieć ci coś ciekawego – odparła.

Mogłem użyć Kopcia, by wyśledzić jej poczynania w przeszłości. Ale to nie powiedziałoby mi nic o tym, co miała w głowie.

– Dlaczego wyglądasz jak kot, któremu udało się dostać do garnca ze śmietanką? – zapytała Konowała.

– Ponieważ Długi Cień i Wyjec nie wrócili. – Spojrzał na mnie.

Chciał wiedzieć dlaczego. Jednak nie w tej chwili. To mogło poczekać. – I dlatego, że ty też wyglądasz tak samo. – Po wypoczynku nie wyglądała już na tak wyniszczoną, mimo swego spotkania twarzą w twarz z Kiną, czy cokolwiek to było. – Ponieważ teraz będą musieli ukryć się w Przeoczeniu, dopóki Długi Cień nie sformuje jakichś wojsk z załóg garnizonów i lokalnej milicji, która raczej nie będzie chciała się wtrącać w żadną poważną awanturę.

Wciąż był Władcą Cienia. Nie zagrał jeszcze swej ostatniej karty. A mury obronne Przeoczenia wznosiły się na trzydzieści metrów. Miałem nadzieję, że Konował nie sądzi, iż wszystko, co pozostało nam jeszcze do zrobienia, będzie miało charakter swobodnej przechadzki.

– Zwróć uwagę, że właściwie gówno powiedział – wymamrotał Łabędź do Brzeszczota. Nie miał najmniejszych kłopotów z zaakceptowaniem powrotu kumpla. Niektórzy ludzie nie potrafili do teraz uwierzyć, że cała ta sprawa ze zdradą była tylko zwykłym przekrętem. Szczególnie dotyczyło to tych, którzy mieli krewnych wśród tępionych przez Brzeszczota oddziałów świątyni. – Ten sukinsyn zwyczajnie nie mówi nikomu, co właściwie zamierza. Nawet tobie i mnie. Ma rękawy pełne paskudnych sztuczek, a my dowiadujemy się o nich w tym samym czasie, co jakiś biedny kutas, któremu się one przydarzą.

Spojrzał na Panią i posmutniał na chwilę, niezdolny zrozumieć, co też widziała w Starym. Sam też zastanawiałem się nad tym kilkakrotnie, zanim Sari i ja zakochaliśmy się w sobie.

To wszystko nie miało sensu. Modlić się o wolność, by potem nią wzgardzić.

Jeśli mowa o ograniczeniach wolności, to krewnych mojej żony wciąż nigdzie nie było. Z wyjątkiem Tai Deia, oczywiście. Byłby przy mnie, nawet gdyby opuścił mnie mój własny cień.

Brzeszczot śmiał się z kwaśnej miny Łabędzia. Po swojej przygodzie całkowicie się zmienił. Znalazł wreszcie własną niszę w świecie.

– Jeżeli naprawdę chcesz wiedzieć, to lepiej pożycz te księgi od Murgena. Tam wszystko zostało opowiedziane, jeśli tylko wiesz, gdzie szukać.

Murgen mu odpowiedział:

– Niezły plan. Ale Murgen nie zabrał ksiąg ze sobą. Z wyjątkiem tej jednej, nad którą ostatnimi czasy też nie przesiadywał szczególnie dużo.

Komentarz Łabędzia był krótki i obsceniczny. Podobnie jak Mogaba, nie umiał czytać.

– Nakłoń Murgena Wielkie Ucho, aby ci je opowiedział – zaproponował Brzeszczot. – Potrafi cytować rozdziały i wiersze niemal równie zręcznie jak Konował. Zresztą on właśnie został jego pieczołowicie wybranym następcą.

Dawny Brzeszczot nie miał poczucia humoru. Nie byłem pewien, czy tego lubię bardziej. Kiedyś nie zależało mu na byciu śmiesznym.

– Podejmę się tego, jeśli zapłata będzie słuszna – zapewniłem ich. – My, z gatunku najemników, nie robimy nic, póki nam nie zapłacą.

Muszę zapamiętać, by przez jakiś czas trzymać się z dala od Kopcia, na tyle długo, by przynajmniej porobić solidne notatki. Czarandapresz była przełomowym momentem w dziejach Kompanii. Jak dotąd nie oddałem sprawiedliwości randze tego wydarzenia.

A kiedy będę wędrował z duchem, powinienem skupiać uwagę na rzeczach, które rzeczywiście należy baczniej obserwować.

Nie wolno mi robić tego tylko dlatego, by uciec od bólu.

Zresztą w chwili obecnej ból nie był już tak wszechogarniający. Być może kilka spotkań z Kiną stanowiło znakomite lekarstwo na romantyczne ekscesy.

– Tai Dei – powiedziałem cicho w języku Niueng Bao, aby zaznaczyć od razu, że jest to zwykła sprawa osobista, a nie oficjalne pytanie – co oznacza, gdy kobieta Niueng Bao odziewa się w biel?

– Co? – Zdawał się zaskoczony. – Nie rozumiem, bracie.

– Po prostu przypomniałem sobie sen, jaki miałem kilka dni temu. Kobieta, która wyglądała podobnie do Sahry, miała na sobie białą szatę. Niueng Bao zawsze noszą czerń, z wyjątkiem tych rzadkich chwil, kiedy udają się na zewnątrz, do świata. Albo kiedy są waszymi kapłanami. Czy nie tak?

– Śniłeś o Sahrze?

– Cały czas o niej śnię. Czy tobie nie śni się Mi?

– Nie. Nauczono nas, byśmy pozwalali odejść ich duchom.

– Och. – Nie potrafiłem w to uwierzyć. Gdyby to była do końca prawda, skąd wówczas brałoby się to naglące wezwanie do poszukiwania zemsty? – A więc, co oznacza biała suknia? Czy w ogóle to coś znaczy?

– Znaczy to, że niedawno owdowiała. Mężczyzna, który stracił swoją żonę, również ubierze się na biało. Ona może nosić tę biel przez cały rok. Kiedy ma ją na sobie, nikt nie ma prawa złożyć jej oferty małżeństwa... chociaż, rzecz jasna, mężczyźni z jej rodziny będą się nieoficjalnie rozglądać dookoła. W przypadku mężczyzny jego ojciec i bracia mogą badać możliwości, ale nie wolno im będzie przemawiać w jego imieniu, dopóki nie zrzuci bieli.

To było dla mnie coś nowego.

– Przez cały czas, gdy byliśmy w Dedżagore, nigdy nie widziałem żadnego Niueng Bao w bieli. A Sari z pewnością nie odczekała roku po śmierci Dana, aby się mną zainteresować.

Na twarzy Tai Deia wykwitł jeden z rzadkich u niego uśmiechów.

– Sari interesowała się tobą, jeszcze zanim Dan umarł. Zadurzyła się w tobie, kiedy przyszedłeś pierwszy raz, by zobaczyć się z dziadkiem. Nie masz pojęcia, jakie kłótnie to wywołało. Szczególnie po tym, kiedy babka ogłosiła, że przeznaczeniem Sari było wziąć sobie kochanka spośród obcych.

A więc ten uśmiech nie był oznaką dobrego humoru.

Potrafię sobie wyobrazić, jak zachowywała się Matka Gota.

– Ale Sari nigdy nie nosiła bieli. Ani nikt inny.

– A w całym mieście nie było nawet skrawka białej materii, którego nie nosiłby tagliański żołnierz. Dziadek nie sądził, by politycznie było zabierać im ich tuniki. – Tai Dei uśmiechnął się ponownie. Już tylko przez to jego twarz jeszcze bardziej zaczęła przypominać czaszkę. – Stanowiliśmy niewielką grupę. Po tak długo trwającej pielgrzymce wszyscy się znali. Wiedzieliśmy, które z nas straciło partnera. I wiedzieliśmy, że i tak nie da się nic zrobić, póki nie wrócimy do naszych wiosek i świątyń – dodał.

A więc kobieta, którą widziałem, gdy zagubiłem się w delcie, była wdową. Sądzę, że to mogło wyjaśniać, dlaczego wydawała się mizerna i nieszczęśliwa.

– Powinieneś mi opowiedzieć coś więcej o Niueng Bao. Czułbym się w mniejszym stopniu głupcem, kiedy coś się dzieje.

Uśmiech na twarzy Tai Deia zamarł.

– Nie istnieje już potrzeba, byś poznawał nasze obyczaje, nieprawdaż?

Nie stałem się jednym z nich, nawet przez małżeństwo. On znajdował się tutaj, ponieważ zgodził się na przyjęcie określonych zobowiązań, a nie dlatego, że byłem członkiem rodziny.

Należało się nad tym poważnie zastanowić.

33

Konował pozwolił wszystkim odpocząć, zanim pognał nas do czegoś, co z początku uważaliśmy za ostatni atak na pozycje obronne Ludzi z Ziem Cienia. Dostałem malarii czy czego tam, czym zaraziłem się wskutek bliskości Kiny. Przez jakiś czas na przemian trzęsły mną zimne dreszcze i oblewały siódme poty. W konsekwencji nie mogłem śledzić poczynań naszych wrogów.

Nieważne. Stary mógł zawsze pogadać z krukami.

Pośród umocnień obronnych, które Długi Cień uznawał za najważniejsze, nie zastaliśmy żadnych żywych żołnierzy z Ziem Cienia. Podczas gdy my oddawaliśmy się lenistwu, siedząc przy ogniskach i odpoczywając, Mogaba i jego dowódcy przegrupowywali swe wojska. Próbowali nawet zniszczyć zapasy, których nie mogli zabrać ze sobą, ale zostali powstrzymani za sprawą nieustającej czujności oddziału jazdy Szadar.

Śmierć to wieczność. Wieczność to kamień. Kamień to cisza.

Kamień pękł.

Nocą, kiedy wiatr już nie zawodzi, a niewielkie cienie chowają się w kryjówkach, kamień czasami szepce. Kamień czasami przemawia. Kamień czasami rozsyła swe dzieci pogrążone w otchłani. Niekiedy pasma barwnej mgiełki unoszą się, by pieścić postać przyszpiloną do przechylonego tronu.

Cienie ganiają radośnie po równinie, lśniąc w księżycowej poświacie, pożerają się nawzajem i stają coraz silniejsze. Ich wspomnienia są równie stare jak kamień. One pamiętają wolność.

Niekiedy pochyły tron obsuwa się o ułamek centymetra, przechylając się bardziej. Ostatnimi czasy zdarza się to coraz częściej.

Kamień drży. Wieczność szydzi pogardliwie, domykając krąg. Ta zimna uroczystość dobiega już niemalże końca.

Nawet śmierć stała się niespokojna.

34

Słyszałem, jak Jednooki przeklina los w ogólności oraz kilku Taglian Vedna w szczególności. Jedno z kół jego wozu utknęło między głazami, a żołnierze nie uwolnili go na tyle szybko, by zadowolić małego czarodzieja. To wbiło go w parszywy nastrój na cały poranek. Przypuszczam, że uważał, iż nie ruszymy na południe po zwycięstwie na Czarandapresz. Przypuszczam, iż uważał, że Stary zadowoli się zdobyciem przełęczy, a potem wycofa się w strefę cieplejszego klimatu, aby tam przeczekać do lata.

Dokąd mógł się udać Długi Cień? Oczywiście do domu. Ale z powodu trzęsienia ziemi jego dom stanowiła budowla, która nie zostanie tak szybko ukończona. A więc skąd ten gwałtowny pośpiech? Jakiż to fanatyk z klapkami na oczach nie odpocznie nawet na moment, aby upić się choć raz a dobrze po wygraniu bitwy tak wielkiej i w trakcie jej trwania najwyraźniej zapowiadającej się na przegraną?

Jednooki mówił to wszystko i wiele jeszcze innych rzeczy, od czasu jak Konował oznajmił mu, że ma bezzwłocznie ruszać na południe. Jednooki nie był zadowolonym żołnierzem.

Jego nieszczęście stało się tym głębsze, że musiałem jechać z nim. Gorączka i dreszcze nawiedzały mnie, a potem odchodziły. Kapitan widział w tym dobrą wymówkę, bym mógł przebywać blisko Kopcia, przed którym zresztą regularnie mnie ostrzegał. Nie poinformowałem go, że wędrówki z duchem stały się teraz w takim samym stopniu nieprzyjemne, jak kuszące były wcześniej, i że zaczęło straszyć w dziedzinie pozacielesnej. Z Jednookim również nie rozmawiałem na ten temat. Wiem, że powinienem. We własnych oczach wypadłbym nieładnie, gdyby coś złego stało się przez to, iż nie ostrzegłem ich odpowiednio wcześnie.

Ale nie chciałem również wywoływać wilka z lasu. Jednooki nie wspominał, aby podczas swoich okazjonalnych podróży natrafił na coś niezwykłego. Być może zanadto pozwalałem hulać własnej wyobraźni.

Obecnie mój stan był całkiem niezły. Trochę wymęczony podróżą i wstrząsany podskakiwaniem wozu, nie cierpiałem już jednak od gorączki i nie musiałem zmagać się z trzęsącymi mną dreszczami. Może nadszedł właśnie czas, by rozejrzeć się trochę dookoła.

Jednooki warknął na Tai Deia z kozła wozu.

– To nie jest dobry pomysł, Jednooki – warknąłem w języku Miast Klejnotów. – Mógłby skopać ci tyłek z równą łatwością, jak na ciebie spojrzeć.

– Ha! To powinno być interesujące. Zobaczmy, co w takiej sytuacji zrobi DżoDżo. Może nawet się obudzi.

Jak większość żołnierzy Kompanii Jednooki także miał strażnika Niueng Bao. Był nim Czo Dai Czo, najbardziej nienarzucający się i pozbawiony ambicji strażnik osobisty, jaki kiedykolwiek chodził po tym świecie. Trzymał się blisko niego tylko dlatego, że zarządzili tak starsi plemienia. Nie wydawał się szczególnie zainteresowany ratowaniem Jednookiego ani przed zagrożeniem, jakie stanowił sam dla siebie, ani przed kimkolwiek innym. W ciągu ostatniego miesiąca nie widziałem Czo więcej jak jakieś cztery razy.

Nie potrafiłem odnaleźć Duszołap. Wiedziałem, że musi być gdzieś w pobliżu, a Kopeć nawet nieszczególnie buntował się, kiedy próbowałem ją odnaleźć. Jednak poczynania tej kobiety skrywało przed światem zaklęcie, które chroniło ją nawet przed tego typu inwigilacją. Mogłem tylko przypuszczać, że jest gdzieś niedaleko, wnioskując z przelotów kruków w kierunku pasma gór wznoszących się na zachodzie i ich odlotów stamtąd.

Rozglądałem się też za zmiennokształtną przyjaciółką Jednookiego, Lizą Bomarsz, ale jej śladu również nie potrafiłem znaleźć. Nie byłem też w stanie sprecyzować miejsca pobytu Mogaby oraz tych paru Nar, którzy zdecydowali się pójść za nim, kiedy porzucił Kompanię dla służby u Władcy Cienia.

To było coś, nad czym należało się zastanowić. Jeżeli ci ludzie zaczęli podejrzewać, że są obserwowani... Ale oto bez najmniejszego trudu odnalazłem Długiego Cienia w jego kryształowej kopule na szczycie najwyższej wieży Przeoczenia – siedział przy kamiennym biurku, spokojnie wydawał rozkazy posłańcom, racjonalnie, lecz z wigorem czynił przygotowania do obrony swego kurczącego się imperium i nie podejmował żadnych wysiłków, aby skryć się przed moim wzrokiem.

Trochę niżej, w apartamentach prywatnych, przebywał niespokojny i osłabiony Narajan Singh. Obecnie przysiadł skulony w kącie, gdy Córka Nocy – przypominająca już raczej potworną karlicę niż normalne dziecko – najwyraźniej pogrążona była w rozmowie ze swoją duchową matką. W pomieszczeniu dawał się wyczuć odór rozsiewany przez Kinę, ale brak było tego przerażającego poczucia jej obecności, na które natknąłem się wcześniej.

Przyglądałem się jej jakiś czas. Cofałem się po kilka godzin wstecz. Nie było żadnych wątpliwości. Narajan Singh niczym już nie rządził. Był tylko narzędziem Córki Nocy, użytecznym głównie jako głos, dzięki któremu mogła się porozumiewać z Władcą Cienia oraz z Oszustami. Ale Singh już zaczynał podejrzewać, że czas jego przydatności mija, że niezadługo dzieciak gotów będzie się go pozbyć.

Kiedy nadejdzie czas, zrobi to, nie poświęcając całej sprawie więcej myśli i emocji niż wyrzuceniu przez ramię dobrze ogryzionego wieprzowego żeberka.

Jej rozmowy z boską rodzicielką odmieniały ją w błyskawicznym tempie.

Wyglądało na to, że Kina zaczyna się śpieszyć, być może powoli brakowało jej już czasu, a więc nie mogła czekać spokojnie, aż dziecko dojrzeje do wypełnienia swej roli.

Czułem się bardzo niespokojny w obecności tego bachora, mimo że naprawdę znajdowałem się w odległości setek kilometrów. Wyniosłem się stamtąd.

Próbowałem wyśledzić miejsce pobytu Wyjca, ale dostrzegałem jedynie przelotne obrazy, przemykał to tu, to tam na swoim ze szczętem zszarganym, a kilka dni później połatanym już na nowo, mniejszym dywanie. On też podjął drastyczne środki ostrożności. Potrafiłem odnaleźć go jedynie wówczas, gdy naprawdę się śpieszył i, tak to przynajmniej wyglądało, wyprzedzał w locie swoją tarczę niewidzialności.

Przed kim tak się ukrywał, skoro nie wiedział o mnie?

Wciąż pozostawała Radisza, której już od dawna nie składałem wizyty.

Znalazłem ją w obecności licznego zgromadzenia podczas audiencji dla najważniejszych kapłanów głównych świątyń miasta. Tematem spotkania była, nic szczególnie zaskakującego, tocząca się właśnie wojna. W szczególności zaś bluźniercze, ateistyczne i antyklerykalne nastawienie ludzi kierujących tagliańskim wysiłkiem bojowym. Nowe pokolenie kapłanów było znacznie zgodniejsze w kwestii współpracy pomiędzy rozmaitymi sektami niż poprzednie, które zapłaciło życiem za swoje uparte, prowincjonalne nastawienie.

– Nie ma żadnych wątpliwości – Radisza zgodziła się z wcześniejszą wypowiedzią kapłana Rhavi-Lemna, bogini braterskiej miłości – że Wyzwoliciel wysłał wojska wybrane spośród wiernych, aby przy ich pomocy wyrównać rachunki z Brzeszczotem. – Wieści ze strefy działań wojennych wciąż były jeszcze daleko. – Jest zupełnie zaślepiony nienawiścią, to prawda, jednak jakoś musicie się z tym pogodzić.

– Ponieważ Brzeszczotowi obiecano stanowisko protektora naszej prowincji w przypadku zwycięstwa Władcy Cienia. A wtedy dokona eksterminacji nas wszystkich. Oczywiście jeśli wciąż będzie żył.

– Co znowu prowadzi nas do kwestii zasadniczej, nieprawdaż? Nawet jeśli mój brat rzeczywiście stanie się kompetentnym dowódcą i zdoła utworzyć korpus doświadczonych oficerów, ani sami żołnierze, ani lud nie uwierzą, że jesteśmy w stanie pokonać Władcę Cienia bez pomocy Czarnej Kompanii. Wciąż znajdujemy się w sytuacji, która zmusza nas, byśmy ciemność zwalczali ciemnością, mając nadzieję, że to nasza ręka ciemności ostatecznie zatriumfuje, a potem będziemy w stanie jakoś ją sobie podporządkować.

Rhavi-Lemna była rozsądną boginią. Naturalne więc, że jej kapłanom nie przystoi postawa gwałtowników i wojennych podżegaczy. Jednak Gunni mieli w swym panteonie setki bogów i bogiń, ważniejszych i pomniejszych, a niektórzy z nich byli dużo mniej tolerancyjni.

– Powinniśmy od razu zabić wszystkich! – ktoś krzyknął. – Stanowią większe zagrożenie dla naszego sposobu życia niż jakiś zamaskowany czarownik żyjący tysiąc trzysta kilometrów stąd.

Wciąż było wielu Taglian, którzy ani nie służyli w armii, ani jak dotąd nie udali się nawet na Południe, by zobaczyć, jaki spadek Władcy Cienia zostawili po sobie w krajach, które zostały wyrwane spod ich władzy. Ludzi, którzy za nic nie uwierzą, po prostu dlatego, że wolą, aby prawda wyglądała inaczej.

To był niekończący się spór, którego rozstrzygnięcia niekoniecznie powinienem spodziewać się za mego życia. Trwała wojna, a dopóki jej nie wygramy, szkoła myślenia „Zabić ich wszystkich!" zawsze pozostanie znaczącą mniejszością. Niemniej jednak ci, którzy byli gotowi w każdej chwili wznieść okrzyk: „Zabić ich wszystkich!", stanowili dość liczną gromadkę.

– Ich jest najwyżej pięćdziesięciu czy sześćdziesięciu – odparowała Radisza. – Czy naprawdę trudno będzie się ich pozbyć, kiedy przestaną już być użyteczni, a nie dadzą się pozabijać na wojnie?

– Cholernie trudno, jak mi się wydaje. Władcy Cienia się to nie udało. Oszustom również jakoś nie wyszło.

– Podjęto już w tej sprawie odpowiednie kroki.

O, ciekawe. Jak dotąd niczego nie dostrzegłem.

Nastał zatem czas, by przenieść się w minione dni.

Wyruszyłem w przeszłość. Podskakując niczym siedmioletnia dziewczynka grająca w klasy, muskałem paluszkami każdą kolejną godzinę, przynajmniej mniej więcej do czasu, gdy ostatni raz sprawdzałem poczynania Kobiety. Niedużo było tam do oglądania. Głównie te same rzeczy, co zawsze. Głęboką nocą, w rozmowach z Kordkiem Maferem, pomysł gonił pomysł, a każdy kolejny był przezeń odrzucany, i to tym bardziej zdecydowanie, im bardziej podobał się Kobiecie.

Jedną z ciekawych rzeczy, jakie odkryłem, był fakt, że Radisza zaczęła się rozglądać, aby odszukać Kopcia. Zapewne zaczynała już coś podejrzewać, choć jeszcze nie potrafiła swych podejrzeń sprecyzować. Mafer zapewniał ją cały czas, że jesteśmy facetami w porządku, i z pewnością musieliśmy zatroszczyć się o opiekę nad czarodziejem. Przecież nie pozwolimy facetowi umrzeć z głodu.

– Oni go nienawidzą, kochany. Zdradził ich, zrobił wszystko, co tylko mógł, aby ich zniszczyć.

– Znaleźliby na pewno okrutniejszy sposób wyrównania rachunków. Ale najpierw poczekaliby, aż się obudzi. Żeby świadom był bólu.

Kordek doskonale rozumiał, co działo się w moim umyśle. Śmierć z głodu – to brzmiało zupełnie nieźle, a nadto rzeczywiście chciałem, aby zdawał sobie sprawę z tego, co się z nim dzieje.

W zupełności wystarczyłoby pewnie, gdyby odzyskał przytomność i przekonał się, że jest w naszych rękach. Dostałby sraczki ze strachu.

Cofałem się w przeszłość, przemierzałem czas, jaki upłynął od mojej ostatniej wizyty, ale nie potrafiłem znaleźć nic szczególnie niesamowitego. Kobieta niczego nie powiedziała otwarcie, wyjąwszy tę chwilę, kiedy zrezygnowała z usług Mafera, a i wówczas nie można było zarzucić jej szczególnej oryginalności. Jednak nie potrafiłem uwolnić się od myśli, że coś się tu szykuje.

Była Radiszą Drah. Całe życie spędziła w przekonaniu, że cokolwiek powie albo zrobi, może być widziane lub podsłuchane przez kogoś, kto nie życzył jej najlepiej.

Przeskoczyłem z powrotem do dnia dzisiejszego, ale wciąż nie potrafiłem znaleźć nic, co skłoniłoby mnie do natychmiastowego powrotu do Starego.

Dopiero kiedy do Taglios dotrą wieści z Czarandapresz, można spodziewać się wybuchu podniecenia. Wówczas niektórzy ludzie przestaną myśleć tak jasno i ostrożnie. Wtedy powrócę.

Zanim na dobre opuściłem Taglios, dałem jeszcze nura do dawnej kryjówki Kopcia. Stare Kroniki znajdowały się tam, gdzie je ukryłem.

Jednak ciekawa sprawa: kiedy odchodziłem, zauważyłem, że wszędzie, na całym terenie pałacu, a także w jego okolicy, przebywało mnóstwo kruków.

Kiedy wróciłem do własnego ciała, Jednooki wciąż jeszcze przeklinał. Czy raczej znowu przeklinał, z czego zdałem sobie sprawę, gdy wyjrzałem przez tylny przyczółek wozu. Kolejne koło utknęło. Od poprzedniego razu musieliśmy przejechać jakieś dwadzieścia parę kilometrów. Odwodniony byłem tak, iż czułem się, jakbym wysechł na kość. Uniosłem wieko jednej z baryłek, w których Jednooki trzymał wodę. Niewiele jej zostało już w środku. A to, co zostało, wyglądało dość paskudnie. Mimo to wypiłem.

Zszedłem z wozu i poszedłem zobaczyć, jak Jednooki znęca się nad kolejną grupą swych ofiar.

– Ty mały gnojku. Przestań wreszcie wrzeszczeć na tych, którzy ci pomagają. Bo inaczej wepchną ci ten przeklęty kapelusz do gardła, a ja będę musiał iść piechotą. Gdzie jest Stary?

35

Wszędzie kruki, co? – zadumał się Konował. – Ciekawe. Sądzisz, że nie powinienem być zaskoczony?

– To jej?

W tej chwili wokół nas było również mnóstwo kruków. Oczywiście. Nie pozwolił Pani ich przegnać.

– Prawdopodobnie.

– Wszystkie?

– Należy się z tym liczyć. Wtedy unikniesz przykrej niespodzianki. Opowiedz mi o Długim Cieniu. – Ostatnie zdanie wypowiedział nie na głos, lecz w języku migowym, którego wszyscy nauczyliśmy się, kiedy Pupilka, Biała Róża, była jeszcze z Kompanią. Potem używaliśmy go raczej rzadko, mnie zaś nie przyszło do głowy, że w ten sposób moglibyśmy porozumiewać się swobodnie, nawet otoczeni całymi stadami ptaków. W sumie, kiedy się nad tym zastanowić, sposób wydawał się oczywisty. Te potworki nie będą miały jak przekazać podsłuchanej informacji.

Nikt nie twierdził, że ptaki rozumieją, co relacjonują. Po prostu powtarzały podsłuchane słowa.

Moje palce nie były już tak zręczne jak niegdyś. Miałem trochę trudności z przekazaniem, że Długi Cień odmienił się całkowicie i teraz krząta się wokół swoich spraw, w sposób chłodny, całkowicie opanowany i pełen determinacji.

– Ciekawe – powtórzył Konował. Spojrzał na przełęcz. Oddziały księcia, idące w awangardzie, wykryły zasadzkę żołnierzy Cienia. Rozgorzała zażarta walka. Kolumna pełznąca za nimi zaczęła się łamać. Zapowiadały się dalsze kłopoty.

Przelotnie objąłem wzrokiem stoki wznoszące się po obu stronach przełęczy. Jeżeli Mogaba ma tam więcej ludzi, może nam sprawić poważne kłopoty.

– Nie ma – odparł Konował, jakbym wypowiedział swe myśli na głos.

– Stajesz się coraz bardziej przerażający. – Obecnie przez większość czasu miał na sobie przynajmniej fragmenty swego niesamowitego rynsztunku Stwórcy Wdów. Rzadkie były chwile, gdy na jego ramieniu nie siedział kruk. Miał już wśród nich nawet swoich ulubieńców, można było ich poznać po tym, że zawsze ich karmił.

– Kiedy muszę grać jakąś rolę, staram się żyć zgodnie z jej wymaganiami. – Znowu przeszedł na język migowy. – Chcę, żebyś znalazł Goblina. To jest w tej chwili najważniejsze.

– Hę?

Westchnął.

– Zrobiłbym to sam, ale teraz nie mam czasu. – Na głos zaś dodał: – Ta taktyka opóźniająca wychodzi Mogabie cholernie dobrze. Przełęcz jest diabelnie ciasna. – Odwrócił się i poszedł w kierunku czoła stłoczonej kolumny. Prabrindrah Drah będzie musiał tłumaczyć się niczym zupełnie świeży rekrut.

Znienacka jednak zawołał jeszcze do mnie przez ramię:

– Gdzie są twoi krewni, Murgen?

– Co?

– Gdzie oni są? O co im chodzi? – Używał kolokwialnego tagliańskiego, co oznaczało, że nie dba o to, czy Tai Dei go rozumie. Czy też, że właśnie na tym mu zależy.

– Nie widziałem ich nigdzie. – Spojrzałem na Tai Deia. Pokręcił głową. – Być może wrócili do domu.

– Nie przypuszczam. Gdyby tak było, reszta tych błaznów odeszłaby razem z nimi. A tak się nie stało, nieprawdaż?

Wcale tak nie uważałem, ale nie miałem ochoty się kłócić. Konował nigdy nie będzie czuł się dobrze w towarzystwie Niueng Bao. Zapewniłem go więc, że będę na nich uważał i natychmiast powiadomię go, gdy tylko czegoś się dowiem, a potem odszedłem.

Wracając do wozu Jednookiego, wpadłem na Ospałego.

– Cześć, synku. Jak leci? – Nie widziałem go od czasu tamtej nocy w Taglios, gdy wykradaliśmy Kopcia z pałacu. Obecnie razem z Wielkim Cebrem pomagał szkolić oddziały sił specjalnych. Wyglądał na zmęczonego, a przecież był jeszcze w ogóle za młody na wojaczkę.

– Jestem zmęczony, głodny i zaczynam się zastanawiać, czy lanie, jakie dostawałem od moich wujków, rzeczywiście było gorsze od tego, co robię teraz.

Każdy, kto potrafiłby zachować poczucie humoru po tym, co przeszedł Ospały, był według mnie jak najbardziej w porządku.

Zastanawiałem się, czy kiedykolwiek wróci i ich pozabija. Wątpiłem w to jednak. Chociaż takie postępowanie byłoby jak najbardziej na miejscu w tej dziwacznej kulturze Południa.

Ospały zapytał:

– Rozmawiałeś już z Kapitanem?

– Przez cały czas z nim rozmawiam. Jestem kronikarzem.

– Mam na myśli tę robotę chorążego. Powiedziałeś, że mógłbyś...

– Aaa. Tak.

Nie potrafił ukryć podniecenia. Jednak nie było się czemu dziwić. Mianowanie na chorążego oznaczało, że ci, którzy są nad tobą, uważają, iż twoim przeznaczeniem jest osiągnąć w Kompanii wielkie rzeczy. Chorąży często zostaje kronikarzem. Często też mianują go Porucznikiem, ponieważ zawsze przebywa w centrum wydarzeń i wie wszystko o tym, co się dzieje. Porucznik natomiast niemal bez wyjątku zostaje Kapitanem, kiedy tylko to stanowisko się zwalnia.

Konował był anomalią na skalę wręcz epokową, wybrano go bowiem w czasie, kiedy było nas ledwie siedmiu i nikt nie miał większych kompetencji, a poza tym nikt i tak nie zechciałby przyjąć tej roboty.

– Zaproponowałem mu to. Nie powiedział: nie. Przypuszczalnie zostawi całą rzecz w mojej gestii. A to oznacza, że całą sprawą zajmiemy się dopiero w przyszłości, ponieważ obecnie każdy w tej armii pracuje po dwadzieścia godzin na dobę. Nie mam czasu, żeby cię uczyć.

– My teraz nie mamy nic do roboty. Mogę więc po prostu trzymać się blisko ciebie i...

Głos Wielkiego Cebra wzniósł się ponad tumult ruszającej armii. Kazał Ospałemu natychmiast zbierać dupę, ponieważ postanowiono, że to właśnie oni, a nie nikt inny, mają łupać ten orzech.

– Powodzenia. I nie śpiesz się, synku – oznajmiłem mu. – Do

cholery, zachowuj się tak, jak ja postępuję z Kronikami. Poczekaj na oblężenie Przeoczenia. Wówczas będziemy mieli mnóstwo czasu. Również na naukę czytania i pisania.

– Już zacząłem się uczyć. Wierz albo nie. Znam już pięćdziesiąt trzy powszechnie stosowane litery. Potrafię też rozwikłać niemalże wszystko.

Pismo tagliańskie jest dość skomplikowane, ponieważ zawiera ponad sto liter w alfabecie powszechnym i kolejnych czterdzieści dwie w wysokim tagliańskim, używanym jedynie przez kapłanów Gunni. Wiele liter posiada odmienne znaczenie w zależności od kasty. Kastowość jest dla Gunni bardzo ważna.

– Tylko tak dalej – pocieszyłem Ospałego. – Jeżeli będziesz tak zdeterminowany, na pewno ci się uda.

– Dzięki, Murgen. – Chłopak pomknął w górę zbocza, prześlizgując się lekko przez ciżbę, jakby był nasmarowany tłuszczem.

– Nie dziękuj mi – wymamrotałem. Wielu chorążym nie poszczęściło się tak jak mnie. Nie jest to praca, po której można oczekiwać długiego życia.

Po przeciwnej stronie przełęczy dostrzegłem Panią. Jak zawsze otoczona była przez swych adoratorów oraz większość tych Nar, którzy nie zdezerterowali z Kompanii. Skierowałem się w jej stronę.

36

Ludzie rozstępowali się, żeby mnie przepuścić. Tak to jest, kiedy dajesz innym pokosztować słodkiego i jednocześnie zjełczałego smaku historii. Konował naprawdę dokonał tego, że treść Kronik stała się artykułem wyznania wiary dla każdego z Kompanii.

Pani wyglądała tak jak zawsze. Jej zazwyczaj całkowicie obojętny wyraz twarzy zdradzał teraz ślad irytacji.

– Wygląda na to, iż będziemy zmuszeni tu czekać, póki oddział Cebra nie przekona ludzi Mogaby, że naprawdę lepiej, aby już poszli sobie do domu, zamiast sterczeć tu w taki ziąb – powiedziałem.

Jeśli już mowa o pogodzie, to zaczynała stawać się powoli doprawdy podła. Zrywał się coraz silniejszy wiatr. Bardziej przenikliwy niż w ciągu ostatnich kilku dni. Ciężkie chmury piętrzyły się ponad nami. Zanosiło się na to, że wkrótce spadnie śnieg.

– No, miejmy nadzieję – rzekł Łabędź. – Musimy wreszcie zleźć z tych skał. – Nie adresował swoich słów do mnie, naprawdę. – Nienawidzę gór.

– Ja także jestem już zmęczony zimnem i śniegiem – oznajmiłem. Do Pani zaś zwróciłem się z pytaniem: – Naprawdę musisz mnie unikać?

– Co chcesz wiedzieć?

– W jaki sposób odzyskujesz swe moce? Sądziłem, że ten występ w Krainie Kurhanów pozbawił cię ich na zawsze.

– Jestem złodziejką. W każdym razie to nie twoja sprawa.

Jej towarzysze spojrzeli na mnie z nienawiścią, głównie dlatego, że stwierdzili, iż w ten sposób uda im się może zarobić po kilka dodatkowych punktów.

– Śniłaś znowu?

Zastanawiała się przez chwilę, a potem przyznała:

– Tak.

– Tak też sądziłem. Wyglądałaś na trochę wytrąconą z równowagi.

– Jeżeli wchodzisz do gry, musisz zapłacić stawkę. A co z tobą, kronikarzu?

Doszedłem do wniosku, że nie mam najmniejszej ochoty zdradzać jej niczego. Szczególnie w obecności tych facetów. Ale jakoś się zmusiłem.

– Tak. Coś, co mogło być Kiną, pojawiło się kilkakrotnie w moich snach. Wyglądało to na ingerencję z zewnątrz. Zastanawiałem się, czy nastąpiło w tym samym czasie, kiedy niepokoiła ciebie.

To ją zaciekawiło. Można było niemal dostrzec, jak myśli przemykają w głębi jej spojrzenia, jak rozważa, kalkuluje.

– Jeżeli zdarzy się to ponownie, odnotuj czas – odezwała się wreszcie. – Rzecz jasna, jeżeli będziesz mógł.

– Spróbuję. Jak udało ci się tamtej nocy stawić czoło Kinie i wyjść z tego bez szwanku?

Nawet nie zająknąwszy się, Pani przeszła płynnie na grogoriański, język, który znajdował się już prawie na skraju wymarcia.

– To nie była Kina.

Tego języka nauczyłem się od mojej babki, której lud w całości został starty z powierzchni ziemi w wojnach, podczas których konsolidowało się imperium Pani. Babcia nie żyła już od dawna, podobnie zresztą jak i moja matka. Ja zaś, od czasu gdy zaciągnąłem się do Kompanii, nie używałem go wcale, chyba że okazjonalnie podczas przeklinania innych.

– W jaki sposób?... – Głos mi zadrżał. – Skąd mogłaś wiedzieć, że ja...?

– Kapitan okazał się na tyle miły, że kazał skopiować twoje pisma i przekazał je mnie. Gdzieś w nich wymieniasz Grogor. Zapewne nie posługuję się nim zbyt biegle. Nie mówiłam w tym języku od ponad stu lat. Przepraszam z góry za moje potknięcia.

– Mówisz znakomicie. Ale po co to wszystko?

– Moja siostra nigdy się go nie nauczyła. Podobnie zresztą jak ta gromadka, której połowę stanowią zapewne szpiedzy.

– Ale o co chodzi? Powiedziałaś, że to nie była Kina. Nawet jeśli, z pewnością udało się jej mnie oszukać. Bez wątpienia też pasowała do opisu.

– To była moja ukochana siostra. Udająca Kinę. Spodziewam się, że wielbicieli bogini zaskoczyła tak samo jak resztę z nas.

– Ale... – Córka Nocy wyglądała na tak uszczęśliwioną.

– Potrafię nawiązać kontakt z prawdziwą Kiną, Murgen. Wierz mi. Dlatego właśnie nie sypiam dobrze. Prawdziwa Kina pogrążona jest wciąż w swym transie. Wpływ na świat wywiera wyłącznie poprzez sny. A ja muszę brać w nich udział.

– A więc Kina naprawdę istnieje?

– Istnieje w każdym razie ktoś, kto pasuje do szczegółowego rysopisu, Murgen. Nie jestem pewna, czy kiedy się obudzi, pomyśli o sobie jako o Kinie czy choćby w ogóle jako o bogini. Ten ktoś chce sprowadzić na ziemię Rok Czaszek. Chce się wyrwać ze skuwających go łańcuchów. To jedyne jej emocje, jakie udało mi się pojąć przez te wszystkie lata. Dla mnie jest nazbyt obca, bym mogła poznać ją lepiej.

– Jak Stary Ojciec Drzewo?

Musiała chwilę się zastanowić, aby przypomnieć sobie tę drzewno-boską istotę, która władała Równiną Strachu i stawiała jej opór, gdy wciąż jeszcze była Panią.

– Nigdy nie nawiązałam kontaktu z jego umysłem.

– Dlaczego twoja siostra miałaby udawać, że jest Kiną?

– Nigdy nie wiedziałam, dlaczego moja siostra robiła to, co robiła. Nie postępowała racjonalnie. W jej machinacjach dwa nigdy nie następowało po jeden, a trzy nie poprzedzało czwórki. Zdolna jest wydatkować niewiarygodną wręcz energię i ogromne fortuny po to tylko, aby sfinalizować udany żart. Potrafi zniszczyć całe miasta, choć zapewne nie umiałaby wytłumaczyć, dlaczego to zrobiła. Możesz wiedzieć, co robi, ale nie zrozumiesz dlaczego, albo możesz znać odpowiedź na pytanie, dlaczego coś robi, ale nie odkryjesz, co to jest. Zachowywała się w ten sposób od czasu, gdy skończyła trzy lata, zanim ktokolwiek w ogóle zdał sobie sprawę, że i na nią spadło przekleństwo daru mocy.

– Wierzysz, że jesteś przeklęta?

Naprawdę się uśmiechnęła. Kiedy się uśmiechała, jej piękno w całej okazałości roztaczało się przed patrzącym na nią.

– Przez szaloną siostrę na pewno. Żałuję, że nie mam choćby najbardziej mglistego pojęcia, dlaczego ona w ogóle się tu znalazła, a jednocześnie nic nie robi, tylko obserwuje nas i bezustannie przypomina o swojej obecności.

– Przypomina nam?

– Czy nie zmęczyły cię jeszcze te przeklęte kruki?

– Rzeczywiście, zmęczyły. Sądzę, że chodzi jej o zemstę.

– Gdyby tylko o to jej chodziło, zmiażdżyłaby mnie już dawno temu.

Za plecami wyczułem jakieś poruszenie. Patrzył na nas szereg par oczu, a wszyscy stojący dostatecznie blisko, by słyszeć naszą rozmowę, starali się jakoś wykombinować, o co chodzi. To musiał być zupełnie ostateczny sekret, skoro rozmawialiśmy w języku, którego nie znał nikt prócz nas.

Wierzba Łabędź wyglądał tak, jakby właśnie srodze zraniono jego uczucia.

– Proszę wybaczyć, panie – powiedział za moimi plecami jakiś głos. – Wyzwoliciel przesyła swoje uszanowanie i pyta, czy nie byłby pan tak dobry i nie zabrał swej dupy do obowiązków, które panu wyznaczył? Tak brzmią jego słowa. Kazał jednocześnie przypomnieć, że spodziewa się odpowiedzi przed zmrokiem.

Tego jednak nie powiedziano w języku, którego nikt nie rozumiał. Nastrój Łabędzia poprawił się natychmiast. Nawet Pani zachichotała.

Przypuszczam, że naprawdę się zarumieniłem.

– Będę chciał jeszcze z tobą o tym porozmawiać – zwróciłem się do Pani, która nie wydawała się przejęta taką perspektywą w najmniejszym stopniu. A posłańcowi, który był jakimś kuzynem wybitnego, tagliańskiego generała, odrzekłem: – Chociażby tylko dlatego sądzę, że powinienem zrobić to, co chce Stary.

37

Odnalezienie Goblina zabrało mi sporo czasu, ale przecież nie było pośpiechu. Żołnierze Cienia broniący górnych partii przełęczy okazali się szczególnie uparci. Wielki Ceber musiał użyć setek bomb zapalających, aby wreszcie ich wykurzyć.

Omalże nie potrafiłem uwierzyć w to, co odkryłem. Goblin znajdował się po drugiej stronie Danda Presz. Jego Cienista Droga okazała się ekspedycją, której celem było przeprowadzenie sił desantowych przez Szindai Kius. Pewnego razu Konował wspominał o tej możliwości, chyba już całe wieki temu, jeszcze zanim wyruszyliśmy z Dedżagore. Zawsze jednak sądziłem, że jest to pomysł kompletnie niewykonalny. Tak więc możliwość jego realizacji nie przyszła mi do głowy nawet wówczas, gdy znalazłem Goblina na skraju Szindai Kius.

Ten był wciąż sobą. Pustynia zapiekła w nim tylko jego charakter.

– Od całkowitego wyczerpania dzieli mnie zaledwie jeden krok i dziesięć sekund – skarżył się najbliżej stojącemu człowiekowi, którym był brat z Kompanii zwany Brachu-rób, osobnik nieszczególnie błyskotliwy, który wszak, jak zauważyłem, stał, mając Goblina po lewej stronie, na lewe ucho bowiem gorzej słyszał. – Ale wreszcie dotarłem tutaj. Nareszcie jestem na miejscu. Zdążyłem na czas. A nikt nie ma zielonego pojęcia, że tu jestem.

W górach wznoszących się nad nami rozbłysły flary. Maleńkie kule światła zapłonęły ponad wysokim łańcuchem Danda Presz.

– Wychodzi na to, że tata Kapitan wygrał swój zakład – stwierdził Brachu-rób.

– Martwię się. To wszystko wygląda mi coś nazbyt dobrze. Od lat już walczę z tymi ludźmi. Wiem, jak myślą. Znam Mogabę. – Tak samo zresztą jak Brachu-rób, ale w oczach Goblina nie miało to najwyraźniej znaczenia. – On nie pozwoli, aby Konował sprał mu dupę. W całej tej sprawie z jego przejściem do Władcy Cienia chodziło o to, że chciał udowodnić, kto jest lepszym żołnierzem i generałem.

Gadał tak i gadał. Jego ludzie przez większość czasu nie zwracali na niego uwagi. Na koniec wreszcie wysłuchał meldunków zwiadowców, a potem pozwolił podwładnym rozpalić kilka małych ognisk, starannie skrytych przed ewentualnymi obserwatorami. Po tej stronie Danda Presz było jeszcze zimniej niż na stokach północnych. Kiedy się nie maszerowało, ciężko było wytrzymać bez ognia.

– Powinniśmy znaleźć jakąś farmę. Być może nawet niewielką miejscowość. Moglibyśmy spędzić noc pod dachem.

– Trzeba by wówczas pozabijać wielu ludzi, żeby nikt na nas nie doniósł, co przypuszczalnie i tak zresztą nie zdałoby się na nic. Zawsze ktoś się wymknie.

Było już prawie ciemno. Szaleństwo rozpętane w wysokich partiach gór nabierało barw. Zacząłem się zastanawiać, czy aby Mogaba nie przebywał tam we własnej osobie i kierował działaniami obronnymi.

– Masz towarzystwo – powiedział ktoś. Nagle wszyscy, którzy zasiedli przy ognisku Goblina, najwyraźniej przypomnieli sobie o niecierpiących zwłoki obowiązkach, czekających na nich gdzieś indziej. Wszyscy prócz towarzyszącego Goblinowi strażnika Niueng Bao, którym był człowiek do tego stopnia niepozorny, że nawet nie pamiętałem jego pełnego imienia. Tejn, Trein, jakoś tak to szło. Ten po prostu przeniósł się na wygodniejsze miejsce, to znaczy na wyższą skałę, i ułożywszy miecz na kolanach, zdawał się gotów do wypełnienia swego zadania w każdej chwili.

Przyczyny, dla których wszyscy pozostali woleli znaleźć się w jakimś innym miejscu, stały się jasne już kilka chwil później.

Znalazłem moją kolejną zgubę.

Wielka, okrutnie wyglądająca czarna pantera wyskoczyła z ciemności otaczających niewielkie ognisko i ułożyła się w pobliżu ognia. Goblin wyciągnął rękę i podrapał ją za uszami.

Co, u diabła? Ze wszystkich żyjących na świecie ta właśnie pantera nie miała szczególnych powodów, by darzyć go uczuciem miłości. Niemniej jednak miała oczywiście znacznie więcej powodów, by nie lubić Jednookiego.

– A więc mimo wszystko zdecydowałaś się nam pomóc, co? – powiedział Goblin. – Czy naprawdę tak trudno zaprzyjaźnić się z nami? – A potem wdał się w imaginacyjną odyseję argumentów opisujących w fantastycznych szczegółach, dlaczego właściwie forwalaka winien stać się naturalnym sprzymierzeńcem nas wszystkich, pomimo że Jednooki zrobił Zmiennokształtnemu to, co zrobił. Zmienny przecież tak naprawdę nie zostawił mu żadnej możliwości wyboru, nieprawdaż? W każdym razie zgłębienie do końca natury zaklęcia uwalniającego jest tylko kwestią czasu. Ostatnim razem, kiedy spotkał Jednookiego, brakowało im tylko trzech terminów i postulatów, aby wreszcie zedrzeć z niego zasłonę tajemnicy.

Kiedy poszedłem szukać Konowała, mroźne ukąszenia wiatru zaczynały już dawać się poważnie we znaki. Śnieg gnany jego ostrymi podmuchami chłostał skórę. Od popołudnia nikt nie postąpił ani kroku naprzód. Ogniste kule migotały na tle nieba ponad przełęczą. W zasięgu wzroku nie płonęły prawie żadne ogniska. Nie było czym ich karmić. Ludzie tulili się do siebie w poszukiwaniu odrobiny ciepła. Prawie nikt nie podniósł na mnie oczu, kiedy przechodziłem. Mógłbym być samym Władcą Cienia, a i tak nikt by nie spojrzał. Niemniej gdybym niósł ze sobą gorące jadło, okrzyknięto by mnie mesjaszem.

Konował również nie siedział przy ognisku. Ale on miał dziewczynę, która go rozgrzewała. Czyli coś, czym nie mógł poszczycić się nikt inny. Wredny bękart.

– Nie miałbyś ochoty się przejść?

Nie, do diabła, nie miał. Nikt by nie miał, gdyby leżał owinięty w koce z piękną dziewczyną, która tuliła się do niego w zimną noc.

– Zrób choć raz użytek ze swojej wyobraźni, Murgen. Czy ja wyglądam jak ktoś, kto chce, aby mu przeszkadzano?

– W porządku. Niech i tak będzie. Na koniec wreszcie zlokalizowałem człowieka, o którego ci chodziło. Znajduje się tam, gdzie oczekiwano, że będzie. Ale...

– A więc nie spuszczaj go z oczu.

– ...pojawiły się pewne komplikacje.

– Nie spuszczaj go z oczu. Niech w nic się nie wdaje, dopóki nie znajdę dla niego czasu. Później.

Spojrzałem na niego i na Panią, a napotkawszy ich ponure spojrzenia, zdecydowałem, że jednak lepiej nie ignorować ich wymowy i odejść. Odszedłem, kręcąc głową. Są rzeczy, które jesteś w stanie zaakceptować intelektualnie, ale dalej pozostają niewyobrażalne. Ta dwójka, pogrążona w spazmach namiętności, należała właśnie do tej drugiej kategorii.

Jeżeli jemu się nie śpieszyło, ja również nie miałem powodów. Przegryzłem coś, przespałem się i śniłem o Sari, zanim wreszcie wziąłem się do roboty. To nie był sen, jakiego bym pragnął. Sari wyglądała w nim na postarzałą, wymizerowaną i nosiła białą suknię. Ale i tak był znacznie przyjemniejszy niż wizyta w lodowym piekle, która nastąpiła po nim.

Ono z kolei wcale nie postarzało się wraz z upływem czasu, wszystkie szczegóły pozostały jak przedtem. A i tak nigdy się do niego nie przyzwyczaję.

Goblin miał pod ręką wszystkie swoje czary iluzji gotowe do użycia, jednak postanowił nie nękać nimi pierwszych uciekinierów, którzy śpieszyli, żeby wydostać się z Danda Presz. Prawdopodobieństwo, że ludzie ci będą nastręczać nam kłopotów w późniejszym okresie, było stosunkowo najmniejsze. Pojmał kilku, aby mieć lepsze pojęcie o tym, co dzieje się na Północy.

– Takie gówno jak Długi Cień nie zasłużyło sobie na takich stronników jak Mogaba – zwrócił się do pantery.

Pantera zamruczała głębokim basem, dochodzącym gdzieś z głębi gardła.

– Człowiek zaczyna zastanawiać się nad Mogabą. Dlaczego on po prostu nie zrezygnuje?

Nar miał jednak wszystko pod kontrolą. Jego odwrót, wiążący walką następującego za nim przeciwnika, przebiegał jak dotąd pomyślnie.

Jak zrozumiałem, setka żołnierzy Goblina to byli wszystko młodzi Taglianie, zainteresowani przyjęciem w szeregi Czarnej Kompanii. Bystry czarodziej sprzedał im jakoś pomysł, że ta operacja stanowi coś w rodzaju egzaminu wstępnego. Mały, paskudny bękart.

Musiał czuć się tam bardzo samotny. Jego strażnik, Tjen Diuk, znał tylko kilka słów po tagliańsku i był zainteresowany plotkowaniem nie bardziej niż Tai Dei. Konwersacyjne zdolności pantery należało uznać za mocno ograniczone. Wszyscy komandosi mieli nie więcej niż po dwadzieścia pięć lat. Goblin mówił dobrze po tagliańsku, ale nie potrafił porozumiewać się młodzieżowym żargonem.

Teraz mruczał do siebie w dialekcie Miast Klejnotów:

– Brakuje mi Jednookiego. Może być niewart nawet dwóch mu-szych truchеł, ale... Nikt nie słyszał chyba? My, stare pierdziele, powinniśmy trzymać się razem. Jesteśmy jedynymi, którzy wiedzą, o co w tym wszystkim chodzi.

Czy aby na pewno?

– O tak. Myślę, że tak właśnie jest.

– Mówił pan coś? – zapytał jeden z młodych sierżantów i podszedł bliżej.

– Mówiłem do siebie, chłopcze. W ten sposób próbuję zapewnić sobie możliwość inteligentnej konwersacji. Myślałem na głos o Mogabie. O tym, jak wiedzie się tym, którzy są po drugiej stronie. Dziesięć minut po tym, jak oni sprawią nam lanie, wszyscy zaczną się zastanawiać, jak drugiemu wsadzić nóż w plecy.

– Proszę pana? – Młody Szadar wydawał się zgorszony choćby samym przypuszczeniem, że nasza strona może przegrać tę wojnę.

– Jeżeli spieprzą to po tym wszystkim, co tutaj zrobili, to samo gówno może przytrafić się naszej stronie.

Przy pomocy swych iluzji i komandosów Goblin zabrał się do wyłapywania kolejnych uciekinierów, aby, póki robota wciąż była jeszcze dość łatwa, nauczyć swoich ludzi stosownych umiejętności i nie pozwolić chłopcom się nudzić.

Z przełęczy zaczynały spływać większe siły Cienia. Posuwając się w pośpiechu i rozsypce, zgrabnie wpadali w pułapki Goblina, zupełnie jakby to uprzednio przećwiczyli. Snajperzy brali na cel tych, którzy na pierwszy rzut oka sprawiali wrażenie oficerów. Ogień pocisków dziesiątkował oddziały. Kiedy formowali szyk, aby przeprowadzić kontratak, okazywało się, że mają przeciwko sobie tylko iluzje i cienie.

Uwięziony na pozycji obserwatora zacząłem się zastanawiać, co właściwie Goblin chce osiągnąć. Kłopoty, jakie sprawiał tamtym, były zupełnie nieproporcjonalne do liczebności jego oddziału, ale i tak suma jego działań nie mogła wywrzeć jakiegoś zdecydowanego wpływu na przebieg wojny. Chyba że... Oczywiście! Jego obecność tutaj oznaczała, że nie będzie go gdzie indziej. Właśnie tego typu myśl mogła przyjść na myśl Konowałowi. Zlecić Goblinowi jakąś absurdalną misję po to, by nie plątał się pod nogami, nie upijał, nie wadził z Jednookim i na wszelkie możliwe sposoby nie zawadzał w prowadzeniu działań wojennych.

Chociaż... Żołnierze Cienia nie byli w stanie policzyć przeciwników. Wciąż nasyłał na nich widma. Plotki rozchodziły się po górach. Panika wkradała się w szeregi naszych wrogów. Ten efekt siłą oddziaływania przekraczał już zupełnie liczebność szeregów Goblina.

Istniał zasadniczy cel, motyw przewodni zasadzek czarodzieja. Główne wysiłki skierowane były na likwidowanie oficerów. Wyglądało, jakby nigdy nie miał najmniejszych kłopotów z wyłowieniem ich spośród tłumu zbiegów, w każdym razie czasu starczało mu, by za każdym razem ustawić swoich komandosów na odpowiednich stanowiskach.

Forwalaka. Kobieta pod postacią dzikiego kota. Wykonywała dla niego pracę zwiadowcy. Ale w jaki sposób się porozumiewali?

Spędziłem mnóstwo czasu na próbach rozwiązania zagadki streszczającej się w pytaniu: Co, do cholery, właściwie wokół mnie się dzieje?

– Czuję się jak pieczarka na farmie pieczarek – oznajmiłem Konowałowi. – Trzymany w ciemnościach i karmiony końskim gównem.

Konował wzruszył ramionami i wypowiedział słynne już słowa:

– Nie musisz o niczym wiedzieć.

– Nie udało mu się dopaść Mogaby, jeśli na tym miał polegać plan. Ten sukinsyn musi chyba co rano brać kąpiele w tłuszczu, taki jest śliski. Dostał natomiast jednego z Nar, a mianowicie Kuczo.

Konował mruknął coś niewyraźnie.

– Nie za wielki triumf – zgodziłem się. – Już i tak nieśli go na noszach z amputowaną jedną nogą. Ale powinieneś o tym wiedzieć, ponadto umieszczę jego imię w Kronikach – kiedyś należał przecież do Kompanii.

Konował wzruszył ramionami i mruknął coś ponownie. Tak oto rozmawialiśmy sobie w taki właśnie sposób.

– Zatem nie został mu już nikt – ciągnąłem dalej. – Jest tam zupełnie sam, bez choćby jednego przyjaciela.

– Nie użalaj się nad nim, Murgen. Stało się tak, ponieważ sam tego chciał.

– Nie użalam się nad nim. Przeszedłem przez oblężenie Dedżagore, mając tego faceta za dowódcę. Znacznie bardziej zależy mi na tym, aby otrzymał odpowiednią porcję bólu.

– Myślałeś już o przekazaniu sztandaru?

– Ospały ciągle nachodzi mnie w tej sprawie. Powiedziałem mu, że zajmiemy się tym, kiedy zaczniemy oblężenie Przeoczenia.

– Jeżeli uważasz, że on jest właściwą osobą, ruszaj ze szkoleniem od razu. Sprawdź też jego poziom umiejętności czytania i pisania. Ale chcę, żebyś przez cały ten czas nie spuszczał sztandaru z oka.

– Uczy się pisanego tagliańskiego. Tak przynajmniej mówił.

– Dobrze. Muszę wracać do pracy.

Sukinsyn nie miał zamiaru dopuścić mnie do niczego.

Wysiłki Goblina stanowiły ostatnią kroplę, która przepełniła czarę wytrzymałości sił Cienia. Obrona się załamała. Ci, którzy przeżyli, poszli w rozsypkę. Goblin oraz jego oddział rozpłynęli się w pustkowiach i ruszyli na południe.

Ich marsz poprzedzał strach dalece wyolbrzymiający rzeczywiste siły oddziału.

Podobał mi się kierunek, w jakim potoczyły się sprawy. Mały czarodziej i jego chłopcy mieli pełną swobodę działania na terenach wciąż jeszcze nieprzygotowanych, by stawić poważniejszy opór. Na terenach, które nie doszły jeszcze do siebie po trzęsieniu ziemi w stopniu wystarczającym, by w ogóle były zdolne do stawiania oporu.

A jednak czułem się tak, jakbyśmy zmierzali prosto w objęcia jakiegoś mrocznego przeznaczenia.

Już wcześniej tak bywało. Wydawało się, że zwycięstwo mamy w kieszeni – a skończyło się na tym, że zostaliśmy zdziesiątkowani i zamknięci w oblężonym Dedżagore.

38

Konował wziął ze sobą oddział jazdy i mnie na dodatek i wyruszyliśmy jako forpoczta armii. Uciekający żołnierze Cienia padali pod ciosami naszych lanc. Na opór natrafialiśmy rzadko. Nasi furażerowie rozproszyli się w poszukiwaniu zapasów. Pomysł polegał na tym, by jak najszybciej zgromadzić wszystko, co da się zdobyć, i doprowadzić do rychłej koncentracji naszych sił, zaraz po tym jak zejdą z gór.

Nie potrafiłem nie myśleć o naszym nieoczekiwanym zwycięstwie przy brodzie Ghodża wiele lat temu i o późniejszych losach ówczesnej kampanii. Jednak kiedy wspomniałem o swoich wątpliwościach Konowałowi, on tylko wzruszył ramionami.

– Teraz jest inaczej – stwierdził. – Nie mają już żadnych wojsk, które mogliby nam przeciwstawić. Nie mają już żadnych czarodziejów, których mogliby wyciągnąć z rękawa. Nieprawdaż?

– Nie potrzebują ich. Długi Cień i Wyjec są z nich najsilniejsi, zdolni pożreć nas żywcem, jeżeli tylko zdecydują się to uczynić.

Wjechaliśmy do średniej wielkości miasteczka, które okazało się całkowicie wyludnione. Nie chodzi o to, że przed naszym pojawieniem się na tych terenach można było spodziewać się tu tłumów. Trzęsienie ziemi nikogo nie oszczędziło.

Udało się jednak odnaleźć wystarczającą liczbę niezrujnowanych domów, by wszyscy mogli schronić się na noc przed chłodem. Przez całą noc paliliśmy ogniska, co zapewne nie było posunięciem najbardziej błyskotliwym z taktycznego punktu widzenia. Nikt, kto wypocznie w cieple, nie będzie miał szczególnej ochoty znowu wychodzić na mróz.

Oto był problem, który zapewne w przyszłości stanie się powszechną udręką naszej armii. Chyba tylko głód będzie w stanie skłonić ludzi, by maszerowali naprzód.

Minął już tydzień od czasu, gdy rozstałem się z Kopciem. Brakowało mi tych wędrówek z duchem bardziej, niż skłonny byłbym początkowo przypuszczać. Wmawiałem sobie, iż nie potrzebuję go już, żeby uśmierzać swój ból. Ale łatwo było dać wiarę takiej argumentacji, kiedy zawsze był pod ręką, a właściwie codziennie przemierzałem w jego towarzystwie obszary astralnego świata.

Kiedy tak jechałem, okrążałem wschodni kraniec piekła i próbowałem zapomnieć o tym, że odmrażam sobie dupę i głodzę się na śmierć. Myślałem o innych swoich kłopotach.

Moim głównym problemem okazała się myśl o zemście.

Jedyną jak dotąd dobrą rzeczą tego przedsięwzięcia były jego humorystyczne strony, obserwowanie Tai Deia usiłującego poradzić sobie z tą swoją bezsensowną siwą klaczą o łukowato wygiętym grzbiecie. Ten człowiek był uparty jak jasna cholera.

Przynajmniej co cztery godziny Konował pytał mnie o moich krewnych. Nie miałem pojęcia, gdzie się znajdują. Tai Dei również twierdził, że nic o nich nie wie. Ja z kolei utrzymywałem, że należy mu wierzyć. Konował zaczynał jednak popatrywać na mnie dosyć nieprzyjemnie.

Rozeszły się plotki, że pojmano dezerterów z armii Cienia, którzy znali położenie lodowej jaskini wypakowanej żywnością.

– Kupujesz to? – zapytałem.

– Brzmi, jakby ktoś sądził, że zaraz mu poderżną gardło, i wymyślił sobie taką historyjkę dla uratowania życia. Ale sprawdzimy to.

– I to właśnie teraz, gdy zdążyłem się już przyzwyczaić do ciepła.

– Do głodu również się przyzwyczaiłeś?

A więc pojechaliśmy, i jechaliśmy tak przed siebie coraz dalej, dzień po dniu, przez pola, lasy i wzgórza naznaczone skutkami trzęsienia ziemi i całkowicie opuszczone przez ludność. Kapitan i ja dosiadaliśmy tych ogromnych, czarnych ogierów – on zamknięty w swojej niedającej ciepła zbroi Stwórcy Wdów, ja targający ten przeklęty sztandar, podczas gdy Tai Dei próbował za nami nadążyć i zachowywał się, jakby zamierzał zostać co najmniej pomocnikiem woltyżera. Znaleźliśmy lodową jaskinię, o której mówili jeńcy. Na tyle, na ile mogliśmy się zorientować, stanowiła naprawdę skarb. Trzęsienie ziemi wywołało lawinę, która zasypała wejście. Dobrzy ludzie z tej prowincji właśnie próbowali je odkopać. Uwolniliśmy ich więc od przymusu ciężkiej pracy i zostawiliśmy żołnierzy, by oczekiwali na przyjście posiłków dostatecznie głodnych, aby chciało im się odkopać swoją kolację. Ruszyliśmy dalej w stronę Kiaulune oraz Przeoczenia, po drodze próbując zdobywać pożywienie i unikać kłopotów. Jedno i drugie udawało nam się nieźle, do czasu aż znaleźliśmy się jakieś sześćdziesiąt pięć kilometrów na północ od zniszczonego miasta.

W tutejszej okolicy widać było stosunkowo nieliczne ślady zniszczeń spowodowanych przez trzęsienie ziemi. Było cicho, spokojnie, porządnie, niemal pięknie – chociaż charakter krajobrazu, jak na mój gust, był trochę nazbyt zimowy. Nagle, bez śladu ostrzeżenia, mimo iż kruki Starego wciąż były z nami, wpadliśmy prosto na oddział konnicy Ziem Cienia i żaden z ich jeźdźców nie wydawał się szczególnie dobrze usposobiony. Ich szarża rozbiła nasz oddział na szereg grupek. Wtedy do walki włączyła się ponadto piechota. Na nasze szczęście była to tylko lokalna milicja – źle uzbrojeni, całkowicie niedoświadczeni w walce chłopi. Na nieszczęście prawdą jest, że jakieś kompletnie niewyszkolone i niedoświadczone kutasy mogą zabić cię równie niechybnie jak szlachetny kapłan sztuk walki, taki na przykład Wujek Dodż.

Udało mi się zatknąć sztandar na małym wzgórku, Stary był ze mną wewnątrz kręgu przyjaciół.

– A tego właśnie dnia nie mogłeś założyć tego przeklętego kostiumu?! – wrzasnąłem. – Nie mieliby odwagi na to gówniarstwo, gdybyś się w niego ubrał. – Kto wie? Mogło nawet być, jak mówię.

– Stawał się coraz cięższy. A poza tym jest mi w nim zimno i trochę już śmierdzi. – Wzruszył ramionami na myśl o szkaradnej, groteskowej zbroi. A potem opuścił na twarz przyłbicę paskudnego skrzydlatego hełmu, dwa zaś, prawie monstrualnie wielkie kruki natychmiast przysiadły mu na ramionach. Smugi szkarłatnych płomieni niemal od razu zaczęły pełzać po całym jego ciele. Kilka tysięcy kruków poczęło krążyć nad naszymi głowami. Każdy z nich wrzeszczał tak, jakby chciał wykrzyczeć swoje maleńkie serduszko.

Postawieni przed szansą zmierzenia się z krukami, Stwórcą Wdów oraz sztandarem Kompanii atakujący postanowili w większej części raczej sobie odpocząć, przynajmniej do końca dnia.

Opowieści na nasz temat, jakie krążyły po tej okolicy, musiały być doprawdy straszne.

Jeźdźców ulepiono z twardszej gliny. Nie zaprzestali walki. To byli weterani. A Długiemu Cieniowi udało się zapewne ich przekonać, że będziemy piekli na ruszcie ich żony oraz gwałcili dzieci, a potem z resztek zrobimy sobie karmę dla psów i skórę na buty.

Jednak rozbiliśmy ich. Zanim żołnierze rzucili się w pogoń, Stary już zarządził wymarsz na południe i oznajmił:

– Mamy przed sobą następne mosty do zdobycia i posterunki do oczyszczenia.

Kilku ludzi nie zwróciło uwagi na wezwanie do powrotu.

– A co z nimi? – zapytałem Starego.

– Otrzymali szansę posłużenia jako przedmiot wartościowej lekcji. Ci, którzy przeżyją, będą mogli nas dogonić. – W jego głosie zabrzmiały twarde tony.

Nie pomyślał nawet o zorganizowaniu opieki i ochrony dla rannych. Wcześniej nigdy nie zapomniałby o czymś takim.

Być może chodziło o to, że wśród rannych nie znaleźli się bracia z Kompanii, chociaż było ich z nami kilkunastu.

Przypuszczam, że tego typu kalkulacje często leżały u podstaw jego decyzji, nigdy jednak nie działo się to w sposób tak jawny, by ktokolwiek z obcych mógł wszystkiego się domyślić. Liczyłem, że tak pozostanie dalej. Mieliśmy już dość kłopotów.

Uścisk Cienia oglądałem już setki razy w snach Kopcia. Spędziłem wiele dni, buszując po Przeoczeniu. Sądziłem więc, że znam miasto i fortecę równie dobrze jak każdy z ich mieszkańców. Ale nic nie przygotowało mnie na zderzenie z rzeczywistością nieprzefiltrowaną przez pusty umysł Kopcia.

Pozostałości Kiaulune zamieniły się w najzwyczajniejsze piekło. Głód i zarazy pochłonęły wszystkich, których oszczędziło trzęsienie ziemi. Długi Cień, korzystając z niechcianej rady, próbował im jakoś pomóc. Za późno. Pozwolił uchodźcom przynajmniej rozmieścić się w cieniu Przeoczenia i podjął wstępne kroki, aby zatroszczyć się o nich. W zamian ludzie ci mieli zastąpić utraconych robotników, którzy pracowali przy budowie fortecy przed kataklizmem.

Niemniej postęp robót, jaki nastąpił od czasu katastrofy, był niewielki. Nawet Długi Cień nie mógł uchylić się przed koniecznością zaspokojenia potrzeb ocalałych, co musiało się odbyć kosztem jego ambicji pobudowania niezdobytej warowni.

Nigdzie nie można było dostrzec śladu dzieci. Zapewne załatwiono tę sprawę, wyznaczając kogoś do opieki nad nimi. Bystre posunięcie, zupełnie niepasujące do wizerunku Władcy Cienia. Pomysł musiał więc pochodzić od kogoś innego. W każdym razie, po prawdzie, w koterii otaczającej Długiego Cienia nie potrafiłbym wyobrazić sobie nikogo, komu taka rzecz mogłaby przyjść na myśl.

Wychodziło na to, że jedyne prace budowlane, jakie ostatnio przedsięwzięto, miały na celu zapewnienie schronienia samym budowniczym.

Nie przydadzą się na nic, kiedy forteca będzie oblegana. Jednak dla Długiego Cienia wszyscy mieszkańcy Ziem Cienia stanowili tylko narzędzia, którymi mógł rozporządzać do woli i wykorzystywać, jak uważał za stosowne. Teraz chciał ich po prostu utrzymać przy życiu, ale zapewne tylko do czasu, aż nie przestaną być użyteczni.

– Piekło zaczyna sięgać swymi mackami w głąb świata – zauważył Konował. Patrzył na ponure, cuchnące, poszczerbione mury ruin Kiaulune. Nie zwracał najmniejszej uwagi na lśniące cudo znajdujące się za miastem.

W przeciwieństwie do mnie.

– Znajdujemy się cholernie blisko, szefie. Nie mamy Pani, aby nas osłoniła.

Wyglądało na to, że zupełnie się tym nie przejmował. Przelotnie poświęcił Przeoczeniu odrobinę uwagi, kiedy zatrzymał się, aby spojrzeć na nie wściekłym wzrokiem.

– Nie zdążyłeś jej skończyć na czas, co, sukinsynu? – oznajmił.

Z ograniczonego punktu widzenia kogoś, kto oglądał tę fortecę i porównywał ją z innymi tworami człowieka na tym świecie, wydawała się niezmiernie potężna. Do wzniesienia murów obronnych wyposażonych w liczne wieże wykorzystano szarobiały kamień. Jednak w niektórych miejscach pomiędzy jasne bloki wbudowano kamienie ciemniejsze. Wykorzystano również materiały o barwie srebrnej, miedzianej i złotej. Przecinały one całość, układając się w kabalistyczne wzory.

Jakie siły dla obrony tych umocnień zgromadził Długi Cień od czasu, gdy ostatni raz przywędrowałem tu z duchem? Czy miało to w ogóle znaczenie? Czy jakakolwiek armia zdobędzie te niewiarygodne mury, jeżeli rusztowania zostaną zwalone?

Większość wciąż jeszcze tkwiła na miejscu.

Konował pogrążył się w zadumie.

– Być może masz rację. Nie utrę im nosa tylko przez to, że pojawiłem się tutaj we własnej osobie. – Obrócił trochę głowę i spojrzał za Przeoczenie, na widoczny w oddali nasyp. – Czy byłeś tam kiedykolwiek?

Rozejrzałem się dookoła. Nikt nie słuchał. Nawet kruki.

– Nie. Nigdy nie byłem w stanie dotrzeć dalej niż do połowy drogi oddzielającej Przeoczenie i miejsce, gdzie znajduje się ten obwał, które tutaj nazywają Bramą Cienia. Nie ma szczególnie na co patrzeć. Ale Kopeć za żadne skarby nie chce iść dalej.

– Mnie też nigdy się nie udało. Wynośmy się stąd.

Wycofaliśmy się i rozbiliśmy obóz na północ od Kiaulune. Żołnierze nie czuli się tutaj szczególnie dobrze. Żaden z nich nie miał ochoty na posiłek i sen tak blisko ostatniego i zarazem najbardziej szalonego z Władców Cienia.

Skłonny byłem przyznać im rację.

– Niewykluczone, że masz słuszność – orzekł Konował. – Czułbym się lepiej, gdybyśmy mieli ze sobą Kopcia i mógłbyś przejść się na zwiady. – Potem uśmiechnął się. – Ale przypuszczam, że pilnować nas będzie anioł stróż jeszcze lepszy od Pani.

– Co? Kto?

– Duszołap. Ona jest trochę szalona, jak wiewiórka, której dasz naraz trzy orzechy, niemniej można przewidzieć niektóre jej posunięcia. Udało ci się kiedykolwiek dotrzeć w jej pobliże?

Jakby był pewien, że próbowałem.

– Tak naprawdę to nie. Kopeć nie chciał iść.

– Musisz pamiętać, że ona bardzo pragnie wykorzystać mnie, aby wyrównać rachunki z Panią za to, że nie pozwoliłem jej przedtem tego zrobić. To oznacza, że musi się o mnie troszczyć.

– Och. – Durny ja. Nie pomyślałem wcześniej o tym, w jaki sposób może on wykorzystywać Duszołap. – Chcesz złożyć swe życie w jej ręce?

– Do diabła, nie! Ona wciąż pozostaje Duszołap. Może ją zainteresować coś innego, a wtedy zostawi tu wszystko i pójdzie sobie.

– Ale ona ma rachunki do wyrównania również z Długim Cieniem.

– O to właśnie chodzi. – Powtórnie wyszczerzył zęby. Najwyraźniej zadowolony był z kierunku, jaki przybrały sprawy.

Rola Duszołap w tym wszystkim martwiła mnie. Rzadko podejmowała jawne działania, ale we własnym mniemaniu była jednym z głównych graczy. Ostatecznie zrobi na pewno coś skrajnie dramatycznego.

Czy istniało coś, czego Konował nie przewidział i nie uczynił częścią swej strategii? On z pewnością uważał, że nie; co do tego nie było wątpliwości.

Nie mogłem się z nim zgodzić, ponieważ miałem w rękach niewzruszone niczym skała dane, stwierdzające, że jest inaczej. Nie było sposobu, by był w stanie przewidzieć, że ja zacznę miewać te same koszmary, jakie dręczyły Panią, chociaż byłem w równym stopniu pewien, iż spodziewał się, że jej będą trwały nadal.

Tutaj, blisko Kiaulune, nocne zmory nękały ze znacznie większym natężeniem i częstotliwością. Nie mogłem nawet się zdrzemnąć, by nie skończyło się to wizytą w jaskini starców. Właściwie bezustannie zwiedzałem w snach równinę szkieletów i trupów. Czasami docierałem do mitycznej krainy. Przynajmniej taką mi się zdawała. Rozległa szara płaszczyzna, gdzie bogowie i diabły spotykali się w świętych bitwach, a najstraszniejszą istotą na polu walki był zawsze lśniący, czarny potwór, którego stąpnięcia wstrząsały ziemią; którego pazury drapały i rozszarpywały; którego kły...

Niesamowite, zimne miejsce zatłoczone postaciami wychudzonych starców pojawiało się jednak w moich snach zawsze. Raz za razem. Było skrajnie odrażające, a jednak posiadało również pewien urok. Za każdym razem, kiedy spacerowałem wśród chłodnych cieni, w obliczach starców odnajdywałem kolejną znajomą twarz.

Myślałem, że potrafię sobie z tym poradzić. Naprawdę tak uważałem. Przypuszczalnie dlatego, iż nie sądziłem, by Kina przejmowała się słabo jaśniejącą świeczuszką, za jaką w jej oczach się uważałem. Zignorowałem fakt, że była boginią Oszustów. I zapomniałem, że Pani przestrzegła mnie, że nie każdy, kto zdaje się Kiną, musi nią być.

Martwe miejsce zaczynało pachnieć coraz słodziej. Stawało się coraz przyjemniejsze, bezpieczniejsze, kojące, dokładnie w taki sam sposób, w jaki przynosiły mi ukojenie wędrówki z duchem. Podejrzewałem, że moja radość z takiego pocieszenia stanowiła przyczynę, dla której Stary zabrał mnie ze sobą na Południe przed wszystkimi innymi. Wziął mnie na odwyk.

Pragnąłem powiedzieć mu, że dałem już sobie z tym radę, ponieważ wierzyłem, iż tak jest naprawdę. Ale kiedy tak leżeliśmy pośród wzgórz i czekaliśmy na resztę naszej armii, by pójść z nią mozolnie tą drogą dalej, spędziłem wiele zimnych dni i jeszcze zimniejszych nocy, skulony przy ogniu przepłaszając od niego Tai Deia, uzupełniając swe notatki i drzemiąc. Dużo. Ponieważ kiedy zasypiałem, mogłem uciec od udręki serca i duszy, gdzie ból usadowił się niczym mały, twardy rdzeń, który nigdy nie scześnie. Czasami zdawało mi się nawet, że fruwam tak, jak to udawało mi się robić z Kopciem, chociaż ani tak daleko, ani do wszystkich miejsc, które mogły wydać mi się interesujące. Okazałem się przeciwieństwem Pani walczącej ze swymi snami za pomocą wszelkich dostępnych środków.

To było bardzo subtelne uwodzenie. Kina stopniowo zastępowała Kopcia.

Zauważyłem, że każdego poranka Kapitan przygląda mi się z ukosa, bacznie mnie obserwuje, kiedy zmęczony podnoszę się z posłania. Tai Dei nic nie mówił, ale również wyglądał na zmartwionego.

39

Żołnierze śpiewali wokół ognisk, mimo iż padał śnieg. Morale było znakomite. Mieliśmy dość pożywienia. Spaliśmy w schronieniach, które przy odrobinie dobrej woli można by określić jako przyzwoite. Wróg nie czynił żadnych poważniejszych wysiłków, by dać się nam we znaki. Wiodące siły głównego trzonu armii weszły już na obszar tej prowincji i obecnie rozproszyły się, szerokim łukiem obchodząc Kiaulune i zajmując pozycje przewidziane na ostatnią fazę kampanii. Ale nawet wówczas, gdy żołnierze tłumnie siedzieli przy ogniach, grając w tonka, ktoś musiał dbać o to, by rzeczy biegły właściwym torem. Stary sięgnął do swego czarodziejskiego kapelusza i wyciągnął słomkę z moim imieniem napisanym na niej.

Sądzę, że podmienił słomki.

Dostałem robotę, która polegała na poprowadzeniu patrolu na północ na spotkanie oddziału kwatermistrzów, obejmującą przy okazji wyszukanie terenów odpowiednich pod obozowiska, które okażą się potrzebne, kiedy już na serio przystąpimy do oblegania

Przeoczenia. Tamci też przyprowadzili ze sobą paru jeńców, Pani uznała bowiem, iż posiadają oni informacje, które mogą zainteresować Kapitana.

Podczas tej wyprawy trzykrotnie starliśmy się z partyzantami. Po raz kolejny wdaliśmy się w potyczkę podczas powrotu. Napięcie stawało się powoli męczące. Byłem wyczerpany. Wciąż jednak nie w stu procentach, jak to utrzymywał Tai Dei, który również był mocno zmęczony.

– Wiadomość od twojej ukochanej. – Zwróciłem się do Starego i wręczyłem mu skórzany pakiet tak ciężki, jakby we wnętrzu mieścił kilka cegieł. – Kletus i jego bracia są z tym oddziałem. Rozmawiali już o zbudowaniu rampy, aby przedostać się przez mury Przeoczenia.

– Małe szanse. Z tobą wszystko w porządku?

– Jestem śmiertelnie zmęczony. Znowu nadzialiśmy się na partyzantów. Mogaba postanowił zmienić styl.

Spojrzał na mnie twardym wzrokiem, ale powiedział tylko:

– Odpocznij trochę. Chłopcy znaleźli jakiś dom, chciałbym, żebyś jutro go obejrzał. Możesz zabrać Kletusa i pozostałych, niech ci powiedzą, ile roboty trzeba jeszcze w nim wykonać.

Odmruknąłem coś. Miałem już przyjemne lokum, wykopane w zboczu wzgórza, w wejściu wisiała prawdziwa kotara nieprzepuszczająca zimna do środka, wewnątrz płonęło moje ognisko. Nasze ognisko. Mój szwagier mieszkał ze mną. W czasie wolnym od służby zmienialiśmy sukcesywnie tę naszą dziurę w prawdziwy pałac. Przynajmniej jeśli porównać ze wszystkimi innymi kwaterami, w jakich przyszło nam mieszkać od czasu opuszczenia Dedżagore.

Jeśli zaś chodzi o nasze relacje, to sił pozostawało nam jedynie na tyle, by pomrukiwać coś do siebie podczas przeżuwania kawałka twardego chleba przy rozpalaniu ogniska. Potem waliliśmy się na stosy łachmanów, które wygrzebaliśmy gdzieś w ruinach Kiaulune.

Zasypiałem, zastanawiając się, jaki rozmiar mogą osiągnąć nasze problemy z partyzantką. O tej porze roku mogliśmy zwyczajnie wysyłać naszych furażerów w poszukiwaniu żywności i w ten sposób próbować ich zagłodzić, mając nadzieję, że głód skłoni ich, aby się poddali. Ale jeśli uda im się przetrwać zimę, wiosną będziemy mieli z nimi poważne kłopoty, zasieją własne plony, będą mogli pracować przy nich i bronić ich w trakcie dojrzewania.

Nie martwiłem się wszakże długo. Sen skoczył i porwał mnie w swe objęcia. A tam już czekały moje mary.

Tym razem rozpoczęło się od martwego pustkowia, zasłanego szkieletami i trupami, ale nie była to dokładnie ta sama nocna kraina, co kiedyś. Zniknął gdzieś odór. Ciała leżały tak, jak obserwować je można na malowidłach, blade, bez śladu krwi płynącej z ran. Nietknięte zepsuciem, które dotyka je zawsze, gdy poleżą na słońcu przez kilka dni. Wokoło nie można było dostrzec much, larw pożerających zwłoki, mrówek, żadnych padlinożerców rozszarpujących ludzkie mięso.

Tym razem, kiedy przechodziłem obok, niektóre z trupów otwierały oczy. Kilka twarzy odlegle przypominało oblicza ludzi, których znałem dawno temu. Moja babka. Wuj, którego lubiłem. Przyjaciele z dzieciństwa i kilku przyjaciół z pierwszych lat spędzonych w Kompanii, obecnie już nieżyjących. Większość zdawała się uśmiechać do mnie.

Potem stanąłem przed obliczem, którego powinienem się tutaj spodziewać, przed obliczem, którego choreografii musiał być poświęcony cały szereg snów, zanim wreszcie można było cisnąć nim we mnie. Tak, powinienem się tego spodziewać, a jednak zostałem wzięty przez zaskoczenie całkowicie.

– Sahra?

– Murgen. – Jej odpowiedź doleciała do mnie jak najlżejsze tchnienie słabego powiewu. Szept ducha, jak należało się spodziewać. W każdym razie jak powinienem się spodziewać, mimo iż byłem naiwny w tego typu kwestiach.

Natychmiast zrozumiałem, że to pułapka. Kina proponowała, że odda mi moją zmarłą. To, co zabrała, teraz mi odda. W tej chwili jednak nie dbałem o nic. Oczywiście, mogę odzyskać moją Sari. Trzymałem ją w ramionach wystarczająco długo, by kompletnie zatracić się w swych uczuciach. Potem nagle znalazłem się w ciemnym, zimnym, strasznym miejscu, gdzie, jak miałem zrozumieć, umieszczona zostanie Sari, jeśli nie przybędę po nią, by poprowadzić do światła. Nie było to szczególnie subtelne. Sądzę, że Kina nigdy nie potrzebowała subtelności.

Zrozumienie głupoty tego triku sprawiło, że łzy stanęły mi w oczach. Choć przecież...

Wyraźnie zaznaczona zewnętrzna ingerencja wydatnie wpłynęła

na przyśpieszenie moich procesów myślowych, jak również emocji. Zrozumiałem, że Kina odgrywa swoją sztukę przed tubylczą widownią, jakbym pochodził z Taglios lub jednej z pokrewnych mu krain, gdzie religie są ściśle ze sobą splecione. Nie potrafiła wziąć pod uwagę faktu, że nie wychowałem się w kręgu południowej mitologii. Nawet to, że zdolna była nawiązać ze mną kontakt poprzez sny, nie przekonało mnie, iż mam do czynienia z boginią. Jej machinacje nie przekraczały tego, co potrafiłaby uczynić Pani, gdy znajdowała się u szczytu swej potęgi, a co jej mężowi udało się w istocie przeprowadzić zza grobu.

Nie połknąłem haczyka, choć przynęta była słodka.

A więc wtedy obnażyła cały ból mojej duszy i wyciągnęła na powierzchnię, tak że wrzeszczał, jakby kłuły go tysiące koców.

Obudziłem się i stwierdziłem, że Tai Dei szarpie mnie za ramię.

– Daj spokój, człowieku! – Warknąłem na niego – Co się stało?

– Krzyczałeś przez sen. Rozmawiałeś z Matką Nocy.

Pamiętałem.

– Co mówiłem?

Tai Dei pokręcił przecząco głową. Kłamał. Zrozumiał wszystko. A to, co pojął, zdenerwowało go w najwyższym stopniu.

Spróbowałem uporządkować myśli, nadać twarzy obojętny wyraz. Potem powlokłem moją martwą dupę do miejsca, gdzie spał Kapitan.

Z tym człowiekiem najwyraźniej było coś nie w porządku. Sam jestem typem o raczej spartańskich upodobaniach, ale potrafiłbym sobie wyobrazić kilka luksusów, jakich mógłbym zażądać, gdybym był wojskowym dyktatorem ogromnego imperium, potężnym wojownikiem i generałem, Kapitanem Czarnej Kompanii, a wokół znajdowało się pełno ludzi, którzy aż się rwali do tego, by zapewnić mi wszelkie wygody. On jednak żył w przewracającym się schronie wykonanym z połówki namiotu, w drugiej połowie stanowiącym zaś rodzaj szałasu z darni, niczym najpośledniejszy chłopak od koni. Tyle tylko, że zabezpieczał go przed wiatrem. Jedyną oznaką statusu było to, że nie musiał dzielić go z nikim innym.

Nie rozstawił nawet wart, by go strzegły, chociaż znajdowaliśmy się głęboko na terytorium wroga i pomimo iż podejrzewaliśmy, że co najmniej kilku zdeklarowanych Dusicieli wciąż waruje w naszych szeregach.

Może uważał, że nie potrzebuje wart, ponieważ nad jego schronieniem pochylało się wielkie, stare drzewo. Nieomal uginało się pod brzemieniem siedzących nań kruków.

Pozwoliłem sobie wejść do środka.

– W nazbyt wielkim stopniu ufasz obsesjom Duszołap, szefie. – A przecież kiedy podchodziłem do namiotu, nie mogłem pozbyć się uczucia, że jestem obserwowany. Może Konował miał dobre powody, by czuć się pewnym siebie.

Spał. Zostawił zapaloną lampę. Podkręciłem trochę knot i zabrałem się do budzenia śpiącego. Oprzytomniał w końcu, ale nie był szczególnie uradowany. Rzadko udawało mu się wyspać na tyle, na ile by chciał.

– Lepiej, żeby to było coś ważnego, Murgen.

– Nie mam pojęcia, czy to ważne, czy nie, ale wydaje mi się, że coś zrozumiałem – zapewniłem go. – Spróbuję szybko wszystko streścić. – Opowiedziałem mu sen. A potem wszystkie pozostałe sny, jakie przydarzyły mi się wcześniej.

– Pani powiedziała mi, że możesz się okazać podatny na ciosy. Ponieważ nie wie nic o Kopciu, nie miała też pojęcia, w jaki sposób można by do ciebie dotrzeć.

– Pewien jestem, że istnieje powód – powiedziałem. – Sądzę, że wiem, co ona próbuje osiągnąć. Nie rozumiem jednak dlaczego.

– Wynika stąd, że nie zastanowiłeś się nad wszystkim porządnie.

– Co?

– Wiesz doskonale dlaczego, ale jesteś zbyt leniwy, by sam do tego dojść.

– Brednie – powiedziałem, ale zdławiłem w sobie gniew. Czułem, że oto zaraz stanę się słuchaczem jednego z jego wykładów.

– Stałeś się przedmiotem jej zainteresowania, ponieważ jesteś chorążym, Murgen. Spędziłeś kilka ostatnich lat na uzupełnianiu nowym materiałem Kronik moich i Pani, a więc powinieneś się w nich dobrze orientować. W obecnej chwili winieneś już zdawać sobie sprawę, że sztandar jest czymś szczególnym.

– Lanca Cierpienia?

– Wedle Władców Cienia. Nie mamy pojęcia, co ta nazwa oznacza. Być może odpowiedź zagrzebana jest w tych Kronikach, które schowałeś gdzieś w pałacu. Nieważne, o co dokładnie chodzi, jasne jest, że niektórzy ludzie z chęcią dostaliby ten sztandar w swoje ręce.

– Włączywszy w to Kinę. To chcesz powiedzieć?

– Oczywiście. Badałeś mit Kiny, w czasie kiedy byłeś uwięziony w Dedżagore. Czy sztandary Wolnych Kompanii Khatovaru nie miały być kutasami demonów, czy czym tam?

To doprowadziło nas do obleśnych nieco spekulacji na temat tego, do czego Kinie potrzebny byłby nasz sztandar, potem trochę się pośmialiśmy, wreszcie Kapitan powiedział:

– Dobrze zrobiłeś, że mi powiedziałeś. W głowach nas wszystkich dzieją się ostatnimi czasy rzeczy dość dziwne. Trzymamy je zamknięte przed światem, otaczamy tajemnicą i w ten sposób dajemy się wykorzystywać. Tak przynajmniej sądzę. Rozejrzyj się trochę, zostań tutaj przez jakiś czas. Staraj się patrzeć na wszystko trzeźwo. Jednooki będzie tu jutro, najdalej pojutrze. Porozmawiaj z nim... a potem zrób dokładnie to, co ci powie. Zrozumiałeś?

– Pojąłem. Ale co teraz mam z tym wszystkim zrobić?

– Przetraw to sobie.

– Przetrawić sobie. W porządku.

– Kiedy będziesz wracał do swej nory, spójrz na Kiaulune i zadaj sobie pytanie, czy jesteś pierwszym facetem na świecie, który stracił kogoś, kogo kochał.

Oho. Mój opór i niechęć, by wyzdrowieć, zaczynały go już niecierpliwić.

– W porządku. Dobrej nocy – życzyłem mu. Jej reszta upłynęła mi naprawdę paskudnie. Prawdziwe piekło. Za każdym razem, gdy przysypiałem, trafiałem prosto na równinę śmierci. Wielokrotnie zwiedzałem jaskinie starców. Gdy tylko robiło się naprawdę źle, budziłem się, zazwyczaj sam, bez niczyjej pomocy, dwukrotnie jednak szarpany za ramię przez Tai Deia. Biedny chłopak. Nie było sposobu, by stwierdzić, co naprawdę o mnie myśli po tych czterech latach spędzonych na obserwowaniu dziwacznych zachowań.

W końcu Kina, znużona najprawdopodobniej moim brakiem podatności, opuściła mnie – zostawiła po sobie więcej niż lekki tylko ślad groźby pełnej irytacji.

A kiedy wszystko już się skończyło, nie byłem do końca pewien, czy cała sprawa nie była tylko potworem wylęgłym z głębin mojej imaginacji.

Spałem. Potem się obudziłem. Wypełzłem z mojego schronienia.

Jako następna figura wyposażona w określone przywileje, ja również mógłbym obywać się bez towarzystwa, gdybym tylko zechciał. W rzeczy samej, jako kronikarzowi przysługiwał mi namiot, którego używałem do odbywania narad. Prawdziwy płócienny namiot, w którym mogłem rozłożyć swoje rzeczy i pracować. Przysługiwał mi, ale nigdy dotąd nawet jeszcze go nie widziałem.

Sztandar stał na zewnątrz. Nie wyglądał jak coś, co wzbudziłoby zawiść choćby wioskowego kowala, a cóż dopiero wielkich potęg. Nic więcej prócz zardzewiałego grotu włóczni osadzonego na długim, drewnianym drzewcu. Półtora metra poniżej ostrza znajdowała się porzeczka, długa na metr dwadzieścia, przymocowana na stałe do drzewca. Z niej zwisał czarny sztandar, na którym pysznił się symbol, jaki uznaliśmy za swój podczas walk na Północy – srebrna czaszka zionąca złotym płomieniem, która pierwotnie stanowiła godło widniejące na osobistej pieczęci Duszołap. Czaszka nie była do końca ludzka, wyszczerzone kły aż nadto przypominały psie. Dolnej szczęki nie było. Jeden oczodół był szkarłatny. W niektórych przedstawieniach było to oko prawe, w innych lewe. Zapewniano mnie, że to coś oznacza, nikt jednak nie potrafił mi powiedzieć, co. Może miało to coś wspólnego z niestałą naturą Duszołap.

Każdy członek Kompanii nosił srebrną odznakę z podobnym godłem. Kazaliśmy sobie robić takie, gdy tylko nadarzała się sposobność. Kilka zostało zdjętych z ciał poległych. Niektórzy nosili trzy lub cztery. Ci stanowili część oddziału, z którym Konował postanowił wrócić do Khatovaru na samym początku. Podejrzewałem, że w rzeczywistości Otto i Wypieracz mają po kilka tuzinów, które przywieźli ze sobą z Północy.

Godło czaszki nie było onieśmielające samo w sobie. Przerażało to, co kryło się za nim.

Każdy na tym krańcu świata udawał przynajmniej, jak jest przerażony tym, co Kompania wyczyniała, gdy przechodziła tędy ostatni raz. Trudno uwierzyć, że kogokolwiek byłoby stać na takie okrucieństwa, żeby pamięć o jego dokonaniach przetrwała wieki. Nie istnieje żadna potworność, której kilka pokoleń nie pogrążyłoby w mrokach niepamięci.

Kina musiała być w jakiś sposób za to odpowiedzialna. Manipulowała tymi ludźmi już od stuleci, zsyłając na nich swoje sny. Przez całe epoki miała dość czasu, by wywołać trwałą, masową histerię. W rzeczywistości, gdyby obciążyć tą wielką, czarną boginię odpowiedzialnością za wszystkie wydarzenia, otrzyma się wzór, który wyjaśniał wiele zdarzeń, jakie dotąd zdawały się pozbawione najmniejszego sensu. Wyjaśniał nawet, dlaczego w tę grę zaangażowanych było tak wielu szaleńców, wielkich i pomniejszych.

Czy może zdarzyć się tak, że ewentualne wycofanie się Kiny z gry zaowocuje nagłym wybuchem normalności we wszystkich sferach życia?

Ale w jaki sposób pozbyć się boga? Czy istnieje jakaś religia, która tego naucza? Jak zrzucić boga ze swych barków, kiedy staje się nazbyt niewygodny? Nie. Wszystko, czego można dowiedzieć się z mitów, to jak przekupić boga, by dał ci spokój choćby na parę chwil.

40

Po raz kolejny Jednooki próbował za wszelką cenę okazać się całkowicie bezużyteczny.

– Nie łap mnie za jaja – tak brzmiała jego odpowiedź, kiedy zapytałem, jak mogę sobie poradzić z moimi snami.

– Do diabła z tym! Konował powiedział, że będziesz znał odpowiedź na to pytanie. Ale jeśli masz zamiar dalej ciągnąć to w ten sposób, pieprzę cię. Wsadź sobie ją w ucho.

– Hej, Dzieciaku. Spokojnie. W jaki sposób?

– Celowo głupi.

– Jesteś zbyt młody, by być tak cynicznym, Dzieciaku. Skąd pomysł, że ja nie potrafię naprostować czegoś równie prostego jak zmora nawiedzająca sny?

– Wziąłem go z tego, co jeden mały, leniwy staruch powiedział mi nie dalej jak jakieś dwadzieścia sekund temu.

– Nie zrobiłem tego. – Zaczął miotać się dookoła i tupać nogami. – Cholera. Jesteś pewien, że Stary kazał ci zgłosić się do mnie w tej sprawie?

– Jestem pewien.

– I opowiedziałeś mi wszystko? Nie pominąłeś żadnych szczegółów, których duma nie pozwoliła ci wymienić, tak że próbując coś zrobić, prędzej ugryzę się w dupę, niż dokonam czegoś konkretnego?

– Powiedziałem ci wszystko. – Nie było to łatwe, ale tak właśnie zrobiłem.

– Muszę jakoś dojść z tym do ładu. Gubię się w tym. – Spojrzał na mnie w sposób najbardziej wredny, w jaki tylko potrafił. – Naprawdę jesteś pewien, że Stary wysłał cię do mnie? Nie było tak, że słyszałeś jakieś głosy?

– Jestem pewien. – Patrzyłem na ten jego głupi kapelusz, zastanawiając się, czy udałoby mi się utrzymać go w dłoniach na tyle długo, by naprawić coś w jego kształcie.

– Nikt nie lubi zbyt chytrych dupków, Dzieciaku.

– Nawet ty masz przyjaciół, Jednooki.

Najwyraźniej krążył wokół i próbował uniknąć jakiejś konkretnej kwestii.

– Nie mam ochoty tego robić. Nie sądzę, żeby Konował wiedział, co robi. Dlaczego ja?

Nie zdawałem sobie sprawy, że mówi do siebie, a nie do mnie.

– Z tego względu, że jestem twoim bratem i potrzebuję pomocy.

– W porządku. Ale potem nie mów mi, że sam się nie prosiłeś. Chodźmy to wozu.

Przeszył mnie dreszcz antycypacji. Był tak silny, że zauważyli go i Jednooki, i Tai Dei. Jednooki mamrotał coś do siebie. Kiedy odwrócił się, by odejść, powiedział do Niueng Bao:

– Ty też chodź z nami.

Powodem okazała się obecność Matki Goty.

– Pojawiła się, co? – zauważyłem. Przypuszczalnie w moim głosie nie brzmiał szczególny entuzjazm. Tak naprawdę to w ogóle nie odczuwałem entuzjazmu. Gdybym miał wybierać, wolałbym chyba zanurzyć tyłek w garnku pełnym wrzątku, niż mieć ją obok siebie.

– Kiedy nasze wojska zaczęły już schodzić z południowego krańca przełęczy, znalazłem ją siedzącą obok drogi. Wyglądała na kompletnie opuszczoną.

Wiedziałem, że marnuję czas, postanowiłem jednak zapytać:

– Gdzie byłaś? Gdzie jest Wujek Dodż?

Czy rzekłem coś na głos? Sądząc z wyrazu jej twarzy, najwyraźniej nie. Nawet nie odpowiedziała. Zaczęła rugać Tai Deia za to, jak się prowadzi. Może włosy miał trochę zbyt długie albo nieprzystrzyżoną brodę, co było i tak zupełnie nieistotne. Zawsze znajdzie się coś, na co będzie można się poskarżyć i skrytykować.

– Póki zajmują się wzajemnym wytykaniem błędów – rzekł Jednooki – chciałbym żebyś wlazł na wóz i przeszedł się na krótką przechadzkę z duchem. Spokojnie, chłopcze! Nie tak chętnie. Jeżeli Stary chce, żebym zajął się twoimi snami, to może istnieć po temu tylko jeden możliwy powód. – Zerknął przez ramię. Obrzucił matkę i syna naprawdę ciężkim spojrzeniem. – A ma to coś wspólnego z tym, nad czym kazał mi spędzić jakiś czas, jeszcze zanim wybraliście się w tę swoją pogoń za przygodą.

– Nie sądzisz, że mógłbyś wreszcie przejść do rzeczy? – Wsparłem obie dłonie na tylnym przyczółku wozu.

– W porządku, spryciarzu. Wejdziesz do środka i zabierzesz Kopcia z powrotem do tej nocy, kiedy umarła twoja żona. Przyjrzysz się temu, co się wydarzyło.

– A idź w cholerę!...

– Zamknij się, Dzieciaku. Nie mogę już wytrzymać twojego użalania się nad sobą. I sądzę, że Stary też ma tego dosyć. Jeżeli chcesz poradzić sobie z tymi snami, to wracaj tam i przyjrzyj się, cholera, dobrze temu, co uczyniło cię tym, kim jesteś dzisiaj. Uważnie obserwuj każdą sekundę wydarzeń. Trzy razy, jeśli będzie to konieczne. A potem wracaj, to pogadamy.

Zacząłem się spierać.

– Zamknij paszczę i rób, co ci mówię. Albo nie rób i spędź sobie resztę życia pogrążony w fantastycznych rojeniach.

Wkurzył mnie do tego stopnia, że miałem ochotę skopać mu tyłek. Co nie byłoby mądre z przynajmniej kilku powodów. Gniew gotował się we mnie, kiedy wspinałem się na wóz.

Sądzę, że nikt tak do końca nie zna samego siebie. Naprawdę wierzyłem, przynajmniej do czasu spotkania z Kiną, że poradziłem sobie z pokusą niemożliwej obietnicy przywrócenia mi mojej zmarłej żony. Po nim jednak ból zaczął odzywać się znowu, z każdą chwilą coraz silniejszy.

Zabawne doprawdy, jak bardzo nie chciałem wracać i oglądać

umierającej Sari. Siłą jednak, która pchnęła mnie do tego, która przekonała mnie, że muszę to zrobić, było to tchnienie padliny, które musnęło mnie, gdy spotkałem się w świecie astralnym z tym czymś, kimś, kto mógł być Kiną. Szukała mnie?

Znalazłem się w pałacu. Rozpocząłem od skontrolowania poczynań Radiszy Drah. Niewiele się u niej zmieniło, wyjąwszy to, że dotarły na miejsce nasze wieści o zwycięstwie na Czarandapresz. Obecnie jej debaty były znacznie bardziej ożywione, a podczas nich Radisza musiała zajmować niepopularne stanowisko i przypominać swoim współkonspiratorom, że ta nieoczekiwana wiktoria nie oznacza jeszcze, iż Długi Cień został ostatecznie pokonany. Na koniec wreszcie zamknęła naradę i rozkazała Kordkowi Maferowi wziąć udział w wywiadowczej wyprawie na Południe, zamierzonej jako projekt zebrania wiarygodnych informacji. Rozwiązanie czysto biurokratyczne, którym na jakiś czas odsunęła od siebie godzinę zdrady.

Pokonując opory, które były tak potężne, że ich natury nie potrafiłem do końca pojąć, powiodłem Kopcia do mojej dawnej kwatery. Wciąż nikt w niej nie zamieszkał. Wszystkie rzeczy leżały tam, gdzie je porzuciłem, zbierał się na nich kurz.

Kazałem Kopciowi cofnąć się w czasie, postępowałem nadzwyczaj ostrożnie, w miarę jak zbliżaliśmy się do dnia, kiedy wydarzyło się to całe zło. Z jakiegoś powodu zdawało mi się, iż nadzwyczaj ważne jest, abym nie spotkał swojego wcześniejszego ja. Że jeśli to nastąpi, zostanę pochwycony w pułapkę minionej sytuacji i będę musiał przeżywać ją ponownie, jak miało to miejsce w moich rozlicznych zapaściach w mroczne dni Dedżagore.

Może powinienem ostrzec Sari. Tamta kobieta na bagnach przez chwilę zdawała sobie sprawę z mojej obecności. Może to, że Sahra znała mnie tak dobrze oraz moje pragnienie zmiany tego, co nastąpiło, potrafią przerzucić ostrzeżenie ponad barierą czasu.

Wyglądało na to, iż moje podróże wstecz do Dedżagore mogły zmienić kilka rzeczy, chociaż nie było sposobu, aby przekonać się o tym na pewno.

Tutaj. Strażnicy i kto tam jeszcze biegali wokoło. Niektórzy ścigali Dusicieli, inni kierowali się w stronę moich pomieszczeń. To musiało się stać już po tym, jak sam przybyłem na miejsce. A więc powinienem przeskoczyć w czasie nie więcej jak jakieś pół godziny.

Zrobiłem tak i przeniosłem się w przestrzeni do miejsca, którego użyli Dusiciele, aby przeniknąć do pałacu. Widziałem tych morderców już wcześniej, ponieważ byłem ciekaw, w jaki sposób tak czujni ludzie mogli dać się wziąć przez zaskoczenie. Pierwsza para Dusicieli dotarła do wnętrza w przebraniu prostytutek świątyni, wypełniających obowiązek względem swej bogini. Strażnikom nie przyszło na myśl, by nie wpuścić dwóch panienek. Winni byliby świętokradztwa.

To wszystko stało się dużo wcześniej, zanim ja włączyłem się w prąd czasu. Skoczyłem więc na górę, do pokojów, gdzie moja teściowa i Sari zajmowały się domowymi obowiązkami i przygotowywały do pójścia na spoczynek. Wujek Dodż i To Tan już spali. Tai Dei jeszcze nie, przypuszczalnie dlatego, że czekał, aż wrócę z pracy, przy której jego obecność była niepożądana. Oczy miał przymknięte, jakby próbował nie słuchać bezustannych narzekań swojej matki w nieodległym pomieszczeniu.

W jaki sposób Sari to wytrzymywała, nie mam pojęcia. Szczególnie wówczas, gdy to ja byłem przedmiotem jej utyskiwań i krytyki.

Matka Gota była tego dnia znacznie bardziej zapalczywa niż zazwyczaj. Chciała koniecznie wiedzieć, kiedy Sahra ma zamiar porzucić wreszcie swoje uparte, idiotyczne nastawienie – niech tysiąc klątw spadnie na Hong Trej – i wrócić na bagna, gdzie jej miejsce. Wciąż miała jeszcze szansę, że uda jej się wyjść za mąż, chociaż z pewnością już nie tak dobrze, biorąc pod uwagę, że najlepsze lata miała już za sobą oraz fakt, iż pozwoliła, aby splugawił ją obcy.

Sari przyjmowała wszystko z takim spokojem, że zrozumiałem wreszcie, iż przyzwyczaiła się po prostu do tego i nie pozwalała, by raniło to jej uczucia. Zajmowała się swoją pracą, jakby Matka Gota w ogóle nie otwierała ust. Wkrótce zresztą skończyły swoje zajęcia. Sahra poszła do naszego pokoju, mówiąc tylko „Dobranoc", co dodatkowo zirytowało jej matkę.

Zawsze zdawałem sobie sprawę, iż Matka Gota mnie nie aprobuje, i podejrzewałem, że za moimi plecami wygaduje na mnie, jednak zaskoczyła mnie ilość jadu w jej słowach. Gdy słuchałem tej przemowy, pojąłem, iż jedynym powodem, dla którego przybyła do Taglios, było sprowadzenie córki z powrotem do domu.

Wiedziałem, że przez małżeństwo ze mną Sahra złamała jakieś

plemienne tabu, ale zupełnie źle osądziłem głębokość negatywnych uczuć, jakie Niueng Bao żywią względem obcych.

W apartamentach zapanowała cisza. To Tan i Wujek Dodż chrapali. Sari zasnęła niemalże natychmiast. Matka Gota pozostała nazbyt pogrążona w swoich narzekaniach, by móc od razu z nich zrezygnować. Najwidoczniej nie potrzebowała publiczności.

Cały czas trwałem bez ruchu w miejscu, gdy drzwi do mieszkania otworzyły się i pierwszy Oszust wśliznął się do środka. To był człowiek z czarnym rumlem, zabójca, który mordował już wielokrotnie. Jeden za drugim, cały oddział znalazł się w pomieszczeniu. Sądzili, że przyjdzie im walczyć z Konowałem, z Wyzwolicielem. Ostatnie wiarygodne doniesienia z pałacu, jakie do nich dotarły, mówiły, że te apartamenty zajmuje właśnie Stary. Przekazał mi je ponad miesiąc wcześniej.

Rezultatem tego było nieszczęście, które dotknęło wszystkich z wyjątkiem niego.

Chwilę po tym, jak wszyscy znaleźli się już w środku, zdali sobie sprawę, że w mieszkaniu znajduje się kilka osób. Szeptali zbyt cicho, by ktoś mógł ich usłyszeć. Wykonywali gesty palcami. Podzielili się na cztery grupy, w trzech było po trzech mężczyzn, a w ostatniej sześciu. Ci zostali w głównym pomieszczeniu, tuż przed drzwiami prowadzącymi na korytarz.

To Tan, Tai Dei i Wujek Dodż spali w najbliższym pomieszczeniu. To Tan najbliżej wyjścia. Potem Wujek Dodż. Potem Tai Dei.

To Tan nie miał żadnej szansy. Nawet się nie obudził. Ale Tai Dei nie spał jeszcze, a nad Wujkiem Dodżem czuwać musiał chyba jego anioł stróż. Poruszył się w momencie, gdy zespół Dusicieli zaatakował go. Pomocnicy, których zadaniem jest przytrzymanie ofiary, aby się nie broniła, póki główny Dusiciel nie zawinie swego rumla wokół jej szyi i nie zadławi jej, nie okazali się dość silni, by podołać swemu zadaniu. Zrzucił ich z siebie, potem trafił głównego Dusiciela gwałtownym ciosem łokcia. Zanim pozostali dwaj zdołali dosięgnąć go ponownie, już trzymał w dłoniach Spopielającą Różdżkę.

Tai Dei był na nogach w tej samej chwili, gdy otworzyły się drzwi. Pomocnicy rzucili się na niego w momencie, kiedy sięgał po swe miecze, i wszyscy razem z nim potoczyli się w poprzek pomieszczenia. Wcześniej jednak zdołał pochwycić rękojeść krótkiego miecza.

Tai Dei wykrzyknął ostrzegawczo i smagnął ostrzem.

Dusiciele czekający w pomieszczeniu głównym rzucili się na pomoc swoim towarzyszom. Zanim jednak zdążyli wbiec do pomieszczenia, Matka Gota również była już na nogach i wymachiwała mieczem, Sahra zaś, która nie miała żadnej broni i żadnej mozliwości by wydostać się z pomieszczenia, chyba tylko przedzierając się przez kłąb walczących, próbowała znaleźć jakiś sposób, by zablokować wejście.

Następne dwie minuty oglądałem później wielokrotnie. W tym czasie zginęło wielu ludzi. Ale wszyscy byli Dusicielami. Tai Deiowi złamano rękę. Wujek Dodż ścigał uciekających na korytarz.

A więc to wszystko nie przebiegło tak, jak mi później opowiedziano; relacja zgadzała się z prawdziwymi wydarzeniami mniej więcej – aż do tego momentu. Jednak później żadni źli chłopcy nie przedostali się przez obronę Wujka Dodża i nie zabili Sahry. Nie była wprawdzie w najlepszym stanie, ale żyła. Kiedy Dodż powrócił z pościgu, Matka Gota zaproponowała, że da jej coś na uspokojenie. Wujek przystał na ten pomysł. W ciągu kilku minut Sahra spała już w łóżku, w którym widziałem ją potem przelotnie.

Na jakiś czas musiałem zrezygnować ze swej obserwacji. W każdej chwili mógł się pojawić tamten ja, z przeszłości. Powróciłem, kiedy wiedziałem już, że będę spał martwym bykiem po wypiciu czegoś, co podał mi Wujek Dodż, spoczywając obok mej ukochanej.

Obserwowałem ich, jak zabierają Sari i To Tana. Dodż, Tai Dei, rozmaici krewni. Tak jak Matka Gota opowiedziała mi, kiedy obudziłem się wreszcie, że zawieźli ich ciała, aby sprawić im stosowny pochówek w domu.

Pomimo środowiska głuszącego emocje, w jakim się znajdowałem, udało mi się wykrzesać z siebie doprawdy nielichy wybuch gniewu.

Podążałem za grupą Niueng Bao do ich ziemi ojczystej. Wieźli ze sobą również inne ciała. Napaść Dusicieli kosztowała ich życie kilku strażników.

Niespodzianka, niespodzianka. Sari przyszła do siebie, zanim grupka na dobre opuściła miasto. Zachowywała się niemal tak samo jak ja, kiedy obudziłem się i stwierdziłem, że jej nie ma.

– Co się stało? – dopytywała się. – Dlaczego jesteśmy tutaj? – Swoje pytania kierowała do Wujka Dodża, ale ten nie odpowiedział, wykonał tylko gest w stronę Tai Deia, którego twarz wykrzywiał ból złamanej ręki.

Tai Dei wymamrotał:

– Zabieramy cię do domu, Sari. Nie ma już dłużej powodów, dla których miałabyś pozostawać w tym mieście zła.

– Co? Nie możecie tego zrobić. Odwieźcie mnie z powrotem do Murgena.

Spojrzał w dół na powierzchnię drogi wybrukowaną kamieniami.

– Murgen nie żyje, Sari. Zabili go *tooga*.

– Nie!

– Przykro mi, Sahro – rzekł Wujek Dodż. – Wielu *tooga* zapłaciło życiem, ale to była cena, jaką gotowi byli zapłacić. Również wielu naszych ludzi zginęło, a tam, gdzie oni zawiedli albo gdzie nie byli obecni, wielu innych oddało swe życie. – Słowo określające owych „innych" stanowiło nazwę, jaką Niueng Bao nadawali wszystkim, którzy nie byli Niueng Bao.

– On nie mógł zginąć – zapłakała Sari. Zaniosła się żałosnym łkaniem. – Nie mógł umrzeć, nie zobaczywszy swego dziecka!

Wujek Dodż zamarł bez ruchu na swoim wozie, równie nieporuszony jak trzon topora. Tai Dei popatrzył na swą siostrę i cicho jęknął. Ponieważ przyzwyczaiłem się do obyczajów Niueng Bao, założyłem, że jest to wynik jego zaniepokojenia, spowodowanego tym, że niemożliwe będzie wydać za mąż siostrę, która nosi w łonie dziecko obcego.

– Zaczynam powoli wierzyć, że twoja matka jest mądrzejsza, niż nam się zdawało, Tai Dei – wymamrotał Wujek. – Ona obwiniała o wszystko Hong Trej. Teraz jednak powoli zaczyna wychodzić na to, że twoja babka okazała się ostatecznie niezwykle sprytna. Albo my po prostu jej nie zrozumieliśmy. Jej proroctwo mogło dotyczyć Murgena, tylko niebezpośrednio. Mogło dotyczyć dziecka, które Sahra nosi w swoim łonie.

Zrozumiałem teraz, że tamta kobieta na bagnach, którą dotąd widziałem dwukrotnie, to musi być Sahra, nikt inny.

– A więc nie będzie już miejsca dla Sahry – oznajmił Tai Dei z widocznym bólem. – Jeżeli ona nosi bękarta obcego...

– Zabierzcie mnie z powrotem – powiedziała Sahra. – Jeżeli nie pozwolicie mi zostać, nie będę już więcej Niueng Bao. Pójdę do ludzi mego męża. Znajdzie się dla mnie miejsce w Czarnej Kompanii.

To była herezja społeczna o takim rozmiarze, że zarówno Tai Dei, jak i Wujek Dodż zamarli z rozdziawionymi ustami.

Nie sądzę, że ja także bym zamarł z rozdziawionymi ustami, gdybym tylko dostał teraz tych dwóch w swe ręce. Uniosłem się. Usłyszałem już dosyć, aby wiedzieć, na czym obecnie stoję, gdzie znajduje się Sari oraz jakie jest stanowisko mego wiernego towarzysza, Tai Deia. Stary mógł nie mieć absolutnej racji odnośnie do Niueng Bao, ale z pewnością również nie całkiem się pomylił.

Gwałtownie przeskoczyłem w czasie, śledząc Sari. Tai Dei oraz Wujek Dodż zabrali ją do świątyni, przed którą widziałem ją poprzednim razem. Oddali w ręce wujka-dziadka, który był tam kapłanem. Sahra była bowiem teraz w istocie sierotą, chociaż równocześnie kobietą dorosłą, dwukrotną mężatką. Świątynia stanowiła miejsce, do którego udawali się Niueng Bao, którzy nie mieli żadnej bliskiej rodziny. Dawała im schronienie. Kapłani i zakonnice stawali się dla kogoś takiego jedną wielką rodziną. W zamian oczekiwano od sieroty, że poświęci swe życie pobożnym czynom i jakimś tam bóstwom, które czcili Niueng Bao.

Nikt nie uświadamiał mnie nigdy w tej kwestii, ale w świątyni, gdzie zamknięto Sahrę, stały posągi różnych bogów, przypominające zresztą do złudzenia niektóre bóstwa Gunni.

Szadar mieli tylko jednego boga dostatecznie wspaniałego, aby zasłużył sobie na posąg, doktryna Vedna zaś zabraniała tworzenia boskich podobizn w ogóle.

Przyjrzałem się Sari w jej obecnej postaci. Przyglądałem się przez jakąś godzinę, jak wypełniała swoje obowiązki. Pomagała sprzątać świątynię, nosiła wodę, pomagała w gotowaniu, czyli oddawała się wypełnianiu dokładnie tych samych obowiązków, jakie spoczywałyby na niej, gdyby była żoną jednego z Niueng Bao w jakimś ich siole. Jednak ludzie ze świątyni unikali jej.

Nikt z nią nie rozmawiał, wyjąwszy kapłana, z którym łączyły ją więzy pokrewieństwa. Nic już nie można było dodać. Sama się skalała. Jedynym gościem, jaki czasami ją odwiedzał, był podstarzały jegomość o imieniu Ban Do Trang, pośrednik handlowy, którego przyjaźń Sahra zdobyła sobie podczas oblężenia Dedżagore. Ban był również pośrednikiem między nami, w czasie, gdy jej rodzina zdecydowała się trzymać nas z dala od siebie. Dzięki niemu możliwe okazało się ostatecznie to, że Sahra wymknęła się z domu i znalazła mnie, zanim ktokolwiek ją zatrzymał.

Ban rozumiał. Kiedy był młody, kochał kobietę Gunni. Spędził większość swego życia na podróżach handlowych po świecie. Nie uważał, że wszyscy „inni" stanowią od razu czyste zło. Ban był dobrym człowiekiem.

Dokładnie przepatrywałem czas i uważnie wybrałem moment, gdy Sahra odbywała swe popołudniowe modły. Punkt widzenia, którym byłem, sprowadziłem ostrożnie w dół, dokładnie zatrzymałem go na poziomie jej oczu.

– Sari. Jestem tutaj. Kocham cię. Okłamali cię. Żyję.

Sari wydała z siebie dźwięk przypominający skowyt niewielkiego szczeniaczka. Przez krótką chwilę było tak, jakby spoglądała prosto w moje oczy. Jakby mnie widziała. Potem jednak szarpnęła się i przerażona wybiegła z pomieszczenia.

41

Jednooki przez cały czas, póki nie odzyskałem przytomności, klepał mnie po twarzy.

– Żeby cię cholera, ty mały gnojku, przestań! – Cała twarz mnie już bolała. Jak długo mnie bił? – Jestem już! Jaki masz, kurwa, problem?

– Strasznie krzyczałeś, Dzieciaku. A jeżeli mówiłeś jakimś językiem, który rozumieją twoi krewni, to wywołałeś niezłe, cholerne zamieszanie. Chodź. Postaraj się opanować.

Starałem się opanować. Jeśli chcesz przetrwać w naszym interesie, musisz nauczyć się kontrolować emocje. Ale moje serce biło jak oszalałe, a myśli galopowały niepowstrzymanie. Trząsłem się niczym zdjęty atakiem paskudnej malarii. Jednooki zaproponował mi wielki kubek wody. Wypiłem do dna.

– Częściowo to moja wina – powiedział. – Zostawiłem cię samego. Nie sądziłem, że będziesz tam tak długo. Myślałem, że wszystko zrozumiesz i zabierzesz swoją dupę z powrotem, aby przekonać się, co zaplanowaliśmy.

– Co zaplanowałeś? – wyskrzeczałem.

– Ja nie planuję. Myślę, że Stary po prostu chciał, aby wszystko rozeszło się po kościach, do czasu, aż nie postanowił, że musisz jednak wiedzieć.

– Nie miał zamiaru mi powiedzieć?

Jednooki wzruszył ramionami. Co zapewne znaczyło, że nie.

Konował nie był nastawiony do mojego małżeństwa bardziej entuzjastycznie niż lud Sahry.

Bękart.

– Muszę się z nim zobaczyć.

– On też chce się z tobą zobaczyć. Kiedy już zdołasz się opanować.

Odchrząknąłem.

– Powiesz mi, kiedy będziesz w stanie znieść wszystko bez szczególnych wrzasków i szaleństw.

– Mogę od razu, ty małe gówno! Co wy sobie, chłopcy, myśleliście, nie pozwalając mi?...

– Powiesz mi, kiedy będziesz w stanie znieść wszystko bez szczególnych wrzasków i szaleństw.

– Ty małe gówno. – Zaczynało powoli brakować mi jadu. Naprawdę długo znajdowałem się już poza ciałem. Musiałem coś zjeść. Przypuszczałem jednak, że nie pozwolą mi przekąsić nic do czasu, aż nie spotkam się z Konowałem.

– Jesteś w stanie gadać? – spytał Konował. – Skończyłeś z wrzaskami i szaleństwami?

– Czy wy, chłopcy, spędziliście cały ten czas, kiedy wędrowałem z duchem, by przećwiczyć swoje role?

– A więc, Murgen, co zamierzają teraz krewni twojej żony,?

– Nie mam najmniejszego, pieprzonego pojęcia. Ale myślę, że mam ochotę włożyć stopy Wujka Dodża do ogniska i potem go zapytać.

Konował pił herbatę. Taglianie byli wielkimi amatorami herbaty. Ludzie zamieszkujący okoliczne regiony Ziem Cienia posunęli to upodobanie do skrajności. Upił łyk.

– Chcesz trochę?

– No. – Potrzebowałem płynów.

– Zastanów się nad tym. Załóżmy, że weźmiemy go na przesłuchanie dlatego, że ty, zupełnie znienacka, dowiedziałeś się, że cię wyruchali. Myślisz, że nikt – czy to Niueng Bao, czy ktoś jeszcze inny – nie będzie się zastanawiał, skąd o tym wiemy, skoro dowód prawdziwości twoich słów znajduje się dobrych tysiąc trzysta kilometrów stąd?

– Nie dbam...

– Właśnie. Myślisz tylko o sobie. Tymczasem konsekwencje twojego działania dotkną każdego żołnierza Kompanii. Być może obejmą nawet wszystkich ludzi, którzy przeszli z nami przez te góry. To może zmienić losy całej wojny.

Chciałem zbagatelizować jego argumenty, ponieważ wyrządzono mi wielką krzywdę i niczego nie pragnąłem teraz bardziej, jak wyrządzić krzywdę komuś innemu. Nie potrafiłem. Minęło już dość czasu, aby rozum zaczął zawodzić w rozumnej łepetynie. Ugryzłem się w język, zdławiłem słowa nabrzmiewające w moim gardle. Popiłem herbaty. Zastanowiłem się. Na koniec powiedziałem:

– Masz rację. A więc co robimy?

Konował dolał mi jeszcze herbaty.

– Nie przypuszczam, byśmy mieli zrobić cokolwiek. To znaczy będziemy robili to samo, co dotąd. Przyczaimy się jak pająki. Dotychczas jedynie trzech ludzi zdaje sobie sprawę, jak niewiarygodnym narzędziem dysponujemy, nikt inny o tym wiedzieć nie powinien.

Odkaszlnąłem. Upiłem trochę herbaty.

– Ona myśli, że nie żyję. To kłamstwo określiło całe jej życie – powiedziałem.

Konował pogrzebał w ogniu. Zajrzał do swojej torby ze zdobyczną herbatą. Milczał. Wreszcie Jednooki połapał się w końcu, o co chodzi.

– Och. No tak. Przypuszczam, Murgen, że jesteś obeznany z tą księgą Kronik, którą napisała kobieta Kapitana? – Wyszczerzył się do mnie i ukazał kilka szczerb po brakujących zębach.

– Słusznie. Tylko zachowuj się rozsądnie. Akurat mnie to obchodzi. Ty bydlaku.

– Mam wspaniały pomysł, Dzieciaku. Wracajmy do wozu. Któregoś dnia znalazłem coś, co może cię zainteresować.

– Nie odchodźcie za daleko, chłopcy – dodał Konował. – Mamy już dość ludzi na miejscu. Czas, by zacząć nieco nękać Długiego Cienia.

– Oczywiście – odparł Jednooki. Wypełzł przez klapę wejściową, mamrocząc do siebie. – Nie mogę zostawić gówniarza samego. – Wyszedłem za nim. Nie zatrzymał się. Nie przestał gadać. – Możemy siedzieć tu sobie przez następne sto lat i nikomu nie stanie się krzywda. Ustanowić nasze przeklęte królestwo. Zagłodzić sukinsyna na śmierć. Ale nie! Musimy robić jakieś... – Zerknął za siebie. Znajdowaliśmy się już w takiej odległości, że Stary z pewnością nie mógł nas słyszeć. – Dość tego gówna. Ty głupi gnoju. Nigdy nie powiedziałeś mi o Goblinie.

– A co jest do opowiadania?

– Wiedziałeś przez cały czas, gdzie on jest, no nie? Nie zginął ani nic. Obszedłeś blokady, jakie Konował nałożył na Kopcia, i znalazłeś to bezwartościowe małe gówno.

Nic nie powiedziałem. Goblin był wciąż gdzieś tam, zdany wyłącznie na siebie. Przypuszczalnie kontynuował swą misję, a ta zapewne nadal pozostawała okryta ścisłą tajemnicą.

– Ha! Miałem rację. Nigdy za cholerę nie potrafiłeś kłamać. Gdzie on jest, Dzieciaku? Mam prawo wiedzieć.

Zacząłem się wycofywać. Możliwe, że nadszedł już czas, by zacząć odgrywać swoją rolę gdzie indziej.

– Mylisz się. Nie wiem, gdzie on jest. Nie wiem nawet, czy w ogóle jeszcze żyje. – Co było zresztą prawdą.

– Co masz na myśli, mówiąc „nie wiem"?

– Mam może wadę wymowy? Miałeś Kopcia przez cały miesiąc dla siebie, pamiętasz? Ty. Mały gnojek, który wałęsał się bezczynnie po okolicznych wzgórzach, gdy ja byłem zupełnie gdzie indziej, uciekałem przed cieniami i unikałem pułapek armii Cienia.

– Teraz już wiem, że mnie rolujesz. Nie widziano tutaj żadnego cienia od czasu, kiedy przepędziliśmy je przy... Bzdury! Próbujesz wcisnąć mi tu kompletne bzdury.

– No. Sądzę, że zapomniałem o zasadzie numer jeden.

– Hę? O co ci chodzi?

– Nigdy nie denerwować Jednookiego, mówiąc mu prawdę.

– Ty cholerny krętaczu. Łażę już po tym świecie od dwustu lat i potrafię sobie poradzić z takim gównem. – Wskoczył na opuszczoną klapę wozu i sięgnął do środka. Zacząłem wycofywać się powoli. Grzebał w jakichś łachmanach, które trzymał w schowku za kozłem.

Spojrzał przez ramię i zobaczył, że się oddalam. – Masz zostać tu, na miejscu, kutasie.

Zeskoczył z wozu i zaczął machać ramionami, a równocześnie piszczał i jęczał w jednym z tych języków, których czarodzieje używają, aby reszta z nas myślała, że w tym interesie jest coś straszliwie niezwykłego i mistycznego – trochę tak samo, jak postępują prawnicy. Jednookiemu zresztą czasami zdarzało się najzupełniej spontanicznie osuwać w rolę kazuisty.

Błękitne iskry zaczęły przeskakiwać między koniuszkami jego palców. Usta rozciągnęły się w złym grymasie. Nie dałem mu Goblina, więc teraz sam będę musiał zająć jego miejsce.

Cholera, teraz naprawdę pożałowałem, że Goblin jeszcze nie wrócił.

– Co jest?

Odwróciłem się gwałtownie. Kapitan szedł za nami. Jednooki aż się zachłysnął. Cofnąłem się o kilka kroków, wskutek czego Stary też się znalazł w polu rażenia.

Jednooki wbił ręce w kieszenie, usiłując skryć je przed naszym wzrokiem.

– Ouć! – Próbował stłumić nagły jęk. Iskry, jak się okazało, nie zgasły.

– Znowu pił? – spytał mnie Konował.

– Jeśli tak, to nie mam pojęcia kiedy. Chyba że zanim mnie obudził. W każdym razie zachowywał się jak pijany.

– Kto? Ja? – pisnął Jednooki. – Nie ja. Nie ma mowy. Nie biorę już tego świństwa do ust.

– Nie miał czasu na rozstawienie sprzętu – zauważyłem.

– To gówno znaczy. Gdyby można było coś ukraść w okolicy, na pewno by znalazł. Znasz kogoś, kto na trzeźwo rzucałby się do bójki bez żadnych ważnych powodów?

– I w tym wojsku nie ma nikogo takiego – upierał się Jednooki. – Chyba że liczyć Goblina. On czasami... Czy on dalej jest w naszej Kompanii, Kapitanie?

Konował zignorował jego pytanie. Zwrócił się do mnie:

– Masz zamiar zabrać teraz Kopcia z powrotem?

– Nie. – Nie przyszło mi to nawet do głowy. Moje myśli koncentrowały się wyłącznie na jedzeniu.

Konował odchrząknął.

– Aktualnie muszę porozmawiać z moim czarodziejem sztabowym. Jednooki?

Odszedłem. A teraz co?

No, jedzenie.

Jadłem do czasu, aż kucharz zaczął zrzędzić pod nosem na tych, którym wydaje się, że należą się im jakieś szczególne przywileje.

Kiedy już skończyłem, przespacerowałem się po pokrytych śniegiem zboczach wzgórz i próbowałem uspokoić szalejącą we mnie burzę. Chmury zaciągające niebo zapowiadały dalsze opady. Podejrzewałem, że jak dotąd mieliśmy po prostu szczęście. Padający śnieg nie przemienił się ani razu w szczególnie gwałtowną zadymkę i nigdy nie trwała ona długo. Znalazłem Tai Deia i jego matkę, stara wciąż wylewała z siebie potok narzekań. Wciąż.

Trzymałem się od nich z dala.

Dostrzegłem w oddali Brzeszczota i Łabędzia. Pędzili dokądś w wielkim pośpiechu. To znaczyło, że Pani przybyła albo że wkrótce przybędzie. Awangarda jej dywizji już zaczynała wznosić obóz.

Na południu, daleko za Kiaulune, włócznia słonecznego światła przebiła pokrywę chmur i uderzyła w Przeoczenie. Cała ogromna forteca zalśniła niczym jakiś mityczny wizerunek raju. Trzeba było zabrać tam Kopcia i nadrobić stracony czas. Ale nie od razu. Jednooki i Stary, zbliżywszy głowy, nadal mówili coś do siebie. Być może rozmawiali o mnie.

Poszedłem w dół wzgórza, w kierunku miejsca, gdzie żołnierze Pani budowali obóz.

Myślałem o tym, jak się mają sprawy między Brzeszczotem a Panią. Przed swoją dezercją był jej głównym pomocnikiem. Nie powiedział jej o niczym, kiedy zrobił to, co zrobił. Nie potrafiłem wyobrazić sobie, by przebaczyła mu jego oszustwo, niezależnie od tego jak skuteczne okazało się w ostatecznym rezultacie.

Kruki unosiły się ponad obozem. Być może Pani już była na miejscu.

Konował miał rację. Musimy zachowywać się jak paranoicy. Przez cały czas. Jeśli nie szpiegował nas Władca Cienia, z pewnością robiła to Duszołap albo Oszuści, albo Wyjec. Czy też sama Kina. Niueng Bao. Agenci Radiszy. A może szpiedzy kapłanów, a może...

42

Jak się okazało, Pani już przybyła, choć nikt mnie o tym nie powiadomił. Nie miałem jednak żadnych kłopotów z dotarciem przed jej oblicze, co z kolei sprawiło, iż natychmiast zacząłem zastanawiać się, czy równie łatwo będzie mi stąd odejść.

Ona jednak uprzedziła moje pytania.

– Co my teraz będziemy robić, Murgen? Jak tym razem wygląda jego gra?

Dałem krok do wnętrza namiotu i zamarłem z rozdziawionymi ustami. Od czasu, jak widziałem ją po raz ostatni, zaszły ogromne zmiany. To nie była ta Pani, z którą jechałem na Południe. To nie była kobieta, która wydawała się skrajnie udręczona przed atakiem na Danda Presz. Ta była wskrzeszoną Panią z dawnych lat, istotą wypełnioną mocą tak straszliwą, że niemalże niezdolną do pomieszczenia w materialnej powłoce.

– Co się, u diabła, stało?

– Murgen.

– Co? – skrzeknąłem. Musiałem przypomnieć sobie dopiero, że jestem kronikarzem. Kronikarz nie zna strachu. Stoi z boku, nie uczestniczy w wewnętrznych sporach Kompanii. Nie daje się onieśmielać swoim braciom. Zapisuje prawdę.

W każdym razie nieźle mnie przestraszyła.

– Chciałabym wiedzieć...

– O wszystko, co chcesz wiedzieć, lepiej zapytaj Starego. Nie potrafiłbym ci nic powiedzieć, nawet gdybym był tak ogłupiały na twoim punkcie jak Wierzba Łabędź. Mnie on również nie mówi wszystkiego. To wszystko trzyma wciąż zamknięte w swej głowie. Widziałaś to miejsce, tam, w górze. Gorsze niż Wieża w Uroku. Od kiedy tu przyjechaliśmy, nawet nie spojrzał na nie, choćby przelotnie. A nie widziałem, aby zajmował się czymś szczególnym. Długi Cień i Wyjec też zresztą nie zrobili wiele.

– To denerwujące.

– No. I niekoniecznie wcale takie znowu sprytne, biorąc pod uwagę, w jakim znajdziemy się położeniu, gdyby na przykład dopadli go Dusiciele.

– Jest to mniej prawdopodobne, niż ci się zdaje.

– Z powodu Duszołap?

– Tak.

– Ona nie może być wszędzie, nie bardziej niż ty. A ich nie bez powodu nazywają Oszustami. – Miałem nadzieję, że głos nie załamuje mi się za bardzo. Próbowałem utrzymać się w roli człowieka bez trwogi.

– Żadna z tych kwestii nie stanowi jednak przyczyny, dla której chciałeś się ze mną zobaczyć.

– Nie. Mam problem. Moje sny stają się coraz gorsze. Obecnie, mówiąc szczerze, jest już bardzo źle. Chciałbym wiedzieć, jak się ich pozbyć.

– Nie znalazłam sposobu. Musisz nauczyć się uważać, nigdy nie zapominaj, czym one są. Czy Kina cię wzywała?

– Nie sądzę. To wygląda raczej tak, jakby po prostu przechodziła przez moje sny i, jeśli trwam całkowicie bez ruchu, nie zwracała na mnie uwagi. Może po prostu podglądam cudze koszmary?

– Opowiedz mi o nich.

Opowiedziałem jej.

– W znacznym stopniu przypominają sny, które mnie ciągle nękały. W każdym razie moje działy się głównie na równinie.

– Były kruki?

– Kruki? Nie. Tam nie ma nic żywego.

Zastanawiałem się przez chwilę nad tym, co powiedziała.

– Jeśli chodzi o ścisłość, to nie do końca jest tak, jak mówiłem. Ona w jakiś szczególny sposób zdaje sobie sprawę z tego, kim jestem. Zwłaszcza tamtej nocy, kiedy zostałem przeprowadzony przez jedną z wersji równiny ze snu, gdzie zobaczyłem moją żonę. Rozmawiałem z Sari. Z rozmowy wynikało, że mogę ją dostać z powrotem.

– To coś nowego. W moim przypadku koszmary stawały się za każdym razem coraz gorsze. Sądzę, że ostatecznie chodziło o to, by złamało mnie wyczerpanie.

Odniosłem wrażenie, że ona również nie mówi mi całej prawdy.

– Nie potrafię uwierzyć – oznajmiłem – by cokolwiek, co spróbuje mi wcisnąć, gorsze było od rzeczy, jakie widziałem w prawdziwym życiu. Wiedząc ponadto, do czego ona zmierza...

– Udało się jej wykorzystać mnie, Murgen. Ponieważ sądziłam, że wiem, co ona robi. Ale nie wiedziałam. To ona jest Królową Oszustów. Ja wcale nie byłam Córką Nocy. Byłam jedynie rozpłodową klaczą, która miała donosić dla niej mesjasza Dusicieli. Nie popełnij błędu, który ja popełniłam. Jeżeli naprawdę zwróciła na ciebie uwagę, musisz być bardzo, bardzo ostrożny. I informuj mnie o wszystkim.

Mruknąłem coś niewyraźnie.

– Czy notowałeś daty spotkań z Kiną?

– Hm... – Tak też postępowałem, jednak zazwyczaj, gdy miały miejsce te zdarzenia, przebywałem poza ciałem, w astralnym świecie Kopcia. – Niezbyt regularnie. – Podałem jej kilka przykładów, które z pozoru zdawały się zupełnie bezpieczne.

– To nie zda się na wiele. Próbuj kontrolować swe emocje. Twoja żona jest oczywistym narzędziem, za pomocą którego można tobą manipulować. Masz może jakieś pojęcie, dlaczego ona to robi?

– Przypuszczam, że chodzi o sztandar.

– Oczywiście. Mamy coraz więcej wskazówek, jednak nie znamy jeszcze całej opowieści. Lanca Cierpienia. Tylko że dotąd nigdy nie ujawniła żadnych szczególnych właściwości.

Było inaczej, niż myślała, stało się to jednak w czasie i w sposób, którego nie mogłem jej wyjaśnić, nie demaskując Kopcia. Konował kiedyś uderzył nią Wyjca, rana była właściwie powierzchowna, jednak mały czarodziej omal wtedy nie umarł.

– Być może nie posiadamy prawdziwej Lancy. A wszystkim wydaje się tylko, że jest inaczej.

– Czy to jakiś kolejny skomplikowany podstęp? – wymruczała.

– W jaki sposób mogę przestać śnić? – zapytałem.

– Słuchasz mnie czy nie? Nie możesz.

– Nie przypuszczam, bym był na tyle silny, aby z tym żyć.

– Nauczysz się. Moje sny przestały mnie nawiedzać, gdy urodziłam dziecko. Ale przerwa nie trwała długo. Obecnie sądzę, że Kina zapomniała przerwać połączenie.

– Może miał to zrobić Narajan, kiedy porywał ci córkę?

– Oczywiście, że tak.

– Przepraszam, że wspomniałem...

– To nie ma znaczenia. I tak pamiętam, pamiętam wystarczająco dobrze. Każdej minuty, każdej godziny. A któregoś dnia, już wkrótce, mam zamiar omówić to z Narajanem w bardzo intymny i osobisty sposób. – Gdy wypowiadała te słowa, wyglądała równie paskudnie jak sama Kina, chociaż zapewne musielibyście znaleźć się tam, na miejscu, a nadto poznać jej historię, by pełni pojąć wrażenie, jakie wywierała. – Już wkrótce ujrzy swój prywatny Rok Czaszek. Zabrakło miejsc, w których mógłby się schować.

– Widziałaś Przeoczenie. Sądzisz, że potrzebna mu jakaś inna kryjówka?

Zanim zdążyła mi odpowiedzieć, do postrzępionego namiotu wsunął głowę Brzeszczot.

– Jakiś Dusiciel właśnie zaatakował Wierzbę. Łabędź ma trochę kłopotów z oddychaniem, ale poza tym nie jest z nim źle.

– Wzięliście zamachowca żywcem? – zapytała Pani.

Zebrałem się do wyjścia. Jej nastrój zaczynał stawać się coraz bardziej mroczny. Nie miałem ochoty, by przyciskała mnie bardziej.

Brzeszczot uśmiechnął się.

– Jest w doskonałej kondycji. Chociaż zapewne najchętniej postarałby się o atak serca.

Przecisnąłem się obok Brzeszczota stojącego w drzwiach. Pani zmierzyła mnie beznamiętnym spojrzeniem, które mówiło wyraźnie, że czas na dokończenie naszej rozmowy przyjdzie później. Dotąd wymyślę, jak zejść jej z drogi. Być może ostatnio byłem z nią zbyt szczery.

Postanowiłem popatrzeć, choć trzymałem się na uboczu. Metody stosowane przez Panią podczas przesłuchania były zręczne, paskudne i skuteczne. Żaden z obecnych nie zapomni nigdy lekcji, której był tu świadkiem.

W ciągu kilku minut Dusiciel przyznał się, że dołączył do tłumu cywilów z taborów po naszym zwycięstwie na Czarandapresz. Rozkaz otrzymał od samego Narajana Singha. Wierzba Łabędź był jego pierwotnym celem. Inni ludzie z czerwonymi rumlami otrzymali inne zadania. Oni także skryli się wśród dekowników. Sama Córka Nocy udzieliła im pouczenia, aby podczas wypełniania swej misji byli skrajnie ostrożni. Dzieci Kiny zostało już tak niewiele, że częścią ich powinności względem bogini była obecnie dbałość o zachowanie swych żywotów.

Pani po prostu wiedziała, jak skłonić człowieka do mówienia. Przypuszczam, że to jedna z tych rzeczy, których uczysz się, kiedy przebywasz na tym świecie właściwie od zawsze. Jedna z tych rzeczy, które ludzie w rodzaju Długiego Cienia najchętniej przemocą wydarliby z twojej głowy. Była tak skuteczna, że porzucił nadzieję na swą wieczystą nagrodę i zdradził jej imiona.

Wybrałem się na spacer w chwili, gdy Brzeszczot organizował ekspedycję rzeźników.

Chcąc zapewne dodatkowo podkreślić swe uczucia względem nich, Pani własnoręcznie zadusiła jednego z Oszustów. Użyła swej czarnej szarfy, zdjętej z trupa człowieka z czarnym rumlem, którego zabiła wiele lat temu. Każdy Oszust znał opowieść o tym wydarzeniu.

Takim sposobem przekazała swą wiadomość.

Kruki poderwały się w powietrze czarnym mrowiem.

Pani kazała zatknąć czerepy Oszustów na lancach i zanieść do Przeoczenia, przypuszczam, że miało to być zagajenie do jej przyszłej rozmowy z Narajanem Singhiem.

Konował dołączył do mnie.

– Oto i moja słodziutka – powiedział i pokręcił głową. Jakby on miał zachować się inaczej, gdyby pierwszy dorwał tych ludzi.

Wiedział, co sobie pomyślę.

– Prawdziwa pani, dama, nie morduje ludzi w przyzwoitym towarzystwie. – Wyszczerzył zęby.

– W jakim przyzwoitym towarzystwie? Kompania nie jest przyzwoitym towarzystwem. A ja sądzę, że to, co zrobiła, bardzo jest do Pani podobne.

– Tak. – Wyglądał niemal na rozbawionego tym wszystkim.

43

Zajęło mi to ładnych parę godzin, ale w końcu znalazłem Ospałego. Kierował pracami przy rozbijaniu obozu dla batalionu sił specjalnych Wielkiego Cebra. Oddział Cebra wykonywał lwią część roboty przy wyłapywaniu partyzantów Mogaby.

– Przejdźmy się trochę. Chcę z tobą pogadać. – Zwróciłem się do dzieciaka. Zebrałem garść kamieni, aby rzucać nimi w kruki, gdyby te skrzeczące potwory okazały się nazbyt ciekawskie.

– Chodzi o to, o czym rozmawialiśmy? – Chłopak był podniecony. Nie przypominam sobie, żebym ja był podniecony, kiedy zostawałem chorążym. Ale ja otrzymałem tę robotę niejako walkowerem. Nie było po prostu nikogo innego, kto byłby w stanie ją wykonywać. A ktoś musiał nosić sztandar.

– Po części. Stary ostatecznie wyraził zgodę. Mówi, że jeśli o niego chodzi, jesteś w porządku. Pozostawił mi wybór. A więc robota jest twoja, przynajmniej jeśli chodzi o mnie. Będę nosił sztandar jeszcze do czasu, aż nie wyjaśni się, w taki czy inny sposób, jak skończy się cała ta sprawa z Długim Cieniem. Ale mogę zacząć cię uczyć pewnych rzeczy już teraz. Szczególnie gdy chodzi o czytanie i pisanie. I zadbać, aby starczyło ci czasu na naukę, dzięki czemu będziesz mógł uniknąć najbardziej nieprzyjemnych obowiązków.

Chłopakowi aż zaświeciły się oczy. Poczułem się trochę jak świnia.

– Jednak jest jedna, specjalna robota, którą musisz wykonać najpierw. – Zobaczyłem, że w naszą stronę zmierza Wielki Ceber, przypuszczalnie po to, żeby zapędzić dzieciaka do jednej z tych prac, o których przed chwilą wspomniałem.

– Co to jest? Na pewno sobie poradzę.

Oczywiście. To był też powód, dla którego Ceber wybrał go z tłumu.

– Mam tajną wiadomość, którą trzeba przekazać do Taglios. Sprawa jest gardłowa. Możesz zabrać ze sobą kilku chłopców, tak na wszelki wypadek. Wybierz takich, którzy dobrze trzymają się w siodle. Dam ci zezwolenie na korzystanie ze sztafet kurierów. – Uniosłem dłoń, by uprzedzić wszystko, co Ceber mógłby powiedzieć. – To musi być załatwione najszybciej, jak tylko można.

Ceber słyszał przynajmniej część mej przemowy.

– Zabierasz mi najlepszego człowieka, żeby zawiózł list?

– Tak. Ponieważ musi dotrzeć na miejsce.

– To jest naprawdę takie ważne? – zapytał Ceber.

– Właśnie dlatego wziąłem go na stronę, by nikt nas nie podsłuchiwał.

– To pewnie lepiej będzie, jak już sobie pójdę. – Jak na złodzieja zbiegłego spod ręki sprawiedliwości, był z Cebra zupełnie niezły żołnierz.

– Pewnie tak.

– Niedobrze, że cię tracę, synku. – Ceber poszedł, by zapędzić do rzeczonej roboty kogo innego.

– Jeżeli pożyczysz mi swojego konia, nie będę musiał brać ze sobą nikogo innego. I wrócę znacznie szybciej – stwierdził Ospały.

Miał rację. Miał cholerną rację – nie przyszło mi to wcześniej na myśl.

– Niech pomyślę.

Wszystko miało jednak kłopotliwą stronę. Stary może chcieć czegoś ode mnie, zanim Ospały wróci. Jeżeli okaże się, że nie mam mojego konia, na pewno zacznie zadawać pytania.

Nie planowałem wtajemniczenia Kapitana w swój plan. Gdybym to zrobił, byłoby po sprawie.

– Będę z powrotem przed upływem miesiąca.

Na moim koniu może by mu się udało – gdyby miał tyłek z żelaza. Był młody i twardy, ale nie przypuszczałem, aby ktokolwiek był aż tak twardy. Chociaż... Przed upływem tego czasu z pewnością nic się nie zdarzy. Minie co najmniej miesiąc, zanim wszyscy maruderzy dotrą tutaj, a nasi dowódcy wysmażą jakiś plan. Niemożliwe, by Konował miał gotową strategię zdobycia Przeoczenia podobnie, jak wcześniej na Czarandapresz. Nikt mnie nie przyłapie.

A kiedy dzieciak będzie miał tydzień forów, nawet Duszołap nie będzie w stanie mu przeszkodzić.

– W porządku. Zrobimy tak, jak mówisz. Tylko jedna rzecz. Wiadomość musi zostać doręczona do rąk własnych określonej osobie. Ona może być nieosiągalna natychmiast. Wtedy będziesz musiał na nią poczekać.

– Zrobię wszystko, czego będzie wymagać zadanie, Murgen.

– W porządku. Przyjdź do mojego... – Tego nie mogłem zrobić. Tai Dei z pewnością usłyszałby wszystko. – Nie. Najpierw powiem ci, kogo masz odnaleźć. – Rozejrzałem się dookoła. Ospały był jednym z niewielu weteranów Dedżagore, któremu nie przyznano strażnika Niueng Bao, ale Niueng Bao w ogólności starali się uważać również na niego.

– Słucham. – Chłopak aż palił się, żeby się wykazać.

– Nazywa się Ban Do Trang. Był przyjacielem mojej żony. Jest pośrednikiem handlowym, który jeździ w tę i we w tę między Taglios a deltą. Sprzedaje wszystko, począwszy od ryżu, a skończywszy na krokodylich skórach. Jest stary i powolny, jednak to jedyny sposób, by dostarczyć wiadomość na bagna.

– Masz całą rodzinę...

– Może nie zauważyłeś, w jak niewielkim stopniu Kapitan ufa tym ludziom.

– Zauważyłem.

– Istnieją dostatecznie dobre powody, by im nie ufać. Każdemu z nich, który przyszedł tu z nami.

– Rozumiem. Gdzie znajdę tego człowieka?

Podałem mu wskazówki.

– Powiedz mu, od kogo jest ta wiadomość, ale tylko wówczas, jeśli zapyta. Powinien dostarczyć ją kobiecie o imieniu Ki Sahra w świątyni Gangeszy w Win Gao Gang.

– Chcesz, żebym zaczekał na odpowiedź?

– To nie będzie konieczne. – Jeżeli wiadomość dojdzie, otrzymam odpowiedź bezpośrednio od Sari. – Zamierzam napisać kilka kopii wiadomości. Rób, co chcesz, abyś tylko miał pewność, że choć jedna z nich przetrwa całą podróż.

– Zrozumiałem.

Aczkolwiek nie zareagował na oficjalne imię Sahry, podejrzewałem, że zrozumiał dużo więcej, niż po sobie pokazał.

Później przedstawiłem Ospałego mojemu ogierowi, któremu jasno dałem do zrozumienia, że nadszedł czas zarobić na swój owies. Zwierzak był dość bystry, by okazać tyle niesmaku, ile każdy żołnierz, któremu kazano by wstawać i ruszać tyłek.

Dzieciak wyśliznął się z obozu tak, że nikt poza Wielkim Cebrem nie wiedział o jego odjeździe.

44

Władca Cienia znajdował się w swej kryształowej wieży, pochłonięty jakimś ezoterycznym eksperymentem. Nie dostrzegał nikogo wokół siebie. Śmierdzący wór łachmanów, który zawierał w sobie Wyjca, przycupnął na szczycie najwyższego z rusztowań otaczających Przeoczenie. Prace przy jego budowie zostały podjęte, chociaż toczyły się w iście żółwim tempie. Długi Cień nie zrezygnuje przecież tylko dlatego, że w pobliżu znajdowała się armia.

Niebo zaciągnęła gruba powłoka chmur. Zimny wiatr wył w rusztowaniach. Front niesympatycznej pogody najwyraźniej zmierzał w naszą stronę.

– Posłałeś po mnie? – W głosie Singha brzmiała jakby uraza. Z pewnością zaś był przeziębiony.

– To nie było wezwanie, przyjacielu Narajan – odparł Wyjec. Oszust pojawił się wśród nich w sposób imponująco dyskretny. Łatwo można było zrozumieć, dlaczego stał się mistrzem wśród Dusicieli. – Wyłącznie zaproszenie. Być może posłaniec nie zdołał powtórzyć dokładnie moich słów.

Obok przemknął kruk. Kolejny usadowił się nieopodal. Dziobały okruchy rozsypane w miejscu, gdzie robotnicy zrobili sobie przerwę na posiłek. Singh nie zwracał na nie uwagi. Od czasu trzęsienia ziemi kruki spotykało się dosłownie wszędzie. To były dobre dni dla czarnych ptaków.

– Przyszło mi na myśl – mówił Wyjec dalej – że prawdopodobnie zainteresuje cię, co się dzieje na zewnątrz. Jak rozumiem, Pani przesłała ci osobistą wiadomość.

Singh spojrzał w dół na kompozycję siedmiu głów wskazywaną przez Wyjca. Nie dbając o pracujących wciąż robotników, tagliańscy kawalerzyści osadzili swe trofea wystarczająco blisko, by ich twarze dawały się łatwo rozpoznać.

Narajan policzył głowy. Jego chude ramiona przygarbiły się nieco. Postawa Wyjca wyrażała subtelne szyderstwo.

– Mam rację? To jest wiadomość?

– Proroctwo. Ona próbuje przepowiedzieć moją przyszłość. Zdolna jest do takich rzeczy.

– Pracowałem dla niej. A przed nią dla jej męża. To nic nie jest. – Wyjec próbował stłumić zawodzenie, ale nie do końca mu się to udało. – Wygląda na to, że ostatnimi czasy Kina niezbyt dobrze opiekuje się swymi dziećmi.

Singh nie próbował polemizować.

– I jak teraz chcecie sprowadzić na ziemię Rok Czaszek? Ilu twoich przedziwnych braci zostało jeszcze przy życiu?

– Szydząc z bogini, ryzykujesz więcej, niż ci się wydaje.

– Nie przypuszczam. – Tym razem Wyjec skutecznie opanował wrzask wzbierający w jego gardle. Jak człowiek, któremu czasami udaje się stłumić chroniczny kaszel, jemu też niekiedy to wychodziło. – W każdym razie nie przypuszczam, bym zamierzał zostać tu na tyle długo, aby przekonać się o tym. Długi Cień jest zbyt szalony, by zrobić to, co musi. Nie mam ochoty upaść razem z nim. – Zmierzył Singha spojrzeniem z ukosa, oczekując na reakcję.

Narajan uśmiechnął się, jakby chował w zanadrzu wielką i wstrętną tajemnicę.

– Boisz się Pani. Nie potrafisz kontrolować swoich reakcji, kiedy o niej pomyślisz.

Tymczasem ja, Murgen, ektoplazmatyczny szpieg, przysiadłem na ramieniu karzełka i zastanawiałem się, czy ci dwaj okażą się na tyle uprzejmi, aby posunąć się odrobinę za daleko, i podsuną mi coś, co mógłbym potem wykorzystać. Wyjcowi najwyraźniej coś chodziło po głowie.

Singh zaczął się już zbierać do odejścia. Oczywiste było, że nadziane czerepy nie wpłynęły szczególnie na umocnienie jego wiary. W przeciwieństwie do potwornej podopiecznej, wizyty własnej bogini nie radowały go bezgranicznie. Ani ona, ani Córka Nocy nie zatroszczyły się o wyjaśnienie niemających końca katastrof, jakie spotykały jego bractwo.

Wyjec odczytał jego nastrój doskonale.

– Sprawiają, że zaczynasz się zastanawiać nad istnieniem boskiego porządku w świecie, nieprawdaż? – wrzasnął, zanim Singh zdążył odpowiedzieć.

Stracił kontrolę nad sobą, ponieważ został zaskoczony.

Ja również zostałem zaskoczony.

Roje kolorowych kul ognistych wystrzeliwanych z bambusowych tulei mknęły w stronę Przeoczenia. Po chwili kilka trafiło robotników, pozostałe uderzyły w rusztowania lub rozbiły się na murach obronnych. Bez większych problemów trawiły ludzkie ciała i materiały, z których wykonano rusztowania. W miejscach, gdzie zaklęcia Długiego Cienia nie były dostatecznie gęsto nałożone, zabarwiły nawet sadzą same umocnienia fortecy. Robotnicy wrzeszczeli i uciekali. Część rusztowań runęła.

Oddział tagliańskich jeźdźców pojawił się u wylotu parowu, pognał robotników w kierunku ich prowizorycznych domostw. Uniosłem się nieco w górę, jeźdźcy tymczasem wycofali się na skalisty grunt. Zobaczyłem nadciągające ze wszystkich stron oddziały tagliańskiej piechoty. Wcześniej już wiele z nich zakradało się do domostw robotników od strony niewidocznej z twierdzy. Wielu miało na sobie ubrania do złudzenia przypominające odzież tubylców.

Co, do diabła?

Bez cienia wątpliwości, były to oddziały Pani. O co jej chodziło? I dlaczego Stary zachował to przede mną w tajemnicy? A może sam również nie wiedział o niczym?

Robotnicy zawrócili. Tym razem uciekli przed atakiem żołnierzy, którzy wypadli na nich z kompleksów mieszkalnych. Ich rodziny biegły razem z nimi, w dzikim kłębowisku gnanym paniką i oszołomieniem.

Wtedy mnie olśniło.

Wspięli się na ocalałe jeszcze rusztowania i schronili w Przeoczeniu. A całe mnóstwo żołnierzy Pani poszło za nimi.

Ogniste kule wciąż rozbryzgiwały się na murach i ścianach wież. Wielu artylerzystów najwyraźniej szczególnie upodobało sobie tę wieżę, którą wieńczyła kryształowa komnata Długiego Cienia. W niektórych miejscach fragmenty murów zaczynały już dymić i topić się. Przeważnie jednak – zwłaszcza tam, którędy Długi Cień miał zwyczaj się przechadzać – ochronne zaklęcia zostały nałożone już zbyt starannie, aby ogniste kule spowodowały choćby nieznaczne odbarwienie murów.

Wyjec nie do końca potrafił pojąć, co się dzieje. Z miejsca, w którym się znajdował, nie było widać, jaki charakter ma ten atak. Zauważył tylko paniczną ucieczkę poddanych swego sprzymierzeńca.

– Wykluczone – wymamrotał. – Wykluczone, wykluczone, wykluczone. Długi Cień będzie gryzł kamienie ze złości. Mam nadzieję, że nie wpadnie na pomysł, abym to ja ukarał tych ludzi.

– Jesteś potężnym czarownikiem – powiedział Narajan Singh. – Dlaczego nie kontratakujesz?

– O to właśnie chodzi – odparł Wyjec. Dostrzegał przed sobą możliwość, którą Pani podsunęła mu świadomie swą strategią. – To jest pułapka. Gdzieś tam, w dole, są całe bataliony uzbrojone w te przyrządy, które ciskają ognistymi kulami. Czekają tylko, abym ja... lub Długi Cień... przedsięwziął kontratak.

Przeleciałem się trochę nad okolicą. Wyjec miał rację. Za każdym krzakiem i skałą czaił się facet z wiązką bambusowych tulei. Tylko nieliczni uczestniczyli w ostrzale. Jak dotąd.

Ale co Pani zamierzała w ten sposób osiągnąć?

Kiedy wróciłem, okazało się, że Wyjec przeniósł się w miejsce, gdzie atakujący nie mogli go dostrzec. Narajan przykucnął obok.

– Nie mam zamiaru bawić tu szczególnie długo, Singh – wyjaśnił Wyjec. – Gdybym był na twoim miejscu, naprawdę zacząłbym poważnie się zastanawiać nad sposobem otworzenia oczu sprzymierzeńcowi, który najwyraźniej stracił już całkowicie kontakt z rzeczywistością. Albo pomyślałbym o znalezieniu sobie przyjaciół mogących przysporzyć mi więcej dobrego.

Zastrzygłem moimi widmowymi uszami. Równocześnie odwracałem się powoli i czyniłem użytek z mych widmowych oczu. W obecnej chwili kilka setek naszych ludzi znajdowało się już za murami Przeoczenia, choć ani Długi Cień, ani Wyjec nie zdawali sobie z tego sprawy.

Zastanawiałem się, czy Stary wiedział. Sądzę, że dałby mi jakąś wskazówkę, a wówczas mógłbym skoncentrować się na obserwacji określonych działań.

– Masz jakieś propozycje? – spytał Narajan.

Wyjec zmagał się z jednym ze swych wrzasków nabrzmiewających w jego gardle.

– Być może.

Przestrzeń wokół mnie rozjarzyła się kaskadą ślicznych ogni. Omal nie rozproszyły mojej uwagi. Udało mi się jednak jakoś skoncentrować, słuchałem dalej.

– Co masz na myśli? – westchnął Singh.

– Długi Cień jest sprytny, ale żaden z niego wielki intelektualista. W owych czasach Władcy Cienia zdobyli kontrolę nad cieniami, które wykorzystali potem do zbudowania swego imperium. Jednak zanim jeszcze pojęli naturę ciemności, z którą wchodzą w konszachty, narobili naprawdę niesamowitego bałaganu. Na trwałe skruszyli pewne pieczęcie, miast naruszyć je tylko okresowo. Człowiek się śpieszy, diabeł się cieszy. Aby sprawy nie skiepściły się zupełnie, musieli ustawić kogoś na straży, żeby bez ustanku pilnował Bramy Cienia. Długi Cień zgłosił się do tego zadania na ochotnika. Pozostali sądzili, że dzięki temu będzie można trzymać go z dala od kłopotów, ponieważ nie będzie mógł podróżować. Wiedzieli od samego początku, że jest kompletnie szalony. Ale on okazał się bardziej przebiegły, niż podejrzewali. Uplótł gęstwinę zaklęć, które sprawiają, że Brama Cienia zamknięta jest dla wszystkich prócz niego. Jego prawdziwe imię stanowi część struktury zaklęcia. Jest to najprawdopodobniej największe ryzyko, jakie kiedykolwiek podjął; czyn, którego żałuje od momentu, gdy zacementował je na trwałe i zrozumiał cenę, jaką przyszło zapłacić za moc. Cienie znają jego imię. Każdy, który zostaje przepuszczony przez bramę, pragnie pożreć przede wszystkim jego. Ceną, którą zapłacił, jest wieczna czujność. Jeżeli choć na moment rozluźni swą uwagę, umrze. – Wyjec pozwolił tym razem, by z jego gardła wyrwał się wrzask brzemienny namiętnością i bólem.

Narajan Singh potrafił wyczuć różnicę.

– Co jest? – zapytał.

– Postąpił naprawdę głupio. Wszystko dla władzy i mocy. Jeżeli umrze, a jego imię rozpłynie się w nicość, wiążące zaklęcie rozplecie się i Brama Cienia stanie otworem. A to oznacza koniec świata.

– Czy oni o tym wiedzą? – zapytał Singh, wskazując ruchem dłoni oblegającą armię. Niektórzy z jej żołnierzy wciąż niezauważeni wślizgiwali się po rusztowaniach; powodzenie tego manewru wynikało najpewniej stąd, że wszyscy uważali go za niemożliwy.

– Przypuszczalnie nie wiedzą. Jakkolwiek Pani mogła jakoś to wydedukować.

Akurat. Teraz już wiedzieliśmy.

Narajan zastanawiał się przez chwilę.

– Jeżeli to wszystko jest prawdą, sądzę, że nie powinieneś opuszczać Przeoczenia – stwierdził. – Obawiam się, iż bez twojej pomocy Czarna Kompania jednak zwycięży. Niezależnie od tego, co on sądzi. W takim razie przeznaczenie dosięgnie cię, gdziekolwiek byś się schronił.

Wyjec wrzasnął krzykiem pełnym złości i rozpaczy, nie mógł podważyć logiki uwagi Singha.

– On nie nadaje się na przywódcę, a jednak nie możemy go usunąć.

– Z tego nie wynikłoby nic dobrego, nieprawdaż? Jesteśmy obecnie zakładnikami jego strategii. A ona wymaga przede wszystkim ukończenia fortecy.

To wydawało się już raczej niemożliwe. Jeżeli jeszcze więcej żołnierzy Pani dostanie się do środka, szczątkowy garnizon Długiego Cienia nie poradzi sobie z nimi.

– Może generał będzie miał jakiś pomysł? – ciągnął Narajan.

Obie strony wiedziały, że Mogaba żyje i przewodzi działaniom partyzantki. Jak dotąd nie szczęściło mi się, gdy próbowałem go odnaleźć. Podobnie jak w przypadku Goblina. Kopeć był poręcznym narzędziem, ale na początku każdego zadania trzeba było podać mu pewne wstępne punkty orientacyjne. Inna metoda polegała na cofnięciu się w czasie, a potem przenoszeniu maleńkimi skokami do przodu i do tyłu, dzięki czemu ludzi, którzy bardzo starali się, aby ich nie odnaleziono, można było zaskoczyć podczas jednej z ich sztuczek.

– Musimy go odnaleźć.

Powodzenia, chłopcy.

– Są sposoby – oznajmił Narajan. – Córka Nocy posiada oczy, które widzą rzeczy zasłonięte przed spojrzeniem śmiertelników. Ale masz rację, należy coś zrobić.

Wyjec zgodził się.

Ja zgodziłem się z oboma.

Tagliańscy żołnierze wciąż wspinali się na mury obronne. Większość sama była zaskoczona, że tak gładko im idzie. Zanim dotarli na szczyt, niewielu natrafiło na jakikolwiek opór.

Ponownie zastanowiłem się, czy Stary wiedział, co nastąpi.

Doszedłem do wniosku, że chyba nastał już czas, by zobaczyć się z Konowałem. Tymczasem na szczycie murów pojawiła się Córka Nocy. Biegła w kierunku Wyjca i Singha tak szybko, jak tylko pozwalały jej krótkie nóżki. Kule ogniste dalej próbowały wgryźć się w mury Przeoczenia. Sposób, w jaki prowadzono ogień, wydawał się celowy, wnioskując choćby z rozkładu trafień, nie potrafiłem jednak wyróżnić w nim żadnego wzorca.

Coraz więcej żołnierzy wspinało się po rusztowaniach.

Dzieciak krzyknął na Singha i Wyjca. Potem wrzasnął Wyjec.

Wieści się rozeszły.

45

Dosłownie wytoczyłem się z wozu. Po kilku krokach kolana ugięły się pode mną.

– Hola, tam! – zawołał Jednooki. – Co jest?

– Może spędziłem z nim za dużo czasu. Jestem słaby. A ponadto głodny i spragniony.

Podał mi wodę. Była słodka, zawierała też jakieś paskudne dodatki. Musiał robić coś z nią, by uzyskać alkohol.

– Gdzie jest Stary?

– Nie mam pojęcia. Widziałem jednak Tai Deia. – To zamiast ostrzeżenia.

Zacząłem mówić w innym języku.

– Pani nie zabawia się z nimi wcale tak niewinnie. Jej żołnierze wspięli się po rusztowaniach. Wleźli na szczyt murów. W środku jest ich pełno. Nie zdziwiłbym się, gdyby już walczyli. A część ludzi księcia bije się w ruinach Kiaulune. Zakradli się tam, by pomóc Pani, ale utknęli. Byli tam jacyś żołnierze. Chyba jeden z oddziałów Mogaby. Walki trwają.

Wracając, mijałem ruiny i zaskoczyło mnie, gdy trafiłem na bitwę. Obecność walczących domagała się zbadania. Nie tak dawno temu ruiny te zamieszkiwała jedynie garstka ocalałych z trzęsienia ziemi, niezdolna nawet poważnie wspomóc Długiego Cienia w realizacji jego planów budowlanych.

Mogaba musiał przemycać ludzi w grupkach po kilku naraz.

– Wydaje mi się, że Konował wyruszył z jednym z patroli poszukujących Mogaby. Do czego jest ci potrzebny?

– Mam wrażenie, że on nie wie, co się dzieje. Pani chyba podjęła tę akcję na własną rękę. – Co byłoby w porządku, gdyby jak wcześniej dowodziła frontem, a nie, jak teraz, miała pod sobą jedynie czwartą część armii. – Nie mam pojęcia, jakie są jego plany, ale założę się, że nie chce, żeby ktokolwiek zniszczył mu je w ten sposób.

Jednooki mruknął coś niewyraźnie. Zmierzył wzrokiem Tai Deia i Matkę Gotę, która znajdowała się w odległości kilkunastu metrów i szła w naszą stronę, prawie przygięta do ziemi potężną wiązką drewna na opał. Trzeba jej oddać, że swoją część pracy wykonywała dobrze. Prywatnego strażnika Jednookiego, DżoDżo, nie było widać nigdzie wokół, co było zresztą normalne. Ci dwaj pasowali do siebie jak ulał.

– Skoczę do wozu i znajdę go gdzieś. Ty spróbuj nabrać trochę sił – powiedział Jednooki i odszedł z marsem na czole, lecz zanim zniknął, rzucił mi przez ramię jeszcze jedno, zatroskane spojrzenie.

Pomogłem Matce z jej drewnem. Potem przyłączył się do mnie Tai Dei. W kilka minut posortowaliśmy je, połamaliśmy i wstępnie osuszyliśmy. Matka Gota podziękowała mi za pomoc, naprawdę.

Zdarzały jej się chwile, kiedy potrafiła być nawet uprzejma względem obcego, który wszak nie mógł poradzić nic na to, że źle wybrał sobie rodziców. Chwile te były jednak rzadkie. Można było liczyć na nie jedynie wówczas, gdy była w szczególnie dobrym nastroju.

Sam również byłem grzeczny. Po tym, jak już odkryłem, co zrobili mnie i Sari, okazało się, że potrafię zachowywać się skrajnie poprawnie i grzecznie. Miałem nadzieję, że niespodziewane uszlachetnienie moich manier nie skłoni ich do jakichś podejrzeń. Uśmiechnąłem się lekko na myśl o Sari. Potem zaś zmartwiłem się, przypomniawszy sobie o Ospałym. Nie miałem prawa obarczać go tak osobistą misją.

Zacząłem przechadzać się, zastanawiając, czy nie powinienem wyznać wszystkiego Jednookiemu lub Staremu.

Czarodziej zlazł właśnie ze swego wozu. Wyglądał, jakby zobaczył ducha albo coś równie niespodziewanego i nieprzyjemnego.

Ruszyłem w jego stronę.

– Co jest?

– Nie wiem. Nie miałem czasu do końca tego zbadać. – Słowa te wyszeptał jednym, długim westchnieniem.

– Opowiedz mi.

– Znalazłem Konowała.

– W porządku. A więc gdzie jest? W czym problem?

– Jest poza obozem i rozmawia z właścicielką kruków.

– Duszołap? Poszedł, żeby spotkać się z Duszołap?

– Nie śledziłem jego kroków w czasie. Nie mam pojęcia, na czym polega jego plan, ale teraz jest z nią. To właśnie robi.

– Czy wyglądało na to, że ponownie jest więźniem? – Nie czekałem nawet na odpowiedź. Skoczyłem do wnętrza wozu.

Kompletny ze mnie głupiec, nawet nie zapytałem Jednookiego, gdzie znajdował się Konował, a więc skończyło się na tym, że musiałem śledzić go od jego kwatery aż do miejsca spotkania z tą szaloną kobietą.

Specjalnie wybrał się na to spotkanie. Stwierdziłem to, gdy zabrałem Kopcia tak blisko, żeby słyszeć, jak bliźniacze kruki Konowała wyskrzekują instrukcje. Kłopoty zaczęły się, kiedy doszedłem już za nim przez skalisty teren do miejsca, w którym odbywało się wyznaczone spotkanie – w pokrytym śniegiem, skalistym jarze, który pozostawał niemal niewidoczny pod gałęziami sosen porastających jego brzegi.

Nie udało mi się zbliżyć na tyle, by usłyszeć, o czym rozmawiali. I tak graniczyło z cudem, że Kopeć dał się podprowadzić wystarczająco blisko, bym mógł stwierdzić, że Stary naprawdę umówił się na randkę z Duszołap.

Dookoła było całe mnóstwo kruków, wkrótce wyczuły moją obecność. Tak je to wzburzyło, że aż Duszołap wyszła, żeby sprawdzić, co się dzieje.

Wyniosłem się stamtąd.

Ciekawe, czy Konował coś podejrzewał.

Wróciłem znowu do swego ciała. Bystry Jednooki zaparzył już chyba całe wiadro herbaty, a do tego przyniósł jeszcze świeży chleb z pobliskiej piekarni pułkowej, która właśnie rozpoczęła swą działalność. Zapytałem:

– Dotarłeś na tyle blisko, by coś usłyszeć?

– Ten mały gnojek nie chce się zbliżyć do niej nawet na krok. Jest w trzech czwartych martwy, ale wciąż w pięciu czwartych pozostaje tchórzem.

– Nie wydaje mi się, byśmy mogli teraz go odwiedzić. Trzeba będzie zaczekać. W tym czasie...

W tym czasie w Przeoczeniu zaczęło się dziać mnóstwo rzeczy. Rozbłyski ogni oświetliły cały obszar. Ciemna chmura pręgowana ogniem skłębiła się nad fortecą, ale po chwili mroźne kły wiatru rozszarpały ją na strzępy. Rogi i bębny wrzeszczały na siebie. Grad tysięcy pocisków zasypał mury obronne.

– W tym czasie mógłbyś przespacerować się i przyjrzeć temu, co tam się wyprawia, aby potem móc poinformować Starego, kiedy już do nas dotrze. Zapewne nastąpi to w chwili, gdy tylko zda sobie sprawę, że coś się zaczęło dziać.

Rada nie była głupia. Jeżeli Konował miał podejmować decyzje, musiał mieć dostęp do wszelkich informacji, jakie da się zebrać.

– Staraj się utrzymywać moją kochającą rodzinkę z dala, co? – Nie potrafiłem sprawić, by w moim głosie nie wybrzmiała gorycz. Jednooki dosłyszał ją, ale o nic nie zapytał.

Przełknąłem ostatni kęs ciepłego jeszcze chleba, umościłem się wygodnie, ująłem duszę Kopcia i zabrałem w podróż poza ciało. Cała procedura stała się już tak prosta, że właściwie mógłbym wszystko robić we śnie. Prawie nie musiałem już myśleć, dokąd chciałbym się udać. Dopóki nie było to jedno z miejsc, przed którymi wzbraniał się sam Kopeć.

W Przeoczeniu sytuacja wyglądała, jakby ktoś wsadził kij w mrowisko. Ludzie biegali na wszystkie strony. Nie wyglądało na to, by ktokolwiek zdawał sobie sprawę, dokąd zmierza. Najwyraźniej każdy chciał znaleźć się tylko jak najdalej od miejsca, w którym był na początku. Od czasu do czasu Taglianie stawali twarzą w twarz z ludźmi Władcy Cienia, a wówczas strach zaczynał rządzić niepodzielnie i nieodwołalnie.

Niektórzy z atakujących mieli dość zdrowego rozsądku, by zostać na szczycie murów i stamtąd, za pomocą swych bambusowych tulei, uprzykrzać życie mieszkańcom Przeoczenia. Jeden z poruczników zdzierał sobie gardło, wrzeszcząc na ludzi na zewnątrz murów i w środku fortecy, że potrzebuje... już!... więcej jeszcze tej broni. Jego snajperzy bawili się znakomicie, zmieniając wnętrze warowni w kompletną ruinę. Obrońcy Przeoczenia nie odważyli się nawet pokazać.

Niektórzy z naszych ludzi oblegli w wieży Narajana Singha i Córkę Nocy. Zasypywali ich gradem ognistych kul. Wieża trzymała się jeszcze tylko dlatego, że powierzchnia jej ścian została gęsto opleciona zaklęciami ochronnymi. Stanowiła przecież ulubioną kryjówkę Długiego Cienia.

Wyjec uciekał. Taglianie krzyczeli za nim i siali ogniste kule tak szczodrze, że mały czarodziej nie miał po prostu możliwości odpowiedzi atakiem na atak. Ścigały go własne wrzaski.

Coraz więcej i więcej ludzi przenikało do wnętrza fortecy, wszyscy nieśli wiązki bambusowych tulei.

Niemożliwe, żeby to było takie proste. A może jednak?

Gdzie jest Długi Cień? Jak dotąd nie brał udziału w bitwie.

Władca Cienia znajdował się w swej wysokiej wieży, patrzył na południe, w stronę szarego płaskowyżu, z pozoru zupełnie nieświadom, że piekło przyszło upomnieć się o niego. Cóż mogło go w takim stopniu pochłonąć?

Nie. Nie był już zaabsorbowany eksperymentem, który przeprowadzał wcześniej. Wiedział.

Rusztowania otaczające Przeoczenie na całej długości stanęły nagle w ogniu. To było naprawdę potężne zaklęcie. W ciągu kilku sekund płomienie pożarły wszystkie palne elementy. Wielu ludzi spadło na dół i rozbiło się o ziemię.

Zanim to jednak nastąpiło, żołnierze Pani zaczęli opuszczać liny i drabinki sznurowe, najwyraźniej specjalnie przystosowane do wysokości murów Przeoczenia. Były dość długie, by wspiąć się na sam szczyt, co parę metrów wyposażone w rodzaj szkieletowych klatek, pomyślanych, aby utrzymywać je z dala od ściany i ułatwić żołnierzom wspinaczkę.

Długi Cień nie mógł ich dojrzeć ze swojego stanowiska. Minie jakiś czas, zanim zrozumie, iż jego akcja przyniosła bardzo niewiele korzyści.

Obecnie jego sytuacja wyglądała następująco: był zamknięty w swej warowni, bez najmniejszej nadziei na ukończenie fortecy, bowiem materiały na rusztowania mógł zdobyć tylko na zewnątrz.

Niezależnie od wszystkiego innego Pani udało się tyle osiągnąć. Odebrała mu jedyną broń, dzięki której mógł jeszcze odnieść niekwestionowane zwycięstwo. Obecnie nie mógł spuścić ze smyczy sfory cieni, aby oczyściły świat z jego wrogów, ponieważ wówczas sam byłby również niezdolny obronić się przed ciemnością.

Żołnierze Pani wciąż napływali do wnętrza Przeoczenia, z wolna, ale poganiani przekonaniem, iż zmierzają wprost ku zwycięstwu, jedyny bowiem opór, jaki dotąd napotkali, był oporem sił ciążenia. Ich towarzysze zdążyli już zdobyć odcinek północnej ściany fortecy rozciągający się na przestrzeni blisko dwustu metrów między dwoma wieżami zwieńczonymi kryształowymi kopułami. Obie były już nadżarte przez ogień i poczerniałe, a kryształ zupełnie czarny od nieprzerwanego bombardowania ognistymi kulami.

Ku mojemu zdziwieniu Pani wciąż trzymała na zewnątrz murów oddziały czające się z bambusowymi tulejami.

Nie spodziewałem się, żebym zrozumiał coś więcej z tego wszystkiego. Pani wywołała całe to zamieszanie w sposób jeszcze bardziej niespodziewany niż zazwyczaj Stary podczas swoich zaskakujących ataków.

Czy obecnie oboje będą grali w tę samą grę?

Tak naprawdę przypuszczałem, że Pani zabawiała się w to przez cały czas. Po prostu dotąd nie zwróciłem na to uwagi, ponieważ nigdy nie grała głównej roli.

Ludzie księcia wciąż zmagali się z mrowiem partyzantów, którzy nieoczekiwanie pojawili się w Kiaulune. On jednak poprowadził teraz resztę i ominął pole walki. Wyglądało na to, że wkrótce następne oddziały piąć się będą po drabinkach.

Walki wewnątrz Przeoczenia stawały się znacznie bardziej zacięte, niż z początku przypuszczałem, że stać się mogą. Załogę tutejszego garnizonu stanowili w całości weterani, którzy byli z Długim Cieniem już od dawna. Mogli go nie kochać, ale wszyscy byli mu w pełni oddani, zdeterminowani i przekonani, że tak czy siak nie mogą oczekiwać litości ze strony Czarnej Kompanii. Przynajmniej walczyli, jakby tak uważali. Na terenie, który świetnie znali, a którego ich przeciwnicy nie znali wcale. Przy pomocy kilku grupek tych małych, ciemnych staruszków nazywanych tkaczami cienia skrinsa.

A cienie rzeczywiście przekradały się po fortecy. Tkacze cienia wiedzieli, gdzie się ukrywają i jak zmusić je, by ścigały nacierających.

Bambusowe tuby okazały się niezwykle pomocne. Ale nie na tyle, by uratować każdego. Całe wnętrze fortecy składało się z krętych korytarzy i ciemnych pomieszczeń i nie było sposobu, by się przekonać, czy cienie czyhają w pobliżu, póki któryś nie zaatakował.

Byłem w stanie zlokalizować tych małych ciemnoskórych ludzi, jednak nie miałem możliwości poinformowania kogokolwiek o tym, gdzie są. To pozwoliłoby wyeliminować ich z gry.

Im głębiej żołnierze wdzierali się w głąb warowni, tym sytuacja stawała się gorsza.

Długi Cień nie przemęczał się jak dotąd. Podjął tę jedną próbę przeciwdziałania, potem już czysta bierność. A Wyjec... Co się stało z Wyjcem?

Udało się mu uniknąć pocisków żołnierzy. Krążył wokół i zamierzał najwyraźniej dołączyć do Władcy Cienia. Tymczasem Długi Cień dostał jeden ze swych ataków. I był on tym razem jednym z cięższych. Wzięło go naprawdę mocno. Rzucał się na wszystkie strony, rozdzierał ubranie, zgubił gdzieś maskę, omalże nie udławił się własnym językiem. Jego twarz i otaczający fragment posadzki zbryzgała ślina tryskająca z ust. W jaki sposób temu facetowi udało się przeżyć na tyle długo, by zostać jednym z najpotężniejszych czarowników świata, kiedy dostawał ataków szału za każdym razem, gdy tylko coś nie szło po jego myśli?

I znowuż, nie istniała możliwość, abym poinformował kogokolwiek o jego zapaści, chociaż chwila, by ktoś przyszedł i dał mu w łeb, wydawała się jak najbardziej stosowna.

Zaklęcia ochronne strzegące wieży, gdzie schronienie znaleźli Singh i Córka Nocy, były szczególnie mocne. Niemniej próbujący ich dosięgnąć Taglianie doskonale zdawali sobie sprawę, z kim mają do czynienia. A byli całkowicie oddani tej, która nimi dowodziła, i z pewnością zmotywowani niebanalną nagrodą, jaką wyznaczyła za głowę Narajana.

Pani oznajmiła, że ci, którzy dostarczą żywego Singha, otrzymają za niego równowartość jego wagi w rubinach.

Za swoją córkę nie zaoferowała nigdy nic.

Nagle, w jednej chwili, niebo pociemniało. Jeszcze nie widziałem tylu kruków naraz. Wyglądało, że mogą całkowicie przesłonić słońce.

46

Pognałem, aby znaleźć Konowała i Duszołap. Kopeć był już tak wyprowadzony z równowagi, że naprawdę udało mi się zagnać go tuż obok szalonej siostry Pani. Zdjęta wściekłością, wykonywała jakieś dziwne ruchy podobne do tańca, rozmawiała ze sobą dziesiątkami rozmaitych głosów, przeklinała Panią za to, że okazała nadmierną inicjatywę, przeklinała kruki, iż nie nadążają z przekazywaniem informacji z pola bitwy na tyle szybko, by spełnić jej wymagania.

– Jeszcze nie czas! – wściekała się. – To nie jest jeszcze czas koniunkcji! To nie może zdarzyć się teraz!

Chciałem jednak znaleźć Konowała, a Kopeć zaczął już protestować przed bliskością tej kobiety. Pomknęliśmy w górę, strasząc kruki. Zostawialiśmy za sobą wyraźny ślad w mrowiącym się stadzie. Miałem nadzieję, że Duszołap nie będzie na tyle czujna, by się w tym połapać.

Zdarzały się chwile, gdy miałem wrażenie, że wie o mojej obecności. Przeważnie miało to miejsce, kiedy coś wyrywało mnie z mego miejsca w czasie.

Konowała odszukać było nietrudno. Pędził galopem do obozu, ciągnął za sobą warkocz kruków niby kometa. Jego potężny, czarny ogier prawie płynął ponad ziemią.

Zwiększyłem pułap, aby zobaczyć, czy gdzieś jeszcze nie rozgrywają się jakieś wydarzenia godne uwagi. Kopeć zdawał się uradowany możliwością przebywania w górze, gdzie szybują orły. Znaleźliśmy się wyżej niż kiedykolwiek dotąd, powierzchnia ziemi stała się tak odległa, że nie potrafiłem już wyróżnić na niej tak nieznaczących szczegółów jak ludzie czy zwierzęta, aż wreszcie już tylko największe dzieła człowieka odcinały się od śnieżnego tła. Danda Presz lśniły na północy niczym wyszczerzone kły. Ciemne chmury kłębiące się na zachodzie zapowiadały nadejście jeszcze bardziej ponurej pogody. Na południu zaś równina szarego kamienia rozbłyskiwała iskrami, jakby zaścielały ją świeżo wybite monety. Znikała w oddali i rozpływała się w szarej nicości, jednakże na granicy pola widzenia coś majaczyło w tej szarości.

Cała północna ściana Przeoczenia wyglądała, jakby stała w ogniu.

Spłynąłem w dół i przekonałem się, iż Wyjec oraz Długi Cień połączyli swe siły i zgotowali kontratak wymierzony przeciwko żołnierzom broniącym szczytu murów. Po chwili Pani przyszła swym ludziom z pomocą. Każdy, kto tylko był w stanie posługiwać się bambusową tuleją, strzelał zażarcie, czasami z pozoru zupełnie na oślep.

Powietrze zalewane powodzią wszelakich ogni lśniło jakimiś cząstkami, które przywiodły mi na myśl zorzę polarną, jaką widywaliśmy już całe wieki temu, gdy Kompania przebywała w Krainie Kurhanów. Żaden z tych strzępów nie był większy od talerza. Fruwały wszędzie dookoła niczym roje komarów. Powietrze wypełniał dźwięk, jakby setki stalowych ostrzy cięły je z rozmachem. Wgryzały się we wszystko prócz kamieni najgęściej poznaczonych zaklęciami ochronnymi Długiego Cienia.

Pani znajdowała się bardzo blisko skraju tymczasowej wioski wzniesionej dla uchodźców z Ziem Cienia. Otaczała ją ta sama grupka akolitów co zazwyczaj, gotowych odeprzeć każdy bezpośredni atak. Cokolwiek zrobiła, efektem były zawsze owe klingi światła miotane przez powietrze, które zmuszały obrońców do ukrycia się. Sprawiały jednocześnie, iż Wyjec i Długi Cień stawali się nazbyt nimi zajęci, aby sprawiać kłopoty jej samej lub jej żołnierzom.

Sztychy światła nie znajdowały się pod bezpośrednią kontrolą Pani w ścisłym tego słowa znaczeniu, ale krążyły wokół punktu, nad którym miała panowanie... przynajmniej przez większość czasu.

Wieża runęła i zwaliła się do wnętrza fortecy. W powietrze wzniósł się słup pyłu mieniący się rozmaitymi kolorami, po chwili rozproszył go zachodni wiatr, zwiastujący burzę.

Zewnętrzne ściany fortecy, niedawno jeszcze pyszniące się nieskazitelną barwą kości słoniowej, obecnie znaczyła plątanina skaz. Ludzie zajmujący się jej sprzątaniem musieli być nieźle wkurzeni.

Czarna plamka w oddali, która była Starym, zdążyła już dotrzeć do swoich kwater. Wiedziałem, że przede wszystkim będzie chciał zobaczyć się ze mną. Niechętnie więc porzuciłem imponujące widowisko i powróciłem do swego ciała.

– Co się tu, u licha, dzieje? – To były pierwsze słowa Jednookiego, gdy zlazłem z wozu. Wydarzenia w fortecy musiały wywrzeć na nim wielkie wrażenie, ponieważ cały przepełniony był ochotą do działania. Jedzenie i woda już na mnie czekały.

– Zaraz będzie tu Konował. Opowiem wam za jednym zamachem.

Jakby moje słowa miały magiczną moc – w tym samym momencie Stary ukazał się na grzbiecie najbliższego wzgórza i ruszył w naszą stronę. Zeskoczył z siodła, zanim jeszcze jego ogier zdążył zaryć się kopytami w ziemię. Jęknął i twardo wylądował.

– Opowiadaj. – W lot pojął, że czekaliśmy na niego.

Opowiedziałem mu wszystko, czego się dowiedziałem. Włączywszy fakt, że widziałem, jak rozmawiał z siostrą swej żony właśnie w tym momencie, gdy uderzyła fala gówna. Przez cały czas trwania opowieści spoglądał ponad mną w stronę Przeoczenia. Wyraz jego twarzy był chłodny, niewzruszony. Zasugerowałem, że Pani jednak, moim zdaniem, w żadnej mierze nie przekroczyła swoich uprawnień w ramach istniejącej struktury organizacyjnej. To chłodne spojrzenie spoczęło teraz na mnie.

Spokojnie spojrzałem mu w oczy. Jeśli chodzi o banalne troski tego świata, kilka nieprzyjemnych spotkań z Kiną potrafi zdziałać cuda.

– Co ty kombinujesz, Murgen?

– Skoro nie mówisz nikomu, co jest grane, to potem musisz akceptować to, że ruszą naprzód i zajmą się wykonywaniem swojej roboty.

Myślałem, że zacznie krzesać iskry zębami.

Wychudły, sparszywiały kundel przebiegł obok i w biegu chapnął szczękami zaskoczonego kruka. Odgryzł mu skrzydło.

Zanim zdążył nacieszyć się swym obiadem, chyba wszystkie kruki na świecie rzuciły się na niego.

– Jakie to symboliczne – powiedział Jednooki. – Patrzcie! Czarne kruki. Czarny pies. Wieczna walka.

– Czarny filozof – mruknął Konował.

– Czarna Kompania.

Konował zmienił temat.

– Chodźmy, utniemy sobie krótką pogawędkę z moją szanowną ukochaną. Murgen, gdzie ona jest?

Powiedziałem mu.

– Idziemy. – Ale musiał zatrzymać się jeszcze na chwilę, by przywdziać kostium Stwórcy Wdów. Co dało mi czas na pożyczenie od Tai Deia jego szarej klaczy i wysforowanie się do przodu. Konował zmarszczył brwi, gdy już mnie dogonił, ale nie zapytał o nic. Tai Dei nalegał, by udać się z nami, chociaż aby dotrzymać nam kroku, musiał biec teraz kłusem.

Nie udało mu się.

Mnie, rzecz jasna, również.

Nawet jeśli Pani i Stary mieli jakąś ostrą sprzeczkę, kiedy przybyłem na miejsce, było już po wszystkim. Być może później uda mi się cofnąć z Kopciem w czasie i dowiedzieć, co się stało podczas ich spotkania. Gdy znalazłem się na miejscu, oboje stali wpatrzeni w wysokie, białe mury i zastanawiali się, jak najlepiej wykorzystać zaistniałą sytuację.

Pani właśnie mówiła:

– Obawiam się, że nasze rezerwy bambusowych tub powoli się wyczerpują. Pewne jest natomiast, że Długi Cień przynajmniej raz wyśle cienie przeciwko nam. – Mówiła po tagliańsku. Nie dbała więc o to, kto może usłyszeć jej słowa. A w pobliżu znajdowało się mnóstwo uszu żądnych wiedzy, włączywszy w to Brzeszczota, Wierzbę Łabędzia oraz generałów Nar, Oczibę i Sindawe, z których żaden nie cieszy się moim pełnym zaufaniem. Rzecz jasna, wszędzie dookoła było również pełno kruków.

Powoli zamieniały ruiny Kiaulune w jedną wielką ptasią kolonię. Należy przypuszczać, że przyczyną tego była luksusowa sytuacja – wszędzie wokół mnóstwo jedzenia. Mróz znakomicie konserwował ciała poddanych Władcy Cienia.

Wszyscy starali się je odstraszać, rzucając w nie kamieniami. Nabrały zatem wprawy w uchylaniu się przed pociskami. Należało sądzić, że żołnierze w końcu zrezygnują, a wówczas jedyne chwile, gdy dane nam będzie cieszyć się odrobiną prywatności, nastąpią, kiedy Pani użyje jednego z zaklęć odstraszających, które wymyśliła do płoszenia tych ptaków.

W stadzie krążącym nad naszymi głowami zauważyłem jakieś drżenie, jakby dreszcz zdumienia i niepokoju. Nikt poza mną nie zwrócił na to uwagi. Ale ja byłem czujny, gdyż zastanawiałem się, czy Jednooki będzie nas obserwował.

Gdyby ktoś poza mną zrozumiał, co się dzieje... W tym świecie nie można nic zdziałać, nie pozostawiając gdzieś jakiegoś śladu swych działań. Jeżeli inni wiedzą dokładnie, jaki rodzaj śladu zostawisz po sobie...

Jedna z kryształowych wież została równocześnie trafiona tyloma pociskami, że zadźwięczała niczym dzwon. Dźwięk rozpoczął się od niskiego pomruku, by potem przejść gwałtownie we wściekły gwizd. Kopuła wieży eksplodowała chmurą dymu, pyłu i wirujących odłamków, które, gdziekolwiek padały, wytapiały otwory w śniegu i odkrytej ziemi. Wydarzenie to było tak niespodziewane, że rozproszyło nawet na chwilę uwagę Pani.

Ten krótki moment Długi Cień wybrał sobie na czas, w którym zdecydował się przypuścić kontratak. Wyglądało to, jakby buty jakiegoś niewidzialnego olbrzyma, wysokiego na trzysta metrów, zaczęły strącać żołnierzy usadowionych na szczycie murów obronnych

Przeoczenia oraz tych, którzy próbowali do nich dołączyć. W ciągu tych paru chwil, zanim Pani zdołała otrząsnąć się z zaskoczenia i odpowiedzieć na atak, wszystkie drabiny zostały zdarte z murów, a oddziały trzymające zdobyte odcinki rozbite. Wielu spadło i rozbiło się o ziemię.

Pani udało się zneutralizować tąpnięcia niewidzialnych buciorów, jednak wszystkie wysiłki zawieszenia nowych drabin spełzły na niczym. Długi Cień włączył się w pełni do gry.

Przez resztę dnia Konował stał i obserwował, jak rozwija się sytuacja. Zostałem z nim. Nic wielkiego jednak się nie zdarzyło.

Postanowiliśmy wreszcie wrócić do siebie.

– Ostatecznie wszystko okazało się próżnym wysiłkiem – oznajmił Konował.

– Nasi ludzie są jeszcze wciąż w środku. Gdyby tylko udało się podesłać im wsparcie.

– Robiliśmy wszystko, co w naszej mocy.

Niemalże było widać, jak myśli galopują w jego głowie. Wydarzyło się coś, co nie mieściło się w scenariuszu, który sobie stworzył, a teraz próbował wyciągnąć z tej sytuacji wszelkie możliwe korzyści. Nie miał czasu zastanawiać się nad tak nieistotnymi pytaniami jak to, dlaczego użyłem konia Tai Deia, gdy mój szwagier musiał iść piechotą. Co przypomniało mi, że powinienem sprawdzić, jak wiedzie się Ospałemu. Pogoda i wojna nie zachowywały się tak, jak oczekiwałem, więc również i jego los wcale nie musiał układać się zgodnie z optymistycznymi przewidywaniami.

Podczas naszej przechadzki wiatr zaczął dąć doprawdy gwałtownie. Gnał okruchy lodu zwiastujące burzę.

– Mam wrażenie, że czekają nas ciężkie chwile.

Konował odmruknął coś tylko.

– Szkoda, że nie udało się jej rano. Spalibyśmy w cieple i pod dachem.

Przynajmniej była nadzieja, że to już ostatnia wielka burza tej zimy.

– To mi o czymś przypomina. Jak idzie zdobywanie ziaren na siew?

47

Burza szalała długo. Kilka razy omal się nie zgubiłem, przemierzając drogę między schronem Jednookiego a kwaterą Konowała. Zawierucha przyniosła ze sobą powietrze tak lodowate, że musieliśmy przenieść Kopcia do Starego, aby nam nie zamarzł. Żołnierze męczyli się srodze, chociaż głównie dlatego, iż nie potrafili zbudować sobie odpowiednich kryjówek. Jeńcy ostrzegali ich, że zima na tych terenach będzie bardziej sroga niż jakakolwiek z tych, które dotąd poznali.

Ponownie miałem okazję zakosztować przyjemności dzielenia schronienia z Matką Gotą. Tai Dei nalegał na wpuszczenie jej do środka, żeby nie musiała spędzać nocy na dworze, a ja chyba na starość staję się coraz bardziej miękki. Pozwoliłem na to.

Zachowywała się w sposób dla siebie zupełnie nietypowy. Przez większość czasu nie odzywała się w ogóle. Grzecznie usuwała się na bok. Pomagała Tai Deiowi, gdy wykopywał zamarzniętą ziemię, aby powiększyć przestrzeń naszego schronienia. Przez cały czas, jaki spędzałem na pisaniu, nie wygłosiła nawet jednego pogardliwego komentarza. Pracowała ciężko, chociaż w tej kwestii i tak nigdy nie mógłbym powiedzieć o niej złego słowa. Jej zachowanie sprawiało, że zaczynałem się denerwować. Stawała się niemalże ludzka. Chociaż dokładała naprawdę nieznacznych starań, aby być miłą czy przyjazną.

Natomiast Kapitan przez cały czas trwania burzy dzielił mieszkanie z Kopciem i Jednookim. Był z tego znacznie mniej zadowolony niż ja. A powodem mojego niezadowolenia był fakt, że nie miałem, praktycznie rzecz biorąc, żadnej szansy, by podróżować z Kopciem. Kiedy wtaczałem się do ich kryjówki, pozwalali mi tylko na sprawdzenie kilku szczegółów, które i tak zazwyczaj pochodziły z przygotowanej wcześniej przez nich listy spraw, jakich nie mieli czasu skontrolować sami. Konował nie spędzał wiele czasu na wędrówkach z duchem, ale nie pozwolił też, by zawierucha i jej paraliżujące skutki odciągały go od innej pracy.

Ponad nami, w twierdzy Przeoczenia, Długi Cień i Wyjec mieli do dyspozycji godziny równie długie jak nasze. Kiedy Władca Cienia nie spędzał czasu ze swym sprzymierzeńcem Wyjcem, konferował z Narajanem.

Teraz, gdy Singh miał kogoś, kogo mógł uważać prawie za przyjaciela, wydawał się niemalże rosnąć w oczach. Córka Nocy natomiast, zadowolona, że wreszcie może ignorować wszystkich, wiodła żywot całkowicie skoncentrowany we własnym wnętrzu.

Walki w fortecy trwały. Niemalże zazdrościłem naszym chłopcom, którzy zostali zamknięci za jej murami. Przez cały czas żyli w napięciu i strachu, jednak zazwyczaj było im ciepło i mieli wystarczającą ilość pożywienia.

Co trzy dni spadała warstwa świeżego śniegu. Ostry wiatr dął nieprzerwanie. Zaczynałem się poważnie martwić o drewno niezbędne nam do przetrwania. Powłoka śniegu stawała się już powoli tak gruba, że wydostanie się na zewnątrz było nieomal niemożliwe. Nikt nie miał pojęcia, jak wytwarzać rakiety śnieżne. Zapewne oprócz mnie jedynie trzech lub czterech facetów ze Starej Gwardii wiedziało, czym one w ogóle są.

Mogłoby się wydawać, że chwila jest jak najbardziej odpowiednia, by Długi Cień wysłał kilka swoich oswojonych cieni, ale on nie skorzystał ze sprzyjającej sytuacji. Nie był przekonany, że Wyjec jest w stanie sam stawić czoło Pani, ani, jak podejrzewałem, nie chciał na zbyt długo odwracać się do swego towarzysza plecami.

Dręczące mnie sny przybierały na sile. Stały się też bardziej urozmaicone. Nocami wędrowałem po równinie śmierci, zwiedzałem lodowe jaskinie – ale także podróżowałem do delty Niueng Bao i widywałem Sahrę oraz w góry, które pokonaliśmy, gdzie Goblin i Mogaba starali się przetrwać paskudną pogodę w nieporządnie skleconych kryjówkach.

Wszystkie te mary zdawały się bardzo rzeczywiste.

Bardziej jeszcze realne były moje sny dotyczące Duszołap, której samotna walka ze złośliwością natury była iście heroiczna. Miejsce, które wybrała na swą kryjówkę, najwyraźniej nie chroniło zbyt dobrze ani przed śniegiem, ani wiatrem, póki ten pierwszy nie przysypywał jej po sam czubek głowy.

Za pierwszym i za drugim razem, gdy sny te nawiedziły mnie, potraktowałem je zupełnie obojętnie. Jednak trzeciej nocy wrażenie, że mam do czynienia z rzeczywistością, było tak przemożne, że postanowiłem trochę przy nim pomajsterkować. Sen nie zmienił się, odmianie uległa natomiast moja w nim pozycja. Kolejnej nocy poeksperymentowałem sobie jeszcze trochę.

Rankiem, po zjedzeniu nie do końca trującego śniadania przygotowanego przez Matkę Gotę, powlokłem się przez śnieg, by zobaczyć się z Kapitanem.

– Wygonili cię? – zapytał.

– Nie jest nawet tak źle, jeżeli nie czepiać się drobiazgów. Starucha przygotowuje w miarę znośne jedzenie.

– O co chodzi? Gdzie twój cień?

– Przypuszczam, że nie miał ochoty przedzierać się przez śnieg. – Śnieg był pierwszą rzeczą, wobec której Tai Dei postanowił skapitulować. Tej zimy przeżywał swoje pierwsze poważniejsze doświadczenia z białym szaleństwem.

– Żaden z nas nie miałby na to ochoty. Wydobyliście coś ze starego kumpla?

– W taką pogodę? Chyba żartujesz. – Wciąż był przekonany, że Wujek Dodż coś knuje. Być może powinienem wyśnić sen na jego temat. – Chciałem tylko powiedzieć, że moje sny stają się już kompletnie dziwne. – Wyjaśniłem, o co mi chodzi.

– Jesteś pewien, że to nie tylko twoja wyobraźnia, że naprawdę opuszczasz ciało?

– To wygląda trochę tak, jak wówczas, gdy wędruje się z Kopciem. Prawie tak samo. Nie jestem jednak w stanie sprawować nad tym kontroli. Jak dotąd.

Konował chrząknął. Na jego twarzy pojawił się wyraz znamionujący namysł; najwyraźniej rozważał możliwości. Sam również dostrzegłem kilka.

– Pomyślałem sobie, że mógłbym zrobić krótki obchód z Kopciem, aby przekonać się, czy rzeczywistość naprawdę pasuje do tego, o czym śniłem. – Miałem trochę kłopotów z zaakceptowaniem tej możliwości, gdyż od zbyt dawna już doświadczałem niezwykłych snów.

– Zrób tak. Najlepiej od razu.

– Po co się spieszyć? Śnieg poleży jeszcze jakiś czas.

Konował mruknął powtórnie.

Zmieniał się w prawdziwego starego pierdziela.

Podróż, a właściwie lot z Kopciem nie pokazały mi niczego, czego nie widziałbym wcześniej w snach. Nie udało mi się jednak zobaczyć Duszołap. Kopeć wciąż wzbraniał się przed zbliżeniem do niej choćby o krok. Niemniej kiedy wzniosłem się wysoko ponad ziemię, stwierdziłem, że w istocie zamieszkiwała zbocze wąwozu, gdzie pokrywa śnieżna była skrajnie gruba.

48

W końcu doczekaliśmy się wreszcie zmiany pogody. Śnieg stopniał. Wypełzliśmy z naszych kryjówek niczym stado świstaków. Podobnie jak cała reszta świata. Ale niemal wszyscy byli zainteresowani bardziej dojściem do siebie, niż podjęciem dalszej walki.

Walki wewnątrz Przeoczenia wciąż trwały, chociaż większość żołnierzy Długiego Cienia zadowoliła się tym, że ludzie Pani zostali ze szczętem zakorkowani w środku. Ci z kolei nie spieszyli się szczególnie na śmierć, która zdawała się nieuchronna przy braku posiłków spoza murów. Opanowali magazyny z zaopatrzeniem, które mogło im starczyć na dość długo, a ponadto pokładali całkowitą wiarę w tym, iż Pani podejmie wszelkie wysiłki konieczne, aby ich wyzwolić.

Naprawdę miała taki zamiar. Wykorzystałem Kopcia, aby przyglądać się, jak opracowuje odpowiednie plany. Jeszcze przed podjęciem działań spodziewała się, że ludzie, którzy wedrą się do wnętrza, mogą przez jakiś czas pozostawać odcięci. Wybrała więc oddziały uderzeniowe i ich dowódców spośród tych, którzy jej zdaniem byli w stanie podołać trudom tego zadania.

Dywizja księcia walczyła w ruinach Kiaulune oraz wśród wzgórz rozciągających się na północ od naszych pozycji. Mogaba wciąż nas nękał. Dywizja Pani trzymała pozycje między miastem a Przeoczeniem. Jedna z dywizji Kapitana otaczała fortecę z przeciwnego kierunku, po obu stronach drogi wiodącej do Bramy Cienia. Druga stanowiła nasze odwody.

Wiosna naprawdę zachowywała się tak, jakby była tuż za horyzontem.

– Nie sądzisz, że Prabrindrah Drah zmęczył się już zdobywaniem w ciągłych potyczkach kolejnych zaszczytów? – spytałem Konowała.

Obdarzył mnie zaskoczonym spojrzeniem.

– Tak łatwo odczytać moje myśli?

– Dotyczące czego? – Rozejrzałem się dookoła. Jedynie Tai Dei znajdował się na tyle blisko, by móc coś słyszeć.

– A więc tylko... Może być przecież tak, że żołnierze jego dywizji są najbardziej niekompetentni.

– I najmniej godni zaufania?

– Czeka nas jeszcze wiele ofiar, Murgen, zanim dotrzemy do Khatovaru. Popraw mnie, jeśli się mylę. Wydaje mi się jednak, że w interesie Kompanii jest ograniczenie ich w naszych szeregach.

– Hm?

– Ufam mojej Starej Dywizji. Lwia część tych ludzi chce wstąpić do Kompanii. Przypuszczam, że ich deklaracje są w większości szczere. Faceci, którzy składają przysięgę, zawsze już potem zostają. Dla nich nie jest ona czymś nieznaczącym.

Przysięgę zawsze odbiera się w tajemnicy. Ostatni rekruci zostali pouczeni, aby sprawę swej nowej przynależności zachowali dla siebie. Nikt poza Kompanią nie miał pojęcia, jak silni naprawdę jesteśmy. Zresztą niektórym ludziom z Kompanii, jeżeli mieli zbyt wiele wspólnego z Panią, też wciskano ciemnotę.

Stary zamienił paranoję w jedną ze sztuk pięknych.

– To pojmuję. Zastanawiam się natomiast, dlaczego również Pani musi ponosić straty? – Jeżeli jakieś zadanie nie lądowało na grzbiecie księcia, zazwyczaj trafiało do niej.

Konował wzruszył ramionami. Zrozumiałem to tak, że sam właściwie nie ma pojęcia.

– Sądzę, że nie chcę jej stawiać w takim położeniu, w którym musiałaby zwalczać zbyt wielką pokusę.

– A Nowa Dywizja?

– Nie poprosiłbym ich, by grali razem z księciem. Prawdopodobnie nawet w wypadku wojny domowej nie staną po naszej stronie. – Spojrzał mi prosto w oczy. W trakcie tej kampanii stał się jeszcze twardszy. Przypominało to mierzenie się wzrokiem z samą Kiną.

Jednak nie uciekłem spojrzeniem.

– Ja się wywiążę ze swojej części umowy – wyjaśnił.

Dał do zrozumienia, że nasi pracodawcy tego nie zrobią. Zwłaszcza Radisza była już zdecydowana nas wyruchać. Książę przebywał wśród żołnierzy wystarczająco długo, aby stać się jednym z nich. Nie było jednak sposobu, by podziałać naszą magią na jego siostrę.

– Spędziłem długie chwile, żałując, że nie pozostałem wiejskim chłopakiem – oznajmiłem.

– Dręczą cię wciąż te koszmary?

– Każdej nocy. Ale to w niczym nie przypomina już tamtych napaści. Za każdym razem udaje mi się opanować je i wykorzystać sposobność, by się trochę rozejrzeć. Pewne jest jednak jak cholera, że to nic przyjemnego. Tyle powinieneś wiedzieć. – Kina czy też ten ktoś, kto chciał za Kinę uchodzić, właściwie nie opuszcza moich snów. Wedle mej własnej opinii była to jednak Kina, nie zaś na przykład Duszołap. Wciąż próbowała skusić mnie obietnicami, że odda mi Sahrę. Szkoda tylko, że nie spróbowała zrobić niczego z tym smrodem.

– Na Panią także próbuje wpłynąć?

– Przypuszczalnie. Właściwie raczej na pewno. Choć może to Pani próbuje wpłynąć na nią.

– Hm. – Nie słuchał. W tej chwili skupił całą swoją uwagę na Przeoczeniu. Znów zaczęły latać ogniste kule.

Kilka z nich rozbłysło także w ruinach Kiaulune. Ludzie, których Mogaba tam posłał, musieli być uparci. Ten facet naprawdę potrafił wyszukiwać sobie świetnych żołnierzy i natchnąć ich wolą walki za wszelką cenę. Prabrindrah Drah zaczął przeczesywać fragmenty zrujnowanego miasta, budynek po budynku, przy okazji zbierając wszystko, co nadawało się do spalenia.

Wciąż było bardzo zimno. W tej chwili na ziemi leżało jakieś dwadzieścia centymetrów śniegu, pokrywając dalszych kilkanaście centymetrów zbitego lodu. I to ma być wiosna? Jak wiele burz będziemy musieli jeszcze przetrzymać, zanim pogoda przestanie robić nam przykre niespodzianki? Kryształowe iglice Długiego Cienia z pewnością były znacznie wygodniejsze. Wciąż zastanawiałem się, dlaczego nie dokuczał nam bardziej ostatnimi czasy.

Przyjrzałem się dymom unoszącym się nad Kiaulune. Miałem nadzieję, że gdy ostatni partyzanci zostaną już wykurzeni, książę zostawi choć kilka przyjemnych miejsc, gdzie ludzie obdarzeni specjalnymi przywilejami będą mogli odpocząć we względnie wygodnych warunkach. Miałem dosyć życia jak borsuk.

– Co się tam dzieje? – zapytał Konował i wskazał na Przeoczenie.

– Nic się nie zmieniło. Nie rozumiem Długiego Cienia. Za nic. Jest tak, jakby postanowił sam siebie zniszczyć. Popadł w jakiś rodzaj emocjonalnej zapaści, znowu nie jest w stanie okazać choć odrobiny inicjatywy. Spodziewam się, że sam widziałeś. Ja widziałem, więc wiem. To tak, jak wówczas, kiedy wiesz, co należy zrobić, ale nie potrafisz wykonać żadnego ruchu. Wydaje się, jakby żadna rzecz nie była warta choć odrobiny wysiłku. Ten sam rodzaj paraliżu, który owładnął Kopciem w ciągu tych ostatnich tygodni, jakie poprzedziły jego zapadnięcie w śpiączkę.

Konował wyglądał, jakby nad czymś się głęboko zastanawiał.

– A co z tobą? Sądzisz, że wypocząłeś już dosyć? Mimo tych wszystkich snów?

– Jeszcze nie jest tak źle. – Skłamałem, chociaż w istocie nie snu było mi trzeba. Potrzebowałem emocjonalnego wytchnienia. Kilku tygodni spędzonych gdzieś samotnie, w towarzystwie mojej żony.

– Gdzie jest rodzina twojej żony?

Wieczne pytanie. Wujek Dodż wciąż się nie pokazał.

– Dobre pytanie. Ale zanim zapytasz, powiem, że wciąż nie mam zielonego pojęcia, co sobie umyślili. Jeżeli w ogóle cokolwiek knują.

– Martwi mnie, że nazbyt wielu Niueng Bao znajduje się zbyt blisko nas.

– Nic złego się nie stanie, Kapitanie. Nie ma takiej możliwości. Są z nami, próbują spłacić dług honorowy.

– Jak zawsze mi powtarzasz, trzeba było tam być.

– Z pewnością łatwiej byłoby ci wtedy zrozumieć.

Spojrzał rozjarzonym wzrokiem na wielką, białą fortecę.

– Sądzisz, że powinniśmy pozwolić, aby uchodźcy mogli wejść do środka?

– Hę?

– Kolejne obciążenie dla Długiego Cienia. Więcej gąb do wykarmienia.

– Nie wpuści ich za mury. – Wciąż nie mogłem wyjść z zadziwienia, że Długi Cień otoczył się tak nielicznym garnizonem. Wewnątrz Przeoczenia nigdy nie znajdowało się więcej niż tysiąc osób, włączywszy w to służbę, jej rodziny oraz tych uciekinierów, którzy zdążyli dostać się do środka przed zniszczeniem rusztowań. Nie było sposobu, przynajmniej jeśli weźmiemy pod uwagę środki ziemskie, aby forteca mogła się utrzymać w obliczu wytężonych ataków.

Ale Długi Cień nie miał zamiaru posługiwać się zwykłymi siłami. Spodziewał się, iż bezpieczeństwo zapewnią mu rozliczne, niewzruszone zaklęcia. Na tak długo, jak tylko będzie trzeba.

– Nie przypuszczam, by to miało potrwać dużo dłużej, Murgen. Raczej wszystko zbliża się już ku końcowi.

Kilka kul ognistych przeleciało w zasięgu naszych spojrzeń. Zrywający się wiatr uniósł parę skrzynkowych latawców, które nasi kwatermistrzowie targali przez całą drogę z Taglios. Na takim wietrze były one w stanie unieść ponadjedenastokilowy ciężar aż na szczyt murów obronnych.

Konował powiedział, że wcale nie po to targał je ze sobą. Ale nie wyjaśnił, jakie były jego pierwotne zamiary.

– Podziwiam twoją ufność, szefie. No. Przyszłego roku w Khatovarze.

Hasło: „Przyszłego roku w Khatovarze" stało się sarkastycznym sloganem Starej Gwardii w ciągu ostatnich kilku lat. Większość z nas zapewne wolałaby wynieść się stąd i wrócić na Północ. Ciągłe napięcie towarzyszące służbie u władców Taglios najwyraźniej nie sprzyjało nikomu prócz Pani. Mimo iż pod oczami miała sińce z wyczerpania, zdawała się rozkwitać w sytuacji, w której paranoja była jedynym rozsądnym sposobem stawienia czoła rzeczywistości.

Konował nie był rozbawiony. Cele, jakie postawił przed Kompanią, nie stanowiły w jego oczach przedmiotu stosownych żartów.

Jego poczucie humoru zostało podczas tej ofensywy zamordowane ostatecznie, albo przynajmniej zapadło w śpiączkę jak Kopeć.

– Tai Dei. Może przeszlibyśmy się na spacer? – Kiedy Stary popadał w ten nastrój, lepiej było znajdować się gdzie indziej.

49

Jednooki miał zastępować mnie w roli Kronikarza, przynajmniej do czasu, aż Ospały nie wróci i nie nauczy się abecadła. Jednakże tych kilka razy, gdy obciążyłem go pracą – podobnie zresztą jak wówczas, gdy Konował prowadził Kroniki i kazał mu coś w nich zapisać – dowiodło ostatecznie, iż naprawdę rozpaczliwie potrzebujemy Ospałego. Stary pierdziel przez większość czasu nie potrafił patrzeć dalej niż bieżąca chwila. Z drugiej strony może nie powinienem go winić, biorąc pod uwagę jego wiek. Dlatego też zaskoczony byłem, kiedy potrudził się, aby poinformować mnie, dobrze już zresztą po fakcie, że gdy badał z Kopciem okolicę, był świadkiem czegoś interesującego. Żeby nie było wątpliwości, niczego sam nie napisał i nie potrafił przypomnieć sobie wszystkich szczegółów, wszak lepiej późno niż wcale, nieprawdaż?

Być może. Stary Kopeć nie kotwiczył w czasie tak samo jak my wszyscy. On i ja podryfowaliśmy wstecz do chwili, nie tak znowu odległej, kiedy Narajan postanowił odwiedzić Wyjca na murach obronnych, a ich pogawędkę przerwało wtargnięcie bandy nieczułych brutali Pani.

Singh i Córka Nocy schronili się następnie w swoich kwaterach. Dzieciak nie mówił wiele. Narajan najwyraźniej czuł się skrajnie skrępowany jej obecnością, chociaż była przecież istotką drobną, nawet jak na swój wiek. Nie zwracając na niego większej uwagi, umościła się przy niskim stole do pisania i podkręciła knot przy małej lampie olejowej. Najbardziej zaskakującą rzeczą było dla mnie to, że widziałem ją przy pracy, którą sam wykonywałem niemalże każdego dnia.

Zdumiony, obserwowałem, jak jej drobna dłoń powoli, uważnie zapisuje słowa w języku, którego nie potrafiłem rozpoznać i którego, jak się przekonałem, ona sama nie potrafiła odczytać. Gdy tylko zobaczyłem, co mała robi, natychmiast pomknąłem przez czas w poszukiwaniu wyjaśnienia.

Cała pisanina zaczęła się tydzień temu.

Był sam środek nocy. Narajan położył się późno, wcześniej modlił się, wyciszał swą duszę i próbował wprawić ją w stan, jaki Córka Nocy osiągnęła, gdy musnęła ją dłoń jej bogini. Próbował tego już wcześniej ze sto razy. Tym razem również mu się nie udało. Porażka nie sprawiała mu już jednak przykrości. Był zrezygnowany. Chciał teraz tylko, aby dane mu było zrozumieć.

Ledwie jednak zapadł w swe mroczne sny, Córka Nocy szarpnęła go za ramię.

– Obudź się, Narajan. Obudź się...

Udało mu się rozewrzeć powieki. Dzieciak był nad wyraz ożywiony. Nie widział go takim od czasu, gdy upewniła się, że jest narzędziem Kiny, ręką bogini działającą w tym świecie.

Jęknął. Miał ochotę ją uderzyć, miał ochotę kazać jej wracać z powrotem na siennik, ale przecież pozostawał wierny swej bogini, gotów do wypełniania jej woli. Wola Córki Nocy powinna zaś być uważana za przedłużenie woli Matki, niezależnie od tego, jak bardzo mogła uprzykrzać życie.

– Tak? O co chodzi? – Jęknął ponownie i potarł twarz.

– Potrzebuję przyborów do pisania. Piór. Atramentu. Pędzli. Kałamarzy. Noży do ostrzenia piór. Wszystkiego, co konieczne. Oraz wielkiej księgi pełnej pustych kart. Szybko.

– Ale ty nie potrafisz czytać ani pisać. Jesteś za mała.

– Moja matka poprowadzi mą rękę. Ale muszę zabrać się do tego prędko. Ona boi się, że nie zostało nam dużo czasu; że możemy się znaleźć w niebezpieczeństwie.

– Co zamierzasz zrobić? – zapytał Narajan, obecnie już w pełni rozbudzony i całkowicie zbity z tropu.

– Ona chce, abym skopiowała Księgi Zmarłych.

– Skopiowała? One przecież zaginęły tysiące lat temu. Nawet kapłani Kiny wątpią, aby gdzieś jeszcze przetrwał choć jeden egzemplarz. O ile w ogóle kiedykolwiek istniały.

– Istnieją. W innym miejscu. Widziałam je. Będą też istnieć na powrót. Ona powie mi, co mam pisać.

Narajan zastanawiał się przez chwilę nad całym pomysłem.

– Dlaczego?

– Księgi muszą zostać sprowadzone z powrotem na świat, aby dzięki ich pomocy udało się sprowadzić Rok Czaszek. Pierwsza Księga jest najważniejsza. Nie znam jej tytułu. Ale kiedy skończę pisanie, będę w stanie ją odczytać i wykorzystać do napisania pozostałych. Użyję ich, aby otworzyły mi drogę do mojej matki.

Narajanowi aż zatkało dech. Przełknął głośno ślinę. Sam był niepiśmienny. Podobnie jak większość Taglian. Ale jak wielu pośród nieumiejących czytać ani pisać, zabobonnym lękiem napawali go ci, którzy potrafili. Od czasu, gdy przyłączył się do Długiego Cienia, był świadkiem potężnych czarów, jednak zdolność obcowania ze słowem pisanym uważał za cud największy ze wszystkich.

– Ona jest Matką Wszelkiej Nocy – wymamrotał. – Nie ma Większych od Niej.

– Chcę tych przyborów, Narajan. – To nie były słowa, jakimi posługują się czterolatki.

– Pójdę ich poszukać.

Parę godzin temu, po tym jak uciekli już przed żołnierzami Pani, walki zaś rozgrywały się naprawdę w niewielkiej odległości od miejsca ich pobytu, dzieciak pisał powoli, Narajan zaś przechadzał się i targały nim dreszcze. Na koniec mała uniosła się wreszcie znad księgi i zmierzyła go tym swoim niepokojącym spojrzeniem.

– Co się dzieje, Narajan? – Zachowywała się, jakby potrafiła przejrzeć go na wylot.

– Wydarzenia prześcigają moją zdolność pojmowania. Ten mały, śmierdzący wezwał mnie na szczyt murów, aby pokazać głowy moich braci zatknięte na ostrzach włóczni. Dar od twej rodzonej matki. – Zająknął się, najwyraźniej nie miał ochoty mówić dalej. Pomyślałem, że być może najgorszą torturą, jaką moglibyśmy mu zaaplikować, gdy go wreszcie schwytamy, będzie zapewne kąpiel. – Nie potrafię wyobrazić sobie, jaki cel przyświecał Bogini, gdy pozwoliła, aby ci wszyscy jej wierni synowie wpadli w ręce tej kobiety. Prawie nikt z naszych nie pozostał przy życiu.

Dzieciak pstryknął palcami. Singh urwał natychmiast.

– To ona ich zabiła? Kobieta, która dała życie temu ciału?

– Najwyraźniej. Popełniłem ogromny błąd, nie zatroszczyłem się odpowiednio o nią, kiedy zabierałem cię, by oddać prawdziwej matce.

Dziecko ani razu nie nazwało Pani swoją matką. Swego ojca również nigdy nie wymieniła.

– Pewna jestem, Narajan, że moja matka posiada dostatecznie dobre powody, skoro pozwala, aby się tak stało. Niech niewolnicy opuszczą to miejsce. Skonsultuję się z nią. – Przez większość czasu o małą dbało kilka kobiet z Ziem Cienia. Traktowała je niczym części umeblowania. W rzeczywistości nie były przecież niewolnicami.

Singh wygnał kobiety za drzwi, a jednocześnie obserwował poczynania dziewczynki. Wyglądała na naprawdę zmieszaną jego skargami. Singh zatrzasnął drzwi za ostatnią ze służących. Kobiety nawet nie czyniły specjalnych wysiłków, aby ukryć ulgę, że odesłano je od tego małego potwora. Mieszkańcy Przeoczenia nie lubili Córki Nocy. Narajan przykucnął. Dzieciak znajdował się już w transie.

W jakiekolwiek miejsce się udała, nie pozostawała tam długo. Podczas transu jej twarz powlekła się bladością, a kiedy wróciła, widać było, że jest jeszcze bardziej zakłopotana niż wcześniej.

Gdy przebywała poza ciałem, świat astralny wypełnił się odorem śmierci. Skręciło mi wnętrzności. Kina nie pojawiła się jednak.

Dziewczynka zwróciła się do Singha:

– Nie rozumiem tego, Narajan. Powiedziała, że nic z tego nie jest jej dziełem. Ani nie spowodowała tych śmierci, ani nie dopuściła, aby się zdarzyły. – Jej głos brzmiał, jakby cytowała coś, co usłyszała, chociaż i tak zawsze, gdy mówiła, robiła to tak, że sprawiała wrażenie znacznie starszej. – Nie miała pojęcia, że to się dzieje.

Obecnie oboje musieli stawić czoło kryzysowi wiary.

– Co? – Narajan był zaskoczony, wręcz przerażony. Strach stanowił obecnie stały element jego życia.

– Pytałam ją, Narajan, i ona nie wiedziała. Wiadomość o tych śmierciach była dla niej czymś nowym.

– Jak to możliwe? – Można było niemalże dostrzec, jak strach zatapia swoje zimne szpony coraz głębiej we wnętrznościach Oszusta. Wrogowie Oszustów mogą ich wszystkich wymordować, a ich bogini nawet nie będzie zdawać sobie z tego sprawy? A więc co z ochroną, jaką miałyby się cieszyć Dzieci Kiny?

– Jakimi mocami piekieł dysponują ci mordercy z Północy? – zapytał dzieciak. – Czy Stwórca Wdów i Pożeracz Żywotów są naprawdę czymś więcej niż tylko sztucznymi wizerunkami? Czy naprawdę możliwe jest, że są półbogami, kroczącymi po ziemi w przebraniu śmiertelników, potężnymi na tyle, by zasnuć oczy mej matki pajęczyną iluzji?

Niemal gołym okiem można było dostrzec trapiące ich wątpliwości. Jeżeli ludzi z czerwonym i żółtym rumlem było tak łatwo pochwycić i zabić, nie wzbudzając czujności ich obrończyni, cóż uratuje żywego świętego czy choćby mesjasza Dusicieli?

– Jeśli już o tym mowa – powiedział Singh – pozostaje nam mieć nadzieję, iż to miejsce jest naprawdę tak niezdobyte, jak chciałby wierzyć ten szaleniec, Długi Cień. Módlmy się jednak lepiej, żeby był w stanie pozabijać wszystkich Taglian, którzy już wtargnęli do środka.

– Nie sądzę, by to miał być jego koniec, Narajan. Jeszcze nie teraz. – Ale nie wyjaśniła, co miała na myśli.

50

Wy, którzy przyszliście po mnie i którzy czytacie te Kroniki, gdy mnie już dawno nie ma na świecie, pewnie będziecie mieli trudność z uwierzeniem w to, co powiem, ale zdarzały mi się chwile, kiedy robiłem naprawdę głupie rzeczy. Jak tego dnia, gdy postanowiłem udać się do jednego z wysuniętych posterunków Pani, aby zobaczyć walkę z bliska, na własne oczy, miast obserwować ją wygodnie z bezpiecznej płaszczyzny świata astralnego bądź własnych snów.

Podejrzewam, że wyszedłem na głupca, zanim jeszcze dotarłem na linię frontu. Chwiałem się na nogach, musiałem omijać trupy leżące na ziemi, z których większość przypominała zwyczajne zwały śniegu, powoli wydostające się na powierzchnię. Po tym, jak odmieni się pogoda, nastąpi kolejne święto kruków, następna ceremonia rozkładu.

A właśnie się działo.

Padał deszcz. Stale. Choć nie można go było nazwać ulewą. Mieszał się ze śniegiem zalegającym ziemię. Miejscami w powietrzu wisiały już opary na tyle gęste, by mienić się mgłą. Widoczność była mniejsza niż trzydzieści metrów. To dla mnie zupełnie nowe doświadczenie, wędrówka poprzez mgłę, w deszczu padającym na grubą warstwę śniegu.

W rzeczywistości był to spacer wśród milczącego piękna. Nie

potrafiłem jednak zatopić się w podziwie, ponieważ czułem się nieszczęśliwy.

Tai Dei był po prawdzie jeszcze bardziej nieszczęśliwy ode mnie. Klimat w delcie był ciepły nawet podczas zimy.

Ospały znajdował się na Północy i cieszył wczesną wiosną spływającą na Taglios i okolice. W obecnym stanie nienawidziłem go za to i zazdrościłem mu równocześnie. Powinienem pojechać sam.

Dostarczył moją wiadomość Banowi Do Trangowi. Kiedy to się stało, byłem muchą na ścianie. Stary człowiek spokojnie wziął list do ręki, nie okazał śladu wzruszenia, nie skomentował... wyjąwszy to, że poprosił Ospałego, aby zaczekał, na wypadek gdyby miała być odpowiedź. Moja wiadomość zaczęła swoją podróż ku świątyni Gangeszy. Ban Do Trang podjął się doręczyć ją osobiście.

Tymczasem znajdowałem się tak daleko, że równie dobrze mógłbym przebywać w innym świecie. Odmrażając sobie dupę.

– Jak właściwie myśmy się tutaj znaleźli? – zapytałem znienacka. Nie byłem pewien, skąd to pytanie. Wydawało się w obecnej chwili pytaniem dobrym.

Tai Dei zrozumiał je jednak literalnie. Temu człowiekowi chyba już nic nie pomoże. Pozbawiony był choćby śladu wyobraźni. Wzruszył ramionami. I starał się zachować tyle czujności, ile tylko jest w stanie człowiek próbujący jednocześnie nie dopuścić, by zimna woda ściekała mu za kołnierz. Nie spotkałem dotąd nikogo, kto do tego stopnia byłby zdolny podzielić swe życie na oddzielne części, i na dodatek każdej z nich poświęcać tyle uwagi, na ile zasługiwała. Był czujny, ponieważ durny chłopak, czyli ja, zdecydował się iść na skróty przez ruiny Kiaulune. Prabrindrah Drah opróżnił je z wrogów całkowicie, nieprawdaż?

Prawdopodobnie. Ale jeśli rzeczywiście tak było, to skąd ci snajperzy, których spotkaliśmy dotąd dwukrotnie, rzeźnicy operujący z resztek tego, co przed trzęsieniem stanowiło domy mieszkalne? Prawe udo bolało mnie w miejscu, gdzie trafił je szczęśliwy rykoszet. Nie paliłem się jednak szczególnie do szukania pomsty, chciałem tylko jak najszybciej się stąd wydostać.

– Nie chodziło mi o to, dlaczego znaleźliśmy się tutaj, odmrażając sobie tyłki. – Powiedziałem. – Chciałem wiedzieć tylko, co robimy na tym krańcu świata, ziębiąc sobie jaja, podczas gdy szaleńcy pozbawieni zdrowego rozsądku na tyle, by się poddać, ciskają w nas kamieniami, a Konował i Pani uważają to za niezawodny sposób na zdobycie niezdobytej twierdzy.

Tai Dei pozwolił sobie na chwilową utratę kontroli.

– Czasami nie masz zielonego pojęcia, o co ci właściwie chodzi, nieprawdaż? – Natychmiast jednak odzyskał panowanie nad sobą i powrócił do swego zwyczajnego nastroju. – Idziesz drogą honoru, Murgen. Wysilasz się, aby spłacić dług za Sahrę. Podobnie jak my wszyscy. Moja matka i ja podążamy za tobą, ponieważ twój dług jest naszym długiem.

Ty kłamliwy kutasie.

– Jasne. Dzięki. Wyegzekwujemy spłatę tego długu, no nie? Ale ta pogoda po prostu mnie wykańcza. A ty, jak się czujesz? – Jak większość młodych mężczyzn, którzy marzą o spędzeniu swych lat w Kiaulune.

– Ta mgła zupełnie odbiera mi ducha – przyznał.

Między nami przemknęła strzała, wypuszczona przez kogoś, kto nie do końca wiedział, co robi, i strzela do celów, których nie mógł widzieć wyraźnie we mgle.

– Te małe bękarty są naprawdę uparte – orzekłem. – Mogaba musiał im chyba wmówić, że pożremy ich żywcem.

– Być może nie potrafią dostrzec żadnych świadectw, które upewniłyby ich, że jest inaczej.

Podniosłem strzałę z ziemi.

– Tak znienacka stałeś się strasznie gadatliwy i filozoficznie nastrojony w rozmowie ze mną?

Tai Dei wzruszył ramionami. Ostatnimi czasy stał się naprawdę bardziej rozmowny. Było tak, jakby nie chciał, żebym zapominał, iż jest mi bliższy niż własny cień.

Weszliśmy na obszar, który przed trzęsieniem ziemi musiał stanowić zapewne plac. Mgła uniemożliwiała dostrzeżenie jakichkolwiek znaków.

– Cholera! – Był to wyraz mojego filozoficznego stanowiska względem zaistniałej sytuacji.

– Tam. – Tai Dei wskazał jakąś poświatę po naszej lewej.

Usłyszałem odgłosy przypominające stłumione przekleństwa wygłaszane po tagliańsku. Coś jakby żołnierze przeklinający podczas gry w tonka, rozrywki, którą południowcy przyswoili sobie nader entuzjastycznie.

Skierowałem się w tamtą stronę, rozbryzgując śnieg zmieszany z deszczem. Tutaj jego warstwa była głęboka aż po kostki, wyjąwszy te miejsca, gdzie zapadało się głębiej, jak na przykład teraz, gdy postawiłem nogę na ziemi i nie dotknąłem twardego podłoża, póki nie weszła po kolano.

To potknięcie okazało się w istocie uśmiechem losu. Sprawiło, że zacząłem przeklinać po tagliańsku. Jacyś żołnierze znajdujący się w pobliżu pośpieszyli nam z pomocą. Mieli właśnie zastawić na nas zasadzkę, usłyszeli bowiem wcześniej odgłosy naszego przedzierania przez błoto. Poznali mnie. Ja nie znałem żadnego z nich.

Okazało się, że należeli do grupki grającej w karty. Ich oficer poległ, sierżant również został zabity. Nie mieli pojęcia, co ze sobą zrobić, starali się więc trzymać na uboczu w jakimś miejscu, gdzie będzie ciepło. Jedna z naszych porażek w charakterze wojskowych pedagogów. Nie sprzyjaliśmy rozwojowi twórczego myślenia na poziomie oddziałów. Czy też na żadnym innym, jeśli już o tym mowa.

– Nie mogę wam powiedzieć, co macie zrobić, chłopcy, ponieważ nie znam waszej sytuacji. Przypuszczam, że powinniście spróbować powędrować wzdłuż hierarchii dowodzenia. Znajdźcie swego dowódcę kompanii.

Wyjaśnili mi, że cała ich kompania została wysłana, aby oczyścić ten teren ze snajperów. We mgle tamci nie mieli najmniejszego kłopotu z rozpoznaniem wrogów – był nim każdy, kto nie był z nimi, luksus, jakim nie mogli cieszyć się Taglianie. Reszta ich kompanii znajdowała się zatem gdzieś w tej mgle.

– Ogień rozpaliliście specjalnie?

– Nie, proszę pana. Paru chłopców zdenerwowało się i użyło swych bambusów. A potem już tylko podtrzymywaliśmy płomienie.

– Dlaczego nie podpaliliście budynków, żeby wykurzyć snajperów?

– Książę chciał ustanowić tutaj swoją kwaterę główną.

– Rozumiem. – Być może rozumiałem więcej, niż ten Taglianin sobie wyobrażał.

Prabrindrah Drah miał już swoją kwaterę główną. Znajdowała się w znacznie lepszym sąsiedztwie, co zapewniało o wiele bardziej komfortowe warunki życiowe.

– Nikt mnie o tym nie poinformował – oznajmiłem. – Powiem więc tylko tyle: nie dajcie się zabić podczas próby obrony kupy gruzów i zwęglonych belek. Jeżeli te małe gówna będą do was strzelać, wykurzcie ich stąd. – Gdziekolwiek tylko Kroniki wspominają o walce w mieście, jedną rzecz podkreślają niezmiennie. Ta lekcja znalazła swoje brutalne potwierdzenie podczas dni spędzonych w Dedżagore. Jeżeli chociaż w najmniejszym stopniu będziesz troszczył się o uratowanie dóbr materialnych, faceci po przeciwnej stronie pożrą cię żywcem. Kiedy już walczysz, nie wolno ci się martwić o nic, tylko o to, aby dopaść wroga, zanim on dopadnie ciebie.

Pociski wyłaniające się z mgły wciąż nadlatywały w naszą stronę. Nie czyniły żadnej szkody, ale jednocześnie oznajmiały jasno, że snajperzy doskonale wiedzą, gdzie jesteśmy.

Żołnierze księcia ośmieleni moimi uwagami odeszli, aby urządzić potężne całopalenie Kiaulune. Zachichotałem.

– Jestem z siebie dumny. Tak, właśnie tak.

– Co trzeba zrobić, musi zostać zrobione – oznajmił Tai Dei, mylnie rozumiejąc moje zachowanie.

Nie było potrzeby, by informować go, że właśnie zrujnowałem jeden z planów Prabrindraha Draha.

– Inaczej zaśpiewasz, kiedy skończy się na tym, że będziemy odmrażać sobie tyłki, ponieważ te dupki spalą całe przeklęte miasto. – Ruiny Kiaulune stanowiły bogate zasoby drewna na opał, nie wspominając już o kamieniach, dzięki którym wzmacnialiśmy ściany swych ziemianek.

Ogień zaczynał już trawić kolejne budynki. Poczułem, jak zakręciło mi się w głowie. Czy to właśnie władza czyni z człowiekiem? Zostałem więc z nimi i dowodziłem tymi żołnierzami oraz innymi pozbawionymi przywódców typami, którzy zaczęli zbierać się wokół mnie. Snajperzy uparcie nie dawali się schwytać. Ognie płonęły coraz liczniej.

Pod wieczór ochłodziło się. Zaczął padać deszcz. W zetknięciu z ziemią zamieniał się w lodową kaszę, a potem marzł i pokrywał wszystko kryształową skorupą. Mgła się przerzedziła. W miarę jak poprawiała się widoczność, odkryłem, że pożary objęły znacznie większą część miasta, niż pierwotnie zakładałem. Ogień wyrwał się spod kontroli i szerzył teraz niepowstrzymanie, dając dość ciepła, aby zalegającą ziemię warstwę lodowej skorupy znowu zmienić w wodę.

Zamiast mgły mieliśmy teraz do czynienia z dymem.

– Obecnie będziemy musieli ściągać drewno na opał aż z gór. – Zwróciłem się do Tai Deia. Rozesłałem już rozkazy, aby nie wzniecać nowych pożarów. Nie na wiele się zdały.

Żołnierze stali się tak przewrażliwieni, że zaczęli strzelać z tych bambusowych tulei do siebie nawzajem.

Gdyby Mogaba mógł to widzieć, pękałby ze śmiechu.

Nastała ciemna noc. Zbyt dobrze i długo tu zabawiłem. Nie chciałem znaleźć się w Kiaulune po zapadnięciu zmierzchu. Tańczące płomienie sprawiały tylko, że robiłem się coraz bardziej nerwowy. Jakiż to znakomity czas dla Władcy Cienia, by spuścić swe zwierzątka.

– Widziałeś to? – zapytałem.

– Co? – Tai Dei zdawał się naprawdę zbity z tropu.

– Nie mógłbym przysiąc. Moje oczy nie są już takie jak kiedyś, ale... – Nie było jednak potrzeby informować Tai Deia, że zdało mi się, iż widziałem postać Wujka Dodża przemykającą wśród złudnych świateł, jakby sam stanowił jeden z cieni. Podobna do trolla postać postępowała tuż za nim. Matka Gota.

Ciekawe. Bardzo ciekawe.

– Przejdźmy się. – Ruszyłem w kierunku, w którym zdawali się podążać moi krewni. Tai Dei poszedł za mną. Oczywiście. – Tai Dei, co naprawdę wiesz o Wujku Dodżu? Co nim kieruje? Dokąd on zmierza?

Tai Dei odpowiedział jednym z tych swoich neutralnych pomruków, które mogły oznaczać wszystko albo nic.

– Powiedz mi, cholera! Jestem częścią rodziny.

– Jesteś częścią Czarnej Kompanii.

Kolejne mruknięcie.

– Przyznaję, że nie mam dość ciemnej skóry, że nie jestem odpowiednio niski, wystarczająco chudy, wstrętny czy też wreszcie na tyle głupi, aby być przedstawicielem miłującej bagna rasy panów Niueng Bao De Duang, ale sprawowałem się dobrze jako mąż Sahry. – Stłumiłem w sobie pragnienie, by cisnąć nim o mur jakiegoś zrujnowanego domu i tłuc go dotąd, póki mi nie wyjaśni, co właściwie sobie myśleli, kiedy zabierali mi żonę i udawali, że zginęła. Ostatnimi czasy przekonałem się jednak, że nic tak nie pomaga w przytarciu nosa Tai Deia, jak wspomnienie o rasizmie Niueng Bao.

– On jest kapłanem – wyznał Tai Dei po chwili znaczącego milczenia.

– Och! Naprawdę mnie tym zaskoczyłeś, bracie. Załóżmy wszak, że nie jestem tak do końca głupi. Że nie jestem dźengal. – To słowo w mowie Niueng Bao oznacza kogoś w rodzaju zdeformowanego w genitaliach i słabego na umyśle obcego.

– On jest powiernikiem starych tajemnic, bracie. Dawnych myśli i dawnych sposobów życia. Nasz lud stanowią rozmaici ludzie żyjący w rozmaitych miejscach, w rozmaitych czasach. Obecnie żyjemy tam i w taki sposób, jak musimy, ale są wśród nas tacy, którzy chronią starożytne umiejętności, obyczaje oraz wiedzę. Jako kronikarz Czarnej Kompanii powinieneś być w stanie pojąć naszą misję. Może.

Narastający żar sprawiał, że ulice powoli wypełniał stopiony śnieg. Jego warstwa miała tylko kilkanaście centymetrów, jednak niepokojąco zaczynała przypominać mi zalane wodą ulice innego miasta w innym czasie. To tylko koszmar, próbowałem sobie przepowiedzieć. Być może sen pełen udręki zesłany mi przez Kinę. Zapach jest ten sam, ale to nie jest Dedżagore. Tutaj nie będziemy jeść szczurów, gołębi i kruków. Tutaj nikt nie będzie pozwalał sobie na mroczne rytuały wymagające ofiar z ludzi.

Przyjrzałem się uważnie Tai Deiowi. On również przypominał sobie tamte czasy.

– Wtedy było przynajmniej cieplej niż tutaj – stwierdziłem.

– Tamto też pamiętam, bracie. Pamiętam wszystko. – Co oznaczało przypomnienie, dlaczego tak wielu ludzi z tak dumnej rasy przystało do Czarnej Kompanii w charakterze niemal służących.

– Chciałbym, żebyś zawsze pamiętał tamte dni, Tai Dei. Zostaliśmy zamknięci w piekle, ale przeżyliśmy. Nauczyłem się tam wiele. Piekło już nigdy nie będzie dla mnie niespodzianką ani też żadne tajemnice, jakie się przede mną skrywa. – Odrobina zamaskowanego krytycyzmu i manifest niewzruszonej filozofii, która wciąż prowadzi mnie przez świat.

Byłem w piekle. Odsłużyłem w nim swój czas. Mroczna bogini Kina nie będzie w stanie nigdy uczynić mi rzeczy gorszych niż te, które widziałem na własne oczy.

Powałęsałem się trochę po okolicy, ale nie udało mi się już dojrzeć Wujka Dodża ani razu, choćby przelotnie. Jeżeli to jego właśnie widziałem wcześniej. Tai Dei i ja trzymaliśmy się ulic Kiaulune, promieniowaliśmy wręcz otuchą, chociaż w głębi naszych dusz czyniliśmy wszystko, by zapomnieć o wspólnych wakacjach w piekle. Ten mały gnojek nie wydusił z siebie już ani jednego słowa więcej na temat Wujka Dodża.

51

Konował nie był szczególnie uszczęśliwiony.

– Nie życzę sobie, byś jeszcze raz odgrywał kaskadera w ten sposób, Murgen. Nie ma najmniejszego powodu, by ryzykować.

– Odkryłem, że książę ma jakieś plany.

– Wielka, stara, owłosiona dupa. Wiemy o tym od dawna. Musiało tak się stać. I co jeszcze?

– Zawsze martwiłeś się o moich krewnych.

– To już minęło.

Ton jego głosu sprawił, że ponownie stałem się czujny, znowu wiedział o czymś, czego nie miał zamiaru mi zdradzić. Albo też ponownie ułożył jakiś plan, który postanowił trzymać w całkowitym sekrecie.

– Co się stało?

– Zrobiliśmy kolejny krok naprzód. I nikt sobie z tego nie zdaje sprawy, co stawia nas w cholernie korzystnej sytuacji.

– A ty nie masz zamiaru mi o niczym powiedzieć?

– Słowa ode mnie nie usłyszysz. Mały ptaszek mógłby podsłuchać.

– Dlaczego spotykasz się z panią tych ptaszków? – Pytanie o tę sprawę przeszło mi już w nawyk... podobnie jak jemu dowiadywanie się o Wujka Dodża. Nie był zadowolony. Jednak nawet nie udawał, że próbuje na nie odpowiedzieć.

– Masz swoją robotę do wykonania. Podwójną robotę, jeśli już o tym mowa. Zajmij się tym, co powinieneś. Jeżeli cię stracę, nie zostanie mi nikt prócz Jednookiego. – Zmierzył mnie twardym wzrokiem.

– Czyż nie byłoby to straszne?

Zrozumiał mój sarkazm.

– Kiedy Ospały będzie dostatecznie przygotowany? Od jakiegoś czasu nigdzie go nie widziałem.

– Ani ja. – Nie skłamałem, nieprawdaż? – Wykonywałem mapę wnętrza Przeoczenia. – Co oczywiście robiłem, o ile nie miałem innych ważniejszych zadań. Nie wkładałem dość serca w śledzenie ludzi, których miałem obserwować. – Wiesz, jak głęboko w ziemię zagrzebane są jego lochy?

– Nie. I kruki też nie wiedzą.

Przypuszczalnie mylił się w tej kwestii. Dawno temu Duszołap była więziona w kazamatach Przeoczenia. Ale w sumie miał rację. Dni naszej paranoi nie miały się jeszcze ku końcowi.

– Załapałem. Myślę, że pójdę na spacer.

Znalazłem Jednookiego. Siedział po przeciwnej stronie ogniska niż Matka Gota. Nie rozmawiali ze sobą, ale widzieć ich razem, choćby tolerujących się tylko, stanowiło samo w sobie wydarzenie na miarę historyczną. Czy mały czarodziej próbował sprzedać ją Goblinowi? Miał w oczach to chytre spojrzenie, jakby zamierzył sobie coś naprawdę paskudnego.

Poszedłem do jego ziemianki. Mój cień usiadł obok swojej mamusi. Nakarmiła go jakąś ponurą imitacją gulaszu Niueng Bao. Zjadł w milczeniu.

Wśliznąłem się poprzez zasłonę z poszarpanych kocy do wnętrza nory Jednookiego. W środku porządnie śmierdziało. Nie miałem pojęcia, kogo on właściwie chce oszukać. Nie było żadnej wątpliwości, tak pachniał zacier. Destylat będący końcowym efektem procesu smakować będzie równie paskudnie, jak woniały substraty. Chyba wkładał do środka wszystko, co mogło choć trochę sfermentować.

Kopeć leżał rozciągnięty na pryczy. Jednooki zmusił Loftusa i jego braci, aby ją dla niego zbili. Czarodziej pogrążony w śpiączce dysponował najlepszym łożem w całej prowincji Ziem Cienia. Rozmościłem się na krześle obok jego posłania, zastanawiając się jednocześnie, czy ostatecznie będę potrafił poradzić sobie bez niego. Zdecydowałem, że na eksperymenty przyjdzie czas później. W tej chwili ważna była wiarygodność zdobywanych informacji.

Musiałem jednak wydostać go z tej dziury. Kiedy tylko będę w stanie jakoś przemycić go do Konowała. Który wówczas chyba się zesra.

Najpierw zająłem się Ospałym. Odnalazłem go w miejskim mieszkaniu Bana Do Tranga, wciąż czekał. Podążyłem za Trangiem na bagna. Stary zdawał się czymś przejęty. Nie potrafiłem powiedzieć dlaczego. W chwili obecnej znajdował się wciąż dość daleko od świątyni, w której Sahra z minuty na minutę stawała się coraz grubsza. Minął zaledwie tydzień, odkąd widziałem ją po raz ostatni, a jednak puchła w sposób dramatyczny. Z czasów, gdy byłem dzieckiem, przypomniałem sobie żarty, jakie podrostki ukuwają na temat ciężarnych kobiet. Teraz nie wydawały mi się wcale śmieszne.

Chciałem być przy niej, chociaż zdawałem sobie sprawę, że moja obecność na nic się nie zda. Każdego dnia dzieci rodzą się bez śladu pomocy ze strony swoich ojców, a ponadto wszędzie, gdzie zdarzyło mi się przebywać, pomoc ta nie jest w ogóle pożądana. W kwestii porodu wszystkie kobiety jednoczyły się w niechęci do facetów kręcących się dookoła.

Ponownie wybrałem chwilę, gdy Sahra była zupełnie sama, i spróbowałem zmaterializować się przed jej oczyma. Szczęśliwy los nie zawiódł mnie. Ponownie było źle. Udało mi się tylko skrajnie ją przerazić.

– Wkrótce dowiesz się wszystkiego – próbowałem powiedzieć, ale zdołałem jedynie przestraszyć jaskółki wijące gniazda pod strzechą.

Powinienem być bardziej cierpliwy. Wszystkie karty znajdowały się obecnie w moich rękach. Wujek Dodż i Matka Gota nie mogli nijak odgadnąć, że ja wiem.

Udałem się do Taglios, by sprawdzić poczynania Radiszy Drah. Na pierwszy rzut oka można było stwierdzić, że żałowała już, iż odesłała Kordka Mafera, by miał oko na nas, złych chłopców. Bez swej zabawki stawała się zbzikowaną, starą wiedźmą. Ludzie zauważyli to również. Nie było to szczególnie korzystne, biorąc pod uwagę, że kapłani wciąż obserwowali ją zza węgła. Nadzór nad nią przysporzy mi jeszcze więcej pracy. Muszę omówić to z Konowałem, zobaczymy, czy będzie chciał to włączyć do projektu.

Prócz tego w Taglios nie odkryłem nic więcej ciekawego. Zwycięstwo na Czarandapresz stało się tajemnicą poliszynela. Ludzie ze wszystkich kast i religii, bogaci i biedni, zwolennicy Czarnej Kompanii oraz jej wrogowie, byli najwyraźniej przekonani, że bez większych trudności przyjdzie teraz kolej na Przeoczenie. Gdziekolwiek zaglądałem, nigdzie nie mogłem dojrzeć choćby śladu lęku przed Władcą Cienia. Wyglądało na to, że Taglianie przygotowywali się na czasy pokoju i dawne sposoby życia polegające na knuciu spisków za plecami – być może jednak przedwcześnie.

Wróciłem więc na południe śladem Kordka Mafera.

Mafer musiał być porządnie zawiedziony. Nie wziął sobie swej misji do serca. On i jego towarzysze nie dotarli jeszcze nawet do Czarandapresz. Nie poświęciłem dużo czasu na zbadanie całej sprawy, ale najwyraźniej czekali na lepszą pogodę. A żołnierzom z jego oddziału spieszyło się, by dotrzeć na miejsce walk, nie bardziej niż jemu samemu.

Oni również myśleli, że wojna jest już wygrana. Dlaczego więc pędzić tam, gdzie ludzie wciąż się zabijają? Chłopakowi może się coś stać! Nie mówiąc już o zimnie, prymitywnych warunkach życiowych, braku rozrywek i wykwintnej kuchni...

Powróciłem zatem dalej na przenikaną lodowatym wichrem i zlaną krwią stronę Danda Presz, polatywałem to tu, to tam, szukałem śladów Mogaby, Goblina, forwalaki, Duszołap. Kopeć nie potrafił bądź nie chciał znaleźć żadnego z nich, chociaż przypuszczalnego miejsca pobytu Duszołap można było się domyślać po zagęszczeniu kruczych stad. Nie ruszyła się na krok z miejsca, gdzie wyśledziłem jej spotkanie ze Starym.

Do Bramy Cienia Kopeć nie chciał zbliżyć się również nawet o krok bardziej niż uprzednio.

Cholera! Niemal wszystkie siły oddziału, który Konował nazywał swoją Starą Dywizją, rozlokowane zostały obecnie w parowach i na kamienistych zboczach terenów oddzielających Przeoczenie od Bramy Cienia, wzdłuż drogi prowadzącej na południe, do Khatovaru. Niektórzy z tych głupców, rozstawieni na posterunkach w pobliżu Bramy Cienia, zabawiali się strzelaniem do tego, co jak im się zdawało, widzą po drugiej stronie. Właściwie po kilka kul ognistych dryfowało w mroźnym powietrzu przez cały czas. Zastanawiałem się, czy Stary wie, co oni robią. Zastanawiałem się, czy to rzeczywiście najlepszy pomysł. Może wystarczy tylko jedna zbłąkana kula ognista, by spowodować zawalenie się Bramy?

Wróciłem do Przeoczenia. To zawsze miało w sobie coś z ducha przygody – przekradanie się wśród ciemnych korytarzy fortecy.

Biorąc pod uwagę, jak bardzo Długi Cień obawiał się cieni, można by sądzić, że wszystko w środku będzie jaskrawo oświetlone. Przypuszczam, iż sam zdawał sobie sprawę z niepodobieństwa zrealizowania takiego projektu, zadowolił się więc życiem ograniczonym do swej kryształowej komnaty, a intensywne światło towarzyszyło mu tylko wówczas, gdy naprawdę musiał ją opuścić. Wolał więc, by nie zdarzało się to zbyt często.

Wyjcowi, Narajanowi i Córce Nocy zapewniono możliwość swobodnego poruszania się po całej budowli. Nie obawiali się jej mrocznych zakamarków. Nigdy nie zdarzyło się im spotkać niczego przerażającego. Dzieciak dojrzewał, żywiąc coraz większą pogardę dla obaw dręczących Długiego Cienia. Ani ona, ani Singh nie byli świadkami tego, na co w pełni stać zwierzaczki Długiego Cienia. Obawiałem się jednak, że my również nie mieliśmy o tym dostatecznego pojęcia.

Pani kazała wybudować fabrykę, w której wytwarzano tuby bambusowe. Była przekonana, że jeszcze nam się przydadzą. I to w znacznej liczbie. Niestety, obawiałem się, że raczej ma rację.

Kamień drży. Wieczność szydzi pogardliwie, w miarę jak domyka krąg. Ta zimna uroczystość dobiega już niemalże końca.

Nawet śmierć stała się niespokojna.

Ściany spływają krwią.

W mroku szarej fortecy trudno to dostrzec, ale krople ciemnoczerwonej krwi, niczym z żył, zaczęły wyciekać z rozstępów między kamieniami. Lśnią w świetle wznoszącym się z otchłani. Drobne cienie gryzą się o nie łapczywie.

Pojedynczy kruk obserwuje wszystko.

Mgiełka z otchłani zaczęła wypełniać fortecę. Skryła już do połowy przekrzywiony tron. Obecnie jego pochylenie jest już niebezpieczne. Wygląda, że postać siedząca na nim mogłaby ześliznąć się w mgiełkę, gdyby nie była przyszpilona do swego miejca.

Tron obsuwa się o kolejną milionową część centymetra. Z gardła umęczonej postaci dobywa się jęk. Powieki jej niewidzących oczu drgają.

Pojedynczy kruk kracze.

Pierzchła cisza. Kamień pękł.

Życie zapuści korzenie, gdziekolwiek napotka choćby pęknięcie.

Światło znajdzie drogę.

52

Powiedziałem Staremu o żołnierzach strzelających przy Bramie Cienia. Zasępił się.

– Nie wydaje mi się, aby był to najlepszy pomysł. – Natychmiast posłał po gońca. Odesłał go po chwili z sugestiami nie do odrzucenia dla naszych braci na południu.

– Nie widzę tu żadnych kruków – zauważyłem.

– Jednooki opracował dla mnie zaklęcie, które może sprawić, aby stały się głodne i zniknęły na jakiś czas. Ale nie na zawsze przecież.

Pojąłem wskazówkę.

– Nie wydaje mi się, abyśmy w wystarczającym stopniu udzielali wsparcia żołnierzom Pani w Przeoczeniu.

Konował wzruszył ramionami.

– Już mnie nie interesuje Przeoczenie. Przynajmniej nie za bardzo.

– Co? Nie przejmujesz się Długim Cieniem? Wyjcem? Narajanem Singhiem i twoją... Córką Nocy?

– Nie zrozum mnie źle. Nie jestem względem nich całkowicie obojętny. Po prostu w obecnej sytuacji nie grają już tak wielkiej roli jak dotąd.

– Chyba coś musiało mi umknąć. Co ty opowiadasz?

– Tylko snuję sugestie, Murgen. Ale teraz możemy już ruszać na Południe. W każdej chwili, gdy tylko przyjdzie nam ochota. Miałem rację odnośnie do sztandaru.

– Hę... – powiedziałem. Nie będzie robił ze mnie idioty.

– Sztandar musiał się okazać kluczem do Bramy Cienia. Sądzę, że powinno nam się udać gładko przejść przez nią i spokojnie pomaszerować przed siebie, nie napotykając żadnego niebezpieczeństwa, przynajmniej dopóki będziemy mieli ze sobą sztandar.

– Hę... – powiedziałem po raz drugi, ale tym razem mój umysł nie był już tak zupełnie pusty. – Chodzi ci o to, że możemy po prostu zebrać wszystkich do kupy, powiedzieć do reszty tego tłumu: pieprzcie się, i odmaszerować, śpiewając wesołą piosenkę marszową?

– Właśnie. Być może.

A więc nie był do końca pewien.

– Czy nie pozostawiłoby to zbyt wielu niezałatwionych spraw?

Nie mówiąc już o ryzyku otworzenia Bramy Cienia w niewłaściwą stronę?

– Długi Cień jest panem Bramy Cienia. Potrafi utrzymać cementującą ją pieczęć.

– A co, jeśli nie potrafi?

Konował wzruszył ramionami.

– Niczego nie jesteśmy nikomu winni... Właśnie skończyłeś mi opowiadać o tym, jak to Radisza próbuje nas wyruchać. Prabrindrah Drah też coś tam knuje w dole. Wyjec nie jest żadnym naszym przyjacielem, a Duszołap pomaga mi tylko dlatego, ponieważ sądzi, że dzięki temu zdoła dokuczyć Pani.

– Mam tam żonę, szefie. A ona nosi w łonie moje dziecko. Nie wspominając już o Goblinie i jego oddziale, którego wprawdzie nie mogę odnaleźć, jednak jestem pewien, że gdzieś tam musi być i realizuje jakąś zleconą mu przez ciebie misję.

– Hm? O tym nie pomyślałem. Nie ma żadnej tajemnicy. Robota Goblina to już sprawa przeszłości, oczekuję jednak, że znajdzie się potem na właściwym miejscu, kiedy książę postanowi zwrócić się przeciwko nam albo podburzy do tego jakiegoś innego ryzykanta. Wtedy przyda nam się odrobina pomocy, która nadejdzie z niespodziewanej strony.

Mruknąłem z powątpiewaniem. Ale mogła to być prawda. Albo tylko chciał, żebym tak myślał. Postanowiłem pominąć milczeniem całą sprawę. Mogłem poszukać odpowiedzi na te pytania, wykorzystując Kopcia, gdybym był na tyle zdeterminowany, chytry bądź odczuwał naglącą potrzebę. Teraz zapytałem tylko:

– A co z Singhiem? Masz zamiar go tak po prostu zostawić w spokoju?

Nie wierzyłem, by Pani się na to zgodziła. Naprawdę trudno było stwierdzić, co się dzieje w jej głowie, ale przypuszczałem, że nikt i nic nie jest w stanie skłonić jej do odejścia stąd, póki Narajan Singh cieszy się dobrym zdrowiem.

– Pozwoliłem, by rzeczy toczyły się własnym torem. I mam zamiar pozwolić, by jeszcze przez jakiś czas tak się właśnie działo. Ale kiedy nadejdzie właściwa chwila, nie zawaham się poprowadzić Kompanii drogą wiodącą do Khatovaru. – Ton jego głosu stał się nagle chłodny, twardy i w oficjalny sposób przeniknięty pewnością.

Powoli zaczynało mnie to denerwować. To nie było w porządku.

– Sądzę, że lepiej będzie, jak już sobie pójdę – powiedziałem.

– Też przypuszczam, że już najwyższy czas. – Zdobył się na blady uśmiech.

Jeden z jego wielkich kruków wsadził swój dziób do pomieszczenia. Gdyby było możliwe, aby ptak sprawiał wrażenie zmieszanego, wyglądałby właśnie tak jak on. A ponadto śmierdział. Musiał ucztować w ruinach.

Zapytałem Jednookiego:

– Jak wielkie zaufanie winniśmy pokładać w naszym kontrakcie z Taglianami?

– Hm? – W odpowiedzi nie uzyskałem nic więcej ponad ten pełen zakłopotania pomruk. Chciał tylko, żebym sobie poszedł, aby mógł w samotności rozkoszować się swym destylatem.

– Chodzi mi o to, czy jesteśmy obowiązani dotrzymać naszej części umowy aż do czasu, kiedy oni naprawdę nie spróbują nas orżnąć?

– O co ci chodzi? – Machnął dłonią. Jednak wokół nie było żadnych ciekawskich dziobów.

– Rozmawiałem ze Starym, mówił coś o ominięciu Przeoczenia, zapomnieniu o Długim Cieniu i wszystkich innych. Zostawieniu ich samym sobie, podczas gdy my skierowalibyśmy się na południe.

Ten pomysł zaskoczył małego czarodzieja. Zrezygnował z prób zbycia mnie.

– Wymyślił już, w jaki sposób moglibyśmy tego dokonać?

– Być może właśnie nad tym duma. Nie sądzę, aby wiedział na pewno. Ale zakładam, że jest już gotów sprawdzić to w najbardziej nieprzyjemny sposób.

– To niedobrze. W ten sposób możemy się znaleźć pośród największej fali gówna, jaka... Przypuszczalnie jak nic, co potrafilibyśmy sobie wyobrazić. Jak coś wzięte prosto z mitu.

– Ja również tak uważam. Być może jednak on tylko kłapie ozorem. Jednak mogłoby się okazać dobrym pomysłem przypomnienie mu, że wciąż jeszcze nie przeczytał tych trzech zagubionych tomów Kronik. Mam przeczucie, iż nie powinniśmy ich lekceważyć.

Jednooki nawet w czwartej części nie podzielał mojej wiary w Kroniki, co zapewne nie stanowiło nawet dziesiątej części wiary Konowała, ale na jego twarzy wykwitł grymas ulgi.

– Dobry pomysł. Przypomnę mu o tym.

– Subtelnie? Jeżeli uderzysz weń młotem, może się zrobić uparty.

– Subtelnie? Znasz mnie, Dzieciaku. Jestem bardziej subtelny niż natłuszczone gówno sowy.

– Znam cię, faktycznie. To mnie właśnie martwi.

– Nie mam pojęcia, co za demon opętał twoje pokolenie. Brakuje wam zaufania. Dla niczego nie macie szacunku.

– I żadnej cierpliwości dla gadających bzdury również – przyznałem. – Mam zapiski do zrobienia. Nie wspominając już o kłopotach, którymi muszę się pomartwić. – I pożywieniu do zjedzenia. Znowu byłem głodny. Biorąc pod uwagę ilości, jakie pożerałem, kiedy wędrowałem z duchem, dawno już powinienem zrobić się tak gruby, by nie móc chodzić.

Przyłączyłem się do moich krewnych przy ich ognisku. Matka Gota nałożyła mi na talerz chochlę czegoś, co parowało w jej kotle. Nikt nie odezwał się słowem. Ostatnimi czasy niedużo z nimi rozmawiałem. Zaczynali pewnie podejrzewać, że przestałem udzielać się towarzysko.

Dumałem nad tym, dlaczego stara nie gotuje w środku. Tai Dei i ja wykonaliśmy dla niej całkowicie prywatne pomieszczenie w ramach naszej wciąż rosnącej ziemianki, ale ona wchodziła do wnętrza jedynie wówczas, gdy pogoda robiła się paskudna albo czas był kłaść się spać.

Tai Dei w istocie wykonał większą część pracy przy budowie naszego schronienia. Poza tym niewiele więcej miał do roboty. Najwyraźniej nie był zaangażowany w knowania Wujka Dodża i swej matki.

– Dziękuję – zwróciłem się do Matki Goty, kiedy skończyłem. – Tego właśnie było mi trzeba. – Nie potrafiłem się zdobyć na to, by powiedzieć coś miłego na temat jej kuchni. Nawet gdyby kiedyś zawiodła kompletnie i ugotowała coś jadalnego, i tak nie potrafiłaby zrozumieć, o co mi chodzi. Nigdy nie rościła sobie pretensji do posiadania jakichkolwiek umiejętności kulinarnych.

– Ty – powiedziała, rozpoczynając rozmowę, co rzadko jej się zdarzało – Wojowniku Kości, czy strzeżesz się kruków? Czy one są w jakiś sposób znaczące? – Jej tagliański był nie do zniesienia. Ja znacznie lepiej mówiłem w Niueng Bao, jednak nie miała zamiaru wyświadczyć mi tej uprzejmości. Przypuszczam, że w jej oczach stanowiłoby to rodzaj uprawomocnienia mego związku z Sahrą. Już całe lata temu przestałem próbować zrozumieć, jakim tropem biegną myśli Matki Goty.

Odpowiedziałem w Niueng Bao:

– Czasami przenoszą wiadomości. Szpiegują. Doskonale zdajemy sobie z tego sprawę. Myszy i szczury robią to samo. Ci, którzy wysyłają te zwierzęta, nie zaliczają się do naszych przyjaciół.

Posuwałem się za daleko, gdy mówiłem jej o tym wszystkim. Konował nie byłby zadowolony. Ale w ten sposób zarzucałem również przynętę. Miło byłoby się dowiedzieć, co ona sobie myśli lub kogo podejrzewa. Czasami nie mogła się powstrzymać i coś jej się wymykało.

– Widywałam również sowy latające po nocy, Kamienny Żołnierzu. Nie zachowywały się w taki sposób, jak to zazwyczaj czynią sowy.

Tylko odmruknąłem w odpowiedzi. To było coś nowego. I zrozumiałem, że jeśli ktoś wykorzystywał sowy, a nikt inny tego nie zauważył, to oznaczało, że stara była znacznie bystrzejsza, niż podejrzewałem.

– Ostatniej nocy wiele kruków poleciało, a potem wróciło z lśniącej fortecy.

Przyjrzałem się jej uważniej. Ostatniej nocy. Kiedy Tai Dei i ja byliśmy w mieście z zagubionymi chłopcami. Kiedy ona włóczyła się w towarzystwie Wujka Dodża. Dostrzegła coś, co mi umknęło. Może.

Ostatnimi czasy kruki rzadko można było spotkać w pobliżu Przeoczenia. Długi Cień zapałał najwyraźniej zdecydowaną niechęcią do tych ponurych zwiastunów. Jego kryształowe kopuły otoczone były drobnymi, ale paskudnymi zaklęciami, które działały na zasadzie pajęczych sieci, uderzając, gdy ptaki znalazły się nazbyt blisko.

– Ciekawe – powiedziałem. – To może być coś nowego.

– Kruki pojawiały się tam już wcześniej, ale nigdy tak wiele.

– Hm. – Co też działo się tam takiego interesującego zeszłej nocy, że Duszołap musiała to wiedzieć? Dzisiaj nie spostrzegłem nic nienormalnego. Być może cała sprawa warta była zbadania. Być może urabiano mnie. Może Wujek Dodż i Matka Gota umówili się, by sprawdzić dziwactwa dostrzeżone w moim zachowaniu podczas ostatnich miesięcy. Może przygotowywali się do zrobienia tego, o co podejrzewał ich Konował. Jeżeli rzeczywiście robił cokolwiek więcej, niż tylko podejrzewał.

Każdego o coś podejrzewał.

– Ten, który potrafi latać, zeszłej nocy opuścił fortecę, Żołnierzu Ciemności.

– Aha. – Jednak próbowała mną manipulować. Wiedziała, że nienawidzę tych enigmatycznych tytułów po raz pierwszy użytych przez jej ojca, Ki Dama. Stary Mówca nigdy ich nie wyjaśnił, a Matka Gota na pewno mi nic nie powie, skoro jej ojciec nie zdradził choćby najlżejszej wskazówki. – To jest naprawdę ciekawe. – Przez jakiś czas nie słyszałem unoszących się w powietrzu przenikliwych krzyków Wyjca. Chociaż kiedy latał, zwykł używać maskujących zaklęć. Chciała pewnie, abym zaczął zadawać pytania, w ten sposób mogłaby zabawiać się ze mną i dalej mnie gnębić. Informacja, którą mi przekazała, miała być wszystkim, co uzyskam. W obecnej chwili.

Nie miałem ochoty grać z nią w tę grę. Zwróciłem się do Tai Deia.

– Czy może zostałem właśnie przed chwilą wybrany na honorowego członka plemienia?

Wzruszył ramionami. Wydawał się z lekka zaskoczony, że jego matka w ogóle cokolwiek mi powiedziała.

Nie pobiegłem natychmiast, by odwiedzić Kopcia. Jeżeli tego właśnie oczekiwała po mnie starucha, miałem zamiar ją rozczarować, i to w wielkim stylu. Dopełniłem swoich obowiązków, pomogłem Tai Deiowi w jego robocie przy ziemiance, pojadłem znowu, napiłem się porządnie, przez jakiś czas pracowałem nad Kronikami. Nie mogłem zmienić już nic z tego, co wydarzyło się w nocy. A niezależnie od tego, co to było, nie było to wydarzenie tak trzęsące ziemią w posadach, aby stanowiło bezpośrednie zagrożenie. Jednooki ułatwił mi zadanie. Wkrótce po zachodzie słońca pojawił się, niosąc w dłoniach gliniany dzban.

– Zupa gotowa – oznajmił. Zamieszał zawartością dzbana. Smród naprawdę paskudnego napitku wypełnił całą ziemiankę.

– W porządku! – Wstałem i poszedłem za nim w mrok.

53

To doprawdy szczęśliwy traf, że właśnie teraz się pokazałeś – powiedziałem Jednookiemu. – Właśnie muszę odejść. – Zdałem mu sprawę z tego, co powiedziała mi Matka Gota.

– Skąd ona może o tym wiedzieć?

Opowiedziałem mu więc o tym, jak dostrzegłem ją, gdy wraz z Wujkiem Dodżem włóczyli się po nocy.

– Być może oni również mnie widzieli.

– Tai Dei mógł im powiedzieć.

– Tak sądzę.

– Uważasz, że to ważne?

– Specjalnie chcieli się upewnić, że się dowiem, a więc lepiej sprawdzę. Nie zauważyłem niczego podczas rutynowego szperania.

Jednooki odchrząknął. Wyglądał, jakby się nad czymś zastanawiał.

– Chciałem ci już o tym wcześniej powiedzieć. Niezależnie od tego, jak dużo będziemy szukać, i tak wszystkiego nie znajdziemy, ponieważ nie będziemy wiedzieli, gdzie patrzeć.

Po prostu nie było dość czasu, aby patrzeć przez cały czas wszędzie.

Zaproponowałem więc:

– Dlaczego nie weźmiesz odrobiny swojej magicznej mikstury i nie dasz jej moim krewnym? To na jakiś czas wykończy ich myślenie.

– Przypuszczam, że nawet nie wzięliby tego do ust.

– Oczywiście, wcale by nie musieli. Ale widziałem, jak dwa czy trzy razy Tai Dei brał dla towarzystwa coś na rozgrzewkę, a jego matce nawet zaczęło bardzo smakować i nie wiadomo, jak by się wszystko skończyło, gdyby Wujek Dodż nie pilnował jej przez większość czasu, gdy przebywaliśmy w Taglios. Zawsze, gdy wychodził, udało jej się łyknąć kilka głębszych. Od czasu, jak znaleźliśmy się w drodze, nie miała nawet okazji go powąchać.

– Bardzo interesujące. – Mały, czarny człowieczek zaczął się krzątać dookoła. – Powiem ci coś. Po prostu pójdę tam i dotrzymam im towarzystwa, póki ty będziesz poza ciałem. Powiem im, że pracujesz.

Odszedł, zanim zakończyłem swoje przygotowania. Zabrał ze sobą oślizgłe, czarne wiadro. Wymamrotałem:

– Muszę zmusić go, by porozmawiał z Łabędziem. – Wierzba

Łabędź również pędził kiepskie piwo, ale odrobinę orientował się w sztuce browarniczej. W porównaniu z produktami Jednookiego wytwarzał ambrozję.

Kiedy ująłem duszę Kopcia, poczułem coś na kształt przypływu cieplejszych uczuć, jakby jakaś jego część cieszyła się na myśl, że już nie jest sam, i była z tego powodu uradowana. Zabrałem go od razu do Przeoczenia, cofałem się w czasie, w miarę jak przemierzaliśmy przestrzeń, i unikałem ruin, gdzie płonęły pożary, abym nie musiał patrzeć na samego siebie. Musiałem potem przenosić się do przodu i do tyłu, aby wreszcie wykryć gdzieś kruki Matki Goty. Widzialne były jedynie przez moment, a i to niewyraźnie. Nadciągnęły z północy, leciały wysoko ponad fortecą, potem opadły na nią niczym ciśnięte w dół kamienie. Nie było ich więcej niż tuzin, a więc jakakolwiek wiadomość, którą przenosiły, albo polecenie, musiały być stanowczo ograniczone w treści. Po tym, co mi powiedziała moja teściowa, spodziewałem się, że będzie ich znacznie więcej.

Śladem ostatniej pomknąłem w dół. Stado nawet nie zbliżyło się do jaśniejących kopuł wież, gdzie Władca Cienia pracował do późna nad jakimś ezoterycznym tekstem. Skoczyły w ciemność dziedzińca i wleciały do wnętrza fortecy przez wąską szczelinę uchylonych drzwi. Mamrotały coś do siebie, najwyraźniej niezadowolone z otoczenia, w którym się znalazły. Ostry krzyk, urwany w połowie, omal ich nie spłoszył.

Potem jakiś głos coś wyszeptał. Nie mogłem dojrzeć nic prócz najbardziej mglistego kształtu w mroku, jednak rozpoznałem urwany krzyk Wyjca. Nie pojąłem żadnego słowa z tych, które wypowiedział. Nie zrozumiałem kruków, które na zmianę wydawały z siebie dźwięki, z jakich zapewne składało się przesłanie. Dla mnie jednak decydującym fragmentem informacji nie była treść przekazu, lecz sam fakt istnienia wiadomości. Duszołap i Wyjec porozumiewali się z sobą.

Cofnąłem się w czasie o kolejną godzinę. Wyjec nie robił nic, siedział tylko i czekał. Skoczyłem do przodu, zamierzałem przyglądać mu się w określonych odstępach czasu, póki nie znajdę czegoś interesującego.

Wystarczyło przenieść się tylko o kilka minut przed przybyciem kruków. Zostały przez krótką chwilę. Potem Wyjec w towarzystwie szelestu swych łachmanów wycofał się w ciemność. Powoli popłynąłem w ślad za nim, śledziłem go wyłącznie za pomocą zmysłów słuchu i węchu. Nawet w świecie astralnym woń Wyjca była łatwo indentyfikowalna. Trzymał się ciemnych korytarzy, z dala od tras, którymi mógłby wędrować Długi Cień, póki nie dotarł do określonych drzwi. Zapukał, co mnie zaskoczyło. Wyjec nie należał do tego rodzaju facetów, którzy grzecznie pytają, czy można wejść.

Narajan Singh uchylił wąską szczelinę w drzwiach. Wyjec stłumił krzyk. Powoli rozwijał w sobie prawdziwy talent do milczenia. Singh cofnął się odrobinę i pozwolił mu wejść. Wyjec wśliznął się do środka niby najmniejszy Oszust, wysłany z jakąś śmiertelnie niebezpieczną misją.

– Już czas – wyszeptał.

Czas na co?

Singh najwyraźniej wiedział. Natychmiast podszedł do Córki Nocy. Dzieciak przykucnął przed frontem małego kominka, fanatycznie przepisywał pierwszą Księgę Zmarłych. W moich oczach dzieło wyglądało już prawie na ukończone. Ale któż mógł wiedzieć, ile stron liczyła cała księga?

Singh zdawał się niepewny, w jaki sposób winien odnosić się do dziewczynki. Ale niepewność ta ostatnio szczególnie się nasilała. Powoli stawał się zbędny i doskonale o tym wiedział.

Cóż, Pani zawsze będzie w stanie go do czegoś wykorzystać.

Zdołał zwrócić na siebie uwagę dziecka. Bogowie, ona stawała się naprawdę przerażająca! Otaczała ją już prawdziwa aura, coś, co można by określić jako mroczną poświatę. W słabym świetle jej oczy zdawały się lśnić, niby u wielkiej kocicy, która skrada się w kierunku przygasającego ogniska. Kiedy ty jesteś ospały, a ona głodna.

– Już czas – powiedział Narajan, a jego szept był na tyle słaby, że ledwo poruszył powietrze.

Dziewczynka grzecznie potaknęła. Wykonała nieznaczny gest dłonią. Narajan skłonił się i wycofał. Nie mogło być najmniejszej wątpliwości, kto tutaj rządzi, kto wydaje rozkazy, a kto słucha. Jak również żadnych wątpliwości, że ona sama znajduje się w rękach większej potęgi. Wyciągnęła w kierunku Narajana swą dłoń, którą poprzednio pisała, aby pomógł jej wstać. Można było stąd wnosić, że nie potrafi sama rozluźnić zesztywniałych mięśni. Jej nogi zdrętwiały za bardzo, aby mogła wstać o własnych siłach. Przez chwilę zrobiło mi się jej żal, póki sobie nie przypomniałem, że nie jest to prawdziwe dziecko.

Wyjec wrócił na korytarz. Popłynął, unosił się w powietrzu przed Singhiem i dziewczynką, badał, czy droga wolna. Oni ze swej strony nalegali, by zabrać lampę, co w najwyższym stopniu martwiło małego czarodzieja. Przez całą drogę mamrotał coś do siebie i narzekał.

Męczącą trasą, wybraną pieczołowicie, aby uniknąć spotkania z Długim Cieniem, żołnierzami garnizonu, jak również omijającą enklawę wciąż utrzymywaną przez ludzi Pani, Wyjec prowadził ich do niestrzeżonego fragmentu muru wychodzącego na Kiaulune. W dole płonęły ognie pożarów. Byłem tam, w towarzystwie Tai Deia, zmarznięty i rozczarowany własną głupotą, która kazała mi wszystko oglądać na własne oczy.

Nie towarzyszyłem im w rzeczywistym czasie. Przeskakiwałem naprzód, przyspieszając bieg wydarzeń. Celem Wyjca był mały dywan schowany na szczycie pozbawionej kopuły wieży, normalnie niewykorzystywanej do niczego. Dywan był nowy, mniejszy od tych, na których mogliśmy go widywać wcześniej, czarny jak otaczająca nas noc. Kolejny dowód na to, że nie możesz wiedzieć wszystkiego, co się dzieje dookoła, chyba że każdą minutę chcesz spędzić na obserwacji. Nie widziałem dotąd, by Wyjec pracował nad tym dywanem.

Nie zamieniwszy ze sobą ani słowa, cała trójka podniosła go, podeszła do krawędzi parapetu i dała krok prosto w przepaść otwierającą się pod stopami. Znaleźli się na jego powierzchni, w czasie gdy dywan spadał. Narajan jęczał cichutko, oczy miał zamknięte. Na Córce Nocy nie wywarło to najmniejszego wrażenia.

Wyjec odzyskał kontrolę nad dywanem akurat na czas, by nie rozsmarowali się wszyscy na skałach i ruinach w dole. Potem położył go w łagodny ślizg dosłownie o metry nad powierzchnią ziemi i cały czas manewrował tak, żeby między nim a Przeoczeniem znajdowały się jakieś większe obiekty.

Na krótką chwilę przeniosłem się do gabinetu Długiego Cienia. Władca Cienia był niespokojny. Porzucił swe badania i teraz stał i spoglądał roztargnionym wzrokiem w kierunku Kiaulune. Wyczuł, że coś się dzieje, ale nie potrafił dokładnie określić, co to jest.

Wyjec rozgrywał swą grę za plecami sprzymierzeńca. Omal nie zgubiłem tego małego gówniarza. Musiałem wrócić do momentu, w którym przestałem go obserwować, aby śledzić go dalej. Wkrótce potem przeleciał obok oddziału partyzantów Mogaby w ruinach. Nie zobaczyli go, ale wyczuli w jakiś sposób jego obecność i przerazili się ze szczętem, sądząc zapewne, iż oto jeden ze zwierzaczków Władcy Cienia poluje na zdobycz. Zamieszanie, jakie tym wywołali, ściągnęło na nich uwagę obozujących w pobliżu Taglian. Żołnierze zobaczyli coś ciemnego sunącego przez mrok. Nie marnowali czasu na namysł, lecz natychmiast odpalili salwę ognistych kul.

Wyjec zmienił taktykę. Dywan z miejsca nabrał pędu, czarodziej zaś pokrył go maskującym zaklęciem – na żadną z tych dwu czynności nie miał najmniejszej ochoty, póki znajdował się w pobliżu Przeoczenia. Zgubiłbym go wówczas, gdyby nie pomógł mi przypadek. Zabłąkana kula ognista trafiła w róg niewidzialnego dywanu, który zaczął się tlić. Maskujące zaklęcie nie obejmowało poświaty ognia, przynajmniej dopóki trzymałem się blisko.

Wyjec ostro wziął dupę w troki. Ale wciąż trzymał się tak nisko nad ziemią, że gałęzie krzaków drapały spód dywanu. W pewnej chwili wleciał między jakieś namioty i linki, na których suszyły się rzeczy w jednym z obozów dywizji Prabrindraha Draha. Mniej niepokoiło go to, że może zostać dostrzeżony przez naszą stronę niż przez własną.

Wyścig ten przepełnił mnie radosnym podnieceniem. Z początku go nie zauważyłem. Potem jednak uderzyło mnie, że odczuwam więcej emocji niż zazwyczaj. Ostatecznie zrozumiałem, że to, co czuję, stanowi słabe odbicie emocji przepełniających duszę Kopcia.

Momentami podczas tego lotu zbliżaliśmy się na tyle blisko do Wujka Dodża i Matki Goty, aby zostać zauważeni, jednak nie spostrzegłem po nich najmniejszego śladu. Przelecieliśmy też ponad moimi kwaterami, dostatecznie blisko, by zaskoczyć wartowników i wystraszyć konie. Trudno powiedzieć, by zaskoczyło mnie to, że Wyjec skierował dywan w stronę pewnego wąwozu, gdzie zalegał śnieg. Kopeć nie zrozumiał, o co chodzi, dopóki nie znaleźliśmy się na tyle blisko, by widzieć, jak dywan ląduje przed obliczem oczekującej nań Duszołap wśród nagłego zamieszania przerażonych kruków. Reakcja ptaków rozbawiła mnie do tego stopnia, że uwolniłem na moment uchwyt na duszy Kopcia. I w tym momencie czarodziej się zbuntował.

„Ona to ciemność".

Co?

To nie była moja myśl. Ale nie powtórzyła się już.

Wycofałem się więc, ruszyłem w górę, oddaliłem od tego miejsca, zadowolony, iż mogę powrócić do ciała z wiedzą, iż Wyjec i Duszołap planują jakąś zdradę, w którą zaplątani są także Narajan Singh i Córka Nocy.

Nastrój, który w tym momencie opanował Kopcia, jeżeli tak słabe echo emocji można określić tym słowem, równał się najczystszemu przerażeniu. A przerażenie było tam, włóczyło się po nocy, chociaż nie był to strach, który nawiedzał mego widmowego rumaka.

Kiedy mknąłem do swego ciała, w moje nozdrza uderzył zapach rozkładu. Nie zobaczyłem jednak nic. Zatrzymałem się więc, poeksperymentowałem, ruszyłem w stronę przeciwną niż niewidzialne źródło odoru. Być może tamto coś również zdało sobie sprawę z mojej obecności. Odór znienacka stał się mocniejszy. Miałem wrażenie, jakby coś się nagle poruszyło. W świecie ducha zamigotały światełka. Przez mgnienie zobaczyłem odrażającą twarz Kiny; patrzyła prosto na mnie. Ale jej oczy były ślepe. Tylko nozdrza łopotały, jakby chciały złapać mój zapach.

Przerażenie Kopcia mogło być tym, czego szukały te makabryczne nozdrza. Owładnęła nim niekontrolowana panika.

„Ona to ciemność".

Tym razem echo myśli było znacznie słabsze, a jednak nie mogło być wątpliwości. To nie tylko sprawa mojej wyobraźni.

54

Stary nie wydawał się szczególnie zaskoczony, gdy usłyszał, że Duszołap może mieć jakieś konszachty z Wyjcem.

– Nie liczyłem na to, ale dopuszczałem taką możliwość – powiedział. – Przez całe wieki pracowali razem. Być może chwyciliśmy właśnie Długiego Cienia za jaja.

– Lepiej, żeby ktoś go za coś trzymał, skoro kontroluje Bramę Cienia. A ponadto... – W jaki sposób miałem to wyrazić?

– A ponadto?

– Kopeć zaczyna zdradzać oznaki budzącej się osobowości, jak przypuszczam. – Opowiedziałem mu o tym, co się wydarzyło.

– Cholera! Nie chcemy, żeby obudził się właśnie teraz. – Na moment zatopił się w myślach. – Nie mam pojęcia, jak byśmy mogli powstrzymać ten proces, skoro już raz się zacznie.

– Lepiej porozmawiajmy o tym z Jednookim.

– Przyślij go tutaj. Czekaj! Opowiedz mi jeszcze o tej części fortecy, gdzie skrywają się Singh i dziewczynka.

Zrozumiałem, że jest to coś więcej niż przelotne zainteresowanie. Zażądał, bym mu dostarczył map. Tę część warowni zdołałem już nanieść na papier. Wszystko, co musiałem zrobić, to wydobyć rysunki z nory Jednookiego. Po drodze wstąpiłem więc do małego czarodzieja. Narzekał, że się go budzi w samym środku nocy. Kiedy Stary dostał to, czego potrzebował, zaciągnąłem zasłonę nad alkową Kopcia i poszedłem spać, zostawiając ich pogrążonych w ich machinacjach.

Nie udało mi się umknąć przed Kiną tylko przez to, że wróciłem do własnego ciała. Czekała na mnie w snach. Wkrótce po tym, jak się położyłem, znalazłem się na równinie szkieletów. Sahra również tam była.

Nie miałem najmniejszych kłopotów z pamiętaniem, iż jest tylko złudzeniem. W niczym nie przypominała Sahry, która żyła tak nędznie w świątyni w Win Gao Gang. Ta była zbyt młoda, zbyt świeża, pomimo jej bladości i wisielczej bruzdy charakterystycznej dla ofiar Oszustów.

Zaczynałem podejrzewać, że Kina działała opieszale i bez wyobraźni, chociaż niewątpliwie nie brakowało jej mocy. W jaki sposób jednak udawało jej się oddziaływać na Panią?

To prawda, że Pani nie miała pojęcia, przeciwko czemu występuje. Ignorancja zaś stanowi szczelinę w zbroi, którą świadomy jej istnienia wróg może łatwo wykorzystać. A także, oczywiście, Kina była Królową Oszustów. Zresztą nie miało już dłużej znaczenia, w jaki sposób Kina oszukała Panią. Teraz chodziło tylko o to, abym ja nie dał się jej oszukać.

Ta myśl sprawiła, iż niezdolny byłem udawać, jakobym nie wiedział, że zostałem oszukany. Nie byłem miły wobec fałszywej Sahry.

Jej skóra pomarszczyła się, a potem zgniła na moich oczach. Perfumy Kiny, czyli smród martwych ciał, zaatakowały moje nozdrza. W szarej oddali cień skrzepł w czwororęczną, czarną tancerkę, wysoką na trzydzieści metrów, której ciężkie kroki wzbijały w powietrze chmury kościanego pyłu, w miarę jak kręcąc biodrami, kroczyła w moją stronę. Jej kły ociekały jadem. Oczy płonęły niby czarne paleniska. Biżuteria z kości szczękała i grzechotała. Oddech był tchnieniem pomoru.

Córka Nocy przycupnęła na jej ramieniu niby maleńka druga głowa. Była podekscytowana jak dziecko po raz pierwszy zabrane przez rodziców na wiejski jarmark.

Kina nie była zadowolona z Murgena.

Z kośćmi przedramion sterczącymi ze zgnilizny, zagiąwszy w szpony pozbawione ciała palce, szkielet Sahry chwiejnie ruszył w moją stronę. Zapragnąłem oddalić się stąd i – uwaga! – udało mi się cofnąć ze dwa metry. Znowu zmusiłem swoją wolę i znowu się cofnąłem, niezbyt daleko, zadziwiony tym, że potrafię tego dokonać, równocześnie zdumiony, że wcześniej nie przyszło mi to na myśl.

Kina przestała tańczyć i ruszyła zdecydowanie w moją stronę. Jej kły wydłużyły się. Sześć piersi sączyło truciznę. Wyrosła jej kolejna para ramion. Córka Nocy podskakiwała podniecona na jej ramieniu, niepomna na groźbę upadku. Zmusiłem się, by opuścić to miejsce.

Kontrolowałem swoje ruchy, ale ten świat nie należał do mnie. Nie potrafiłem uciekać szybciej, niż poruszał się jego stwórca. Potężna, lśniąca, obdarzona pazurami czarna dłoń opadła w dół. Odskoczyłem. Jeden ze szponów drasnął moje ciało. Żądza mroku przeniknęła mnie aż do kości.

I znalazłem się w jaskini pełnej starców pochwyconych w pajęcze sieci lodu. Szybowałem obok twarzy, o których nie tylko wiedziałem, że je znam, na dodatek pamiętałem skojarzone z nimi imiona.

Poczułem napływ paniki, jakiej można doświadczyć, kiedy jest się zamkniętym na niewielkiej przestrzeni w całkowitych ciemnościach. Strachu przed pogrzebaniem żywcem. Nie pozwoliłem jednak, by mną owładnął. Próbowałem ponownie zdobyć kontrolę na sobą i przekonałem się, że potrafię przemieszczać się w obrębie jaskini, w którąkolwiek zechcę stronę, całkiem tak, jakbym wędrował z Kopciem. Jednak tutaj poruszałem się znacznie wolniej.

Spróbowałem przeniknąć przez ściany. Podobnie jak w świecie

rzeczywistym, a inaczej niż wówczas, gdy dosiadałem Kopcia, powstrzymały mnie prawa rządzące światem materialnym. Jedyna droga wyjścia z jaskini wiodła naprzód bądź wstecz. Co nie miało szczególnego sensu, skoro śniłem i dostałem się tutaj, nie przebywszy żadnej skomplikowanej trasy.

Czy to możliwe, że prawa rządzące światem przyrody działały jedynie wówczas, gdy to ja kontrolowałem swe poruszenia? Czy dlatego niezdolny byłem przeniknąć przez ściany, gdyż nigdy nie nauczyłem się tej sztuki w życiu codziennym?

Postanowiłem ruszyć naprzód po łagodnym stoku, jakim wiodło dno jaskini, ponieważ zawsze tak postępowałem w tych fragmentach snu, które później pamiętałem. Gdy powziąłem już decyzję, poczułem nagle, jak za moimi plecami rodzi się czyjś gniew, jakby coś ścigało mnie i coraz bardziej złościło się krnąbrnością swej przyszłej ofiary. Dołożyłem wszelkich starań, by poruszać się szybciej.

W tych lodowych jaskiniach starcy nie trwali w zupełnym osamotnieniu. Napotykałem kolejnych starców, tym razem zupełnie mi nieznanych. Były tam również skarby. Były też śmieci, jakby wszystko, co kiedykolwiek zostało zniszczone, ostatecznie lądowało tutaj. Widziałem również książki.

Trzy potężne tomy oprawione w wyświechtaną, popękaną, ciemną skórę spoczywały na wielkim, długim, kamiennym pulpicie, jakby czekając na trzech lektorów, którzy podejdą do nich równocześnie. Pierwsza księga otwarta była gdzieś w trzech czwartych swej objętości. Pochwyciłem jedynie kątem oka wygląd stronicy, zanim jakaś przemożna siła odepchnęła mnie od niej. Była w każdym razie identyczna ze stronicą, którą przepisywała Córka Nocy, kiedy Narajan Singh przerwał jej i powiódł ją na spotkanie z Duszołap. Kaligrafia pisma była dużo ładniejsza, znacznie bardziej zdobna i kolorowa, jednak najwyraźniej dzieciak nie stracił nic istotnego. Nie miałem najmniejszych wątpliwości.

Gniew dyszący mi w plecy stał się silniejszy. Zachowywał się tak, jakby szukał obiektu, na którym mógłby się skupić. Dość wcześnie przyswoiłem sobie lekcję, by nigdy nie zgłaszać się na ochotnika. Ruszyłem więc naprzód tak prędko, jak tylko niosła mnie moja wola, zastanawiałem się jednocześnie, w jakim to rodzaju koszmaru przyszło mi się znaleźć. Jego najbardziej dziwaczne i fantastyczne elementy były równocześnie najbardziej rzeczywiste. Być może stanowił on odbicie świata jawy.

Uczucie czyjejś rozgniewanej obecności za moimi plecami nasilało się, chociaż kiedy spoglądałem za siebie, nie potrafiłem niczego dostrzec. Nie zostałem jeszcze pochwycony. Przynajmniej tak zakładałem. Ale, nie przekraczając żadnej bramy, znienacka znalazłem się w zupełnie innym miejscu. Nade mną rozbłysło nagle pełne sklepienie gwiaździstego nieba, lecz nie było choćby śladu księżycowego srebra. Wisiałem wysoko ponad ziemią. Nie potrafiłem dostrzec śladu ziemi pod sobą.

To było niczym wędrówka z duchem bez ducha. Tyle że nie mogłem zwyczajnie rozkazać Kopciowi, aby przeniósł mnie niemal natychmiast w dowolne miejsce. Potrafiłem się poruszać, tak mi się przynajmniej zdawało, ale trudno było to stwierdzić z całą pewnością... Zrozumiałem, że potrzebuję znaków orientacyjnych. Stłumiłem narastającą w gardle panikę.

Zacząłem się zastanawiać. Miałem dostęp do informacji. Wiedziałem, gdzie jest góra, a gdzie dół. Ponad moją głową lśniło pole pełne gwiazd, tak licznych, że niemalże przyćmiewały blaskiem wyraźniejsze konstelacje, używane jako punkt odniesienia dla nawigacji. Kłopot polegał na tym, że nigdy dotąd nie przyglądałem się baczniej południowemu nieboskłonowi. Wszelka więc próba wyznaczenia kierunku w oparciu o gwiazdy będzie niewiele lepsza od zwykłego zgadywania.

Pochwyciłem słaby zapach gnijącego mięsa. Jak smagnięcie batem podciął mnie, gdy zmierzałem w stronę gromady gwiazd, o której niejasno sobie przypominałem, że znajduje się wiosną nisko nad północnym horyzontem. Trzy z nich tworzyły spłaszczony trójkąt, wszystkie lśniły jaskrawym blaskiem. Gwiazda na wierzchołku trójkąta mrugała i migotała. Z tym gwiazdozbiorem związane były liczne legendy, większość z nich niosła dosyć nieprzyjemną treść. Ale nie studiowałem ich nigdy dotąd.

Z tej wysokości mogłem dostrzec czwartą gwiazdę w konstelacji, równie jasną jak pozostałe, nieco poniżej tamtej trójki. Pamiętałem, że ostatni raz widziałem taki ich układ, kiedy Kompania wciąż znajdowała się daleko na północ od Taglios.

Jak wysoko się znalazłem? Czy może jak daleko na północ od Kiaulune?

Zatrzymałem się i ruszyłem w dół, ku ziemi. Wkrótce przekonałem się, że jestem w regionie, gdzie rolnictwo stanowiło sztukę poddaną ścisłym regulacjom, dzieło wspólnoty, najbardziej efektywnie wykorzystującej siły ludzkie, zwierzęce i narzędzia; widoczne rezultaty tych działań dostrzec można było w kręgu otaczającym centralnie położony dwór, okolony przez sioła i pojedyncze farmy rozciągające się wokół tego pierwszego niczym szprychy koła. Przygotowania do wiosennych zasiewów najwyraźniej już się zaczęły, choć na polach oczywiście nie było nocą ludzi.

Przemierzałem tak krąg za kręgiem. Ziemia między nimi stała odłogiem. Przypuszczam, że wykorzystywano ją na zabawy, a nadto dostarczała drewna na budulec i opał oraz węgla drzewnego.

Słyszałem o tym regionie. Znajdował się na Ziemi Cienia na zachód do Kiaulune. Długi Cień eksperymentował ze skuteczniejszymi technikami uprawy roli, aby dzięki wykorzystaniu mniejszej liczby rąk do pracy móc produkować więcej żywności, a tym samym uzyskać wolną siłę roboczą do prac budowlanych przy Przeoczeniu oraz do służby w swoich armiach. Nie znajdowałem się więc szczególnie daleko od moich oddziałów.

Ruszyłem drogą wiodącą na wschód. Po jakimś czasie, z pozoru minęły całe godziny, dostrzegłem poświatę pożarów w ruinach Kiaulune. Odnalazłem część obozu, w którym mieściła się moja kwatera, a zaraz potem ją samą. Czułem się na tyle wygodnie, że postanowiłem trochę poeksperymentować.

Zabrało mi tylko kilka chwil, zanim przekonałem się, że chociaż nie potrafię przenikać przez ściany czy choćby koce, które Jednooki zawiesił w wejściu do swej ziemianki, a nawet przez ścianę namiotu, łatwo mogę prześliznąć się najmniejszą szczeliną bądź dziurą zbyt małą nawet dla myszy albo węża. Nie potrafiłem także poruszać się w czasie. Ograniczony byłem wyłącznie do chwili teraźniejszej mego śpiącego ciała.

Sprawowałem kontrolę nad snem. Zdawał się całkowicie rzeczywisty. Obóz wyglądał tak, jak powinien wyglądać w czasie, gdy spałem. Moja wyobraźnia z pewnością nie była na tyle dobra, aby stworzyć cały oniryczny świat, który wiernie odbijałby jawę. Wtedy przyszło mi na myśl naprawdę poważne pytanie. Czy będę zdolny powtórnie tego dokonać? Czy przejście do tej rzeczywistości na zawsze pozostanie poza moją kontrolą, w taki sam sposób, w jaki działo się to, gdy osuwałem się po ścianie dzisiejszego dnia w koszmary Dedżagore? Jeżeli ma się to zdarzyć tylko raz, lepiej, jeśli wykorzystam okazję na tyle, na ile jest tego warta.

Wyśliznąłem się z powrotem na mróz, którego nie czułem. Przez sekundę myślałem, aby udać się nad równinę, ale nawet sama myśl od tym wywołała we mnie gwałtowny wstręt. Może później.

Zamiast tego ruszyłem w stronę gór. Wyśledzenie Duszołap powinno wystarczyć. Przynajmniej do pewnego stopnia. Przy czym może się to odbyć, jak odkryłem, bez zakłócania spokoju kruków. Nie obudziły się nawet. Podobnie jak ich pani. Uczestnicy spotkania dawno już ją opuścili. Czyli nie uda mi się, cholera, niczego dowiedzieć.

Mogłem więc wrócić do Przeoczenia i zobaczyć, co robią pozostali... I wtedy zobaczyłem leciutką poświatę na wschodzie. Zbliżał się świt. Zacząłem odczuwać przymus nakazujący mi wrócić do bezpiecznego schronienia własnego ciała. Pragnienie to stawało się coraz silniejsze, w miarę jak przybywało światła.

Ruszyłem w kierunku swojej ziemianki, zastanawiając się jednocześnie, czy w obecnej chwili też śnię się wampirzycy.

Matka Gota była już na nogach. Mimo że Duszołap nie była do tego zdolna, Ki Gota jakoś zdała sobie sprawę z mej obecności. Odwróciła się nawet, gdy wśliznąłem się do środka, spojrzała niemal prosto na mnie, zmarszczyła brwi, gdy niczego nie zobaczyła, a potem wzruszyła ramionami w taki sposób, w jaki się to zwykle robi, gdy ciarki przebiegają ci po plecach.

Wróciła do gotowania. Zauważyłem, że przygotowywała znacznie więcej pożywienia, niż ona, Tai Dei i ja bylibyśmy w stanie zjeść w ciągu dnia. Przypuszczałem, że część zaniesie Wujkowi Dodżowi.

55

Wyglądasz jak gówno – poinformował mnie Jednooki przy śniadaniu.

– Dzięki za słowa otuchy.

– Co jest?

– Złe sny ostatniej nocy. – Nie miał pojęcia, przez co musiałem przejść. Postanowiłem nie mówić mu jeszcze o niczym, ale na tyle długo już ćwiczyłem swój forsberski, aby móc mu powiedzieć: – Wychodzi na to, że nasza przyjaciółka od kruków kombinuje coś ze swoim starym kumplem, Wyjcem, naszym ulubionym Oszustem i dzieciakiem.

Zarówno Tai Dei, jak i Matka Gota popatrzyli na mnie ostro. Na określenie Oszusta użyłem tagliańskiego słowa *tooga*. Identycznie brzmiało ono w Niueng Bao.

– A przyjaciel Długi Cień sądzi, że nie ma się czym martwić.

– No. Stary zawsze powtarza, że nawet paranoikom czasami zdarza się, że zaprzyjaźnią się z kimś, kto spróbuje wbić im nóż w plecy. – Zazwyczaj kiedy tylko miałem okazję, informowałem go, że trochę przesadza z tym paranoicznym podejściem do świata.

– Przyjemnie dowiedzieć się o czymś takim, ale jak moglibyśmy tę wiadomość wykorzystać?

– To już nie mój problem. Ja tu tylko pracuję. Kapitan musi podejmować decyzje. Dlatego właśnie jest Kapitanem. – Wyłącznie dla zabawy użyłem tagliańskiego słowa na określenie kapitana *jammadar*. Tai Dei i Matka Gota znowu zmierzyli mnie wzrokiem. W poruszonym przed chwilą kontekście Oszustów, *jammadar* oznaczał coś więcej niż tylko „kapitan". Odnosił się do przywódcy oddziału, który stanowi rodzaj niewielkiego narodu Dusicieli. Jedynym *jammadarem* Oszustów, o którym obecnie wszyscy wiedzieli, że jeszcze żyje, był Narajan Singh. Został *jammadarem jammadarów*, zanim zniszczono jego kult. Zapewne pomyślą, iż rozmawiamy o tej żywej legendzie, o świętym, który wciąż chodził po tej ziemi i działał na rzecz swej bogini.

Pochłonąłem resztę swego śniadania, podziękowałem Matce Gocie, wstałem i opuściłem ziemiankę. Tai Dei ruszył za mną. Powiedziałem więc:

– Idę tylko zobaczyć się z Kapitanem. Jeżeli chcesz, możesz tu zostać i dalej rozbudowywać nasz dom. – Obecnie własną dziurę w ziemi nazywaliśmy już domem.

Tai Dei potrząsnął głową. Ostatnimi czasy zaniedbywał trochę swoje obowiązki mojego strażnika. Ja jednak bynajmniej nie byłem dotknięty tym lekceważeniem.

Czas ma swoje sposoby, by złagodzić nawet najbardziej posępne postanowienie.

Czekałem jeszcze przez chwilę, czy Jednooki nie zechce się do nas przyłączyć, ale nie pojawił się w wyjściu. Ten mały gnojek w coraz większym stopniu zdradzał się z ochotą spożywania obiadów z moją rodziną, miast samemu kłopotać się przyrządzaniem posiłków. Czy po tych wszystkich latach powinienem się temu jeszcze dziwić?

Konował wyglądał na niemal tak szczęśliwego, jak ja się czułem. On również nie spędził tej nocy na łożu usłanym płatkami róż. Jęknął:

– O co chodzi tym razem?

– Śniłem trochę ostatniej nocy. Trafiłem do piekła i wydostałem się z niego, a potem udałem się na małą wędrówkę bez najmniejszej pomocy ze strony Kopcia. – Opowiedziałem mu wszystko z ponurymi szczegółami.

– Czy potrafiłbyś zrobić to znowu?

– Przez ponad rok wciskałem się w mysie dziury i szczeliny czasu. Być może nabrałem po prostu wprawy.

– Nie potrzebowalibyśmy wtedy Kopcia.

– Szczególnie teraz, kiedy najwyraźniej się budzi. – Na mojej twarzy musiała pojawić się naprawdę paskudna mina, uniósł bowiem brwi. Powiedziałem szybko: – To może być naprawdę zabawne, obserwować, jak będzie próbował się przystosować do nowego świata, w którym przyszło mu się obudzić.

Konował uśmiechnął się szyderczo.

– Wolałbym w tym momencie stanąć pod wiatr. Wysra ze strachu swoje flaki, kiedy zobaczy, jak daleko udało się nam dojść. Przy okazji, skoro już tu jesteś, chciałbym, abyś poszedł zobaczyć się z Panią. Posłałem do niej twoje mapy. Ma zamiar wyłuskać Narajana i schwytać dziewczynkę. Gdyby ktokolwiek pytał cię o te mapy, ktokolwiek, to wszystko, co wiesz, to tyle, że schwytaliśmy kilku oficerów Mogaby, którzy wcześniej służyli w garnizonie Przeoczenia.

Odchrząknąłem, nieszczególnie uradowany. Zapewne nie będę w stanie kłamać przekonująco w obliczu Pani.

– Poeksperymentuj z tym. Muszę wiedzieć, czy naprawdę jesteśmy w stanie obyć się bez Kopcia.

– Już odkryłem poważne braki tej metody.

– Hm?

– Kiedy jestem sam, nie potrafię cofać się w czasie.

Wziął głęboki wdech, a potem powoli wypuścił powietrze.

– Trudno oczekiwać, że stanie się inaczej? Musiała być jakaś pułapka. Kopeć okazał się ubezpieczony.

– Powiedziałeś, że porozmawiasz z Jednookim, aby nie dał mu się obudzić.

– Okazał się nieszczególnie pomocny.

– Czy nie jest tak zawsze?

– Jeżeli go zobaczysz, przyślij go tutaj.

– Dobra. – Opuściłem jego ziemiankę, zatrzymałem się na chwilę i objąłem wzrokiem obóz rozciągający się pod murami Przeoczenia. Powiedziałem do mego druha: – Szef chce, abym poszedł do Pani i pokazał jej, jak ma wykonywać swoją robotę.

Dzień był słoneczny, jasny. Wiatru akurat na tyle, by rozwiać wiszący w powietrzu dym i odór.

– Może przynajmniej częściowo ziemia wyschnie – zauważył Tai Dei.

Prawie cała pokrywa śnieżna zdążyła już stopnieć. Nadchodziła wiosna. W okolicy Kiaulune oznaczało to porę błota. Ostatecznie błoto równało się insektom.

Zastanawiałem się, czy topniejące śniegi nie spowodują powodzi, które wygnają Duszołap z jej kryjówki.

Był to czas, kiedy wiosna przyszła do Kiaulune. Gdzie indziej panowała już od dawna.

56

Myślałem, że szybciej uporacie się ze stolarką – narzekał właśnie Wierzba Łabędź, kiedy przyłączyłem się do tłumu skupionego wokół Pani. Członkowie jej sztabu chrupali sobie niezobowiązująco jakieś ciasto, gdy ona mówiła im, co mają zrobić, aby mogła schwytać Narajana.

– Pokazujesz się za każdym razem, gdy coś idzie źle.

Brzeszczot obdarzył mnie uśmiechem.

– Temu facetowi potrzebna jest dziewczyna.

– Jak widzę, znalazł już sobie jedną, tyle że ona ma chłopaka.

– I u niego właśnie była zeszłej nocy, co?

– Może. – To by wyjaśniało, dlaczego Konował był tak cholernie wykończony tego ranka.

Ten facet miał jedną randkę za drugą.

Pani właśnie mówiła:

– Już wcześniej były tu cienie, jednak Jarwaral twierdzi, że ostatnimi czasy nie stanowiły zbyt poważnego problemu. Mając te mapy, być może zdołamy odnaleźć miejsce pobytu tkaczy cienia... gdybyśmy chcieli. Ja chcę. Zlikwidujemy ich, zanim zajmiemy się Oszustem. Ach! Murgen.

– Musiała mnie zauważyć – wymruczałem do Brzeszczota. Rozejrzałem się w poszukiwaniu nieuniknionych kruków. Łatwo można je było zauważyć, ponieważ były nieliczne. Para, którą dostrzegłem, zachowywała się, jakby była kompletnie pijana. Pani opracowała jakieś zaklęcie, aby ograniczyć przepływ informacji do swojej siostry.

– Wybijasz się z tłumu – pocieszył mnie Łabędź. – Kobiety zawsze cię zauważają.

– Chodź tutaj – zwróciła sie do mnie Pani. – Kapitan wysłał mi te mapy. Co o nich wiesz?

– Przypuszczalnie są godne zaufania. – Na sto procent... chyba że w ciągu kilku ostatnich godzin dokonano w fortecy poważnej przebudowy.

– Nie obejmują szczególnie dużego obszaru.

Dupa i gówno. Dupa i gówno. Nikt nigdy nie jest zadowolony.

– Chcesz, żebym poszedł i wykopał tego faceta, abyś mogła użyć jakichś nekromantycznych zabawek na jego trupie?

Obrzuciła mnie tak wstrętnym spojrzeniem, że przez chwilę obawiałem się, iż zarzuci mi kłamstwo. Ale nie podważała moich słów, po prostu domagała się spodziewanego strachu i szacunku. Potem rozluźniła się i powiedziała:

– Wyjąwszy rozmieszczenie kryjówek tkaczy cienia oraz miejsca, gdzie zagrzebał się Singh, nie ma tu wiele więcej, o czym byśmy wcześniej nie wiedzieli.

A o to właśnie przede wszystkim chodziło, kobieto.

– Mam jeszcze trochę informacji. Długi Cień przez cały niemal czas zamknięty jest w swej wieży, tutaj, zajmuje się swoimi sprawami, zamiast uprzykrzać nam życie. Apartamenty Wyjca są mniej więcej gdzieś tu. Dwa dywany trzyma na płaskim tarasie, o tu, maleńki zaś, prosto spod igły, zwinięty pod łóżkiem.

Pani obdarzyła mnie przeszywającym spojrzeniem. Skąd mogłem to wiedzieć?

Powiedziałem jej:

– Tego dnia, kiedy tu przybył, Wyjec zaczął chronić swoją dupę na wypadek, gdyby jego wspólnik któregoś dnia zwrócił się przeciwko niemu.

– Hm? – mruknęła. – Wyjec rzeczywiście tak by postąpił. W szczególności biorąc pod uwagę to, co Długi Cień próbował zrobić swoim wcześniejszym sprzymierzeńcom. – Przeniosła spojrzenie na mapy. Ale wiedziałem, że ta odpowiedź nie usatysfakcjonowała jej. Nigdy nie była usatysfakcjonowana, gdy ktoś inny wiedział więcej niż ona.

Gestem dłoni wezwała Ajsiego, Oczibę i Sindawe, aby podeszli bliżej. Generałom Nar dobrze się z nią pracowało. Znacznie lepiej niż ze Starym. Konował nigdy im nie zaufał bez reszty, nawet po tym, jak opowiedzieli się po stronie Kompanii przeciwko Mogabie.

– Czy powinniśmy to zrobić za dnia, czy w nocy?

OczIba, człowiek, którego słyszałem, jak przemawiał, może jakieś pięć razy w ciągu tych wszystkich lat, powiedział:

– To nie ma najmniejszego znaczenia dla takiej akcji.

– Prawda. Ale wolałabym zrobić to przy dziennym świetle. Ze względu na wpływ, jaki może mieć na morale.

– Teraz jest właśnie dzień – zauważył Łabędź.

Zwróciłem się do Brzeszczota:

– Ten facet jest niemożliwy.

Pani spojrzała na Łabędzia.

– Chcesz się przekonać, jak dobrze poradzi sobie tam twoja Gwardia?

– Byłbym uszczęśliwiony. Ale to nie jest jej robota.

Jej robota polegała na strzeżeniu księcia i księżnej, których ani on, ani oni nie widzieli ostatnimi czasy na oczy. Wszyscy tu zgromadzeni pomyśleli w tej samej chwili dokładnie o tym samym. Wszyscy jak na komendę spojrzeli na Łabędzia. Zaczerwienił się.

– Sindawe, wobec tego ty pójdziesz. – Pani cofnęła się trochę, aby wysoki Nar mógł podejść bliżej do map. Ja również wśliznąłem się za nim. Teraz mogłem już łatwo zobaczyć, że map jest więcej niż tylko jeden zbiór. Z tym, że jeden przygotowałem ja. Drugi, inaczej skonfigurowany, zapewne został złożony przez ludzi Pani na podstawie doniesień jej żołnierzy z Przeoczenia.

Oficer Nar wpatrywał się w nie przez chwilę.

– Powinniśmy zmienić żołnierzy w twierdzy, zanim weźmiemy się do czegoś innego.

Ajsi zgodził się.

– Ludzie w środku od dawna już żyją w strasznym napięciu.

– Zgadzam się na to – powiedziała Pani.

– Powinniśmy zwiększyć liczbę atakujących – ciągnął Sindawe. – Kiedy już wyruszymy, nie będzie miało sensu żadne udawanie. Nieprawdaż?

– Przypuszczalnie nie. Sukces czy porażka, jeżeli już ruszymy naprzód, na pewno zostaniemy zauważeni. A Kapitan nie zostawił nam wyboru poza atakiem. Nieprawdaż, Murgen?

Wzruszyłem ramionami.

– Zawsze ustąpi przed opinią dowódcy danego teatru działań. Wiesz o tym. Przynajmniej wówczas, gdy podasz mu dobre argumenty.

– A więc nie mamy wyboru. Zwlekaliśmy już zbyt długo w nadziei, że pojawi się ktoś inny, kto zaproponuje skuteczne rozwiązanie dylematu Długiego Cienia.

– O co chodzi? – zapytałem.

– O fakt, że nie możemy go zabić. Wiesz o tym, nieprawdaż?

Wiedziałem. Natomiast nie miałem pojęcia, w jaki sposób oni chcą przerzucić nowe wojska na teren Przeoczenia.

Teraz mówił Sindawe:

– Powinniśmy od razu realizować wszystkie etapy zadania. Tutaj i tutaj, prosto do kryjówek tkaczy cienia. I tutaj, do nory Oszusta. A także zmasowany atak przeciwko załodze garnizonu, jak również przeciwko służbie. Aby nie mogli nam przeszkodzić w realizacji pozostałych zadań.

– Długim Cieniem też proponowałabym się zająć – zasugerowała Pani. – Być może nam się poszczęści.

Najwyraźniej coś mi umknęło. Przed moimi oczami wznosiła się wysoka na trzydzieści metrów ściana murów obronnych, już nawet w przybliżeniu nie tak lśniąca, jak była wcześniej, pozbawiona kilku swych pięknych wież, ale na pewno nie niższa niż wcześniej. Dlaczego ci ludzie zachowywali się, jakby jej w ogóle nie było?

– Wszyscy macie zamiar przejść spacerkiem przez mury obronne czy co?

– Gdyby się to okazało odpowiednim sposobem – odparowała Pani.

– Będziemy się czołgać – poinformował mnie Sindawe.

Wkrótce odkryłem coś jeszcze, co umknęło mojej uwagi, kiedy dokonywałem swych przeglądów w świecie astralnym – znowuż dlatego, że nie wiedziałem, gdzie szukać.

57

Przebili tunel pod murami. Dokładnie przez fundamenty. Ale to była mysia dziura. Facet mojego wzrostu musiał pełznąć na brzuchu jak wąż. Wiem, ponieważ spróbowałem. Dureń.

Dlaczego znowu musiałem robić to we własnym ciele? Mogłem pójść do siebie i wrócić tu na grzbiecie Kopcia. Przyjrzałbym się wszystkiemu, nie narażając się na ataki klaustrofobii, obtarte łokcie i kolana, kopniaki w nos obutymi nogami błazna, który pełzł przede mną. Żadnego pełznięcia przez bździny i odoru strachu setek małych wegetarian pełznących przede mną, którzy umarłego mogliby poderwać z grobu szczękiem swego oręża.

Gdzie byli chłopcy Władcy Cienia? W całym tym zamieszaniu musieli nieźle się cieszyć i ostrzyć swe miecze. Będą mieli Talów na podwieczorek.

Po części tunel został wybity przez rozrzutne stosowanie ogniowych instrumentów Pani. W niektórych miejscach ściany wciąż były gorące. Cała sprawa była więc kompletnie nowa. Wszystkim, co zobaczyłem po jego drugiej stronie, była banda trzęsących tyłkami Taglian, którzy zbyt długo znajdowali się w tunelu. Wyglądali, jakby ujrzeli już niebo, ale banda dupków takich jak ja blokowała im wejście do niego.

Byłem ostatnim facetem w moim szeregu. Numer sto jeden. Kiedy spełzłem mu z drogi, numer pierwszy z tych chłopców z ulgą zanurkował w dziurę i zniknął mi z oczu.

Na każdą setkę, która dostała się do środka, jedynie dwudziestu musiało opuścić fortecę. Ta dwudziestka była nastawiona bardzo entuzjastycznie. Ale nikt nie słyszał szczęku broni ponad głowami.

Ocziba, Ajsi i Sindawe zaczęli wybierać oddziały, które spadną na ludzi Długiego Cienia. Sindawe zawsze zachowywał się wobec mnie przyzwoicie, nawet wówczas gdy jeszcze pracował dla Mogaby. Jednak najwyraźniej postanowił zmienić swój charakter.

– Masz ochotę poprowadzić oddział atakujący, chorąży?

– Chyba pomyliłeś mnie z kimś, kto uważa siebie za bohatera.

– Możesz zarobić sobie czyjąś wdzięczność, chwytając Narajana Singha.

– Nie potrzebuję niczyjej wdzięczności. Pogadaj z Brzeszczotem albo Łabędziem.

Sindawe zachichotał.

– Nie zobaczysz ich tutaj.

– Dlaczego?

– Nie należą do Kompanii. Pani nie zaufałaby im w krytycznej sytuacji.

Ciekawe. A jednak zaufała tym Nar.

Konował im nie wierzył. Przynajmniej nie na sto procent. Nigdy. Sindawe bez większych trudności przejrzał na wylot moje myśli. Uśmiechnął się.

– To miejsce stanowi wystarczająco trudną sytuację.

– Tak. Ale ja wciąż nie mam zamiaru zostać bohaterem. Po prostu przyszedłem tu za wami, aby obserwować, a potem wszystko dokładnie opisać.

– Sin – zawołał Ajsi. – Musimy ruszać. Ci z garnizonu zorientowali się, że coś się dzieje.

Żołnierze Cienia reagowali wolniej, niż można by oczekiwać. Sindawe i jego przyjaciele byli znacznie szybsi. Prawie tak szybko, ile trwała myśl o tym, już wiedli trzy grupy do ataku, poruszając się, jakby walczyli u siebie w domu, chociaż żaden z nich nigdy dotąd nie był we wnętrzu Przeoczenia.

Wewnętrzne ściany twierdzy nie były wykładane białym marmurem. Gdziekolwiek się znaleźliśmy, miejsce to znajdowało się głęboko pod powierzchnią ziemi i było w nim brudno, mokro, a nadto jakieś nieprzyjemne stworzenia posiadające o dwie, cztery, sześć albo nawet więcej nóg niż ja czaiły się w każdym cieniu. Tai Deiowi w ogóle się to nie podobało. Potrzebował kolejnych kilkuset ludzi, którzy przeszli obok niego, aby w ogóle wejść do wnętrza tunelu.

– Cofnij się – warknąłem na żołnierza czekającego, by wyjść na zewnątrz. – Od tej chwili jest to tunel jednokierunkowy. Tai Dei, uderz tego idiotę w głowę. A potem walnij tego głupca, który siedzi u wylotu tunelu i się gapi. Idziemy, ludzie. Na górze trwa wojna. Nie mamy czasu na ciupcianie się. – Zmieniałem się w prawdziwego trepa. Gdybym tylko potrafił sprawić, żeby łatwiej rozumieli to, co mówię.

Słowo „ciupciać się" nie istnieje w tagliańskim. Wypowiadając je, ściągnąłem na siebie kilka niepewnych spojrzeń. Natomiast inne treściwe rzeczowniki, czasowniki i przymiotniki po większej części istnieją, wyposażone w swą zwyczajową siłę. Religijne bluźnierstwa zazwyczaj również działają z dobrym skutkiem.

– Ty – powiedziałem do właśnie wynurzającej się z tunelu głowy – przekaż do tyłu, że bijemy się. Potrzebujemy ludzi tak szybko, jak to tylko możliwe.

Ponownie pojawił się Sindawe. Był oficerem dowodzącym całością tego tańca śmierci. Rozbawiły go moje wrzaski. Ale zachował się politycznie. Mógł sobie być wielkim generałem, gdy w grę wchodziły wojska tagliańskie. Jednak mógł przecież nadejść taki dzień, kiedy okaże się, że to ja jestem jego szefem w ramach Kompanii. Powiedział więc tylko:

– Wciąż jeszcze pozostał atak na Długiego Cienia. Możesz go poprowadzić, jeśli chcesz.

Przypomniałem sobie czarną włócznię, którą Jednooki wykonał specjalnie przeciwko Władcom Cienia. Mogłaby się okazać pożytecznym narzędziem, gdybym był takim głupcem, żeby pójść z nią na Długiego Cienia.

– Komuś innemu zostawię ten zaszczyt. Nie mam ochoty zawłaszczać wszystkich honorów dla siebie.

Prawdę mówiąc, to miejsce z lekka mnie przerażało. Woń mokrego kamienia, podziemi i zastarzałego strachu, w połączeniu z chłodem i kiepskim oświetleniem, za bardzo przypominała wszystkie moje koszmary dotyczące starców pochwyconych na zawsze w jaskiniach, gdzie niewidzialne pająki rozsnuły swe sieci i kokony z lodu.

Udział w ataku na Przeoczenie to był zły pomysł. Podejrzewałem obecnie, że kiedy podejmowałem tę decyzję, nie posłuchałem cichego głosu, jakim przemawiał do mnie mój strach, ponieważ wszyscy ci faceci, jak Brzeszczot czy Łabędź, stali dookoła i marudzili na temat tego, że chłopcy z głównej kwatery nigdy nie ryzykują swoich zgrabnych i drogocennych tyłków, kiedy zaczyna płynąć krew i latać gówno. To było normalne, głupie gadanie. Zacząłem tę samą śpiewkę już w godzinę po złożeniu przysięgi. Po prostu nie chciałem być tym facetem, o którym żołnierze myślą, że spędził ostatnie trzydzieści lat, trzymając głowę wyżej niż dupa.

Moja wiadomość dotarła do drugiego końca tunelu. Ludzie zaczęli przybywać dwa razy szybciej niż dotąd.

Nie miałem pojęcia, czy Długi Cień i Wyjec zdają sobie sprawę, że znaleźliśmy drogę do wnętrza Przeoczenia. Nic nie wskazywało, żeby rozpaczliwie próbowali zakorkować niespodziewaną dziurę w ścianie. Ich reakcja była wściekła i energiczna, jednak mieściła się w ramach przewidywań, jakby sądzili, że gromadka uwięziona we wnętrzu nazbyt się rozbrykała.

Nasi ludzie nie zdołali dosięgnąć Długiego Cienia. Co nie było niespodzianką. Niespodzianką stulecia byłoby, gdyby ten sukinsyn naprawdę się pojawił, dryfując w powietrzu brzuchem do góry. Podobnie rzecz się miała z małym, wrzeszczącym przyjacielem Duszołap, Wyjcem. Na szczęście Ajsi, który realizował to zadanie, był na tyle bystry, aby zdawać sobie sprawę, że może nie odnieść stuprocentowego sukcesu, próbując rozdeptać to małe gówno. A więc zadowolił się skromniejszym sukcesem i dopóty zmuszał Wyjca do tańca mającego uratować jego dupę przed pięćdziesięcioma facetami z bambusowymi tulejami, póki pięciu innych nie spaliło jego latających dywanów. Wszystkich, prócz tego maleńkiego, który trzymał pod łóżkiem. A Ajsi dostałby nawet ten, gdyby Wyjec miał jaja i ścigał jego ludzi w taki sposób, jak Ajsi tego chciał. Czego Ajsi nie wziął pod uwagę, to faktu, że bardzo niewielu ludzi było zbudowanych równie potężnie jak on.

Niezależnie od tego, w jaki sposób tego dokonała, Pani doskonale wiedziała, jak przebiegają wydarzenia wewnątrz fortecy. Natychmiast zdała sobie sprawę z porażki usiłowań dopadnięcia Długiego Cienia i jej byłego pracownika. Wiedziała jakimś sposobem, że Narajanowi Singhowi oraz Córce Nocy, przypadkiem albo dzięki łasce ich bóstwa, zdarzyło się pozostawać poza kwaterami, kiedy jeden z naszych oddziałów poszedł ich pojmać. Służący nie mieli tyle szczęścia.

Większość z tych, których wybrano, aby zamieszkali w Przeoczeniu czy to w charakterze służących Władcy Cienia, czy też aby byli bezpieczni przed szerzącą się zarazą, głodem bądź innymi nieszczęściami trapiącymi świat, nie miała tyle szczęścia, ile ich władca. Ocziba zaskoczył garnizon kompletnie nieprzygotowany do starcia. On i jego ludzie musieli mieć kłopoty ze słuchaniem swoich rodziców, kiedy dorastali. Nigdy chyba nie zrozumieli do końca takich pojęć, jak litość czy niebiorący udziału w walkach cywile.

Również jakiś czas później trudno mi było na nich patrzeć. Po tym, jak już wydostałem się z tej rzeźni. Po tym, jak w wyjściu do tunelu zaczęły się pojawiać pierwsze ofiary, aby się ewakuować, jeśli nadarzy się szansa. Po tym, jak Pani przestała już wysyłać dalszych żołnierzy, uznała bowiem, że będzie to marnotrawstwo sił. Po tym, jak udało mi się już stamtąd wydostać, w jednym niedraśniętym kawałku, ciągnąc za jeden koniec rannego Taglianina, podczas gdy Tai Dei popychał jego drugi koniec, ten zaś skarżył się przez całą drogę, a tunel był o półtora kilometra dłuższy, kiedy się z niego wychodziło, niż gdy się szło w przeciwną stronę. Po tym, jak wyszedłem już na świeże powietrze, tylko po to by zastać tam Wierzbę Łabędzia i Brzeszczota, zastanawiających się na głos, dlaczego nie jestem wewnątrz fortecy i nie odcinam właśnie uszu od czaszki Długiego Cienia.

– Nie chciałem pozbawiać was szansy zadania ostatecznego pchnięcia. Sindawe wszystko wam już przygotował. Wszystko, co musicie zrobić, chłopcy, to tylko wziąć parę ostrych noży i wśliznąć się przez tę dziurę. Jeśli już tam będziecie, możecie również zdjąć Wyjcowi skalp z głowy. Będą tam czekać na was razem, jak przypuszczam. Wysoko, w wieży Władcy Cienia.

– Gotów? – zapytał Brzeszczot Łabędzia. – Ja już mam mój nóż. – Na jego twarzy błyszczał uśmiech. Był zdecydowany dać Łabędziowi tyle samo gówna, ile on dał mi.

Pani podeszła do miejsca, gdzie staliśmy. Odziana była w kompletną zbroję Pożeracza Żywotów. Płomyki czerwonych ogni pomykały po jej czarnej, ohydnej powierzchni szybciej, niż mogło nadążyć oko. W oczach Taglian wizerunek Pożeracza Żywotów odpowiadał jednemu z awatarów Kiny Niszczycielki. Pomimo tego, co spotkało ją i jej córkę, wielu ludzi wciąż uważało, że stanowi ona materializację mrocznej bogini. Czasami ja również zaliczałem się do nich. Na pewno istniał między nimi jakiś związek. Ale ona nie będzie rozmawiać ze mną na ten temat. Ja z kolei nie powiedziałem jej nic o Kopciu. A więc byliśmy kwita.

– Doniesienia o jakichś sukcesach? – Jej głos był niczym basowy grzmot pobrzmiewający w długim, zimnym tunelu. – W ogóle nic?

– Mnóstwo ludzi poległo. Po obu stronach. Wielu z nich nie należało do kategorii, którym byśmy szczególnie życzyli śmierci. Ale należałoby stwierdzić, iż pozostał im już tylko jeden sposób, aby utrzymać to miejsce.

– Mianowicie?

– Uwolnić cienie. – Słowa te niemal wyskrzeczałem. Nie chciałem wchodzić w rolę przepowiadacza przyszłości, jednak to była przyszłość niewymagająca szczególnych zdolności wieszczbiarskich. – Chyba że ci dwaj pierwsi dopadną Długiego Cienia. – Wskazałem na Brzeszczota i Łabędzia.

Pani nie była w nastroju do żartów. Nigdy zresztą nie była skłonna dowcipkować. Ta kobietta miała mniej więcej tyle poczucia humoru, co moja teściowa. Natomiast świetna była w przeszywających spojrzeniach.

Zrobiła tę rzecz, która wywołała cyklon świetlistych ostrzy, i rozpuściła go między wyższymi wieżami. Dalej popłynął swobodnie, siał wszędzie ogromne zniszczenia, sprawiając, że Długi Cień oraz Wyjec nazbyt byli nim zajęci, by dokończyć wyrzynania jej żołnierzy.

58

To już drugi raz – warknął Stary. – Sądziłem, że dotarło do ciebie to, co powiedziałem po tej przygodzie w Kiaulune. – Porządnie się wkurzył, kiedy się dowiedział o mojej wycieczce do wnętrza Przeoczenia. – Zabierzesz teraz Kopcia i sprawdzisz, co robią Wyjec i Władca Cienia.

Gdy Tai Dei i ja wróciliśmy do obozu, Konował już warczał i parskał na kilku kurierów. Najwyraźniej sądził, że Pani wdała się w coś, czego reszta z nas będzie bardzo żałować.

Miałem wrażenie, że Duszołap dowiedziała się o wszystkim dość późno i była tym równie zachwycona jak Kapitan. Wszędzie widać było kruki. Zachowywały się nieprzyjemnie, nawet jak na agentów Duszołap. Krążyły nad głowami, rozsiewając, gdzie tylko mogły, krucze odchody.

– Kiedy skończysz z Długim Cieniem i Wyjcem, chciałbym, żebyś ustalił miejsce pobytu wszystkich naszych ludzi.

– Naszych?

– Idzie mi o Kompanię. O Starą Gwardię. Nar. Chcę, żeby wszyscy zgromadzili się razem. Ale naprawdę szybko.

– Zrobię to.

– Oczywiście. Tylko żeby to wszystko odbyło się przy udziale chociaż odrobiny zdrowego rozsądku, Murgen. Kompania, aby dojść do Khatovaru, potrzebuje chorążego. Przypuszczalnie w większym stopniu, niż kiedykolwiek potrzebowała Kapitana albo Porucznika.

– Mówiłem to już wcześniej, powtórzę znowu. Jeżeli ktokolwiek miałby choćby ślad pojęcia o tym, co zamierzasz, możliwe byłoby wykonanie tych rzeczy, które chcesz, aby były zrobione, dokładnie na tę chwilę, która ci najbardziej odpowiada. – Odszedłem, zanim zdążyliśmy się pokłócić w obecności tych wszystkich żołnierzy.

Długi Cień zwalał na Wyjca całą robotę. A Wyjec wkurzał go jeszcze bardziej tym, że do niczego dostatecznie się nie przykładał. Właśnie wyczarował jakiś niewielki, kolorowy twór, wprost z powietrza. Musiałem mu się przez chwilę przyglądać, zanim rozpoznałem przedstawienie obszarów Przeoczenia, które znajdowały się w rękach naszych oddziałów. Skomplikowana mieszanina cyjanowych bieli i karmazynów – z ogonem, który sięgał przez całe fundamenty aż do pozycji Pani za murami.

Nie podejmował już żadnych wysiłków, aby powstrzymać wyrywające się z gardła krzyki. Następowały teraz w krótkich odstępach, jeden po drugim, istne skowyty, które niosły jakieś bardzo osobliwe emocje.

Trzeci wrzask wyzwolił coś w umyśle Długiego Cienia. Przestał ujadać. Poprawił swą maskę, pochylił się, by spojrzeć na model Wyjca. Sięgnął doń palcami chudymi jak nogi pajęcze, co rzucało się w oczy, mimo iż odziewał je w rękawiczki, i wskazał prowadzący na zewnątrz ogon.

– W jaki sposób udało jej się tego dokonać? To powinno być niemożliwe. – Jego szaleństwo i tyrady rozwiały się niczym mgła w porannym słońcu. Wyglądał tak, jakby jego myśli przebiły się przez otulający je zamęt. – Ten kamień jest nie do ruszenia.

– Tam, na zewnątrz, znajduje się Senjak, jeśli o tym zapomniałeś. Poradziła sobie z kamieniem w taki sam sposób, jak ty tego dokonałeś.

Długi Cień wydał z siebie odgłos przypominający syk kota. Pomyślałem, że przebłysk jasności myśli minął. Znalazł się chyba na skraju przewlekłego ataku. Oszukał mnie.

– Znajdź Oszusta i jego szczenię. Przed północą muszą się znaleźć tutaj, w tej wieży. Jeżeli chcą przeżyć.

Wyjec odpowiedział czymś w rodzaju pytającego mruknięcia.

– Jak dotąd nie wiedziałem, jak ich użyć. Nic nie jestem im winien. Niczego dobrego dla mnie nie zrobili. Ale dam im szansę przeżycia.

Nie czekałem, by przekonać się, co będzie dalej.

– Co ty tu robisz z powrotem tak szybko? – chciał wiedzieć Konował, kiedy usiadłem przed nim. – Nie byłeś poza ciałem wystarczająco długo, żeby...

– Przepraszam, szefie. Ale mam już jedną teściową. Właśnie, że tak. Byłem tam dość długo, by się dowiedzieć, że Długi Cień zamierza tej nocy spuścić cienie.

Konowałowi odjęło mowę. Pospiesznie wyrzuciłem z siebie wszystko, czego się dowiedziałem. Kiedy skończyłem, powiedział:

– Masz rację. W tym, co mówił, nie pojawiło się wprawdzie słowo

„cienie", ale to nie może być nic innego. Wróć do nich. Wezwę Jednookiego i przekażę wszystkim wieści.

– Jak dużo zostało nam czasu?

– Nie mam pojęcia. Nie wiem, która może być teraz godzina. Po prostu zrób, co mówię.

– Będę potrzebował wody i jedzenia. Woda może być osłodzona.

– Idź.

Poszedłem.

59

Wracałem do swego ciała regularnie co kilka minut i kolejno informowałem go o miejscu pobytu każdego z braci Kompanii, którego potrafiłem odnaleźć. Stary wysłał ostrzeżenia do tych, do których mogli dotrzeć posłańcy, i kazał im ruszać natychmiast w stronę dywizji rozlokowanej przy Bramie Cienia. Wkrótce również z zaimprowizowanych manufaktur Pani wyruszyły wozy wyładowane po brzegi zapasami bambusa. W moich oczach stanowiło to dość ponury widok.

Przenosiłem się z miejsca na miejsce. Kiedy sądziłem, że niczemu to nie przeszkodzi, udawałem się na Północ. Stada kruków przybywały, a następnie odlatywały w stronę parowu, gdzie zagrzebała się Duszołap. Przeskakiwałem wstecz w czasie, obserwowałem Starego, więc, rzecz jasna, musiałem natrafić na moment, gdy szeptał coś do tych swoich dwu wielkich ptaków, a one po chwili zgodnie odleciały, by zanieść wiadomość szalonej siostrzyczce Pani. Oczywiście nie potrafiłem zmusić Kopcia, by choćby zbliżył się do niej, a za każdym razem, gdy naciskałem go chociaż odrobinę mocniej, miałem to łaskoczące wrażenie typu: „Ona to ciemność".

Cień identycznej myśli wyczułem, kiedy pośpieszyłem, aby sprawdzić, jak sobie poczyna Córka Nocy, chociaż Kopeć nie zdradzał szczególnych oporów przed zbliżeniem się do niej. Dzieciak pisał wściekle, jego drobną twarzyczkę wykrzywiał grymas bólu. Pracowała już nad kolejnym tomem. Niedawno go rozpoczęła.

O cholera! Już skończyła pierwszą księgę? Konował powinien o tym wiedzieć. Być może znajdujemy się w większym gównie, niż sądziłem.

A gdzie była Księga? Nie widziałem jej nigdzie. Lepiej się dowiedzieć.

Zanurkowałem w przeszłość.

Trafiłem na chwilę, gdy Córka Nocy płakała. Zobaczyłem ogłupiałe wobec tego faktu oblicze Narajana Singha. Nigdy dotąd nie widział jej łez i nie miał pojęcia, jak ją pocieszyć, chociaż w innym czasie, w innym świecie, zanim jeszcze Czarna Kompania przybyła do Taglios, miał przecież kiedyś własne dzieci.

Cofnąłem się jeszcze bardziej, aby odkryć przyczynę tego dziwacznego zachowania. Potrafiłbym od ręki wymyślić setkę równie nieprawdopodobnych kandydatów, po których wcześniej spodziewałbym się strumieni łez niż po tej ponurej karlicy.

Wszystko zaczęło się już w momencie, gdy wraz z Singhiem wróciła do swych apartamentów, po tym jak wcześniej dosłownie o sekundy wyprzedzili komandosów Pani podczas ucieczki. Zwlekała trochę zbyt długo, choć bowiem została ostrzeżona, zbyt pochłaniało ją pisanie, aby zwracała baczniejszą uwagę na czas. Ich ucieczka odbywała się w takim pośpiechu, że musieli zostawić przepisaną właśnie księgę.

Przypuszczałem więc, że jakiś facet z oddziału Pani zrozumiał, iż jest ona ważna, i postanowił zabrać ją do swojej szefowej. Podejrzewałbym Łabędzia bądź Brzeszczota, gdyby w ogóle znaleźli się wewnątrz Przeoczenia.

Przeżyłem ponowne zaskoczenie, kiedy wreszcie poznałem tożsamość sprawcy. Wyjec. Tej małej żmii udało się wślizgnąć do jej apartamentów – chociaż, jak wszyscy przypuszczali, zajęty był akurat odpieraniem ataku naszych ludzi – podczas gdy Narajan i dziewczynka odczuwali właśnie efekty działania słabego zaklęcia dezorientującego, którym ich potraktował, w odległości nie większej niż pięćdziesiąt kroków od tego miejsca. Ukradł księgę.

Rozwrzeszczany czarodziej musiał się obawiać, że ktoś mógł go widzieć, ponieważ przez następnych parę godzin zatrudniał ciężko pracującą gromadkę karzełków, a dodatkowo zużył garść własnych zaklęć, aby się upewnić, że dla wszystkich prócz niego księga będzie bezpowrotnie stracona. Na jej miejsce podłożył księgę o pustych kartach. Z zewnątrz jednak stanowiła bliźniacze odbicie tej, którą zabrał.

Ciekawe, skąd Wyjec dowiedział się o księdze? Przetrząsnąłem swoją pamięć, zastanawiając się, do którego miejsca w czasie powinienem się przenieść. Nic. Ani dzieciak, ani Singh nie wspominali o niej nikomu. Ludzie Długiego Cienia donieśli mu, że prosili o materiały do pisania, ale Władca Cienia nie wspomniał już o tym Wyjcowi.

Ja wiedziałem, że księga istnieje. Poinformowałem o tym Konowała. Wyjec odwiedzał Duszołap. A Stary z kolei porozumiewał się z nią. Czy to możliwe?

Jeżeli będę miał możliwość wśnienia się w miejsce, gdzie przebywała, będę mógł spróbować odkryć... Cholera! We śnie mogłem oglądać tylko to, co działo się w danej chwili.

Wyniosłem się stamtąd, wróciłem do ciała. Od razu poczułem głód i pragnienie.

– Akurat na czas – brzmiały pierwsze słowa Jednookiego.

Chciwie piłem wodę.

– Gdzie jest Konował?

– Poszedł, aby się upewnić, czy wszyscy wiedzą, że tej nocy muszą dokładnie pozamykać swoje schronienia. Próbuje zdobyć gdzieś te świece odstraszające cienie, ponieważ zaczyna brakować bambusowych tulei.

– Aha. – Posilałem się przez kilka następnych minut. Z pewnością trudno byłoby nazwać moje maniery szczególnie wyrafinowanymi. Potem zapytałem: – Masz jakieś pojęcie o tym, co właściwie jest grane między Kapitanem a Duszołap?

– Nie wiedziałem, że w ogóle coś się dzieje.

Jęknąłem, wypiłem jeszcze kilka łyków wody.

– Jesteś ślepy?

Wzruszył ramionami.

– Czego nie wiem?

– Ci dwoje przez cały czas wymieniają informacje. Moim zdaniem nie jest to szczególnie sprytnie pomyślane.

– Sądzisz, że Stary nie jest dość sprytny, żeby sobie z nią poradzić?

Tak właśnie myślałem. Duszołap była zdradziecką starą małpą w czasach, kiedy dziadek Konowała jeszcze moczył pieluszki.

– Ja? Wątpić w Kapitana? Jak mógłbym w ogóle o czymś takim pomyśleć?

– Nie ty. Ty jesteś wiernym wyznawcą samobójczej drogi, po której on wędruje. Masz jakieś powody, żeby panikować? Kiedy tylko skończymy tutaj z tymi rzeczami, chciałbym wrócić do mojej dziury. Znalazłem kilku durniów, którzy dali się namówić na parę partyjek tonka.

To był cały Jednooki. Zbliżał się koniec świata, a on myślał tylko o tym, żeby orżnąć kogoś w karty.

– Powiedz szefowi, że Wyjec ukradł kopię księgi, którą pisał dzieciak. Ale zostawił jej pusty egzemplarz, tak więc będzie mogła zacząć od początku. – Upiłem duży łyk wody, podczas gdy Jednooki tępo wpatrywał się we mnie i czekał, aż wyjaśnię, o co mi chodzi. – On zrozumie – powiedziałem mu.

– Wszyscy mają przed wszystkimi jakieś tajemnice. Tak że jedynymi, którzy wszystko wiedzą, są nasi wrogowie.

Jęknąłem i wróciłem do Kopcia. Jednooki miał oczywiście rację.

Kiedy zbliżyłem się do Pani, wyczułem u Kopcia znowu to jego „Ona to ciemność", tym razem wszak niezbyt silne. Musiał żywić jakąś szczególną awersję względem kobiet, ponieważ niezależnie do tego, o którą chodziło, zawsze reagował w identyczny sposób.

Informacje dotarły do Pani, nie wydawała się jednak nimi zmartwiona. To, że Długi Cień może spuścić swoje zwierzaczki, stanowiło główny przedmiot jej trosk już od wielu lat. Jej ludzie przygotowani byli na tę ewentualność. Wszystko, co należało jeszcze zrobić, przez cały czas znajdowało się w stanie prawie gotowym. Jej dywizja może ponieść straty, na pewno jednak nie w wyniku jej zaniedbania. Tak właśnie myślała Pani, praktycznie rzecz biorąc, od zarania czasu.

Stłumiłem pokusę i pospieszyłem na Północ. Wmawiałem sobie, że przede wszystkim pragnę sprawdzić, czy uda mi się odnaleźć Goblina i Mogabę. Dobrze byłoby wiedzieć, do jakiego stopnia będą narażeni na zbliżający się kataklizm. Ale w istocie chciałem dotrzeć dalej, dużo dalej. Pokonać całą drogę aż do źródła, gdzie biło me serce. Być może nigdy już jej nie zobaczę. To mogła być ostatnia noc mojego życia.

60

Goblina za nic nie można było odnaleźć, pomimo że w miejscu jego przypuszczalnego pobytu ponad południowymi zboczami Danda Presz stadami krążyły kruki. Natomiast efekty jego działalności dostrzec można było bez większych kłopotów. W każdym miejscu, gdzie tubylcy byli na tyle szaleni, aby kolaborować z Mogabą, oddział Goblina łupił i palił dla przykładu. Żołnierze Mogaby postępowali w ten sam sposób wobec wszystkich na tyle zbłąkanych, że chcieli współpracować z Goblinem bądź innym z naszych sprzymierzeńców. A więc z czysto praktycznego punktu widzenia, jeśli sądzić wyłącznie po następstwach ich czynów, nie można było odróżnić, czyim dziełem jest kolejna nauczka, którą otrzymali mieszkańcy danej wioski.

Tubylcom było zupełnie obojętne, kto z kim walczy czy też dlaczego. Wiedzieli, że nie ma już ani dobrych, ani złych chłopców. W ciągu tych kilku minut, które poświęciłem na szperanie w czasie, widywałem liczne ataki na rozmaite wioski i dwory. Im bliżej znajdowałem się teraźniejszości, tym łacniej można było oczekiwać, że ofiary będą się bronić... niezależnie od tego, kto je atakuje.

Forwalaka uczestniczył w niektórych nocnych rajdach Goblina. Towarzyszyły im także kruki, ale zazwyczaj było ich stosunkowo niewiele, nawet jeśli wielki kot znajdował się daleko.

Mogabę odwiedzały również. Przynajmniej z pozoru tak wyglądało. Długi Cień z pewnością wyposażył swego generała w cały arsenał mistycznych instrumentów, zdolnych do rozproszenia uwagi takiego tropiciela jak ja, jak również do oślepienia wzroku wszelkich innych obserwatorów.

Ale to wszystko niewiele miało wspólnego z tym, co interesowało mnie naprawdę.

Chwilę poświęciłem na prześledzenie losów oddziału Kordka Mafera. Kolega Cordwood znajdował się obecnie już po południowej stronie Danda Presz, powoli dążył naprzód, ale właściwie chyba tylko dlatego, że góry były skrajnie niegościnnym miejscem. Kordek nie miał żadnych problemów z krukami. Tyle przynajmniej stwierdziłem.

Zaskoczyło mnie jednak, kiedy odkryłem, że stado tych małych potworków uwiło sobie gniazda wśród iglic i rumoszu zaścielającego dach pałacu w Trogo Taglios. Chociaż po zastanowieniu doszedłem do wniosku, że właściwie nie ma czemu się dziwić. Wydarzenia w pałacu musiały interesować Duszołap, która lubiła wściubiać swój nos w cudze sprawy.

Zbyt wielką miałem ochotę na odwiedzenie bagien, bym chciał marnować czas na odkrywanie tajemnic Radiszy.

„Ona to ciemność".

Większość jej czasu zajmowały spotkania z kapłanami oraz przywódcami politycznymi kolejnych frakcji. Nasze księgi nadal były ukryte tam, gdzie je zostawiłem.

Zaskoczyło mnie jednak to, że Radisza nie podjęła żadnych poważniejszych wysiłków, aby odnaleźć Kopcia. Nie wierzyłem, że mogła o nim zapomnieć.

Ale ciągnęło mnie, by iść dalej. Ban Do Trang powinien już dotrzeć do Sahry. Och, rzeczywiście tak się stało. Naprawdę! Dla czystej przyjemności wynikającej z zadawania sobie udręki towarzyszyłem mu przez ostatni etap podróży i szedłem za nim, kiedy zbliżał się do świątyni Gangeszy. Jednak nim dotarł do celu swej podróży, na krótko zszedł ze szlaku, który stanowiła ścieżka wijąca się przez bagna przechodzące dalej w poletka ryżowe, i ucharakteryzował się za pomocą przywiezionych ze sobą materiałów. Trochę błota, zmiana fryzury, szybka zmiana ułożenia postrzępionej pomarańczowej szaty i już stał się wędrownym członkiem jednego z żebraczych kultów Gunni. Ich poślubieni ubóstwu misjonarze docierali niemal wszędzie. Nawet Niueng Bao ich tolerowali. Jakość ich pobożności nie podlegała dyskusji, niezależnie od tego, jak szalone mogły być konkretne jednostki.

Religijna tolerancja panująca na Południu moim zdaniem zawsze stanowiła coś zadziwiającego i niepokojącego równocześnie, chociaż w istocie był to jedynie starożytny obyczaj, wynikający stąd, że żadna ze wspólnot religijnych nie była tu na tyle silna, aby udowodnić pozostałym błędy ich doktryn, stawiając sprawę, w dosłownym sensie słowa, na ostrzu miecza.

Trang ruszył w dalszą drogę. Bardzo udatnie przedzierzgnął się w żebraka. Przypuszczam, że w rolę tę wchodził już wcześniej wielokrotnie, być może również podczas pierwszych wizyt w Taglios. Niueng Bao nie byli tam szczególnie mile widziani. Stanowili nazbyt arogancką mniejszość.

Nieważne. Trang został wpuszczony do świątyni. Starsi kapłani najwyraźniej nie mieli kłopotów z rozpoznaniem postaci, którą udawał.

Nie udał się od razu do Sahry. Poczekał, aż nadejdzie wieczór, i dopiero wtedy zaaranżował przypadkowe z pozoru spotkanie. Wcześniej w ciągu dnia kilkakrotnie się mijali. Sahra go nie rozpoznała. Wpadł na nią i zaraz przeprosił cichym szeptem po tagliańsku, póki Sahra była jeszcze na tyle wzburzona przypadkowym zderzeniem, że mogła zdradzić się jakąś nazbyt gwałtowną reakcją.

Nie słyszałem tego, co powiedział. Zobaczyłem tylko, jak oczy Sahry nagle ożywają, przepełnione nieoczekiwaną nadzieją. Przyjęła jego uniżone przeprosiny i poszła swoją drogą.

Tej nocy zostawiła niezamknięte drzwi swej celi. Pozwoliła sobie nawet na ekstrawagancję w postaci zapalonej świecy.

Trang przybył bardzo późno, kiedy spali wszyscy kapłani, prócz trzech przygotowujących się do złożenia o północy rytualnej ofiary, mającej natchnąć Gangeszę pomysłem obdarzenia świata kolejnym cyklem dnia i nocy wolnym od nieszczęść i rozpaczy.

Trang zaskrobał cichutko w drzwi celi Sahry. Stanowiły byle jak zbitą z drewna klapę, która nie zatrzymałaby nawet dostatecznie zdeterminowanej wiewiórki. Tak naprawdę, bardziej symbol rzeczy niż sama rzecz. Za nimi wisiał łachman pełniący rolę kotary, zasłaniający światło. Sahra wpuściła Tranga do środka, gestem wskazała mu matę. Stary usiadł, traktował to jako rzecz naturalną. Spojrzał na Sahrę błyszczącymi oczyma. Wiedziałem, że zna zasadniczą treść wiadomości, którą dostarczał, nawet jeśli był zbyt honorowym człowiekiem, aby ją przeczytać.

W tej chwili ogarnął mnie przemożny strach. Próbowałem wcześniej nauczyć Sahrę trochę czytać, ale nie odniosłem żadnych oszałamiających sukcesów. W jaki sposób będzie ona zdolna do...? Oczywiście mogła poprosić Tranga. A wtedy przekonam się, jaki z niego przyjaciel. Jeżeli w tajemnicy sprzyjał rozwiązaniu zaproponowanemu przez Wujka Dodża...

Maniery Sahry były skończenie doskonałe, co doprowadziło mnie zrazu niemalże do szaleństwa. Nawet jeśli nie zaproponowała gościowi herbaty ani też nie wdała się w żadną z ceremonii, jakich Niueng Bao używają dla uniknięcia konieczności przejścia od razu do rzeczy, udało jej się co najmniej o piętnaście minut opóźnić wyłuszczenie zasadniczego celu jego wizyty.

– Mam dla ciebie wiadomość – oznajmił na koniec Trang szeptem tak cichym, że nie mógłby usłyszeć go nikt podsłuchujący pod drzwiami, nawet gdyby znał tagliański. – Trafiła do moich rąk za pośrednictwem Kamiennego Żołnierza, który wiózł ją na Północ przez całą drogę od ostatniej warowni Władcy Cienia. Nalegał, abym przekazał ci ją do rąk własnych. Oto ona.

Sahra uklękła przed nim. Nie było to dla niej łatwe. Robiła się już powoli naprawdę gruba. Spojrzała mu w oczy, lekko zmarszczyła czoło. Nie powiedziała ani słowa. Pomyślałem, że nie ufa swojemu głosowi na tyle, by odważyć się otworzyć usta.

– Żołnierz Ciemności wiedział, gdzie jesteś. Znał nazwisko, którym się posługujesz. I to w sytuacji, gdy ja sam nie podejrzewałem nawet, iż przeżyłaś jednak atak *tooga*. Twoja rodzina jest aż nazbyt przebiegła w swoim okrucieństwie.

Sahra przytaknęła. Wciąż nie potrafiła się zmusić, by powiedzieć słowo.

Bogowie, ależ ona jest piękna!

– A oni wiedzą, choć oddaleni są o pół świata, dziecko. To mnie przeraża. To są przerażające czasy i przerażający ludzie zawitali w nasze strony. Niektórych z nich nie potrafimy rozpoznać. Wojownicy Kości nie zdają się bardziej przerażający od pozostałych, wszakże...

– Wiadomość, Wujku? – Użyła tego tytułu w charakterze formy grzecznościowej. Trang nie był jej powinowatym.

– Tak. Przepraszam. Gdy zbyt dużo myślę, przepełnia mnie przerażenie..

Sahra wzięła list z jego ręki, oglądała go przez chwilę, jakby bała się sprawdzić, co jest w środku. Ale równocześnie była szczęśliwa, wyraźnie widziałem to na jej twarzy. Bracia jej męża pamiętali o niej i troszczyli się. – Kto to przywiózł?

– Nie podał mi swojego imienia. Bardzo młody. Jest Taglianinem. Gunni. Z niskiej kasty.

– Czy ma może bliznę, która sprawia, iż opada mu lewa powieka, tak że kiedy patrzysz na niego z tego profilu, wygląda, jakby miał kłopoty z obudzeniem się?

– W rzeczy samej. Znasz go?

– Pamiętam go. – Ponownie obróciła list w dłoniach.
– Zrób to, dziecko.
– Boję się.
– Strach zabija duszę.

Cholera! Znienacka w tym, co powiedział, zabrzmiały jako żywo słowa Wujka Dodża, z czasów gdy dawał mi lekcje walki i szermierki. Czy stary Trang był kolejnym z tych tajemniczych kapłanów?

Sahra otworzyła list. Patrzyła teraz, spuściła oczy na to, co napisałem dużą, równą i wyraźną czcionką. Na koniec powiedziała:

– Przeczytaj go dla mnie, proszę, Wujku.

Trang wsadził swój mały palec za lewe ucho i zaczął drapać się po rzadkich kosmykach porastających jego głowę. Stary miał zresztą na skroniach znacznie więcej włosów niż na czubku. Przebiegł wzrokiem moją wiadomość, którą trzymał w drugiej ręce. Zabrało mu jakąś chwilę, zanim ułożył sobie wszystko w myślach. Potem spojrzał na Sahrę. Otworzył już usta, by przemówić, nagle jednak najwyraźniej coś mu przyszło na myśl i jakby zaskoczony rozejrzał się dookoła. Przyszło mu do głowy mianowicie, że najwyraźniej jesteśmy w jakiś sposób zdolni widzieć, co się dzieje wewnątrz świątyni Gangeszy. Przyszło mu na myśl, że ta chwila szczególnie nas będzie interesować. A zwłaszcza Żołnierza Ciemności o imieniu Murgen.

– To jest rzekomo list od twego męża. – Wahał się dosłownie przez ułamek chwili, kiedy postanowił opuścić przymiotnik „obcego".

– Tak jest. Znam jego charakter pisma. Co pisze?

– Pisze, że nie zginął. Że oni powiedzieli mu, iż to ty zginęłaś. Że wie, gdzie jesteś i w jakich żyjesz warunkach, ponieważ posiadł wielką magię. Że przybędzie po ciebie, gdy tylko Władca Cienia zostanie zniszczony.

To było naprawdę dość dobre streszczenie tego, co napisałem.

Sahra zaczęła płakać.

Sahra? Chciałem utulić ją w ramionach. Zawsze to ona była tą silniejszą. Katastrofy, które ją spotykały, nie potrafiły jej złamać. Ona zawsze nieustępliwie szła naprzód. Nigdy dotąd nie widziałem, by uroniła choć łzę. Nie podobało mi się, że widzę, jak się rozkleja.

Podpłynąłem w pobliże Tranga. Wzdrygnął się, rozejrzał dookoła.

– To nie jest wszystko, co napisał. Pisze jeszcze, że cię kocha i ma nadzieję, że wybaczysz mu, iż dopuścił, by stało się to wszystko.

Sahra stłumiła łzy. Potaknęła.

– Wiem, że mnie kocha. Pytanie jednak brzmi, dlaczego bogowie mnie nienawidzą? Nie zrobiłam nic, co mogłoby ich urazić.

– Bogowie nie myślą w taki sposób jak my. Oni układają plany i intrygi, w których życie ludzie jest jedynie słabym płomyczkiem, tylko sekundą w porównaniu z wiekiem. Nie pytają nas, czy chcemy w nim uczestniczyć, być może mając w alternatywie wieczną szczęśliwość. Używają nas w taki sposób, jak my wykorzystujemy zwierza mieszkającego w lesie, na bagnach i na polach. Jesteśmy gliną, w której rzeźbią.

– Wujku Trang. Niepotrzebne mi kazania. Potrzebuję męża. I chcę wyzwolić się spod władzy machinacji starego człowieka... – Sahra wzdrygnęła się. Wykonała gest, który oznaczał, że ktoś jest na zewnątrz, że Trang ma zamilknąć.

Wypłynąłem z jej celi. O krok od jej drzwi stał kapłan, zamarły w niepewności. Kiedy przechodził obok, musiał słyszeć coś z tego, o czym rozmawiało tamtych dwoje. Rozejrzał się na obie strony po mrocznym korytarzu, potem spojrzał w dół na małą lampkę, którą trzymał w dłoniach, następnie podszedł bliżej jeszcze do drzwi celi Sahry i przyłożył do nich ucho.

Umiejscowiłem się tuż obok niego, skoncentrowałem w woli cały swój gniew i spróbowałem tryknąć się z nim głową.

Gwałtownie się odwrócił. Zadygotał. Pospiesznie odszedł z tego miejsca. Gdy stawałem się dostatecznie szalony, potrafiłem, jak się okazuje, straszyć nie tylko ptaki.

Wróciłem do środka. Sahra chciała, żeby Trang przygotował i wysłał odpowiedź. Mnie wystarczyło to, że mogłem teraz słuchać, jak przepowiada treść swego listu, chociaż z pewnością będę wyczekiwał na wiadomość jako na potwierdzenie naszego wieczystego połączenia, symbol, który będę mógł nosić ze sobą do czasu, aż spotkamy się ponownie. Trang przystał na to, ale ostrożnie dobierał słowa. Przez cały czas rozglądał się dookoła, jakby się bał, że jest to miejsce nawiedzane.

– Jak przebiega twoja ciąża? – zapytał.

– To jest chyba jedyna rzecz, która udaje mi się dobrze, bez większych wysiłków czy kłopotów, Wujku. Miałam już dzieci.

– To będzie większe niż wcześniejsza dwójka. Twój mąż jest wielkim mężczyzną.

– Czy oczekujesz, że dziecko również będzie diabłem?

Trang uśmiechnął się słabo.

– Na pewno nie w takim sensie, jak myślą pozostali. Ale w tym, który wynika z proroctwa Hong Trej, być może. Twoja babka była mądrą kobietą. Wszystkie jej proroctwa spełniły się... chociaż często nie w taki sposób, jak pierwotnie oczekiwaliśmy.

– Nie powiedziała niczego o żadnym potworze.

– To, co ona powiedziała, oraz to, co słyszeli twoja matka i Dodż, niekoniecznie musi stanowić tę samą rzecz. Są takie słowa, których ludzie nie chcą słuchać.

Zaczynał mnie interesować pod więcej niż jednym tylko względem. Być może dowiem się czegoś na temat Wujka Dodża. Albo poznam jakieś szczegóły proroctwa Hong Trej, które, jak się obawiałem, było niemalże równie tajemniczą kwestią, jak jednomyślna decyzja wszystkich Niueng Bao, że Czarna Kompania z pewnością okaże się rodzajem wędrownej katastrofy, gorszej niż powódź czy trzęsienie ziemi. Jednak Trang rozczarował mnie. Nie powiedział już nic więcej. W rzeczywistości raczej to on zamienił się w słuch.

Wyskoczyłem na korytarz.

Człowiek, którego przeraziłem wcześniej, wracał. I przyprowadził swoich przyjaciół. Ruszyłem na niego powtórnie, jeszcze bardziej rozeźlony niż poprzednim razem. Nie był żadnym bohaterem. Wrzasnął i cofnął się kilka kroków. Jego towarzysze zaczęli coś do siebie gadać. Ostatecznie zdecydowali, że ich przyjaciel musi mieć kłopoty ze zdrowiem psychicznym. Zajęli się więc nim, miast wejść do celi Sahry. Podążyłem za nimi, żeby się ostatecznie upewnić.

Kiedy wróciłem, Tranga już nie było. Przeskok w czasie nie zaowocował zdobyciem żadnych nowych informacji.

61

Sahra podeszła do swego posłania. Opadła na kolana, dłonie położyła na udach i patrzyła prosto przed siebie. Czekała.

Powoli ustawiłem się dokładnie przed jej oczyma.

– Jesteś tu, nieprawdaż, Mur? Potrafię cię poczuć. Jesteś tym, co czułam przedtem, czyż nie?

Próbowałem jej odpowiedzieć. Usłyszałem wtedy: „Ona to ciemność!" Kopcia i cofnąłem się. A teraz znowu czemu? Sahra nie wywoływała w nim wcześniej żadnych uczuć. Czy tak?

Ostatnimi czasy nie cierpiał kobiet. Nawet wtedy, gdy znajdowaliśmy się w pobliżu Radiszy, można było w nim wyczuć pewne napięcie. Wywarłem nań nacisk. Kopeć zaprotestował. Sahra wyczuła coś. Powiedziała:

– Teraz jestem zbyt gruba, żeby podróżować. Ruszę w drogę, gdy tylko nasz syn będzie w stanie ją znieść.

Syn? Mój syn? W tym momencie stałem się innym człowiekiem. Ale skutki przemiany trwały tylko kilka sekund. Tylko dopóki nie zastanowiłem się, skąd ona może to właściwie wiedzieć?

Niektórzy ludzie i ją nazywali czarownicą. No dobra, uważali ją za trochę przerażającą. Ja nigdy w niej nic takiego nie dostrzegłem. Ale być może w jakiś sposób rzeczywiście była w stanie wiedzieć.

Mój świat zatrząsł się i zadrżał w posadach. Zdobyłem już dość doświadczenia podczas wędrówek z duchem, by wiedzieć, że ktoś, tam gdzie znajdowało się moje ciało, próbuje mnie obudzić. Niechętnie poddałem się temu. Żałowałem, że nie istnieje sposób, żaden sposób, aby Sahra wiedziała, że otrzymałem jej wiadomość.

Kocham cię, Sari, pomyślałem.

– Kocham cię, Murgen – powiedziała Sahra, jak gdyby mogła mnie naprawdę słyszeć.

Świat, w którym się znajdowałem, coraz gwałtowniej drżał w posadach. Pozwoliłem się zabrać ze świątyni Gangeszy, ale nie dałem sobą całkowicie powodować. Próbowałem wstąpić jeszcze do Radiszy, aby przyjrzeć się z bliska jej knowaniom, ale Kopeć wzbraniał się przed tym, okazał jej awersję niemalże równie silną, jaką przedtem zdradzał w obecności Duszołap.

„Ona to ciemność".

Ziemia zamazywała się w smugi kolorów pod pojedynczym punktem widzenia, którym teraz byłem. Leciałem nisko i mknąłem z dużą szybkością. Być może to pomogło oszukać zaklęcia, dzięki którym Mogaba i Goblin pozostawali tak trudni do znalezienia. Pochwyciłem wyraźny, choć przelotny obraz zarówno jednego, jak i drugiego, kiedy przemykałem obok. Widziałem, jak maszerowali. Mogaba najwyraźniej odzyskiwał siły. Forwalaka był z Goblinem. Oba oddziały poruszały się wewnątrz chmar kruków. Duszołap zapewne miała znacznie lepsze pojęcie na temat tego, co się dzieje, niż ja.

– Czy ty się nigdy nie nauczysz? – warczał na mnie Konował.

Ledwie starczyło mi sił, by usiąść i sięgnąć po coś do picia. Spędziłem znacznie więcej czasu poza ciałem, niż w trakcie zdawałem sobie z tego sprawę. Przy Sari zawsze traciłem poczucie czasu.

– Cholera – wymamrotałem. – To mnie dużo kosztowało. Mógłbym zjeść chyba wołu z kopytami.

– Nie miałeś zajmować się swoimi sprawami rodzinnymi. Poza tym chciałeś chyba powiedzieć nie „wołu", lecz „kruka". W każdym razie i tak w tej części świata nie znalazłbyś nadającego się do jedzenia wołu.

Odmruknąłem coś niewyraźnie. W jednym ręku trzymałem dzban wypełniony czymś słodkim, w drugiej zaś pajdę ciepłego jeszcze chleba. W tej chwili nie przyszło mi na myśl, by zapytać, na jakiej podstawie oni oskarżają mnie o zaangażowanie w rodzinne sprawy.

– Już się ściemnia. Wszyscy nasi ludzie zagrzebują się w swoich dziurach i szczelnie zamykają za sobą wejścia. Chciałem, żebyś był wypoczęty i gotowy, ponieważ ktoś musi obserwować Bramę Cienia. I żadnego zwiedzania okolicy. Przekażesz nam sygnał w tej samej chwili, gdy Długi Cień uchyli Bramę.

Uniosłem dłoń. Gdy tylko udało mi się przełknąć ostatni kęs, zapytałem:

– Dlaczego nie obserwujemy Długiego Cienia? Kopeć nie będzie chciał się zbliżyć do Bramy. Mogę nie zauważyć wyślizgujących się cieni, póki nie będzie za późno. Natomiast Długiego Cienia mogę bez przeszkód obserwować i dowiem się, kiedy będzie je wzywał. – Popiłem ostatni kęs chleba odrobiną osłodzonej wody.

Kopeć jęknął.

– Cholera. – Nagle Stary zaczął wyglądać, jakby się miał za chwilę rozpłakać.

– Gdzie jest Jednooki? – zapytałem. – Lepiej niech go ktoś tutaj sprowadzi.

Przez ostatnie lata Kopeć nie wydawał z siebie żadnych odgłosów.

– Ty go znajdź. Ja tutaj jestem lekarzem. – Ruszył w stronę pryczy Kopcia.

– Świetny pomysł. – Jakoś udało mi się wstać, a potem chwiejnie ruszyłem w stronę drzwi na wciąż jeszcze miękkich nogach.

62

Noc była akurat odpowiednia na otwarcie bram wszystkich piekieł. Kiedy wędrowałem z duchem, nie dostrzegłem gromadzącej się ciemności, tak byłem zatopiony w myślach. Ale niebo powoli zaciągały chmury, pogłębiające jeszcze ciemność.

– Jednooki! – zawołałem. – Bierz swoją martwą dupę i szybko tutaj!

Spojrzałem na chmury. W obecnej chwili moja propozycja wydawała się jak najbardziej na miejscu. Gdzie był ten mały gówniarz? Wyskrobałem się z ziemianki Konowała.

– Jednooki! – Skierowałem się w stronę jego dziury. Z pewnością nie miał zamiaru spędzić tam całej nocy? Czarodziej czy nie, nie włożył w jej wykopanie nawet tyle pracy, ile potrzeba byłoby dla przeczekania nocy, gdy cienie będą się przemykać pośród mroku.

Dotarłem już prawie na miejsce, kiedy od strony mojego schronienia dostrzegłem idącą ku mnie w mroku sylwetkę małego czarodzieja.

– Czego chcesz, Dzieciaku?

– Gdzie, u diabła, byłeś? Nieważne. Mamy kłopoty z duchem.

– Mm?

– Wydaje odgłosy – wyszeptałem. Potem rozejrzałem się dookoła. Zapomniałem uważać na to, co gadam.

To była moja szczęśliwa noc. Wokół nie było ani jednego kruka.

Jednooki spojrzał przez ramię.

– Wydaje odgłosy? – Nie uwierzył mi.

– Jąkam się może? Bierz dupę w troki i idziemy. Konował już go bada, sprawdza, czy nie jest chory. – Wciąż rozglądałem się dookoła w poszukiwaniu ewentualnych słuchaczy. Myszy, nietoperze i cienie też mają swoje małe uszka.

Zorze rozbłysły ponad obszarem położonym między Przeoczeniem a poszarpanymi runami Kiaulune, odbijały się jaskrawo w metalu, którym inkrustowane były ściany fortecy. Ale rozbryzg świateł trwał tylko przez moment; Pani natychmiast włączyła się do akcji. W chwilę później jedyne światło, jakie można było dostrzec w najbliższym otoczeniu, dochodziło z ocalałych jeszcze, kryształowych komnat na szczytach wież Przeoczenia. Ulubione miejsce pobytu Długiego Cienia iluminowane było szczególnie jaskrawo.

– Masz zamiar stać tak tutaj i się gapić czy bierzemy się do roboty?

To był Jednooki. Zawsze potrafił tak odwrócić kota ogonem, że wszelkie opóźnienia stanowiły wyłącznie moją winę.

Rozejrzałem się jeszcze raz dookoła, zanim wszedłem do środka. Wciąż nic. Puściłem łachmany zasłaniające wejście, na postumencie między wejściem a resztą towarzystwa postawiłem świecę odstraszającą cienie. Odpaliłem ją od najbliższej lampy. Nie powinniśmy liczyć na to, że Długi Cień będzie się trzymał naszego harmonogramu.

– Ciekawe, czy Władca Cienia zastanawia się, dlaczego nie palimy żadnych świateł i zachowujemy całkowitą ciszę.

– Sza – zwrócił się do mnie Jednooki. Potem wyszeptał: – Wydawało mi się, że powiedziałeś, iż Konował zajmuje się jego zdrowiem.

Konował siedział na moim krześle zupełnie bezwładny.

– Kiedy odchodziłem, tak właśnie było. – Chwyciłem dzban i przepłukałem gardło słodką wodą.

– Dla mnie nie wygląda na szczególnie ożywionego – oznajmił Jednooki. Szturchnął Kopcia.

– Nie powiedziałem, że wstał już i od razu zaczął tańczyć dżiga. Tylko jęknął. Przez cały czas, jaki z nim spędziłem, jedyne odgłosy wydawał wtedy, gdy sądziliśmy, że może nam umrzeć na zapalenie płuc. W tej sytuacji zwykły jęk też już coś znaczy. Konował myśli podobnie.

Teraz Stary wydał z siebie jakiś odgłos. Powoli przychodził do siebie. Kiedy tylko rozjaśniło mu się w głowie, powiedział:

– To może być ciekawe. Długi Cień właśnie posłał po Wyjca, Singha i dziewczynkę. Jest gotów, by zaczynać.

Jednooki narzekał.

– Znowu zacznie się ten horror. Znowu cienie. Wiem, że powinienem wziąć wtedy tę farmę i się wycofać. Ten nieprzyjemny kutas mówi, że karzełek robi się niegrzeczny. Że gada i w ogóle.

– Dał głos – warknął Konował. – Nazwij go jękiem. A kiedy próbowałem przyjrzeć się dziewczynce, natychmiast umknął i miałem wrażenie, że odbieram jego reakcję podobną jak w przypadku cieni.

– „Ona to ciemność" – zacytowałem. – Ostatnimi czasy robi to za każdym razem, gdy zbliżam się do jakiejkolwiek kobiety. Najsilniejsze jest w obecności Duszołap. Sari i Radisza znajdują się na drugim miejscu.

– Aha – powiedział Jednooki. – Zupełnie zapomniałem o tej starej wiedźmie. Jak ona się miewa, Murgen?

– Interesuje cię to?

– Słyszałem, że Kordek już do nas jedzie. Może on będzie chciał wiedzieć.

– Masz zamiar mu powiedzieć, że szpiegowaliśmy jego dziewczynkę?

– Brr. Sądzę, że nie. Ale winien mu jestem dwa, może trzy prztyczki.

Nie przypuszczałem, żeby Jednooki mógł być komuś coś winien w takich sprawach. No, może Goblinowi. Jednooki jest takim facetem, który pierwszy wyrówna z tobą dług. Jednooki jest też facetem, który wciąż może urządzić ci fajną niespodziankę, choćby minęło dwieście lat.

– Jeżeli nie uda mi się przeżyć dzisiejszej nocy, w moim sienniku jest testament. Prawie wszystko przechodzi na własność Goblina. Jednak chcę, żeby kilka rzeczy dostała Gota. – Odsuwał właśnie powieki Kopcia, toteż nie zauważył, jak wymieniliśmy z Konowałem zaskoczone spojrzenia.

Konował odezwał się pierwszy:

– Jeżeli ty jej nie przeżyjesz, niewielka jest szansa, aby nam się udało.

– Dzieciak przeżyje. Jego teściowa twierdzi, że jest przeznaczony. A do czego, któż wie? Jedyna, która wiedziała, już nie żyje.

Zanim Stary zdążył zadać pytanie, poinformowałem go:

– On mówi o czymś, co powiedziała Hong Trej jeszcze w Dedżagore. Nie jestem pewien, co to miałoby być. Sari i ja rozmawialiśmy o tym, ale ona również niewiele zrozumiała. Ma to coś wspólnego z przyszłością Niueng Bao. Wiem natomiast, że na samą myśl o tym Wujek Dodż i Matka Gota srają ze strachu. Tai Dei reaguje spokojniej, jednak on również nie pozostaje całkowicie obojętny. Sądzę, że jest zadowolony, nie wiedząc, co się tak naprawdę dzieje.

– Ja uważam, że już udało ci się w znacznym stopniu ukształtować los tych ludzi – odparł Konował. – Wciąż połowa plemienia wlecze się za nami. Gdzie jest twój zwierzaczek, Jednooki? Nie widziałem go od jakiegoś tygodnia.

– DżoDżo? Niech mnie cholera, jeżeli wiem. Póki nie plącze się pod nogami... Słuchajcie, nie widzę żadnych zmian u tego faceta. Nie w tym miejscu. Pozwólcie mi go wynieść na zewnątrz, wtedy przekonamy się, czy coś się w nim zmieniło, skoro już koniecznie chcecie to wiedzieć.

– Już ci mówiłem...

– Tak, tak. Zamknij się. Muszę się teraz skoncentrować. – Byle nie za bardzo. Kopeć tak już się przyzwyczaił, że wykorzystywano go w ten sposób, że nie wymagało to prawie żadnego wysiłku.

– Miałem wrażenie, że teraz zachowywał się inaczej. Ale minęło już sporo czasu, odkąd ostatni raz z niego korzystałem – powiedział Konował.

– A mnie od dawna nie udało się napotkać Kiny.

– A co z twoimi snami?

Nie potrafiłem sobie przypomnieć.

– To dziwne. Nie pamiętam. Ale w snach zapewne ją spotykałem. Przez cały czas mam takie same sny. Niemal już się do nich przyzwyczaiłem.

– Być może o to właśnie chodzi. Bądź ostrożny.

– Jak mówi Jednooki, ostrożność to moje drugie imię.

– Głupota to jego drugie imię.

– Słyszałem wszystko. Zamienię cię w żabę. – Mały czarodziej zdążył już wrócić.

– Powiedziałem to wcześniej, powtórzę i teraz. Nie jesteś nawet na tyle dobry, by skutecznie zmieniać jedzenie w gówno. Jak diagnoza? – zapytałem.

– Poczekamy z nią do dnia, kiedy będziemy mieli więcej czasu, ale ty i ja musimy siedzieć z nim i obserwować, co uda nam się z tego wszystkiego zrozumieć.

– Co?

– Wydaje mi się, że kilka z tych ścian, za którymi zamknął swoją duszę, zaczęło się powoli rozpadać.

Konował zapytał:

– Czy on może obudzić się nam znienacka, dzisiejszej nocy, w samym środku wszystkiego?

– Wątpię. Jego jaźń wciąż spoczywa pogrzebana głęboko we wnętrzu. – Obserwował mnie, jak piłem wodę, potem podsunął mi udko pieczonego kurczęcia. Nie jadasz źle, kiedy jesteś Wyzwolicielem. – Masz zamiar pochłonąć wszystko w zasięgu wzroku, Dzieciaku?

– Zapowiada się długa noc.

– Zostaniesz tutaj i zajmiesz się swoją robotą – oznajmił mi Konował. – Tylko krótkie wycieczki. Chciałbym wiedzieć, co się dzieje, dokładnie w momencie, gdy się to zdarzy.

– Racja. Rozkaz, szefie.

– Jednooki. Trzeba położyć jeszcze kilka zaklęć wokół tego miejsca. Coś takiego, co będzie odstraszać cienie, ale równocześnie pozwoli posłańcom w najgorszych chwilach wchodzić i wychodzić.

Jednooki uśmiechnął się szeroko garniturem dziurawych zębów i przekrzywił ten swój wstrętny kapelusz na głowie tak, że wyglądał teraz jeszcze paskudniej.

– Udało mi się skonstruować doskonały amulet, szefie. Pomyślałem sobie właśnie, że może się przydać tym posłańcom, kiedy nadejdą ciężkie chwile.

– Jak dużo ich masz?

– W tej chwili równy piekarski tuzin.

– Tylko tyle?

– Hej. Niełatwo je wykonać.

I, oczywiście, zajmowanie się nimi odwracało jego uwagę od destylatów i innych interesów na czarnym rynku.

Wystarczająco długo tkwiliśmy w jednym miejscu, żeby zdążył się już wplątać w mnóstwo podejrzanych operacji, niezależnie od tego, jak słabe perspektywy otwierało to miejsce. Co również pozwalało mu unikać mniej interesujących zajęć, jak na przykład wytwarzanie amuletów, które mogą komuś uratować życie.

Gotów byłem się założyć, że ma ich więcej niż te trzynaście, które właśnie zgodził się przekazać Staremu. Będzie miał przynajmniej po jednym na każdym z nadgarstków i na każdej kostce, plus kilka schowanych, aby potem sprzedać je oferującym najwyższą cenę, kiedy już się przekonamy, jak dobrze działają i jak bardzo są potrzebne. Ten mały gnojek jest naprawdę porządnym kawałem łotra. Ale był po naszej stronie, był naszym łotrem, najlepszym, jakiego mieliśmy. Chyba żeby policzyć Panią, o której nawet nie potrafiłem myśleć jako o Poruczniku. Nigdy nie będę mógł uważać jej za część Czarnej Kompanii. Zbyt wiele bagażu przyniosła ze sobą.

– Robi się późno – zauważył Konował. – Mógłbyś przelecieć się na krótką wycieczkę do Przeoczenia, zobaczyć, co oni teraz robią. Jednooki, chciałbym umieścić swoich kurierów w twojej ziemiance.

– Co? Nie ma mowy, Szefie. Właśnie ją wysprzątałem.

Napiłem się jeszcze, potem usiadłem obok Kopcia.

63

Światło zalewające kryształową komnatę Długiego Cienia było tak jaskrawe, że aż kłuło nieosłonięte oczy. Wykreowane magicznym sposobem, docierało ze wszystkich stron naraz, nie zostawiając ani jednego miejsca, w którym mógłby przyczaić się dziki cień. Nieliczne meble były gładkie, miały zaokrąglone kąty i krawędzie. Nie pozostawiono żadnych zakamarków, szczelin czy rogów, w których choćby szpileczka nieoswojonej ciemności mogła narodzić się do życia. Żaden zdziczały cień nie podkradnie się do niego.

Długi Cień chyba się przebrał, a być może nawet wykąpał, przygotowując na wydarzenia dzisiejszej nocy. Z pewnością miał na sobie nową maskę, czarną ze srebrem, inkrustowaną cyjanowym błękitem, kardynalską purpurą i szczególnie intensywnymi zieleniami. Wzory na masce zmieniały się w zależności od kąta, pod którym na nie patrzyłem. Kiedy upłynęła minuta, po której powinienem wracać, postanowiłem, że przyjrzę się jeszcze trochę jego przygotowaniom. Zachowywał się jak nigdy dotąd.

Narajan Singh i dziewczynka przybyli parę minut przede mną. Ustaliłem to, skacząc na moment w przeszłość. Długi Cień zapytał:

– Gdzie jest Wyjec?

Singh wzruszył ramionami. Dziewczynka zachowywała się w taki sposób, jakby Długi Cień w ogóle się nie odezwał.

– Od wielu dni go nie widzieliśmy – powiedział Singh. Co było kłamstwem w żywe oczy.

– Powinien już tu być. Ostrzegałem go. Dla jego własnego bezpieczeństwa.

Dziewczynka usiadła na posadzce ze skrzyżowanymi nogami. Niezależnie od tego, co by się działo, nie zwracała najmniejszej uwagi na Władcę Cienia. Singh przypuszczalnie musiał siłą odciągać ją od jej pracy.

Zaciekawiony pomknąłem pod prąd czasu. I tutaj niespodzianka. Przekonałem się, iż to dzieciak poganiał Singha.

– Musimy zdążyć na czas.

Cofnąłem się jeszcze trochę. Znalazłem dzieciaka w stanie przypominającym trans, o którym twierdziła, że pozostaje wówczas w kontakcie z Kiną. Z pewnością odór Kiny był w tym momencie silny. Uciekłem stamtąd, zanim zwróciła na mnie uwagę. Ostatnimi czasy nie przejmowała się szczególnie moim istnieniem; uważałem ten stan za jak najbardziej zadowalający.

Wykonałem kilka szybkich skoków w najbliższą przeszłość i przekonałem się, że Narajan oraz jego podopieczna odpowiedzieli na wezwanie Długiego Cienia, ponieważ Kina kazała im tak postąpić. Ciekawe. Ale co to wszystko ma znaczyć?

Kiedy wróciłem do teraźniejszości, zobaczyłem Wyjca, który wznosił się właśnie po ostatnim skręcie spiralnych schodów wiodących do komnaty Długiego Cienia. Władca Cienia wyczuł, że tamten się zbliża, i zwrócił się twarzą do wejścia. Śmierdzący mały czarodziej pojawił się i wydał z siebie pojedynczy wrzask, zanim tamten zdołał mu zrobić wyrzuty. Można było omal dosłyszeć w nim rozbawienie.

Długi Cień puścił to mimo uszu, chociaż ostatnimi czasy cierpiał na ciężki przypadek zrzędliwości. Dzisiejszej nocy był w tak dobrym nastroju, że mógł sobie pozwolić na niezauważenie drobnych uchybień.

– Dobrze. Jesteśmy już wszyscy – powiedział. – Teraz rozegramy tę grę w taki sposób, jak powinienem uczynić to zaraz na samym początku. – Jednak w jego głosie zabrzmiała lekka konsternacja, jakby, znienacka zupełnie, zastanowił się nad tym, nad czym od dawna zastanawiali się wszyscy mężczyźni i kobiety w armii, która go oblegała, mianowicie dlaczego udało mu się zdziałać tak niewiele, skoro miał do dyspozycji tak dużo czasu. Przez chwilę było tak, jakby potężny wicher ducha rozwiał właśnie gęstą mgłę, w której uścisku jego umysł tkwił od wieków.

Podejrzewałem, że niedaleki jest od prawdy. Nie potrafiłem odkryć tożsamości tego łotra, ale pewien byłem, że jeden z naszych najbardziej paskudnych żeńskich graczy, najprawdopodobniej Kina, dawno temu dosięgnął go w jakiś sposób i od tego czasu systematycznie stępiał ostrze jego miecza. Jeżeli miałem rację, musiałem jednocześnie podziwiać subtelność tego posunięcia. Długi Cień nie zdawał sobie bowiem z niego sprawy. Być może było tak dlatego, że manipulacja ograniczała się do ogłupiania go oraz potęgowania jego przyrodzonych idiosynkrazji i uporu. A jednak udało mu się skonstruować kilka ciętych zaklęć. W czasie tych przypływów jasności myślenia sprawy nie szły dla nas najlepiej.

– Zamknij drzwi, Oszuście. – Głos Władcy Cienia pobrzmiewał dźwięcznie. – Nikt nie może nam przeszkadzać.

Wyjec usadowił się na wysokim stołku. Jak zrozumiałem, został on specjalnie dla niego tu przyniesiony, dawno temu, kiedy po raz pierwszy sprzymierzył się z Władcą Cienia. Nie korzystał z niego często, ale nikt inny nigdy go nie zajmował. On i Długi Cień nie należeli do tego rodzaju kolegów, którzy zaglądają sobie przez ramię i dzielą się propozycjami i opiniami.

Władca Cienia zajął się nawet sprzątaniem swej komnaty. Zazwyczaj zaśmiecał ją cały arsenał magicznych gadżetów, wszystkie rozłożone na strategicznych pozycjach. Na dzisiejszą noc większość z nich została usunięta. Być może Długi Cień nie chciał wystawiać na próbę uczciwości swoich gości.

Po kilku nerwowych poruszeniach Narajan Singh zajął ochronną postawę obok Córki Nocy. Zauważyłem trójkąt czarnego jedwabiu wystający zza jego biodrowej przepaski. Na dzisiejszy wieczór przybrał więc ceremonialny strój. To musiała być jego chusta Dusiciela, jego rumel.

– W bardziej spokojnych czasach – zaczął Długi Cień – osobiście udałbym się do Bramy Cienia i założył tam odpowiednie pułapki, aby złapać cienie, których chciałbym użyć. W celu uzyskania najlepszego efektu winny być one właściwie wytresowane. Kiedy są wyćwiczone, nie atakują swoich przyjaciół. *Skrinsa* potrafią wówczas radzić sobie z nimi, nie kłopocząc tym mnie. Ale to nie są spokojne czasy.

Nie. Z pewnością nie były. A kiedy wspomniał o tkaczach cienia, zacząłem się zastanawiać, czy zdaje sobie sprawę, w jak katastrofalnym stanie się znajduje, jeśli chodzi o stan liczebny swej służby. Właściwie nigdy nie miał zbyt dobrych kontaktów z tymi, którzy zarządzali codziennymi sprawami fortecy. Wydawał rozkazy. Oni dbali o ich wykonanie. Jedynie garstka ludzi przeżyła ostatni atak Pani. Wciąż jednak dbali o niego, Wyjec tego dopatrzył.

Nie dysponował już żadnymi tkaczami cienia, którzy mogliby pokierować wytresowanymi cieniami, nawet gdyby je posiadał.

Z drugiej jednak strony...

Niegdyś na szczycie każdej wieży, rozmieszczonej co dwadzieścia metrów wzdłuż południowego muru Przeoczenia, znajdowała się kryształowa kopuła. W każdej umieszczono lustro, którego używano do skupiania w wiązkę płonącego pod kopułą światła. Wiązka ta następnie padała na ziemię otaczającą drogę wiodącą od Bramy Cienia. Każde lustro obsługiwało kilku ludzi.

Długi Cień przesunął małe figurki stojące gromadnie na stole, jakby wykonywał naraz kilka ruchów w jakiejś grze planszowej. Wypowiedział pojedyncze słowo.

Światła pod niezniszczonymi jeszcze kopułami wież rozbłysły jaskrawo. Snopy promieni pomknęły przez noc. Niczym oskarżycielskie palce wycelowane mniej więcej w miejsce, gdzie stacjonowała Stara Dywizja Konowała. Nie udało im się oświetlić zbocza choćby w połowie tak dobrze, jak to bywało dawniej, jednak trudno było się oprzeć wrażeniu. Robota została wykonana bez udziału choćby jednej ludzkiej ręki.

Pozostali również nie mogli zachować obojętności w obliczu takiego widowiska. Narajan był z lekka zakłopotany, Wyjec znienacka niespokojny. Długi Cień nie zwrócił na to uwagi. Przeszedł do następnego etapu.

– Światła nie są koniecznym elementem tego, co się wydarzy – oznajmił. – Po prostu pomyślałem sobie, że może być zabawnie, jeśli nasi wrogowie będą mogli widzieć się wzajem, gdy życie z wrzaskiem wyrywać będzie się z ich gardeł.

Zachichotał.

Wyjec usiadł, nagle czujny, wyprostowany jakby kij połknął. Nie podobał mu się kierunek rozwoju wydarzeń. Może Długi Cień nie był aż tak wielkim kretynem, jak to się wszystkim wydawało.

Patrzyłem na dziewczynkę, oczekując jej reakcji. Zbyt długo. Kopeć szarpnął się tym swoim „Ona to ciemność", i zaczął się wycofywać. Przytrzymałem go. Mieliśmy być świadkami podniecającego przedstawienia.

Długi Cień podszedł do wielkiej kryształowej sfery, osadzonej na piedestale pośrodku komnaty. Jego publiczność przyglądała się temu wszystkiemu uważnie, ale i nie bez pewnej nerwowości. Nie było to coś, co kiedykolwiek przedtem robiłby w obecności świadków. Wątpiłem nawet, by zdawali sobie sprawę z tego, czym jest ta sfera.

Kula miała metr dwadzieścia średnicy. Do wydrążonego miejsca w jej centrum wiodły liczne kanaliki. Kiedy Długi Cień podszedł bliżej, powierzchnię sfery zmarszczyły błyski światła, jakby oliwę rozlano na wodzie, tylko że znacznie bardziej intensywne. Węże światła przebiegały przez wewnętrzne przewody. Robił się z tego spektakl jak jasna cholera.

Długi Cień uniósł swe pajęcze dłonie. Ostrożnie zdjął rękawiczki i podwinął rękawy. Skóra jego dłoni miała barwę przezroczystej ropy, z błękitnymi żyłkami pod spodem, jak pleśniowy ser. Upstrzyła ją liczna kolonia wątrobowych plam. Właściwie wcale nie miał na sobie ciała.

Władca Cienia wsparł dłonie na powierzchni sfery. Światła wewnątrz zatańczyły w podnieceniu. Lśniąca powierzchnia wspięła się, obejmując jego palce, pokryła dłonie. Jego palce zatonęły we wnętrzu kuli niczym gorące pręty, powoli wytapiające sobie drogę w lodzie. Pochwycił węże światła, zaczął nimi manipulować.

Równocześnie wypowiadał słowa takim tonem, jakby prowadził zwykłą rozmowę towarzyską, oczywiście używał języka, którego nikt poza nim nie rozumiał – chociaż Córka Nocy zmarszczyła czoło i pochyliła się naprzód, jakby potrafiła wyłapać od czasu do czasu pojedyncze słowo.

Władca Cienia wzywał Cień. Nie potrafiłem go dostrzec. Znajdował się wewnątrz piedestału podtrzymującego kulę. Ale wyczuwałem go. Nie był szczególnie substancjalny, tylko bardzo, bardzo zimny.

Wyjec zeskoczył na posadzkę i pochylił się, by obserwować. Narajan i Córka Nocy patrzyli w zadziwieniu. Dzieciak dał kilka kroków naprzód. Singh zbliżył się do drzwi, aby mieć lepsze pole widzenia.

Długi Cień mówił przez kilka minut, powieki miał mocno zaciśnięte. Kiedy skończył, jasność wewnątrz kuli poczęła gasnąć. Wtedy otworzył oczy i popatrzył na południe, jak czynił to dziesięć tysięcy razy przedtem, obserwując teren iluminowany przez zwierciadła.

„Ona to ciemność!"

Przecież nie patrzyłem nawet na tego bachora...

Nie ta ciemność. Bardzo szczególna ciemność. Zaskakująca ciemność, która nie powinna pochwycić mnie tak wyzbytego czujności, zatopionego w rozważaniach.

Duszołap.

Przeszła przez drzwi, które otwarł dla niej Narajan Singh w taki sposób, jakby właśnie zamierzała zapukać.

Na to Długi Cień najwyraźniej nie był przygotowany. Wcale, można by rzec. Został otoczony, całkowicie zdradzony, zanim nawet zdał sobie sprawę z przybycia Duszołap. Używałem wszelkich sił woli, aby trwać w miejscu, i dławiłem przerażenie Kopcia. Ten mały gówniarz zawodził i powtarzał to swoje „Ona to ciemność!", jakby to była jakaś mantra przeciwko jadowitym kłom nocy.

– Gra skończona – oznajmiła Duszołap głębokim, grzmiącym głosem bywalca amfiteatrów. Potem zachichotała niczym kilkunastoletnia dziewczyna. – To była trudna robota, ale ostatecznie warto było. Naprawdę podoba mi się mój nowy dom. – Oba te zdania wypowiedział głos starego mężczyzny, który strawił życie na prowadzeniu buchalterii.

Długi Cień został pochwycony, zamknięty i przyszpilony jak motyl w gablocie kolekcjonera. Był otoczony, wrogowie mieli nad nim przewagę liczebną i nie miałby żadnych szans, nawet gdyby był największym czarodziejem, jaki kiedykolwiek chodził po ziemi.

Którym nie był. Ale i tak się nie poddał. Znał swoją wartość. Jego umysł nie był już zaćmiony. Ona nie ośmieli się go zabić, ponieważ oznaczałoby to zawalenie się Bramy Cienia.

Trzeba było poddać się dojmującemu pragnieniu Kopcia. Musiałem wracać, aby szybko przekazać wieści. Tak naprawdę to powinienem przede wszystkim dotrzeć do Pani, ale nie było na to sposobu.

Długi Cień powolnymi ruchami naciągał na dłonie rękawiczki. Kiedy zaczął wciągać pierwszą, Duszołap powiedziała:

– Lepiej tego nie rób. – Jej głos był aksamitnym tenorem sprzedawcy nagrobków. – W rzeczywistości już czas...

Jego mały palec był zakrzywiony, jakby został złamany, a potem źle nastawiony już bardzo dawno temu. Paznokieć wyglądał niczym kawałek zgniłego, zeschłego, sczerniałego liścia szpinaku.

Władca Cienia wykonał ruch tym małym palcem.

Paznokieć odpadł w momencie, w którym Duszołap wypowiedziała słowo: „czas".

Potrząsnąłem moją bezcielesną głową. Nigdy nie uda się zobaczyć wszystkiego.

W okamgnieniu paznokieć stał się cieniem, przepełnionym nienawiścią do światła.

Kopciowi udało się wyrwać.

64

Sięgnąłem po kubek z wodą, a równocześnie wyprostowałem się na krześle. Jak przez mgłę dotarło do mnie, że znajduję się w ciasnej, maleńkiej alkowie, gdzie Stary trzymał Kopcia od czasu, jak przemyciliśmy go z wylęgarni zarazków Jednookiego. Zza skrywającej mnie, poszarpanej zasłony dobiegały głosy.

Napiłem się raz jeszcze, otuliłem Kopcia kocami, przykryłem go razem z głową, potem przeczesałem palcami włosy i wyszedłem z komórki.

Natychmiast zamilkli. Konował wyglądał na rozwścieczonego niemal do granic.

– To jest bardzo ważne – powiedziałem. Co spowodowało zmieszane spojrzenia Łabędzia i Brzeszczota. – To dobrze, że oni są pod ręką. Wy, chłopcy, możecie na chwilę wyjść na zewnątrz? Weźcie ze sobą świecę.

– Co ty, kurwa, robisz? – zapytał Konował. Musiał dokładać znacznych wysiłków, by ściszyć głos.

– Duszołap właśnie przejęła Przeoczenie.

– Hę?

– Weszła sobie do środka, podczas gdy Długi Cień spuszczał cienie. Co mu się zresztą w pewien sposób udało. A ona, Singh, dzieciak i Wyjec razem na niego napadli. Musiałem ci natychmiast powiedzieć. To wszystko zmienia. Pani również musi o tym usłyszeć tak szybko, jak to tylko możliwe.

– Och! – Konował wciąż był zły, ale mogłem niemal widzieć bieg myśli w głębi jego błękitnych oczu, zobaczyć prawie, jak jego gniew zwraca się w inną stronę niczym statek zmieniający kurs. – To suka. Oszukańcza, parszywa, zdradziecka suka.

– Z tego, co mówiła, wynika, że postanowiła wprowadzić się do Przeoczenia i zamieszkać w nim.

– Suka!

– Żałuję, że nie mogę ci nic więcej powiedzieć. Kopeć odmówił zostania w jej obecności. Nie myślisz, że lepiej powiedzieć Pani?

– Oczywiście, że lepiej jej powiedzieć. Zamknij się. Pozwól mi pomyśleć.

– Hej, wy tam! – krzyknął Łabędź z drugiej strony zasłony chroniącej przed chłodem wiatru. – Wy, chłopcy, lepiej tu przyjdźcie i popatrzcie sobie.

– A teraz co znowu? – warknął Konował.

– Sam sprawdzę. Napisz im wiadomość, którą będą mogli zanieść Pani.

– W cholerę z tym. Może być już za późno. Ona sama miała zamiar się zakraść do Długiego Cienia.

Cholera. Ugrzęźliśmy głęboko w brunatnej materii. Może.

Wciąż czułem miękkość w kolanach, ale rzuciłem się na dwór. Potykałem się o własne nogi, kiedy wyłaziłem na poziom gruntu. Ziemia była wciąż wilgotna, nawet tutaj, na zboczu wzgórza.

Nie musiałem pytać Łabędzia, cóż go tak zaniepokoiło. Największy pokaz fajerwerków wszech czasów odbywał się właśnie przy Bramie Cienia. Być może potyczka nad jeziorem Tandżi mogłaby się z nim równać, ale tamtą obserwowałem z samego środka.

– Niech to cholera! – zakląłem. W powietrzu fruwało tak wiele kul ognistych, że żadna eksklamacja nie oddałaby im sprawiedliwości.

Stoczyłem się po gliniastych schodach.

Konował wbijał się właśnie w swój kostium Stwórcy Wdów.

– Zaczęło się przy Bramie Cienia – powiedziałem. – Musisz to zobaczyć, żeby uwierzyć. Mam nadzieję, że tym chłopcom wystarczy bambusów.

– Pani dała im tyle, ile mogła. Teraz jest to tylko kwestia liczby. Z czego zresztą zdawaliśmy sobie sprawę od początku. Jeżeli będziemy mieli więcej kul ognistych, niż oni rzucą przeciwko nam cieni, wygramy. Jeżeli nie, koniec nasz będzie żałosny. Ale niedługi.

– Z tego, co widziałem, Długi Cień nie zdążył wiele zrobić. Jeśli cię to w jakiś stopniu pocieszy.

– W najmniejszym. Nie mam pojęcia, co on powinien, a czego nie powinien zrobić, by wyzwolić tylko niektóre bądź wszystkie cienie. I nie ma sposobu, żebym mógł odgadnąć, co on właściwie zamierzał. Wyjąwszy fakt, że z pewnością nie chciałby wypuścić ich tyle, żeby w końcu przyszły również po niego. Zapewne spróbuje odzyskać kontrolę nad tymi, które przeżyją po tym, jak załatwią się z nami.

– Nie wiedział, że nie ma już żadnych tkaczy cienia. Singh i Wyjec ostatnimi czasy karmili go bardzo wybiórczymi informacjami. Prawdziwy zasięg szkód, jakie spowodował wczorajszy atak Pani, pozostał dla niego całkowitą tajemnicą.

– Bez wątpienia kolejna zdrada naszej przyjaciółki Duszołap.

– Mogę się założyć.

– Musisz tam wrócić. Ona nie zrobi dokładnie tej jednej, jedynej rzeczy. Wówczas zanadto wystawiłaby się na ciosy.

– Hę? – Moja kolej na wydawanie z siebie zabawnych odgłosów.

– Musi wiedzieć, że jesteśmy w stanie wejść do środka i wyjść na zewnątrz, kiedy tylko nam się spodoba. Będzie więc chronić swoją słodką dupeczkę. Idź i zobacz, co ona zamierza, zanim naprawdę to zrobi.

– Już pędzę, szefie.

Napiłem się trochę cukrowej wody i poszedłem.

Kopeć nie chciał wracać do Przeoczenia. Udało mi się jednak postawić na swoim. Oszukałem go, przynajmniej do pewnego stopnia, przeniosłem się w przeszłość do chwili, zanim jeszcze uświadomił sobie obecność Duszołap. Potem przeskoczyłem naprzód i obserwowałem, jak cień eksploduje z małego palca Długiego Cienia.

Ruszył na Wyjca. Dopadł go. Wyjec zawył. I w jakiś sposób go odpędził. Potem skoczył na Narajana Singha, który w momencie trafienia wrzasnął przeraźliwie. Wyjcowi i Duszołap udało się wspólnym wysiłkiem odciągnąć ożywioną ciemność od Oszusta. Singh natychmiast stracił przytomność.

Cień nie został jeszcze pokonany. Teraz uderzył w Córkę Nocy. W tej samej chwili, gdy rozległ się jej krzyk, świat ducha wypełnił odór Kiny. Tajfun wściekłości pomknął w stronę Przeoczenia. Kopeć pisnął swoje „Ona to ciemność" i znowu uciekliśmy, wystrzeleni niczym grot z balisty. Pędziliśmy w górę, pędziliśmy na północ i pędziliśmy doprawdy prędko. Pokaz fajerwerków przy Bramie Cienia zniknął za stokami Danda Presz. Znaleźliśmy się już dobrze na północ od Dedżagore, zanim udało mi się podjąć choćby próbę odzyskania nad nim kontroli.

Świat ducha zamienił się w jeden przewlekły skowyt mojego wierzchowca. Uciekał do miejsca, które uważał za bezpieczne. Do miejsca, które jakaś najgłębsza część jego jaźni zapamiętała z czasów, gdy był jeszcze zwykłym śmiertelnikiem.

Zaczął powoli reagować na polecenia dopiero wtedy, gdy znaleźliśmy się w pałacu.

W środku wrzało niczym w ulu. Kapłani, gwardziści i urzędnicy biegali na wszystkie strony. Na ulicach miasta również panowało podniecenie. Strażnicy Szadar chodzili stadami, dokonując licznych aresztowań.

To domagało się bliższego zbadania. Przyjrzałem się aresztowanym. Kilku zdawało się w odległy sposób znajomych. Skoczyłem wstecz w czasie i przekonałem się, że zabrano ich do pustych koszar Kompanii. Wśród tłumu zebranych dostrzegłem kilka zdecydowanie znajomych mi twarzy. Wszystko to byli ludzie, którzy jawnie manifestowali swoją życzliwość względem Kompanii.

Krążyłem wokół, szukałem Radiszy, potem cofnąłem się w czasie do początku... Na tyle, na ile byłem w stanie stwierdzić, rozpoczęła całą awanturę kilka godzin wcześniej, chociaż przedtem przez długie godziny rozmieszczała swych ludzi na pozycjach. Prawdziwe aresztowania zaczęły się mniej więcej w tym samym czasie, gdy Duszołap wkroczyła do komnaty Długiego Cienia w Przeoczeniu.

Ospały!

Cholera! Pospieszyłem do magazynu Bana Do Tranga.

Ospały nie został aresztowany. Jeszcze nie. Kilku Szadar znajdowało się już w sąsiedztwie. Właśnie go szukali. Ich przekleństwa nie pozostawiały żadnych wątpliwości. Ale nie potrafili znaleźć jego kryjówki.

Poszukałem dzieciaka. Włożyłem w tę sprawę wszystko, na co tylko było mnie stać. Jeżeli to działało na bagnach, powinno również funkcjonować w mieście. Usadowiłem się dokładnie na wysokości jego oczu i wrzasnąłem. Spróbowałem zmierzwić mu włosy i poszarpać za uszy.

Przeraził się nie na żarty. Tym sposobem znalazł się poza trasą poszukiwań strażników, chociaż wciąż na tyle blisko, by wszystko słyszeć i pojąć.

Nie czekałem na dalszy rozwój wydarzeń. Miał na tyle oleju w głowie, by wskakiwać na konia, wynosić się z miasta i nie dbać o odpowiedź od Sari.

Chwyciłem Kopcia za ektoplazmatyczne włosy na karku i ruszyliśmy na południe. Nie okazywał nawet odrobinę większej ochoty niż poprzednio.

Wróciłem do swego ciała. Stary już na mnie czekał.

– Co jest grane?

– Kina nadchodzi. Kopeć spietrał. Uciekł na Północ. Musiałem stamtąd wrócić. Tam również gówno lata w powietrzu.

– O? Co się dzieje?

– Radisza aresztuje wszystkich, którzy kiedykolwiek choćby uśmiechnęli się do jednego z nas. Zaczęła niemal w tej samej chwili, kiedy Duszołap ruszyła na Długiego Cienia.

Nawet się nad tym nie zastanawiał.

– A więc mamy problem. Wróć tam. Chcę wiedzieć, jeżeli coś jeszcze pójdzie źle.

Popiłem trochę słodzonej wody i ruszyłem.

Co jeszcze mogło pójść źle? A więc – dokładnie pod naszym nosem, w Kiaulune, Prabrindrah Drah próbował rozbrajać żołnierzy Pani. Ona sama znajdowała się w Przeoczeniu. Nie wiedziała jeszcze o niczym. Ja zaś nie miałem pojęcia, w jaki sposób szybko przekazać jej informację. Postanowiłem spróbować tej samej taktyki co z Ospałym. Może uda mi się ją zaskoczyć na tyle, że zacznie coś robić.

Znalazłem ją już na klatce schodowej, wiodącej do kryształowej komnaty. Kilku naszych najlepszych braci z Kompanii było razem z nią.

Opadłem w dół, zatrzymałem się przed jej twarzą i zaskrzeczałem:

– Uha! Uha! Huha! Zabieraj stąd swą dupę!

Aż podskoczyła. Zmrużyła oczy, zerknęła w ciemność w miejsce, gdzie zawisł w powietrzu punkt widzenia, którym byłem obecnie.

– Murgen?

– Zabieraj stąd swój tyłek, kobieto. To pułapka. A ludzie księcia próbują rozbrajać twoich żołnierzy.

Odwróciła się i wyszczekała rozkazy.

Cholera! Była znacznie bardziej wrażliwa niż wszyscy pozostali.

Umknąłem stamtąd. Smród Kiny zaczynał powoli wypełniać klatkę schodową. Ciemna chmura przylgnęła do kryształowej wieży Długiego Cienia. Kina nie dysponowała szczególną siłą, którą mogłaby projektować na obszar naszego świata, ale teraz całą skupiła w jednym miejscu. Kopeć na jej widok od razu ruszył w górę, tak więc mogłem wszystko oglądać z lotu ptaka.

Córka Nocy dochodziła do siebie po ataku Cienia. Użyła całej siły użyczonej jej przez boginię, aby odrzucić tę istotę z powrotem na Władcę Cienia.

Długi Cień oczywiście od samego początku był kompletnie szalony, przeniknięty identyczną paranoją jak oni wszyscy. Nigdy nie ufał Wyjcowi. Nade wszystko jednak jego i małego śmierdziela łączyła wspólna nienawiść do Czarnej Kompanii. Wzajemna nienawiść do siebie nigdy nie jest szczególnie obiecującym fundamentem dobrego małżeństwa.

Władca Cienia przygotował się na taką chwilę jak ta – chociaż nie przewidział, że Duszołap znajdzie się na miejscu, aby pomóc zdrajcy. Nie oczekiwał również, że Dusiciel i jego podopieczna na własną rękę wprowadzą poprawki do sytuacji. Niemniej był człowiekiem sumiennym. Skonstruował wszystko z kilkakrotnym marginesem bezpieczeństwa. Może wystarczy. Jeżeli na dodatek okazałoby się, że go nie docenili.

Komnata na szczycie wieży zamieniła się w przedziwne akwarium wypełnione jękami i wrzaskiem, kłębami dymu, które pojawiały się i znikały zbyt szybko, by oko mogło nadążyć, wariacjami barw, ostrzami czystej energii, które cięły kamień i szkło, a potem odbijały się rykoszetem od upartych zaklęć ochronnych. Nigdy nie oszczędzały tego, kto stanął im na drodze.

Duszołap wrzasnęła jak dziecko, które się nagle skaleczy. Opadła na jedno kolano, jęknęła, ale nie zrezygnowała z walki. Wyjec wył. Córka Nocy bełkotała jakieś fragmenty z pierwszej Księgi Zmarłych. Odór Kiny w świecie ducha był dosłownie straszny, jednak dzieciak nie zdążył skopiować księgi, nim została mu skradziona. Nie umiała otworzyć Kinie drogi powrotnej do domu.

Długi Cień próbował chyłkiem przekraść się do wyjścia. Przez chwilę wyglądało na to, że może mu się powieść. Kiedy opuści komnatę, ta z pewnością zapadnie się albo w jakiś inny sposób ulegnie zniszczeniu i pogrzebie wszystkich w swych ruinach. To był rodzaj pułapki, którą sam bym zastawił.

Singha nazywali żyjącym świętym. Był najprawdopodobniej najlepszy w pokoleniu, w którym przyszło mu się narodzić. Wątpliwe wyróżnienie w oczach większości z nas, a przecież każdy człowiek powinien mieć choćby na tyle szczęścia, aby odkryć tę jedyną rzecz, którą potrafi robić lepiej niż wszyscy pozostali.

Władca Cienia zwracał tyle uwagi na Narajana, co na mysz. A Oszust stał sobie z boku. Stał sobie z boku w jednej chwili, a w następnej był już zupełnie gdzie indziej. Jego chusta Dusiciela otoczyła gardło Władcy Cienia niczym czarna błyskawica.

Człowiek z czarnym rumlem zostaje mistrzem Dusicieli po części dzięki umiejętności opanowania własnego strachu i podniecenia w chwilach napięcia. Narajan Singh posiadł tę sztukę, chociaż ostatnimi czasy nie miał szczególnych okazji do jej praktykowania. Ale teraz pokazał, co potrafi. Zachowywał tyle wyczucia, aby nie złamać Władcy Cienia karku. Doskonale zdawał sobie sprawę z konsekwencji.

Uduszenie kogoś jest procesem dość powolnym. Ofiara rzadko współpracuje z katem. Singh krzyknął:

– Potrzebuję pomocników! – Za pierwszym razem powiedział to

w slangu Oszustów. Tylko dzieciak zrozumiał. Nie miała jednak dość siły, by przytrzymać wyrywającego się Władcę Cienia.

Zwróciła się do Duszołap:

– TY! Weź jego prawe ramię i pociągnij. Ty. Ty, śmierdzący. Chwyć jego lewe ramię. Teraz. W imię mej matki.

– W imię twojej prawdziwej matki, która akurat jest moją siostrą, dostaniesz lanie, kiedy tylko poradzimy sobie z tym kawałkiem gówna – warknęła Duszołap. Głos, którego użyła, mógł należeć do sobowtóra kogoś, kogo znałem kiedyś, a kto był zagorzałym wyznawcą nieoszczędzania rózgi.

Długi Cień był jednak starym, upartym sępem. Szarpał się dużo dłużej, niż potrafiłby jakikolwiek człowiek pozbawiony dopływu powietrza. Dzieciak zwrócił się do pozostałych.

– Uważajcie, byście go nie zabili.

– Idź swego ojca uczyć dzieci robić, bachorze. – Tym razem głos Duszołap zabrzmiał, jakby mógł należeć do Goblina, a ja poczułem nagły napływ strachu o małego czarodzieja.

Długi Cień wreszcie opadł z sił.

– Zwiąż go i zaknebluj, a potem posadź na tym jego krześle – zwróciła się Duszołap do Wyjca. – Ale skrępuj porządnie. Potem rozejrzyj się dookoła, czy nie poukrywał tu jakichś innych niespodzianek. – Cień zniknął. Albo wymknął się przez popękane drzwi i skrył w jakimś zakamarku, albo został zabity w walce.

Wyjec, dysząc ciężko, zapytał:

– A czym ty się zajmiesz, o potężna?

– Ustanowieniem od razu porządku dziobania. – Chwyciła Córkę Nocy, przyklękła na jedno kolano, przełożyła wierzgającego dzieciaka przez drugie, wymruczała zaklęcie, które sprawiło, że Narajan Singh przeleciał przez całe pomieszczenie i uderzył o ścianę z siłą, która pozbawiła go przytomności. Potem spuściła spodnie małej i przeszła do udzielenia jej od dawna już zasłużonej lekcji grzeczności.

Dziewczynka nie krzyczała, jednak kiedy Duszołap z nią skończyła, z jej oczu strumieniami płynęły łzy. Widać było, że czuje się równocześnie poniżona i kompletnie opuszczona. Czekał ją zapewne kolejny kryzys wiary. Odór Kiny rozwiał się, gdy dzieciak zaprzątał sobie myśli swymi dyletanckimi inwokacjami.

– Spróbujesz mi wcisnąć jeszcze trochę tego gówna, kochaniutka, a następnym razem nawiążesz intymną znajomość z brzozową rózgą – powiedziała Duszołap. – Dobrze go związałeś?

– Pracuję nad tym. Jeżeli mogłaś tak długo czekać, to nie powinnaś się teraz tak cholernie spieszyć.

– Chcę zdobyć kontrolę nad jego cieniami. Nie będą przecież spokojnie czekać...

– Wiem, na czym polegał jego plan. Pomagałem przy jego tworzeniu – wyskrzeczał Wyjec. W jego wrzasku zabrzmiał ton rozdrażnienia.

Musiałem zobaczyć się ze Starym.

65

Już się kłócą między sobą – powiedziałem Konowałowi po tym, jak wykopał wszystkich na zewnątrz. – Ale ostatecznie mają Długiego Cienia na haku. Duszołap zamierza tak go ustawić, żeby robił wszystko, co jej przyjdzie do głowy.

– Ma zamiar go schwytać?

O tym nie pomyślałem. Ten rodzaj rzeczy zdarzał się tylko dawno, dawno temu.

– Będzie wiedziała jak?

– Może. Ale być może nie ma dostatecznej liczby danych, aby zrobić to z kimś w rodzaju Długiego Cienia. Być może musiałaby znać jego prawdziwe imię. My wiemy, że ukrył je w zaklęciu wiążącym Bramę Cienia.

– A co tu się dzieje?

– Rozkazałem, żeby Nowa Dywizja przesunęła się bliżej Bramy Cienia i zluzowała Starą. Muszę doprowadzić do tego, by zaangażowali się w walkę z cieniami, zanim się zorientują, co robi Prabrindrah Drah. Dzięki temu nie będą mogli wziąć w tym udziału. I będą mieli czas na to, żeby podjąć walkę z cieniami.

– Jaki im podałeś powód?

– Że Stara Dywizja nie ma dość bambusów. – Podczas takiej nocy jak dzisiaj żaden generał nie pozwoli, by jego ludzie przekazali swe bambusy innemu oddziałowi. – Jak również, że chcę, aby Stara Dywizja zaatakowała Przeoczenie z południa. Wydałem im też rozkazy, aby już się brali do roboty. Prawdziwe rozkazy otrzymają dopiero wówczas, gdy znajdą się już w odpowiedniej odległości.

Manewr przesunięcia dywizji od Bramy Cienia pod południową ścianę Przeoczenia ćwiczyliśmy kilkakrotnie. Być może Stary wciąż myślał o kilka kroków przed wszystkimi innymi.

– Sądzę, że udało mi się ostrzec Panią. – Opowiedziałem mu, co zrobiłem. – Wydawało mi się to właściwym posunięciem po uwzględnieniu okoliczności. Wiem, że potem na pewno będzie zadawać pytania.

– Och, z pewnością będzie. A kiedy otrzyma już odpowiedź, zapewne będzie gryzła kamienie z wściekłości.

– Nie wydajesz się szczególnie przerażony.

– Zanim nauczyła się mnie kochać, byłem więźniem Wieży w Uroku. Wtedy wyczerpałem zapas przerażenia, jakim mnie napawała.

Gdybym był nim, nie liczyłbym za bardzo na jej miłość. Ostatnimi czasy nieszczególnie przypominali kochającą się parę. Faceci tacy jak ja nigdy nie przestają kochać swoich Sari, ale ludzie innego rodzaju potrafią przestać kochać, kiedy przez dłuższy czas żyją w napięciu.

– Muszę sprawdzić, co się dzieje z Goblinem. Kiedy obserwowałem ich walkę w wieży, przyszła mi do głowy naprawdę paskudna myśl. Jeżeli Duszołap okazała się tak akuratna, jak mi się wydaje, Jednooki może już być sierotą.

– Cholera – powiedział Konował cicho. – Zupełnie zapomniałem o tym elemencie. Słuchaj, kiedy będziesz szukał tego małego gnojka, za każdym razem powtarzaj Kopciowi następujące słowa: „biały ślub" i „biały rycerz". Na przemian. Wtedy będzie ci łatwiej znaleźć Goblina.

– Odkryłem, że musi być coś...

– I za każdym razem, gdy zobaczysz kruki, gdziekolwiek by to było, strasz je. Musimy oślepiać Duszołap, jak tylko potrafimy.

– Oszukała cię, co?

– Powiedzmy, że nie doceniłem jej ambicji. Najwyraźniej teraz ona zmierza już do czegoś więcej niż tylko wyrównania rachunków z Panią. Idź już.

Mantra „biały ślub, biały rycerz" potrafiła zdziałać cuda. Kopeć i ja odnaleźliśmy Goblina niemalże natychmiast. A on znajdował się w głębokim gównie, właśnie tak, jak się obawiałem, tylko że nie było nawet w połowie dość głębokie, żeby to ucieszyło co poniektórych. Kiedy Kopeć i ja przybyliśmy na miejsce, odkryliśmy, że on i jego chłopcy leżą bardzo cichutko wśród jakiegoś rumowiska skał i czują się dość paskudnie. W ciągu najbliższych kilku minut komuś zapewne stanie się krzywda. Poważna krzywda.

Musiałem zanurkować w staw czasu, aby odkryć, w jaki sposób do tego doszło.

Goblin jest tylko pomniejszym czarodziejem, niemniej jest nim naprawdę. Ponadto wyposażony jest we właściwą przeciętnemu żołnierzowi Kompanii porcję nieufności. Nie potrafiłby kontrolować cieni, kruków, nietoperzy czy myszy ani żadnych innych stworzeń wystarczająco, aby wykorzystać je do zbierania informacji, jednak do pewnego stopnia mógł manipulować niektórymi istotami. Jego wybór padł na miniaturową sówkę, powszechnie występującą po południowej stronie Danda Presz. Największe egzemplarze nie przekraczają rozmiarami pięści mężczyzny.

Rozstawiał te stwory, aby strzegły jego obozu, gdziekolwiek zatrzymywał się na dłużej. I zawsze latały w przedniej straży, kiedy jego oddział maszerował. Poruszał się bowiem jedynie nocami, wyjąwszy sytuacje, gdy postanawiał zaatakować jakichś lojalistów Długiego Cienia.

Goblina nic nie mogło zaskoczyć. Nie zaskoczyło go nawet to, kiedy forwalaka podkradła się w ciemnościach do obozowiska i skoczyła na niego z towarzyszeniem basowego pomruku. Sowa, stosując okrzyk przeznaczony wyłącznie dla scharakteryzowania tego typu zagrożenia, zdołała wydać go dopiero wówczas, gdy bestia przebiegła obok.

Żadne plany nie przewidywały tej nocy jej obecności w pobliżu.

Ponadto w sąsiedztwie odnotowano zbyteczną z pozoru i zupełnie niewytłumaczalną aktywność kruków.

Goblin nabrał podejrzeń. Podejrzewał, że mogą nastąpić jakieś nieprzewidziane wydarzenia, więc się przygotował. Tak na wszelki wypadek. Po jakimś czasie spędzonym w służbie Kompanii nawet żołnierz równie leniwy jak Jednooki zaczyna reagować na rozmaite oznaki i zwiastuny zagrożenia.

Forwalaka zaatakowała – ale jej zęby i pazury trafiły na coś, co z pewnością nie było Goblinem. Postać miała tylko w ogólnym przybliżeniu kształt człowieka, składała się z worków wypchanych liśćmi i słomą. Goblin obłożył ją zaklęciem, zgodnie z którym forwalaka nie mogła jej puścić, kiedy już schwytała.

Zdarzyło się to niemal w tej samej chwili, w której Duszołap wkroczyła do gabinetu Długiego Cienia, wszędzie zaś otwarły się bramy wszelakich piekieł.

Mała postać, która w najmniejszej mierze nie przypominała Goblina i najprawdopodobniej w jeszcze mniejszym stopniu pachniała jak on, wyskoczyła z ciemności. Podeszła do pantery i energicznie kopnęła ją w żebra.

– Wiedziałem, że ta sprawa z tobą jest zbyt piękna, by mogła być prawdziwa. I to po tym, jak sprawiłem sobie tyle kłopotu, aby spróbować o ciebie zadbać. – Łup. Kopnął ją ponownie. Forwalaka zawyła i runęła na ziemię.

Jakiś głos z ciemności powiedział:

– Jeżeli dalej będziesz ją rozwścieczał, może się wyrwać i wygryźć ci drugą dziurę w dupie.

– Zasługiwałbym doprawdy na coś takiego, gdybym nie uczynił wówczas tego zaklęcia na tyle mocnym, by zatrzymało cztery takie jak ona. – Forwalaka zawyła ponownie. – Ale muszę coś zrobić z tym zamieszaniem. – Rzeczywiście ryk bestii słychać było zapewne na odległość wielu kilometrów.

Sowa zahukała. Tym razem jej głos nie oznaczał alarmu. Niemniej już tylko forwalaka znajdowała się na otwartej przestrzeni, kiedy z mroku na polanę, gdzie stwór wciąż próbował się uwolnić od swej ofiary, wyszedł samotny Taglianin. Nowo przybyły zwrócił się do otaczających go ciemności:

– Biały ślub, biały rycerz.

Wybuchnąłbym śmiechem, gdyby Kopeć pozwalał na taką opcję w ramach swych możliwości.

Pojawił się Goblin.

– Mołfat, jakie wieści?

– Ktoś nadchodzi. Skradają się. I dobrze wiedzą, dokąd iść.

– Niespodzianka za niespodzianką. – Goblin kopnął Lizę Bomarsz z taką siłą, która normalnemu człowiekowi złamałaby żebro. – Kiedy już cię sprzedają, robią to gruntownie. Czy kiedykolwiek wam mówiłem, czym zajmowała się ta suka, kiedy ją pierwszy raz spotkaliśmy? Ledwie była na tyle dorosła, by krwawić z krocza, a już zabijała ludzi, by potem sprzedawać ich ciała.

– Wszystko to już słyszeliśmy, szefie – zawołał głos z ciemności. – Skoro mamy mieć gości, przygotujmy przyjęcie.

– Nienawidzę tego gówna – poinformował Goblin Mołfata. – Nienawidzę tego kraju. Nienawidzę tych ludzi, nienawidzę...

– Nienawidzę przypominać ci o takich rzeczach, ale oni znajdują się w odległości mniejszej niż półtora kilometra.

– Mogaba jest z nimi?

– Nie mam pojęcia. Nie czekałem, aż zbliżą się na tyle, bym mógł zobaczyć.

Goblin zabrał się wreszcie do wypełniania swych czarodziejskich obowiązków. Spreparował kilka swoich ulubionych magicznych potraw. Wśród nich, co od razu stało się oczywiste, można było oczekiwać iluzji.

Jednooki i Goblin uwielbiali pokazywać ludziom rzeczy, które w rzeczywistości nie istniały.

Opuściłem go na moment, by przyjrzeć się nadchodzącym.

Wydarzenia te rozgrywały się nocą w skalistej, zalesionej i porośniętej krzewami okolicy. Nawet ja miałem kłopoty z obserwacją. Nie potrafiłem dostrzec Mogaby, jednak potwierdziło się, iż są to jego partyzanci. To byli mali, twardzi gówniarze, po całej zimie spędzonej w interesie. Byli czujni i zachowywali się cicho.

Ruszyłem za nimi w czasie. Musiałem cofnąć się aż do chwil poprzedzających zachód słońca, by przelotnie choćby dostrzec Mogabę. Zobaczyłem go, jak siedział przy ognisku w towarzystwie swoich chłopców niecałe osiem kilometrów od obozu Goblina. Dzielił się pieczoną dziczyzną z wielkim, czarnym kociakiem.

Znowu się cofnąłem, zamiast po prostu iść za nimi, by przekonać się, dokąd poszli. Mantra, która rozwiała mgły spowijające Goblina, czyniła łatwiejszym również znalezienie Mogaby. Ale za każdym razem tylko na kilka sekund.

Odkryłem to, co chciałem wiedzieć, potem przyłączyłem się do gromadki Goblina akurat w czas, by obserwować zasadzkę na złych chłopców, którzy mieli posprzątać po słodziutkiej Lizie Bomarsz.

Coś, co wyglądało niczym płomieniste widmo, zmaterializowało się na zboczu po przeciwnej stronie polany względem czekającego Goblina i reszty jego oddziału. Chociaż widmo zwróciło na siebie uwagę partyzantów Cienia, nie na tym polegała jego naczelna funkcja. Był to sygnał dla żołnierzy Goblina, by zasłonili oczy. Cztery, trzy, dwa, jeden. Błysk!

Ja nie zamknąłem oczu. Przez moment byłem równie ślepy jak komandosi Mogaby. Potem jednak zadałem sobie pytanie, dlaczego właściwie miałbym oślepnąć, i doszedłem do wniosku, że dlatego, iż spodziewałem się tego. Kiedy tylko postanowiłem, że będzie inaczej, ponownie odzyskałem wzrok. Co stanowiło kolejny dowód na to, że wiele rzeczy stanowi wyłącznie kwestię subiektywnego punktu widzenia oraz stosownych oczekiwań.

Rozbłysk nie tylko na moment oślepił żołnierzy Cienia, lecz również spryskał ich jakąś substancją świecącą w ciemnościach. W ten sposób zmienili się w doskonałe cele.

Tamci mieli nad żołnierzami Goblina przewagę liczebną. Czarodziej skorzystał więc ze sposobności, aby poprawić niekorzystne położenie. Dla południowców życie stało się nagle dość nieprzyjemne. A w przypadku niektórych również i bardzo krótkie.

Goblin dodatkowo skomplikował ich sytuację, przywoławszy widma licznych podobizn naszych obecnych i dawnych braci z Kompanii. To była stara sztuczka, zresztą jedna z jego ulubionych. Nie używał jej jednak na tyle często, aby pozostali wymyślili, jak sobie z nią radzić. Partyzanci walczyli z widmami i cieniami, gdy ludzie Goblina spokojnie ich dziesiątkowali. Ponieważ tamtym zbyt wiele czasu zajęło zrozumienie w pełni sytuacji, w jakiej się znaleźli, nie potrafili wypracować właściwie żadnej skutecznej taktyki.

Mogaba nie pokazał się. Nie potrafiłem go nigdzie znaleźć, mimo iż bardzo się starałem. Na koniec jego porucznicy pomyśleli, że ugryźli kęs zbyt wielki, by móc go strawić. Zaczęli się wycofywać. Otrzepywali się nawzajem, próbowali zetrzeć świecącą substancję, która czyniła ich dogodnym celem. Niektórzy próbowali się rozebrać, chociaż o tej porze roku z pewnością nie mogło się to przysłużyć ich zdrowiu.

Widma i prawdziwi ludzie Goblina ścigali ich. Zorganizowany odwrót zamienił się w paniczną ucieczkę. Goblin deptał im po piętach. Schwytał los za ucho i teraz dawał się we znaki swym wrogom. Chciał do ostatka wykorzystać sprzyjający los. Pragnął złapać Mogabę, póki Nar nieświadomi byli rozmiarów katastrofy.

Życzyłem mu szczęścia.

Skoro moje obawy o Goblina okazały się zupełnie nieusprawiedliwione, skierowałem się z powrotem, aby donieść o tym jedynym chyba dobrym wydarzeniu dzisiejszej nocy.

66

Nie jest tak źle, jak by można sądzić – poinformował mnie Stary. – Przynajmniej jeszcze nie. – Przyglądał się, jak jednym haustem opróżniałem kwartę słodzonej wody. – Wychodzi na to, że Stara i Nowa Dywizja przetasowały się bez większych kłopotów. A ponadto nie ma doniesień, jakoby licznym cieniom udało się wydostać. Myślę, że Pani udało się utrzymać kontrolę nad sytuacją. A więc jakikolwiek rodzaj przedstawienia zamierzała nam zaprezentować Duszołap, zapewne nie pójdzie w całości po jej myśli.

Jednak w jego przemowie tkwiło mnóstwo ogromnych „chociaż...", przez które wszystko brzmiało znacznie mniej optymistycznie, niż można by sobie życzyć.

– Jak się czujesz? Może powinienem kazać Jednookiemu cię zmienić? – zapytał Konował.

– Prawdopodobnie bardziej przyda się tam, gdzie jest w tej chwili.

– Nie mam pojęcia. Jednooki to Jednooki. Kilka minut temu biegał dookoła, wymachiwał śmieszną, czarną włócznią i mamrotał coś bez sensu. Już zaczynałem podejrzewać, że się upił.

– Cholera. – Jednooki pijany i w nastroju do manifestowania swych talentów to raczej nie wróżyło dobrze. – To jest włócznia, którą wykonał, kiedy byliśmy oblegani w Dedżagore. Ostatnim razem, gdy próbował jej użyć, też był pijany.

– To ta, którą zrobił, chcąc zabić Wirującego Cienia?

– Aby zabijać wszystkich Władców Cienia, masz rację.

– Tego Władcy Cienia nie chcemy zabić. Jeszcze nie.

– Prawdopodobnie martwi go również zmiennokształtna. Możesz

mu powiedzieć, że nie stanowi już zagrożenia. Goblin ma ją pod kontrolą.

– Pewien jesteś, że nie chcesz zrobić sobie przerwy?

– Czuję się dobrze. – Wróciłem do alkowy, gdzie spoczywał Kopeć. Konował jeszcze zawołał za mną:

– Twoi krewni zrozumieli, o co chodzi z tymi cieniami?

– Tai Dei widział je nad jeziorem Tandżi. Nie wyściubią nosa na zewnątrz.

Kopeć i ja udaliśmy się w górę na wysokość jakichś ośmiuset metrów, tak żebym miał ogólne pojęcie na temat tego, co się dzieje, gdzie i kiedy.

Wszędzie coś się działo. W pobliżu Bramy Cienia noc żyła pędzącymi, ognistymi kulami. Wychodziło na to, że część Starej Dywizji wciąż jeszcze tam pozostawała i dokładała ręki do dzieła swych zmienników.

Kilka kul ognistych dryfowało ponad Kiaulune oraz pustym obszarem oddzielającym ruiny miasta od Przeoczenia, chociaż nie było ich tak wiele, jak oczekiwałem. Być może zbyt późno przekazałem Pani ostrzeżenie.

Skierowałem się w dół. Pode mną rozbłysły nagle rubinowe punkty, jakby ruiny i otaczające je tereny tknął atak odry. W ciągu kilku chwil wypełzły z nich czerwone niteczki, które przemieszczały się przez mrok w poszukiwaniu innych cętek.

Cokolwiek to było, z pewnością stała za tym Pani. Swoim działaniem spowodowała mnóstwo okrzyków i zamieszania. Wszyscy ludzie, przerażeni ich działaniem, należeli do dywizji księcia.

Żołnierze Pani otaczali ich i rozbrajali. Tylko tych oczywiście, którzy postanowili się poddać.

Purpurowe robaczki pełzały naprawdę szybko.

Sam książę popisał się niepospolitym wręcz męstwem, w towarzystwie swego sztabu, osobistej ochrony i wszystkich innych, którzy potrafili dostatecznie szybko biegać, by dotrzymać mu kroku w ucieczce. Pani szybko i skutecznie przywołała ich do porządku, a ci, którzy przeżyli, w pełni rozumieli, że ich przyszłość może być znacznie mniej przyjemna, jeśli przeniosą się w jakieś inne miejsce.

Wszędzie wokół leżały ciała poległych. W większości upartych tagliańskich lojalistów.

Rubiny stawały się z każdą chwilą większe i jaśniejsze. Nici połączyły się, potem wyciągnęły w proste, sztywne pręgi. Widziane z bliska brzęczały i syczały, trzaskały głośno, gdy dotknął ich jakiś głupiec. Głupiec zaraz potem padał martwy na ziemię. Czerwone światła pachniały nieprzyjemnie. Chwilę zabrało mi, zanim rozpoznałem ten smród, ponieważ nie spodziewałem się go w tym miejscu. Rubinowe światła wydzielały odór Kiny. Pani korzystała z mocy bogini, aby tworzyć swą magię.

Linie mocy, które rozmieściła na ziemi, wyznaczały obszar w kształcie trójkąta, oddzielając go od reszty terenu, z którego wprawdzie można się było wydostać, ale tylko przy zachowaniu największej ostrożności. Linie nie pozwalały ludziom wiernym księciu wzajemnie spieszyć sobie z odsieczą. W konsekwencji Pani odnosiła zdecydowane triumfy, chociaż jej żołnierze wcale nie mieli znacznej przewagi liczebnej.

Była wstrętną, starą suką. Zbliżyłem się do niej. Najwyraźniej zadowolona była już ze sposobu, w jaki rozgrywały się wydarzenia. Przynajmniej tak założyłem. Trudno odczytać stan jej emocji, skoro zakuta jest po czubek głowy w swą zbroję Pożeracza Żywotów. Mówiła właśnie do Ajsiego i Ocziby:

– To powinno wystarczyć. Przynajmniej na jakiś czas.

– Nie sądzę, aby to miało oznaczać więcej ciepłych baraków i większy żołd – odrzekł Ajsi. Od czasu bitwy na Czarandapresz nikt nie otrzymał ani grosza. Zwyczajnie dlatego, że nie było z czego wypłacać. Chyba że browarne matactwa Jednookiego okazały się większym sukcesem, niż oczekiwałem.

– Sądzę, iż oznacza to, że nasz kontrakt został unieważniony, tak? Kapitan będzie wściekły, ponieważ żaden z jego warunków nie został wypełniony.

To była prawda, chociaż księcia i jego siostrę bezustannie ostrzegano przed jakąkolwiek próbą niewywiązania się ze swojej części umowy. I w obecnej chwili te ostrzeżenia zapewne potężnie mu ciążyły. Niezależnie od tego, jakimi kierował się pobudkami, związał swój los z losem Duszołap, a teraz tygrys, którego już dosiadł, wyrwał mu się z rąk. Ile już razy byłem świadkiem opowieści Konowała o tym, co stało się z naszymi byłymi pracodawcami, którzy zdradzili Kompanię?

Wiele razy. Duszołap musiała mu zaproponować coś naprawdę wielkiego, by go skłonić do zwrócenia się przeciwko nam. Musiała być przekonana, że uda jej się poradzić sobie z Panią.

Być może warto poświęcić kilka minut, żeby spróbować odkryć, jaki rodzaj umowy zawarli.

Oddział Pani pilnował grupy więźniów. Usadzeni w równych rzędach, siedzieli ze skrzyżowanymi nogami. Żaden z nich najwyraźniej nie miał zamiaru protestować przeciwko sytuacji, w której się znalazł. Wierzba Łabędź i Brzeszczot znajdowali się wśród pojmanych. Wyglądali na przygnębionych.

A więc Sindawe się nie mylił, gdy mówił, że Pani im nie ufa.

Niemal żałowałem, że nie jestem tam we własnej osobie.

– Słyszałem, że Kordek ma dotrzeć tutaj jutro – wymruczał Łabędź do Brzeszczota. – Akurat na czas.

Brzeszczot odchrząknął.

– Dlaczego ten idiota coś takiego zrobił?

Zabrało mi chwilę, zanim się domyśliłem, że miał na myśli Prabrindraha Draha, a nie Kordka Mafera.

Brzeszczot ponownie chrząknął. Łabędź chyba zrozumiał.

– Dlaczego, do diabła, nic mi nie powiedział? Przecież jestem podobno przeklętym dowódcą jego straży przybocznej.

– Dlatego, że zamiast wypełniać swe obowiązki, przez cały czas jesteś tutaj i rozbierasz ją wzrokiem?

– Przykro mi. On mi się nie podoba. Przypuszczasz, że to gówno dzieje się wszędzie? Czy tylko książę się skiepścił?

– Żadnego gadania tam – powiedziała Pani, ale nie tak znowu opryskliwym tonem. Potem dodała: – Ktoś ma jakiś pomysł, co mielibyśmy zrobić z naszymi zgromadzonymi tutaj przyjaciółmi?

– Trzymać się od nich z dala? – odrzekł Ajsi. Robił się z niego prawdziwy błazen.

– Sądzę, że z pytaniem należy się zwrócić do Kapitana. – Pani odwróciła się powoli, wpatrywała się w przestrzeń prawie tak, jakby mogła wyczuć obecność dodatkowego świadka.

Był to, jak przypuszczałem, eksperyment mający potwierdzić bezpośrednio jej podejrzenia.

Wszystko jedno, Konował powinien wiedzieć, jak przedstawia się jej sytuacja.

67

Wyczułeś zapach Kiny? Jesteś pewien?

Stary nie wydawał się szczególnie zainteresowany szczegółami operacji, w wyniku której Pani udaremniła zamiary Prabrindraha Draha. Wystarczał mu sam fakt, że jej się udało.

– Tak. Ale bogini nie było nigdzie w pobliżu. Spotykałem ją już dosyć często, bym mógł wyczuć jej obecność. Zwłaszcza dzisiejszej nocy.

– Ona chce się zwrócić do mnie po rozkazy?

– Może. Ale tak naprawdę to chyba chciała wiedzieć, jaka będzie reakcja. Ona podejrzewa.

– Prawdopodobnie wie. Wróciłeś do Bramy Cienia? Trzymamy się jeszcze?

– Nie, nie byłem tam. Przypuszczam, że powodzi im się nieźle. W każdym razie kul ognistych widziałem tam mniej niż jakiś czas temu. Wydaje się, że jest tak z powodu braku celów, nie zaś tub bambusowych. Od czasu do czasu wybucha tam jednak niezłe zamieszanie.

– Potrzebujesz Jednookiego, żeby rzucił na ciebie zaklęcie?

– Obecnie czuję się dobrze.

– Uważaj na siebie. I obserwuj, jak się wycofujemy. Posłałem po Panią. Powinna już tu być.

Spróbowałem zabrać Kopcia na Południe. Nie chciał iść. Próbowałem wrócić do Przeoczenia, aby przyjrzeć się poczynaniom Duszołap, Wyjca i Długiego Cienia, ale Kopeć wzbraniał się również przed zbliżeniem do któregoś z nich.

„Ona to ciemność!"

Nie dawał się oszukać i w żaden sposób zwieść. Powoli znowu dochodził do siebie. Działo się to w zgodzie z tym, co wiedziałem o jego tchórzliwym charakterze. Co wróżyło, że w najbliższych dniach nie będziemy mieli szczególnego pożytku z naszego chłopaka.

Jednak zgodził się ruszyć w górę. A więc skorzystałem ze sposobności, aby kolejny raz zobaczyć, jak wygląda ogólna sytuacja.

Z rozkładu i natężenia ognistych robót wywnioskowałem, że nasza sytuacja w obecnej chwili nie jest zła. Brama Cienia utrzymała się. Prabrindrah Drah kierował się na północ. Nieźle się spieszył, zapewne też miał o czym myśleć. Po drodze wysyłał posłańców z wiadomościami dla swych rozproszonych oddziałów, przekonany, że będziemy nazbyt zajęci, aby ich wytrwale ścigać. Nie miał jeszcze żadnych innych planów, jak tylko wycofanie się i powtórne zebranie swej dywizji. Na pewno nie podobał mu się sposób, w jaki tak zupełnie znienacka karta się odwróciła. Obiecano mu, że Pani zostanie powstrzymana. Zdecydował się na wielki książęcy krok, kiedy odłożył na bok swoje uczuciowe skłonności.

Gdyby uznał, że ma u Pani jakiekolwiek szanse, być może nie posunąłby się do zdrady. Nie chodzi nawet o to, że jego działania okazały się jakąś szczególną niespodzianką, lecz raczej o ich zgranie w czasie.

Zwierzaczek wczepiony w paznokieć małego palca Długiego Cienia zrujnował cały konspiracyjny harmonogram.

Kopeć w obecnej chwili najwyraźniej nie miał śladu ochoty na to, aby zbliżyć się do Pani, chociaż w tym wypadku dał się oszukać.

Musieliśmy znaleźć jakiś sposób, żeby uczynić go bardziej skłonnym do współpracy. Być może skuteczne okaże się tu rozgrzane do czerwoności żelazo.

Wiadomo było, że cienie z pewnością wymykają się na zewnątrz. Przybyłem w tej samej chwili, gdy pierwszy dotarł w pobliże miejsca, gdzie rozlokowane były siły Pani. Teraz jednak nie przypominało to rzezi takiej jak nad jeziorem Tandżi. Jedynym świadectwem ich obecności były okazjonalne krzyki umierających.

Od czasu mej ostatniej wizyty nastrój Pani znacznie się pogorszył. Ze złością przechadzała się dookoła. Różowe ognie skakały po jej zbroi Pożeracza Żywotów. Ulatywały z niej niczym iskry w kuźni. Naprawdę potężnie się wkurzyła, nie potrafiłem jednak zrozumieć dlaczego. Wyglądała, jakby w każdej chwili miała ochotę ruszyć na Wierzbę Łabędzia i Brzeszczota. Za każdym razem, gdy przechodziła obok nich, dostawało im się kilka stosownych komentarzy. Ale ich zachowanie pozostawało bez zarzutu. Nie dali jej pretekstu do podjęcia bardziej radykalnych kroków.

W każdym razie i tak nie udało mi się stwierdzić, dlaczego Brzeszczot został uwięziony.

Wokół Pani zapach Kiny był dość silny, jednak nie wszystko wskazywało na to, że bogini nie ma nigdzie w pobliżu.

Po tym, jak w dziki sposób zareagowała na atak Długiego Cienia skierowany przeciwko Córce Nocy, spodziewałem się, że po całej okolicy rozbryźnie się koszmar.

Pani przestała się przechadzać. Zaczęła nasłuchiwać. Zaklęła.

Koszmar nadchodził, ale te senne mary nie zrodziły się z pewnością pod czaszką Kiny.

Krzyki żołnierzy atakowanych przez cienie stawały się coraz częstsze.

– Idioci! – warknęła Pani. – Nie słuchali ostrzeżeń i teraz mają za swoje.

Potem odór Kiny zaczął się stawać coraz silniejszy.

Próbowałem złapać Kopcia w widmowego nelsona, aby zmusić go do pójścia do kryształowej komnaty Długiego Cienia. Od kiedy po raz pierwszy ujrzałem ją moimi bezcielesnymi oczyma, komnatę zawsze rozświetlał intensywny, zimny blask jasnej gwiazdy. Stanowiła punkt orientacyjny, który dostrzec można było znacznie łatwiej niż jakikolwiek reflektor bądź latarnię morską. Ale dzisiejszej nocy, teraz, w tej chwili, światło migotało.

Kopeć wyjękiwał swoje „Ona to ciemność onatociemność onatociemność!" niby jakąś ochronną mantrę i ostro mi się przeciwstawiał, jednak dzisiejszej nocy narzuciłem mu swoją wolę. Najwyraźniej było to możliwe, jeśli tylko kierowały mną odpowiednio silne emocje. Poza tym trzeba było tę walkę prowadzić przez cały czas. Kopeć ani na chwilę nie przestał wierzgać. Najwyraźniej nie potrzebował tych ton energii, które ja zużywałem. Być może żywił się mną niby jakiś wampiryczny duch.

Kryształowa komnata przypominała jedną wielką jatkę. W kącie, wciąż przywiązany do swego krzesła, spoczywał Władca Cienia otoczony kokonem lśniącej energii; zupełnie pozbawiony zmysłów, znajdował się w okropnym stanie. Uznałem, że musi mieć złamanych co najmniej kilka kości. Jego ubiór podarty był na strzępy. Gluty krwi rozbryzgały się na wewnętrznej powierzchni jego ochronnej skorupy. Podczas mojej nieobecności musiało się tu sporo zdarzyć. Zapewne próbował użyć jakiejś swojej kolejnej sztuczki, być może próbował kilkakrotnie. I zapłacił za te usiłowania wysoką cenę. Być może niewiele brakowało mu do śmierci. Może właśnie dlatego wewnątrz Przeoczenia tak często rozlegały się przeraźliwe krzyki.

Pomyślałem z początku, że Córka Nocy zniknęła, ale po chwili odnalazłem ją ukrytą wewnątrz własnego jaja ochronnej mocy. Jej kokon był koloru ciemnej purpury, ledwie można było dojrzeć, co się dzieje w środku. A wewnątrz dziewczynka leżała zwinięta w pozycji embrionalnej, jednak najwyraźniej nie stała się jej żadna krzywda.

Wyjec wyglądał, jakby przed chwilą próbował zgwałcić tygrysa. Z jego ust ciągle wyrywały się odgłosy, ale inne niż zazwyczaj. Te przypominały raczej ciągłe zawodzenie, przerywane okazjonalnym rzężeniem powietrza w pękniętych płucach. Duszołap próbowała go uzdrawiać, ale sama też nie była w najlepszym stanie. Wyglądała, jakby próbowała się mocować z tym samym tygrysem jedynie z nieznacznie lepszymi wynikami. W obecnej chwili nie miała głowy na to, by przejmować się wydarzeniami dziejącymi się poza obrębem komnaty.

W powietrzu wisiał przenikliwy smród Kiny.

Umiejscowiłem bezcielesne kciuki Kopcia, wyłamałem je, zmusiłem go do cofnięcia się w czasie, do momentu, w którym udało mu się wymknąć spod mojej kontroli. Nigdy tam nie dotarliśmy. Kina pojawiła się pierwsza, złożyła drugą, niespodziewaną wizytę, podczas której przyłapała wszystkich zupełnie nieuzbrojonych.

Kiedy zbliżyłem się na tyle, aby wyczuć obecność mrocznej bogini albo przynajmniej odległe echa jej teofanii, na chwilę się zdekoncentrowałem. Kopeć wykorzystał ten moment i rzucił się do ucieczki. Odzyskałem nad nim kontrolę, zmusiłem do pozostania na miejscu.

Skakaliśmy tak w tę i we w tę, tam i z powrotem. Pochwyciłem kilka jeszcze ech ożywionej ciemności, która widziana kątem mego niewidzialnego oka wyglądała niczym miniaturowa wersja wielorękiej bogini. Kina skoncentrowała się na owinięciu swego bachora w ciemną skorupę, która właśnie go otaczała. Wyjec i Duszołap odebrali cięgi po chwili dosłownie próżnego oporu, kiedy udało im się zwrócić na siebie uwagę bogini w taki sam sposób, w jaki denerwująca osa latająca nad stołem zwraca uwagę tych, którzy postanowili zjeść obiad na dworze.

Długi Cień skorzystał z okazji i użył przygotowanego wcześniej zaklęcia ochronnego, aby stworzyć jajo, które obecnie go otaczało. Większość szkód, które poniósł, była zupełnie przypadkowa, skutki uboczne tego, co działo się podczas bijatyki między Kiną i tamtymi.

Narajan Singh zdawał się niemal dokładnie rozmazany na posadzce. Nie potrafiłem powiedzieć, czy jeszcze żyje.

Pozwoliłem Kopciowi odciągnąć się stamtąd, skierowałem go do miejsca, gdzie przebywała Pani. Na jego skali strachu powinna teraz przypominać chyba bukiet kwiatków.

Zająłem pozycję przed nią, na poziomie oczu, tak jak to zrobiłem wcześniej. Nie poszło to zupełnie bezproblemowo. Nie stała spokojnie w miejscu. Wciąż mamrotała przekleństwa, kwitowała nimi rozlegające się wciąż dookoła wrzaski, które na dodatek stawały się coraz częstsze.

Długi Cień musiał balansować na krawędzi wieczności.

Wrzasnąłem. Pani zamarła. Spojrzałem w głąb otworów na oczy w jej paskudnym, czarnym hełmie. Lśniły z nienaturalną intensywnością. Jeżeli oczywiście coś, co od początku było nienaturalne, mogłoby się stać takim jeszcze bardziej. Wyszeptała:

– Znowu tu jesteś.

Spróbowałem zawołać:

– Twoja koleżanka Kina sprała im dupska tam, na wieży. W tej chwili są zupełnie wykończeni. Nigdy nie będzie lepszej pory, by ich dopaść.

Pani odwróciła się odrobinę. Popatrzyła w kierunku osobistej wieży Długiego Cienia. Światło w kryształowej komnacie było słabe, migotało niczym w kopcącej lampie.

Przeznaczenie, którego Długi Cień tak bardzo się obawiał, jeszcze mogło go dopaść.

Pani zawołała na Ajsiego i Sindawe.

Nie pojęła dokładnej treści mej informacji, ale złapała jej ogólny sens – oto teraz nadszedł właściwy moment na to, by dołożyć ostatecznie Władcy Cienia.

68

Tym razem, kiedy wróciłem do swego ciała, czułem się kompletnie zmarnowany. Miałem tylko tyle siły, by unieść stojący obok dzban z osłodzoną wodą. Wyczerpałem moje zapasy energii znacznie szybciej najwyraźniej przez to, że musiałem cały czas walczyć z Kopciem.

Konował rozmawiał z kimś za zasłoną. Nie rozpoznałem głosu, a więc nie włączyłem się do dyskusji.

Rozmawiali, jak się zdaje, o gwałtownej degeneracji naszego szczęścia, spowodowanej nagłym wzrostem liczby cieni, którym udało się przedrzeć przez szeregi żołnierzy strzegących Bramy Cienia. W obecnej chwili cienie grasowały już wszędzie, chociaż ich liczba nie była jeszcze katastrofalna.

Żołnierz składający Konowałowi raport był kurierem, który przebył całą drogę wokół Przeoczenia od miejsca, gdzie stacjonowała Stara Dywizja. Po wypełnieniu swojej misji nie miał najmniejszej ochoty wracać z powrotem w noc, nawet wówczas gdy Konował zaproponował mu jeden z amuletów Jednookiego.

– Teraz będziesz całkowicie bezpieczny – zapewniał go Konował. – Cienie nie będą sobie zdawać sprawy z twego istnienia.

– Nie ufam...

– Nie wystawiaj na próbę mojej cierpliwości, żołnierzu. Bo wezwę strażników.

Kopeć jęknął. Tym razem był to prawdziwy, głośny, dobyty z pełnej piersi jęk.

Konował powtórnie warknął coś do łącznika.

Ziemia zadrżała, jakby ktoś cisnął tuż obok wejścia siedmiotonowy głaz. Ziemia posypała się ze ścian. Trochę wpadło do miski z moim jedzeniem, trochę posypało mi się za kołnierz. Byłem zbyt zmęczony, żeby się tym szczególnie przejąć czy choćby w ogóle zainteresować.

Konował odsunął kotarę.

– Co się dzieje?

– Stary pierdziel wydał właściwy sobie odgłos.

– Ale nie mógł przecież sprawić, by ziemia zadrżała, no nie?

Wzruszyłem ramionami.

– Nic nie wiem na ten temat. Wiem tylko, że Pani postanowiła poprowadzić kolejny atak na Przeoczenie. – Wyjaśniłem mu, jak wygląda sytuacja. – To byłoby coś, gdyby udało nam się zwyczajnie ich tam złapać. Gdyby się okazało, że pobiliśmy wszystkich, tylko dlatego, iż nie potrafili przestać się ze sobą kłócić.

– Przez ostatnie pięć lat nie robimy nic innego. W mniejszym lub większym stopniu. Nie podoba mi się jednak, że ona znowu tam poszła. Powinna gdzieś się przyczaić i zaczekać do rana. Miejsce takie jak Przeoczenie może się stać śmiertelną pułapką, jeśli zapanują nad nim cienie.

Odrzekłem:

– Lepiej, żebyśmy zaczęli się przejmować stanem zdrowia Długiego Cienia. Jeżeli w istocie trwałość Bramy Cienia zależna jest od niego.

– Mm?

– Wiele szalonych rzeczy, jakie czynił przez ostatnich kilka lat, podejmował, ponieważ był manipulowany przez Duszołap i Kinę. Ale paranoję na punkcie cieni nabył dobre dwadzieścia lat wcześniej, zanim ktokolwiek z nas pokazał się w tej części świata. Jest przekonany, że wydostaną się i dopadną go. A co, jeśli ma rację? Co, jeśli one naprawdę go dopadną? Nie mam pojęcia, co dzieje się z człowiekiem, kiedy cień wysysa z niego życie, prócz tego, że umiera potworną śmiercią. Jeżeli jeden z nich zabije Długiego Cienia, czy będzie to oznaczać pęknięcie Bramy Cienia? Czy to właśnie dlatego tak bardzo chcą go dopaść?

– Nie mam pojęcia. Będę musiał zapytać Jednookiego.

– Gdzie jest ten mały gnojek? Powinien trzymać się w pobliżu, a nie grać w tonka.

– W tonka?

– Jakiś czas temu zaczął się robić upierdliwy, ponieważ chciał wrócić do swej nory. Udało mu się namówić kogoś, żeby z nim zagrał.

– A więc naopowiadał ci kompletnych bzdur, Murgen. Nie ma w tej armii nikogo na tyle głupiego, żeby chciał zagrać z nim w karty. Być może miał zamiar upić się w samotności. Dlaczego nie wybierzesz się na...

– Jestem wykończony. To jeden z powodów, dla których potrzebny mi jest Jednooki. Nie zostało mi już ani odrobiny sił.

Konował westchnął. Zaczął wkładać na głowę swój skrzydlaty hełm Stwórcy Wdów.

– Czego ma szukać?

– Zapewne powinien iść śladem Pani i sprawdzić, co się zdarzyło w komnacie Długiego Cienia. Będzie musiał jednak walczyć z Kopciem o każdy krok. Ten mały gówniarz naprawdę odzyskuje powoli swoją tchórzliwą duszę. Desperacko protestuje, gdy znajdzie się w pobliżu tego czy tamtego, albo... Nieważne. Powiedz mu, że jeśli zobaczy coś, o czym Pani powinna wiedzieć, może w pewien sposób ją ostrzec. Wystarczy umieścić swój punkt widzenia dokładnie naprzeciw niej i wrzeszczeć. Ona wprawdzie nie usłyszy ani słowa, ale zrozumie, że jest coś, o czym powinna wiedzieć. A potem resztę już sobie dośpiewa.

Konował zmarszczył czoło. Naprawdę martwił się o to, że Pani postanowiła wrócić do Przeoczenia.

– Dojdziesz jakoś do siebie? – zapytał.

Słodzona woda dodała mi na tyle sił, że mogłem wziąć teraz kromkę twardego pieczywa i kawałki kościstej kury, której jednak nie udało się prześcignąć kucharzy z kwatery głównej.

– Tak. Teraz już tak. Żałuję, że nie przyprowadziliśmy ze sobą więcej bydła. Poderżnąłbym z chęcią komuś gardło za dobry kotlet albo krwisty befsztyk.

– Jednooki ma upleść sieć zaklęć wokół tego miejsca, aby zabezpieczyć je przed cieniami. Ale chcę, żebyś ty również nosił amulet. Tak na wszelki wypadek.

Nie jest mądrze liczyć na Jednookiego w stu procentach. Czasami zupełnie wszystko lekceważy. Czasami zapomina. Czasami bywa zbyt leniwy.

Konował kontynuował:

– Kiedy będziesz wracał, weź ze sobą sztandar. A potem przekaż amulet komuś innemu.

– A wracając, mam przejść obok dziury Jednookiego? Czuję się już znacznie lepiej.

– Ja się tym zajmę. Odpocznij trochę. Jeżeli za moimi plecami nawróciłeś się na jakąś religię, błagaj swych bogów, by przeprowadzili nas przez pozostałą część tej nocy. – Na szczęście nie zostało jej już wiele. Niedługo cienie będą musiały poszukać sobie kryjówek. Sytuacja się odwróci. To żołnierze spędzą dzień, polując na nie.

Podczas naszej rozmowy usłyszeliśmy kilka odległych krzyków.

– No – zauważyłem, chcąc zakończyć konwersację – czy nie jest tak i czy być nie powinno, że większość tych najgłupszych, tych którym nie chciało się pracować i narażać na niewygody, jest w tej chwili martwa?

– Na to właśnie liczę. Dopuszczam jednak możliwość, że cienie uczą się na swoich sukcesach. Ale także na porażkach.

Drżąc, wyszedłem w noc.

Chmury zasnuwały niebo, zupełnie przesłaniały gwiazdy. Nie potrafiłem dostrzec nic prócz przypadkowych rozbłysków ognistych kul i poświaty otaczającej ocalałe wieże Przeoczenia.

Nasłuchiwałem odgłosów wydawanych przez kruki, sowy i nietoperze, przez szczury i myszy. Nie usłyszałem nic. Wszystkie dźwięki wokół mnie pochodziły od ludzi. Dla cieni życie zwierzęce było niemal równie smaczne jak ludzkie. I znacznie łatwiejsze do upolowania.

Zaczął wiać lekki wiatr. Wciągnąłem powietrze w nozdrza, spojrzałem w zwały chmur ponad nami. Wyglądały, jakby zwiastowały deszcz.

Zlazłem do mojej ziemianki. Wewnątrz zobaczyłem skulonego przy ogniu Tai Deia. Jak na Niueng Bao był raczej blady, najwyraźniej przestraszony. Dziwne. Miałem kłopoty z wyobrażeniem sobie, że może się czegokolwiek obawiać.

– Tutaj nic nam nie grozi – zapewniłem go. – Ta świeca odstraszy wszystkie cienie, którym uda się przedostać przez zaklęcia, jakie Jednooki położył na zewnątrz. – Nie wspomniałem już o sztandarze. Nie musiał tego wiedzieć. Rzuciłem mu amulet otrzymany od Jednookiego. – Dla pewności. Jeżeli będziesz miał go na sobie, wszędzie możesz się bezpiecznie udać.

– Nie pójdę nigdzie, póki słońce nie będzie stało wysoko na niebie.

– Podoba mi się twoja postawa. Zdradza zdrowy rozsądek. Jestem wyczerpany. Muszę trochę odpocząć, w przeciwnym razie chyba umrę. – Rozejrzałem się dookoła. – Gdzie jest twoja matka?

Tai Dei pokręcił głową.

– Nie mam pojęcia. Nie wiem nawet, skąd zacząć jej szukać... gdybym nawet potrafił zdobyć się na odwagę, aby coś zrobić z tą lodowatą wodą, w którą zmieniły się moje kości.

– Ale ona nie jest na zewnątrz z Wujkiem Dodżem, nieprawdaż? – Zaniepokojony i zmęczony mówiłem, nie zastanawiając się nad słowami.

Tai Dei nie był jednak tak przerażony i zmartwiony, żeby nie zwrócić uwagi na moje przejęzyczenie.

– Wujek Dodż?

Po co dalej udawać?

– Och, wiem, że gdzieś się tutaj kręci. Widziałem go zeszłej nocy. Jego i Matkę Gotę, jak przekradali się wśród ruin Kiaulune. Któż wie, co robili i po diabła? Lub być może tylko diabeł właśnie wie, co kto robi i po co. Co on zamierza? Przecież nie szukał łupów, które przeoczyli ludzie Mogaby i księcia.

Tai Dei tylko patrzył na mnie. Być może na jego ustach pojawił się leciutki cień uśmiechu. Nie trwał jednak długo.

– Czy ta świeca wystarczy na całą noc? – Najwyraźniej gdy był wystraszony i zmartwiony, potrafił się zrobić nawet do pewnego stopnia gadatliwy.

– Wystarczy na wiele nocy. Mam zamiar iść się wysrać. Jeżeli w ten sposób poczujesz się lepiej, to załóż amulet i usiądź obok świecy. Tylko jej nie ruszaj. Musi zasłaniać wejście.

Tai Dei odchrząknął. Amulet już znalazł się na jego nadgarstku, a on znowu zaczął się zamartwiać.

– Rano najpierw pójdziemy poszukać twojej matki – powiedziałem. Teraz, kiedy pojawiła się możliwość, że mogła postradać życie, poczułem nagły przypływ troski o nią wynikający z wpajanej przez całe dzieciństwo tresury, w myśl której nawet najbardziej znienawidzony członek twojej rodziny jest nieskończenie cenny. I była to po części prawda. Kto będzie pilnował twoich pleców, jeśli nie rodzina?

Tak samo jest tutaj, w Kompanii. Najbardziej godny pogardy, najnędzniejszy z moich braci musiał więcej znaczyć w moich oczach niż którykolwiek z obcych. Na pewnym poziomie byliśmy wielką, odrażającą rodziną. Zdarzają się oczywiście rzadkie wyjątki, gnojki i dupki tak wstrętne, że należałoby ich z miejsca powiesić. Ale coś takiego nie przytrafiło się już od dawna.

Poszedłbym poszukać mojej teściowej, nawet mimo że wcześniej co najmniej ze sto tysięcy razy życzyłem sobie, by zniknęła z mojego życia.

Jeszcze nie zdążyłem się na dobre położyć, a już ogarnął mnie sen.

69

Śniłem. Oczywiście. Na jawie czy we śnie, większość swego czasu i tak spędzałem w krainie koszmarów.

Znajdowałem się na równinie kości. Szalała na niej jakaś przemożna siła. Kości same płynęły na falach, miotane prądami. Rozrzucone szkielety sczepiały się ze sobą, powstawały i wędrowały bez celu przez kilka sekund lub minut, potem ponownie rozpadały się bezwładnie. Oczodoły czaszek patrzyły w moją stronę, gdziekolwiek się znalazłem. Kruki krakały szaleńczo z gałęzi kilku powykręcanych wiatrem drzew, obawiały się unieść w powietrze, ponieważ zatraciły zupełnie poczucie równowagi. Lot na wprost nieuchronnie musiał się skończyć uderzeniem w ziemię, gdzie nieszczęsne ptaki trzepotały skrzydłami i miotały się wśród kości niczym ćmy pochwycone w pajęczą sieć. Czarne chmury mknęły pod szarą niegdyś... zawsze... kopułą nieba. Dął lodowaty wicher. W jego podmuchach grzechotały rozrzucone kości.

Zapach Kiny był silny, ale jej samej nigdzie nie widziałem.

Jednak za plecami czułem czyjąś obecność. Tylko że nie potrafiłem odwrócić się na tyle szybko, by tego kogoś przyłapać.

Odwracając się, zrozumiałem jednak, że potrafię do pewnego stopnia kontrolować swe ruchy, z czego skorzystałem i natychmiast podjąłem próbę wydostania się z tego miejsca. Naturalnie, w wyniku tego ruchu niespecjalnie poprawiłem swe położenie.

Przeniosłem się do jaskiń lodu i starców. Odwieczne postaci nie wykonywały żadnego ruchu, tylko cicho narzekały... Coś było w tym wietrze. Zapach Kiny również tutaj był silny, ale znowuż nigdzie nie mogłem jej spostrzec.

Niektórzy z tych chłopców mieli otwarte oczy. Obserwowali mnie, gdy ich mijałem.

Ponownie odniosłem wrażenie, że coś znajduje się za mną, ale kiedy spojrzałem do tyłu, nie zobaczyłem nic.

Panowałem nad swoimi poruszeniami. Ruszyłem w głąb tunelu, na koniec dotarłem do miejsca, gdzie Księgi Zmarłych spoczywały na swoich postumentach. Pierwsza, którą przepisywała Córka Nocy, była obecnie otwarta na jednej z początkowych stron.

Zapach Kiny stał się szczególnie silny.

Pozostawanie w tym miejscu nie miało żadnego sensu. Niczego stąd nie chciałem. Wyjąwszy to, żeby się wydostać.

Spróbowałem przypomnieć sobie, w jaki sposób wyszedłem stąd ostatnim razem. Przypuszczam, że po prostu bardzo tego musiałem chcieć.

Ogarnęła mnie ciemność.

Przypomniałem sobie o czymś, co pewnego razu powiedział Narajan Singh: „Ciemność zawsze nadchodzi".

Zdawało mi się, że tym razem długo przebywałem w ciemnościach. Powoli narastał we mnie strach. Zacząłem się zastanawiać, jak dużo racji musiał mieć Narajan.

Mimo że może nosić tysiące rozmaitych imion w tysiącach różnych epok, a nadejść może z tysiąca stron świata, ciemność zawsze przychodzi.

Kiedy powróciło światło, okazało się, że znowu jestem wysoko ponad ziemią. Znalazłem się tak wysoko ponad chmurami, które napłynęły mi pod stopy, że zasłoniły ziemię, pozostawiając mnie na łasce tych obcych gwiazd.

Znalazłem na północy upiorną konstelację w kształcie sztyletu, skierowałem się w stronę, w którą zdążałem poprzednim razem, i z całą szybkością, na jaką było mnie stać, zanurkowałem w te chmury. W ciągu kilku chwil byłem już w dole, gdzie wierzchołki drzew muskałyby moje instrumenty miłosne, wiszące pod brzuchem, gdybym miał w ogóle jakiś brzuch. Myślę, że chyba mógłbym już to polubić – gdybym potrafił pozbyć się uczucia, że coś znajduje się za moimi plecami i na dodatek szybko mnie dogania.

Tym razem w dole nie paliły się żadne światła. Cały świat pachniał strachem, jakby każdy kamień, każde zwierzę i drzewo wyczuwały, że coś okropnego ma się wydarzyć. Zlokalizowałem wioskę. Pomimo późnej pory najwyraźniej wszyscy mieszkańcy byli na nogach. Gromadzili się w przestraszone grupki, ściskali w ramionach dzieci, żywy inwentarz zaganiali do chałup. Nie rozmawiali ze sobą wiele. Dzieci zawodziły.

W jaki sposób mogły dotrzeć do nich wieści o wydarzeniach w Przeoczeniu? Czy usłyszeli może jakieś proroctwo, wedle którego dzisiejszej nocy wrota Bramy Cienia miały zostać otwarte? Czy objawiono im znaki i omeny niedostrzegalne dla moich oczu? Czy w ogóle o czymś wiedzieli? Być może ich przerażenie nie miało nic wspólnego z Władcą Cienia i Czarną Kompanią.

Mknąłem naprzód. Daleko, daleko przed sobą widziałem od czasu do czasu iskierki przecinające niebo. To musiałyby być ognie płonące w domu.

Walka z cieniami nie dobiegła jeszcze końca.

Noc była długa.

Brama Cienia nie runęła. Jeszcze nie. Długi Cień wciąż żył.

Przypomniałem sobie, że teraz nie będę miał żadnych problemów ze zbliżeniem się do żadnej z tych „których imię ciemność", skoro nie muszę targać ze sobą Kopcia. Ruszyłem ku migoczącym pozostałościom kryształowej komnaty Długiego Cienia.

Duszołap jakoś trzymała się na nogach, chociaż wyglądała paskudnie, szydziła właśnie z Wyjca. Wrzaskliwy czarodziej ledwie zdawał sobie sprawę, gdzie się znajduje.

– Ruszaj się, ty bezużyteczny worku łachmanów! – złorzeczyła Duszołap głosem żony rybaka. – Musimy się stąd wydostać, zanim moja ukochana siostra zda sobie sprawę z dogodnej szansy, która właśnie wymyka się jej z rąk!

Jej droga siostra już szła po nią, a wszystko dzięki mnie. Byłem zaskoczony, że zabrało jej to tak dużo czasu. W ciągu ostatniej godziny musiała się chyba zrobić bardziej ostrożna niż zwykle. Rzecz jasna, musiała najpierw przepełznąć przez długi tunel, potem przemierzyć mroczną fortecę, wreszcie wspiąć się po wysokich schodach, a przez cały czas uważać równocześnie, czy jakiś cień nie skoczy jej na plecy.

Wyjec dobył z siebie słaby, pytający okrzyk. Nie do końca jeszcze zdawał sobie sprawę, gdzie się właściwie znajduje czy też jakim sposobem się tu dostał. Teraz zdołał się skoncentrować na tym, by przestały mu się plątać stopy.

Duszołap również musiała uważać na swoje plecy. Rzuciła drobne zaklęcie, pojawił się robaczek światła, który zaczął wpełzać we wszystkie ciemne miejsca w totalnym bigosie, w jaki zamieniła się komnata. Wypłoszył nawet parę maleńkich cieni. Z łatwością umknęły przed jego żarem. Duszołap zaklęła.

– Ta cholera nie jest nawet dość szybka! – Cienie skoczyły w kierunku Długiego Cienia, który znajdował się w znacznie gorszym stanie niż Wyjec. Jednak do pewnego stopnia zaczynał już sobie zdawać sprawę z tego, co się wokół niego dzieje. Wyszeptał zaklęcie, zanim ciemność dotarła do jego skorupy. Małe cienie zakręciły się w miejscu i pomknęły za napastnikami.

Najwyraźniej póki żył, ta bitwa nie dobiegła jeszcze końca. Uparty gnojek.

Duszołap ciągnęła Wyjca za uszy. Przeszywający wrzask żony rybaka ponaglał:

– Ruszaj się! To miejsce stanie się twoim grobem, jeśli... – Wyczuła bezpośrednie zagrożenie. Pani musiała się znajdować niedaleko. – To ona. – Inny głos. Zakłopotany, przerażony, dziecinny. – Jak mogła się ośmielić? Nie może przecież już posiadać żadnej mocy. To nie działa w ten sposób.

Pani była już na klatce schodowej. Najwyraźniej nie czuła śladu trwogi przed konfrontacją ze swą małą siostrzyczką. Niosła cały pęk bambusowych tulei.

Podobnie jak kilkunastu ludzi idących za nią. Zdolni byli wywołać niewielką nawałę ognistych kul. Znajdujący się w ariergardzie oddziału zabezpieczali schody. Trzymali tyczki gotowe do odpalenia we wszystko, co chciałoby pójść za nimi. Woń strachu stawała się powoli silniejsza niż zastarzały odór perfum Kiny.

Duszołap uderzyła Wyjca kilkakrotnie, próbując przywrócić go do przytomności. Był zbyt oszołomiony, aby na coś się przydać. Odwróciła się w stronę otworu wejściowego. Zapieczętowała go niewielkim, ale starannie dobranym zaklęciem, a potem ponowiła wysiłki, by ocucić Wyjca; tylko on był w stanie zapewnić jej ucieczkę drogą powietrzną.

Małe cienie znowu się pochowały.

Drzwi zaczęły lśnić. Ich powierzchnię zmarszczyły tańczące barwy, zgodnie z rytmem, w jakim ogniste kule trafiały w nie od zewnątrz.

Duszołap wyciągnęła nóż i rozcięła ubranie Wyjca. Nie rozumiałem po co, póki nie znalazła tego, czego szukała. Okazało się, że był to kawałek jedwabiu, metr dwadzieścia na metr osiemdziesiąt po rozwinięciu, oraz mały pęk patyczków. Prostokąt materiału zesztywniał, gdy wypowiedziała określone słowo. Potem wzniósł się ponad posadzkę, jakby unosząc się na powierzchni delikatnie falującej w basenie wody. Duszołap rozerwała wiązkę patyczków, a potem złożyła z nich ramę, na którą naciągnęła jedwab. Podczas pracy cały czas mamrotała coś pod nosem. Cała rzecz wydawała się nazbyt krucha, jednak ona w jednej chwili pochwyciła Córkę Nocy i wspięła się na dywanik. Ten opadł niżej, ale utrzymał ich ciężar.

Zapluwając się, pokrzywiony, jakby trafił go atak paraliżu, Wyjec szedł chwiejnie w stronę swego wehikułu ratunkowego. Zastanawiałem się, czy był to jego ostateczny sekret, czy też może wciąż miał jeszcze w rękawach parę awiacyjnych sztuczek. Założyłbym się, że właśnie coś takiego jak ten kawałek jedwabiu uratowało go przed śmiercią, kiedy wszyscy sądzili, że zginął, rozbijając się z dużą prędkością o ścianę Wieży w Uroku.

Duszołap zrobiła teraz coś niewiarygodnie gwałtownego. Większa część szczytu wieży zniknęła wewnątrz kuli białego światła. Rozbłysk był tak jasny, że ujawnił obecność wszystkich cieni, które pełzły przez noc, jednak na jakiś czas oślepił równocześnie wszystkich ludzi próbujących je zlikwidować.

Kiedy światło zniknęło, okazało się, że trzecia część kryształowego sklepienia wieży przestała istnieć. Duszołap chwyciła Wyjca za włosy, wciągnęła go na dywan i powiedziała jakieś słowo, które sprawiło, że maleńki wehikuł ruszył.

Niemal natychmiast zaczął opadać. Ledwie udało mu się opuścić zwieńczenie wieży. Potem poszybował nisko, coraz niżej, w kierunku nieprzyjaznych ludzi i jeszcze bardziej wrogich cieni polujących wzajem na siebie wśród położonych w dole skał. Duszołap nie miała ochoty tam lądować, jednak dywan był przeciążony. Przeznaczony wszak dla jednego karzełka, którego miał wydostać z opałów, a nie dla wszystkich jego krewnych i znajomych.

Zapach Kiny ponownie stał się silniejszy. Wir gniewu powracał, by podjąć kolejną próbę. Bogini nie chciała, aby zabierano jej córkę.

Ukryty w swym kokonie bachor miał zamknięte oczy. Ochronna skorupa mocy, jak to się okazało, kiedy Duszołap ją obejmowała, była podatna na odkształcenia i śliska. Na twarzy dzieciaka pojawił się ten pogodny wyraz, jaki gościł na niej zawsze, gdy porozumiewała się z Kiną.

Pani i jej kohorta wpadli do komnaty, w której wciąż leżeli, wstrząsani drgawkami i jęczący, Długi Cień oraz Narajan Singh. Ogniste kule w mgnieniu oka wykończyły drobne cienie. Kilka sekund później strumień ognia spadł na Duszołap i jej towarzyszy. Żadna z kul nie trafiła, ale zaalarmowały one naszych żołnierzy, którzy zobaczyli, że coś leci nad ich głowami. Wszystko, co potrafiło latać, z pewnością nie należało do przyjaciół.

Zainteresowanie i gniew Kiny potęgowały się błyskawicznie. W świecie astralnym rozpętał się ryk huraganu. Jej odór zalał materialny świat. Żołnierze wymiotowali, zwracając swój ostatni posiłek. Niebo pociemniało znacznie bardziej, niż wytłumaczyć to było można samym wpływem nocy i chmur. Ziemia się zatrzęsła.

Tron drży i obsuwa się o tysięczną część centymetra. Z gardła umęczonej postaci dobywa się jęk. Powieki jej niewidzących oczu drgają.

Pojedynczy kruk kracze rozpaczliwie.

Ptak zapomniał, że nie może pozwolić sobie na odpoczynek. Jego szpony zetknęły się z głową śpiącej postaci. Zanim całkiem złoży skrzydła, zaczyna wrzeszczeć. Odnalazły go niewielkie cienie. Teraz radośnie wadzą się o jego życiodajną moc.

Ziemia drży. Cisza pierzchła. Kamień pękł. I nadal pęka. Światło w otchłani staje się coraz jaśniejsze. Pastelowe, cienkie jak nić babiego lata mgiełki wznoszą się, niczym badawcze czułki morskiego anemona.

Pojawia się barwa. Pojawia się pewnego rodzaju życie. Pojawia się światło.

Pojawia się śmierć. Kruk wywrzaskuje swe bolesne oburzenie. I umiera.

Śmierć znajdzie drogę. Ciemność znajdzie drogę do wnętrza.

Ciemność zawsze nadchodzi.

70

Chwilę zabrało mi, zanim zdałem sobie sprawę, że to drżenie nie było ani wyimaginowane, ani metaforyczne. Ziemia naprawdę się zatrzęsła. To było prawdziwe, cholernie potężne trzęsienie ziemi, równie paskudne jak tamto, które zniszczyło Kiaulune oraz większość Ziem Cienia, jeszcze zanim wyruszyliśmy na południe. Przestrzeń świata astralnego wypełniona jest przerażeniem, jest to boskie przerażenie, które źródło ma w sercu Kiny. W jej smrodzie można wyczuć zupełnie nowy powiew. Kto kiedy słyszał, żeby bóg się bał?

Ogniste kule wciąż znaczą noc.

Patrzyłem, jak Pani i jej ludzie, niepewnie trzymając się na nogach, zabierają Singha i Długiego Cienia. Zachowywali skrajną ostrożność podczas zajmowania się tymi dwoma. Pani dobrze wiedziała, jak niebezpieczny potrafi się okazać każdy z nich. W swoim czasie była taka jak oni.

Najwyraźniej miała ochotę pożegnać swoją siostrę w jakiś szczególny sposób, zanim jednak zdążyła upleść zaklęcie, fala uderzeniowa zatrzęsła fortecą. Z kopuły częściowo już zdruzgotanej wieży zaczęły opadać fragmenty konstrukcji. Pani zadecydowała, że jest już jak najbardziej właściwy czas, aby ruszyć w dół schodów, gdzie istniało znacznie mniejsze prawdopodobieństwo, że coś zacznie się jej walić na głowę.

Ja z kolei postanowiłem, że pora jest odpowiednia, aby wrócić do ciała i porozmawiać z Konowałem. Potem przypomniałem sobie, że obecnie wcale nie podróżuję z Kopciem, a więc taka możliwość jest całkowicie poza moim zasięgiem. Nie potrafiłbym się zmusić do przebudzenia.

Postanowiłem trzymać się blisko Duszołap i jej towarzyszy. Może się przydać informacja na temat tego, gdzie wyląduje, zanim odzyska na tyle kontrolę nad sytuacją, aby mogła z powrotem rozsnuć otaczającą ją zasłonę mgieł i odpychających zaklęć.

Przez moment, kiedy przeszedłem przez krawędź zrujnowanej kopuły i wstąpiłem w otchłań nocy, zdało mi się, że słyszę zawodzenie Kopcia, w którym pobrzmiewało pragnienie ucieczki jak najdalej od wieży. Być może nazbyt już przyzwyczaiłem się do bliskości tego śmierdzącego tchórza.

Zapach Kiny stał się silniejszy, potem trochę osłabł, znowu stał się bardziej dojmujący, jakby bogini miotała się na oślep to tu, to tam. Nic jednak nie ostudziło jej gniewu.

Duszołap udało się doprowadzić Wyjca do przytomności na tyle, aby zdołał utrzymać dywanik w powietrzu. Kiedy tylko odzyskał po części władze umysłowe, dywan zaczął się wznosić. Musieli zapewne kłócić się głośno, kule ogniste zaczęły bowiem ciąć noc coraz bliżej ich wehikułu.

Nie było najmniejszych wątpliwości, że ta broń czerpała swą siłę nie tylko z materialnej domeny istnienia. Przekonałem się o tym w najbardziej nieprzyjemny sposób, ponieważ uległem dziecinnej pokusie. Pozwoliłem jednej z nich przeszyć miejsce, gdzie mniej więcej w normalnych warunkach znajdowało się me ciało.

Ból był potworny. Zrozumiałem, co muszą czuć cienie, gdy zostają trafione. Ale ognista kula nie zadziałała na mnie w taki sposób jak na nie – chociaż energia jej lotu drastycznie osłabła, tak że nawet ja, pogrążony w agonalnym cierpieniu, zdołałem to zauważyć.

Nie miałem najmniejszego zamiaru wykonywać tej idiotycznej sztuczki ponownie.

Podczas tej zabawy omal nie straciłem z oczu Duszołap i Wyjca, potem jednak zacząłem uważniej obserwować tor lotu ognistych kul. Te, które wypuszczono za latającym cyrkiem Wyjca, wyznaczały jego ślad.

Duszołap kierowała się do tego samego wąwozu, gdzie przemieszkała całą zimę. Jednak prawdopodobieństwo, że zostanie tam na dłużej, było doprawdy niewielkie. Znaliśmy jego lokalizację.

Dogoniłem ich. Gdy się skoncentrowałem, potrafiłem poruszać się w zupełnie niezłym tempie. Być może nazbyt się do niej zbliżyłem. Duszołap znienacka chyba zdała sobie sprawę, że jest obserwowana. Zatrzymała dywan i zawróciła go. Nawet w otaczających nas ciemnościach mogłem zobaczyć jej lśniące intensywnym blaskiem oczy.

– Wyjec! – warknęła. – Wyczuwasz coś niezwykłego?

Nie było to najlepsze posunięcie. Ośmieliło bowiem małego czarodzieja, aby otworzył usta. Kiedy tylko to zrobił, wydarł się z nich potężny krzyk. A Duszołap zatrzymała dywan akurat nad pozycjami uciekinierów Prabrindraha Draha. To byli bardzo nerwowi żołnierze.

Pierwsze kule ogniste oświetliły dywan na tyle, by następni snajperzy mogli z większą skutecznością prowadzić ostrzał. Wyjcowi ledwie udało się odzyskać kontrolę nad swymi strunami głosowymi, a już otoczyły go ogniste kule. Wrzasnął ponownie. I tym razem ostatecznie się zdekoncentrował.

Dywan zaczął się ześlizgiwać w kierunku ziemi. Duszołap zaklęła głosem zbzikowanego starca i spróbowała odzyskać kontrolę nad pojazdem. Ognista kula niemal musnęła jej kruczoczarne włosy. Rozwścieczona, otworzyła usta, by wyartykułować jakąś śmiertelną odpłatę.

Dywan zaczął spadać. Duszołap wrzasnęła, ostatecznie wyprowadzona z równowagi, wyciągnęła obutą stopę i zepchnęła Wyjca. Zawył gniewnie. Odwarknęła jakieś nieprzyjazne pożegnanie. Dywan przestał spadać. Mamrotała zaklęcia mające pomóc w jego opanowaniu, sprawiła, że znowu ruszył naprzód. Chłopcy na ziemi ani na chwilę nie przestali strzelać.

Kula ognista przebiła powłokę dywanu między Duszołap a Córką Nocy.

Wydawało się, że Kina, chociaż niezdolna do pochwycenia i zmiażdżenia Duszołap, miała pełne rozeznanie w wydarzeniach. Tajfun gniewu rozszalał się po widmowym świecie. Mgliste odbicie wielorękiej bogini zaczęło się przesączać na naszą stronę. Ostatecznie nigdy do końca się nie zestaliło, na tyle jednak stało się widoczne, że przerażeni tagliańscy lojaliści rozpierzchli się na wszystkie strony świata.

Wyjec zawył. Spadał jak kamień. Jednak zawsze był małym, szczęśliwym gnojkiem, więc i tym razem szczęście go nie opuściło. Najpierw uderzył w gałęzie gęstej korony jakiegoś wiecznie zielonego drzewa. Musiały go potłuc niemiłosiernie, jednak spowolniły upadek. Na koniec runął na zbocze wzgórza wciąż pokryte niestopniałym śniegiem. Jego pokrywa była na tyle głęboka, iż pod nią zniknął. Nie miałem najmniejszych wątpliwości, że do obiadu zdoła się wygrzebać i będzie tańczył niczym derwisz. Najpewniej też obudzi się w nastroju, w którym od razu zechce pokazać Duszołap, jak bardzo ją kocha.

Zawisłem na kilka minut w powietrzu i oznaczyłem miejsce. Wyjec nawet się nie poruszył. Wykombinowałem sobie, że najlepiej będzie, jak wrócę do swego ciała i spróbuję się obudzić. Wyglądało mi to na raz tylko w życiu zdarzającą się szansę – albo uda się zwerbować czarodzieja pierwszej kategorii, albo przynajmniej uwolnić go na zawsze od jego nieszczęść.

Podejrzewałem, że Konował wybrałby tę drugą opcję. Przez te wszystkie lata przeżyliśmy nazbyt wiele nieprzyjemnych spotkań z Wyjcem.

Czy wspominałem już o szczęściu sprzyjającym Wyjcowi? Nie potrafiłem się obudzić. Najwyraźniej mój duch nie miał żadnej władzy nad ciałem, kiedy chciało spać. Wyglądało na to, że będę musiał udać się na dalszą wędrówkę, czy chcę tego, czy nie.

Przypomniałem sobie wydarzenia z zeszłego roku, kiedy wyszedłem poza ciało, mimo że nawet nie spałem. Kiedy Duszołap w jakiś sposób cisnęła mną do delty, za pomocą środków mi nieznanych i w celu, którego nigdy się nawet nie domyśliłem. Mogła zrobić mi to znowu. Szczególnie jeśli któraś z tych rzeczy, jakie zrobiłem ostatnio, zdołała zwrócić na siebie jej uwagę.

Istniała jednak nadzieja, że w jej oczach wszystko było jedynie grą, czymś, co pewnego dnia zostanie wymazane, kiedy tylko już wszystkie części układanki jej machinacji wskoczą na swoje miejsce. Być może też po prostu eksperymentowała. Albo jedno i drugie, i coś jeszcze na dodatek. Z rzeczy, które wiemy o Duszołap, pewne jest tylko to, że chaos jest jej domeną, a motywacje, jakimi się kieruje, często ulegają zmianie.

Musiałem być chyba wykończony. Zrozumiałem, że dopóki pozostaję na tym planie egzystencji, powinienem wykorzystać czas na przeprowadzenie zwiadów. Pracować we śnie. Stary powinien mi płacić podwójny żołd. Ile to jest dwa razy sztyletem w plecy?

Książę jechał naprawdę szybko. Nie zbaczał z drogi prowadzącej na północ, co było chyba jedynym powodem, dla którego udało mi się go odnaleźć. Cała wataha jego chłopców jechała za nim. I naprawdę gnali co sił w końskich nogach. Cienie czaiły się wokół nich niby polujące stado wilków. Walka toczyła się w biegu. Ludzie księcia nie mieli wielu bambusowych tulei, ale kiedy tylko jeden z oddziału zaczynał wrzeszczeć, ginął pod nawałą ognistych kul, zanim atakujące cienie mogły dokończyć swego okrutnego dzieła.

Nie marnowałem czasu na Mogabę czy Goblina. Zbyt wiele trudu kosztowałoby mnie ich odnalezienie. Być może zajmę się tym, gdy wstanie świt. Słońce zresztą powinno już powoli wschodzić, jednak powłoka chmur nie była bardzo gruba.

Skierowałem się z powrotem w stronę Przeoczenia. Wszędzie widziałem ślady ostatniego trzęsienia ziemi: obsunięty grunt, obalone drzewa, zwalony most, który południowcy odbudowali po ostatnim trzęsieniu, a potem zwalili tak, że nie mogliśmy z niego skorzystać, póki Kletus i jego bracia nie postawili go na nowo. Oraz mnóstwo domów przewróconych lub zapadniętych, a także szczeliny w ziemi. Pewne szkody poniosło nawet Przeoczenie, wysoko na wieży, gdzie Długi Cień kłócił się ze swymi kolegami i gdzie później wszyscy wadzili się z Kiną.

Kiedy zbliżyłem się bardziej, wielki blok białego kamienia oderwał się od wieży Długiego Cienia i stoczył do stóp muru. Za nim pomknęło kilka następnych. Wieża zachwiała się lekko, jakby wykonana była z galarety, nie zaś z kamienia. Potem jednak zdałem sobie sprawę, że oto widzę echa postępującej fali uderzeniowej lub być może następne trzęsienie, jeszcze potężniejsze od poprzedniego.

Cholera! Czy ta cała przeklęta forteca ma się zaraz zwalić? Pani i jej oddział wciąż byli w środku. Nie. Niemożliwe. Żadne trzęsienie ziemi nie zniszczy Przeoczenia. Było po prostu nazbyt masywne. Praktycznie rzecz biorąc, tak za bardzo nie miałoby się gdzie zwalić, skoro stanowiło po większej części lity masyw kamienia pozbawiony pustych przestrzeni.

Warsztaty, przy których pracował Długi Cień i jego tajemnicze maszyny, zaczęły się przesuwać po posadzce.

71

Jęzor białego ognia liznął niebo i rozerwał brzuchy nisko wiszących chmur. Nawet w astralnym świecie mogłem słyszeć wycie uwolnionej energii. Części kryształowej kopuły dotknięte płomieniem zniknęły wśród błękitnych rozbłysków. Nieco dalej położone stopniały i spłynęły niczym wosk świecy. Spadły kroplami na ziemię. Zobaczyłem, jak ciężka kryształowa sfera zmienia się w skwierczącą kałużę. W chwilę później postanowiłem, że jeśli przeżyję, przyjdę tu, do wieży – jeżeli ona też przetrwa – i zabiorę sobie kawałek tego marmuru na pamiątkę.

Jęzor ognia zmienił kolor z białego na żółty, potem na czerwony, wreszcie zgasł, jednak w środku wciąż panował żar, przez jakiś czas topił wszystko dalej, chociaż już znacznie mniej gwałtownie. Władca Cienia zgromadził na szczycie tej wieży mnóstwo mocy.

Wszystkie materiały palne, znajdujące się w ruinach komnaty, obecnie płonęły. Kilka małych cieni biegało tu i tam. Zdawały się niechętne opuszczeniu tego miejsca, niezależnie od katastrofy, jaka je dotknęła. Być może za bardzo się zadomowiły.

Spadły pierwsze krople deszczu. Te, które trafiały w strumień niewidzialnej energii, natychmiast zmieniały się w parę.

Pomyślałem, że powinienem zejść na dół, do fortecy, żeby zobaczyć, co się dzieje z Panią, ale jakoś miałem kłopoty z przekonaniem samego siebie, póki jeden z cieni nie uznał, że więcej szczęścia przynieść mu może pójście po śladach. Ślad, który wybrał, musiała zostawić Pani, kiedy zabierała swoich więźniów.

Częścią swego umysłu zastanawiałem się nad tym, jaki też los czeka Długiego Cienia i Narajana Singha. Perspektywy Narajana wydawały mi się szczególnie ponure.

Ruszyłem za cieniem. Nie miałem na to najmniejszej ochoty, ale czułem się zmuszony. Może zaczaić się na Panią i jej chłopców. Może być prawdziwie oddany swemu panu. Może podjąć próbę uwolnienia go.

Chyba zachichotałem, wyobraziwszy sobie, jak Długi Cień próbuje uciekać tak zmaltretowany. Nie odnajdywałem w sobie śladu współczucia dla tego faceta.

Próbowałem wyczuć obecność Pani przed sobą, ale nie potrafiłem. I oczywiście nie mogłem poruszać się nigdzie po liniach prostych. Wciąż nie umiałem przenikać przez ściany, co oznaczało, że muszę działać w ramach takich samych ograniczeń jak cienie. Czy znaczyło to, iż mogę dostać się wszędzie tam, gdzie one? Czy oznaczało to, iż cienie mogą się dostać wszędzie tam, gdzie ja? To nie była przyjemna myśl.

Wewnątrz Przeoczenia nie paliły się światła, było zupełnie cicho, na dodatek żadnych znaków orientacyjnych. Zmieniłem swoją decyzję szybkiego odnalezienia Pani. Mogę mieć koszmary dotyczące mroku i ciasnych pomieszczeń, nawet kiedy nie śpię.

Zawróciłem. Na tyle, na ile pamiętałem, nie przechodziłem przez żadne rozwidlenia, w których teraz mógłbym zgubić drogę.

Wpadłem prosto na cień.

Jedyne światło docierało z paleniska, gdzie kat podgrzewał swe narzędzia. Migotało, oświetlając popękaną i pomarszczoną, smagłą twarz małego człowieczka, który nie został żołnierzem nie dlatego, że tego chciał, lecz dlatego, iż sądził, że winien jest służbę swym bogom, kiedy zostanie do niej wezwany. Podobnie jak reszta jego ludu (a także jego wrogowie), miał nadzieję, że jego bogowie okażą się silniejsi i zwyciężą.

To był tylko fragment koszmaru, trwający może jakieś dwie sekundy, wypełniony informacjami tak obcymi memu umysłowi, że większości nigdy nie byłbym w stanie pojąć. Nie wiedziałem, czy powinienem zakładać, że cień, który spotkałem naprawdę, w jakiś sposób związany był z człowiekiem, który został zamęczony na śmierć, po tym jak wzięto go do niewoli w którejś z religijnych wojen. Żadna religia w tej części świata nie działała w ten sposób. Nawet Oszuści tak nie postępowali – chociaż zdarzało się im czasami torturować swe ofiary, w wiekach minionych przynajmniej, w Gaju Zagłady, w czasie Święta Świateł.

Moje spotkanie z cieniem nie było tak naprawdę aż takie straszne. Nie przypuszczałem, że takie zderzenia w ogóle mogą mi się przydarzyć, póki wędrować będę w świecie astralnym. Ale gdybym znajdował się we własnym ciele, najprawdopodobniej skończyłoby się fatalnie.

Zdarzenie to sprawiło, że straciłem orientację, zacząłem zachowywać się doprawdy głupio. Popłynąłem wstecz, ku ruinom kryształowej komnaty. Temperatura w tym miejscu znacznie już opadła. Światła ogni pogasły. Ale na świecie pojawiło się nowe światło, widoczne mimo grubej powłoki chmur. W końcu nadchodził świt.

Kiedy tylko pojąłem, że nocne oblężenie ma się ku końcowi, uboga salwa kul ognistych rozbłysła przy Bramie Cienia. Potem świat zamarł. I przez kilka minut w zasięgu mego wzroku nikt nikogo nie zabijał.

Spojrzałem na południe i zrozumiałem, że teraz nie mam ze sobą Kopcia, który powstrzymywałby mnie przed udaniem się tam i rozejrzeniem trochę. A dla mojej obecnej natury cienie nie stanowiły najmniejszego zagrożenia. Jeśli nawet chciałyby mnie skrzywdzić, cóż, zachowywały się nie inaczej niż zwykłe gryzonie. Niezależnie od tego, jak wielkie i złośliwe, trzymały się blisko ziemi. Chciały zostawić sobie możliwość szybkiego znalezienia schronienia. A ja potrafiłem latać.

Ruszyłem na północ. Naprawdę. Jednak coś się wydarzyło. Ziemia zatrzęsła się znowu. Błyskawica uderzyła w Przeoczenie w odległości zaledwie paru metrów ode mnie.

Tai Dei obudził mnie. Efekt był taki, że leciałem już na południe, ale w tym momencie poczułem się, jakby coś chwyciło mnie za kark i zawróciło na północ niby liść porwany podmuchem miniaturowej trąby powietrznej.

– Nie chcę jeszcze wstawać – zwróciłem się do dłoni, która szarpała mnie za ramię. – Jestem zmęczony. Pracowałem całą noc. Ciężko. Chcę się przewrócić na drugi bok i chrapać przez następne osiem godzin.

Tai Dei szarpnął mnie znowu. A potem pojawił się kolejny problem. Być może znacznie poważniejszy.

Moje stopy były mokre.

Wsparłem się na jednym łokciu, a wtedy Tai Dei powiedział mi:

– Musisz wstawać!

– Nienawidzę tego, co powiem. Ale masz rację. Muszę wstawać. – Musiałem wstać, ponieważ strumień wody wpadł do ziemianki i zmienił jej klepisko w grząską glinę.

Uderzyłem głową w belkę stropu.

– Co u diabła? – Powała obniżyła się co najmniej o połowę poprzedniej wysokości. Przeciwległa ściana się zawaliła. Mogłem cokolwiek zobaczyć jedynie dzięki temu, że Tai Dei przyniósł ze sobą świecę odstraszającą cienie, kiedy przyszedł mnie odwiedzić. – Co się stało?

– Trzęsienie ziemi.

Ach. Tak. Nie przyszło mi wcześniej do głowy, że sam mógłbym też paść ofiarą katastrofy.

Zanim opuściłem nogi na polepę, zobaczyłem, że Tai Dei musiał wykonać już mnóstwo pracy, aby się do mnie dostać. Znajdowałem się w niszy. Większość naszej ziemianki się zapadła.

– Matka Gota? – zapytałem. Nie myśląc, przeszedłem na Niueng Bao.

– Nie mam pojęcia, co z nią – odrzekł w tym samym języku. –

Nie wróciła do domu. – W jego głosie pochwyciłem jakiś niezwykły ton. Powoli zaczynało go opanowywać napięcie. Z każdym rokiem otaczająca jego wnętrze lodowata skorupa pękała coraz bardziej, za każdym razem na dłużej.

– Jak się dostałeś do środka?

– W miejscu, gdzie zapadł się dach.

Musiałem przykucnąć, aby dostrzec tę dziurę. No tak. Mogłem teraz widzieć, kędy się wśliznął. W otworze widać było fragment wstrętnego, szarego nieba. Wciąż mżyło. Jednak Tai Dei był o połowę mniejszy ode mnie.

– Musiałbym zostać tutaj, na dole, przez parę miesięcy, zanim udałoby mi się tędy przecisnąć. Nie powinienem tak przybierać na wadze, odkąd opuściliśmy Dedżagore. – W obecnej chwili wszyscy źle wyglądaliśmy. Jak chodzące szkielety, przynajmniej większość z nas.

Zastanawiałem się, czy ma to coś wspólnego z moimi snami.

– Weź świecę. Ja pójdę powiększyć otwór.

Mój osobisty strażnik. To był bodajże pierwszy raz, kiedy rzeczywiście otrzymał szansę uratowania mojej dupy; uratowania jej przed zmiażdżeniem przez obrzydliwy, przemoczony dach schronu.

Podciągnął się w stronę otworu. Wierzgnął nogami. Kręcał się w nim przez chwilę. Opuścił się z powrotem.

– Będziesz musiał mnie popchnąć.

– Zbyt wiele zjadłeś, kiedy tu siedzieliśmy i gawędziliśmy wesoło. Idź. – Z najwyższą ostrożnością postawiłem świecę. Stała się dla mnie bardzo ważna. Nie chciałem przebywać w tym ciasnym, zimnym, mokrym miejscu pozbawiony światła.

Chwyciłem jego nogi i popchnąłem. W dziurze musiało być dość wody, żeby na brzegach nie było tarcia. Wysmyknął się na zewnątrz. Zachichotałem, kiedy wyobraziłem sobie ziemię rodzącą tego brzydkiego, małego człowieczka niby jakiegoś demona gliny z mitologii Gunni.

Usłyszałem głosy. Coś zasłoniło mętne światło. Głos Konowała zawołał:

– Hej, pasożycie, wciąż jeszcze oddychasz tam w dole?

– Ze mną wszystko w porządku. Myślałem właśnie o tym, by się zdrzemnąć.

– Równie dobrze możesz to zrobić. Trochę potrwa, zanim cię wyciągniemy.

– W porządku. Wszystko będzie dobrze. – Póki świeca będzie się palić.

Spojrzałem na nią. Zostało jeszcze dosyć sporo. Te rzeczy były tak zaprojektowane, by palić się długo.

Zacząłem rozmyślać o tym, co też chodziło po głowie Tai Deiowi, że musiał przyleźć w miejsce, gdzie mogły się czaić cienie, tylko po to, aby sprawdzić, czy ze mną wszystko w porządku. A to z kolei sprawiło, że zacząłem zastanawiać się bardziej poważnie nad krajobrazem jego wewnętrznego świata. Być może byłem niedbałym myślicielem albo może nie dość zaznajomionym z tym, co oznacza bycie Niueng Bao. Nie potrafiłem nawet wymyślić konsekwentnego sposobu postępowania z nim – jakby składał się z kilku różnych osobowości.

On, a także pozostali Niueng Bao uważali, że maja u mnie dług tak wielki, iż Tai Dei poświęciłby swoje życie, aby mnie chronić. Oddałby mi swoje życie, a być może nawet i duszę. Równocześnie jednak zupełnie świadomie okłamywał i oszukiwał obcego, który był przyczyną hańby, jaka spadła na jego rodzinę. Oprócz tego, rzecz jasna, nie powie Żołnierzowi Ciemności choćby słowa, które mogłoby rzucić choć odrobinę światła na problem nastawienia Niueng Bao względem Czarnej Kompanii.

Kiedy już zacząłem o tym myśleć, doszedłem do wniosku, że przecież nawet moja droga, ukochana Sari nie posunęła się tak daleko. Zawsze udawało jej się w jakiś zręczny sposób tak zmienić temat, że nawet tego nie dostrzegałem.

Powiedziałem coś w kierunku dziury, ale z drugiej strony nikt mi nie odpowiedział. Dobra, pieprzyć ich. Byłem zmęczony.

Kucnąłem w pogłębiającej się warstwie błota i zasnąłem na powrót.

Tym razem nie trafiłem donikąd. Nie robiłem nic innego, tylko spałem.

72

Zrobiło się straszne zamieszanie, kiedy jeńcy z dywizji księcia wyciągali mnie spod ziemi. Otto i Wypieracz, którzy zostali przydzieleni do Starej Dywizji i których nie widziałem od czasu Czarandapresz, przyszli sobie na mnie popatrzeć.

– Wygląda, jakby mieli tu w dole jedno z tych krecio-szczurzych stworzeń – zaczął Otto.

– Tyle że jest jeszcze brudniejszy. Gdyby nie padało, Otto, powiedziałbym, że trzeba wziąć kubeł wody i wylać na niego.

– Błazny – wymamrotałem. – Zapomnieliście chyba, dlaczego się zaciągnęliście. – Był to jedyny sposób, aby wydostać się z miasta i nie wpaść w łapy jego rozwścieczonych mieszkańców.

– Jego nastrój najwyraźniej się poprawił od czasu, jak go ostatnio widzieliśmy – zauważył Wypieracz. – Nie pozwala, by te drobne nawroty choroby trapiły go dłużej.

– Jak się wam powodzi, chłopcy? Tutaj nie docierają do nas zbyt często osobiste wieści.

Wypieracz zmarszczył brwi, a Otto powiedział:

– Tu się komuś przyłoży, tam się kogoś innego walnie. Nic poważnego. – Praktycznie rzecz biorąc, od czasu jak ich poznałem, jeden z nich lub obaj naraz zawsze właśnie dochodzili do siebie i leczyli jakieś rany. Z tego byli znani. Stanowili symbole, we właściwym sensie tego słowa. Ottona i Wypieracza nie można było zabić, jedynie zranić, a póki oni pozostawali przy życiu, istniała również Czarna Kompania.

– Wysłaliśmy człowieka z porcją materiału dla Kapitana i odrobiną również dla ciebie – odezwał się Wypieracz. – Żebyś go umieścił w Kronikach. Imiona.

– Och. – Konował i ja zawsze staraliśmy się zapisywać imiona naszych poległych braci, przynajmniej na tyle, na ile byliśmy w stanie. Wielu chłopcom bardzo na tym zależało. Kiedy już odejdą, zapiski stanowić będą jedyne świadectwo, że kiedyś żyli. Była to swego rodzaju nieśmiertelność.

– Mnóstwo imion – kontynuował Wypieracz. – Setki. Ostatnia noc nie była zbyt pomyślna dla Starej Dywizji.

– Poradzisz sobie z tym? – zapytał Otto. – Masz tam wszystko zagrzebane w błocie?

– Mam. Ale bardziej dbam o Kroniki i resztę tego typu rzeczy niż o własne zdrowie. Trzymam je w pomieszczeniu, które wyłożone jest balami na ścianach, suficie i podłodze, z drenem i czym tam jeszcze. Tak na wszelki wypadek. Wiedziałem przecież, że Władca Cienia będzie stanowił twardy orzech do zgryzienia. Setki imion? Naprawdę? Znałem kogoś?

– Wszystkie znajdują się na liście.

– Będę musiał dopisać je na zakończenie tomu, który teraz piszę. – Jeżeli były ich setki, musieli się zaciągnąć ostatnimi czasy, więc ich imiona zapewne będą mi zupełnie obce.

Zmaterializował się Tai Dei. Wcześniej nie zauważyłem jego nieobecności, dopiero teraz, gdy się pojawił.

– Z moją matką wszystko w porządku – powiedział. Jednak w jego głosie nie można było dosłyszeć absolutnej pewności.

– Mm?

– Znaleźli ją w dziurze czarodzieja, kiedy go wykopywali. I to dlatego nie zabrali się do ciebie od razu. Kapitan wiedział, że nic ci nie grozi. Nie miał pojęcia, czy czarodziej żyje, czy nie.

Zdałem sobie sprawę, że ma na myśli Jednookiego. Cóż, oczywiście, jeśli trzęsienie było wystarczająco paskudne, aby zniszczyć wytwory znakomitej sztuki rzemieślniczej, w które Tai Dei i ja wyposażyliśmy naszą konstrukcję, to schron Jednookiego w obecnej chwili zapewne nie był niczym więcej jak tylko wypełnionym deszczówką bajorem.

– A więc była w ziemiance Jednookiego?

Zakłopotany, szepcząc, ponieważ wokół znajdowali się inni Niueng Bao, Tai Dei potwierdził:

– Oboje byli kompletnie pijani. Znaleźliśmy ich unurzanych we własnych wymiocinach. Nie mieli nawet pojęcia, że dach się zawalił, póki nie wygrzebała ich ekipa ratunkowa.

– Przykro mi – zapewniłem go. – Ale nie mogę się powstrzymać. – Skręcił mną potężny atak śmiechu. Chodziło o coś więcej niż tylko wyobrażenie tych dwojga upijających się razem w trupa. Stanowił wyzwolenie całego napięcia ostatniej nocy.

Otto i Wypieracz patrzyli na zbocza na południu i tłumili własne rozbawienie.

Po raz drugi skręcił mnie atak śmiechu. Zrozumiałem, że jeszcze przed obiadem plotka obiegnie całość niedobitków armii. Bez wątpienia wszystko zostanie znacznie przesadzone i zmieni się w jakąś lubieżną epopeję, zanim dotrze do najdalej wysuniętych posterunków.

Stok, który stanowił obecnie schronienie dla głównej kwatery, zamienił się w trzydzieści akrów ziemi poznaczonej śladami ospy. Nie przetrwała właściwie żadna ziemianka. Jeńcy kopali jeszcze w kilkunastu rozmaitych miejscach.

Zobaczyłem znajomą twarz, potem następną. Kierowali zespołami ratunkowymi.

– Więc tak. Przestała być na nich zła.

– Co? – zapytał Tai Dei.

– Nic. Tylko myślałem głośno. – O wilku mowa. Właśnie wychodziła z bunkra Starego, który przetrwał nawet niedraśnięty. Konował szedł tuż za nią. Żadne nie wyglądało na szczególnie wypoczęte. Ale z pewnością wyglądali na zadowolonych z siebie.

Warknąłem coś w nieartykułowany sposób, z samej głębi gardła. Moja żona znajdowała się o pół świata stąd.

Konował spokojnym krokiem podszedł do mnie.

– Czas na twoją doroczną kąpiel, Murgen.

– Jeżeli tylko postoję dość długo na tym deszczu...

Pani popatrzyła na mnie takim wzrokiem, jakby chciała przewiercić mnie nim na wylot. Najwyraźniej miała też ochotę urządzić mi małe przesłuchanie. Ale nie teraz, nie tutaj, nie w obecności tak wielu ludzi, którzy raczej nie powinni poznać moich odpowiedzi, ponieważ przynajmniej połowa z nich nie do końca wiedziała, komu właściwie dochowuje wierności.

– Jak duże ponieśliśmy straty ostatniej nocy? – zapytałem.

Konował wzruszył ramionami. Może trochę zimnego deszczu dostało mu się za kołnierz.

– Jeszcze nie wiem. Pani nie może się doliczyć niemalże dwóch tysięcy ludzi.

– Jednak niektórzy powoli wracają – powiedziała i przyłączyła się do nas. – Przypuszczam, że ostatecznie znajdziemy większość z nich. – Najprawdopodobniej martwych.

– Otto i Wypieracz mówią, że straciliśmy sporą część Starej Dywizji – powiedziałem.

Konował pokiwał głową.

– Przynieśli ze sobą listę. Jest znacznie dłuższa, niż przypuszczałem, że będzie. Wciąż nie na wiele przydają nam się pozostałe dywizje. Nowa Dywizja wciąż jest jeszcze zdezorganizowana, księcia zaś całkowicie poszła w rozsypkę. Czy chcesz o czymś porozmawiać na osobności? Masz taki wyraz twarzy.

– Tak. – Dym uniósł się nad niezgrabnym kominem schronienia Konowała. Odrobina ciepła naprawdę by mi się przydała. Jeżeli będzie trzeba, na poczekaniu wymyślę jakąś historyjkę.

Przyłączyłem się do niego w ciepłym wnętrzu bez szczególnych wyrzutów sumienia i niewielkie odczuwając współczucie dla chłopaków, którzy zostali na deszczu.

Pani poszła za nami do środka. Na jej twarzy zakrzepł pełen zadowolenia z samej siebie, lecz jednocześnie prawdziwie godny wyraz.

Pani rozwinęła przy ogniu jedną z map Konowała.

– Możesz mi pokazać dokładnie, gdzie spadł? – Miała na myśli Wyjca. – Być może wciąż jeszcze istnieje możliwość złapania go, jeśli odniósł naprawdę poważne obrażenia.

– O co chodzi? – zapytał Stary, kiedy w odpowiedzi odmruknąłem coś niewyraźnego.

– Ehm... – odrzekłem. – Nigdy nie przestaniesz kusić licha, nieprawdaż?

Pani nie zamieniła mnie z miejsca w ropuchę. Ani w jednego ze wstrętnych kreto-szczurów Ottona. Dzisiejszego ranka, inaczej niż w nocy, jej nastrój był raczej dobry.

Kopeć jęknął. Zaskoczył mnie, chociaż był to już jego drugi jęk, od czasu gdy znaleźliśmy się w ziemiance Konowała. Spojrzałem w jego stronę. Zasłona była odsunięta. Obok pogrążonego w śpiączce czarodzieja do alkowy upchnięto Długiego Cienia i Narajana. Nie potrafiłem sobie wyobrazić Pani i Starego czulących się do siebie o kilka kroków od tego towarzystwa, oczywiste jednak było, że całkowicie wykorzystali nadarzającą się sposobność.

W pewnym stopniu byłem zaskoczony, że Pani wydała swoich jeńców – nawet swemu facetowi. Długi Cień stwarzał znakomitą sposobność do zdobycia mocy. A Singh... Pani winna była Singhowi wiele. Ale podobnie i Kapitan. Być może postanowili zrobić z tego rodzinny interes.

Zadawała znacznie mniej pytań, niż pierwotnie zakładałem, głównie interesowały ją ograniczenia Kopcia. Nie wspomniałem, że mnie samemu udało się rozwinąć zdolność podróżowania bez pogrążonego w śpiączce czarodzieja. Nie pytała. Konował wszak zauważył, że wiedziałem o losach Wyjca, mimo iż podczas nieszczęsnej podróży Schwytanego znajdowałem się w swoim bunkrze.

– Poślę Brzeszczota – zdecydowała. – Jest bystry. Wykona zadanie i nie pozwoli zabić siebie ani Wyjca.

Chciałem zapytać, w jaki sposób Brzeszczotowi i Łabędziowi udało się na powrót wśliznąć w jej łaski, ale zdecydowałem, że nic mi do decyzji dotyczących zarządzania armią. Pani wyjaśniła zresztą już tę kwestię i na sposób empatyczny poruszyła inną sprawę.

Poszła zaoferować Brzeszczotowi jego szansę.

Kiedy już wyszła, Konował zapytał:

– Gdzie jest sztandar?

– Pogrzebany w mojej ziemiance.

– Hm. A co z Kronikami i resztą materiałów?

– Są tam również. Ale z pewnością nic im się nie stało. Gdybyśmy mieli przeżyć następne trzęsienie, znacznie bardziej ulewne deszcze, wtedy... Nie wiem.

– Zajmiemy się tym, kiedy wszyscy nasi ludzie będą już odkopani.

– Co sprawiło, że przetransportowała tutaj Singha i Długiego Cienia?

Zrozumiał.

– Ponieważ ja jestem lekarzem. A oni obaj znajdują się dosłownie o krok od śmierci. Być może, gdyby miała kogoś własnego pod ręką, kogoś, komu by ufała... – Urwał. Nigdy do końca nie wierzył swojej kobiecie, przynajmniej tam, gdzie część równania stanowiła ambicja.

– Ona przypuszczalnie mniej ryzykuje, niż ci się wydaje. Ostatniej nocy chyba udało mi się zrozumieć, na czym to wszystko polega.

– Co?

– Jej związek z Kiną. Jak działa i dlaczego istnieje. Myślę, że już wiem.

– Miałeś czas, żeby myśleć, gdy byłeś poza ciałem i odgrywałeś ducha?

– Trochę.
– A więc opowiedz mi o mojej ukochanej i Kinie.
– Zacznijmy od podstawowego założenia, że ona jest cholernie bystra.
– Och. No tak. – Uśmiechnął się do jakichś swoich myśli.
– Nie wspominając już o jej silnej woli.
– Masz zamiar marnować mój czas na wysławianie jej zalet? Czy też wreszcie przejdziesz do rzeczy?
– Już. Wymyśliłem tyle, że bardzo dawno temu, zanim dotarliśmy nawet do Gea-Xle, kiedy po raz pierwszy zdradziła nieoczekiwane oznaki odzyskiwania części swoich mocy, zrozumiała, że jakaś siła tutaj, na Południu, zamierza ją wykorzystać. I pozwoliła, aby tak się stało. A to do tego stopnia zmyliło tę siłę, że zaczęła uważać ją za zaprzedanego niewolnika, podczas gdy w rzeczywistości dorobiła się pasożyta.

Po oczach Konowała widziałem, że rozważa kilka możliwych zastrzeżeń. Jednak powiedział tylko:
– Kontynuuj.
– To jest już właściwie wszystko. Kiedy bogini wykorzystuje Panią, w istocie to ona wpija się w Kinę, tak że może wyssać z niej tyle mocy, ile potrzebuje. Przypuszczam, że już tak się w nią wgryzła, iż Kina nie może się jej pozbyć, nie kalecząc jednocześnie samej siebie. Przypuszczam nawet, że Pani do pewnego stopnia kontroluje działania bogini. Ostatniej nocy Kina nieźle się wkurzyła. Zagrożenie zawisło bezpośrednio nad Córką Nocy. Ale kiedy próbowała pomóc dzieciakowi, nawet jeśli udało jej się narobić sporo zniszczeń, jej wysiłki nigdy dokładnie nie trafiały w zamierzony cel.
– A ty myślisz, że Pani...
– Tak. On ma rację. – Pani weszła w półmrok ziemianki. Nie można było stwierdzić, jak długo stała za naszymi plecami i słuchała. Kiedy przychodziło do cichego poruszania się, naprawdę można było ją nazwać ciemnością. – Ta wiadomość nie ma prawa opuścić tego miejsca. Dopóki myślą, że ja naprawdę jestem autorką tego wszystkiego, rezultaty będą takie, jakbym rzeczywiście była.

Odkryłem interesujące kształty powstające na ścianie przed moimi oczyma. Skupiłem na nich całą swą uwagę.

Konował zapytał:

– Jeżeli jesteś dla niej jakimś rodzajem wszy czy tam czego, dlaczego Kina nie próbuje się ciebie pozbyć?

– Przez większość czasu Kina śpi. Ta jej część, która nie śpi, zainteresowana jest tylko sprowadzeniem na ziemię Roku Czaszek. A poza tym jest raczej głupia. Aż do niedawna nie rozumiała, co jej zrobiłam. Może całą rzecz rozważać przez lata, zanim postanowi coś z tym zrobić.

– Ona zdaje się w inny sposób postrzegać czas – dodałem.

– Obawiam się tylko tego, że moja ukochana siostra również mogła rozwiązać tę zagadkę. Albo rozwiąże ją teraz, kiedy ma dziewczynkę. Dzieciak wie.

– Duszołap ukrywa się w tym samym miejscu, co zawsze – powiedziałem. Stary wiedział, gdzie to jest.

– Z przyjemnością bym jej dołożył – warknął Konował. – Jednak zostało nam jakieś dziesięć godzin na przygotowanie się do kolejnej nocy.

Zrozumiałem. Ale, chłopie, czy to nie byłoby przyjemnie, gdyby Duszołap stała się tylko wspomnieniem?

Dwadzieścia minut spekulacji nie przyniosło żadnych wniosków co do ostatecznych motywów Duszołap. Nawet Pani nie potrafiła ustalić, czego tamta naprawdę chce albo co zrobi w następnej kolejności.

– Ona zachowywała się w ten sposób od czasu, jak skończyła cztery lata – powiedziała Pani. – Cholera. Urodziła się zupełnie nieprzewidywalna.

Musiałem wyglądać na trochę nazbyt zaciekawionego. Tutaj więc opowieść się skończyła.

Jednak nie umknął mej uwagi fakt, że ani Konował, ani Pani nie mówili o dziecku w żaden sposób, który mógłby sugerować, iż jest ona czymś innym niż zwyrodniałym potworem, pozbawionym wszelkich związków z nimi.

73

Obserwowałem, jak Charkot kieruje zaganianiem małego cienia, który w jakiś sposób przedarł się blisko granicy bezpiecznej strefy Jednookiego, zanim wreszcie skrył się przed światłem. Pani zmodyfikowała trochę amulety Jednookiego, tak że można było ich używać również do wykrywania cieni. Nasi chłopcy tropili je z wielkim zapałem – szczególnie widocznym, jeśli wziąć pod uwagę, jak musieli być wyczerpani.

– Nie mogę uwierzyć, że ten facet jeszcze żyje – zauważyłem.

Jakby na potwierdzenie moich słów Charkot podjął próbę wykasłania sobie płuc. Był czymś w rodzaju żywej skamieliny już wówczas, gdy przystał do Kompanii, całe lata temu, i już wtedy umierał na gruźlicę. Jedyną dobrą rzeczą, jaką można było powiedzieć na temat jego sytuacji, to że jednak udało mu się utrzymać przy życiu.

Tai Dei mruknął coś. Jego Charkot w najmniejszej mierze nie obchodził. Chociaż miał pomagać przy odkopywaniu zawartości naszego bunkra, większą część uwagi poświęcał swojej matce, która przeraźliwie chrapała w namiocie należącym do kogoś, kto nie przeżył tej nocy. Jego twarz równie dobrze mogłaby być wykuta z kamienia. Oczy jak dwa kawałki lodu. Jeżeli jakiś Niueng Bao zbliżał się zanadto do niego, w widoczny sposób się jeżył. Czekał tylko, żeby ktoś coś powiedział, wszystko jedno co, co mogłoby być poczytane za obrazę, a wtedy mógłby rozładować swe zakłopotanie w porządnej walce.

Kiedy odkopali Matkę Gotę i Jednookiego, nie tylko okazało się, że oboje są pijani, ale na dodatek znajdowali się na tym samym legowisku, mając na sobie znacznie mniej ubrań, niż nosili zazwyczaj.

A więc na tym polegała ta jego gra w tonka, co?

Starałem się bardzo nie szczerzyć zębów. Tai Dei mógł postanowić, że mimo wszystko jestem częścią jego rodziny, i zetrzeć mi uśmiech z oblicza.

Miałem nadzieję, że nie dojdzie do konfrontacji z Jednookim. Jednooki będzie miał morderczego kaca, kiedy się obudzi. Skacowany Jednooki nie był kimś, kogo należało drażnić.

Wiedziałem, że Konował był nie na żarty wściekły. Mały czarodziej doprowadził się do stanu bezużyteczności w chwili, gdy jego talenty były nam rozpaczliwie potrzebne.

Wszędzie jak okiem sięgnąć ludzie pospiesznie próbowali odbudować swe schronienia i przygotować je na kolejną noc w pobliżu nieszczelnej Bramy Cienia. Pani i Stary żywili nadzieję, że Długi Cień pomoże im poradzić sobie z sytuacją, jednak jak dotąd nie mieli do przekazania nic szczególnie optymistycznego. Na razie nie potrafili nawet wydostać go z jego skorupy.

Nie mieli jednak czasu na to, by się szczególnie nim zajmować. Posłańcy przybywali właściwie bez przerwy i nieustannie im przeszkadzali.

– Jeszcze kilkanaście łopat i myślę, że uda nam się dostać do środka – zwróciłem się do Tai Deia. Zarekwirowałem drzwi, które ktoś inny wyszabrował z ruin. Wykorzystałem je wcześniej do zamykania tego małego pomieszczenia, którego budowę udało mi się ukończyć dokładnie tuż przed trzęsieniem ziemi.

Pojawił się jeden ze strażników Konowała.

– Kapitan pragnie się z tobą zobaczyć, chorąży.

– Cudownie. Zaraz wracam, Tai Deiu. – Wygramoliłem się z błotnistej dziury i skierowałem w stronę ziemianki Konowała. Zanurkowałem do wnętrza. Tłumy, zazwyczaj zgromadzone wokół, znacznie się przerzedziły. Zdumiewające. – Posłałeś po mnie, szefie? – On i Pani stali obok stołu wykonanego z pochodzących z innego szabru drzwi, na stole spoczywał rozciągnięty Długi Cień. Władca Cienia był jednak za duży na to, żeby się na nim zmieścić, jego stopy zwisały poza krawędź.

Pani udało się usunąć ochronną skorupę czarownika.

– Właśnie przybył człowiek od Brzeszczota, Murgen. Znaleźli Wyjca. Wciąż był zagrzebany w śniegu. Nie wiedzą, czy jest tylko nieprzytomny, czy martwy. Leżał tam na tyle długo, że mógł zamarznąć na śmierć.

Ale to był przecież jeden ze Schwytanych. Nie umierali łatwo. Szczególnie odnosiło się to do Wyjca. Zerknąłem na Panią.

– Stąd nie potrafię powiedzieć – oznajmiła.

Konował ciągnął:

– Ujęli także Kordka Mafera i jego oddział. Pytają, co mają z nimi zrobić. – Macał i wyginał członki Długiego Cienia, jak przypuszczam w poszukiwaniu złamanych kości. Teraz zwrócił się do Pani: – Ten człowiek nie dojadał już od bardzo dawna.

– Być może obawiał się trucizny. – Spojrzała w dół, na maskę Władcy Cienia. Wykonała taki ruch, jakby chciała do niej sięgnąć.

– Pewna jesteś, że skasowałaś wszystkie jego zaklęcia? – zapytał Stary.

– Nigdy nie można być tego pewnym w przypadku kogoś, kogo nie znasz. Murgen, czy kiedykolwiek widziałeś go bez maski?

Łącznik od Brzeszczota aż zastrzygł uszami. Zbierał właśnie opowieści, które potem będzie mógł sprzedać chłopakom.

– Nie. W jaki niby sposób? Aż do tej pory nigdy go przecież nie widziałem.

Zrozumiała sugestię.

Konował powiedział:

– Murgen, chciałbym, żebyś zabrał paru ludzi, wśród nich Jednookiego... choćbyś nawet musiał go nieść... i poszedł pomóc Brzeszczotowi. – I może również miał na niego oko, co, szefie? On i Mafer byli przecież tak dobrymi kumplami? – Uważaj z Wyjcem. Jeśli ci się uda, przetransportuj go tutaj.

Jęknąłem nieszczęśliwie. Pani chwyciła za maskę Długiego Cienia.

– Odkryłeś coś w kwestii upraw porów w tej okolicy? – zapytał jeszcze Stary. Popatrzyłem na niego zdumiony. To była doprawdy dziwna zmiana tematu. Ale on już taki był. Jego umysł czasami poruszał się w kilkunastu kierunkach naraz. Kontynuował: – Musimy zacząć sadzić plony, jeżeli mamy zamiar tu zostać. To albo zniszczyć Mogabę, albo zacząć zjadać się nawzajem.

Pani zdjęła maskę z twarzy Długiego Cienia.

Ciało tamtego wygięło się, jakby otrzymał cios sztyletem. Otworzył oczy. Ale na więcej nie było go stać. Został skrępowany i zakneblowany przez mistrzynię w swym fachu.

– Dlaczego nie przeprowadzimy się do jego domu? – zapytałem. – Tam są zapasy. Przynajmniej trochę. A w Przeoczeniu jest z pewnością znacznie bardziej sucho niż tutaj. Nie wiem, kto to jest. – Twarz Władcy Cienia była wychudzona, miał rysy orientalne, jednak był blady jak smalec. W otwartych ustach brakowało większości zębów, co potwierdzało diagnozę Konowała dotyczącą jego diety. Wyglądał na faceta, który cierpiał od ciągłych ataków krzywicy, szkorbutu czy czegoś w tym rodzaju.

– Ani ja – powiedziała Pani. W jej głosie brzmiało zdecydowane rozczarowanie. Nie przypuszczam jednak, żeby naprawdę spodziewała się, iż będzie to jeden ze Schwytanych albo przynajmniej ktoś, kogo już spotkała w przeszłości.

– Czy to coś zmienia? – zapytałem.

– Miałam nadzieję na jakiś przełom. Na coś, dzięki czemu życie stanie się łatwiejsze.

– Wybrałaś sobie nieodpowiedniego męża. Szefie, czy uda mi się dotrzeć tam i wrócić przed zmrokiem?

Łącznik skinął głową.

– Z łatwością. To tylko sześć i pół kilometra stąd. Przez większą część jedzie się drogą, która wciąż jest w niezłym stanie.

Kopeć znowu jęknął. Tym razem w jego skardze można było usłyszeć ślad strachu. Pani zmarszczyła brwi i spojrzała w jego stronę. Właśnie on stanowił problem, który miała nadzieję rozwikłać.

– Ruszaj więc – nakazał mi Konował. – W końcu przecież zrobi się ciemno.

„Ciemność zawsze nadchodzi".

– Uwielbiam spacery po deszczu. – Skinąłem na łącznika, wyszedłem z powrotem na dwór. Spacer w deszczu nie będzie aż taki straszny, bardziej już nie mogłem zmoknąć.

– Kapitan chce, żebyśmy poszli i wzięli jakichś jeńców – powiedziałem Tai Deiowi.

74

Kiedy jest się całkowicie przemoczonym, podróżowanie nie należy do rzeczy przyjemnych. Na przykład przyczepiają się do człowieka różne śmieci. Kiedy dotarłem do oddziału Brzeszczota, miałem już pęcherze na stopach i obtarcie na wewnętrznej stronie prawego uda, które piekło potężnie. A wciąż przecież czekała mnie droga powrotna.

Tai Dei nie był w lepszym stanie niż ja. Żaden z chłopców, których zabraliśmy ze sobą, nie okazywał szczególnej wesołości. Musieli na zmianę nieść Jednookiego. Najbardziej ambitnym wysiłkiem karzełka jak dotąd było przewracanie się na bok i wymiotowanie przez krawędź noszy.

Miałem też zamiar wysforować się naprzód, żeby jeszcze zajrzeć do wąwozu Duszołap. Jednak pomysł ten zmarł śmiercią naturalną w czasie, gdy zeszliśmy z drogi w las. Kilkaset metrów ślizgania się wśród błota i sosnowych igieł oraz – w ocienionych miejscach – śniegu na stromych zboczach wzgórz szybko przekonało mnie, że nie jest to najlepszy dzień na wykazywanie się osobistą inicjatywą. Poza tym, co do jednej rzeczy nie mogło być najmniejszych wątpliwości. Duszołap sama się później znajdzie.

Gruchnąłem na ziemię obok Brzeszczota.

– Mieliście dobrą podróż? – zapytałem Mafera. – Przykro mi, że nie potrafiliśmy zamówić dla was lepszej pogody.

Brzeszczot zachichotał. Podobnie jak Wierzba Łabędź, który po chwili zauważył:

– Zresztą to jest i tak najbardziej znakomita pogoda ze wszystkich, na jakie mogłeś trafić, Kordek. Najlepszą zachowaliśmy dla ciebie.

– Wiedziałem, że dobrzy z was kumple.

– Gdzie jest nasz przyjaciel, Wyjec? – zapytałem. Żadna część tej okolicy nie przypominała w najmniejszym stopniu tego, co w nocy obserwowałem z powietrza.

Łabędź wskazał na szczyt wzgórza, w kierunku południowym, ku miejscu, gdzie jakieś wiecznie zielone drzewa skupiły się w gęsty skrzep cieni.

– Gdzieś tam jest zagrzebany.

Faceci, którzy przyszli ze mną, postawili na ziemi nosze z Jednookim. Mały czarodziej jęknął, ale nie starczyło mu już woli, by przeklinać lub grozić komukolwiek.

– W jaki sposób udało się wam, chłopcy, przekonać Panią, aby wypuściła was na swobodę? – zapytałem.

Brzeszczot zachichotał.

– To ona przekonała jego. Wskazała, że każdy, kto nie trzyma się blisko i nie zachowuje przyjaźnie, nie ma żadnej ochrony przed cieniami.

Odkaszlnąłem.

– To na widok tego, co dzieje się dookoła, ludzie zaczynają przyglądać się swoim sumieniom. – Był to rodzaj pytania, które doprowadzało wielu do wybrania opcji, za które potem zmywali im głowy ludzie siedzący z pełnymi brzuchami przy płonących przyjemnie ogniskach. – Czy ktoś ma trochę tłuszczu? Albo czegoś, co mogłoby go zastąpić?

Mój stary kumpel Tai Dei miał przy sobie kulkę smalcu. Na wypadek gdyby musiał coś ugotować. Niueng Bao nigdy nie przestaną mnie zadziwiać. Chociaż ich religia musi być jakimś bocznym pędem religii Gunni, jakoś się złożyło, że jedzą mięso, ale, w przeciwieństwie do Vedna, nie włączają w to wieprzowiny. Bagna nie pozwalają im być zbyt wybrednymi. Tai Dei musiał nosić ze sobą ten smalec od lat i używać go wciąż i wciąż od nowa... Nieważne. Smalec był właśnie tym, czego mi było trzeba.

Opuściłem spodnie i obficie nasmarowałem wewnętrzną stronę ud.

– Dzięki temu przez jakiś czas będę mógł się w miarę swobodnie poruszać.

Jednooki zaczął rzucać się na swych noszach, walczył z kocami i skarżył się, że mu mokro. Jego problem był banalny. Przecież już nie padało. Zwymiotował powtórnie przez krawędź noszy, dławiąc się i krztusząc, a potem ułożył do snu.

– To wygląda naprawdę paskudnie – skomentował moje odparzenia Łabędź.

– Może lepiej pocałuj – zaproponował Mafer.

Cóż za zgodność charakterów. Nasz stary kumpel Kordek bardzo urósł od czasu, jak spoufalił się z Kobietą...

– Zajmijmy się więc odkopaniem czarodzieja – powiedziałem.

– Naprawdę wcale nie mam ochoty tego robić – rzekł Brzeszczot.

– Jasna sprawa. Ja również nie. Dlaczego nie pozwolimy Łabędziowi i Maferowi nim się zająć? My zostaniemy tutaj, aby ktoś mógł przekazać słowo do obozu, w razie jakby coś źle poszło.

– Ten facet zdecydowanie zaczyna już gadać jak oficer. Zostałeś kilkakrotnie awansowany na polu bitwy? – spytał Mafer.

– Jestem bogiem. – Pozwoliłem, by Tai Dei pomógł mi wstać. On nie rozwalał się na ziemi. Jego mięśnie ciągle nie były napięte. Ruszył w kierunku, który Łabędź wskazywał wcześniej.

– A co z twoim zwierzaczkiem? – zaciekawił się Brzeszczot. Rzucił szyszką sosnową w Jednookiego. Ten ledwie drgnął.

– On ma już dosyć obowiązków. Niech nikt nie budzi śpiącego czarownika

Jednooki usiadł na swym posłaniu i wybełkotał:

– Słyszałem to, Dzieciaku. – Potem runął ponownie.

– Sądzę, że zostawimy go tutaj, a tego drugiego weźmiemy na nosze – powiedziałem. Pomysł natychmiast wszystkim się spodobał. Nawet Jednooki się nie sprzeciwił. Za bardzo zajęty był chrapaniem.

Nie było najmniejszych śladów wskazujących na to, że Wyjec ruszył się choćby na centymetr z miejsca, gdzie spadł. Widać było tylko dziurę, tam gdzie zniknął pod śniegiem, a na jej dnie, jakieś dwa i pół metra w głąb, węzełek ciemnych łachmanów. Przyprószony drobnym śniegiem, który się na niego osypywał.

– Hej! Patrzcie tutaj! – zawołał żołnierz z miejsca oddalonego jakieś dziewięć metrów w górę stoku od dziury Wyjca.

– Co masz? – zapytałem. Nie miałem zamiaru pokonywać nawet trzech metrów, jeśli nie musiałem.

– Wygląda jak martwy wilk.

Poszedłem w górę.

– To bękart, chłopcy! Znalazł martwego wilka. – Ukląkłem. – Wygląda, jakby został pochwycony przez cień. – Ślady na stoku wskazywały, że właśnie skradał się w stronę Wyjca, kiedy spotkało go nieszczęście. Potem próbował uciekać. Rzecz jasna nie był sam, jednak ślady wskazywały na bardzo nieliczne stado.

– Nie miałem pojęcia, że tak daleko na południu również żyją wilki – powiedział ktoś.

– Teraz już wiesz. – Śmierć wilka nie wydawała się niczym szczególnie groźnym. Wyjąwszy fakt, że dzięki niej dowiedzieliśmy się, iż cienie były tu ostatniej nocy i wciąż mogły się gdzieś w pobliżu ukrywać. – Bądźcie ostrożni, jeżeli znajdziecie się w jakimś ciemnym miejscu.

Zszedłem niżej, by sprawdzić, co z Wyjcem. Nawet nie drgnął. Oczywiście.

– Żyje? – zapytał Łabędź.

– Weźmy długi kij i szturchnijmy go parę razy – zaproponował Brzeszczot.

– Wykopiemy go – zdecydowałem.

– Czy to naprawdę mądry pomysł?

– Nie zrobi nic, póki nie wyciągniemy go z tej dziury. – Przynajmniej ja bym tak postąpił na jego miejscu. Zawsze należy pozwolić innym głupcom wykonać robotę, jeśli już nalegają.

Ten śnieg leżał tu już od dawna. Jego powierzchnia topniała i zamarzała wiele razy. Był zbity i twardy. Na szczęście Wyjec nie znajdował się dokładnie dwa i pół metra pod powierzchnią. Wprawdzie przebił dwa i pół metra śniegu, jednak spadł na zbocze wzgórza i pod kątem prostym grubość pokrywy lodowej wynosiła jedynie metr dwadzieścia.

Przyszło mi coś do głowy:

– Nie odrzucajcie tego świństwa za daleko. Może się jeszcze na coś przydać.

– Naprawdę go tu nie brakuje – narzekał Łabędź.

Tai Dei, jak zauważyłem, nie zaproponował swojej pomocy. Stał z tyłu z dłonią wspartą na rękojeści miecza, czujny, i spoglądał spod oka w stronę Jednookiego. Być może jego zamiary naprawdę były złe, jego wrogość okazała się jednak niekonieczna. Kiedy co bardziej odważni żołnierze otrzepywali Wyjca ze śniegu, jeden z nich oznajmił:

– Jest zamarznięty na kość.

Przez zgromadzenie przeszło powszechne westchnienie ulgi.

– Wspaniale! – zauważyłem. – A więc oto, co teraz zrobimy.

Godzinę później mieliśmy już małego czarodzieja przywiązanego do tyczki, przykrytego warstwą śniegu grubą na piętnaście centymetrów.

– Tylko uważajcie, żeby po drodze nie stała mu się jakaś krzywda – powiedziałem chłopakom, z których paru musiało oddać po trochę strzępów swej odzieży, aby zawinąć w nią Wyjca. Wszyscy jęczeli, narzekali i gderali. Chcieli wiedzieć, dlaczego go po prostu nie zapakujemy na nosze razem z tym drugim.

Jednookiemu chyba pęknie serce. Nikt go już nie lubił.

75

Używaj tej maści – poinformował mnie Stary. – I staraj się nie zabrudzić odparzeń, przynajmniej w takim stopniu, jak to tylko możliwe.

– Resztę drogi przeszedłem właściwie na rozstawionych nogach. – Popatrzyłem ponuro na Jednookiego, który siedział na klepisku w pobliżu ogniska Konowała i nie odzywał się ani słowem. Wyglądał, jakby chciał, żebyśmy pozwolili mu spać przez następny rok, póki nie ustąpi ból. Było z nim wciąż tak źle, że nie miał nawet energii, aby się uskarżać.

Matka Gota wykazała znacznie większą odporność. Przypuszczam, że to dlatego, iż była młodsza. Ona i Wujek Dodż pracowali już przy odbudowie rodzinnej ziemianki, kiedy Tai Dei i ja wróciliśmy z naszej wyprawy. Nikt, włączywszy w to Wujka Dodża, nie miał nic do powiedzenia. Ja również nie skomentowałem jego długiej nieobecności. Nie miałem teraz czasu na tajemnicze gierki Niueng Bao. Pozwoliłem im więc spokojnie dalej grzebać w glinie; niech zrekonstruują schron, zanim znowu zapadnie noc.

Pani położyła już Wyjca na blacie stołu, teraz go badała. Wreszcie ogłosiła:

– Powinien wyjść z tego.

– Wyposażyłaś ich w dziewięć żywotów, kiedy ich Schwytałaś? – zapytałem. – Ten mały kawał gówna robi się jeszcze bardziej uparty niż Kulawiec. – Tamtego dupka zabijaliśmy chyba z pół tuzina razy. Tak przynajmniej nam się wydawało. A on zawsze wracał.

– Nie – odrzekła Pani. – Ale każdy, kto pragnie zostać czarodziejem na jego poziomie, nie marnuje żadnej sposobności, aby wciąż się przygotowywać na wszelkie wyobrażalne okoliczności.

– Jak wygląda sytuacja? – zapytałem Starego. W ciągu ostatnich godzin, gdy nie było mnie na miejscu, zaszły tam dramatyczne zmiany. Nie tylko to, że padał deszcz. Większość tych, którzy przeżyli, zgromadzona została albo w bezpośredniej bliskości oddziału broniącego kwatery głównej, albo tuż pod Bramą Cienia. Wiele godzin pracy włożono w to, by odnaleźć wszystkie ocalałe i działające bambusy. Fabryka Pani, w której je ponownie ładowano, ciężko pracowała, jednak jej wysiłki były właściwie niczym więcej jak symbolicznym wyrazem zdecydowania dowódców, by prowadzić dalej walkę.

– Wygląda znacznie lepiej, niż można byłoby sądzić. Pani sprawiła, że stan zdrowia Długiego Cienia się ustabilizował. Co oznacza, że znowu będziemy mieli do czynienia tylko z powolnym przeciekiem, jaki miał miejsce, zanim odniósł te obrażenia. Jeżeli będzie szybko odzyskiwał siły, być może w ciągu kilku dni uda nam się skłonić go do zamknięcia Bramy.

– Będziemy w stanie go kontrolować?

– O, tak. Zapewne widziałeś już w życiu posągi wielu generałów, które miały więcej swobody działania, niż ona zostawiła jemu.

Pani podniosła oczy znad swej pracy. Na jej ustach gościł najlżejszy z możliwych uśmiechów, ale zdradzał niewzruszone rozbawienie pradawnego doprawdy zła. „Ona to ciemność". Kopeć z pewnością miał rację w tej sprawie.

– Czy nie byłoby lepiej, gdybyśmy przenieśli się do Przeoczenia? – rzuciłem.

– Może. Ale to zawsze możemy zrobić. Kiedy już dojdziemy do siebie i przekonamy się, gdzie są wszyscy. A także dowiemy się, komu w obecnej chwili dochowują lojalności.

– Jeśli już o tym mowa. Wujek Dodż wrócił. Teraz pomaga mojej teściowej i zachowuje się tak, jakby przez cały czas był na miejscu.

– Słyszałem.

– Ciekawe, jak udało mu się przeżyć. Szczególnie ostatnią noc. Pani spojrzała na mnie, jakby moje słowa wzbudziły w jej głowie zaskakujące skojarzenia.

– Obserwuj Wyjca. Zawołaj mnie, jeśli choćby drgnie. Będę w pobliżu. – Pospieszyła do drzwi.

Spojrzałem na Konowała. Wzruszył ramionami.

– Już więcej nie pytam.

– Wygląda na bardzo zmęczoną.

– Jak my wszyscy. Ale być może teraz będziemy mogli odpocząć. Jeżeli uda nam się odzyskać kontrolę nad Bramą Cienia, przez dłuższy czas nikt nie będzie chciał się nam naprzykrzać. Jeśli w ogóle kiedykolwiek.

Mogaba wciąż tam był. Ale nie miał już opiekuna. Oznaczało

to, że nikt nie będzie mógł w magiczny sposób ochronić jego dupy. Powinien się więc wycofać. A Prabrindrah Drah może nie przeżyć dość długo, aby stać się rzeczywistym problemem. Żeby dostać się na przyjazne terytorium, musiał uniknąć zarówno cieni, jak i Goblina. A nawet tak zwane przyjazne tereny, nie okażą się dość przyjazne, jeśli nie uda mu się zebrać oddziału wystarczająco dużego, aby mógł się sam obronić. Chłopi są zawsze okrutni względem uciekających żołnierzy, kiedy uda im się przyłapać ich w niewielkiej liczbie. Przypuszczalnie jest tak dlatego, że żołnierze są okrutni względem chłopów, kiedy przewaga liczebna jest po ich stronie, nie zaś, jak utrzymywało wielu superwyrafinowanych przedstawicieli klas militarnych, że wynika to ze zwierzęcej natury chłopstwa.

– Czy mógłbyś się udać do Bramy Cienia?

– Ja? Zaraz?

– Ty. Zaraz. Jeszcze przed zmrokiem. Poniesiesz sztandar. Aby sprawdzić moją teorię dotyczącą tego, czym jest. A jeśli okaże się prawdziwa, będziesz mógł wtedy wspomóc żołnierzy broniących Bramy.

– Spróbuję. Ale nie jestem w najlepszej formie.

– Możesz pojechać konno.

To było dopraszanie się o kolejny zestaw obtarć, ale oczywiście miał rację.

Z nieznacznym, paskudnym uśmieszkiem zauważył:

– Mógłbyś wyręczyć się w tej sprawie swoim uczniem... gdybyś miał takowego.

A więc wiedział, że Ospały zniknął. Powinienem sprawdzić, co się dzieje z dzieciakiem, kiedy tylko będę miał sposobność.

Pani wróciła do środka. Nie była szczególnie wysoka, jednak jej obecność przytłaczała. Zawsze byłem zaskoczony, gdy widziałem ją po jakimś czasie, ponieważ we wspomnieniach zwykle wydawała mi się przynajmniej o trzydzieści centymetrów wyższa. Zwróciła się do mnie:

– Twój przyjaciel, Wujek Dodż, nie jest po prostu zwykłym kapłanem jakiegoś tajemniczego kultu. On jest czarownikiem. Bardzo podrzędnym. Jego zdolności są mniejsze nawet niż Jednookiego. Ale ma ze sobą coś... amulet, artefakt, nie potrafiłam dokładnie określić co... który chroni go przed cieniami.

Konował spojrzał na mnie, jakbym powinien wiedzieć o tym już całe lata temu.

– Nie miałem pojęcia, szefie. Po raz pierwszy słyszę o czymś takim. – Niemniej zawsze podejrzewałem, że Wujek Dodż może być zdolny do czegoś jeszcze, a nie tylko do wymachiwania mieczem. W rzeczywistości jego zdolności szermiercze zawsze wydawały mi się poniekąd wspomagane magicznie. W jaki sposób facet mógłby przeprowadzić coś takiego jak ów atak na Oszustów na Czarandapresz i nie ulec przy tym choćby samej masie swoich przeciwników?

Nie wiedziałem, dlaczego to robię, ale powiedziałem Pani:

– Moja żona nie zginęła. Oszuści nawet jej nie drasnęli, kiedy napadli na nasze mieszkanie. Tai Dei, Dodż i jacyś kuzyni zabrali ją, a potem powiedzieli mi, że nie żyje. Przekonali także ją, że byłem już martwy, gdy wywozili ją z powrotem na bagna. Teraz trzymają ją zamkniętą w świątyni, gdzie nie sprawi im wstydu tym, że jest w ciąży. Dodż i Gota nie chcą, byśmy byli razem. Zgodzili się na nasz ślub tylko dlatego, że rodzice Goty nalegali. – Sari, jej rodzina i Niueng Bao nie stanowili nigdy przedmiotu moich rozmów z Panią. Zresztą w ogóle nigdy dużo z nią nie rozmawiałem na żadne tematy, wyjąwszy materiały, których potrzebowałem do Kronik, albo jej tekst, w miejscach gdzie domagał się wyjaśnień.

Ponownie sprawdziła stan Wyjca, jednocześnie przysłuchując się mojej paplaninie.

– Opowiedz mi wszystko na ten temat. Zawsze miałam wrażenie, że coś się tu dzieje.

Czyżby? Słusznie. Ona i wszyscy, którzy byli wystarczająco sprytni, nie dawali się karmić fałszywym gównem.

Konował podszedł do drzwi i wystawił głowę na zewnątrz. Potem spojrzał znowu do środka.

– Hej, dlaczego nie powiedziałeś, że przestało padać? Być może udałoby mi się skłonić tych dupków, by ruszali się trochę szybciej. – Wyszedł na dwór. Poczułem lekki przypływ współczucia dla niego. Wyglądał na jeszcze bardziej wykończonego, niż sam się czułem.

– Wszystko mu opowiedziałem.

– On nie zawsze słucha. Opowiedz mi o Niueng Bao.

Opowiedziałem. Pani słuchała. Zadawała przenikliwe, nieprzyjemne pytania. Od czasu do czasu odpłacałem jej tym samym, kiedy docieraliśmy do kwestii, które mnie interesowały.

– Chciałabym również usłyszeć o twoich snach.

– One są zupełnie inne niż twoje. Tak mi się zdaje.

– Wiem. Te różnice mogą się okazać bardzo znaczące.

Rozmawialiśmy przez długi czas. Ale nie dość długo dla mnie, który musiałem wyruszyć w drogę do Bramy Cienia i nieść ten cholerny sztandar.

76

Zaczynało już powoli brakować koni. Większość tych, które nie zostały zjedzone, pozabijały zeszłej nocy cienie. I teraz były właśnie spożywane. Skończyło się na tym, że musiałem pożyczyć wierzchowca Pani. Konował nie powiedział ani słowa. Nie musiał. Gdzieś w dalszej drodze zapewne za to zapłacę.

Tai Dei znalazł się za moimi plecami. Ogier Pani, który przyzwyczaił się do tego, że nosi na grzbiecie jedynie jej około pięćdziesięciu kilogramów, a dodatkowo tylko od czasu do czasu zbroję, spojrzał na mnie złym okiem i szarpnął łbem do tyłu. Zapewniłem go więc:

– To tylko krótka przejażdżka. Obiecuję.

Stara Dywizja i część oddziałów Pani przeniesione zostały do obozu w pobliżu Bramy Cienia. Kiedy dojechaliśmy, na jego obszarze niemal można było wyczuć panujące napięcie. Wiele twarzy trudno byłoby nazwać przyjaznymi. To byli ludzie, którzy zostali z Kompanią, ponieważ ich szanse na przeżycie były w tym wypadku większe niż bez nas. Jednak zmierzch nie był już daleko, nikt więc nie miał zamiaru wywoływać awantur.

Postanowiłem nie mówić nikomu, po co przywiozłem sztandar.

Wieści roznosiły się szybko. Bracia z Kompanii pojawili się, aby stwierdzić, czy nie dzieje się coś szczególnego. Wpadałem na ludzi, których nie widziałem od miesięcy. Czasami nawet na takich, których nie widziałem od czasu wyjazdu z Taglios. Do diabła, zanim tu przyjechałem, już od lat nie widziałem Brachu-rób. Ten człowiek był urodzonym skromnisiem.

Pojawili się Sindawe i Ajsi. Uznali, że musi się gotować coś wielkiego, skoro wylazłem ze swej dziury. Teraz już rozumiałem, w jaki sposób mogli dojść do tak dziwacznych wniosków. Przez długi czas moje zajęcie trzymało mnie blisko Kopcia.

Zmaterializował się Occiba. On i dwaj pozostali Nar dowodzili przy Bramie Cienia. Większość wyższych dowódców tagliańskich zdezerterowała. Respektowali swoje zobowiązania względem księcia. Podejrzewałem, że pożałują, iż wybrali drogę honoru. Jeżeli już się to nie stało ostatniej nocy.

Sindawe chwycił wodze mojego ogiera. Tai Dei i ja zsiedliśmy z jego grzbietu. Wszyscy najwyraźniej oczekiwali, że coś powiem. Wzruszyłem tylko ramionami. Odsunąłem materię spodni od oparzonych ud. Jazda konna wcale mi nie posłużyła. Dokładnie jak przewidywałem.

– Nie pytajcie mnie, dlaczego tutaj jestem. Stary kazał mi przyjechać. A więc jestem. Dlaczego, to pozostaje jednak jego tajemnicą.

– A więc nic nowego? – zapytał Wielki Ceber. – Nawet gdyby kiedykolwiek powiedział prawdę, i tak nikt by mu nie uwierzył.

Rozejrzałem się dookoła. Ziemia tu była znacznie bardziej ubita niż na drodze, którą jechałem. Również znacznie bardziej sucha. Większość schronów znajdowała się jednak na powierzchni ziemi. Nazwać obóz nędznym i brudnym znaczyłoby użyć niewłaściwego słowa. Zobaczyłem godła i proporce batalionów, które jeszcze rok temu odnawiane były dla ich blasku i poloru.

– Czy morale jest naprawdę tak kiepskie? – zapytałem.

– Tutaj właściwie już go nie ma.

– Z tego, co słyszałem, Nowa Dywizja ostatniej nocy odniosła mniejsze straty niż którakolwiek z pozostałych.

– Przez większość swego życia jesteś w tym interesie, chorąży – zauważył Sindawe. – Wiesz, że stan morale niewiele ma wspólnego z faktyczną sytuacją. Raczej chodzi o to, jak ta sytuacja jest przez ludzi postrzegana.

Dokładnie tak. Ludzie chcą wierzyć w to, w co chcą wierzyć, dobro, zło czy rzeczy obojętne, i nie mieszają ich z faktami.

– Być może nie powinniśmy wspominać tego tym chłopcom, ale

sądzę, że Stary chce, abyśmy wkrótce ruszyli na południe – powiedziałem.

Ceber popatrzył na niezachęcający stok wzgórza.

– Jaja sobie robisz.

– Nie uwierzyłeś mu, kiedy powiedział, że tam właśnie się udajemy? Nigdy nie czynił tajemnicy z tego, że zmierzamy do Khatovaru. Właśnie tym się zajmowaliśmy, od czasu gdy opuściliśmy Krainę Kurhanów. – Zdawało się, jakby to było pół życia temu. Zanim on choćby zaciągnął się do nas.

Ajsi ponuro zauważył:

– Nie sądzę, żebyś znalazł tutaj kogokolwiek, kto naprawdę wierzyłby, że dojdziemy tak daleko. – A on nie był z Kompanią nawet tak długo jak Ceber.

Ajsi nie przesadzał. Nie przypuszczam, by ktoś prócz Starego kiedykolwiek wierzył w Khatovar. Reszta z nas szła z nim dlatego, że nie mieliśmy dokąd pójść i nic więcej do roboty, jak tylko iść w ślad za sztandarem. Każdy dzień był swego rodzaju prezentem i w niewielkim stopniu istotne było to, kiedy zapadnie długa noc.

– Ostatnie przeszkody ludzkie zostały usunięte zeszłej nocy – powiedziałem. – Pani ma Długiego Cienia owiniętego w sznurki jak urodzinowy prezent.

Ponownie rozejrzałem się dookoła. Wszędzie, gdzie patrzyłem, ludzie ciężko pracowali. Nie było to widowisko zgotowane specjalnie na moje powitanie, jednak zebrałem mnóstwo niechętnych spojrzeń tylko dlatego, że byłem facetem z kwatery głównej. Skoro tu przyjechałem, mogło to oznaczać w istocie tylko kolejne żądania, więcej pracy, więcej trudu.

Światło powoli przybierało dziwny odcień. Nie zostało już wiele dnia.

– Co oni tutaj robią? – zapytałem i wskazałem brygadę roboczą najwyraźniej zajętą kopaniem rowów obronnych. Przeciwko cieniom okażą się równie przydatne jak bycze sutki.

– Zakopują zabitych podczas zeszłej nocy – poinformował mnie Ceber.

– Och. Słuchaj. Trzymaj się blisko mnie. Chyba że będziesz koniecznie musiał coś zrobić. Reszta z was niech robi to, czym się właśnie zajmuje.

– Ajsi lub ja będziemy lepszymi przewodnikami, chorąży. Dowodzimy tutaj, więc nie mamy szczególnie dużo zajęć. – Sindawe powiedział to z zupełnie poważnym wyrazem twarzy, jakby rzeczywiście tak myślał.

Podszedłem bliżej do zbiorowego grobu. Kopali go w formie rowu, ponieważ był to najbardziej skuteczny sposób ukrycia ciał pod twardą powierzchnią. Ukląkłem, przesunąłem palcami po wykopanej ziemi. Mimo padającego wcześniej deszczu była sucha tuż pod powierzchnią.

– Nie padało tutaj szczególnie mocno?

– Właściwie wszystko od razu zamarza – powiedział Ajsi.

Spojrzałem w górę zbocza, poza Bramę Cienia. Z każdym metrem ziemia stawała się coraz bardziej obnażona. Rosły tam wprawdzie jakieś rośliny, ale skarłowaciałe, takie jak rosną na pustyniach.

Trupy żołnierzy nosiły oznaki cienistej śmierci. Wszystkie były wysuszone, ich skóra ściemniała o kilka odcieni. Usta każdego martwego mężczyzny były rozwarte w krzyku. Ciała powykręcane. Nie można ich było rozprostować.

Kruki krążyły ponad głowami, ale żołnierze odpędzali je.

Dotknąłem ponownie dłonią twardej ziemi, zmierzyłem wzrokiem stok. Sama skała wyglądała niczym stwardniała glina, układająca się w setkach cienkich warstw, zżuwanych powoli przez czas.

– Sądzę, że tutaj nie będzie mocno padać. – Zastanawiałem się, czy erozja może stworzyć cieniom możliwość wydostania się z obszaru poza Bramą Cienia. Najwyraźniej nie. W przeciwnym razie świat zostałby zalany przez nie już dawno temu.

Nie udało mi się znaleźć żadnego zapisu, który dotyczyłby czasów, kiedy Bramy Cienia tu nie było. Była tak starożytna, że myśl o tym przekraczała wszelkie pojęcie, a jednak mimo tego nigdy nie stała się częścią żadnej tutejszej religii, przynajmniej nie pod postacią, pod jaką można by ją rozpoznać. Wyjąwszy, być może, nieczęsto używany idiom, wspólny wielu językom południowym: „lśniący kamień", którym oznaczano niewyjaśnialne opętanie przez mroczne szaleństwo, rodzaj demonicznie dzikiego nawiedzenia dodatkowo komplikowanego przez dziedziczny debilizm. Jedna z tych rzeczy, których Taglianie w otwarty sposób nigdy nie omawiali w obecności obcych, nawet jeśli wywierano na nich presję.

Do czasu aż władzę na tych terenach objęli Władcy Cienia, nieliczne, bardzo historyczne wzmianki napomykają o ziemiach leżących za Kiaulune, wyjąwszy to, że w jakiś sposób mają one związek z powstaniem Wolnych Kompanii Khatovaru ponad czterysta lat temu.

Chociaż sam nie jestem wierzący, skłoniłem głowę i zmówiłem krótką modlitwę Gunni za zmarłych, zanim powędrowałem w górę po zboczu, żeby z bliska obejrzeć źródło wszystkich kłopotów. Tai Dei uśmiechnął się do mnie szeroko. Musiałem zrobić coś, co mu się bardzo spodobało.

77

Pomóż mi go osadzić – zwróciłem się do Tai Deia, opierając drzewce sztandaru o ziemię, kilka metrów w dół zbocza poniżej pracującego oddziału żołnierzy. Tai Dei zgromadził kamienie u podnóża Lancy, póki nie stanęła sama. Potem poszliśmy na nieco dalszą wycieczkę w górę wzgórza.

Kiedyś, dawno temu, musiała się tu znajdować forteca, wraz z podgrodziem i prawdziwą Bramą. Nie byłem zdolny dostrzec jej podczas mych wypraw w świat astralny. Obecnie zostały z niej tylko porośnięte trawą fundamenty. Całość budowli musiała runąć już wieki temu, ale kamienie zostały na miejscu, przynajmniej do niedawna, kiedy co bardziej odważni z naszych żołnierzy zabrali z bezpiecznej strony niektóre, aby wykorzystać je przy budowie schronów. Co pozwalało w nich zobaczyć – pomimo że byli tak tchórzliwi względem strachów przeszłości – prawdziwych bohaterów w porównaniu z ludźmi żyjącymi w pobliżu tego miejsca.

Kiedy o tym pomyślałem, nie mogłem się powstrzymać, by po raz kolejny nie zacząć się zastanawiać, w jaki sposób dowolne przerażenie mogło przetrwać tak długo. A potem przyszło mi na myśl, że być może w jakiś sposób stanowiło to efekt poczynań Kiny. Może jej koszmary przesączały się do snów tych, którzy znali nazwę „Khatovar"?

Dlaczego więc nie zsikam się ze strachu? Być może jestem na tyle głupi, że nie obawiam się wystarczająco tego, czego ze wszech miar powinienem się bać.

Kamień, którego użyto do konstrukcji fortecy, nie pochodził z tych okolic. To był szarawy piaskowiec, nie tylko niewystępujący na tym zboczu, ale nadto nieprzypominający niczego, co widziałem w stronach, z których tutaj przybyliśmy. Nie był podobny również do kamienia, który Długi Cień sprowadził do budowy Przeoczenia.

Spojrzałem za siebie na Przeoczenie. Zachodzące słońce przeświecało pod chmurami i rozpalało płomieniem południową ścianę fortecy. To była jedyna część murów obronnych, którą Długiemu Cieniowi udało się ukończyć. Metalowe znaki i pieczęcie na jej licu płonęły i nawet z tej odległości pomrukiwały mocą, pomimo że siedziba ich twórcy padła.

– To dopiero robi wrażenie – powiedziałem.

– Ale do niczego nam się tutaj nie przyda – zauważył Ajsi.

Ceber ponuro kiwnął głową. Sindawe, jak zauważyłem, gdzieś zniknął, zapewne wrócił do zajęć, które wykonywał, zanim tu przybyłem.

– Co ci faceci robią? – Grupy robocze zaznaczały stok i ruiny kolorowym pyłem kredowym, wymieniały identyczne oznakowania, które zmoczył deszcz.

– Oznaczają zasięg Bramy. Różne kolory oznaczają różne rzeczy. Sam nie nauczyłem się jeszcze wszystkich na pamięć. Jak rozumiem, pył świeci na kolorowo w ciemnościach, jeśli padnie na niego blask ognistej kuli. Najwyraźniej oznaczają one obszary zagrożenia i poziom niebezpieczeństwa, jakiego należy się spodziewać na każdym z nich.

– Tak właśnie jest? – zapytałem Cebra.

Wzruszył ramionami.

– Mniej więcej.

Skomentowałem to niewyraźnym pomrukiem, podszedłem bliżej do pracujących. W miarę jak szedłem ku nim, czułem jakieś narastające drżenie czy też pomruk dobiegający gdzieś z mojego wnętrza. Stawał się coraz silniejszy, bardziej natarczywy.

– Kto jest tu głównym specjalistą? – zapytałem.

Mały, brudny człowieczek, zdenerwowany, że mu się przeszkadza, wyprostował grzbiet. Próbowałem zdobyć się na uśmiech. Pomimo że tak mały, należał do Szadar i dowodził tą roboczą brygadą Gunni. Miał brodę tak długą, że zupełnie pasowałaby do zwyczajowych ponad metr osiemdziesięciu centymetrów jego współwyznawców. Nie był żołnierzem Kompanii. Zauważyłem, że tutaj wszyscy zaprzysiężeni bracia noszą coś, co pozwala zidentyfikować ich przynależność – zazwyczaj była to jakaś niezgrabna wersja dyszącej ogniem czaszki, którą otrzymaliśmy od Duszołap dwadzieścia lat temu. Być może uważali, że może osłonić ich przed tym, co przelezie Bramę Cienia.

– W jaki sposób mógłbym cię pouczyć, chorąży?

Och, ten człowiek był naprawdę utalentowany. Nie wychylał się nawet na milimetr poza absolutną stosowność, lecz jasno dał mi do zrozumienia, w jaki to też sposób by mnie pouczył, w chwilę po tym, gdy nachyliłbym się i złapał za kostki.

– Chciałbym wiedzieć, czego dowiedziałeś się na temat budowli, która tu była. W szczególności, gdzie znajdowała się zazwyczaj Brama, jeżeli wiesz, a także tego, gdzie są jej najsłabsze miejsca.

– Chcesz się dowiedzieć, którędy przenikają cienie?

– Czy on się jąka, ty kutasie owłosiony? – zapytał Ceber.

Wykonałem uspokajający gest.

– Spokojnie. No właśnie. Kędy przedostają się na naszą stronę.

– Wszędzie w miejscach między tymi dwoma żółtymi plamami. – Mały Szadar popatrzył spode łba na Cebra. – Ten czerwony obszar oznacza teren, gdzie musiała się znajdować pierwotna Brama.

– Dziękuję. Nie będę ci więcej zabierał czasu.

– Czy cuda nigdy się nie skończą? – wymamrotał Szadar, kiedy już odwróciłem się i odszedłem.

Ceber chciał chociaż trochę poprawić nastawienie tamtego, zdecydował jednak, że rzecz niewarta jest trudu. Nie teraz. Ale z pewnością później będzie inaczej, kiedy mnie już nie będzie w pobliżu.

Kilkadziesiąt metrów poniżej Bramy Cienia zobaczyłem stojaki na pochodnie i pozostałości ognisk, których poprzedniej nocy użyto do oświetlenia terenu. A także zaimprowizowane bunkry, w których leżeli żołnierze. Czekali na cienie i liczyli jedynie na świece odstraszające i szczęście, jakie towarzyszyć będzie strzałom z bambusowych tulei. Znajdowały się tam także dwie rozchwiane wieże wysokości trzech metrów, które pospiesznie wzniesiono, aby prowadzić z nich ogień zaporowy.

Podszedłem jeszcze bliżej, dokładnie na skraj obszaru zaznaczonego czerwonym pyłem kredy, nie zważając na to brzęczenie, aż zaczęło się robić naprawdę nieprzyjemne. Z tego miejsca mogłem dostrzec pozostałości zawalonej Bramy. W swoim czasie musiała być naprawdę masywna. Wyglądała tak, jakby naraz mogło przejść przez nią w rzędzie czterech ludzi. Nie było żadnych śladów, aby przed nią znajdowała się fosa, jakiś rów czy cokolwiek tego rodzaju. A rów jest przecież najstarszą formą umocnień, jaka istnieje. Do dziś przecież kopie się go przed każdym murem obronnym, który nie stanowi takiej potworności inżynieryjnej jak umocnienia otaczające Przeoczenie czy Dedżagore.

Wynikało więc stąd, że zapomniani budowniczowie nie dbali o zagrożenia, jakie mogą nadejść z dołu zbocza.

Bramę Cienia wciąż wiązały jakieś silne zaklęcia. Można było poczuć niemal, jak warczą na ciebie, jeśli się dostatecznie zbliżyć. Nie chciałem wystawiać na próbę mego szczęścia.

Powiedziałem w zamyśleniu:

– Dlaczego droga jest jeszcze we w miarę przyzwoitym stanie, skoro wszystko wokół kompletnie się rozpadło? – Im dalej w górę zbocza, tym lepiej była zachowana.

Nikt nie pokusił się o hipotezę. Być może obchodziło ich to tyle, co szczurza dupa. Za wystarczająco już paskudny uznali fakt, że musieli się w ogóle tutaj znaleźć.

Wróciłem do miejsca, gdzie wbiłem w ziemię sztandar. Niejasno wyczuwałem, że coś się z nim dzieje, jakby powoli budził się do życia. Nieznacznie wibrował. Drżenie rozchodziło się chyba z grotu Lancy. Co znakomicie pasowałoby do wszystkich teorii Konowała na temat Lancy Cierpienia.

Tai Dei, Ceber oraz Ajsi czuli to, co ja czułem, ale nie mieli pojęcia, o co chodzi. Zwróciłem się do Tai Deia:

– Chciałbym przenieść sztandar w takie miejsce, gdzie cienie musiałyby się na niego natknąć od razu po wyjściu z Bramy. Niech wiedzą, że chłopcy wrócili. – Teraz mówiłem do Ajsiego: – Dzisiejsza noc nie powinna być aż tak kiepska. Pani sądzi, że całkowicie panuje nad Długim Cieniem. Zanim zapadnie zmrok, być może Brama Cienia zostanie całkowicie zamknięta. – W co raczej wątpiłem, skoro nie posunęła się w tej sprawie zbyt daleko.

Ulga na twarzy Ajsi była niemalże komiczna.

Paru żołnierzy posłyszało część z tego, co mówiłem, i ruszyło, by roznieść plotki, które, bez wątpienia, podczas powtarzania znowu urosną.

– Nie mogę się już doczekać, żeby to zobaczyć – narzekał Ceber.

Mm! Nie chcieliśmy, aby Taglianie wciąż lojalni wobec Prabrindraha Draha byli szczególnie przekonani o własnym bezpieczeństwie.

– Powiedziałem przecież tylko, że może – zauważyłem. – A nawet jeśli zamknie ją ściślej niż pizdę dziewicy, wciąż jeszcze będzie kupa cieni, które wydostały się tędy zeszłej nocy, dalej kryją się pod kamieniami i czekają na zachód słońca. – „Ciemność zawsze nadchodzi". – Jeszcze nie wyszliśmy z lasu. Jeszcze długa droga.

Upewniłem się, że tę część mojej przemowy również podsłuchali.

„Nauczę cię jeszcze strachu przed ciemnością". Kto to powiedział? Pierwszy mąż Pani być może, dawno temu, jeszcze zanim się urodziłem. Z pewnością jednak był to ktoś, kto sam otrzymał bolesną lekcję, całe wieki temu, pozostał po tym zapis w jednej ze starych Kronik.

– Będziemy musieli stawiać im czoło każdej nocy jeszcze przez długi czas – dodałem.

– Naprawdę mamy zamiar tam pójść? – zapytał Ceber, wskazując w górę zbocza, kiedy nikt prócz Tai Deia nie mógł go usłyszeć. Jednak nie robił z ewentualnej odpowiedzi na to pytanie żadnej szczególnej tajemnicy, w przeciwnym razie posłużyłby się językiem nieznanym Tai Deiowi.

– Być może. Jednak nie mam zielonego pojęcia kiedy. Stary wciąż mówi o sianiu plonów, abyśmy nie musieli zabijać się wzajem i zjadać. – Kiedy wypowiadałem te słowa, zastanawiałem się jeszcze, jak duży może być krąg wpływu sztandaru. Z pomocą Tai Deia umieściłem go mniej więcej w połowie średnicy przypuszczalnego obszaru od Bramy Cienia, pośrodku starej drogi. Potem wróciłem i porozmawiałem z dwoma Vedna, aby pozwolili nam zająć ich wysunięty do przodu bunkier. Śmieszne. Właściwie prawie wcale nie spierali się z nami.

Koń Pani przez cały czas chodził za mną, schodził z drogi, ale nie tracił niczego z rozwijającej się sytuacji.

– Wielkie dzięki. Możesz już teraz wracać do swojej szefowej – powiedziałem mu. Do mojego zawsze zwracałem się jak do równego sobie. Jeżeli będziesz traktował stwory w ten sposób, zrobią dla ciebie wszystko. Nawet przewiozą kogoś przez całą drogę do Taglios lub z powrotem. Koń był jeszcze mniej usposobiony do sporów niż żołnierze Vedna. Potruchtał z powrotem.

Zastanawiałem się, co też może teraz robić Ospały. Z pewnością nie odjechał jeszcze daleko. Nie minęło wiele czasu, od kiedy wszystko zmieniło się w gówno.

78

Pasy kredowego pyłu wyznaczały pola ostrzału dla żołnierzy, tak że bardziej skutecznie mogli wybierać cienie, w które celowali. Ale chociaż lśniły w ciemnościach, niezbyt doskonale ujawniały obecność cieni.

Pani wyposażyła mnie w określone instrumenty i instrukcje, jak ich używać. Oczekiwano po mnie jednak, że oprę się wszelkim pokusom pójścia na skróty.

Mnóstwo żołnierzy przyszło popatrzeć. Taglianie byli zdjęci grozą, kiedy się okazało, że człowiek, który nie był ani kapłanem, ani czarownikiem, potrafi czytać. Sprawiali, że czułem się niczym wybryk natury.

Zasadniczo rzecz biorąc, wskazówki Pani dotyczyły tego, by położyć pasy uplecionej ze skórzanych rzemieni liny w półkola wokół najbardziej zagrożonych punktów, w miejscu, gdzie kiedyś stała pierwotna Brama. Większa część liny miała posłużyć jako rodzaj szprych do tych półkoli.

Wszystko musiało być zrobione dokładnie według przepisów. Jednak nie brały one pod uwagę obecności sztandaru. Jeżeli nawet Pani zdała sobie sprawę z jego szczególnych właściwości, nigdy nie uwzględniła ich w swych magicznych kalkulacjach.

Nerwowo badałem wnętrze bunkra, który zajęliśmy. Klepisko od powały dzieliło ledwie dziewięćdziesiąt centymetrów. Było w nim miejsce dla czterech ludzi i sterty bambusów. Wnętrze mocno śmierdziało. Nikt nie wychodził na zewnątrz po zmroku, niezależnie od tego, jak bardzo go przypiliło. A jako schronienie dostarczało nieznacznych doprawdy wygód w porównaniu z siedzeniem bezpośrednio na deszczu.

Nakazałem wszystkim uważną obserwację.

– Kiedy cienie przejdą nad jedną ze skórzanych lin, ona rozbłyśnie iskrą, wtedy dowiemy się nie tylko, że jeden z nich tam jest, ale na dodatek będziemy mogli śledzić jego poruszenia. Póki będziemy siedzieć tu spokojnie, możemy je obserwować i nie marnować kul ognistych. – Sytuacja jednak zaczynała się robić ponura. Ewentualna powtórka zeszłej nocy oznaczała, że niezbyt wielu chłopców doczeka kolejnego wschodu słońca.

– W niewielkim stopniu przypomina to materace – zwróciłem się do Tai Deia i poklepałem ziemię. – Dlaczego nie odpoczniesz trochę? – Cokolwiek się zdarzy, później i tak musiałem zasnąć, aby być zdolnym do wyprawienia się na łowy. Jeżeli uda mi się powtórnie dokonać wyczynu z ubiegłej nocy.

Wypełzłem na zewnątrz, rozmościłem się na wygodnym bloku pochodzącym ze starych murów. Przyjrzałem się dachowi mego nowego domu. Został wykonany z namiotu zdobytego na armii Cienia. Wszędzie wokół siebie widziałem łupy odebrane naszym wrogom. Tak wiele, za jakiś miesiąc zapewne będziemy równie wychudzeni i udręczeni chorobami jak wówczas, kiedy przerwane zostało oblężenie Dedżagore. Jedyną przewagą, jaką mieliśmy nad wrogiem, było chyba tylko to, że wciąż jeszcze tu byliśmy. Mogliśmy dalej udawać, że jeszcze stanowimy armię. Po nich została już tylko partyzantka Mogaby.

Co zrobi Mogaba, kiedy się dowie o katastrofie Długiego Cienia?

Jeśli już mowa o katastrofach. Nadchodziły naprawdę złe wieści.

U dołu zbocza, gdzie droga wiodąca na południe przestawała już ostatecznie udawać prawdziwą drogę i zamieniała się w zniszczony, błotnisty trakt, stał Wujek Dodż i wpatrywał się w Bramę Cienia. Gdyby pojawił się choćby chwilę później, byłoby już zbyt ciemno, by go spostrzec. Matka Gota znajdowała się jakieś pięćdziesiąt metrów za nim, wciąż jeszcze szła naprzód, przeklinając go tak głośno, że z miejsca, gdzie siedziałem, mogłem rozróżnić konkretne słowa. Oboje nieśli jakieś pakunki, co pozwalało wnioskować, że mają zamiar ponownie wprowadzić się do mnie. Robili się z nich zawodowi dzicy lokatorzy.

Cisnąłem kamieniem w kruka. Nie przyłożyłem się specjalnie, ptak zaś też nie okazał szczególnego entuzjazmu, gdy schodził z drogi pocisku. Zwyczajnie się uchylił. Teraz, kiedy zmierzch powoli gęstniał, wokół można ich było zobaczyć już niewiele, chociaż i za dnia nie występowały szczególnie licznie. Ciekawe. Nie byłem w stanie stwierdzić, co mogłoby wyjaśnić nieobecność zwyczajowego stada. Nikt jeszcze nie zaczął ich przecież zjadać. Być może wszystkie opiekowały się mamusią.

Zasiadłem przed wejściem do bunkra.

– Tai Deiu, co się stało, że twoja matka i Wujek Dodż przyszli?

Tai Dei wyjrzał na zewnątrz, zerknął w dół stoku, wymamrotał jakieś przekleństwo w Niueng Bao, potem wrócił do środka i położył się. Pomyśleć by można, że nie ma śladu szacunku dla starszych. Nie odpowiedział na moje pytanie.

Przyjrzałem się amuletowi, którego nie zwróciłem Konowałowi. Potem zmierzyłem wzrokiem długość mej odstraszającej cienie świecy. Wszystko powinno być w porządku. Przynajmniej taką miałem nadzieję.

Ktoś dużo ode mnie sprytniejszy powiedział kiedyś: „Nie ufaj czarodziejom".

Przymknąłem powieki i pogrążyłem się w oczekiwaniu.

– Murgen, znałeś facetów o imionach Kiwacz i Zbijacz?

Otworzyłem oczy.

– Rudi. Ty wstrętny sukinsynu. Skąd się tu wziąłeś? Nie widziałem cię od pół roku. Jak ci, kurwa, leci?

– O co chodzi? Minęło już tak dużo czasu, że nie wiem jak. Ale wciąż mam wszystkie nogi i ręce i wciąż jeszcze dycham.

– Co cię czyni wygranym w żołnierskiej grze. Tak. Pamiętam Kiwacza. Był Dżajkuri. Wszyscy, których znał przez całe życie, zginęli podczas oblężenia Dedżagore. Po prostu przylgnął do nas, gdy opuściliśmy miasto. Z zawodu był kamieniarzem. Był z nami, kiedy załatwiliśmy Oszustów w Gaju Zagłady.

– To ten facet. Na Czarandapresz również dał niezłe przedstawienie.

– A ten drugi? Zbijacz? Jego nie znam.

– Pochodzi gdzieś stąd, z Ziem Cienia. Jeniec, który włączał się w rutynowe obowiązki, aż stopniowo stał się jednym z nas. Ledwie złożył przysięgę, jakiś miesiąc temu.

Wiedziałem już, ale mimo to musiałem zapytać:

– Co z nimi?

– Nie przeżyli ostatniej nocy. Musiałem ci powiedzieć. Przecież zawsze chcesz umieszczać te rzeczy w Kronikach.

– Dzięki. Niemniej naprawdę nie wiem, czy mi się to właściwie podoba.

– Co?

– Przez połowę czasu wy, chłopcy, rozmawiacie ze mną tylko wtedy, gdy komuś poharatają dupę. Wtedy przychodzicie, ponieważ chcecie, żebym ich upamiętnił.

– Porzuć wreszcie tę kwaterę główną, Murgen. Pobądź z nami tu, w polu. Przestań być jednym z nich i zostań z powrotem jednym z nas.

Cholera! Najwyraźniej nie zdawałem sobie nawet z tego sprawy i przeszedłem od pracy do rozkazywania.

– Być może masz rację. Teraz, kiedy Władca Cienia został już wykończony, być może nastąpią jakieś zmiany. Będę o tym pamiętał.

Rudi odchrząknął. Nie wyglądał na przekonanego. Ruszył jednak w stronę swego punktu dowodzenia, zadowolony, że wypełnił obowiązek.

Skuliłem się jeszcze bardziej, zadrżałem. Zimny wiatr wiał znad równiny. Przypuszczalnie było to tylko dzieło mojej wyobraźni, ale zdało mi się, że czuję w nim powiew Kiny. Nasuwał wspomnienia nieustającego wiatru dmącego ponad równiną szkieletów. W jego powiewach łopotał sztandar. Pomyślałem, że dobrze byłoby zgromadzić trochę więcej kamieni u jego podstawy, ale nie potrafiłem się do tego zmusić.

Myślałem też o cieple ogniska, jednak po tej stronie Przeoczenia niewiele drewna można było znaleźć. Chrustu używano wyłącznie do gotowania. I tak nie zostało już zresztą szczególnie dużo prócz cykorii.

„Nauczysz się jeszcze żyć bez światła". – To też było w jednej ze starych Kronik.

Przed moimi oczyma zatrzymała się para butów. Wujek Dodż. Zgadłem bez pudła, bo Matka Gota znajdowała się jeszcze w dole stoku; dyszała i narzekała. Nigdy by za nim nie nadążyła z tym swoim kołyszącym się krokiem, gdyby na nią nie zaczekał.

– Wujku – zacząłem, nawet nie podnosząc wzroku. – Czemu zawdzięczam wątpliwą przyjemność oglądania cię po tych wszystkich miesiącach?

– Powinieneś umieścić swój sztandar bliżej, Żołnierzu Ciemności. Powinieneś trzymać go przy sobie, zawsze pod ręką. W przeciwnym razie najprawdopodobniej go zgubisz.

– Nie przypuszczam, by miało się tak stać. Ale jeden z lojalistów księcia Prabrindraha Draha, Oszust, być może nawet pomniejszy czarodziej z typu on-uważa-że-jego-talent-pozostaje-tajemnicą-dla-wszystkich, każdy może wziąć to gówno. I skończyć w tym rowie, zanim nawet zrozumie, co się stało. – Gadałem bzdury, jednak on tego nie wyczuł. Nigdy wcześniej tego nie robiłem. – Sztandar już dobrze będzie wiedział, którzy to są dobrzy chłopcy.

Przykuśtykała Matka Gota. Niosła na plecach tobół równie duży jak ona sama, wszystkie mogące się przydać rzeczy, które wyszabrowała z ruin Kiaulune i z naszego wcześniejszego domu. Włączywszy w to zapas drewna na opał.

Postanowiłem nie być dla niej całkowicie nieprzyjemny. Póki starczy drewna. Na tym świecie żyli przecież kucharze gorsi od Matki Goty. Do nich z pewnością należałoby zaliczyć jej ulubionego syna i zięcia.

Wujek Dodż, który był zarówno mężczyzną, jak i członkiem czegoś, co u Niueng Bao uchodziło za wyższą kastę, niósł Spopielającą Różdżkę i jakiś niewymagający wielkiego trudu pakunek.

Matka Gota zrzuciła na ziemię swój tobół, opadła na czworaki i zaczęła się wczołgiwać do bunkra. Kiedy napotkałem jej wzrok, nie mogłem powstrzymać uśmiechu. Zaczęła mamrotać przekleństwa skierowane z pewnością przeciwko jakiemuś rodzajowi złego losu, który spowodował trzęsienie ziemi w tak nieodpowiednim momencie.

Ziemia poruszyła się. Jednooki z pewnością słyszał to wyrażenie, skoro już tyle wieków żył na tym świecie.

– Pozwól Tai Deiowi odpocząć – rzekłem. – Zapowiada się kolejna długa noc. – Kiedy się pochyliłem, Wujek Dodż musiał spostrzec koniec bambusowej tulei, którą upchnąłem za pas na plecach.

Zimny wiatr nasilał się coraz bardziej. Sztandaru łopotał i trzaskał. Wujek Dodż spojrzał w górę ciemniejącego stoku, zmierzył wzrokiem bunkier, potem spod pochmurnego czoła przeniósł wzrok na mnie, jakby powoli zaczynał mieć coraz poważniejsze zastrzeżenia względem tego, co skłoniło go do opuszczenia bagien.

– Kiedy robisz w takim interesie jak my, czasami zmuszony jesteś żyć w ten sposób – stwierdziłem. Matka Gota wypełzła na zewnątrz, wciąż mamrotała pod nosem, ujmowała w słowa to, co z pewnością myślał sobie Wujek Dodż. Przypomniałem im: – Oczywiście zapraszam was do środka.

Wujek Dodż otworzył już usta, ale stłumił w sobie ochotę do sprzeczki. Usiadł po drugiej stronie wejścia do bunkra, Spopielającą Różdżkę ułożył na kolanach. Gota zwiedzała najbliższe otoczenie, zbierała kamienie. Nasi sąsiedzi nie protestowali, chociaż na tym krańcu świata tylko kamienie mogły służyć jako jakiś miernik bogactwa.

Przymknąłem oczy. Cicho, tylko po to, by im trochę dokuczyć, zacząłem gwizdać piosenkę, którą Sari nuciła, kiedy była szczęśliwa.

Jak to się zawsze dzieje, ciemność nadeszła.

79

Pozwolili mi spać. Toteż spałem mimo zimna i wiatru, zapachów gotowania i odgłosów własnego chrapania. Kiedy noc już ostatecznie spowiła świat, powoli odczepiłem cumy łączące mnie z moim ciałem. Przez chwilę byłem niby strzęp płótna podrzucany przez bezcielesny wiatr. Nie uczyniłem żadnego poważniejszego wysiłku, aby przenieść się dokądś, ale również nie starałem się pozostać w miejscu. Powrót Wujka Dodża, a wraz z nim smutnych wspomnień, sprawił, że pogrążyłem się w czymś w rodzaju letargu.

Wiatr odczytał tęsknotę mego serca i poniósł mnie na Północ. Szybowałem ponad górami i skroś pustkowi, mijałem zdobyte miasta.

Na drodze wiodącej z Taglios do Dedżagore zobaczyłem Ospałego. Dobrze sobie wykombinował, że gdy będzie nieustannie jechał, nie zagrozi mu żadne niebezpieczeństwo. Żaden agent Radiszy nie zdołałby prześcignąć jego rumaka.

Radisza zaś z kolei mocno przeżywała jego ucieczkę. Decydujące dla powodzenia spisku było, żeby dosłownie każdy brat z Kompanii został schwytany bądź zabity. Jeżeli choćby jednemu uda się uciec, zaraza powróci. Podobnie jak Narajan Singh, wiedziała. Ciemność zawsze nadchodzi. Widziała już wcześniej, jak to się działo, po katastrofie pod Dedżagore.

Była przerażona. Była przekonana, że Rok Czaszek nadejdzie wkrótce, jeśli tylko nie powiedzie się najmniejsza cząstka jej wielkich planów. Dużo miała do powiedzenia na temat Duszołap, a żadne słowo nawet odlegle nie przypominało komplementu. Aby pozbyć się przerażającego sprzymierzeńca, wzięła sobie nowego, który okazał się znacznie gorszy.

Pamiętała sztuczki i machinacje Duszołap sprzed kilku lat. Wiedziała cholernie dobrze, że Duszołap była w mniejszym jeszcze stopniu przewidywalna niż wszelkie katastrofy naturalne.

Echa ostatnich wstrząsów dotarły nawet do Taglios, chociaż nie narobiły tam żadnych szkód. Niektórzy obawiali się, iż oznaczają one, że bogowie – lub jakiś inne potężne siły – byli niezadowoleni z tego, co uczyniono Czarnej Kompanii.

Konował tak często wspominał o tym, iż Kompania zawsze odpłaca za zdradę, że niektórzy ludzie już przygotowywali się na nawałę pomsty. Znowuż będą musieli znosić lata terroru w imię Czarnej Kompanii, terroru, którego nikt nie chciał, a być może nie potrafił wyjaśnić. Czy nie mogło być tak, że wsączony on został do wszystkich serc przez jakieś tajemnicze źródło niedysponujące swoją reprezentacją w materialnym świecie? Czy była to stara, dobra sztuczka Kiny?

Doszedłem do wniosku, że naprawdę muszę już wreszcie zajrzeć do tych starych Kronik, ukrytych w pokoju, w którym... Och, och.

Radisza nakazała gwardzistom i żołnierzom systematyczne poszukiwania Kopcia. Mylące zaklęcia Jednookiego zapewne nie zdołają się oprzeć tak zdeterminowanym wysiłkom. Nie będą zdolne oszukać tak wielu przez cały czas.

Nie powinna się spodziewać, że odnajdzie go jeszcze żywego.

Z pewnością będzie chciała wiedzieć, co się z nim stało. Jednak nie chciałem, żeby go szukała. Mogła znaleźć moje księgi.

Głupiec, głupiec. Mogłem kazać Ospałemu zabrać je, kiedy był w Taglios. Gdybym najpierw trochę się zastanowił i przygotował jakiś plan, można by upiec kilka pieczeni przy jednym ogniu. Naprawdę powinienem zacząć myśleć w ten sposób. Nie mogliśmy sobie więcej pozwolić na marnowanie sposobności.

Radisza zamknęła się w towarzystwie najbardziej wpływowych kapłanów. Za każdym razem, gdy odwiedzałem Taglios, nawet jeśli minął choćby tylko dzień od mojej poprzedniej wizyty, wyglądało na to, że wpływy kapłanów rosną, podczas gdy bogaci kupcy i rzemieślnicy, z których wielu zawdzięczało swoje majątki istnieniu i wojennemu wysiłkowi Czarnej Kompanii, coraz bardziej wypadali z łask. Chyba że byli jednocześnie kapłanami na tyle sprytnymi, aby wykorzystać swą pozycję w celu zdobycia korzyści, jakie zapewniało wyposażanie tagliańskich armii. Ciekawe może się okazać obserwowanie, w jaki sposób nowa burżuazja zdolna będzie zachować nowe sposoby myślenia w obliczu rosnącego religijnego zagrożenia. Czy znajdzie się choćby jeden rodowity Taglianin z jajami na tyle dużymi, aby się sprzeciwić?

Wysiłki Radiszy, żeby nas orżnąć, zmusiły ją do tego, by chodzić do łóżka z ludźmi, którymi gardziła, i do zerwania z ludźmi myślącymi tak jak ona.

To spotkanie wyglądało jak kolejna sesja załamywania rąk. Kapłani chcieli dalszych koncesji od państwa w zamian za poparcie kościelne. Na twarzy Radiszy niemalże zupełnie wyraźnie malowała się myśl, że Pani miała naprawdę znakomity pomysł, kiedy wyrżnęła tak wielu ich poprzedników.

Znajdowałem się w psotnym nastroju. Opadłem do miejsca położonego tuż przy uchu Kobiety.

– Buu!

Drgnęła. Potem odwróciła się i spojrzała w pustą przestrzeń, a jej twarz powlekła śmiertelna bladość. W pomieszczeniu zapadła nagła cisza. Kapłani wyglądali na zakłopotanych. Oni również coś wyczuli. A to coś przebiło im serca czarną włócznią przerażenia. Próbowałem zdobyć się na diabelski śmiech. Jakieś jego odległe echo również przedostało się przez barierę oddzielającą dwa światy. Poczułem, jak pomieszczenie wypełnia najczarniejsze przerażenie. Radisza zadrżała, jakby temperatura spadła do najniższego poziomu w ciągu minionej zimy. A przecież wokół Taglios była już pora zasiewów.

Wyszeptałem jej do ucha:

– Woda śpi. – Nie zrozumiała słów, ale nie potrzebowała tego, by jeszcze bardziej się przerazić.

To było powiedzenie moich ludzi. „Nawet woda czasem śpi. Ale Wróg nigdy nie odpoczywa".

Sari spała, kiedy dotarłem do świątyni Gangeszy. Do jej pomieszczenia przenikało akurat tyle światła, by można stwierdzić, że znajduje się w środku. Unosiłem się przez czas jakiś w powietrzu, cieszyłem się możliwością przebywania w jej obecności. Nie przeszkadzałem jej. Potrzebowała snu.

Ja natomiast byłem zupełnie niewrażliwy na tę potrzebę.

A właściwie skąd tutaj światło? Kapłani umieścili dwie latarnie u wejścia do jej celi. Wydarzenie zeszłej nocy musiały dać się im porządnie we znaki.

Muszę się stać silniejszy, by móc sięgnąć rzeczywistości ze świata astralnego.

Czy nie dobrym pomysłem byłoby spróbować? Ale czy naprawdę chcę, żeby ludzie tu żyjący wiedzieli, iż coś się dzieje? Nie zaszkodzi, jeśli ich trochę przestraszę. Och, nie. Ale, z drugiej strony, podejmą kroki, by ukryć swoje diabelstwa.

Zrobiłem sobie wycieczkę po świątyni w poszukiwaniu dowodów wyraźnej zmiany nastawienia kapłanów. Nie odkryłem nic niezwykłego, chociaż akolici uczestniczący w nocnych ceremoniach byli trochę podenerwowani. Wróciłem, by strzec mojej ukochanej.

Cholera, jaka ona piękna! Cholera, to się stawało coraz trudniejsze, nie wspominając już o moim rozczarowaniu względem Wujka Dodża i Matki Goty. Do diabła! Powoli zbliżał się czas na zadanie paru pytań. Znajdowali się już daleko od domu. Nie mieli dokąd uciec.

Sari otworzyła oczy. Mój gniew stopniał bez śladu. Chwilę później spojrzała niemal dokładnie tam, gdzie się znajdowałem, i uśmiechnęła się swoim cudownym uśmiechem. Dieta złożona z ryb i ryżu musi być znakomita na zęby, ponieważ miała najbielsze, najdoskonalsze zęby, jakie kiedykolwiek widziałem.

– Jesteś tu, Mur? Czuję, że jesteś teraz gdzieś blisko mnie.

– Jestem tutaj – powiedziałem jej do ucha bez śladu tej złośliwości, jaką okazałem Radiszy. Sari prawdopodobnie nie wyłapała żadnych słów, ale zrozumiała, że ją usłyszałem.

– Strasznie za tobą tęsknię, Mur. Już dłużej nie potrafię uważać się za jedną z mojego ludu.

Ponieważ oni i tak ci na to nie pozwolą. Babcia Hong Trej nie żyła dość długo, by zobaczyć wyniki swych sybiliańskich mamrotań. Dziadek Ki Dam nie powiedział dość jasno, że przepowiednie Hong Trej przetrwają wieki. Rzecz jasna, obecna sytuacja mogła dokładnie odpowiadać temu, co starsza dama miała na myśli. Jednak nigdy nie napisała nic dla mnie.

Najlepsi z rasy wieszczów nigdy się nie mylą, ponieważ nigdy niczego nie zapiszą w kamieniu.

Chwila z Sari skończyła się bez udziału mej woli. Wyglądała na zmartwioną, kiedy poczuła, że odchodzę. Wrzeszczałem i wierzgałem, ale nie potrafiłem zostać ani chwili dłużej.

Coś w świecie rzeczywistym domagało się mego udziału.

Kiedy wypływałem z celi Sari, do środka bez pytania weszło kilku kapłanów. Jeden z nich zapytał:

– Z kim ty rozmawiasz, kobieto?

– Z duchami – odrzekła moja ukochana i obdarzyła ich najsłodszym ze swych uśmiechów.

80

Z początku sądziłem, że to jakiś kawałek krzemienia wbił mi się w dupę. To potrafiło cholernie zaboleć. Ale kiedy już wyciągnąłem go spod siebie, zobaczyłem jakiś ruch na tle gwiaździstego nieba po mojej prawej stronie. Jakiś głos zapytał:

– Obudziłeś się już, chorąży?

Sindawe.

– Raczej chyba trudno w to wątpić. A miałem tak piękny sen.

– Ponieważ Stary chce, żebyś uważał na nas, pomyślałem sobie, że dobrze będzie, jak coś zobaczysz. – W przeciwieństwie do większości Nar Sindawe miał poczucie humoru. A w jego ramach dużą porcję braku szacunku dla dowódców, mimo iż sam był jednym z nich. Mogabę musiał doprowadzać chyba do rozstroju nerwowego, kiedy jeszcze byli najlepszymi przyjaciółmi. Być może jednak Mogaba zaczął od takiej samej postawy, a potem z tego wyrósł. Wielu nieprzyjemnych, starych pierdzieli zaczyna jako faceci zupełnie do rzeczy.

Musiałem się podeprzeć rękoma, a potem uklęknąć, by móc się w ogóle podnieść.

– Zesztywniałem jak pień drzewa – wyjęczałem.

– Kup sobie lepszy materac.

– Potrzebuję raczej lepszego ciała. Jak to, które miałem piętnaście lat temu. W porządku. O co chodzi?

– Myślałem, że będziesz chciał zobaczyć, co się dzieje przy Bramie Cienia.

– Nie może to być z pozoru nic złego, w przeciwnym razie nie spacerowałbyś sobie tak spokojnie w ciemnościach. – Nigdzie wokół nie widziałem ogni, ale również żadnych odważnych dusz, jak Sindawe wałęsających się w mroku. Jednak najbardziej znaczący był chyba brak latających kul ognistych. Przynajmniej tutaj. Od czasu do czasu jakaś mignęła po przeciwległej stronie Przeoczenia.

Sindawe ruszył w górę zbocza, chociaż nie było to konieczne. Mogłem już wyczuć Lancę. Zdawało się, że się budzi. Mogłem już dostrzec iskry w miejscach, gdzie cienie przekraczały skórzane liny. Za linią rozbłyskujących iskier wyczuwałem nerwowe poruszenia.

W ogóle nie czułem strachu. Wcześniej strach pojawiał się zawsze tam, gdzie cienie znajdowały na tyle blisko, by można je było wyczuć.

Cienie stały się bardziej ożywione. Podobnie jak iskry. Zaczęły skakać i trzeszczeć. Żołnierze wykazywali znaczącą powściągliwość. Żaden człowiek nie spanikował i nie zalał wzgórza strumieniem ognistych kul. Oni również nie czuli śladu strachu. Albo być może do tego stopnia byli już weteranami, żeby zrozumieć, iż w ten sposób można się tylko wygłupić. Zwłaszcza po nieszczęściach poprzedniej nocy. Głupich i nerwowych można było znaleźć w rowie, który ci, co przeżyli, tak pracowicie wykopali.

– Niebo jest czyste – zauważyłem, być może tylko po to, by cokolwiek powiedzieć. Ponad znajdującym się przed nami grzbietem nieboskłon był tak jasny, jak wtedy gdy moje wędrówki z duchem zaprowadziły mnie ponad chmury.

– Mhm. – Sindawe rzadko kiedy marnował słowa na gadanie o niczym.

– Rozpoznajesz któreś z konstelacji? – Ja nie potrafiłem. Było tak, jakbym patrzył na całkowicie obce niebo.

– Zbyt dużo gwiazd, by wyróżnić w nich konstelacje.

– Pętla – powiedział jakiś głos za moimi plecami. Drgnąłem. Nie słyszałem, by ktoś się zbliżał. I po właścicielce głosu nie oczekiwałbym, że potrafi się poruszać tak cicho.

– Matka? – Iskry tryskające od Bramy Cienia dawały dość światła, by zobaczyć, gdzie stoi. Sylwetka, którą mógł być Tai Dei, górowała nad nią, zadzierała przy tym głowę ku południowemu nieboskłonowi.

– To było w książce mojej matki. Wątek bajkowej opowieści, której nikt nie zrozumiał. O której nikt nie wiedział, skąd pochodzi. Trzynaście gwiazd, które tworzą pętlę.

Nie potrafiłem nic takiego dostrzec. To także powiedziałem na głos. Matka Gota musiała jednak chyba cofnąć się w czasie do jakiegoś innego wieku, tak dziwnie i niezwykle dla siebie się zachowywała. Chwyciła mnie za ramię, ściągnęła moją głowę w dół, zmusiła, bym w ten sposób patrzył wzdłuż jej wyciągniętego ramienia. Na koniec musiałem przyznać:

– Widzę coś, jakby odwróconą do góry nogami łyżkę wazową, dokładnie ponad tym, co musi być horyzontem.

– To właśnie to, ty głupi, Kamienny Żołnierzu. Trzy gwiazdy są ukryte za krawędzią nieboskłonu. – Zdawała się osobliwie napięta.

– Rozpoznałaś ją, bez trzech gwiazd, z opisu w książce dla dzieci?

Szczególnie jaskrawy rozbłysk wśród skórzanych lin ukazał mi jej twarz wpatrzoną we mnie, a jednocześnie pogrążoną w jakimś rodzaju głębokiego oszołomienia. Za nią stał Wujek Dodż. Na jego twarzy gościł wyraz irytacji, który zniknął, kiedy tylko zrozumiał, że na niego patrzę.

– Gota. Tu jesteś. Kuzynie. Co to ma znaczyć?

Ze znacznie mniejszej odległości, niż sądziłem, Tai Dei powiedział:

– Żołnierz Ciemności zatrzymał potok śmierci. – Gwałtownie wyrzucał z siebie zdania w języku Niueng Bao. Użył kilku słów, które były dla mnie niezrozumiałe. Liczyłem, że być może kontekst zdradzi mi ich znaczenie.

Wujek Dodż zwrócił się do Matki Goty:

– Ostrzegałem cię, byś uważała, co mówisz...

– Ja cię ostrzegałam, ty szarlatanie. – Przypuszczam, że właśnie to słowo miała na myśli. W słowie, które wybrała, tkwił rdzeń oznaczający oszustwo, wyposażony w superlatywny przedrostek.

Brzmiało to też jak słowo pokrewne kapłanowi. Brzeszczot byłby rozbawiony. Ja w każdym razie byłem.

Dawniej Gota zachowywała powściągliwość w obecności Wujka Dodża, w porównaniu z tym, jak wymyślała wszystkim pozostałym. Zazwyczaj jemu ustępowała, aczkolwiek z ociąganiem. Teraz sprzeczali się niczym dzieci. Odniosłem wrażenie, że ich kłótnia nie ma nic wspólnego z tym, o co naprawdę chcieli się kłócić. Mimo tego awantura była interesująca sama w sobie, przynajmniej na tyle, na ile byłem w stanie ją śledzić.

Szczególnym chyba celem przeznaczonym w życiu Tai Deiowi musiało być godzenie zwaśnionych. Wprawił tych dwoje w zakłopotanie, kiedy umilkli na tyle, by mógł wtrącić słowo o tym, że oto kłócą się w obecności wszystkich Wojowników Kości, jacy żyją na świecie, a przynajmniej tego, który rozumie ich paplaninę.

Dodż zareagował natychmiast. Zamknął się i poszedł przespacerować.

– Mam nadzieję, że jakieś nerwowe typy nie strzelą do niego w ciemnościach – powiedziałem. Tai Dei poszedł za nim.

Gota zamilkła tylko dlatego, że Dodż odszedł i w takim razie chyba musiałaby kłócić się sama ze sobą. Przez chwilę się zastanawiała, czy nie spróbować ze mną. Ale przypomniała sobie, że kimkolwiek byłem dla jej córki, byłem też Żołnierzem Ciemności. W każdym razie nie byłem Niueng Bao i tylko robaki żyjące w ziemi stały niżej ode mnie.

Sam też zresztą znajdowałem się w markotnym nastroju, ponieważ obudzono mnie zbyt wcześnie.

– Mnie się to raczej zdawało zabawne – stwierdziłem.

Kiedy odchodziła, wydawała takie odgłosy, jakby pluła.

Adresując swoje słowa do spowijających wszystko ciemności, zapytałem:

– Czy ktoś ma jakieś pojęcie o konstelacji nazywanej Pętlą? Albo dotyczących jej opowieściach?

Nikt nic nie wiedział. Oczywiście.

Podczas następnych kilku dni zadawałem wszystkim pytania i zawsze uzyskiwałem przeczącą odpowiedź. Nawet Narajan Singh, jak najbardziej logiczne źródło informacji dotyczących Pętli, sprawiał wrażenie, że nie wie niczego na temat tej konstelacji. Nie wyraził tego w zbyt wielu słowach, rzecz jasna, ale Pani zaznajomiona była z legendami Oszustów i też nic nie wiedziała, a nie potrafiła nic wydostać od żyjącego świętego Dusicieli.

Biedny facet, wszystko wskazywało na to, że będzie ich żyjącym męczennikiem, Narajanem Singhiem. Linia jego żywota składała się z niekończącego się przerażenia.

Po upewnieniu się, że Brama Cienia została zamknięta, wpełzłem z powrotem do mego bunkra. Sztandar niemal płonął od mocy. Działo się tam coś godnego uwagi. Trzeba było spotkać się z Konowałem. Wewnętrzna strona moich ud wygoiła się już w dostatecznym stopniu. Gdybym tylko mógł się jeszcze wyspać.

Moi krewni nie stanowili już problemu. Żaden z nich nie wrócił do naszego paskudnego, małego bunkra. Miałem jego kamienną podłogę i odór dla samego siebie.

Spałem już właściwie, zanim jeszcze moja głowa dotknęła kamiennej poduszki.

81

Przez jakiś czas tylko spałem. Tak naprawdę to przekonany jestem, że śniłem normalne sny, chociaż teraz już ich nie pamiętam. Potem, stopniowo, mój duch ponownie zrzucił swe okowy w jakiś taki poszarpany, rozmyty sposób, który być może wskazywał na trudności, jakich mu to nastręczało. Nie czułem żadnego oporu, ale nie próbowałem donikąd się udać. Po prostu unosiłem się swobodnie.

Poszybowałem w górę. Wymagało to trochę wysiłku woli, następnie skierowałem się na południe i próbowałem odnaleźć pętlę gwiazd, które tak wyprowadziły z równowagi Matkę Gotę. Tak. Oto były. Ale musiałem nabrać jeszcze z trzysta metrów wysokości, aby zobaczyć wszystkie, a nawet wówczas trudno było wyróżnić je z tła. Bardzo szybko miały już zajść.

Kiedy się nad tym zastanowiłem, nie potrafiłem zrozumieć, w jaki sposób mogły wznieść się ponad horyzont na tyle, bym mógł je dostrzec z okolicy Bramy Cienia.

Nie pozwoliłem jednak, by myśl o tym kłopotała mnie nadmiernie. Wzrok mój zatrzymało coś na równinie kamienia. Przez dosłownie sekundę widziałem tam cień bladego światła, mniej więcej w tym samym miejscu, gdzie kiedyś dostrzegłem bryłę ciemności. Czy naprawdę tam coś było?

Nie udałem się tam, by sprawdzić. Nigdy nawet nie przyszło mi do głowy spróbować. Zastanawiając się nad tym później, nie potrafiłem zrozumieć dlaczego. Jak to się mogło stać, że nie potrafiłem wzbudzić w sobie odpowiednich motywacji? Dlaczego nie umiałem choćby przedstawić sobie wszystkiego w postaci wyboru: tak czy nie? Nie miałem pojęcia. To odbywało się w taki sposób, jakbym mówił sobie: „hmm" i zajmował się dalej normalnym w świecie astralnym polowaniem na szczury.

Odrzuciłem pomysły odnalezienia Mogaby bądź Goblina. Potrafię być leniwy, nawet wówczas gdy cała moja praca polegać ma na myśleniu. Odnalezienie ich wymagałoby wałęsania się tu i tam, zbyt wielu kalkulacji. A i wówczas mogłoby mi się nie udać czegokolwiek osiągnąć. Postanowiłem więc, że zamiast tego zajmę się wyśledzeniem Duszołap. W obecnej chwili mogła już dojść do siebie na tyle, by przeklinać, snuć swe knowania i, być może, zajmować się czymś interesującym. Albo może też leżała sobie gdzieś i spała.

Duszołap właśnie leżała sobie i spała. Otoczona drzewami, z których każdą gałąź i gałązkę w całości obsiadły kruki. Wyglądało to tak, jakby wszystkie kruki na świecie zebrały się wokół jej kryjówki.

Niezwykłe, że choć na chwilę rezygnowały z poszukiwania pożywienia. Żyło się im dobrze. Ziemia pod drzewami, na których siedziały, pokryta była grubą warstwą odchodów. Cienie snuły się ponad ziemią, skarżyły się, ponieważ kruki nie chciały zejść na dół i zabawiać się z nimi.

Sam podobny cieniowi wśliznąłem się do jaskini Duszołap. Napotkałem na zaklęcia, które uplotła, aby ciemność nie miała do niej dostępu. Na chwilę zatrzymały również mnie, jednak na tyle różniłem się od tych, przeciwko którym były wymierzone, że w końcu znalazłem drogę do wnętrza.

Duszołap spała? Jak często jej się to zdarzało?

Córka Nocy czuwała. A była wrażliwym dzieckiem. Wyczuła moją obecność. Usiadła na swoim posłaniu z sosnowych igieł.

– Matka?

Sen Duszołap jak zawsze był lekki. Skoczyła na równe nogi, od razu obudzona, rozejrzała się w poszukiwaniu zagrożenia. Miała na sobie maskę stanowiącą w dawnych czasach jedną z jej cech charakterystycznych. Ostatnio obchodziła się bez niej, jednak rzadko widywałem ją w miejscach publicznych. I nigdy we własnym ciele.

Wyglądem przypominała Panią, chociaż być może jej rysy były jeszcze bardziej harmonijne, a otaczająca ją atmosfera w jeszcze większym stopniu przesiąknięta zmysłowością. Konował twierdził, że oparł się jej uwodzicielskim zakusom. Oficjalnie wierzyłem jego słowom, ale nie mam pojęcia, w jaki sposób mogłoby mu się to udać. Sam miałbym z tym kłopoty, mimo mego oddania Sari. Być może chodziło o jego wiek.

Kryjówkę Duszołap oświetlała pojedyncza, zwisająca ze stropu jaskini lampa. Była bliską krewniaczką naszych świec odstraszających cienie. Ta nie była szczególnie jasna, jednak dawała dość światła, by nigdzie nie mogła skryć się mała śmierć.

– Co powiedziałaś? – Głos, którego użyła Duszołap, należał do człowieka, któremu poderżnięto gardło i teraz potrafił przemawiać jedynie ochrypłym szeptem. Głos ten brzemienny był nie tylko złośliwością, brzmiał on nadto w sposób, który odpowiadał dawnej przerażającej reputacji Dziesięciu, Których Schwytano. Brzmiała w nim litość węża i uczuciowość pająka.

Córka Nocy nie zareagowała w żaden sposób. Wnioskując z jej zachowania, Duszołap mogłaby w ogóle nie istnieć.

Duszołap zachichotała niczym dziewczyna szepcząca sobie z innymi o chłopcach.

– Opór jest całkowicie pozbawiony sensu. Upór niepotrzebny.

Nikt ci tutaj nie pomoże. – To był głos rozpaczy. On również brzmiał zgrzytliwie, ale tym razem był to głos starego mężczyzny umierającego na raka. – Jesteś moja i będziesz robić wszystko, aby mnie zadowolić. Teraz mam ochotę, byś opowiedziała mi, co właśnie rzekłaś.

Dziewczynka uniosła oczy. Nie było w nich śladu miłości dla tej cioci, w której towarzystwie przyszło jej przebywać.

Duszołap roześmiała się. Czasami potrafiła być bardzo okrutną istotą. Wykonała nieznaczny gest dłonią. Dzieciak wrzasnął, szarpnął się jakby ugodzony. Próbował zdusić swe krzyki, by torturująca go nie miała z tego przyjemności, ale jego wola, niezależnie od tego jak silna na swój wiek, nie miała kontroli nad ciałem.

– Wydaje ci się, że twoja matka była tutaj? Nie masz matki: ani w mojej siostrze, ani w Kinie. – Obecnie był to głos księgowego donoszącego o tygodniowych zyskach. – Teraz ja jestem twoją matką. Jestem twoją boginią. Jedynym powodem, dla którego będziesz żyła.

Przemieściłem swój punkt obserwacyjny, delikatnie, tak abym mógł lepiej je widzieć. Być może moje poruszenie zakłóciło spokój płomienia lampy, albo nieznaczny podmuch wiatru wkradł się do wnętrza. Niezależnie od tego, co to było, Duszołap przestała mówić i poświęciła swoją uwagę zbadaniu otoczenia.

Po jakiejś minucie, w trakcie której obracała się powoli, w całkowitym milczeniu, powiedziała zadumana:

– Coś tu jest. A ty wyczułaś to od razu. – Powrócił dziewczęcy chichot. – Natychmiast. I pomyślałaś sobie, że to może być Kina. Ale to nie ona, nieprawdaż?

Duszołap wykonała nagły gest odzianą w rękawicę lewą dłonią, jej palce zatańczyły zbyt szybko, by nadążyć za ich poruszeniami. Bachor osunął się na ziemię, w jednej chwili pozbawiony świadomości. Duszołap oparła się plecami o ścianę jaskini, przysunęła bliżej do siebie dwa worki z podniszczonej skóry. Na tej płaszczyźnie rzeczywistości niewiele potrafiłem wyczuć, ale gotów byłbym się założyć, że śmierdziały równie paskudnie jak Wyjec. Była na tyle próżna, aby zadbać o swe niewiarygodne piękno i zmysłowość, z pewnością jednak nie na tyle, by tracić szczególnie dużo czasu na higienę osobistą. Być może jej zapach zdołałby mnie odstręczyć, gdyby nie wystarczyły do tego celu wspomnienia o Sari.

Omal mnie nie przyłapała. Zdawało mi się, że niczego nie robi, tylko grzebie w swoich śmieciach. Na dodatek rozproszyłem uwagę i zatopiłem się w myślach. Udało mi się uratować jedynie dzięki temu, iż nazbyt przyzwyczaiła się, że jest zawsze sama, co najwyżej w towarzystwie kruków. Zaczęła namyślać się na głos:

– Gdyby była to ta ześwirowana bogini, poczułabym jej zapach. Ona z pewnością zrobiłaby coś głupiego. Ale wiadomo, że czai się tutaj ktoś jeszcze. Przekonajmy się, kto to. Być może moja ukochana siostra. – Głos, którym wymówiła ostatnie słowa, przesycony był namiętną złością.

Jej dłoń skoczyła do jednego ze skórzanych worków ruchem nagłym niczym uderzenie węża, ale ja byłem już w ruchu i chytrze nie kierowałem się w stronę wyjścia. Prawie niewidzialna sieć czarnych nici, przemknęła jakieś pół metra obok mnie. Gdy tylko opadła, pomknąłem w stronę wylotu jaskini. Nie miałem pojęcia, czy naprawdę potrafiłaby mnie schwytać, jednak nie chciałem tego sprawdzać.

Duszołap zaśmiała się. Tym razem nie był to żaden chichot. To był wydany z pełnej piersi dorosły śmiech rozbawienia.

– Czymkolwiek jesteś, nie potrafię cię oszukać. Nieprawdaż?

Z pewnością potrafiła. Dlatego właśnie zamierzałem się wydostać, póki jeszcze było to możliwe. Podobnie jak to musiało być ze wszystkimi Dziesięcioma. Ona również była znacznie bardziej przerażająca, niż można było sądzić na pierwszy rzut oka. Szaleństwo przepajało ją, tyle że powoli.

Duszołap wykonała szereg gestów, w których uczestniczyły wszystkie palce obu jej dłoni. Przemówiła w jednym z języków ulubionych przez czarowników; ten brzmiał, jakby był językiem jej dzieciństwa. Kiedy już miałem wystawić mój bezcielesny nos przez szczelinę wiodącą na zewnątrz, poczułem zbliżanie się jakiejś naprawdę paskudnej obecności.

Cień wśliznął się do środka. Skulił się. Zadrżał. Poddał się woli Duszołap. Nie zostałem już na tyle długo, aby się przekonać, do czego był jej potrzebny.

Dosyć, że dowiedziałem się, iż Duszołap odnalazła sposób, by posługiwać się cieniami. Co oznaczało, że zanim jeszcze ostatni Władca Cienia przestał na dobre wierzgać nogami, narodziła się już nowa królowa ciemności.

„Ona to ciemność".

82

Miałem rację? – zapytał Konował. – Odnośnie do sztandaru?

– A niby o czym mówię? – Wyglądał na rozdrażnionego. Być może był to wynik napięcia wynikającego stąd, że musiał mieszkać z Panią oraz szaloną bandą złożoną z Kopcia, Singha i Długiego Cienia.

– Być może. Z pewnością można to było wyczuć. I nic się nie przedostało. – Byłem kompletnie wykończony. Wewnętrzna strona moich ud była znowu obolała po długim marszu powrotnym. – Ale nie potrafię dowieść, że nie był to efekt tych tandetnych sztuczek Pani.

– A więc Lanca jednak jakoś zareagowała?

– O, tak. Wszyscy to widzieli i mogą poświadczyć. Niektórzy z pewnością nie mają już żadnych wątpliwości, że było to związane ze sztandarem. – Jak zawsze gdy odwiedzałem Starego, Tai Dei został na zewnątrz, nie miałem więc żadnych oporów, żeby opisać sprzeczkę między Wujkiem Dodżem a Matką Gotą.

– Dotyczącą tej konstelacji nazywanej Pętlą?

– Od tego wszystko się zaczęło. Przypuszczam jednak, iż była to tylko wymówka. Ich konflikt sięga znacznie głębiej.

– Ale od tego wszystko się zaczęło? – Uśmiechnął się do siebie, zapewne w podobny sposób jak ja, kiedy natychmiast przeszedłem do tej sprawy między Gotą a Jednookim.

– A gdzie jest twój oswojony czarodziej-oszust? – zapytałem. Nie był poza ciałem, nie dosiadł Kopcia, czego się po nim spodziewałem, kiedy nie było mnie w pobliżu. W obecnej chwili Pani całkowicie zawładnęła małym szefem strażaków.

Konował wzruszył ramionami.

– Zniknął mi z oczu, co mi w tej chwili jak najbardziej odpowiada. Być może chował się gdzieś, zajmował swoją destylarnią, której oczywiście nie odnaleziono w jego ziemiance, kiedy ekipy ratunkowe przewróciły całe miejsce do góry nogami w poszukiwaniu czegoś więcej niż tylko biednego, starego Jednookiego.

Powiedziałem:

– Miałem sen. Albo być może udało mi się wyjść z własnego ciała. Niemalże zmienił się w koszmar.

– Mm?

– Duszołap wykombinowała, w jaki sposób zdobyć kontrolę nad cieniami. Dokładnie tak jak ten chłopiec zamknięty tutaj, w klatce. – Jednak Długi Cień był nieprzytomny. Znacznie bardziej niż Kopeć, który teraz jęczał nieprzerwanie co kilka minut.

Konował westchnął.

– Jestem rozczarowany, ale wcale mnie to nie zaskoczyło. Właśnie taki powinien być jej następny, logiczny krok. Miała dość czasu, aby wymyślić, jak się do tego zabrać

– Masz zamiar jakoś na to zareagować?

– Czy już tego nie zrobiłem?

– Za szybko dla mnie myślisz, szefie.

– Udało jej się wymyślić, jak zdobyć kontrolę nad kilkoma cieniami. A przynajmniej z grubsza coś takiego. Ale ja panuję nad ich źródłem. I nie muszę się nawet do niego zbliżać. Taki jest mój zamiar.

– Nie byłbym taki pewny swego, kiedy ona wchodzi w grę. Nigdy nie możesz wiedzieć, co zamierza. Przypomnij sobie, w jaki sposób udało jej się nasłać na nas tego demona, Żabiego Pyska.

– Niczego nie przesądzam z góry, Murgen. – Spojrzał na swoją kobietę, spoczywającą bez ruchu obok Kopcia. – Ale próbuję nie dać się sparaliżować paranoi.

Wielu ludzi zapewne nie zgodziłoby się z nim w tej kwestii. Z drugiej jednak strony, to przecież właśnie on zdołał obalić Władcę Cienia, a teraz znajdował się na dobrej pozycji wyjściowej, żeby poradzić sobie z perfidią naszych sprzymierzeńców.

Ale Duszołap? Nie miałem najmniejszych wątpliwości, że Kopeć miał rację za każdym razem, gdy oznajmiał:

„Ona to ciemność!"

83

Jednooki dogonił mnie zaraz po tym, jak opuściłem przybytek Konowała.

– Jej Czcigodność wciąż tam jest?

– Hę... Masz na myśli...? – Spośród wszystkich zgromadzonych wokół nas oczu i uszu nie tylko Tai Dei nie powinien o niczym wiedzieć.

– Wiesz, o co mi chodzi, Dzieciaku.

– Wciąż.

– Cholera! Od czasu, gdy się włączyła do zabawy, nie mogę nawet na dziesięć minut zostać z nim sam. Ta przeklęta kobieta musi naprawdę dbać o swoją linię.

Chyba minutę trwało, zanim pojąłem, o co mu chodzi. Potem roześmiałem się, kiedy przypomniałem sobie, jak bywałem po tym głodny.

– To się może w ten sposób skończyć. Jeśli naprawdę weźmie się do tego poważnie.

Jednooki wymamrotał coś i poszedł sobie. Jednak nie dotarł dużo dalej, niż znajdowała się jego ziemianka. Zaczął szperać w ziemi wokół zniszczonego dołu niczym pies próbujący wykopać królika z jego nory. Zabijał czas w oczekiwaniu na sposobność wędrówki z duchem. Zająłem się swoimi sprawami, jednak głównie były to działania zupełnie pozorne, ponieważ w istocie nie miałem najmniejszej ochoty wracać w pobliże Bramy Cienia. Po jakichś dziesięciu minutach przetrząsania błota i przeglądania rozmaitych śmieci Jednooki wrócił do mnie.

– Wczoraj odnalazłem tego małego gnojka, Goblina. Zeszłej nocy. Miał właśnie spaść z zasadzki na Prabrindraha Draha. Chciałbym się dowiedzieć, co ostatecznie z tego wyszło.

– Mhm. – Tak. Ja również miałem nadzieję, że uda mu się schwytać księcia, nawet jeżeli miałoby to oznaczać poważną walkę. Wolałem raczej, by jego siostra obawiała się nas, niż była na nas wściekła. Byłaby z pewnością wściekła, gdybyśmy wysłali jej małego braciszka w stanie, w którym nadawałby się tylko na pogrzebowy stos.

Nie należała do kobiet, które skoczyłyby za nim w płomienie.

– Ten bękart radził sobie zupełnie nieźle, kiedy się przeciwko nam zwrócił – oznajmił Jednooki. – Nie ma żadnej gwarancji, że karzełek go załatwi.

– Ty się martwisz o Goblina?

„Ty?"

– Czy się martwię? Ja? Do diabła, nie. Nie dbam o to, co się stanie z tym małym gnojkiem. Ale jeśli on wykończy Prabrindraha Draha, to jesteśmy w gównie tak głębokim, że będziemy musieli dobrze zadzierać głowy, aby zobaczyć horyzont.

– Nie wydaje mi się, żebyśmy mieli się zapaść dużo głębiej, niż już tkwimy. Mogą nas zabić tylko raz. A kiedy spróbują, zawsze nam o tym wcześniej powiedzą.

Jednooki parsknął. W żaden sposób nie przyzna się do tego, że martwi się o Goblina. Jakkolwiek nieobecność tamtego najwyraźniej doprowadzała go do szaleństwa. Od całych wieków z nikim innym nie potrafił się już wadzić. Nikt inny nie zechce się z nim bawić.

– Dlaczego nie zrobisz kilku kawałów Wujkowi Dodżowi, jeśli cierpisz na kompulsywny przymus darcia kotów z kimś, kto potrafi ci odpłacić pięknym za nadobne? – spytałem.

Tai Dei nagle zaczął bacznie się interesować naszym przekomarzaniem. Jednooki nie poczuł się szczególnie rozbawiony.

– Wydaje ci się, że Pani miała rację w jego przypadku? – zapytał. – Nie wygląda na kogoś takiego.

– A ty wyglądasz? – W równie wielkim stopniu, co śmieć porzucony w uliczce slumsów. – Wydaje ci się, że ona mogłaby kiedykolwiek się omylić w takiej kwestii?

– Wciąż jest zdrowa – zrzędził Jednooki.

Tai Dei najwyraźniej chciał wiedzieć, o czym rozmawiamy, ale nie potrafił chyba wymyślić sposobu, aby cokolwiek z nas wydostać i przy okazji samemu nic nie zdradzić. Gdyby tylko należał do tego rodzaju ludzi, którzy bez przerwy gadają, wówczas mógłby zapytać o cokolwiek, a nikt nie uznałby tego za coś znaczącego.

Zachichotałem.

Jednooki zapytał zupełnie skonsternowany:

– Masz zamiar tam wrócić?

– Muszę. Rozkaz szefa.

Jednooki popatrzył ponuro w stronę odległej płaszczyzny.

– Cholerni Talowie! Musieli akurat wbić nam nóż w plecy. Już postanowiłem wycofać się, gdy tylko skończymy z Długim Cieniem, a im się zachciało właśnie mnie wyruchać. Teraz muszę tam iść. Czekam na to z równą niecierpliwością, z jaką bym tęsknił, żeby mi ktoś wsadził rozpalony pogrzebacz w dupę. Ejże! Oto moja szansa. – Pomknął chwiejnie w stronę ziemianki Konowała.

Pani właśnie z niej wychodziła. Wyglądała na jeszcze bardziej wyczerpaną niż zazwyczaj. Musiała wędrować z duchem aż do granic swej wytrzymałości. Słaniała się na nogach, równocześnie jednak mówiła coś cicho do jednego z łączników czekających na przydzielenie im misji. Potem ruszyła tak szybko, jak potrafiła, w stronę swego obozu. Spojrzała na mnie, zmarszczyła brwi, jakby miała kłopoty z przypomnieniem sobie mojego imienia. Być może też tak i było. Spodziewano się po mnie, że będę przebywał w zupełnie innym miejscu.

Postanowiłem więc udać się tam, chociaż nie było to miejsce szczególnie wskazane dla zmęczonych zawodowych żołnierzy.

84

Matka Gota nie miała zamiaru rozmawiać z Wujkiem Dodżem. Matka Gota nie będzie rozmawiać ze swym drogim chłopczykiem. Ale Matka Gota od lat nie potrafiła milczeć. A więc rozmawiała ze mną.

Nie była szczególnie zadowolona ze sposobu, w jaki układało się jej życie, chociaż nie chciała się wdawać w szczegóły podczas rozmowy z Żołnierzem Ciemności – czy był członkiem rodziny, czy nie.

Najwyraźniej przeżywałem właśnie okres budowania własnej dobrej karmy. Wytrzymywałem jej narzekania, kiwałem głową i mruczałem potakująco w odpowiednich miejscach, robiąc jednocześnie notatki dotyczące najświeższych wydarzeń. W pewnej chwili powiedziałem:

– Zawsze możesz wrócić do domu. Po prostu spakujesz się i pojedziesz na swoje bagna. Niech Wujek Dodż sam gotuje swoją portulakę. – Portulaka była najnowszym odkryciem. Podpatrzono uciekinierów z Ziem Cienia, jak ją jedli. Była powszechnie występującym chwastem, nie ze szczętem niejadalnym. Jeśli gotowało się jego korzenie przez sześć do ośmiu godzin, zamieniały się w posiłek smakujący niczym rozmoczone trociny białego dębu. Zjadano tego dużo, ponieważ w okolicy nie dawało się znaleźć nic więcej do jedzenia. Konował wciąż nikomu nie udzielił pozwolenia na rozpoczęcie szabrowania spiżarni Przeoczenia.

Wujek Dodż odkrył jadalne własności portulaki już dawno temu. Po Czarandapresz właściwie głównie tym się odżywiał. W jaki sposób udawało mu się znaleźć tyle czasu, który mógł spędzić w jednym miejscu? Być może od razu gotował sobie po dziesięć kilogramów portulaki?

– Wojowniku Kości, czy chcesz, abym porzuciła swoje obowiązki?

Do diabła, tego właśnie chciałem. Wszystko, bylebyś tylko przestała mi włazić na głowę. Ale nie powiedziałem tego na głos. Zapytałem tylko:

– Na czym miałyby polegać te obowiązki?

Już otworzyła usta, aby mi powiedzieć, jednak ostrożność Niueng Bao wzięła górę. Zamarła na chwilę z otwartymi ustami niczym ryba wyciągnięta z wody, a potem, jak zazwyczaj, gdy ją naciskałem, odrzekła:

– Pójdę przynieść trochę drewna. – I rzekła to po tagliańsku miast w Niueng Bao, który jednak był zupełnie dobry dla mnie, kiedy tylko nie zadawałem żadnych pytań.

– Dobry pomysł.

Gdy patrzyłem za nią, Tai Dei podszedł i stanął obok.

– Wkrótce Kompania znajdzie się z powrotem na swej drodze do Khatovaru – powiedziałem. – Wasi ludzie winni postanowić, co wówczas zrobią. – Sięgnąłem po leżący nieopodal kamień.

Zdawało mi się, że swoim ruchem nie zdradziłem zamiarów, jednak kruk był czujny. Zwyczajnie przeskoczył nad świszczącym w powietrzu pociskiem, a potem obdarzył mnie jednym pogardliwym kraknięciem. Czarne ptaszyska spotykało się ostatnimi czasy rzadziej, jednak zawsze przynajmniej jedno z nich znajdowało się w pobliżu mnie, kilkanaście zaś wokół kwatery głównej Konowała. Duszołap zapadła w ukryciu, jednak nie przestała nas śledzić.

Znajdujący się najbliżej Taglianin, myśląc może, że zrobi mi tym przyjemność, wymierzył bambusową tuleję w kruka.

– Zachowaj swe pociski dla cieni! – warknąłem. – Jeszcze z nimi nie skończyliśmy.

Ciekawe. Niedoszły snajper miał na sobie pogiętą, nieudolnie odrysowaną rozetę Kompanii. Nie widziałem dotąd nikogo, kto uzbrojony byłby w bambus, a nie miał na sobie jakiejś wersji naszej odznaki. Dowództwo przestało już udawać, że wszystkich traktuje równo.

Rudi akurat przechodził obok, teraz przystanął, wsparł się na włóczni. Spojrzał na północ, w milczeniu czemuś się przyglądał. Pozostali również nie odzywali się słowem. Skorzystałem z chwili milczenia, aby przenieść na papier kilka kolejnych notatek. Na koniec Rudi oznajmił w zadumie:

– Zauważyłeś, że kiedy światło jest odpowiednie, możesz dostrzec, dokąd udają się ci wszyscy tam, w górze?

– Nie. – Spojrzałem w stronę, w którą on patrzył.

Miał rację. W obecnej chwili światło padało w taki sposób, że rozbłyskiwało na wszelkich metalowych przedmiotach znajdujących się po drugiej stronie Przeoczenia. I cały ten metalowy jeż kierował się w górę drogi, wędrował z tym bezużytecznym Jednookim...

– Och, nie. Czyj znowu był ten błyskotliwy pomysł?

Ktoś najwyraźniej postanowił złożyć wizytę Duszołap.

– Myślałem, że możesz być tym zainteresowany. – Rudi podniósł swoją włócznię i odszedł. Zapewne po to, by znaleźć głęboką dziurę, w której mógłby się zagrzebać.

– Co się dzieje? – zapytał Tai Dei.

Wzruszyłem ramionami.

– Być może właśnie zbliża się koniec świata.

A może nie. Może ktoś z bunkra kwatery głównej zabawiał się w jakieś gry strategiczne z własną siostrą.

Słońce przesunęło się odrobinę na nieboskłonie. Jego promienie nie lśniły już na broni maszerujących sił. Nikt prócz Rudiego chyba nie zdawał sobie sprawy z tego, co się dzieje, wszyscy jednak jakoś wyczuwali, że coś wisi w powietrzu. Głęboka cisza zapanowała na mojej części zbocza.

Przez jakiś czas nic się nie zdarzyło. Dalej robiłem swoje notatki. Obserwowałem, jak postać Matki Goty powoli znika w oddali. Wychodziło na to, że miała zamiar zbierać swoje drewno gdzieś dalej.

Cienie popołudnia powoli pełzły ku podnóżom odległych wzgórz.

– Robi się ciemno – powiedziałem. W szczególności robiło się wokół miejsca, gdzie ostatnio widziałem Duszołap. Ciemność kłębiła się...

Aż rozdziawiłem usta. To nie były żadne cienie. To była chmura ciemności. Kipiała z wąwozów i lasów, przesłaniała górskie zbocza...

Kruki.

Wszystkie kruki, których nie dane nam było widzieć przez ostatnich kilka dni!

Ciemność unosiła się ku górze niczym lawa wypływająca z wulkanu. Zaczęła się rozlewać po okolicy.

– Muszą tu być chyba wszystkie kruki świata – wyszeptałem. Chmura dalej rosła niepowstrzymanie. Jej część zdawała się kierować w moją stronę.

Nagle przecięła ją błyskawica. Zerwał się wicher. Powoli przestawałem rozumieć, gdzie się znajduję, a także co czynię. Ktoś zapytał:

– Co się dzieje?

Inny głos odpowiedział:

– Skąd ten zapach?

Kina. Ale nie potrafiłem mu niczego wyjaśnić.

Kolejne błyskawice przebijały czarną falę kruków. Teraz widziałem, że większa część tej nawałnicy sunie w moją stronę. Odór Kiny stał się wszechogarniający. Gdzieś w pobliżu słyszałem jakieś odgłosy, lecz docierały do mnie jakby z wielkiej odległości. Nie słyszało się w nich jednak stosownego do sytuacji przerażenia.

Ciemność pochyliła się nade mną, pochwyciła mnie i uniosła tak, jak matka bierze na ręce przerażone niemowlę. W tej ciemności odznaczała się twarz Kiny, ale to nie Kina mnie porwała. Była zła. Znowu. Była zagubiona. Ona nie była sama.

Pani była tutaj również, być może wykorzystywała Kopcia, może w jakiś inny sposób. Najwyraźniej błyskawice stanowiły jej dzieło. Jedną czarodziejską dłonią trzymała Kinę, drugą próbowała przyłożyć swej siostrze.

Duszołap również tu była. I zdawało się, że jest rozbawiona, nie zaś zmartwiona, chociaż znalazła się między diabelską boginią a swoją siostrą, która z radością upiekłaby ją żywcem. Duszołap, zapewne nawet idąc na płonący stos, uśmiechałaby się do płomieni. Ta kobieta była kompletnie szalona.

Ciemność ogarnęła mnie i pociągnęła wyżej. Pożarła mnie. Spróbowała przeżuć, ale przekonała się, że jestem niejadalny, więc wypluła.

Zatoczyłem się jak pijany. Jakiś głos w mojej głowie powiedział:

„Tutaj jesteś, kochany. Tęskniłam za tobą. Tak długo cię nie było".

Księżycowa poświata lśniła na usłanej ciałami fali czarnej wody, pluskającej o mury obronne Dedżagore. Zdało mi się, że w wodzie tej coś się miota, coś, co chce mnie pochwycić i wciągnąć głęboko w atramentowy mrok, w dół, pomiędzy nagie kości. Spojrzałem w lewo, a tam stał dawno już zmarły Mówca Niueng Bao, Ki Dam. Jego żona, Hong Trej, była razem z nim. Uśmiechali się. Stara kobieta wykonała palcami znak, o którym wiedziałem, że oznacza błogosławieństwo.

Ciemność pochłonęła mnie. Nie miała odpowiedniego żołądka, który mógłby mnie strawić. Wypluła mnie.

Znajdowałem się na drzewie. Oczy widziały jakoś dziwnie. Musiałem odwrócić głowę w jedną stronę tylko po to, by wyjrzeć z drugiej. Pode mną ludzie należący do kilku ras dokonywali właśnie rzezi ludzi z innych ras. Drzewa były pełne odrazy. Kochały śmierć, ale nienawidziły rozlewu krwi.

Znajdowałem się w Gaju Zagłady. Na drzewie? Uniosłem dłoń, chciałem zasłonić nią oczy. Przed oczyma zamajaczyły mi białe pióra.

Straciłem świadomość.

Potem udałem się kolejno do setek miejsc. Setki miejsc przyszły do mnie. Chyba zobaczyłem wszystkie chwile, które dotąd przeżyłem, i wszystkie miejsca, w których byłem podczas ostatnich kilku lat.

Znalazłem się na równinie szkieletów. Nadeszła ciemność. Czarny wiatr rozrzucał kości. Toczyłem się po ziemi niczym liść. Szydziły ze mnie siedzące na nagich drzewach kruki. Potoczyłem się w głębszą noc i już po chwili szedłem po pochyłym dnie tunelu, gdzie starcy spoczywali w swych uplecionych z lodu kokonach.

Potężny, głęboki huk rozbrzmiał pod moją czaszką niby ból wcielony, jednak zdało mi się, że przenosi wiadomość. Spróbowałem wsłuchać się w nią.

Czas rozciągnął się, zamieniał puls mego wnętrza w powolny, głęboki głos, który stopniowo mówił coraz szybciej, zanim w końcu zmienił się w słowa Tai Deia powtarzającego wciąż z przejęciem w Niueng Bao:

– Chorąży! Mów do mnie.

Próbowałem, ale nie potrafiłem rozewrzeć szczęk. Stać mnie było tylko na to, by wydawać z siebie jakieś nieartykułowane odgłosy.

– Już z nim lepiej. – To był Wujek Dodż. Otworzyłem oczy. Dodż klęczał obok z palcami przyłożonymi do mej szyi. – Co się stało, Wojowniku Kości?

Usiadłem. Moje mięśnie były całkowicie bezwładne. Chciało mi się pić. A na pozór wszystko działo się najwyżej krótką chwilę. Udało mi się odpowiedzieć pytaniem na pytanie.

– Co tu się stało? – Kruki wciąż roiły się w oddali, chociaż nie tak potężną chmurą, jaką widziałem przedtem.

– Gdzie? – zapytał Tai Dei.

– Tutaj. Gdzie są ptaki?

– Nie wiem. Nie widziałem nic niezwykłego – zauważył Tai Dei.

– Żadnej chmury mroku? Żadnych błyskawic?

– Nic takiego nie widziałem.

Wujek Dodż wpatrywał się z namysłem w dal.

– Muszę coś zjeść. – Chociaż nie wędrowałem z duchem, odczuwałem podobne wyczerpanie.

Wydarzenie sprzed kilku chwil samo w sobie było dość niepokojące.

85

Konował wezwał mnie do siebie. Poszedłem od razu. Minęło ledwie kilka dni, a już świat na powrót wydawał się spokojny, a żołnierze znacznie mniej wrodzy.

Cienie nie stanowiły już problemu. Dla nas.

– Już jestem – zwróciłem się do Starego. Strażnicy stojący przy jego namiocie bez przeszkód wpuścili mnie do środka.

– Gdzie jest twoja teściowa?

– Dobre pytanie. Tamtego dnia oznajmiła, że wybiera się po drewno. Od tego czasu nie widzieliśmy jej.

– Jednooki również zniknął.

Zagapiłem się na niego. Potem zacząłem się śmiać. Śmiech przeszedł w rozpaczliwe rechotanie. Nie minęło dużo czasu, nim zgiąłem się wpół, niezdolny nad sobą zapanować.

– Uciekli? Nie powiesz mi, że uciekli razem.

– Nawet o tym nie pomyślałem. Przestań wreszcie rechotać. To brzmi jak ryk rodzącego osła. – Absolutna niemożliwość. Wskazał dłonią alkowę, gdzie przechowywano naszych ludzi specjalnej troski. – Wykorzystaj Kopcia. Znajdź ich.

Skierowałem się w tamtą stronę, wciąż zanosząc się niepowstrzymanym chichotem.

– W jaki sposób mam to zrobić? Ty i Pani tu byliście.

– Nie mieliśmy czasu. Byliśmy zajęci restrukturyzacją sił.

– Ona także połknęła bakcyla wędrówek z duchem?

– Zapewne tak się stanie. Do roboty. Nie mam czasu kłapać szczęką po próżnicy. – Wskazał dłonią. Nie był w nastroju do żartów. Zapewne był niewyspany jeszcze bardziej niż zazwyczaj.

Okazało się, że Kopeć jest sam za zasłoną.

– Co się stało? Pogrzebałeś pozostałych dwóch?

– Upchnąłem ich w tym, co pozostało z twojej ziemianki. Potrzebowaliśmy więcej miejsca. Zabieraj się do roboty.

Odsunąłem zasłonę. On tu był szefem. Nie musiał przez cały czas zachowywać się jak miły facet.

Kopeć wyglądał jakoś inaczej. Pani zrobiła mu coś, co sprawiło, że przestał powracać do przytomności. Wyglądał raczej, jakby był naćpany niż pogrążony w śpiączce. Na dodatek również śmierdział. Brzydko. Ktoś pozwolił sobie na zaniedbanie obowiązków.

– Jesteś przecież lekarzem. Powinieneś wiedzieć coś na temat potrzeby zachowywania czystości. Ten facet jest kompletnie brudny.

– Dam ci wiadro.

Nie czekałem, aż mi powie. Zabrałem się do roboty.

Konował poczynił wszelkie stosowne przygotowania. Miałem pod ręką wodę do picia i świeży chleb. Natychmiast trochę zjadłem. Typy z dowodzenia z pewnością żyły lepszym życiem. Ja przez ostatnie kilka dni nie miałem do jedzenia nic prócz paskudnej portulaki – a nawet jej w ilościach zdecydowanie niewystarczających. Kwestia, którą powinienem przedstawić Rudiemu.

– Poślij po kiełbasę – wymamrotałem. Być może, kiedy już ostatecznie dotrzemy do Khatovaru, okaże się, że przypomina on raj Vedna. Ciepło i namiętne hurysy niezdolne oprzeć się wszechogarniającej namiętności do śmierdzących, podstarzałych facetów pozbawionych towarzyskiej ogłady, hurysy, które spędzą resztę swego czasu na dostarczaniu nam ogromnych ilości świeżo przygotowanego jedzenia. Dobrego jedzenia.

– Przestań wreszcie tyle gadać – warknął chwilę później Konował. – Ten mały kutas jest dość czysty.

Trochę bałem się opuścić ciało.

– Ktoś powinien dbać o to, co on je. – Kopeć wyglądał, jakby cierpiał na wczesne stadium dolegliwości spowodowanych zbyt rygorystyczną dietą.

Konował obdarzył mnie tylko ponurym spojrzeniem. Najwyraźniej niezbyt go to obchodziło.

– Masz problemy ze zrobieniem tego, co ci się każe?

– Tylko bez nerwów.

Miałem problemy z opuszczeniem ciała. Bałem się, że znowu zostanę pochwycony w środek bójki między Duszołap i Kiną, a potem trafię do miejsca szkieletów, jak ostatnio. Wyzwoliło to we mnie pokłady strachu, których istnienia wcześniej nawet nie podejrzewałem. W szczególności nie spodobało mi się, że byłem ptakiem. Z tej części mej przygody nie potrafiłem niczego zrozumieć.

Duszołap wiedziała już teraz, że potrafię wędrować po świecie ducha bez pomocy jej zabiegów. Być może stało się tak dlatego, że sama otworzyła mi kiedyś drogę. Teraz jednak bałem się, że może mnie dopaść i porwać, kiedy tylko nawiedzi ją taki kaprys. Nie miałem zamiaru z własnej woli wystawiać się na tortury, jakie mi zgotuje.

– Murgen.

Przełknąłem ostatni kęs chleba, spłukałem go łykiem wody. Napchany, zrobiłem, co musiałem.

Goblin musiał przeczuwać, że był obserwowany. Albo przynajmniej podejrzewał, że tak się może dziać. Nie znalazłbym go, gdybym nie miał pojęcia, jakimi torami wędrują jego myśli. Ten mały, sprytny gnojek. Zaklęcia, których użył dla ukrycia obecności swojej i swoich ludzi, były najprostszego rodzaju, niemal niewykrywalne. Ich działanie łudziło wzrok patrzącego, skłaniając go do niezwracania uwagi na coś, co najpewniej było po prostu średniej wielkości głazem spoczywającym w krzakach, efekt ten zaś był tak subtelny, że nawet jeśli się czegoś spodziewałeś, trudno było go zarejestrować. Jego komandosi byli tak rozproszeni, że nawet głazy dostrzegane przez patrzącego nie układały się w żadne skupiska. Mogabą najwyraźniej w ogóle się już nie przejmowali.

Mogłem się mylić, jednak oczekiwałem, że Jednooki, jeśli naprawdę zdezerterował, pierwsze kroki skieruje na poszukiwanie Goblina. Byli najlepszymi przyjaciółmi, zanim ktokolwiek ze służących obecnie w Kompanii przyszedł na świat. Oczywiście nie licząc Pani.

Krótkie, szybkie rozpoznanie zdradziło mi, że Jednooki jeszcze nie dołączył do Goblina. Przegląd w górę i w dół drogi z Kiaulune również nie ujawnił jego obecności. Zapewne ukrywał się w ciągu dnia.

Nie wyczułem ani Kiny, ani Duszołap. Odzyskawszy po trosze pewność siebie, ponownie odszukałem Goblina, a wtedy cofnąłem się z Kopciem w czasie.

Goblin wykonał dobrą robotę, przygotował zasadzkę na Prabrindraha Draha. I żadne zaklęcia nie skrywały przed moimi oczyma przebiegu potyczki. Zbyt był zajęty innymi sprawami.

To była tradycyjna zasadzka w stylu Czarnej Kompanii. Książę wpadł w nią o zmierzchu. Towarzyszyło mu kilkuset żołnierzy. Liczebnie znacznie przewyższali siły Goblina. Kilka strzał poleciało w ich stronę z krzaków porastających południowy skraj drogi, kilku Taglian zostało trafionych. Rozległy się pohukiwania sowy. W krzakach zaszeleściło. Posypały się kolejne strzały.

Prabrindrah Drah nie miał pojęcia, kto go atakuje. Partyzanci Cienia zdawali się znacznie bardziej prawdopodobnym przeciwnikiem niż Kompania. O Goblinie nie wiedział.

Nauczyliśmy Taglian, aby po wpadnięciu w zasadzkę odpowiadali natychmiastowym kontratakiem. Tak właśnie uczynili towarzysze księcia, chociaż nie natychmiast. Przeszło połowa z nich wykonała szarżę w stronę krzaków w pościgu za szelestami, które z nich dobiegały. Kilku z tych, którzy czaili się w krzakach, było prawdziwymi ludźmi Goblina, resztę jednak udatnie imitowały małe sówki, rozpaczliwie próbujące uciec, choć właściwie nie wiedziały przed czym, a nie potrafiły nawet opuścić poszycia krzewów.

Drugi atak Goblina, poprowadzony ze zbocza wzgórza po przeciwnej stronie drogi, był znacznie bardziej zdecydowany, a uczestniczyli w nim ludzie, co do których Taglianie z pewnością wiedzieliby, że nie mogą się tutaj znajdować, gdyby chociaż przez moment zdolni byli pomyśleć. Zobaczyłem własnego sobowtóra, jak przedziera się przez zarośla, wymachując poszczerbionym, zardzewiałym mieczem.

Paru żołnierzy Goblina oraz oddział duchów zaczęli wycofywać się w stronę Kiaulune, a za nim podążyła większość pozostałych ludzi księcia. Potem reszta sił Goblina pognała wprost na księcia. Walka była krótka. Kiedy kurz opadł, nasz były pracodawca był już jeńcem, żywy, chociaż w stanie, w którym nikomu nie miał sprawić kłopotów. Otrzymał co najmniej kilkanaście ran.

Goblin natychmiast zniknął. Komandosi i iluzoryczne postacie szarpały i zwodziły Taglian, póki świt nie uczynił iluzji Goblina nazbyt iluzoryczną.

Taglianie podejmowali mężne wysiłki, aby odnaleźć księcia. Nie powiodło im się. Wkrótce po następnym zachodzie słońca przeraziły ich zarośla wypełnione zabójczymi cieniami. Uciekli na północ, niosąc ze sobą wieści, w myśl których ich książę mógł polec.

Potrafiłem sobie wyobrazić, jakie to może wywrzeć wrażenie, gdy osiągną Taglios. W stolicy zapanuje chaos, jeżeli kapłani nie uznają praw Radiszy do sprawowania władzy. To mogło oznaczać wojnę domową. Kobieta miała swoich niekanonicznych zwolenników, a nie było żadnego innego spadkobiercy. Kwestia sukcesji podnoszona była od wielu lat, jednak zawsze odsuwały ją na bok bardziej bezpośrednie zagrożenia. Cha, cha. Już zacznie płacić cenę za swą perfidię, mimo iż nawet nie zerknęliśmy jeszcze w jej stronę.

Jednooki i Gota wciąż musieli znajdować się gdzieś na drodze. Od prób ich odnalezienia łatwiejsze wydało mi się cofnięcie przez całą drogę w czasie i przychwycenie ich na początku przygody.

Udało się. Do pewnego stopnia. Gota znalazła Jednookiego, przeprowadzili tylko króciutką rozmowę, po czym mały czarodziej odchrząknął, wydobył z ruin swego bunkra jakiś pakunek, a potem przyłączył się do niej i razem zanurzyli się w najbliższym lasku. Najwyraźniej wszystko już wcześniej dokładnie sobie omówili. Przygotowali się z góry.

Dalej nie rozmawiali szczególnie dużo, w co trudno być może uwierzyć, skoro Jednooki nie był szczególnie słynny ze swej powściągliwości, a Matka Gota była jeszcze gorsza. On tylko od czasu do czasu pomrukiwał. Kiedy ona się odzywała, zazwyczaj były to jej zwyczajowe skargi na niesprawiedliwość życia.

Pogrążyli się w całkowitym milczeniu, gdy tylko weszli w cień drzew. Światła i cienie migotały, tańczyły wokół nich, gdy wiatr poruszał gałęziami i liśćmi. Coraz trudniej było mi ich śledzić... Och, przecież ten mały gnojek był czarodziejem, nieprawdaż? A na dodatek cholernie dobrze obeznanym z możliwościami Kopcia. Zmusił mnie do poważnego wysiłku, jednak udało mi się śledzić ich do czasu, gdy mój świat zaczął drżeć.

Trzęsienie ziemi? Znowu?

Na koniec mnie wreszcie olśniło. Ktoś znajdujący się poza światem astralnym czegoś ode mnie chciał. Niechętnie powróciłem do swego ciała.

– Rychło, cholera, w czas! – warknął Stary, gdy tylko otworzyłem oczy. – Naprawdę myślałem, że tym razem już cię straciliśmy.

– Hę? – zaskrzeczałem z wyschniętego gardła. Próbowałem sięgnąć po kubek, jednak nie miałem siły, aby choć wyciągnąć ramię. Byłem ostatecznie zmarnowany. Kapitan musiał mi nalać wody wprost do ust.

– Teraz naprawdę przejebałem. Jak długo mnie nie było?

– Jedenaście godzin. – W taki właśnie sposób Jednooki uniemożliwił odnalezienie go.

– Założę się, że gdy zapadnie zmrok, nie będzie już mowy o tym, aby ich znaleźć – powiedziałem, gdy tylko wchłonąłem odrobinę osłodzonej wody. Pomieszał mi się czas. Miałem na myśli zmrok tego dnia, kiedy uciekli. W ciemnościach mógł się zupełnie swobodnie zgubić.

A ciemność zawsze nadchodzi.

Konował zmarnował mnóstwo swych sił na serię przekleństw.

– Mogę obserwować kruki – powiedziałem. – Gdzie są kruki, tam też znaleźć można to, co obserwują. – Ale nie w pobliżu Goblina, który miał swe sowy i zaklęcia mylące. Chyba że nigdy go nie szukały, ponieważ Duszołap nie miała pojęcia, że on tam w ogóle jest. – W większości mają umysły nazbyt przyćmione, aby dać się zwieść słabymi zaklęciami. – Z czego zapewne wynikały jakieś wnioski zarówno na temat ludzi, jak i kruków, ale nie jestem na tyle bystry, aby to wyraźnie zdefiniować.

– Od tej chwili więc zakładam, że odszedł. Nie mam ochoty wysyłać cię tam ponownie, żebyś znowu nie zagubił się do tego stopnia, że zapomnisz, iż należy wrócić.

To mój własny nawyk śnienia stanowił dla mnie zagrożenie. Włócząc się w ten sposób, napotykałem na znacznie mniejsze niebezpieczeństwa.

– Od tej chwili więc zakładam, że odszedł – powtórzył Konował. Uśmiechnął się ponuro. – Wróci. Zaraz po tym, jak udusi tę babę. Co nastąpi dokładnie w tej samej chwili, gdy znudzi mu się nowość. Wrócisz tam, gdzie byłeś przedtem. Nie spuszczaj sztandaru z oka. I przysyłaj mi stale wszystkie kolejne rzeczy, które napisałeś, abym mógł je przejrzeć.

Aha. Na to nie byłem jeszcze przygotowany. Dotąd nieszczególnie go to interesowało.

– Kiedy wyruszamy? Czy może to nie nastąpi wcale?

– Na pewno nie przed zebraniem plonów. Chyba że będzie to absolutnie konieczne. Najdalej za pięć miesięcy. Spróbuj w tym czasie trochę odpocząć.

Spróbuj trochę odpocząć. Tak, jak odpoczywałem, byczyłem się, gdy zostaliśmy zamknięci w Dedżagore. Stracił zainteresowanie dla wszystkiego, ponieważ nie potrafił odrzucić szansy, aby grać w te gierki z Duszołap.

– Kiedy posłałeś ludzi za Duszołap tamtego dnia... Czy to był rezultat jakiegoś planu? Czy naprawdę spodziewałeś się, że w ten sposób coś osiągniesz? – Nawet w tej chwili zatrzymałem dla siebie wątpliwości dotyczące autentyczności antagonizmu, jaki między nimi istniał.

– Zapytaj moją ukochaną. To był jej plan. Zapewne wkrótce zobaczysz ją znowu. Wpadła na pomysł, że jeśli nieustannie nękać Duszołap, tamta nie będzie w stanie skupić się na wyrządzaniu jej przykrości.

– No, to jest jakiś pomysł. Wsadzaj kij w gniazdo żmij, aby nie miały czasu wyłazić z niego i cię ścigać. Dlaczego nie rozwalać gniazd szerszeni i nie drażnić niedźwiedzi pogrążonych w zimowym śnie, jeśli już przy tym jesteśmy?

– Znajdź Jednookiego albo zabierz się do Kronik. Wszelkiego ujadania, jakie tylko mogę znieść, mam już dosyć tutaj, w domu.

– Powinieneś trochę się przespać – powiedziałem i skierowałem się do wyjścia. – Stajesz się zanadto rozdrażniony.

Pojawia się barwa. Pojawia się pewnego rodzaju życie. Pojawia się światło. Ciemność nie może zaistnieć bez światła.

Pojawia się śmierć. Chmura złożona z setki kruków otacza przechylony tron.

Śmierć znajdzie drogę. Ciemność znajdzie drogę do wnętrza.

Ciemność zawsze nadchodzi.

Istota na tronie siedzi z szeroko rozwartymi oczyma, ślepa. W jej gałkach nie ma źrenic. Są puste niczym białka na wpół usmażonych jajek, a mimo to istota zdaje się widzieć. Z pewnością jest świadoma. Krzywi się w grymasie agonii. Jej twarz obraca się, jakby śledziła każdego śmiałego szpiega z zewnętrznego świata. Skupia swoją wolę na każdym nowo przybyłym, pragnąc, by wylądował. Dotyk złości wykrzywia jej rysy za każdym razem, gdy kolejny słaby ptak nie daje rady wykonać jej poleceń.

Ziemia drży.

Tron obsuwa się o pół metra i przechyla o kolejne centymetry. Niepokój uwydatnia na uśpionej twarzy odświeżony niedawno ból.

Szczelina w ziemi otwiera się szerzej. Tchnąca z niej barwa rozjaśnia się. Lekki wiatr szepce, wychodząc z trzewi ziemi. Jest zimniejszy niż serce głodującego pająka. Niesie ze sobą czarne opary.

Tron osuwa się nagle o następne centymetry.

Śmierć znajdzie drogę.

Nawet bogowie muszą to pojąć.

86

Przez długi czas rzeczy szły zbyt dobrze. Lato było idyllą. Nigdy nie zrobiło się zbyt gorąco. Padały deszcze akurat odpowiednie dla plonów, które posialiśmy. Spodziewaliśmy się takich, o jakie modlą się chłopi. Upewniliśmy się, że wszyscy napotkani chłopi zrozumieli, iż cudowna pogoda jest naszą zasługą. Nasi furażerowie zarekwirowali wystarczającą liczbę zwierząt, aby wystarczyły nam, jeśli podróżowalibyśmy dosyć wolno, pozostawiając ciężki sprzęt, który szedł za nami z przyjaznych terytoriów. Znalazło się nawet kilka owiec dla wszystkich, których nie ograniczały zakazy Gunni dotyczące jedzenia mięsa.

Stare spostrzeżenie jest prawdziwe. Armia maszeruje na swoich żołądkach. To, co osiągnęliśmy dzięki ukierunkowaniu woli Taglian, dystans, jaki pokonaliśmy, był wyłączną zasługą planów Konowała, właściwych przygotowań i poświęcenia. Oraz psychozy. A także, rzecz jasna, u jego podstaw legły cztery lata dane nam przez Długiego Cienia, który okazał się całkowicie niezdolny do powstrzymania naszych przygotowań. Biedny facet. Powinien posłuchać Mogaby. Nie żyłby teraz w psiej budzie. Ale nie można go było w istocie obwiniać za to, że dał się zwieść Matce Oszustów; kiedy Kina splecie swe sieci kłamstw, potrafi nimi omotać wzrok bogów dorównujących jej potęgą.

Nie przytyliśmy jeszcze na dobre po ciężkiej zimie, jednak powoli przygotowaliśmy się już do podjęcia następnego etapu podróży.

Ani Duszołap, ani Mogaba, ani ostatni lojaliści tagliańscy czy wreszcie lokalna ludność nie mieli najwyraźniej zamiaru dalej uprzykrzać nam życia. Obecnie zresztą z tą ostatnią żyliśmy w zupełnie niezłych stosunkach.

Po tym, jak – najwyraźniej na nalegania Pani – wysłano ostatecznie siły zwiadowcze, by odkryły tajemnice Przeoczenia, Stary przekonał się, że w fortecy pomieszczono rozmaitość skarbów. Połowa przeszła na własność Kompanii, było to coś, czego nie mieliśmy już od pokolenia. Wszyscy zaprzysiężeni bracia otrzymali po równej części z reszty. Na koniec Konował zarządził ustanowienie rynku, na który tubylcy mogli przynosić to wszystko, co chcieli sprzedać.

Z początku efekty rozczarowywały. Kiedy jednak dowiedliśmy, że nie ograbimy ani nie zamordujemy nikogo, handel powoli nabrał rumieńców. Chłopi łatwo dochodzili do siebie. Byli realistami. Nie bardzo potrafili sobie wyobrazić, w jaki sposób nasze jarzmo mogłoby być cięższe niż panowanie Długiego Cienia. Nie mieli żadnych problemów z tradycyjnym tudzież wyimaginowanym mitem Czarnej Kompanii, mimo że żyli znacznie bliżej Khatovaru.

Zresztą samej nazwy Khatovar jako takiej również nigdy nie słyszeli. Nie dbali też o Kinę, pod żadnym z jej imion. Ich Kina była w takim samym sensie twórcą, jak niszczycielem, złośliwą, ale przecież nie wyzbytą świętości królową mroku. Rok Czaszek nie budził w nich przerażenia. Nie potrafili sobie po prostu wyobrazić przyszłości, która byłaby bardziej ponura niż niedawna przeszłość. Wszakże nikt nie czcił w nas wyzwolicieli. Byliśmy tylko cieniem, który zajął miejsce ciemności.

Od czasu do czasu chodziłem na ten targ w towarzystwie Tai Deia i tłumacza. Tai Dei za każdym razem protestował. Pewien był, że moja ciekawość sprowadzi na mnie zgubę. Jego twarzy nie pokrywał rumieniec wstydu, gdy zapewniał mnie, że ciekawość stanowi śmiertelną klątwę.

Wujek Dodż zazwyczaj szedł z nami. Pomimo iż udawaliśmy, że jest inaczej, wciąż rosło między nami napięcie. Nie potrafiłem przebaczyć nieobecności Sari, chociaż panowałem nad ochotą zdradzenia im swej wiedzy. Denerwowałem go, gdy pytałem każdego południowca, z którym rozmawiałem, o konstelację zwaną Pętlą. Jednak nikt o niej nie słyszał.

Gdyby nie ruiny, które niegdyś stanowiły miasto Kiaulune, świat wydawałby się dobrym miejscem.

Czułbym się naprawdę bardzo dobrze, gdyby nie to, że tęskniłem za Sari. I widywałem ją w moich snach. Ostatnimi czasy spoczywające na moich ramionach obowiązki były znacznie lżejsze, chociaż nominalnie dowodziłem oddziałami przy Bramie Cienia. Rudi i Ceber wykonywali w istocie całą robotę, donosili mi tylko regularnie o postępach w realizacji obowiązków, które na nich ciążyły. Nikt niczego takiego nie powiedział, jednak widać było, że uczą mnie, na wypadek gdybym miał dowodzić naprawdę. Nikomu nie wspominałem o tym, ale w końcu przecież udało mi się znośnie dowodzić Starą Gwardią podczas próby ognia, jaką przeszliśmy w Dedżagore. Nie przypominałem im, że mieliśmy przecież Porucznika, a ona była znacznie bardziej doświadczona i zdecydowana niż ja. Za każdym razem, gdy coś powiesz, zawsze dostanie ci się więcej roboty niecierpiącej zwłoki.

87

Pewnego ranka spojrzałem w dół zbocza i zobaczyłem małą armię idącą w moją stronę, dwudziestu pięciu ludzi i tyleż samo osłów obciążonych tobołami i wiązkami bambusa. Zwróciłem się do Tai Deia:

– Nie podoba mi się ten widok. To są Loftus, Longinus i Kletus, wszyscy naraz. – Nie wspominając już o Ottonie i Wypieraczu, których nie widziałem od jakiegoś czasu. – Kiedy ci trzej zbiorą się razem, możesz się założyć, że coś wisi w powietrzu.

Tai Dei spojrzał na mnie w taki sposób, jakby się zastanawiał, czy sądzę, iż jest naprawdę na tyle ciemny, aby uważać, że przybyli tu na piknik. Pamiętał tych braci z Dedżagore i zapewne rozumiał ich obsesję znacznie lepiej niż ja. A jednak coś wisiało w powietrzu.

Wyszedłem im na spotkanie.

– Hej! – wykrzyknął Kletus i machnął do mnie dłonią. – Oto książę pustelników.

– Co jest, chłopcy?

– Słyszeliśmy, że założyłeś tu własne królestwo. Przyszliśmy napawać się jego cudami.

– Wygląda to raczej, jakbyście planowali inwazję. Po co to całe gówno? – wypowiedziałem pytanie w języku Miast Klejnotów.

– Polowe próby nowych zabawek. Dotychczas zabawialiśmy się nimi w podziemiach zamku.

– Mm? – Czy to rzeczywiście mógł być prawdziwy powód, dla którego Stary wciąż zabraniał wstępu do większej części Przeoczenia? – Mam nadzieję, że nadają się do zjedzenia.

Longo uśmiechnął się.

– Zapewne nie okażą się zbyt smaczne, Murgen. Przynajmniej śmiesznie będzie przy gotowaniu.

Tai Dei nachmurzył się. Znowu go z czegoś wyłączano. Niedobrze. Był z Kompanią, ale nie był jednym z Kompanii. Podobnie jak ja żyłem z Niueng Bao, nie będąc jednym z nich.

– Ze sposobu, w jaki się uśmiechacie, chłopcy, muszę wnosić, że cokolwiek to jest, z pewnością ma mnóstwo dźwigni, przekładni i wykonuje jakąś zupełnie zbędną robotę ze sprawnością ocenianą na dziesięć procent.

– O ty, słabej wiary. Klet, czy kiedykolwiek widziałeś zrzędę równą temu facetowi?

– On po prostu nie zna się na inżynierii.

– Dostatecznie dobrze znam się na inżynierii. Nie rozumiem tylko maszyn. Co będziemy robić?

– Próby polowe – przypomniał mi Klet. – Zastosowaliśmy trochę myśli inżynieryjnej do miotaczy kul ognistych Pani.

– Zasięg, celność, siła ognia, Murgen – podniecał się Loftus. – Szybkość. Wszystkie obszary, o których tylko pomyśleliśmy, okazały się podatne na usprawnienia.

Z pewnością. Miotacze kul ognistych potrafiły sprawić mnóstwo nieprzyjemności człowiekowi, ale praktycznie rzecz biorąc, trzeba było dotknąć go wylotem, aby mieć pewność, że się trafi.

Cała ta gadanina w obcym języku ściągnęła Wujka Dodża, który oczywiście musiał wsadzić nos w nie swoje sprawy, co nigdy nie kończyło się dla niego dobrze. Ale z pewnością zda sobie z tego dosyć szybko sprawę.

– Masz tutaj znakomite pole do ostrzału, Murgen – powiedział Longo. Machnął dłonią w stronę gór. Między miejscem, gdzie staliśmy, a wiecznie zielonym lasem leżały kilometry pustkowia. Gestem swego ramienia objął również Przeoczenie. – I znakomity, mierzony dystans, tam. – Żołnierze wychodzili powoli ze swych schronów, przypuszczali bowiem, że nasłano na nich jakiś rodzaj kontroli.

Faceci znajdujący się najbliżej nas zaczęli pracować z podwójną ochotą, ściągali ładunek z grzbietów jucznych zwierząt. Kletus chwycił bambusową tyczkę.

– Oto twoja podstawowa konstrukcja bambusa wymyślona przez Panią, zanim my włączyliśmy w sprawę nasze rozumy.

Klet wypuścił kilka kul ognistych, celował, z grubsza rzecz biorąc, w stronę paru naradzających się kruków. Te tylko się zaśmiały. Kule ogniste skoczyły w dal, straciły swój pęd, potem spłynęły w kierunku ziemi i zniknęły.

– W żadne gówno nie trafię. Wyjąwszy cienie. Chyba że podejdziesz dokładnie do tego, co zechcesz spalić.

– Skłoniliśmy ją do uznania, że ponieważ żołnierze i tak będą używać bambusów do niszczenia innych celów... czy jej się to podoba, czy nie... powinni być w stanie trafić w to, w co celują – wtrącił się Longo.

– Spędziła dość czasu z żołnierzami. Rozumie, w jaki sposób myślą – stwierdził Loftus.

Parsknąłem.

– Już od pięciu lat pieprzy się z jednym. Powinna coś niecoś rozumieć.

Klet chwycił bambusową tyczkę okręconą czarnymi pasami.

– A oto chytry, mały numerek. – Skinął głową na braci. Chwycili podobne tyczki. Każdy z nich wycelował mniej więcej w stronę kruków. – Już.

Zakręcili korbami. Poleciały kule ogniste. Czarne lotki eksplodowały i dymiąc, rozprysły się na wszystkie strony. Skoczyły za nimi następne kule ogniste. Wyglądało, jakby nie miało najmniejszego znaczenia, czy się celuje właściwie, czy nie. Kule ogniste ścigały swe cele niezależnie od tego, jak rozpaczliwie ptaki starały się uskoczyć, uciec. Dokładnie w taki sam sposób, w jaki ścigały cienie.

Klet wsparł się na swojej tyczce.

– To powinno doprowadzić do zlikwidowania problemu szpiegów. – Jego bracia pozostawali czujni. Longo uniósł bambus, a sprytny, mały diabeł próbował umknąć na niskiej wysokości, na zmianę śmigając między głazami położonymi tak blisko siebie, iż za każdym razem tracił lotki z piór. Kula fioletowego ognia dogoniła go, pędząc czterokrotnie szybciej.

Łup!

– No, to jest sztuczka, którą potrafię docenić – powiedziałem.

Podobnie jak Tai Dei, Wujek Dodż oraz chłopcy w cienkiej, rozpaczliwej linii przy Bramie Cienia. Szczęki im opadły. Rudi zaklinał się:

– Pieprzone! Chcę mieć jednego z tych sukinsynów.

– Macie jakieś szczególne problemy z krukami? – zapytałem.

– To zabija tylko kruki?– spytał Rudi.

Kletus zaczął się zaklinać.

– Przypuszczam, że moglibyśmy je nastawić właściwie na wszystko. Jednak im więcej będziesz chciał mieć celów, tym bardziej skomplikowana staje się logistyka.

– A więc nie dlatego tu się znaleźliście – zaryzykowałem.

– Tylko po to, by oczyścić teren.

– Chcieliśmy czegoś, co tacy chłopcy jak my mogą polubić – dodał Longo.

Loftus wszedł mu w słowo:

– Biorąc pod uwagę to, że nie mamy skąd brać większej liczby rekruta, w każdym razie nie od razu, Taglios zaś może wystawić tylu, ilu zechce.

Owymi czasy w Taglios rosło w siłę stronnictwo, które dążyło do tego, by po prostu nie bacząc na nic, udawać, że Kompania poszła w swoją stronę. Kiedy przybyliśmy do Taglios, kierowaliśmy się do Khatovaru. Teraz już nic nie stało nam na przeszkodzie, byśmy udali się tam od razu. Jeżeli wszyscy będą naprawdę zachowywać się spokojnie i siedzieć cicho, być może przestaniemy się nimi interesować i pójdziemy swoją drogą.

Kiedy rozmawiałem z inżynierami, Otto i Wypieracz ustawili na kozłach parę stołów. Te wkrótce wyposażone zostały w dekoracyjne imadła i zestawy narzędzi. Za stołami natychmiast wzniesiono stelaże. Ich towarzysze zaczęli rozstawiać w nich bambusowe tuby.

– Spore bękarty – powiedziałem. Niektóre miały po cztery i pół metra długości, inne po dziesięć centymetrów średnicy.

– Spore i brutalne. Uważaj, gdzie celujesz tą przeklętą rzeczą! – warknął Klet. Jakiś żołnierz próbował wycelować w kruka pędzącego na południe. Zupełnie nie troszczył się o ludzi na tyle głupich, by stanąć między nim a jego celem. – Najbardziej zależało nam na poprawieniu celności i prędkości pocisku. Małe, dodatkowe „buch" z drugiej strony stanowiłoby także dodatkową zaletę. Wypieracz.

Wypieracz wziął w dłonie trzyipółmetrówkę z otworem wylotowym o średnicy siedmiu i pół centymetra, paskowanego na czerwono, i umieścił w imadle. Zmierzył wzrokiem jego długość. Poklepał delikatnie młotkiem, odrobinę zmienił nastawienie celownika.

– Ten głaz tam, ten, który wygląda jak kapelusz Jednookiego. – Uzbroił skomplikowany mechanizm wyzwalający.

W moich oczach głaz ten nie przypominał w niczym kapelusza. Znajdował się dobre czterysta metrów stąd. Trzech żołnierzy ze standardowymi bambusami wypaliło do niego kilkanaście kul ognistych, a tylko jeden miał tyle szczęścia, by ubarwić go cytrynową poświatą wzdłuż jednej z krawędzi.

– Zwyczajny problem. Kiedy ostatecznie uda ci się trafić, zazwyczaj szkody są niewielkie. Chyba że chodzi o ludzi. Działaj, Wypieracz.

Wypieracz wystrzelił ze swej broni. Rozległ się dźwięk przypominający skwierczenie pieczonego boczku. Intensywnie pomarańczowa kula skoczyła w stronę głazu zbyt szybko, by moje oczy mogły za nią nadążyć. Trafiła w sam środek. Przez piętnaście sekund kamień tryskał ognistym pióropuszem. Niemalże poczułem dochodzący stamtąd żar. Głaz odrobinę zmienił swe położenie, wskazywał teraz swym ognistym ogonem w dół wzgórza. Ognista kula wyskoczyła wreszcie z drugiej strony skały niby ropny rdzeń z pękającego pryszcza.

– Cholera! – wyrwało mi się. – Cholera jasna! Ten bydlak musiał mieć z trzy metry grubości!

– Siedmioipółcentymetrowa kula potrafi wbić się przynajmniej na cztery i pół metra w ten rodzaj kamienia, który nas tutaj otacza – stwierdził Klet. – Wypieracz, widzisz tę srebrną czcionkę, która wygląda jak run Losu? – Wskazał w stronę Przeoczenia. Na jego ścianie można było dostrzec przynajmniej z tysiąc liter. Nie miałem pojęcia, o którą może mu chodzić. Zresztą Wypieracz też nie.

– W najwyższym rzędzie czcionek. Środek celu. Wygląda niczym maszt sztandarowy z dwoma proporcami sterczącymi w prawo obok czegoś, co przypomina trójzębny widelec.

– W porządku, mam.

Ja również go znalazłem.

– Bierz się do dzieła. Strzelaj, gdy tylko będziesz gotów.

Zaprotestowałem:

– To jest ponad dwa tysiące siedemset metrów! A raczej prawie trzy siedemset. Będzie miał szczęście, jeśli uda mu się w ogóle trafić w mur.

– Gotów.

– Już.

Boczek zaskwierczał. Pomarańczowa kula opuściła wylot bambusowej tyczki. Osiągnięcie Przeoczenia zabrało jej mniej niż trzy sekundy. Gdybym nie stał tuż obok Wypieracza, nie byłbym w stanie śledzić toru jej lotu. Rozbłysk oświetlił całą okolicę, kiedy kula ognista uderzyła w zaklęcia chroniące mury. Trafiła prosto w to miejsce, gdzie celował Wypieracz, a gdy poświata już zniknęła, run, który przyjął trafienie, wyglądał na odrobinę odbarwiony.

– Ożeż! – powiedziałem. Tai Dei i Wujek Dodż zaczęli coś do siebie pokrzykiwać. Nie musieli niczego rozumieć z naszych szyfrowanych rozmów, aby zdać sobie sprawę z możliwości broni.

– Zakładamy, że kula potrafi przelecieć przynajmniej ponad dwadzieścia kilometrów, zanim straci całkowicie pęd – powiedział Klet. – Wówczas nie będzie miała już większej energii niż zwykła kula i nie będzie się nadawać do niczego innego prócz zabijania cieni i ogólnego niszczenia. – Poklepał tubę, której używał Wypieracz. – To nasz prototyp. Jest dobrze wycelowany. Teraz musimy zająć się pozostałymi. I dlatego właśnie jesteśmy tutaj.

Wypieracz i Otto zastąpili tę tubę inną, jeszcze nieoznaczoną. Otto coś przykręcił przy jej końcu. Od tulei odszedł całkowicie segment podobny do miseczki. Dwaj faceci z fabryki Pani nałożyli na nią coś, co wyglądało jak glina, którą posługują się garncarze, potem osadzili w niej wielką, czarną, gumową kulę. Wypieracz przykręcił na powrót miseczkę do swej zabawki, pomajstrował coś przy mechanizmie spustowym, po czym zapytał braci inżynierów:

– Zadowoleni jesteście, chłopcy, ze sposobu, w jaki leży ta rzecz?

Wszyscy trzej przykucnęli. Potem zaczęli się kłócić. Zastukały młotki. Znowu wdali się w spór. Potem wszyscy – Otto, Wypieracz oraz ludzie z fabryki – przybrali określone pozy i spojrzeli w stronę Przeoczenia.

Boczek zaskwierczał. Pomarańczowa kula wyskoczyła w powietrze. Jakiś kilometr od miejsca, gdzie staliśmy, zaczęło znosić ją na lewo, potem w dół. Uderzyła w ziemię tuż przed samym murem. Ogień tryskał w powietrze przez jakieś piętnaście sekund. A wraz z nim odłamki skały i darni.

Wszystkich siedmiu obserwatorów zaczęło porównywać notatki i nanosić je na karty. Kłócili się bez przerwy. Następnie zdjęli miseczkę z tuby i spojrzeli do wnętrza. Znowu zaczęli coś notować. Na koniec przekazali broń w ręce specjalisty, który przy użyciu jakichś mistycznych narzędzi zabrał się do pracy nad wnętrzem tuby.

Bracia przeszli do następnego bambusa. Ich pomocnicy ustawili już do testów kilkanaście kolejnych. Powtarzali całą procedurę przy każdej broni. Niektóre z tub trafiały swoimi kulami ognistymi już za pierwszym razem. Inne beznadziejnie chybiały. Najgorsza została zdyskwalifikowana od razu. Nie było sensu marnować nad nią czasu.

Wciąż potrzebne były znacznie mniej celne, w roli batów przeciwko cieniom.

Kiedy tuba przeszła wszystkie swoje poprawki, testowali ją na rozrzut. Alfabet tajemniczych znaków namalowanych rozmaitymi farbami oznaczał każdą, aby żołnierze wiedzieli, jaką ocenę otrzymała broń.

Otto z rzadka mówił coś więcej, jednak podczas przerwy na obiad zauważył:

– Pani rzeczywiście powracają teraz jej moce.

Prawie nikt z pewnością nawet nie podejrzewał prawdy. A nawet ci, którzy podejrzewali, nie byli przygotowani, aby w nią uwierzyć.

– Jak wiele tych rzeczy macie zamiar uruchomić? – Moi chłopcy właściwie przestali już zajmować się swoją pracą. Wałęsali się tylko w pobliżu, obserwowali fajerwerki niczym gromadka dużych dzieciaków.

– W tej partii przywieźliśmy pięćdziesiąt – powiedział Klet. – Mamy nadzieję, że z tych uda nam się wybrać dwadzieścia godnych zaufania. Jak wszystko pójdzie dobrze, zaczniemy pracować nad naprawdę potężnymi zabawkami. Chłopie, Talowie będą zaskoczeni.

Potrafiłem sobie wyobrazić, co te nowe ogniste kule potrafią zrobić z ludzkimi ciałami. Ale podejrzewałem, że kośba wśród legionów wcale nie jest ich głównym zadaniem. A moje podejrzenia potwierdziły się już następnego popołudnia.

Pani we własnej osobie przybyła, by dokonać inspekcji dwudziestu sześciu egzemplarzy, które bracia uznali za możliwe do przyjęcia. Ta kobieta wydawała się zupełnie wyczerpana emocjonalnie, jednak było w niej jakieś ożywienie, które wskazywało, iż po części przynajmniej jej życie toczy się po jej myśli. Pani i Staremu z pewnością udawało się znaleźć kilka wolnych chwil, podczas których mogli zapomnieć, że są Kapitanem i Porucznikiem.

Cieszyło mnie to.

– Wspaniale – oznajmiła, gdy zobaczyła, że każda przyjęta tuba smagnęła chociaż raz mur Przeoczenia. – A co z ognistą bronią specyficznie uzbrojoną przeciwko krukom?

– Widzisz tu jakieś kruki? – zapytał Longo. – Wystawiliśmy linię pikiet, żaden z nich nawet się tu nie zbliża.

– Dobrze. Uzbroicie wszystkie te rzeczy w pełen ładunek. Mam zamiar wykonać mały eksperyment.

Wypieracz zwrócił się do mnie:

– Mam tego mnóstwo. Udało nam się skutecznie przetestować o sześć więcej, niż oczekiwaliśmy. A połowa z pozostałych jest na tyle dobra, że możemy je wykorzystywać na dystansach mniejszych niż półtora kilometra. Możemy teraz porządnie sprać komuś tyłek. – Cała banda była tak podniecona jak dzieci, które właśnie dostały nowe zabawki. A Pani była z nich wszystkich najgorsza. Biegała żwawo wokół, jakby miała znowu piętnaście lat.

Żołnierze z powrotem złożyli stoły, zaczęli pakować narzędzia i ładować wozy.

Loftus, Longinus i Otto chichotali nad czymś, co któryś przed chwilą powiedział.

Rozejrzałem się dookoła. Nie lubiłem złowróżbnych znaków. Nawet Pani miała coś takiego w oczach. Coś takiego, co zawsze można było dostrzec u Jednookiego albo u Goblina, kiedy zamierzali wyciąć numer, którego potem ofiara będzie żałować przez całe życie.

– Nie ruszajcie się z miejsc, wszyscy stać! – wrzasnąłem. Jako jedyny w towarzystwie próbowałem zachować poczucie odpowiedzialności. – Nie mam pojęcia, co zamierzacie, ale... – To było w końcu moje lenno.

Cała gromadka, włączywszy w to Panią, braci, Ottona i Wypieracza, zamarła za swymi stołami. W ich oczach rozbłysły złe iskierki, gdy mierzyli całą długość w pełni załadowanych ciężkich tulei.

– Nawet o tym nie myślcie! – jęknąłem.

Moi krewni kręcili się za moimi plecami w całkowitym milczeniu, nie rozumieli nic z tego, co zostało powiedziane, jednak całkowicie świadomi byli faktu, że z tego, co zdarzyło się wczoraj i dzisiaj, może wyniknąć coś naprawdę znaczącego. Coś, co przekracza oczywiste przewidywania.

– Nie róbcie tego! – błagałem.

Dwadzieścia dwie bambusowe tuby wypaliły w ciągu kilku sekund jedna po drugiej. Łajdacy patrzyli spokojnie, jak pomarańczowe kule ogniste mkną w kierunku północno-północno-zachodnim, prosto do miejsca, skąd w mojej wyobraźni wzniosła się wówczas nawała kruków. Tym razem nie była to wyłącznie kwestia mojej wyobraźni.

Kryjówka Duszołap musiała znajdować się w odległości większej niż piętnaście kilometów. Kulom ognistym dotarcie tam nie zabrało nawet dziesięciu sekund. Być może nawet nie pięć. Byłem zbyt wstrząśnięty, aby dobrze sobie zdawać sprawę z upływu czasu.

Ogień, dym i gówno trysnęły na prawie kilometr w górę.

Teraz cała banda jakby oszalała. Wszyscy – nawet Pani – ciskali ognistymi kulami, w seriach po cztery, pięć. Odległe drzewa zaczęły się ruszać, jakby w lesie wrzało. Nawet z tak daleka byłem w stanie dostrzec ogromne drzewa wylatujące w powietrze na trzysta metrów.

Przypomniałem sobie, że średnica niektórych z rosnących tam drzew dwukrotnie przekraczała mój wzrost. Wirując, przecinały powietrze niby ogniste kosy. Poniżej rozpętał się ognisty sztorm. Pluł płomieniami i kłębami dymu w niebo jak jakiś rozeźlony wulkan.

To był dzień, kiedy zginęło wiele kruków. Pewien jestem także, że był to dzień, podczas którego Duszołap nie znalazła żadnego powodu do śmiechu.

88

Bieg ludzkich spraw w znacznym stopniu jest zrytualizowany.

Stary nakazał mi odczytywanie kazań z Kronik w identyczny sposób, w jaki sam to czynił w zamierzchłych czasach. Niewzruszenie wierzył, że każdy człowiek winien dokładnie znać swe miejsce w naszej długiej historii. Tym samym większość starych towarzyszy została zagnana do nauczania tagliańskiego wszystkich, którzy jeszcze nim nie mówili. Konował życzył sobie, aby każdy z braci mówił choć jednym językiem wspólnym z pozostałymi. Czasami wyglądało to tak, jakbyśmy mieli tyleż języków rodzimych, ilu mieliśmy ludzi, którzy nimi mówili. Nie potrafiłem sobie przypomnieć choćby jednego przypadku z Kronik, kiedy Kompania stała się tak poliglotyczna, jak była obecnie.

Kolejnym obowiązkiem, który musiałem wziąć na siebie, było utrzymywanie kondycji poprzez gnanie piechotą do kwater głównych na odbywające się co kilka dni posiedzenia sztabu.

Obudził mnie wspaniały aromat. Wysunąłem głowę z naszego wielokrotnie przebudowywanego bunkra.

– Co gotujesz? – zapytałem Tai Deia.

– Wujek Dodż zeszłej nocy zabił dziką świnię. Dzisiaj będzie pieczona wieprzowina.

– Mam nadzieję, że uda mi się utrzymać ją w żołądku.

– To potrwa jeszcze kilka godzin. Mówiłeś mi, żebym ci przypomniał o spotkaniu sztabu dzisiejszego ranka.

– Cholera. – Ono również miało być bardzo ważne. Nie ośmieliłbym się spóźnić. – Lepiej, żebyście zostawili dla mnie choć kawałek. – Wytargałem moją dupę na zewnątrz i zająłem się wszystkimi porannymi przygotowaniami, na jakie było mnie stać. Żaden z nas nie należał do ludzi, którzy marnują godziny na trymowaniu sobie brody, układaniu włosów czy moczeniu ciała w kąpieli. Ale czasami naprawdę trzeba sobie trochę opryskać wodą twarz i zeskrobać osad z zębów, choćby po to, by poczuć, że nie odstajesz od normalnych ludzi.

Zastanawiałem się, co będzie z naszymi zębami, jeśli Jednooki nie wróci. Te subtelne, drobne zaklęcia, jakie na nich położył, aby je ochronić, musiały być odnawiane co dwa lata. A my mieliśmy całe zastępy nowych ludzi, którzy wciąż tracili swe naturalne wyposażenie.

Tai Dei oczywiście nie zmarnował okazji, by mnie nabrać. Teraz zdjął świnię z ogniska i poszedł z nią za mną. Na tego faceta po prostu nie ma sposobu.

Wciąż jeszcze nie miałem konia. Ospały nie przyprowadził z powrotem mojego wierzchowca. Zresztą sam jeszcze nie powrócił, chociaż czasu miał aż nadto. Zniknął mi z oczu podczas przekraczania góry. Żadne poszukiwania, czy to przez świat astralny, czy na boku, nie pozwoliły mi znaleźć po nim śladu. Obawiałem się najgorszego.

Dwa grzeczne kruki podążyły za mną, polatywały od krzaka do skały, do ruin. Gdyby nie one, nie byłoby żadnego świadectwa, iż Duszołap przeżyła, tudzież w dalszym ciągu się nami interesowała, pomimo rozniesienia w drobiazgi jej domu. Najwyraźniej wyczekiwała stosownej chwili. Tyle trzeba było tej kobiecie oddać. Była szalona, ale zawsze cierpliwa. Nie pozwalała, by jej temperament wziął nad nią górę.

Pani powiedziała, że udało jej się uciec spod ognia zaporowego tylko dlatego, że zabrała dywan Wyjca na północ, gdzie teraz konspirowała z Radiszą.

Miałem rozkazy, aby nie szukać Duszołap. Miałem rozkazy, by uciekać, gdy tylko wyczuję jej obecność. To samo dotyczyło Kiny. Kopeć obecnie był prawie bezużyteczny. Stałem się więc nazbyt cennym narzędziem, by ryzykować życie. Słusznie.

Zerknąłem za siebie, zanim ruszyliśmy w górę zbocza. Wujek Dodż szedł za nami, jak to mu się ostatnio często zdarzało. Patrząc na sposób, w jaki dawał kroki, można było dojść do wniosku, iż jest gotów na wszystko. Jedna dłoń zawsze spoczywała na rękojeści Spopielającej Różdżki.

Tai Dei i ja podjęliśmy nasze treningi pod jego kierunkiem, czy to nam się podobało, czy nie. On nie wyjaśnił nam procesów myślowych przebiegających w jego głowie. Po prostu atakował nas i płazował, zmuszając w ten sposób do obrony, jeśli nie chcieliśmy otrzymywać bolesnych siniaków.

Rozpaczał nad tym, że chyba nigdy nie osiągnę tego, co uważał za minimalną biegłość w posługiwaniu się mieczem. Nie rozumiał różnicy między samotnym wilkiem a żołnierzem, który stanowi część zespołu wzajem od siebie zależnych wojowników. Albo przynajmniej udawał, że nie rozumie.

Spodziewał się kłopotów, nie mogło być w tej kwestii wątpliwości. Ale trochę za bardzo się martwił, żeby to wyjaśniało wszystko. Przebywałem w towarzystwie Konowała już dość długo, bym zdążył do tego przywyknąć.

Przypomniałem Tai Deiowi:

– Jesteśmy jak pieczarki.

– Hę?

– Trzymane w ciemnościach? Na diecie z końskiego nawozu? – Można by się spodziewać, że będzie pamiętał. Ale on nawet nie próbował sobie przypomnieć. Jak większość Niueng Bao związanych z Kompanią. – Nieważne.

Wujek Dodż próbował wprosić się na nasze spotkanie. Kilku strażników o bezwzględnym wyrazie oczu zastąpiło mu drogę. Zdecydował, że raczej pozostanie w towarzystwie innych Niueng Bao kręcących się w okolicy. Nigdy dotąd tego nie robił. Wyglądał, jakby szukał DżoDżo, niegdysiejszego strażnika Jednookiego. DżoDżo nigdy nie należał do szczególnie towarzyskich typów, nawet jak na Niueng Bao.

Zanurkowałem do ziemianki Starego. Wewnątrz zebrała się cała masa ludzi. Najwyraźniej czekali tylko na mnie.

– Zacznijmy – powiedział Konował. – Najpierw doniesienia wywiadu. Plotki okazały się prawdziwe. Mogaba ostatecznie postanowił zaciągnąć się na służbę do Radiszy. Zaczął zbierać swoje siły gdzieś na południe od Dedżagore. Raporty nie mówią dokładnie gdzie, jednak stwierdzają, że jego ludzie zaczęli eksmitować tubylców z najlepszych ziem, aby byli w stanie sami się wyżywić. Przywódcy w Taglios jeszcze nie postanowili, co robić. Nasilają się tendencje, w myśl których należy zapomnieć o nas i o wszystkim, co ze sobą przynieśliśmy. – Kapitan nie zdradził źródeł swoich informacji. Po części uzyskał je ode mnie i od Pani, kiedy odpowiednio śniliśmy i wędrowaliśmy z duchem, póki Kopeć nie stał się całkowicie bezużyteczny. Na koniec dodał: – Wychodzi na to, że Mogaba może liczyć na poparcie kilku małych, pomocniczych jednostek wystawionych przez sekty religijne, które żywią niechęć do nas i naszych przyjaciół.

Brzeszczot zachichotał.

89

Zapadła przedłużająca się cisza. Znalazłem poszczerbiony kufel, pochodzący jeszcze z czasów świetności Kiaulune, nalałem sobie herbaty z dzbanka parującego na nieporządnym palenisku Konowała. Ten napar był jeszcze bardziej gorzki niż lekarstwo. To wyjaśniało, dlaczego tak długo tu zostałem. Udawałem, że się nim rozkoszuję.

– Klet – zaczął Konował. – Jaka jest sytuacja w rolnictwie? – Tylko w Czarnej Kompanii inżynier zajmujący się pracami oblężniczymi mógł zostać szefem uprawy roli.

– Nie mam żadnych nowych doniesień. Wyjątkowe zbiory zapewne zaczną dojrzewać wcześniej, niż przewidują okoliczni mieszkańcy. Mogliśmy w każdym razie zrobić parę gorszych rzeczy, niż zatrzymać się tutaj. – Odrzekł Kletus. On i jego bracia stanowili ośrodek frakcji zainteresowanej osiedleniem się tutaj. Uważali, że ich nowa broń jest w stanie onieśmielić naszych najbardziej zawziętych wrogów. Jednak ich partia nie miała zbyt wielu zwolenników.

Przez ostatnie sto lat Kompania mozolnie maszerowała przez piekło. Obecnie posiadalismy zasobną prowincję oraz znakomitą fortecę, a jedyni nasi poważni wrogowie znajdowali się o sto pięćdziesiąt kilometrów stąd i prawdopodobnie nie mieli najmniejszego zamiaru ruszyć na nas w żadnej dającej się przewidzieć przyszłości.

Nie słuchałem dalszych osobistych opinii, które nastąpiły po stwierdzeniu, że bogowie muszą nas kochać, skoro nasze plony wzeszły tak wspaniale. Nie zwracałem uwagi na dalszą część przemowy, póki Longinus nie zaczął opowiadać, że już dłużej nie musimy się nikogo obawiać.

– Jeżeli Radisza naprawdę sprzedała połowę swej władzy, aby utrzymać pozycję, oznacza to, że tak naprawdę kapłani są u władzy. Nie wyobrażam sobie, niezależnie do tego jak bardzo się nas obawiają albo nienawidzą Brzeszczota, żeby kiedykolwiek chcieli obarczyć się posiadaniem kolejnej, sporej armii. Koszty i zagrożenia dla ich władzy, jakimi to zaowocowało...

Wszystko to słyszałem już wcześniej. Kapłani nie pozwolą Radiszy ruszyć na nas. Nie ufałem tym argumentom. Stanowiły poświstywanie w ciemnościach. Ale byłem przecież wędrującym z duchem. Mogłem udać się dokądkolwiek i wszystko zobaczyć. Powinienem pracować jeszcze mocniej, aby zmylić samego siebie.

– Nie masz racji, Longo – oznajmiłem. – Na koniec dotrze tutaj kompania wojska. Zapewne znacznie szybciej, niż któremukolwiek z nas by się to podobało. – Udało mi się nawet, i to znienacka zupełnie, zwrócić uwagę Starego.

– Miałem sen. – Większość z tutaj zebranych wiedziała, że miewam wizje. Ich mechanizm i wiarygodność pozostawały jednak moją tajemnicą. Aby uniknąć wprawiania w zakłopotanie ludzi, którzy być może martwiliby się o mnie, winę składałem na przeróżne rodzaje zapaści, jakie miewałem podczas oblężenia.

Pani cmoknęła językiem, denerwujący zwyczaj, który nie wiadomo kiedy nabyła. Ona i Konował zamieniali się powoli w dziadków naszej gromadki. Wewnętrzny krąg dowodzenia desperacko potrzebował napływu świeżej krwi.

– Możesz nam opowiedzieć o tym swoim śnie, Murgen? Czy też będziemy musieli zaczekać, aż zapiszesz go w książce? – zapytała. Była zła na mnie, ponieważ zacząłem wprowadzać nowe poprawki do jej tomu Kronik. Niektórzy z naszych braci, którzy zaciągnęli się ostatnio, towarzyszyli jej w jej przygodach. Nie wszyscy pamiętali wydarzenia w taki sam sposób jak ona.

– Najważniejszą sprawą, zgodnie z tym, co szef powiedział, jest to, że nasz stary kumpel Mogaba nie jest już bezrobotny.

Rozległy się powszechne szmery. Czy oni sobie myśleli, że Stary żartuje?

– Niewiele dowiaduję się ze snów. Nie panuję nad nimi. Czasami udaje mi się cofnąć w czasie, ale nie mogę udać się, dokądkolwiek bym sobie życzył, i odkryć, dlaczego coś się wydarzyło, już po tym, jak się przekonaliśmy, że dane zdarzenie nastąpiło. Muszę czekać na wieści od naszych przyjaciół na scenie, podobnie jak wszyscy pozostali. – Mieliśmy wciąż przyjaciół na północy, którzy dostarczali nam wiarygodnych informacji wywiadowczych. Sięgałem do nich, kiedy tylko miałem okazję.

Teraz już w niewielkim stopniu wykorzystywaliśmy Kopcia. Cały czas chciał się obudzić. Obecnie nie znajdował się już w śpiączce, w żadnym razie. Pani musiała bardzo się starać, by coś można było dzięki niemu zdobyć. Sama czerpała korzyść z nadarzających się sposobności.

– Ale Duszołap do pewnego stopnia musi pozostawać w kontakcie z Mogabą – ciągnąłem. – Ona poleciła go Radiszy. Założę się, że Kobieta wzięła go głównie dlatego, ponieważ nie chciała, by Duszołap się na nią wkurzyła. Mogaba zdążył już obiecać kapłanom, że złapie dla nich Brzeszczota i Panią. – Wyznaczono wysokie premie za głowy tych dwojga, w chwili gdy Radisza zwróciła się przeciwko Kompanii.

Mogaba nigdy nie pozwalał, by porażka osłabiła jego wiarę w samego siebie.

Brzeszczot zgłosił się na ochotnika.

– Mogę pierwszy uderzyć na nich z tyłu. To może być zabawne, zgarnąć ich i obserwować, jak ci, co przeżyli, wiją się...

– Nie. – Konował nie był w nastroju na żartobliwe wzloty. – Dokładnie wiem, kto kogo zgarnie, jeśli wybierzesz się do tańca z Mogabą. Sindawe, opowiedz mi o tym.

– Po raz pierwszy o tym słyszę. Muszę się najpierw zastanowić, Kapitanie.

– Zastanawiaj się na głos.

– Mogaba jest zupełnie osamotniony. – Przez co Sindawe rozumiał, że nie ma przy sobie żadnych Nar. Ci, którzy odeszli z nim, kiedy opuszczał Kompanię, już nie żyli. – Jego zdrowie psychiczne będzie wystawione na jeszcze cięższą próbę niż dotąd. Może pogrążyć się w obsesji nakazującej mu zniszczenie ciebie, ciebie osobiście, ponieważ odebrałeś mu jego prawo pierworództwa.

Konował odchrząknął, nieszczególnie zaskoczony.

– Murgen, jak dużo czasu zajmie mu, zanim będzie mógł dobrać się nam do skóry? Cztery lata zabrało nam, nim mogliśmy wyruszyć tutaj, a wciąż, praktycznie rzecz biorąc, zmuszeni byliśmy głodować. I nie byłoby tak dobrze, gdyby Radisza nie oszukała nas i pozostała wierna. Nie straciliśmy tak wielu ludzi w walce, jak się spodziewałem, i znacznie mniej padło od chorób.

Pozwolił sobie przejść do porządku nad faktem, że na wymarsz wybraliśmy porę roku, podczas której normalnie przerzucenie armii jest prawie niemożliwe.

– Mówiąc już o liczbach – wtrącił się Ceber. – Ta ostatnia gromadka, która chciała udać się do domu, dawno już odeszła.

Pani stwierdziła rzecz oczywistą:

– Mogaba nie będzie musiał ćwiczyć swych ludzi w taki sposób jak my. Będzie mógł wcielić w swe szeregi tych, których już dla niego wyszkoliliśmy.

Stary zwrócił się do mnie z pytaniem:

– Czego Radisza chce od Mogaby?

– Kapłani uważają, że powinien po prostu objąć w posiadanie terytoria, które opuściliśmy. Niektórzy z nich naprawdę są mocno podnieceni z powodu szansy na rzeź, jaką mogą tam sprawić. Ale Kobieta będzie chciała tylko, byśmy trzymali się na południe od gór. – Zachichotałem. – Jego robota będzie polegać na tym samym co wówczas, gdy pracował dla Długiego Cienia. Tylko że tym razem zakorkuje butelkę z drugiego końca.

– Mogaba pewnego dnia pojawi się tutaj – zawyrokował Ajsi. – Tak jak powiedział Sindawe.

Konował ponownie mruknął. Ceber zaś rzekł:

– Jeżeli nie weźmie ze sobą masy drewna na opał, latawców i ton bambusa i nie wyruszy latem...

– Może zmusić chłopów, aby dostarczyli mu zapasy, a potem ich zjeść – zachrypiał Longo.

Sindawe, Ocziba oraz Ajsi spojrzeli na niego ponuro.

– Wracajmy do rzeczy – odezwał się Konował. – W Taglios następują zmiany. Dzięki czarom Murgena wiemy co nieco na ich temat.

Wszyscy czekali, aby powiedział coś więcej. Stało się inaczej. Na koniec Pani zauważyła:

– Duszołap wciąż stanowi problem.

Z pewnością. Nie zrewanżowała się jeszcze za atak Pani. Jeszcze. Nie oczekiwano po mnie, abym obserwował jej poczynania, jednak wiedziałem, że wciąż jest gdzieś w pobliżu. Osłaniała się iluzjami i często zmieniała miejsce pobytu. Byłem jednak ostatecznie przekonany, że nie przestała się zastanawiać, w jaki sposób narobić nam kłopotów.

Nikt nawet nie wspomniał o dziecku. Wiedziałem, że przeżyła i została uratowana, nie przez Kinę, do której zanosiła łzawe błagania, lecz przez Duszołap, zresztą w akompaniamencie wesołych naigrawań. Pani i Konowałowi najwyraźniej ostatecznie stwardniały serca. Co bez większego trudu można było zrozumieć. Nigdy nie mieli z nią bardziej intymnego kontaktu niż z jakimś nieznanym dzieckiem urodzonym akurat tego samego dnia na drugim końcu świata.

Nie mogłem nic rzec o tej sprawie. Spodziewano się po mnie, że będę unikał Duszołap, póki nie otrzymam wyraźnych rozkazów mówiących inaczej. Tolerancja Starego wobec moich spontanicznych pomysłów z pewnością już się wyczerpała.

Za stratę Ospałego nie mogłem oczekiwać przebaczenia.

– A co z twoją teściową, Murgen? – spytał Konował. – Co z Goblinem i Jednookim?

Cóż mogłem odpowiedzieć?

– Wciąż nie mogę ich znaleźć. – To już nie była moja wina. Przynajmniej jeszcze mnie nią nie obciążał. Może jednak znajdzie jakiś sposób.

Ostatni kontakt z którymkolwiek z nich miał miejsce, gdy paru komandosów Goblina przywiozło Prabrindraha Draha w kajdanach, Lizę Bomarsz warczącą w klatce na wozie i kompletnie żadnych wiadomości dotyczących tego, co Goblin robi i dlaczego robi to, co robi. Nie przypuszczałem, by jego dezercja stanowiła część większego planu Jednookiego. Nie chciałem uwierzyć, że Konował potrafiłby zaplanować wszystko tak daleko naprzód. Karzełkowaty czarodziej o ziemistej buzi był gdzieś tam. Rozgrywał jakąś własną grę.

Nie miałem zresztą zbyt wielu okazji, aby go poszukać. Sny nie nawiedzały mnie tak często jak niegdyś. Kiedy to się działo, najpierw myślałem o wizycie u Sari. Najpierw chciałem zobaczyć Sari i mego syna, tego absolutnie wspaniałego, zaślinionego płaksę, którego nazywała obecnie Tobo, ponieważ nie chciała wybierać dla niego prawdziwego imienia, nie przedyskutowawszy wcześniej ze mną, jakie winno być i dlaczego.

Dalej trzymała się swego postanowienia, by do mnie dołączyć, chociaż w obecnej chwili nawet w najbardziej odległych częściach bagien słyszano już o kłótni między Radiszą i Czarną Kompanią. Wystawiłaby się na spore ryzyko, gdyby opuściła świątynię. Niemalże wszyscy Niueng Bao, którzy ostatnimi czasy opuścili bagna, byli w jakiś sposób powiązani z Czarną Kompanią.

Strażnicy strzegący Sari byli czujni. Teraz, gdy nie miała już rozmiarów małego domku, spodziewali się, że być może zechce coś przedsięwziąć. Bystra kobieta stosowała wobec nich taktykę partyzancką, a jednocześnie odzyskiwała siły. Każdego dnia i w każdy możliwy sposób sprawiała kapłanom w świątyni coraz więcej kłopotów. To akurat było proste. Zwyczajnie naśladowała matkę. Kiedy nadejdzie odpowiedni czas, być może nie podejmą próby jej ponownego schwytania.

Konował patrzył na Panią. Czekał, aż powie coś więcej na temat swej siostry. Pozostali najwyraźniej również na to czekali. Sprawa Duszołap bardzo ciążyła nam wszystkim. Szczęście ani na moment jej nie opuściło. Jej lista rachunków do wyrównania stawała się coraz dłuższa. Chociaż nie było już żadnego sposobu, by mogła zaszkodzić naszej sprawie. Nie mogła nam zrobić nic gorszego, niż nas wszystkich pozabijać, nieprawdaż? Do diabła, wszyscy otrzymaliśmy wyroki śmierci, kiedy zaciągnęliśmy się do Kompanii.

Pani powiedziała wreszcie:

– Kilku żołnierzy zniknęło w ciągu ostatnich nocy. Niektórzy zapewne zdezerterowali. Ale bez wątpienia nie wszyscy. – Machnęła dłonią. Ajsi i Ocziba, wcześniej poinstruowani, przynieśli jakiś tobół. Wyrzucili jego zawartość na klepisko.

Już nawet nie przypominałem Staremu, że moglibyśmy chodzić po prawdziwych podłogach i żyć wśród prawdziwych mebli, gdybyśmy tylko przenieśli się do Przeoczenia.

– Ten może być nieco przejrzały – rzekła Pani.

Oho.

Ajsi i Ocziba odwinęli ze swych płócien trupa mężczyzny. Nie śmierdział nawet tak źle, jak się spodziewałem. Był wysuszony niczym wiekowa mumia. Usta miał otwarte w krzyku, który nigdy nie miał się skończyć. Wyglądał, jakby przed śmiercią odniósł sporo skaleczeń. Te z kolei wyglądały, jakby zadał je sobie sam podczas ostatecznej walki.

– Dopadł go cień – powiedziałem. Zupełnie niepotrzebnie.

Konował zmierzył mnie wzrokiem. Wzruszyłem ramionami.

– Żadne cienie nie przedostały się tamtędy, od kiedy stoję na straży. – Tego byłem pewien. Spowodowałyby mnóstwo wrzawy.

– Więc znajdują się pod jej kontrolą – powiedział. – To ona wykorzystuje resztki po Długim Cieniu.

Duszołap była nową władczynią cieni. Być może w ten sposób ćwiczyła swe umiejętności.

– Nic nie możemy zrobić przeciwko takiemu atakowi, wyjąwszy ostrzeżenie wszystkich, by nigdzie nie ruszali się samotnie i bez bambusa... – zauważyła Pani. – Co z nim jest?

To „nim" odnosiło się do Kronikarza Kompanii, który zaczął wydawać z siebie dziwne odgłosy. Rzucał się na wszystkie strony, najwyraźniej próbował połknąć własny język. Tak mi opowiadali później. W owym czasie potrafiłem całkowicie stracić kontakt z własnym ciałem. Byłem jak mucha, która nigdy nie wie, kiedy spadnie packa.

Na chwilę przeniosłem się do miejsca tych wszystkich kości, a przez ten czas miałem wrażenie, że wieczność rozsmarowana została po tym ponurym krajobrazie. Biały kruk skrzeczał na mnie szyderczo. Potem ja stałem się białym krukiem. Później wydostałem się stamtąd, ale nie podążyłem swym zwyczajnym szlakiem. Nie musiałem oglądać wszystkich tych nieprzyjemnych starców, patrzących ponuro z wnętrz swych lodowych kokonów. Musiałem pofrunąć, przez całą drogę zmagając się z kolejnymi kurtynami ciemności, do tych mizernych i wspaniałych dni, kiedy po raz pierwszy spotkałem Sari, a potem jeszcze wcześniej, gdy spotkałem własnego ducha i przyłączyłem się do niego w podróży przez oblegane miasto. Żadne ze słów, które wydobywały się z mego niewidzialnego dzioba, nie należały do mnie, lecz do szalonej kobiety, która zawiadywała nimi, chociaż z pozoru nie przywiązywała najmniejszej wagi do tego ani też nie dbała naprawdę o to, co się działo. Biedny ja. Byłem niby ćma schwytana przez niespodziewany szkwał. Łopotanie mych zrozpaczonych skrzydeł nie wpłynęło w żaden sposób na zawieruchę obojętną względem mego istnienia.

Widziałem morza śmierci i rozpaczy. Nie dowiedziałem się niczego nowego i nie zobaczyłem nic, z czym nie łączyłaby mnie znacznie bardziej intymna więź pamięci.

Duszołap być może tylko drażniła się ze mną tak mimochodem, dlatego że była na przykład znudzona, lub też w ogóle nie zdawała sobie sprawy z tego, co mi robi. To nie miało znaczenia. Nie potrafiłem zemścić się na niej. Wszystko, na co było mnie stać, to miotać się tutaj jak nędzny sukinsyn i mieć nadzieję, że przetrwam kolejną burzę.

Ciemność nadeszła.

90

Obudziłem się w alkowie, gdzie zazwyczaj przechowywano Kopcia. Było ciemno. Nie miałem pojęcia, jak długo znajdowałem się poza ciałem. Spotkanie skończyło się, co do tego nie można było mieć wątpliwości. Do moich uszu nie dobiegał najlżejszy nawet odgłos.

Chciałem się wygramolić na zewnątrz i wtedy stwierdziłem, że jestem niewiarygodnie wręcz osłabiony. Gdy spróbowałem wstać, załamały się pode mną nogi. Przepełzłem jakoś przez zasłonę oddzielającą alkowę od pozostałej części ziemianki.

Nagle usłyszałem jakieś mysie chrobotanie. Uniosłem głowę.

Odrobina światła zdradziła mi imię gryzonia. Tai Dei układał papiery z powrotem na stos i usiłował wyglądać jak najbardziej niewinnie. Być może rzeczywiście tak było. Nie potrafił przecież czytać.

– Tu jesteś. Już się martwiłem. – Pomógł mi wstać. – Co się stało?

Moje kolana były zupełnie miękkie.

– Miałem jeden z tych ataków, które przydarzały mi się w Dedżagore i w Taglios.

– Dlaczego oni...? Wszyscy wypadli stąd przed kilkoma godzinami. Nawet strażnicy odeszli.

– Która godzina? – Spotkanie zaczęło się wcześnie rano.

– Za godzinę zajdzie słońce.

– Cholera. A więc cały dzień stracony. – Tai Dei pomógł mi utrzymać się w pozycji pionowej. Nie odtrąciłem jego dłoni. Rozejrzałem się w poszukiwaniu czegoś do zjedzenia. Jedzenie zawsze pomagało po dłuższym czasie spędzonym na wędrówce z duchem Kopcia. Tym razem było inaczej. A przynajmniej w niczym nie pomógł mi zimny, twardy, spalony barani udziec. Nic innego nie było pod ręką.

Miałem zdecydowaną ochotę napić się czegoś. Alkoholu. Na miejsce Jednookiego szybko znalazło się kilku innych amatorów. Z najbardziej znanych wymienić należy Wierzbę Łabędzia oraz Kordka Mafera, którzy zostali z nami, mimo iż dano im wolną rękę i możliwość powrotu na Północ. Kordek jakoś nie czuł już ognia w podbrzuszu, gdy myślał o Radiszy. Ale ich wyroby nie były dobre. Ponadto gdybym chciał coś u nich zamówić, musiałbym posłużyć się pośrednikiem, wszyscy bowiem musieliśmy przynajmniej udawać, iż przestrzegamy reguł.

Ostatnimi czasy nabrałem jednak podejrzeń co do tego, gdzie Jednooki mógł ukryć swój sprzęt. W mojej starej ziemiance, w której trzymałem Kroniki i rozmaite osobiste przedmioty, znajdowała się maleńka komórka o wzmocnionej konstrukcji. Przetrwała trzęsienie ziemi bez szwanku. A Matka Gota pomagała ją budować.

Wygramoliliśmy się z ziemianki Konowała, ja, wciąż na drżących nogach, wspierałem się na jego ramieniu.

– Żałuję jak diabli, że on nie chce się przenieść do pieprzonej fortecy. – Najgorsze przejścia mieliśmy już za sobą, ale tłumek naszych żołnierzy wciąż jeszcze pozostawał rozproszony po wzgórzach, mieszkając w wygrzebanych w ich powierzchni schronach. Pozostała jeszcze może godzina do zmierzchu. – Gdzie są wszyscy? – Nie potrafiłem dostrzec żywego ducha w odległości mniejszej, niż leżało Kiaulune. To sprawiło, że przeszył mnie lekki dreszcz strachu. Czy naprawdę wróciłem do świata, który opuściłem w momencie, gdy chwycił mnie atak, czy też uwięziony zostałem w kolejnej warstwie snu?

– Wszyscy odeszli. Nawet strażnicy. – Tai Dei powtarzał mi swe wieści w taki sposób, jakby mówił do kogoś, kto jest równocześnie głuchy i nierozgarnięty. – W przeciwnym razie nie mógłbym wejść do schronu Wyzwoliciela.

Minęło już trochę czasu, odkąd ktoś nazwał Starego w ten sposób.

– Jak rozumiem, Wujek Dodż poszedł z nimi, by mieć ich na oku?

Tai Dei nie odpowiedział.

Skierowałem się w stronę mego dawnego domu.

– W porównaniu z bunkrem, do którego się przeprowadziliśmy, ten śmietnik wygląda jak pałac.

Pani i Stary zmienili mój pałac w więzienie. Wejście od dołu wzgórza, które wybiliśmy dla Matki Goty i Wujka Dodża, obecnie wychodziło na teren spacerowy, najeżony płotem ze zdobycznych włóczni. Liza Bomarsz leżała w swojej klatce z pyskiem wspartym na łapach, wystawiona na działanie żywiołów, na jej pysku gościł wyraz tępej rezygnacji. Prabrindrah Drah przechadzał się i unikał lśniących grotów oraz pazurów zmiennokształtnej. Wydawał się cierpliwy, uważał warunki, w których się znalazł, wyłącznie za efekt przejściowych niepowodzeń.

Ani Długiego Cienia, ani Wyjca, ani Narajana Singha nie można było dostrzec na zewnątrz. Nieobecność Singha nie była niczym zaskakującym. Karano go, gdy tylko próbował wyjść na światło dzienne. Jednak zdetronizowany Władca Cienia traktowany był inaczej, a on nienawidził panujących w środku ciemności. Obawiał się tego, co mogło się pośród nich czaić.

Biedny facet stracił resztki wiary w siebie. Większość czasu spędzał, drżąc, kołysząc się i coś jęcząc. Tracił wagę. W co zapewne naprawdę trudno uwierzyć.

Smród był okropny. Ci ludzie nie mieli teraz już żadnych przyjaciół. Żyli gorzej niż zwierzęta w najokrutniejszym ogrodzie zoologicznym czy przy jarmarcznej zagrodzie. Przechodzących obok zachęcano do dręczenia Długiego Cienia i żyjącego świętego Oszustów.

Wyjec niczym szczególnym nie zasłużył sobie na to, by na Pani liście gnojów zająć ostatnią pozycję. Traktowano go z obojętnością, jednak dostawał najlepsze resztki ze stołu.

Kopeć powinien również znajdować się gdzieś tutaj, w środku. Jego i księcia traktowano lepiej. Bomarsz karmiono, prócz tego nie zwracano na nią uwagi – dopóki zachowywała się właściwie.

Tabliczka, którą odczytać potrafiło jedynie kilku żołnierzy, stwierdzała, że Prabrindrah Drah jest honorowym gościem. Czyjś drobny żart.

– Przydałaby się dobra burza, żeby zrobić coś z tym smrodem – powiedziałem. Skrzywiłem się i spojrzałem w niebo. W najbliższym czasie nie należało oczekiwać stamtąd pomocy.

Tai Dei mruknął cicho. Uniósł dłoń. Coś się działo. Wspiął się na palce, nozdrza mu latały. Głowa poruszała się drobnymi szarpnięciami, jakby próbował coś usłyszeć. Zamarłem. To był jego interes. Jego ocena sytuacji.

Teraz ja również usłyszałem. Skrobanie dochodzące z wnętrza ziemianki. Miesiące mijały, a ja wciąż nie potrafiłem zrozumieć, dlaczego Długi Cień i Singh dalej pozostają przy życiu. Jeżeli uda im się narobić jakiegoś porządnego gnoju, Konował i Pani jeszcze pożałują, że nie pozbyli się ich od razu. Pani sądziła, że obaj mogą się przydać. Kiedyś. Jakoś. Gdzieś.

– Lepiej zobaczmy, co się dzieje – powiedziałem. Zresztą bez najmniejszego entuzjazmu. Ten rodzaj zadań zawsze wróżył kłopoty. – Gdzie jest Wujek Dodż? – Mógłby się przydać, gdyby działo się tu coś naprawdę poważnego. Ja nie miałem przy sobie nic prócz bambusowego kija na trzy ogniste kule.

Tai Dei podszedł bliżej do stosu drewna będącego na wyposażeniu kwatery głównych kompanii – w obecnych czasach dostarczali go chłopi z Ziem Cienia – i wybrał kawałek długości metra z krzepkim sękiem na końcu. Gestem nakazał mi iść przed sobą.

Ześliznąłem się na dół i szarpnięciem otworzyłem drzwi mego wcześniejszego domu.

Narajan Singh, żyjący święty Oszustów, wytoczył się w półmrok. Długi czas nie wypuszczano go już na dwór. Jego skóra miała naturalny, ciemny odcień, ale teraz nabrała niezdrowego, robaczywego zabarwienia. Być może Pani nie poprzestała tylko na tym, by trzymać go zamkniętego wśród własnych nieczystości. Kiedy tylko chciała, potrafiła działać subtelnie. Po prostu czasami nie miała na to ochoty.

Tai Dei zdzielił go w łeb. Biedny, stary Narajan. Od dłuższego już czasu życie nie układało mu się najlepiej. Ale ten sukinsyn zasłużył sobie na każdą sekundę cierpienia, jaka przypadła mu w udziale. Gotów byłbym się założyć, że jego bogini otrząsała się ze wstrętem za każdym razem, gdy tylko o nim pomyślała. Połowę jego udręki stanowiło oczekiwanie, pewność, że któregoś dnia Pani znajdzie czas, aby poświęcić mu trochę szczególnej, osobistej, niezbyt kochającej uwagi.

– Powinniśmy być naprawdę ostrożni – zwróciłem się do Tai Deia. Mruknął coś niewyraźnie. Jego twarzy zastygła w kamienną maskę charakterystyczną dla Niueng Bao. Nie zapomniał o To Tanie. – Nawet o tym nie myśl, Tai Dei. Pani usmaży cię żywcem. Poza tym w środku są następni. A oni są znacznie gorsi niż Singh.

Chodziło mi o to, że mogą nam sprawić gorsze kłopoty, jednak z pozoru nic nie zapowiadało, że mogłem mieć rację. Zarówno Długi Cień, jak i Wyjec byli w okowach, ich usta zatkano metalowymi kneblami. Długi Cień, od czasu jak go pojmano, nie odżywiał się szczególnie dobrze. Głodny czarownik to oswojony czarownik, jak przypuszczam. Pokryci brudem od stóp do głów, Wyjec i Władca Cienia ledwie mieli siły, by wypełznąć na światło dnia, po tym jak – przynajmniej im się tak wydawało – Narajan otworzył drogę.

Nawet głód nie oswoił ich jednak całkowicie. Fakt, o którym nie należało zapominać.

– Powinni zapieczętować wyjście z tej budy – zauważył Tai Dei.

– Chyba nikt się o to nie zatroszczył. Nie spuszczaj ich z oka. Lepiej byłoby jednak, żebyś niczego nie zniszczył. Tudzież nikogo. Zaraz wracam.

Tai Dei mruknął ponownie z głębokim rozczarowaniem.

– Nie minie nas nasza przechadzka – obiecałem.

Kopeć wciąż znajdował się w środku. Od tak dawna już wyglądał źle, że teraz trudno było w nim dostrzec oznaki dalszego pogorszenia stanu. Jego ubranie rozkładało się dosłownie, zmieniło się w zgniły łachman. On także był skuty. Jeden z jego łańcuchów biegł gdzieś w ciemność.

Okowy pozostałych również zamocowano do ścian. Chłopcy mieli na tyle zdrowego rozsądku, zanim udali się w to miejsce, do którego poszli. W jakiś jednakże sposób łajdakom udało się wydostać. Wszak nie było wcale pewne, czy udałoby im się przyciągnąć Kopcia choć odrobinę bliżej, nawet gdyby mieli siły i czas, by spróbować zakończonej sukcesem próby ucieczki.

Obserwowanie, jak wracają na świat, który zmienił się całkowicie podczas ich przymusowych wakacji, mogłoby być nawet zabawne.

Przeszedłem ponad małym czarodziejem, znalazłem niewielką lampę i zapaliłem ją. Wyjąwszy wszechobecny odór i bałagan, wszystko w środku było dokładnie tak, jak to zostawiliśmy. Postrzępiony szal, należący do Ki Goty, wciąż leżał nieporządnie rzucony na krzesło o trzech nogach odzyskane z ruin Kiaulune całe wieki temu. Nie było śladów, które wskazywałyby, że więźniowie spędzili choć parę chwil w tej części ziemianki.

Idąc wzdłuż łańcucha Kopcia, odkryłem, że jedna ze ścian została jednak dodana. Wszakże cieśle wykonali kiepską robotę, użyli drugorzędnego drewna z odzysku, które nie potrafiło oprzeć się czyimś cierpliwym zabiegom.

Nachyliłem się i wszedłem w dziurę. Smród był tu jeszcze bardziej przemożny niż po drugiej stronie. Widywałem już w swoim życiu czystsze chlewiki.

Więźniowie jednak nie zbadali dokładnie swej celi. Nie znaleźli mojej małej wnęki. Udało się to komuś innemu, a on potrafił z tego faktu wyciągnąć wszelkie korzyści.

W dziurę upchnięte były zagubiona maszyneria i produkty końcowej działalności Jednookiego, a także coś, co wyglądało jak węzełek skarbów wyszabrowanych ze zrujnowanego miasta. Podczas swych nocnych wędrówek Matka Gota najwyraźniej zabawiała się również kolekcjonowaniem śmieci.

Wyciągnąłem dzban, wyjąłem korek. Cholera, ale ten towar paskudnie śmierdział! W każdym razie był to jakiś destylat... Łyknąłem porządnie, co sprawiło, że aż zaćmiło mi się w oczach. Smakowało to jeszcze gorzej, niż pachniało.

Po drugim łyku, który omal nie spalił mi gardła, uniosłem lampę, próbując oświetlić nieco przestrzeń znajdującą się za tym bałaganem. Zostawiłem tutaj kilka własnych skarbów, chociaż nie było to nic tak ważnego, by targać to wcześniej do Bramy Cienia. Nawet nie pamiętałem o wszystkim, co zgromadziłem.

– Och! A co to takiego? – zanurzyłem rękę w zwałach śmieci.

Kiedy zacisnąłem palce na poszarpanej jucie, udało mi się odsłonić spiętrzony stos glinianych butelek leżących w pozycji horyzontalnej. Jednooki najwyraźniej miał zamiar już dawno temu je stąd zabrać, nawet taki ignorant jak ja wiedział bowiem, że nie zostawia się na zawsze w pozycji poziomej butelek z piwem.

Wystarczyło tylko potrącić je łokciem, by butelki zderzyły się z sobą. Ich zawartość rozpryskała się po całej ziemiance i oblała mnie od stóp do głów. Jedną z ocalałych wziąłem w palce i wlałem sobie odrobinę alkoholowej treści do gardła. Nie takie złe, choć zanadto zalatywało drożdżami.

– Wszystko w porządku! – odpowiedziałem na niespokojne pytanie Tai Deia, które dotarło do mnie z zewnątrz. – Znalazłem skarb Jednookiego. – A jak się po chwili przekonałem, twierdzenie to było prawdą w znacznie szerszym zakresie. Przedmiotem zawiniętym w jutę okazała się ta cudowna włócznia służąca do zabijania czarodziejów, którą sporządził, gdy byliśmy oblegani w Dedżagore. Same złote i srebrne inkrustacje warte były fortunę.

Kolejny dowód na to, że mały czarodziej nie zamierzał opuścić nas na dobre. Nie zdawał sobie sprawy, że wiem o tym, ale w tajemnicy wciąż pracował nad tą włócznią, cały czas ją ulepszał, czynił z niej coś więcej niż arcydzieło swej magicznej sztuki.

– A cóż to jest? – W jutę owinięty był jeszcze jeden przedmiot; spoczywał za włócznią. Czy ten mały gnojek robił podróbkę własnego artefaktu?

Nie. To był łuk, łuk ze strzałami. Nie rozpoznałem go od razu, ponieważ nie widziałem go już od tylu lat, że nawet nie chciałoby mi się ich liczyć, jednak miałem przed sobą broń, którą Pani ofiarowała Konowałowi dawno temu, kiedy jeszcze wciąż była Panią. Myślałem już, że szef go gdzieś zgubił.

Konował zawsze miał w zanadrzu jakiś sekret. Nie mogłem się opędzić od natrętnego pytania, czy przypadkiem nie maczał palców w dezercji Jednookiego. Zawsze jednak pozostawała możliwość, że nie miał pojęcia, co się stało z łukiem.

Zabrałem włócznię i łuk oraz tyle tylko glinianych naczyń, ile udało mi się unieść. Mogłem zawsze przysłać Tai Deia po resztę piwa i...

Jednak nie mogłem zabrać ze sobą jednocześnie mojej lampy i wszystkich łupów. Ale przecież kiedyś tu mieszkałem. Uda mi się znaleźć drogę bez światła. Poza tym przez otwarte drzwi wciąż sączyła się do środka poświata zmierzchu.

Alkohol powoli już zaczynał na mnie działać. Kiedy przekraczałem leżącego na klepisku Kopcia, powiedziałem do niego:

– Nie założyłbym się o twoje szczęście, szefie.

Kopeć otworzył oczy.

Aż podskoczyłem. Minęło już pięć czy sześć lat... A teraz nie wydawało się, że jest w szczególnie przyjaznym nastroju.

Zrozumiałem, że chcę już tylko się stąd wydostać, i przeklinałem swoją ochotę na piwo.

Tai Dei pomógł mi z bagażami. W jakiś sposób jedna butelka piwa trafiła w jego ręce. Zauważyłem, że jego podopieczni wciąż są w zupełnie niezłym stanie, choć niewykluczone, iż Narajan Singh dorobił się świeżego pokłosia siniaków.

– Gdzie, u diabła, się wszyscy podziali?! – warknąłem ponownie. – Mam mnóstwo rzeczy do zrobienia, ale nie możemy tak sobie po prostu odejść i zostawić tych typów samych. Najwyraźniej mają ochotę wyciąć nam jakiś numer. – Długi Cień, Wyjec i Singh nie zamierzali z własnej woli wrócić do swego więzienia.

Pociągnąłem następny długi łyk.

Panująca wokół całkowita cisza zaczynała mnie powoli niepokoić. Mogła oznaczać kolejną, niezbyt błyskotliwie pomyślaną próbę pokonania Duszołap. A tamta już przecież naprawdę miała o co być na nas wściekła.

Widziałem teren, na który wówczas runęły salwy pocisków Pani. Ani trochę nie przypominał wiosennego, sielskiego krajobrazu. Głazy wielkości domów znaczyły przewiercone na wylot otwory. Większość wyrwanych z korzeniami drzew spłonęła. Pojawiły się nowe szczeliny w skałach i jaskinie, których wcześniej nie było. W niektórych miejscach skały wydawały się dziwacznie, plastycznie odkształcone. Spłynęły niby wosk świec. Jaskini, w której miała swoje schronienie Duszołap, w ogóle nie udało się odszukać.

Jedyne ciała, jakie do tej pory odnaleziono, należały do kruków.

Nie stwierdzono, by Duszołap albo jej więźniarka ucierpiały chociaż od najlżejszego draśnięcia.

Wśród storturowanych skał chichotały żywe kruki.

91

Tai Dei mruknął coś pod nosem. Ostatnimi czasy robił się zdecydowanie gadatliwy, niekiedy stać go było na to, by wygłosić całe dwa zdania w ciągu godziny. Jednak tym razem żadne słowa nie były potrzebne. Zwyczajnie przełożył swoje piwo do drugiej ręki i wskazał dłonią w stronę zapadających powoli ciemności.

Nasi zagubieni towarzysze wracali tłumnie, nadchodzili z kierunku, gdzie znajdowało się miejsce niedawnej katastrofy, jaka zwaliła się na głowę Duszołap. Dlaczego jednak wszyscy naraz wyprawili się w stronę podnóża wzgórz? Dlatego, że Stary zrozumiał, iż mój atak mógł zostać spowodowany przez niegrzeczną siostrzyczkę Pani? Nie. Nie przejmowałby się przecież czymś tak drobnym.

Ale z pewnością mógł zadać sobie tyle trudu, by wyjść naprzeciw Ospałemu.

– Gdzieście go znaleźli? – zapytałem Błyska, który prowadził muła ciągnącego tobogan z przywiązanym na nim Ospałym. Na pierwszy rzut oka widać było, że dzieciak mocno oberwał. Przede wszystkim był strasznie wychudzony. Jego ubiór znajdował się w nie lepszym stanie niż odzież Narajana Singha, o którym wspomniałem Staremu, gdy tylko udało mi się go odszukać. – Możemy mówić o szczęściu, że akurat znaleźliśmy się w pobliżu. Mamy ich pod kontrolą, ale musisz coś zrobić. W przeciwnym razie któregoś dnia dopiero zalezą nam za skórę. Skąd się tu wziął Ospały?

– Patrol wypatrzył go wśród wzgórz niedaleko miejsca, w którym Pani urządziła swej siostrze tę łaźnię. Nie miał nawet pojęcia, jak się nazywa.

Jęknąłem. Z ukosa zmierzyłem dzieciaka spojrzeniem, kiedy tobogan przejeżdżał obok.

– I do ściągnięcia go tutaj potrzebny był ten cały tłum?

– Potrzebowałem wszystkich, żeby go odnaleźć. Z tobą już wszystko dobrze? Co się stało?

– Miałem jeden ze swoich ataków. Jak te, które przydarzały mi się, gdy wracałem do Dedżagore.

Zmarszczył brwi, zaczął na prawo i lewo wydawać rozkazy. Żołnierze rozproszyli się, aby ponownie zająć się swoimi obowiązkami, których nie powinni porzucać.

– Czy wiedziałeś, że Jednooki ma twój łuk?

– Mój łuk? Jaki łuk?

– Ten, który Pani dała ci w prezencie.

– Nie. Nie wiedziałem. Być może któregoś razu kazałem mu, żeby go wyrzucił. Czy coś w tym stylu. Nie widziałem go od tak dawna, że zupełnie o nim zapomniałem. – Wciągnął powietrze w nozdrza. – Co jeszcze odkryłeś? – Wciąż musiałem pachnieć piwem.

– Wszelkie możliwe skarby. I poszlaki wskazujące, że Jednooki bynajmniej nie zaplanował sobie opuszczenia nas na zawsze.

Konował odchrząknął. Było już zbyt ciemno, żeby dostrzec wyraz jego twarzy. Czy był zły, że udało mi się odkryć coś, co nie było mi przeznaczone? Czy też znowu rozważał możliwości, jakie stąd wynikały?

– Nie potrafię uwierzyć, że odnalezienie Ospałego spowodowało tyle zamieszania – powiedziałem.

– Pani miała nadzieję, że być może uda nam się również przyłapać Duszołap w chwili roztargnienia.

– Ale przecież wiemy dobrze, że nic się jej nie stało. Cały czas nasyła na nas cienie. Zabrała się również do mnie. – Być może połaskotała mnie tylko dlatego, że byłem na miejscu, kiedy jej siostra zdecydowała się poszarpać ją trochę za mysie ogonki.

– Nie wiemy. Podejrzewaliśmy. Skoro Ospały był jej więźniem i udało mu się uciec, to może nie potrafi wszystkiego dokładnie kontrolować. Nie ma wśród nas nikogo, kto nie będzie szczęśliwy po dołączeniu Duszołap do naszego zoo. A poza tym, była szansa, że... ta dziewczynka...

No tak. Była szansa, że uda im się odzyskać córkę. Być może w chwili, gdy nikt nie będzie patrzył.

– Gdzie jest Pani?

– Wciąż tam. – Z tonu jego głosu wynikało jasno, że już wykorzystałem przysługujący mi kontyngent pytań dotyczących tej sprawy.

– Ospały powiedział coś, co da się wykorzystać? – zapytałem.

– Nic nie powiedział. Zachowuje się, jakby przebywał w jakimś innym świecie.

– To dokładnie to, czego potrzeba temu oddziałowi. Kolejny świrus.

– Czekaj, to że znalazłeś magazyn Jednookiego, o czymś mi przypomniało. Nie natrafiłeś przypadkiem kiedyś na jednego z naszych cudownych magików?

– Nie śnię ostatnio zbyt często, szefie. A kiedy się to dzieje, wszystko dokonuje się zawsze w czasie rzeczywistym. Co oznacza, że mógłbym ich śledzić dopiero po zapadnięciu ciemności, kiedy tym łacniej potrafią się skryć. A jeśli znajdują się nadal w tej części świata, to muszą się dobrze ukrywać. W każdym razie nie natrafiłem nawet na ślady ich ognisk.

– Jednooki wiedział, kto będzie go szukać i w jaki sposób – zadumał się Konował. – Powiem ci prawdę. Murgen, ostatnimi czasy nie tęsknię za nimi szczególnie. Teraz przekonuję się, że to było genialne posunięcie, aby ich rozdzielić. Nie przeżyłbym chyba ostatnich kilku lat, gdy musiałem pracować po dwadzieścia godzin na dobę, gdyby jeszcze ci dwaj kłócili się ciągle pod moim bokiem.

– Sądzisz, że gdyby się spotkali, towarzyszyłyby temu pożary lasów i lawiny?

– Wciąż mamy trzęsienia ziemi.

– Martwię się o nich, szefie. Z powodu włóczni.

– Włóczni? Jakiej włóczni?

– Czarnej włóczni. Mówiłem ci, że ją znalazłem. Tej, którą zrobił Jednooki, kiedy byliśmy w Dedżagore. Nie zabrał jej ze sobą, ale też nie wrócił po nią.

– I...?

– Powinien. Gdyby musiał, użyłby jakiegoś zaklęcia, które pozwoliłoby mu się prześliznąć. Była dla niego ważna. Nie chwalił się szczególnie, ale uważał ją za swoje najwybitniejsze dzieło. Nie zrezygnowałby z niej tak po prostu... niezależnie do tego, ile trudu musiałby włożyć w to, aby przechytrzyć Kompanię, a potem uciec ze swoją zdobyczą.

– Twierdzisz, że on wróci?

– Twierdzę tylko, że miał taki zamiar. Być może nie był sam na sto procent pewny, czy chce zdezerterować. Nie byłby to pierwszy raz, kiedy mężczyzna okazał się nie do końca uczciwy względem kobiety.

Konował spojrzał na mnie tak, jakby próbował sobie wyobrazić, co naprawdę dzieje się w mojej głowie. Potem wzruszył ramionami i rzekł:

– Może i tak. Hej, żołnierze. Weźcie Ospałego do mojego schronu. Połóżcie go na stole operacyjnym.

– Dobry pomysł – powiedziałem. – Zobaczymy, co mu zrobiono.

Konował odkaszlnął.

– Ty zostaniesz tutaj – zwrócił się do Tai Deia, który stał nad swoimi jeńcami z butelką piwa schowaną za plecami. – A ty pójdziesz ze mną, Murgen. – Jakby Tai Deiowi trzeba było przypominać, że Stary nie miał ochoty widzieć go w swoim domu. – Dżamadarze Subadir, proszę zadbać o to, aby tych więźniów stosownie potraktowano. I upewnij się, że pozostali nasi goście również zachowują się przyzwoicie.

– Książę był grzeczny – powiedziałem. Prabrindrah Drah nie musiał cierpieć upokorzenia okowów. Nasi Taglianie nie znieśliby tego.

Wypatrzyłem postać Wujka Dodża; stał w cieniu, obserwował nas ze skrzyżowanymi ramionami. Wciąż się zastanawiałem, dlaczego postanowił z nami zostać. Chodziło mu o Narajana Singha? Chyba nie. Jego uporczywa obecność podnosiła poziom mojej paranoi, kiedykolwiek tylko o nim pomyślałem. Konował, rzecz jasna, był znacznie bardziej podejrzliwy niż ja.

Zleźliśmy do ziemianki Starego.

– Tak będzie dobrze – zwrócił się do ludzi taszczących Ospałego. – Chorąży i ja już się nim zajmiemy. Jeszcze chwila, Błysk. Chcę, żebyś po dwa razy sprawdził tych, którzy mają się zająć więźniami. Jak dotąd nie poświęciliśmy należytej uwagi możliwości zdrady wśród własnych ludzi.

– Chcesz, żebym szukał czegoś szczególnego? – zapytał Błysk.

– Po prostu miej oczy otwarte. – Konował zwrócił się teraz do mnie: – Zgadzam się z tobą. Powinniśmy ich wszystkich od razu utopić.

– Ale Pani uważa, że mogą się na coś przydać.

– Czego nie wyrzucisz, potem nie żałujesz. Ona tak mówi. Wciąż staram się nie zapominać, że jest przypuszczalnie znacznie bardziej bystra i doświadczona niż ja. Rozbierzmy go. Ty zacznij od tej strony.

Ospały był przytomny, ale najwyraźniej nie miał najmniejszej ochoty, by się choćby odezwać. W ogóle nie reagował.

– Gdzie jest mój koń, Ospały? – zapytałem.

Konował zachichotał.

– Dobre pytanie, Murgen. Być może będziesz musiał go ścigać po bezdrożach. Chyba że wolisz iść na piechotę aż do Khatovaru.

Zadałem Ospałemu kilka pytań. Nie odpowiedział na żadne z nich. Wodził wprawdzie wzrokiem za ruchami moimi bądź Starego, ale nie dawało się stwierdzić, czy cokolwiek rozumie.

– Moglibyśmy użyć Kopcia, aby wyśledzić jego drogę i odkryć, gdzie był i w jaki sposób stracił wierzchowca – stwierdził Konował.

Odmruknąłem niewyraźnie. Mogliśmy skłonić Panią, by uśpiła małego gnojka jakimś zaklęciem i uczyniła choć na chwilę zdatnym do użytku. Jednak najtrudniejszą zapewne częścią tego zadania byłoby uzyskanie od niej zgody na to, by nie zechciała sama wykorzystywać go przez cały czas.

– Dzisiaj był już całkiem przytomny. Znaczy się Kopeć. Lepiej, żebyś jej o tym powiedział.

Konował zaczął badać i uciskać różne części ciała Ospałego.

– Mnóstwo siniaków. Musiał odebrać niezłe lanie. – Ospały przyjął te wieści spokojnie, nawet nie drgnął.

– Jeżeli był w jaskini Duszołap... Widziałem, co się tam działo, z odległości piętnastu kilometrów. To było...

– Ja też dość widziałem. – Coś go najwyraźniej niepokoiło. Otaczała go taka atmosfera, jaką mają wokół siebie ludzie, którzy muszą powiedzieć coś, co powiedzieć im niełatwo, względem czego nie mają ostatecznej pewności moralnej, czy winni to w ogóle powiedzieć. Co z kolei martwiło mnie. Konował nie miał najmniejszych kłopotów z wydzieraniem się na każdego, z wyjątkiem swej starej pani. – Czytałem twoje Kroniki, Murgen. – Oho. – Przykro mi to mówić, ale nieszczególnie mi się podobają.

– O ile sobie przypominam, umawialiśmy się, że nie będziesz mi mówić, co mam pisać.

– W porządku. Teraz też nie zamierzam. To twoja robota. Ty ją wykonujesz. Chciałem tylko powiedzieć, że nie podobało mi się to, co przeczytałem. Chociaż w wielu innych sprawach radzisz sobie znacznie lepiej. Widziałeś kiedyś tego faceta nago?

– Nie. Dlaczego? Powinienem? – Miałem wrażenie, że naprawdę ma poważne zastrzeżenia względem moich Kronik. Ponieważ zapewne był jednym z nie więcej jak trzech ludzi, którzy przeczytają je w ciągu całego mojego życia, przypuszczam, że powinienem trochę bardziej podczas ich pisania zadbać o potrzeby mojej publiczności. Albo przynajmniej udawać, że tak czynię. Przecież mnie nie wyrzuci. Chyba że chciałby sam zajmować się moją robotą. Jedyny prócz nas dwóch kandydat leżał teraz przed nami, wciąż jeszcze niewykształcony, niewyćwiczony, nieubrany i wedle wszelkiego prawdopodobieństwa całkowicie pozbawiony zmysłów. – A więc, co robię źle?

– Powinieneś zacząć od tego, żeby nie być takim grzecznym. Spójrz na swojego chłopaka. Czego mu brak?

Ospały nie był chłopcem.

Zapomniałem z miejsca o Kronikach.

– Niech mnie cholera.

– Nie wiedziałeś?

– Nawet nie podejrzewałem. Myślałem tylko, że jest trochę mały i kościsty... Ale zawsze taki był. Kiedy zaciągnął się do nas w Dedżagore, ledwie wyrósł z pieluch. Dawałem mu może trzynaście lat. Z jego głową nie było wcale dużo lepiej niż teraz. Pamiętam, jak Ceber zrzucił jednego z jego wujków z murów za gwałty, jakich się na nim dopuszczali. – Wciąż mówiłem o nim „on", ponieważ naprawdę trudno mi było myśleć o Ospałym jako o kimś innym, pomimo dowodów, jakie miałem przed oczami.

– Dobry żołnierz?

Wiedział.

– Najlepszy. Zawsze udawało mu się nadrobić niski wzrost i brak siły używaniem głowy. – A to było coś, co Konował szczególnie cenił.

– A więc zapomnijmy, że czegoś tu nie widzieliśmy. Nie pozwól nawet, żeby Ospały się dowiedział, że ty wiesz. – Wrócił do swych badań.

Nie pierwszy raz w Kompanii służyła kobieta przebrana za mężczyznę. Kroniki wspominały o podobnie zaskakujących odkryciach w odniesieniu do niektórych spośród naszych braci, zazwyczaj dokonanych już po tym, jak polegli.

A jednak... Z tą wiedzą nie będzie mi szczególnie wygodnie.

– Co mi się w twoich Kronikach nie podoba, to to, że są one przede wszystkim o tobie, zamiast o Kompanii.

– Co? – Nie rozumiałem.

– Idzie o to, że wszystko odnosisz do siebie samego. Wyjąwszy kilka rozdziałów, które zaadaptowałeś z materiałów dostarczonych przez Panią, Cebra, Jednookiego czy kogo tam jeszcze, nigdy nie piszesz o niczym, w co nie byłbyś zaangażowany osobiście albo czego nie widziałbyś na własne oczy. Zanadto koncentrujesz się na sobie. A niby dlaczego kogokolwiek miałyby, do cholery, obchodzić nawroty twoich nocnych koszmarów? Wyjąwszy Dedżagore, twoje wyczucie miejsca jest zazwyczaj raczej kiepskie. Gdybym sam nie był w wielu z nich, miałbym kłopoty z wyobrażeniem sobie całego tego obszaru.

Pierwszą reakcją była, oczywiście, chęć obrony moich szczeniąt przed rzeźnikiem. Ale nie otworzyłem gęby. Nie uzyskasz nic, kłócąc się ze swoimi krytykami. Bardziej zadowalające wyniki można osiągnąć, próbując nauczyć świnie śpiewu. A i mniej się przy tym człowiek uświni.

Trzeba ufać własnej muzie. Nawet jeśli ma szpotawą nóżkę i cierpi na nieprzewidywalne ataki. Przypuszczam, że w ciągu wszystkich tych lat Stary musiał sam sobie powtarzać podobne słowa.

O tym także nie wspomniałem.

– Mógłbyś też trochę rzadziej zapisywać wszystko.

– Rzadziej?

– Czasami rozpisujesz się zupełnie niepotrzebnie. Czasami.

– Spróbuję o tym pamiętać. Myślisz, że powinniśmy ją czymś przykryć?

Jasne było, że ma jeszcze mnóstwo rzeczy do powiedzenia o moich Kronikach, jednak nie przychodzi mu to łatwo. Chętnie więc przyjął tę zmianę tematu.

– Tak. Nie widzę żadnych trwałych obrażeń cielesnych. Pani ma jakieś starocie schowane w tej czarnej skrzyni. Zapewne będą trochę za duże, jednak...

– Myślałem, że mamy nie wspominać nikomu, że Ospały okazał się dziewczyną.

– Kiedy ostatni raz widziałeś Panią w sukience?

– Słuszna uwaga. – Otworzyłem kufer. – Niemniej w tej sprawie nigdy nie było szczególnych wątpliwości.

Konował odchrząknął znacząco. Z uwagą wpatrywał się w Ospałego i marszczył brwi.

– Urok nowości już się wyczerpał? – zapytałem.

Uśmiechnął się słabo.

– Coś w tym rodzaju. Któregoś dnia sam zrozumiesz.

Coś niecoś już rozumiałem.

– Nie to chciałbym usłyszeć, szefie. – Kiedyś, dawno, niezależnie od tego, jak kochałem swoją żonę, zdarzało mi się myśleć o tym, że w istocie jest córką Ki Goty.

Zachichotał.

– Nałóż jej jakieś spodnie, zanim moja ukochana zjawi się tutaj.

Skończyliśmy doprawdy na czas. Pani pojawiła się, a na dodatek była w paskudnym humorze.

– Niczego się nie dowiedziałam. Niczego, co mogłoby się okazać pomocne. Jak z nim?

– Pobity, wygłodzony i wycieńczony długim pobytem bez dachu nad głową. Reszta w porządku. Cieleśnie.

– Ale nieprzytomny? – Pani popatrzyła na dzieciaka. Oczy Ospałego były zupełnie puste.

Konował odchrząknął.

– Pogrążony w śpiączce mimo otwartych oczu.

– Jeśli już mowa o śpiących – powiedziałem – nasz ulubiony strażak dzisiaj obudził się już całkowicie. A ze sposobu, w jaki na mnie patrzył, można uznać, że zdaje sobie sprawę z sytuacji, w jakiej się znalazł.

Gotów byłbym przysiąc, że policzek Ospałego zadrżał. Ale być może to była tylko igraszka światła lampy.

– Niedobrze – powiedziała Pani. – A ja tak liczyłam na jakiś spokojny wieczór w domu.

– Co zrobimy z Ospałym?

Kapitan miał jak zawsze na wszystko gotową odpowiedź.

– Zabierzesz go ze sobą. Możesz przystąpić do przekazywania mu swoich obowiązków. – Przelotny cień przemknął po jego twarzy, jakby każda myśl na temat przyszłości napełniała go rozpaczą.

– Nie mogę... – Wprowadzić dziewczyny do swojego bunkra.

– Tak, właśnie że możesz. – Ponieważ Ospały był po prostu tylko jednym z naszych chłopaków, no nie? – I informuj mnie o jego postępach.

Pani pojawiła się w domu, a on od razu brał mnie do galopu. Co nam to przypomina?

– Zbieraj dupę – zwróciłem się do Ospałego. – Przenosimy się do mnie. Trzeba stwierdzić, co zrobiłeś z moim koniem.

Nie odpowiedział. Skończyło się na tym, że Tai Dei i ja targaliśmy go na noszach razem ze skarbami, które wykopaliśmy. Zacząłem znacznie mniej lubić Ospałego, zanim dotarliśmy do celu podróży.

Kiedy przechodziliśmy obok więzienia, zmiennokształtna zaczęła warczeć i ryczeć. Było to niby okrzyk bojowy pantery, który ścigał nas przez jakiś czas.

– Ach, pierdol się – powiedziałem. Ospały zaczynał już stawać się ciężki.

Wielka kocica wyła i próbowała przepchnąć swe pazury między ostrzami okrutnych włóczni ograniczających jej swobodę ruchów.

– Myślę sobie, że być może przydałoby jej się kilka drinków – zwróciłem się do Tai Deia.

– A może zbliża się okres jej rui.

92

Gwiazdy zniknęły. Ognisko paliło się słabo. Tai Dei, ja oraz kilku moich chłopców byliśmy już lekko pijani piwem Jednookiego i pełni po dziurki w nosie pieczonej świni. Rzuciłem ogryzioną kość do ognia. Zaczęła skwierczeć.

– To jest życie – zagrzmiał Ceber, akcentując swą wypowiedź beknięciem.

– Jeżeli lubicie obozować na świeżym powietrzu – powiedziałem – to pogoda jest, jak znalazł. Ja jednak, gdybyście kazali mi wybierać, wolałbym żyć tak jak w Taglios. Bez tej całej roboty.

– Jakiej roboty? Nie widziałem nigdy, byś ruszył choć palcem.

– Musiałem dbać o to, by Sari się uśmiechała.

– Nie udało ci się, gnojku.

– Ten facet przez cały czas tak chrapie? – zapytał Rudi.

Miał na myśli Tai Deia, który rozłożył się przy zewnętrznej ścianie naszego bunkra, chrapiąc i mamrocząc, kompletnie sztywny. Jak na niego, to wypił dużo. Pozostali Niueng Bao powinni się go wstydzić.

– Tylko kiedy dobrze się bawi.

– Pierwszy raz mu się to zdarzyło, co?

– Przynajmniej o ile wiem. Ale nie było mnie przy nim, kiedy brał ślub.

– Stary cię słucha – ktoś powiedział. Dlaczego nie wyszepczesz mu do uszka czułych słówek o tym, jak wszyscy razem wędrujemy w góry?

– Czemu miałbym to zrobić?

– Ponieważ kiedy dotrzemy do Khatovaru, ze wszystkimi podróżami, walką i innym gównem będzie wreszcie koniec. – Chwila ciszy. – Nieprawdaż?

Nie miałem pojęcia.

– Za cholerę nie wiem. Przejdziesz sześć metrów w górę wzgórza i znajdziesz się poza przednimi granicami mojej wiedzy.

– Myślałem, że wszystko jest w tych ichnich starych książkach.

Wszystko było. Ale nie miałem tych właściwych starych książek. Zerknąłem na Tai Deia. Powoli zaczynało wychodzić na to, że wpadł na najlepszy pomysł.

– Mam już dość tej zabawy, chłopcy. – Rozprostowałem zesztywniałe kolana, wstałem i ruszyłem do łóżka. Przekraczając leżącego Tai Deia, powiedziałem: – Nie budź mnie w żadnym mniej poważnym przypadku niż frontalny zalew cieni. I nie zapomnij zostawić trochę świni dla Wujka.

To dobrze, że strop bunkra znajduje się na tyle nisko, by trzeba było wchodzić do niego na czworakach. Padając na łóżko, nie miałem szczególnie daleko do posłania.

Najpierw potknąłem się o Ospałego, potem o włócznię Jednookiego, którą właściwie nie wiadomo po co wlokłem ze sobą, a później zostawiłem porzuconą na samym środku kamiennej podłogi.

Udało mi się paść na siennik, nie kalecząc się przy tym poważniej.

Wiem, że spacerowałem we śnie, ale nie pamiętam, dokąd się udałem. Z nocy pozostały mi tylko niejasne wspomnienia Sari i jakiejś głupiej sprzeczki z Duszołap, równie chętnej do unikania mnie, jak ja jej. Obudziłem się z bólem głowy, przemożnym pragnieniem, desperacką potrzebą natychmiastowego udania się do latryny i bardzo wściekły.

– Och, skończ z tymi bzdurami, stary łgarzu – powiedziałem Wujkowi Dodżowi, gdy tylko wychynąłem z ziemianki. Kompletnie zobojętniałemu Tai Deiowi robił właśnie piekło w wydaniu Niueng Bao, używając wszystkich słów z żargonu, jakie zawsze wyłażą na powierzchnię, gdy ktoś popuści sobie wodzy i zacznie robić z siebie dupka. – Cholera, już jest jasno. Tai Dei, ruszaj dupę. Napij się trochę wody. Cholera. – Sam również się napiłem. Była lekko zielonkawa. Jeżeli wkrótce nie spadnie deszcz, będę musiał przynieść trochę świeżej.

– Chorąży.

– Hę? – Okazało się, że po obu moich bokach stoją Ajsi i Occiba. – Wy, chłopcy, wyrośliście spod ziemi czy co?

– Czekaliśmy, aż się obudzisz – powiedział Ajsi.

– Twoi ludzie upierali się, żeby ci nie zakłócać spoczynku – dodał Occiba.

Ich sposób zachowania był jednak do pewnego stopnia denerwujący.

– Tylko dla nich dobrze. Co jest? – Najwyraźniej nie przywlekli się tutaj po to, żeby sobie poćwiczyć.

Ajsi znacznie lepiej niż Occiba mówił dialektem Miast Klejnotów, ale nawet on nie mówił nim dobrze. Jakoś jednak udało mu się przekazać wiadomość.

– Kapitan i Porucznik chcą, żebyś wiedział, iż więzień Kopeć odszedł.

– Odszedł? To znaczy jest martwy?

– Jak kamień – udało się wykrztusić Occibie.

Przypomniałem sobie śliczne, żywe kamienie, które spotkałem na długo przedtem, zanim ci dwaj sztywniacy dołączyli do bandy. Nie wspomniałem o nich. Dzisiaj nikogo nie obchodziła już Równina Strachu.

– Zamordowany – dodał Ajsi, ponieważ uznał, że dalej ich nie rozumiem.

Szczęka mi opadła.

– Chodźmy stąd, będziemy mogli porozmawiać swobodniej. – Chwyciłem zabójcę kruków i poprowadziłem ich w górę stoku dość daleko, by nikt nie mógł nas podsłuchać. – Interesują mnie szczegóły. – Broń okazała się niepotrzebna. Czarne ptaki zniknęły.

– Poderżnięto mu gardło – powiedział Ajsi.

Jak to się mogło stać?

– Jak to się mogło stać? Ktoś przecież musiał przejść nad Singhiem, Długim Cieniem i Wyjcem... Nie znaleziono go przypadkiem gdzieś poza budą, co? – Jeszcze bardziej byłbym wstrząśnięty, gdyby okazało się, że został zabity w ziemiance Konowała.

– Był w więzieniu.

– Jak mniemam, nie złapano tego, który to zrobił. – Moje pierwsze podejrzenia padłyby oczywiście na Narajana Singha lub któregoś z niedorżniętych jeszcze członków jego bractwa.

Ale Oszuści nie rozlewali przecież krwi. A z pewnością nie zrobiłby tego Narajan, nawet w samoobronie.

– Nie.

– A wiemy, kto to zrobił?

– Nie.

– Wracam do obozu. – Ruszyłem w jego stronę. – Błyskacz! Rudi! Elegant! Klu! Ceber! – krzyknąłem, a moi oficerowie i sierżanci zareagowali w taki sposób, jakby spodziewali się, że lada chwila czeka nas niespodziewana wizyta ze strony Mogaby i całej tagliańskiej armii. Krzyczałem naprawdę głośno. Kac zabarwił cały mój świat na bezkompromisowe czernie i biele.

– Przykro mi – wyjaśniłem, chociaż wcale nie było mi przykro. – Nie jest tak źle, jak moglibyście sobie pomyśleć. W każdym razie jednak pomniejszy alarm. Odchodzę. Ogłoście wszystkim. Powiedzcie im, by przestali grać w tonka, póki nie doprowadzą do porządku swego sprzętu. – Wypiłem kolejne pól litra wody, potem poświęciłem podobną jej ilość duchom ziemi. – Ocziba, Ajsi, idziemy.

Tai Dei przezwyciężył potęgę sił grawitacji, chwycił bambusową tuleję, której użył jako laski. Poszedł chwiejnie za mną, z uporem starając się nadążyć.

Sam określał, przeciwko komu i czemu się opowiada, za pomocą zestawu niezmiennych norm, które za nic miały jego własne pragnienia, upodobania i ból.

Wujek Dodż zakończył przedstawienie w stylu Matki Goty, poprawił swe szaty, musnął dłonią rękojeść Spopielającej Różdżki, jakby chciał się upewnić, że miecz wciąż jest na swoim miejscu, potem potruchtał za nami. Tego ranka wyglądał na bardzo zmęczonego i bardzo starego.

– Nie było potrzeby, byś się tu pojawiał – warczał Konował. On sam tego ranka również wyglądał na starego i zmęczonego. – Na nic się tu nie przydasz.

– Znałem Kopcia lepiej niż ktokolwiek inny. Myślałem, że może...

– Marnujesz czas. Chyba że byłeś z nim tak blisko, by móc wskrzesić jego ducha.

Zastanowiłem się.

– To nie ma sensu.

– Oczywiście, że ma. Ktoś nie chciał, byśmy go dalej śledzili.

Chciałem już protestować, twierdzić, że o Kopciu nikt nie mógł wiedzieć, chociaż po namyśle doszedłem do wniosku, że lepiej się jednak powstrzymać. Stary wyraźnie nie miał ochoty wdawać się w żadne dyskusje.

– Co pozostali mają na ten temat do powiedzenia? – zapytałem więc zamiast tego.

Pytania zadawano im, na pewno, z odpowiednią energią.

– Nikt niczego nie widział. Nikt nic nie wie. Ale wydaje mi się, że Wyjec ma jakiś pomysł. I sądzę, że boi się, iż ktoś mógłby odkryć to i przyjść po niego w nocy.

– W takiej sytuacji zachowałby się sprytnie, gdyby nam powiedział, co wie. – Torturami nic się nie wydobędzie z tego małego gnoja. Był starszy od Pani, a już krzyczał z bólu, zanim ją spotkał.

– Tak też mu Pani powiedziała. Teraz zastanawia się nad decyzją.

– To może być szansa, by go przeciągnąć na naszą stronę.

– Jest tak, jak mówiłem, Murgen. Niepotrzebnie tu przychodziłeś. Jesteśmy prawie tak samo cwani jak ty. Po prostu trochę więcej czasu zabiera nam wymyślenie pewnych rzeczy.

– Bez wątpienia. Czy słyszałeś, jak Bomarsz rzucała się ostatniej nocy?

– Zmienna? Nie. O czym ty mówisz?

– Wpadła we wściekłość, kiedy Tai Dei i ja przechodziliśmy obok jej klatki zeszłej nocy. – Opowiedziałem mu.

– Czasami tak się z nią robi. Pani sądzi, że dzieje się to wówczas, gdy zwierzęca część natury bierze w niej górę. Być może w ten sposób próbuje przywabić sobie chłopaka.

Wujek Dodż, jak zauważyłem, wkrótce po tym, jak przybyliśmy na miejsce, podszedł do klatki, wymieniwszy wpierw kilka słów z DżoDżo. Nie rozumiał nic z tego, o czym rozmawiałem ze Starym.

– Tai Dei powiedział, że tak to właśnie brzmiało.

– Facet może nie jest taki głupi, na jakiego wygląda. – Konował spojrzał na Wujka Dodża, nie przerywając swej wypowiedzi. Nie miałem pewności, kogo z nich dwóch miał na myśli. Potem zapytał: – Jak twoja zguba?

– Ospały? Śpi.

– My tutaj palimy błaznami w piecu zamiast drzewem.

– Co? Powiedziałem prawdę. Dzieciak śpi. Je, kiedy wetkniesz mu jedzenie w ręce i pokażesz, co z nim robić. Rozgląda się dookoła. Ale głównie po prostu śpi.

– W porządku. Wracaj do siebie. Zabierz się do roboty. Zacznij myśleć trochę dalej naprzód. Nie mam pojęcia, czy to nerwy, czy przeczucia, czy też robię się niecierpliwy, ale czuję nastroje, by ruszać w drogę niezależnie od tego, czy ktoś nas do tego zmusza, czy nie.

– Radisza byłaby zadowolona.

– Wątpię. Cała ta paranoja dotycząca Kompanii gdzieś musi mieć swe źródło. Ona nie znosiła tego tak źle jak Kopeć, jednak kupiła to i wciąż w to wierzy. Ja z kolei nie wierzę, że źródło, z którego pochodzą te wieści, przestało istnieć. Nie sądzę, by ona naprawdę wierzyła Duszołap, gdy ta opowiada jej, że może wyśliznąć się ze swego diabelskiego cyrografu bez najmniejszego uszczerbku. – Myślał o Kinie. Teraz wszyscy dość zgodnie wierzyliśmy w teorię, zgodnie z którą Kina przepełniła umysły Taglian oraz ich władców strachem przed Kompanią. Przez cały czas zresztą podejrzewaliśmy, że postanowiła z góry, iż nie dotrzyma swojej części umowy i nie pomoże nam dotrzeć do Khatovaru po ewentualnym zwycięstwie nad Władcą Cienia.

Hipoteza o Kinie była atrakcyjna, jednak najpierw należało ją nieco odwszawić. Jeżeli Matka Kłamstw była zdeterminowana, by sprowadzić Rok Czaszek, dlaczego miałaby chcieć trzymać Kompanię z dala od tych stron? Może w jej oczach Władcy Cienia byli narzędziami lepiej nadającymi się do realizacji koniecznego rozmiaru zniszczenia?

Wzruszyłem ramionami i zwróciłem się do Tai Deia:

– Wydaje mi się, że nikomu nie zależy tutaj na naszej obecności.

– Co, u diabła? – warknął Konował.

Zmiennokształtna próbowała dobrać się do Wujka Dodża. Wujek kłuł ją swoim mieczem, póki się nie uspokoiła.

– Śnij dla mnie, Murgen – oznajmił Konował, gdy już ruszyłem w dół wzgórza. – Obecnie czuję się ślepy i podatny na ciosy. Muszę wiedzieć, co się tam dzieje.

93

A coś się z pewnością działo. Wszyscy, na których natrafiliśmy w drodze do naszego obozu, chcieli wiedzieć, co się dzieje. I nie była to tylko sprawa dzikich plotek. Nikt nie słyszał o niczym szczególnie niecodziennym. Jednak u każdego żołnierza pojawiły się jakieś nieokreślone przypadki objawów nerwicowych. Sam też to czułem. Wszystko dookoła zdawało się osobliwie złowieszcze, chociaż dlaczego, nikt również nie potrafił wyjaśnić. Kiedy wszedłem na obszar byle jak skleconej wioski, która powstała już u podnóża Bramy Cienia, zauważyłem, że większość moich ludzi rychtuje swoje zbroje i broń, tak na wszelki wypadek. Zanotowałem sobie w pamięci, że trzeba zapanować nad ich nerwami i dzięki temu doprowadzić je do lepszego stanu.

Czas był najwyższy, by zebrać ochotników, których najbardziej swędział tyłek, i zacząć przekształcać ich w członków bractwa Kompanii.

Licząc żołnierzy, urzędników i ciury obozowe, w ostatniej krucjacie Konowała przeciwko Władcy Ciemności brało udział przynajmniej sto tysięcy ludzi. Nie rozpaczałem szczególnie nad tym, jednak śmierć zabrała wielu z nich, niektórych w boju, większość jednak pochłonęły choroby, wypadki i trudy wyprawy. Z kolei choroby, trudne warunki życia i Taglianie odpowiedzialni byli za jeszcze większą liczbę poległych mieszkańców Ziem Cienia. Konflikt obrodził znacznie poważniejszą tragedią ludzką niż wszystkie trzęsienia ziemi wstrząsające tym terenem.

Zaraza pozostaje naczelnym problemem. Zawsze.

Cała sprawa jednak polegała na tym, że nie znaleźli tu dosyć zabawy i chwały. Kilka tysięcy ludzi, którzy pozostali z nami – a wielu z nich odniosło rozmaite trwałe okaleczenia – należało do typu nerwowych. Znaków i zwiastunów dopatrywali się właściwie wszędzie.

Jak większość z tych, którym zdarza się popełnić ten błąd i przystać do najemników, byli to ludzie, których własne społeczności traktowały nieszczególnie życzliwie. Być może nie mieli rodzin, do których mogliby wrócić. Może mieli trochę poprzestawiane w głowach. Może byli kryminalistami lub uciekinierami zmykającymi przed swymi wrogami lub żonami tudzież specjalistami od ściągania długów. Naprawdę nie jest łatwo zaprowadzić porządek wśród takich ludzi i nauczyć ich dyscypliny. Koncepcja Kompanii, która uważała się za dom i rodzinę, funkcjonowała znakomicie przez kilka ostatnich wieków, jednak w owym czasie oddział nigdy nie przekraczał liczebnością kilkuset ludzi. Nigdy nie był tak wielki, by każdy nie znał osobiście wszystkich pozostałych.

Zrozumiałem, że ja sam, jeśli już o to chodzi, pomimo wszelakich pretensji, nie robiłem wszystkiego, co mogłem, aby zebrać rodzinę razem. Pozwoliłem, by brak zewnętrznych nacisków uśpił mnie niczym niemowlę.

Paranoja jest koniecznością. W tym większym stopniu, im czasy są bardziej syte i pomyślne.

Teraz chłopcy byli nerwowi. Nadszedł czas, by popracować nad nimi odrobinę mocniej.

– Czytanie z Pierwszej Księgi Konowała – oznajmiłem zebranym żołnierzom. Byłem trochę oszołomiony ich liczbą. Musiało ich być tutaj jakieś sześć setek. Przyszły nawet najgorsze łazęgi i leserzy. – W owym czasie Kompania pozostawała na służbie Syndyków Berylu... – To powinno być dobre czytanie. O ile Otto i Wypieracz nie pojawią się, opowiedziana historia będzie bezpiecznie zakotwiczona w przeszłości, a z drugiej strony w czasach na tyle bliskich, aby żołnierze rozumieli, że weterani tych opowieści wciąż są wśród nich. Będą wiedzieli, iż mierzymy się z siłami, z którymi po raz pierwszy przyszło spotkać się ich przodkom. Sam emblemat na ich odznakach został wówczas wybrany godłem Kompanii. Łatwo było więc przeprowadzić związek z przeszłością, związek zrozumiały, posiadający aktualną wagę. Był to pomost, przez który można ich doprowadzić do akceptacji przekonania, że stanowią część większej całości, której przez ponad czterysta lat udawało się przetrwać wszelkie przeciwności.

Nie otrzymałem żadnych oklasków. Udało mi się wszystko przedstawić w odpowiednio emocjonalny sposób, by nawet najbardziej cyniczny członek mojej publiczności zmuszony był podejrzewać, iż coś musi kryć się w tym, co powiedziałem.

Przemowę i czytanie prowadziłem, siedząc na dachu mego bunkra. Ospały usiadł w drzwiach, ambitnie wchodząc w rolę ochronnego gargulca. Zastanawiałem się, czy przypadkiem jakieś forsowne ćwiczenia nie mogłyby mu pomóc w dojściu do siebie.

Obudziły mnie hałasy towarzyszące kłótni Cebra z Tai Deiem.

– Co tu się, u diabła, dzieje?! – wrzasnąłem.

– Zabierz stąd swoją dupę, Murgen!

Przeszedłem na czworakach po kamienistej podłodze i wypełzłem na rozjarzoną światłami noc. Nie trzeba mi było niczego dłużej wyjaśniać. Ognie stanowiły wystarczającą odpowiedź.

Płonęła fabryka broni Pani. W powietrzu już zaczynały latać ogniste kule. Wkrótce sytuacja stała się jeszcze gorsza. Zapalił się las, zapłonęły ruiny Kiaulune i chaty w obozie po drugiej stronie drogi. Kilka kul ognistych dotarło nawet w moje najbliższe sąsiedztwo, chociaż moi chłopcy okazali się na tyle przytomni, by się przed nimi skryć.

– Nie ma mowy, abym tam polazł.

– Ktoś się nie bał – odrzekł Ceber. W łunie pożaru dostrzegliśmy postać Wujka Dodża umykającego stamtąd ze Spopielającą Różdżkę w dłoni. Kolorowe odblaski sprawiały, że jej ostrze lśniło jaskrawo.

– Tai Dei! – warknąłem. – A co, u diabła, on tam robi?

– Nie mam pojęcia.

Odgłosy zamieszania po obu stronach drogi stawały się tak donośne, że słyszeliśmy już tylko jedno wielkie, wszechogarniające wycie ludzkiej masy.

– Cholera i raz jeszcze cholera – ktoś powiedział. – Czy uwierzycie w coś takiego?

Powtórzyłem swoje zapewnienie:

– Nie polezę tam.

Fajerwerki trwały nadal. Przypadkowe kule kreśliły łuki na nieboskłonie. Czasami tuleja bambusowa wyładowywała się gwałtownie, wypuszczając w ciemność strumień ognistych kropek. Fabryka Pani znajdowała się w większości pod ziemią, jednak sama ochronna warstwa gruntu nie potrafiła zapobiec zniszczeniom.

Na kilka minut jasność przegnała mroki nocy.

Z tyłu, za mną, otaczająca sztandar od zmroku do świtu gęstwa ciemności tłoczącej się przy Bramie Cienia odpłynęła w górę zbocza, wypełniając sobą najgłębsze szczeliny i zagłębienia. Cieniom nie podobało się to, co się działo.

Mnie również. Ponownie zauważyłem:

– Nie polezę tam.

Jakiś mądrala zauważył:

– Któryś z was, chłopcy, sądzi, że Murgen może tam nie polezie?

Gówniarz.

Wszystko trwało parę godzin. Potem zdążyłem się nawet trochę przespać.

94

Ziemia wciąż płonęła. Grunt nad fabryką Pani zapadł się, najwyraźniej w chwili, gdy tak dużo materiału na kule ogniste stanęło w ogniu, że sama gleba nie potrafiła oprzeć się zapłonowi. Płonący grunt jaśniał rozmaitymi kolorami. Drobne płomienie skakały jeszcze tuż przy ziemi, na pozór zupełnie przypadkowo, jak te, które pojawiają się na powierzchni płonącej siarki. Zapach siarki rzeczywiście przesycał powietrze, stanowił jednak wspomnienie po spalonych kulach.

Światła było akurat dosyć, aby podejść i dokładnie sobie wszystko obejrzeć. W konsekwencji pozostałości katastrofy wywierały w naszych oczach jeszcze większe wrażenie.

Setki żołnierzy i rzesze pośpiesznie wziętych z poboru mieszkańców Ziem Cienia nosiło wodę we wszystkich możliwych zaimprowizowanych pojemnikach. Woda ugasiła większość płomieni, jednak nie przez zdławienie ich, a schłodzenie.

Kolumna pary wznosiła się setki metrów nad naszymi głowami.

– Chyba się wkurzę.

Spojrzałem za siebie. Stary podszedł niepostrzeżenie i teraz stał obok mnie.

– Nie ma się z czego cieszyć – zgodziłem się.

– Być może nie jest tak źle, jak wygląda, z wyjątkiem tego, że straciliśmy wielu ludzi pracujących przy tulejach. Gotowa do użycia broń składowana była w innymi miejscu. Pani nie chciała wkładać wszystkich jaj do jednego koszyka.

– Bystra dziewczynka. To był wypadek?

– Nie. Ci, co przeżyli, mówią, że widzieli, jak lampy w podziemiach nagle zaczęły przygasać, a zaraz potem usłyszeli ludzkie krzyki. Na podstawie tego, co opowiedzieli, nie mam większych wątpliwości, że cienie wdarły się do środka. Zaraz po nich wkroczył ktoś czy coś, kogo nie widzieli wyraźnie. Przeszła przez całe to zamieszanie i wzniecała reakcje, które następnie doprowadziły do wybuchu.

– Duszołap?

– Gotów jestem się założyć. Ona naprawdę zaczyna mnie wkurzać.

Mruknąłem pod nosem. Zaczyna? Dopiero teraz? A więc musiał być bardziej cierpliwy, niżbym go w najśmielszych snach posądzał.

Ktoś wykrzyknął moje imię. Dostrzegłem niewielki tłum zbierający się u podnóża zbocza.

– Wzywają mnie obowiązki – warknąłem. – Zastanawiam się, jakąż to przykrą niespodziankę mają dla mnie tym razem. – „Przykry" to było doprawdy nazbyt łagodne słowo dla określenia tego, co leżało rozproszone wokół zapadliska w ziemi. Mnóstwo poszarpanych, pokaleczonych i rozczłonkowanych ciał. Większość nie należała do żołnierzy. Ludziom Pani udało się wprawdzie wydostać z fabryki, jednak ostatecznie wielu na nic to się nie przyda.

– Gdzie jest Pani? – zapytałem Konowała, który szedł w ślad za mną.

– Próbuje zorganizować obławę na Duszołap. Ma nadzieję, że uda się ją dopaść teraz, gdy wciąż jeszcze jest zmęczona i zadowolona z siebie.

– Strata czasu.

– Zapewne. Śniłeś coś ostatniej nocy?

– Nie. Rzucałem się, przewracałem z boku na bok i próbowałem sobie wyperswadować przyjście tutaj.

– Ostatecznie wcale bym po ciebie nie posyłał.

Dlaczego, o tym przekonałem się za chwilę.

On pierwszy znalazł ciało. Wujek Dodż leżał rozciągnięty na grzbiecie wśród masy innych ciał. Jedno z ramion do gołej kości wypaliła ognista kula. Druga opaliła mu włosy na głowie. Reszta czupryny była niemal całkowicie biała. Twarz wykrzywiał mu jakiś rozpaczliwy grymas. Prawy oczodół ginął w skurczu rysów, oko pokrywała warstwa zakrzepłej krwi. Lewe było otwarte. Nieruchomo wpatrywało się w niebo. Spopielająca Różdżka leżała w poprzek jego piersi. Wciąż ściskał rękojeść obiema dłońmi. Niestrudzenie polerowane ostrze straciło teraz barwę, jakby używano go jako pogrzebacza, jakby wygnany został z niego duch. Ubranie Wujka Dodża wyglądało tak, jakby już po tym, gdy padł, posypano go rozżarzonymi węglami. W plamę krwi znaczącą jego policzek zatknięte było niewielkie białe piórko.

Zadrżał. Wydał z siebie odgłos podobny do potężnego pierdnięcia. Tai Dei, który stał tuż obok mnie i patrzył na niego zupełnie ogłupiały, teraz rzucił się naprzód.

– Cofnąć się, ludzie – warknął Konował. – Zróbcie mi miejsce. Murgen, przynieś moją torbę z narzędziami, zrobię, co będę mógł.

Pognałem po torbę. Ku mojemu zdumieniu Tai Dei zerwał się i również pobiegł za mną. Po drodze jednak wyszczekiwał rozkazy w stronę innych Niueng Bao. Wujka będą doglądać jego rodacy.

Wskoczyłem do ziemianki Konowała, odszukałem torbę i pomknąłem na powrót we wschodzący świt.

– Widziałeś go, możesz coś powiedzieć? – zapytałem Tai Deia.

– Samotnie poszedł do lasu mangrowców. – To był idiom Niueng Bao. Wywodził się z opowieści o nieostrożnym myśliwym, który ścigał dziką świnię do miejsca porośniętego lasem mangrowców, a tam zaatakował go tygrys.

Cisnąłem torbę Konowała na ziemię obok niego. Mruknął coś niewyraźnie, potem warknął na tłoczących się wokół nas Niueng Bao. Nie minęło nawet dziesięć minut, a wyglądało już, jakby wszyscy Niueng Bao towarzyszący Starej Gwardii przyszli, by zobaczyć, co się stało. Tai Dei szepnął coś gniewnie do kilku. Sens jego przemowy polegał chyba na tym, że gwałcą swe zobowiązania, bo trzymają się z dala od tych, których mieli chronić. Pojęcie, jakie mieli Niueng Bao na temat długu honorowego, było tak mocno utrwalone, że tłumek rozpierzchł się w mgnieniu oka.

Niueng Bao nie mówili wiele. Ale to, co powiedzieli, zrozumiałem doskonale. A jednocześnie nie potrafiłem nic z tego pojąć.

Tai Dei ukląkł obok Wujka, po jego lewej stronie. Stary klęczał u drugiego boku. Konował podał Tai Deiowi zmoczoną szmatkę.

– Masz. Spróbuj usunąć skrzepy z jego twarzy, abym mógł zobaczyć, jak poważne są obrażenia. – Światła było już dosyć, aby zobaczyć zaschniętą krew i skrzepy ropy na twarzy Wujka.

Gdy nas nie było, Konował zgromadził parę wiader wody i rozciął ubranie Dodża. Teraz badał jego ramię, z którego wciąż sączyła się krew. Najwyraźniej rana na głowie zdołała się sama zasklepić.

Wujek zadrżał znowu. Mógł chyba widzieć, ponieważ patrzył na Tai Deia, rozpoznawał go, próbował unieść dłoń, ale ledwie udało mu się ująć go za łokieć.

– Tysiąc Głosów. Uważaj na Tysiąc Głosów – wyszeptał.

– Leż spokojnie, Wujku – odrzekł Tai Dei.

– Musisz... Nie zostało mi już dużo czasu. Tysiąc Głosów jest wśród nas. Trafiłem ją, myślałem, że uda mi się odzyskać Klucz, ale mój cios nie był śmiertelny. – To wydało mu się nie wiadomo dlaczego zabawne.

Konował spojrzał na mnie znacząco, milcząco nakazał mi słuchać, gdyż oczywiste było, iż Wujek mówi coś istotnego. Skinąłem głową, nie tylko słuchałem i zapamiętywałem, ale obserwowałem również usta Wujka Dodża, by być pewnym, że mówi dokładnie to, co jak mi się wydawało, słyszałem.

Większość Niueng Bao rozeszła się do swoich zajęć. Ale DżoDżo nie miał już kogo chronić. Jego człowiek uciekł. A więc został z nami. Podszedł trochę bliżej.

– Wujku! Twój język cię zdradza.

Przynajmniej tyle zapewne chciał powiedzieć. W chwili, gdy otworzył usta, Konował dał znak i już Otto oraz Wypieracz rzucili się na niego jak para aniołów szukających niedowiarka, by go pokarać. Przytrzymali go, dłońmi zakryli usta i odprowadzili na bok, a wszystko to w sposób tak zgrabny, że nikt nie zwrócił na nic najmniejszej uwagi.

Wujek Dodż sądził, że umiera. Próbował jeszcze przekazać Tai Deiowi jakieś swe zobowiązania.

– Znajdź ją, zanim zdoła przyjść do siebie. Zabij, póki da się to jeszcze zrobić. Spal jej ciało. Rozsyp popioły. Rozsyp je na wietrze.

Tai Dei nie chciał wziąć na siebie tego ciężaru.

– Ja nie jestem właściwym człowiekiem, Wujku. Mam już swoją misję. Leż spokojnie. Uważaj na to, co mówisz. – Zdawał sobie sprawę, że słucham.

Wujek Dodż spojrzał w moją stronę. On również teraz zrozumiał, że słucham. Ale przekonany był, że widzi Śmierć zaglądającą mi przez ramię, więc mówił dalej.

To, co powiedział, miało sens. Przy założeniu, że „Tysiąc Głosów" oznacza Duszołap. To był znakomity przydomek dla niej – w szczególności jeśli wzięło się pod uwagę fakt, iż zapewne nie zadała sobie trudu, by się im przedstawić.

Niestety, ani Wujek, ani Tai Dei nie zdecydowali się na wygłoszenie do siebie żadnych wyjaśniających mów, z typu „jak zapewne wiesz...", tak więc musiałem dziury w ich historii wypełniać własnymi domysłami. Miałem wrażenie, że owa „Tysiąc Głosów" ukradła coś Niueng Bao. Wujek nazwał tę rzecz Kluczem. Niestety, do czego to był klucz, nie wyszło na jaw. Tai Dei nie widział potrzeby, aby to wyjaśnić.

Wyprawa na poszukiwanie tego przedmiotu mogła wyjaśnić, dlaczego Wujek nie odstępował na krok Kompanii. Mogła wyjaśnić jego zniknięcia, zarówno w nocy, jak i później na dłużej, po bitwie na Czarandapresz. Podejrzewałem, że już wcześniej natknąłem się na wskazówki, które wyjaśniłyby mi jego postępowanie, były one jednak nazbyt odległe, by je dostrzec lub powiązać w jedną całość.

Wujek Dodż słabł z każdą chwilą. W przypadku mężczyzny tak silnego fizycznie i duchowo jak on oznaczało to zapewne, że ma rację, kiedy mówi o swym rychłym końcu. Poddałem się pokusie i pozwoliłem, by małostkowość wzięła nade mną górę. Przysiadłem na stopach, naśladowałem styl Niueng Bao tak dokładnie, jak tylko potrafiłem.

– Czy jest coś, co chciałbyś, bym przekazał Sahrze, kiedy tu wreszcie dotrze?

Wzrok jego jedynego zdrowego oka spoczął na mnie. Skrzywił się, kiedy Tai Dei zdarł wielki skrzep z drugiego oczodołu, ale skupiony wzrok nawet nie zadrżał.

– Wiem już od dawna. Wiem też, że mamy syna. I w sercu swoim nie potrafię znaleźć przebaczenia.

– Otrzymał znacznie więcej ran, niż mi się z początku zdawało. Ma złamaną rękę. Nogę chyba też – orzekł Konował.

– Nadział się na Duszołap – powiedziałem. – Przypuszczalnie w chwili, gdy próbowała uciec. Być może udało mu się ją nieco poharatać.

– To może wyjaśnić stan, w jakim jest ostrze jego miecza. Jak również fakt, że on sam znajduje się wciąż we względnie dobrym stanie. O czym oni gadają? – My oczywiście mamrotaliśmy do siebie w dialekcie Miast Klejnotów.

– Pewien jest, że umiera. Próbuje przekazać Tai Deiowi jakiś rodzaj obligu. Tai Dei nie chce tego. Wydaje mi się, że Duszołap odwiedziła bagna między chwilą, gdy zerwała oblężenie Dedżagore, a chwilą gdy krewni mojej żony dołączyli do mnie w Taglios. W jej ręce wpadło coś, co było naprawdę ważne dla Niueng Bao... jakiś przedmiot uważany przez ich religię za obdarzony mocą, jakaś święta relikwia... a misja Wujka polega na odzyskaniu go.

– Nie jest jeszcze gotów kopnąć w kalendarz – zapewnił mnie Konował. – Wygląda to znacznie gorzej, niż jest w rzeczywistości. Połowa tego bałaganu to nie jego krew. Wyjdzie z tego, jeśli uda nam się zwalczyć zakażenie. Ale nie mów mu tego. Niech powie jak najwięcej.

Przeszedłem na Niueng Bao.

– Tai Dei, mój Kapitan, wyraża swój żal, że twoi ludzie nie byli względem nas uczciwi. Jednakże, w imię Sahry oraz ponieważ prosiłem o to jako rodzina, zrobi, co będzie w jego mocy, by ulżyć Wujkowi Dodżowi w jego przejściu do *kao gnam*. – *Kao gnam* stanowiło miejsce bądź stan istnienia, który można by opisać jako główną przechowalnię dusz. Trudno byłoby mi wyjaśnić, które z tych dwojga, Niueng Bao bowiem nie dyskutowali głośno o swoich religijnych przekonaniach. Cokolwiek to jednak było, w *kao gnam* dusze oczekiwały na swój powrót na świat, jeżeli wcześniej nie udało im się nagromadzić dość dobrej karmy, by opuścić Koło Żywotów. Miejsce wyposażone w podobną funkcję Gunni nazywali Suega, w ich mitologii składało się na nie właściwie kilka miejsc jednocześnie, włączając w to Niebo i Piekło, gdzie dusze oczekiwały w poczekalniach i otrzymywały dawki jednej lub drugiej rzeczywistości, zgodnie z rachunkiem dobrych i złych czynów dokonanych za życia.

Mój komentarz naruszył najwyraźniej poczucie honoru i lojalności Tai Deia. Rozzłościł się na mnie.

– To doprawdy zbyt poważne uchybienie, mój bracie.

– A więc wyjaśnij mi, dlaczego miałbym traktować go lepiej niż jakiegoś nieznośnego dalekiego krewnego?

– Ignorancja jest twoją tarczą – pouczył mnie Tai Dei. – Wyświadcz mi łaskę.

– Nie proś.

– Nic już więcej nie powiem.

Zaczynałem podejrzewać, że zbyt wiele już nagadałem, a więc nie miałem problemu z zaspokojeniem jego życzenia.

– Dobra.

Przez następny kwadrans Wujek Dodż kilkakrotnie szeptał coś do Tai Deia. To już było najczystszej wody bredzenie. Nic z tego, co powiedział, nie wpłynęło w istotny sposób na powiększenie mojej wiedzy. Potem stracił świadomość, ponieważ Konował dał mu jakiś środek przeciwbólowy. Nie zapewniałem Tai Deia, że się obudzi. Niech zadziwi go medyczna magia Starego. Niech odczuwa wobec nas większe jeszcze zobowiązania niż do tej pory.

Wujek Dodż był nieprzytomny i niezdolny do przeciwstawiania się nam, kiedy składaliśmy mu kości i czyściliśmy rany. Niewiele ciała trzeba było usunąć. Kule ogniste wspaniale kauteryzowały rany. Jednak od teraz Wujek będzie się mógł szczycić kilkoma sporymi bliznami.

Być może również w połowie ciała nigdy już nie odzyska całkowitej sprawności. Prawe ramię zostało złamane w trzech miejscach. Jedno złamanie było skomplikowane. Prawa goleń pękła również, piętnaście centymetrów pod kolanem.

Tai Deiowi nawet nie przyszło do głowy zapytać, dlaczego pomaga w składaniu kości człowieka, który i tak ma umrzeć.

Przebywał w innym świecie. Łączył się ze swoją duszą, z tą częścią swej osobowości, która czyniła go Tai Deiem.

Po jakimś czasie powiedział:

– Kłóciłem się z nimi, gdy postanowili odesłać Sahrę. Mój głos był jednak zbyt słaby, by przywiązali do niego wagę. – Gdy mówił to, nie patrzył na mnie. Z postawy, w jakiej zastygło jego ciało, wywnioskowałem również, że nigdy więcej nie poruszy już tej sprawy.

95

Następnego ranka porozmawiałem z kilkoma Gunni, delikatnie poruszyłem kwestie mitologii Niueng Bao. Nie chcieli mi w niczym pomóc. Natrafiłem na mur pogardy. Gdyby nawet mieli choć najlżejsze pojęcie o tych kwestiach, określiliby Niueng Bao jako heretyków. Nie zrobili tego. Tagliańskie społeczeństwo było nazbyt pluralistyczne religijnie. Nikt, z kim rozmawiałem, nie miał śladu pojęcia, czym mógłby być Klucz. Podejrzewałem, że nie musiała być to wcale religijna relikwia, mimo iż usłyszałem dość, aby zrozumieć, że był to jeden z najważniejszych skarbów przechowywanych w świątyni, gdzie zamknięto Sahrę. Zastanawiałem się, jaki związek może istnieć między tymi dwoma faktami. Jeżeli w ogóle istniał.

– Naprawdę zaczynają mnie już męczyć te wycieczki – zwróciłem się do Tai Deia, kiedy wędrowaliśmy przez dolinę, dokąd wezwał nas rozkaz naszego Najwyższego Dowódcy. W niewielkiej odległości ochotnicy z Ziem Cienia pomagali zbierać ziarno, które było jakimś krewnym jęczmienia; pracowali za udział w plonach. Konował wpadł na pomysł, że tubylcy będą nam mniej zazdrościć, jeśli pomożemy im w ten sposób. Mnie jednak wydawało się, że ich własne plony nie będą takie złe, a my powinniśmy zebrać naszą nadwyżkę w Przeoczeniu. Pewne jak to, że zima przychodzi po lecie, było, iż nadejdzie dzień, kiedy będzie potrzebny nam każdy kłos zapasów.

Stary upierał się, że takie myślenie wynika u mnie z nadmiernego strachu przed przeszłością, że nigdy nie wyrosłem z Dedżagore. Być może miał rację. Jesteśmy przecież całkowitą sumą wydarzeń naszej przeszłości, tak w dobrym, jak i złym.

Jak dotąd Tai Dei nie odezwał się ani słowem. Był znacznie bardziej małomówny podczas tego poranka niż kiedykolwiek. Dopiero kiedy uszliśmy już jakieś półtora kilometra wzdłuż ścieżki, oznajmił:

– Wiedziałeś, że Wujek Dodż nie umrze.

– No.

– Chciałeś nim manipulować.

– No, a więc powiedz mi, co to jest Klucz?

Czy powiedziałem, że dotąd się nie odzywał? Sprawdziłem nawet, aby się upewnić, czy mój wieloletni przyboczny wciąż jest ze mną.

– Wielkie czary, co?

Zrozumiał to słowo, ale w innym kontekście.

– Wielkie kłopoty. Wszystkie proroctwa, wszystkie treści i narzędzia proroctw nie przynoszą niczego prócz kłopotów.

– Czy ten Klucz nie pasuje przypadkiem do proroctwa Hong Trej? – Nie udało mi się jeszcze wyświetlić tej sprawy, choć byłem jej częścią, żonaty byłem zaś z częścią inną. Sari zawsze twierdziła, że nie ma o niczym pojęcia, że jest przecież tylko kobietą.

Tai Dei na powrót odnalazł punkt równowagi swej osobowości, swoje milczenie. Odmówił powiedzenia czegokolwiek więcej.

– Mówiliście o mnie? – zapytałem, kiedy wsadziłem głowę do ziemianki Konowała, a napotkałem nagłe milczenie i spojrzenia, które były jedyną odpowiedzią na moje powitanie.

– Może – odrzekła Pani. Przyjrzała mi się z namysłem, najwyraźniej się zastanawiała, co też ostatnimi dniami dzieje się w mojej głowie i sercu.

Otto, Wypieracz oraz kilku innych ze Starej Gwardii byli tu również. Ajsi i Sindawe obecni. Natomiast godna uwagi była nieobecność licznych wyższych rangą oficerów tagliańskich, wśród nich Brzeszczota. Ostatnimi czasy zresztą raczej się nie pokazywał, chociaż pracował przecież z Panią od wielu lat. Wyglądało to na zmianę kierunku fali w przypływach zaufania.

– Co jest?

– Jaki jest twój stan gotowości? – zapytał Konował.

– Tak naprawdę, nie jest źle. Jeszcze jeden dobry wybuch, jak ten zeszłej nocy, a chłopcy za wszelką cenę sami będą chcieli pójść.

– Żadnego śladu po Duszołap?

– Nie. Jeśli chcecie znać moje zdanie, Wujek dostał ją porządnie, więc teraz zapadła gdzieś i liże rany. – Od czasu powrotu Ospałego nie widziałem nigdzie nawet jednego kruka. I mówcie teraz na temat dobrych omenów.

– Tai Dei powiedział coś jeszcze?

– Nie. Nie mówiłeś...

– Postanowiłem zaliczyć równinę.

– Sądziłem...

– Teraz jest najlepsza chwila. Duszołap jest słaba. Wiem, jak przebiegają procesy jej dochodzenia do zdrowia. Będziemy mieli tydzień, zanim na tyle dojdzie do siebie, by móc nam sprawić przykrości. Powinniśmy skoczyć przez to okno sposobności. Jeżeli weźmiemy ze sobą odpowiednio duże siły oraz juczne zwierzęta, a będziemy jechać szybko, pokonamy jakieś sto dziesięć czy sto trzydzieści kilometrów, zanim będziemy musieli zawrócić. To powinno dać nam niejakie pojęcie, na czym stoimy.

Nie podobał mi się ten pomysł, ale nie protestowałem. Pani była Porucznikiem. Do niej należało wykazywanie usterek w rozumowaniu Kapitana. Nie powiedziała nic, a więc osądziłem, że dyskusja już się zakończyła.

– Myślę, że z pierwszym oddziałem winno wyruszyć pięćdziesięciu ludzi – powiedział Konował. – Wszyscy starzy chłopcy, którzy szli za nami, aby dostać się do Khatovaru, oraz najlepsi nowi ludzie. Wyłącznie ochotnicy.

Niewielu świeżych rekrutów chciało iść do Khatovaru. Stara trwoga wciąż panowała do pewnego stopnia nad umysłami, nawet jeśli teraz stanowili oni część Kompanii.

– Co się stało w Taglios? – zapytał Konował.

Wzruszyłem ramionami.

– Ostatnimi czasy miewam wyłącznie normalne sny. Tak naprawdę, to ledwie przespałem ostatnich kilka nocy. Ospały mamrotał coś przez cały czas. Próbowałem go skłonić do mówienia, ale chyba mnie nawet nie słyszał.

– Zabierzemy go z nami. Może dobra, długa przejażdżka wyrwie go z tego stanu.

Westchnąłem.

– Kiedy masz zamiar to zrobić?

– Kiedy tylko uda się wszystko dopiąć na ostatni guzik. Duszołap z każdą chwilą ma się lepiej.

Westchnąłem ponownie.

– Przywykłem już chyba do siedzenia na miejscu. Naprawdę podoba mi się pomysł pozostania tutaj. – I czekania na moją żonę. A być może nawet wyprawy wstecz, na jej spotkanie, gdyby udało mi się wydobyć z Ospałego, co zrobił z moim koniem.

Konował zakaszlał znacząco. Naprawdę. Ten sukinsyn zmieniał się w mojego dziadka.

– Wiesz, co to oznacza? Chorąży? – zapytał.

– Mam złe przeczucia, iż oznacza to, że durny pierdoła o imieniu Murgen będzie musiał ponownie jechać na przedzie.

– Bez Goblina i Jednookiego, którzy chroniliby ci plecy.

– Cholera. No tak. – Ale moje plecy były chronione, od teraz aż na zawsze. – Nie widzę problemu, szefie. Niueng Bao będą nalegać, by mogli zostać ze swymi towarzyszami z Dedżagore.

– Na to właśnie liczę. Każdy, który pójdzie z nami w góry, oznacza jednego Taglianina mniej, którym będę się musiał martwić, że zostawiamy go za plecami, i który być może zechce owinąć jeden z tych jedwabnych szalików wokół mojej szyi.

– Co? Nie mieliśmy żadnych kłopotów z tymi typami od zeszłej zimy. Już nikt z nich nie został.

– Gotów jesteś się założyć o swe życie? Mam zamiar zabrać żywego świętego i resztę naszych kumpli.

– Dlaczego chcesz to zrobić?

– Aby uniknąć niespodzianek. Chcesz, żeby Wyjec się wydostał albo Długi Cień, kiedy żadnego z nas nie będzie tutaj, aby pojmać ich znowu? Chcesz, żeby Prabrindrah Drah knuł coś znowu? Albo ta panterza suka?

– Nie. Ale jeśli rozumiem się na tych sprawach, wystarczy, że ich pozabijamy i spalimy ich ciała. A potem zmieszamy to, co z nich zostało, i wrzucimy do sześciu różnych rzek.

Pani obdarzyła mnie spojrzeniem, które kiedyś spowodowałoby, że zesrałbym się ze strachu. Teraz już nie wywierało na mnie takiego wrażenia.

Konował zaś zwyczajnie zignorował moją opinię.

– Kiedy już dotrzemy tam, wyżej, i przekonamy się, jak wszystko wygląda, być może założę tam stały obóz, abyśmy mogli stopniowo przemieścić cały tłum.

– Nie sądzę, żebym był na to gotów, szefie.

– Nie jesteś gotów? To właśnie tam zmierzałeś przez ostatnich dziesięć lat.

– To jest wielka, pieprzona różnica między znalezieniem się w drodze a wejściem tam, szefie. Możesz iść do obozu i zapytać, a każdy chłopak ci powie, że jest całkowicie zdecydowany iść do Khatovaru. Założę się jednak, że nie otrzymasz tej samej odpowiedzi, jeśli zapytasz, czy chcą tam iść. – Nie wierzę, by Konował kiedykolwiek pojął, że nikt nie był równie entuzjastycznie nastawiony względem celu naszych poszukiwań jak on.

– Co mam zrobić? – zapytałem.

– Spakuj się i bądź gotów. Doprowadź jakoś do porządku swego protegowanego, ponieważ spodziewam się, że pomaszeruje wraz z nami.

Tutaj coś się działo... Coś, co sprawiło, że zostałem ze wszystkiego wyłączony. Coś mającego jakiś związek, być może, z nagłą ciszą, jaka zapadła, kiedy wszedłem do środka.

– A więc pewnie lepiej będzie, jak się spakuję i będę gotów, co?

Stary spojrzał na mnie wściekle, kiedy wychodziłem, ale nie podniósł nawet palca, by mnie zatrzymać.

Coś się działo.

– Kolejna, cholera, podróż na marne – oznajmiłem Tai Deiowi. – Tylko że tym razem była z tych najgorszych. – Powoli zaczynałem być zły. W jakiś sposób mnie wykorzystywano.

96

Nie mam, kurwa, pojęcia – oznajmiłem Rudiemu. Trzeci raz z rzędu. – Jeżeli to ci się nie podoba, jedź, dołącz do Goblina i Jednookiego. Gdziekolwiek by byli.

– Po prostu tak naprawdę nie wierzyłem, że to nastąpi.

– Nikt nie wierzył, prócz Starego. Włącznie ze mną. Ale kiedy on mówi jedziemy, to jedziemy. Tak to właśnie działa.

– Nigdy nie powiedziałem, że nie pojadę – jęknął Rudi, bardziej do siebie niż do mnie. Odszedł, aby wydzierać się na swoich sierżantów. Musiał zdecydować, kogo zrobić dowódcą na czas, gdy nas nie będzie.

Ja sam miałem podobne zadanie przed sobą. Poszukiwałem kandydatów od czasu, jak wróciłem z odprawy u Starego. Tym sposobem dowiemy się sporo o naszych południowych rekrutach. Stary nie chciał zostawiać żadnego ze Starej Gwardii czy też Nar.

Ocziba, Ajsi i Sindawe byli jedynymi Nar, którzy przeżyli.

Pojawił się Ceber. Praktycznie rzecz biorąc, był teraz moim adiutantem. Robił większość roboty. Nie wtrącałem się w jego decyzje, póki wszystko nie szło w kierunku, o którym wiedziałem, że nie spodoba się Kapitanowi. Powiedział:

– Rudiego naprawdę skręciło to, co powiedziałeś.

– Ten facet mnie wkurza. Czego chcesz? – Bardziej niż Rudi wkurzało mnie to, że z Ospałym było coraz gorzej. Tai Dei natomiast wiercił mi dziurę w brzuchu, ponieważ nie pofatygowałem się, aby odwiedzić Wujka Dodża, kiedy byliśmy po drugiej stronie doliny.

– Hej, Murgen, nie ma nic złego w tym, że człowiek się boi. Ale nie musisz unieszczęśliwiać wszystkich tylko dlatego, że tobie się to przydarzyło.

Już chciałem się na niego wydrzeć, kiedy uświadomiłem sobie, że w niczym nie zmieni to faktu, iż ma rację. Podniosłem z ziemi kamień i rzuciłem z całej siły, jakby strach mógł odlecieć razem z nim. Kawałek skały potoczył się i odbił głośno od jakichś głazów. Pół tuzina kruków poderwało się w powietrze, przeklinając w swoim rodzimym języku.

– Cholera.

– Niedobry znak – zgodził się Ceber. – Od jakiegoś czasu już ich nie widywaliśmy. Chcesz, żebyśmy je przepędzili?

– Nie były na tyle blisko, aby coś usłyszeć. Ale niech ktoś sprawdzi teren. – Popatrzyłem na słońce. Pozostało jeszcze kilka godzin światła. Miałem dość czasu, by zrobić to, co trzeba było zrobić, zanim wyruszymy większą liczbą w góry.

Ceber wysłał ludzi do miejsca, gdzie były kruki. Jeden z nich trafił na coś, co zapewne za życia było skunksem. Wolną dłonią zatykał sobie nos. Ceber zwrócił się do mnie:

– Być może w ogóle nie szpiegowały nas.

– Wszystko jest możliwe – odrzekłem. – Ale niektóre z możliwości są bardziej prawdopodobne od innych. Tai Dei, wiem dobrze, że masz jakieś cholernie zdecydowane poglądy odnośnie do tego, co jesteś mi dłużny, jednak naprawdę nie musisz podejmować ryzyka tylko dlatego, że ja to robię.

Niueng Bao przykucnął w niewielkiej odległości, miecz przytroczony miał do pleców, czekał – mały, zlumpiony człowieczek, który w ogóle nie wyglądał groźnie. Spojrzał mi prosto w oczy, wymruczał swoją ochotę na pomaszerowanie ze mną, drugie mruknięcie posłużyło jako wyjaśnienie powodów.

– Przechodzę przez Bramę Cienia. Czekaj! W porządku. Mam Klucz. Lancę. Póki trzymam ją w dłoniach, nic mi się nie stanie. – Jeżeli Konował naprawdę domyślił się poprawnie.

Czułbym się pewniej, gdybym miał możliwość przestudiowania tych starożytnych Kronik.

Tai Dei podniósł się powoli, ociężale, jakby bolały go kolana. Westchnął i wykonał gest z typu: „No to już chodźmy".

– Słuchaj – zacząłem – naprawdę nie musisz.

Znowu machnął dłonią. Kłótnia do niczego nie doprowadzi. Tai Dei znajdował się na skali uporu o dwie kreski ponad czymś, co można by określić jako upór skrajny. Wszyscy Niueng Bao mieli na tej skali przynajmniej jedną kreskę. A moja żona...

Ująłem w dłonie drzewce sztandaru, kopniakami zacząłem odrzucać mocujące je w ziemi kamienie. Stał tutaj nietknięty mniej więcej już od pół roku, dość długo, by w oczach wszystkich zamienić się w część krajobrazu.

– Czekaj – powiedział Ceber. – Napij się trochę przedtem, Murgen. Nie możesz po prostu zacisnąć szczęk i tak sobie tam pójść. Weź jakiś bambus. Weź manierkę. Weź bochenek chleba i trochę suszonego mięsa. I pozwól mi, żebym zebrał kilku chłopaków, żeby ci osłaniali tyłek.

– W porządku. Masz rację. – Ta cała sprawa bardziej mnie przerażała i konfundowała, niż byłem gotów sam się przed sobą przyznać.

Pozwoliłem, by Ceber zatroszczył się o mnie. On nie musiał przechodzić przez Bramę Cienia, mógł więc sobie pozwolić na rozsądek i opanowanie.

Chorąży zawsze idzie jako pierwszy w każdy bój Kompanii.

Byłem już dalej w górze zbocza, niż dotarł którykolwiek z nas. Drzewce sztandaru drżało w moich dłoniach. Oparłem go o ziemię i wbiłem wzrok w ruiny, starałem się wybrać ścieżkę, którą chciałbym pójść. Ceber stał kilka kroków za mną, przekazywał rozkazy Rudiemu. Rudi rozstawił czaty. Mimo wszystko nie chciałem ani na chwilę zniknąć im z oczu. Jeżeli czarnuchy mają mnie dopaść, pozostali powinni wiedzieć, jak, kiedy, dlaczego i gdzie się to stało.

– Kiedy tylko będziecie gotowi – warknąłem. Miałem przeczucie, że przez jakiś czas nie doczekam się wytchnienia od strachu.

– Mamy cię! – krzyknął Ceber. – Przywiąż linę do swego tyłka i idź stać się bohaterem.

Stać się bohaterem. Nie było to coś, czego bym kiedykolwiek w życiu pragnął. Dałem mu znak, wysoko uniosłem obie ręce nad głowę, potem szybko chwyciłem sztandar, nim zdążył się przewrócić. – Zobaczymy się w piekle, glinojadzie. – Ruszyłem w górę zbocza.

Tai Dei zarzucił sobie na ramię wiązkę bambusów i poszedł za mną. Jemu znacznie lepiej udawało się skrywać swój strach, jednak również pozwolił im obwiązać się liną w pasie. Na wypadek gdyby trzeba było go ściągać przez Bramę.

Sztandar niemalże śpiewał w moich dłoniach.

Znałem dokładnie moment, w którym przeszedłem na drugą stronę. Poczułem się, jakbym wpadł do zimnego stawu... który składał się wyłącznie z powierzchni. Od stóp do głów przeszył mnie dreszcz, potem jakby przesunął się dalej, jednak wciąż znajdowałem się w miejscu, gdzie przez cały czas było zimno. Na rozpalonych skałach można by smażyć jajka, a przecież wciąż było zimno.

Przeszedłem tylko kilka kroków. Potem się zatrzymałem. Poczekałem. Minuty mijały. Wrażenie chłodu nie opuszczało mnie. Spojrzałem w górę zbocza. I, stopniowo, droga stała się bardziej widoczna, cienka, czarna linia niby polerowany węgiel wiła się po wzgórzu jak ślad, który zostawił wąż tylko do tego stopnia niedostatecznie pijany, by nie zejść w gołe pustkowie. Czekałem jeszcze jakiś czas. Nic nie skoczyło na mnie. Żaden cień nie przyszedł, by wpełznąć do wnętrza mej nogawki.

Sztandar zachowywał się, jakby wreszcie wrócił do domu. Niemalże czułem, jak ciągnie mnie dalej.

– Wszyscy mnie widzicie? – zawołałem do Cebra.

– Liny też jeszcze trochę zostało, chłopie – odpowiedź Cebra i jego śmiech zabrzmiały, jakby docierały do mnie przez długi, metalowy tunel.

– Mam też gotową linę dla ciebie, Ceber. – Dałem następne trzy kroki. Tai Dei wlókł się za mną. Facetowi zupełnie brakowało entuzjazmu.

Nic się nie stało. Przeszedłem jeszcze kilka kolejnych kroków. Droga wiodąca w górę zbocza lśniła niczym polerowana ciemność, wzywała mnie naprzód. Strach zaczął mnie opuszczać. Szybko.

Tai Dei powiedział coś, ale nie zrozumiałem ani słowa.

Zatrzymała mnie naprężona lina. Szedłem po drodze, nawet nie zdawałem sobie z tego sprawy. Dotarłem do samego kresu zasięgu liny. Ceber szarpnął za nią.

– Na razie wystarczy, Murgen.

No. Byłem już znacznie dalej, niż pierwotnie zamierzałem pójść. Ale przecież nie było się czego obawiać... Ceber szarpnął ponownie linę, tym razem znacznie bardziej energicznie.

Niechętnie zawróciłem na dół. Tai Dei znowu coś powiedział. Zerknąłem za siebie. Potem zrozumiałem, czego chciał.

Wskazywał na północ. Świat wyglądał, jakby drżał, jakbyśmy patrzyli nań przez kurtynę rozgrzanego powietrza.

– Ruszaj się, Murgen! – krzyknął Ceber. – Chcemy, żebyś wrócił i zapieczętował Bramę, zanim zapadnie ciemność. – Kolejne szarpnięcie napięło moją uprząż.

Ten facet zaczynał się denerwować.

Wciąż z oporami ruszyłem powoli w kierunku granicy. Tym razem było to tak, jakbym z zimy wyszedł wprost w lato.

Tai Dei westchnął. Był zadowolony. W jego oczach wzgórze nie miało żadnego uroku.

Mój świat uległ zmianie. Nieznacznej tylko. Mogłem widzieć, jak nakreślony piórem ślad wypolerowanej ciemności wije się wśród wzgórz tam, kędy kiedyś biegła droga. Po większej części skrywała go glina i kamienie, które się nań stoczyły, ale pozostały po nim wyraźne znaki, jeśli się tylko potrafiło patrzeć.

Zrozumiałem, że po tym, jak przekroczyłem granicę, stałem się innym człowiekiem.

– Wszystko w porządku? – zapytał Rudi. – Wyglądasz dziwnie.

– Tam jest dziwnie. Tak samo, ale inaczej.

– Hę?

– Nie potrafię tego wyjaśnić. To trzeba poczuć. Zrozumiecie, kiedy wszyscy tam pójdziemy.

Ceber przyłączył się do nas, szedł i zwijał linę.

– Wszystko w porządku? Wyglądasz, jakbyś zobaczył ducha.

– Tam jest po prostu trochę strasznie.

– Strasznie? To znaczy? Nic dziwnego nie robiłeś. Tylko przez moment jakbyś się zatracił. A twój przyboczny zachowywał się inaczej. Stał tam tylko i się trząsł.

– O to właśnie chodzi. Tam jest zimno. Nie chodzi tylko o cielesny chłód. Bardziej o taki chłód, o którym Brzeszczot mówi, że można go znaleźć w sercu kapłana.

Musiałem wyglądać naprawdę na skonfundowanego. Ceber rzekł:

– Twierdzisz, że trzeba samemu tam się znaleźć, żeby zrozumieć.

Zwróciłem się do Tai Deia:

– Ten człowiek zachowuje się jak tępy pniak drzewa, ale czasami potrafi cię nabrać. Trafiłeś w dziesiątkę, Ceber. Przynieście tutaj trochę świeżej kredy. I upewnijcie się, że wszystkie te liny są napięte, a pułapki na cienie zastawione. Wszelkie gratulacje...

– Uspokój się – zgasił mnie Rudi. – Sam je wszystkie zastawiłeś wcześniej. Pamiętasz? – Żołnierze już pracowali, upewniali się, że wszystkie nasze linie ochronne działają. Mój wybuch był marnotrawstwem zmartwień.

– Powiem wam wprost. To było przerażające. Trochę czasu zabierze mi, zanim ochłonę. Macie posłańca gotowego do drogi? Napiszę raport dla Starego. Potem mam zamiar wpełznąć do swojego bunkra i natychmiast zawrzeć bliższą znajomość z ostatnim dzbanem leku sprokurowanego przez Jednookiego. – Miałem jeszcze jeden dzban najmocniejszego destylatu małego czarodzieja, schowany na wypadek medycznej konieczności.

W moich oczach taka sytuacja właśnie nadeszła.

97

Eliksir Jednookiego nie zabił strachu, jedynie na krótko go odegnał. Strach był zabawny. Nie był to ten z rodzaju paraliżujących, nie był nawet na tyle silny, by uczynić mnie niezdolnym do myślenia, ale był przy mnie cały czas, nieokreślony, nie przysparzał odrętwienia, funkcjonował w taki sposób, w jaki ostatecznie działa strach po dniu spędzonym na polu bitwy, jeżeli wcześniej nie skoczy na ciebie ktoś z kawałkiem zaostrzonego żelaza. Nie podobało mi się to. Osłabiało mój charakter.

Spojrzałem na Ospałego.

– Czy kiedykolwiek przydasz się na coś więcej niż tylko zmienianie żarcia w gówno?

A Ospały tylko siedział tam, w zapadających ciemnościach, na czymś, co kiedyś służyło jako siennik Matki Goty, i patrzył w nieskończoność. Nie tylko nie powracał z tego magicznego królestwa, które uwięziło jego umysł, ale ponadto właściwie nie potrafił się poruszyć. W ogóle niewiele potrafił zrobić. Kiedy już się na coś zdobył, wyglądało to tak, jakby kosztowało go mnóstwo bólu. Jeżeli miał zamiar dalej unikać tak ćwiczeń, to mógł mieć tylko nadzieję, że któryś z braci z Kompanii będzie go na tyle lubił, że poniesie na własnych plecach. Ja lubiłem go bardziej niż ktokolwiek z pozostałych, ale nie aż tak bardzo. Do zobaczenia, kiedy wrócimy, chłopaku.

Nie byliśmy oddziałem, w którym obowiązywałoby hasło „maszeruj lub giń". Nie całkiem w każdym razie. Próbowaliśmy troszczyć się o swoich. Ale u podstaw tej troski leżało założenie, że swoi najpierw spróbują dać sobie radę sami. Istniało mnóstwo precedensów – czasami ktoś przerywał pasmo nieszczęść brata, który stawał się zbyt wielkim ciężarem bądź ryzykiem dla reszty Kompanii.

Ospały nie odpowiedział. Nic nowego. Przewróciłem się na sienniku. Próbowałem nie myśleć o tym, że jutro będę musiał znowu ruszać w te góry. Gdy bowiem o tym myślałem, skurcze strachu były znacznie gorsze.

Wyczułem gdzieś w pobliżu obecność Duszołap. Ciemność była jednak choć oko wykol. Nie potrafiłem jej odnaleźć. Być może miałem również szczęście, że ona nie chciała odnaleźć mnie. Chociaż w tej chwili zapewne na nic nie miała ochoty.

Wędrowałem w świecie astralnym. Doskonale zdawałem sobie z tego sprawę. Jednak w całkowitych ciemnościach nie istnieją żadne punkty orientacyjne. W każdym razie nie potrafiłem odnaleźć drogi.

Unosiłem się w przestrzeni.

Stopniowo dopiero uświadomiłem sobie, że nie jestem tu sam. Ktoś mnie obserwował. Czy też coś mnie obserwowało. Badawcze spojrzenie, które na sobie czułem, intensyfikowało się, w miarę jak stawałem się bardziej go świadom. Ciemności wokół mnie nie rozpraszał choć promyk światła, jednak w jakiś sposób udało mi się wyobrazić sobie tę obecność.

Czerwone oczy, żółte kły, skóra o tyle bardziej czarna od otaczających mnie ciemności, że zdawało się, iż lśni negatywnym blaskiem... Kina. Niszczycielka. Królowa Kłamstwa. Matka... Nie do końca wszak zło wcielone... mieszkańcy Ziem Cienia upierali się, że jeden z jej awatarów jest twórczy... ale do cholery, z pewnością potęga dość wielka, abym w jej obecności zesrał się ze strachu, gdyby tylko tego zechciała.

Zechciała. Jej szkarłatne oczy przewierciły dwie dziury w mej bezcielesnej duszy. Wielka, wstrętna twarz zmarszczyła się niczym wysychające, stare jabłko, potem zapadła się w sobie, aż stała się tylko rubinowym okiem. Oko zaczęło się poruszać. Równocześnie zacząłem odnosić coraz silniejsze wrażenie, że ktoś próbuje mnie przed czymś ostrzec. Kina? Próbuje mi coś przekazać? Mnie? Przecież miała innych przedstawicieli w tym świecie.

A może nie?

Narajan Singh był więźniem. Córka Nocy również była więźniem, może zresztą już nie żyła. Ostatnimi czasy ślad po niej zaginął. A Pani już dawno temu ogłosiła swą niezależność. Teraz była zwyczajnym mistycznym pasożytem.

Może byłem w tej chwili jedynym z żyjących, z którym bogini potrafiła nawiązać kontakt.

Podążyłem za czerwoną kropką. Doprowadziła mnie do równiny odwiecznych szkieletów. Rozłożyłem skrzydła i wyhamowałem lot, potem przysiadłem na gałęzi odartego z liści drzewa. Tym razem nie do końca rozszarpane ciała leżały rozciągnięte wśród kości. Ponownie zamachałem skrzydłami i podleciałem bliżej ślizgowym lotem. Żuki gnojowniki rozproszyły się gwałtownie przerażone moim cieniem. Nigdy przedtem nie widziałem tutaj żadnej żywej istoty prócz kilku kruków.

Wieża mroku górowała nad horyzontem, potężna, czarna trąba powietrzna pełna mruczących błyskawic o barwie krwi. Zatrzepotałem ciężkimi skrzydłami, poleciałem w tamtą stronę. Wydawało mi się to jak najbardziej właściwym sposobem postępowania.

Na moment chmura odsłoniła złą twarz wampira i liczne ramiona. Te wyciągnęły się w moją stronę w zapraszającym geście.

Po krótkiej chwili dezorientacji już leciałem ponad ziemią, na której nieliczne iskry światła świadczyły o tym, że zamieszkuje ją człowiek. Przekrzywiłem głowę. Miałem bardzo dobry wzrok – nawet w ciemnościach. Ale nie rozpoznałem miejsca, w którym się znalazłem, dopóki nie zleciałem dość nisko, by wyróżnić w mroku umocnienia twierdzy Przeoczenie zasłaniające gwiazdy na południe ode mnie.

Nie mogłem znajdować się dalej niż jakieś trzydzieści metrów od niewidzialnej powierzchni gruntu, kiedy ziemia zaczęła wrzeć i roić się tysiącem wijących błysków światła. Powietrze uderzyło mnie, przewróciło na grzbiet. Potem usłyszałem wrzask.

Naprawdę tu byłem. Nie byłem żadnym wyimaginowanym krukiem. Zostałem zaklęty w postać białego stwora. Odzyskałem na tyle panowanie nad sobą, by dostrzec deszcz kul ognistych kierujących się w moją stronę. Zanurkowałem pod nimi.

Wróciłem w czasie do ostatniej nocy.

Opuściłem się tam, gdzie skały i co tam jeszcze ochronią mnie przed nasilającą się ulewą kul ognistych. Nie zapomniałem, co potrafią zrobić z kamieniem – jeżeli oczywiście należały do nowej, podrasowanej odmiany. I teraz też miałem wiele sposobności, by zobaczyć, do czego są zdolne, ujrzeć z bliska, jakbym był jakimś biednym kutasem, który w boju toczonym przez Kompanię stanął po niewłaściwej stronie. Za każdym razem, gdy udawało mi się znaleźć bezpieczne miejsca, gdzie mogłem przycupnąć... ziuut! Skwierczący boczek.

Wszyscy ludzie, których widziałem, uciekali z niesamowitym entuzjazmem. Większość jednak nie biegła dość szybko lub zbyt późno rzuciła się do ucieczki. Niektórzy nigdy nie wydostali się z podziemi. Tlący się grunt zatroszczył się o to.

Jakiś ruch lśniącej wielobarwnie stali zwrócił moją uwagę. Ktoś najwyraźniej kierował się w niewłaściwą stronę.

Wujek Dodż wyruszył na miejsce katastrofy wkrótce po tym, jak wszystko się zaczęło. Facet naprawdę poruszał się szybko, jeśli to jego rzeczywiście widziałem. Być może był bardziej żwawy, niż udawał. Zatrzepotałem skrzydłami, poderwałem się i ruszyłem, kierując się na refleksy ognia w ostrzu Spopielającej Różdżki.

Kruk jest cholernie niezdarny zaraz po poderwaniu się do lotu.

To był jednak Wujek. I najwyraźniej wcale nie tęsknił za moim towarzystwem. Spopielająca Różdżka skoczyła niczym błyskawica. Dodż miał znacznie większy zasięg ramion, niż to zapamiętałem ze wspólnych ćwiczeń. Omal mnie nie dostał. Uratowała mnie tylko szybkość odruchów kruka. Kazały mi zanurkować, zanim w ogóle zdałem sobie sprawę, co się dzieje.

Potem leciałem już za nim w większej odległości, kierowałem się odbłyskami świateł w ostrzu miecza, trzymając się poza jego zasięgiem. Kiedy znalazł miejsce dogodne do obserwacji i uklęknął tam, ja wybrałem skromnie kamień sterczący ponad powierzchnią ziemi i przycupnąłem na nim, przeklinając jednocześnie ludzką zarazę, która pochłonęła wszystkie drzewa i inne wystające miejsca w okolicy. Obserwowałem obserwatora.

Wujek znajdował się na swoim miejscu dość długo, by odzyskać oddech, i zademonstrował fantastyczną jakość własnych odruchów – uchylałem się przed kilkoma ognistymi kulami, póki wreszcie ziemia nie otwarła się i nie wytrysnął z niej słup ciemnozielonego ognia. Łuszczący się ognistymi kulami. Jego barwa była tak głęboka, iż wątpiłem, by ktokolwiek znajdujący się w większej odległości mógł go zobaczyć. Wędrował prosto w moją stronę. Co oznaczało, że przejdzie prosto przez Wujka Dodża.

Kiedy opuścił szczelinę, zielona osłona zniknęła. Znajdująca się wewnątrz istota ukazała swe oblicze. Miałem szczęście, że byłem ptakiem. Wujek miał szczęście, ponieważ był stary. W przeciwnym razie obaj zapewne utonęlibyśmy w potokach własnej śliny. To była cudowna kobieta i nie miała na sobie nawet niteczki ubioru.

Duszołap.

Nawet posiadając umysłowość i ciało ptaka, byłem w stanie docenić czas, jaki upłynął, od kiedy po raz ostatni widziałem moją żonę.

Duszołap skryła się za lśniącą powłoką, nie tworzyła kolejnej tarczy, lecz zmieniała oblicze. Wysiłek sprawił, że na chwilę przestała uważnie obserwować swe otoczenie. Nie dostrzegła więc Wujka Dodża, który roztapiał się w nocy równie zręcznie, jakby był urodzonym Oszustem. Rozpoznałem kształt i twarz, podobnie jak Wujek, który zza pleców Duszołap spuścił Spopielającą Różdżkę w ciosie, który powinien rozciąć ją aż po pierś.

Była szybka. Spróbowała uchylić się, a jednocześnie rzucić jakieś ochronne zaklęcie. Powietrze aż zajęczało. Krzyknęła i runęła na twarz, żywa, choć z pewnością poważnie ranna. Wujek skoczył, aby dokończyć swego dzieła. Błysnęła Spopielająca Różdżka. Popłynęła krew. Duszołap odskoczyła. Podobnie Wujek. Zadecydował przypadek. Jakaś bambusowa tuba w całym holokauście zdecydowała się nagle wyzwolić swe ładunki. Dwie kule ogniste trafiły Wujka. Duszołap skorzystała z chwili nieuwagi, odrzuciła go, ale nie miała już siły, by z nim skończyć. W każdym razie ludzie zareagowali na hałasy, chociaż i tak minęły całe godziny, zanim znaleziono Wujka.

Duszołap odpełzła na bok, wykorzystała swe osłabione moce, aby zatamować upływ krwi i przybrać inną postać. Zanim sięgnęła po swe ukryte rzeczy, stała się Ospałym. Co wyjaśniało od razu, dlaczego tamten do niczego się nie nadawał. Póki uchodził za szalonego, w mniejszym stopniu było prawdopodobne, że zostanie poddany badaniu wystarczająco szczegółowemu, by zdradzić, że nie jest moim cudownym asystentem. Zeźliłem się naprawdę porządnie. Wobec tego gdzie był prawdziwy dzieciak?

Zatrzepotałem skrzydłami i wylądowałem na piersiach Wujka.

Dławił się własną krwią. Szarpałem go dziobem, ciągnąłem, aby przewrócić mu głowę na bok. Potem poleciałem za Duszołap.

Zniknęła.

Nie znalazłem po niej nawet śladu. Ale wiedziałem, dokąd się udała. Ospały będzie w moim bunkrze, jakby nie ruszał się stamtąd nawet na krok, kiedy wstanę rano i będę myślał, że miałem za sobą nieprzespaną noc.

Teraz już wiedziałem również, co się przydarzyło Kopciowi. To drżenie policzka, które, jak mi się zdawało, dostrzegłem u Ospałego, to była Duszołap, kiedy zrozumiała, że może zostać odkryta, gdy ktoś użyje Kopcia, aby wyśledzić wstecz jej trop czasu.

W każdym razie teraz znałem już jej tajemnicę. Być może Kina była potężniejszym wrogiem, niż podejrzewała Duszołap. Bogini mogła mieć nawet poczucie ironii, skoro użyła kruka do pokrzyżowania planów pani kruków.

Usadowiłem się na dachu mojego bunkra. Pode mną Tai Dei chrapał i parskał przez sen tak paskudnie, jak tej nocy, gdy zdziesiątkowaliśmy skarb Jednookiego. Ktoś jeszcze tam, w dole, robił niezłe zamieszanie. Ponieważ Ospałego nie było, zrozumiałem, że muszę to być ja, co oznaczało, że Sahra miała rację, kiedy oskarżała mnie, iż chrapię niczym głodujący niedźwiedź. Nigdy przedtem jej nie wierzyłem.

Trudno było uwierzyć, że wszyscy poszliśmy spać po obejrzeniu całego zamieszania. Duszołap musiała wysłać przed sobą jakieś usypiające zaklęcie albo zostawić za sobą coś w tym stylu.

Miałem wrażenie, że nie będę czuł się najlepiej podczas obserwowania samego siebie z zewnątrz, dlatego też przezwyciężyłem pokusę sfrunięcia na dół i zerknięcia przez drzwi.

Z ciemności wynurzył się Ospały. Jak na kogoś, kto został potłuczony i poharatany, Duszołap poruszała się ze zwinnością gazeli. Żaden zdrowy, normalny człowiek nie potrafiłby biec w ten sposób. Być może udział w tym miały również jakieś zaklęcia?

Zacząłem się zastanawiać, w jaki sposób uda mi się pozbyć ciała białego kruka. Szybko zbliżająca się Duszołap dostarczyła mi klucza. Kruk poderwał się do lotu. Ja zostałem z tyłu. Unosiłem się w powietrzu i obserwowałem. A kiedy Duszołap zwolniła i zaczęła oglądać swe rany, wzniosłem się i odleciałem w kierunku, który opisać można jedynie jako jutro. Duszołap nie wyczuła mojej obecności, nawet mimo tego, że to właśnie dzięki niej udało mi się łatwo wyśliznąć z klatki mego ciała.

Potem zrobiła się ta noc, w której opuściłem siebie. I wszyscy, włącznie ze mną chrapali głośno wewnątrz bunkra. A ja wciąż byłem wolny i mogłem wędrować po astralnym świecie.

98

Sahra spała niespokojnym snem. Tobo leżał obok niej. Jego drobna łapka spoczywała na jej obnażonej piersi, którą ssał od czasu do czasu. Obserwowałem ich przez chwilę. Napięcie opuszczało mnie powoli.

Jakimże szaleńcem byłem? Tego pragnąłem i tutaj chciałem być, a jednak za kilka godzin podniosę swe umęczone ciało z barłogu i z powrotem zacznę wspinać się na górę. I będę to robił, nawet mimo tego, że może mnie ona zabić.

Dlaczego?

Bo muszę. Wiedziałem, że muszę. Nie miałem wszak pojęcia, co mnie do tego skłania.

Wyciągnąłem swoją bezcielesną rękę ku Tobo. Przez chwilę zdawało mi się, że naprawdę poczułem jego ciepło. Zadrżał, jakby miał zły sen. Wycofałem się i zamiast tego spróbowałem delikatnie trącić Sari.

Uśmiechnęła się.

– Mur, zdawało mi się, że cię czuję. Tyle czasu już minęło – zaszczebiotała miękko.

Wsłuchiwałem się w jej słowa, żałując, że z nią również nie mogę porozmawiać. Odsunęła Tobo od piersi i wstała, obnażona aż do talii, wykonała parę tanecznych ruchów. Przypominała mi, jak to było dawniej. Już odzyskała figurę. Posłała mi szyderczy uśmiech, patrząc na wskroś przeze mnie. Może faktycznie była czarownicą.

– Tobo jest już na tyle silny, by znieść podróż. Zbliża się Święto Wodnego Smoka. Wtedy odjadę w trakcie zamieszania. Zdążyłam już wszystko przygotować.

Moja żona, sprytna, godna zaufania, zdolna kobieta. Zastanawiałem się, cóż takiego, poza wzbudzeniem zainteresowania jej babki, uczyniłem, że zasłużyłem na tak wiele.

Sari tańczyła. Mnie ślinka ciekła z ust. Tobo zaczął się złościć. Sądzę, że wyczuł moją obecność znacznie łatwiej niż mama. Przerażałem go.

– Jeżeli tutaj jesteś... – westchnęła Sari i wpatrzyła się w moje niewidzialne oczy, przepełniając swe spojerznie jeszcze większą lubieżnością. – Ale ciebie tu nie ma. – Wzruszyła ramionami. – Jednak nie potrwa to już długo. – Ukołysała w ramionach naszego syna. Natychmiast zaczął ssać jej pierś, przyjmując wyraz całkowitego samozadowolenia.

„Wiem, co masz na myśli, dziecko".

Oczy Tobo otworzyły się. To, które byłem w stanie zobaczyć, patrzyło prosto na mnie, kiedy ja spoglądałem ponad ramieniem Sari. Wypuścił pierś, wziął głęboki wdech i wydał z siebie potworny wrzask. Ten dzieciak miał dopiero płuca.

Niemalże natychmiast do celi wpakował się kapłan.

– Co się dzieje? – dopytywał się. – Dlaczego to dziecko płacze? Do kogo ty szeptałaś?

– Wynoś się – odpowiedziała mu Sari. – Nie masz prawa tutaj wchodzić.

Kapłan miał najwyraźniej kłopoty z oderwaniem wzroku od jej piersi. Zaczął przepraszać, z nie do końca wiarygodną szczerością.

– Dziecko ma dzisiejszej nocy kolkę – warknęła Sahra – Ma kłopoty z trawieniem. Do niego mówiłam. To daje mi rzadką szansę odbycia z kimś rozsądnej rozmowy.

Oto dziewczyna. Powinna zaaplikować dzieciakowi oliwkę z wątroby rekina albo jakiś wstrętnie smakujący puder. To go oduczy wrzeszczenia, kiedy jego stary pojawia się w pobliżu.

Podpłynąłem bliżej i zrobiłem wszystko, na co było mnie stać, żeby przed odejściem wycisnąć pocałunek na wgłębieniu karku Sari. Odszedłem szczęśliwy na tyle, na ile potrafił być człowiek znajdujący się w mojej sytuacji. Wiedziałem, że z moją żoną i dzieckiem wszystko będzie dobrze, że wciąż mnie kochają. Obecnie w Kompanii służy wielu mężczyzn, którzy nie mają krztyny pojęcia, co dzieje się z ich rodzinami – chociaż, po prawdzie, wielu o to nie dba. Gdyby należeli do ludzi, których to obchodzi, odeszliby wówczas, gdy pozwolono wrócić do domu tagliańskim lojalistom.

Reszta bagien stanowiła ciche, ciemne miejsce. Czego należało oczekiwać o tej porze nocy. Odnalazłem drogę do Taglios, chociaż nie było księżyca, a chmury przesłaniały niebo. Do rozpoczęcia pory deszczowej nie zostało dużo czasu.

Spędziłem całe godziny, włócząc się po pałacu oraz co ważniejszych świątyniach, ale dowiedziałem się naprawdę niewiele. Brak Kopcia ograniczał mnie do czasu rzeczywistego, a było już zbyt późno, by ktokolwiek prócz kapłanów Nocnych Bogów knuł jakieś matactwa. Ci nie spiskowali, tylko przygotowywali się na jakąś pomniejszą, świąteczną noc.

Może gdybym zaplanował jakąś bardziej użyteczną wędrówkę duchową, powinienem położyć się do łóżka wczesnym popołudniem, kiedy cały świat jeszcze wciąż jest na nogach i spiskuje. Nigdzie nie zdobyłem żadnych informacji, jeśli nie liczyć jednoznacznych świadectw, że prześladowania przyjaciół Kompanii objęły większość terytoriów, które dostały się pod panowanie Taglios za naszą sprawą. Z pozoru prześladowania nie były tak srogie, jakich za naszą sprawą doświadczali Dusiciele. Nasi przyjaciele przetrwali je. Zazwyczaj po prostu tracili swe stanowiska. W kilku przypadkach, gdzie w grę wchodziły dodatkowo osobiste waśnie, niektórzy trafiali do cel. Mord był chyba narzędziem, z którego Radisza starała się nie korzystać.

Wszystkie moje założenia opierały się na dowodach pośrednich, zbieranych późną nocą.

Nie mogłem odnaleźć Mogaby. Nie mogłem znaleźć żadnego z naszych cudownych czarodziejów. Trudno powiedzieć, by to mnie zaskoczyło. Nie wkładałem zresztą w te poszukiwania wiele serca. Trochę bardziej starałem się odszukać dzieciaka Konowała.

Gdziekolwiek się znajduje, powinna być sama. To może stać się moją szansą.

Podczas poszukiwań starałem się także mieć oczy szeroko otwarte na wszelkie oznaki tego, co mogło stać się z prawdziwym Ospałym.

Niestety, szczęście nie dopisało mi w żadnym z tych poszukiwań. Ale natrafiłem na przesłanki, z których wynikało, że moja ślepota nie musi być zupełnie przypadkowa.

Dryfowałem ponad stokiem, o którym wiedziałem, że powinien

znajdować się w górach nieoddalonych zanadto od jaskini, gdzie wcześniej przebywała Duszołap. Pewien byłem, że nie odeszła daleko, kiedy wygoniono ją stąd, mimo iż miała do dyspozycji dywan Wyjca. Znalazłem się na terenie poprzecinanym wąskimi, głębokimi i ciemnymi parowami. Nurkowałem do nich, potem wynurzałem się, pozwalałem się prowadzić ich ścianom, szukając dzieciaka czy czegokolwiek innego, co dałoby się odkryć po cieple lub blasku ogniska. Wątpiłem, by potrafiła dać sobie radę bez niego.

Nie znalazłem nawet śladu ogniska. Znalazłem za to mojego konia. Tak przynajmniej sądzę. Śmignąłem obok niego, dostrzegłszy czy też odnosząc wrażenie, że został tu jakoś uwięziony i nie może uciec. Co więcej, wyczuł moje przejście i próbował na nie zareagować. Niemniej kiedy zatrzymałem się i zawróciłem, nie byłem w stanie odnaleźć niczego. W rzeczywistości, wydało mi się, że w tej właśnie chwili cała ta część świata zamieniła się w pustynię zmysłów.

Raz podczas tej podróży wędrowałem razem z Kiną. Teraz również mogłem nie być sam, zwłaszcza jeśli gdzieś w pobliżu znajdowała się Córka Nocy.

Byłem w stanie odnaleźć ten obszar za dnia. Powiem Konowałowi. Może wysłać żołnierzy, jeśli zechce.

Duszołap na pewno nie będzie wchodzić im w drogę.

Mój ostatni czyn tej nocy polegał na odwiedzinach u Wujka Dodża, przy którym czuwali strażnicy Niueng Bao. Nie odzyskał przytomności, chociaż żył. Jak zrozumiałem, dla jego własnego dobra podawano mu jakieś środki odurzające, zapewniając tym samym czas na ozdrowienie. Niezależnie od tego, na czym polegała jego misja, nie musiał wypełnić jej natychmiast.

Wróciłem do domu, do swego wygodnego ciała i niewygodnego łóżka.

Chłopcy pozwolili mi się wyspać, jakbym miał właśnie wakacje. Kiedy wypełzłem z bunkra, słońce stało już wysoko. Przeciskałem się obok rozciągniętego przy drzwiach sobowtóra Ospałego, patrzącego pustymi oczami.

99

Konował nadjechał wkrótce po tym, jak skończyłem śniadanie, składające się z kaszy.

– Poszedłeś tam wczoraj? Jak było?

– Tylko kilka metrów. Tai Dei był również ze mną. Nalegał, by iść. Obwiązaliśmy sobie tyłki liną. Usiądź tutaj i obserwuj drugą stronę drogi. – Sam siedziałem tyłem do Ospałego. Nie chciałem, żeby ktoś czytał z ruchów moich warg. Wykonywałem takie gesty, jakbym mówił o czymś zupełnie innym, podczas gdy wyszeptałem swoje wieści.

Konował zachichotał.

– No, czyż to nie ciekawe? Od tej pory będziemy musieli udawać. Nawet nie powiem Pani. Mimo iż wszyscy prócz ciebie od dawna to podejrzewali.

– Cholera. To dlatego zachowaliście się jak banda dupków. Nie wierzyłeś w to, że się nie zdradzę. Jakie mamy plany na dzisiaj?

– Spróbujemy przejechać drogą aż na sam szczyt. Pojadę z tobą. Nie będziemy rozmawiać, póki nie znajdziemy się po drugiej stronie.

– Dobry pomysł. – Reszta spraw niech poczeka na później. – Jadłeś już?

Zerknął na moją poszczerbioną, cynową miskę.

– Żyjecie tutaj jak królowie, nieprawdaż?

– Oczywiście. Dla śmietanki legionu tylko to, co najlepsze.

– Odpuszczę wam. Tym razem. – Spojrzał na górę i westchnął. – Jednooki miał słuszność. Jestem za stary na to gówno.

– Nie jest tak źle. – Nie było. Kiedy nazywałem zbocze górą, wyrażałem się w sensie metaforycznym. Drogą mogły spokojnie poruszać się wozy, trzeba by tylko trochę nad nią popracować, krawędź zaś wyżyny wznosiła się nie wyżej niż trzysta metrów ponad Bramą Cienia. I prawdopodobnie w jeszcze mniejszej odległości.

– Powiedz mi, kiedy będziesz gotów. – Stary masował swoje prawe kolano. Zauważył, że zwróciłem na to uwagę. – Trochę rwie mnie reumatyzm. Ale boli tylko wtedy, gdy za dużo chodzę.

„Kup sobie konia", pomyślałem, ale nie powiedziałem tego na głos.

– Ile ty właściwie masz lat?

– Masz tyle lat, na ile się czujesz – odparował, a wyraz twarzy miał taki, jakby patrzył na wóz pełen gnojówki. – Przy Pani czuję się młody.

Zastanowiłem się, czy w tym stwierdzeniu nie było aby ziarna prawdy. Ona naprawdę radziła sobie świetnie z utrzymywaniem sylwetki i świeżości.

– Łap sztandar i ruszamy.

– Chcesz wziąć ze sobą kilku chłopaków? Tak na wszelki wypadek?

– Twój chłopak i tak pójdzie za nami. Chcesz czy nie chcesz. Weź też dwóch innych. Myślę, że Rudi i Ceber wystarczą.

– Masz zamiar jechać konno? – Przyjechał na swoim wielkim ogierze. – Zawsze wyobrażałem sobie, że kiedy tam wjedziesz, to z pełną pompą. Cały ten ubiór Stwórcy Wdów i co tam jeszcze.

– Następnym razem. Ruszajmy. – Zaczynał się robić nerwowy.

Wrzasnąłem na Rudiego i Cebra. Pojawili się błyskawicznie, jakby się gdzieś czaili i tylko czekali na wezwanie. Ich cienie Niueng Bao przypłynęły razem z nimi. Cała gromadka była gotowa do podróży.

– Wygląda na to, że ja powiodę tę procesję. – Byłem zadowolony, że chłopcy wykazali się odrobiną inicjatywy.

Wpełzłem z powrotem do mego bunkra i zauważyłem w przelocie, że Tai Dei również jest gotów do wspinaczki na górę.

Potrzebna mi była jedynie chwila, aby pochwycić trochę suszonego mięsa, prażony owies i manierkę. Wracając, powiedziałem do Ospałego:

– Nie odchodź stąd, chłopcze. Wrócę na kolację. – Jak zechcą bogowie i demony ziemi.

Złapałem drzewce sztandaru. Pokonaliśmy granicę pojedynczo. Tym razem drżenie zdało się mniej odczuwalne. Tai Dei także wyglądał na mniej poruszonego. Natomiast pozostali zrobili się bardzo bladzi i nerwowi. Chłód nie był jednak nawet odrobinę słabszy. Zadrżałem.

W jednej chwili droga ukazała mi się w całej okazałości, polerowana, agatowa nitka wspinająca się na zbocze.

– Widzicie drogę? – Pochyliłem sztandar, póki żelazna głowica nie dotknęła wstęgi szlaku. Nie mam pojęcia, dlaczego to zrobiłem.

Przeszył mnie dreszcz kilkanaście razy silniejszy niż podczas przechodzenia przez Bramę Cienia. Aż zaparło mi dech w piersiach. Zatrzęsło mną. Może nawet ślina i piana wystąpiły mi na usta.

– Co się z tobą dzieje? – zapytał Konował.

Wcisnąłem mu sztandar w dłonie.

– Zrób to, co ja zrobiłem. – Odszedłem kilka kroków na bok. Spoglądając w górę stoku, przekonałem się, że postrzegam go w sposób odmienny. Widziałem ten sam spustoszony stok ze lśniącą, czarną wstęgą, ale równocześnie widmo tego, czym musiał być w wiekach dawno minionych. Droga była wówczas nowa, zbocze góry zaś, choć niemal równie jałowe, nie wyglądało na tak ogołocone jak teraz.

Pośród tego wszystkiego poruszały cienie ludzi, jakkolwiek jeszcze bardziej rozmyte niż sam szlak i stok oraz nienaruszone fortyfikacje wokół nas.

Konował zareagował tak samo jak ja przed chwilą. Ale musiał chyba wiedzieć odrobinę więcej niż ja. Kiedy tylko odzyskał panowanie nad sobą, przekazał sztandar Cebrowi i nakazał mu powtórzyć całą procedurę.

Sztandar przeszedł następnie od Cebra do Rudiego, a od niego do Tai Deia. Ten zastanawiał się ponad minutę, zanim poszedł w nasze ślady. Zrobił to zresztą dopiero wówczas, gdy Stary zagroził mu:

– Nie postąpisz jak wszyscy, nie idziesz z nami. – Tai Dei nie miał ochoty nawet w takiej sytuacji, jednak nie dano mu wyboru. Wpadł w pułapkę swych zasad, podobnie jak wówczas, przynajmniej tak podejrzewałem, gdy Wujek nałożył na niego tamto zadanie.

Kiedy Tai Dei przeżył swoją kolejkę, pozostali Niueng Bao poszli w jego ślady. Konował zwrócił się do nich:

– To nie oznacza, że zostaliście włączeni do Kompanii, chłopcy.

– A teraz, skoro już zapoznaliśmy się z drogą, co byście powiedzieli na małą wspinaczkę? – zapytałem kilka chwil później i jako dobry chorąży podjąłem Lancę, by rozpocząć marsz.

Zdawała się cieszyć, że wraca do domu.

Co?

Spojrzałem na pozostałych. Nikt najwyraźniej nie miał najmniejszych kłopotów z zachowaniem kontaktu z rzeczywistością. Może był to tylko kolejny wymiar śnienia i popadania w koszmary?

Tai Dei trzymał się blisko, tuż za moimi plecami. Tego ranka nie mógł na pewno zaliczyć do udanych. Miecz wyciągnięty z pochwy trzymał w pogotowiu.

Czarna wstążka robiła się coraz szersza, w miarę jak wspinała się po zboczu. A także jakby nabierała głębi. Jej powierzchnia, choć płaska, z chwili na chwilę zaczynała stawać się jakby wklęsła. Kiedy się jej dotknęło, dłoń natrafiała na twardość i chłód, chociaż pod stopami zdawała się miękka.

Stok zrobił się odrobinę bardziej stromy. Zadyszałem się i zmęczyłem. Potem jednak podejście stało się łatwiejsze, powierzchnia drogi była mniej zniszczona erozją. Linia horyzontu przestała oddalać się w tempie, w jakim się do niej zbliżałem.

– Stój! – krzyknął Konował.

Zatrzymałem się. Spojrzałem za siebie. Stary znajdował się sto metrów za mną. Nawet Tai Dei miał kłopoty z dotrzymaniem mi kroku.

Spojrzałem na dolinę. Byłem już na tyle wysoko, aby móc ogarnąć wzrokiem całe Przeoczenie, wyjąwszy ułamany kieł, który kiedyś stanowił zwieńczoną kryształem wieżę Długiego Cienia. Wewnątrz fortecy pracowali ludzie, przypominający z tej odległości ruchome, małe kropeczki. To byli chłopcy Pani, wielu towarzyszyło jej od czasów wielkiej katastrofy Kompanii pod murami Dedżagore. Sądzę, że Kapitan wreszcie wymyślił, co można zrobić z tą stertą starych kamieni.

Konował dyszał ciężko, kiedy wreszcie mnie dogonił.

– Człowieku, naprawdę wyszedłem z formy.

– To ty chciałeś udać się na tę przechadzkę. W ten sposób zrzucisz może trochę brzucha. – Nie był gruby. Jeszcze. Ale ostatnimi czasy nie opuszczał żadnego posiłku. – Widzisz wyraźnie drogę? – Zapytałem tylko po to, by sprawdzić, czy nie cierpię na jakieś zwidy z otwartymi oczami. Ostatnimi czasy nie jestem już tak pewien swego miejsca w rzeczywistości, zupełnie nie przyjmuję na wiarę stwierdzenia, że istnieje rzeczywistość obiektywna. Wszystko to mogą być tylko sny wewnątrz snów, iluzje dusz pogrążonych na wieczność w Suega, gdzie od czasu do czasu kilka z nich spotyka się i łączy we wspólnych, podobnych fantazjach.

Zwróciliście uwagę na to, że nikt nigdy nie postrzega rzeczy dokładnie w ten sam sposób, co pozostali?

– Czarną ścieżkę? Nie pamiętam, abym czytał coś na jej temat w Kronikach.

– Nigdy nie czytaliśmy nawet słowa napisanego przez jednego z tych, którzy naprawdę ją widzieli. Nigdy nie czytaliśmy nic napisanego przez nikogo, kogo dzieliłyby od tego miejsca mniej niż dwa pokolenia. A w owym czasie Kompania miała na głowie inne troski.

Konował odkaszlnął.

Aby uzyskać pewność, że jest to wspólna iluzja, wypytałem każdego po kolei. Nawet Niueng Bao zgodzili się, że wędrujemy wstążką czerni. Nie podobało im się to. Przerażała ich, jednak godzili się na nią. Dla nich cały świat, poza naturalnym dla człowieka dominium bagien, stanowił przerażające miejsce.

– Każdy złapał już oddech? To wleczemy się dalej. – Naprawdę chciałem dostać się na tę równinę. Próbowałem sobie przypomnieć, jak wyglądała nocą, widziana z wysoka i z oddali, ale wspomnienia były doprawdy mgliste. Zastanawiałem się, dlaczego nigdy nie potrudziłem się, by to zbadać. Rozważałem, co właściwie łączy Kinę z tą równiną. Może to tam stoczyła ową wielką bitwę stanowiącą część jej legendy? Myślałem, czy uda nam się odkryć, dlaczego żaden z Taglian nie chciał rozmawiać o tym miejscu. Dlaczego, kiedy o nim napomykano, większość od razu odchodziła, kręcąc głowami i mrucząc: „Lśniący kamień".

Nigdy nie dowiedziałem się, w jaki sposób sformułowanie to przeszło do języka potocznego jako idiom opisujący szaleństwo. Szczególnie biorąc pod uwagę, że w chwili obecnej byliśmy pewni, iż przerażenie, jakie opanowywało Taglian na samą myśl o Czarnej Kompanii i Roku Czaszek, było wzbudzane sztucznie.

Obecnie stok był już nachylony dość łagodnie, jednak powietrze udawało mi się chwytać z trudem; wbijałem oczy w ciemny szlak znajdujący się o krok przed moimi oczyma, wysilałem się, by dać jeszcze jeden kolejny krok, kiedy ostatni nagle zawisł w powietrzu, co oznaczało, że wspiąłem się na sam szczyt. Zachwiałem się, złapałem równowagę, zdławiłem w sobie pokusę, by natychmiast pobiec naprzód, i przystanąłem, żeby inni mogli mnie dogonić.

Czekając na nich, rozejrzałem się po równinie.

Określenie „lśniący kamień" było jak najbardziej stosowne. Cienka jak wstążka ścieżka zamieniła się tutaj w doskonale zachowaną drogę, która łagodnie zakręcała, wiodła w obszar wysokich słupów, kwadratowych w przekroju, z których każdy lśnił, jakby obrzucono go wypolerowanymi złotymi monetami. Po obu stronach drogi teren równiny pokrywał ciemnoszary, bazaltowy kamień obrobiony na gładź, wykazujący tylko nieznaczne ślady upływu lat. Nic tutaj nie rosło. Nic. Nawet najmarniejszy mech. Żadnej muchy ani mrówki. To miejsce było nienaturalnie czyste. Śladu pyłu, żadnej gliny, żadnych opadłych liści.

W porannym słońcu kolumny rozsiewały odblaski jego promieni, jednak od zachodu niebo zaciągało się chmurami. Wkrótce przesłonią niebo całkowicie. Być może jeszcze przed wieczorem zacznie padać.

– Zatrzymaj się, Murgen! – zawołał Konował. – Do cholery, jeżeli nie przestaniesz tak gnać, przybiję ci stopy gwoździami do ziemi.

Spojrzałem w dół. Moje stopy niosły mnie, jakby kierowane własną wolą. Zatrzymałem się. Spojrzałem za siebie. Pozostali ponownie znajdowali się sto metrów za mną, dokładnie na krawędzi równiny. Z wyjątkiem Tai Deia. Mój szwagier stanowił wyspę między dwoma grupkami podróżnych, poczucie obowiązku kazało mu trzymać się jak najbliżej mnie, jednak opór przed dalszym podążaniem po czarnej drodze kazał zostać z tyłu.

– Zabieraj dupę z powrotem! – wrzasnął Konował. – Co ty sobie, kurwa, myślisz? Że to jakiś wyścig na koniec świata?

Zawróciłem. To było niczym marsz pod wiatr. Wibracja obejmująca sztandar zdawała się zmieniać charakter, stawała się niemalże zbolała. Kiedy dotarłem do pozostałych, poprosiłem Konowała:

– Kapitanie, proszę wziąć to ode mnie. W przeciwnym razie porwie mnie zupełnie.

Poczuł to od razu. Ale był silniejszy niż ja, tak przypuszczam. Wbił tę cholerną rzecz w ziemię i spojrzał przed siebie.

– Wziąłeś ze sobą coś, na czym można by pisać?

– Tak, wziąłem.

– A coś do pisania także? – W ten sposób przypominał mi o czasach, gdy potrafiłem już wszystko zrobić właściwie, a jednak zdarzało mi się zapomnieć pióra.

– Ze mną wszystko w porządku, szefie. Póki ten wiatr mnie nie porwie.

– Wciąż jeszcze się boisz?

– Hę?

– Tak mówiłeś wcześniej, że po tym, jak wróciłeś, bałeś się przez cały czas.

Zmarszczyłem brwi. W ogóle nie czułem strachu. Teraz.

– Ale to było na zewnątrz. Teraz czuję się dobrze. – Wspomniałem świat, który pozostał za nami. Z miejsca, gdzie staliśmy, można było dostrzec tylko łańcuch górski za szeroką doliną, w której położone były Przeoczenie oraz ruiny Kiaulune. Nie tylko zdawało się, że między nami a resztą świata drżało rozgrzane powietrze, ale wisiała tam również jakaś mgiełka. Świat zdawał się bardzo odległy.

Wspomniałem o tym Konowałowi.

– Ja tego nie widzę – oznajmił. – Latem nad lasem zawsze unosi się mgła. Chyba że właśnie padało.

Wzruszyłem ramionami. Ostatnimi czasy nie czułem się już tak niewygodnie z tym, że jestem trochę inny niż wszyscy. Od nazbyt długiego czasu musiałem znosić rozmaite wcielenia niesamowitości.

– Zamierzasz ruszyć tą drogą dalej? – Tak zapraszająco rozciągała się przed nami.

– Nie dzisiaj. Co to jest?

– Co? – Nie widziałem nic prócz stojących kamieni. Wydawało się, że w ich układzie nie ma żadnego porządku, stały w znacznej odległości od siebie.

– Za kamieniami. – Wskazał dłonią. – Pozwól, by wzrok swobodnie powędrował drogą. Kiedy nie będziesz już w stanie odróżnić szczegółów, spójrz ponad szczytami kamieni. Zobaczysz. Twoje oczy są młodsze od moich.

Zobaczyłem coś. Tak jakby majaczyło w oddali.

– Wygląda jak forteca – oznajmił Tai Dei. Stary i ja nie rozmawialiśmy w żadnym z języków niezrozumiałych dla innych. Obaj jego towarzysze pomrukami wyrazili aprobatę. Rudi i Ceber zwyczajnie czuli sie nieswojo.

– Wierzę ci na słowo – powiedziałem. Przypomniałem sobie, że podczas jednej z moich przechadzek z duchem widziałem coś, co mogło być światłem. – Kombinujesz, że to może być Khatovar?

– Stąd nie potrafię orzec. Ale jeśli to forteca i niczego więcej tam nie znajdziemy, to szykuje się szansa na cholernie wielkie rozczarowanie.

No tak. Jeżeli liczysz na to, że prześlizgniesz się przez bramy raju w miejscu, gdzie twoja droga dobiegnie końca. Nie miałem jednak pojęcia, kto mógłby liczyć na coś takiego. Chyba że brać pod uwagę jego.

– Tai Dei, jak sądzisz, jak to daleko stąd? – zapytał Konował.

Niueng Bao wzruszył ramionami.

– Wiele kilometrów. Być może kilka dni wędrówki.

Hm. To skłoniło mnie do poważnego zastanowienia się nad tym, co też może oznaczać noc spędzona na równinie, za Bramą Cienia, w kraju zamieszkanym przez śmiercionośne zwierzaczki Władcy Cienia.

– Na dzisiaj wystarczy – zadecydował Stary. – Wracamy, a potem przyjedziemy tu większym oddziałem.

Gdy myślałem wciąż o cieniach, miałem mniejsze trudności z oparciem się wezwaniu czarnej drogi.

Zatrzymałem się jeszcze na krawędzi i zerknąłem po raz ostatni na lśniące kolumny, zanim ruszyłem w dół zbocza.

To pewnego rodzaju nieśmiertelność.

– Co?

– Mówiłeś coś? – zapytał Konował. Znajdował się już piętnaście metrów przede mną.

– Nie, myślałem tylko na głos. Tak sądzę.

100

Stary nie zaspał. On, Pani, Otto, Wypieracz, Łabędź, Mafer, Brzeszczot, Nar, Klet, Longo i Loftus oraz reszta Starej Gwardii wraz ze swoimi strażnikami i kilku z tych, którzy byli z Panią od dawna, znajdowali się na drodze wiodącej do Bramy Cienia, gdy ja dopiero wylazłem na zewnątrz. Wciąż jeszcze było na tyle ciemno, że eskorta Konowała przyświecała sobie pochodniami.

– Ten sukinsyn naprawdę chce być znowu do przodu.

Tai Dei nie spał już. Gotował wodę na poranną owsiankę. Spojrzał w dół zbocza i kaszlnął nerwowo.

Wielki Ceber podszedł do nas chwiejnie, ziewał i tarł oczy wierzchem dłoni.

– Tam, to już Stary?

– Śpieszy się skunksowi, co? Wszystko gotowe?

– Całkowicie. Pójdę wyciągnąć Błyska i Charkota z ich śpiworów.

– Charkot? A co on tutaj robi?

– Przyjechał w nocy. Wyruszył wcześniej, ponieważ nie sądził, by z rana był w stanie dotrzymać Staremu kroku, a nie chciał zostać z tyłu.

– Ten staruszek ma jaja – powiedziałem. Po raz kolejny nie doceniłem faceta. Nie miałem żadnych dowodów, ale jakoś tak założyłem, że nie przeżył tego lata. Powinienem wiedzieć lepiej. Zaczął umierać, kiedy zaciągnął się do nas siedem lat temu. Każdego dnia wyglądało, że wykaszle sobie resztki płuc, a jednak coś trzymało go przy życiu.

– Gdzie jest Rudi?

– Wysłałem go, by sprawdził przednie linie.

– Jeszcze jeden raz, co? – Ten cholerny perymetr był sprawdzany i sprawdzany ponownie chyba już z pół tysiąca razy od chwili, gdy objąłem tu komendę. Jest to sposób myślenia właściwy wojskowym: nigdy nie wierzyć w nic prócz sytuacji w danej minucie. Czas jest nieubłaganym niszczycielem wszelakich przygotowań.

– Wszyscy już gotowi? – zapytałem.

– Powiedziałem przecież, że wszystko już gotowe. – Zajrzał w garnek Tai Deia. – Wygląda bardzo smakowicie, dobry człowieku.

Tai Dei nie miał poczucia humoru i niewielkie zdolności do rozpoznania sarkazmu. Kiwnął głową.

– Trochę soli, trochę cukru. Garść pędraków *tuloka* albo suszone mięso małpy znakomicie wpłynęłoby na poprawę smaku.

– Pędraków tłumoka?

Osobiście nie wnikałbym.

– Znajdziesz je w zgniłych pniach drzew. Na bagnach specjalnie ścinamy drzewa, żeby miały gdzie żerować.

– Denerwujesz się? – zapytałem.

Tai Dei obdarzył mnie ciężkim spojrzeniem. Dlaczego właściwie, na niebiosa, sądzę, że on miałby się czymkolwiek martwić?

– Paplasz jak stado kruków.

Mruknął, gdy pojął, o co mi chodzi. Ponownie stał się sobą.

– Larwy żuków – jęknąłem. – Tylko Niueng Bao mogliby pomyśleć o ich hodowli.

– Co złego jest w larwach? – zapytał Ceber. – Smażysz je na maśle, dorzucasz trochę pokrojonych grzybów... Dobra, już czas zasiąść do gry.

Konował i Pani zbliżali się właśnie po stoku w naszym kierunku. Widziałem ich już dostatecznie wyraźnie, by stwierdzić, że wdziali swoje kostiumy Stwórcy Wdów i Pożeracza Żywotów wraz z zaklęciami, które tworzyły ożywione i pełzające płomyki. Dosiadali ogierów wyhodowanych w stajniach Wieży w Uroku. Gigantyczne podkowy krzesały iskry za każdym razem, gdy dotknęły ziemi. Oczy płonęły czerwienią. Rozdęte nozdrza buchały oddechem, w którym wydawało się, że jest jakby coś więcej niż tylko para chłodu poranka. Trąby, cymbały i bębny byłyby jak najbardziej stosownym uzupełnieniem tego widowiska, jednak Pani i Staremu nigdy nie zależało na takich rzeczach. Oboje, podobnie zresztą jak wszyscy ludzie ich orszaku, z wyjątkiem więźniów, mieli ze sobą niewielki arsenał bambusów.

Wyjec siedział w niewielkiej drewnianej klatce osadzonej na kołach, ciągnionej przez parę czarnych kozłów. Musiał dojść z Panią do jakiegoś kompromisu, ponieważ najwyraźniej, oprócz prętów, klatka nie była wyposażona w żadne dodatkowe zabezpieczenia. Mimo to otoczony był półtuzinem żołnierzy, którzy w każdej chwili mogli skąpać go w deszczu kul ognistych, zanim zdążyłby rzucić choćby jedno naprawdę paskudne zaklęcie.

Długi Cień został uwięziony w podobny sposób, chociaż w jego wypadku zapewne nie obowiązywało żadne porozumienie. Usta miał ściśle zaszyte. Palce zeszyte razem. Gdyby miał rzucić jakieś zaklęcie, musiałby chyba ruszać uszami. Ale otaczający go żołnierze byli najwyraźniej nerwowi – upiekliby go żywcem, zanim zdążyłby choćby drgnąć. Chłopcy byli zdenerwowani najwyraźniej dlatego, że on również był niespokojny. Rzucał się na pręty swej klatki, wydając jednocześnie nieartykułowane, niezborne wrzaski tłumione przez zaszyte usta. Długi Cień naprawdę nie miał ochoty jechać w góry.

Prabrindraha Draha traktowano najwyraźniej dobrze. Wierzba Łabędź i Kordek Mafer znajdowali się po jego obu bokach, wypełniali swe obowiązki członków Straży Królewskiej, natomiast Otto, Wypieracz oraz bracia inżynierowie, a także strażnicy Niueng Bao, którzy wlekli się za każdym z nich, sformowali wielki romb wokół tej trójki. Longinus i Loftus konwersowali z księciem, jakby to przedsięwzięcie nie było niczym szczególnie niezwykłym.

Podziwiałem postawę Prabrindraha Draha. Był dobrym i raczej rozsądnym człowiekiem. Szkoda, że nie mogliśmy puścić go do domu. Po tych wszystkich latach spędzonych na polach bitewnych zdobył szczególny rodzaj zaufania do samego siebie i siłę woli. Teraz z pewnością był zdolny do przeciwstawienia się siostrze i ujęcia steru państwa w swoje ręce. Nauczył się dosyć i rozwinął siłę charakteru na tyle, by oprzeć się wysiłkom wyższych kapłanów zmierzających do pozbawienia go choć części władzy.

Pantera, która kiedyś była kobietą, znajdowała się w klatce przypominającej raczej trumnę. Nie mogła w niej nawet się wyprostować. Nie było takiej pozycji, w której mogłaby wykorzystać w pełni siłę swych potężnych mięśni. Właściwie mogła zrobić niewiele więcej, jak tylko leżeć bez ruchu i się złościć.

Kapitan nie pokładał ufności w pozostawianie najdrobniejszych nawet spraw losowi. Całe wieki temu widział już, do czego zdolny jest forwalaka.

Wszyscy nasi wrogowie będą uczestniczyć w naszych przygodach razem z nami. I czeka ich ten sam los – chyba że wcześniej zdecydują się ostrzec nas przed nim.

Zmobilizowany uwagą Cebra na temat zasiadania do gry Rudi zsunął się po stoku na spotkanie Kapitana. Nie obejrzałem się za siebie. Wiedziałem, że chciał mi przekazać, iż Ospały wyszedł z bunkra i teraz znowu leży oparty o ścianę przy drzwiach. Właśnie tak jak chcieliśmy.

Rudi poprosił Starego, by jego ludzie narobili odpowiedniego zamieszania, którego odgłosy dotrą do mojej skleconej z desek monarchii.

Przyszedł jeden z faworyzowanych przez Cebra tagliańskich poruczników, określany imieniem i nazwiskiem Lopal Pit, aby odróżnić go od sierżanta, którego wszyscy nazywali Kuszawar Pit (oba nazwiska Pit wywodziły się od środkowej sylaby jedenastosylabowego boskiego imienia kultu Gunni). Poinformował swego dowódcę, że będzie potrzebował więcej wody, jeżeli ludzie mają zadbać o całe to czyszczenie, którym chciałem, żeby się zajęli, podczas gdy ja będę prowadził swoje badania za Bramą Cienia.

– Poczekaj do czasu, aż banda arystokratycznych dupków podejdzie bliżej – powiedział mu Ceber. – Nie chcemy, aby kogoś stratowano.

– Rozkaz. – Lopal Pit zebrał swój oddział zaplecza i powiódł go na tyły mojego bunkra, gdzie będą czekać do czasu, aż przyjdzie Konował i zrobi dość hałasu, aby stłumić odgłosy ekipy skradającej się, by pojmać Ospałego.

Zacząłem jeść papkę.

– Masz rację, Tai Dei. Nawet larwy i robaki nie zaszkodziłyby temu jedzeniu. Daj mi też miskę dla Ospałego.

Postanowiłem zająć się tym sam.

– Masz, dzieciaku.

Ospały patrzył tylko tępo w przestrzeń. Podsunąłem mu miskę pod sam nos.

– Lepiej, żebyś doszedł do siebie na tyle, aby móc żywić się samodzielnie, dzieciaku. Nie mam ochoty robić tego za ciebie. – Spojrzałem przez ramię. Światła było już tyle, że pochodnie okazały się całkowicie zbyteczne.

W ciągu tych kilku minut zbliżyli się dostatecznie. Hałas też robili odpowiednio głośny. Upuściłem drewnianą łyżkę na podołek Ospałego, pochwyciłem jego nadgarstki, pojmałem. Chłopcy wyskoczyli zza bunkra. Jeden złapał go za włosy i odchylił jego głowę do tyłu. Kolejny wsunął w usta dzieciaka knebel zrobiony z brudnego łachmana.

Duszołap walczyła, ale zaskoczenie było całkowite. Nie miała najmniejszej szansy.

– Zrobione – zameldowałem Staremu, kiedy zsiadł z wierzchowca obok nas.

Duszołap wcale nie przypominała ofiary nadmiernego entuzjazmu.

– Nie powinniśmy ryzykować, szefie. Szkoda, że nie przywiozłeś jeszcze jednej klatki.

– To raczej zrujnowałoby całe twoje przedstawienie, nieprawdaż? Nawet gdybym wiedział, co sobie zaplanowałeś.

Pani zatrzymała się za Konowałem. Miała na sobie swój hełm Pożeracza Żywotów. Nie było szans, by odczytać jej myśli z wyrazu twarzy. Nie odezwała się nawet słowem, tylko patrzyła na swoją siostrę, która już od tak dawna przysparzała jej tylu zmartwień.

Duszołap nie zrezygnowała z postaci Ospałego. Nie była urodzoną zmiennokształtną, zatem przemiana nie przychodziła jej może tak łatwo, choć po prawdzie nie byłem o tym przekonany. Miała za sobą długą listę zmian swego wyglądu.

– Musi tak zostać, dopóki nie będzie związana? – spytałem.

Pani nie odpowiedziała. Po prostu patrzyła.

– Chodzi mi o to, że nie chcę, aby zmieniła się w galaretę i wsiąkła w ziemię, kiedy nie będę patrzył. Przypuszczam, że może powinienem wepchnąć ją do jakiegoś dzbana. Gdybym miał taki dzban. I gdyby na dodatek miał pokrywę, którą można by opieczętować.

– Nie przypuszczam, że może cokolwiek zrobić, póki ma knebel w ustach i związane ręce – stwierdził Konował.

– A może powinniśmy jej obciąć wszystkie palce.

– Przypuszczam, że będzie grzeczna. Przynajmniej na razie. Będziesz?

Duszołap nie odpowiedziała. Wciąż przeżywała swoje zaskoczenie. Niemal mogłem wyczuć w niej napięcie, jakby już obliczała swe szanse, a oprócz tego coś, co można by określić chyba jako rozbawienie.

– Czy który z was, geniusze, postanowił już, co z nią zrobić, kiedy ją złapiecie? – włączył się Ceber.

Odpowiedziałem coś naprawdę inteligentnego w rodzaju:

– Hę?

– Jak powiedział Murgen, mieli wy przywieźć ze sobum klatke. Czy chcycie dać jej iść?

Nastrój Starego pogorszył się natychmiast.

– Zróbcie nosze. Zawsze chciała, by traktowano ją jak królową. Może nawet mieć teraz swoją królewską straż. Łabędź! Mafer! Wy, chłopcy, poniesiecie damę.

– A idź się pierdol – rzucił Łabędź.

– Uspokój się, Wierzba – upomniał go Kordek.

– Co on, kurwa, zamierza zrobić? Zawlec mnie do Khatovaru?

Pani ściągnęła wodze swego rumaka. Powiodła nim tak, by mieć Łabędzia i Mafera przed sobą. Po chwili Łabędź spokorniał.

– Już dobrze. W porządku.

Dziesięć minut później szedł już w dół wzgórza i niósł niższy koniec noszy. Nawet na chwilę nie przestał narzekać, ale na szczęście znajdował się tak daleko ode mnie, że nie musiałem wszystkiego słuchać. Po kilku kilometrach Wypieracz pozwolił, by Łabędź i Mafer zmienili się z innymi.

Przejechałem przez Bramę Cienia jako pierwszy. Za mną jechał Konował.

– Zatrzymajmy się tutaj – polecił po kilkudziesięciu metrach. – Chciałbym przeprowadzić doświadczenie. Zbliż głowicę Lancy do czarnej ścieżki. – Zsiadł z konia. Odpiął srebrną odznakę Kompanii od swego płaszcza, przyłożył ja na chwilę do Lancy, potem ukląkł i przycisnął do wstęgi czerni. Zachrupotało mu w kolanach. Mruknął coś niewyraźnie i wyprostował się.

– O co w tym wszystkim chodzi? – zapytałem.

– Nie jestem pewien. Pani pomyślała, że to nie zaszkodzi.

Aby zabójczy cień mógł łatwiej wyłowić nas z tłumu? Albo może wręcz przeciwnie. Intuicja Pani zazwyczaj okazywała się trafna. Ona żyła już na tym świecie, zanim pierwotna Kompania zeszła z tej góry.

– Zostań tutaj, póki wszyscy nie przejdą – nakazał mi Konował. – Niech nasi chłopcy pobłogosławią swe odznaki. I nie zapomnij sam tego zrobić.

Pani zsiadła z konia, poszła za przykładem Starego. Potem wskoczyła z powrotem na siodło i ruszyła w górę zbocza, trzymając się za nim.

Człowiek za człowiekiem, zwierzę za zwierzęciem, kolumna przeszła obok mnie. Widziałem zmieszanie w oczach żołnierzy Kompanii i ponury brak wyrazu u wszystkich pozostałych. Rozejrzałem się, by sprawdzić, gdzie jest Stary.

– Jeżeli chcesz, możesz dotknąć grotu Lancy, a potem tego miejsca na ziemi – zwróciłem się do Tai Deia w Niueng Bao. – Pozostali również.

Namyślał się przez chwilę.

– Żałuję, że nie ma tu Wujka, on by zdecydował.

– A co też może się stać? Tymczasem może to być rodzaj ochrony. Nie musisz brać tego zaraz za wcielenie do Kompanii.

Myślał jeszcze przez chwilę, przypuszczalnie zastanawiał się, czy przypadkiem nie wchłaniamy ich, krok po kroku, a potem krzyknął na pozostałych Niueng Bao. Zebrał ich wokół siebie, poinformował, jaki mają wybór oraz że przyjęcie błogosławieństwa może stanowić środek ochronny po zachodzie słońca.

Wielu Niueng Bao ten pomysł się nie spodobał.

Błysk przejechał koło nas, wiódł za sobą rząd nadmiernie obciążonych, mimo to nieskończenie cierpliwych wołów.

– Zwierzęta też masz zamiar błogosławić? – Zamierzone było to jako sarkazm, jednak przyszło mi do głowy, że być może powinienem tak uczynić. Cienie rzadko nękały zwierzęta w świecie zewnętrznym, oczywiście jeśli pod ręką było dosyć ludzkich ofiar. Ale nie znajdowaliśmy się już w tym świecie.

Niueng Bao kłócili się z ożywieniem, choć tak przyciszonymi głosami, że nie potrafiłem zrozumieć ani słowa. Tai Dei na koniec miał tego dosyć.

– Zrobicie, jak każdy z was zechce. – Odszedł od zgromadzenia, klepnął dłonią o grot Lancy, opadł na kolana, a potem uderzył czarny szlak, wstał i zajął swoje miejsce przy moim boku.

Spodziewałem się, że Stary może zacząć wołać nas w każdej chwili, ale nawet nie obejrzał się za siebie.

Obok przetoczył się wóz z Wyjcem. Kiedy czarodziej sięgnął ku Lancy, odsunąłem ją.

– Ruszaj. Tylko dla przyjaciół Kompanii. – Dotknąłem grotem Lancy łbów jego czarnych kozłów. Potem przejechał obok Długi Cień. Władca Cienia wyglądał, jakby był zupełnie sparaliżowany. Oczy wbił tępo w przestrzeń. Widziałem już wcześniej to spojrzenie, ale jedynie u facetów, którzy przeszli straszne rzeczy na polu bitwy.

Pięćdziesięciu ludzi nie wygląda może na wielki oddział, ale kiedy do jeźdźców dodasz jeszcze wszystkie zwierzęta i to, co konieczne dla odbycia długiej podróży, zmienia się to w zupełnie niezłą paradę. Pani i Stary znajdowali się już niemal na szczycie, kiedy pojawili się dopiero Rudi i Ceber pełniący rolę straży tylnej.

– Chcesz pewnie, żebyśmy też to ucałowali? – spytał Rudi.

– Jeżeli uważasz, że to pomoże.

– Zrobię jej to ręką, jeśli dzięki temu łatwiej będzie mi przeżyć te trzy czy cztery noce.

– Powiem wam coś. Wracam na czoło. – Do tego czasu wszyscy Niueng Bao podjęli decyzję, w tę czy w drugą stronę i każdy postępował ze sztandarem tak, jak sam wybrał.

Potem z pomocą Rudiego sam również odbyłem szybko całą procedurę.

Kiedy wjechali na szczyt, Konował zatrzymał się, ale bynajmniej nie po to, by łatwiej było mi go dogonić. Dobry, stary Murgen mógł opuścić czoło pochodu, gdzie jako pierwszemu skopią mu tyłek, tylko dlatego, że Kapitan musiał i tak zaczekać, aż żołnierze zreperują drogę, by mogły przejechać po niej wozy.

– Przepraszam. Puśćcie mnie – powiedziałem, kiedy gramoliłem się obok braci inżynierów. – Zróbcie to tak dobrze, żeby nie było trzeba powtarzać, kiedy będziemy wracać.

Mnóstwo ludzi stało dookoła i przyglądało się. Budowanie nie należało do ich obowiązków. I aż do dzisiejszego dnia nie czuli najmniejszej potrzeby nauczenia się tego fachu.

– Przytroczenie tych noszy do konia okazało się zupełnie niezłym pomysłem – zwrócił się do mnie Łabędź.

Mafer pracował nieustannie. Kordek Mafer był porządnym człowiekiem. Zastanowiłem się przelotnie, czy Radisza tęskni za nim. Ciekawe, czy dużo czasu spędza na zastanawianiu się, dlaczego nie wrócił.

Nie przypuszczam, żeby miała przy tym wzgląd na Prabrindraha Draha.

Jednak żadna z moich tez i tak nie miała najmniejszego znaczenia.

Duszołap zbudziła się i była czujna. Spojrzała mi w oczy. Przypuszczam, że uśmiechnęłaby się, gdyby mogła korzystać z ust.

– Chcę dostać Ospałego z powrotem. – Zagadnąłem do niej. Nie odpowiedziała. Przez chwilę leżała spokojnie, a potem mrugnęła do mnie.

– Czy wysłałeś kogoś, aby rozejrzał się w miejscu, gdzie jak sądzę, widziałem mego konia? – wykrztusiłem, kiedy już dogoniłem Starego i przestałem dyszeć.

– Posłałem cały oddział. Wyruszył w tej samej chwili, kiedy my wyjeżdżaliśmy. – Spojrzał na przebytą drogę. – Dlaczego trwa to tak długo?

– Sami generałowie i żadnych żołnierzy. – Pani, jak zauważyłem, zawróciła wierzchowca i teraz oglądała świat z nowego punktu obserwacyjnego. Ludzie już pracowali w Przeoczeniu. Wszędzie unosił się dym znad ognisk, przy których gotowano strawę. Większość z najbardziej wysuniętych na zachód rozpalili ludzie z Ziem Cienia, którzy powoli wracali na tereny uprawne. Niebo zaciągnęły chmury. Zapowiadało się na deszcz.

– Co to jest? – zapytał Konował.

– Co jest co?

– Tam, w dole. Na drodze wiodącej do twojego obozu.

– Masz lepsze oczy... Widzę. Mały tuman kurzu. – Ktoś, a może kilku ktosiów zmierzało do mojego obozowiska. Znajdowali się zbyt daleko, by odróżnić szczegóły. Ale najwyraźniej spieszyło im się.

Wozy zaczęły się toczyć po drodze. Klet, Longo i Loftus gratulowali sobie głośno. Kozły beczały. Woły skarżyły się ciężkim rykiem. Ludzie przeklinali. Kolumna popełzła naprzód.

– Prowadź, chorąży – oznajmił Konował. – I nie zapominaj, że te kozły potrafią biec równie szybko jak ty. – Nałożył swój hełm. Zaklęcia na jego zbroi zbudziły się do życia.

Rozpocząłem marsz. Trzymałem wzniesiony sztandar. Wiedziałem, że zanim to wszystko się skończy, będzie cholernie trudno.

Mój plecak już stał się ciężki. Poruszyłem ramionami i spróbowałem ułożyć paski wygodniej.

Wszedłem na równinę i postawiłem stopy na drodze. Przede mną kamienie postawione na sztorc odbijały iskry, nawet mimo tego, że słońce skryło się za chmurami.

Ziemia zadrżała, gdy Konował i Pani znaleźli się za moimi plecami. Upadłem na jedno kolano, ale nie było to żadne porządne trzęsienie. W rzeczy samej ledwie wyczuwalne. Zaambarasowany powstałem i ruszyłem znowu przed siebie.

– Pierwsze od bardzo już długiego czasu – wyjaśniłem Tai Deiowi. – Spadło na mnie zupełnie znienacka.

Pani i Stary nie wydawali się szczególnie zmartwieni, uznałem więc, że i ja nie powinienem.

101

Od momentu, w którym wszyscy znaleźli się na równinie, podróż stała się spokojna i cicha. Każdy był zbyt zdenerwowany, żeby rozmawiać. Jednak po przebyciu mniej więcej półtora kilometra odezwała się Pani.

– Ostrzeż wszystkich, aby nie opuszczali drogi. Dopóki będziemy się jej trzymać, nic nam się nie stanie.

Konował uniósł dłoń, dał sygnał do zatrzymania. Wsparłem koniec Lancy w powierzchnię drogi. Cholera, stawała się cięższa z każdą chwilą. Stary wysłał przestrogę Pani wzdłuż kolumny. Nie zadawał jej żadnych pytań. Nie chciał jej rozpraszać. Co z kolei zapewne oznaczało, że jest całkowicie skupiona.

Wkrótce po podjęciu wędrówki, dotarliśmy do miejsca, gdzie droga rozszerzała się i tworzyła wielki krąg. Miejsce na rozbicie obozu, jak zrozumiałem. Pani potwierdziła moje przypuszczenia jedną ze swych rzadkich uwag. Ktokolwiek stworzył tę równinę, doskonale rozumiał wszelkie jej niebezpieczeństwa.

Było prawie południe, kiedy dotarliśmy w końcu do jednego ze stojących kamieni. Znajdował się wystarczająco blisko drogi, byśmy mogli obejrzeć go sobie dokładnie. Zrobiono go ze skały tego samego rodzaju, co powierzchnia równiny. Źródłem iskier były metalowe, osadzone w kamieniu symbole. Bez wątpienia były to litery jakiegoś języka, ale ani ja, ani nikt inny nie potrafił ich odczytać.

To pewnego rodzaju nieśmiertelność.

Aż podskoczyłem.

– W tym miejscu działa wielka moc – stwierdziła Pani.

– Bez jaj.

Ziemia zadrżała ponownie. Nie silniej niż poprzednim razem, ale wystarczająco, by wszyscy zrobili się nerwowi. Drgania te mogły zwiastować coś znacznie gorszego. Niemniej, jak zauważyłem, żadna z kolumn nie została obalona przez żadne z trzęsień ziemi, z jakimi mieliśmy do czynienia w ostatnich latach.

Konował zwracał mało uwagi na kamień. Wciąż patrzył przed siebie. Stało się już jasne, że w rzeczy samej jest to jakaś masywna budowla górująca ponad lasem głazów. Powoli zaczynało wyglądać na to, że rozmiarami może dorównywać Przeoczeniu.

Przez cały dzień Stary parł naprzód, siebie również nie oszczędzając. Uwolnił mnie od sztandaru, wspierając jego trzewik na strzemieniu. Ostatecznie zatrzymał się w jednym z tych wielkich kręgów, które znaczyły drogę w ośmiokilometrowych odstępach. Zatrzymał się tylko dlatego, że Pani nalegała, iż nadszedł czas. Sam najwyraźniej miał ochotę iść dalej. Jednak kolumna była obecnie rozciągnięta na całe kilometry, zwierzęta zaś potrzebowały wypoczynku i wody jeszcze bardziej niż ludzie.

Zerknąłem w niebo, na zaciągające je chmury. Wciąż zastanawiałem się, czy będzie padać i czy uda się nam zebrać choćby odrobinę deszczówki. Wzięliśmy ze sobą sporo wody, jednak zwierzęta piły bardzo dużo. Miałem zatem wrażenie, że spragnieni będziemy znacznie szybciej, niż zgłodniejemy.

Kapitan zdjął hełm i co bardziej niewygodne części zbroi. Był mniej związany z wcieleniem Stwórcy Wdów niż Pani ze swoim. Ona również wykonała kilka przysiadów, aby rozruszać mięśnie, a potem pozbyła się swego hełmu i potrząsnęła głową, rozsypując włosy. Konował wpatrywał się w dal, a potem zapytał:

– Co sądzisz o tym miejscu?

– Działa tam wielka moc.

– Działa tam wielka moc – mruknął Konował. – Ona zaczyna się powtarzać.

– To jest kryjówka Kiny? – zapytałem. – Czy Khatovar? Albo jedno i drugie? Czy też żadne z nich?

– Powiem ci, kiedy tam dotrzemy.

– Pozwól, niech ci go trochę potrzymam – zwrócił się do mnie Rudi i zaproponował, że weźmie ode mnie sztandar. Osadził jego koniec w powierzchni drogi i wsparł się na nim.

– Gdzie, u diabła, byłeś przez ostatnie osiemdziesiąt kilometrów?

– Osiemdziesiąt? Pozwalasz, żeby ci się przegrzewała wyobraźnia, dupku.

– Targając to coś, czuję, jakby to było z osiemset.

Rudi zachichotał.

– Założę się, że nie zrobiliśmy nawet dwudziestu pięciu. – Najwyraźniej dobrze się bawił. Moim kosztem. – Aczkolwiek po tych wszystkich podróżach powinieneś być w niezłej formie, by podlizywać się Staremu.

– Rudi, nie jestem w nastroju. – Nie chciałem spuszczać z oka Pani i Kapitana, którzy odeszli trochę na bok, kiedy Rudi wtrącił się ze swymi docinkami.

– Nie gorączkuj się tak, synu. Właśnie myślę sobie, co za cudowna noc się zapowiada. – Za naszymi plecami Niueng Bao zbliżyli do siebie głowy i rozważali możliwości dalszego rozwoju sytuacji. Mnóstwo bambusów poniewierało się w zasięgu wzroku. Błysk kierował zespołem układającym na równinie wspólne ognisko dla wszystkich. Pani wpadła na pomysł, że drodze się może nie spodobać, gdy się ją przypali. Podczas wędrówki doszła do wniosku, że może być ona nawet na swój sposób żywa.

Żałowałem, że nie istnieje jakiś sposób pozwalający zajrzeć w jej myśli. Od czasu, gdy wjechaliśmy na równinę, była całkowicie skoncentrowana. Jej spekulacje mogłyby się okazać interesujące. Teraz właśnie dzieliła się wynikami swych przemyśleń ze Starym. A Rudi nie pozwalał mi się do nich zbliżyć.

– Zostawcie je tam – zwrócił się Konował do Błyska. – Idźcie naprzód i rozstawcie je. Ale nie rozpalajcie. Jeżeli to możliwe, zjemy zimną kolację.

Cholera. Nie jedliśmy dobrze od czasu, kiedy opuściliśmy Taglios, jednak czysta woda i suszone mięso to był jeden krok do tyłu poza określenie „źle".

– Rudi. Masz robotę do wykonania?

– Tak, Kapitanie.

– A więc chciałbym zobaczyć, jak się do niej zabierasz. – Konował odwrócił się i ponownie nachylił blisko do Pani, wbijając wzrok w zespół kolumn. Gotów byłbym się założyć, że próbuje skryć swe wątpliwości. Właśnie tam może się znajdować spełnienie wielu piekielnych lat, które zaczęły się od czegoś, co jak czasami podejrzewałem, mogło być chwilowym kaprysem człowieka, który nie ma pojęcia, co zrobić dalej, a wielkich kłopotów przysparza mu publiczna zmiana swej decyzji.

Zacząłem przeszukiwać perymetr obozowego koła. Gdziekolwiek spojrzałem, widok był identyczny. Ponieważ niebo nad głowami zakrywały chmury, naprawdę można było pogubić kierunki.

– Chorąży? Z tobą wszystko dobrze?

– Sindawe. Przepraszam. Przypuszczam, że jestem bardziej roztargniony, niż mi się zdaje. W ogóle nie zauważyłem twojego nadejścia.

– To miejsce tak właśnie działa na nasze umysły, nieprawdaż? – Odniosłem wrażenie, że byłby śmiertelnie blady, gdyby tylko był do tego zdolny. – Jest coś, co – jak sądzę – powinieneś zobaczyć.

– W porządku. – Poszedłem za nim, przeciskałem się przez ciżbę zwierząt i ludzi próbujących rozbić obóz tak, aby nie wypchnąć się jednocześnie nawzajem z kręgu ani nie zniszczyć drogi.

– Tu – poinformował mnie Sindawe i wskazał miejsce, w którym droga odchodziła od kręgu, a następnie zmierzała na południe, co można było stwierdzić jedynie dzięki temu, że w dali widać było część potężnej budowli.

– Dziura? – Nic więcej nie potrafiłem dostrzec. Dziura w drodze, szeroka na pięć i głęboka na trzydzieści centymetrów. Może nawet trochę więcej. Światła nie było dość dużo, by docierało do jej dna.

– Tak. Dziura. To może być naprawdę moja rozbrykana wiara albo wyobraźnia, ale przyszło mi do głowy, że stanowiłaby znakomite miejsce na sztandar.

– Z pewnością. – Czy przechodziłem już obok tego miejsca? Czy dziura była tu wcześniej? Nie potrafiłem sobie przypomnieć. Okazja, by postawić gdzieś to przeklęte drzewce, była z pewnością bardzo pociągająca. I w miarę jak patrzyłem, stawała się takową coraz bardziej.

Opuściłem koniec drzewca w otwór. Weszło na półtorej stopy.

– Teraz dobrze – wymruczałem. – Miejsce jest również znakomite. Zakładając, że Stary nie ma jakichś własnych pomysłów. – Przeciągnąłem się. Nie niosłem wprawdzie sztandaru cały dzień, ale i tak miałem z nim do czynienia więcej niż ktokolwiek z pozostałych.

Sindawe wymamrotał coś niewyraźnie. W jego głosie pobrzmiewało zdenerwowanie.

Ja również czułem się podobnie. Kolejne drżenie ziemi.

– Mam nadzieję, że nie wyniknie z nich jakieś wielkie trzęsienie.

Spojrzałem na drogę u podstawy Lancy. Jej powierzchnia trzymała ją ściśle. Ale kiedy wkładałem sztandar na miejsce, pozostało luzu na niecałe półtora centymetra. Spróbowałem go wyciągnąć. Nie dało rady. Poza tym już nie wibrował.

– Cholera.

Teraz Sindawe spróbował. Przestał ciągnąć, zanim nabawił się przepukliny.

– Nie ma sprawy – jęknąłem. – Jeśli będzie trzeba, po prostu obetnę drzewce. Jutro.

Poszedłem sprawdzić, co porabiają Stary i jego kobieta. Wciąż stali ramię w ramię, patrzyli na południe. Aktualnie wymieniali tylko od czasu do czasu pojedyncze słowa. Nawet bez hełmów wyglądali naprawdę strasznie.

Tai Dei pojawił się, aby poinformować mnie, że obóz został rozbity, a jedzenie jest gotowe. Jego twarz była wyzuta z wszelkiego wyrazu do tego stopnia, że wiedziałem, iż musi być wściekły. Oto ja sobie tutaj spacerowałem, kokietowałem wszystkich dookoła, znakomicie się bawiąc, gdy tymczasem on siedział w domu i zdzierał sobie skórę z dłoni przy robocie.

– Żałuję, że nie wyhodowałeś sobie cycków i nie obciąłeś ptaka, wówczas moglibyśmy stanowić świetną parę.

Kolejne słabe drgania przeszyły kamienie pod naszymi stopami.

– A kiedy szli, ziemia drżała – wymruczałem.

– Co? – zapytał Tai Dei.

– Część historii, którą usłyszałem jako dziecko. O starożytnych bogach zwanych tytanami. Po prostu myślałem, jak daleko zaszedłem od tego czasu. – A może i my byliśmy gigantami.

102

Wiedziałem, że śnię, ponieważ nad moją głową na czystym niebie świecił księżyc w pełni. Wszak pomiędzy mną a światem znajdowała się jakaś mgiełka, ponieważ księżyc wisiał w środku chmury światła pełznącej wskroś nieba, nie zaś unoszącej się dokładnie ponad głową, jak to było w krainie mego dzieciństwa. Widmowe, błękitnawe światło zdradzało obecność niezmordowanych cieni czających się przy krawędzi kręgu, tłoczących się setkami, jedne przez drugie. Jakby z odległości półtora tysiąca kilometrów, słyszałem niecichnącą, jękliwą skargę Długiego Cienia.

Jeden z wielkich cieni napierał na skraj kręgu niedaleko od miejsca, skąd patrzyłem. Coś jednak nie pozwalało mu wejść. Cały aż rozciągnął się na tej niewidzialnej barierze. Przypomniałem sobie przypadkowe zderzenie z cieniem podczas jednej z wędrówek po świecie ducha.

Powoli zaczynałem odnajdywać w sobie ślady strachu, który zupełnie mnie opuścił, gdy tylko wszedłem na równinę.

Zdawało się, że ten konkretny cień ma obsesję na moim punkcie. Odwróciłem się od niego i spróbowałem zapomnieć o tym, że istnieje.

Spojrzałem w górę. Sylwetki podobne do ryb poruszały się niewyraźnie w jedną i drugą stronę na tle rozproszonej księżycowej poświaty. Zapewne tak właśnie wygląda twój świat, jeśli jesteś krabem żyjącym na dnie morza.

Nie miałem pojęcia, czy to prawdziwy sen. Czułem, że tak. Jeżeli naprawdę, to wychodzi na to, iż cienie potrafią wznosić się również ponad powierzchnię równiny.

Ich ławica rozproszyła się nagle, jakby przegnana czyimś rozkazem. Księżyc minął zenit. Być może to właśnie dlatego.

Albo może bały się stworów, które nagle pojawiły się na czarnej drodze. Nadchodziły z kierunku, w którym zmierzaliśmy. Od pasa w dół i prawą częścią ciała były człekopodobne, głowy i lewe części ciała skrywały się za szalami, które wyglądały jak wykonane z polerowanych, brązowych, rybich łusek. Było ich troje. Sprawiały wrażenie potężnych duchów.

Mój wielki kumpel cień nie umknął wraz z pozostałymi. Zacząłem już wyczuwać go na swój sposób, podobnie jak zdarzyło się to wtedy, z tamtym. Cień był przerażony.

Udało mi się pochwycić przelotny obraz sali tortur, bólu przekraczającego zdolność odczuwania bólu... a wokół śpiewali kapłani.

Podniosłem się z siennika. Podszedłem bliżej, by stanąć obok sztandaru, popatrzyłem w kierunku zbliżających się duchów.

Nie mam pojęcia dlaczego.

„Wy, sukinsyny, jesteście zbyt brzydcy", myślałem tylko. „A więc spierdalajcie z mojej drogi. I przestańcie mieszać się do mego snu". Miałem wrażenie, że gdybym poznał ich legendę, czy co tam jeszcze, okazaliby się czymś w rodzaju Dziesięciu, Których Schwytano, demonami czy królami czarowników, których zniewoliła moc większa i bardziej mroczna niż ich własna. „No już. Wynoście się stąd. Jesteście martwi. I niech tak zostanie". Sięgnąłem po Lancę, poczułem, jak ożywa pod moją bezcielesną dłonią. „Już".

Ich wstrętne maski, wyrzeźbione w kształty bestii, jakby leciutko pochyliły się w stronę powierzchni drogi. Przynajmniej ja uznałem je za maski. Miałem nadzieję, że nimi są. Komuś, kto urodziłby się taki brzydki, naprawdę nie powinno się pozwolić na opuszczenie kołyski.

Zapletli ręce na piersiach. Zaczęli się wycofywać. Działo się tak, chociaż nawet nie poruszali stopami.

Niesamowite. Kiedy oddalili się na większą odległość, rozpłynęli się w nicość, w mgnieniu oka.

Obszedłem perymetr koła. Cienie zaczynały powoli powracać. Mój zwierzaczek naśladował moje ruchy i przez cały czas przyciskał się do bariery. Czułem docierający od niego przemożny głód.

Nie byłem w ogóle zaskoczony, gdy przekonałem się, że od okręgu odchodzą cztery drogi, ułożone na kształt róży wiatrów.

Jak to możliwe, że zachodnie i wschodnie odgałęzienie nie były widoczne w świecie jawy?

Zmiennokształtna droga sięgała do świata astralnego. Kozły i woły protestowały. Ludzie stojący na warcie przeklinali zwierzaki, przerażeni śmiertelnie obserwowaniem cieni poszukujących luki w barierze. Któryś z nich poszedł, by ukarać panterę.

– A to co, kurwa? – krzyknął ktoś i wskazał na sztandar. Ponieważ światło było słabe, nie mogłem dojrzeć, o co mu chodzi. Powoli odpłynąłem z tego miejsca.

Biały kruk przycupnął na poprzeczce sztandaru. Z pozoru spał. Co natychmiast sprawiło, że setka pytań napłynęła mi do głowy.

Czy to inny ja obserwuję całe obozowisko, przeniósłszy się tutaj z któregoś z dni, jakie dopiero nadejdą? Czy ten ptak jest stworem Kiny? A może Duszołap? W jaki sposób udało mu się tutaj dostać, dolecieć ze świata położonego poza Bramą Cienia? Widziałem przecież wielkie cienie krążące nad naszymi głowami... Ale kiedy teraz spojrzałem na księżyc, nic takiego nie zobaczyłem. Tak naprawdę to tego przedwcześnie dojrzałego księżyca również nie było już na niebie. Zobaczyłem tylko szeroki na paznokieć sierp, który dopiero zaczynał rosnąć.

Kolejne pytania.

Pantera zaryczała ponownie, tym razem w jej głosie zabrzmiało zaskoczenie i ból. Dawali jej szkołę za straszenie zwierząt.

Podpłynąłem do miejsca, gdzie Konował i Pani uwili sobie legowiska. On chrapał. Ona nawet nie zmrużyła oka. W jakiś sposób wyczuła moją obecność. Jej wzrok śledził mniej więcej moje poruszenia. Po kilku metrach zgubiłem ją. Przemknąłem między klatkami. Długi Cień również nie spał. Łkał cichutko i trząsł się. Nie przypuszczam, by zostało w nim wiele z niegdysiejszego, wzbudzającego trwogę szalonego czarownika.

Wyjec także czuwał. Poniewczasie zdałem sobie sprawę, że ostatnio zachowywał się coś dziwnie cicho.

Kiedy patrzyłem na niego, próbował wydać jeden z tych swoich dzikich wrzasków, jednak ostatecznie nie udało mu się.

Co Pani z nim zrobiła?

Tak naprawdę to Duszołap była jedyną, której chciałem się przyjrzeć dokładnie. Ona również nie spała, gdy się do niej zbliżyłem. Wciąż była związana jak tobołek i zakneblowana tak ściśle, że ja chyba umarłbym od tego. A jednak wydawała się równie szaleńczo szczęśliwa jak w najlepszych chwilach swego życia. Wyczuła mnie z równą łatwością jak jej siostra. Potem śledziła wzrokiem moje poruszenia. Jej oczy zdawały się roześmiane, pełne skrywanej wiedzy. W rzeczy samej, odniosłem wyraźne wrażenie, że gdyby chciała, mogłaby wydostać się ze swego ciała i ścigać mnie wszędzie.

Nie. Ale chciała, żebym myślał, iż potrafi tego dokonać. Udawało się jej mnie zwodzić mimo opłakanych warunków, w jakich się znajdowała. To martwiło mnie w równym stopniu jak jej wiara w samą siebie. Wcale nie była przestraszona czy choćby nawet zmartwiona.

Trzeba donieść o tym Kapitanowi i Porucznik.

Podpłynąłem blisko granicy. Przez cały czas zastanawiałem się, czy powinienem oddalić się stąd, by ujrzeć Sari, czy też zająć realizacją któregoś ze stu zadań, jakie przyszły mi na myśl, gdy znalazłem się w świecie astralnym. Tak naprawdę to nie pragnąłem niczego oprócz snu. Mój osobisty cień rozbryzgał się na barierze. Czułem kłębiące się w nim emocje. Ale nie potrafiłbym powiedzieć, czy ten stwór chciał ze mną porozmawiać, czy też mnie zjeść. Sprawiał, że czułem się tak, jakbym niebacznie zwrócił uwagę na żebraka, który potem nie pozwala mi już odejść.

Przemknąłem obok zdenerwowanego Niueng Bao przyczajonego z wyciągniętym mieczem miękko niczym kot. Ludzie z bagien bardziej przejmowali się naszą wyprawą niż tych kilku Taglian, którzy nam towarzyszyli. I to pomimo tradycyjnego strachu przed Khatovarem, który na nich ciążył.

Bezsenność stanowiła powszechny problem. Przystanąłem chwilę, by podsłuchać, o czym szepczą Brzeszczot, Mafer i Wierzba Łabędź.

Jednak nie wyszła tu na jaw żadna zdrada. Łabędź, jak to Łabędź, opowiadał historie o duchach. Żałuję, że nie mogę napisać o tym facecie więcej. To niezły gość.

Prabrindrah Drah również czuwał wśród nich, ale najwyraźniej nie z nimi. Obserwowanie go nie zdałoby się na nic.

Znalazłem się bliżej kruka. Wyczuł moją obecność. Raz cicho kraknął, otworzył na moment jedno czerwonawe oko i natychmiast ponownie zapadł w drzemkę. Ale powtórnie krzyknął głośno, kiedy postanowiłem sprawdzić, czy bariera potrafi zatrzymać także mnie.

Nie mam pojęcia, w jaki sposób udało mi się pojąć wiadomość, jednak zrozumiałem od razu, że nalegał, abym udał się na zwiad jedynie ponad równiną.

Skrzydła były już na miejscu, gotowe, ale postanowiłem ich nie wdziewać. Kontynuowałem wycieczkę wokół obozu. Żaden duch nie obserwował mnie z żadnej z dróg. Drogi wiodące na zachód i na wschód stawały się coraz bardziej bezcielesne, podczas gdy północna i południowa pozostawały solidne, sprawiały wrażenie bezpiecznych, nawet zapraszających. Mój cienisty druh nie będzie mógł dosięgnąć mnie również na nich. Drogi posiadały także swoją ochronę.

Pomknąłem na północ. Właściwie to nie byłem pewien, co mam zamiar zrobić, chociaż po mojej głowie błąkała się jakaś niejasna myśl, by po raz kolejny odwiedzić Sahrę. Na długo przedtem, zanim udało mi się tego dokonać, znalazłem się z powrotem we własnym ciele.

Znalazłem jeszcze coś, co mnie zaintrygowało, jednak natknąłem się na to dokładnie przed Bramą Cienia, zanim przez nią przeszedłem.

103

Następnego ranka Konował był obrzydliwie błyskotliwy i serdeczny. Po ustach Pani błąkał się tajemniczy uśmiech. Zapewne w jakiś sposób udało im się zapewnić sobie na kilka minut poczucie intymności.

– Skąd ta ponura mina? – zapytał Konował.

– Za cholerę nie mogłem się wyspać.

– Nerwy? Połowa chłopaków skarżyła się na to, że w ogóle nie spali w nocy.

– Wędrówka z duchem.

– Aha. I zapewne widziałeś coś interesującego, w przeciwnym razie nie byłbyś teraz w złym nastroju.

Opowiedziałem mu o wszystkim prócz białego kruka. Ubarwiłem jeszcze dodatkowo swoją opowieść komentarzem na temat tego, że Duszołap stanowczo znajduje się w zbyt dobrym nastroju jak na osobę w jej położeniu.

– Ona coś knuje.

– Ona urodziła się do snucia knowań – stwierdziła Pani. – Manipulowała ludźmi, zanim jeszcze nauczyła się mówić. Nie martw się tym.

– Jadłeś już? – zapytał Konował.

Skinąłem głową.

– A więc poderwij ich i ruszamy.

– Poczekaj jeszcze chwilę, a poczęstuję cię najbardziej smakowitą opowieścią ze wszystkich moich przygód z dzisiejszej nocy. Ci ludzie, których widzieliśmy jadących w stronę mojego obozu, kiedy wspinaliśmy się wczoraj na wzgórze. Zgadnij, kto to był? Jeżeli wymienisz jakiekolwiek inne imię prócz Goblina, Jednookiego i Goty, to nie zgadłeś. Nie potrafiłem cofnąć się w czasie, by stwierdzić z całą pewnością, założę się jednak, że chcieli nas dogonić, zanim wyruszyliśmy tutaj.

Uśmiech zniknął z twarzy Konowała.

– Usłyszałeś coś?

– Mnóstwo chrapania. Spali. Goblin mamrotał coś, ale nie był to żaden z języków, które znam.

– Droga jest otwarta – zauważyła Pani. – Możesz po nich wrócić.

– Trudno mi sobie wyobrazić, jak niby miałbym to zrobić – powiedział Konował. – Nawet gdyby jeden z nas zawrócił, reszta musiałaby czekać tutaj na niego. Połowę naszych zapasów zmarnowalibyśmy na to czekanie.

– Możemy wrócić wszyscy.

Ani Stary, ani ja nie odpowiedzieliśmy na tę propozycję, ale słowa były niepotrzebne. Ona zresztą też wcale się do tego nie paliła. Po prostu wymieniała kolejne możliwości.

Światło było już wystarczająco jasne, abyśmy dostrzegli kamienie stojące najbliżej nas. Symbole na nich zaczynały lśnić. W nocy były zupełnie ciemne. Zastanawiało mnie, jak to możliwe przy tak skromnym świetle.

– Martwię się o nich – powiedziałem do Konowała.

– Ja również. Ale trzeba wybierać. Sądzisz, że powinniśmy zakończyć ekspedycję, ponieważ nasi synowie marnotrawni wypełzli ze swych nor? – Z kolei zapytał Panią: – A ty, co sądzisz?

– Nie. Będą tam przecież, gdy wrócimy.

Miałem nadzieję, że jej wiara w to, co mówi, jest dostatecznie usprawiedliwiona. Kiedy odjechaliśmy, stworzyliśmy tym, którzy zostali na Południu, możliwość wyrządzenia nam wszelkiego rodzaju brzydkich kawałów.

– A więc ruszamy – zadecydował Stary. – Łap swój kij i maszeruj, chorąży.

Kiedy poszedłem do miejsca, gdzie stał sztandar, i chwyciłem jego drzewce, wyszło z drogi tak łatwo, jakby nigdy w niej nie utknęło.

Budowla przed nami nie przybliżyła się z pozoru nawet o kilometr. Dlatego właśnie nienawidzę otwartych przestrzeni. Możesz podróżować całymi dniami, a otaczający krajobraz wcale się nie zmienia.

Nastrój Konowała stawał się coraz bardziej ponury wraz z upływem czasu. Powoli pragnienie, by przeć naprzód jak najszybciej, zaczynało brać nad nim górę. Po południu, kiedy zmienił mnie przy sztandarze, zaczął wysforowywać się już poważnie naprzód.

– Nie sądzisz, że byłoby lepiej, gdyby trochę zwolnił? – zapytałem Panią po jakiejś chwili.

– Co? – Jej wewnętrzny świat pochłaniał ją tak, że nawet nie dosłyszała mojego pytania.

– On. – Wskazałem.

Pognała swego wierzchowca. Ja wciąż wlokłem się za nimi. Może nawet odrobinę zwolniłem kroku. Kiedy nie miało się w rękach sztandaru, impuls każący iść naprzód zanikał. W rzeczywistości, w miarę upływu czasu, świat, który zostawiłem za sobą, stawał się coraz atrakcyjniejszy, niebo coraz ciemniejsze, równina zaś tak samo jałowa i monotonna. Jedyne barwy, jakie można było dostrzec wokół, należały do naszego oddziału – chyba żeby doliczyć złote symbole na kolumnach.

Pani dogoniła Starego. Nie udało mi się usłyszeć ich wymiany zdań. Podejrzewam, że potraktowała go raczej ostro. Obejrzał się na mnie przez ramię. Teraz chyba wreszcie zrozumiał, dlaczego przedtem wyrywałem się do przodu. Obserwował mnie cały czas, póki go nie dogoniłem.

– Chcesz tę rzecz z powrotem?

– Wciąż jeszcze nie mogę pozbyć się zesztywnienia w mięśniach od poprzedniego razu. Musisz się tylko skoncentrować.

Chrząknął. A następny krąg okazał się naszym obozowiskiem na dzisiejszą noc.

Wkrótce po tym, jak się rozłożyliśmy, żołnierze powędrowali ku południowemu odgałęzieniu drogi, aby popatrzeć na leżącą przed nami fortecę. I z pewnością była to właśnie forteca, zburzona zresztą po części. Spekulowano, czy uda nam się dotrzeć do niej jutro, czy też nie oraz czy Stary zawróci, jeśli okaże się inaczej. Nie było jednak szczególnych powodów do optymizmu. Tak blisko celu Kapitan będzie gnał nas naprzód i troszczył się o puste żołądki, kiedy przyjdzie na to czas.

Tym razem rozpaliliśmy wspólne ogniska i uradowaliśmy żołądki ciepłą strawą. Wszystkim nam potrzebna była moralna ostroga. Od tej pory zawsze będzie już świeże mięso, ponieważ nie mogliśmy sobie pozwolić na karmienie i pojenie zwierząt, które nie wykonywały żadnej użytecznej pracy. Ten świat jest okrutny dla istot żywych.

– Czy w jakiejkolwiek mitologii istnieje coś, co wspominałoby o miejscu znajdującym się przed nami? – zapytałem Tai Deia.

– Nie. Nie ma żadnej wzmianki, która dawałaby się z nim połączyć.

– Jesteś pewien? Twoi kumple zdają się bardzo zmartwieni celem naszej wyprawy.

– Ich niepokoi wszystko, a ta równina w szczególności. Widzą przecież na własne oczy, że to miejsce, które nie powinno w ogóle istnieć. Jest nienaturalne.

– Co ty powiesz?

– Każdemu narodowi zabrałoby tysiąc lat zbudowanie czegoś

równie rozległego. Żaden tak potężny pomnik nie może być niczym dobrym.

– Nie rozumiem.

– Tylko bardzo wielkie zło potrafi do tego stopnia skoncentrować się na pojedynczym celu, nie dbając o koszty, po to żeby stworzyć coś ostatecznie bezużytecznego. Zastanów się nad złem, które powodowało Długim Cieniem. Włożył siły całego pokolenia w budowę swej fortecy. A ona jest niczym w porównaniu z tą równiną.

Miał rację. Podszedłem blisko do bariery i popatrzyłem na niezliczone iskrzące się kamienie.

Znienacka rój małych cieni zatrzepotał wokół obozowiska. Aż podskoczyłem. Podobnie zresztą jak pozostali. Stado kruków kołowało nad naszymi głowami, przeleciało przed tarczą słońca, a potem pofrunęło na północ. Wszystkie prócz jednego.

Ptaki zachowywały się dziwnie cicho. Za nimi nie było słychać żadnego krakania.

Maruder usadowił się na szczycie kolumny niemalże w prostej linii z leżącą przed nami fortecą. Przespacerował się po niej kilkakrotnie, rozpostarł skrzydła, a następnie rozsiadł się, by nas obserwować.

Ziut! Ognista kula pomknęła w stronę kruka. Chybiła. Nie pochodziła z tulei zamiłowanego zabójcy kruków.

Skoczyłem, schwyciłem Charkota za ramię, prawie przewróciłem na ziemię. Ale nie udało mi się zdążyć, zanim wypuścił następną kulę.

Ta trafiła w szczyt słupa, na którym przysiadł kruk. Zrykoszetowała lekko na lewo i w górę, po odłupaniu kawałka kamienia, a potem trafiła prosto we wrzeszczącego, trzepoczącego skrzydłami ptaka. Eksplodował wirem czarnych lotek.

Ziemia zadrżała. Tym razem było to potężne trzęsienie. Padłem na ziemię. Większość pozostałych postąpiła podobnie. Zwierzęta beczały i wyły. Niueng Bao nawoływali się nawzajem. Równina zdawała się lśnić i kołysać wokół nas.

Pani szła naprzód, znakomicie dawała sobie radę z zachowaniem równowagi, z pozoru zupełnie nieporuszona tym, co się dzieje. Ale wymierzyła Charkotowi takiego kopniaka, że nakrył się nogami.

– Ty idioto. Mogłeś zabić nas wszystkich. – Wsparła ręce na biodrach, wpatrzyła się w uszkodzoną kolumnę. Nie wyglądała jak kobieta przekonana, iż za chwilę musi umrzeć. Nagle odwróciła się i krzyknęła:

– Niech ktoś się zajmie zwierzętami! Cokolwiek by się działo, nie pozwólcie im wybiec poza koło.

Jeden z wołów stał się kolacją, ponieważ postanowił to właśnie uczynić. Ludzie wzięli rozkazy Pani literalnie.

Równina zadrżała raz jeszcze, a potem powrócił spokój. Przez kilkanaście sekund nie było słychać żadnego dźwięku i nic się nie poruszało.

– Spójrzcie – powiedział ktoś, płosząc ciszę.

Część odległej fortecy najwyraźniej się osuwała. Po pewnym czasie dotarło do nas głuche echo, długo po tym jak chmura pyłu zakryła to miejsce.

Charkot zakaszlał.

– Cholera. To wszystko przeze mnie?

104

Pani zmieniła się w czystą energię i skuteczność. Wywarkiwała rozkazy. Mężczyźni biegali na wszystkie strony w poszukiwaniu przedmiotów z jej listy, na pozór najbardziej niezwiązanych ze sobą gadżetów.

Wędrowałem wokół perymetru obozu, próbując dowiedzieć się jednocześnie, co ona właściwie przygotowuje. Oprócz widoku kurzu osiadającego powoli w oddali, to miejsce oraz jego otoczenie, bliskie i dalekie, nie różniły się niczym od poprzedniego. Kiedy doszedłem do drogi wiodącej na południe, czekało już na mnie miejsce, w którym mogłem osadzić sztandar. Skorzystałem z propozycji.

Wróciłem do Pani i obserwowałem przez jej ramię, jak mieszała rdzawy pył, który tańczył przed nią w postaci małych, powolnych wirów. Przez chwilę przyglądała się swojemu dziełu, a potem kazała rozprysnąć się kłębkom pyłu na niewidzialnej barierze chroniącej nas przed równiną. Zachowały się niczym ciecz. Spływały po barierze, jasno określając jej granice.

Nakreśliły także, równie jasno jak bliską śmierć, dziury, które otworzyły w niej ogniste kule Charkota. A słońce zachodziło właśnie za horyzont.

Charkot zarobił parę naprawdę nieprzyjemnych spojrzeń. Jego kaszel stał się od tego jeszcze bardziej paskudny, nikt nie współczuł mu jednak.

Z kolei Pani zmuszała wszystkich do pracy zbyt wytężonej, by komuś chciało się potraktować go naprawdę paskudnie.

Stado kruków przeleciało nad nami, wracały. Tym razem śmiały się donośnie cały czas. Zatoczyły nad nami jedno koło i na dobre odleciały na północ.

Sposób, w jaki Pani poradziła sobie z tymi śmiertelnymi dziurami, nie miał w sobie nic widowiskowego. Nie wykorzystała do tego celu żadnych wielkich, napuszonych czarów. Zabrała Charkotowi poszarpaną, skórzaną kurtkę, wycięła z niej dwa kawałki, zwinęła je w gałgany i zatkała nimi dziury. Potem za pomocą jakiegoś pomniejszego zaklęcia wkleiła je na stałe.

Jednak nawet ona nie wydawała się pewna, czy takie uszczelnienie wystarczy. Szarpnęła Charkota za ramię i zaprowadziła w miejsce znajdujące się naprzeciwko uszkodzonej bariery.

– Tutaj. I nie ruszaj się. Przez całą noc. Jeżeli cokolwiek przedostanie się na drugą stronę, twój krzyk ostrzeże pozostałych. – Łup! Usadziła go na drodze.

Doprowadzenie jej do stanu wściekłości na ciebie nie jest najlepszym pomysłem.

Wracając tam, gdzie umościł się Tai Dei, posłyszałem cicho mruczane modlitwy, i to przez ludzi, którzy rzadko traktowali bogów inaczej niż jako drobne niedogodności.

Taka właśnie była Kompania. Niewiele śladów życia religijnego można było w niej dostrzec. Dla większości z nas cała duchowość zamykała się w klindze miecza. Wujek Dodż miał w tej sprawie rację. Ale jego podejście było zanadto, cholera, mistyczne.

Może Lanca Cierpienia była kiedyś rodzajem bóstwa opiekuńczego, jednak czas wszystko odmienił. Wiadomości na jej temat zostały zagrzebane w Kronikach, a te znajdowały się w Taglios. Jesteśmy naprawdę bezbożną bandą. Należymy do typu ludzi, którzy niezwracają uwagi na bogów – prawdopodobnie kierujemy się nie uświadamianą nadzieją, że bogowie również zechcą ich zignorować.

Najwyraźniej w przypadku Kiny zasada ta nie działa. Nie działała nawet, zanim jeszcze zdaliśmy sobie sprawę z jej istnienia. Połowa chłopców nawet teraz nie wierzyła w Kinę. Jednak to niczego nie zmieniało. Kina wierzyła w nas.

Kolacja składająca się ze świeżo upieczonego mięsa podniosła morale w sposób zdecydowany. Z kolei nadejście ciemności wpłynęło na nie w sposób druzgocący. Sam nie miałem szczególnej ochoty zmierzyć się z nocą.

– Właśnie coś przyszło mi na myśl, bracie – odezwałam się do Tai Deia.

Mruknął coś pod nosem.

– Niemalże wszystkie ważne wydarzenia mego życia miały miejsce w nocy. Nawet urodziłem się odrobinę po północy.

Tai Dei mruknął coś powtórnie, jednak tym razem spojrzał na mnie z odrobiną zaciekawienia, a może nawet zaskoczenia.

– Co? To jakaś część proroctwa Hong Trej czy co?

– Nie. Ale to może powiedzieć coś na temat twojej gwiazdy przewodniczki.

Och, chłopie. Czy oni naprawdę wierzyli w astrologię? Dlaczego nigdy przedtem nie słyszałem nic na ten temat?

– Miałem zły dzień. Mam zamiar coś z tym zrobić. – Może będę miał szansę ujrzeć dzisiejszej nocy moją Sari?

105

Gwiazdy. Widziałem ich już trochę. Po zaśnięciu i opuszczeniu swojego ciała, a następnie przejęciu przez ten sam mroczny świat, co poprzedniej nocy, znalazłem się dokładnie w kręgu pośród równiny. Mój osobisty cień trwał rozpłaszczony na barierze, a rzesze jego kumpli próbowały dostać się do wnętrza przez dziury wybite nierozważnymi strzałami Charkota. Starzec siedział w miejscu, gdzie usadziła go Pani, i drżąc, obserwował całe widowisko.

Gwiazdy, które zobaczyłem, wisiały ponad masywem rozsypującej się fortecy majaczącym na horyzoncie. Układały się w konstelację, która jakiś czas temu stała się przedmiotem kłótni między Matką Gotą a Wujkiem Dodżem. Teraz mogłem obserwować ją w pełnej krasie. Zastanowiło mnie, dlaczego nie zauważyłem ich zeszłej nocy. Zapewne niebo musiało być całkowicie zachmurzone.

Myśli i spostrzeżenia układały się ostatnimi czasy jakoś dziwnie wybiórczo. Sama ta kwestia również domagała się zastanowienia.

Na południu lśniła jakaś poświata. Może to tylko gwiazda schwytana między blanki murów obronnych. Cokolwiek to było, po chwili zniknęło. A kiedy powędrowałem na początek drogi wiodącej na południe i pomyślałem o udaniu się nią dalej, okazało się, że przegradzają ją nie tylko duchy widziane przeze mnie uprzedniej nocy, ale na dodatek legiony jakichś innych, mglistych postaci, stojące za ich plecami. Tym razem ci trzej byli znacznie silniejsi. Nie odeszli, mimo że im to nakazałem. Przynajmniej nie od razu. Wykonywali jakieś złowieszcze gesty, ukryte za maskami usta zapewne szeptały mroczne zaklęcia. Pewien byłem, że próbują coś mi przekazać. Nie miałem jednak pojęcia, co. Przypuszczalnie ostrzeżenie.

Nie wyruszyłem więc drogą wiodącą na południe.

Powlokłem się wokół perymetru. Drogi prowadzące na wschód i zachód były otwarte. Jak przystało na prawdziwe ucieleśnienie bohaterstwa, przemierzyłem krótki odcinek każdej z nich. Wydawały się wystarczająco rzeczywiste, ale nie chciałem, by zniknęły pode mną. Wróciłem do mojej bandy, a następnie ruszyłem na północ. Zobaczę tymczasem, co się dzieje w świecie.

Wokół Przeoczenia działo się przede wszystkim to, że wszyscy spali. Nawet spora liczba wartowników drzemała. Kiedy rozpoznałem kilka twarzy, zanotowałem je sobie w pamięci.

Jednookiego i Goblina znalazłem w moim bunkrze pod Bramą Cienia; obaj chrapali w głos. Gota czuwała, lecz oczy miała zamknięte, mamrotała modlitwę ponad chustą modlitewną, odlegle przypominającą te stosowane w rozmaitych kultach Gunni. Jednak jej spoczywała zwinięta na podołku. Lekko przesuwała po niej swe palce, jakby odczytywała coś dotykiem. Mamrotała nieprzerwany strumień słów w Niueng Bao, ale nie potrafiłem zrozumieć, co mówi. Nawet gdy podszedłem najbliżej, jak się dało.

Podskoczyła, potoczyła dookoła dzikim wzrokiem, najwyraźniej wyczuła moją obecność. Z wierzeniami Niueng Bao związane są elementy starożytnej wiary. Duchy z pewnością są dla nich bardzo realne. Gota zaczęła zadawać pytania otaczającej ją pustej przestrzeni.

Najwyraźniej sądziła, że jestem albo duchem jej matki, Hong Trej, albo jej dziadka, Kao Ki, o którym legendy rodzinne, jakie opowiadała mi Sari, głosiły, że był nekromantą. Kiedy w ogóle o nim wspominano, czyniono to zawsze z pewnym zaambarasowaniem. Wszyscy mamy takie pogięte gałęzie w naszych drzewach genealogicznych. Nekromanta, który potrafiłby wywołać z grobu własny cień, musiał stanowić gałąź naprawdę bardzo pokrzywioną.

Nie zwracałem na nią szczególnej uwagi. Chciałem przekonać się, czy zrobili coś z Wujkiem Dodżem. Musieli przecież zabrać go i zatroszczyć się, żeby wrócił do zdrowia jak najszybciej.

Nie potrafiłem go odnaleźć. Znalazłem tylko nieporządnie napisane znaki, wydrapane nieudolnym charakterem pisma Jednookiego, węglem na fragmentach tablicy zniszczonej przez wpływ pogody.

TO PUŁAPKA, DZIECIAKU

O, cholera.

Miałem ochotę potrząsać małym gnojkiem, żeby się obudził i wyjaśnił, co to znaczy. Próbowałem. Być może udało mi się wywołać u niego złe sny, ponieważ zaczął jęczeć i przewracać się na posłaniu, jednak nie powiedział już nic więcej. Wściekłem się.

A jeśli to prawda? Jak to możliwe? I kto?

Duszołap? Czy to dlatego wydawała się taka zadowolona? A może Kina? Czy bogini nie chciała spuścić nas na świat, co groziłoby sprowadzeniem Roku Czaszek? Ale musiała się wtrącić, żeby się upewnić, iż nie wypadniemy z gry?

Niemniej czyż to nie Kina przepełniała umysły całego narodu przemożnym, irracjonalnym strachem przed Kompanią?

Nie potrafiłem dojść z myślami do ładu. Ponownie próbowałem potrząsnąć Jednookiego za ramię. I tym razem nie powiodło mi się lepiej. Wciąż wściekły, wymknąłem się na zewnątrz i ruszyłem na południe. I wtedy wpadłem na mur. Odór śmierci był tak potężny, że niemalże odbiłem się od niego.

Kina. Tuż obok.

Pochwyciłem przelotny błysk hebanowoczarnej skóry, pierś z wieloma piersiami, sześć ramion przebierających w powietrzu jak nóżki przewróconego na grzbiet żuka. Odniosłem niejasne wrażenie, że próbowała przebić się przez zasłonę oddzielającą mój świat astralny od jej świata. Jakby ze wszystkich sił próbowała przekazać mi jakąś istotną wiadomość. Albo może po prostu próbowała dopaść mnie i porwać.

Nie dowiedziałem się, o którą z tych możliwości chodziło. Nie mogłem zostać tu dłużej. Zbyt wiele przerażenia przyniosła ze sobą. Uciekłem, w ogóle nie myśląc. Po prostu pomknąłem przed siebie. Szybko, jak szalony.

Zatrzymałem się dopiero w górach, na północ od Kiaulune, gdzie uciekałem od równiny, w stronę przeciwną niż niewidzialny cel wędrówki Kompanii. Stąd nie było widać gwiazd tworzących Pętlę. W ogóle nie było widać żadnych gwiazd. Skrywały się za grubą powłoką chmur. Moją uwagę zwróciły iskierki ognisk po lewej stronie. Skierowałem się tam. Ktokolwiek przy nich siedział, z pewnością będzie człowiekiem. Potrzebowałem bliskości tego, co ludzkie.

To była grupka, którą Konował wysłał na poszukiwanie mojego konia. Rozpoznałem wiele twarzy pośród zaniepokojonych żołnierzy. W ich obozowisku niemal wyczuwało się obecność strachu, i to nie byle jakich rozmiarów. Znalazłem się między nimi, próbowałem wziąć od nich trochę ciepła i pociechy, a jednocześnie uzbrajałem się na następną próbę powrotu do mego ciała. Nikt nie wyczuł mojej obecności.

Kiedy poczułem, że jestem już gotów, opuściłem krąg światła i skierowałem się na południe. Wytężałem wszystkie zmysły, by wyczuć Kinę, zanim ona zda sobie sprawę z mojej obecności. Czy spróbuje ponownie zastawić na mnie pułapkę?

Kto wie? Najpierw jednak trafiłem na Wujka Dodża. Tak naprawdę to on trafił na mnie. Kiedy obchodził obóz, nie czynił więcej hałasu niż ja w mojej obecnej postaci. Zupełnie nieźle jak na staruszka, który wciąż powinien leżeć przykuty do łoża boleści.

Postanowiłem odkryć, co zamierza. Dobra wymówka, byle na jakiś czas odsunąć podróż w samą paszczę demona. Być może Kina zdałaby mi się nieco atrakcyjniejsza, gdyby pozbyła się naszyjnika z oberżniętych penisów i dziecięcych czaszek.

Wujek poruszał się skrajem obozu, na tyle blisko, aby widzieć wszystko, co się w nim dzieje, a jednocześnie dość daleko, żeby uniknąć zauważenia przez warty, dopóki nie narobiłby potężnego zamieszania, powiedzmy, wpadając w jakąś dziurę. Po kilku minutach obserwacji stało się oczywiste, że po prostu chciał się przekonać, co się dzieje, że tak naprawdę ten obóz wcale go nie interesował. Wkrótce odszedł w noc, wciąż skradając się konsekwentnie na północ. Ruszyłem za nim.

Wyciągnął coś ze swej sakwy. Przedmiot świecił delikatnym światłem, w istocie słabszym nawet niż blask świetlików. Często przyglądał się mu. Próbowałem zbliżyć się na tyle, by zobaczyć, co to jest, ale zawsze udawało mu się stanąć do mnie plecami, niezależnie od tego, jaką pozycję zająłem. Wyglądało to tak, jakby potrafił wyczuć obecność obserwatora, nawet nie zdając sobie z tego sprawy.

Kiedy obóz zniknął za nami, wszystko ogarnęła całkowita ciemność. Jednak nie byliśmy pośród niej całkowicie sami. Od czasu do czasu wyczuwałem obecność Kiny, chociaż nigdy nie pojawiała się szczególnie blisko. Jak na boginię nie wydawała się szczególnie wszechwiedząca. Albo może wcale mnie nie szukała.

Jeżeli była w górach, nie mogła przeszkodzić mi w powrocie do mego ciała. No i teraz już się nie bałem. A Wujek zaczął iść szybszym krokiem, postanowiwszy najwyraźniej dokądś rychło dotrzeć. Cóż takiego mogło go zmusić do wstania z łóżka w takim stanie?

Wkrótce poznałem odpowiedź na moje pytanie. Chciał skorzystać z faktu, że Duszołap była zajęta czymś innym.

Udało mu się odnaleźć to, czego nie znaleźli poszukiwacze Konowała, być może pomógł mu przedmiot, który trzymał w dłoni. Kryjówka była znakomita, ponieważ skrywała ją zasłona iluzji.

Pierwszą wskazówką było parskanie jakiegoś wielkiego zwierzęcia. Chwilę później zobaczyłem mego konia. Rozpoznał mnie, mimo że byłem niewidzialny i nie widział mnie przecież od niemalże roku. Miał większe zdolności niż Wujek Dodż. On uznał, że koń podniecił się na jego widok.

Wujek był jednak znacznie lepiej dostrojony do świata jawy niż ja. W jego dłoni błysnęła Spopielająca Różdżka, gdyż zareagował na coś, zanim ja w ogóle cokolwiek wyczułem. Nie zobaczyłem zresztą nic więcej prócz migotania ciemności pośród ciemności. Pomyślałem, że to może cień, jednak nie towarzyszyło temu poruszeniu uczucie chłodu zawsze znamionujące ich bliskość. Tak czy inaczej nie znajdowaliśmy się tutaj sami.

Pokręciłem się trochę dookoła, próbowałem znaleźć czatownika. Zamiast tego znalazłem Ospałego oraz Córkę Nocy. Oboje zostali przykuci łańcuchem do drzewa, każde za jedną kostkę, łańcuch miał jakieś trzy metry luzu. Nie mieli ognia. Mieli natomiast kociołek z wodą, który był już prawie pusty, oraz resztki zapasów czerstwego chleba, z którego zostały właściwie wyłącznie okruchy. Duszołap najwyraźniej zaplanowała sobie rychły powrót. Ospały nie spał, wyglądał jednak, jakby podano mu jakiś narkotyk. Dzieciak był zbyt drobny, by mógł się wyrwać na wolność. Wszędzie wokół widoczne były ślady tego, że Ospały nie był zdolny zapanować nad własnymi potrzebami fizjologicznymi w wystarczającym stopniu.

Za sobą usłyszałem jakby pokasływanie. Metal zazgrzytał o kamień. Jakaś wielka istota przeciskała się przez gąszcz.

Znalazłem Wujka Dodża na kolanach, Spopielająca Różdżka leżała pół metra od jego palców. Lewą rękę przyciskał do gardła, palce zaciśnięte miał na kawałku czarnej tkaniny. Miał szczęście. Niewielu ludziom udało się przeżyć taki atak. Wszystko, czego było do tego trzeba, to całe życie poświęcone na ćwiczenie szybkości odruchów.

W ciemnościach czaił się Dusiciel. A ja nie mogłem nic zrobić, by pomóc Wujkowi.

Dodż wsparł się lewą dłonią o ziemię. Prawą sięgnął po Spopielającą Różdżkę. Przez swoje rany nie mógł się szczególnie ruszać, kiedy jednak odzyska już swój miecz, z pewnością nikomu nie uda się przedwcześnie przerwać linii jego żywota.

Udałem się na miejsce, gdzie przebywała Córka Nocy i Ospały, zastanawiając się, czy uda mi się uchronić tego drugiego przed kolejnymi przykrymi niespodziankami losu. Przekonałem się, że jest czujny i odrobinę przerażony, ale nie stała mu się żadna krzywda. Był gotowy do walki. Był sam.

Córka Nocy zniknęła.

Zbadałem teren dookoła. Dzieciak i Oszust jakby rozpłynęli się w powietrzu. Nie miałem ochoty ich ścigać. Nie teraz. Wszak to zadanie z pewnością zajmie już wkrótce naczelną pozycję na wielu listach rzeczy do zrobienia.

Przyszło mi do głowy, że to nie była część planu Duszołap. Być może nasza dama została oszukana. Kina była nierychliwa, ale niestrudzona.

Ponieważ dla mnie nie było to aż tak istotne, postanowiłem ostatecznie zostać w pobliżu, póki Wujek się nie pozbiera, a Ospały nie odzyska spokoju umysłu.

Pierwszy doszedł do siebie Ospały. Gdy tylko zrozumiał, że nie zagraża mu bezpośrednie niebezpieczeństwo, postanowił się odlać. Nie miał pojęcia, że Wujek i ja jesteśmy w pobliżu.

No cóż. Duszołap wiedziała, co robi, kiedy udawała Ospałego jako dziewczynę przebraną za mężczyznę. Ciekawe. Ospały, a właściwie Ospała wykonała niesamowitą robotę i nabrała wszystkich. Musiałem porozmawiać z Cebrem. Musiał przecież coś wiedzieć, jakoś.

W moje nozdrza uderzył podmuch odoru Kiny. Była już blisko i zbliżała się coraz bardziej. Ospała aż podskoczyła, podciągnęła spodnie, rozejrzała się dziko dookoła. Również wyczuła boginię. Skoncentrowała się wyraźnie, obróciła powoli i spróbowała zidentyfikować umiejscowienie źródła jej niepokoju. Ale wrażenie obecności szybko się rozwiało. Kina nie miała tutaj żadnych interesów.

Ospała przestała się obracać, kiedy stanęła twarzą w twarz ze mną. Aż podskoczyła. Leciutko wysunęła do przodu swój podbródek w taki sposób, jak to czasami czynią ludzie, gdy spotkają się z czymś nieoczekiwanym. Spojrzała z ukosa.

– Murgen? Jesteś duchem czy co? Umarłeś?

Próbowałem powiedzieć, że nie, jednak nie była w stanie mnie usłyszeć. Tak więc pozostało mi tylko potrząsnąć głową.

– A więc plotki mówiły prawdę. Rzeczywiście potrafisz wychodzić z ciała.

Skinąłem głową, zbyt zadziwiony, by zastanawiać się, dlaczego dzieciak przyjął to tak spokojnie. Jedyną rzeczą, do której ludzie są zawsze zdolni, jest nieprzerwane zaskakiwanie ciebie.

Jeżeli Ospały potrafił mnie zobaczyć, znaczyło to, że jestem w stanie porozumiewać się na odległość. Nawet jeśli nie potrafił mnie usłyszeć. Przynajmniej dopóki pamiętał znaki języka głuchoniemych, których powinien się nauczyć. Ale, jak sobie przypomniałem, miał kłopoty z nadgonieniem wiedzy... Ona, Murgen. Ona. Jeszcze nie przyzwyczaiłem się do tej idei, od czasu jak wyszła na jaw po raz pierwszy.

Zacząłem używać mowy palców, nie mając zielonego pojęcia, czy Ospała za mną nadąży. Być może w jej oczach przypominałem tylko lśniącą kulę ektoplazmy, która pachniała Murgenem.

Bez sensu. Ledwie zacząłem, pojawił się Wujek Dodż ściągnięty głosem Ospałej. Poruszał się z trudem, powłóczył nogami.

– Nie denerwuj się, młodzieńcze – oznajmił. – Pamiętasz mnie. Jestem członkiem rodziny chorążego. Szukałem cię. – Dodż był czujny tak, jak to tylko możliwe w przypadku istoty ludzkiej. Powinien słyszeć, jak oddycham. – Rozmawiałeś z chorążym. Dlaczego to robiłeś?

– Nie mam pojęcia. Zostałem schwytany. Pojawił się jakiś człowiek. Zabrał dzieciaka, który był tu ze mną. Bałem się. Chorąży jest moim przyjacielem i nauczycielem.

Szczwany ten dzieciak. I po dziurki w nosie pełen zdrowej dawki podejrzliwości typowej dla Kompanii.

A ja byłem po dziurki w nosie wypakowany zdrowymi informacjami, które koniecznie powinny dotrzeć do moich przyjaciół na równinie. Musiałem już iść. Ospałej nic się nie stanie w obecności Wujka. Wykonałem gest oznaczający konia. Za trzecim razem Ospała kiwnęła głową. Miałem nadzieję, że było to potwierdzenie.

Dodż zapytał:

– Zostałeś złapany przez tę, która włada krukami? – Ostatnią część swej wypowiedzi sformułował w Niueng Bao, jakby było to jej imię, podobnie jak wcześniej nazywał ją Tysiąc Głosów, ale Ospała mimo to zrozumiała. Bystry dzieciak. Musiała się nauczyć tego w wyniku długiego przebywania ze mną.

– Tak.

– Czy ona zostawiła tutaj coś, cokolwiek? Gdzie się ukrywała, będąc tutaj? – Dodż wyswobodził Ospałą z więzów, ale najwyraźniej jej wolność nie stanowiła głównego przedmiotu jego troski. Jego zachowanie potwierdzało tylko moje przeczucia, że chodzi tu o jakiś zatarg między Duszołap a Niueng Bao.

Zacząłem zbierać się powoli do odejścia.

– Jest tu jaskinia. W tamtą stronę. Ale jesteśmy tu od niedawna – powiedziała Ospała. Zagwizdała szczególną, czteronutową melodyjkę. Mój koń zarżał w odpowiedzi. Oczywiście nie pojawił się, ponieważ sam też był jeńcem.

Ruszyłem w stronę równiny.

106

Kina szukała mnie. Albo czegoś innego. W którąkolwiek stronę bym się skierował, potrafiłem wyczuć ją już z dala, mimo iż nigdy nie zbliżała się do mnie. Jednak skoro to nie ja byłem przedmiotem jej zainteresowania, cóż wobec tego miało nim być?

Zwalczyłem pokusę ujrzenia Sari. Powiedziałem sobie, że poczekam, póki demon nie odejdzie. Niemniej logiczna strona mej umysłowości całkiem logicznie przekonała mnie, że Kina czekała od wieków. Nie zniecierpliwi się w ciągu jednej nocy.

Lecz dlaczego chciała koniecznie mnie odnaleźć?

Powinienem wrócić do mego ciała. Bogini była znacznie mniej przerażająca, kiedy nie byłem jednym z duchów.

Żałowałem, że Tai Deiowi nie przyjdzie do głowy mnie obudzić. Poddany takiemu traktowaniu, mój duch najwyraźniej nie musiał przebywać całej drogi między miejscem, gdzie się znajdowałem, a śpiącym ciałem.

Przyjrzałem się trochę obozowi rozłożonemu przed Bramą Cienia. Bogowie, co za syf! Zwycięscy zdobywcy winni żyć w lepszych warunkach. Jednooki poruszył się. Podobnie Gota. Szykowało się kolejne, potworne śniadanie.

Powoli zaczynało się rozjaśniać. Wciąż jednak wędrowałem w świecie astralnym. Od czasu jak straciliśmy Kopcia, nigdy nie robiłem tego przy świetle dziennym. Zaczynałem już sądzić, że za dnia nie potrafię.

Powinienem jednak wracać, pomyślałem. Oni muszą się dowiedzieć. Nie będą przecież na mnie czekać. Nie będą mnie również nigdzie nosić. Przecież nie byłem więźniem.

Jednooki chyba coś wyczuł. Stał się nerwowy, nieprzyjemny. Co oczywiście nie stanowiło jakiejś zasadniczej zmiany względem jego normalnego zachowania. Goblin usiadł na posłaniu i zagroził, że zmieni go w jaszczurkę, jeżeli nie przestanie się wściekać. Goblin nie postarzał się w trakcie trwania kampanii, a Jednooki nie omieszkał o tym wspomnieć, najpewniej tysięczny raz z kolei. Rozpoczęła się sprzeczka. Matka Gota nie stroniła od wtrącania własnego zdania od czasu do czasu. Wśród tej niekończącej się słownej waśni Jednooki znalazł nawet chwilę, by przekląć resztę z nas za to, że nie poczekaliśmy na niego i poszliśmy w górę, zanim się znowu pokazał.

– Przecież musieli wiedzieć, że wrócę. Wiedzieli, że nie potrafię długo bez nich żyć. Poszli tylko dlatego, by okazać mi swoją pogardę. To ta pierdolona Kobieta. Albo Dzieciak. Sądzą, że w ten sposób mnie ukarzą. Kiedyś jeszcze się doigrają. Mam ochotę po prostu ich zostawić. Wtedy zobaczą. Kiedy odejdę, będą tęsknić za mną.

To był cały Jednooki, zaplątany w jeden nierozerwalny kłąb nonsensów.

Serce pękłoby mu chyba, gdyby wiedział, jak mało tęskniła za nim większość z nas. Oczywiście nie wpakowalibyśmy się w rozmaite sytuacje, w których korzystnie było mieć ich u naszego boku. Jednooki oraz jego przyjaciel Goblin nie byli zanadto przydatni w czasach pokoju.

Nagle zdałem sobie sprawę, że otacza nas smród Kiny. Narastał tak powoli, że nie uświadomiłem sobie od razu, co się dzieje. Pomknąłem przez Bramę Cienia, jęcząc przy tym ze złości, straciłem bowiem może właśnie okazję dowiedzenia się czegoś użytecznego. Kiedy Jednooki rozpuszczał swój jęzor, rzadko udawało mu się zamilknąć, dopóki nie wypowiedział wszystkiego, co leży mu na sercu.

Pomknąłem drogą wiodącą na południe tak szybko, jak tylko potrafiłem. Co za dnia nie wydawało się szczególnie prędko. Może wraz ze wschodem słońca robiłem się wolniejszy. Naprawdę tak było. Im słońce wnosiło się wyżej, tym bardziej ospały się stawałem. I tym łatwiej było rozproszyć moją uwagę.

Zauważyłem, że w każdym z kół można było dojrzeć ślady bram, z których drogi wiodły na wschód i zachód. Wdałem się w próżne rozważania: Dlaczego te drogi właściwie istnieją? Co za labirynt mogą tworzyć na powierzchni równiny? Jeśli była tylko jedna droga wiodąca na zewnątrz i tylko jedno miejsce przeznaczenia... Kamienie? Kolumny. Oczywiście.

Boczne drogi można było wykorzystać, by dotrzeć do poszczególnych kamieni. Z drugiej strony, dlaczego ktoś miałby chcieć to robić, pozostawało tajemnicą.

Uderzyło mnie nagle, że znajduję się od dłuższego czasu w tym samym miejscu; wałęsałem się po bezdrożach moich własnych myśli.

Usiadłem. Potoczyłem dookoła dzikim wzrokiem.

– Gdzie jest Narajan Singh? – zapytałem. Obok mnie nie było nikogo prócz Tai Deia. Nie było wokół śladów, by ktoś jeszcze znajdował się w kręgu. Co się stało z resztą tych śmieci?

– Obudziłeś się – powiedział Tai Dei. Ludzie rzeczywiście zachowują się głupio, kiedy przyłapie się ich znienacka i stwierdzi rzecz oczywistą.

– Gdzie są wszyscy?

– Nie można było cię dobudzić. Odeszli bez ciebie. – Co oznaczało, że również bez niego. – Wyzwoliciel powiedział, że zabierze cię, kiedy będzie wracał. Wyglądał na zmartwionego.

– To nie jego wina. Mnie się to też nie podoba. Pomóż mi wstać.

Nogi miałem jak z waty. Na szczęście nie trwało to długo.

– Jedzenie? – zakrakałem. Samotna wędrówka po świecie ducha była znacznie mniej wymagająca niż robienie tego z Kopciem, ale i tak wyczerpała mnie do cna.

– Wzięli wszystko ze sobą. Prawie wszystko. Udało mi się uratować małą porcję.

Jego mała porcja, wedle standardów Niueng Bao, stanowiła zupełnie przyzwoity posiłek. Ci ludzie potrafili wyżywić się dwoma ziarnkami ryżu i zgniłą rybą na dzień.

– Za to szczodrze obeszli się z wodą – powiedział. Zobaczyłem, że trzyma w dłoniach dwie manierki. Wyjaśnił szybko: – Padało, kiedy spałeś.

– Co? – wymamrotałem z pełnymi ustami. – Kiedy? – Tam, gdzie byłem, nie zwracałem uwagi na pogodę.

– Padało. Woda wpadała w jakiś sposób do kręgu i zbierała się w nim. Nie naruszała barier ochronnych. Poczekamy tutaj na nich? – W jego głosie brzmiała ledwie skrywana nadzieja.

– Nie. Muszę zobaczyć się natychmiast z Kapitanem.

Tai Dei wymamrotał jedną ze swych zwyczajnych, nieartykułowanych skarg. Właśnie przekonał się ostatecznie, że nie jestem szczególnie mądry.

We dwójkę mogliśmy wędrować szybciej niż wyprzedzający nas oddział. Po kilku godzinach dojrzeliśmy w dali gromadkę ludzi.

– Co oni, u licha, wyprawiają? – zapytałem. Tai Dei miał lepsze oczy niż ja.

– Wydaje mi się, że podają sobie nawzajem jakieś rzeczy.

Rzeczywiście robili coś takiego. Przekonaliśmy się o tym, kiedy podeszliśmy bliżej. Jeden człowiek stał okrakiem na drodze. Przyjął nieszczęśliwego kozła z rąk człowieka stojącego najbliżej nas i przekazał go stojącemu dalej. Wydawało się, że kozioł był ostatnią rzeczą, jaką należało podać dalej. Mężczyzna stojący po naszej stronie przeskoczył przez szczelinę, natomiast stojący po drugiej stronie pomógł facetowi stojącemu w rozkroku.

Zawołałem do nich i zamachałem dłonią. Ktoś odkrzyknął coś i też zamachał, jednak nikt nie poczekał.

– Ta dziwka jest ogromna – powiedziałem, mając na myśli fortecę. Teraz, gdy byliśmy już blisko, wydawało się, że rośnie z każdym naszym krokiem. Zbudowano ją z poczerniałego bazaltu, ciemniejszego niż otaczająca równina. Znajdowała się w opłakanym stanie. – Nie jest chroniona przed trzęsieniami ziemi.

Tai Dei mruknął coś znowu. Ponownie zrobił się nerwowy.

– Oto, co musieli przekraczać.

To była szczelina w powierzchni równiny. Rozciągała się w obu kierunkach tak daleko, jak tylko potrafiłem sięgnąć wzrokiem. W żadnym miejscu nie była szczególnie szeroka, chociaż najwęższa tam, gdzie przekraczali ją nasi chłopcy. Miała tu szerokość około metra. Udało im się nawet przeprowadzić przez nią wozy.

W oddali część murów obronnych fortecy runęła i zapadła się do wnętrza rozpadliny. Kamień wyglądał, jakby został zwalony niedawno; przyjąłem więc, że był to obwał, którego byliśmy świadkami. Dało się dostrzec także świadectwa innych załamań. Tak na oko, mógłbym powiedzieć, że najstarsze zdarzyły się tego dnia, gdy poczuliśmy falę trzęsienia w Taglios.

Tai Dei i ja byliśmy już zbyt starzy, żeby biegać, chyba że poganiani koniecznością. Aczkolwiek nie marnowaliśmy czasu. Przeskoczyliśmy przez szczelinę, zanim chłopcy od kozłów zniknęli nam z oczu za zakrętem murów obronnych. Jednym z nich był Błysk, w drugim rozpoznałem Charkota. Charkot będzie otrzymywał przez jakiś czas mnóstwo gównianych robót.

Spocony, zdyszany parłem wciąż szybko naprzód. Mój plecak zdawał się z każdą chwilą coraz cięższy.

– Wydaje mi się, że jesteśmy teraz trochę wyżej niż na początku równiny? – zapytałem Tai Deia właściwie pozbawiony tchu.

Odpowiedział mi potwierdzającym mruknięciem. Nie rzekł nic więcej. Sam dyszał ciężko.

Spojrzałem za siebie. Zdało mi się, że stąd mogę zobaczyć jakby większą część równiny niż z drogi.

– Czy trzęsienia ziemi zniszczyły ochronę drogi? – zastanawiał się na głos Tai Dei.

Od jakiegoś czasu musiało go to martwić.

Nie przerywając marszu, rozważałem jego pytanie.

– To niemożliwe. Wtedy cienie by nas dostały. – Pod stopami czuliśmy wciąż powierzchnię drogi, ale tutaj nie była ona już tak nieskazitelna. Ciekawe, czy cała forteca była osłonięta barierą ochronną, a jeśli tak, to jak elastyczna ona się okaże? Wciąż jeszcze wprawdzie żyłem, jednak zdawało się niemożliwe, by forteca mogła się tak ciągle walić i nie wywierać w jakimś miejscu nadmiernego parcia na barierę.

Kiedy już przeszliśmy szczelinę, wkrótce znaleźliśmy się w cieniu murów obronnych. Przesunąłem palcami po ciemnym kamieniu.

– Co jest? – Był kruchy. – Wygląda na piaskowiec, co ty na to?

Tai Dei odmruknął przecząco, a potem wydał z siebie jakiś pytający dźwięk.

– Wygląda jak mnóstwo małych kryształków. Jak sól. Ale to nie piaskowiec.

Coś uczyniono temu kamieniowi. Coś nienaturalnego. Ten rodzaj skał potrafiłby się opierać wszelkim oddziaływaniom po wsze czasy – podobnie zresztą jak pozostałe kamienie na równinie.

– Wyczuwam tu działanie czarów – wymamrotał Tai Dei.

– Masz dobry nos, mój bracie.

Chłopaki, za którymi gnaliśmy, sami również bardzo się spieszyli, aby pokonać zakręt murów obronnych i dogonić idących przed nimi. Nie chcieli na nas czekać, a mimo to wciąż ich doganialiśmy.

Pokonaliśmy występ ściany, a za nim natrafiliśmy na wiele zwierząt i sporą część wyposażenia, zgromadzone na cienistym placyku położonym przed czymś, co niegdyś musiało być bramą główną. Zerknąłem w górę. Sprytni budowniczowie poprowadzili jedyne chronione podejścia tam, gdzie z wielkiej odległości można je było bombardować do woli. Ciekawe, czy gdybym wszedł tam z odpowiednio dużym kamieniem, dałbym radę zmiażdżyć forwalakę. Czarna pantera była w zdecydowanie złym nastroju. Warczała i obnażała zęby, gryzła pręty klatki. Ze względu na to nieprzyjemne zachowanie wszyscy jej unikali.

Przyszło mi do głowy, że moglibyśmy ją tu po prostu zostawić, kiedy będziemy wracać. Cienie znajdą jakoś drogę do niej.

Pozostałe zwierzęta również pozostawiono samym sobie.

Błysk i Charkot znajdowali się nie dalej jak dwadzieścia metrów przed nami, przeciskali się właśnie przez bramę. Same odrzwia, popękane i połamane, trzymały się jedynie na potężnym, dolnym zawiasie. Wielka szczelina w powierzchni murów wskazywała, że to uszkodzenie również spowodowało trzęsienie ziemi.

Tuż za bramą otwierała się wielka, pusta przestrzeń. Jest tak w przypadku większości umocnień obronnych. Tam właśnie gromadzą się ludzie, dla których ochrony zbudowano to miejsce. Tu ujrzeliśmy mnóstwo naszych chłopców. Dyskutowali, czy należy zwalić do końca pęknięte odrzwia, aby wprowadzić do środka zwierzęta i wozy. Równocześnie Niueng Bao kłócili się o to, czy są obowiązani iść za Kompanią w głąb fortecy.

– Cholera. Myślałem, że już nie żyjesz – powiedział Wierzba Łabędź na mój widok. – Sądziłem, że podczas powrotu będziemy musieli zabrać sztywniaka. Oczywiście gdybyś nie zaczął za bardzo śmierdzieć.

– To miło z twojej strony. Gdzie jest Stary? – Mafera i Brzeszczota, jak zauważyłem, nie było w towarzystwie zebranym na dziedzińcu. Rozejrzałem się dookoła.

Wszystkie pionowe powierzchnie zbudowane zostały z tego samego rozkruszonego bazaltu. Wewnętrzna forteca była tak potężna, że jej rozmiary zapewne oszołomiłyby mnie zupełnie, gdybym wcześniej nie widział Przeoczenia i pałacu w Taglios. Jakkolwiek wciąż stała zasadniczo nienaruszona, w wielu miejscach znaczyły ją szczeliny. Tysiące odłamków kamienia, większych i mniejszych, odpadło od jej lica i leżało obecnie w stertach u podnóża murów.

– Weszli do środka. Jakieś dziesięć minut temu, może. Dogonienie ich nie powinno zabrać ci dużo czasu. – Łabędź skrzywił się i ruszył w stronę schodów wznoszących się ku wąskim drzwiom, wiodącym do fortecy wewnętrznej. Podejrzewałem, że jak to miał w zwyczaju, najpierw wymawiał się przed pójściem z nimi, ale od tego czasu zmienił zdanie.

Tai Dei poczłapał za mną, odgłos każdego kroku brzmiał niczym oskarżenie. Ponieważ on się na to zdecydował, kilku innych Niueng Bao porzuciło kłócącą się grupkę i także poszło za nami.

Wejście wyglądało niczym zasłona ciemności. Ponadto kiedy wszedłem do środka, poczułem się, jakbym przeszedł przez zasłonę ciemności. A przynajmniej poczułem się tak, jakbym poczuł się zapewne, przechodząc przez zasłonę ciemności.

Wewnątrz było niewiele światła. To, co docierało, najwyraźniej przesączało się przez niewidzialne szczeliny ponad głową i z przodu, ale zanim zdołało oświetlić miejsca, gdzie stałem, po drodze zupełnie traciło życie.

– Przestańcie się tak pchać! – warknąłem. Kuzyni Tai Deia napierali na mnie, w miarę jak przechodzili przez drzwi. – I bądźcie cicho. Próbuję coś usłyszeć. – Skądś docierały do nas jakieś odgłosy. Jednak ich echa odbijały się od ścian szerokiej, pustej komnaty, co sprawiało, że nie można było umiejscowić źródła.

Wierzba Łabędź wymamrotał:

– Miałem rację za pierwszym razem. Nie mój interes, by tu wchodzić. – I rzecz jasna się nie mylił, jak to się wkrótce okazało.

– Cisza. – Po chwili ruszyłem w kierunku, skąd, jak się zdawało, dobiegały głosy.

107

Usłyszałem Panią i Konowała, Cebra, Wypieracza, Ottona, Loftusa, Longo i Kleta, którzy żywo i wulgarnie kłócili się między sobą. Najwyraźniej nie było wśród nich żadnego intelektualisty. Kiedy podszedłem bliżej, przekonałem się, że cała Stara Gwardia tłoczy się w jednej paskudnej masie. Zabrali ze sobą nawet Wyjca, Długiego Cienia i Duszołap. Wyjec i Długi Cień znajdowali się na zewnątrz swoich klatek. Długiemu Cieniowi po bokach asystowali Brzeszczot i Kordek Mafer. Wyjec był całkowicie przytomny i czujny, jednak Długi Cień prezentował się niewiele lepiej od zaślinionej rośliny. Prabrindraha Draha całkowicie pochłaniało obserwowanie i pomaganie Wyjcowi.

Nieważne. Podszedłem do miejsca, gdzie przykucnęli Konował i Pani, spoglądali przez pęknięcie w ścianie na coś, czego, jak mniemam, nigdy nie miał oglądać żaden z ludzi. Konował spojrzał za siebie, żeby stwierdzić, któż też stoi za nim.

– Gdzie jest Narajan Singh? – zapytałem.

– On jest... – Zdziczały, ogłupiały wyraz zagościł na jego twarzy. Mimo że trudno było go dostrzec. Cały oddział dysponował tylko jedną zapaloną pochodnią. Niemniej mogłem dojrzeć jego oblicze na tyle wyraźnie, by ujrzeć, że znienacka zaczął wyglądać, jakby go uderzono w czubek głowy styliskiem topora.

– Ty mi powiedz. Gdzie jest Narajan Singh? – zwróciłem się do Pani. – Czy nie był on jednym z twoich ulubionych więźniów? Czy nie był kimś, kto zostałby zabity już bardzo dawno temu, gdyby głupiec o imieniu Murgen dowodził Kompanią?

Pani popatrzyła tylko na mnie. Odniosłem wrażenie, że ma ochotę nałożyć swój hełm Pożeracza Żywotów i kopnąć mnie w głowę. Opanowała się jednak. Wciąż była na tyle silna, by wystrzegać się starych przyzwyczajeń.

– Zapomniałem, że on kiedykolwiek istniał – rzekł Konował. – Jak to się mogło stać?

– Co się stało? Co zrobił Singh? – dalej ciągnęła już Pani.

Zacząłem wyłamywać sobie palce.

– Uciekł. Zaatakował Wujka Dodża, używając czarnego rumla. Znalazł kryjówkę Duszołap i uwolnił Córkę Nocy. Teraz uciekają i przypuszczalnie planują już, jak z powrotem rozkręcić interes.

Pani musnęła palcami swoją talię, potem jej dłoń powędrowała do nieistniejącego rękawa. Zbroja nie zostawiała miejsca na ukrycie kawałka dusicielskiej materii. Wyraz zaskoczenia na jej twarzy sprawiał, że wyglądała doprawdy całkowicie głupawo. Takie rzeczy jej się przecież nie zdarzały!

Duszołap, chociaż znajdowała się jeszcze dalej niż Longo i jego pochodnia, słyszała mnie równie dobrze. Wydobyła z siebie nieartykułowany odgłos, który zapewne musiał oznaczać gniew, i zaczęła się szarpać na swoich noszach. Wychodziło na to, że jest w znakomitej formie jak na kogoś, kto pozostawał zakneblowany i związany przez trzy dni z rzędu.

– Myślę, że Matka Oszustów okazała się szybsza – stwierdziłem. Potem uznałem, że powinienem zamknąć się przynajmniej na chwilę. Konował był tak wściekły, że aż się trząsł.

Pani znosiła wszystko znacznie lepiej. Po długim, przeciągłym westchnieniu, nieskierowanym pod żadnym konkretnym adresem, przykucnęła i ponownie spojrzała w szczelinę. Pochyliłem się obok. Za nią rozlewał się na ziemi ślad czerwonego światła.

– Teraz jest już naznaczony. Zawsze będzie można go znaleźć – powiedziała. – Zajmę się tym, kiedy wrócimy do obozu. Tym razem skorzystam z twojej rady. – Potrząsnęła głową, nagle, gwałtownie, jakby próbowała odzyskać jasność myśli. – Ona jest naprawdę podstępna. Nie przypuszczałam, że będzie mogła mi to zrobić. Chodź. – Zanurkowała w szczelinę w ścianie.

– Tutaj. Weź to. – Ceber wcisnął sztandar w moje dłonie. Zachowywałem się dotąd, jakbym udawał, iż nie zauważam, że go trzyma. – A poza tym, gdzie się, do cholery, podziewałeś?

– Zaspałem.

Konował wszedł w ścianę zaraz za Panią. Kilku innych chłopców również zastanawiało się nad tym, czy iść. Nikomu jednak nie śpieszyło się szczególnie, a więc wsadziłem grot Lancy w dziurę i ruszyłem za nim.

Stary miał trochę kłopotów. Był potężnym mężczyzną. Mnie było jeszcze trudniej niż jemu, ponieważ gdy przekraczałem szczelinę, trzymałem w dłoni długi kij.

Tai Dei złapał jeden koniec sztandaru, a Konował równocześnie drugi. Pierwszy ciągnął w jedną stronę. Drugi ciągnął w drugą. I tym sposobem utknąłem w środku. Dopiero po tym jak pokrzyczałem trochę, przepchnąłem dupę na drugą stronę i odzyskałem kontrolę nad cholernym sztandarem, skorzystałem z okazji, by rozejrzeć się dookoła.

W środku było bardzo ciemno. Jedyne światło docierało z wnętrza szczeliny w posadzce niecały kilometr stąd...

Śmierć to wieczność. Wieczność to kamień.

– Kamień ciszą – powiedziała Pani.

To pewnego rodzaju nieśmiertelność.

Ziemia drgnęła. Gdzieś z przodu dobiegł do naszych uszu odgłos kamieni trących o kamienie. Ociężała ciemność zgęstniała ponad sączącą się czerwonawą poświatą.

Ludzie tłoczący się za naszymi plecami w szczelinie zmusili nas do przejścia kolejnych trzech kroków. Na końcu pojawił się niosący pochodnię Longo. Jej światło nie rozproszyło ciemności, wiedzieliśmy jednak przynajmniej, gdzie stawiamy stopy.

– Jednooki twierdzi, że weszliśmy w pułapkę, szefie. – Zacząłem opowiadać mu i Pani o mojej ostatniej nocy spędzonej na wędrówkach po świecie astralnym.

– Kto miałby zastawić tę pułapkę? – zapytał po chwili Konował. – Od tego może wszystko zależeć.

– Nie miałem nawet szansy, aby omówić to wszystko dokładnie z tym małym gnojkiem – odrzekłem.

– To jest pułapka mojej siostry – oznajmiła Pani. – Każcie ludziom wciągnąć ją tutaj. Przestanę już bez reszty wierzyć sobie i zacznę słuchać twoich rad. Możemy ją tu zostawić, kiedy będziemy wracać.

Pokiwałem głową, jakby ten plan wzbudził mój entuzjazm. Nie miałem najmniejszego zamiaru przypominać jej, że wcześniej już raz zabiła Duszołap.

Konował uniósł brwi, spojrzał w moją stronę, ale nie dodał nic więcej. Musiał zachować spokój.

– Przyprowadźcie tutaj ich wszystkich – rozkazała Pani. Bywały chwile, gdy stawała się kimś więcej niż tylko Porucznikiem.

Przywlekli Duszołap do środka, przepychając ją przez szczelinę. Ale ta suka dalej uśmiechała się za swoim kneblem. To było naprawdę denerwujące. I przypuszczam, że właśnie dlatego to robiła. Logicznie rzecz biorąc, winna być głodna, spragniona, trochę obolała i bardzo przygnębiona. Niewielu ludzi miało nerwy mocne na tyle, by stać przy niej na straży, kiedy pozwalano jej jeść albo się wypróżniać. Jeżeli ktokolwiek w ogóle zatroszczył się o nią, zazwyczaj zadaniem tym obarczano Łabędzia, Mafera lub księcia. Brzeszczot nie chciał mieć nic do czynienia z Duszołap. Sądzę, że nienawidził jej, ponieważ takie było stanowisko Pani, jego zaś szacunek dla Pani należałoby chyba określić mianem obsesji.

Dla dobrego, starego Murgena Duszołap zachowała bardzo ponure i wiele obiecujące spojrzenie, niezależnie od tego, jak wyglądała poza tym.

– Rozpocznijmy badania – warknęła Pani. Uklękła przy Duszołap, ale spojrzała w górę, na Konowała. – Oto jesteś. Co masz zamiar z tym zrobić? – Było oczywiste, że przeszła właśnie jedną z nieoczekiwanych zmian swego nastroju.

Wiedziałem, że Konował chciał jej powiedzieć, że to nie Khatovar, upierać się, że nie przebyliśmy pół świata i otworzyliśmy sobie drogę przez piekło, tylko po to, aby odnaleźć opuszczony stos kamieni obracający się właśnie w ruinę. Nie mógł jednak tego powiedzieć, ponieważ sam nie znał prawdy. Nie wyrzekł więc ani słowa. Wraz z upływem czasu stawał się coraz bardziej milczący.

Pani wymamrotała jakieś słowa pod nosem, chwyciła Duszołap za podbródek i zmusiła, by spojrzała jej w oczy.

– Jest coś, czym chciałabyś się podzielić z nami, moja droga siostrzyczko? Jakiś maleńki sekrecik dotyczący tego miejsca, który przekażesz nam w zamian za to, że nie zostawimy cię, gdy stąd odejdziemy?

Duszołap mrugnęła do mnie. Pani nie miała szans. Odniosłem wrażenie, że miała ochotę wyrwać się stąd już w tej chwili i w cholerę z przetrząsaniem tej kupy kamieni i złoszczeniem się na wszystkich pozostałych.

Siostra Pani była naprawdę w paskudnym nastroju. Pani zresztą też. Kina miała szczęście, że była boginią.

Duszołap uśmiechnęła się, potem znowu, ale nie miała ochoty robić niczego na własną rękę. Nie pomoże nam, nawet po to by ocalić własną dupę. Tego się właśnie po niej spodziewałem. Wszyscy spośród Dziesięciu, Których Schwytano mogli zostać pokonani wyłącznie przez odwołanie się do ich obsesji.

– Cho-o-lera! – poniosło się echem w ciemnościach. – A co to, kurwa, jest? Kapitanie! Murgen! Musicie to zobaczyć!

Konował wzruszył ramionami i pokiwał głową. Nie miało znaczenia, co to jest. Nie była to odpowiednia wymówka, żeby odejść choć na krok od starej damy.

Powłócząc nogami, wyszedłem na posadzkę, mogłem wyczuć to jedynie dzięki zmianie faktury powierzchni pod stopami. Konował człapał za mną. Mruczał coś do siebie niczym stary szaleniec, potrząsał głową, jakby chciał zrozumieć, co właściwie, do licha, tutaj robi. To nie było miejsce, do którego zmierzał przez ostatnie trzydzieści lat. Był to jakiś okrutny żart. Cudzy koszmar. To nie mogło być miejsce, w którym narodziły się Wolne Kompanie Khatovaru. Tu po prostu nic nie było.

Czułem, jak jego rozpacz się pogłębia. I wiedziałem, że będzie tak się działo, póki nie stanie się bezdenna i najczarniejsza. A potem, wedle wszelkiego prawdopodobieństwa, wszystko się odwróci, kiedy on się przekona, że wszystko skończyło się w taki sposób, dlatego iż pozwolił wprowadzić się w błąd. Nie miałem problemu z wyobrażeniem sobie, jak będzie wyglądać przyszłość. Niepotrzebne były żadne wnętrzności owcy. Za jakiś czas, krótko po tym jak wrócimy do Kiaulune, uzna, że postąpił źle, ponieważ wyruszył, zanim zapoznał się z treścią dawniejszych Kronik. Zdecyduje, że musimy je odzyskać. A takie postępowanie może spowodować rozlew krwi potrzebny Kinie dla jej Roku Czaszek.

Imię jej ciemność, w porządku.

Byłem otoczony przez kobiety, ludzkie, boskie i półboginie, każda z nich mogła owinąć się tym płaszczem ciemności. Ale w obecnej chwili niezgrabna, głupia, stara Kina najwyraźniej wszystkimi swoimi mnogimi pazurami dzierżyła ten tytuł.

– No! – Stary chwycił mnie za ramię i zatrzymał najwyżej kilka kroków, zanim, najwyraźniej śniąc na jawie, wykonałem zupełnie nieprzewidziany skok w otchłań bez dna. Dochodziło z niej słabe, szkarłatne światło. Snuła się nad nią wstążka mgły. Ale w szczelinę spojrzeliśmy tylko raz, zanim naszą uwagę przykuł powód ostatnich krzyków.

Teraz mogłem przyjrzeć się już dobrze temu, co poruszało się w następstwie tego ostatniego drżenia ziemi.

– Pochodnie! – zawołałem. – Przynieście tu jakieś światło. Zapalcie więcej pochodni. – Moi bracia mieli ich ze sobą mnóstwo, ale jak się okazało, oszczędzali. – To jest potężny jak cholera, stary, drewniany tron. – Nie potrafiłem się zdobyć na dodanie, że na tym wielkim jak cholera, starym, drewnianym tronie spoczywa wielkie jak cholera, stare, człekokształtne ciało, przyszpilone do niego srebrnymi nożami. Tron wraz ze znajdującym się na nim ciałem pochylał się nad przepaścią, zabarwiony okrutnie przez czerwone światło. Potrzebne mi były pochodnie, abym mógł lepiej przyjrzeć się ciału. Zdało mi się, że jego oczy są otwarte, a nie chciałbym, by była to prawda.

– Co to jest, do kurwy nędzy? – zapytał ktoś. – Jakiś olbrzym?

Tai Dei, przyczajony jak zawsze w moim cieniu, zdobył się na pojedynczą, krótką wypowiedź w języku Niueng Bao. Nie zrozumiałem z niej nic, poza oskarżającym określeniem „Kościany Żołnierz".

– Co to miało znaczyć?

– To może być golem Sziwetja, Kamienny Żołnierzu. – Dlaczego teraz akurat musiał wyciągać jakieś stare brednie?

– Sziwetja? – Wiedziałem, czym jest golem. Sztuczny człowiek, zazwyczaj tworzony z gliny. W pewnych mitologiach wszyscy ludzie byli potomkami takich boskich zabaweczek.

– To jest mit Gunni, Żołnierzu Ciemności. Khadi albo Kina, kiedy była młoda, walczyła ze wszystkimi. W efekcie tak osłabiła Panów Światła, że Panowie Ciemności uznali, iż istnieje szansa ich pokonania, i wysłali przeciwko nim armię demonów. Wojna przybrała tak zły obrót dla Panów Światła, że bóg Fretinjal, o którym twierdzi się niekiedy, że był ojcem Kiny, musiał błagać ją o pomoc. Zgodziła się, ale z tylko jej znanych powodów. W rozstrzygającej bitwie na kamiennej równinie Khadi stawała się większa i silniejsza za każdym razem, gdy pożarła kolejnego spośród demonów.

Tyle z tej mitologii wiedziałem. Były także inne wersje tej świętej opowieści. Niektóre świadectwa twierdziły, że Kina została stworzona specjalnie na tę ostatnią, wielką bitwę z zastępami demonów wysłanymi przez Panów Ciemności. Wedle innych została spłodzona przez diabła Ranaszję, który przybrał postać aspektu Fretinjala i legł z Matą, jedną z postaci przybieranych przez matkę bogów w micie Gunni. Wedle jeszcze innych, postać Kiny nie była rdzenną częścią mitologii Gunni, lecz potężnym intruzem, którego obecność wywierała tak paskudny wpływ, iż musiała zostać zaakceptowana przez korpus mityczny, mimo że zazwyczaj starano się ją ignorować.

Podstawowy wątek całej opowieści był raczej klasyczny. Zdesperowani bogowie postanowili zwalczyć zło za pomocą zła, a skończyło się na tym, że ich broń zwróciła się przeciwko nim i pogryzła ich w paluchy. Stwórca Kiny bądź jej ojciec uśpił ją ostatecznie podstępem, po czym została uwięziona do czasu, aż jej wyznawcy będą zdolni obudzić ją w Roku Czaszek. Rok Czaszek był czymś, co miało nastąpić z konieczności. Nie można było go uniknąć. Mimo iż Kina spała i trwała w swym uwięzieniu, maleńki odprysk jej natury zdołał uciec i wędrował po świecie. Kierował tymi wszystkimi, którzy mieli sprawić, by epoka dobiegła końca. Jednak czas ten mógł być odsuwany, praktycznie rzecz biorąc, w nieskończoność, dzięki wysiłkom ludzi dobrych i prawych.

– Kiedy zrozumieli, w jaki sposób ściągnęli na siebie zagładę, pozostali Panowie Światła nakazali Fretinjalowi, by wykonał demona z gliny, a potem ożywił go iskrą wziętą z własnej duszy, tak aby nigdy nie stracić nad nim kontroli. Ten golem otrzymał imię Sziwetja, co oznacza Bezśmiertny. Tenże Sziwetja ma strzec po wiek wieków bramy do miejsca, gdzie spoczywa Khadi. Nigdy nie słyszałem nic na temat tego, by Sziwetja został przybity do swego siedziska, jednak nawet bogowie bywają okrutni i bezlitośni, Kościany Wojowniku.

– Jasna sprawa. I skończ z tym pieprzeniem. Nie podobało mi się to określenie w ustach Goty i Dodża i nie spodoba mi się w twoich. – Spojrzałem na Konowała. – Nadążasz? Słyszałeś coś z tego już wcześniej?

– Po części. Pewien życzliwy nam, stary uczony w Taglios tłumaczył mi, że choć dokładne znaczenie słowa Khatovar zostało zatracone, podobnie brzmiące słowa we współczesnych dialektach chyba oznaczają coś w rodzaju: „Miejsce, z którego wyszła Khadi" lub po prostu „Brama Khadi".

– I mimo wszystko nadal chciałeś tam pójść? – Czy naprawdę rozmawiamy jak o czymś rzeczywistym o treściach kryjących się w najmroczniejszym sercu południowych mitów? Nie podobało mi się to. Nie chciałem. Chciałem podążać własną drogą do raju. Mieliśmy wędrować drogą do raju.

Konował nie odpowiedział.

– Opowiedz mi więcej – rzuciłem w przestrzeń. Teraz płonął już cały las pochodni. Większość naszego oddziału ustawiła się za mną i za Starym. Więcej światła bynajmniej nie uchroniło mnie przed ujrzeniem tego, czego zobaczyć nie chciałem. Oczy istoty przyszpilonej do tronu były otwarte.

Ale przecież się nie poruszała.

– Cholera – oznajmił Longinus. – To jest po prostu jakiś rodzaj pieprzonego bożka. Nie dajmy się nastraszyć.

Postąpiłem o krok naprzód, zniżyłem sztandar tak, żebym mógł użyć go w razie czego jako piki. Nie miałem wszak pewności, czy może mi się to do czegoś przydać przeciwko bękartowi bogów.

Konował podszedł ze mną.

Pokonaliśmy już połowę odległości dzielącej nas od tronu. Bracia inżynierowie trzymali się blisko nas z pochodniami. Wszystkim pozostałym zdecydowanie brakowało ochoty na bliższe poznanie z istotą. Nie widziałem jednak żadnych dowodów na to, że postać na tronie jest czymś innym niż tylko rzeźbą. Przy bliższym przyjrzeniu może się okazać na przykład, iż została trochę niezgrabnie wykończona.

Ponownie ruszyliśmy naprzód. Mogłem już wdychać w płuca wyziewy ze szczeliny w posadzce. Były bardzo zimne i odlegle pachniały zastarzałą śmiercią.

Przez chwilę miałem wrażenie, że wracam do domu.

To pewnego rodzaju nieśmiertelność.

Drgnąłem, rozejrzałem się dookoła. Chyba jedynie Pani wyczuła coś również.

Kiedy spojrzałem ponownie na przechylony tron, zobaczyłem komnatę w takiej postaci, jaką mogła mieć tysiąc lat temu. Albo jeszcze więcej. Kiedy banda okrutnych kapłanów tworzyła pierwsze cienie i wykorzystywała do tego celu jeńców wojennych. Przeniosłem się w przeszłość dosłownie na mgnienie oka, jednak to wystarczyło, żebym nie miał najmniejszych wątpliwości, iż ongiś było to miejsce paskudne. Na długo jeszcze przed jutrzenką dwunastu Wolnych Kompanii.

– Zatrzymaj się natychmiast – wyszeptał Konował.

Zatrzymałem się. Ton jego głosu nie dopuszczał sprzeciwu.

– Co?

– Spójrz w dół.

Spojrzałem. U naszych stóp leżały wysuszone szczątki kruka. Widząc je, poczułem, jak przerażenie przenika mnie do szpiku kości, od stóp do głów.

– Dopadł go cień. Tutaj nie jesteśmy bezpieczni.

– Wciąż mamy ze sobą sztandar. – Jednak w jego głosie nie usłyszałem całkowitej pewności.

Czubkiem buta zepchnąłem martwego ptaka do szczeliny w posadzce, która znajdowała się już tylko w odległości dwóch metrów.

Na próżno. Niektórzy z ludzi już go zobaczyli. Zrozumieli, co to znaczy.

Ja zaś pojąłem, że to coś więcej niż tylko fakt, że cienie grasują po tej części fortecy. Znaczyło to, że Duszołap świetnie znała to miejsce. Że...

Szaleńczy śmiech dobiegł nas z miejsca, w którym weszliśmy do wnętrza komnaty. Śmiała się Duszołap. Pani odwróciła się natychmiast, a zanim jeszcze skończyła się odwracać, już wokół niej formowały się czary.

108

Ziemia zadrżała.

Tym razem był to poważny wstrząs. Najgorszy, jaki przeżyliśmy od czasu, gdy weszliśmy na równinę. Prawdopodobnie również najgorszy od tamtego potwornego trzęsienia, które zniszczyło całe miasta i zabiło tysiące, zanim choćby opuściliśmy Taglios. Runąłem na posadzkę i zacząłem zsuwać się ku otchłani. Konował chwycił mnie, Pani zaś złapała jego nogi. Wszyscy pozostali padli również. Chichot Duszołap urwał się jak nożem uciął. Pochodnie upadły na posadzkę i pogasły. Nie było nic, co mogłoby zająć się ich ogniem.

Coś spadło ze stropu. Coś przypominającego małe, szklane kuleczki albo przezroczysty grad. Niektóre roztrzaskiwały się od uderzenia, inne podskakiwały. Nie potrafiłem sobie z niczym skojarzyć ich natury. Z początku.

Tron z zasiadającym na nim golemem przesunął się, pochylił naprzód tak, że niemal się przewrócił, zatrzymał się dosłownie o włos przed obsunięciem w czerwoną otchłań.

Potem nastąpił błysk niewiarygodnie białego światła. Oślepił mnie w jednej chwili. Kiedy leżałem rozpłaszczony na podłodze, usłyszałem, jak Duszołap przeklina kogoś trzema różnymi głosami i w trzech różnych językach. Powietrze pruło się, trzeszczało i wyło od przeszywających je czarów. Wokół mnie posypały się kolejne odłamki marmuru. Poczułem się nagle słaby i śpiący. Przyszło mi na myśl, że przecież kruki lubiły porywać w pazurki lśniące odłamki szkła i być może zbierały je w miejscu, w którym ich szefowa może spuścić je w postaci deszczu, kiedy zawładną nią namiętności. Mimo wszystko Duszołap udało się domknąć swą pułapkę.

Pochwyciłem drzewce sztandaru i bez strachu usnąłem, zadowolony i pewny, że nie ma żadnego sposobu, aby Duszołap udało się wydostać z równiny. Cienie ją dostaną. Dostaną nas wszystkich, gdy tylko zajdzie słońce.

Nie potrafiłem spać bez przechadzania się po świecie ducha. W chwili gdy udało mi się wydostać z ciała, pomknąłem natychmiast na północ, by jakoś opowiedzieć wszystko Jednookiemu lub Ospałej, czy też komukolwiek, kto się nadarzy. Kiedy dotarłem do Bramy Cienia, odkryłem, że wszystko zostało tam poważnie zrujnowane przez trzęsienie ziemi, Jednooki zaś zdołał już wymyślić naprawdę interesujące wyjaśnienie tego, co się zdarzyło. Kazał żołnierzom zbierać się i gnał ich do Przeoczenia. W rzeczywistości to samo działo się wszędzie, jakby każdy z tych ludzi wpadł na ten sam pomysł w tym samym czasie. Nikt nie potrafił zapanować nad funkcjonowaniem swego umysłu.

Całe godziny zabrało mi odnalezienie Ospałej, bo chociaż Wujek Dodż zabrał ją prosto do obozu Kompanii, idąc tam, krążył pośród nocy. Spała, kiedy ją odnalazłem. Jej przebranie wciąż było w dobrym stanie. Szarpałem i szturchałem ją, robiłem wszystkie te rzeczy, na które duch jest w stanie się zdobyć, i ostatecznie uzyskałem jakąś reakcję. Większość dnia spędziłem na powolnym przekazywaniu krótkiej informacji.

Zbliżał się już wieczór, kiedy przedostałem się przez Bramę Cienia i ruszyłem na południe. Musiałem zwalczyć pokusę, by jeszcze raz odwiedzić Sari. Nie chciałem znajdować się blisko niej, gdy cienie wpiją się w moje ciało.

Nie miałem pojęcia, jakie przedziwne pobudki mną kierowały. Byłem wszak przekonany, że powinienem być w swoim ciele, kiedy umrę. W przeciwnym razie groziło mi, że stanę się widmem, które nigdy nie zazna spoczynku.

Duszołap napotkałem w połowie drogi powrotnej. Pędziła na północ na grzbiecie konia Pani, narzuciła potworne tempo. Wierzchowiec Konowała galopował o długość grzbietu za nią, mknął równie szybko. Dosiadający go jeździec skrył twarz w grzywie ogiera, jednak rozwiane z tyłu złote włosy zdradziły mi jego tożsamość. Nie możesz mieć kobiety, którą chcesz, zajmij się jej siostrą? Wierzba, Wierzba, skazałeś się na potępienie dla jakiejś cipy?

Znalazłem się przed pyskiem prowadzącego konia, pewien, że zostanę zauważony. Mój własny wierzchowiec był w stanie mnie zobaczyć. Może uda mi się przestraszyć tych chłopców.

Widział mnie znakomicie. I przebiegł prosto przeze mnie. Najwyraźniej duchy nie potrafią przerazić tych stworów. Podskoczyłem i spróbowałem klepnąć Wierzbę, gdy gnał obok mnie.

„Ty zdradziecki dupku".

Ktoś musiał pomóc jej wyzwolić się z więzów. Jak jej się udało do niego dobrać?

Ruszyłem dalej na południe, w jeszcze bardziej ponurym nastroju. Zdawało się, że cała równina rozbrzmiewa śmiechem Duszołap.

Wygrała. Po całym wieku oczekiwania udało się jej zwyciężyć. Pokonała swoją siostrę. W końcu świat stał się zabawką w jej rękach.

Ciemność gęstniała. Ruszyłem jeszcze szybciej. Minąłem bezładną tłuszczę ludzi i zwierząt, gnającą w próżnym wysiłku ucieczki na północ. Ich liczba była mniejsza niż połowa naszej Kompanii. Sindawe i Brachu-rób stanowili wśród nich jedyne postaci godne wzmianki. Nie dostrzegłem pantery. Kiedy dotarłem do szczeliny wiodącej do środka wewnętrznej komnaty, przekonałem się, że jest zablokowana. Ktoś zapchał ją łachmanami, skałami i potrzaskanymi kamieniami budulca. Przypuszczam, że po to, aby cienie nie wydostały się na wolność. To pewnie musiał być Łabędź. Duszołap wiedziała, że cienie prześlizną się przez najmniejszą dziurkę. Była przecież nową Władczynią Cienia.

Kędy mógł prześliznąć się cień, mogłem i ja. A Łabędź nie wykonał szczególnie dobrej roboty.

Golem czy cokolwiek to było, wciąż prawie wisiał nad świecącą otchłanią. Zignorowałem go. Miałem inny powód do strachu. Mojego ciała nie było tam, gdzie je zostawiłem. Wokół nie było w ogóle żadnych ciał. Musiałem zamknąć swe astralne oczy i pozwolić ciału, żeby samo przyciągnęło mnie do siebie.

Powinienem widzieć, że nadchodzi. Powinienem wiedzieć. Od lat byłem już tylko luźno zakotwiczony w czasie. I tak wiele twarzy zdawało się należeć do ludzi, których znałem.

Mój powrót do świadomości, chociaż jednak nie we własnym ciele, nastąpił w jaskiniach starców spowitych w lodowe kokony. I tam też znalazłem samego siebie, na samym końcu szeregu, opartego o ścianę jaskini ze sztandarem spoczywającym na kolanach. Zdawało się, że głowica Lancy szeptała i mruczała sama do siebie. Obok mnie byli wszyscy, którzy przeszli przez tę ostatnią szczelinę: Stara Gwardia, Niueng Bao, Kordek Mafer, Brzeszczot, Prabrindrah Drah, Ajsi i Oczi-ba. Wszyscy, do ostatniego głupca, włączywszy w to Panią i Starego. Mała siostrzyczka i zazdrosna kobieta poświęciła kilka dodatkowych minut, aby ciała tych dwojga upozować szyderczo, ze złączonymi dłońmi, głowami nachylonymi ku sobie. Od Pani aż promieniował gniew. Już drugi raz pogrzebana została żywcem, z drugim mężem musiała dzielić grób.

Od Starego tchnęło rozpaczą. Podobnie jak od pozostałych. To był koniec snu i okazał się taki banalny.

Fruwałem po całej jaskini, pomiędzy stalaktytami i stalagmitami, pajęczymi sieciami i koronkowymi strukturami lodu, do miejsca, w którym na wiek przed pojawieniem się Wolnych Kompanii zrozpaczeni, ścigani wyznawcy Kiny ukryli swe święte Księgi Zmarłych przed morderczymi wojownikami Radrejnaka. Nie odnalazł on ksiąg, ale też z dzieci Kiny nie przeżył nikt, kto mógłby po nie wrócić.

Mogło być jeszcze gorzej, niż dotąd wydawało się, że jest. Duszołap mogła znaleźć i zabrać te ponure dzieła. Nie zrobiła tego. Trwały bezpiecznie na swych postumentach, otwarte na początkowych akapitach.

Pospieszyłem z powrotem do moich towarzyszy.

Któryś z nich wyczuł moje poruszenia. Skupili na mnie swój gniew. Może tak było lepiej.

„Woda śpi", posłałem do nich swą myśl. Trwali zamknięci w jakiejś czarodziejskiej ekstazie. Ja zostałem w nią pochwycony jedynie ciałem, zapewne dlatego, że we właściwym czasie znajdowałem się gdzie indziej.

„Woda śpi". Duszołap może sobie być ucieleśnieniem ciemności, ale jeszcze dostanie nauczkę. „Woda śpi, ale nieprzyjaciel nie spocznie nigdy".

Nocą, kiedy wiatr nie zawodzi już pośród murów fortecy, która stała tu, zanim powstała ta równina, która z kolei pojawiła się, zanim wymaszerowała pierwsza Wolna Kompania, kamień szepce. Kamień kiełkuje. Kamień rośnie. Kamień wypuszcza pączki i kamień zakwita. Tysiące kolumn wznoszą się tam, gdzie przedtem nie było ani jednej. Księżycowa poświata omiata równinę, a jej lśnienie nadaje kształt znakom pamiętającym niewielu spośród tych, co odeszli.

To pewnego rodzaju nieśmiertelność.